広島修道大学学術選書 50

株主間契約と定款自治の法理

田邉真敏

九州大学出版会

はしがき

本書は，筑波大学大学院ビジネス科学研究科企業科学専攻（博士後期課程）において2007年に提出した博士学位論文をもとに，全体量の調整を行いつつ補正を加えたものである。出版にあたり改めて読み返してみると，さらに検討を要する箇所を少なからず認識し汗顔の至りであるが，この度大学において研究を継続する環境を与えられた者の責務として刊行し，より多くの方からご批判をいただくこととした。

本書は，ベンチャー企業の創業者とベンチャー・キャピタルなどの出資者との間で取り交わされる株主間契約を主たる素材として，会社法の規整と異なる合意が株主間の利害調整に果たす役割を検討した上で，会社法の強行法規性について，比較法分析を踏まえ，わが国における株主間契約の効力と定款自治の限界を律する基礎概念の再構築を試みるものである。

会社法施行から一定の時間が経過し，博士論文提出後も参照すべき新たな論考に接したが，諸般の制約から本書はそれらを十分にフォローする加筆が叶わなかった。継続的な研究の成果については別の機会を利用して示してゆきたい。

本書は，筆者が筑波大学大学院での研究と前勤務先での業務に携わる過程で出会った多くの方々に支えられてできあがったものである。まず，筑波大学大学院で指導教官をしていただいた弥永真生教授にお礼申し上げなければならない。先生の忍耐と寛容のご指導なくしては，筆者の研究が成果物として姿を現すことはなかったであろう。ご多忙を極めておられるなか，社会人大学院の特性であるとはいえ，毎度夜間や休日に時間を割いて研究指導をいただいた。また，論文審査や講義における諸先生方からのご指導にも多くを負っている。

前勤務先で行われていた英米法の自己啓発勉強会に社外から指導に来られていた故澤木敬郎立教大学法学部教授から受けた教えは，専門知識だけでなく学問に対する姿勢という面においても，今日までの筆者の研究活動の基盤を成しており，忘れ難き学恩である。

また，前勤務先での業務上お世話になった国内外の弁護士に負う部分も少なくない。とりわけ米国カリフォルニア州の Nathan Lane 弁護士，Nicholas Unkovic 弁護士（Squire, Sanders & Dempsey 法律事務所）からは，米国の実務を肌で学ぶ機会を得たのみならず，本研究に関する資料を提供いただいた。

安井威興広島修道大学名誉教授には，最終原稿に目を通していただき貴重なご指摘をいただいた。その他にも，個々にお名前は挙げないが 26 年間の企業人としての勤務において仕事の基礎から指導していただいた多くの先輩や，支えてくれた同僚・後輩に感謝申し上げるとともに，机を並べ励ましあった筑波大学大学院の仲間も忘れられない。

本書は広島修道大学学術選書刊行助成を得て刊行された。企業人から研究者へと新たな道を歩むことを希望していた筆者に，その環境と本書刊行の機会を与えていただいた広島修道大学の関係各位にお礼申し上げる。

また，厳しい書籍市場環境のなか本書が出版できたのは，九州大学出版会の永山俊二編集部長のご配慮によるものである。

最後に，ウィークデーの夜と週末には茗荷谷・占春園の森（筑波大学大塚キャンパス）に出かけて籠もり，遂には広島・西風新都の森（広島修道大学）に移って本業としてその生活を続けることを許してくれた家族に感謝の念を伝えたい。

2010 年 8 月

田邉真敏

＊博士論文の一部は，筑波法政第 43 号（2007 年），第 44 号（2008 年）に公表している。このほか，本書に所収しなかった論文中の一節を加筆・修正の上公表したものとして，「オランダ会社法の強行法規性と定款自治」国際商事法務 Vol.35, No.10, 1353 頁（2007 年）がある。

＊本書中に記載された URL の最終アクセス日は，2009 年 8 月 29 日である。

目　次

はしがき …………………………………………………………… i

序　章 …………………………………………………………………… *1*

第1章　閉鎖会社法理の展開と株主間契約 …………………… *5*

第1節　株主間契約をめぐる会社法理発展の端緒 ………………… *5*

第2節　米国における閉鎖会社法理と株主間契約 ………………… *12*

1. 閉鎖会社と株主間契約 …………………………………………… *12*

2. 株主の信認義務拡張による少数株主保護論 ……………………… *22*

3. 株主の信認義務拡張論の検証 …………………………………… *24*

第3節　フランスにおける閉鎖会社法理と株主間契約 …………… *29*

第4節　英国における閉鎖会社法理と株主間契約 ………………… *32*

第5節　日本における閉鎖会社法理と株主間契約 ………………… *48*

第2章　ベンチャー企業出資契約 ………………………………… *59*

第1節　ベンチャー企業の意義 ……………………………………… *59*

第2節　ベンチャー企業出資契約の分析 …………………………… *63*

第1款　ベンチャー企業への出資 …………………………………… *65*

1. ベンチャー・キャピタルとしての出資 …………………………… *65*

2. 事業パートナーとしての出資 …………………………………… *67*

3. 紛争事例 …… 70
第2款 契約の構成 …… 71
第3款 支配権に関する規定 …… 73
1. 取締役の派遣，取締役会出席権 …… 73
2. 取締役会付議事項の追加，少数株主選任取締役の拒否権 …… 77
3. 希釈化防止，先買権 …… 81
4. 情報請求権 …… 84
第4款 出資の解消に関する規定 …… 87
1. Tag-Along 権 …… 87
2. Drag-Along 権 …… 88
第5款 キャッシュ・フローに関する規定 …… 89
1. 優先配当権 …… 89
2. 公開市場へのアクセス権 …… 91
第6款 インセンティブの付与に関する規定 …… 100
第3節 ベンチャー企業出資契約による株主間の利害調整 …… 102
1. ベンチャー企業出資モデルによる利害調整の限界 …… 102
2. 信認義務アプローチとの対比と会社立法の課題 …… 106
第3章 株主間契約および定款自治の意義とその限界の比較法分析 …… 111
第1節 はじめに …… 111
第2節 米国における株主間契約および定款自治 …… 114
第1款 会社法の強行法規性論 …… 114
第2款 新たな会社形態（リミティッド・ライアビリティ・カンパニー（LLC））と定款自治 …… 130
第3節 フランスにおける株主間契約および定款自治 …… 148
第1款 会社法の強行法規性論 …… 148

1. 会社法における契約自由の原則の位置づけ …… 148
2. 会社法における契約自由の原則の制限 …… 149
—Sophie Schiller 教授の所説を中心として—
第2款　新たな会社形態（簡易株式制会社（SAS））と定款自治 … 197
第4節　英国における株主間契約および定款自治 …… 202
第1款　会社法の強行法規性論 …… 202
第2款　新たな会社形態の検討—会社法改革— …… 217
第5節　日本における株主間契約および定款自治 …… 224
第1款　会社法の強行法規性論 …… 224
1. 強行法規性論の系譜 …… 224
2. 強行法規性の意義 …… 229
3. 強行法規性と定款の性質 …… 233
4. 強行法規性の判断基準 …… 244
第2款　会社法の強行法規性の区分 …… 251
—定款自治の範囲と株主間契約の効力—
1. 総　説 …… 251
2. 取締役選任の合意 …… 266
3. 株式譲渡制限の合意 …… 272
4. 追加出資・債務保証の合意 …… 279
5. 利益配当の合意 …… 282
6. 業務執行の制約の合意 …… 285
7. 取締役の責任免除の合意 …… 293
8. 財務情報の開示に関する合意 …… 297

第4章　会社法における定款自治の限界の再構成 ……………… 303
第1節　会社法制の現代化 …………………………………………… 303
第2節　会社法における定款自治の範囲 …………………………… 304
1. 剰余金配当・残余財産分配に関する定め …………………… 305
2. 議決権に関する定め ………………………………………………… 306
3. 株式譲渡制限に関する定め ……………………………………… 311
4. 業務執行の制約に関する定め …………………………………… 312
5. 小　括 ………………………………………………………………… 313
第3節　会社法における株主間契約の意義 ………………………… 315
第4節　株主平等原則と定款自治 …………………………………… 322
1. 株主平等原則の意義 ………………………………………………… 322
2. 会社法における株主平等原則の位置づけ …………………… 324
3. 株主平等原則の例外 ………………………………………………… 326
4. 株主平等原則と定款自治の限界 ………………………………… 328
第5節　合同会社と定款自治 ………………………………………… 339

終　章 ……………………………………………………………………… 351

資　料（ベンチャー企業出資契約条項例） ………………………… 355
参考文献 ………………………………………………………………… 389
索　引 …………………………………………………………………… 419

序　　章

⑴　本書の目的

株式会社は不特定多数の者から資金を集めて大規模でリスクのある営利活動を行うことを可能にする共同企業形態である。そのための仕組みとして，株式会社は「株式」と「間接有限責任」という特質を与えられ，資本多数決という営利組織の特性を反映した公平の理念によって運営される。そして，その組織と運営を規律する株式会社法は原則として強行法規であるとされてきた。証券取引所で株式を公開している多数の株主を有する会社は，法が想定したこのような株式会社の型に適合する。一方，この対極にあるのが「法人成り」と言われる家族や親族・友人など親しい者により所有されかつ経営されている小規模閉鎖（非公開）株式会社である。小規模閉鎖株式会社については，所有と経営の実態を踏まえて株式会社法の理念型とは別の規整がなされる必要があるとの議論がなされ，株主間における経営支配をめぐる紛争を解決するために，米国では株主に信認義務を適用する法理が形成された。また英国では準組合法理，ドイツでは株主の誠実義務論がそれぞれこの問題の解決に用いられ，それらを基礎としてわが国法規整のあり方が論じられてきた。

近年になり，とりわけ1990年代の米国におけるシリコンバレー・モデルと呼ばれるベンチャー企業の出資・ガバナンス形態の展開を受けて，定款自治の範囲が狭い「固い」株式会社法規の想定とは異なる所有と経営形態へのニーズが高まっている。このニーズは，従前から大企業同士による合弁会社においても存在していたが，株主間契約として法技術的に会社法の枠外で対処されてきた。

このような実務上のニーズが意識されてきたのと同じ頃，米国において，法と経済学の研究成果を踏まえて，会社とはそもそも多数の関係者間の「契約の連鎖（nexus of contracts）」として捉えられるべきであるという会社の本質にまで立ち戻った議論が展開された。これを受けわが国においても，株式会社法の強行法規性は，その規定と異なる内容の合意をすべて無効としてしまうほど強いものではないのではないかという新たな問題意識が提示された。さらにその後の会社法現代化の検討を機に，規制緩和の視点から定款自治の拡大の議論が活発になされるようになり，会社法（平成17年法律第86号）制定とともに「定款自治＋有限責任」を基本原理とした新しい会社形態として合同会社が導入されるに至った。

株主が会社法の規定から離れた合意を形成することに関する法的な分析は，これまで専ら同族経営の小規模閉鎖会社を対象としてなされてきた。そしてその結果，人的関係の深い株主全員が同意している株主間契約は，株式会社法の規定と異なる内容であってもその効力を認められてよいとの主張が有力となった。このようにして商法学者からも「認知」された株主間契約は，1990年代にはベンチャー・キャピタル等がベンチャー企業に出資するにあたって起業家や創業者と取り交わす株主間契約として新たな展開を見せた。

わが国の伝統的理論は，株主間契約は一般的な民法上の契約として当事者間で債権的効力を有するものとして有効であるとしてきた。その後，小規模閉鎖会社については，株主全員が合意していれば，その合意に「強い」効力（強制履行，仮処分，株主総会決議の瑕疵）を基本的に認めてよいという方向性が提唱された。伝統的理論は主に公開大会社を，そして株主間の合意に強い効力を与えようとする議論は人的関係が密接な小規模閉鎖会社をそれぞれ念頭に置いており，対象としている会社の属性は対極的である。これに対してベンチャー企業は，非公開（閉鎖）会社でありながら近い将来上場することを当初から意図している場合が多く，また株主は比較的少数だが人的関係が薄く，所有と経営が分離する場合もあるという点において，株主間の利害関係が従来の議論で対象としていた小規模閉鎖会社とは異なっている。

本書は，米国におけるベンチャー企業への出資契約を素材として，潜在的公開会社であるベンチャー企業の株主が，会社法のどの規整からどの程度逸脱を図るのかを分析し，その逸脱が株主間の利害調整にとってどのような役割を果たすのかを検討する。次に，会社法の強行法規性について米国，フランス，英国との比較法分析を行った上で，定款自治拡大を眼目としたわが国会社法下の株式会社および合同会社について，株主間契約の効力と定款自治の限界を律する基礎概念の再構築を試みるものである。

(2) 考察の対象と方法

本書は，米国のシリコンバレー・モデルと言われるようなベンチャー企業への出資スキームに用いられる契約を考察の手がかりとする。ベンチャー企業は，ごく少人数の創業者により小規模閉鎖会社として設立され，外部（ベンチャー・キャピタル等）から出資を受けて事業を立ち上げ拡大し，そして株式公開を成功の一つの里程とする。その後はさらに発展して世界的な大会社に成長するか，あるいはM&Aや経営破綻により消滅するといったさまざまな道をたどるが，この過程を比較的短期間に辿るという特徴を有する。この点において，従来の株式会社法理が暗黙裡に前提としていた，「大規模公開会社」対「小規模閉鎖会社」という構図におさまりきらない存在である。一方，法が想定している「会社の一生」を比較的短期間で駆け抜ける存在であることから，会社法の適用がより動態的になり，そのことが解釈論に影響を与える可能性もある。

本書では，従来の閉鎖会社法理からスタートし，それがベンチャー企業出資契約の生成に影響を与えたことを示し，そして，逆にベンチャー企業の発展が閉鎖会社法理にどのように作用してくるのかを探る。そのための素材として米国ベンチャー企業出資契約の分析にウェイトを置き，その結果を踏まえて，会社法における株主間契約の効力と定款自治の限界について比較法分析を基に考察する。

分析の対象は，米国を主とするが，従前定款自治の許容範囲が狭いとされていたフランスが定款自治を基本とする簡易株式制会社（société par actions simplifiée; SAS）を新たな会社カテゴリーとして創設したため，SASに認められた自由な定款設計から得られる示唆を踏まえて，フランスにおける株主（社員）間の契約の自由とその制約の理論的な基礎を探る。また，わが国と同じようなタイミングで会社法改正作業に取り組んできた英国の非公開会社法理も比較考察の対象として取り上げる。

(3) 本書の構成

本書は4章から成り，第1章において，米国，フランス，英国，日本における閉鎖会社法理の展開を通観し，各国における株主間契約の効力をめぐる法理論の状況を分析する。

第 2 章において，米国ベンチャー企業を対象とするベンチャー企業出資契約のひな型を素材に，出資契約において，ベンチャー企業の株主（より特徴的にはベンチャー・キャピタルと起業家）の間で取り決められる事項の内容と意義を分析する。ベンチャー企業出資契約は，法規整のどこをカスタマイズし，そのニーズがどこから生じ，出資契約の各規定は何を目的としているかを捉える。

第 3 章では，会社法の強行法規性につき，米国，フランス，英国，日本の比較法考察を行い，それらの考察を踏まえ，わが国の平成 17 年改正前商法における定款自治の限界と株主間契約の効力に関する議論の到達点を示す。

第 4 章で，会社法（平成 17 年法律第 86 号）下の株式会社および合同会社について，株主間契約の効力と定款自治の限界につき，その理論的基礎の再構築を試みる。

第1章
閉鎖会社法理の展開と株主間契約

第1節　株主間契約をめぐる会社法理発展の端緒

(1)　株主間契約の使われ方

株主間契約については，会社の株主が相互の間で締結する契約という程度の理解が一般的であり，必ずしも明確な定義づけがなされていない。しかし，その利用のされ方から帰納的に導くと，同一株式会社の株主間において結ばれる契約であって，会社の存立を意図しつつ株主が共同してみずからの利益のためにその会社を利用することを目的として結ぶものであり[1]，とりわけ，会社法に縛られずに会社の運営等をアレンジすることを目的とする契約であるという一応の定義を与えることができる[2]。そもそも会社はさまざまな事業目的のために設立されて経営が行われるのであって，そのために株主の間で取り交わされる合意も多様な内容と目的を有するものとなることは容易に想像できる。したがって，およそ株主間契約一般を論じることは，そこに内包される問題を析出することには結び付きにくい。

1）杉本泰治『株式会社生態の法的考察―株主間契約の機能と効力―』155頁（勁草書房，1988年）。

2）森田果「株主間契約(1)」法学協会雑誌118巻3号55頁（2001年）。森田論文は，「株主間契約(1)～(6・完)」法学協会雑誌118巻3号54頁（2001年），119巻6号88頁，119巻9号1頁，119巻10号34頁（2002年）120巻12号1頁（2003年），121巻1号1頁（2004年）［以下，森田「株主間契約(1)～(6)」と省略］から成る。これらを要約した研究報告として，森田果「株主間契約」私法64号196頁以下(2002年)。

表１　株主間契約の分類[4]

会社の種類	公開会社	閉鎖（非公開）会社
利用主体	①経営者側株主	③合弁会社を形成する大企業
		④ベンチャー企業に出資するベンチャー・キャピタルと起業家
		⑤大企業と，その系列取引先として資金援助を受ける中小企業
	②非経営者側株主	⑥共同出資会社を形成する中小企業
		⑦大企業をスピン・アウトして新規事業を始めた個人とそのパートナー
		⑧小規模同族企業を形成する家族・親族・友人等

そこで，株主間契約がどのような局面で利用されているかという実態に重きを置いて分類を行うことで，その法規整に関する従前の議論の射程範囲を明確にすることが考えられる。表１は，株主間契約の利用される会社の種類（公開か非公開か）と株主間契約の利用主体（契約当事者）に着目した分類である[3]。

公開会社は，多数の株主が広く分散して存在し，それらの株主により行使された議決権による多数決をもって経営の根幹の意思決定がなされることが予定されている。全株主による意思の合致という事態は極めて稀であって，それゆえ全株主による株主間契約も実質的には実現しないと考えてよい。また，議決権等の株主権を共同して行使する合意や，会社の買収を目指す者が共同して株式の買付けを進めるような場合は，金融商品取引法の開示・行為規制の対象となる。すなわち，公開会社における株主間契約については，その株主間契約の効力そのものよりもむしろ，契約当事者でない株主や将来の株主の保護の視点が重要となる[5]。

これに対して閉鎖（非公開）会社では，株主の交代が想定されておらず，法

3）森田・前掲注 2）「株主間契約(1)」57-66 頁参照。
4）森田・前掲注 2）「株主間契約(1)」57-66 頁の叙述をもとに作成。
5）森田・前掲注 2）「株主間契約(1)」58 頁以下。

の定めによる資本多数決ではなく，株主の総意によって経営をしたいという動機付けが存在する。将来にわたって株主でありつづけるであろう者により，会社法や定款と異なるアレンジが合意されることの意義とその効力についての分析を行うことが，株主間契約の検討の中核となる。

表１に示した８つの分類のうち，法規整の議論が最も早く行われたのは，①の公開会社の経営者側株主による契約，および②の公開会社の非経営者側株主による契約である。それらは第二次世界大戦前の時期において，（公開会社を念頭に置いた）株主間の議決権拘束契約の有効性という形で論じられた。そこでは，議決権拘束契約が企業集中・企業結合の手段となり得るとの観点から，議決権拘束契約は債権者側を「会社の支配者」にするとして，その効力を否定する説が有力であった[6]。戦後になっても，株主間契約の議論の対象は主に公開会社であったが，次第に企業集中の手段として敵視する見方は薄れた。株主間契約ないし議決権拘束契約は一般的な民法上の契約としての債権的効力を有するものとして有効であり，よって契約に違反してなされた議決権行使およびそれによって成立した決議も有効であり，債務者は契約違反に基づく債務不履行責任（損害賠償責任）を負うにとどまるというのが通説的見解の位置を占めるに至った[7]。

第二次世界大戦後の復興から高度経済成長に至る過程においては，わが国の大企業が新分野への進出，技術の導入あるいは国際市場への参入を目的として，海外の大企業とジョイント・ベンチャーによる閉鎖会社（合弁会社）を設立する事例が増加した[8]。合弁会社を設立するにあたって，出資会社は合弁会社の

6）松田二郎『株式会社の基礎理論―株式関係を中心として―』664-666 頁（岩波書店，1942 年），大隅健一郎『企業合同法の研究』174 頁（弘文堂書房，1935 年），同『新版株式会社法変遷論』128 頁注(7)（有斐閣，1987 年）。

7）菱田政宏『株主の議決権行使と会社支配』158 頁（酒井書店，1960 年），上柳克郎＝鴻常夫＝竹内昭夫編『新版注釈会社法(5)』204 頁〔菱田政宏〕（有斐閣，1986 年）［以下，『新注会(5)』と省略，他の巻も同様］，鈴木竹雄＝竹内昭夫『会社法〔第３版〕』239 頁注(4)（有斐閣，1994 年）。

8）例えば，国内に設立された合弁会社として，旭ダウ株式会社（1957 年設立），富士ゼロックス株式会社（1962 年設立），横河ヒューレット・パッカード株式会社（1963 年設立），三菱プレシジョン株式会社（1962 年設立）など。海外の販売会社の多くも早期の販路開拓のために合弁で設立された。国によっては対内直接投資規制により合弁会社を選択せざるを得ない場合もあった。

資本，組織，運営に関する取り決めを合弁契約として取り交わし，それに則った会社の設立・運営がなされる。出資会社にとっては，合弁契約こそが相手方会社と自社を拘束する内容のすべてであり，定款は会社形態をとるためにひな型どおりに作成しておくという実務が行われた。合弁会社の設立には，大企業同士が「大人の付き合い」をするという前提があり，合弁契約はその条項の一部について紳士協定的な性格があることを当事者が承知の上で，相手方当事者を信頼して締結するのが実情であるという説明すらなされた[9]。契約違反が心配されるような会社とはそもそも合弁事業は行わないというのが，ビジネスにおけるある種の常識と化していた[10]。そのため，合弁契約の効力，すなわち一方当事者が合弁契約に違反した場合の救済の内容および範囲等の契約法理の部分については，必ずしも理論構築が発展しなかった。

これに対して，閉鎖会社の株主間契約のうち最も研究者の関心を集めたのが，表1⑧の同族型閉鎖会社における株主間契約である。米国法における小規模閉鎖会社を中心に発展した株主間契約の法理の導入を提唱し，その中心となったのが，浜田道代教授，青竹正一教授らである[11]。その主張の主眼は，わが国において極めて多数の個人企業が取引上の信用の確保や節税を目的として，実

9）田中信幸『契約事例からみた日米合弁事業』26-27頁（商事法務研究会，1990年）。その他，合弁契約の法的性質等を論じた文献として，菊池武「合弁会社設立契約と定款」国際商事法務1巻11号9頁（1973年），松枝迪夫「合弁契約」遠藤浩＝林良平＝水本浩編『現代契約法体系 第8巻 国際取引契約(1)』306頁（有斐閣，1983年），鈴木正貢「株主間協定の法的諸問題」商事法務1043号24頁（1985年），井原宏『企業の国際化と国際ジョイントベンチャー』(商事法務研究会，1994年)，和田真一「合弁における契約の役割」斉藤武＝森淳二朗＝上村達男編著『現代有限会社法の判例と理論』327頁（晃洋書房，1994年），石丸裕康「ジョイント・ベンチャー・アグリーメント（株主間契約）の法的性質とその特色」企業法学会編『企業法学(1994 Vol. 3)』165頁（商事法務研究会，1994年），淵邊善彦＝齊藤拓史＝山田健男＝柴野相雄「合弁会社の設立・運営・解消［上］［下］」商事法務1699号37頁，1700号65頁（2004年）。

10）わが国では均等出資の合弁会社が比較的多いのもこのような考え方からくるものかもしれない。また，日本企業同士の合弁会社では，話し合いによる経営，互いが納得する会社運営という発想から合弁契約に詳細な規定が設けられていないことが多い。拒否権事項も，あまり詳細かつ網羅的に記載するのは相手を信用していないようで「角が立つ」という「配慮」から，特に重要なもののみ個別列挙して，その他の重要事項は互いに話し合って決定するという包括的表現でくくられがちである。

体はそのままで株式会社の衣を着る「株式会社成り」と呼ばれる現象が蔓延している現実を踏まえ，そのような株式会社の大多数が，株式会社法を現実に守らない，あるいは守れないという法と経済的現実の乖離を解決することにあった[12)]。

表1⑤の大企業による系列取引先の中小企業への資金援助と，⑥の中小企業による共同出資会社については，そのような性格づけのできる取引および会社は，少なからず事例が存在すると考えられる。しかし，⑤については，企業グループ内の管理あるいは資本政策の問題として位置づけられることが多いであろうことから，株主間契約の効力が問題となるケースは稀である。また，⑥については，地場の中小企業による共同販売会社がその例であるが，出資会社の規模が概ね同じため，出資比率に大きな差がなく，また，共同販売会社の運営についても，株主として配当による回収を目的とするというよりは，出資会社の共通の利益のためという点が重視され，組合的に運営されているケースが多いと想定される[13)]。そのような事情から，会社運営は定款だけで行われているか，あるいは株主間契約が結ばれている場合でもごく簡素な内容であると思われる。

本書の素材として取り上げるのは，表1④のベンチャー企業に出資するベンチャー・キャピタルと起業家の間で取り交わされる株主間契約である。この株主間契約は，対象となる会社が閉鎖会社ではあるが，株式の公開を想定していない小規模閉鎖会社や大企業同士による合弁会社と異なり，近い将来に株式

11）浜田道代『アメリカ閉鎖会社法—その展開と現状および日本法への提言—』（商事法務研究会，1974年），青竹正一『小規模閉鎖会社の法規整』（文眞堂，1979年）［以下，青竹『法規整』と省略］，同『続小規模閉鎖会社の法規整』（文眞堂，1988年）［以下，青竹『続法規整』と省略］。

英国法からのアプローチとして，大野正道「イギリス小規模会社の法構造(1)(2)(3)(4・完)」富山大学経済論集26巻1号24頁，26巻2号136頁（1980年），28巻3号269頁（1983年），29巻1号17頁（1983年）（大野正道『企業承継法の研究』（信山社，1994年）所収）。

12）青竹『続法規整』前掲注11）3-4頁。

このような現実の理解を前提とした小規模閉鎖会社法理の論者は「(やや乱暴に言えば)『閉鎖会社においては株主全員が合意していれば何をしてもよい』という実質論」を展開したとの評価もある（森田・前掲注2)「株主間契約(1)」74頁）。

13）共販会社とは別に出資会社による事業者団体が形成されていることもある。

市場への上場を目指しているケースが多いという特徴を有し，それゆえ会社のクラスとしては，公開会社と閉鎖会社の中間的な性格を有する。

以下本章では，これまで最も議論の対象となり理論の蓄積がある小規模閉鎖会社における株主間契約をレビューする。

(2) 閉鎖会社の特徴と一般会社法の適用による問題点

小規模閉鎖会社の多くに見られる最大の特徴は，所有と経営が分離していないことである。閉鎖会社の株主は会社の成功に生活がかかっていることが多く，それゆえに，内部での経営方針をめぐる意見の相違や人間関係から生じるトラブルが，多数派株主による少数派株主の経営からの排除や配当における差別的取扱いなどの抑圧となって現れる。少数派株主は経営参画ができなくなるが，所有する株式を処分して会社から離脱することもできない。閉鎖会社の多くは定款で株式譲渡が制限されており，株主が株式を譲渡する場合は，取締役会の承認を得ることが要件となってきた。さらには，買い手となってくれそうな第三者が現れたとしても，株主間合意により，まずは会社に買取請求をしなければならないケースが多い。このため閉鎖会社における株式譲渡に関わる問題は複雑化し，少数派株主は，会社から抜け出すことも会社を支配することもできず，さらには経営への参加を阻害されて報酬や配当も受けられないという事態に陥る可能性がある[14]。このような問題は，事前に株主間で適切な合意を取り交わすことで回避可能となるのであるが，閉鎖会社の多くは家族や親族や友人といった信頼関係の上に成り立っているため，株主間にきちんとした取り決めがないのが実態である[15]。

株主間の信頼関係が消滅した閉鎖会社においては，多数派株主が少数派株主を経営からはずして不当に低い価格で株式を多数派に譲渡するよう仕向ける

14) JOHN CADMAN, SHAREHOLDERS' AGREEMENTS 190 (Sweet & Maxwell, 4th ed. 2004) は，少数派株主に最もよくある不満として以下の12ケースを挙げている。①経営からの排除，②利益配当にあずかれないまたは少ない，③多数派の過大な報酬，④会社の情報へのアクセスの制約，⑤重要な決定に参加できない，⑥持分の希釈化を防止できない，⑦株式の譲渡制限，⑧株式の買い手市場の不存在，⑨多数派による競業行為，⑩多数派の不良経営，⑪多数派は節税メリットが享受でき少数派には適用されない，⑫多数派による少数派の権利の変更または介入。

15) 浜田・前掲注11) 20-21頁，283-286頁，青竹『法規整』前掲注11) 9-11頁。

「締出し（freeze-out）」[16] や，少数派株主に取締役等の地位を与えず経営から排除し，あるいは少数派株主が自ら競合する事業を始めて市場で衝突するなどの事態が発生する。とは言え，多数派株主が常に圧倒的に優位な状態にあるかというと必ずしもそうとは言いきれない。多数派株主としても，自らが経営に関わる会社の事業に自己の存続基盤があり，株式を処分しようとしても一般の株式市場で売却できるわけではない[17]。また，事業が少数派株主の特殊技能に依拠している場合は，少数派株主が会社を去ってしまうことは，会社の事業が頓挫することを意味する。多数派株主の持株比率が過半数に至らない相対多数の場合は，むしろ少数派株主がキャスティング・ボートを握って力関係が逆転するケースもある[18]。

このような小規模閉鎖会社特有の問題に関する認識は，わが国に先んじて米国に発し，判例法理の発展をみた。その後各州では制定法による手当てがなされた[19]。遅れて経済発展の道をたどったわが国では，「株式会社成り」現象が発生し，世界的大企業から家族経営の商店までがひとつの法律により規律される状態となった。そのような状態のなか発生する紛争に対処するため，公開大会社を前提とした商法の規律を同族会社にあてはめなければならないことへの疑問から，米国における閉鎖会社法理をわが国に移植する試みがなされた[20]。

16）ROBERT W. HAMILTON, THE LAW OF CORPORATIONS IN A NUTSHELL 365-66 (5th ed. 2000). なお，同書第3版の翻訳として，ロバート・W・ハミルトン（山本光太郎訳）『アメリカ会社法〔第3版〕』（木鐸社，1999年）がある。

17）ただし，経営権が付随するため少数派株主よりは買い手が現れる可能性は高い。

18）青竹『続法規整』前掲注11）16-17頁，Shannon Wells Stevenson, Note, *The Venture Capital Solution to the Problem of Close Corporation Shareholder Fiduciary Duties*, 51 DUKE L. J. 1139, 1144 (2001).

19）ニューヨーク株式会社法9条（1948年），ノース・カロライナ事業会社法（1955年），ニューヨーク事業会社法（1961年），フロリダ閉鎖会社法（1963年），デラウエア一般会社法（1967年），メリーランド一般会社法（1967年），模範事業会社法（1969年）における閉鎖会社立法の過程について，浜田・前掲注11）117-130頁参照。

20）浜田・前掲注11）および青竹『法規整』前掲注11）を参照。

第2節　米国における閉鎖会社法理と株主間契約

1. 閉鎖会社と株主間契約

(1) 閉鎖会社法理誕生前

米国の株式会社制度は独立後半世紀の間に定着し，南北戦争後は，繊維，鉄道などの基幹産業の発達により，大規模な資本による巨大企業が次々と出現した。この結果として，1830年代にはそれまでの特許状による会社設立に代わって一般会社法制定の動きが顕著になった[21]。その内容は依然として規制的なものではあったが，資本家は州立法府との個別折衝を経ずに自らの手で定款を作成して会社を設立することができるようになった[22]。19世紀末になると州際通商が盛んになり，各州は自州内に設立した会社が他州に移動しないように，競って会社法の現代化，自由化を行った。会社法は，巨大企業のニーズに応え，“enabling act”（授権法）としての性格を帯びた。会社は，その設立が容易になり，所有と経営が分離された機関構成がとられ，株主には会社の支配，利益および危険の割当てを決定する自由が与えられるという特徴を有するものとして確立された[23]。一方，巨大企業の対極にあって米国の産業発展に寄与したのは数多くの閉鎖的中小企業であった。これらの中小企業の形態は，基本的には個人企業あるいはパートナーシップが実態に適合しているものであるが，会社形態のデメリットとされていた二重課税は，会社の内部留保のとり方によってはむしろメリットとなる場合もあったことから，事業主たちは会社形態を選択した。そのことは「自分の小さな身の丈にはぴったりとしなかったにもかかわらず，もっとも着心地のよいものとして，会社形態を身にまとった」と評されている[24]。

21）浜田・前掲注11）11頁。

22）Hamilton, *supra* note 16, at 62-63.

23）浜田・前掲注11）8-14頁。Hamilton, *supra* note 16, at 63-66.

24）浜田・前掲注11）15頁。

(2) 閉鎖会社の特徴

閉鎖会社を特徴づける表現として，株式が少数の者に保有されている会社，株式が証券市場で一般に取引されていない会社，あるいは所有と経営が一致している会社といったものが提示されてきたが，その特徴は，株主数が極めて少なく，その間に血縁，友人などの人的関係が存在し，原則として株主自身が共同で経営に関与しており，株主の生計は役職によって得る報酬で賄われているケースが多いことである[25]。株式の譲渡は想定されておらず，株主間の関係は固定的である。この結果，少数株主も経営に参画し，それらの者のコンセンサスを得ながら意思決定がなされてゆく。このような特徴を有する閉鎖的中小企業は，無機能資本の高度な集中形態と経営が取締役会によって行われるという所有と経営の分離を当然の前提とした会社法の提供する衣を身にまとった不釣合いを示していた。このため，平時はコンセンサスにより行われてきた経営がある日突然有無を言わさぬ多数決により行われ，少数株主が「締出し」の憂き目にあうという，会社の内紛を会社法が助長するかのごとき現象を生ぜしめるに至った[26]。それは会社法が与える様々な法的手段を用いて行われる。新株発行による希釈化（dilution），定款変更・組織変更による追い出し，取締役の解任と配当の差し控えといった手法である。このような締出し行為については，伝統的に衡平法裁判所で，少数株主からの救済の訴えを受け付けてきた[27]。しかしながら，裁判所は公開会社を念頭に置いて経営者の経営判断を重視する判例法（経営判断原則（business judgment rule））を構築してきていたため，少

25) F. Hodge O'Neal & Robert B. Thompson, O'Neal & Thompson's Close Corporations and LLCs: Law and Practice §1:2, §1:8 (Rev. 3rd ed. 2004) [hereinafter cited as O'Neal & Thompson's Close Corporations].

26) 浜田・前掲注11）21-22頁。

27) 衡平法裁判所における判例として，例えば，Casson v. Bosman, 82 N.J. Eq. 532, 45 A.2d 807（1946）がある。浜田・前掲注11）26頁参照。また，初期のいくつかの判例は，抑圧的な行為の定義をフェアープレイおよび公正取引の概念からの逸脱を論拠としている。例えば，Central Standard Life Insurance Co. v. Davis, 141 N.E. 2d 45（Ill. 1957）は，会社業務の執行が株主の一部に対して抑圧的な方法で行われていると認める場合に，裁判所は適当と思料する命令を与えることができると規定した1948年イギリス会社法210条に関するイギリスの判例の解釈を参照している。川島いづみ「アメリカ会社法における少数派株主保護の拡大」酒巻俊雄編著『現代英米会社法の諸相（長濱洋一教授還暦記念）』252頁（成文堂，1997年）参照。

数株主の司法的救済は不十分となりがちであった[28]。また，閉鎖会社の株主は，株式の譲渡による投下資本回収の手段も乏しく，会社経営のゆきづまりは，結果として自らの生活に致命的な影響を及ぼしがちである。このような問題を解決すべく，米国の実務慣行により編み出されたのが，累積投票，無議決権株式，種類株式，株主総会および取締役会における決議要件の加重，株式買取請求権，解散請求権といったツールであり，これらの内容を株主の間で契約としてあらかじめ取り交わしておくという対処方法がとられた[29]。このような対処は，会社を「組合化」するものであって，それゆえ閉鎖会社を法人化された組合（incorporated partnership, chartered partnership）と呼ぶのがふさわしいと言われる[30]。すなわち米国における閉鎖会社の法実務は，会社法に備わった enabling act の性格を利用して，会社法の枠組みの中で閉鎖会社を組合的に扱おうとした努力そのものであったとも言える。そこで，このような実務慣行における努力の成果に対し，判例がどのように対応してきたのかを見てゆく。

(3)　判例による閉鎖会社法理の展開

(i)　初期の判例

(A)　決議要件の加重

判例は，多数決原則に忠実な態度をとり，決議要件の加重に対しては厳格であった[31]。その拠って立つ理論は，州が個人を別個の法人に組織することで，事業上の負債に関する個人の責任を制限する特権を与え，そしてそれと引換えに，その法人が規定された形態をとり，一定の規則に従って手続をなすことを要求しているとする特許主義理論（concession theory）である[32]。決議要件を

---

28) Douglas K. Moll, *Minority Oppression & the Limited Liability Company: Learning (or Not) from Close Corporation History*, 40 Wake Forest L. Rev. 883, 908-11 (2005).

29) 浜田・前掲注 11) 37-77 頁。O'Neal & Thompson's Close Corporations, *supra* note 25, §§ 1:15-1:18.

30) 浜田・前掲注 11) 78 頁。

31) Benintendi v. Kenton Hotel, Inc., 294 N.Y. 112, 60 N.E.2d 829 (1945), Kaplan v. Block, 183 Va. 327, 31 S.E.2d 893 (1944). 浜田・前掲注 11) 84-85 頁に事案の概要が紹介されている。

32) 浜田・前掲注 11) 85 頁。

全員一致とすることは実行不可能かつ強制不可能（unworkable and unenforceable）であり，会社によってなされるすべての行為は，多数派が少数派を拘束せざるを得ないとして，むしろ少数派の「強情」によるゆきづまりが懸念されていた[33]。

(B)　議決権行使に関する株主間契約

議決権行使に関する株主間契約は，19 世紀後半に，企業活動の競争制限を目的としてしばしば利用されていた。このような独占を意図した議決権契約については，1890 年前後には判例上も無効であることが明確にされたが[34]，その後，議決権信託[35]や撤回できない委任状などの法形態で利用されたことから，議決権行使に関する株主間契約に対する裁判所の見解は錯綜した[36]。

各州の会社法が enabling act の性格を帯びるにつれ，議決権信託は制定法によって適法なものと認められるようになった[37]。しかし，議決権契約一般については，その後も，株主は会社の最善の利益のために議決権を行使する義務を有するのであって，自らの議決権を他人に渡すことでこの義務を果たし得なくするようなことを合意し，またそのような方法で拘束しあうことは許されないとする判例が続いた[38]。

33）*Benintendi*, 60 N.E.2d at 831.

34）Bostwick v. Chapman, 60 Conn. 553, 24 A. 32（1890）.

35）議決権信託は，ジョン・ロックフェラーが全米の主要な石油会社を結合させるために用いたのが濫觴である。菱田・前掲注 7）168 頁，浜田・前掲注 11）87 頁。

36）O'NEAL & THOMPSON'S CLOSE CORPORATIONS, *supra* note 25, § 5:4. 1900 年初頭頃までには，議決権信託の有効性を認める判例が現れた。*See* Smith v. San Francisco & N.P.R. Co., 115 Cal. 584, 47 P. 582（1897）; Brightman v. Bates, 175 Mass. 105, 55 N.E. 809（1900）; Boyer v. Nesbitt, 227 Pa. 398, 76 A. 103（1910）. 米国における議決権信託の沿革については，菱田・前掲注 7）168 頁以下，砂田太士「アメリカにおける議決権信託」福岡大学法学論叢 37 巻 1 号 2–13 頁（1992 年）参照。

37）*E.g.*, N.Y. BUS. CORP. LAW § 621(McKinney 2006).

38）O'NEAL & THOMPSON'S CLOSE CORPORATIONS, *supra* note 25, § 5:4; ROBERT CHARLES CLARK, CORPORATE LAW 773–74（1986）. 判例として，例えば，Odman v. Oleson, 319 Mass. 24, 64 N.E.2d 439（1946）; Smith v. Biggs Boiler Works Co., 32 Del. Ch. 147, 82 A.2d 372（1951）. なお，浜田・前掲注 11）89 頁参照。

(C) 会社の業務運営に関する株主間契約

会社の業務運営に関する株主間契約は，裁判所が最も抵抗を見せた実務慣行であり[39]，その論拠として，会社たる以上組合たりえないとするもの[40]，取締役会の自由裁量を侵食してはならないとするもの[41]，取締役が会社および会社のすべての株主のために判断を行使すべき義務を無視するものであるとするもの[42]，契約当事者でない他の株主に詐欺的ないし不公正であるとするもの[43]があった。そのような立場から，役員の地位を約束し一定の報酬を保証する閉鎖会社の株主間契約が無効と扱われた[44]。

(D) 株式の譲渡性

株式の譲渡性は会社の本質的な特徴の一つであり，その点において会社は一般の組合と異なるという原則は，19世紀後半に確立され，それによって，株式譲渡の絶対的制限や同意制限の多くは，公の利益に反し無効であるとされてきた[45]。

39）浜田・前掲注11）90頁。

40）*E.g.*, Jackson v. Hooper, 76 N.J. Eq. 592, 75 A. 568 (1910). 浜田・前掲注11）90-92頁参照。

41）*E.g.*, Hoyt v. Thompson's Executor, 19 N.Y. 207, 216 (1859); Manson v. Curtis, 223 N.Y. 313, 119 N.E. 559 (1918). 浜田・前掲注11）92頁参照。

42）*E.g.*, West v. Camden, 135 U.S. 507 (1890); Williams v. Fredericks, 187 La. 987, 175 So. 642 (1937). 青竹『法規整』前掲注11）96頁参照。

43）*E.g.*, Creed v. Copps, 103 Vt. 164, 152 A. 369 (1930); Odman v. Oleson, 319 Mass. 24, 64 N.E.2d 439 (1946).

44）CLARK, *supra* note 38, at 781-84. 青竹『法規整』前掲注11）92頁。判例として，例えば，West v. Camden, 135 U.S. 507 (1890); Manson v. Curtis, 223 N.Y. 313, 119 N.E. 559 (1918); McQuade v. Stoneham, 263 N.Y. 323, 189 N.E. 234 (1934). 浜田・前掲注11）93-94頁参照。McQuade事件以後，Clark v. Dodge, 269 N.Y. 410, 199 N.E. 641 (1936)は，二人株主会社における取締役の地位を保証する合意を有効とし，Long Park, Inc. v. Trenton-New Brunswick Theatres Co., 297 N.Y. 174, 77 N.E.2d 633 (1948)は，総株主3名が19年間取締役の地位を保証した合意を無効とした。"big-four"と呼ばれたManson, McQuade, Clark, Long Parkの各事件から1980年までのニューヨーク州の判例の展開を論じたものとして，栗山徳子「アメリカ会社法における株主間合意—取締役会権限を制限する合意—」石山卓磨＝上村達男編『公開会社と閉鎖会社の法理（酒巻俊雄先生還暦記念）』299-326頁（商事法務研究会，1992年）。

(ii) 判例法の展開

会社法の enabling act 化により，株主に会社の支配，利益および危険の割当てを決定する大きな自由が保証されたことから，閉鎖会社特有の問題にこの自由を適用して解決を図る実務が生まれた。しかし，判例は，例えば株主総会における多数決や取締役会の自由裁量を不可侵の原則ととらえたため[46]，会社法の enabling act 化はあくまで公開会社のためであるということが，判例自身により明らかにされた。裁判所は公開会社にとって一様に重要なことがらを会社規範として抽出し，それをすべての会社に従うよう求めたのである[47]。そのため，会社法は，濫用に対する重要な防御方法を定めていない点においては緩すぎる一方で，本来当事者が自分で定めるべきであるような事項については契約の自由を否定する結果となった[48]。

公開大会社と閉鎖的中小企業の違いを無視して，抽象的・観念的判断基準によって閉鎖会社の実務慣行を否定してきた判例は，第二次世界大戦後から学説により厳しい批判に晒された[49]。すなわち，株主数の多い公開会社にあっては，会社の意思決定は多数決によらざるを得ないであろうが，株主が特定かつ少数で信頼関係によって結合している間柄である小規模閉鎖会社においては，株主自らの判断が尊重されるべきであるとされたのである[50]。

---

45) *E.g., In re* Klaus, 67 Wis. 401, 29 N.W. 582 (1886); Victor G. Bloede Co. v. Bloede, 84 Md. 129, 34 A. 1127 (1896). William H. Painter, Painter on Close Corporations §3.1.1 (3rd ed. 1995); Clark, *supra* note 38, at 764. 浜田・前掲注11) 95-98頁。

46) 前掲注33) および前掲注40) ないし注44) 参照。

47) 浜田・前掲注11) 102頁。

48) L.C.B. Gower, *Some Contrasts between British and American Corporation Law*, 69 Harv. L. Rev. 1369, 1377-78 (1956); O'Neal & Thompson's Close Corporations, *supra* note 25, § 1:14. 北沢正啓「英米会社法の相違点（ガワー教授）―Gower, Some Contrasts between British and American Corporation Law, 69 Harv. L. Rev. 1369 (1956)の紹介―」『株式会社法研究 III』374-375頁（有斐閣，1997年）(初出は，商事法務研究153号12頁以下(1959年))，浜田・前掲注11) 102頁。

49) O'Neal & Thompson's Close Corporations, *supra* note 25, §1:14. 浜田・前掲注11) 104-106頁参照。

50) O'Neal & Thompson's Close Corporations, *supra* note 25, §1:14 参照。

1950年代の終わり頃からは，積極的に閉鎖会社立法促進を主張する論説も現れ[51]，各州における「閉鎖会社のために十分意を用いた規定を会社法の随所におくための法改正」[52]につながってゆく。各州における閉鎖会社の法規整の進展を受けて，議決権行使に関する株主間契約を当然に無効とする見解は消失するに至った[53]。

判例は，閉鎖会社特有の問題を，株主間合意の効力を大幅に認めることによって解決しようとしてきた。しかし，株主間合意により少数派株主が拒否権を持つと，デッドロックとなることがある。このような状態は，株主間合意でさらにバイ・アウトや解散請求権を定めておくことで解決できるが，株主間の合意に任せる解決では，事前にそのような株主間合意をしなかったケースは救えない。そこで，株主の信認義務を拡張して対処しようとする考え方が生まれた[54]。

⑷　制定法における株主間契約

現在，会社運営上の重要な取り決めは，基本定款に規定されていない限りそれに合意した社員間であっても効力を有しないとする立場をとる州法がある[55]。すなわち，たとえ株主全員が合意していても附属定款や株主間契約のままでは十分ではない。例えば，ニューヨーク州法では基本定款に規定された場合にのみ，株主総会や取締役会の定足数や決議要件の引き上げを認める[56]。また，取

51）*See* Norman Winer, *Proposing a New York "Close Corporation Law,"* 28 Cornell L.Q. 313（1943）; Wiley B. Rutledge, *Significant Trends in Modern Incorporation Statutes*, 22 Wash. U.L.Q. 305（1937）. その他の論説については，浜田・前掲注 11）114-115 頁参照。

52）浜田・前掲注 11）116 頁。

53）O'Neal & Thompson's Close Corporations, *supra* note 25, §5:6. 菱田・前掲注 7）142 頁，浜田・前掲注 11）149 頁。州法の制定状況は前掲注 19）参照。1977 年カリフォルニア一般会社法を中心に，1970 年代末までの各州の制定法の状況を報告した文献として，近藤弘二＝青竹正一＝渋谷光子「アメリカ会社法における最近の動向」アメリカ法 1980 年 1 号 12 頁（1980 年）。

54）Pepper v. Litton, 308 U.S. 295（1939）以降，支配的な株主が少数派株主に対して信認義務を負うことを認める判例が現れた。信認義務拡張論の契機となったのは Donahue v. Rodd Electrotype Co. of New England, 328 N.E.2d 505（Mass. 1975）である。より詳しくは，本章第 2 節 2 参照。

55）ニューヨーク州（N.Y. Bus. Corp. Law §616, §620(b)(McKinney 2006)），サウスカロライナ州（S.C. Code Ann. §33-18-200(e)(2005)）など。

締役会の権限を制限して，その権限を特定の株主やその株主が選任する第三者に委譲するという通常であれば法律で禁止されている事項は，全株主の同意により基本定款に規定されることで有効とされる。ただし，附属定款や株主間契約の規定は効力を有しない[57)]。このような制定法下では，基本定款に規定するのを失念した場合に，契約を強制できない結果に陥るため，附属定款であれ株主間契約であれ，それに現に合意した株主に対しては，合意していない株主の権利が害されない限り強制可能とすべきだとの議論もある[58)]。

1991年改正模範事業会社法は，伝統的な制定法によるスキームから完全に離脱するような株主間契約の効力を広範に認めるに至った[59)]。会社のガバナンスに影響を与え，またはこれを変更する全株主による合意も，広くその効力を認められる[60)]。とりわけ，取締役会の廃止，持株比率に比例しない利益配当，取締役の選任，取締役会の権限の一部株主またはその他の者への委譲，一部の株主からの請求または一定の事象の発生による解散などについて合意をすることができる[61)]。模範事業会社法の記述は例示的なものである[62)]。株主間契約の規定が模範事業会社法の他の規定と競合する場合は，模範事業会社法の規定を株主間契約の規定の意図に適合するよう柔軟に解釈しなければならない。それゆえ例えば，株主間契約が取締役の加重投票を認める場合は，取締役による多

56) N.Y. Bus. Corp. Law §616 (McKinney 2006). テキサス州は，基本定款または附属定款に記載しなければならないとしている。Tex. Business Organizations Code Ann. §21.101(b)(Vernon 2006).

57) N.Y. Bus. Corp. Law §620(b)(McKinney 2006).

58) O'Neal & Thompson's Close Corporations, *supra* note 25, §1:22. なお，1984年改正模範事業会社法の閉鎖会社追補および1984年までの各州の閉鎖会社立法の状況について，青竹正一「最近のアメリカ閉鎖会社立法の動向（上)(下)―改正模範法の追補および一般規定を中心として―」ジュリスト861号104頁，863号70頁（1986年）参照。

59) Rev. Model Bus. Corp. Act §7.32 (2002) [hereinafter cited as RMBCA]. *See* Committee on Corporate Laws, *Changes in the Revised Model Business Corporation Act－Amendments Pertaining to Closely Held Corporations*, 46 Bus. Law. 297, 299-308 (1990).

60) Hamilton, *supra* note 16, at 360.

61) *Id.* at 360.

62) RMBCA §7.32 official comment.

数決またはその他の決定に言及している模範事業会社法の規定を参照しなければならない。模範事業会社法 §7.32(a)(8)は株主間契約の外縁を定めるキャッチ・オール規定として位置づけられ，株主間契約が公序に服することを定める[63)]。解釈にあたっては§7.32(a)(1)～(7)により認められた会社法規定からの個別的逸脱との比較をしなければならない。例えば，取締役の善管注意義務や忠実義務を免除することは認められない。このような定めは，§7.32(a)(1)～(7)と十分に類似しているとは言えず，また実質的に重要な公序に反すると見られるからである[64)]。また，取締役以外の者に会社運営の権限が付与されている場合は，その者は取締役と同じ義務を負わなければならない[65)]。

模範事業会社法により有効とされる株主間契約は，それ自体は州，債権者その他の第三者を拘束するものではない[66)]。例えば，会社登記を不要とする合意をしても無効である[67)]。社長のみが契約締結権限を有するという株主間契約が存在する場合，他の役員に契約締結権限があると信じた第三者は一般の代理理論で保護される[68)]。

模範事業会社法では，株主間契約は，売買，贈与，法の作用等にかかわらずすべての譲受人に対して有効である[69)]。株式譲渡制限と異なり，株主間契約を一部の株主に対して強制することは不可能だからである。株主間契約の存在を知らずに株式を取得した者は契約に拘束されるが，契約の存在を知った後に株式の取得を無条件で撤回できる。ただし，株券面に契約の存在を示す適切な記載があった場合はこの限りでない[70)]。株券その他株式に関する情報説明書は，株主間契約が存在していることを開示しなければならない。様式は特定されておらず単に「この株券により表章される株式は株主間契約に従うものとします」という記述でよい[71)]。株式の譲受人は，売買時に株主間契約を自己リスクで確

63) *Id.*
64) *Id.*
65) RMBCA §7.32(e).
66) RMBCA §7.32 official comment.
67) *Id.*
68) *Id.*
69) *Id.*
70) RMBCA §7.32(c).
71) RMBCA §7.32 official comment.

認しなければならない。ただし，株券等に記載がなく株主間契約の存在を知らずに株式を購入した者に対しては，会社に対する訴権が認められる場合があり得る[72)]。

贈与や相続で株式を取得した者も契約に別段の定めがない限り，株式の取得を撤回することはできず，株主間契約に拘束される[73)]。株主がもしそのような状況を望まない場合は，株主が死亡した場合の株式買取り等の手続を定めておくことを考慮しておかなければならない。

株主間契約は，議決権の取り決めにかかわらず，株主全員の合意を要する[74)]。模範事業会社法が認める株主間契約は会社の運営と機構と株主の権利義務に重大な変更を加えるものだからである。

制定法に現れるもう一つの契約自由に対する制限は，株主間契約の期間を10年間に制限していることである[75)]。しかし，法定の期間制限があるがゆえに，会社の経営が軌道に乗って拡大してきた頃に株主間契約の効力が切れて，少数派株主が，多数派株主から締め出されるリスクを負うことになってしまう。株主全員が合意すれば更新できるとしていても，支配株主が更新を拒絶すれば意味がないことになる。10年という期間制限は，議決権信託期間との整合性を意図したものと思われるが，公開会社の議決権信託が10年に制限されることには合理的な理由があるとしても，閉鎖会社の株主間契約で全株主が契約当事者である場合に，同じ期間を適用する合理性は見出し難い[76)]。模範事業会社法では，別段の合意がなければ10年とされており，当事者が契約期間を選ぶことができる[77)]。

会社の株式が公開された場合は，株主間契約は自動的に終了する[78)]。株主が

72）RMBCA §7.32(c) official comment.

73）Hamilton, *supra* note 16, at 361.

74）RMBCA §7.32(b)(1)(2).

75）*E.g.*, N.C. Gen. Stat. §55-7-31(2006); Idaho Code §30-1-732(2)(c)(2006); Miss. Code Ann. §79-4-7.32(b)(c)(Thomson/West 2006); Mont. Code Ann. §35-1-820(2)(c)(2005); Neb. Rev. Stat. §21-2069(2)(c)(2006); N.H. Rev. Stat. Ann. §293-A:7.32(b)(c)(LexisNexis 2006); Wyo. Stat. §17-16-732(b)(iii)(2006).

76）O'Neal & Thompson's Close Corporations, *supra* note 25, §1:22.

77）RMBCA §7.32(b)(3).

増えるにつれ，会社の運営についての交渉の機会を持つことは難しくなるため，このような自動終了の規定は必要かつ適切である。もっとも，株主間契約は全株主の一致を前提とするため，株式公開前には実質的に利用不能な状態が発生すると思われる[79]。

2. 株主の信認義務拡張による少数株主保護論

閉鎖会社株主の信認義務拡張論のきっかけとなったのは，Donahue v. Rodd Electrotype Co. of New England[80]である。この事件は，引退する取締役の所有株式を1株当たり800ドルで買い取るとした取締役会の決議を，少数派株主が争ったものである。この決議をした取締役であり，かつ株主でもあった3名のうち2名は，いずれも引退する取締役の子どもであり，しかもその前年に，少数派株主である原告からの株式買取請求（価格帯は1株当たり40ドル～200ドル）を拒否していたという事実関係があった。マサチューセッツ州最高裁は，閉鎖会社の株主間の信認義務は，パートナー間の信認義務と等しいものであり，会社は各株主に同等の価格で持株の買取請求を求めることができる均等な機会を与えなければならないとした。

その後マサチューセッツ州の裁判所は，この均等機会ドクトリンの射程を定める課題に取り組むこととなった[81]。Wilkes v. Springside Nursing Home, Inc.[82]は，射程を狭めて，代替手段がない場合は正当な事業目的のために別扱いをすることができるとした。本件では，75％の株式を所有する3人の株主が4人目の株主であるWilkesを取締役兼執行役員に選任しなかった。当初の4人の間での了解により，Wilkesは取締役兼執行役員に選ばれるものと期待しており，裁判所は，正当な事業目的のためでないかぎりは，多数派株主はWilkesを排除することはできないとした。Wilkesの議決権行使に反対する他の株主によってWilkesが排除されたことから，裁判所は，多数派はWilkes

78) RMBCA §7.32(d).
79) RMBCA §7.32(d) official comment.
80) 328 N.E.2d 505 (Mass. 1975).
81) O'NEAL & THOMPSON'S CLOSE CORPORATIONS, *supra* note 25, §1:21.
82) 353 N.E.2d 657 (Mass. 1976).

に対する信認義務に違反したと判断した。裁判所はまた，少数派株主が信認義務違反で多数派株主を訴える場合には，多数派株主の側は問題とされた行為について正当な事業目的（legitimate business purposes）を有していたことを立証できればその行為を一応正当化することができ，これが立証されるときは，逆に少数派株主の側で，同様の正当な目的が少数派株主の利益を損なわない別の行為によっても達成され得たことを示すことによりこれに抗弁することができるとする比較衡量理論（balancing test）と呼ばれる基準を示した[83)]。

Wilkes判決以降，マサチューセッツ州裁判所は，閉鎖会社の株主に比較的厳格な信認義務を認め，その義務を少数派株主にも適用するようになった[84)]。閉鎖会社の株主の信認義務の適用範囲については，州の間でばらつきがあるものの，多数の州裁判所は，より厳しい信認義務が存在することを認めた[85)]。ミネソタ州のように高度の信認義務を制定法に規定した州もある[86)]。これとは対照的に，閉鎖会社の株主に特別な保護を与えない州がある[87)]。代表的なのがデラウエア州であり，その立場はNixon v. Blackwell[88)]で明らかになった。この事件では，会社の創業者が残した支配株式を従業員が保有し，残りの株式を創業者の家族（会社の従業員ではない）が保有していた。従業員株主は，従業員持株制度または会社が契約した生命保険を通じて株式を現金化することができたが，家族はこれらの福利制度から除外されており，会社の経営陣と株式買取りを交渉する材料もなく，経営陣の言い値で株式を売却するか，持ち続けるかしか選択肢がなかった。しかし，州最高裁は，閉鎖会社にはデラウエア会社法上特別の地位は与えられていないとして，閉鎖会社の少数派株主に特別の救済

83）*Id.* at 663. 川島・前掲注27）268頁。

84）O'Neal & Thompson's Close Corporations, *supra* note 25, §1:21.

85）*See, e.g.,* Tills v. United Parts, Inc., 395 So. 2d 618 (Fla. Dist. Ct. App., 5th Dist. 1981); Comolli v. Comolli, 241 Ga. 471, 246 S.E.2d 278 (1978); Estate of Schroer v. Stamco Supply, Inc., 19 Ohio App. 3d 34, 482 N.E.2d 975 (1st Dist., Hamilton County 1984).

86）ミネソタ州は制定法で裁判所に閉鎖会社の性質を考慮することを義務づけた。Minn. Stat. §302A.751 (2005).

87）*See, e.g.,* Toner v. Baltimore Envelope Co., 304 Md. 256, 498 A.2d 642 (1985); Delahoussaye v. Newhard, 785 S.W.2d 609 (Mo. Ct. App. E.D. 1990).

88）626 A.2d 1366 (Del. 1993).

を与えることを認めなかった[89]。デラウエア州以外にも高度の信認義務を認めない州があり[90]，現在は，高度の信認義務を認める州からデラウエア型の特別な保護を与えない州までさまざまとなっている[91]。

3. 株主の信認義務拡張論の検証

前項で述べたように，閉鎖会社の株主の信認義務の問題については，２つのアプローチが生まれた。すなわち，高度の信認義務を認める考え方（マサチューセッツ州をはじめ過半数の州）と，デラウエア州のように少数ながら逆の立場をとる考え方である。

高度の信認義務を適用するアプローチは，パートナーシップ類似の信認義務の適用を認め，O'Neal 教授はこれを閉鎖会社の司法上の特別扱いのなかで最も認知されたものと評し，その理由として，それが中小規模の閉鎖会社に必要不可欠な信頼関係を維持し，少数派株主に必然的にふりかかるであろう危険を回避するための唯一の手段であるとする[92]。信認義務拡張論は，株主間の契約の自由に任せていては，十分な保護が得られないと考えており，その理由として，閉鎖会社の株主がその人間関係を信頼するがゆえに契約が必要であるという自覚を持たないからであると考える[93]。閉鎖会社の株主は往々にして法律問題に疎く，その合理性や先を見る眼にも限りがある。会社の成功のために必要な調和した人間関係は，事業構造の変化や一部株主の死亡，一部株主の利害関係からくる策略，および自己の能力や資金を他に回そうとする株主の心変わり

---

89) *Id.* at 1380. *See also* Riblet v. Nagy, 683 A.2d 37 (Del. Super. 1996). Riblet 事件の解説として，楠元純一郎「閉鎖会社における少数派株主である CEO の解雇と締出し（米国会社・証取法判例研究 No. 207）」商事法務 1718 号 58 頁（2004 年）。

90) 例えば，カンサス州では，Nixon 判決の判旨を適用した判例として，Hunt v. Data Mgmt. Res., Inc., 985 P.2d 730 (Kan. Ct. App. 1999) がある。Hunt 事件の解説として，近藤光男「閉鎖会社における少数派株主の信認義務（米国会社・証取法判例研究 No. 195）」商事法務 1684 号 24 頁（2003 年）。

91) 米国の小規模閉鎖会社株主への信認義務適用に至るプロセスに関する分析として，白鳥公子「小規模閉鎖会社における会社内部紛争回避・解決策〜株主間関係からの考察」横浜国際経済法学 13 巻 1 号 52-59 頁（2004 年）。

92) O'NEAL & THOMPSON'S CLOSE CORPORATIONS, *supra* note 25, § 1:21.

93) HAMILTON, *supra* note 16, at 351.

により，いともたやすく破壊されてしまう。これらの変化は予見することができないため，事前の契約では少数派株主を十分に保護できないとされる[94]。

不満をもつ少数株主には，会社の解散請求権ではなく持株の買取請求権を与えれば足りるとする主張もある[95]。これに対しては，少数株主に適切な保護を与えるためには，解散以外の救済を司法がより積極的に与える必要があり，逆に解散請求権のみでは，事業が不安定になり株主の投資意欲が削がれるという反論がなされている[96]。

O'Neal教授は，事前に契約をしなかった，あるいは世間知らずで法的アドバイスもなく過度な楽観主義かコスト心配性であるがゆえによく考えて事業形態を選択しなかった株主を保護する立法が必要だと考え，閉鎖会社の株主が事業運営および株主間の取扱いにおいて厳格な信認義務を課されるような立法が望まれるとする[97]。株主間に明確な合意がない場合においても，閉鎖会社の持分を取得した者の合理的な期待（例えば，経営に参画し，会社に雇用されるという期待）を保護するように裁判所に指示をする立法が役に立つであろうとするのである。

これに対し，Easterbrook判事およびFischel教授は，パートナーシップと同列に扱うのは行き過ぎであるとして，Donahue判決のアプローチは，裁判所が必要以上に当事者の紛争に深入りして，仮に当該会社の株主が完璧な内容の合意を事前に取り交わしていたらどのような条件になっていたであろうかということを司法が決定してしまっていると批判する[98]。そして，閉鎖会社の株主すべてがパートナーシップ法により規整されることを望んでいると措定する

94）*Id.* at 352.

95）J.A.C. Hetherington & Michael P. Dooley, *Illiquidity and Exploitation: A Proposed Statutory Solution to the Remaining Close Corporation Problem*, 63 VA. L. REV. 1, 6 (1977). 少数株主が解散請求権を交渉の切り札（bargaining chip）に使うため，当事者にとってかえってコストが高くなるとする。

96）O'NEAL & THOMPSON'S CLOSE CORPORATIONS, *supra* note 25, §1:22.

97）*Id.*

98）Frank H. Easterbrook & Daniel R. Fischel, *Close Corporations and Agency Costs*, 38 STAN. L. REV. 271, 294(1986). 同論文の紹介として，青竹正一「論文紹介：Frank H. Easterbrook & Daniel R. Fischel, *Close Corporations and Agency Costs*, 38 STAN. L. REV. 271-301(1986)」アメリカ法1988年1号95頁（1988年）。

ことを疑問視する[99]。すなわち，そのような措定の結果，パートナーの信認義務を閉鎖会社の株主に課することは，実は株主の期待するところに反することになる。司法の役割は，当事者の契約内容を見出して強制力（enforceability）を与えることであり，事後的に当事者になりかわって契約を作成することではない。さらに，一般に投資をする者は，適用する組織体を自分で選択するので，リスク調整後のリターンも同じであるべきである。一部の出資者のみを法が優遇するという理由はない。すべての出資者は賢明な成人であって，契約した内容は強制されてしかるべきであるとするのである[100]。

最近になり多数の州法で認められるようになった株式会社の代替的な事業組織形態である Limited Liability Partnership（LLP）や Limited Liability Company（LLC）は，税務上のメリットおよびパートナーシップの信認義務ならびに契約の自由を取り込んだ有限責任の3つの特徴を結合したものである。Easterbrook 判事と Fischel 教授は，閉鎖会社の株主の多くは，税金と有限責任を目的に会社形態を選択したかもしれないのであって，裁判所は，そのような株主の動機を十分知っていながら，実は株主が株式会社とパートナーシップの法的相違をよく知らなかったと決めつけることはできないとする。したがって，問うべきことは，閉鎖会社がパートナーシップに類似しているかどうかではなく，当事者が（取引コストをゼロと仮定して）何を取引したであろうかということを探ることであると論ずる[101]。

2つの議論が提示した閉鎖会社のガバナンスの考え方のどちらを採用するかが州によって分かれたため，米国では論争はなお続いている[102]。多くの州でより厳格な信認義務が認められるようになったが，具体的な事件において，当事者が契約したであろう条件をどう確定するかという問題に晒されている。裁判所も立法府も，この拡張された信認義務の適用にあたっては，曖昧さと恣意性を残している[103]。少数株主の「合理的な期待（reasonable expectations）」や

99） Easterbrook & Fischel, *supra* note 98, at 298.

100） *Id.* at 301.

101） *Id.* at 298.

102） マサチューセッツ州（*e.g.*, Donahue v. Rodd Electrotype Co. of New England, 328 N.E.2d 505 (Mass. 1975)）とデラウエア州（*e.g.*, Nixon v. Blackwell, 626 A.2d 1366 (Del. 1993)）が対照的である。

少数株主に対する「抑圧的行為（oppressive conduct）」の基準を裁判所が確立できていないことについて批判がなされている[104)]。

この批判は，曖昧な基準を適用して会社法の条文や当事者間の明確な合意に相反する結論を裁判所が導いたときに，説得力を増すことになる。例えば，Jordan v. Duff & Phelps, Inc.[105)]では，裁判所は，株式の価値を引き上げる可能性のある合併交渉の事実を，会社は従業員である少数株主に通知する信認義務があるとした。この事件で，当該従業員は，退職にあたって持株を会社に売り渡すという契約を取り交わしていたが，合併のクロージング日の直前に退職届を出したことから，株式価値の上昇の恩恵を受け得なかったものである。契約書には，株主としての地位は雇用の権利義務関係に何ら影響を及ぼさないものと明記されていたが，裁判所は，会社は従業員が退職を翻意するかもしれないような会社経営の見通しに関する情報を，自発的に従業員に開示する義務があるとした。雇用契約の内容は明確であり，裁判所が会社と従業員の合意内容に関して想像をめぐらす余地はなかったと思われるにもかかわらず，両当事者の（一致しているはずの）期待とは別に，少数株主に対する信認義務を課したことになる。

Lerner v. Lerner Corp.[106)]においても，メリーランド州特別控訴裁判所は，多数派株主による株式併合の決定が少数株主に対する信認義務に違反するかど

103）O'NEAL & THOMPSON'S CLOSE CORPORATIONS, *supra* note 25, §9:27.

104）Sandra Miller 教授は次のように批判する。「会社法の役割は事業を行う魅力を高めるために法の確実性と明確性を提供するものであるところ，抑圧（oppression）の定義は裁判所のケース・バイ・ケースの判断に委ねられている。…欺罔（fraud）や経営者の過失（mismanagement）と異なり，抑圧的行為（oppressive conduct）を定義するための意味ある基準を裁判所が発展させるのは困難な課題である」（Sandra K. Miller, *Should the Definition of Oppressive Conduct by Majority Shareholders Exclude a Consideration of Ethical Conduct and Business Purpose?*, 97 DICK. L. REV. 227, 229-30（1993））。裁判所自身による同様な批判として以下の判例がある。Jordan v. Duff & Phelps, Inc., 815 F.2d 429, 436（7th Cir. 1987）; Hayes v. Olmsted & Assocs., Inc., 21 P.3d 178, 181（Or. Ct. App. 2001）; Kiriakides v. Atlas Food Sys. & Servs., Inc., 541 S.E.2d 257, 264 n.18 & 262-67（S.C. 2001）.

105）815 F.2d 429（7th Cir. 1987）.

106）750 A.2d 709（Md. Ct. Spec. App. 2000）.

うかを問題視した。当該株式併合は法律に則って行われていたにもかかわらず，他州の信認義務違反の判断基準をいくつも検討した結果，デラウエア州の“fairness rule”を適用して，最終的には株式併合が適法であることを認めた[107]。裁判所が決め手とした論理であれば，信認義務を持ち出さなくてもすんなりと結論が出せた事案である。

他方，デラウエア州のモデルは簡明ではあるものの，司法による事後救済に薄くなる傾向がある。Harrison v. NetCentric Corp.[108]は，解雇された閉鎖会社の役員が，雇用契約に基づくストック・オプションにつき，付与者の退職時において会社側に与えられている未付与分の買戻権を会社が行使するのは信認義務違反であると主張して，会社とCEO以下4人の役員および主要株主であった2つのベンチャー・キャピタルを相手取って提訴したものである。当該会社がデラウエア州法人であったため，裁判所は，デラウエア州法を準拠法として，少数株主の期待という込み入った問題に立ち入らずに，株主間の雇用契約を適用して会社による未付与オプションの買戻権行使を適法と認めた。

支配的見解となった信認義務拡張理論が，現在においても維持されるべきであるかはいささか検討を要する時期にきている。第2章で論じるように，この理論が確立されてから年月が経過する中で，ベンチャー・ビジネスの発展とともに，閉鎖会社の少数株主の立場になることが多いベンチャー・キャピタルは，会社当事者の動機付けを巧みに契約化することで，訴訟シナリオの回避に顕著に成功しているとみられるからである[109]。第2章ではこのような実務の展開を踏まえて，米国のベンチャー・キャピタリストがベンチャー企業への出資契約で実現した手法について分析を行い，それが閉鎖会社法理に与える影響を検討する。

107）正当な事業目的テストを採用するか否かにかかわらず，少数株主を追い出す真意であったかどうかは別として，株式併合自体は有効であるとした。*Id.* at 723.

108）744 N.E.2d 622（Mass. 2001）.

109）Stevenson, *supra* note 18, at 1154.

第3節　フランスにおける閉鎖会社法理と株主間契約

(1)　会社区分の特徴

現行のフランス会社法は，1966年7月24日の商事会社に関する法律（Loi n° 66-537 du 24 juillet 1966 sur les sociétés commerciales）を基礎としており，当初より会社区分として，合名会社（société en nom collectif; SNC），合資会社（société en commandite simple; SCS），有限会社（société à responsabilité limitée; SARL）[110]，株式会社（société anonyme; SA）の4種類が準備されていた。フランスは伝統的に中小企業が多いという特徴を有し，その形態は主に有限会社（SARL）であって，商事会社の全体の80％を占めていると言われる[111]。他方，株式会社（SA）は，上場企業，大企業に適した事業形態として設定されており，そのために，最低株主数7名[112]，取締役法定数3名～18名[113]というある程度厳格で柔軟性に欠ける構造となっている。登記数，設立数ともにSARLの約10分の1である[114]。これに対してSARLは，閉鎖型企業として人的色彩が濃く，税制上の扱いも完全な物的（資本）会社とは異なっており[115]，もともと中小企業に適した会社形態として設計されている[116]。これ

110）フランス有限会社法の包括的な研究として，鴻常夫「有限会社法の比較法的研究 フランス法を中心とする考察」『有限会社法の研究』69頁以下（文久書林，1965年）（初出は，「有限会社法の比較法的研究2　フランス法を中心とする考察」法学協会雑誌69巻3号48頁以下（1951年））。

111）Philippe Merle, Droit commercial: Sociétés commerciales n° 2（Dalloz, 9e édition, 2003）. 生田美弥子「フランス簡易会社と会社法改正」弥永真生＝山田剛志＝大杉謙一編『現代企業法・金融法の課題』44頁（弘文堂，2004年）。

2002年のパリ市における新規登記件数では，SARLが商事会社の85％に至っている。Merle, *op. cit.*, n° 2.

112）C. com. art. L. 225-1.

113）C. com. art. L. 225-17 al. 1er.

114）Merle, *op. cit.*（note 111）, n° 2. これに対し，わが国は，株式会社が105万社，有限会社が142万社と数の上では拮抗しながら，株式会社の圧倒的多数は閉鎖会社であり，さらに閉鎖会社の圧倒的多数が中小企業である。閉鎖会社の60～80％が個人企業が法人成りしたものと言われる（江頭憲治郎『株式会社・有限会社法〔第4版〕』4頁注(7)（有斐閣，2005年））。

115）生田・前掲注111）50頁。

らのことから，フランスの中小企業はそれにふさわしい会社形態であるSARLを選択していると言える。

SARLという会社形態が導入されたのは1925年である。SARLは，商人の資格を有しない有限責任社員によって構成される。会社資本は持分に分割され，原則として持分の譲渡は制限される。SARLが普及した理由としては，社員の有限責任，社員数や資本金の面における設立の容易性，経営者の身分の安全性と幅広い権限が挙げられる[117)]。合名会社（SNC）では，社員全員が商人資格を持ち会社債務について無限責任を負うのに対し，SARLの社員は，法律上有限責任である[118)]。そして，SAとの間では，税務上のメリットとSAの社会的安定性が実務的な視点から比較され，その観点からは多数派社員を形成する経営者はSAを好むとされる[119)]。しかしながら，伝統的に社員が2名でよいとされてきたこと[120)]，経営の権限を1名に集中できること，および設立が容易なことなどから，家族・同族経営の小企業にはSARLが相応しく，実際そのような小企業はSARLを選択している。

1966年の改正により，SARLの法規整はSAのそれに近づき，いずれの会社形態も，強行法規性の強い会社法制下に置かれるようになったが，SARLは中小企業，SAは大企業とそれぞれの法規整の狙いどおりに普及したこともあり，米国や日本におけるような，体格に合わない株式会社という服をまとった小企業をどう規整するかという議論はそれほど発達してこなかった[121)]。

116） 鴻・前掲注110） 72-74頁。

117） このような特徴を持つSARLは多くの個人企業をひきつけたが，その結果として多数の倒産事例が生じた。これに対応するため1935年以降，破綻時の経営者の民事および刑事責任が強化された。MERLE, *op. cit.* (note 111), n° 198.

118） 実際には日本と同様社員が個人保証を差し出すケースは多い。

119） SAにおける少数株主保護のための法規整の全体像については，藤原雄三「フランス商事会社法における少数者株主の保護」平出慶道先生・高窪利一先生古稀記念論文集編集委員会編『現代企業・金融法の課題（下）』803頁以下（信山社，2001年）参照。

120） 現在では，一人会社（EURL）も認められている。MERLE, *op. cit.* (note 111), n°s 231-45.

SARLの社員数は50人を超えることはできない。社員数が50人を超えた場合は，SAに組織変更するか，社員数を50人以下に減じるか，または解散しなければならない（C. com. art. L. 223-3）。

(2) 株主間契約の位置づけ

一方，フランスにおいては，定款によるアレンジに対して限界を設ける強行法規は，株主間契約についても基本的にそのまま適用があるとされている[122)]。その結果として，株主間契約に会社に対する効力を付与するためには，当該アレンジを定款に組み込むことが必要となり，したがって，株主間契約で規定する場合も，定款と同等の有効要件を満たさなければならないということが考えられる[123)]。さらに，より実質的には，会社法の設定したルールを株主間契約という形で潜脱することは認められないという会社法のルールに対する強固な信頼が存在していると指摘されている[124)]。また，会社法で認められている制度を組み合わせることで，かなり柔軟に株主の地位や権利を調整することが可能であり，例えば，種類株式を利用して少数派の保護や経営参加，同族企業およびジョイント・ベンチャーの利害調整を行うこともできる[125)]。その結果，株主間契約と定款に書ける内容は同等であるから，できるだけ定款に組み込むことが望ましいと推奨され[126)]，基本的には株主間契約の有効性についてかなり厳格な態度がとられていると評価することができる[127)]。

フランスにおける定款自治の議論は，むしろ合弁会社を形成する大企業[128)]によって主導された。すなわち，細部まで厳格な強行法規として規定されているフランス会社法においては，当事者による自由な組織設計の余地が少なく，フランス企業と外国企業が合弁会社を設立する場合に，フランスを避けて

---

121) フランスで株主間契約が裁判例で取り上げられるようになったのは1970年代であるが，それらはジョイント・ベンチャーに関わる株主間契約を扱っていた（森田・前掲注2)「株主間契約 (3)」51頁)。ただし，1966年法の改正で強行法規性が強くなったことで，SA および SARL において定款外の株主間合意を行う傾向が強まったことが指摘されている。YVES GUYON, LES SOCIÉTÉS AMENAGEMENTS STATUTAIRES ET CONVENTIONS ENTRE ASSOCIÉS n° 11 (L.G.D.J., 5e édition 2002).

122) Yves Guyon, *Statuts et actes annexes, dans* RÉPERTOIRE DES SOCIÉTÉS n°s 79-81 (Dalloz, 1995).

123) GUYON, *op. cit.* (note 121), n° 201. 森田・前掲注2)「株主間契約(4)」52頁。

124) GUYON, *op. cit.* (note 121), n° 200. 森田・前掲注2)「株主間契約(4)」52頁。

125) 森田・前掲注2)「株主間契約(3)」54頁。

126) GUYON, *op. cit.* (note 121), n° 90.

127) 森田・前掲注2)「株主間契約(4)」52頁。

128) 表1（本章第1節(1)）の③がこれにあたる。

besloten vennootschap（BV）という簡便な有限責任会社形態を有するオランダが選択される傾向が顕著になったとの認識から，当事者の自治を幅広く認める会社形態を設けるべきであるとの議論が強くなり，その結果として簡易株式制会社（société par actions simplifiée; SAS）が新設された[129]。

第4節　英国における閉鎖会社法理と株主間契約

(1)　会社区分の特徴

イギリスにおいては会社を2種類に分けている。公開会社と非公開会社であり，前者はp.l.c.（public limited company）を商号の末尾に付すことで示され，後者は公開会社以外の会社と定義され，私会社（private company）と呼ばれる[130]。

私会社の多くは，少数の株主からなる小企業であり，その株主の大部分が生計の源として会社の事業経営に積極的に参加している。ただし，私会社のすべてが小企業であるわけではなく，資本金の上限は設けられていない。私会社となるか公開会社となるかの選択は，資本金の源がどれだけ限定的かによる[131]。イギリスの会社の99％以上は従業員50名未満の小企業である。しかしながら，小企業は，全国の労働者の47％を雇用し，売上高の36％を占める[132]。

1980年の改正までは，イギリスの会社法制は，まず私会社を定義し，その私会社以外の会社を公開会社とする区分をしていた。そして私会社に対しては公開会社を対象とする会社法の規制の一部について適用を免除ないし除外するという規制方式を採ってきた[133]。

私会社は1907年会社法により初めて法律上の地位を与えられ，1908年会社

129）SASの成立過程は，本書第3章第3節第2款およびその引用文献を参照。

130）Companies Act 1985, ss. 1(3) and 25 [Companies Act 2006, ss. 4, 58 and 59]. 大野正道『中小会社法入門』3頁（信山社，2004年）。

131）井原・前掲注9）88頁。

132）DTI, Small and Medium-sized Enterprise Statistics for the United Kingdom, 2005, URN 06/92（Aug. 2005).

133）酒巻俊雄「イギリス法上の私会社制度の変容」『現代英米会社法の諸相（長濱洋一教授還暦記念）』前掲注27）1頁。

総括法121条では，私会社をその附属定款（articles of association）をもって，①株式の譲渡を制限し，②社員数を2名以上50名以下とし，③株式または社債の公募を禁止する会社と定義し，私会社以外の株式資本を有する会社を公開会社（public company）とした[134]。私会社は，計算書類の公開義務の免除や取締役に対する金銭貸付の許容など設立・運営面で広範な特則および公開会社に適用される規制の免除が認められていた[135]。

1972年にイギリスはECに加盟し，それに伴い加盟各国会社法の調和を目的とする統一指令との関連で，会社法の改正が行われた。1980年法は，公開会社に重点を置いて定義し，それ以外の会社を私会社とし，定義方法を逆転させた。すなわち，基本定款（memorandum of association）をもって会社が公開会社である旨を規定し（同法1条1項），商号の末尾に「公開会社」である旨の表示（public limited company（p.l.c.））を付し（同法2条2項），最低株式資本（minimum share capital）を有したもの（同法85条1項）が公開会社となり，私会社はそれ以外の会社をいうものとされた。これにより，私会社は，株主の人数や株式の譲渡制限を要するものではなくなり，私会社の模範附属定款を定める1948年法附表A第2部も廃止された。しかし，実際には附属定款を変更しない限りその定款規定は有効とされるので，既存の多くの私会社は依然として株主数と株式の譲渡を制限する特徴を継続し，その後も実務上は私会社の定款規定にこの特徴が盛り込まれることが多い[136]。

その後数次の改正を経て1985年会社法は，私会社に関する特別規制または適用免除の主要なものとして以下を定めていた[137]。

① 基本定款において，会社の特性（公開会社である旨）を表示する必要がない（1条3項，25条2項）。

② 授権最低資本（authorised minimum capital）を必要とせず，法人格取得後直ちに営業を開始することができる（11条，101条1項，117条2項，118条1項）。

③ 取締役は1名でもよい（282条3項）。

134）酒巻・前掲注133）3頁。
135）酒巻・前掲注133）3頁。
136）酒巻・前掲注133）13頁。
137）酒巻・前掲注133）17-19頁，井原・前掲注9）93-95頁。

④　2名以上の取締役を選任する場合に，単一の一括決議の方法で選任することができる（292条1項）。

⑤　公開会社の従属会社でない私会社の取締役には，法定70歳の定年制が適用されない（293条1項・3項）。

⑥　取締役と会社間の資金取引（financial dealing）に対する制限が少ない（330条～344条）。

⑦　会社秘書役（company secretary）は，特に有資格者または経験者であることを要しない（286条1項）。

⑧　現金以外の資産を対価として株式を発行する手続が簡略化されている（101条～116条）。

⑨　新株発行に際し，既存株主の新株引受権を排除しまたは変更することができる（91条1項）。

⑩　自己株式の取得については公開会社と同様の制限を受けるが，受益者としての権利（beneficial interest）を認められた自己株式の取得については，私会社の場合取得後3年以内に処分する必要がない（143条1項・3項，146条1項～3項）。

⑪　私会社は自己株式またはその持株会社である他の私会社の株式の取得に対し，財政的援助を与えることができる（155条～158条）。

⑫　計算書類の一部または全部の開示を免除されることがある。また，会計監査役による法定監査を免除される場合と，簡易報告書によるべき場合とがある（246条～253条）。

⑬　株主総会を書面決議で行うことができる（381条A1項）。

⑭　株式保有の真実の所有関係を会社に対して開示する義務を負わない（198条～211条）。

⑮　社員は株式保有の実質を問わず，株式の真実の所有関係を会社に対して開示する義務を負わない（198条～211条）。

⑯　一定の条件を満たすときは資本および配当不能の準備金をもって自己株式を取得し，または償還株式として発行された株式を償還することができる（170条～177条）。

⑰　総会に出席し議決権を行使し得る株主の全員の一致により，(i)取締役の株式割当権の付与期間の延長，(ii)計算書類の作成・提出の免除，(iii)年

次株主総会の開催免除，(iv) 総会の招集通知期間の短縮，(v) 年度ごとの会計監査役の選任の免除を選択することができる（選択制度（elective regime）[138]）(379条A)。

このようにイギリス会社法の公開会社・私会社の再定義は，公開会社の定義および実体を明確化した反面，私会社については，小規模非公開会社への限定をやめたため，企業グループに属する大規模な私会社から家族経営企業までを含むものとなった。そして，私会社については会社の内部関係について大幅な私的自治を認め弾力化を図ったと考えられる規制が増加したため，公開会社の規制を回避しようとする大規模会社による濫用の可能性が指摘されてきた[139]。

逆に，小規模非公開会社にとっては，選択制度の採択が全員一致によるため，それが手続的，心理的な障害となっているとされ，あまり利用されてこなかった[140]。また，デフォルト・スタンダードの役割を果たしていた模範附属定款が1980年改正で廃止され，その後は実務として従来の模範附属定款に倣った附属定款の利用が継続している[141]。

(2) 小規模会社区分立法論の展開

イギリス会社法は，公開会社の規定を本則とし，私会社はその例外として位置づけられてきたため，小規模非公開会社に即した簡易な会社立法の主張がなされたこともあったが[142]，現行法体系の枠組みで十分に応えているとの評価もあり，小規模非公開会社特有の立法はなされていない[143]。イギリスが公開

---

138) elective regimeの詳細については，例えば，Robert R. Pennington, Pennington's Company Law 1015-21 (Butterworths, 7th ed. 1995)参照。邦語文献として，砂田太士「書面決議制度と任意選択制度—英国会社法における私会社規制の緩和—」福岡大学法学論叢36巻1・2・3号12-18頁（1991年）。

139) 酒巻・前掲注133) 21頁。

140) DTI, Company Law Review Steering Group, Modern Company Law for a Competitive Economy: The Strategic Framework, URN 99/654 (Feb. 1999), at 57 [hereinafter cited as The Strategic Framework].

141) 酒巻・前掲注133) 24頁。

142) Department of Trade, A New Form of Incorporation for Small Firms, Cmnd 8171 (London, HMSO, 1981).

143) 酒巻・前掲注133) 25頁。

会社と私会社の需要を満足するのに同じ会社形態で成功しているのは，会社の定款が依然として本質的に契約的なものと考えられており，模範附属定款に見られるようにパートナーシップ法の手法に依存し柔軟性が高いためであると言われる[144]。

しかしながら，公開会社を本則とした諸規定は，所有と経営が分離し，取締役が日々の執行につき株主に責任を負っている大規模公開会社のニーズを満たすために構成されている。規定の多くは，取締役の義務を定めて，取締役の権限濫用から株主を守ることに意を注いでいる。それらは，大会社の統治スタイルが当てはまらない小規模非公開会社のニーズを満たすものではなく，かえって負荷を与えるものとなる。日々の経営に汲々としている小規模非公開会社の経営者にとっては，会社法の十分な知識なくしては会社法のどの規定が自社に適用されるのかも判断がつかず，しかもそのような問題に対する法的サポートを受ける財政的余裕もないという事態に陥る。会計面では既存の枠組みの中でいくつかの改善が施されてきたが，小規模非公開会社のニーズは，法が提供するところの事業組織形態（vehicles）の範囲というより広い観点から検討されなければならないとの指摘が近年になりイギリスにおいても再びなされるようになった[145]。

それはすなわち，有限責任と譲渡可能な株式のメリットを生かしながら小規模な事業を行う場合に最適な法的形態を会社法は提供しなければならないという問題意識である。一方この問題は，会社形態の濫用や小規模会社の倒産による債権者等のリスクに対する考慮を伴わなければならない[146]。

144）Gower, *supra* note 48, at 1376. 北沢・前掲注 48）374 頁。

145）The Strategic Framework, *supra* note 140, at 58.

146）イギリスでは破綻して清算した会社と実質的に同じ会社がすぐに設立される弊害が発生し，これを「不死鳥会社現象（phoenix company phenomenon）」と呼んでいる。Paul L. Davies, Gower and Davies' Principles of Modern Company Law 200-02 (Sweet & Maxwell, 7th ed. 2003). このような弊害および小規模非公開会社の主要株主である経営者が，銀行その他の債権者に対して個人保証を差し入れているという実態を踏まえて，むしろ小規模非公開会社の会社形態として無限責任が望ましいと主張するものとして，Andrew Hicks, *Legislating for the Needs of the Small Business, in* Developments in European Company Law 35 (Barry Alexander K. Rider & Mads Andenas eds., Kluwer Law International, 1999) 参照。

この論点を提起したCompany Law Review Steering Groupは，次のような分析を行っている[147]。第1の問題は，小規模会社は多種多様であるため，会社形態の濫用の可能性を押さえて，かつ必要以上に制限的にならないような特別な扱いをどこまで認めるかということである。第2の問題は，会社の成長やあるいは創業者の高齢化によって会社の統治構造が変化してゆくため，異なる法規整の存在がそのような会社の自然の変化を妨げるものであってはならないということである。この2つの問題は相互に関連しており，特別な扱いを与える小規模会社の定義を広くするほど，法規整と会社の実態の不一致の可能性は大きくなる。

この課題へのアプローチの方法としては，小規模非公開会社特有の立法(free-standing approach)[148]と，会社法の規定にいくつかのオプションを設ける方法（integrated approach)[149]がある。そのいずれであっても，小規模非公開会社向けの立法によって，法が小規模非公開会社のニーズにより的確に応えることが期待される。

そのような立法として，例えば，社員の数を制限する，または社員全員が実際に経営に参画するかまたは参画する権利を有するという定めが考えられる。しかし，社員数の設定と言っても理論的に定まるわけではなく，ある程度恣意的なものとならざるを得ない。さらにそのような基準を設定することで，かえって会社が発展するにつれて法規整と会社側のニーズの不一致が起こりがちになる。そのような不一致の例としては，例えば，①ベンチャー・キャピタルからの資本の注入の必要が生じること，②プロの経営者が参加して特別な地位を要求すること，③創業者の引退や死亡により持株が分散して経営能力や経営への興味を持たない親族が加わってくることが挙げられる。会社にとってこれらの

147) The Strategic Framework, *supra* note 140, at 61-65. 本項の議論はこのレポートに基づく。本レポート提出に至るまでの議論の状況は，梅本剛正「ヨーロッパにおける閉鎖会社立法の動向(1)」民商法雑誌112巻4・5号269-274頁（1995年）参照。

148) 例として，米国のLimited Liability Company（LLC），およびLimited Liability Partnership（LLP)に係る州の制定法がある。

149) ニュージーランド会社法がこのアプローチを採用している。*See* The Strategic Framework, *supra* note 140, at 63.

事態は根本的な問題でありその態様もさまざまであろう。これらの問題の解決のためには，詳細なルール，新しい定款，あるいは裁判所の介入による解決が考えられる。

小規模非公開会社から多少なりとも外部資本を導入する会社への移行は，それに見合う適切な対応を会社の内部者が予想していないケースが多いことから，会社の競争力を決定づけるプロセスとなる。しかし，新しいレジームはたとえ巧みに組み立てられていても広く用いられなければ価値を生まない。一方，弁護士は豊富な経験とひな型を持っている従来型の会社形態をクライアントに勧めるであろうから，ここで議論している小規模非公開会社立法アプローチは，既存会社形態からの組織変更にはもちろん，会社新設の場合もあまり用いられることが期待できない。このことは1981年にGower教授が提唱した新しい小規模会社形態[150]が実現しなかったことや，1994年のスモール・ビジネスのための新しい有限責任会社形態の諮問[151]が広く受け入れられなかったことからも裏付けられる。これらのことから，新規のスキームを構築するよりは既存の会社形態を活用するほうが問題は少なく，すなわち，“integrated approach”の方が好ましいという一応の結論が導かれる。“integrated approach”では，①会社法は私会社をベースとした規定で構成され，②公開会社に適用される規定は別にまとめて設け，③非公開会社は適用除外を望む条項を選択でき，④さらに個々の会社のニーズに応じて大幅に会社法の規定を適用しないカスタム・メイドの定款を認めることが考えられる[152]。

会社法の条項適用除外の選択の自由が広がることによって少数株主を危険に晒す可能性が増大することは意識しておかなければならない。特に，非公開会社として設立された会社が，持株の規模と構造，または株主の経営参画の程度を変化させることで，従来のレジームが適当とは言えない状況になるという，移行に伴う問題のための規定が検討されなければならないであろう。一つの方法としては，少数株主を害する選択除外条項（opt-outs）を終了させる権利を少数株主に与えることである[153]。

150）A New Form of Incorporation for Small Firms, *supra* note 142.

151）DTI, Company Law Review: The Law Applicable to Private Companies, URN 94/529（Nov. 1994）.

152）The Strategic Framework, *supra* note 140, at 65-66.

(3) 小規模閉鎖会社の法理

イギリス会社法では，所有と経営が分離していない小規模会社に関する法律解釈に際して，組合との類似性に着目し，このような小規模会社を組合に準ずる「準組合（quasi-partnership）」と把握する法理が形成されている[154)]。準組合法理の基礎は，会社の定款が会社と社員間および社員相互間の契約であるとする点にあり，定款の効力は各社員が定款で定める内容の契約を締結するという擬制に基づいて発生すると捉える。定款が社員間の組合契約の性格を有すると解釈されるのは，イギリスの株式会社制度が，社員により形成された組合に法人的属性を付与することによって確立されたという沿革を反映している[155)]。以下，会社の定款は契約であるとの歴史的認識が強く残っているイギリス会社法における定款および株主間契約の効力を概観する[156)]。

(i) 定款

会社の定款は基本定款（memorandum of association）と通常定款（articles of association）の2種類から成る。基本定款は，会社の名称，目的，資本などわが国の会社法の絶対的記載事項に相当する事項を定めるものである。通常定款は会社の業務運営に関する事項が定められ，わが国の相対的記載事項と任意的記載事項に相当する[157)]。基本定款は，これに関する規定が強行法規であるのに対し，通常定款に関する規定は任意規定であり，取締役会や株主総会の手続に関する規定，社員の議決権およびその他の権利，会社の業務の執行方法，取締役の義務等について自由に規定することができるとされてきた[158)]。通常

---

153) The Strategic Framework, *supra* note 140, at 67. elective regime を止めるためには株主総会の普通決議を要する（Companies Act 1985, s. 379A(3)）。

154) Stephen W. Mayson, Derek French & Christopher L. Ryan, Company Law 64–66 (Oxford Univ. Press, 22nd ed. 2005) [hereinafter cited as Mayson]. 大野正道「イギリス小規模会社の法構造」『企業承継法の研究』前掲注11）35–126頁。*E.g.*, Ebrahimi v Westbourne Galleries Ltd [1973] AC 360, [1972] 2 All ER 492.

155) 大野・前掲注154）36頁。

156) 本項の議論は，主としてBen Pettet, Company Law 93–119 (Longman, 2001) によるが，Companies Act 1985制定までの法令，判例，学説を詳細に分析したわが国の先行業績として，大野・前掲注154）がある。本書では，大野論文以降の重要な判例に言及しつつ俯瞰的に叙述する。

157) Companies Act 1985, ss. 2 and 7 [Companies Act 2006, ss. 8 and 18]. 小町谷操三『イギリス会社法概説』56頁（有斐閣，1962年）。

定款で定めることができる事項は基本定款によっても定めることができる。その選択は定款作成者の裁量に委ねられているが，基本定款は通常定款より上位の規範であるとされており，定款変更に関する法定条件も厳格であるので，基本定款に定めることにより，会社組織や業務運営に関する規定の安定性を高めることができる[159)]。

基本定款は株式会社にとっては必須である[160)]。基本定款には，商号，登記上の本店所在地（イングランド，ウェールズ，スコットランドのいずれであるか），および会社の目的を記載しなければならない[161)]。株式会社にあっては，社員の責任が有限であること，資本金，発行株式総数が記載される。通常定款は，会社の内部運営規則であり，株主総会等の定足数，招集手続，議決権行使手続や取締役の選任，報酬等の手続を定める。Companies（Tables A to F）Regulations 1985 には，ひな型集が掲載されており，一般には，Table A と呼ばれるひな型を採用し，必要な修正を加える会社が多い。株式会社においては，特に排除をしない限り，Table A が自動的に適用されてきた[162)]。

上述のように，イギリスにおいては定款の本質は会社と社員の契約であると考えられてきた。イギリスの会社法は，組合形態で発展してきた商人による共同企業に，対外関係，特に訴訟手続の便宜のため，組合員間の契約たる設立証書（deed of settlement）の届出と登記とによって法人格を認めたという沿革を有しており，歴代の会社法がそれを継承してきている。1844 年の登記会社法は，それまで法人格のなかったジョイント・ストック・カンパニー（joint

158）PENNINGTON, *supra* note 138, at 29. 小町谷・前掲注 157）57 頁。

159）PENNINGTON, *supra* note 138, at 29. 大野・前掲注 154）37 頁。

160）Companies Act 1985, s. 1 [Companies Act 2006, s. 7]. 実際には基本定款と通常定款の 2 つを持つ株式会社がほとんどである。無限責任会社では通常定款が必要である（Companies Act 1985, s. 7(1)[Companies Act 2006, s. 18(2)]）。

161）Companies Act 1985, s. 2 [Companies Act 2006, s. 9(2)].

162）Table A が改定された場合であっても，それ以前の Table A を採用した会社の通常定款が自動的に改定されるわけではない。会社が最新の Table A と同じ通常定款を有するためには，既存の定款を変更しなければならない。なお，私会社向けの Table A 第 2 部は，1980 年改正で廃止された。前掲注 141）参照。

実務で Table A がどのように変更され利用されているかを解説したものとして，GRAHAM STEDMAN & JANET JONES, SHAREHOLDERS' AGREEMENTS 7-49 (Longman, 2nd ed. 1990).

stock company）に対し，設立証書を登記することによって法人格を取得することを認めた。この時点では，ジョイント・ストック・カンパニーには有限責任制が認められておらず，法人格が与えられたとは言え，その性格は依然として組合であった。その後1855年法で有限責任が認められ，1856年法に総括されて，イギリス会社法史における最初の近代的会社法が成立した。ここにおいて，組合法から独立した会社法の基礎が固まり，1862年にはじめてCompanies Actという名称の法律に結実していった[163)]。この過程で株式会社の法人性は，組合的な要素に優越し完全なものとなったが，会社と社員および社員相互間の関係については，契約理論から離れた規定が設けられず今日まで続いていると指摘されている[164)]。

具体的には，第1に，Companies Actは従前の設立証書によるパートナーシップとしての社員の契約的結び付きを前提に定款の効力規定を設け，定款は登記されることによって会社と社員をあたかもそれぞれが署名捺印をしたかのように拘束し，そして各社員は定款の規定に従わなければならないと定めた[165)]。その結果として，各社員は他の社員に対して定款の定めを強制できることが法令により認められ，これを確認した判例がRayfield v Hands[166)]である。この事件では，株式の譲渡を欲する社員は取締役に対し譲渡の意思を伝えなければならず，取締役は公正価格で均等にその株式を買い取るとの定款規定があった[167)]。この規定は，取締役に先買権を与え，望ましくない株主が入ってくるのを防止する意図であったと考えられるが，定款の表現は，先買権ではなく買取義務を定めたかのような規定であった。裁判所は，定款の起草に不備があったとしながらも，被告である取締役3名に対し株式の買取りを求めた原告の主張を認めた。この事件は，定款が社員間で契約としての効力を有することを明らかにした[168)]。

163）上田純子『英連邦会社法発展史論―英国と西太平洋諸国を中心に―』14-15頁（信山社，2005年）。

164）小町谷・前掲注157）52頁，大野・前掲注154）38頁。

165）Companies Act 1985, s. 14(1).

166）[1958] 2 All ER 194.

167）原文は，“[the said directors] will take the said shares equally between them at a fair value”である。

第2に，社員は定款規定を会社に対して強制する（enforce）ことができる。Wood v Odessa Waterworks Co.[169]では，Odessa Waterworks 社の定款に，取締役は株主に支払われるべき（“to be paid”）配当を決議することができるとの規定があった。取締役が配当を現金ではなく社債で行うことを計画したのに対し，株主であった Wood はこれに反対して提訴し，社債発行差止判決を得た。裁判所は“to be paid”とは現金で支払うことを意味するとの原告の主張を認めた。本件では，株主総会の通常決議で取締役の提案に賛成する決議がなされていたにもかかわらず，一株主が定款の規定を会社に対して強制できるとし，株主総会の多数決の効力が定款の契約的効力に劣後することを示したという点において重要である[170]。

第3に，第2のケースの逆として，会社側も定款規定を株主に対して強制することができるとした判例がある[171]。

以上の3つのルールは，しかしながら，定款規定の強制を求めるための社員の機会を奪う以下の2つの原理に服する[172]。

第1に，会社内部の経営および紛争については，訴訟の対象とならない場合がある。経営判断が訴訟の対象とならないということは，Foss v Harbottle[173]で示された原理であり，事業に関する意思決定は裁判所が干渉せずに株主に任せたほうがよいとの価値判断に基づいている[174]。しかしながら，この原理を徹底することは，少数株主を圧迫することになりかねないため，さらなる例外が提示されている[175]。

第2は，内部者としての権利と外部者としての権利の区別である。その主旨は，社員としての権利を強制することはできるが，それ以外の資格（例えば取締役）での権利を強制することはできないというものである。この原理を最初に示した Hickman v Kent or Romney Marsh Sheepbreeders’ Association[176]

168）MAYSON, *supra* note 154, at 115. 大野・前掲注154）40頁。

169）（1889）42 Ch D 636.

170）MAYSON, *supra* note 154, at 114; PETTET, *supra* note 156, at 96.

171）Borland’s Trustee v Steel Brothers Co Ltd［1901］1 Ch 279. *See* MAYSON, *supra* note 154, at 107.

172）PETTET, *supra* note 156, at 96.

173）（1843）2 Hare 461, 67 ER 189.

174）PETTET, *supra* note 156, at 227.

は，社員であると否とを問わず，社員の資格以外の，例えば，弁護士，発起人，取締役の資格においては，定款によって与えられることが意図されている権利を会社に対して強制することはできないと述べた[177]。また，Beattie v E. and F. Beattie Ltd[178]では，株主から訴えられた取締役（株主でもある）が，定款の仲裁規定を援用することができるかが争点となり，裁判所はこれを否定した。その理由として，定款に与えられた契約的効力は，社員の資格としての社員の関係に適用されるが，本件紛争の実体は，会社と取締役の間の争いであり，定款の仲裁規定が適用される社員間の争いとは区別されるとした[179]。

しかしながら，外部者・内部者を形式的に区分することに疑問を呈し，より実質的な論拠を見出そうとする立場から，社員としての資格で訴えていることが明らかである限り外部者の権利も間接的に強制できるとしたり[180]，そのような条件に付加して定款規定が会社機関に特に機能を委ねている場合に限り社員は定款規定を援用することができる[181]とする主張が示されてきた[182]。また，それらの議論に対して，定款は長期契約であり，それによって株主に与えられ

175）法人格否認（*Ultra vires*），定款規定による総会決議要件の引き上げ，株主による会社に対する通常定款の強制（enforce），少数株主に対する欺罔（fraud on a minority）である。PETTET, *supra* note 156, at 229-31.

176）［1915］1 Ch 881.

177）［1915］1 Ch 881, at 900.

178）［1938］Ch 708.

179）［1938］Ch 708, at 718-22 *passim*.
Beattie判決を踏まえてより端的な例を挙げれば，定款に取締役の報酬を定めていても，取締役としては当該規定を根拠に会社に報酬を請求することができない。*See* DAVIES, *supra* note 146, at 62-63.

180）K.W. Wedderburn, *Shareholders' Rights and the Rule in Foss v Harbottle*,［1957］C.L.J. 194, at 212-13. WedderburnはQuinn & Axtens Ltd v Salmon［1909］1 Ch. 331, C.A.,［1909］AC 442, H.L.を取り上げて，同判決が自説によって論拠づけられることを説明する。Salmon事件は，会社の2名の業務執行取締役（managing director）のうちの1名（Salmon）が，定款で与えられていた拒否権を取締役会において行使したため，臨時株主総会が開かれ，多数決により同一の内容の決議が可決されたのに対し，Salmonが社員の資格で代表訴訟を提起したものである。貴族院は，株主総会決議は定款の規定と矛盾しており，会社はその決議に基づいて行動することはできないとする差止命令を発した。Wedderburnによれば，Salmonは会社に定款を守らせるために社員としての権利を行使したことになる（*Id.* at 212）。

た権利は，他の株主が享受する権利との関係において考察されなければならないという関係的契約観を提示し，株主間の権利が相対立する場合は，会社法によって用意された多数決という紛争解決手段に委ねることが適切であるか否かを検討すべきとする主張がなされている[183]。この見解によれば，所与の事実状況の下で，定款に代替的な条項または相対立する条項がなく，かつ定款変更を希望する株主が4分の3の特別多数に至らず，かつ定款違反の状態を認める株主が過半数に至らないか，または案件を多数決に付すことが適切でない場合に，株主が当該定款条項の強制を求めることの障害が取り払われ，株主は裁判所に救済を求めることができることになる[184]。

異なるアプローチとして，Hickman 判決以前の判例の分析から，裁判所は定款規定を制約なく強制してきていたとして，Hickman 判決そのものを批判する見解がある[185]。

また，内部者・外部者二分論は，定款の明文の規定を超えて当事者の衡平法上の期待に効力を与える“unfair prejudice”に関する判例法理の発展と逆行

181）G.D. Goldberg, *The Enforcement of Outsider-Rights under s. 20(1) of the Companies Act 1948*, 35 M.L.R. 362, 365 (1972). Goldberg によれば，Salmon 事件は，定款によってある特定の問題については機関構成が「取締役会＋2名の業務執行取締役」となっており，それゆえ Salmon の提訴は，その機関が機能したものであると説明される（*Id.* at 368)。

182）Wedderburn および Goldberg の所論については，大野・前掲注154）46-48頁，51-55参照。

大野教授は，定款の契約としての効力が外部者としての資格でも生ずるか否かを問題とするのは，社員間の合意の効力が取締役会の権限との関係でどの範囲まで有効と認められるかを問題としているにほかならず，その判断は外部者の権利を類型的に分類把握した上で考察されるべきとする。そして，①社員関係を規定するもの（例：株式譲渡制限)，②会社の意思決定や業務執行の方法を決定するもの（例：議決権行使についての合意)，③会社の業務執行者について規定するもの（例：特定社員に対する役員の地位の保障）の3類型を提示し，判例の検討を踏まえ，①は有効，②は判例上は有効性に疑義ありとされるが，所有と経営が分離していない小規模会社では業務執行の合意は許されてよいとし，③については明瞭でない部分が残るがほぼ有効とする（大野・前掲注154）57-63頁)。

183）R.R. Drury, *The Relative Nature of a Shareholder's Right to Enforce the Company Contract*, [1986] C.L.J. 219, at 223-24.

184）*Id.* at 224. この要件に該当しない場合は定款または会社法により用意された紛争解決手段による。

し，もはや維持され得ないと考えられること，さらには，法律実務において，Hickman 判決によって示された定款の強制力のリスクを回避するために，むしろ一般契約法理が適用される株主間契約が用いられるという法の意図にそぐわない現象が生じてきたことから，Hickman 判決法理そのものを見直すべきとの指摘もなされている[186]。

(ii)　株主間契約

小規模私会社においては，定款を補充するために少なからず株主間契約が用いられる。株主間契約が効果的に機能するためには，克服されなければならない点がある。まず最も明らかなことは，全株主が合意することである。第2に，株式の譲渡があった場合，譲受人は定款には拘束されるが契約には拘束されない。株主間契約が譲受人を拘束するには，契約中にその旨の条項が必要になってくる。例えば，株式譲渡人は，株式売買契約中に買主が株主間契約を締結することを義務づけるといったことである。第3に，新株発行の場合も，新規に株主となる者は株主間契約に拘束されない。この場合，実務では会社を株主間契約の当事者としておき，新株引受人が株主間契約を締結するよう会社に義務づけることで対応される[187]。

では，なぜ定款とは別に株主間契約が利用されるのか。ひとつは，コモン・ローが認める契約の自由がある。当事者は自分たちの好みに合わせて契約を作成することができる。将来全株主の合意なくしては変更できないようにしておきたい項目については特にそうである。それが定款に組み込まれていれば，通常は特別決議（総株主の議決権の4分の3）によって変更可能となるので，そのような状態にあることだけで定款を事業計画遂行の規範として受け入れることができなくなるケースがありえよう。逆に，総株主の議決権の90％あるいは60％の賛成をもって定款を変更できるよう株主自身が望むケースもあるか

185) Roger Gregory, *The Section 20 Contract*, 44 M.L.R. 526, 539-40(1981). Gregory 教授の見解では定款規定の強制が制限されるのは，公序や Ultra vires 法理に反する場合，または制定法の要求に反する場合である。

186) Pettet, *supra* note 156, at 99-100. また，DTI, The Company Law Review Steering Group, Modern Company Law for a Competitive Economy: Developing the Framework, §§4.72-4.99, URN 00/656 (Mar. 2000)も，定款の規定を強制できる者の範囲をどのように規定するかという問題提起をしている。

187) Pettet, *supra* note 156, at 101.

もしれない。これらの株主の希望は，株主間契約によって実現することができる。

このように，株主間契約というバイパスができると，それによって会社法の規定を無視することがどこまでできるのかが問題となってくる。

第1は，開示（publicity）の問題である。株式会社に与えられている有限責任は，開示という対価ゆえに与えられているとされる。定款は会社登記官（Registrar of Companies）に登記され一般の閲覧に供される[188]。株主間契約は，登記の内容を実質的に変更することになり，開示の意義を不完全なものにするばかりか，場合によっては欺瞞行為になりかねない。このギャップは1985年になり立法的に解決された。すなわち，株主間契約に定款と同様の効力を持たせるためには，契約を登記しなければならないこととなった[189]。すべての株主間契約が登記できるわけではなく，定款規定に相当する内容を有したものだけが対象となる[190]。登記懈怠には罰金が科されるが[191]，契約の効力そのものには影響しない。

第2は，会社法の規定と株主間契約が衝突する場合をどう扱うかである。会社法の規定に反する株主間契約の条項は無効であるが，契約のその他の条項の有効性が問題となる。この論点を扱った Russell v Northern Bank Development Corporation Ltd[192]は，新株発行に全株主の同意を要するという株主間契約の規定があったところ，取締役側から新株発行の提案がなされたのに対し，原告がその差止めを求めたものである[193]。判決を下した貴族院は，当該条項が会社を拘束するものである限り，会社法の規定に反し無効であるとしたが，株主間においては，議決権契約（voting agreement）として有効であるとした。コモン・ローにおいては議決権契約が有効なものとして確立されており，それゆえ当該条項も株主間においては強制可能とされたのである。また，株主間契約の他の条項の効力も影響を受けないとされた。

188）Companies Act 1985, s. 13 [Companies Act 2006, ss. 15 and 16].

189）Companies Act 1985, s. 380 [Companies Act 2006, ss. 29, 30 and 36].

190）Cadman, *supra* note 14, at 13-14; Stedman & Jones, *supra* note 162, at 55; Pettet, *supra* note 156, at 102.

191）Companies Act 1985, s. 380(5) [Companies Act 2006, s. 30(2)(3)].

192）[1992] 3 All ER 161, [1992] BCLC 1016, [1992] 1 WLR 588.

この判決は，株主間契約がいわば第3の会社定款的な機能を果たすことについて，司法が積極的な姿勢を見せたものと評価されている。契約条項があからさまに会社法と相反している場合はその条項は無効であるが，会社法の厳格性は必要な限りで維持され，判決は株主間契約にゴー・サインを出したと解される[194)]。

第3に，第2の問題とも関連するが，判例法により確立された会社法の原理と株主間契約の衝突が問題となる。一例としては，取締役の善管注意義務と自由裁量の関係が挙げられる。株主間契約が，取締役会に対しある特定の事業運営方針を長期間にわたって維持することを求めるものである場合，取締役は，経済環境の変化に応じて事業運営方針を機動的に修正することができず結果的に株主価値を毀損することになるという二律背反の立場に置かれる恐れがある。また，株主間契約を強制すること自体が不適切となる場合も考えられる。例えば，*Re* Blue Arrow[195)]では，私会社時代から社長の地位にあった少数株主が，株式公開後社長を解任されたのは，会社の経営に参与できるという正当な期待があるにもかかわらず "unfairly prejudicial"（不当に不利益）な対応であると主張して定款変更禁止を申し立てた[196)]。当該株主は，株式公開前は総株式の45％を保有していたが，株式公開により希釈化し，提訴時の持株比率は2％台となっていた。また，当初取締役でもあったがその後辞任し海外移住していた。裁判所は，社長でいられる権利は個人的なものであり，定款変更によって変更できるとした。守られるべき株主の利益は法的権利に限定されないものの，株式公開会社に関する会社法のポリシーは，投資をしようとする者に会社定款のすべてが開示されなければならず，株式を買ってから事前に通知を受けていない株主間の了解事項に定款同様の効力があったということがあってはならないとしたのである。

193）原告は実は新株発行にはそれほど反対ではなかったが，株主間契約の規定が無視されることで，将来さらに持分の希釈化が生じるような新株発行がなされるのを防ごうとしていたものである。*See* Russell v Northern Bank Development Corporation Ltd［1992］BCLC 431.

194）PETTET, *supra* note 156, at 103. *See also* MAYSON, *supra* note 154, at 94.

195）［1987］BCLC 585.

196）ただし，Pettet教授は，実際のところ株主間契約というレベルに至っていたかどうかははっきりしないとする。PETTET, *supra* note 156, at 104.

株主間契約の効力については，第3章第4節で再論する。

第5節 日本における閉鎖会社法理と株主間契約

(1) 判例の展開

わが国において小規模閉鎖会社を対象とした法規整は，有限会社，合資会社，合名会社という株式会社とは区分された会社のカテゴリーを設けて，それらの会社形態に応じた規整を置くことによってなされ，株式会社は株主が多数いる大規模な会社であるという前提で法律が構成されてきた[197]。しかしながら，小規模閉鎖会社の多くは株式会社形態をとり，少人数の株主間においてであっても，株式会社法の規定の適用をめぐり裁判に至るような紛争は少なからず存在した。むしろ，家族や親族により経営されている事業の主導権をめぐっての当事者の骨肉の争いは，会社法という舞台で一人芝居を始めるがごとく，幾多の判例の蓄積に貢献してきた。例えば，『会社判例百選』および『会社法判例百選』に掲載されてきた最高裁判例の大多数は，小規模閉鎖会社を対象としたものであり[198]，上場大企業の法務担当者や弁護士が定款の作成や株主総会・取締役会の運営にあたりよりどころとしている判例が，実は小規模閉鎖会社を対象として下されたものであることが多い。裁判所は，商法の規定内容と家庭争議的紛争という争いの実態のはざまで，その調和を図る解決方法を示してきたというのが[199]，わが国の小規模閉鎖会社をめぐる裁判像である[200]。

例えば，青竹正一教授はそのような判例として以下のものを挙げている[201]。

会社の内部関係に関するものとして，

① 適法な招集手続を欠き取締役の出席もなく行われた一人会社の総会決議につき，その一人の株主が出席すればそれで株主総会は成立し，招集手続

197) 上村達男『会社法改革』19頁（岩波書店，2002年）。また，会社法の体系書も暗黙のうちに公開的株式会社のみを念頭にものを考えてきたとの指摘がある。江頭・前掲注114）はしがき参照。

198) 上村・前掲注197）21頁，青竹正一『閉鎖会社紛争の新展開』（信山社，2001年）はしがき参照。

199) 青竹『続法規整』前掲注11）29頁。

を要しない（最判昭和46・6・24民集25巻4号596頁）[202]

② 会社が不当に株券の発行を遅滞している場合には，会社は，（平成17年改正前）商法204条2項による株券発行前であることを理由に株式譲渡の効力を否定することは許されない（最判昭和47・11・8民集26巻9号1489頁）[203]

③ 取締役・会社間の取引につき，会社が当該取締役の個人経営のものであって，取引当時その取締役が会社の全株式を所有していたことを捉えて，取

200）宍戸教授は，閉鎖会社の内部紛争の実態を探求し，経済的公正実現の観点から解決の方策を提示した。宍戸善一「閉鎖会社における内部紛争の解決と経済的公正(1)～(4・完)」法学協会雑誌101巻4号1頁，101巻6号1頁，101巻9号1頁，101巻11号84頁（1984年）［以下，宍戸「経済的公正(1)～(4)」と省略］。その要約として，宍戸善一「閉鎖会社における内部紛争の解決と経済的公正」私法46号237頁（1984年）。

201）青竹『続法規整』前掲注11）29-31頁。

宍戸・前掲注200）「経済的公正(1)」5-49頁は，会社の内部紛争に関する判例を，(1)総会決議の瑕疵を争うもの，(2)取締役会決議の瑕疵を争うもの，(3)少数株主が会計帳簿の閲覧を求めたもの，(4)少数株主が検査役選任を求めたもの，(5)少数株主が総会招集を求めたもの，(6)取締役の責任が問題となったもの，(7)代表訴訟がなされたもの，(8)取締役の職務執行停止・職務代行者選任の仮処分を求めるもの，(9)少数株主が取締役の解任を求めたもの，(10)少数株主が解散判決を求めたもの，(11)仮装出資が問題となったもの，(12)特別利害関係が問題となったもの，(13)株式譲渡制限に関する争い，(14)合併・営業譲渡に関する争い，(15)株式（持分）の帰属を争うもの，(16)役員の地位をめぐる争い，(17)増資をめぐる争い，(18)利益配当が問題となったもの，(19)報酬が問題となったもの，(20)会社資産の流用が問題となったもの，(21)株式（持分）の評価に関する争い，(22)不動産をめぐる争い，(23)和解契約の効力が争われたもの，(24)「会社取戻し」の事例，(25)相続・贈与と関連する争い，(26)支配権争奪の要素を含む争い，(27)経済的利害対立の要素を含む争いの27に分類して整理している。

202）一人会社における株主総会決議に関して，取締役が提起した決議不存在確認の訴えおよび株主総会決議取消しの訴えが排斥された事例として，京都地判昭和62・8・27金判787号48頁。

一人会社において取締役会の招集決議を欠いたことが株主総会の決議の瑕疵にならないとされたものとして，東京地判平成15・11・26（平14(ワ)23463号・平14(ワ)23561号・平15(ワ)24629号）（判例MASTER（新日本法規）収録）。

全員出席総会を法律上有効と認めたものとして，最判昭和60・12・20民集39巻8号1869頁（評釈として，丸山秀平・別冊ジュリスト会社法判例百選39事件82頁（2006年）），広島地判平成6・11・29判タ884号230頁。

締役と会社との利害の一体性を理由に，取締役会の承認の有無によって取引の効力が左右されるものではない（最判昭和45・8・20民集24巻9号1305頁）[204]

④　取締役・会社間の取引につき，当該取引につき株主全員の合意がある以上，別に取締役会の承認を要しないことは，会社ひいては株主の利益保護を目的とする（平成17年改正前）商法265条の立法趣旨に照らし当然である（最判昭和49・9・26民集28巻6号1306頁）[205]

外部関係に関するものとして，

⑤　登記簿上の名目的取締役にすぎず第三者に損害をもたらす違法な職務行為に直接関与していなかった取締役は，他の取締役などの職務違反行為を防止するためにそれら他の者を監視・監督する義務を怠っており，（平成17年改正前）商法266条ノ3の責任を負う（最判昭和48・5・22民集27巻5号655頁）[206]

⑥　正規の選任手続に基づかない単なる登記簿上の取締役に対し，不実事項の登記に関する平成17年改正前商法14条を媒介として，（平成17年改正前）商法266条ノ3の責任を認めたもの（最判昭和47・6・15民集26巻5号984頁）[207]

⑦　法人格否認の法理の適用を認めたもの（最判昭和44・2・27民集23巻2号511頁）[208]

以上のような小規模閉鎖会社に関する判例は，会社の内部関係については，株券の不発行および株主総会・取締役会の不開催が恒常化している実態を踏まえて，法の弾力的運用を図っているのに対し，外部関係については，財産的基礎が脆弱な小規模会社と取引する第三者の保護という実際的需要に対応して，経営者などの責任の厳格化を図っている[209]。

しかしながら，判例の多くがそうであるように全株主の合意を基礎として紛

203）判例評釈として，黒沼悦郎・別冊ジュリスト会社法判例百選14事件32頁（2006年）および同評釈に参考文献として引用されたものを参照。以後の同旨の判例として，東京地判昭和55・6・26判時975号112頁，東京高判昭和63・3・23判時1281号145頁。

204）以後の同旨の判例として，東京高判昭和54・9・25判タ401号152頁。

205）以後の同旨の判例として，東京高判昭和50・5・19判時786号87頁。

争解決を導くことは，そのような合意が明確でない場合，例えば常日頃は取締役会が開催されないことにつき何ら問題提起がなされていなかったのに[210)]，ある日突然取締役会の承認がないことを奇貨として不当な主張がなされること

206）名目的取締役の責任を肯定した判例として，最判昭和55・3・18判時971号10頁・判タ420号87頁，東京地判昭和58・5・6金判695号37頁，大阪地判昭和61・5・28判時1214号127頁・判タ610号121頁，名古屋地判平成3・4・12判時1408号119頁，東京高判平成7・5・17判時1583号134頁，東京地判平成11・3・26判時1691号3頁・判タ1021号86頁。

名目的取締役の責任を否定した判例として，大阪高判昭和53・4・27下民29巻1〜4号281頁・32巻5〜8号535頁・判時897号97頁，大阪高判昭和54・3・23下民30巻1〜4号137頁・判時931号119頁・判タ395号138頁，大阪地判昭和55・3・28判時963号96頁・判タ421号138頁，東京地判昭和55・4・22判時983号120頁，東京高判昭和56・9・28判時1021号131頁・判タ455号148頁，大阪地判昭和57・3・29判タ469号251頁，東京高判昭和57・3・31判時1048号145頁・判タ471号217頁，東京地判昭和58・2・24判時1071号131頁・判タ492号166頁，大阪地判昭和60・1・28判タ553号244頁，東京高判昭和60・4・30東高民報36巻4・5号87頁・判時1154号145頁，大阪地判昭和60・4・30判時1162号163頁，仙台高判昭和63・5・26判時1286号143頁・判タ678号175頁，東京地判平成3・2・27判時1398号119頁・判タ767号231頁。

207）以後の同旨の判例として，大阪高判昭和53・11・29下民32巻5〜8号562頁・判タ378号149頁，浦和地判昭和55・3・25下民32巻5〜8号702頁・判時969号110頁・判タ421号135頁，大阪高判昭和56・7・9下民32巻5〜8号798頁・判タ455号150頁。

208）閉鎖会社に関し法人格否認の法理を論じた判例は多数ある。網羅的ではないが，当該法理を適用した主なものとして，最判昭和47・3・9裁集民105号269頁・判時663号88頁・判タ276号150頁，福岡高判昭和49・7・22判時760号95頁・判タ316号226頁，東京高判昭和52・4・28下民32巻5〜8号465頁・東高民報28巻4号108頁・判タ357号278頁，大阪高判昭和56・2・27判時1015号121頁・判タ447号142頁，神戸地判昭和58・10・4判時1107号135頁・判タ515号167頁，東京地判昭和60・10・28判タ607号99頁，東京地判平成2・4・27判タ748号200頁，東京地判平成5・3・30金判971号34頁，東京地判平成7・9・7判タ918号233頁，東京地判平成8・4・18判時1592号82頁・判タ919号234頁。

当該法理の適用を否定した主なものとして，東京地判昭和47・1・17判時671号84頁，大阪地判昭和47・6・30判時688号94頁・判タ286号363頁，東京地判昭和48・2・28判時706号84頁，東京地判昭和49・8・28判時755号106頁，高松高判平成5・8・3判タ854号270頁。

法人格否認の法理については，江頭憲治郎『会社法人格否認の法理』（東京大学出版会，1980年）参照。

を封じることはできない。また，取締役会が無意味化している小規模閉鎖会社では，名目的取締役[211]の責任が理念的な義務によって負担せしめられることになり，そのような義務によって法的責任を認めることは疑問であるとして，内部関係・外部関係いずれに関しても判例は例外的現象または病理的現象に対する臨床的解決を示すに過ぎず，その価値は限定的なものとして捉えるべきであるとの指摘がなされている[212]。

とは言え外部関係については，中小企業の場合，社長やその親族が個人保証を差し出すことで金融機関から融資を受け，有力な取引先との継続取引関係を維持できているという実態と[213]，学説および判例の努力によって確立された法人格否認の法理によって[214]，債権者と経営者との間の利害の調整スキームは比較的整理がついていると評価することができる[215]。

これに対して，内部関係については，局所的には全員の合意という理屈づけにより手続的な遺漏を救済することに成功しているが，社団性を前提に多数決原理を貫いている株式会社法下では，経営をめぐる見解の対立から経営陣および株主が多数派と少数派に分かれた場合に，多数派が少数派から経営者の地位，高級使用人の地位，そして株主の地位をも奪い，多数派と運命を共にして努力

209）青竹『続法規整』前掲注11）30頁。

210）名古屋商工会議所の会員企業のうち資本の額が5億円未満の株式会社を対象とした最近の調査では平成17年改正前商法260条4項に準拠して3ヵ月に1回以上取締役会を開催している会社は62％であった（家田崇＝広瀬裕樹「中小規模株式会社の実態」商事法務1674号28頁（2003年））。また，それ以前に行われた調査結果として，北沢正啓＝浜田道代「小規模株式会社および有限会社に関する実態・意見調査」商事法務962号21頁（1983年），浜田道代「小規模閉鎖会社における経営・株主（社員）構成の実態」商事法務973号655頁（1983年）がある。

211）家田＝広瀬の調査によれば，名目的取締役がいる会社は26％であり，資本金2,000万円以下の会社に限れば40％超であった（家田＝広瀬・前掲注210）31頁）。

212）青竹『続法規整』前掲注11）30-31頁。大多数のケースは和解で決着しているであろうから，判決に至っているのは和解もできないほどこじれた紛争であると推察される。杉本泰治『法律の翻訳—アメリカ法と日本語の危険な関係—』37頁（勁草書房，1997年）参照。

213）家田＝広瀬の調査では，69％の会社が社長またはその他の個人から人的保証を差し出している（家田＝広瀬・前掲注210）32頁）。

214）江頭・前掲注114）34-41頁。より詳しくは，江頭・前掲注208）を参照。

215）浜田・前掲注11）280-281頁。

してきた少数派をいとも簡単に追い詰めることを可能ならしめてしまう。このような紛争は，純粋に経営の方向性をめぐって生じることもあるかもしれないが，親密な人的関係を基礎に成り立っている小規模な閉鎖会社においては，むしろ愛憎から生じる人的関係の瓦解による，同族争い，内輪もめ，お家騒動であることが多いと思われる[216)]。わが国の裁判所は，そのような人間関係の争いを解決するために，人的要素を徹底的に削ぎ落とした株式会社法の規定を解釈適用しなければならないという苦悩を抱えることとなった。

(2) 閉鎖会社法理と区分立法

このような事態を理論的な面から打開すべく，米国その他欧州の国々における少数株主保護理論を踏まえた理論構築が試みられてきた[217)]。また，小規模閉鎖会社の問題は，究極的には立法によって解決すべきであるとの立場から，大小会社の区分立法の議論がなされ，部分的には商法特例法による監査制度における中小会社の規整分化という形で実現した[218)]。立法によって解決できる問題としては，例えば，総会決議の瑕疵を争う訴えの多くのように，それが実質的な争点ではなく，争いのための争いに過ぎないような場合がある[219)]。しかしながら，小規模閉鎖会社の内部紛争における実質的な争いは，支配権の争奪と経済的利害対立が根幹にあることが多く，必ずしも立法ですべての問題が解決できるわけではない[220)]。

包括的な区分立法の議論はその後も課題として提示されたが[221)]，立法にお

216）浜田・前掲注 11）285 頁。

最近の事例として，一澤帆布工業株式会社（京都市）における相続争いから展開した臨時株主総会における取締役解任をめぐる報道がある（朝日新聞 2005 年 12 月 18 日）。一澤帆布工業は 1905 年創業，資本金 5,000 万円の閉鎖会社で，帆布を使ったオリジナルバッグの製造・販売を行っており，最近では人気ブランドとなっている。先代会長の遺産である同社株式の相続に関する 2 通の遺言書の有効性をめぐり兄弟間で紛争となり，発行済株式の 62％を相続したとする長男と四男が，代表取締役を務めてきた三男を臨時株主総会で解任した。三男は，臨時株主総会開催日に先立ち総会開催禁止の仮処分を京都地裁に申し立てる（却下）など，兄弟間の諍いがエスカレートしマスメディアにも取り上げられた。その顛末の解説記事として，朝日新聞 2006 年 11 月 17 日「けいざい一話」。2009 年 6 月には，最高裁第 3 小法廷の決定により遺言書の無効が確定した。

ける具体化は，定款自治の拡大と起業の妨げとなる規制の緩和を含む会社法の現代化というより大きなテーマに統合される形で，会社法（平成 17 年法律第 86 号）として実現することとなった。

217）酒巻俊雄『閉鎖的会社の法理と立法』（日本評論社，1973 年），浜田・前掲注 11），同「株主の無条件株式買取請求権(1)(2)(3)―閉鎖会社立法への提言―」商事法務 982 号 59 頁，983 号 12 頁，984 号 24 頁（1983 年），青竹『続法規整』前掲注 11），宍戸・前掲注 200）「経済的公正(1)～(4)」，川島いづみ「イギリス会社法における少数派株主保護の理論的系譜」石山＝上村編『公開会社と閉鎖会社の法理（酒巻俊雄先生還暦記念）』前掲注 44）235 頁，栗山・前掲注 44）など。

なお，本書の考察対象外の国における少数株主保護理論を論ずるものとして，例えば，斉藤真紀「ドイツにおける少数株主締め出し規整(1)(2)・完」法学論叢 155 巻 5 号 1 頁，155 巻 6 号 38 頁（2004 年），川島いづみ「少数派株主に対する不公正な侵害行為等の救済制度―オーストラリア会社法における展開―」長濱洋一＝酒巻俊雄＝奥島孝康編『現代企業法の諸相（中村眞澄教授・金澤理教授還暦記念論文集第一巻）』165 頁（成文堂，1990 年），およびドイツの誠実義務論について後掲第 4 章注109）で引用した文献参照。

218）株式会社の監査等に関する商法の特例に関する法律（昭和 49 年法律第 22 号）。

219）宍戸教授は，総会決議の瑕疵についての提訴を契機に，その多くが和解によって解決されているであろうから，そのような争い方が紛争解決に寄与した面もあるとする（宍戸・前掲注 200）「経済的公正(1)」47 頁）。江頭・前掲注 114）323 頁注(1)は，裁判所が当事者の真意を汲んで和解を勧める等の適切な対処をすべきであることを強調する。

220）宍戸・前掲注 200）「経済的公正(1)」48 頁。このほか，相続法との関連も重要な論点となる。例えば，大野『企業承継法の研究』前掲注 154）所収の各論文参照。

221）法務省民事局参事官室「大小会社（公開・非公開）区分立法及び合併に関する問題点」（1984 年）。これに関する議論として，例えば，酒巻俊雄『新版 大小会社の区分立法―その基本的方向と重要課題―』169-184 頁（学陽書房，1986 年），奥島孝康「大小会社区分立法と有限会社法」斉藤＝森＝上村編著『現代有限会社法の判例と理論』前掲注 9）23-28 頁。

商法改正試案の意義および問題点を日米の比較法的研究から論じたものとして，宍戸善一「商法改正試案と閉鎖会社法の問題点(上)(中)(下)」商事法務 1154 号 24 頁，1155 号 35 頁，1156 号 24 頁（1988 年）。

また，平成 2 年商法改正を踏まえて，同改正によって有限会社法が株式会社法に一段と接近したことを指摘し，株式会社と有限会社を区分し純化する方向性を示すものとして，山下眞弘「有限会社と小規模閉鎖株式会社の関係」石山＝上村編『公開会社と閉鎖会社の法理（酒巻俊雄先生還暦記念）』前掲注 44）653 頁。

(3)　株主間の経済的利害の調整

閉鎖会社における株主間の経済的利害対立の問題について宍戸善一教授は，①利益配当請求権の保護，②報酬・隠れた利益処分と利益の公平な分配，③投下資本の回収方法をポイントとして挙げ，そのいずれについても，法律（平成17年改正前商法）が経済的公正を維持した形での解決枠組みを提供できていないとして，投下資本の回収方法に関する立法論を展開した[222)]。

第1に，利益配当請求権について。平成17年改正前商法は，株主の利益配当請求権を正面から規定せず[223)]，利益配当の規制は，専ら債権者保護の観点から利益配当の限度を定めているにとどまっていた（平成17年改正前商法290条〔会社法461条〕）。配当決議により配当財産の額等の権利内容が確定する前の剰余金配当請求権は，観念的な一種の期待権であり，株式から分離して譲渡，差押えができるわけではない[224)]。利益の配当決定手続の中で，配当額を合理的に制限することは可能であり，この制限が合理的な範囲を超えたときに，抽象的な利益配当請求権自体の侵害が認められるにすぎない[225)]。閉鎖会社においては，利益が内部留保や役員報酬に回され，利益配当は抑制される傾向にあることがつとに指摘されており[226)]，それを不満とする少数派株主は，計算書類承認決議（平成17年改正前商法283条）の効力を多数決の濫用として争わざるを得ない状況に置かれる[227)]。

第2に，報酬・隠れた利益処分と利益の公平な分配について。役員報酬について，平成17年改正前商法が定めていたのは手続的な規制のみである（269条，279条，430条2項）。報酬額そのものの相当性について商法は株主総会の自主的な判断に委ねる立場をとっており，裁判所は公序良俗違反になるような極端な場合を除き，原則として総会決議に立ち入ることはできないと解されて

222）宍戸・前掲注200）「経済的公正(3)」「経済的公正(4)」参照。

223）会社法は，株主は株式の権利内容（自益権）の一部として剰余金の配当を受ける権利を有するとしている（会社法105条1項1号）。剰余金の配当および残余財産の分配を受ける権利を全く与えない旨の定款の定めは無効である（会社法105条2項）。

224）江頭憲治郎『株式会社法』610頁（有斐閣，2006年）。

225）鈴木＝竹内・前掲注7）372頁。

226）宍戸・前掲注200）「経済的公正(3)」59頁。

227）宍戸・前掲注200）「経済的公正(3)」57頁。

いる[228)]。しかし，取締役会を構成する多数派株主が過大な報酬を決議し利益配当を抑制したような場合には，結果として利益の不公平な配分となる。また，会社資産の流用や隠れた利益処分[229)]という形で多数派が会社の利益を吸い取ってしまうこともある。逆に少数派株主が役員である場合は，役員報酬が意図的に低く抑えられるということも考えられる。

第3に，投下資本の回収の機会について。閉鎖会社の株主には，譲渡制限株式の譲渡方法手続（平成17年改正前商法204条1項，204条ノ2ないし204条ノ5〔会社法107条1項1号，136条ないし145条〕）および株式買取請求権（平成17年改正前商法245条ノ2，349条，408条ノ3〔会社法469条，116条，117条，785条，786条，797条，798条，806条，807条〕）により，投下資本回収の機会が与えられている。このような機会を利用したい少数派株主にとっては，株式の価値算定方法が関心事項であるが，国税庁の相続税財産評価基本通達（昭和39直資56直審(資)17）が定める「取引相場のない株式」の算式[230)]に影響を受けた判例が存在する一方[231)]，純資産価値方式，収益還元方式，類似業種比準方式など複数ある評価方法をどう採用するか[232)]，そして，その際に譲渡性のない株式の経済的価値をどれだけディスカウントするかによって，結果の値にかなりの幅が発生するリスクがある[233)]。

以上の3つの経済的公正に関するポイントにつき，宍戸教授は，閉鎖会社においては支配権と経済的利害が密接に関連しており，フロー面では，多数派が不当に利益配当を抑制したり，過大報酬や会社資産の流用によって利益に対する少数派の取り分を侵害する可能性が大きく，またストック面では，株式に

---

228) 田中誠二『三全訂会社法詳論上巻』570頁（勁草書房，1993年）。

229) 具体的には，特に有利な条件での会社からの賃貸借，消費貸借や，会社の資金を利用した自己使用物品の購入など。

230) 会社を大中小3種に区分し，かつ取得者が同族株主か否かを区別した上で，類似業種比準価額，純資産価額，配当還元価額といわれる算式を使い分ける（同通達178ないし188-6）。各算定方法についての詳細は，例えば，竹中正明＝前田繼男＝関俊彦『新版 非公開株式の評価と税務』115-168頁，335-359頁（商事法務研究会，1991年）参照。

231) 名古屋高決昭和54・10・4判時949号121頁，東京高決昭和59・10・30判時1136号141頁等。

232) 各方式の問題点について，宍戸・前掲注200)「経済的公正(4)」90-95頁参照。

市場性がないため少数派が投下資本を回収する方法が限られているため，その解決のためには，裁判所が紛争の実情を包括的・総合的に考慮して株主間の利害対立の調整を行うことが必要であるとする[234]。

そして，最終的な紛争解決手段として，多数派株主による少数派株主に対する不当な抑圧がなされた場合に，少数派株主から会社に対して株式買取請求権を行使し，あるいは，多数派株主が会社のデッドロック解消のために株式売渡請求権を行使することを立法により認めること，および紛争解決手段としての会社分割を制度化することを提案する[235]。

233）このほかにも，経営権を握ることのできる支配株式とそれ以外の株式とで異なる価値を認めるかどうか，すなわち前者には支配価値が含まれ後者は投資価値しか持たないとすることを認めるかどうかという問題もある。森淳二朗「株式価値の法的解釈〈その一〉—新株の発行価額の基本問題」民商法雑誌82巻2号211-212頁（1980年），江頭憲治郎「会社の支配・従属関係と従属会社少数株主の保護—アメリカ法を中心として—（8・完）」法学協会雑誌99巻2号198頁（1982年）参照。また，公開会社と閉鎖会社の支配株式プレミアムが内容的に異なるものであることを指摘するものとして，Zenichi Shishido, *The Fair Value of Minority Stock in Closely Held Corporations*, 62 FORDHAM L. REV. 65 (1993).

234）宍戸・前掲注200）「経済的公正(4)」148頁。

235）宍戸・前掲注200）「経済的公正(4)」163-168頁。会社法においては，株式買取請求権および株式売渡請求権は，それぞれ取得請求権付株式（2条18号），取得条項付株式（2条19号）として，種類株式の設定により実現することが可能となった。ただし，小規模閉鎖会社がそのようなプランニングを予め行うかどうかという問題がある。

なお，会社分割については，小規模閉鎖会社ではのれん分けが実質的な会社分割としての機能を有してきたと思われる。

小規模閉鎖会社におけるデッドロックを扱った裁判例としては，会社の株式を50％ずつ持ち合っている2家族の対立が激しく会社の共同経営は到底不可能であるとして会社の解散請求（平成17年改正前商法112条1項，406条ノ2第1項〔会社法833条〕）を認めたものがある（東京地判平成元・7・18判時1349号148頁）。その評釈として，宍戸善一「商事判例研究」ジュリスト1004号88頁（1992年）および宍戸・別冊ジュリスト会社法判例百選96事件196頁（2006年）。

第2章
ベンチャー企業出資契約

第1節　ベンチャー企業の意義

近時わが国では，低迷する経済からの脱却の担い手としてベンチャー企業を育成する必要性が論じられ，そのための法制度として，「新事業創出促進法」（平成10年法律第152号）をはじめとした起業を支援する法律のほか，ベンチャー企業への投資の促進を目的とした「投資事業有限責任組合契約に関する法律」（平成16年法律第90号）が制定された。2005年には，中小企業経営革新支援法，中小企業の創造的事業活動の促進に関する臨時措置法，新事業創出促進法の3法律を整理統合するとともに，異分野の中小企業がお互いの強みを持ち寄り連携して行う新事業活動（新連携）の支援を加えた「中小企業の新たな事業活動の促進に関する法律」（平成17年法律第30号）が制定された。

ベンチャー企業の定義については，必ずしも確定した統一的なものがあるとは言えないが[1]，その特質は，「成長意欲の強い企業家に率いられたリスクを恐

1）本書で使用する「ベンチャー企業」を表す用語は「ベンチャー・ビジネス（Venture Business）」として1970年に通産省の佃近雄によって初めて紹介され，その後，清成忠男によって具体的に取り上げられた（清成忠男＝中村秀一郎＝平尾光司『ベンチャー・ビジネス　頭脳を売る小さな大企業』（日本経済新聞社，1971年）参照）とされる（松田修一『ベンチャー企業〔第3版〕』15-16頁（日本経済新聞社，2005年））。なお，「ベンチャー・ビジネス」はいわゆる和製英語であり，米国では一般に“small business”“start-up”“emergent company”などと呼ばれる。また，英米では起業家を示すことばとして“venture”よりもむしろ“entrepreneur”のほうが多く用いられる（岸川善光編著『ベンチャー・ビジネス要論』4頁（同文舘，2004年））。

れない若い企業で，製品や商品の独創性，事業の独立性，社会性，さらに国際性を持ったなんらかの新規性のある企業」[2] という表現で示すことができよう[3]。

ベンチャー企業は，一般中小企業と同様に比較的少数の株主から構成される閉鎖（非公開）会社であるが，起業家の夢と志の大きさに根ざした成長意欲，リスクへの挑戦，独創性，革新性といった特徴を有し，そのため，中小企業金融に頼る一般中小企業と異なり，ベンチャー・キャピタルなどの専門の投資家からも出資を仰ぎ，最終的には株式を公開して一般投資家から資金を集めるところにたどり着くという点において，従来会社法の分野で議論されてきた小規模閉鎖会社と様相を異にする。

わが国におけるベンチャー企業の嚆矢は，一般には第二次世界大戦後の民需への転換期における技術者により創業された企業として説かれているが[4]，専門投資家からの出資を仰ぎ比較的短期間に株式公開することを目標に掲げているという性格を有した企業が登場するのは1970年代である[5]。その後1980年代の第2次ベンチャー・ブームと円高不況による終焉を経て，1995年以降，

2）松田・前掲注1）15-16頁。なお，いわゆる脱サラ企業・学生企業までもがベンチャー・ビジネスと総称され用語の混乱が生じていることを指摘して，米国と同様に「スタートアップ企業」という言葉を提唱するものとして，米倉誠一郎『ケースブック　日本のスタートアップ企業』3頁（有斐閣，2005年）。

3）中小企業の新たな事業活動の促進に関する法律（平成11年法律第18号）においては，「新事業活動」とは，「新商品の開発又は生産，新役務の開発又は提供，商品の新たな生産又は販売の方式の導入，役務の新たな提供の方式の導入その他の新たな事業活動をいう」（2条5項）とし，また，「経営革新」とは，「事業者が新事業活動を行うことにより，その経営の相当程度の向上を図ることをいう」（2条6項）として，事業および経営の特質の観点からベンチャー企業の性格を規定している。

4）よく知られた企業として，例えば，ソニー株式会社（1946年設立），本田技研工業株式会社（1948年設立），オムロン株式会社（1948年設立）。

5）ただし，それらのいずれよりも前に現在のベンチャー企業の性格を有する中小企業として成長を遂げた会社は存在していた。例えば，株式会社日立製作所は，1910年に小平浪平によって久原鉱業所の電機品修理部門として発足し，国産初の5馬力モータを開発。1920年に株式会社化した後，鉄道車両事業や真空管事業を他社から買収する一方，化学製品事業，金属製品事業を分社して，1930年代半ばには先行していた財閥系の同業他社と肩を並べるまでに成長した。財閥オーナー（久原房之助）というエンジェルを得て社内ベンチャーとしてスタートし，スピン・アウトやM&Aを経て大企業となる過程をたどったいわばベンチャー企業の先駆け的存在である（小野正人『ベンチャー　起業と投資の実際知識』11頁（東洋経済新報社，1997年））。

IT 産業の発展に対応して特別立法[6]や新興証券市場[7]が創設されるなどにより第3次ベンチャー・ブームが起きた。

社会にとってベンチャー企業の意義は大きく4点挙げることができる[8]。第1に，利用可能なさまざまなモノや力を結合する生産方法の変更であるイノベーションの担い手であり，経済発展の源泉である非連続的変化を引き起こす原動力としての役割を果たす。第2に，事業により雇用機会を創出し，その刺激で既存企業も再活性化する。第3に，社会的問題を解決する方法をビジネスモデルという形で提示する。そして，第4に事業を起こすことそのものが自己実現の機会となる。

会社法学においては，従前から株式公開会社と小規模閉鎖会社とが区分して論じられてきており，その研究対象は，すでに株式が公開された大会社と，法人成りと言われるような同族経営的な小規模閉鎖会社であった。閉鎖（非公開）会社でありながら株式公開をひとつの目標として挑戦するベンチャー企業と，同族経営小規模閉鎖会社の相違については，あくまで相対的なものという留保付きであるが，次頁の表2のようにまとめることができる[9]。

本来株式会社は，未だ株式が公開されていない場合においても，株式会社である以上は将来の公開を目指す存在であるはずである。そもそも株式会社形態を利用するということは，株式が次々と取引される証券市場に耐え得る株式会社法の構造に未公開の段階から慣れ親しみ，将来に備える覚悟を有する企業であることの表現である[10]。すなわちすべての株式会社は，設立当初からベンチャー企業であることが株式会社法の予定しているところである[11]。しかしながら，

6）1995年に10年間の時限立法として創造的中小企業促進法（平成7年法律第47号）が，また1998年に大学の知的所有権を民間に早期に移転することを目的とした大学等技術移転促進法（平成10年法律第52号）がそれぞれ制定された。

7）東京証券取引所「マザーズ」（1999年），大阪証券取引所「ナスダック・ジャパン」（2000年）。

8）金井一頼＝角田隆太郎『ベンチャー企業経営論』15-23頁（有斐閣，2002年）。

9）松田・前掲注1）26-27頁・図表1-4をもとに再構成。

10）上村達男『会社法改革』94頁（岩波書店，2002年）。そのような覚悟のない株式会社に対して，法は有限会社への組織変更の道を開いていたと言える（旧有限会社法64条）。

11）上村・前掲注10）94頁。

表2 ベンチャー企業と同族経営小規模閉鎖会社の比較

構成要素	ベンチャー企業	同族経営小規模閉鎖会社
経営姿勢	強い成長意欲・挑戦意欲（ロマン）	安定志向・リスク回避
事業分野	成長事業への積極的参入	現状能力範囲内での事業選択
マーケティング	独創性ある製品・サービス 新規市場の開拓	既存市場での既存製品・サービスの提供
社会性志向	環境問題等社会性を重視した経営ビジョン	社会貢献性の意識は低い
国際性	グローバルな事業展開を志向	海外への進出は考慮対象外
経営者	トップは深くかつ幅広い技術などの能力を有する会社の牽引車 専門家も参画して，経営チームを組成	トップに際立った能力的優位性なく，経営陣に専門家不在
資金調達・投資	ベンチャー・キャピタルなどの専門投資家からの資金を活用し先行投資重視	中小企業金融など融資中心で現状維持レベルの投資のみ
活性度	従業員の平均年齢が低く，高い成長力を維持し社内に活力あり	従業員の平均年齢が高く，組織が固定化

会社法学は，第二次世界大戦後陸続と現れた個人企業の法人成り現象への対応として小規模閉鎖会社の規整に多くの労力を割いてきた。

他方，戦後設立の会社は，日本経済の復興と金融機関による融資重視の中小企業政策[12]により，ベンチャー企業的資金調達の機会をさほど経ずに株式公開に至ることとなった。そのことは，会社法学において公開された株式会社を検討の対象とすることが暗黙のうちに念頭に置かれるようになったこと[13]にも影響したかもしれない。こうして，公開された株式会社の規整と小規模閉鎖会社の規整に会社法学が注力し，前者については多数の投資家および債権者の保護

12）戦後復興期の政策として，国民金融公庫設立（1948 年），中小企業金融公庫設立（1948 年），中小企業信用保険法（昭和 25 年法律第 264 号）および信用保証協会法（昭和 28 年法律第 196 号）の制定。また，高度成長期の政策として，中小企業振興資金等助成法（昭和 31 年法律第 115 号），中小企業信用保険公庫法（昭和 33 年法律第 93 号）の制定。

13）江頭憲治郎『株式会社・有限会社法〔第 4 版〕』（有斐閣，2005年）はしがき参照。

の観点から多くの強行規定が定められた一方，後者については，所有と経営の未分離と株主間の人的関係を基礎にした「話し合い」「納得ずく」の世界が，会社法学によっても裏付けられた。

これに対し，ベンチャー企業は，証券市場の存在を前提とした「固い」会社法制に服する企業を志向するものではあるが，現実には生まれて間もないひ弱な存在であり，公開大企業を念頭に置いた規制を当てはめようとした場合，その現実の姿とのギャップは少なからずある。近い将来証券市場において公開する意思を有しながらも，そこに至るまでは閉鎖性を維持し，技術やノウハウを有しながらも資金に乏しい起業家と，将来のリターンを期待して多くの資金を提供しつつ，会社を支配はせずに経営を見守る立場に徹する出資者とからなる企業形態である。しかしベンチャー企業は多産多死の存在であり，起業家に対する不信感が出資者の側に芽生えた場合に，相応の策がとれることが確保される必要がある。その保護は，株式会社法に定められた少数株主保護規定だけでは出資者が負う経済的リスクに見合うものとならないと考えられている。ここに，出資者による多彩な起業家監視スキームと，成功に向けた動機付けスキームの必要性があり，その点において必ずしも十分な手当てができていない株式会社法の隙間を生めるものとして，米国の法律実務家によってベンチャー企業出資契約が編み出されてきた。

第2節　ベンチャー企業出資契約の分析

現在，日米のベンチャー企業の活性度は，大きな格差がついている。その経緯や原因については経営学の観点から多数の考察がなされているが，その一つとして，両国の会社法制を中心とした法制度の相違が指摘されてきた[14]。

具体的には，わが国においては，起業家がベンチャー・キャピタル等の投資家から出資を受けることで経営権を喪失することへの不安から持株比率51％の維持に固執してきたこと，株式の種類設定の自由度が低かったこと，また起業家と出資者の間で結ばれる株主間契約の法的効力が不安定であったこと，さらには詳細な株主間契約を取り交わすことについて，とりわけ起業家がこれを嫌ったことが挙げられる。この結果，十分なリーガル・プランニングを欠いたまま，契約書を取り交わさずに出資するケースや，投資家側が安全志向に傾き，ある程度の成功実績を出した会社に対してのみ出資をするという状況が生じた[15)]。

これに対し米国では，1990年代にカリフォルニア州シリコンバレー地区に所在するIT企業を対象としたベンチャー・キャピタルによる投資が活発化し，「シリコンバレー・モデル」と呼ばれるようになった[16)]。米国におけるベンチャー企業出資においては，起業家と投資家の間で経営支配権とキャッシュ・フロー

14）大杉謙一＝樋原伸彦「ベンチャー企業における種類株式の活用と法制―「法と経済学」の視座からの具体的提案―」商事法務1559号13頁（2000年），仮屋広郷「ベンチャー企業のニーズと商法改正」法律時報74巻10号42頁（2002年），畠田公明「ベンチャー企業経営に関する商法上の問題点」福岡大学法学論叢46巻2・3・4号229頁（2002年）。日米のベンチャー・キャピタル市場をコーポレート・ガバナンスの観点から比較分析したものとして，Curtis J. Milhaupt, *The Market for Innovation in the United States and Japan: Venture Capital and the Comparative Corporate Governance Debate*, 91 Nw. U. L. Rev. 865 (1997). 日米英の比較分析として，忽那憲治『中小企業金融とベンチャー・ファイナンス』129-154頁（東洋経済新報社，1997年）。

また，ベンチャー企業育成の観点からの指摘として，秦信行「ベンチャー育成への期待と問題点」ジュリスト1125号16頁（1997年），および日米のベンチャー・キャピタルの格差とその要因の解説として，「日本VCへの起業家の10の疑問」ベンチャークラブ91号10-23頁（東洋経済新報社，2001年）参照。

15）大杉＝樋原・前掲注14）24-25頁，柳孝一＝藤川彰一『新訂ベンチャー企業論』175頁（放送大学教育振興会，2001年）。

Kenneth J. Lebrun, *Making a Private Equity/Venture Capital Investing in Japan: Implementing Techniques Commonly Used in U.S. Transactions*, 23 U. Pa. J. Int'l Econ. L. 213, 214 & n. 3 (2002)は，米国人弁護士の日本での実務経験として，日本のベンチャー・キャピタルが普通株式しか利用せず，また米国スタイルの出資契約書に抵抗を示し契約書も数頁に過ぎないことを指摘する。

また，ベンチャー・キャピタルがベンチャー企業との間のエージェンシー問題と投資家との間のエージェンシー問題の二段階構造からなることにつき，例えば，仮屋広郷「ベンチャー・キャピタル・ファンドに関する基礎理論的考察」一橋論叢130巻1号19-23頁（2003年）参照。わが国のベンチャー・キャピタルが，出資先のベンチャー企業と適切な契約書を取り交わさず，また出資後にその経営モニタリングを十分に行っていないため，結果として投資家からの受託者責任を果たしていないことを指摘するものとして，門脇徹雄『投資ファンドとベンチャーキャピタルに騙されるな』105-114頁（半蔵門出版，2003年）。

権を契約により配分し，それぞれのインセンティブを高めるようなリーガル・プランニングがなされ，その内容が事細かに出資契約に記載される。例えば，投資家が出資先の創業者に経営権を与えつつもその経営に一定範囲で関与したり，株式公開（initial public offering（IPO））後に創業者の支配権が復活するような取り決めがされて，将来にわたってのリスクの分配とインセンティブの確保が適切になされている点が指摘されている[17)]。

第1款　ベンチャー企業への出資

1. ベンチャー・キャピタルとしての出資

ベンチャー企業の経営者にとって最も大きな課題の一つがファイナンスであ

16）宍戸善一「ベンチャー企業育成の仕組と法的課題」ジュリスト1218号6頁（2002年），柳＝藤川・前掲注15）98-103頁。なお，経営学分野の文献として，西澤昭夫「金融仲介機関としてのベンチャーキャピタルの成立と展開―アメリカにおけるプライベート・エクィティ・マーケットの形成―」研究年報経済学60巻2号1頁（1998年），同「米国におけるベンチャー企業支援策の展開とハイテク産業集積地の形成―イノベーション・クラスターの組成過程―」研究年報経済学62巻3号36-38頁（2000年）参照。

17）宍戸・前掲注16）8-10頁，同「契約的組織における不安―ジョイント・ベンチャーとベンチャー・ビジネスのプランニング―」岩原紳作＝神田秀樹編『商事法の展望―新しい企業法を求めて―（竹内昭夫先生追悼論文集）』476-479頁（商事法務研究会，1998年），仮屋広郷「アメリカのベンチャー・キャピタル契約のメカニズム―ベンチャー・キャピタル・ファイナンスにおける交渉の力学把握のために―」一橋大学法学部創立50周年記念論文集刊行会編『変動期における法と国際関係』455頁以下（有斐閣，2001年）。

これに対し，ベンチャー・キャピタルと起業家の関係を，エージェンシー関係よりもむしろパートナー関係であると捉え，「チーム生産（team production）」モデルを用いてベンチャー・キャピタル出資を分析するものとして，D. Gordon Smith, *Team Production in Venture Capital Investing*, 24 J. Corp. L. 949 (1999)。また，会社法学への「チーム生産」モデルの適用を論じるものとして，伊藤壽英「アメリカ会社法学におけるチーム生産アプローチ―契約的企業観に対するアンチテーゼ―」法学新報110巻3・4号75頁以下（2003年）。

なお，米国のベンチャー企業出資契約をもとに，わが国におけるベンチャー企業モデル法を起案した試みとして，宍戸善一「ベンチャー・ビジネスのための組織法作りを試みて―「創造会社法私案」の解説」ジュリスト1125号4頁（1997年）がある。

る。企業が資金をどれだけ集められるかは自己資金力，自己金融力，信用力，金融構造の4つのファクターに左右されるが[18]，ベンチャー企業は自己資金力，自己金融力，信用力のいずれもが劣っている。にもかかわらず，短期間に事業を飛躍的に拡大するという目標ゆえに多額の資金が必要となる。ここにファイナンスのためのスキームの必要性がある。従来型の中小企業の主な資金調達手段は金融機関からの借入れである。そのスキームは，金銭消費貸借契約を結び，会社の保有する不動産等が担保として提供されるほか，経営者による個人保証がなされるものである。結果としてその資金調達は，中小企業が劣っている自己金融力と信用力の制約の範囲でしか機能しない。そのような制約から脱却した資金調達スキームとしてベンチャー企業に提供されているのが，株式による資金提供を専門的に行うベンチャー・キャピタルによるファイナンスである[19]。ベンチャー・キャピタルは，起業家の夢とロマンに賛同して「いつか芽が出て花が咲く」といった僥倖を期待して出資するのではなく，専門的投資家として高い事業評価能力によって投資先を発掘し，投資後はその会社の経営にも関与するとともに，投資回収の見極めをするための期限と条件を予め定めておく。その業務プロセスは，資金調達，投資先の選定・精査，投資，回収の4段階のサイクルから成る[20]。ベンチャー・キャピタルはそのようなビジネスモデルを

18) 小野・前掲注5) 107頁。

19) Michael D. Klausner & Kate Litvak, *What Economists Have Taught Us About Venture Capital Contracting*, *in* BRIDGING THE ENTREPRENEURIAL FINANCING GAP: LINKING GOVERNANCE WITH REGULATORY POLICY 15 (Michael Whincop ed., Ashgate, 2001), *available at* SSRN http://ssrn.com/abstract=280024. ベンチャー・キャピタル・ファイナンスと銀行融資の比較論として，George G. Triantis, *Financial Contract Design in the World of Venture Capital*, 68 U. CHI. L. REV. 305, 307-16 (2001); Bernard S. Black & Ronald J. Gilson, *Venture Capital and the Structure of Capital Markets: Banks versus Stock Markets*, JOURNAL OF FINANCIAL ECONOMICS, VOL. 47, 243 (1998).

20) エム・ヴィー・シー＝三井物産業務部編『ベンチャー投資の実務』37頁（日本経済新聞社，1997年）の図表3-1「ベンチャー投資のプロセス」参照。また，ビジネス・スクールで用いられるベンチャー・キャピタル投資のケース・スタディ教材として，ジョシュ・ラーナー＝フェルダ・ハーディモン（前田俊一訳）『プライベート・エクイティ　ケースと解説』（東洋経済新報社，2004年）（原著は，JOSH LERNER & FELDA HARDYMON, VENTURE CAPITAL AND PRIVATE EQUITY: A CASE BOOK VOLUME TWO (John Wiley & Sons, 2002)）がある。

持った金融会社であり，そのビジネスモデルを具現化するのがベンチャー企業出資契約である。ベンチャー企業出資の成功率は，俗に「センミツ」（1000分の3）と言われ，回収案件の蔭には圧倒的に多くの回収不能案件が存在する[21)]。それゆえ多くの失敗を帳消しにするだけの高いリターンが存在しなければならない。ベンチャー企業出資契約は，試行錯誤の世界で積み重ねられた失敗という財産を糧に，高いリターンを得るための仕掛けを法的観点から洗練して組み込んだものである[22)]。

2. 事業パートナーとしての出資

事業パートナーとしての出資は，既存の企業がベンチャー企業との提携の内容の一つとして当該ベンチャー企業に出資を行うものである。技術が高度化しその進歩がますます加速している現代においては，企業は一層厳しい研究開発競争に晒されている。しかしながら限りある経営資源を，必要とするすべての分野の研究開発に充てることは，大企業と言えども困難になってきている。そこで外部の力を借りて研究開発を行う方法として，共同研究開発という取り組みがなされる。従来共同研究開発は，同レベルの技術を有する会社同士や技術的に補完関係にある会社同士が，開発契約を締結して双方が共同作業を行う形態，あるいは合弁会社を設立してその会社にエンジニアや研究者が出向して一つの法人として活動を行う形態が主たる手法であった。これに対し，コンピュータ，半導体，バイオテクノロジーなどの先端技術分野では，優れた少数のエンジニアや研究者の研究開発成果をもとに設立されたベンチャー企業がキーとなる技術を有しているケースが多く，これらのベンチャー企業は，既存企業に囲い込まれることを望まない一方，資金需要が大きいことから，従来の契約型や合弁事業型の共同研究開発とは異なった提携スキームが編み出された。それが

21）米倉・前掲注2）7頁。朝日新聞1996年5月2日「シーズとエンジェル（起業家の肖像　米国西海岸からの報告：中）」。

22）ベンチャー・キャピタルの活動については，ルーサン・クィンドレン（松本美香訳）『リアル・ストーリー・オブ・ベンチャー・キャピタリスト』（ネットイヤー・パブリッシング，2000年），村上龍『ベンチャー・キャピタル　新しい金融戦略――既得権層を撃て！』（日本放送出版協会，2001年）等参照。

ベンチャー企業への出資を伴う提携関係の創設である。このような既存企業とベンチャー企業のビジネス関係を本書では「事業パートナーとしての出資」と呼ぶこととする。

事業パートナーとしての出資を行う動機としては，既存企業側は，キャピタル・ゲインよりもむしろ同業他社に先んじて最先端の研究開発に優先的にアクセスすることにある。また出資を伴うことにより，単なる契約型共同研究開発に比べてベンチャー企業との関係はより密接なものとなることが期待でき，合弁会社を設立する場合に比べて投下資本コストも抑えることができる。もちろん，二者による合弁会社であれば確保できるであろう経営の主導権は握ることができないが，合弁特有の経営方針の不一致から来るデッドロックのリスクはない。また，少数株主にとどまることで，株主としてのリスクは大口出資者であるベンチャー・キャピタルにヘッジすることができる。一方，ベンチャー企業側は，既存の大企業との取引関係を構築することによる信用力あるいは会社価値の増大や，事業パートナーの有する人的資源，流通・販売ルートおよび製造能力の確保といったメリットを期待する[23)]。

ベンチャー・キャピタルが，出資先の株式公開によるキャピタル・ゲインが主たる（あるいは唯一の）目的としているのに対し，事業パートナーは，開発成果を活用した自己の新製品・新事業の開発・事業化が主たる目的であって，出資に対するリターンはむしろ付随的な位置づけにある。したがって，ベンチャー企業と事業パートナーの関係の主眼は，共同研究開発等の事業そのものの協力関係であり，例えば，共同研究開発の場合，両者はその条件である技術情報の開示，研究開発行為の分担，費用の負担，人的リソースの分担，研究開発成果の帰属，知的所有権の取扱い，相手方に帰属する成果についての使用許諾，改良技術の帰属と使用許諾といった項目を中心に交渉する。

ベンチャー企業と事業パートナー間の資本関係に伴う契約とその条件は，事業パートナー側における当該提携への臨み方が反映される。わが国の従来の既存企業と新興企業の事業提携では，出資を伴う場合，出資をする事業パートナーがベンチャー企業の議決権の過半数を取得して子会社化するか，議決権の3

23）井原宏「アメリカ研究開発ベンチャービジネスへの出資とビジネス関係の創設」筑波法政19号97頁（1999年）。

分の１程度を取得して経営にかなりの程度関与し自社の企業グループの中に入れるという，事業パートナー側のいわゆる自前主義が前面に出ることが多かった[24)]。これに対し，ベンチャー企業にあっては，創業者が株式公開を目標としていることから，資金の手当ては自分の経営権を侵食しないベンチャー・キャピタルに頼り，事業パートナーは副次的な出資者という位置づけがなされる。しかしながら，事業パートナーがベンチャー・キャピタルや創業者に次ぐ第３の株主として一定規模の出資を行う場合は，共同開発の成功の確度を高め，かつその成否を見極める情報を得るためにも，株主間契約によってベンチャー企業の経営に一定のアクセスをすることが，その利益を守る手段として重要となってくる。

一般に企業の経営への関与は，取締役の派遣によってなされることが多いが，ベンチャー企業の場合，提携先からの取締役受け入れは特定の企業にコミットしているとの印象をあたえるためむしろ好まれない傾向がある。事業パートナーとしては，取締役派遣ができない場合であっても，ベンチャー企業およびベンチャー・キャピタルとの契約によって，経営にアクセスできるようにしておくとともに，ベンチャー企業との資本関係を中止したい場合には，株式公開前にそれを可能ならしめる出口（Exit）の規定を設けておくことが重要となる[25)]。

以上のように，ベンチャー・キャピタル，事業パートナーいずれにとっても，ベンチャー企業への出資にあたっては，単に会社法によって株主に与えられた

24）小野・前掲注5）88頁。新興企業が既存企業の資金力，販売力，ブランド力を頼り，事業パートナーの系列化に入ることによる面も大きい。例えば，ジャスダック証券取引所上場の八千代工業株式会社は，本田技研株式会社が34.5％を保有する筆頭株主であり，創業社長が20.6％で第２位となっている（2006年３月現在）。同社は，1947年に創業，1953年に本田技研の指定工場となった（同社ホームページ（http://www.yachiyo-ind.co.jp/））。なお，2006年11月14日に，本田技研は株式公開買付けによって八千代工業を連結子会社にすると発表した（日本経済新聞2006年11月15日朝刊）。

25）ベンチャー企業との資本関係の終了は，共同開発あるいは技術ライセンスの契約関係と同時に一切のビジネス関係を断つ場合と，資本関係は終了するものの共同開発・技術ライセンスの契約関係は継続する場合とがあり得る。その意味で，ベンチャー企業出資契約と共同開発・技術ライセンス契約は，締結時においてはパッケージとなっていても，締結後の契約内容の執行は個別になされるように自己完結的に構成されていることが望ましい（井原・前掲注23）108頁）。

権利のみをもって創業者の経営を監視するのではなく，十分なリーガル・プランニングのなされた出資契約を取り交わして，より能動的に経営に関わって成功（株式公開あるいは研究開発成果）へのステップを確かなものとする一方，先が見えないと判断されたときはできるだけ「出血」を少なくしてそのベンチャー企業から去ることを可能にしておくことがポイントとなる。

3. 紛争事例

ベンチャー企業への出資に係る判例はわが国では極めて乏しいが，少数株主として出資する際の事前の取り決めの重要性を認識させられる裁判例として，鹿児島地裁平成12年9月6日判決[26]がある。本件では，少数株主の「経営参画の利益」に対する侵害を理由とする不法行為責任が争われた。

NTTグループの九州地区PHS会社（以下，「A社」（株主数約40名））の経営が携帯電話との競争により悪化し，NTTドコモ九州に営業譲渡の上，解散することとなったため，A社に出資する原告（出資比率0.2%，NTTドコモの九州地区販売代理店）がその「経営参画の利益」を侵害されたとして，NTT，NTTドコモ九州等を被告として，損害賠償を求めた。原告は，次のように主張した。すなわち，PHS事業の性質上，当初の立ち上げ段階においては経済的な利益の分配を受けることは期待しておらず，それよりも，将来におけるPHS事業の本格的な事業展開を前提に，A社の株主としてその経営に参画することができるという地位を有していることのほうが重要である。本件出資の経緯から考えれば，被告らは長期的な事業計画の下，NTTグループの意向として原告に出資を求めておきながら，PHSサービス開始後わずか3年という早期の段階で，原告の有するA社の株主としての地位を一方的に無に帰せしめたのは，形式上株主総会の多数決という形をとっていたとしても正当化されるものではない。

裁判所は，原告の主張するところの「経営参画の利益」は，少数株主に認められた商法上の権利（取締役の違法行為の差止請求や取締役の責任追及のための代表訴訟提起等の権利）以上の利益を指すものではないとし，本件営業譲渡

26）平11(ワ)第189号，鹿児島地判平成12・9・6判タ1104号231頁。

と会社解散が商法上の手続に則り適法になされている限り，原則として不法行為に当たることはないと述べた。しかしながら，一般に私人の有する利益が権利性を直ちに肯認し得ない場合であっても，それに対する侵害の態様，程度が当該私人のおかれた社会における自由競争の原理を著しく逸脱して社会的許容性の限度を超えると評価されるに至ったときは，例外的に当該行為が違法性を具備して不法行為を構成することがあるというべきであるとした。その上で，本件出資に至る経緯，出資割合，A社の経営実績とPHS事業の動向，本件営業譲渡およびA社の解散に至る経緯とその選択の合理性の有無等の具体的な事情に照らして不法行為が成立する余地の有無について検討し，結論において不法行為の成立を否定した。

本事件は，少数株主としての権利の保証を確約した内容についての具体的主張立証がなかったことが窺える。おそらく被告らとの間では株主間契約は存在しなかったのであろう。判決は，PHS事業を継承した会社の株主たる地位を原告に保障する確約があった事実があるならば格別，本件ではそのような事実は推認できないとした[27]。

「経営参画の利益」は，少数株主に認められた商法上の権利（取締役の違法行為の差止請求や取締役の責任追及のための代表訴訟提起等の権利）以上の利益を指すものではないとする判旨が，株主間契約の効力との関係でどこまでの射程範囲を有するのかは必ずしも明らかでない。仮に，少数株主に与えられた会社法上の権利以上の権利が，株主平等原則から逸脱して契約によって設定されることを容認しないとの立場であるとすると，株主間契約の効力範囲を相当狭く捉えていることになる。

第2款　契約の構成

ベンチャー企業に出資することを選択する者としては，成功の可能性の見極めがむずかしく，また一般金融機関からの与信度合いの低いベンチャー企業に一度で多額の出資を行うことにはリスクが伴う。そこで，一旦ある程度の出資

27）NTTと主要株主である伊藤忠他2社との間ではA社のPHS事業に関する基本協定書が締結されていた。

した後，起業家の経営の手腕を見極めながら今後の追加出資を行うかどうかの選択権を留保しておくことで，起業家に対する経営監視の効果を高めることが期待できる。

そのような観点から，数年間の期間を設けてその期間を何段階かに分けてベンチャー企業に投資する実務が一般に行われている。その段階分けは，アーリー・ステージ（early stage），レイター・ステージ（later stage），およびブリッジ（bridge）またはメザニン（mezzanine）の3段階となる。その時期や各回の新株発行価額等は出資者とベンチャー企業（起業家）の間で合意して実施する。初期段階の出資者は，起業家とベンチャー・キャピタルであることが多いが，会社の経営が軌道に乗るにつれて，事業上関係のある第三者（取引先，共同開発相手方，流通・マーケティングの提携先等）が出資に加わってくることがある[28)]。

ベンチャー・キャピタル等によるベンチャー企業への出資は，一般に優先株式購入契約（Preferred Stock Purchase Agreement）として締結され，これに加えて株主間契約と位置づけられる複数の契約がセットとしてベンチャー企業出資契約を構成する。典型的な契約書面の構成は以下のとおりである。

① 優先株式購入契約書（Preferred Stock Purchase Agreement）
② 出資者権利契約書（Investors' Rights Agreement）
③ 議決権行使契約書（Voting Agreement）
④ 株式連動売却契約書[29)]（Co-sale Agreement）
⑤ 定款（Articles of Incorporation）

この一連の出資契約中に，取締役選任や取締役会運営および議決権比率の維持等の支配権に関する規定，出資の解消に関する規定，配当や株式公開といったキャッシュ・フローに関する規定，起業家に対するインセンティブの付与の

28）井原・前掲注23）97頁。本章第2節第1款2参照。

29）一般には，「共同売却契約書」と訳されている場合が多いようであるが（棚橋元「ベンチャー企業と投資契約ベンチャー・キャピタルと起業家間の合意」ジュリスト1218号19頁（2002年），財団法人ベンチャーエンタープライズセンター＝日本公認会計士協会『資本政策実務ガイド』177頁（2003年12月）），棚橋弁護士によるもう一つの訳語を用いて「譲渡参加権契約書」としたほうが権利の内容をより反映できる。しかし，原語のニュアンスが失われることから，本書では「株式連動売却契約書」を試訳として提示するものである。

規定等を定めることで，出資側は投資の回収不能リスクの回避に努めている。次款以下で，実務で用いられるいくつかの契約条項について，そこに織り込まれているリスク分配とインセンティブ付与のメカニズムを検証する[30]。

第3款　支配権に関する規定

1．取締役の派遣，取締役会出席権

ベンチャー企業への出資にあたり，ベンチャー・キャピタルは，単に資金を供与して経営を創業者に任せるのではなく，投資先の経営に関与し，株式公開を果たすまで導くことを行う。ベンチャー・キャピタルによる経営支援あるいは経営指導を伴う出資は，「ハンズ・オン」と呼ばれる[31]。このような経営関与は，出資の規模が議決権の過半数を握るに至らない場合であってもむしろ積極的になされ，ベンチャー企業の側も，自分たちに足りない経営のノウハウを

30）株式購入契約に規定される条項の簡潔な解説として，西村総合法律事務所編『M&A 法大全』517-546 頁（商事法務研究会，2001 年）。また，ベンチャー企業出資契約の論点に関する簡潔な解説として，西村総合法律事務所編『ファイナンス法大全（下)』471-479 頁（商事法務，2003 年）。米国または英国におけるベンチャー企業出資契約を解説するものとして，MICHAEL J. HALLORAN, LEE F. BENTON, ROBERT V. GUNDERSON, JR., JORGE DEL CALVO & BENJAMIN M. VANDEGRIFT, VENTURE CAPITAL & PUBLIC OFFERING NEGOTIATION, VOLS. 1-2 (3rd ed. 2003 Supplement 2004)；JACK S. LEVIN, STRUCTURING VENTURE CAPITAL, PRIVATE EQUITY, AND ENTREPRENEURIAL TRANSACTIONS (2004 edition 2004); JOSEPH W. BARTLETT, EQUITY FINANCE: VENTURE CAPITAL, BUYOUTS, RESTRUCTURINGS AND REORGANIZATIONS VOLS. 1-3 (2nd ed. 1995); DARRYL J. COOKE, VENTURE CAPITAL: LAW AND PRACTICE (1996); MORTON COLLINS & THOMAS F. RUHM, THE LEGAL AND BUSINESS ASPECTS OF VENTURE CAPITAL INVESTING (1979); George W. Dent, Jr., *Venture Capital and the Future of Corporate Finance*, 70 WASH. U.L.Q. 1029 (1992) がある。

次款以降で説明する先買権，Tag-Along 権，Drag-Along 権，公開市場へのアクセス権のメカニズムを経済学を用いて説明する文献として，Gilles Chemla, Michel Habib & Alexander Ljungqvist, *An Analysis of Shareholder Agreements*, NYU Center for Law and Business Research Paper No. 02-01; RICAFE Working Paper No. 006 (2004), *available at* SSRN: http://ssrn.com/abstract=299420 参照。

31）出資のみ行い経営指導等を行わないものは「ハンズ・オフ」と呼ばれる。

学び，またベンチャー・キャピタルのネットワークを利用した事業機会の拡大が期待できることから，資金面以外でもベンチャー・キャピタルに期待する部分が大きい。

経営への関与は，株主総会と取締役会の2つのレベルでなされる。ベンチャー・キャピタルは，日常の業務執行を監督するために，取締役会の構成および議決権に関する合意を出資契約で取り交わす。

条項例としては，取締役の選任権を普通株主，シリーズA優先株主，および全株主の3区分として，それぞれ所定数を選任できるとするものがある。株式を議決権によって種類分けし，種類Aと種類Bの株主がそれぞれ一定数の取締役を選任することができるクラス・ボーティング（class voting）の制度を取り込んだものである（巻末資料・条項例1）[32]。

米国のベンチャー企業では，実際には起業家側の取締役はCEOとCOOの2名程度で，残りの取締役はベンチャー・キャピタルから派遣された取締役またはその他の社外取締役で構成されていることが多い[33]。ある実証分析によれば，米国のベンチャー企業における取締役の員数は平均6名で，ベンチャー・キャピタルが過半数を占めるケースが25%，創業者が過半数を占めるケースが14%，いずれでもないものが61%となっている[34]。したがって，起業家が取締役会をコントロールしているケースはむしろまれであるということが言える。また，ベンチャー企業の取締役に就いているベンチャー・キャピタリストの47%はその会社から5マイル以内に居住し，日々の経営状況を把握できるようにしているとの報告もある[35]。

さらに，株主総会の権限とされている事項の大半を定款によって取締役会に

32）DEL. CODE ANN. tit. 8, §151 (2006); CAL. CORP. CODE §194.5 (Deering 2006); N.Y. BUS. CORP. LAW §703(a) (McKinney 2006); RMBCA §§6.01, 6.02, 8.04.

なお，米国法下での定款による種類株式またはクラス・ボーティングの定めによる支配権の分配を論じたものとして，河村尚志「定款による支配分配と種類株式の活用（1）」法学論叢157巻2号74頁（2005年）。

33）棚橋・前掲注29）16頁。

34）Steven N. Kaplan & Per Strömberg, *Financial Contracting Theory Meets the Real World: An Empirical Analysis of Venture Capital Contracts*, REVIEW OF ECONOMIC STUDIES 1, 9-10 (2002).

35）Klausner & Litvak, *supra* note 19, at 4.

委譲することで，取締役会を会社の意思決定センターとする実務も行われている。起業家とベンチャー・キャピタルの間において，契約自由の原則を活用することによってパワー・バランスが図られ，かつ株主と経営者の間で発生するエージェンシー・コストの削減を図りつつ起業家のオートノミーを尊重することによって企業価値の最大化を目指すことが試みられている[36]。

わが国においては種類株式についての法律上の規制から，議決権はあるかないかの二者択一であって，無議決権株式については配当優先株式としなければならず，優先配当がなされないときは議決権が復活することが強行的な枠組みとなっていた（平成13年改正前商法242条）。そのため，合弁会社を設立するにあたっては，パートナー会社の間で，株主総会における取締役選任決議において，「パートナーA社はパートナーB社の推薦する候補者に賛成票を投じ，パートナーB社はパートナーA社の推薦する候補者に賛成票を投じる」という議決権拘束の合意を合弁契約において行っておく実務がとられてきた。

議決権拘束の合意については，原則としてその有効性は認められるが，その効力は一般的な民法上の契約としての債権的効力にとどまるから，議決権拘束合意に違反してなされた投票およびそれによって成立した決議も有効であり，合意に違反した側は債務不履行責任を負うにとどまるという見解が通説的見解として受け入れられてきた[37]。しかしながら，合弁契約中に損害賠償の予定条項を設けておいたとしても，合弁会社を完全支配したいと思ったパートナーは損害賠償を支払ってでも合弁会社を完全支配するメリットがあると感じれば，

36）これに対し，ベンチャー・キャピタルが優先株主として取締役会および会社を支配することで，例えば，時期尚早の会社解散などの普通株主の利益を害する日和見主義的行動が発生して，かえってエージェンシー・コストが高まることを指摘するものとして，Jesse Fried & Mira Ganor, *Agency Costs of Venture Capitalist Control in Startups*, 81 N.Y.U. L. Rev. 967, 993-1014 (2006). 同論文は，このようなエージェンシー・コスト低減策として，優先株式に対する課税強化と，取締役の信認義務違反の判断に"balancing approach"を採用することを主張する（*Id.* at 1015-24)。

37）菱田政宏『株主の議決行使権と会社支配』158頁（酒井書店，1960年），田中誠二『三全訂会社法詳論上巻』511頁（勁草書房，1993年），『新注会(5)』204頁〔菱田政宏〕，鈴木竹雄＝竹内昭夫『会社法〔第3版〕』239頁注(4)（有斐閣，1994年），大隅健一郎＝今井宏「会社法論中巻〔第3版〕」79頁（有斐閣，1992年），龍田節『会社法〔第10版〕』149頁（有斐閣，2005年）。本書第3章第5節第2款1参照。

意図的に合弁契約に反して取締役選任の議決権を行使するリスクはある[38)]。一方，主として小規模閉鎖会社における内紛を解決する視点から，全株主によって締結された議決権拘束契約に違反した議決権行使については，定款違反に準じて株主総会決議の瑕疵を認め，議決権拘束契約の強制履行や間接強制の形での仮処分を認める見解が有力に主張されている[39)]。

このような議論の展開により，取締役の選任を分配する株主間契約については法的不安定性の問題が常につきまとってきたが，平成14年商法改正により，株式譲渡制限会社においては，種類株主総会によって取締役・監査役を選任できる株式の発行が認められ（平成17年改正前商法222条1項6号〔会社法108条1項9号〕），立法により手当てがなされた。すなわち，定款で全部の種類の株式について，①その種類の株主が取締役・監査役を選任することができるか否か，できる場合の選任できる取締役・監査役の数，②選任できる取締役・監査役の全部または一部を他の種類の株主と共同して選任するものとするときは，当該他の種類の株主および共同して選任する数，③前掲①および②の事項を変更する条件があるときは，その条件および当該条件が成就した場合における変更後の①および②に掲げる事項を定めなければならない（平成17年改正前商法222条2項，7項〔会社法108条2項9号〕）[40)]。

これによって取締役の選任権をめぐる法的不安定性の問題は解消されたが，逆に，このような商法改正後に，取締役・監査役の選任にかかる種類株式を設定せずに締結された取締役・監査役選任に関する株主間契約の効力については，改めて検討する余地が出てくる。すなわち，大会社同士の合弁契約のケースに

38）大杉＝樋原・前掲注14）18頁。また，合弁会社に限らず，小規模閉鎖会社においても同様のことは発生し得る。

39）浜田道代『アメリカ閉鎖会社法―その展開と現状および日本法への提言―』308-309頁（商事法務研究会，1974年）。

40）尾崎安央「株式制度の改正と閉鎖的株式会社法制」民商法雑誌126巻4・5号28-40頁（2002年），川島いづみ「種類株主の取締役等選任・解任権と資本多数決原則の修正」ジュリスト1229号14頁（2002年），手塚一男「非公開会社関連の改正」ジュリスト1229号37-38頁（2002年），青竹正一「種類株式の多様化と拡大」判例タイムズ1093号49頁（2002年），髙原達広「種類株式設計の多様化（上）（下）―ベンチャー企業における種類株式の利用―」商事法務1702号32頁，1703号31頁（2004年）参照。

あっては，定款によって合意の効力が法的に担保できること，および議決権拘束契約違反の総会決議は有効であるという伝統的な通説を知って，パートナー会社同士が株主間契約を締結していると言えることから，敢えて株主間契約を選択したそのような当事者の選択は尊重されてよい，すなわち株主間契約は債権的効力にとどまるとの解釈が成り立つ可能性がある[41]。

一方，自らの代表者としての取締役を選任できない少数派株主としては，未公開のベンチャー企業は，多数派によって選任された取締役に経営状況の監督をすべて委任するには，財務面での安定性や事業発展の可能性などの面においてリスクが大きく，さらに株式の譲渡も制約を受けており，いざというときの方向転換が難しい。株式公開を果たして市場から一定の評価を既に受けている上場会社の株主が専ら株価の変動を関心の対象とし，業務執行とその監督は選ばれた人に任せる傾向があるのとは事情が異なる。ベンチャー企業の少数派株主は，本節第1款で論じたように事業パートナーとして提携関係から出資に応じるケースもあり，それゆえに株主としてだけでなく事業パートナーとしても当該ベンチャー企業の業績や事業の見込みなどにはとりわけ関心を抱くことになる。

そこで，そのような少数派株主に対して，株主総会で提供される情報以外に，取締役会への出席権を与える合意がなされることがある。少数派株主としては，経営陣の「生の」意見をタイムリーに入手することができる機会であり，傍聴による経営陣に対する牽制機能も期待される。

例えば一定の株数を保有する株主に対して，取締役会にオブザーバーとして出席する権利を認める一方，出席者には守秘義務が課されるとともに，会社の営業秘密の保全のために必要な場合は出席が制限されるとする条項が用いられる（巻末資料・条項例2）。

2. 取締役会付議事項の追加，少数株主選任取締役の拒否権

ベンチャー・キャピタルが取締役会をコントロールできない議決権構造の場

41）森田果「株主間契約(6)」法学協会雑誌 121 巻1号12頁（2004年）。この点は，本書第3章第5節第2款で再度論じる。

合において，ベンチャー・キャピタルとしては，取締役会の決議事項のうち一定の重要な事項については，拒否権を確保し，起業家経営者の独走（あるいは暴走）にブレーキをかけることを可能にしておくことを望む。取締役会を支配しているがごとくできる限り多くの拒否権項目を設けようとするベンチャー・キャピタルと，経営のオートノミーを確保したい起業家との間で，金額基準など細かい条件分けをした上で拒否権事項についての取り決めがなされる。

例えば，配当，新株発行，多額の借入金，多数派株主との契約，定款変更，事業の変更，合併，債務保証，自己株式の取得，会計方針の変更，解散，資産の質入・売却等について，少数派株主選出の取締役に拒否権を与える規定である（巻末資料・条項例3）。

表3は，日本法下でのベンチャー出資実務における取締役会拒否権条項の包括的なチェック・リストを示す[42]。ベンチャー・キャピタルと起業家の間の会社経営支配をめぐる「力学」はこのリストに凝縮されているとも言える。

表3　ベンチャー企業出資契約の取締役会拒否権条項

1. 資本の増減，組織変更，配当等に関する事項
① 株式の発行（自己株式の処分を含むが，新株予約権（新株予約権付社債に付されたものを含む））
② 新株予約権，新株予約権付社債その他当社株式への転換，当社株式との交換，またはかかる株式の取得が可能な証券または権利の発行，付与
③ 合併，事業の譲渡等，株式交換，株式移転，会社分割その他第三者との資本提携
④ 自己株式の取得，消却，資本減少，またはその他の資本の変更（法定準備金の減少を含む）
⑤ 解散または破産，会社更生手続開始，民事再生手続開始，会社整理開始，特別清算開始もしくはその他の倒産手続開始の申立て
⑥ 配当，中間配当

2. ガバナンス等に関する重要事項
① 代表取締役の選任および解任
② 取締役および監査役の選任ならびに解任

42）高原・前掲注40）「種類株式設計の多様化（下）」32頁の［別表2］をもとに加筆修正。

③　代表取締役，取締役および監査役の報酬の決定
④　取締役の賞与総額および各取締役への配分の決定
⑤　当社の株主または株主となる者との投資契約（その名称を問わず，事業，運営，統治もしくはその他これらに類する事項に関し定める一切の契約を含む）の締結，変更または解除
⑥　１年間の当社からの支払額が○千万円を超える当社の株主または株主になる者との契約

3．財務・業務執行に関する重要事項
①　年次事業計画および中長期事業計画の決定および変更
②　１件当たり簿価○千万円超の有形固定資産の取得，売却，質入，処分または廃棄
③　１件当たり○千万円超の経費の支払い
④　○千万円超の借入，債務保証，その他の債務負担行為
⑤　○千万円超の設備投資，その他一切の投資およびかかる投資に関わる資産の処分
⑥　当社の事業，営業，財務，信用またはその他の点で当社の存続または営業の継続にかかわる重要な契約の締結，変更，解除またはその他終了
⑦　○千万円超の有価証券の取得または売却，質入その他の処分
⑧　○千万円超の貸付
⑨　支払うべきリース料の総額が○千万円超となるリース契約の締結
⑩　知的財産権に関する契約
⑪　子会社株式の売却
⑫　会計方針の変更
⑬　幹部社員の採用，解雇，異動および報酬の決定

4．子会社管理に関する重要事項
①　子会社・関連会社の設立
②　子会社および関連会社の経営に関する重要事項（保有する子会社株式の議決権行使の方針に関する事項および当該子会社において項番１−３の各号に該当する事項を含む）

5．会社規程に関する重要事項
①　定款変更
②　取締役会規程の制定，変更または廃止
③　社内決裁規程の制定，変更または廃止

拒否権条項は，取締役の選任権レベルで取締役会をコントロールできないベンチャー・キャピタルが起業家をコントロールするために有効となるが，過剰な拒否権事項の設定は，ベンチャー企業の日常の業務執行の機動性を損なう可能性があるほか，その他の少数派株主の経営関与の機会を反射的に低減させる。また，将来追加で新たな出資者を募りたい場合に，投資意欲をそぐ可能性もあり得る[43)]。

拒否権条項は，取締役会レベルで定める以外に，該当する事項をすべて株主総会決議事項として少数派株主に拒否権を与える構成も選択できる。ただし，起業家とベンチャー・キャピタル以外にも株主が存在する場合は，株主総会の開催は機動性において劣ることになる。

わが国の商法においては，平成13年商法改正以来，定款をもって，法令または定款の定めにより株主総会または取締役会において決議すべき事項の全部または一部につき，その決議のほか，ある種類の株主総会の決議を要するものとする旨を定めることができるようになった（平成17年改正前商法222条9項〔会社法108条1項8号〕）。すなわち，株主総会または取締役会の決議事項について，定款上ある種類の株主に拒否権を与えることができる。その種類株主による総会決議に基づかず代表取締役が行った業務執行行為は原則として無効であるが，善意の第三者に対しては対抗できない（平成17年改正前商法261条3項，78条2項，民法54条〔会社法349条4項，5項〕）。その理由としては，会社が定款の規定をもって株主総会の決議によるべきものとしても，取引の相手方は，そのような会社内部の自治的な規制を容易に知りえないから，代表取締役の権限を縮減することはできないと考えるべきであるとされている[44)]。しかしながら，拒否権を有する種類株式は定款に定められている上に，登記事項でもあり（平成17年改正前商法188条2項3号，175条2項4号ノ4〔会社法911条3項7号，59条1項2号〕），取引にあたって定款を確認することを取引相手方に求めるのは酷であるとしても，商業登記を確認するのは容易である。商人たる会社は，取引開始にあたり相手方の商業登記を確認するのは，営業活

43）高原・前掲注40）「種類株式設計の多様化（下）」33頁。

44）大隅＝今井・前掲注37）213頁，鈴木＝竹内・前掲注37）284頁，龍田・前掲注37）103頁，森本滋『会社法〔第2版〕』235頁（有信堂高文社，1995年）。

動の基本動作とも言え，そのような登記の確認作業を怠った者は保護に価しないとも考え得る[45]。

3. 希釈化防止，先買権

ベンチャー企業は，資金需要が旺盛であり，その需要を満たすため株式公開前に新株発行による資金調達を複数回行うことが一般的である。しかし，発行会社が全く自由に新株を発行できるとすると，それまでに株式を購入していた株主の持株比率は下がり，会社に対するコントロール権が弱まってしまう。このような持株比率の低下（希釈化（dilution））を防止できる仕組みがないと，投資家は会社への出資を躊躇することになりかねず，結局，会社が必要な資金を集めるのに困難をきたす結果となる[46]。

そこで希釈化防止の手段として，一定の場合を除き，既存株主にいわゆる先買権または新株引受権（preemptive right）を与える条項が用いられる。例えば一定株数以上を保有する株主に，以下の(a)〜(g)のケースを除いて希釈化防止の保護を与えるといった内容である（巻末資料・条項例 4）。

(a)　株式分割・株式配当に伴って発行される普通株式
(b)　ストック・オプションやその他の取締役会によって承認されたストック・プランによって従業員，顧問（consultant）や取締役に発行される普通株式[47]

45）これに関連する論点として，商業登記の積極的公示力と代表権の制限の関係如何がある。共同代表取締役の登記がなされている場合に，共同代表取締役の一人が単独で会社を代表した場合の効果について，表見代表取締役について外観への信頼を保護する平成 17 年改正前商法 262 条，商法特例法 21 条の 16 を類推適用すべきとされていた（鈴木竹雄『新版会社法〔全訂第 5 版〕』192 頁注(3)（弘文堂，1994 年），森本・前掲注 44）236 頁注（9））。そして共同代表の登記の公示力を超える強い表見性がある場合には，善意の第三者保護の観点から，平成 17 年改正前商法 12 条の適用は優先されず，その要件として，①外観の存在，②外観への与因，③外観への信頼の 3 つが挙げられている（弥永真生『リーガルマインド会社法〔第 7 版〕』186-189 頁（有斐閣，2003 年））。

46）HALLORAN, *supra* note 30, at 9-30.

47）条項例では特に制限がないが，実務上は一定規模のストック・オプションに限定することも検討する必要がある。

(c) 取締役会で承認された条件に基づき，信用取引や設備投資に関して金融機関や貸主に対して，発行会社の全株式の10％未満（行使可能なオプションや転換可能株式がすべて行使・転換されたと仮定したベース）の範囲内で発行される株式・株式転換権付社債
(d) 出資者権利契約締結時において発行済みの株式転換権付社債の行使により発行される普通株式または優先株式
(e) 取締役会で承認された条件に基づき，会社買収等の戦略的取引に関して，発行会社の全株式の10％未満（行使可能なオプションや転換可能株式がすべて行使・転換されたと仮定したベース）の範囲内で発行される株式・株式転換権付社債
(f) 優先株式からの転換に伴って発行される普通株式
(g) 公募のときに優先株式から転換される普通株式

そして先買権を有する株主の権利行使手続の内容例としては，以下のようなものがある（巻末資料・条項例5）。

(1) 発行会社が株式を売却しようとする場合，一定数の株式を保有する主要株主に対し，書面で通知を行う。
この通知には以下の事項を記載しなければならない。
(a) 発行会社が株式を売却する意図があること
(b) 株式売却の主な条件（売却株式数および価格を含む）
(c) (b)の条件で主要株主に株式を売却することの申込
(2) 主要株主がこの申込を承諾する場合には，(1)の通知受領後20日以内に発行会社に対し承諾を書面で通知する。
(3) 株式購入を承諾した株主は，持株比率を維持するのに必要な範囲で株式を購入することができる。持株比率計算に当っては，転換可能株式が転換され，オプションが行使された前提で計算される。発行会社が株式購入を承諾した株主に，他の主要株主が購入を承諾しなかったことを通知した場合には，購入承諾がなされなかった株式を，さらに持株比率に応じて購入する権利が発生する。
(4) 株式購入を承諾した株主が発行会社への通知後30日以内に株式購入をしない場合には，この30日の期間終了後90日以内に，発行会社がはじめに定めた条件で株式売却を進めることができる。
(5) この30日または90日の期間内に株式売却が完了しない場合，先買権は復活する。

希釈化防止策として先買権のみを規定した場合，持株比率を維持するために既存株主は株式購入を続けなければならない。そこで先買権に加えて，一定の算定式に従って優先株式から普通株式への転換価格を下方修正することが規定されることが多い。

発行会社が，主要株主に先買権対象証券発行の通知をするかわりに，まず第三者に新株を発行し，その後，主要株主に持分に応じた新株引受の機会を与えることができるとする“Offer After Sale to Third Parties”と呼ばれる規定がある（巻末資料・条項例 5）。この募集は，例えば通知から 30 日間有効とし，主要株主が引受ける場合は，引受承諾の通知から 30 日以内にクロージングを完了しなければならない。先買権規定に従った主要株主に対する新株引受募集の手続は時間がかかることから，第三者の募集タイミングを逃す結果にもなりかねない。そこで，順序を替え，第三者の募集を先に行えるように手当てしたものである。

わが国においては，平成 17 年改正前商法下では株式会社は株主総会の特別決議により第三者割当を行うことができた（平成 17 年改正商法 280 条ノ 5 ノ 2 第 1 項但書）。このため，ベンチャー・キャピタルは別途ベンチャー企業との契約で新株引受権を有するとの条項を設けることが多かった[48]。その内容は，会社が新株等を発行する場合に，まずベンチャー・キャピタルに引受けをするかどうかを確認し，一定期間内に引受けする旨の回答がない場合にはじめて他の第三者に引受けさせることができるというものであった[49]。このような合意にもかかわらず，ベンチャー企業が出資者の意向を窺うことなく商法上の手続を履践して新株を発行した場合に，出資者側が契約違反を理由に「著しく不公正なる方法」による新株発行として発行の差止め（平成 17 年改正前商法 280 条ノ 10〔会社法 210 条 2 号〕）を求めることができるかどうかが問題となる[50]。一般に閉鎖会社において，とりわけ多数派株主の過半数支配を失わせるような新株発行が行われた場合には，不当目的達成動機が強く推定されるべきであるとの主張がなされている[51]。確かに，過半数ラインをはさんだ希釈化は，多数

48）棚橋・前掲注 29）21 頁。
49）棚橋・前掲注 29）21 頁。
50）棚橋・前掲注 29）21 頁。

派に対する影響が極めて大きいことは間違いないが，資金繰りに余裕のないベンチャー企業の場合，差し迫った資金調達のために，多数派株主との希釈化防止合意に反して新たな資金提供者に対して新株を発行することが直ちに不当目的とは言い難い場合もあり得るのではないだろうか。そうであるとすると，新株引受権に関する株主間合意に違反した新株発行に対して，出資者側が「著しく不公正なる方法」を理由とする新株発行の差止めを求めることができるかはいささか明らかでない[52]。そこで，ベンチャー企業が転換優先株式を発行している場合で，当該優先株式の発行価額を下回る価額で新株等が発行されるときは，一定の算式に従って転換比率を調整する条項（希釈化防止条項）を設けることで，既存出資者は一定の保護を得ることが可能となる[53]。

4. 情報請求権

取締役会への出席権を有する株主は，取締役会に付議される種々の情報を入手できるが，そのような権利を有しない株主に対して，法令上株主に開示しなければならない財務情報等に追加して，四半期毎の財務データや予算に関する

51）洲崎博史「不公正な新株発行とその規制（2・完）」民商法雑誌94巻6号728-730頁（1986年），江頭・前掲注13）625頁注(4)。裁判例では，一般に，自派で議決権の過半数を確保する等の不当目的達成動機が他の動機に優越する場合に新株発行の差止めを認め，その他の場合には認めない「主要目的ルール」と呼ばれる考え方が有力である。会社に資金調達の必要があったことが認定されれば，調達方法の選択には原則として取締役会の判断を尊重する傾向が強い。差止めを認めなかったものとして，新潟地判昭和42・2・23判時493号53頁，大阪地堺支判昭和48・11・29判時731号85頁，大阪地決昭和62・11・18判時1290号144頁，東京地決平成元9・5判時1323号48頁，大阪地決平成2・7・12判時1364号100頁。差止めを認めたものとして東京地決平成元・7・25判時1317号28頁。東京地決平成元・7・25の評釈として，吉本健一・別冊ジュリスト会社法判例百選31事件66頁（2006年）。

52）ベンチャー企業は一般に保有資産は少ないであろうから，多数派株主としても希釈化を受け入れたほうが経営破綻を回避でき経済的には有利な場合が多いであろう（棚橋・前掲注29）21頁）。なお，株主間契約違反そのものが新株発行の適法性にどのように影響するかは，上記の不当目的達成動機該当の議論とは概念的には別個の論点である。本書第3章第5節第2款1(3)参照。

53）棚橋・前掲注29）21頁。

情報を株主に提供する合意がなされることがある。株主の情報請求権（information right）を定めるものである（巻末資料・条項例6）[54]。

情報請求権とは，一定の株主が会社に対して，その会社の財務状態や経営状態に関する情報提供を要求できる権利である。株主に対する経営情報の開示は，会社法により定められているが，スピードある事業展開を行い，少しでも早く株式公開をすることを期待しているベンチャー・キャピタル等の投資家は，最新の情報をきめ細かにチェックすることを期待する。

情報請求権条項では，発行会社は出資者に対して，例えば以下のようなスケジュールで所定の財務情報を提供しなければならないことを定める。

(a)　すべての出資者に対して
　(i)　会計年度末から90日以内（GAAPに従って作成され公認会計士により監査されていること）
　　①損益計算書，②貸借対照表，③キャッシュ・フロー，④合理的に詳細な財務報告書
　(ii)　各四半期末から30日以内（会計監査手続を経ていないもの）
　　①損益計算書，②貸借対照表，③キャッシュ・フロー
(b)　主要株主に対して
　(i)　各月末から20日以内（会計監査手続を経ていないもの）
　　①損益計算書，②資金調達に関する一覧表，③貸借対照表，④予算との比較
　(ii)　各会計年度末から30日以内
　　次年度の予算および事業計画

(a)項はすべての株主に対して与えられる情報であって法定の情報の範囲に限られている。主要株主に与えられる(b)項の情報は，月次の経営情報と将来計画情報であり，それらの情報を得ることのできる株主は，投資回収の判断材料をより多く入手できる。この権利は経営者と株主の間の情報格差を埋める効果を有する。さらに，一定の株主には，必要に応じて，会社の会計帳簿やその他の記録を直接調査する権利（inspection right）が与えられることがある（巻末資料・条項例7）。主要な株主が自ら出資先の経営者の会計操作などの不正をチェッ

54）Halloran, *supra* note 30, at 9-27, 9-28.

クすることができる権利である。実務上は，株主が指名した会計士が作業を行うことが一般的である。

わが国の平成 17 年改正前商法は，株主に対する企業内容の開示について，年に 1 回の定時総会の招集通知に貸借対照表，損益計算書，営業報告書，利益処分（損失処理）案，および監査報告書の謄本を添付することで直接開示を義務づけていた（平成 17 年改正前商法 283 条 2 項（会社法では，監査役・会計監査人設置会社以外は，計算書類および事業報告ならびにこれらの附属明細書〔会社法 437 条〕））。しかしながら，とりわけハイリスク・ハイリターンの性格を有するベンチャー企業への出資者に対し自己責任の原則を適用するにふさわしい開示であるかについて疑問が呈されていた[55]。さらに，計算書類の作成の基礎となる会計帳簿の作成義務が，商人の一般的な義務規定（平成 17 年改正前商法 32 条）に依拠しており，会社の経営者が株主に対して受任者として会計帳簿を作成するという位置付けがなされていないとの指摘もなされていた[56]。

少数株主に対する取締役会出席権や情報請求権の付与は，かかる問題を解消する役割が期待される。とりわけ情報開示は，起業家と出資者の間の支配権の分配に重要な影響を及ぼす。本来株主が取締役・執行役に経営を任せるのは，経営に関する知識や情報を圧倒的に豊富に有している取締役・執行役に意思決定を委ねたほうが望ましい経営が行われるからであり，すなわち情報の非対称性ゆえに権限が委譲される。しかし，意思決定を任せてしまうと，経営者は自身の利益を最大にする意思決定を行いがちになり，株主の利益が最大化されない可能性が生じる（エージェンシー問題）[57]。特に，ベンチャー企業は，起業家の能力に依存する要素が大きい上に，起業家が資金を株式価値の向上につながらない自己満足のための技術開発に費やしてしまうリスクがある。出資者はモニタリング権を確保しようとし，これに対し起業家は出資者からの干渉をできるだけ避けようとするが，それを交渉に任せていたのでは最適解が得られない恐れがある[58]。そこで，強行法規として毎決算期の計算書類の開示義務が定

55）森田章「ベンチャー企業」ジュリスト 1155 号 117 頁（1999 年）。

56）森田・前掲注 55）118 頁。会社法ではこの点について会社としての会計帳簿作成義務が明確にされた（会社法 432 条 1 項，615 条 1 項）。

57）柳川範之「株主総会と取締役会」三輪芳明＝神田秀樹＝柳川範之編『会社法の経済学』43-44 頁（東京大学出版会，1998 年）。

められ，情報の非対称性の補正機能が働くことになる[59]。

情報請求権は，出資者の発言と退出によるモニタリングを十分に発揮させることを目的とする。情報開示が適切に行われないと，出資者が経営者への負託をやめて会社から退出し，新たな出資者を得ることが困難になるなどの状況が発生し得る。起業家が不断に出資者と情報交換することによって，出資者の出資継続のインセンティブが維持されるとともに，起業家にも新たな出資を得るために積極的に情報開示に努める意識が働くことにもなる[60]。また，情報交換の機会に，起業家がベンチャー・キャピタルのようなプロの投資家から経営アドバイスを得られるという効果も期待される。

第4款　出資の解消に関する規定

1. Tag-Along 権

Tag-Along 権（株式連動売却権）とは，いずれかの株主が所有する株式を第三者に譲渡しようとするときに，他の株主がその株式譲渡に参加できる権利である。他の株主が一緒に株式を売却できる権利であることから，Co-Sale Right とも呼ばれる（巻末資料・条項例8）[61]。

Tag-Along 権は，典型的には，ベンチャー企業の創業者が所有している株式を譲渡しようとする場合に，他の投資家が保有比率に応じてその譲渡に参加できるという形で取り決められる[62]。この場合，他の投資家が参加してきた分

58）宍戸善一『動機付けの仕組としての企業：インセンティブ・システムの法制度論』219頁（有斐閣，2006年）（初出は，宍戸善一「動機付けの仕組としての企業(4)」成蹊法学56号57頁以下（2003年））。

59）神田秀樹＝藤田友敬「株式会社法の特質，多様性，変化」三輪＝神田＝柳川編『会社法の経済学』前掲注57）460頁，黒沼悦郎「会社法の強行法規性」法学教室194号12頁（1996年）。

60）宍戸・前掲注58）118頁。

61）Halloran, *supra* note 30, at 12-2.

62）下田範幸「ビジネスパーソンのためのアメリカ・カリフォルニア法実務講座〈その5〉ベンチャー・キャピタル・ファイナンス―優先株取引の基礎知識(6)」国際商事法務33巻11号1581頁（2005年）。

だけ，創業者が売却できる株式数は減少させられることになる。創業者が多数派株主を形成している場合は，創業者から株式を買い取ろうとする第三者は多数派株主の地位にプレミアムを払うことに同意する可能性があるが，Tag-Along 権は，少数派株主にこのプレミアムの分配を受ける権利を与える効果がある。さらに実務的には，第三者買主に全株式を買い取るインセンティブを与える。また，合弁企業では，一方のパートナー会社が所有株式を第三者に譲渡して合弁関係から離脱することを望む場合に，他のパートナーが当該パートナーに対し，自己の保有する株式も含めて当該第三者と売買交渉を行うよう要求することができる権利としても利用される。ベンチャー企業においては，この権利は創業者が株式を売り逃げするのを防ぐ効果があり，創業者に会社に専心するよう仕向けるインセンティブとなる。

わが国では株式譲渡による会社の支配権の変動の場合には，合併や会社分割と異なり反対株主に株式買取請求権が与えられていない。新しい株主が会社にとって望ましくないと考える株主としては，取締役会が適切な買受人を指定するか，会社自身が買い受けることを期待するしかないが，適切な買受人が見つからずしかも会社に株式を買い取るだけの資金がないケースが考えられる。このような場合に，Tag-Along 権は，新しい株主を望まない既存株主に，投下資本の回収の途を与え，かつ会社の存続を可能にする。そのような意味で Tag-Along 権は，法律の手当てが行き届かない部分を補充する役割を果たすものと評価することができる[63]。

2. Drag-Along 権

Drag-Along 権（株式強制連動売却権）とは，ある株主が自己の株式を売却する際に，他の株主にも参加させて一緒に売却することを要求できる権利である（巻末資料・条項例 9)。当該会社の M&A を左右する強力な権利であるため，実務上この権利が与えられるのは資金面でマジョリティを構成するような大株主に限られる。Drag-Along 権を有する株主としては，少数株主を抱えた状態で会社を売却するのは，相手方との売却価格交渉上も有利でない。そこで少数

63) Halloran, *supra* note 30, at 12-2.

株主を締め出して一括して株式を売却することを可能にする条項として定められる[64]。この権利は実務上もそれほど頻繁に利用されるものではないとされるが[65]，会社の将来性に疑問を抱くようになった少数株主としては離脱の恰好の機会となるという効果もないわけではない。逆に少数株主の抑圧に利用される恐れもあり，当該条項の法的有効性は不安定であることが指摘されている[66]。

第5款　キャッシュ・フローに関する規定

1. 優先配当権

優先配当権はベンチャー・キャピタル等の経営に関与しないベンチャー企業出資者と創業者との間で，支配権とキャッシュ・フロー権を配分するためのツールとなる。創業間もない会社としては，資金の調達は返済義務のない株式が借入れに比べて有利であることは言うまでもない。そして，株式のうちでも優先株式は普通株式との比較において，発行価格の設定に対する税務面の考慮からの制約がないため，発行価格を高く設定して発行株数を少なくすることが可能である[67]。創業者には普通株式を発行し，外部の出資者には優先株式を発行す

64）Bartlett, *supra* note 30, §10.15.

65）下田・前掲注 62）1582 頁。

66）Bartlett, *supra* note 30, §10.15. 例えば，*In re* Bacon, 287 N.Y. 1, 6, 38 N.E. 2d 105, 107（1941）は，議決権信託契約により，会社資産の売却や会社の清算に合意する権限を受託者に与えることはできるが，そのような通常でない権限は契約書中に明記されていなければならないとした。傍論ながら Drag-Along 条項が定めるような株式の“forced sale”を有効としたデラウエア州の判決として，Shields v. Shields, 498 A.2d 161, 168（Del. Ch. 1985）.

67）同時期に普通株式を異なる価格で発行すると，低額の株式引受人に対して，高額の株式との差額を所得として扱われる可能性がある。創業間もない段階では，普通株式と優先株式の間で発行価格に税務上の懸念を引き起こすことなしに 10 倍の差をつけることができると言われている。実務ではさらに普通株式と優先株式の発行時期をずらすことで，さらに優先株式を高く発行することが行われている（下田範幸「ビジネスパーソンのためのアメリカ・カリフォルニア法実務講座〈その5〉ベンチャー・キャピタル・ファイナンス―優先株取引の基礎知識(2)」国際商事法務 33 巻 7 号 989-990 頁（2005 年））。

ることによって，創業者は少ない出資で会社の支配権を維持することができる（巻末資料・条項例 10-1）[68]。

優先株式は，配当の優先性のほか，会社解散時の優先分配受領権，合併，事業の譲渡，解散などの一定の会社の重要事項の決定に対する拒否権などを定めることができる。米国では優先権の内容は制定法によって固定されているわけではなく，発行会社と株主の合意によって決定される[69]。その内容は基本定款（articles of incorporation）に記載され，州務長官に登録されることによって創出される[70]。

優先配当権は，優先株主が普通株主に先んじて配当を取得できる権利であり，一般に3つの種類がある。累積式（cumulative）優先配当権は，毎年必ず一定の配当を行うことを予め合意しているものであり，それゆえこのような配当は，金利に近い性格を有する。ただし，会社法上の配当要件を満たしていることが前提となり，当年度において配当が不能な場合は翌年度以降に繰越しとされる。条件付累積式（cumulative-if-earned）優先配当権は，一定の条件を満たした場合にはじめて配当義務が発生するものである。非累積式（non-cumulative）優先配当権は，配当要件が満たされている年度に限り配当が行われ，配当が行われなかった場合に翌年度以降に累積することがない（巻末資料・条項例 10-2）[71]。

清算における優先性（liquidation preference）とは，解散等による会社の清算時に，残余財産を普通株主に優先して受領できる優先株式の内容となる権利である（巻末資料・条項例 10-3）。実務的には，現実の会社解散の場合よりも，むしろ清算の定義に含まれる合併や支配株主の交代を伴うトランザクションが

68）その他にストック・オプションの行使価格を低く維持できるというメリットもある（下田・前掲注 67）990 頁）。
なお，米国において，会社契約自由の原則が証券設計の自由度にも現れていることを指摘するものとして，玉井利幸「アメリカにおける会社契約自由の原則―ファイナンス的な観点から―」一橋論叢 131 巻 1 号 31 頁以下（2004 年）参照。

69）*See, e.g.,* RMBCA §6.01(f).

70）*See, e.g.,* RMBCA §6.02.

71）下田範幸「ビジネスパーソンのためのアメリカ・カリフォルニア法実務講座〈その5〉ベンチャー・キャピタル・ファイナンス―優先株取引の基礎知識(4)」国際商事法務 33 巻 9 号 1284-1285 頁（2005 年）。実務上は，非累積的配当優先権が用いられることが多い。

起こった場合に実効性がある。その内容は，清算時に普通株主に先立ち優先株主に支払う金額が具体的に計算できる方法で定められる。実務では，1株当たり一定の金額を優先的に受領できると定めることが多いが，その幅は，当該優先株式の購入金額の3倍から同額プラス年5%から8%程度の利息相当額の範囲内であるとされる[72]。さらに，普通株主に先立つ支払いを受けた後に，普通株主と同じ立場で残余財産の分配に参加できる権利（participating right）の有無も定められる。また優先株主間でもシリーズに応じて優先性に差異を設けることがある。差異の内容はその会社の事業が順調に拡大してIPOが見通せる状況にあるか，あるいは資金不足に陥り新たな投資家を招かざるを得ない状況にあるかで異なってくる[73]。後者のようなケースでは，既存の優先株主は，自己の優先株よりさらに優先的な権利を与えてでも新たな投資家の参加に同意せざるを得ないことから，新投資家が第一優先権を確保することになる（巻末資料・条項例10-3）[74]。

その他の優先株式の権利の内容として，優先株主が自己の意思で優先株式を一定の割合で普通株式に転換することができる権利（conversion right）を定めておくことが行われる[75]。優先株式は普通株式よりもキャッシュ・フロー面で有利であるが，権利の内容によっては普通株式に転換したほうが有利になるケースも有り得る。例えば，残余財産の分配において，普通株主への分配時に優先株主に参加権がない場合である[76]。

2. 公開市場へのアクセス権

ベンチャー企業への出資者，とりわけベンチャー・キャピタルのようにキャ

72）下田・前掲注71）1286頁。

73）下田・前掲注71）1287-1288頁。

74）業績不振の状態のベンチャー企業が新投資家に対して有利な条件で優先株式の発行を行う投資調達ラウンドを“down rounds”，“washout financings”などと呼ぶ。HALLORAN, *supra* note 30, at 10A-3.

75）権利としてではなく転換が強制されるケースとして，株式の公開や，優先株主による種類株主総会での転換の決議などがある。このような強制転換条件も基本定款に定められる。

76）下田・前掲注71）1288頁。

ピタル・ゲインを得ることを当初より目的としている者は，投資先の会社が株式公開を果たすことが極めて重要である。しかしながら，起業家である経営者の株式公開に関する意向と投資家の期待とが一致しない場合（株式公開のタイミングやそもそも株式公開するかどうかについての見解の不一致）に備えて，投資家の側から会社に対して株式公開を行うよう請求できる権利を確保する規定が設けられる[77]。この規定は経営者と株主の間の権限配分ではないが，株式公開によるキャピタル・ゲインを目指すベンチャー・キャピタルにとっては，起業家をコントロールするための重要な条項である。

米国のベンチャー企業投資実務では，投資から一定期間経過後において，証券登録書（registration statement）の届出を，出資者の権利として請求できることが，会社との間で合意される。米国の証券法では，証券登録書を証券取引委員会（SEC）に届け出ることなく発行された証券は制限証券（restricted securities）と呼ばれて，転売が制限されている[78]。この転売制限を解除する効果を有するのが，証券登録書である[79]。公開市場へのアクセス権は，投資家側に証券登録書の届出等を会社に請求できる権利を与えるものである（巻末資料・条項例 11-1）[80]。

未登録証券であっても，Rule 144[81]の手続に従えば，市場で売却することが

77）棚橋・前掲注 29）21 頁。なお，わが国におけるベンチャー企業の株式公開における法務問題全般について，棚橋元「ベンチャー企業と株式公開」JICPA ジャーナル 548 号 94 頁（2001 年）参照。

78）Rule 144 of the United States Securities Act of 1933.

79）黒沼悦郎『アメリカ証券取引法〔第 2 版〕』30 頁（弘文堂，2004 年），ルイ・ロス（日本証券経済研究所／証券取引法研究会訳）『現代米国証券取引法』434 頁（商事法務研究会，1989 年）（原著は，Louis Loss, Fundamentals of Securities Regulation (Little, Brown, 1983)），デービッド・L・ラトナー＝トーマス・リー・ハーゼン（神崎克郎＝川口恭弘監訳・野村證券法務部訳）『最新米国証券規制法概説』31 頁（商事法務，2003 年）（原著は，David L. Ratner & Thomas Lee Hazen, Securities Regulation in a Nutshell (West, 7th ed. 2002)）。

80）本項は，ベンチャー企業における株主が株式公開をめぐってリスク分配とインセンティブ付与のメカニズムを出資契約に織り込んでいることの検証が目的であるため，米国証券取引法の内容には触れない。

81）Rule 144 of the United States Securities Act of 1933 ("Persons Deemed Not to Be Engaged in a Distribution and Therefore Not Underwriters").

可能である[82]。この意味で，Rule 144は，出資者にとっての最終的な売却機会の保証になる。しかし，例えば，既存出資者がRule 144保有期間中で未だ株式売却ができない間に，会社が公募増資を繰り返して資金調達をし，出資者が売却できるようになったころには株価が下がっているなど，Rule 144に頼っていては出資者にとって不利となるケースも予想される。そこで，出資者が，発行会社に自己の保有株を必要なときに強制的に登録させる仕組みをつくっておく必要がある。その方法のひとつが「登録請求権」であり[83]，未上場株式会社に上場を迫ることができる強力な内容を有することから“Demand Right”と呼ばれることがある（巻末資料・条項例11-2)。この権利は，上場の時期をコントロールしたいと考える創業者と，できるだけ早く上場を実現して投下資本の回収を図りたい投資家との相互牽制の作用を持つ[84]。以下に，権利行使の条件等の例を示す。

〈請求者側に求められる条件等〉

① 登録可能証券の50％以上の保有者から登録届出の請求が書面にて発行会社にあったこと。ただし，当該請求が20％超の登録可能証券をカバーする登録であり，公募の予想総額が500万ドル超であること。
② 普通株式の保有者であること[85]。
③ 発行会社からの通知後20日以内に登録請求すること。

〈発行会社側に求められる条件等〉

① 50％以上の保有者からの請求書面受領から10日以内に，すべての保有者に書面にて当該請求があった旨を通知すること。
② 請求のあった登録可能証券について，請求から90日以内にできるだけ早く登録を行うよう最大限努力すること。

82）Rule 144による未登録証券の売却に関する解説として，吉川達夫＝庄子亜紀「米国における未登録証券の売却とRule 144」国際商事法務26巻9号911頁以下（1998年）参照。

83）ロス・前掲注79）434頁。

84）下田・前掲注62）1580頁。

85）優先株式のままでは市場流通性が悪いため，通常，登録届出し公募を行う場合には普通株式に転換する。

〈発行会社側の登録免除事由〉

登録請求権には，請求できる回数を限定したり，ある程度以上の株式数を纏めない限り要請に応じないなどの制限を付すのが一般的である。また，発行会社が，公開の準備をしている最中などやむを得ない事情がある場合に限り，回数・期間を限定して，投資家からの登録請求を延期することもある。例えば以下の①～⑥に該当する場合，発行会社は登録義務を負わないと規定される。

① 発行会社が既に当該法域における送達に服する場合および証券法上必要な場合を除き，発行会社が登録を実行するにあたり送達に関する包括的な合意をしなければならない法域における登録。
② 株式購入契約所定のクロージングから3年，または最初の公募から6ヵ月のいずれかの早いほうの時期が経過していない場合。

上記②の「3年」，「6ヵ月」という設定期間の変更は交渉によるが，特にクロージングから3年後は，Rule 144により既に売却可能な時期であり，登録請求権発生の時期としては遅い。実務では，登録請求権の発生時期を早めておいて（2年より短い時点で発生），Rule 144で転売できるようになった時点（2年経過後）で，登録請求権を消滅させることも多い。

③ 発行会社が予定する登録申請日の60日前から登録届出書の効力発生後6ヵ月の間における届出。ただし，発行会社は登録届出書の効力発生を確保するよう努力しなければならない。
④ 既に2回，登録届出書が有効になっている場合。

上記④は，各々の保有者に2回ずつ登録請求権があるという趣旨ではなく，登録請求権に基づいて発行会社が2回登録を行った時点で全株主の登録請求権が消滅するとするものである。

⑤ 発行会社が「取締役会の誠実な判断により近日中に行われる登録届出が発行会社または株主に損害を与えるであろうこと」を，CEOの署名付書面にて保有者に提示した場合，登録義務は，保有者からの登録請求書受領の日から90日間延長することができる。ただし，発行会社は前回の延長から1年以内に当該権利を使用できない。
⑥ 発行会社が，保有者からの登録請求書受領の日から30日以内に，保有者に「90日以内に最初の公募（IPO）をする予定である」旨を通知した場合。

出資者が持株を売却するに際しては，証券引受業者を選定し，登録するすべての株式を取り纏めさせる。株式市場の状況により，請求のあった株式すべてを売却するのは困難であるという見通しを証券引受業者が持った場合は，登録する株数を制限することが必要となる。

そこで，公開市場へのアクセス権条項では，証券引受業者による売却に当たっての手続および制約条件を定めている。以下はその一例である。

① 最初に登録を請求する保有者（以下「最初の登録請求保有者」）が証券引受業者による売却を予定している場合は，その旨を発行会社に通知しなければならず，発行会社は保有者への通知にその旨を述べなければならない。
② 証券引受業者は，最初の登録請求保有者の過半数により選任され，発行会社に承認され得る者でなければならない。
③ 最初の登録請求保有者の過半数により証券引受業者が選任された場合，株主は，当該証券引受業者によってのみ売却することができる。
④ 証券引受業者による売却を要求するすべての保有者は引受契約を締結しなければならない。
⑤ 証券引受業者が最初の登録請求保有者に書面にて「市場の状況により，引受すべき株式数量を限定する必要がある」旨を助言した場合は，最初の登録請求保有者は全保有者に通知をし，登録可能証券の持株数に応じて，引受可能な数量を按分しなければならない。ただし，他の株式が除外されない限り，シリーズA優先株式が除外されてはならない。すなわち，シリーズA優先株式が他の株式に優先して引き受けられる。

Demand Rightが株主の請求により開始される登録であるのに対し，発行会社が株式を登録しようとする場合に，株主にその旨を通知し，登録を希望する株主の株式を併せて登録する仕組みを，発行会社が開始しようとしている登録手続に株主が相乗りする形で登録することから「ピギーバック（piggyback）」[86]と呼ぶことがある（巻末資料・条項例11-3）[87]。

ピギーバック権の行使方法や条件の定めとしては以下のようなものがある。

86）“piggyback”は「おんぶ」「肩車」を意味する。
87）下田・前掲注62）1581頁。ロス・前掲注79）421頁。

(a) 登録通知
① 発行会社が株式を登録する場合，その旨を事前に各株主に書面で通知する。
② 通知到達から15日以内に，登録を希望する株主は発行会社に書面で登録を要求する。
ただし，ピギーバックの対象となる株式登録は，従業員福利制度のみに関する登録および株式の再種類分け（reclassification（ある種類の株式を他の種類の株式と交換する組替え））や会社の合併のみに伴う登録（証券法規則§145）を含まない。
(b) 引受け（underwriting）を伴う場合
登録後の株式が引受業者を通して売却される場合には，以下の条件に従う。
① (a)で送付される通知に，引受けによる売却である旨を明記する。
② 登録を希望する株主は，引受けを通じてしか株式を売却できない。
③ 登録を希望する株主は，発行会社が選定した証券引受業者と引受契約を締結する。
④ 市場の状況から，引受けにより売却される株式数に制限を加えた方がよいと証券引受業者または発行会社が判断した場合，登録を希望する株主の出資比率に応じて引受株式数が制限される[88]。
⑤ 最初の公募（IPO）時において，引受けにより売却される株式数に制限を加えた方がよいと判断された場合には，発行会社だけが引受けを通して株式を売却できる。
⑥ 登録可能証券の保有者の3分の2の書面による事前同意がない限り，シリーズA優先株式の登録数を減少させる影響がある他の株式のピギーバック登録は認められない。
⑦ ピギーバック権は普通株式の登録にのみ認められる。

市場の状況によっては，登録希望のあった株式すべてを登録・売却してしまうと株価が大きく下がる危険性があるため，発行会社としては，売却される株式数や売却方法をコントロールしたいと考える。特にIPO時にはまだ会社の財務体質が脆弱なため効果的な資金調達の必要性が高く，株式を売却できる者を発行会社に限定する場面も出てくることに対応している。

なお，引受条件に不満がある株主は，登録の請求を書面で撤回できることも

88) 証券引受業者や発行会社の判断によっては，登録要求のあった株式が全く引き受けられないこともあり得る。

定められることがある。撤回により減少した分は，他の株主が追加登録を申し込むことができる。追加登録希望が多ければ，持株比率に応じて配分する。

また，市況によっては株式の登録・公募を見送らざるを得ない場合に備え，一旦登録手続を始めた場合でも，発行会社は登録手続を中止することができる旨が定められることがある。

さらに，上場企業の未登録株式を登録するための簡易手続としてS-3書式（Form S-3）による登録権規定がある。株式を登録するためには，証券取引所法や規則に定められた開示要求を満たす必要がある（巻末資料・条項例11-4）。簡易手続による登録が認められていない会社が株式を登録する場合は，S-1書式（Form S-1）に従い，発行会社に関する情報，売却の条件および手取金の使途，登録者の証券に関する情報等の詳細を開示しなければならない[89]。

公開市場で株式の取引が行われ，証券アナリストによく分析されている会社の場合，会社に関する情報が市場価格に反映しており，一定の条件の下でより簡易な登録手続が認められている。S-3書式もこのような簡易手続の一つである。S-3書式には，発行条件や手取金の使途等の情報だけを記載すればよく，

89）初めて株式を登録しようとする会社は簡易手続の利用が認められない。

S-1書式の主たる開示項目には以下に該当するものが含まれる。(1)発行会社の名称，(2)設立州，(3)主たる事務所の所在地，(4)各取締役・役員の氏名および住所，(5)証券引受業者の名称および住所，(6)主たる株主の氏名および住所，(7)取締役・役員・証券引受業者が保有する株式数，(8)発行会社の事業内容，(9)発行会社の資本の状況（授権株式数，社外株式数），額面額，各種類の株式の議決権・転換権の説明，(10)ストック・オプションの説明，(11)募集予定株式数，(12)発行会社の負債額およびその条件，(13)手取金の使途，(14)取締役・役員への報酬，(15)募集から得られる予想額，(16)募集価格案または募集価格計算式，(17)証券引受業者に支払われるべき手数料，(18)募集費用，(19)過去の証券募集の状況，(20)手取金で財産を取得する場合の売主の氏名および住所，財産の取得価格，(21)会社財産に対する取締役・役員・主要株主の権利の詳細，(22)今回の発行を適法と認めた弁護士の氏名および住所，(23)通常の商取引以外で締結した契約の日付・当事者，その影響，(24)貸借対照表，(25)損益計算書，(26)手取金で買収する事業の財務諸表，(27)引受契約の写し，(28)募集に関する弁護士意見書の写し，(29)重要な契約の写し，(30)定款・附属定款の写し，(31)発行される証券に影響を与えるすべての引受契約。

Form S-1およびForm S-1が参照を指示するRegulation S-Kに開示項目の詳細が規定されている。Form S-1は，SECのホームページhttp://www.sec.gov/about/forms/forms-1.pdfに掲出されている。

S-1書式に比べ開示義務がかなり緩和されている。発行会社がS-3書式を利用できるようになるためには，「1934年取引所法に従って1年以上登録されている会社で，この間，必要な開示義務を履行していること」という条件を満たす必要がある[90]。

S-3書式登録権では，株式公開後，S-3書式を利用できる会社になるよう合理的な努力を払うことを発行会社に義務づける。一旦発行会社がS-3書式を利用できるようになれば，株主はS-3書式による登録を発行会社に請求できることになる。ただし，例えば次のような例外が設けられる。①公衆への売却総額が50万ドルに満たない見通しのとき，②登録予定日の60日前から登録発効後6ヵ月の期間内のとき，③あらゆる12ヵ月の間で3回目以降の登録要求のとき（1年間で2回できるということ），④登録届出が発行会社や株主に損害を与えると取締役会が判断し，その旨をCEO名の書面で通知したとき。この場合，発行会社は登録届出を90日間遅らせることができる。

S-3書式という簡易手続を利用できるといっても登録届出は発行会社にとって負担であるため，少額の登録や頻繁な登録要求は拒否できること，また，株主に他の適切な登録の機会があった場合も，会社は新たな登録要求を拒否できることが定められる。

発行会社の手続上の義務を定めるスタンダードな条項は，登録要求（Demand Registration, Piggyback Registration, S-3 Registration）があった場合，発行会社は以下の(a)〜(g)に規定された手続を履行しなければならないと定める（巻末資料・条項例11-5)。

(a) ① 証券登録説明書の準備・提出，発効に向けた努力，および ② 登録可能証券の過半数の保有者の要求があった場合は，120日間の証券登録説明書の効力保持
(b) 証券登録説明書および目論見書の変更・補足の準備，提出
(c) 目論見書および証券処分に必要なその他の書類の提供
(d) 登録株式の保有者から要求があった場合，一定の州法の下での登録。ただし，その州で事業を行う許可を得ることや送達受領の同意書を提出することまでは要求されない。

90) Levin, *supra* note 30, ¶902.2. 黒沼・前掲注79）39頁。ラトナー・前掲注79）32頁。

(e)　引受けを伴う公募の場合，引受契約上の義務の履行
(f)　目論見書に重大な事実に関する誤りや抜けが事後的に生じた場合，登録可能証券保有者に通知
(g)　登録に関する弁護士（発行会社を代理している者）の意見書および公認会計士の書簡の提供

これらは，株式の登録および売却に必要な手続であり，株主が円滑にその株式を売却できるよう発行会社の義務として規定されているものである。

公開市場へのアクセス権条項で規定される義務を発行会社に履行させるための前提条件として，出資者が，出資者自身に関する情報，出資者が有する登録可能証券に関する情報，予定する証券処分方法の情報を発行会社に提供する義務を負うことが定められる（巻末資料・条項例 11-6)。

出資者が登録を要求しておいて後で一方的に取り消す場合や，引受けに要する費用を除いて，原則として，登録に関するあらゆる費用は発行会社の負担となる。そこで発行会社が負担すべき費用と投資家が負担する費用をそれぞれ規定する。発行会社が負担すべき費用としては，例えば，①登録手数料，②印刷費用等，③発行会社の弁護士費用，④出資者が選任した弁護士費用（ただし，25,000 ドルを超えない。弁護士は出資者各々に対して１人ではなく出資者全体に対して１人）である。出資者側の弁護士は引受契約（underwriting agreement）のレビュー等が中心となる。これに対し，例外として次の２つの場合，投資家が費用を負担する。

①　登録請求，ピギーバック，および S-3 書式請求権に関して発生する引受割引料・手数料
②　登録可能証券保有株主の過半数同意により，当該登録が取り消された場合（この場合，すべての費用が保有株主負担となる。）ただし，次のいずれかの場合はさらに例外として発行会社が費用を負担する。
　(i)　登録請求権に基づく請求の場合，一回当該登録請求権を行使したとみなすことに保有者の過半数が合意したとき。
　(ii)　S-3 書式登録請求権に基づく請求の場合，当該取消しから 12 ヵ月間は登録請求しないことに保有者の過半数が合意したとき。

出資者は，契約条項の解釈を争うなどして，登録差止を求めることができない。一旦発行会社が登録手続を開始した以上，速やかに手続が完了できるよう

にしている。

以上のように，米国におけるベンチャー企業出資契約においては，ベンチャー・キャピタルの最大の目標である株式公開に向けた請求権を詳細に定めている。しかし，そもそも株式公開できるかどうかは会社の経営状況や市場状況などさまざまな要因に左右されるため，公開市場へのアクセス権条項が実質的な意味を有するのは，会社が株式公開にふさわしい経営状態にあり市場も株式公開の支障となる状態がないにもかかわらず，起業家経営者が何らかの事情で意図的に株式公開を遅らせているような場合である。

一方，わが国のベンチャー企業出資契約では，投資先企業に対して株式公開を強制できる権利を契約で定めることはほとんどなく，株式公開に向けて最大限の努力をするといった努力義務にとどまることが多い。投資家側の権利としては，起業家側に株式買取義務を課し，または投資家側にDrag-Along権を確保するなどの出口（Exit）条項で処理するケースが多いと言われており[91]，株式公開に向けたコントロールとインセンティブが，実際のところ当事者の権利義務の形で明確化されていないという問題点がある。

第6款　インセンティブの付与に関する規定

ベンチャー企業は，創業者を中心とする少数のキー・パーソンの存在が経営に必要不可欠である場合が多い。とりわけ新技術を標榜する企業にあっては，その技術が特定の人物に依拠しがちである。これらのキー・パーソンは，Chief Technology Officer（CTO）といった役員（officer）の地位に就くことが多いが，ベンチャー企業への投資家は，キー・パーソンが会社の事業・運営に継続して専念することを前提として投資を行う。そこでこれらの者を会社から離脱させないためのメカニズムが必要となる（巻末資料・条項例12）[92]。

附属定款（by-laws）に定める役員の任期は一般に1年であるが，役員には辞任の自由があるためそれを超えた任期を基本定款に定めることはなんら制約

91）棚橋・前掲注29）21-22頁。

92）西村総合法律事務所編『ファイナンス法大全（下）』前掲注30）471-472頁，棚橋・前掲注29）22頁。

されない。その理由として，役員は任期の定めがあってもいつでも辞任できることが挙げられる[93]。ベンチャー企業のような閉鎖会社においては，役員の任用期間は，会社のみならずすべての株主を拘束するよう株主間契約に規定され，それによって単なる雇用契約以上に特定履行（specific performance）の効力を認め得る[94]。

わが国においては，取締役と会社の間で辞任を制限する合意がなされた場合，かつてはそのような合意ないし特約は無効であると解されていたが[95]，近年は有効であるとする見解が有力になってきた[96]。特約によって放棄されるのは取締役の個人的な利益に過ぎず，株式会社制度の維持に直接かかわるものではないということが根拠とされている[97]。

しかしながら，他に関心が移ってしまった取締役を契約で拘束してその任務を一定期間継続させて業績を期待することは事実上困難であることから，実務では会社にとどまろうとするインセンティブによって対処することが行われている。その典型的なものがストック・オプションである[98]。

米国の実務では，インセンティブを最大化するための手法として，“vesting”と呼ばれる段階的なオプションの付与がなされ，キー・パーソンを繋ぎとめる“golden handcuffs”（金の手錠）となる[99]。オプション対象者の業績に連動さ

93）Robert W. Hamilton, The Law of Corporations in a Nutshell 339-40 (5th ed. 2000). ただし，経営破綻時にあっては，株主および債権者に対する信認義務によって制約される。*See* Bruce H. White & William L. Medford, *Preparing for Bankruptcy: Director Liability in the Zone of Insolvency*, 20-3 Am. Bankr. Inst. J. 30 (2001).

94）Hamilton, *supra* note 93, at 342.

95）大阪地判昭和63・11・30判時1316号139頁は，取締役はいつでも自由に辞任することができると解すべきであり，その自由に反する特約は効力を有しないとしたが，合意が取締役間でなされたに過ぎないのか取締役と会社の間で合意が存在していたのかははっきりしない（神田秀樹「株式会社法の強行法規性」竹内昭夫編『特別講義商法Ⅰ』9頁（有斐閣，1995年）（初出は，法学教室148号89頁（1993年））。

96）神田・前掲注95）10頁。

97）藤田友敬「商事判例研究」ジュリスト982号108頁（1991年）。

98）棚橋・前掲注29）22頁。平成9年に議員立法によってストック・オプション制度が導入された（平成17年改正前商法280条ノ19第1項，280条ノ20第2項〔会社法2条21号，236条1項〕）。取締役の任期を契約で拘束しないとしても，ストック・オプションの付与時期が取締役にとっては辞任の意思決定に大きく影響する。

せたvestingは，判例においても対象者に対し執行可能であるとされている[100]。標準的なvestingの期間は3年ないし5年であり，例えば4年間の場合，1年ごとに4分の1ずつの付与がなされる。vestingの途中で会社を辞めた場合には，未行使のオプションを会社が買い戻す権利を有することを約定しておくことで，会社にとどまるインセンティブをさらに高めることができる[101]。

第3節　ベンチャー企業出資契約による株主間の利害調整

1. ベンチャー企業出資モデルによる利害調整の限界

(1)　過大な交渉力

ベンチャー・キャピタル実務では，「金を持つ者がルールを決める」と言われている[102]。成否が不確定なベンチャー・ビジネスにおいては，ハイ・リスクを取る投資家の需要と供給にアンバランスがあり，ベンチャー・キャピタルは，できるだけ大きいリターンと創業者のコントロールを欲する[103]。ベンチャー・キャピタルを求める創業者間に競争が発生すると，必然的にベンチャー・キャピタルに強い交渉力が生まれることとなる[104]。したがって，ベンチャー出資契約は，真の交渉の結果というよりは，押し付け（cram down）に近いものとなる[105]。創業者はさらに法的問題の処理に疎く，またそのために優秀な弁護士を雇う金銭的余裕もないというハンディキャップを負っている。そして，

99）Halloran, *supra* note 30, at 13-2.

100）*See, e.g.*, Yeng Sue Chow v. Levi Strauss & Co., 49 Cal. App. 3d 315, 324 (1975).

101）棚橋・前掲注29）22頁。

102）Clinton Richardson, Growth Company Guide 2000, *available at* http://www.growco.com/gcgbookframe.htm の“Golden Rule”の解説参照。

103）Douglas G. Smith, *The Venture Capital Company: A Contractarian Rebuttal to the Political Theory of American Corporate Finance?*, 65 Tenn. L. Rev. 79, 153 (1997).

104）Richardson, *supra* note 102の“Deal Flow”の解説によれば，ベンチャー・キャピタリストのもとには，毎月100件以上の投資案件話が持ち込まれることが普通であり，そのうち実際に投資されるのは1％にも満たないこともあるという。

未来の成功にばかり目が向く創業者は，目前の出資契約書の細かい条件は意に介さないということもありがちである[106]。

事業パートナーとしての出資者等の一般的な少数派株主は，ベンチャー・キャピタルと同じような創業者に対する交渉材料を持っていない。出資金額も会社の支配権を確保するには足りない。それゆえ，自分の望む水準の支配権を交渉で得ることが確保されていない。とは言うものの，外部資金を獲得しようとする者には，必然的に出資者の懸念を解消すべくガバナンスのメカニズムを採用するインセンティブが働くため[107]，若干の交渉力はある。一般的な少数派株主と言えども，その出資によって一定の交渉力を得て，例えば経営陣の雇用や自己取引の制限などの重要な条項については，自らの意思を反映させるメカニズムを合意することができる可能性がある。ただし，このような少数派株主にとっては，退出条項は交渉における重要度が低く，合意対象から外れる可能性が高い[108]。

---

105) RICHARDSON, *supra* note 102 の“Cram Down”の解説参照。

ベンチャー企業の経営状況が悪化し増資が必要な場合に，ベンチャー・キャピタルの増資と引換えに，創業者の持株を希釈化し経営権を取り上げる“washout financing”と呼ばれる条項につき，ベンチャー・キャピタルと創業者には交渉力に格差があるものの，双方に動機付けがあり，株主の信認義務に関する判例法に照らしてもその効力が否定されるものではないと論じるものとして，Jose M. Padilla, *What's Wrong With A Washout?: Fiduciary Duties of the Venture Capitalist Investor in A Washout Financing*, 1 HOUS. BUS. & TAX L. J. 269, 305-07 (2001).

106) Smith, *supra* note 103, at 153.「特集　失敗に学ぶ「起業」」週刊ダイヤモンド2005年11月19日号36-37頁。

朝日新聞1987年10月31日は，北海道の小さな居酒屋の創業者が商社の出資を受けて全国にチェーン店を展開するまでに事業を拡大したものの，増資を繰り返した結果議決権の70%を握っていた商社との間で経営不振の責任をめぐる対立等が生じ，取締役社長を解任されたことを報じている。創業者側は，商社によって少数株主の地位に追いやられ最後は締め出されたと主張し，出資者の商社は，創業社長は株主割当増資を引き受けず商社側に押し付けたのであるから，自らの意思で経営権を放棄したとして双方の言い分が対立しているところを見ると，適切な株主間契約が取り交わされていなかったと推測される。朝日新聞1988年1月10日，1月23日，1月31日「ビジネス戦記」参照。

107) Frank H. Easterbrook & Daniel R. Fischel, *Close Corporations and Agency Costs*, 38 STAN. L. REV. 271, 277 (1986).

(2) ベンチャー・キャピタルの「洗練性」

ベンチャー・キャピタルと小規模閉鎖会社の株主は，財務的にも法的にも知識・経験のレベルが異なる。ベンチャー・キャピタルは，米国証券法上もプロの投資家（"accredited investors"）[109] と位置づけられており，質の高い財務および法務のサポートが受けられる立場にある。

これに対して，小規模閉鎖会社の出資者は，家族その他の人間関係で成り立っている。それゆえ形式ばったことが行われず，将来のぬきさしならない紛争のリスクを高めてしまう。また，事業の失敗の可能性の見極めがなされず，事業パートナーを過信するという傾向がある。このため，出資や会社事業への参画のリスクを理解できず，それゆえ，自分の身を守る契約を結ぶという行為にもつながらない。

米国の判例が試みてきた事後的な信認義務の認定は，このような問題を必ずしも解決しない。なぜなら，閉鎖会社の株主は事前の契約に投資するというインセンティブがないからである。法はある程度予測できない面があるという性質を避けられないため，少数株主は，たとえ結果的に自分の損になるとしても，司法による救済に期待しがちとなる[110]。

(3) 内在的リスク要因

高成長型のスタートアップ企業に投資するベンチャー・キャピタルのリスクは，伝統的な閉鎖会社への投資リスクに比べ本質的に大きい。ベンチャー・キャピタルが出資により取得する株式は流動性がなく，また出資先の財務状況についても不確実性が大きい。このことが，ベンチャー・キャピタルをして出資契約の条件を交渉する梃子となり，交渉に相当のコストをかけるインセンティブ

108）ベンチャー・キャピタルと異なり，一般の少数派株主の退出は創業者にとって大きな痛手とはならない。

109）Rule 501 of Regulation D. "accredited investors"の定義の解説として，http://www.sec.gov/answers/accred.htm を参照。

110）Shannon Wells Stevenson, Note, *The Venture Capital Solution to the Problem of Close Corporation Shareholder Fiduciary Duties*, 51 DUKE L. J. 1139, 1171 (2001). 玉井利幸「会社法の自由化と事後的な制約―デラウエア会社法を中心に―(2)」一橋法学3巻3号316頁（2004年）。

となる。

伝統的な小規模閉鎖会社においても，株式に流動性がないというリスクは同じであるが，事業の成否の見えない新技術に投資するというリスクはあまりない。そのため，事業失敗のリスクが比較的低いという見通しから，会社当事者は無意識のうちに交渉にかける費用を節約しようとする。出資者が，事業の成否と会社からの締出しの両方のリスクを認識していたのであれば，そのような費用節約の発想は合理的な判断結果かもしれない。経済学的アプローチからは，交渉のコストが，それによって自分を守るだけの価値がないと出資者が合理的に判断したのであれば，裁判所はその意思決定を尊重すべきであり，それによって，当事者に対しては，出資前の調査と交渉を最適レベルで行うよう誘導するという考え方に結び付くことになろう。

ベンチャー・キャピタルと小規模閉鎖会社株主の違いは，出口（Exit）戦術において顕著に表れる。一般的な小規模閉鎖会社においては，出口戦術はなく，出資者は永遠に会社に雇われると考えている。逆にベンチャー・キャピタルは永続的な関係に興味はなく，できるだけ多くの脱出の道を作ろうとする。小規模閉鎖会社ではこの点は交渉プロセスで余りこだわる点ではないと認識されている。会社を去る事態を全く予想していないのであれば，確かにそれにこだわる必然性はないことになるが，ベンチャー出資契約の出口条項は，閉鎖会社少数派株主にとっても脱出の選択肢のデフォルト・ルールとして考慮に値する。株式買取請求権や解散請求権は，すでに多くの州法で規定されているが[111)]，加えてTag-Along権をデフォルト条項とすることで，少数派株主の地位はより改善され，結果として，訴訟が回避され会社は維持される効果が期待できる。

(4) 訴訟リスク

ベンチャー出資契約の存在以外にも，ベンチャー・キャピタルがベンチャー企業への出資に関して訴訟に至るケースが少ないことを示す要因がある。

ベンチャー・キャピタル出資の特徴の一つとしてステージ・ファイナンスがある。これは出資者が会社の業績に応じて段階的に出資を行うものである。こ

111) F. Hodge O'Neal & Robert B. Thompson, O'Neal & Thompson's Close Corporations and LLCs: Law and Practice §§ 9:6–9:7 (Rev. 3rd ed. 2004).

の「あめとむち」方式は，創業者を出資者の意向に沿わせるものであるが，それは契約で縛られているからというよりもむしろ出資者が金銭面で創業者の夢をつなぐ命綱であるからである[112)]。このような事情は，出資者と創業者の間の紛争を最小限に押さえる上での重要な要素である。一般の小規模閉鎖会社の出資者は，ステージ・ファイナンスをするだけの資力がないため，ステージ・ファイナンスを材料とした紛争予防のインセンティブ効果を期待できない。

ベンチャー・キャピタル出資のもう一つの特徴は，出資者・創業者双方の世間における評価である。創業者は必死に資金を求めており，ベンチャー・キャピタリストは数少ない有望なベンチャーの獲得競争に晒されている。このため，両者ともに公平な取引を行う者であるという世間の評価を得ることを第一に考え，両者の間で紛争が発生しても訴訟に至る前に解決が試みられる。訴訟は，世間に対する警鐘となる。ただし，評判の効果は，同じく人間関係で成り立っている閉鎖会社に比べて，ベンチャー・キャピタルでは相対的に小さいことも考えられる。訴訟好きの出資者と付き合いたいと思う会社はほとんどないであろうが，友人あるいは家族という人間関係の抑制効果は，世間での評判のそれに勝るものである。結局のところ，ベンチャー・キャピタルという比較的狭い社会に暮らしていることによる遠慮と，訴訟に対する軽侮の気持ちによって，訴訟は回避されているのかもしれない[113)]。

2. 信認義務アプローチとの対比と会社立法の課題

株主の信認義務が閉鎖会社の問題にとって最良の解決であるとする論者も，その法理がどのように発展してゆくのか定かでないことは認めている[114)]。一

112) 宍戸・前掲注58) 135頁。

113) Stevenson, *supra* note 110, at 1174-75. Squire, Sanders & Dempsey法律事務所（カリフォルニア州）の会社法専門弁護士に聞き取りを行ったところでは，ベンチャー・キャピタルは，起業家に対して厳しい条件を押し付けることで，起業家を食いものにする「禿鷹ファンド（vulture fund）」という評判が立つことを相当に意識しているということである。評判の機能について，D. Gordon Smith, *Venture Capital Contracting in the Information Age*, 2 J. SMALL & EMERGING BUS. L. 133, 173-74 (1998). 宍戸・前掲注58) 108頁，128頁。

方，ベンチャー・キャピタル型出資者と典型的な小規模閉鎖会社出資者との間には大きな落差があるように思われるが，例えば，リスクに応じたベンチャー・キャピタリストによる出資行動や，ベンチャー・キャピタリストが得る大きな交渉力は，ベンチャー・キャピタル・モデルを閉鎖会社の出資者に適用することの妨げにはならない。そこには，一見して感じるほどの極端な違いはなく，またいずれの出資者にとっても経済学的，契約法的アプローチが整合する。両者の落差は，単に典型的な閉鎖会社の出資者がモデルを活用できる形態が制約されるにすぎないとも言える。交渉力が小さく，より小さいリスクしか負わないことを望む出資者（ベンチャー企業の一般の少数派株主および伝統的閉鎖会社の少数派株主）は，ベンチャー・キャピタル・モデルのうちの「弱い型」に基づき交渉するという合理的な選択を行い，自分にとって最も重要な条項に集中することが可能である。これは，Easterbrook 判事・Fischel 教授の，投資をする者は，適用する組織体を自ら選択するから，リスク調整後のリターンも同じであるべきであるという議論とも整合する[115]。

ベンチャー・キャピタル・モデルは訴訟を極小化することに成功していると考えられている[116]。裁判所および立法府もまた，閉鎖会社法理を展開するに当たり，そのことを考慮しなければならないのではないか。そして，その成功は，閉鎖会社法理が採用すべき従来とはやや異なる2つのアプローチを指し示している。

第1は，ベンチャー・キャピタル・モデルの成功に示されるように，事前の契約によるアレンジが，ベンチャー・キャピタリストおよび伝統的な閉鎖会社の出資者双方にとって，裁判所による統一感のない事後的な救済の必要性に勝るという点である。この前提に立って，立法府は閉鎖会社に出資する者の合理的な期待を保護すべきであるとしてベンチャー・キャピタル契約を模したデフォルト条項立法が主張されている[117]。そのようなデフォルト条項の設定は，司法による解決策の案出という問題を経ずしてその効果が維持される。すなわ

114）James M. Van Vliet, Jr. & Mark D. Snider, *The Evolving Fiduciary Duty Solution for Shareholders Caught in a Closely Held Corporation Trap*, 18 N. Ill. U. L. Rev. 239, 239 (1998).

115）Easterbrook & Fischel, *supra* note 107, at 301.

116）Smith, *supra* note 113, at 153.

ち，当事者がそのような条項によるという選択をしない場合，積極的にその条項を回避する契約をしなければならないので，出資契約に一層気を遣う可能性が高まり，疎い出資者であることの影響に歯止めをかけることになる。少数派株主に有利なデフォルト条項は，交渉力の格差を縮め，ベンチャー・キャピタリストと創業者間との間に均衡した状態を達成する。少なくとも，立法府は契約ひな型を提供して，この手の業務に疎い弁護士に対して，少数派株主が閉鎖会社への出資を交渉するときの契約条件についての警告表示をするべきであると提案されている[118]。

第2は，ベンチャー・キャピタル・モデルの成功に依拠すればよく，司法による信認義務を用いた事後的救済および少数派株主を有利に扱うデフォルト条項はいずれも不要というものである。ベンチャー・キャピタル・モデルは，契約自由を認めて株主間に信認義務を課さない閉鎖会社法理が，ベンチャー型の閉鎖会社のニーズを明らかに満たすことを証明している。それに満足しない者は，よりフィットする会社組織形態を選択すればよい[119]。この考え方は，当初は若干厳しい結果をもたらすかもしれないが，最終的には適切な会社形態の選択とそれによる訴訟の低減によって全体として利益になるとする[120]。

伝統的な閉鎖会社法論における「株主の信認義務のルールはその目的において有益であるから，抑制ではなく促進方向に進められるべきであり，閉鎖会社立法はそのルールを改善し完全なものとするように仕向けられなければならない」という主張は[121]，以上論じてきたベンチャー・キャピタル・モデルによっ

117) O'Neal & Thompson's Close Corporations, *supra* note 111, §1:22. イギリス会社法では，Table A と呼ばれるデフォルト定款が私会社のために用意されていた（1980年改正で私会社向けの Table A は廃止された）。

118) O'Neal & Thompson's Close Corporations, *supra* note 111, §1:22. Stevenson, *supra* note 110, at 1176.

119) Tara J. Wortman, Note, *Unlocking Lock-In: Limited Liability Companies and the Key to Underutilization of Close Corporation Statutes*, 70 N.Y.U. L. Rev. 1362, 1396-1407 (1995)は，LLC 法が閉鎖会社法より望ましいとする。

また，ベンチャー・キャピタルの出資を受ける会社が，閉鎖会社法の不確実性と株主の直接責任のリスクから敢えて閉鎖会社を選択しないケースが相当数あることが指摘されている。Bartlett, *supra* note 30, §4.7. このことは，閉鎖会社法は一般会社法を適用することによる問題を排除するとともに，パートナーシップ的信認義務を賦課すべきでないという立場を支持する。

て，実務面では部分的とは言え論破されたと評価することができる。ベンチャー・キャピタルの事例は，ある種の閉鎖会社は，強化された信認義務を必要としないばかりでなく，その義務の賦課による予見不可能性というデメリットが生じることを示している。信認義務適用を強化する法を利用するのではなく，法がベンチャー・キャピタル契約を模したデフォルト条項を提供して，多数派株主と少数派株主の交渉力の格差を事前に均等化することが，ベンチャー出資契約実務の成功が教える閉鎖会社法のあり方である[122)]。もう少し効果の弱い代替案としては，株主間の情報格差を埋め，少数派株主（およびその弁護士）の自覚を促すために，ひな型契約の利用を推奨するという方法もあろう。いずれの方法も，典型的な閉鎖会社の株主とベンチャー・キャピタリストの「洗練性(sophistication)」の格差を圧縮することになり，それによって，事後的な司法救済の必要性は減少し，閉鎖会社法がより安定した予見可能なものとなってゆくことが期待されている[123)]。

120）より多くの情報量を有する交渉当事者に不利な内容のデフォルト・ルール（penalty default rules）を設定することの効用を経済学的アプローチから包括的に分析した文献として，Ian Ayres & Robert Gertnert, *Filling Gaps in Incomplete Contracts: An Economic Theory of Default Rules*, 99 YALE L.J. 87 (1989)がある。

121）Van Vliet, *supra* note 114, at 264.

122）LLCは，所有と経営が効果的に分離しておらず，また経営者に加わると信認義務を負うことから，ベンチャー・キャピタルにとっては魅力的な会社形態ではないことが指摘されている。J. William Callison, *Venture Capital and Corporate Governance: Evolving the Limited Liability Company to Finance the Entrepreneurial Business*, 26 IOWA J. CORP. L. 97, 111 & 113 (2000). LLCの所有と経営の構造については，本書第3章第2節第2款参照。

123）Stevenson, *supra* note 110, at 1177. また，玉井・前掲注110）318頁も，設立，株式，管理運営機構など多数の会社で頻繁に発生する同質的な問題領域においては，事前の明確な制約の役割は減少し，デフォルト・ルールの役割が大きくなってゆくことを指摘する。一方，取締役の自己取引や敵対的買収の防衛手段など，信認義務が適用される領域は，頻繁に発生せず事案の同質性がないために事後的なあいまいな制約が望ましいとする。

第3章
株主間契約および定款自治の意義とその限界の比較法分析

第1節　はじめに

米国においては，判例の変遷を経て閉鎖会社における株主間契約の効力が大幅に認められるようになったこと，およびニューヨーク，デラウエアなど州の制定法において株主間契約規定が設けられたことを受けて，ベンチャー会社において，会社の管理運営に関する重要事項を創業者と出資者の間で株主間契約により詳細に取り決める実務が発展した[1]。本章では，前章で検討したベンチャー企業出資契約を素材として，株主間契約の自由と定款自治の意義についての再検討を試みる。すなわち，ベンチャー・キャピタル等の出資者たる株主とベンチャー企業の創業者たる株主とが，契約で取り決めることのできる事項およびその内容がどの範囲に及ぶのか，また会社法の規定の下で定款の自治はどこまで認められるかという課題に取り組む。

ベンチャー・キャピタルと創業者が株主間契約を取り交わして両者間の関係を処理することに法が「お墨付き」を与えるのは，双方がそのような取り決めを予め交すことの十分な能力と交渉力があることが前提となる。両者の能力と交渉力に格差があるとなると，むしろ法はそのギャップを埋めることが期待される[2]。例えば，消費者契約法（平成12年法律第61号）は，法がその機能を果たしている一例である。ベンチャー・キャピタルと起業家の関係については，ベンチャー企業を設立しようと考えている起業家自身は，必ずしも法的知識を

1）本書第2章第2節参照。

2）Ian Ayres & Robert Gertnert, *Filling Gaps in Incomplete Contracts: An Economic Theory of Default Rules*, 99 YALE L.J. 87, 119-120(1989).

持っていないし，大企業がジョイント・ベンチャーを形成して合弁会社を設立する場合のように豊富なスタッフを備えている，または備える余裕があるとは限らない。このため，将来に対するプランニングの能力が不十分なことが多いかもしれないが，反対側当事者であるベンチャー・キャピタルの側からそれらの能力が補完されるのが通常であろうとの観察もある3)。確かにハンズ・オン型のベンチャー・キャピタルは，起業家に欠けた情報と経験を補充する役割を果たしているが，最終的な局面では自己の利益を守る観点から契約条件を定めるであろうし，起業家がコンティンジェンシー（contingency）に係る条件交渉でベンチャー・キャピタルとの間で交渉力を有する可能性は実際には相当に小さいであろう。その意味で，ベンチャー企業出資契約が，起業家とベンチャー・キャピタルの間の対等な交渉の結果であるとは言い難い。米国のベンチャー・キャピタル実務は，起業家と出資者のインセンティブを巧みに組み合わせることで，小規模閉鎖会社の陥ってきた困難（デッドロックや締出しなど）を回避してきた実績が認められるが，しかしながら，それは契約当事者の自由な交渉の成果であるとは言えない面が残ることは留意しておかなければならない。

次に，定款と株主間契約を概括的に比較してみると，前者はその効力がより大きく，後者はより自由度が大きいと言える。このことは，定款で決められることと株主間契約で決められることの範囲に差があることを示唆する。具体的には，定款は後から入ってくる者（新たな株主）を自動的に拘束する効果があり，そのような強い効果とのバランス上，規定できる事項に一定の限度があると考えられる。また，株主間契約は，契約当事者の違反があった場合は，基本的には損害賠償の問題として捉えられることになるが，定款の違反の効果は，違反行為の法的効果そのものへの影響として現れる。

会社法（平成17年法律第86号）が導入した新しい会社形態である合同会社では，定款自治が大幅に認められるが，参加する人の力に格差がある場合は，司法が介入することが望まれている4)。しかしながら，定款は誰が参加してくるかで効力を変えるということにはなじまない。むしろ，抽象的に誰が当事者

3）森田果「株主間契約(1)」法学協会雑誌118巻3号62頁（2001年）。

4）大杉謙一「新しい事業組織形態（日本版LLC）の構想〔Ⅳ・完〕—国際競争力を持つ企業法制の模索として—」商事法務1652号26-27頁（2003年）。

となっても一律にその効力が決まるという性質を持つと考えられる。

そこで定款と株主間契約には，法的効力が与えられる規定の範囲にどのような違いがあるのか，その違いにより実務上どのような影響が出てくるのかを検討する。ある事項が，定款では規定できない（無効）ということと，株主間契約で規定できない（無効）ということは，法的に違うレベルで捉えられるべきなのか。このことは，合同会社において無制限の定款自治を認めるとするのか，それとも一定の制約があるとすべきかという，今後のわが国の会社法の枠組みに関わる論点にもつながる。もし，定款自治に制約があるのだとすると，合同会社を設立するにあたって，定款に規定する項目と株主間契約に残す項目とが出てくることになろう[5)]。

合同会社と対比すべき他国の会社形態として，本章では米国のLLC，およびフランスの簡易株式制会社（SAS）をとりあげる。SASにおいても，定款に規定できることに全く制約がないわけではないと考えられ，わが国の株式会社における定款自治を検討するのに示唆するところがある。

本章の論点は，より細かく捉えると，次の2つのフェーズに分けて考える必要があると思われる。第1は，会社法の強行法規性としてとらえられる問題である。すなわち，株主の間で会社法の規定と異なる合意をした場合に，その合意が法的に効力を認められるかどうかという問題である。この点については，すでにいくつかの業績があるが[6)]，今のところ強行法規性の判断基準とその論拠について確定的な結論が出たと言える段階には至っていない[7)]。第2は，定款で定める事項と株主間契約で定める事項の配分に関わる問題である。すなわち，ある事項について会社法の規定と異なる合意を認めることができるとして，それらの事項はすべからく株主間契約で規定することができ，かつその違

5）宍戸善一「定款自治の範囲の拡大と明確化―株主の選択」商事法務1775号17頁（2006年）。

6）神田秀樹「株式会社法の強行法規性」竹内昭夫編『特別講義商法Ⅰ』1頁以下（有斐閣，1995年），前田雅弘「会社の管理運営と株主の自治―会社法の強行法規性に関する一考察―」龍田節＝森本滋編『商法・経済法の諸問題（川又良也先生還暦記念)』140頁以下（商事法務研究会，1994年），神作裕之「コーポレート・ガバナンスと会社法の強行法規性」ジュリスト1050号130頁以下（1994年）。

7）神谷高保「会社法の任意法規化の限界」小塚荘一郎＝高橋美加編『商事法への提言（落合誠一先生還暦記念)』67頁（商事法務，2004年）。

反行為を無効であるとしたり，違反行為を事前に差し止めたり，あるいは違反行為に対する損害賠償を求めることができるのか，それとも，それらの事項のうちなお，定款で規定すべきものがあると考えるべきなのかという問題である。この論点は，定款の本質とは何であるかという点とも関わってくる。第2の論点については，これまで問題提起はなされてきたものの，それについての掘り下げた検討はなされていない[8)]。

次節以降において，米国，フランス，英国，日本における，会社法の強行法規性，定款自治の限界，および株主間契約の効力と，各国での新たな会社形態導入にあたってのこれらの論点の扱われ方について比較法分析を行う。

第2節　米国における株主間契約および定款自治

第1款　会社法の強行法規性論

(1)　総　説

法人格を有する株式会社形態は，独立後の米国において，企業精神の高揚とともに定着した。州立法府は，英国の議会または国王に代わって，保険，銀行，

8)　宍戸善一「株式会社法の強行法規性と株主による会社組織設計の可能性—二人会社の場合—」商事法務1402号36頁注(5)(1995年）は，会社法の強行規定に違反するため定款に記載できない取り決めが，株主間契約としても当然に無効とはならず，定款に記載できない取り決めがすべて強行法規違反であるわけではなく，また定款に記載することには馴染まないが株主間契約に記載することはできるという取り決めがあることに言及している。森田・前掲注3)「株主間契約(1)」96頁注(125）は，宍戸の問題提起が，従来余り議論されてこなかった例外的なものであるとする。また，神谷・前掲注7）71頁は，平成17年改正前商法200条の強行法規性に言及した上で，強行法規の効力のレベルを(i)定款によっても契約によっても逸脱することを認めない，(ii)定款によって逸脱することはできないものの，一定の場合には契約によって逸脱することは認める，(iii)契約による逸脱は一般的に認める，(iv)定款によって逸脱することも認める，という4つの段階を紹介している。同論文では，平成17年改正前商法200条が(i)と(iv)には該当しないとしているようであるが，(ii)と(iii)のいずれであるかは明確にされていない。また，本書で設定した，逸脱するならば定款で行うべき，というカテゴリーは意識されていない。

道路，橋梁，運河等の事業を営む株式会社の設立に特許状を付与していった。植民地時代の経験から会社形態には若干の偏見と疑念が持たれ，立法府は会社設立の特許状の付与にあたってはさまざまな規制を加えた。19世紀半ばに産業が加速度的に発達してくると，一般会社法が制定され，企業家は，州政府との煩瑣な折衝から解放され，自らのイニシアティブで定款を作成して会社を設立できるようになった。しかしながら，資本の最高・最低の制限や定款の基本的変更には株主全員の賛成を要するとするなど，その内容は規制を主とするものであった。それは，会社は法人格と有限責任という特権が与えられるのと引換えに，債権者や一般公衆を保護するために種々の制約を受けるべきであるという基本的な考え方に基づいていた。州は会社から一般公衆を保護する責務を有するとされていたのである[9)]。

19世紀末になり，州際通商が盛んになると，各州は会社の設立を呼び込むために，経営者にとって魅力的な会社法の制定にしのぎを削るようになった。とりわけ，南北戦争後財政が疲弊したニュー・ジャージー州は州内に会社設立を誘致することで税収増を狙い，経営者の希望に沿った自由度の高い会社法制を設けた。その結果として会社法は，規制法から授権法（enabling act）へと大きく性格変化を遂げた。その特徴は，①会社設立の容易化，②所有と経営の分離，③発起人の裁量範囲の拡大である[10)]。そして，会社に利害関係を持つ当事者が，会社の支配，利潤，危険を当事者の間でどのように分配するかについて選択の自由を有するべきであるという授権法思想（enabling philosophy）が支配的概念となった[11)]。この後，授権法思想の具現化をリードしたのはデラウエア州である。デラウエアでは，州が会社から一般公衆を保護する義務がある

9）19世紀半ばまでの会社法制の発展については，伊藤紀彦『ニュー・ヨーク州事業会社法史研究』（信山社，2004年）参照。また，独立前から20世紀初頭にかけての米国における株式会社の勃興から大企業の台頭を叙述するものとして，ジョン・ミクルスウェイト＝エイドリアン・ウールドリッジ（鈴木泰雄訳・日置弘一郎＝高尾義明監訳）『株式会社』66-105頁（ランダムハウス講談社，2006年）（原著は，JOHN MICKLETHWAIT & ADRIAN WOOLDRIDGE, THE COMPANY（Modern Library, 2003））。

10）浜田道代『アメリカ閉鎖会社法―その展開と現状および日本法への提言』13-14頁（商事法務研究会，1974年）

11）玉井利幸「会社法の自由化と事後的な制約―デラウエア会社法を中心に―(1)」一橋法学3巻2号325頁（2004年）。

という考えが放棄され，詐欺が行われたのでない限り一般の事業会社は個人が行うことのできるすべてのことを行うことが認められるべきであるという理論に基づいて会社立法がなされるべきであるとされた[12)]。

1980年代後半になり，法と経済学の研究の影響を受けて[13)]，会社法は強行的（mandatory）であるべきかそれとも授権的（enabling）であるべきか，強行的なルールの存在を正当化する根拠はあるのか，強行的であるべき領域が存在するか，という問題が活発に論じられた[14)]。この議論は，会社法は原則として任意法であるべきだとするEasterbrook判事，Fischel教授に代表される立場（任意法派）と，会社法の主要な部分は強行法であるべきだとするEisenberg教授に代表される立場（強行法派）の対比で捉えられている。以下，それぞれの考え方を見てゆく。

(2)　会社法は基本的に任意法であるとする考え方

会社法を基本的に任意法であるとする論者は，以下のように述べる[15)]。会社は，経営者，株主，会社債権者，従業員といったさまざまな参加者による明示または黙示の「契約の連鎖（nexus of contracts）」であり，会社の置かれた状況や会社の特性はさまざまであることから，どのような経営管理機構や資金調達方法が最適かは，会社によって，あるいは時代によって異なり得る。どの会社にも一様に最適と言える一種類の契約のセットは存在しせず，会社は自己のニーズに合うように，契約内容を最適化できなければならない。当事者の個別事情を一番よく知っているのは当事者自身であって立法府や裁判所ではないか

12）玉井・前掲注11）332頁。

13）代表的な研究成果として，Richard A. Posner, Economic Analysis of Law（5th ed. 1998）がある。また，概説書としてJeffrey L. Harrison, Law and Economics in a Nutshell（2nd ed. 2000）がある。

14）Columbia Law Review 89巻7号（1989年）に掲載されたContractual Freedom in Corporate Lawのシンポジウム。

15）Frank H. Easterbrook & Daniel R. Fischel, *The Corporate Contract*, 89 Colum. L. Rev. 1416（1989）. 同論文の紹介として，神作裕之「論文紹介」アメリカ法1991年1号106頁以下（1991年）がある。前田・前掲注6）151-154頁，玉井利幸「会社法の自由化と事後的な制約―デラウエア州会社法を中心に―(2)」一橋法学3巻3号334-339頁（2004年）参照。

ら，立法府や裁判所が当事者よりもよりよい取り決めを構築できるとする理由はない。会社法が強行的なルールを定めていなくても，適応を怠った会社は競争に負けて衰退するし，会社法が一つの型を無理に押し付けるようなものであれば，そのような会社法もまた衰退の道をたどる。

例えば，取締役に会社の機会の利用を許可する取締役会の承認に，利害関係取締役も議決権を行使してよいというルールを定款で定めたとする。このような定めが投資家を害するものであるならば，そのリスクは市場価格に織り込まれるはずであり，投資家を害するような定款を有する会社は市場で生き残れない。逆に，市場で生き残った会社の経営管理機構であれば，投資家にとって不利なものではないとの一応の評価をすることができる。会社法の強行規定はこのような評価プロセスを経ないし，その規定を作成する立法者や研究者は，判断を誤っていたところで市場からのマイナスの評価は受けない。その意味で市場での評価に晒されている投資家の判断のほうが頼りになると言える[16)]。

このように原則として法の介入は否定されるが，契約が万能であるわけではない。詐欺，脅迫などの契約の成立において当事者の意思がゆがめられている場合，外部関係を規律するルールのように第三者に影響を与える場合，および定款変更のようにルールが事後的に変更される場合には，例外的に法の介入を許す余地がある[17)]。このような例外を除いて会社法は原則として任意法であるべきとした上で，会社法の存在意義は，会社への参加者が契約コストを節減することができるように，既成の契約セットを提供するところに求められる。会社法に強行的なルールが現実に存在してきたことについては，ある一定の重要部分については強行的な法的ルールを定めておくことで，効率性が高まる可能性が強いためであると理解する[18)]。

---

16) Easterbrook & Fischel, *supra* note 15, at 1441-42.

17) *Id.* at 1434-43.

18) Jeffrey N. Gordon, *The Mandatory Structure of Corporate Law*, 89 Colum. L. Rev. 1549, 1580-85(1989); Lucian Arye Bebchuk, *Limiting Contractual Freedom in Corporate Law: The Desirable Constraints on Charter Amendments*, 102 Harv. L. Rev. 1820, 1847-50 (1989). 玉井・前掲注11) 338頁。

⑶　会社法は基本的に強行法であるとする考え方

会社法を基本的に強行法であるとする論者は，以下のように述べる[19]。会社は，契約と組織の二重性を有している[20]。そのような二重性を有した存在に対し，会社法は，第三者に対する効果，当事者における情報の偏在，株主による集団行動（collective action），当事者の合理性の限界など，いくつかの考慮に立って強行法規を構成しており，これらの各要素が単独で強行法規性を裏付けるものではない[21]。他方，法律以外にも，製品市場，資本市場，株式市場等からの複数の「制約の束（nexus of constraints）」がエージェンシー・コストを制御する。市場原理や当事者間の契約を利用することが，会社法のルールを利用するより望ましい場合があるのはそのためである[22]。当事者が価格またはその他の私的取り決めによって事前に経営権の濫用の危険を手当てしたことを示す機会は与えられてよいが，それがなされなければ，会社を支配する者による特定不能な行動を制御する法的ルールは，契約で回避されてはならないという推定が働かなければならない[23]。当事者の選択により法的ルールから逸脱することができるかどうかは，会社内部の関係に存在するエージェンシー・コストに対する制約の束が有効に機能していること，および法的ルールからの逸脱が代替的な制約の存在を反映しているかどうかに収斂してくる[24]。

強行法派の代表であるEisenberg教授は，会社の内部組織と経営者など会

19）Melvin A. Eisenberg, *The Structure of Corporation Law*, 89 COLUM. L. REV. 1461（1989）; Robert B. Thompson, *The Law's Limits on Contracts in a Corporation*, 15 IOWA J. CORP. L. 377（1990）. Eisenberg論文の紹介として神作・前掲注15）。前田・前掲注6）154-160頁，玉井・前掲注15）339-342頁。

20）Melvin A. Eisenberg, *The Conception that the Corporation is a Nexus of Contracts and the Dual Nature of the Firm*, 24 IOWA J. CORP. L. 819, 829（1999）. Eisenberg教授は，会社が契約と組織の二重性を有することを，光が粒子でも波でもなく，その両方の性質をあわせ持つ量子というものであるとする量子力学の比喩を用いて説明している。

21）Thompson, *supra* note 19, at 379.

22）より効率的な市場やより洗練されたモニタリング装置ができれば，取締役の信認義務については，上限設定のない会社法ルールよりそちらのほうが効率的となるケースも有り得る。Thompson, *supra* note 19, at 380.

23）Thompson, *supra* note 19, at 388.

24）*Id.* at 414.

社の行為者の行為に直接かかわる基本的なルール（Constitutional rules）を考察対象とし，このルールを規制の対象によって3つに区分する。すなわち，組織間の権限分配を規制する構造に関するルール（Structural rules），会社財産の分配に関するルール（Distributional rules），信認義務に関するルール（Fiduciary rules）である。そして，閉鎖会社，公開会社，公開しようとしている未公開会社のそれぞれにおいて，それらのルールが強行法規であるかを検討する[25)]。

(i)　閉鎖会社

閉鎖会社は，少数の株主からなりその大半が経営に参加しているかまたは直接的に監視する立場にあるため，基本的なルールについて株主間に契約が容易に成立する。経営に関する十分な情報を持っている株主は，自己の利益についてもっともよく判断できる立場にあり，また株主にそのような判断を委ねることが社会的利益にもつながる。それゆえ，構造に関するルールと分配に関するルールは原則として任意法規である。ただし，当事者が十分な情報を有していない，あるいは株主が契約条件を咀嚼できるほど洗練されていない場合は，経営者が株主の利益に反して自己の利益を追求することを防止して株主の公正な期待を保護するために，契約自由の原則を妥当させるべきではない[26)]。

これに対し，信認義務ルールは閉鎖会社においても強行法でなければならない。公開会社と異なり，経営陣の不正行為をチェックするメカニズムが働くマーケットは，閉鎖会社の場合存在せず，株式の流動性もない。閉鎖会社は，長期の関係的契約（relational contract）であり，関係者は必然的に暗黙の前提に依存してしまう[27)]。株主が放棄をしようとしているルールが保護している内容を理解していたとしても，そのような保護を放棄したことが現実に問題となる状況を十分に予見することができないからである。そのような放棄は必然的に予期しない機会主義的な行為を許してしまうことになる。ただし，会社機会（corporate opportunity）に該当しない事業や特定の利益相反取引の承認は，その内容を株主が容易に理解でき，悪用の危険も少ないことから，合意により

25）Eisenberg, *supra* note 19, at 1461-62.

26）*Id.* at 1463-69. 前田・前掲注6）154-155頁。

27）Thompson, *supra* note 19, at 394. 会社法における関係的契約については，本書第4章第5節で論ずる。

信認義務を免除することが可能と考えられる[28]。

閉鎖会社においては，株主全員が合意している場合は，会社法の規定から逸脱することを認めてよい。しかしながら，はるか将来のできごとについては当事者が思いをめぐらさない可能性が高い。人的関係が深いほど事業の失敗の可能性について過小評価し事前の取り決めから除外してしまう傾向が出る。会社法は，株主全員の合意があったとしてなお，事前に想定されていなかった事態における解決のルールを定めることに意味がある[29]。

(ii)　公開会社

多数の株主が存在する公開会社においては，契約を成立させることは困難であるため，会社の自治的なルールは，経営者の決定，取締役会決議，附属定款などによって定められる。経営者と株主の利害は相対立しがちであり，経営者は自分を規制するルールをつくることには消極的である。また，経営者の信認義務違反行為に対して，市場が敏感に反応するとは限らない[30]。したがって，たとえ株主が承認したとしても，信認義務に関するルールや構造に関するルールを経営者が一方的に決定したり大きく変更したりすることは許されてはならない[31]。構造に関するルールとは，取締役会による上級執行役員の選任・監視，情報の開示，会社支配権の異動を伴う取引に対する株主の承認と反対株主の株式買取請求権，株主の議決権行使の確保の4項目に関わる。株主の議決権については，伝統的な1株1議決権の原則が経営者監視の中心的役割を担ってきている[32]。これに対して，分配に関するルールは，会社債権者を保護しなければならない場合を除き，任意法でよい[33]。

---

28) Eisenberg, *supra* note 19, at 1469-70. Thompson, *supra* note 19, at 395. 前田・前掲注6) 155-156頁。本章第5節第2款7参照。

29) Thompson, *supra* note 19, at 396.

30) *Id.* at 408.

31) 経営陣の責任逃れのリスクを株式市場が完全に反映するのであれば，最初の株式公開時点での株主については，株主による合意を優先させることを認める可能性はある（*Id.* at 404）。

32) この原則は州会社法では大幅に緩和され，現在は主として上場規制のルールとして存在している。本書第4章第2節2参照。

33) Eisenberg, *supra* note 19, at 1480-81. 前田・前掲注6) 156-157頁。

(iii)　公開前の会社

未公開会社では，一般株主はルールが採用された後で株式を取得するため，株主にとって不利なルールが採用されれば，その分株主は安く株式を取得することができるはずであるという市場価格への織込み理論が適用されるように見える。また，全株式を保有するオーナー株主が株式を売り出す場合には，自ら株式価格を引き下げるような，経営者に有利なルールを採用するインセンティブが働かないという議論が成り立ち得る。

しかしながら，株式公開時の株式価格は，すでに公開されている会社のように多数の売り手と買い手の評価の交わりによって決まるのではなく，引受会社と発行会社の交渉と潜在的投資家の希望表明によって決まるため，ルールが正確に価格に織り込まれるとは言えない。株式公開時には専門的な知識を持つ機関投資家が主要な役割を担わないことが多く，投資家が事前に十分な情報を得ていないことが多い上，仮に情報を得ていたとしても，信認義務や構造に関するルールに対するマイナスの評価を売出し価格に反映することは実際には不可能である。このような事情ゆえに公開前の会社においても，公開会社と同様，株主と上級経営者の利害衝突にかかわる信認義務ルールおよび構造に関するルールは，原則として強行法でなければならない[34)]。

任意法派は，当事者の合理性の仮定に依拠しているが，この仮定そのものに対しては行動科学的な観点から批判があるところである[35)]。また，任意法派も強行法派も，経営者と株主の間に大きな利害対立が生じない場面では，原則として会社の当事者の自由に委ねるべきであるという点では一致している。争いがあるのは，経営者と株主の間に大きな利害対立が生じる可能性がある場面であり，会社法においては信認義務の問題がそれである[36)]。任意法派は，信認義務の緩和について投資家の判断が誤ることがあるかもしれないが，自らの資金を投じている投資家の判断は，そのようなリスクを負っていない研究者や立法者の判断より信頼できるとする[37)]。これに対して，信認義務の緩和は，もしかしたら当事者が本当に望んだ結果かもしれないが，おそらくそうではなく意思

34）Eisenberg, *supra* note 19, at 1516-25. 前田・前掲注 6）160 頁。
35）玉井・前掲注 11）342 頁。
36）玉井・前掲注 11）342 頁。
37）Easterbrook & Fischel, *supra* note 15, at 1442.

決定プロセスに問題があったのであろうという割り切りをするというのが，強行法派の発想である[38]。しかしながら，強行法派も予見が不可能であるとか利己的に利用されるという危険のない場合には，契約による逸脱を認めてよいとしており[39]，両者の差は，変更し得る部分があるということを強調するか，それとも変更できない部分があるということを強調するかのレトリックの差に過ぎないと見ることも可能である[40]。以下，定款変更の場面を取り上げて，Bebchuk 教授の所説に基づき米国会社法における契約自由の限界のフレームワークを検討する[41]。

⑷　定款変更と契約自由の限界

契約自由の原則は，外部性（externality）と情報の偏在（informational asymmetry）がないことを前提としている。そして，会社においてはその前提は原始定款に最もよくあてはまる。この前提の下では，自由に取り決めを行える契約当事者は最も効率的な条件，すなわち当事者間で配分されるパイの大きさを最大にする条件を選択する。たとえ一時的にある条件が特定の当事者を利するとしてもその条件が非効率なものであれば，それを選択する者はいない。例えば，創業者が会社を起こし原始定款を定めて，第三者に株式を割り当てるとする。創業者は自分に直接利益をもたらす条項であっても，それが株主価値を最大化するものでなければ結局利益を得ることはできない。創業者は各株主と個別に交渉をするわけではないが，株主の利益を考慮することになる。株主の利益に影響する条項は，株主になろうとする者が創業者に支払うであろう価格に完全に反映されることになる。すなわち，当事者が自由に原始定款の条項を選択することによって効率性が実現される。当事者は価値を最大化する条件を選択するので，法による介入はかえって価値最大化を妨げる結果となる。この場合，任意法派の説くように，会社法に期待される役割は当事者に標準契約書式を提供することである。それゆえ立法者は合理的当事者が価値最大化を達成すると受け止めるような内容のデフォルト条項を提供しなければならない[42]。

38）神田秀樹＝藤田友敬「会社法の特質，多様性，変化」三輪芳明＝神田秀樹＝柳川範之編『会社法の経済学』467-468頁（東京大学出版会，1998年）。

39）Eisenberg, *supra* note 19, at 1516-25. 前田・前掲注6）156頁。

では，設立後に定款を変更する場合はどうであろうか。ある定款変更により株式の価値が下落することが見込まれる場合，株主は定款変更による悪影響の補填を受けることがない。もちろん株式を譲渡することはできるが，譲渡の時点において定款変更の影響が反映された譲渡価格にならざるを得ない。会社の設立時点であれば，投資家は株式を引き受けない自由があるので，株式を引き受けたことはすなわちその定款につき黙示の同意があったとみることができる。定款に対する投資家の評価は株式引受価額に反映されるので，株主の利益への影響は完全に内在化（internalize）される。これに対し，定款変更の場面ではこのような契約メカニズムが機能しない[43]。

会社設立時に採択された定款は当事者にとって価値最大化を実現するものと判断された結果であるが，会社が変化する環境下で事業を継続する過程において，定款を変更したほうがより価値を高める場合があることは予想されるところである。原始定款はあらゆる不測の事態を見越した完全な契約（contingent contract）ではない以上，定款の内容を改良する余地は常に存在し得る。しかしながら，もし定款変更に株主全員の一致が必要であるとすると，多数の株主がいる会社では，すべての株主から個別に同意を得ることはきわめて困難である。また，定款変更が株主にとって有利であるとわかっていても，キャスティング・ボート（casting vote）を握って何らかの利益を得ようとする機会主義的な行動に出る株主が出てくる可能性もある。そこで全員一致以外の方法，すなわち多数決で定款変更を実現できるとしておくことがむしろ株主にとって価値を最大化することにつながると考えられる[44]。

それでは，定款変更手続ルールが存在するという前提に立って，定款変更はどこまでできるかが一つの問題となる。原始定款が会社価値を最大化するもの

40）玉井・前掲注11）347頁。*See* Richard M. Buxbaum, *American Law in a Time of Global Interdependence: U.S. National Reports to the XVIth International Congress of Comparative Law: Section III Facilitative and Mandatory Rules in the Corporation Law(s) of the United States*, 50 Am. J. Comp. L. 249, 249 (2002).

41）以下の議論は，主としてBebchuk, *supra* note 18に基づく。

42）Bebchuk, *supra* note 18, at 1825-27.

43）*Id.* at 1827-29.

44）*Id.* at 1829-31.

として十分に完全なものであると仮定すれば，原始定款が認める定款変更は可能だが，原始定款が認めない定款変更はできないということになりそうである。しかし，原始定款が沈黙していることがらについては，会社法の規定は，原始定款の解釈の拠りどころとなり，定款変更によって会社法のルールから逸脱することが許されるかどうかを指し示すものでなければならない。なぜなら，会社法の規定から完全に自由に逸脱することができるとすると，会社法の改正規定を既存の会社に適用することはできないという結論につながるからである[45]。このことは例えば内部者取引を禁止する規定が新たに設けられることを想定すれば容易に理解される[46]。それゆえ，原始定款規定への介入に否定的な論者であっても，デフォルト・ルールからの逸脱の限界，すなわち最適なアレンジメント（optimal arrangement）を設定する必要がある。その判断のよりどころは，コストとベネフィットの比較である[47]。

では，コストの方がベネフィットより大きい定款変更を株主が承認するということがあるだろうか。一般にはそのような会社価値を下げる定款変更を承認することはないのであるが，情報が偏在して株主が定款変更による価値の変化を理解していないケースでは起こり得る。また，持分比率の低い株主にあっては，無関心という現象も考えられる。株主は株式を取得する際は十分な情報を求めるが，株主になった後は無関心に陥る傾向がある。十分な情報が与えられていない株主は，価値を上げる提案と価値を下げる提案とを区別せずに，一括して賛成してしまう傾向がある[48]。

また，株主から経営者に価値を移転するような提案が経営者によってなされる可能性もある。内部者取引や自己取引のような価値再配分的問題（redistributive issues）がそれであり，そのような提案がなされることが市場の規律（market discipline）によって抑制されるかどうかが問題である。市場の規律は，株主から経営者への価値の移転が比較的小さい場合は効果的な抑制

45）*Id.* at 1831-33.
46）内部者取引禁止規定を設けても，法改正直後は存在する会社のほとんどすべてが既存の会社であるから，それらに改正法を適用できないのであれば，新たな規制は意味をなさなくなる。
47）Bebchuk, *supra* note 18, at 1834-35.
48）*Id.* at 1836-38.

力となるが，移転される価値の大きさが顕著である場合は，効果的な抑止力とはならない。それは役員報酬が株価とそれほど直接的に連動していないためである[49]。したがって，経営者は自らの懐に入る利益が大きいほど，かえって株主からの利益を吸い上げるような提案をしがちとなる。

会社の価値を下げた場合に経営者にとって脅威となり得るのは買収である。しかし買収のリスクは株主と経営者の利益を合致させることにはならない。株主価値の減少分がそのままストレートに買収リスクの増大分にはならないためである。また，会社の価値低下は製品・サービスの競争力低下につながるので経営者はそれを回避しようとするとの見方もあり得るが，会社の価値と製品・サービスの売れ行きは必ずしも直結しない。

それでは，定款変更による会社法規定からの逸脱の自由を認める利益はどこにあるのであろうか。それは，会社法の規定は常に最善とは限らないという点である。会社法に足りない部分が，私人間のアレンジメントによって改善される可能性がある。この可能性は，会社によって状況がさまざまに異なるような問題ではあてはまるかもしれないが，会社によって差があまりない問題では必ずしもそうとは言えない。また，私人同士のアレンジメントが常に優れているとも限らない[50]。

定款変更による会社法規定からの逸脱の限界は，以上見てきたようなコストとベネフィットの比較から検討されなければならない。株主から経営者への価値の移転がゼロか極小である場合は，逸脱を認めてよいと言えるが，あらゆる場合にベネフィットがコストより大きいとは言えない。とりわけ，株主から経営者（または支配株主）に相当程度の価値が移転する場合や，大多数の会社にとって利害状況が共通的な問題で，スタンダードな取扱いがあまねく機能する問題についてはそうである[51]。

会社法規定からの逸脱の限界を論じるに当たっては，なお若干の検討点がある。第1に，限界を判断する機関はどこかという点である。事前規制をする

49）CEOの年収は，会社の時価総額の増額分の0.002％分しか増加しないという実証研究結果がある。また，CEOの持株比率の中央値（メジアン）は0.25％であり，80％のCEOの持株比率は1.38％未満である。Bebchuk, *supra* note 18, at 1842.

50）Bebchuk, *supra* note 18, at 1847-49.

51）*Id.* at 1849-50.

のであれば立法府であるが，事後規制をするのであれば，司法府ということになる[52]。基本的には，問題となる事実が同質的で，その制約の適用対象が多く，適用頻度も高い場合は，事前規制がふさわしく，逆に問題となる事実が個々に異質で，適用頻度が低いようなケースは事後規制が望ましい[53]。第2に，逸脱の限界は固定不変のものではないという点である。それは，資本市場における投資家の行動の変化によっても変わってくる。例えば，機関投資家が定款変更の議案をより綿密に検討してその結果を公表するような行動をとれば，定款変更プロセスの不完全性は減少する。第3に，定款変更の自由に限界を画するにあたっては，それと同等の効果を有する回避行動も規制しなければならない。例えば，経営者が，変更したい内容の定款規定を有するダミー会社を設立して，会社をそのダミー会社に吸収合併させるような提案をしてきた場合には，そのような行動に対しても制限が加えられなければならない[54]。

以上の所論に対して，反対株主に株式買取請求権を与えることで，定款変更に限界を設けることの代替措置になるとの反論がある[55]。しかし，実際に株式買取請求権を行使する反対株主は少ないのが実態であること，株式買取請求にかかるコストは全株主で負担することとなり経営陣に定款変更提案を思いとどまらせる効果は少ないこと，および裁判所が株式の正しい価値を算定する能力に乏しいのが実態であることに鑑みると，株式買取請求権が株主価値を下げる定款変更を効果的に抑止するとは言い難い面がある[56]。

52) 米国会社法における事前の制約と事後の制約を比較検討するものとして，玉井・前掲注15) 308-323頁。一般に，米国会社法に比べ英国会社法は強行規定によって対応される場合が多いとされるが，米国は司法府が事後的な制約において積極的な活動をしていることでバランスが図られていると評されている。John C. Coffee, Jr., *The Mandatory/Enabling Balance in Corporate Law: An Essay on the Judicial Role*, 89 COLUM. L. REV. 1618, 1621 (1989).

53) 玉井・前掲注15) 317-319頁。

54) Bebchuk, *supra* note 18, at 1851-52.

55) FRANK H. EASTERBROOK & DANIEL R. FISCHEL, THE ECONOMIC STRUCTURE OF CORPORATE LAW, 32-33 (1991). Easterbrook & Fischelは，定款変更手続の制限として，反対株主の買取請求権を位置づけている。本書の紹介として，井上健一「著書紹介 F.H. EASTERBROOK & D.R. FISCHEL, THE ECONOMIC STRUCTURE OF CORPORATE LAW, Harvard University Press, 1991, pp. viii+352」アメリカ法1994年1号62頁（1994年）。

また，定款変更を過半数の賛成ではなく，より加重した決議要件とすることで足りるとする考え方があり得る。しかしながら，決議要件をあまりに高くすると，好ましい定款変更ができなくなるという副作用があり，一部の株主に拒否権を与える結果となる。一般に加重決議要件としては3分の2あるいは4分の3というあたりが妥当であるが，これだけで定款変更に限界を画することが不要となるかは疑問が残る。Bebchuk 教授は，価値を増大する変更の承認ができるほど低くかつ価値を減少する変更の否決ができるほど高い特別決議要件を設定することはきわめて困難と評価している[57]。

一方，Coffee 教授は，会社法は完全な任意法規でもなく完全な強行法規でもなく，双方の性格を有したものであるとして[58]，会社当事者の契約を有効と判断するための基本原則（“black-letter” rule）を次のように示した[59]。

(1)(A)　合意条項は，公平かつ誠実に行動するという会社に対する信認関係を有する者の義務を減じるものであってはならず，かつ，

(1)(B)　合意条項は，制定法の明白な意図および株主以外の者やその者の利益を保護する確立された公序と矛盾するものであってはならず，かつ，

(2)(A)　合意条項は，合意時点においてその影響を合理的に評価できる程度に十分特定的であってその適用範囲に限度があるものでなければならないか，または，

(2)(B)　合意条項は，当事者が自分達により利益をもたらすと合理的に信じるところの適切な代替手段でなければならず，かつ，

(3)　定款変更の場合は，利害関係のない過半数の株主が，変更の不承認が変更提案前より悪い状況に自らが陥ることを引き起こすものではないとの状況下で承認したものでなければならない。

(2)(A)については，合意条項がある場合とない場合の差を定量的に把握することは一般には困難である。しかしながら，合意条項の適用される範囲が限定されていれば，その条項の値づけ（pricing）が可能となる。そのような考え方を

56）Bebchuk, *supra* note 18, at 1853–55.

57）*Id.* at 1857.

58）Coffee 教授の「水が半分はいったグラスを，半分満杯と言うか，半分空というかの違いである」との比喩がわかりやすい。Coffee, *supra* note 52, at 1619.

59）Coffee, *supra* note 52, at 1665–66.

踏まえて，特定の取引において，厳格な信認義務ルールからの逸脱を認めた裁判例が存在する。Nelkin v. H.J.R. Realty Corp.[60]では，工場建物の借主が建物を買い取り，株主間契約を締結して，株主は市場価格より安く賃借できることを合意した。年月がたち不動産価値が上昇したが，一部の借主が事情により退去し，それらの株主がその後当該建物価値の一部の分配を求めて解散判決を求める訴訟を起こした。裁判所は，株主は建物を賃借していれば均等に割引価格の恩典を受けられるというのが株主間契約の意図であったことが明らかであるとして解散を認めなかった[61]。この結論は，株主は工場用建物の賃貸経営を会社形態で行って相互に利益を得ることを目的として契約を結んだのであり，単に各株主の利益を最大化するための組織ではないという理解をすることによって正当化できる。

これに対して，会社と株主の間の自己取引全般を将来にわたってあらかじめ許諾する内容の定款条項には厳しい目が向けられる。このような包括条項は正確な値づけができず，当事者に盗みのライセンスが与えられたかのような無制限状態が作られるからである。そこでどのような種類の合意が許されるかであるが，例えば，内部者取引については認められないものの，敵対的買収防衛策については必ずしもそうではない。内部者取引については正確な値づけができないが，買収のプレミアムは積算が可能だからである[62]。

(2)(A)の条件が満たされていない場合であっても，(2)(B)のケースのように当事者が適切あるいは優れた代替手段であると合理的に信じている場合は，当該定款規定は有効とされる。例えば，閉鎖会社では，仲裁による救済を株主が有する派生訴訟提起の制定法上の権利より優越させるという合意が裁判所によって認められる傾向にある[63]。逆に，信認義務に関する単なる権利放棄は，(2)(B)のルールに照らし認められない。

(3)の定款変更に関する問題点は，上述のBebchuk教授の所論の中で論じた。

60）25 N.Y.2d 543, 255 N.E.2d 713（1969）.

61）25 N.Y.2d at 549; 255 N.E.2d at 716.

62）Coffee, *supra* note 52, at 1670-71.

63）*Id.* at 1672-73.

(5) 強行規定の役割，会社法の解釈，司法の役割―まとめとして―

以上論じてきたように，米国において，会社法規定からの逸脱には一定の限界があると解される。そのような理解をした場合に，会社法の強行規定がどのような役割を果たし，また逸脱の限度の解釈とそこにおける司法の役割はどのように理解されるかを検討する[64]。

第1に，強行規定は，私人による革新（private innovation）によって社会全体が受けるコストを回避する役割を果たす。個人の認識能力には限りがあり，理想的な状況下においてすら，すべての不測事態を想定することはできない。そして，一方当事者が他方当事者を信頼する長期的な取引関係を構築するプロセスでは，将来相手から欺かれるかもしれないというマイナスの可能性を検討することが難しい。そのようなことをすれば「自分を信頼していないのか」ということで取引自体が成立しない可能性すらある。人的関係に基づいた閉鎖会社の設立時においてはしばしばこの状況が発生する。さらに，会社法規定からの逸脱は，そのコストを第三者に転嫁し，究極的にはそれを社会全体にばら撒く結果になる可能性がある。投資家やアナリストは，利益分配構造を変更するような定款変更を精査すべきであるが，実際にはほとんどキャッシュ・フローしかチェックしていない。会社法の強行規定による定款のひな型化は，投資家にとって情報コストをセーブすることになる。さらには，私人によって作り出されたあいまいで新奇な契約条件をめぐっての紛争コストは，司法システムに賦課される結果となる。

第2に，強行規定は裁判所の判断を効率的かつ安定的なものにする役割を果たす。会社法が強行規定でないとすると，紛争が生じたときに裁判所は当事者の仮想交渉に基づき，何が価値の最大化をもたらすかを探索することになる。このアプローチでは，十分な情報を与えられた当事者が採用したであろう法的ルールは，それがどのような分配を行うものであるかにかかわらず最大の富をもたらすルールとなる。裁判所は株主価値を最大化するものが何であるかという極めて広範なことがらについて司法判断を下さなければならない。例えば，内部者取引を認めることが仮に株主の負担するコストより経営者にもたらされる利益を大きくするとなった場合，内部者取引は定款上明文で禁止されない限

64）本項の議論は Coffee, *supra* note 52, at 1677-90 による。

り，認められると解釈されなければならなくなる[65]。会社は将来発生するかもしれないさまざまな問題の解決を取締役会に大幅に委ねているため，定款の規定は一般契約に比べてむしろシンプルになりがちである。そのような会社契約の溝を埋めるのが伝統的な信認義務に係るコモン・ローの役割ということになる。

第3に，会社法規定の解釈は，制定法が「国民全体（public-regarding)」のものであるがごとく社会全体にとっての価値を高めるようになされなければならない。制定法は立法者と利害関係者の間の契約と解釈されるべきではなく，いったん立法された以上は個人の利害を超えた存在となる[66]。例えば，信認義務の例外を認める立法の解釈は厳格になされなければならず，司法機関は，エージェンシー・コストをいかに少なくするかを解釈の基本姿勢としなければならない。

第4に，制定法が時代遅れのものとなってしまった場合には，司法機関が一定範囲でそれを修正することが期待される。そのような司法の積極主義は，制定法は立法者と利害関係者の取引であるとする考え方とは反するものであるが，会社法規定の解釈は「国民全体」のためになされるというアプローチからは，立法者は問題の所在を特定してその解決は司法に負託していると解され，司法がそれを実践することはむしろ適切なことである[67]。

第2款　新たな会社形態（リミティッド・ライアビリティ・カンパニー（LLC））と定款自治

(1)　総　説

わが国においては，会社法制の現代化の議論の過程で，新たな会社類型（いわゆる「日本版LLC」）が提案され，会社法により，合同会社が設けられた[68]。

65）*Id.* at 1679-81.

66）これに対して，制定法を立法者と利害関係者の間の取引の結果であるとみなして，制定法の解釈を立法過程に忠実に行うことを主張する見解がある。Frank H. Easterbrook, *The Supreme Court, 1983 Term—Foreword: The Court and the Economic System*, 98 HARV. L. REV. 4, 15-18 (1984).

67）Coffee, *supra* note 52, at 1686-90.

合同会社がモデルとしたのが，米国のリミティッド・ライアビリティ・カンパニー（limited liability company; LLC）である。LLCは，①法人格，②全構成員の有限責任，③内部関係に関する柔軟性，④税務上のパス・スルーの4つの特徴を備えている。

LLCは，1977年のワイオミング州法がその嚆矢であり，1982年にフロリダ州がこれに続いた。当初内国歳入庁（IRS）は，LLCを租税法上法人と扱っていたが[69]，1980年頃にはパートナーシップ課税，すなわち構成員段階のみでの1段階課税（パス・スルー課税）を認めるようになったことから，一気に全米で立法化が進んだ。LLCの特徴は，有限責任とパス・スルー課税が同時に得られる非株式会社形態による事業体であり，その歴史は比較的短いながらも比較的広く普及した[70]。1995年には統一州法委員全国会議（National Conference of Commissioners on Uniform State Laws; NCCUSL）により統一LLC法（Uniform Limited Liability Company Act; ULLCA）が承認された[71]。

68）会社法575条1項，576条4項。合同会社は，ジョイント・ベンチャー，ベンチャー企業，専門家集団，投資ファンドが利用場面として想定されている。ベンチャー企業での利用に関しては，旧商法の株式会社が固い法規整であるために，ベンチャー企業と出資者（ベンチャー・キャピタル）の間の合意事項を，出資契約という株主間協定の形で取り決めざるを得なかった。しかしながら，株主間協定は，その効力に不安定性が残ることが指摘されており，合同会社は，この点を解消する会社類型として期待されている。

69）初期のLLCはIRSからの“bullet-proof”（防弾）組織として組み立てられ，LLCが会社の特性を有していないことを確保するように動機付けられていた。このため，解散，持分譲渡，経営組織に関しては柔軟性の少ない法制度となっていた。Sandra K. Miller, *A New Direction for LLC Research in a Contractarian Legal Environment*, 76 S. CAL. L. REV. 351, 359-60 (2003); Wayne M. Gazur, *The Limited Liability Company Experiment: Unlimited Flexibility, Uncertain Role*, 58 LAW & CONTEMP. PROBS. 135, 141-142 (1995).

70）連邦税の申告数で，1993年1万7千，1995年11万9千，1996年22万1千と90年代に急増した（大杉謙一「米国におけるリミティッド・ライアビリティー・カンパニー（LLC）及びリミティッド・ライアビリティー・パートナーシップ（LLP）について—閉鎖会社立法への一提言—」金融研究2001年1月号168頁（2001年））。*See* Douglas K. Moll, *Minority Oppresion & the Limited Liability Company: Learning (or Not) from Close Corporation History*, 40 WAKE FOREST L. REV. 883, 886 (2005).

71）採択は1994年であるが，内国歳入庁の新たな課税通達に整合させるため修正案が作成され，1995年に承認されたものである。

しかし，このころまでに多くの州では制定法が定められていたため，現在のところ統一LLC法の役割はあまり大きなものとはなっておらず，統一LLC法を採択している州はわずかである[72]。また，統一LLC法はパートナーシップ法の規定を多く引用しているのに対し，州LLC法はより会社法に近いアプローチをとっている。このため，規定の形式も統一LLC法はパートナーシップに対する規整と同様に原則として任意規定であるが，州LLC法のほとんどは州会社法と同様に強行規定の形式をとる[73]。

⑵　米国統一LLC法

以下，主としてULLCAを参照しながら，LLCの法規整を概観する[74]。

(i)　法主体性

LLCは，有限責任という会社の利点と内部組織および経営の柔軟性を兼ね備えている。しかしながら，伝統的な意味における会社の設立（incorporation）行為を伴うものではなく，“unincorporated organization”であるといわれる[75]。ULLCAは「メンバーとは明確に区別される法主体である」と規定しており（201条），このような法主体のルーツは中南米における制定法による有限責任法主体（statutory limited liability entities）であるとされている[76]。LLCは自然人と同じ権利能力を有し（112条），また営利団体であることは要件となっていない（101条3号，112条b項）。責任の観点からは，LLCは，有限責任パートナーのみで構成されるリミティッド・パートナーシップにおおむね類似する。しかしながら，すべての社員が事業責任を負うことなく自由に事業経

72）アラバマ（1999年），ハワイ（1999年），イリノイ（1997年），モンタナ（1999年），サウス・カロライナ（1996年），サウス・ダコタ（1998年），バーモント（1996年），ウェスト・バージニア（1996年）にとどまる。

73）実質的には州LLC法の規定も任意規定に近く，閉鎖会社のための特例と同等かそれ以上の契約の自由度が明示的に認められているとの指摘がある（大杉・前掲注70）166頁）。

74）本書中のULLCAの和訳は，半導体産業研究所（大杉謙一監訳）『米国統一LLC法』（半導体産業研究所，2004年2月）による。

75）この概念が明確でないことについて，大杉・前掲注70）170頁参照。

76）Robert W. Hamilton, The Law of Corporations in a Nutshell 24 (5th ed. 2000).

営に参加できる点が特徴である。経営に参加する社員の保護は，社員はLLCの負債について個人責任を負わないとの定めによって与えられている（303条a項）。

LLCの存続期間は，基本定款で一定期間を定めるもの（term company），および存続期間の定めのないもの（at-will company）に分かれる。

LLCは，その名称（商号）にLLCであることを示す文言を使用しなければならない。その記述形態は，“limited liability company”“limited company”“L.L.C.”“LLC”“L.C.”“LC”を含むものでなければならないが，“limited”は“Ltd.”，“company”は“Co.”の短縮形を用いることができる（105条）。

当初各州法はLLCをパートナーシップになぞらえてメンバーを2名必要としていたが，今日ほぼすべての州で一人メンバーも認められており，ULLCAもこれを認めている（202条a項）。一人メンバーLLCは，一人会社に類似することとなるが，会社のような形式要件は要求されない。

(ii)　定款と業務契約

LLCは基本定款（articles of organization）[77]を州務長官（Secretary of State）に登録することで設立される。設立証書は一般には簡潔なもので，事業運営に関する詳細の取り決めは業務契約（operating agreement）に記載される。業務契約書の形式は，会社の定款に準ずるものであるが，事業の複雑さや社員数によって，大会社同士の合弁契約のような分量になる場合がある[78]。

業務契約の内容は，LLCにかかわる種々の事項やその業務行為を規整し，

77）州によっては，certificate of formationという用語を用いている。Del. Code Ann. tit. 6, §18-101(2)(2006).

78）Hamilton, *supra* note 76, at 24. 典型的な業務契約の規定の構成は以下のようになっている。(1)LLCの組織，(2)LLCの目的および能力，(3)メンバーの出資，(4)メンバーの持分割合，(5)資本維持に関する事項，(6)資金調達に関する事項，(7)メンバーの認定に関する事項，(8)メンバー会議と議決権に関する事項，(9)経営に関する事項，(10)業務契約の変更に関する事項，(11)損益分配に関する事項，(12)財産の分配に関する事項，(13)メンバーの帳簿等閲覧請求権に関する事項，(14)税務処理に関する事項，(15)注意義務，免責に関する事項，(16)競業避止義務に関する事項，(17)新規メンバー加入に関する事項，(18)持分割合の譲渡に関する事項，(19)持分譲受人のメンバー資格に関する事項，(20)解散，清算等に関する事項，(21)準拠法，(22)合併等に関する事項，(23)その他の雑則（八代英輝『米国ビジネス法実務ハンドブック』308頁（中央経済社，2003年））。

メンバー，経営者とLLCの関係（内部関係）を規律する。ULLCAは，業務契約に別段の規定がない範囲においてのみ，内部関係を規律するに過ぎない（103条a項）。業務契約はすべてのメンバーに対して拘束力を有するため，当該契約に別段の定めがある場合を除き，その変更にはすべてのメンバーの承認が必要である。業務契約は口頭あるいは記録の形態で行うことができる[79)]。業務契約自体がその変更を書面によらねばならないと規定している場合を除き，交渉過程（course of dealing），履行の態様（course of performance）および取引慣行（usage of trade）によって契約の意味内容が規定されることがある[80)]。

しかしながらULLCAは，業務契約による団体自治に一定の限界を設けている（103条b項）[81)]。①408条における情報に対する権利または記録へのアクセスの不当な制限，②忠実義務の排除，③注意義務の不当な軽減，④誠実義務および公正取引義務の排除，⑤601条6号に掲げられた場合にメンバーを除名する権利の変更，⑥801条3項または4項に定められた場合にLLCの業務を清算するための要件の変更，⑦経営者，メンバー，メンバーの持分の譲受人以外の者の権利の制限は，いずれも許されない。ただし，②（忠実義務）については，(i)明らかに不当でなく，具体的な活動の種類または範疇を特定して，それが忠実義務に違反しないとすること，および(ii)一定数または一定割合のメンバーないし利害関係のないメンバーが，重要な事実がすべて開示された後で，そうでなければ忠実義務違反となるような具体的な行動または業務を承認することができる旨を規定することが許される。また，④（誠実義務および公正取引義務）については，義務が履行されたか否かを測定するための基準で明らかに不当でないものを業務契約に定めることができる（103条b項2号）。

79）州法では，書面性を要求する場合がある。N.Y. Limited Liability Company Law §417(a)(McKinney 2006); Colo. Rev. Stat. §7-80-108(3)(d)(Supp. 2006).

80）ULLCA §103 comment.

81）ULLCAに対して，デラウエア州LLC法は，メンバーが業務契約書で会社のシステムを構築するための最大限の自由度を与えている。Del. Code Ann. tit. 6, §18-1101(b)(2006). ULLCAによる団体自治の限界設定を批判するものとして，Larry E. Ribstein, *A Critique of the Uniform Limited Liability Company Act*, 25 Stetson L. Rev. 311, 331-32, 336-38(1995).

(iii) 内部関係―経営構造・出資・情報権・分配・受任者義務

LLC法は，LLC内部の経営構造を会社に準拠することもゼネラル・パートナーシップに準拠することも認めており，「メンバー経営型（member managed)」と「経営者経営型（manager managed)」のいずれかが選択される（101条11号，12号，203条a項6号）。メンバー経営型はパートナーシップに類似した一連のルールによって規律され，経営者経営型はより会社に近いルールによって規律されるが，業務契約によってそのルールはメンバーの望む内容に修正することができる。

LLCの内部関係に関する法規整は原則として任意規定であり，業務契約によって変更することができるが，ULLCAは第4章でいくつかのデフォルト・ルールを定めている。

メンバーの出資は現金以外にも，有形無形の資産，約束手形，労務等を充てることができる（401条）。業務契約に別段の定めがある場合を除き，メンバーの加入および将来のメンバーの出資およびその評価は，その他のメンバー全員の承諾を必要とする（401条注釈，404条c項7号）。出資の履行義務はメンバーの死亡や無能力その他の個人的な理由によっては免責されないが（402条a項)，全メンバーの同意があれば出資義務は免除される（404条c項5号)。

LLCの通常の業務の過程で，またはLLCの業務もしくは資産の保全のために，メンバーや経営者が行った支払いについて，メンバーや経営者はLLCに補塡を求めることができ，また負った債務についてLLCに補償を求めることができる（403条）。メンバーや経営者がLLCに代わって人的責任を負うことは通常は生じないであろうが，そのような責任をメンバーや経営者が負う場合にLLCはそれらの者に補償をしなければならない。メンバーや経営者がこのような権利を有するのは，その行為が現実の代理権の範囲内であった場合のみである。したがって，409条c項に定める注意義務に反する行為または第三者に対する不法行為に関しては，メンバーや経営者は補償を受けることはできない。経営者経営型LLCのメンバーは，LLCを拘束する表見上の代理権を有しないため，LLCの業務の通常の過程でそうしたメンバーが負った責任が補償を受けられるのはきわめて例外的な場合に限られるであろう[82]。

82）ULLCA §403 comment.

メンバー経営型では，すべてのメンバーが会社の経営につき同等の権限を有し，通常の経営事項はメンバーの多数決で決定される（404条a項）[83]。経営者経営型では，通常の経営事項は経営者の多数決によって決定される。経営者の任免はメンバーの多数決による（同条b項）。ただし，業務契約や基本定款の変更の承認，忠実義務違反の免除，出資義務の軽減，分配の実施，新メンバーの加入，LLCの解散，他の法人との合併，LLCのすべてまたは実質的にすべての財産の売却やリース，交換，処分等の404条c項各号に定められた事項については，メンバー全員の同意が必要である。同条c項各号は限定列挙である。

分配は，頭割りであり（405条a項），その実施にはメンバー全員の承認を要する（404条c項6号）[84]。

LLCには記録の保存義務は課されていないが，記録についてはメンバーやその代理人・弁護士に対して書類の閲覧・謄写を認めなければならない（408条）。この書類の閲覧・謄写権については，細目を業務契約に規定することができるが，権利を不合理に制約するものであってはならない（103条b項1号）。

メンバー経営型においては，メンバーがLLCおよび他のメンバーに対して負う義務は，忠実義務（duty of loyalty）と注意義務（duty of care）のみである。忠義義務の内容として，メンバーがLLCの業務の遂行または清算から得た，あるいはLLCの機会の奪取を含むLLC資産のメンバーによる使用から得られた，あらゆる資産・利益もしくは便宜について，LLCにアカウントをし，その受託者としてこれを保有することが義務づけられている（409条b項）。メンバーの行動がメンバー自身の利益を増進するという理由だけでは忠実義務違反とはならず（e項），またメンバーはLLCに金銭を貸与し，LLCとの間で他の業務について取引を行うことができる（f項）。注意義務については重過失基準（grossly negligent or reckless）が採用されている（c項）。経営者経営型では，メンバーは受任者義務を負わず，経営者がそれを負う（h項）。業務契約によっ

83）主要な州では，メンバーの議決権は出資持分に比例するとしているものが多い。CAL. CORP. CODE §17103(a)(1)(Deering 2006); DEL. CODE ANN. tit. 6, §18-402 (2006); N.Y. LIMITED LIABILITY COMPANY LAW §402(a)(McKinney 2006).

84）主要な州では，出資額に応じた分配をデフォルト・ルールとするものが多い。DEL. CODE ANN. tit. 6, §18-503(2006); N.Y. LIMITED LIABILITY COMPANY LAW §503(McKinney 2006).

て受任者義務を限定することは規制されている（103条b項2, 3号）[85]。

⒤ 持分の譲渡

メンバーの持分（distributional interest）は証券化することができる（501条c項）。またメンバーの持分は譲渡することができるが，持分の譲受人は直ちにLLCのメンバーになるわけではなく，譲渡人が受け取ることのできる分配についてこれを受け取る権利を持つに過ぎない（502条，503条e項）。譲受人がLLCのメンバーとなるのは，譲渡が業務契約の規定に従ってなされた場合か，譲受人がメンバーとなることにつき他のすべてのメンバーが同意したときである（503条a項）。メンバーとして承認されていない譲受人は経営への参加，情報へのアクセス，記録の閲覧・謄写の権利を有しない（d項）。

⒱ 脱退

あるメンバーが投下資本の回収を望む場合や，内部対立が生じた場合の解決のため，ULLCAは脱退（dissociation）の規定を設けている。脱退とは，メンバーがLLCの事業の遂行にかかわることをやめることによって生じる当該メンバーとLLCおよび他のメンバー間の法律関係の変動を指す。メンバーの脱退はLLCの解散事由とはならないが，業務契約に別段の定めがある場合はその限りでない（801条1号）。メンバーの脱退事由は601条に定められており，その主なものは，①メンバーの脱退の意思表示，②業務契約に定められた脱退事由の発生，③メンバーが持分すべてを譲渡したとき，④業務契約に基づく除名（expulsion），⑤5号ｉ～iv[86]に該当し本人以外のメンバー全員の同意によって除名されたとき，⑥LLCまたは他のメンバーの提訴により除名を認める裁判所の決定がなされたとき，⑦メンバーの破産等，⑧自然人であるメンバーの死亡，無能力による後見人の選任である。

業務契約に異なる定めがなければ，各メンバーは明示の意思表示により脱退する自由を有するが（602条a項），その場合でも不当な脱退（wrongful dissociation）によりLLCや他のメンバーに損害が生じた場合は，当該メンバーは賠償責任を負わなければならない（c項）。

脱退がLLCの解散を伴わない場合，脱退したメンバーは，持分の買取請求

---

85) Gazur, *supra* note 69, at 147-48. なお，各州の制定法における受任者義務の規定スタイルについては，Gazur, *supra* note 69, at 149-56 参照。

権を有する（701条）。買取りは「公正な価格（fair value）」でなされなければならない（同条a項）。業務契約において，買取条件が定められている場合は，それが適用される（c項）。それ以外の場合，公正な価格の決定は裁判所によってなされる（e項）。不当な脱退による損害は買取価格と相殺される（f項）。

(vi)　解散・清算

801条各号所定の事由によりLLCは解散（dissolution）し，清算（winding up）手続に入る。解散事由は，業務契約に定められた解散原因（1号），業務契約に定められた一定比率の数または比率のメンバーの賛成（2号），LLCの営業のすべて，または実質的にすべてを継続することが違法となる事由の発生（3号）のほか，一定の場合にはメンバーやすでに脱退したメンバーが解散を求める裁判を提起することができ（4号），また持分の譲受人は裁判上の解散を求めることができる（5号）。

(3)　LLCの優位性と問題点

LLCの魅力は，①社員の有限責任，②柔軟な経営構造，③パス・スルー課税のメリット，の3つであり，会社とパートナーシップの長所を混成させた「ハイブリッド事業体」と位置づけられている[87]。以下，経営構造に関し株式会社（corporation）との比較を行う[88]。株式会社の内部経営構造は，株主，取

---

86) (i)　当該メンバーとともにLLCの事業を実施することが違法である場合

(ii)　当該メンバーの持分の実質的に（ほぼ）すべてが譲渡されている場合で，譲渡が担保目的でなされる場合や［担保権が］まだ実行されていないメンバーの持分に対して担保権を賦課する裁判所の命令のためのものである場合を除く場合

(iii)　LLCが法人メンバー（corporate member）に対して，当該法人が解散の届出を行うかそれと同等のことを行ったこと，その設立特許状（charter）を取り消されたこと，またはその設立の法域によって事業を行う権利を差し止められたことを理由に，当該法人を［LLCから］除名することを通知してから90日以内に，その［法人］メンバーが解散届出書の撤回または設立特許状もしくは事業を行う権利の復元を得ることができなかった場合，または，

(iv)　［LLCの］メンバーであるパートナーシップやLLCが解散され，その事業が清算されている場合

87) 関口智弘「米国ベンチャービジネスにおけるLLCの活用法―日本版LLC制度の導入に向けて―」商事法務1683号24頁（2003年）。

締役（directors），執行役員（officers）の3層からなる。各層は，制定法によりそれぞれ権利と義務を有しており，この構造を変更することのできる権限は限られている。また，株式会社は会議および意思決定に定められた手続を履践することを求められる。多くの州の会社法は，株主総会や取締役会の通知，基準日，定足数，議決権の行使，議事録の保管，株主名簿等についての定めを置いている。これらの規定は公開会社には適切であっても小規模閉鎖会社にとってはそうでないケースが多い。小規模閉鎖会社では，形式的な手続要件は無視され，意思決定もインフォーマルになされてしまう。株式会社の形式性に従わないことは，法人格否認の判断要素となっている。また，手続要件の不遵守は，会社の行動が有効であるかどうかという問題を引き起こす。株主総会や取締役会の議事録を作ったことがないという会社もまれではなく，そもそも法的にあるいは経済的に会社が存在しているのかどうか確定できないようなケースも生じ得る。

これに対して，LLCには株式会社に求められるような形式要件がない。LLCの内部構造はインフォーマルであり，メンバーは株主や取締役としてではなく，パートナーであるかのように振舞う。意思決定もインフォーマルに行うことができ，会社の行動が適切であったかどうかは，会社に保存された記録ではなく，単純に証拠の問題となる。LLCの構造は単純なだけではなく，事業を行う個人にとってより自然な形態とも言え，小規模ビジネスにLLCが普及しつつあるのも容易に理解できるところである。かつて新規事業を始めるにあたっての事業形態の選択要因は，有限責任と連邦課税であった。今日，有限責任は種々の事業形態に共通となり，課税面も「チェック・ザ・ボックス規制」により，事業者側で選択可能なものが増えている。そこで，事業形態選択のポイントとしては，①社内的な効率性，業務運営コスト，事業の性質に鑑みた組織の便利さ，オーナーの数とその相互関係，②事業立ち上げ期間における希少な資本と資源の節約，③将来の資本増強の容易性，④将来の株式公開の可能性が考えら

88）LLC選択の主要な動機付けとなっていると思われる課税面の比較は本書の主題から逸れるため他の文献に委ねる。例えば，関口・前掲注87）26-29頁，平野嘉秋「米国LLCの税制―歴史と現状―」日下部聡＝石井芳明監修・経済産業省産業組織課編『日本版LLC　新しい会社のかたち』81-96頁（金融財政事情研究会，2004年）参照。

れる[89]。

しかし，依然として多くの州ではLLCの設立数より株式会社の設立数のほうが多い[90]。この理由はいくつか考えられる。

第1に，慣れ親しんだ株式会社の方が安心であるという感覚が実務界に残っていることである[91]。第2に，LLCの文書作成作業は，フレキシビリティが高いゆえに，時として株式会社より面倒であることがある。実務家はLLCにも株式会社の書式を使うことが多いとされる。株式公開を目指す新規事業においては，わざわざLLCを設立して公開直前に株式会社に組織変更するよりも最初から株式会社を設立すれば手続は1回で済む[92]。また，ベンチャー・キャピタルなどの投資家の側も，優先株式等のスキームが定着している株式会社のほうがLLCより扱いやすいとして，株式会社を好む傾向があるとされる[93]。第3に，LLCは，所有と経営が効果的に分離しておらず，また経営者に加わると信認義務を負うことから，ベンチャー・キャピタルにとっては魅力的な会社形態ではないことが指摘されている[94]。他方，近時は設立後短期間で株式を公開

89）Hamilton, *supra* note 76, at 43-44.

90）LLCは93年からの10年間で100万社増加したのに対し，株式会社は同年から7年間で100万社増加している。高市邦仁「欧米のLLC」経済産業省産業組織課編『日本版LLC　新しい会社のかたち』前掲注88）49-50頁および米国IRS統計資料（http://www.irs.gov/pub/irs-soi/03partnr.pdf）。

91）第2章注119）参照。*See also* Wayne M. Gazur & Neil M. Goff, *Assessing the Limited Liability Company*, 41 Case W. Res. L. Rev. 387, 459 (1991). また，J. William Callison, *Venture Capital and Corporate Governance : Evolving the Limited Liability Company to Finance the Entrepreneurial Business*, 26 Iowa J. Corp. L. 97, 118 (2000) は，ベンチャー・キャピタルの関心事項を念頭に，ベンチャー企業向けの会社形態としての使い勝手を向上させるため，取締役会構造のLLC（board-directed LLC）を選択肢として制定法に盛り込むことを提案する。

92）関口・前掲注87）29頁。

93）Hamilton, *supra* note 76, at 42.

94）Callison, *supra* note 91, at 111, 113; Joseph W. Bartlett, Equity Finance: Venture Capital, Buyouts, Restructurings and Reorganizations Vols. 1-3, § 3.5 (2nd ed. 1995).

またこの他，LLPの普及とともにLLCはその役割をLLPに譲ってゆくであろうとして，LLCを触媒的，過渡的な会社形態と見る立場として，Gazur, *supra* note 69, at 184.

することが難しくなり，また業務契約書の実例も集積してきたことから，ベンチャー企業をLLCで設立する例が増えているとの見方もある[95]。

しかしながら，判例法の蓄積が薄いことは，実務家にとっては心理的な障壁になっていることは想像に難くない。州法によるデフォルト・ルールは網羅的ではないため，そこに規定されていない事項について業務契約にも定めがない場合は，それがまさに紛争の種となってくる可能性がある。

(4) 紛争事例

Child Care of Irvine, LLC v. Facchina[96]は，経営者の解任方法について業務契約の規定がなかったため，経営者の解任の効力をめぐる争いが生じた事例である。

原告Child Care of Irvine, Inc.は，被告Dante Facchinaを含む6名によって，南カリフォルニアで育児施設を運営する会社として設立された。基本定款と株主契約が作成され，経営者として被告が指名された。株主契約には，被告が株主であり，かつ誠実で効率的で有能な経営がなされているかぎりは，被告をChairman, President, CEO & Secretaryに選任するとの規定があった。株主契約には仲裁規定があり，1名の裁定者による仲裁を拘束力ある最終のものとするとされていた。Child Care Inc.は，S corporationのステータスを維持できなくなり，デラウエア州法に基づくLLCに組織変更することとし，6名は株主合意書を作成した。合意書は，被告を会社の記録を登記する唯一のofficerとし，Child Care Inc.をChild Care LLCに吸収合併させるために必要な行為をなす権限を与えていた。被告は所定の合併手続を行い，Child Care Inc.はChild Care LLCとして再発足した。しかしながら，合併契約書で言及されていたLLCの業務契約書の締結はなされなかった[97]。Child Care LLCの経営を任された被告は，新たな店舗を開業したが，その過程で州による育児施設規制の不遵守や経費管理に関する疑惑が生じ，他のメンバーは全員一致の決議で

95）関口・前掲注87）29頁。

96）No. Civ. A. 16227, 1998 Del. Ch. LEXIS 114.

97）被告は弁護士が作成した業務契約書案を合併直前に他の創業者のうちの一人の弁護士に送付し，当該弁護士は他の創業者にも送付すると約束したと主張したが，この点については事実関係が認定されていない（*Id.* at 9-10）。

被告を解任した。

本事件は，解任決議の有効性をめぐる争いである。原告は，株主契約と同じ内容の業務契約が口頭で交わされたとし，業務契約が存在しないとしてもLLCの過半数のメンバーは被告を解任するデフォルトの権利を有すると主張した。被告は，被告作成の業務契約書案に原告が黙示の承認を与えたとし，仮に業務契約が成立していないとしても，原告の権利は，LLCの解散請求に限られると主張した。

裁判官は，双方から申し立てられた略式判決の請求を棄却し，事実関係の一部に争いがあり確定ができず，また，会社法と違って先例の少ない法分野であるため，原告・被告どちらが勝つかについて合理的な判断ができないとしながら，最終的には，株主合意書か被告作成の業務契約案のいずれかがChild Careの業務契約になるとして，双方に規定のあるカリフォルニアでの仲裁で解決することを示唆した[98]。

このように業務契約規定の不存在が紛争を引き起こしたのとは逆に，紛争となった事項について業務契約に規定が存在する場合は，裁判所は規定の表現に忠実な解釈をする傾向が出てきていることが指摘されている[99]。

Elf Atochem North America, Inc. v. Jaffari[100]では，業務契約の仲裁規定の適用射程が問題となった。具体的には，①業務契約の当事者でないLLCは業務契約の規定に拘束されるか，②業務契約に関する紛争が，仲裁または他州の裁判所の専属的管轄に服するという業務契約の規定は，LLC法に照らし有効か，という点が争われた。飛行機の部品メーカー原告Elf社と，環境問題対応技術を有するMalek, Inc.の社長であった被告Jaffariは，合弁会社Malek LLCをデラウエア州法に基づき設立した。両者で交わされた業務契約には，JaffariがMalek LLCの経営者となるとの規定があり，JaffariとMalek LLCは雇用契約を締結した。業務契約には，契約から生じるすべての紛争は仲裁で解決するとの仲裁規定があり，また契約当事者はカリフォルニア州を唯一の裁判地とすることに同意する規定が設けられていた。Elf社は，JaffariがMalek

98) *Id.* at 21-23.
99) Miller, *supra* note 69, at 404.
100) 727 A.2d 286 (Del. 1999).

LLCの資金を私的に使用して会社の経営を悪化させたとして，Jaffariの信認義務違反を主張し，LLCのメンバーとして，そしてMalek LLCを代位してデラウエア州裁判所に提訴した。しかし，裁判所は管轄違いを理由に却下した。Elf社は，代位訴訟については，Malek LLCは業務契約の当事者でないため契約の規定に拘束されないとして上訴した。デラウエア州最高裁は，業務契約がデラウエア法の強行規定に反する場合は無効であるが，そのような強行規定は第三者の保護規定であり，LLCメンバーに係る規定は強行規定ではないとした上で，業務契約にMalek LLCがサインしていないとしても，本紛争の真の当事者はLLCのメンバーであるから，Elf社の主張は仲裁条項および裁判地条項に服するとした[101]。

このほかの裁判例としては，業務契約中にLLCのメンバーがLLCと競業することを妨げない旨の規定があり，このため一部のメンバーが，当該LLCの拒絶した他社による取引提案につき，別のLLCを設立してそれを受諾したことは，業務契約に反するものでないとしたものがある[102]。また，LLCメンバーの一人がアルコール依存症で金銭感覚に問題があり，さらにLLCの融資元から個人的に融資を受けていたなどの理由で除名されたのに対し，業務契約に非行（misconduct）を理由とする除名の文言がないとして除名を認めなかった判例がある[103]。

101） *Id.* at 292-93. ULLCA §103(a)は，メンバー間の業務契約は，メンバー，経営者，LLCの間の関係を決定すると規定して，本判決の論点を明文で解決している。同様に業務契約の解釈に関する判例として以下がある。Mid-America Surgery Ctr., LLC, v. Schooler, 719 N.E.2d 1267 (Ind. Ct. App. 1999); Albertson v. Magnetmakers LLC, No. 99-4931C, 2000 Mass. Super. LEXIS 34 (Mass. Super. 2000).

なお，LLCの業務契約の仲裁条項，裁判管轄条項の解釈にあたっては，パートナーシップよりもむしろ株式会社に適用される法理を参照すべきとするものとして，Leigh A. Bacon, Note, *"Freedom of" or "Freedom from"? The Enforceability of Contracts and the Integrity of the LLC*, 50 DUKE L.J. 1087, 1104-15 (2001).

102） McDonnell v. Hunt Sports Enterprises, 725 N.E.2d 1193 (Ohio Ct. App. 1999).

103） Walker v. Resource Development Company Limited LLC, 791 A.2d 799, 2000 Del. Ch. 127 (Del. Ch. 2000).

(5) 会社契約の自由と事後規制

上述の事例は，裁判所がLLCの業務契約の規定をかなりの程度文理解釈する傾向があることを示しており，業務契約の作成に携わる実務家に対し，より慎重な業務契約書の作成作業を要求することになりそうである。デラウエア州LLC法では，メンバーが業務契約書において会社のシステムをデザインする自由度が最大限に保障されており[104]，その自由度は，会社の経営，経済的利益の配分，免責，持分のクラス分け，業務執行の方法等多岐にわたる。また，メンバーおよび経営者は会社の債務もしくは責任について個人責任を負わないとされており[105]，歴史の浅さに加えて自由度が最大限に保障されていることが，かえって実務の世界では不安定要因として受け止められる恐れがある。とりわけ株式会社と異なり少数派メンバー保護のための十分なデフォルト・ルールが設定されていない州では，それら少数派メンバーの保護は，小規模閉鎖株式会社の少数派株主のそれより薄くなってしまうリスクがある[106]。

最近行われたLLCに関する業務をめぐる弁護士対象の実態調査では[107]，株式会社あるいはその他の事業形態よりも自州のLLCを利用すると答えた弁護士が半数近くにのぼった。デラウエア，ニューヨーク，ペンシルベニアの各州における設立登記件数の調査では，その約20〜30％がLLCであるが，カリフォルニア州では約80％に跳ね上がり，特にカリフォルニア州でLLCが普及していることが窺われる[108]。多数派，少数派のいずれを代理した経験があるかについては，多数派を代理した者が少数派を代理した者の2倍超との回答がなされた[109]。多数派と少数派の間の紛争の発生状況については，2〜3割程度の弁護士がLLCで紛争の経験があり，デラウエアでは紛争経験ありと回答した弁護士の半数が訴訟の経験ありと回答している。LLCのように契約の自由度が大きいほど紛争は少ないとの考え方に疑問を呈する結果となっている。ま

104) Del. Code Ann. tit. 6, §18-1101(b)(2006).

105) Del. Code Ann. tit. 6, §18-1101(d)(2006).

106) Moll, *supra* note 70, at 925-57, 976.

107) Miller, *supra* note 69. この実態調査は，カリフォルニア，デラウエア，ニューヨーク，ペンシルベニアの4州のビジネス法を専門とする弁護士3,048名にアンケートを送付し，770名（25％）から回答を得たものである。

108) Miller, *supra* note 69, at 385.

109) *Id.* at 388.

た，LLC の業務契約の 3 分の 2 以上が，十分な交渉もなくひな型のまま締結されたとの回答がなされている[110)]。

これらの調査結果から，LLC のような契約的組織についていくつかの示唆が得られる。第 1 に，契約的組織においては多数派と少数派の軋轢は不可避であり，業務契約をエンフォースするために，司法がしっかりと監視機能を果たすことが重要となる。司法の監視の目があってこそ，LLC の出資者は他の出資者が信義誠実と公平の観念に基づいて行動することを信頼できる[111)]。第 2 に，家族経営の LLC においては紛争解決が難しくなる可能性が高まる。業務契約は創業者全員が参加する経営が前提として作成されていることが多い。事業開始から時が経過して少数持分が承継された場合に，経営に参加する意思のない少数派としては業務契約改定の交渉材料がない状態に陥る。このような予想される LLC の内部紛争に対して，司法は投資家の権利と義務というような一般的定理ではなく，個々のケースを仔細に観察して機会主義的なあるいは略奪的な行動を監視する必要がある[112)]。第 3 に，業務契約の文言を忠実に解釈する裁判所の傾向を踏まえて，実務家はより緻密な契約書のドラフト作業が求められ，また特に少数派となる起業家に対しては，我流で LLC を設立するリスク（do-it-yourself disaster）を伝えて専門家のサポートを得させるような啓蒙も必要になってくる[113)]。業務契約で少数派を保護する規定が必ずしも十分に手当てされているとは言えない現状に加えて，司法の側も LLC メンバー間の抑圧的行為（oppressive conduct）の救済を広範に認めることについては，メンバー間の交渉に基づく取引結果を台無しにしてしまうようなあいまいな基準を作り出すことにつながりかねないとして慎重であることに留意しなければ

110） *Id.* at 394-95.

111） *Id.* at 400. *See also* Sandra K. Miller, *What Remedies Should Be Made Available to the Dissatisfied Participant in a Limited Liability Company?*, 44 AM. U.L. REV. 465, 530-531（1994）.

112） Miller, *supra* note 69, at 401.

113） *Id.* at 407. 非法律家向けの解説書の一例として，ANTHONY MANCUSO, NOLO'S QUICK LLC（Nolo, 2nd ed. 2003）がある。同書は，業務契約のひな型を示し，LLC の設立手続や運営方法についてかなり詳しく解説しているが，読者が自分で LLC を設立するのはリスクがあるため，small business lawyer/advisor と呼ばれる専門家が必要であるとして，弁護士の探し方や報酬等の解説に一項目を充てている。

ならない[114]。

また，LLCは歴史の浅さから判例の蓄積が少なく，Childcare事件の裁判官は「判決例が豊富で，いずれの当事者が勝つかの直感を与えてくれる株式会社法とちがって，本件ではどちらが有利かわからない」[115]という嘆息ともとれる判決文を残している。会社法分野で豊富な先例で知られるデラウエア州においてですら，1999年になりElf Atochem事件で漸くLLC法に関する州最高裁の判断が下された[116]。デラウエア州裁判所は，多数派株主と少数派株主の利害が対立する場面（例えば，締出合併，締出公開買付け）において，構造や手続的な公正を審査し，それを確保することで事後的な規制の明確性と予測可能性を担保しているとされている[117]。しかしながら，このような司法による事後規制への信頼は，判例の蓄積の上に成り立っており，そのようなベースのないところにあっては，一定の事前制約を設けることで，明確性と予測可能性を維持することが望まれるであろう[118]。

以上，限られた実証データに基づくものではあるが，特にデラウエア州法に見られるような，業務契約に書かれたことだけが頼りというLLC法制の現状は，かえって利用者に微に入り細に入るまで契約に規定しなければならないという負荷を課することになる。このような状態を解消するために，LLC法のレベルで，少数派抑圧の判断基準となる諸要素の例示をするか，あるいは，事業上の目的なくして行われたあるパターンの行動は抑圧と推定するなどの手当てが検討されなければならないとの指摘が出てくるのはごく自然なことである。そのような判定基準の例としては，①経営者からの排除，②分配を受け取る権利の侵害や不合理な分配の保留，③自発的なメンバーからの脱退や経営者の辞任の禁止，④議決権の侵害，⑤除名条件や除名後の措置の一方的な変更，⑥多数派への過剰な報酬や分配，⑦事業用資産の私用または濫用，⑧LLCと多数

114）Miller, *supra* note 69, at 409.

115）1998 Del. Ch. LEXIS 114, 121-22.

116）727 A.2d at 287.

117）玉井利幸「会社法の自由化と事後的な制約—デラウエア会社法を中心に—（3・完）」一橋法学4巻1号187-188頁（2005年）。

118）Sandra K. Miller, *The Role of the Court in Balancing Contractual Freedom with the Need for Mandatory Constraints on Opportunistic and Abusive Conduct in the LLC*, 152 U. Pa. L. Rev. 1609, 1653 (2004).

派の間の arms-length とは言えない取引などが考えられる[119]。

ULLCA は，業務規定によって異なる規定をすることができない強行規定を103条b項にまとめており，強行規定の範囲を明確化している。b項1号は，408条に基づく情報に対する権利または記録へのアクセスを不当に制限してはならないとする。メンバー間の情報格差を生じさせるような業務契約規定を排除するものである。2号ないし4号は，信認義務の基本的な部分を強行的なものとして維持する規定である。2号(i)は，義務の変更が明白に不当でなく事実上の問題に過ぎない場合，409条b項に定められた具体的な3つの忠実義務を変更することを認める。ただし，義務を排除することはできない。b項2号(ii)は，重要な事実がすべて完全に開示されている場合には，忠実義務の将来の違反を承認し，または過去の違反を承認することができるというメンバーのコモン・ロー上の権利を維持している。忠実義務違反の承認はそれ自体が業務契約の変更となるため，業務契約に別段の定めがある場合を除き，この承認は全員一致でなされなければならない。過去または将来の特定の行為を承認する場合には，b項2号(i)によれば明白に不当であった行為であってもこれを許容することができる[120]。ニューヨーク州の LLC 法でも，少数派保護のため，経営者の注意義務の最低限の基準[121]，議決権の変更に関する制約[122]，メンバーおよび経営者の免責[123]，合併等の場合の反対者の権利[124]等については，強行規定（non-waivable statutory provisions）とされている[125]。

119）Miller, *supra* note 69, at 410 n. 154.

120）ULLCA §103 comment.

121）N.Y. LIMITED LIABILITY COMPANY LAW §409(McKinney 2006).

122）N.Y. LIMITED LIABILITY COMPANY LAW §402(McKinney 2006).

123）N.Y. LIMITED LIABILITY COMPANY LAW §417(McKinney 2006).

124）N.Y. LIMITED LIABILITY COMPANY LAW §1002(McKinney 2006).

125）業務契約を書面化するとされていること（N.Y. LIMITED LIABILITY COMPANY LAW §417(a)(McKinney 2006)）も強行規定と解されるが，それに従わなかった場合の制裁は用意されていない。

第3節　フランスにおける株主間契約および定款自治

第1款　会社法の強行法規性論

1. 会社法における契約自由の原則の位置づけ

フランス会社法，特に株式会社法は，詳細かつ厳格なルールを定めており，強行法規的性格の強い法体系を形成している。しかし，会社の法的性質は契約であるというのがフランスにおけるローマ法以来の伝統的理解である[126)]。ところが，当事者自治が広範に認められた結果，会社制度の濫用による弊害が多発したため，立法による規制強化が繰り返され，強行法的性格を強めた厳格な規制体系となったとされる[127)]。そしてその結果として，会社の法的性質を契約として捉えることで会社法全体を説明することができなくなったとの批判から，会社を「制度（institution)」として捉える見解が提示されるようになった[128)]。

1993年に欧州連合（EU）が発足し，国境を越えた経済活動が活発化するにつれ，会社の拠点選択も流動化するようになった。特にオランダは外国からの対内直接投資を促進するための法律および行政上の環境を整え，その成果が出るようになった。法制度面では，優遇税制と柔軟で安定した会社法の整備がその特徴として指摘されている[129)]。この結果，フランス企業と外国企業による

126）会社の法的性質を契約であるとする法的根拠としては，①会社の定義規定である民法典1832条が会社の設立行為を「契約（contrat)」であると明示していること，②会社に関する一般規定（第9章「会社（de la société)」）が民法典中「賃貸借(louage)」と「貸借（prêt)」の間に置かれていること，③民法典1842条2項や1844条の10が会社に対して契約に関する一般原則の適用があることを明文をもって認めていること，などが指摘されている。納屋雅城「フランス法における団体設立行為の法的性質―民法上の組合の法的性質の再検討―」近畿大学法学52巻1号109頁（2004)。

127）森田果「株主間契約（3)」法学協会雑誌119巻9号49頁（2002年)。

128）Yves Guyon, Les sociétés Amenagements statutaires et conventions entre associés n° 8（L.G.D.J., 5e édition 2002). 納屋・前掲注126）110-111頁，山口俊夫「概説フランス法 下」471-476頁（東京大学出版会，2004年)。

129）生田美弥子「フランス簡易会社と会社法改正」弥永真生＝山田剛志＝大杉謙一編『現代企業法・金融法の課題』51頁（弘文堂，2004年)。

合弁会社がフランスを避けてオランダで設立されるようになり，その原因がフランス株式会社法の硬直性にあるとの事実認識，およびアメリカ法におけるコーポレート・ガバナンス概念導入の主張から，当事者の自治を幅広く認める簡易株式制会社の創設が提案されるに至った。これにより，フランスにおいては，会社法は契約自由の原則を享受しているとの認識が再び高まり[130]，会社法における「契約の再生（renouveau contractuel）」と呼ばれている[131]。

以下では，フランス会社法の基礎が契約自由の原則であることを踏まえて，会社法の強行法規性をどのように基礎づけることができるかを，Sophie Schiller 教授の所説[132]に基づき考察する。

2. 会社法における契約自由の原則の制限
― Sophie Schiller 教授の所説を中心として ―

(1) 伝統的公序概念

フランス契約法の支配概念は契約の自由であり，その限界を規定する概念は，公序良俗（ordre public et les bonnes moeurs），強行法規（lois qualifiées d'impératives），権利の処分禁止（interdiction de disposer de certains droits）の3つである[133]。公序の概念は1804年の民法典6条に定められた。伝統的な公序を示す強行規定の判定基準はいくつかのタイプに分けられる[134]。

第1に，公序の決定権限は立法府が独占しており，強行法規性の決定は条

130）納屋・前掲注126）114頁。

131）Guyon, *op. cit.*（note 128), n° 197. 森田・前掲注127）「株主間契約(3)」49頁。

132）Sophie Schiller, Les Limites de la Liberté Contractuelle en Droit des Sociétés（L.G.D.J., 2002).

133）Schiller, *op. cit.*（note 132), pp. 17-18.
　フランス法における公序良俗論に関する文献として，大村敦志『公序良俗と契約正義』（有斐閣，1995年），後藤巻則「フランス法における公序良俗論とわが国への示唆」椿寿夫＝伊藤進編『公序良俗違反の研究―民法における総合的検討―』152頁（日本評論社，1995年），難波譲治「フランスの判例における公序良俗」椿＝伊藤編『公序良俗違反の研究―民法における総合的検討―』165頁参照。また，フランス法の研究成果を踏まえてわが国の公序良俗論の理論枠組みの確立を提示するものとして，山本敬三『公序良俗論の再構成』（有斐閣，2000年）がある。

134）Schiller, *op. cit.*（note 132), p. 23 *et. s.*

文の規定内容から導かれる。すなわち，公序は，立法者により法文に明確に示されていることになる[135]。しかしながら，会社法においてはそのような明文規定はむしろまれであり，強行法規性を決定するためには，立法者意思を探求しなければならない[136]。

第2に，ある規定に違反した場合に制裁が科されることが規定されていることによって公序性を定式化することができる。制裁としては，①契約全体を無効とする（民法典1841条），②当該条文が書かれていないものとみなす（民法典1843条の5），③刑事罰（1966年7月24日法第2編）の3つがある。

第3に，規定の遵守を確保するために特に実効性のある手段を法が与えているものである。例えば，民法典1839条は会社設立の瑕疵の治癒の可能性を論じており，利害関係者に治癒を要求する権利を与えていることから，この規定に公序性を認めることができる。

第4に，公序の性格が，条文の定義条項の中に現れることがある。例えば，会社の定義条項である（民法典1832条）。

第5に，立法者がより間接的に強行法規性を示す方法を用いていることがある。例えば，ある条文が，強行法規性のある他の条文番号を引用することで，その強行法規性を間接的に示すことがある[137]。もう一つの間接的な方法は，条文全体からその遵守が強制されていることが判断されるものである。例えば，匿名会社（société en participation）の社員の合意内容の制約に関する民法典1871条は，すべての種類の会社にあてはまると解釈される。匿名会社は最もシンプルな会社形態であり，極めて契約的な存在である。契約自由の原則が適用され，機関構成にも大幅な自由が与えられており，あらゆる種類の会社にあてはまる「公分母的」性格を有している。そのような性格の匿名組合に適用される民法典1871条は，すべての会社形態の強行法的要素を示し，同条による匿名組合における意思主義の制限はすべての形態の会社にあてはまる。

135）山口・前掲注128）28頁。

136）強行法規性が条文上明らかな例としては，民事組合に関する民法典1864条がある。

137）例えば，民法典1844条の10は1832条，1832条の1第1項，1833条を参照するが，このうち1832条はその条文から強行法規であることが判明するが，他の2条は，1832条とともに参照されていることでその強行法規性が示されている。

このようにいくつかのタイプがある会社法の強行法規性は，法文の表現や契約自由の原則のみによって決することはできない[138)]。以下，会社法の規定が強行法規か否かを確定するための基準についてSchiller教授の行った分析を辿ってゆく。

(2)　法令の規定方法に基づく公序性基準

強行法規か任意法規かの区別は，条文を一定の基準で分類することによりある程度まで系統的に行うことができる[139)]。

第1の基準は，社員間では基本的に契約自由の原則が適用されるが，社員と第三者との関係では公序の働く余地が大きくなる（民法典1165条）という原則である。

第2の基準は，当該条文が制定された時期である。1978年の民法典改正，1966年の商法典改正当時においては民法と商法の姿勢に差があり，民法典は商法典に比して厳格で，商法典が強行法規であるという性格は当時弱められる方向にあった[140)]。

これらの基準を用いて，Schiller教授が民法典と商法典における会社関連の条文を統計的にまとめたところによれば，確かに社員間の関係においては，社員と第三者との関係よりも任意法規が大きな割合を占めていた。しかし，社員間の関係を定める規定における任意規定の割合は，公序規定と大差がなかった[141)]。すなわち立法者は社員と第三者との関係よりも社員間の関係に相対的に多く介入しているということになる。

138）Guyon, *op. cit.* (note 128), n°s 12-15.

139）Schiller, *op. cit.* (note 132), p. 33.

140）Schiller, *op. cit.* (note 132), pp. 27-28. ただし，商法の分野における強行規定はその後すぐに増加したため，有意差はなくなっている。社員と第三者の関係を定める規定における公序規定の割合は，民法典で17%，商法典で19%であり，また，社員と他の社員および第三者に同時に関連する規定における公序規定の割合は，民法典で21%，商法典で32%であった（Schiller, *op. cit.* (note 132), pp. 29-30)。

141）Schiller, *op. cit.* (note 132), pp. 29-31. 商法典中の社員間の関係を定める規定の構成は，公序規定が32%，任意規定が37%，区分不能が31%であり，社員と第三者の関係を定める規定の構成は，公序規定が19%，任意規定が3%，区分不能が78%であった。また，社員と他の社員および第三者に同時に関連する規定では，それぞれ33%，0%，67%であった。

また，会社の一生を設立期，巡航経営期，清算期の3つの段階に区分して公序規定の割合を分析した結果，公序規定は，会社の巡航経営期においてより多く現れていることがわかった142)。設立期において任意規定の割合が多いのは，起業を促進する目的でこの段階における縛りを抑えたという説明ができる。これに対して，清算の段階では，第三者との間で重大な利害対立が発生するため，強行法規が多く設定されているのが望ましくかつ論理的である。しかし実際のところ，清算期の強行規定の割合は比較的少ない。会社法における公序規定は，保護を目的としており，その根底には会社の設立と活動は複数のカテゴリーの第三者（債権者，投資家，従業員等）にとって重大な結果をもたらすため，単なる契約関係として捉えられるべきではないとの考えがあるが，条文の文言による公序規定の配分の観察結果からはそのことは確認できない。すなわち，会社法の法文のみからその強行法規性を認識することは困難であることがこのことから窺える。

(3)　判例における強行法規性の解釈

1929年12月4日の破毀院判決143)を機に，フランスでは裁判所が契約自由の制限を決定する権限を有することが確立され，会社法の領域でも，裁判官が法文に依拠せずに公序を宣言するケースがある。(i)会社の経営に関する法規の強行性，(ii)株主有限責任と株式譲渡性の強行性，(iii)開示規制である144)。

(i)　会社の経営に関する法規の強行性

法文上は明確ではないが，会社の経営に関するある種の多数決ルールは強行的なものとされている。例えば，有限会社に関する商法典L. 223-30条が定款変更には総資本の4分の3以上の賛成を要し，それを加重する規定は記載がないものとみなされると規定しているのを受けて，判例は株式会社にも同様の決議要件が課されるとした145)。これは条文に定められた公序を拡大適用したものである。

---

142) Schiller, *op. cit.* (note 132), p. 32. 商法典中の会社設立期，経営期，清算期における公序規定が占める割合は，それぞれ10%，32%，17%であった。

143) Cass. 4 décembre 1929, *S.* 1931, I, 49.

144) 井上治行「フランス会社法と契約の自由」早稲田法学75巻3号240-241頁(2000年)。

また，会社機関の解任規定についても裁判所は公序を認定した。取締役は通常総会でいつでも解任できるという規定（L. 225-18条第2段落）について，当該規定は公序規定かどうかを明示しておらず，また，社長の解任については，取締役会はいつでも社長を解任でき，これに反する規定はすべて記載のないものとみなされるという条文（L. 225-47条第3段落）との比較において，公序性を認めないという結論も可能であったが，裁判所は，取締役の解任の自由を制約する定款規定を無効としている[146]。社長も取締役も派生機関であるという点でその地位は変わらないという類推解釈を行ったと解される。

さらに裁判所は会社の管理の自由にも制約を加えた。株式会社の異なる運営機関の権限を示す条文は，文言上は公序性を示すものはなかった。しかし，裁判所は躊躇することなく強行法規性を認定し，例えば，取締役会をないがしろにして社長に権限を統合することを禁止した[147]。同様に，法が与えた会社機関の権限を奪う内容の協定は無効であるとした[148]。権限を一つの機関に集中させることは公序により禁じられるとしたのである。

会社の解散に関する民法典1844-7条は，条文上は強行法規であることは示されていないが，破毀院は，社員の意見不一致による会社の解散可能性に関する条項について強行法規性を維持した[149]。

以上のように，裁判所は，法文が強行法規性につき沈黙している会社機関に関する規定について，強行法規性を認めてきている[150]。

145）Cass. com. 18 juin 1973, *Rev. sociétés* 1974, 312, note J. Hémard.

146）Philippe Merle, Droit commercial: Sociétés commerciales n° 386（Dalloz, 9e édition, 2003）. 白石智則「フランス会社法における議決権拘束契約の有効性（3・完）」早稲田大学大学院法研論集103号62頁（2002年）。最近の判例としては，CA Paris 28 février 1985, *Bull. Joly* 1985, p. 964; *Rev. sociétés* 1986, p.249, note D. Randoux.

147）Cass. com. 4 juin 1946, *JCP* 1947, II, 3518, note D. Bastian.

148）Cass. com. 11 juin 1965, *Gaz. Pal.* 1965, 2, 322, *RTD com.* 1965, 861, obs. R. Houin.

149）Cass. civ. 1ère 18 juillet 1995, *JCP* 1995, IV, 2297, note J.J. Caussain et A. Viandier.

150）Schiller, *op. cit.*（note 132）, pp. 34-36.

(ii)　株主有限責任と株式譲渡性の強行性

株式会社の株主は出資額の限度でしか責任を負わないが，このことを規定するL. 225-1条は，立法者がその規定に強行法規性を与える意思があったかどうかを示していない。破毀院は当初この規定に強行法規性を認めなかった[151]。その後，控訴院判決の中に1966年7月24日法73条の危険の限度に関する規定はいわゆる公序にかかわるものではなく単なる任意法規であるとするものが現れたが，結局破毀院は，その判決を破棄し，同条文が任意法規性を有するという解釈の維持を退けた[152]。

株式会社において必須であるとされてきたもう一つの権利が株式の譲渡性である。1966年7月24日法のL. 228-10条とL. 228-24条がそれを規定しているが，いずれもそれが強行法規であるかどうかを明示していない。しかしながら，判例は，株式譲渡自由の原則は株式会社に必須のものであるとし[153]，株主が株式を譲渡して会社から退出する権利に公序の性格が与えられた。この強行法規性は，会社の本質というところから確認された原則であり，条文そのものや立法者意思から導かれたものではない[154]。

(iii)　開示規制

裁判所が会社管理の自由を制約する方向でその権限を行使して強行法を創造したのは，株式会社の開示に関する法規制である。L. 225-35条第3段落制定以前に，裁判所は，株主に情報開示を求める権利を認めていた[155]。裁判所は単に情報開示に対する権利を認めるだけでなく，取締役に開示義務を認めた。これにより，開示義務の違反に対しては取締役会決議の無効という制裁が加えられることとなった。その根拠は，取締役会の使命の本質に求められている[156]。

このように公序の概念は必ずしも明晰ではなく，法文の表現のみからその強

151) Cass. com. 13 juin 1978, *Rev. sociétés* 1979, p. 843, note F. Terré.
152) Cass. com. 26 juin 1984, *Rev. sociétés* 1985, p. 124, note J.H.
153) Cass. com. 22 octobre 1969, *Rev. sociétés* 1970, p. 288, note J.G.
154) SCHILLER, *op. cit.* (note 132), pp. 36-37.
155) Cass. com. 2 juillet 1985, *Rev. sociétés* 1986, 234, note P. Le Cannu, *D.* 1986, 352, note Y. Loussouarn.
156) SCHILLER, *op. cit.* (note 132), pp. 37-38.

行性を導くことはできない。そこで裁判所が現実的観点から強行法規性を定める役割を担うこととなり，時に法令から離れて創造的な結論を出している。しかし，それによってむしろ法的安定性は損なわれているとも言える。それゆえ公序概念のみでは，会社法の強行法規性を説明しきれないと考えざるを得ない。

(4)　社員権の公序性

会社法は，社員に“droit subjectif”（主観的権利）と“droit-fonction”の2つの権利を与えている。

(i)　主観的権利（droit subjectif）の公序性

主観的権利は，権利者固有の利益に与えられる特権である。会社法においては社員の本質的な権利とされ，公序の性格を帯びるものがいくつか認められる。この権利は第三者効がなく社員を保護するものとされ，(A)社員平等の原則，(B)利益配分受領権，(C)情報収集権，(D)社員にとどまる権利，(E)社員としての義務の強化を強制されない権利に分かれる。

(A)　社員平等の原則

社員平等の原則を規定した商法典の条文は，有限会社の減資に関するL. 223-34条と，株式会社の減資に関するL. 225-204条である。その強行法規性は，違反に対して刑事制裁が加えられることからも明らかである[157)]。この原則の適用の結果として，会社と経営者間の協定の規制，インサイダー取引の抑止，社員が会社の存続期間中参加しつづけることができる権利（民法典1844条）から導かれる義務，出資額と利益損失配分の比例的取扱い，および所有株数と投票権数の比例的取扱いが導かれる[158)]。

(B)　利益配分受領権

平等原則の一般的性格から導かれる帰結は，投票権と出資との間の比例的取扱いである。それゆえ商法典は複数議決権株式（L. 225-123条）や無議決権株式（L. 228-30条）の発行条件を特に明文で定めている[159)]。また，株主の投票権に上限設定をする規定（L. 225-125条），や無議決権配当対象株式の規定（L. 225-126条，L. 228-12ないし228-20条）も然りである。この原則は社員を保護

157）C. com. art. L. 242-23.

158）Schiller, *op. cit.* (note 132), pp. 56-58.

する目的を有する。

株主間の利益配分に関する合意は，社員平等の原則を侵害し，出資と権利の間の比例性を崩す状態をもたらす。優先的な配当を受ける特種の株式が認められるのは，社員は保護的公序として与えられた平等原則の便益的地位を放棄することができると考えられるためである。しかしながら，社員への利益配分を完全に排除することは公序に反し（民法典1844-1条），利益の一部分は社員のために留保されなければならない。各社員の利益に対する権利はそのような意味で公序に関わるものであり，また社員が唯一の受益者となっている主観的権利である[160]。

(C)　情報収集権

社員の情報収集権の強行的性格は，参与権（droit d'intervention）と結び付けられて論じられることがある[161]。実際，社員は会社の運営に影響を与える特権を認められており，会社に関する情報は議決権行使の前提であることから当然に認められるものである[162]。情報収集権はほとんどの形態の会社の社員に認められており，その履行強制の可能性ゆえに強行法規の性格が示唆される。情報提供の目的は，社員が良好な状態で議決権を行使することを保全するのと同時に会社をコントロールすることであるが，もう一つの目的として，一般投資家全体を保護して投資家の信頼を獲得し企業への投資を奨励するという点も挙げられる。

2001年5月15日法以前は，社員は総会に参加する権利を奪われることがあった。すなわち1966年7月24日法165条は，通常総会に参加する権利については定款をもって10株を超えない範囲の最低数の株式を有することを要件と

159）複数議決権株式制度の概要，立法過程および問題点について，鳥山恭一「フランス株式会社法における資本多数決原則の形成と展開——一株一議決権原則の再検討—」早稲田法学59巻1・2・3号155-162頁（1984年），荒谷裕子「フランスにおける複数議決権制度」石山卓磨＝上村達男編『公開会社と閉鎖会社の法理（酒巻俊雄先生還暦記念）』27頁以下（商事法務研究会，1992年）参照。

160）SCHILLER, *op. cit.* (note 132), pp. 58-59.

161）白石智則「フランス会社法における議決権拘束契約の有効性（2）」早稲田大学大学院法研論集100号138頁（2001年）。

162）無議決権優先株主は，議決権や総会出席権はないが他の株主と同等の条件で情報収集権は有していることから，そのような説明に対しては異論も有り得る。

することができるとしていた。しかしこれは情報収集権に対する系統的な効果を及ぼすものではなかった。実際，総会に参加できるだけの株式を保有していない株主であっても，幾人かの少数株主が必要株数を満たした場合，その代表者が計算書類および参考資料を要求することができた[163)]。とは言うものの，社員の情報収集権は一定数の株式の保有が要件であったためそれほど効果的なものではなかった。株主総会の参加要件の定め方によっては，多数の株主を総会から排除することすら可能であった[164)]。そこで会社法は，総会への参加を抑制する可能性を排除し，情報収集権の保護を強化したのである[165)]。

(D)　社員にとどまる権利

社員にとどまる権利は，社員の基本権とされている。法令により社員を排除することが認められているのは，社員がその義務の履行に違反したとき[166)]，会社更生の状況にありやむを得ざるとき[167)]，会社が減資して株主の持株が端株となったとき[168)]，相場のある会社において総資本の95％の多数により決定されたとき[169)]等である。株主は，このように法令に定められた場合を除き，会社の一員でありつづける権利を有し，会社から排除されない[170)]。

(E)　社員としての義務の強化を強制されない権利

民法典1836条2項は，社員の義務は，その者の同意なしには増大させることができないとし，同様に，商法典L. 225-96条は，株式会社に関し，適法に行われた株式併合の場合を除き，株主総会決議で株主の義務を加重することはできないとする。これらの規定の仕方は，強行法的性格であることを示唆している。すなわちある社員が他の社員により何らかの強制を受けることから保護

---

163) Décret du 23 mars 1967, art. 138 al. 4.

164) GUYON, *op. cit.* (note 128), n° 57.

165) SCHILLER, *op. cit.* (note 132), pp. 59-60.

166) C. civ. art. 1844-7-5°.

167) C. com. art. L. 221-16.

168) C. com. art. L. 228-6.

169) Loi n° 93-1444 du 31 décembre 1993, art. 16.

170) SCHILLER, *op. cit.* (note 132), pp. 60-61; GUYON, *op. cit.* (note 128), n°s 49-51. 判例では定款中の株主排除規定の有効性が認められており，会社内部では，社員はそのような定款を受け入れ，二度と得られない権利を放棄することができるとされている。

する目的を有する公序規定である。しかし，判例は，原始定款により全員一致で承認された場合は，社員の義務を加重することの有効性を認めている[171]。すなわちこの権利は，原始定款自体に組み込まれているのであれば放棄可能である[172]。

(ii)　droit-fonction の公序性

droit-fonction[173]は，会社法においては会社全体の利益のために各社員に与えられた議決権を指すものとしてしばしば用いられる。しかし議決権は，新たに社員となった者に帰する独立性の喪失の代償に対応し，個人資産を守る手段ともなることから，混合的な権利の様相を示す。そのような性格は，権利の処分が不可能であることを二重の意味で正当化する。droit-fonction は社員が直接管理できない財産と結び付いており，社員共通のそしてその社員自身の利益を最もよく感じることのできる者によって行使されるからである[174]。議決権が保有者以外の者の利益のために行使されるということであれば，その放棄は禁じられてしかるべきであるということになる。

学説は議決権が本質的な性格を有するものとして，それを放棄できないことを社団意思（*affectio societatis*）と結び付けてきた[175]。しかし，社団意思概念だけで社員に社員としての資格と議決権を分離しないよう義務づけることはで

171）Cass. com. 26 avril 1984, *Rev. sociétés* 1985, 411, note J. Mestre; Cass. com. 3 décembre 1991, *Bull. Joly* 1992, 166, note P. Le Cannu.

172）Schiller, *op. cit.* (note 132), pp. 61-62.

173）“droit-fonction” は，会社法の文脈においては議決権を指すが，個人の権利ではなく社員としての制度上の権限であることを意味する語として用いられる。その趣旨を示すため，邦語論文中でも訳語を充てずに原語のまま使用されているようである。土肥一史「フランス法における議決権自由行使の原則の展開」福岡大学法学論叢21巻3・4号341頁（1977年）参照。本書もこれに従うこととするが，敢えて訳語を与えると，「職務権」となろうか。“fonction”（職務）とは，ある者が直接的に，または，私的または公的集団組織の枠内で，一定の仕事を行うにつき，自己の活動を公共に役立たせるときに用いられる語である（中村紘一＝新倉修＝今関源成監訳・Termes juridiques 研究会訳『フランス法律用語辞典〔第2版〕』150頁（三省堂，2002年））。用語としての分かりやすさを優先すれば，「機関としての権利」という訳も考えられる。

174）しかしながら，この立場は現実には社員がしばしば示す無関心を根拠とする反論を受けている。

175）Merle, *op. cit.* (note 146), n° 43. 白石(智)・前掲注161）137頁参照。

きない。議決権と社員としての資格を分離できないとする別の考え方として，議決権は株主としての資格に結び付いた権利であり，仮に議決権が譲渡されると，株主にも会社自身にも重大な結果をもたらすとする立場がある[176]。すなわち，議決権を譲渡した者は，会社の経営に参加する権利と金銭的な保護を受ける権利を奪われ，そしてさらに重大な結果として，株主でない者に議決権が譲渡されると，会社の資本形成に寄与せず会社の発展に関心がない人物に経営権を与えることになってしまうかもしれないことを危惧するのである[177]。

droit-fonction を示す法令の条文としては，民法典 1844 条 1 項が社員はすべて集団的決定に参加する権利を有していると定めていることが挙げられる。この条文の構造は，この権利の公序的性格を示しているが，ここから社員の議決権を導くことができるかどうかについては議論があり得る。民法典 1844 条 1 項はすべての社員に放棄できる権利を与え，権利放棄に共通の法規範に従って，社員の資格の取得後の合意すなわち定款においてのみ権利放棄がなされ得ることを正当化しているとも解し得るからである[178]。

議決権の基礎は，「L. 225-10, L. 225-123, L. 225-124, L. 225-126 の適用のある場合を除き，資本株式および享益株式に与えられる議決権は，その表象する資本の割合に比例し，かつ 1 株につき少なくとも 1 個の議決権があるものとする。これに反する条項は記載のないものとみなされる」とする L. 225-122 条により明確に現れている。株式会社においては，法により特に認められたいくつかの留保の下，この権利が法文により公序であることが明らかにされており[179]，株式会社法においては，droit-fonction とされる権利に対し公序の性格が認められ，その完全な放棄はできないとの原則を導くための法的根拠がある。

判例は議決権の譲渡やその放棄は許容されないとしてきた[180]。しかし，議決権拘束合意の有効性に関してはやや微妙である。議決権拘束合意にはさまざ

---

176) Merle, *op. cit.* (note 146), n° 313. 白石(智)・前掲注 161) 142-143 頁参照。

177) Merle, *op. cit.* (note 146), n° 314. 白石(智)・前掲注 161) 143-144 頁参照。

178) 白石裕子「フランス会社法における議決権契約」酒巻俊雄＝志村治美編『中村一彦先生古稀記念 現代企業法の理論と課題』238 頁（信山社，2002 年)。

179) Décret du 23 mars 1967, art. 132 al. 2.

180) Cass. com. 10 juin 1960, *Bull. civ.* IV, n° 227; Cass. com. 17 juin 1974, *Rev. sociétés* 1977, 84.

まなバリエーションがある。株主が盲目的に服従することになるような合意は無効とすべきであろうし，一時的か永続的かあるいは一般的か特別かといった区分により判断が分かれる場合もあり得る。裁判所は，合意が株主の情報受領権を尊重しており，目的がはっきりしていて，会社の経営上の利益のためである，という留保の下に有効であるとし，議決権合意をより広く認容しているようである[181)]。この判例法理の発展は立法府の態度により確認された[182)]。

議決権拘束合意を認めることは，たとえそれが一定の条件に服するとしても議決権の放棄の可能性につながる。それは公序の法文により与えられたdroit-fonctionに関する伝統的な立場を無力化し，すでにあいまいになっている状態にさらに混乱を付加するとも評される[183)]。

会社法の分野においては，権利放棄に関する法理論が系統だって適用されておらず，公序の権利の受益者がそれを放棄できるかどうかを確定するのは困難である。その結果として強行法規性を明確に確認することができず，公序の基準は技術的な会社法の強行性を決定するには十分とは言えない。

(5) 定款自治と株主間契約の自由の限界

以上論じてきたように，一般契約法で用いられている強行法規性の決定手法によって会社法における契約自由の限界を定義することは困難であるため，Schiller教授は，会社法における契約の再構成を行った上で会社自体の概念による限界の探求を行う[184)]。ここでは本書の主題とかかわる社員権の移転と会社の権限配分の合意を取り上げ検討する。

社員権の移転については，一般に，流通の自由（la libre négociabilité），譲渡の自由（la libre cessibilité），流動性（la liquidité）が3つの基本原則とされている[185)]。移転に関する約定には，新しい社員の加入に同意を条件付けるも

181） 白石(裕)・前掲注178） 241頁。判例の状況については，本章第3節第1款2(5)(iii)参照。

182） C. com. art. L. 233-3（親子会社），C. com. art. L. 233-16（共同支配），C. com. art. L. 233-10（協力株式）。白石(裕)・前掲注178） 240-241頁参照。

183） Schiller, *op. cit.* (note 132), pp. 62-66.

184） 会社には，「社員間で結ばれる契約」という意味がある（C. civ. art. 1832）。Merle, *op. cit.* (note 146), n° 25.

185） Schiller, *op. cit.* (note 132), pp. 98-99.

の，譲渡の意思表示がなされたときに先買権を定めておくもの，社員の排除を狙うものがある。

(i)　社員の権利移転に関する定款規定

(A)　持分譲渡制限

1867年7月24日法は，株式会社の譲渡制限合意の有効性について規定していなかったが，1966年7月24日法は，これを認めることを明確にした。株式の流通性の自由の原則は，現在ではより柔軟な権利として選択の幅が広がっている。譲渡制限条項は，また会社の利益（intérêt social）によっても説明される[186)]。実際，譲渡制限条項は，株主間に競争関係がある場合に，会社の内部に競争者が存在する事態を回避することができる[187)]。株式譲渡制限条項に関しては，市場で株式が取引されている会社を除き，契約自由の原則に対する制限は比較的少ない[188)]。

(B)　退社および買戻し

社員の排除や持分の強制買戻しの合意は，会社にとどまることができるという社員の絶対的権利に反するとの見方も可能である。1966年法では，先買権，株主排除，強制買戻しの条項は明文化されなかった。しかし，判例では，会社創立の同志であった株主がその自由と活動を止めてしまうとすれば，株主としての参加も終了するとする条項は，法に反するものではなく，会社を永続させるために，会社の目的達成に深刻なリスクをもたらす株主を排除することが認められることは疑いがないとして，社員の排除条項はむしろある状況下では望

186）GUYON, *op. cit.*（note 128）, n°s 52-55.

187）裁判例として，Rivoire et Carret事件がある（Cass. com. 27 juin 1989, *Bull. Joly* 1989, p. 815, note P. Le Cannu; *D.* 1990, p. 314, note J. Bonnard）。Rivoire et Carret Holdingの41.3％の資本を保有していたCartier-Millionは，多数派株主との対立から，株式を同業他社であるBarillaに譲渡することを決めた。同社においては株式譲渡制限合意が存在していた。Cartier-Millionはまず100％子会社のEmbranchementに株式を譲渡し，その後にEmbranchementをBarillaに売却して，Barillaが間接的にRivoire et Carretの株式を保有するに至った。グルノーブル控訴院は合意条項に対する詐欺的行為を認定し，破毀院はこれを支持して株式譲渡を差し止めた。すなわち，裁判所は，株式譲渡制限条項の射程範囲をかなり広く認めたことになる。

188）SCHILLER, *op. cit.*（note 132）, pp. 100-02.

ましいとの評価を下している[189]。

(C)　先買権および優先購入権

先買権（préemption）および優先購入権（préférence）[190]の規定がある場合，会社を去ろうとする株主はまず株式を先買権者に提示しなければならない。法令はこの権利についての規定を持たないが，裁判実務では，すべての株主に適用される限り有効性が認められてきた[191]。しかし，一定の限界が認識されている。まず，先買権条項による（退出の）遅れは合理的なものでなければならない。そして先買権が行使される価格条件を固定していなければならない[192]。この2つの条件は，株式譲渡制限に関するL. 228-23条，L. 228-24条が想定している[193]。

しかしながら，先買権条項の有効性は，その目的のために設定されたあるカ

189) Cass. com. 13 décembre 1994, *J.C.P. éd. E*, 1995, II, 705 note Y. Paclot; *Bull. Joly* 1995, §38, p. 152 note P. Le Cannu; *Rev. sociétés* 1995, p. 298 note D. Randoux. SCHILLER, *op. cit.* (note 132), pp. 102-104. GUYON, *op. cit.* (note 128), n° 95.

190) 先買権と優先購入権の相違については，先買権では受益者があらかじめ指定されているのに対し，優先購入権では潜在的購入者は必ずしも事前に予定されている必要がない点で異なると説明されることもあれば，譲渡価格の決定方法の違い（優先購入権では購入権者は第三者が提示した購入価格に拘束されるが，先買権では価格は独立的に決まる）と説明されることもある。いずれにしても指定された者が他に優先して株式を手放そうとする者から購入することができるという目的において共通である。SCHILLER, *op. cit.* (note 132), p. 105.

191) GUYON, *op. cit.* (note 128), n° 107.

192) 先買権規定は，相場のある会社の定款に記載されている場合も有効であるが，株式を売却したい株主がとらわれの身になる危険性もある。とりわけ株式の購入を他の株主から拒絶された場合，どうしても売却したい株主は，先買権を無視せざるをえなくなるため，裁判を起こして裁判官に代わりの譲受人を探してもらうという事態に陥り，先買権規定の存在により株式の流動性が低下する。商法典L. 233-11条は，証券市場で取引されている株式の売買に適用される契約の優先的な条件で，その売買取引数量が発行会社の資本または議決権の0.5%となる場合，かかる契約条項は契約締結から5営業日以内に当該会社および証券市場委員会に提出されなければならないと規定している。提出がなされなかった場合，その条項の効力は停止され，当事者は公開買付期間中契約義務の履行を免除される。SCHILLER, *op. cit.* (note 132), pp. 106-07.

193) SCHILLER, *op. cit.* (note 132), pp. 105-06.

テゴリーの株主にしか適用されないため，株主間の平等を断つという会社法の根本原理にかかわる結果になることが考えられる。この点に関して，会社に特に貢献をもたらした株主に先買権を与える内容の定款修正を有効とした判例がある[194]。当該案件における株主は会社に対して人的保証をしていたという事情があり，平等の原則が断ち切られたとは言えないとされたものである。あるカテゴリーの株主の利益のための先買権条項は，その株主が会社の内懐で特別な地位にあったという留保付きでその有効性が認められており，このような条件が先買権条項の有効性基準を示すことになる可能性がある[195]。

(ii)　社員の権利移転に関する定款外の合意

株主による定款外の合意に関して会社法はその定めを置いていないが，契約自由の原則は，定款による場合と同様に適用される。

(A)　株式譲渡制限

譲渡制限に関する株主間の合意に定款の基準を当てはめることは可能であるが，株主間合意は，定款規定で禁じられた態様の譲渡制限にまで拡張してゆくリスクを孕んでいる。そこで，株式会社においては株式譲渡人と譲受人の間の合意の手続をあらかじめ定めておいたり，法律によるのと同じく特別多数を要求することが考えられる。それらは，契約自由の原則で説明し得る。定款を規律する強行法的処理は，そのまま定款外の合意にまでは拡張されていない。しかしながら，定款外の合意の違反事案では，適用される制裁は効力が小さい。民法典 1142 条を根拠とした損害と利益の認定は，例えば会社の中に折り悪く競争者が入り込むという事実により被った損害の補償にはならない[196]。譲渡制限に関する定款外の合意はそのような不安定な状態において存在している[197]。

(B)　退社

退社約定は，社員間に特別な結び付きがある場合（同族会社や社員間の人的関係が深い会社）に，新しい社員の加入による支配権の変更を懸念して設定される。確かに，強制退社の合意は会社にとどまることができるという基本的な

194）Cass. com 15 février 1994, *Bull. Joly*, 1994, §152, p. 508, note D. Velardocchio.
195）Schiller, *op. cit.*（note 132）, pp. 107-08.
196）Schiller, *op. cit.*（note 132）, pp. 108-09.
197）井上・前掲注 144）241 頁。

権利に反しそうであるが，この点に関する判例はあまりなく，司法判断は明確でない[198]。ただし，強制退社条項は定款によってのみ設定できると述べた判例がある[199]。

(c)　先買権および優先権の合意

会社のM&Aが盛んになり始めた1980年代以降，破毀院は優先権合意の有効性に関する紛争の解決を求められている。最初の判例であるSaigmag事件[200]は優先権合意の当事者たる株主が第三者の買主と対立した事例であり，破毀院は，当該合意の有効性を原則として認めたが，有効性の基準は明確にしなかった。

閉鎖会社にあっては，この合意の有効性は一般に認められている。契約自由の原則に加え，会社に望ましくない外部者が入ってくることを回避することが正当化理由とされる。公開会社にあっては，優先権や先買権は公開買付けと対立する手段としてとらえられる。しかし，株式の流通性を阻害せずその結果として流動性の原則への影響が小さいというメリットはある。判例では，閉鎖会社のみならず公開会社においても先買権約定は原則として有効とされているが，有効性の限界基準については明らかでない[201]。

(iii)　権限配分合意の有効性

会社の権限配分の合意（議決権合意・投票合意（convention de vote）[202]）の有効性については，それが会社の最も基本的な権利である議決権に関わるものであることから議論が多い。

198）Guyon, *op. cit.* (note 128), n° 249.

199）Cass. com. 8 février 1982, *Bull. Joly* 1982, p. 970. Schiller, *op. cit.* (note 132), pp. 111–12.

200）Affaire Saigmag, Cass. com. 7 mars 1989, *JCP* 1989, II, 21316, conclusions M. Jéol; *JCP éd. N*, 1990 13 81, note Y. Reinhard; *Rev. sociétés* 1989, p. 478, note L. Faugérolas. 優先権合意がSwich et Baizeauというリヨン証券取引所上場の株式会社の過半数の株主により締結されていたところ，契約締結後にある契約当事者が，取消し不能の購入権をSaigmag社に与えた。他の契約当事者は，Swich et Baizeau社を買収するのではと思われていたSaigmag社が時価保証をしたことからそれを知った。他の契約当事者は，Saigmagを指定して優先権合意の執行を裁判所に請求して買収を防衛した。

201）Guyon, *op. cit.* (note 128), n°s 220–21. Schiller, *op. cit.* (note 132), pp. 109–11.

(A)　議決権合意の有効性の原則

議決権合意とは，複数の社員が相互に約束して同じ内容の議決権を行使し，あるいは投票を棄権することを言う。1867年法では規制されていなかったが，1937年8月31日のデクレ・ロワ10条により「商事会社の株主総会における議決権の自由な行使を妨げる目的を有する条項，または，かかる効果をもたらす条項は，主たるものであろうと従たるものであろうと，無効であり，いかなる効果も有しない」とする禁止規定が設けられた[203]。しかし，その後の判例はデクレ・ロワ10条に従わないものが多く[204]，1966年7月24日の法律でデクレ・ロワ10条は廃止された。

現物または現金と交換で投票権を譲渡する合意は，議決権行使に関する利益供与として明らかに禁止され，L. 242-9条により制裁が科される[205]。永遠の議決権合意は適法性が疑われる[206]。また，明らかに会社の利益に反する条項も不法とされる。合意の当事者個人の利益は会社全体の利益に優越することができないからである[207]。

議決権は，保有者個人の利益のためではなく会社のために行使されなければならないdroit-fonctionであり，そのようなものとして合意の対象とならないとする主張や[208]，議決権は公序であるとして議決権合意を原則として無効で

---

202) フランス民法では，“convention”と“contrat”を区別し，上位概念である“convention”は「約定」，“contrat”は「契約」と訳されているが，ここでは会社法学における一般的な用語法に鑑み“convention de vote”を「議決権合意」と訳すこととする（山口俊夫『フランス債権法』11頁（東京大学出版会，1986年），山口俊夫編『フランス法辞典』127頁（東京大学出版会，2002年））。なお，白石智則「フランス会社法における議決権拘束契約の有効性(1)」早稲田大学大学院法研論集97巻88頁注(2)(2001年）参照。

203) 菱田政宏『株主の議決行使と会社支配』138頁（酒井書店，1960年），白石(智)・前掲注202）79頁，白石(裕)・前掲注178）235-236頁，森田果「株主間契約(4)」法学協会雑誌119巻10号39頁（2002年）。

204) 菱田・前掲注203）139-140頁，白石(智)・前掲注202）80-81頁。デクレ・ロワ10条制定前の判例については，土肥・前掲注173）343頁以下参照。

205) 白石(裕)・前掲注178）243頁，白石(智)・前掲注202）82-83頁。

206) Guyon, *op. cit.* (note 128), no 292.

207) Schiller, *op. cit.* (note 132), p. 113.

208) 白石(裕)・前掲注178）236頁参照。

あるとする主張がある[209]。

逆に，議決権合意が，永久のものではなく，会社の利益に反するものでなく，公序法規を潜脱するものでない以上は，有効であるとする議論もなされている[210]。その論拠として挙げられているのは，第1に，海外の大多数の法域で議決権合意の存在と有効性が認められていること，第2に，最近の法律の条文の表現を考慮すると議決権合意は合法であるとの認識に到達すること，第3に，ある種の議決権合意は会社の利益を守る役割を果たすという認識である[211]。

第1点については，先進国の大多数が会社法において議決権合意の有効性を明らかに認識している。米国のデラウエアなどのいくつかの州では，会社法の明文の規定で議決権合意が認められている。英国も同様であるが，合意によって特定の優越性を約束したり与えたりすることは禁じられている。他の国々も英国と同様である。そうであれば，国際ハーモナイゼーションの観点から，フランス法においても明確かつ一般的に議決権合意を認知することが望ましいとの考え方である[212]。

第2点については，最近の立法が，議決権合意を認める方向で発展してきている。L. 233-11条は，上場会社の資本または発行済株式の議決権の0.5%以上の売買に関して優先的条件を認める契約条項は資本市場評議会に提出されなければならないとする。L. 233-7条は，上場会社の資本または発行済株式の議決権の一定割合を保有するに至った者は，発行会社に対して通知をしなければならないことを定めている。これらの規定は，資本の保有と議決権の保有は必ずしも結び付くものではないということを示唆している。また，L. 233-3条には，複数の者が共通の方針を実行する（deux ou plusieurs personnes agissant de concert）合意への言及が特にあり，この条項は2つのことを示唆する。第1に社員または株主の間で締結された合意で二人のうちの一人に議決権の過半数を与える目的のものは合法である。第2に，議決権合意の有効

209）白石(裕)・前掲注178）238頁参照。

210）Guyon, *op. cit.*（note 128），n° 292. 森田・前掲注203）「株主間契約(4)」40頁。

211）Schiller, *op. cit.*（note 132），p. 114.

212）イブ・ギュイヨン（鳥山恭一訳）「フランス会社法の最近の展開」商事法務1546号7頁（1999年）。

性基準に関する情報が与えられていること，すなわち，合意が会社の利益に一致していることである。以上に示した法律の規定は，議決権合意が有効であることを暗黙裡に確認しており，会社の利益が有効性の基準であるかのように示している。しかしながら，その中身については必ずしも明らかでない。これらの条文が適用される合意のみが有効なのか，逆に不法とされるのは例外的な場合に限られるのかははっきりしない[213)]。

1996年に元老院議員 Philippe Marini によりまとめられた「マリーニ報告書」[214)]は，明文をもって議決権合意の有効性を認めるとの提言を行い[215)]，例外的に無効となる議決権拘束契約として，①強行法規に反する契約，②会社の利益に反する契約，③社員が，会社，会社機関，もしくは会社法355-1条（商法典 L. 233-3条）にいう被支配会社の指示に従った議決権行使をする義務を負う契約，またはこれらの者の提案に常に賛成する義務を負う契約を特定した[216)]。議決権合意の有効性の第3点目の論拠である会社の利益は，マリーニ報告書において明確に位置づけられた。そこで，以下，会社の利益概念を扱った裁判例を見ておく。

(B)　判例における議決権合意の有効性基準

議決権合意の有効性基準に関する裁判例として，1970年代半ばの Marine-Firminy 事件[217)]がある。Schneider S.A.と Marine-Firminy は，共同子会社を設立することを合意した。両社は，この共同子会社（Marine-Schneider）を通

213）Schiller, *op. cit.* (note 132), p. 115.

214）La modernisation du droit des sociétés (La documentation française, juillet 1996).

215）山田純子「フランスにおける会社法改正の動向」森本滋編著『比較会社法研究［21世紀の会社法制を模索して］』74頁（商事法務，2003年）。

216）白石(智)・前掲注146）70-71頁参照。

217）Trib. com. Paris, 1er août 1974, *Rev. sociétés* 1974, p. 685, note B. Oppetit; *RTD com.* 1974, p. 130, obs. R. Houin. 判例の解説として，福井守「共同子会社の運営に関する問題—1974年8月1日パリ商事裁判所判決を中心として—」早稲田法学52巻1・2号153頁以下（1976年），奥島孝康「報告 フランスにおける共同子会社規制」ジュリスト703号90頁以下（1979年），同「共同子会社の法構造—フランス法を中心として—」早稲田法学57巻3号201頁以下（1982年）（同『フランス企業法の理論と動態』257頁以下（成文堂，1999年）所収），森田・前掲注203）「株主間契約(4)」42頁。

じてCreusot Loireの50.8%の過半数を保有していた。Schneider S.A.とMarine-FirminyはMarine-Schneiderを50%ずつ保有し，どちらも支配権を有せずに重要な意思決定は両者の一致をもってなされることとなっており，取締役も両社に配分されていた。両社はCreusot Loireの資本を均等に保有しつづけることとなっており，互いに相手方の株式を取得しないこととされていた。Schneiderはその合意を破り，Marine-Firminyの34%の資本を取得した。これに対して，Marine-Firminyは直ちに仲裁を申し立てた。SchneiderはMarine-Firminyに有利な仲裁判断の受け入れを拒絶し，契約の無効，すなわち自由な議決権行使の侵害を主張した。裁判所はSchneiderの主張を退け，議決権合意の有効性基準についての示唆を行った。まず，運営の統一性と団体の利益を考慮しなければならないとし，対等の経営を実現する合意条項は有効であり，会社法の隙間を埋めるものであるとした[218)]。この判決は会社の利益に即した契約を裁判所が受け入れたものと評された。議決権合意条項は，少なくとも明白な合目的性があるか，そして，会社の利益を尊重するものであるかについての評価がなされなければならないことがここに示された。

その後，Rivoire et Carret Lustucru事件[219)]では，監査役会と業務執行役員会のポストが分配されており，一方当事者株主が株式の60%を保有していたが，分配は平等とされていた。破毀院は，この合意は株主から権利を奪いあるいは不法な条件で自由を制約するものではないとの傍論を示した。会社の利益が議決権合意の有効性の基準であるとの認識は，破毀院によっても支持された[220)]。

会社の利益は，投票合意が強行法規に反していないことを判定する重要な基準であり，ア・プリオリにはある社員の利益のために締結されたとしか見えない条項の有効性を認めるものである。会社の経営権に関する契約についても会社の利益のために締結されたかが考慮される。無期限に適用される合意条項もこの基準の下で有効とされ得る[221)]。議決権合意は，少数株主に対し，そのま

218）Schiller, *op. cit.* (note 132), pp. 115-16. 白石(智)・前掲注146) 67頁。

219）Cass. com. 24 février 1987, *D.* 1987, p. 599; *Rev. sociétés* 1987, p. 284.

220）Schiller, *op. cit.* (note 132), p. 117. 森田・前掲注203)「株主間契約(4)」42頁。

221）Guyon, *op. cit.* (note 128), n° 292. 森田・前掲注203)「株主間契約(4)」88頁注(144)。

までは有し得ないような経営権を保証するが，この権限はよりよい会社経営を確保するものであるとして会社の利益に一致すると認識される。かくして，会社の利益は，議決権合意条項の有効性を決定する基準として認識されるに至った[222]。

(iv)　会社の運営ルールを調整する合意の有効性基準の纏めと問題点

(A)　一般基準定立の困難さ

以上検討してきた定款および株主間合意による会社運営ルールの調整に関する論点は次頁の表4のように整理することができる[223]。

Schiller 教授は，ここまでの分析を踏まえて3つのポイントを指摘している。第1に，定款条項および株主間合意の有効性基準の系統化は非常に複雑であるということである。表4に示されるように，閉鎖会社の定款上の株式譲渡制限と，上場会社の定款上の先買権条項を除いて合意条項の有効性は絶対的なものではない。有効性の絶対的基準が認められる2つについても，その根拠は法律の条文と判例とに分かれている。第2に，流動性の原則が重視されていることである。よって，閉鎖会社には認められても公開会社には認められない態様の会社運営ルールの調整がある。第3に，判例によって，株主間合意の制限基準の系統化が許容されたことである。この点については Marine-Firminy 事件以降，会社の利益概念を用いた基準化が試みられてきた[224]。

(B)　「会社の利益（intérêt social)」基準

株主間合意の制限のための基準として用いられる会社の利益とは，社員の利益であり，また企業自体の利益であって，この二つの概念は区別される。しかし，何が会社の利益であるかについては，必ずしも一義的に明快になっているわけではない[225]。

民法典1833条は，組合はすべて，適法な目的を有し，かつ組合員の共通の

222）Guyon, *op. cit.*（note 128), n° 289. Schiller, *op. cit.*（note 132), p. 117. 白石（智）・前掲注146）58-61頁。

223）Schiller 教授作成の表（Schiller, *op. cit.*（note 132), p. 119）をもとに修正。

224）白石(智)・前掲注146）58頁参照。

225）Maurice Cozian, Alain Viandier & Florence Deboissy, Droit des sociétés n° 432（Litec, 16e édition 2003); Guyon, *op. cit.*（note 128), n° 292. 会社の利益は，会社法以外にも刑法，税法などの領域で問題とされる。白石(智)・前掲注146）74頁注(36)参照。

表4　定款および株主間合意による会社運営ルールの調整の有効性

合意の態様	合意の内容	法的根拠	調整の有効性	調整の限界	本項の参照先
定　款	譲渡制限	L. 228-23	○（公開会社は証券取引委員会による流動性の原則により×）	無	(5)(i)(A)
	強制退社	判例	○	会社の永続性の要件	(5)(i)(B)
	先　買　権	判例	○（不平等な条項は株主平等原則違反。しかし会社のための特段の利点があれば有効の可能性あり）（公開会社は証券取引委員会による流動性の原則により×）	無	(5)(i)(C)
	議決権拘束	L. 225-122 判例	譲渡，放棄は×	?	(4)(ii)
定款外	譲渡制限	判例なし	?	—	(5)(ii)(A)
	強制退社	判例なし	?	—	(5)(ii)(B)
	先　買　権	判例	○（公開会社は流動性の原則による制約あり）	?	(5)(ii)(C)
	議決権拘束	判例	○	会社の利益への合致	(5)(iii)(A)(B)

利益において設立されなければならないとする。この条文はすべての会社形態に適用され，社員を結び付ける共通の利益を明らかにし，社員の利益が会社の目的であることを確認している。会社の目的は，社員に利益を与えるためにもっぱら資産を探求することであるということに還元される[226)]。

会社は企業の組織化の技術であると見る者にとっては，自ずと会社の利益は企業自体の利益に結び付けられる。企業は様々なカテゴリーの利益が収斂するポイントであり，会社財産の濫用責任は社員の同意がなければ免除されない。それは，社員の利益を保護するだけでなく，会社の財産および会社と契約して

226) Cozian, *op. cit.* (note 225), n° 432; Schiller, *op. cit.* (note 132), p. 121.

いる第三者の利益も保護されなければならないからである[227]。しかし会社概念を根拠とした債権者や従業員の提訴権限は認められておらず，会社概念は企業自体の利益のみでは捉えられていない[228]。

会社をステークホルダーの利益の融合体であるとして，会社は利益を生む財布であると見れば，会社の経営者はこの財布の最大の生産性を実現する存在であり，株主利益の最大化を目指さなければならない。これは，株主利益の最大化への会社利益の重心の再配置ということになり，この考え方においては，企業の利益は社員の利益に対応する[229]。

以上のように会社の利益概念は統一されていない上，会社の利益を会社のどの機関が表明するかという問題がある。

会社法上，株主総会には会社の方向を選択する戦略決定権という大きな権利が与えられており，会社の利益の表明は株主総会によってなされる（L.225-98条1項）。しかし，所有と経営の分離により役割が弱まっている総会にそれほど重要な機能を付与することが妥当であるかという疑問や，多数派による濫用がなされがちな一貫性のないものを会社の利益としてよいかという問題，および機関が層構造をとっている株式会社において経営は総会で選ばれた取締役会によってなされるのであって，総会が経営に関して取締役会の権限を侵害することはできないという批判がある。とすれば，会社の利益を決定するという使命は，取締役会，社長または副社長のいずれかに付与されているとするのが自然である[230]。

L. 225-35条によれば会社の戦略や会社の利益を決定するのは取締役会（conseil d'administration）と考えられる。L. 225-51条は社長（président du conseil d'administration）が会社を代表するとしているが，社長の使命は会社の利益の決定権限には及んでいない。逆に，L. 225-56条は，副社長（directeur général）はあらゆる状況下で会社の名で行動する広範な権限を有するとしており，会社の利益を決定する権限が含まれているとも見える。法令上は，2つの機関，即ち取締役会と副社長が会社の利益を決定する権限を与えられている

227) Cozian, *op. cit.* (note 225), n° 432.

228) Schiller, *op. cit.* (note 132), p. 123.

229) Schiller, *op. cit.* (note 132), p. 124.

230) Schiller, *op. cit.* (note 132), pp. 126-27.

ようであるが，会社の株主構成等によってはバリエーションがあり得る。

会社の利益は社員の利益と企業の利益に相応する多義的概念であり，選択の困難さゆえ，会社の利益は会社の機関により表明されることがふさわしい。その機関は能力と客観性が保証されていなければならないが，株主総会，取締役会，社長，副社長のいずれがそれに相応しいのかは明らかでない。会社の利益の概念を利用することはむずかしく，あいまいでつかみどころのない概念といわれる所以である[231]。

(6)　会社法の強行法規性の新たな基礎
—根源的連結（connexions radicales）概念について—

以上論じてきたとおり，伝統的な公序および会社の利益概念では，会社当事者の契約自由の限界について一貫した基準を見出すのは困難であることから，Schiller 教授は，会社法の強行法規性についての基準を，「根源的連結（connexions radicales)」概念を用いて再構築することを提示する[232]。

(i)　強行法規性の新たな基礎の必要性

1867 年の法は，会社の利用者の自由に大きく配慮していた。しかし，1966 年の法は過度に詳細かつ形式的なものとなった。立法者のこの態度の変化は，企業の経営者に対する不信感の現われであり，1966 年法の厳格さの印象は罰則の存在によりさらに強いものとなっている[233]。しかし企業が国際競争に巻き込まれてゆく環境になるに従い，法の柔軟性の必要が認識されるようになった。取引や社会の国際化に伴い，各国の企業は世界中で活動するようになり，契約化の進展は会社法の領域でも柔軟性を許容したことから，次第にフランス会社法の厳格さはハンディキャップであるとの認識が広まった[234]。

231）Schiller, *op. cit.*（note 132), pp. 127-30. 白石(智)・前掲注 146）74 頁注(33）および 61 頁は，議決権拘束契約の有効性判断に会社の利益の要件を否定する見解（Paul Didier, *Les conventions de vote, dans* Mélange Jean Foyer, puf, 1997, p. 352)，および，議決権拘束契約の有効性判断にあたっては会社の利益概念を持ち出さなくても議決権の濫用法理が判断基準となるとする見解（Barthélémy Mercadal et Philippe Janin, *Mémento Pratique Francis Lefebvre, Sociétés Commerciales 2002*, Francis Lefebvre, 2001, n° 10669, p. 610）を紹介する。

232）本項の叙述は，Schiller, *op. cit.*（note 132), p. 131 *et. s.* による。

233）第2編に刑罰規定が 67 ヵ条にわたり定められている。

実務では，会社の運営に関する契約による会社法の手直しという形で，契約の利用が増加した。一般にはそのような手直しは，有効性が確実でないことから正式なものとして扱われず，「アングラ会社法（underground du droit des sociétés)」とすら称されていた。実際のところ会社法は契約による様々な調整を認めており，自由化の動きは認識されていたにもかかわらず，法と実際の必要性との間には残念ながら乖離があった。会社法における新しい契約自由の制限概念を確立することで，この不安定な状況を修正する必要があるとの理解がここに生まれてきた。すなわち，会社法の柔軟性を高め，契約による調整を容易にすることである。しかし，単純に実務面での実用性をもって法の柔軟性を高めることを正当化できるかについては検討が必要である[235)]。

契約による調整は，今日では会社法実務においてほぼ系統的に用いられていて，社会学的実態はもはや法となりつつあり，最近の会社法改正も，もっぱら実務界が必要であると主張したものを取り込んできており，会社法は柔軟性のニーズを尊重することを求められているが，それだけで契約自由の限界の全体的特徴を決定することはできない。

ここで限界の明確化とはすなわち強行的ルールを配置することであるが，新たな法規を構築するのではなく，各会社形態に残されている自由の余白を描写するような新しいルールを既存の法に付加するようにしてゆくことが考えられる。すなわち既存の法規整を維持しつつ，柔軟性の統治をわきまえた新しい会社形態を付け加えることで会社法の契約の自由の新しい制限を創り出す手段であり，その実践例が簡易株式制会社（SAS）である[236)]。

しかしながら，追加的な法律による「自由の世界」の創出は，法規整が並存して複雑さや厳格さが増大する結果をもたらす可能性もある。さらに法律によって「自由の世界」を創り出すことで，その外にあるものはすべて禁止されていると示唆することになる恐れもある。既存の会社形態が特に「自由の世界」にいると自ら宣言していなくても，その会社形態を規整する法規が自由を認めていないと見ることはできないであろう。すなわち，会社契約自由の原則の新し

234）森田・前掲注127)「株主間契約(3)」49頁。
235）SCHILLER, *op. cit.* (note 132), pp. 133-35.
236）SCHILLER, *op. cit.* (note 132), p. 135.

い限界は，強行法規の中の「自由の世界」に求められる[237]。

法規整の柔軟性を保つことは原則であるが，絶対的な自由が認められるわけではない。また，制限は実効性のあるものでなければならない。制限の実効性は，裁判所に持ち込まれた数というより，むしろ会社法の利用者によって尊重されている程度によって評価されるべきものであり，会社法における契約自由の制限の実効性を決めるのは，違反に対する制裁の実行とその効果が保証されているかどうかで決まる。ゆえに会社法における契約自由の制限は，原理原則の認証をするだけでは十分でなく，実効性の検証をしなければならないわけだが，それは法規範にしばしば伴う悪影響をどのようにして防止するかによって判定できる[238]。

法規範の悪影響として2つのタイプがある。第1は，適応不能な強行法規に直面したときの防御的な反応，第2は，非社会的な行動の展開である。この2つの反応は会社法においても観察される。会社法において強行法規に適応不能な場合の防御的な反応は，会社の設立にあたって多額の資本を要しないことに対して現れる。立法者は企業家に非常に多額の資本を投下することを義務づけることなく法的・経済的・社会的実体たる会社の創出をできるだけ可能ならしめようとした。その状況に対して債権者は防御的な反応を示した。すなわち債権者は，発起人あるいは経営者に対して個人資産を保証として差し出すことを要求し，これによってリスクは無制限に拡大する。会社法は個人の責任を免れさせる目的を有していたが，その責任を増大する副作用を生むという結果になった。また，非社会的行動からくる副作用には，無知ゆえの非自発的な法規範の違反がある。会社の創立者は，会社が法人であり独立していることの自覚を失って，会社財産を濫用することがある。このような状況も法規範の副作用と捉えることができる[239]。

その他にも法規範の特徴には，副作用の出現を促すものがある。まず，いくつもの重要な強行法規が，厳格に禁止事項を定めていることからその違反を招

237）Schiller, *op. cit.*（note 132），pp. 137-38.

238）Schiller, *op. cit.*（note 132），pp. 139-43.

239）Schiller, *op. cit.*（note 132），pp. 143-45. 鈴木竹雄＝竹内昭夫『会社法〔第3版〕』33頁（有斐閣，1994年），酒巻俊雄＝上村達男編『会社法』36頁（青林書院，2003年）参照。

きやすい。さらに，会社法は形式的要件と手続さえ満たせば会社の設立を認めるが，このことは会社を単に道具として使う行動を誘引する。最後に法概念の不明確性がある。明確性の欠如は退廃の源となる。明確さの少ない概念は利用者に大きな裁量を与えるが，容易に変形されるという不都合がある。会社法の領域では，正当な理由，正当な原因，会社の利益といった言葉でこの現象が生じている[240)]。

以上の考慮から，Schiller 教授は，会社法における契約自由の制限の特徴は，単一かつ明確であり，形式主義的あるいは変化しやすいものであってはならないと考える[241)]。

(ii)　根源的連結概念の意義

Schiller 教授は，根源的連結概念を提唱する前提を次のように述べている[242)]。

会社法における契約自由の限界は，単に会社法の法文上の規定ではなく，それが会社法の本質的要素を尊重するものであるかどうかで決められるべきである。根源的連結は会社法において本質的な法規範として自然法にも似たものとして構成される。会社法とは，すべての会社に本質的なものを，既存の法規範の中のある種の自然な結び付きから決定することである。

そこで，契約の自由が断ち切ることができない不滅の結び付きを具体的に決定する必要がある。その結び付きは，すべての会社活動が会社を成功に導くような取り決めの締結を必要とするということに立脚している。会社法は，選択された会社形態にしたがって組織のバリエーションを保証することを求める。活動と保証の結び付きの強行的性格の妥当性が認められるのであれば，契約自由の利用は制約を受けざるを得ない。なぜなら，契約自由の効果は，活動と保証の結び付きに反するからである。また，権限と責任の結び付きの強度を調整することは可能であるとしても，それが断ち切られることを認めるべきではない。

かくして，根源的連結と称されるに値する本質的な結び付きの理論化が可能となる。それは，いくつかの法的処置から選択をすること，あるいは法的枠組

240）森田・前掲注 203)「株主間契約(4)」45-46 頁。

241）SCHILLER, *op. cit.* (note 132), p. 145.

242）SCHILLER, *op. cit.* (note 132), pp. 146-49.

みの外で結び付きの根源性を損なわないという留保の下に契約自由を利用することができることを意味する。このシステムにより，強行法規を維持しつつも，柔軟な会社法にとって必要不可欠な契約自由が得られる。

以上の前提を踏まえ，Schiller 教授は，根源的連結の内容として，「活動（activité）と保証（garantie）の連結」および「権限（pouvoir）と責任（responsabilité）の連結」の2つの概念を示す。

(iii)　根源的連結の内容

(A)　活動（activité）と保証（garantie）の連結

(a)　活動と保証の連結の基礎

会社の設立は活動の創出を使命としており，会社としての活動が保証されている必要がある。このことは，会社の資産自体に保証を付すことを求めるものではない。会社としての活動の保証は，長期の取り決めに必要な信用に帰結する。会社は長期の取り決めをしばしば行うが，それは個人企業に比して会社という組織の永続的性格に対応している。永続的性格は，契約だけでは不可能な組織の可塑性を必要とする。即ち社員の権利は権利設定行為によって決定的に固定されるのではなく，会社が生き長らえ繁栄するために必要であれば，多数決によって修正され得るものとなる[243]。このような永続性の性格は，会社が契約と考えられようと制度と考えられようと，会社の構造に固有の性質であり，会社のすべての活動に結び付けられた保証を強く要求する。そのような保証は，会社によって締結された合意の強制可能性をより高めることになるからである。契約の強制可能性の確度は，法的安定性と公益の要請する信用の保護にとって必要である。と同時に，それは個々人の利益の満足にも資する[244]。

会社のすべての活動に結び付けられた保証の存在は，契約に強制力を付与する要素であり，これは，従来の形式主義的発想を脱した契約の強制力についての新しい根拠に依拠している。歴史的には契約に強制力を与える考え方の基礎となったのは意思主義であり，さらに自然法学派によって，契約の強制力の基礎は固められた[245]。しかし，20 世紀初めより，契約の唯一の源としての意思

243）フランスにおける資本多数決原則の確立について，鳥山・前掲注 159）116-126 頁。

244）Schiller, *op. cit.*（note 132），pp. 149-54.

245）山口『フランス債権法』前掲注 202）12-14 頁。

主義論は批判され，共通の利益を尊重する契約のみが強制力を有するとされてきている。すなわち，合意の強制力の基礎として新たに信頼あるいは期待ということが提案されている[246)]。コモン・ローにおいては，契約相手方の期待が合理的である限りにおいて会社によって締結された契約が強制力を有する。会社の活動に結び付けられた保証が，会社が締結した契約の強制力にとって必要ということである。フランスにおいても，信頼の存在が契約の強制力の基礎であるとの主張がなされており，それによれば，会社はその活動と自らが示す保証の間の連結を尊重してはじめて強制力を持った契約を締結することができる[247)]。

(b)　活動と保証の連結の帰結

会社法規範のいくつかの重要なものが，会社の活動と保証の連結に基づくものとして説明することができる。

①　資本の維持[248)]

会社債権者保護のためには，会社の資産を形成する資本の維持が図られなければならない[249)]。会社の資本の欠缺は債権者にとって安全性が不十分な状態であり，その場合債権者は担保を求める。特に，人的担保は会社に人的性格の資本を持ち込むこととなり，選択した会社の型からはずれてくるばかりか，負債比率が不安定となって，会社にとって信用コストがかえって上昇し会社自体が脆弱化する。会社の資産が会社による保証を構成することから，その資産からなる資本は正確に決定されなければならない。会社が十分な固有基盤を所有することは，固有資産を保証として差し出す会社にとっても有利であり，その実現のため，最低資本金制度と，株主が払い込むプレミアムの2つが存在する。

246)　個人の意思とともに「衡平（équité）」「善意（bonne foi）」「安全（sécurité）」の作用の認識が指摘されている（山口・前掲注128）23頁）。

フランス会社法の契約自由の限界を「信頼」「期待」あるいは「共通の利益」に求めるSchiller教授の所説は，わが国会社法における定款自治の限界を関係的契約論に求める本書の立場と共通の問題意識を有していると思われる。本書第4章第5節参照。

247)　Schiller, *op. cit.* (note 132), pp. 154-60.

248)　Schiller, *op. cit.* (note 132), pp. 165-72.

249)　Guyon, *op. cit.* (note 128), n° 24.

② 株式の譲渡性[250]

出資者をひきつけるには，株式の譲渡が容易であることが必要である。物的会社においては，社員は人的会社におけるほど会社経営には関心を持たず，経営は多数派に委任される。それゆえ多数派の決定に対する不賛同の意思表示の手段を保持する必要があり，それが退出である。決定への参加の程度が弱いほど，退出の意思表示は容易になされる傾向にある。それゆえ，簡易株式制会社（SAS）においては，設立前から互いに知っている有力な株主が集まっていることから，株式譲渡禁止規定の許容性が説明される。株式譲渡禁止規定の可能性を正当化するのは強い人的会社の要素である[251]。

一方，市場から資金を調達しようとする会社にとっては，株式の流動性を確保することが重要である。株主にとっては，会社という実体よりも，株式の現在価値と将来価値の差に意味がある。流動性の要件から，少数株主の株式買取請求権が導かれる。その場合，妥当な買取価格を定めるために流動性の要件が維持されなければならない。出資者は，株式譲渡制限条項は株式価値を下げるのではないかと感じるであろうことは容易に推測される。それは，流動性が失われること，譲渡制限条項に従った手続に時間を要すること，および公開買付けと両立しないことからも説明される。株式譲渡制限は，組織の永続性よりも安定性に軸足を置いたものであり，その必要性に応じて会社形態は選択されなければならない。

他方，流動性は投資家と会社の間の合意条件を左右する。新しい投資家を呼び込むためには，活動と保証の間の連結を尊重した組織作りが求められる。将来の株主は，会社組織の中における自分の政治的権利（議決権）の保護が確かであることを望む。それゆえ，強行的ルールの重要な部分は政治的権利の保証態様によって株主をひきつけることである。新しい投資家は，株式の流動性の足かせがないことと，他の会社形態より強行的なルールが適用されることにひかれるであろう。

しかし，保証が社員の資産によって成り立っている場合は状況が異なる。その場合，活動と保証の間の連結の尊重は社員という個人の保護によって実現さ

---

250) SCHILLER, *op. cit.* (note 132), pp. 172-79.

251) GUYON, *op. cit.* (note 128), n° 52.

れる。人的会社においては社員自身を保護することが，活動と保証の間の連結にとって重要である。社員の結び付きは強く，各社員の責任は重い。社員間では自由の原則の維持を認めてよいが，社員の退社のコントロールも必要となる。

③　社員の入退社[252)]

会社の設立時においては，各社員はじっくりと他人の状況を調べることができるので，自由の原則が存在する。途中で新しい社員が加入する場合，持分の移転であっても新規の持分付与であっても，その原則は維持される。

人的会社においては新しい社員の加入を制限するよりも，むしろ社員の離脱の制限が必要となる。社員の退社の制限は，債権者と社員自身を保護する。社員が容易に離脱できないようにすることで，人的会社の活動と保証の間の連結を保つことができる。ただし，ある社員が債務超過に陥ったような場合は，社員の離脱が制限されていることに問題がないわけではない。これに対し，物的会社において入退社は自由である。それぞれの会社の管理の規律は，活動と保証の間の連結を尊重するものであれば自由に選択できる。

(B)　権限（pouvoir）と責任（responsabilité）の連結

経済活動の原初形態は個人企業である。しかし，個人企業には無限責任のリスクがつきまとうことから，責任軽減を求めて異なる組織形態，すなわち会社が選択される動機が生まれる。組織としての会社は，その意思決定を多数決原則により行うが，これは全員一致か独断専行かの両極端を排して中庸を求める考え方である。しかし，多数決は一部の人たちの考え方を他の人たちに押し付けるものであり，会社法においてそれをどのように正当化できるかを考える必要がある。会社の概念を契約的に捉えれば，多数決原則ではなくむしろ全員一致原則が採用されるはずだからである[253)]。

株式会社における多数決原則の理論的根拠として，本質的基礎（bases essentielles）あるいは株主の固有権（droits propres）に属する部分は，株主

252）Schiller, *op. cit.* (note 132), pp. 179-81.

253）フランスの株式会社の登場は18世紀にさかのぼるが，会社法に資本多数決が定められたのは1913年法である。それ以前は，民法典1134条2項により会社契約の当事者である株主全員の同意がなければ定款の変更はできないと解釈されていた（清弘正子「少数派による資本多数決の濫用とその制裁～フランスにおける理論と判例～［上］」国際商事法務24巻9号933頁（1996年））。

全員の同意がなければ変更できないが，それらを除き株主は入社の際に多数決原則に従うことに同意していた，あるいは，社員が会社を作った共通の目的（社団意思（*affectio societatis*））の実現は多数決によりなされ，会社の利益に反する場合には多数決は否定されるとされている254)。しかしながら，いずれも十分に説得性のあるものではなく，多数決の正当性としては，結局のところ効率性に重点があると認識せざるを得ないであろうとの見方も存在する255)。

多数決とは言ってもその行使が会社の利益や一部株主の特権に反するときは，濫用とされる。情報受領権や利益分配参加権もその行使の仕方によっては濫用とされる256)。さらには会社にとどまる権利も絶対的なものではない。まれではあるが，株主が直接行使する経営権が権利濫用とされる場合がある。株式会社から株式合資会社への組織変更，関連会社への貸付，経営委任，他社への現物出資，過剰な剰余金，増資など，多数派または少数派による濫用の原因となるものがそれである257)。経営者の指名にあたってもときにその決議が濫用であるとされる場合がある258)。

一方，公権力の行使者と同様，会社内において広範な権限を有する会社経営者は，受託者としてであれ，機関としてであれ，権限と責任の連結概念により，その行動に対する責任が裏付けられる。経営者の責任は，経営者が有効な存在であるための最大の保証である。

権限と責任の間の連結は，権限の保持者が社員であっても経営者であっても，尊重されなければならないものである。社員は，その経済的責任により，連帯してまたは出資の限度で，自らの行動に応えなければならない。経営者は大き

254) 龍田節「資本多数決の濫用とフランス法」法学論叢66巻1号40-46頁（1959年），神田秀樹「資本多数決と株主間の利害調整(3)」法学協会雑誌98巻10号107-116頁（1981年），清弘・前掲注253）936頁。

255) Schiller, *op. cit.* (note 132), p. 187. わが国会社法の資本多数決を効率性の視点から説明するものとして，例えば，弥永真生『リーガルマインド会社法〔第7版〕』（有斐閣，2003年）30頁の図および34頁。

256) 龍田・前掲注254）47-55頁，神田・前掲注254）119-133頁参照。

257) 清弘正子「少数派による資本多数決の濫用とその制裁～フランスにおける理論と判例～[下]」国際商事法務24巻10号1054頁以下（1996年）は，少数派株主による多数決濫用に関する判例を詳しく紹介する。

258) Cass. com. 6 février 1957, *JCP* 1957 II, n° 10325; Cass. com. 30 mai 1980, *Rev. sociétés* 1981, p. 311, note D. Schmidt.

な権限をもっており，その事実ゆえに重要な責任（利益分配制度にもとづく経済的責任も含む）を負っている。さらに義務違反の場合には民事上または刑事上の責任を問われる。

会社法における権限と責任の連結は，会社法の本質を構成する。それゆえ会社法は柔軟性を大きく認めつつも，当事者の契約の自由に対しては，有効かつ簡潔な制限が必要である[259]。

(iv)　会社法における契約自由の原則による根源的連結の調整

会社法における契約自由の原則の限界は，会社法の本質に対応する根源的連結概念の適用により示される。その内容は，前項(iii)で論じたように，第1に活動の保証であり，第2に権限を行使する者が負うべき責任の保証である。以下，契約による修正が許容される範囲を評価するための連結概念の適用場面を見てゆく。

(A)　活動と保証の連結の調整

(a)　自己株式・株式持合い・会社の翼列（cascade de sociétés）による調整

保証を修正する合意は，会社の資産についてなされる。これを会社自身に制御させると，「水増し（watering）」とか「天使の取り分（part des anges）」と呼ばれる架空の資産を作り出すことがあり，会社の資産の一部が実際のところ債権者に対する保証にならないという事態が発生する。例えば，自己株式，資本の持合い，系列化は，このような危険をはらむ保証修正である。

自己株式の取得・保持は，会社が債権者であると同時に債務者になるということから概念的混乱が生じること，自己株式の取得は市場操作につながり市場原理に反すること，会社の永続性にとって脅威となること，資本の一部を仮装のものとし会社法に反すること，といった理由から禁止されてきた[260]。L. 225-216条は，より広範に，自己株式買付けのための資金を会社が与えること，会社が自己株式を買い付けるために他人に貸付を行うこと，会社が自己株式を担保に供することを禁止する。

L. 233-29条およびL. 233-30条は株式持合いを禁止する。しかし，この禁止

259）以上の権限と責任の連結の議論は，SCHILLER, *op. cit.*（note 132）, pp. 181-203による。

260）SCHILLER, *op. cit.*（note 132）, pp. 346-60.

規定は，3社以上による株式の循環的な持合いにより潜脱される恐れがある[261]。

また，「会社の翼列（cascade de sociétés）」と呼ばれる系列化によって，財務的保証は名目上増大するが，会社財産の分離や意図的な会社形態の選択により保証が減退することがある。これに対しては，連結会計制度の法制化により，活動と保証の間の連結を回復することが期待される[262]。

(b)　株式譲渡制限による調整

株式の譲渡制限は，もし株式の買い手が見つからない場合は，会社にとっては活動と保証の間の連結が減殺されるという性質を有する。株式譲渡制限が認められるかどうかは，その会社の活動の広がりと株式の一般投資家への分散の程度に帰着し[263]，その判断には，活動と保証の間の連結概念が適用される。非上場会社にあっては，譲渡を完全否定するものでなければ制限の設定は認められてよい。すなわち，ゼロか1かではなく，制限の程度や会社の性格によって判断されることになる[264]。

株式の譲渡制限は，定款外の合意によっても行われるが，譲渡制限の効果は異なる。定款外の合意は株式の取引を妨げるものではないが，その存在は株式の譲渡性に明白な効果を有し，その違反の効果は，契約の相対効の原則から，合意の当事者間にのみ発生する[265]。違反者に対しては損害賠償請求が認められるに過ぎない。合意の当事者は，株主間合意に違反することにより金銭的補償を負担しなければならないということから違反を踏みとどまる。そのような意味において株式の譲渡は自由であるとは言えず，活動と保証の間の完全なる連結は妨げられていることになる[266]。

会社の公開性に応じて株式の流動性が求められるが，それに対して株式譲渡制限がもたらす効果により保証と活動の間の連結は影響を受ける。すなわち，

261）Schiller, *op. cit.*（note 132），pp. 360-62.

262）Schiller, *op. cit.*（note 132），pp. 362-72.

263）簡易株式制会社においては，株式譲渡制限が制約なく認められる（C. com. art. L. 227-14）が，株式会社においては，一般的に定款による株式譲渡制限を認めてそれに反する株式譲渡を無効とする（C. com. art. L. 228-23）。株式公開会社においては，株式譲渡制限合意の有無が開示されなければならない。

264）Schiller, *op. cit.*（note 132），pp. 374-78.

265）森田・前掲注203)「株主間契約(4)」54頁。

266）Schiller, *op. cit.*（note 132），pp. 378-80.

会社の活動，会社の公開性，および株式譲渡制限の合意の3つの要素によって，その連結の関係が決まるが，とりわけ株式譲渡制限が絶対的なものか相対的なものかで差異が生じる。

譲渡の自由を全面的に禁止する調整は，連結の概念を適用すれば，一般投資家に株式を譲渡することを望まない株式会社においては認められるが，公開会社においては認められない[267]。株式の公開を望まない株式会社における株式の譲渡禁止の合意は，株式の性格とは相反するが，およそ株式を外に提供することを望まない会社があることは予想できるところである。株式会社は株式譲渡禁止を定款に定めることはできないが，株主間契約とすることは，株式を一般投資家に提供することを望まない株式会社が保証と活動の連結を確実に尊重する限りにおいて，限定的に認められる。これに対して，一般投資家に株式を提供することを望む株式会社においては，株式の譲渡禁止の合意は活動と保証の間の連結を迂回することになるため認められない。安定経営に資するためという正当化の試みがあるが，十分説得的なものではない[268]。

譲渡制限の態様の主たるものとして，先買権（préemption）および優先権（préférence）の合意がある。先買権条項は制限の態様が様々であり[269]，一律に効力が否定されるわけではない。先買権および優先権条項の評価は，その手続が株式譲渡の自由を侵害する程度を検証することによってなされる。手続の定め方によっては，株式の売主に過剰な熟慮による遅延が発生したり，次々と現れる受益者に提示を義務づけたりすることになる。もう一つの問題は，価格の決定方法である。民法典1843-4条の譲渡価額の決定方法に関する定めは，当事者間に紛議が生じた場合に適用されるものであり，株式譲渡制限合意においては，当事者は価格決定方法を合意により定めることができる。以上のように，譲渡制限の形態，譲渡の手続および価格の決定方法の3つが，株式譲渡制限による活動と保証の連結調整の有効性の判断に影響を与える[270]。

267）簡易株式制会社は，完全譲渡制限が法律により認められている（C. com. art. L. 227-14）。

268）Schiller, *op. cit.*（note 132），pp. 380-83.

269）先買権および優先権合意は，定款または定款外の合意いずれによっても行われるが，定款によりなされる場合のインパクトのほうが，定款違反の制裁があるゆえに大きい。

(B)　社員の権限と責任の連結の調整

社員間の合意は，社員の権限と責任の連結を創出するよりもむしろそれを切り離すことを目的としていることが多い。以下，いくつかの合意条項につき論じる。

(a)　損失配分の調整

利益の配分は持分比に応じてなされなければならず，ある社員がすべての利益を得たり，すべての損失を被ったりする合意は無効である。しかしこの規定の適用はやや微妙なものがある。「すべて」といっても算術的なものではなく実質的なものであり，その考え方は民法典1844-1条に反映されている。民法典の態度には2つの正当化事由が提示されている。第1は，会社への出資概念の直接的な帰結として禁止されるというものである。出資の受益者である会社が，一部の社員の出資に対してのみ償還義務を負うことは出資の定義自体に反する。このような規定は無効とされるか，売買，賃貸借といった別の法律行為として構成されるべきである。第2に，損失の配分は各社員が会社の指揮命令を行うこととあわせて重要な保証とされなければならない。社員に損失のリスクと逆の保証を与える条項は非難に値する。その非難は，保証を無効とする必要はなく，議決権の停止という形もあり得る[271]。

(b)　負債の保証

持分を譲渡することにより譲渡人は会社の債務負担能力についての責任を免除される。持分の譲渡は債権の譲渡であって債務負担能力は表象しないからである。そこで，権限と責任の間の連結を回復する手法として，譲渡価格見直し条項と負債保証条項が用いられる。譲渡価格見直し条項とは，売買日に存在していた負債が現出した場合，それを譲渡価格に反映させるという合意である。負債保証条項は，持分譲渡日以降に発生する一定範囲の会社の負債を譲渡人が会社債権者に対して個人的に保証するものである。これらのアレンジにより権限と責任の間の連結の適用が強化されることとなる。

しかし，権限と責任を分離してしまう逆効果の合意もあり得る。権限と責任を分離する負債保証の条項としては，社員としての務めを終えた後になされた

270）Schiller, *op. cit.* (note 132), pp. 383-86.

271）Schiller, *op. cit.* (note 132), pp. 396-99.

行為のために保証を課する条項がある。貸借対照表の借方・貸方に由来する責任とは別に，譲渡人が譲受人に収益性を保証することになる。収益性または業績連動条項は，譲渡人が受け取る金額が，持分譲渡後の会社の業績によって変動するというものである。譲渡人としては自ら働きかけることのできない経営の結果に服することになる。これらの方法は，譲渡人の権限と責任の連結を迂回する効果がある[272]。

(c)　議決権

社員の権限は議決権の行使によって表明される。それは時に社員の義務であるともされる。議決権の調整は，社員の議決権を増大するものと減少するものとに分かれる。議決権を増大する取り決めは，法により予定された特権を適用する形でなされるものと，契約の自由の原則を適用してなされる実務とがある。これらの取り決めについては，権限と責任の連結を最終的に迂回するものでないかどうかの検証が必要である。

①　定款による議決権の増強

商法典は，社員の責任に比して権限を強める手段として，2倍議決権株式を創り出した。これは1株につき2議決権を認める株式である（L. 225-123条）。発行できる2倍議決権株の数は制限されていない[273]。このような2倍議決権株式は，たとえその株主が他の株主より強い責任を保証するとしても，権限と責任の連結を弱める効果が認められる[274]。

②　契約による議決権の増強

実務によって生み出された取り決めとして，より重要な権限をある一定の株主に与え，責任はそのままとしておくものがある。株式が，例えばAとBというようにグループに分けられ，Aは4名の取締役を選任でき，Bは6名を選任できるとするものである。この分離は固定化されたものであるが，2つのグループの間で資本を分離する修正という形では発展しない。それゆえ権限と責任が比例しなくなる。この条項は，少数派株主に重要な役割を付与する目的で使われることが多い。このような組織構造は，当該条項の目的が会社の利益

272）Schiller, *op. cit.*（note 132）, pp. 406-11.

273）鳥山・前掲注159）155頁以下参照。

274）Schiller, *op. cit.*（note 132）, p. 412.

に合致していること，社員が複数の人物から選任をする自由を有しており特定の人物を選ぶことを強要されないこと，制限がすべての株主に適用されることという3つの要件を満たすことで有効と認められてきた[275)]。会社の利益という概念は必ずしも明確でないが[276)]，特定の株主グループに与えられた取締役選任権が持株比率と極端に比例を欠くものであれば，有効性に疑問が生じる[277)]。

③　定款による議決権の減殺

議決権を減殺する取り決めとして，議決権の利用を減殺するものと，議決権の割当てを減殺するものとがある[278)]。

社員はしばしば総会で自分の持つ議決権を行使しない。総会の非効率性についてはすでに指摘されているところであるが，これは少数派株主の大部分が経営に無関心であるということに由来する。総会はごく短時間であり，一般株主にとっては議論を聞いて自分の意見を形成する時間もなく，また必要な定足数を満たすという義務も感じない。株主は，一片の招集通知を受け取るだけなので，総会の開催日も頭の中にないことが多い。また，実務では法定公告公報（BALO）に公告を掲載することでよいとされている。この結果，総会に出席する株主がごく少なくなったため，1983年1月3日の法により，議決権行使書の規定が設けられた[279)]。さらには議決権行使委任状により，経営者に有利な議決権の調整がなされるようになった。議決権行使委任状は，権限と責任の連結を明白に迂回するものであるが，実務では定着している。

議決権の強行的性格は，株式会社においてのみ法文上の確かな基礎を有している（L. 225-122条）。すなわち，商法典上例外的に認められた場合を除き，1

275）Guyon, *op. cit.* (note 128), n°s 289-90; Schiller, *op. cit.* (note 132), pp. 412-13. 前掲注217）とそれに伴う本文参照。

276）龍田・前掲注254）63頁，神田・前掲注254）130頁，山本真知子「フランスにおける二人会社の株主・社員による議決権濫用」松本大学研究紀要2号190頁（2004年）参照。神田教授は，会社利益との不合致という要件はつきつめて考えれば株主間の不平等（rupture d'égalité）ということであるとする説が有力になってきているとする。

277）Schiller, *op. cit.* (note 132), p. 413.

278）Schiller, *op. cit.* (note 132), pp. 414-16.

279）Loi n° 83-1 du 3 janvier 1983, décret n° 86-584 du 14 mars 1986.

株1議決権の原則が示されている。そこで，法が予定した議決権の調整を比例的でなく適用することで権限と責任の間の連結が濫用される可能性を検討しなければならない。法令では4つの議決権減殺の方法が示されている。資本参加証券の創出，投資証書の創出，無議決権株式，議決権の上限である。

このうち無議決権優先株式は権限と責任の連結の迂回にはならない。株主は議決権を奪われており，リスクを受けず，議決権は新たな責任を負う場合にのみ発生するからである[280)]。同様に，資本参加証券も権限はなく，公共企業部門および協同組合に限られておりリスクがない。投資証書は，株式会社において一つの株式が分解されることによって発生する証券でありリスクを伴う。ただし，資本の4分の1を超えて発行することはできないため，権限と責任の連結の迂回の程度は限定される[281)]。議決権の上限設定にはこのような限定がなく，すべての株式に適用される限り当事者によって自由に構成されることができる[282)]。実務では，投票数による固定と，持株数による固定の2つのバリエーションが用いられる。

④　契約による議決権の減殺

社員の議決権を永遠に封じ込めるような議決権合意は，判例上無効とされてきた[283)]。単純な議決権制限作用の合意については，どのような性格のものであればその有効性を認めることができるかの基準を決定することはむずかしい。判例は，会社の利益の尊重という観点から有効性を考えているが，基準として明確性に弱いことは否めない[284)]。そのほか，議決権の自由な行使に対する妨害の程度や，強行法規の違反・回避でないことという基準から判断されたケースも指摘されている[285)]。

議決権合意についても，権限と責任が比例的に結び付いているかどうかを踏

280）C. com. art. L. 177-1, al. 2; C. com. art. L. 269-3. 鳥山・前掲注159）190-191頁。

281）C. com. art. L. 283-1. 鳥山・前掲注159）194頁。

282）L. 225-125条は，すべての種類の株式に適用される限り，各株主の議決権数に定款で上限を定めることを認める。なお，1966年法82条1項は，創立総会における議決権数を10議決権以下と定めていた。鳥山・前掲注159）165頁参照。

283）本章第3節第1款2(5)(iii)(A)。白石(智)・前掲注161）140-143頁，森田・前掲注203)「株主間契約(4)」38頁参照。

284）本章第3節第1款2(5)(iii)(B)。龍田・前掲注254）63頁，神田・前掲注254）130頁，白石(智)・前掲注146）58頁以下参照。

まえて有効性の評価をすることができる。有限責任の会社にあっては，合意はその目的と期間が限定されている条件で広く認められよう[286]。また，全員一致の合意により，各社員が拒否権を処分することは可能である。この場合責任が維持され権限はわずかに減殺されるため，権限と責任の連結に合理的な侵害が及ぼされるに過ぎないからである。その他，議決権合意によって他の社員の権限との調整を図ることも許される。相対立する利害の接点において均衡を実現することができるからである。少数派の権限が強化されることは，権限と責任の連結の尊重を強めるので，この種の合意の認容を補強する理由となる[287]。

(c)　経営者の権限と責任の連結の調整

経営者は会社の構成において重要な権限を有しており，その特権は3つの責任と結び付いている。第1は，政治的責任（経営責任），第2は，財務上の責任，第3は経営上の過失に対する民事責任である。政治的責任とは，すなわち社員による罷免権に服することである。財務上の責任は，経営者は会社の資産を維持する義務を負うものである。経営者が権限を誤って行使することによりその価値の喪失の危険を及ぼすことになるためである。経営上の過失に対する民事責任は，合意による責任制限の調整の対象とはならない。法令により有責行為の制限は禁じられている[288]。第1，第2の責任については，合意による調整の対象となり得る。

(a)　政治的責任（経営責任）

会社の経営者は政治的責任に服し，会社形態に応じて，罷免の正当な動機の表明が必要な場合と，自由な罷免（révocation ad nutum）が認められる場合がある[289]。

正当な理由による罷免に服する会社の経営者として，民事組合の業務執行者[290]，匿名組合の業務執行者[291]，有限会社の支配人[292]，業務執行役員会・監

285）白石（智）・前掲注146）54-58頁，62-63頁。例えば，同論文は，会社の存続期間中，一株主が行使することができる議決権数の制限を定める定款条項を変更しないように議決権を行使しまたは行使しない旨の契約を無効とした判例（Paris 22 février 1933, *D.H.* 1933, p. 258, *Journ. soc.* 1934, p. 223）を取り上げている。

286）森田・前掲注203）「株主間契約(4)」38頁。

287）Schiller, *op. cit.* (note 132), pp. 416-21.

288）C. com. art. L. 223-22.

289）C. com. art. L. 225-18; C. com. art. L. 225-75. Guyon, *op. cit.* (note 128), n° 31.

査役会型株式会社の執行役員，取締役会型株式会社の副社長職[293]があり，これらの職位にある者の罷免は制限されている。しかしながら，これらの形態を採用している会社は社員に重い責任を課しているので，罷免権の制約はやや理解し難い面がある。権限と責任の連結はそれゆえ法令そのものによって侵害されているとも言え，Schiller 教授は，契約による調整はこの連結を迂回することにはならずむしろ最終的には連結を確立することになるとする[294]。

次に，罷免権に関する法規整の強行的性格について。正当な理由なく罷免された経営者からの求償権を契約的調整で奪うことは有効か。社員による罷免に服する各経営者にとって，もし罷免が正当な理由なく決定された場合は，損害賠償の原因となるということを法は規定している[295]。しかし，法文だけからは正当な理由による経営者の罷免の制度が強行的な性格を有するかどうか定義づけることはむずかしい。そこで会社の機能というより一般的な制度の性質からの推論を試みざるを得ない。判例は会社経営者を罷免するにあたって正当な理由を援用する義務を補充的性格のものと解してきたとされる[296]。1966 年 7 月 24 日の法以降，契約による罷免権の調整が認められてきているが，契約による調整にもある制約がある。経営者の安定性を強化し正当な理由による罷免の場合にも免責権を与える合意は，社員に対し経営者を罷免することを思いとどまらせる効果があるため，有効とは言い難い[297]。しかし，自由な罷免の原則の公序的性格は次第に緩和されており，罷免された経営者への補償の支払いは合理的であれば許容される[298]。

経営者の政治的責任の実体は，総会による効果的なコントロール機能である。実際，自由な罷免権限を有する株主総会がそれを全く行使しなければ，受託者の政治的責任は虚構のものとなる。しばしば，少数派は総会で実際的な発言権

290） C. civ. art. 1851.
291） C. com. art. L. 221-12.
292） C. com. art. L. 223-25.
293） C. com. art. L. 225-55; C. com. art. L. 225-61.
294） Schiller, *op. cit.* (note 132), p. 422.
295） C. civ. art. 1851.
296） Guyon, *op. cit.* (note 128), n° 31.
297） Schiller, *op. cit.* (note 132), pp. 422-24.
298） ギュイヨン・前掲注 212）7 頁。

限がなく，多数派がその代表者たる経営者を介して会社を支配するため，総会による制裁としての経営者の罷免はまれである。その安定性は株主構成の巧みな選択によって強化されている[299]。経営者の政治的責任の低下は，また従業員株主の増加によってもたらされる。従業員株主は一般株主に比べ経営者に対するコントロールが弱い。従業員株主は一般株主に比べ長期間株式を保有し，業績悪化に対しても一時的なものと期待して寛容な態度を取りがちだからである[300]。

株主が有する経営者の自由な罷免権[301]については，それを制限する効果を持つ2つの調整方法がある。第1は，多数派が最終決定を自由に下すのを妨げるような株主組織を構成するもの，第2は，より単純に，契約による措置で経営者の機能の不安定さを制御するものである。

自由な罷免可能性の原則は長らく厳格に尊重され，それを侵害する疑いのある調整はすべて無効とされてきた。例えば，罷免時に補償金を支払う合意や罷免後に補助を与える合意は，自由な罷免可能性の原則の障害であり，無効となる[302]。この考え方によれば，経営者は，株主の罷免権を直接的に侵害する疑いのある契約的組織を実行することはできない。しかし，経営者は会社の受託者としての地位安定をはかるべく，雇用契約という方法を用いてきた[303]。

判例は，経営者が会社と雇用契約を締結することにより，経営者であると同時に被用者の身分を取得する兼務を柔軟に受け入れている[304]。しかし，雇用契約が経営者の罷免を不可能にすることまでは認めていない[305]。また，経営

299) Guyon, *op. cit.* (note 128), n° 32; Merle, *op. cit.* (note 146), n° 386.

300) Schiller, *op. cit.* (note 132), pp. 425-26.

301) 取締役と会社は委任関係にあり，委任契約における受任者（民法典2004条）と同様，取締役はいつでも正当な理由の有無を問わずに株主総会によって解任できるものとされている（商事会社法90条2項)。二層制の機構を採用している会社の監査役会の構成員についても同様である（商事会社法134条2項)。ギュイヨン・前掲注212）10頁注（10)。

302) Guyon, *op. cit.* (note 128), n°s 273-75. 森田・前掲注203)「株主間契約(4)」50頁。

303) Guyon, *op. cit.* (note 128), n° 275.

304) Cass. soc. 25 juin 1996, *JCP éd. E*, 1996, I, n° 589, p. 395, obs. A. Viandier et J.J. Caussain.

305) Cass. com. 30 mars 1999, *Dr. sociétés* 1999, p. 15, obs. D. Vidal.

者が会社からの受託者としての地位と会社の被用者としての地位を分離して保持する場合は，雇用契約は会社の受託者である期間停止し，会社の機関としての地位を終了すると同時に，雇用契約が新たに適用されて雇用の権利保護が与えられることになる[306]。二階層構造の株式会社においては，自由な罷免は監査役会のメンバーに適用されるが，1994年2月11日の法以来，監査役の報酬は，雇用契約を停止せずともそれが無効とされることなく，株主によって決められる。同様に，監査役会のメンバーは，監査役会の事前の承認と株主総会で承認を求めるという条件の下で，会社と雇用契約を締結できる[307]。この結果，経営者はより容易に雇用契約を結んでその地位の安定を図ることができるようになった。その権限は前と変わっていないがために，経営者の政治的責任はかなり減殺され，Schiller教授は，権限と責任の連結が侵害される恐れが出てくると指摘する[308]。

Schiller教授は，株式会社の経営者の自由な罷免の原則の緩和の発展は，会社内部の2つのカテゴリーの権限保持者に影響を与えるとする。第1に，経営者の責任が減殺され，株主による経営者選択の権限が弱められる。経営者の責任の減殺は，権限と責任の連結の適用に影響を与え，受託者は，重要な権限を行使できる一方で，責任は大きく減り権限とのつりあいがとれなくなってしまうことになる。第2に，社員の権限と責任の連結の適用に関して，経営者の罷免可能性の減衰は，逆に異なる会社形態間の社員の権限と責任の一貫性に寄与する面がある。人的会社の社員は相対的により重い責任とより弱い権限を与えられているのに対し，物的会社の株主はより弱い責任とより強い権限を有するからである。株式会社の経営者の自由な罷免の原則の発展は，権限と責任の連結の一貫適用を確立するものでなければならない。しかしながら，受託者としての経営者を容易に社員が罷免できる状態にあることは必須であり，それゆえ，経営者の政治的責任の調整には限界がある。また，より重要な権限を行使できる経営者は，いっそう重い責任を自らに課さなければならない。Schiller教授はこれを「経営者の責任と権限の比例的連結（la connexion

306）Guyon, *op. cit.*（note 128）, n° 275.

307）C. com. art. L. 225-22. Merle, *op. cit.*（note 146）, n° 389.

308）Schiller, *op. cit.*（note 132）, pp. 426-28.

proportionnelle entre la responsabilité et le pouvoir des dirigeants)」概念として提示する[309]。

(b)　財務上の責任

経営者は会社の財務リスクについての責任を負う。経営者は会社の出資金を維持しつづけなければならないが，その義務は定量化できず効果的とは言えない。そこで実務においては，経営者に会社のリスクに参加するような責任の強化ツールを創り出す調整がなされるようになってきた。

経営者の財務的責任は，その報酬を会社の利益に応じた変動性とすることにより強化することができる。それにより経営者は収入源が会社の業績に依拠するリスクを受ける。その取り決めとして用いられるのが，業績連動型報酬であり，利益分配型と利益参加型の2つのタイプが用意されている。利益分配型報酬は，会社の業績に応じて計算されるボーナスとして分配される集団的報酬オプションである。利益分配は会社の被用者すべてに提供されるという集団的性格を有しており，一定の上限がある。利益参加型報酬は，立法者が特別に認める利益処分に参加する形でなされる。会社はこのような利益参加のための引当金勘定を設けなければならない[310]。

経営者が資本に参加する形の報酬は，株式の付与として実行することができる。法は株式資本会社における参加型報酬を発展させるための規定を設けている[311]。割当額は予め定められており，経営者が資本に参加することのインパクトはそれほど大きいものではない。むしろ，フランスでは1970年に導入された新株予約権や株式購入権という形で資本参加させる方が効果的であるとされる。被用者は，会社の株式を一定の価格で一定数購入できるという約束を会社から受ける。そのメカニズムは極めて人的考慮による（*intuitus personae*）ものである。被用者は一定期間経過後にそのオプションを行使できる[312]。このメカニズムにより被用者の権限とリスクの結び付きは二重に強化される。第1に，報酬が会社の業績悪化の影響を受け，第2に，被用者はオプション権行使後も会社の業績悪化の影響を受ける。

309）Schiller, *op. cit.* (note 132), pp. 428–29.

310）Schiller, *op. cit.* (note 132), pp. 430–31; Merle, *op. cit.* (note 146), n°s 532–33.

311）C. com. arts. L. 225–177 *et s.*

312）Merle, *op. cit.* (note 146), n°s 534–35.

当初ストック・オプションは詐欺的行為の手段となるとの多くの批判を浴びた。それは会社の利益に反する状況下で執り行われる場合である。とりわけ取得価格が極端に低かったりする場合などがそうである。そこで，権限と責任の結び付けを図るために，実務ではストック・オプションに類似した別の方法が用いられるようになった。企業創立者持分予約権（bons de souscription de parts de créateur d'entreprise）[313]である。これは，いわゆるベンチャー企業の創立者に対して付与することを目的としており，予約権の行使により取得した権利の譲渡益の獲得を認めるものである。この権利の付与条件は制約されており，株式が市場で流通していないこと，設立登記後7年を経過していないこと，フランス法人であること，明文で除外された活動をしていないこと，自然人により25％超を所有されていることが前提であり，ストック・オプションの条件より制約されている[314]。しかし，この権利は特に経営者を名宛人としており，その財務的責任の補強を目的としている。

以上，会社の経営者の責任を調整する種々の手段を見てきたが，その効果は調整される責任のタイプによって異なる。いずれも本質的に排除されるべきものではなく，それぞれがもたらす利益の状況に応じて評価されなければならない。よって，それぞれの経営者への便益提供がその権限に実際に及び，かつその責任を増大するものかどうかの検証が求められることになる[315]。

(D)　保証による権限と責任の連結の調整

保証は人的担保としてよく用いられているが，保証人が十分な思慮のないまま安易に提供することが多い。会社の債務の保証のために，経営者または社員が保証を提供する場合も，債権保全と保証人の保護の必要性というジレンマがある。往々にして，保証は重たい責任をもたらす一方で，それに見合う権限の保持がなされない。社員や会社の経営者の保証契約は，それによって起こる権限と責任の結び付きの侵害に思いを致してなされたものとは言えないと推測される。保証契約により不均衡に責任を加重することはしばしば無効であるとされ，権限との比例性を欠くような責任増加をもたらすことは認められない。そ

313）1998年のファイナンス法76条（Loi n° 97-1269 du 30 décembre 1997）。

314）art. 163 bis G, II du CGI, modifié par art. 134 de la loi NRE. Merle, *op. cit.* (note 146), n° 535-2.

315）Schiller, *op. cit.* (note 132), pp. 431-35.

れゆえ，保証による責任増加の源となる法規整の厳格さの判断は，保証の性質そのものより，個々人に依拠してなされる要素が大きい[316]。

保証人の保護は，保証人の会社における権限により左右される。例えば，銀行はしばしば無限定の保証を求めるが，無限定の保証を認めるかどうかは，保証人によって異なり得る。このような合意の有効性を認めると，その保護の程度が削られる一方で，極めて大きな責任を個人に負わせることにもなりかねない。他方，保証人の認識は，その者が会社の中で積極的に活動し，契約の内容等の情報を得られる立場にあったかどうかに影響を受ける。社員であるだけでは積極的な役割を果たしていたとは言えないが，経営に携わり積極的役割を果たしていることで無限の保証の合意も有効と認める方向に傾く。これはすなわち権限と責任の間の連結を尊重する制度となる。

以上の結論として，保証人がその資質や債務者・債権者との関係により，無限定の保証を十分認識していたかどうかで，その効力も変わってくる可能性がある。保証人が，経営者や主要な社員であった場合は，それらの者の保証責任はより重く見られる[317]。例えば，経営者や主要株主は，会社の財務情報に接し得る立場にあるため，保証を提供した場合にそれらの者が会社の支払能力の不知を理由に錯誤（erreur）を主張しても，認められるケースは極めて少ない。錯誤の適用による保証人の保護は，保証人が会社の事業にどれだけ関わっていたかに左右される[318]。この意味で，権限と責任の連結は尊重されることになる。

経営者や主要社員が保証契約を結ぶ場合は，その保証債務が任務終了とともに終了することを契約書に記載することで，権限と責任の連動は維持される。保証人が自分の義務が任務終了とともに終了すると誤解して書面上に義務の終期を記載していないケースがあると思われるが，書面に記載がなくても黙示の合意があったと考えることは可能である。しかしながら，保証人が会社の債務に対する何らかの支配権を失っていないとすると，その者が事実上有する地位を考慮する必要も出てくる[319]。

316）Schiller, *op. cit.*（note 132）, pp. 435–37.

317）Schiller, *op. cit.*（note 132）, pp. 437–45.

(7) 小　括

現代フランス会社法において契約自由の原則は，2つの理由で維持される。第1は意思自治であり，第2は会社法の利用者がそのニーズに合わせて法を適用し，グローバリゼーションに適合した独創性を発展させることを許容する会社法に備わった柔軟性である。しかし，契約自由に敬意を表することが，無制限の自由を認めることに繋がるわけではなく，自由にはその内なる世界に広がる限界がある。

Schiller 教授は，その限界をまず強行法規の性格を有する法規を探すことで求めたが，法文における強行法的性格の表現がさまざまであり，伝統的な公序概念との結び付けはあまり機能しないことが示された。そこで会社法における契約自由の限界として，当事者は合意によって会社法において欠くべからざるものとして確立されたものを処分することはできず，そのように確立されたものとは，法規範におけるある種の自然法的結び付きであるとして，これを「根源的連結」と名づけた。根源的連結には，「活動と保証の連結」と「権限と責任の連結」の2種類がある。それらの連結の保証態様は，選択された会社の形態に応じて異なることが想定されるが，すべての保証を消滅させるような会社の組み立てを採用することは認められない。同様に，会社法においては，権限は社員と経営者によって保持されるため，両者の責任は組織により種々異なるものの，その責任は権限に比例していることが検証されなければならない。

318）保証人は保証契約を締結した際の周囲の状況，例えば他の保証の存在等について誤信することがある。これは動機の錯誤であり，保証契約がそれによって無効となることは，その錯誤が決定的であって動機が契約の内容の一部になっている場合を除いてはない（山口『フランス債権法』前掲注202）29頁）。そうであるとすれば，経営者や支配株主の場合は無効の主張はむずかしいであろう。また，詐欺（dol），強迫（violence）が認められるケースも限られるであろう。コーズ（cause）（C. civ. arts. 1108, 1131）の不存在による保証人の保護の可能性も考えられるが，保証契約成立時のコーズの不存在を理由とする保証債務の無効主張は，被保証人保護の観点から容易には認められておらず，会社債務を保証した経営者や社員が，その義務を免れるためにコーズの理論を効果的に利用できる可能性は低い（SCHILLER, *op. cit.* (note 132), p. 457）。コーズについては，山口『フランス債権法』前掲注202）45-52頁，また，錯誤とコーズの関係については，大村敦志『典型契約と性質決定』180頁（有斐閣，1997年）を参照。

319）SCHILLER, *op. cit.* (note 132), pp. 458-63.

例えば，会社活動の創出のために会社の資産が保証として備えられなければならず，そのことは最低資本金制度，会計規定，開示規定により確かなものとされている。また，権限と責任の連結に関して，権限の保持者は責任に応え，逆に責任ある者は権限を有しているという関係が保たれていなければならない。このように，「連結」という基準を用いて会社法における契約の有効性を評価することが可能となる。契約自由の表現が，権限と比例した責任，または活動と比例した保証を確実にするのであれば，その表現は効力を有すると解されることとなる。

以上のように総括することができるSchiller教授の所説は，契約法における公序概念が会社法の強行法規性を説明するのに十分でないとの認識からスタートし，「会社の利益」概念もその統一化に成功していないとして，「根源的連結」(「活動と保証の連結」と「権限と責任の連結」) をフランス会社法の強行法規性を基礎づける統一的概念として提示した。根源的連結論の特徴は，株主（社員）同士，会社と（株主）社員，会社と第三者，株主（社員）と第三者の関係における契約自由の限界を統合的に把握しようとするものである。そして，これらのすべての関係において「活動と保証の連結」「権限と責任の連結」の内容を抽出し，それらの連結を強化する合意は有効の方向に判断され，連結を切り離したり弱めたりする合意は無効の方向に判断されるという指標が示される。そのアプローチは，現行の会社法規整を所与のものとして扱うのではなく，会社法の規整自体が根源的連結を強化するものか減殺するものかを把握することで，検証のスタート地点となるいわば「デフォルト連結」状態を明らかにした上で，対象となる合意がデフォルト連結をどれだけ変容するものであるかを評価しようとするものと理解される。

一方，わが国においては，会社の強行法規性の性格について，現在いくつかの異なる捉え方が並存的に示されている。法規と異なる合意が「第三者効」を有するかどうかを一般基準として強行法規性を決定すべきとするもの，会社法が会社という組織自体を維持し法的に保護することを目的としているとするもの，定款規定は自由にこれを定めることができるが，会社の本質および公序良俗に反することはできないとするものなどである。かつて田中耕太郎博士により論じられた組織法たる会社法は強行法規であり，行為法たる商行為法は任意法規であるという二分論が見直され，その結果として複数の根拠が並列提示されたままの状態にある[320]。Schiller 教授の「根源的連結」論は，分散化した会社法の強行法規性の根拠論を今一度その基礎に横たわる概念によって包括するものである。例えば，株主による会社債務の保証が株主有限責任の原則に反するかどうかといった論点について，わが国における議論は「直感的には」「契約の効力を否定すべき理由は見当たらない」として，「もし，そのような連帯保証契約が……無効だなどと言うことになると，世の中が成り立たなくなる」[321]といった常識的な説明がなされるにとどまっているが，「根源的連結」論はこの論点もカバーしている。株式会社と有限会社の区分を廃し，定款自治を拡大したわが国会社法の強行法規性の限界を検討するにあたり，個々の規定をばらばらに評価して，自治の範囲を定めてしまうことで，会社法全体として「活動と保証の連結」と「権限と責任の連結」のバランスが崩れてしまう可能性は大きくなっている。個別類型的アプローチが会社法の与える自由の輪郭を一つひとつ辿ってゆくのに有益である一方，Schiller 教授の根源的連結概念は，そのようにして輪郭を辿った結果どこかにアンバランスが出ていないかを検証する意味で，強行法規の統合的な限界概念の重要性を示唆していると言えよう。

第2款　新たな会社形態（簡易株式制会社（SAS））と定款自治

(1)　総　説

立法による規制強化の結果，フランスの株式会社法は強行法規性を強めた。株主総会や取締役会の機構および運営に厳格な枠組みがはめられ，詳細かつ拘束的な自己取引規制，議決権契約の原則的禁止，株式の譲渡を制限する各種の定款条項の不認知などの効果が生じた。このためフランス企業が外国の企業と合弁事業を営む場合に，厳格なフランス会社法を回避して，柔軟な会社法を持つオランダなどに合弁会社を設立する例が続出した[322]。実際，Sommer Allibert, Alcatel, Valéo, Suez, Marta, Alain Comez, Airbus などのそうそうたる大企業グループがオランダやルクセンブルクに国外移住（délocalisation）

320）詳細は，本章第5節第1款参照。

321）神田・前掲注6）3-4頁。

322）オランダ会社法の強行法規性について，拙稿「オランダ会社法の強行法規性と定款自治」国際商事法務 Vol.35, No.10, 1353頁以下（2007年）参照。

した[323]。簡易株式制会社（SAS）は，このような事態を憂慮したフランス経営者団体協議会（Conseil National du Patronat Français; CNPF）が提案した簡易株式会社草案をベースに立法化されたものである[324]。

SASの利用は1999年の法改正後伸びてきており，2002年には全国で登記される会社の約1%（25,646件）がSASであった。またパリ商事裁判所管内でも2002年には1,664社が設立され，商事会社設立数の約9%を占めた[325]。

SASは，社員の有限責任，法人格から生ずる効用，および契約による自由を結合して，法律の濫用防止と利用者の保護を法律で確立した上で，組織および権限分配などの問題は，定款自治に委ねている[326]。特に，取締役会，社長，株主総会など会社の機関に関する株式会社法の規定（89条ないし177-1条。以下，本款において条文は特に明記しない限り，Loi n° 66-537 du 24 juillet 1966およびその改正法を指す。）の適用が絶対的に排除されているため（262-1条2項），この空白部分は定款によって規定しなければならない（262-6条）。

SASの定款の自由は，目的的には，合弁会社において株主間契約を定款に

323）井上治行「フランスにおける簡易株式制会社法の成立と展開」早稲田法学73巻1号50-51頁（1997年），同「フランスにおける簡易株式制会社法の成立過程—CNPFの簡易株式制会社法草案—」富士論叢40巻2号10-11頁（1995年）。

324）簡易株式制会社を制度化する1994年1月3日の法律第94-1号（Loi n° 94-1 du 3 janvier 1994 instituant la société par actions simplifiée）。

簡易株式制会社に関する先行業績としては，本款中の他の箇所で引用したもののほか，梅本剛正「ヨーロッパにおける閉鎖会社立法の動向（2・完）」民商法雑誌112巻6号69頁以下（1995年），鳥山恭一「フランスの略式株式会社制度」比較法学29巻1号143頁以下（1995年），白石裕子「フランス会社法における簡略型株式会社」早稲田法学73巻3号339頁以下（1998年），井上治行「会社の組織変更による簡易株式制会社の成立—フランス簡易株式制会社法の研究—」早稲田法学74巻3号237頁以下（1999年）。

簡易株式制会社に関する概説書として，Pierre-Louis Périn, La société par actions simplifiée: L'organisation des pouvoirs (Joly, 2000); Éditions Francis Lefebvre, Société par actions simplifiée: Nouveaux atouts après la loi «Nouvelles régulations économiques» (Dossiers Pratiques Francis Lefebvre) (Éditions Francis Lefebvre, 2001).

325）Merle, *op. cit.* (note 146), n° 2.

326）Guyon, *op. cit.* (note 128), n° 66. 鈴木千佳子「会社組織および活動の柔軟性—フランスの簡易株式制会社について—」法学研究73巻2号115頁（2000年）。

移し変えることによって，株主間契約に規定されていた内容の法的安定性を確保し，また，株式会社法の厳格で煩雑な規制の下におかれていた子会社の管理運営を簡易化して，親会社の負担を軽減することであった[327)]。前者においては，詳細かつ緻密な定款規定が必要となるのに対し，後者においてはかなり簡素な定款規定となることが想定される。

(2)　任意に組織することのできる機関とその機能

一般に株式会社のように有限責任を享受できる会社については，会社財産のみが会社債権者の担保となるため，法の規制は無限責任会社に比して詳細かつ厳格となる。SASは，有限責任と組織・運営の簡易性を両立させている点に特徴がある。

株式会社の指揮および管理の機関ならびに株主総会に関する会社法の規定（89条ないし177-1条）はSASには適用されない（262-1条2項）。

業務執行機関は，代表機関である社長（président）を設けることを除いて，機関構成をどのようにし，会社の指揮をどのように行わせるかは定款で定めることができる（262-6条）。社長の選任は必須であるが（262-7条），それ以外に指揮者（dirigeant）を設けるかどうかは定款で規定する事項となる（262-6条）。

選任・解任手続も定款の定めにより，特定の第三者に決定権を委ねることも認められる。指揮者の保護のため，解任の際の補償金支払規定や，解任自体の禁止を定款で定めることができる。指揮者の資格，報酬の有無や決定方法も定款で定めることができる。社長・指揮者は自然人のみならず法人でも構わない（262-8条）。

資本の増加・償却・減少，合併，分割，解散，会計監査役の選任，年次計算書類および利益金に関する株主総会の特別総会および通常総会に属する権限を除いた事項について，定款において社員総会が決定すると定めることができ，総会の討議形式，議決の方法等も任意に定めることが認められる（262-10条）。

327）井上治行「簡易株式制会社の設立―フランス簡易株式制会社法の研究」富士論叢43巻2号113頁（1998年）。

(3)　社員・第三者保護のための規定

1999年7月12日法律[328]による改正前は，SASの社員になれるのは，資本金150万フラン以上の会社のみとされていた。制度の利用によってかえって不利益を被ったとしてもそれに耐えることができる利用者に対象を限定しようとしたものである[329]。1999年改正によって，自然人が1人でSASを設立することが可能になり（société par actions simplifiée unipersonnelle; SASU），利用者規制は大幅に緩和された。合弁会社の国外流出を防止するという当初の趣旨は変容を受け，ベンチャー企業に使いやすい会社形態の提供ということもその趣旨に加えられ，実質的には，株式会社法全体の柔軟化を図ったのではないかと評されている[330]。

SASの代表機関である社長は，会社の目的の範囲であらゆる場合に会社の名で行為する最も広い権限を有する（262-7条1項）。社長は1名とされ，複数の社長による共同執行は認められず，代表権を社長から剝奪することはできない[331]。

社長の行為が会社の目的を逸脱した場合，第三者がそれを知りまたは知りうべきであったことを証明しない限り，SASが責任を負う（262-7条2項）。定款で社長の権限を制限し，例えば，一定の行為や一定の額を超える取引には社員あるいは定款に定める他の機関の承認が必要な旨等を定めることができる。ただし，その制限は第三者に対抗することができない（262-7条3項）。

社長および指揮者は，その職務遂行についての過失に伴い株式会社の取締役会の構成員の責任が追及され得るすべての場合に個人責任を負う（262-9条）[332]。

(4)　その他の規定

そのほか，従来株主間契約で規定されていた一定の事項を定款に記載するこ

---

328) Loi n° 99-587 du 12 juillet 1999.

329) 鈴木千佳子「フランス簡易株式制会社の1999年改正について」法学研究73巻12号90頁（2000年）。

330) 森田・前掲注203)「株主間契約(4)」62-63頁。

331) 井上治行「フランス簡易株式制会社の管理運営機構(1)」富士論叢45巻1号92頁（2000年），小西もみ恵「フランス簡易株式組織会社における法定代表者」法と政治55巻3号20頁以下（2004年）。

332) 鈴木(千)・前掲注326) 123頁。

とができるようになり，その効力が明らかにされた。株式の譲渡禁止（262-14条），同意条項（262-15条）を定款に規定することができ[333]，これらに違反した株式の譲渡は無効（262-16条）と定められており，第三者に対する対抗力が認められている。また，社員間に紛争が生じた場合の社員の除名に関する規定も用意されている（262-17条）[334]。

(5) 小　括

SASは，第三者が知り得ない株主間契約が利用されている状態を解消しその内容を定款に移行させることで，会社契約としての定款の本来の姿を取り戻した。すなわち従来の閉鎖会社実務において株主間契約で取り決められていたことを定款に組み込むことができるようにし，株主間契約の法的不確実性を取り除き，さらに株主間の合意を定款という形で公開することで透明性を高めた[335]。社員間の合意をそのまま会社定款にできるので，SASであれば少数株主の権利を著しく害するとして認められないような株式譲渡制限条項（承認を要するとする条項や，退社条項）を置くことも可能である[336]。そのような趣旨ゆえに，社員間の合意内容を定款外の書面に委ねることは認められないと考えられている[337]。すなわち最大限の定款自治が与えられているのであるから，株主間契約を利用した場合は敢えて強い法的効果を求めなかったものとして，株主間契約は契約当事者間において普通契約法の効果のみが認められることになる[338]。

一方，利用者の側においては，後日紛争の種とならないような完璧な定款を

333）井上治行「フランス簡易株式会社における株式の譲渡に関する定款条項(1)」富士論叢44巻2号35-60頁（1999年）。
334）井上・前掲注333）60-75頁。
335）森田・前掲注203）「株主間契約(4)」65頁。従来の株主間契約の法的効力の不確実性については，同論文35頁以下に詳細に論じられている。
336）生田・前掲注129）54頁。
337）井上・前掲注331）88頁。
338）森田・前掲注203）「株主間契約(4)」68-69頁。井上・前掲注323）「フランスにおける簡易株式制会社法の成立過程―CNPFの簡易株式制会社法草案―」25-26頁。井上教授は，草案段階には定款外契約はすべて無効であるとの解釈が提示されていたことを紹介している。

作成することが極めて困難となる可能性がある。定款の規定に一貫性を持たせ矛盾した解釈が生ずる恐れのある規定は避けなければならないし，定款の規定に隙間が生じてしまった場合には，会社法が適用されるわけではないため，解釈上困難な問題に逢着する恐れがある。SASの利用は1999年法改正により一般の個人にも開放されたが，過不足のない定款を持ったSASを設立するには，法律専門家のサポートは欠かせないであろう[339]。

第4節　英国における株主間契約および定款自治

第1款　会社法の強行法規性論

(1)　総　説

英国会社法は，所有と経営の分離および企業会計情報の開示を基軸とする技術的かつ厳格な規制を定めており，しばしばそれが中小会社にとっては負担となると指摘されてきた[340]。大規模な公開会社を念頭に置いた規制を設け，私会社についてはそれに加えて特別の規制（あるいは規制緩和）を行うという構成をとっている。これは19世紀半ばの会社法の起源に由来する。18世紀，泡沫会社乱立の弊害を防ぐために泡沫法（Bubble Act）が制定され，法人格なき会社の設立が制限された一方，法人格を有しかつ社員の有限責任を享受できる会社の設立は，勅許（Royal Charter）によらねばならず，事実上不可能であった。そのようななか，多数の商人が少額ずつの出資をして，巨額の資本を集め，経営者に事業の運営を一任する組織のニーズが高まり，1844年の会社法制定に至った。会社法は，それまで人格なき社団として存在していたジョイント・ストック・カンパニーに明確な法的根拠を付与し，登記によって法人格を取得する準則主義と会社情報の公示の原則を打ち出した。この時点においては，ジョイント・ストック・カンパニーには有限責任が認められなかったが，1856年ジョイント・ストック・カンパニー法（Joint Stock Companies Act）

339）鈴木(千)・前掲注326）132頁。

340）E.P.M. Vermeulen, The Evolution of Legal Business Forms in Europe and the United States 110 (Kluwer Law International, 2003).

により，社員の有限責任を認める会社の設立が認められ，ここに近代的な会社法が確立した[341]。

会社法に基づき会社の設立登記をする者は，有限責任と法人格という利点を得ることができ，法はそれと引換えに会社の運営について強行的なルールを守ることを求めている。強行的ルールは，立法によるもののほか，裁判官が形成する判例法がある。法人という特権と引換えにルールに従うことを求めることをもって，会社の設立は立法府と発起人の間の契約であると言われることがある[342]。かかる歴史的経緯から，英国の株式会社はその基本的構造は現在においても依然として組合法的な原理に多くを負っており[343]，株式会社の根本規範である定款は，株主による契約であると位置づけられている[344]。法人たる会社は，経営者その他権限を与えられた自然人の行動によってのみ法的関係を構築することができ，それらの自然人は，しかしながらその法的関係に直接責任を負っていない。会社法の強行規定は，株主，会社債権者，および一般公衆を保護するためにかかる状況を規制するものである。とりわけ会社情報の公示の原則は，その後の会社法の発展において重要な位置を占めつづけ，英国会社法の強行法規的性格を支えてきた。これは，人格なき社団として存在していたジョイント・ストック・カンパニーに明確な法的根拠を付与し，登記によって

341) Paul L. Davies, Gower's Principles of Modern Company Law 40-46 (Sweet & Maxwell, 6th ed. 1997), 小町谷操三『イギリス会社法概説』7-17頁（有斐閣，1962年），井上克洋「「契約の自由」と株主有限責任の導入—1855年英国株主有限責任法の成立—」社学研論集2号79頁以下（2003年）。英国会社法の形成に関しては，Davies, Gower's Principles of Modern Company Law 18-53 (6th ed.)（7th ed. からは削除されている），星川長七『英国会社法序説』（勁草書房，1960年），本間輝雄『イギリス近代株式会社法形成史論』（春秋社，1963年），同『英米会社法の基礎理論』（有斐閣，1986年），および上田純子『英連邦会社法発展史論—英国と西太平洋諸国を中心に—』（信山社，2005年）が詳しい。

342) この点に関連して，独立後の米国の州政府が独立前に英国から勅許を受け設立された会社の定款を変更するような立法をすることができないとした裁判例がある（Trustees of Dartmouth College v. Woodward (1819) 17 US 518 (4 Wheat.)）。

343) 大野正道＝上田純子編『最新会社法』16頁（北樹出版，2006年）。

344) Paul L. Davies, Introduction to Company Law 243 (Oxford Univ. Press, 2002). 酒巻俊雄「株式会社の本質観と会社法理—イギリス法とアメリカ法—」『星川長七先生還暦記念　英米会社法の論理と課題』5頁（日本評論社，1972年）。

法人格を取得する準則主義と会社情報の公示の原則を打ち出した1844年会社法の特許主義理論（concession theory）から連なるものである[345]。

⑵　定款の意義

英国株式会社の定款は，基本定款（memorandum of association）と附属定款（articles of association）から成る。1856年会社法において，それまでの設立証書（deed of settlement）に代わり規定されたものであり，これが現在まで引き継がれている。それゆえ，基本定款・附属定款は，実質的にはそれ以前の設立証書と同様，基本的には社員間の契約と捉えられており，19世紀以降多くの判例において会社定款は社員間の契約とされてきている[346]。株式会社は登記により法人格を与えられるため，社員により構成される団体と社員とは別の法人格という二重性を有する。そのことは，社員は別の人格としての会社とも契約関係を結ぶという形で説明することが可能である。しかし，英国においては，定款が会社と社員の間の契約の性質をも有していることの根拠を制定法（1985年会社法14条1項）に求める傾向が強い。すなわち，会社と社員の間の契約としての定款は，両者の交渉によって結実したものではなく，制定法の規定によって強制力を与えられていると考えられた[347]。しかしながらこれに対しては，定款が会社と社員の間の契約であるという性質は，制定法の文言そのものよりも法理論的に導かれるとの批判がなされている[348]。Hickman v Kent or Romney Marsh Sheepbreeders' Association[349]の判決文は，次のように述べている。「制定法の文言（Companies（Consolidation）Act 1908, s. 14）は解釈が困難である。通常なら会社は制定法と契約以外には拘束されないが，会社の義務が規定されているのはまさにこの条文である。社員に関して言えば，本条は彼らが誰と契約したかは述べていない。しかし，本条は会社が拘束され

---

345) Stephen W. Mayson, Derek French & Christopher L. Ryan, Company Law 14 (Oxford Univ. Press, 22nd ed. 2005).

346) *E.g., Re* Tavarone Mining Co., Pritchard's Case (1873) LR 8 Ch App 956.

347) Bratton Seymour Service Co. Ltd v Oxborough [1992] BCLC 693. "section 14 contract" と呼ばれる。Mayson, *supra* note 345, at 103.

348) Mayson, *supra* note 345, at 103.

349) [1915] 1 Ch 881.

ると述べている以上，会社が拘束されないことを意味しているとは言えない。また，本条は社員が定款に基づき会社になんら義務を負っていないと解釈することもできない。会社は，法律上定款の当事者であると扱うことによって，多くの解釈上の困難は解消されるし，本条の起草者もおそらくそのように考えたのであろう[350]。」

1985年会社法14条は，「本法の規定に従い，定款は登記されると，会社と社員を，あたかも各社員が署名したかのように同じ程度に拘束し，……」と表現している。この条項の内容は，1856年ジョイント・ストック・カンパニー法が，それまでの設立証書に代えて定款を導入し，仮登記制度を廃止したのにあわせて定められた[351]。当該条項は，法人格を得ると同時に別個独立の法主体となるという会社の重要かつ新しい要素に十分な配慮がなされなかったために，「あたかも各社員と会社が署名したかのように（傍点筆者，原文ではアンダーライン）」という表現をとらないまま今日に至っているとの見方もなされている[352]。

定款は，会社当事者としての株主の立場を規定するものであって，株主を個人の立場で拘束するものではない。定款違反について，会社は株主を，株主は会社を訴えることができる。しかし，定款は株主以外の立場における株主の権

350) *Id.* at 897. また，Bradford Banking Co., Ltd v Henry Briggs, Son and Co., Ltd (1886) 12 App Cas 29において，Blackburn卿は，Companies Act 1862, s. 16 (Companies Act 1985, s. 14に相当）の効果として，定款は株主と会社の契約であるがごとく会社を拘束することを示唆している（*Id.* at 33)。Mayson, *supra* note 345, at 104, 106.

351) 1844年ジョイント・ストック・カンパニー法下では，ジョイント・ストック・カンパニーは社員が設立証書に署名捺印することにより設立されていた。設立証書は社員間の契約であり，同法はそのような会社設立手続に登記による法人格付与を重ね合わせた。登記は仮登記（provisional registration）と本登記（complete registration）の2段階に分かれており，仮登記のために社員は会社の受託者（trustee on the part of the company）との契約（covenant）を求められた（Joint Stock Company Act 1844, s. 7)。Mayson, *supra* note 345, at 104.

352) Paul L. Davies, Gower and Davies' Principles of Modern Company Law 58 (Sweet & Maxwell, 7th ed. 2003) Mayson, *supra* note 345, at 104-105.

Companies Act 2006, s. 33 (1)は，「あたかも各社員が署名したかのように（as if they respectively had been signed and sealed by each member)」というくだりを削除した。

利義務について会社と株主の契約を構成するものではない[353]。例えば，会社と株主の間の紛争は仲裁で解決するとの規定が定款にあった場合，会社の取締役（株主でもある）が，取締役としての行動について会社との間で紛争に至ったとしても，定款の仲裁規定は適用されない[354]。定款は株主としての立場に関係することについての強制可能な契約であるからである。また，定款は株主でない者に権利を与える規定を設けても契約的な効力は発生しない。そのような規定は，会社に対して，株主でない者とかかる契約を締結することの指示または権限付与と解される[355]。例えば，定款にある特定の者（株主でもある）を取締役とし一定の報酬を与えるとの規定があり，その者が取締役に選任されなかったとしても，契約違反を主張して会社を訴えることはできない[356]。すなわち定款により外部者の立場で権利を与えられている場合，その外部者は，株主であるか後に株主になったかにかかわらず，定款の定めを自己と会社の間で強制するよう求めることはできない。そのような合意は，すべての株主に適用される会社の一般的な規制の一部とはなりえず，当該外部者と会社の間の別の契約として存在し得るに過ぎない。また，後に株式を引き受けることで，定款の定めに基づいて会社を訴えることもできない[357]。

定款の規定は3つのカテゴリーに分けることができる。第1に，株式に結び付いた権利または受益である。これらは，株式を保有する者によって享受される。配当受領権や残余財産分配請求権がそれに該当する。第2に，株主であるか否かにかかわらず付与される権利または受益である。これらは明らかに外部者の権利である。第3に，株主である限りにおいて付与される権利または受益である。これは，株主のクラスを形成するものと考えることができ，そうであるとすれば株主の権利である[358]。

定款は，社員同士の契約でもあるが，裁判所は社員間の紛争において，定款に基づき契約的な救済を与えることはない。定款は社員間の契約であるが，社

353）Mayson, *supra* note 345, at 108. 本書第1章第4節(3)参照。
354）Beattie v E. and F. Beattie Ltd［1938］Ch 708.
355）Mayson, *supra* note 345, at 108.
356）Read v Astoria Garage（Streatham）Ltd［1952］Ch 637.
357）［1915］1 Ch 881, at 897.
358）Mayson, *supra* note 345, at 111-12.

員の権利は会社を介してのみ強制できるとされている[359]。

(3) 強行法規性論の新展開

近年になり，米国に始まった会社法における法と経済学的アプローチを導入して，英国会社法の強行法規性を再検討する試みがなされている。

従来，法規制の形成，すなわち規制をするか私人の自由に任せるかは，立法者の選択に委ねられるとされてきたが，今日法的ルールの決定にあたっては，市場の参加者がふさわしいと認めるものが考慮されなければならないことが強調されている。法規制は，①許容ルール（permissive（'may'）rules），②推定ルール（presumptive（'may waive'）rules），③強制ルール（mandatory（'must' or 'must not'）rules）の3つに区分して捉えられる[360]。許容ルールは，自動的に適用されるのではなく，その影響を受ける者が選択する（opt-in）ことで初めて適用される性格を有するもので，"enabling provisions" とも呼ばれる。有限責任を享受するかどうかの選択がこれにあたるが，実質的には株式会社形態を選択することで有限責任は付随してくる。推定ルールは，選択しないという行動をとらなければ適用されるというもので，"default terms" とも呼ばれる。1985年会社法の附表A（Table A）は，デフォルト定款であり，会社がそれ以外の内容の定款を選択しなければ，附表Aの内容が当該会社の定款となる。強制ルールは，当事者の意思にかかわらず自動的に適用される。会社法の規定の大多数は強制ルールであり，その多くは会社計算の開示に関するものであるが[361]，そのほか資本の維持，取締役の信認義務に関する規定は強制ルールである。

3つのルールは，一見容易に分類できそうであるが，会社法規定は実際には複数のルールが複合している場合がありそれほど単純ではない。例えば，事業を経営する者は株式会社化することで有限責任を享受できるが，会社債権者は株主の個人保証を要求することで実質的に有限責任を取り払うことができる。

---

359) Welton v Saffery [1897] AC 299, [1895-99] All ER Rep 567.

360) BRIAN R. CHEFFINS, COMPANY LAW: THEORY, STRUCTURE, AND OPERATION 217 (Oxford Univ. Press, 1997).

361) 強制ルールは，Companies Act のほか Financial Services and Markets Act 2000 にも開示規制に関する規定として存在する。

これにより，許容ルールに見える有限責任は，推定ルールに成り代わることになる。しかし，例えば，定款で定めることとされている会社が発行できる総株式数の変更につき，株主間合意で，株主全員の賛成によらなければならないとしても，会社はその株主間合意には拘束されない[362]。すなわち許容ルールを取り払うことが常にできるわけではない。また，所定の手続を履践することが求められる自己株式の取得のように，許容ルールと強制ルールが混合しているケースもある[363]。さらに，法律の表現が強制ルールであっても，会社または社員の行動にとっては最小限の制約にしかなっていない規定もある。1985年会社法309条は，取締役に対して従業員の利害を考慮する義務を課しているが，実質的には取締役に，株主の利益に優先して従業員の利益を考慮する裁量権を与えたに過ぎないと解釈されている[364]。

(i)　強行法規の問題点

強行法規は，株主のさまざまなニーズを捨象して一律の運営を求めることで，効率性を阻害する可能性がある。その一例として，会社の株式を買おうとする者に対する会社からの財政的援助の規制（1985年会社法151－158条）がある。その根拠は債権者保護とされている。しかしながら，151条の禁止規定が効率的な取引を妨げることになる場合がある。Brady v Brady[365]では，兄弟で経営していた会社を立て直すために，事業を2つに分けて，兄と弟それぞれが分離された事業の一つずつを経営することを合意した。合意されたスキームは，分割した事業の価値の差を，会社の資産を移管することにより兄弟間で精算する内容を含んでいた。事業の継続という明らかな経済的メリットがあり，債権者の保護に欠ける恐れがないことが認められるものであったが，裁判所はこれを151条違反とした[366]。

---

362) Russell v Northern Bank Development Corp. [1992] 3 All ER 161, [1992] BCLC 1016, [1992] 1 WLR 588. ただし，判決は，このような株主間合意は株主間では強制できるとした。

363) Companies Act 1985, ss. 143(1), 162(1), 163-177 [Companies Act 2006, ss. 658(1), 690(1), 693-722].

364) J.E. Parkinson, Corporate Power and Responsibility: Issues in the Theory of Company Law 84 (Oxford Univ. Press, 1993).

365) [1988] 2 All ER 617, [1989] AC 755, [1988] BCLC 579, HL; *reversing* [1988] BCLC 20, CA.

また，会社法の分野は，政治的課題とはあまり関係がないことから，効率性の阻害が認識されたとしても，議員の法改正への関心が薄く，法改正が遅れがちな分野となっているという社会的現象が見られ，強行法規の見直しがなされない背景の一つとなっているとも指摘される[367]。

(ii)　強行法規の存在意義

株主間の交渉のプロセスがお手盛り的あるいは利己的なデフォルト・ルールからの逸脱となるような場合は，強行法規を維持する意味が出てくる。特に，個人が何らかの強迫下にある場合や，どのような取り決めが自分にふさわしいかを判断できない場合など，自己の利益を効果的に守れないような場合である。会社は長期間存続することを前提とした組織であり，時間の経過とともに株主には新しいニーズや予期しなかった状況が生まれる可能性がある。そのような場合に，定款の変更に株主全員の一致を必要とすることは，一定数の株主が存在する会社にあっては，一部株主の機会主義的な行動により，株主価値の最大化が妨げられる恐れがある。それゆえ，会社法の定める議決権行使の仕組みは，全体としては意味のあるシステムとなる[368]。

強行法規が機能する第2の場面は，法の目的が外部性（externality）の問題を規制する場合である。当事者のどちらかにマイナスの副次的効果をもたらす行動については，推定ルールは，影響を受ける側にとって保護の役割を果たさない。利益を得る側は当然ルールからの逸脱を追求するためである。そのような外部性の問題を補正するには強行法規が必要となる。しかしながら，どのような者が外部性の問題の犠牲者であるかを確定することは容易ではない。会社法においては，債権者を保護する法規制はこのカテゴリーに該当するが，外部性の懸念が債権者保護の方策に関して強行法規を定めることを正当化するかどうかは必ずしも明らかでない。債権者は債務者たる会社との契約条件により回収リスクを減らすことが可能だからである。一方，会社が市場から資金を集めようとする場合，会社と出資者の間には，会社の経営状況に関する情報量に格

366）Mayson, *supra* note 345, at 337-38; Davies, *supra* note 352, at 265-66.

367）Cheffins, *supra* note 360, at 233.

368）Cheffins, *supra* note 360, at 237; Christopher A. Riley, *Contracting Out of Company Law: Section 459 of the Companies Act 1985 and the Role of the Courts*, 55 M.L.R. 782, 785-87(1992).

差が存在する。会社は出資を募るために明るい将来像を出資者に提供しようとするであろうが，開示条件を会社と出資者が個々に交渉することは効率的でない。この点に関し英国では，2000年金融市場サービス法と証券取引所ルールにより，開示スキームが定められている[369]。

第3は，効率性とは別の考慮が働く場合である。例えば，会社法を富の再分配のために用いようとすると，会社の従業員はその受益者となり得る。従業員を会社の意思決定により参画させることにより，従業員にとってよりよい賃金や雇用の安定が得られ，富の再分配が達成される。そのためには，関連する規定は強行的なものでなければならない。推定ルールでは，経営側からのプレッシャーにより従業員は譲歩を余儀なくされる可能性が高い[370]。

(iii)　許容ルールの役割

許容ルールの主たる機能は，会社の利害関係者の間で法的有効性があいまいな取り決めを行いたい場合に，それにお墨付きを与えることである。例えば，1985年会社法381A条は，私会社において全株主による書面決議を行うことを認めている。この規定は，1985年の *Re* Barry Artist Ltd.[371]が，法が株主による承認決議を要するとしている場合は，適正に招集された株主総会で決議されなければならないと示したことから，議会がセーフ・ハーバーを設けたものである。

許容ルールの問題点としては，opt-inのためのコストがかかること，および特定のクラスの会社関係者を保護するには十分でないということが挙げられる。また，株主が有限責任を盾に第三者に悪影響を与えるような選択をする恐れがある。この場合，債権者は主要な株主から債務保証を取り付けるなどの対策をとることが考えられるが，会社が隠れ蓑にすぎない（mere façade concealing the true facts）場合や不法行為責任が問題となっている場合には，裁判所は株主の責任追及を行うことで第三者を保護する[372]。

369）CHEFFINS, *supra* note 360, at 244-46.

370）CHEFFINS, *supra* note 360, at 247-49.

371）[1985] 1 WLR 1305, [1985] BCLC 283 (Ch D).

372）いわゆる "piercing the corporate veil doctrine" である。*E.g.*, Woolfson v Strathclyde Regional Council [1978] SC 90 (HL), [1978] SLT 159 (HL). *See* MAYSON, *supra* note 345, at 167.

(iv) 推定ルールの役割と意義

株主間の合意書はあらゆる不測事態をカバーすることはむしろまれである。取引コストが過大になり，また完全な情報がないということがその原因である。法律は，そのような「隙間を埋めるもの（gap fillers）」として機能する。推定ルールはその中心的役割を果たす。推定ルールはopt-outしない限り適用されるので，標準契約として作用し，契約当事者は，合意に到達するためのスタートラインとしてそのルールを用いることができる。しかしながら，個々に合意を形成するには時間がかかり，推定ルールを排除する規定を作成するには弁護士費用もかかる。そのため，デフォルト・ルールがフィットしないと思っても，わざわざopt-outしないという行動に出ることもあり得る。推定ルールの最大の利点は融通性であり，それゆえ，会社法の規定は，推定ルールを採用したデフォルト条件を示すことで，その利点を発揮することができる[373)]。

(4) 株主間契約の位置づけ

定款は社員間の契約であり，会社と社員の契約であるという二重性を有しているが，適用される法理は，通常の契約とは異なる。定款は，一般的な契約のように，当事者に対して履行しなければ契約が終了し損害賠償義務が発生するところの義務のリストを提供しているわけではなく，会社内部の意思決定を司るルールを定めており，それが会社運営の枠組みとなっている。

株主のみが当事者である株主間契約は，基本的に契約自由と当事者自治のパラダイムにうまくあてはまる。株主は自らの望むことがらを合意することができる。これに対して，定款は会社事業の日々の意思決定を経営者が行い，より根本的なことがらは社員が決定するというメカニズムを定めるものである。そのような意味で，定款は，長期性（longevity）と不完全性（incompleteness）を特徴とする「関係的契約（relational contract）」と呼ばれるタイプに属する[374)]。

一般に当事者が合意した内容が正確に契約に反映されていない場合，裁判所

373）CHEFFINS, *supra* note 360, at 262-63; Riley, *supra* note 368, at 787.

374）MAYSON, *supra* note 345, at 105. なお，会社法における関係的契約に関しては，本書第4章第5節において検討する。

は，真の合意に効力を与えるために書面を強制し，契約違反の有無はそのようにして強制された書面に基づき判断される。これに対して定款により形成された合意は，それが当事者の真意に一致していないとしても，矯正されることはない。裁判所は定款の文言に縛られ，定款の作成をめぐる状況を考慮しない[375)]。したがって，不実表示（misrepresentation），錯誤（mistake），不当な影響（undue influence），強迫（duress）といった契約に適用される一般原則は適用されない。このように定款は株主間契約と同様，「株主間の契約」と性格づけられるが，それを規整する法理は異なっている。

株主が合意した特別な取り決めを定款に記載せずに株主間契約にするのは，それが好ましい状況が存在することによる[376)]。そのような状況としては，第1に，定款に記載しても効力が認められないであろう権利を株主に与える場合[377)]，第2に，会社の運営と関係がない株主間の特別な関係を規整する場合，第3に，定款の定めにより与えられる少数株主権を保護する場合[378)]，第4に，株主間の権利義務関係を会社に認識させる場合[379)]，第5に，合意内容を秘密にしておきたい場合である。

上記第4の目的で，定款の変更は全株主の合意を必要とする内容の株主間契約に会社が契約当事者となっている場合に，会社がそのような合意に法的に拘束されるかについては，判例・学説による議論がある。会社の内部管理に関することは附属定款で定められており，1985年会社法は，会社法の規定に従いかつ定款の条件に基づき，会社は特別決議によって附属定款を変更することができると規定していた[380)]。会社の附属定款を変更することができないとい

375) MAYSON, *supra* note 345, at 106.

376) GRAHAM STEDMAN & JANET JONES, SHAREHOLDERS' AGREEMENTS 49-50 (Longman, 2nd ed. 1990).

377) 例えば，ある株主を生涯取締役に選任するという属人的権利が挙げられる。

378) 例えば，株式のクラスを作らずに少数株主に定款変更の拒否権を与えること。

379) 例えば，定款変更や増資は全株主の合意を必要とするとの株主間の合意を会社に了解させておくこと。

380) Companies Act 1985, s. 9 [Companies Act 2006, s. 21]. ただし，通常附属定款に盛り込まれる規定を基本定款に定め，かつその規定は変更不能であるとしておくことで，規定内容の変更ができない状態を作り出すことはできた（Companies Act 1985, s. 17(2)）。2006年会社法では "entrenched provisions" に統合された（Companies Act 2006, s. 22）。

う内容の附属定款規定を設けても，会社法の規定に反し無効であるとされてきた[381]。しかしながら，特別決議を阻止するに足る株式を支配する株主は，実質的には定款の変更を常に阻止することができる。また，定款で持株比率と比例しない議決権を株主に与えることも可能である。

Bushell v Faith[382]では，取締役の解任決議にあたり取締役に3倍の議決権を与えるという附属定款規定があり，事実上取締役の解任決議ができない状態となっていた。この附属定款は，理由を問わず取締役を解任することができるという株主の権利[383]を制限するものであった。判決は，特別決議により定款変更をする会社の権能を定款またはその他によって奪うことは無効であるが，特定の株主が定款変更に反対している場合に，特別決議の成立を妨げる効果を有する議決権の配分変更を行うことはそれとは異なるとした。そして，ある株主Xの同意がなければ定款変更ができないという定款は，1985年会社法9条に反し無効であるが，議決権に関する規定はそれとは異なるし，またそれと同じ結論に至るとは限らないと述べた。この判決に続いて，Amalgamated Pest Control Pty Ltd v McCarron[384]では，特定の株主に特別決議を阻止できる26％の議決権を与える附属定款規定は無効でないとされた。

定款変更ができないとする定款規定が無効とされてきたのに対して，定款変更に関する会社の制定法上の権限を制限する効果を有する株主間の合意は妨げられないとして，そのような内容の株主間契約は有効とされてきた。Puddenphatt v Leith[385]では，株主は，議決権を行使するにあたりそれを制限したり事前に決定したりする合意を取り交わすことができ，その合意内容の強制履行は認められるとした。Greenwell v Porter[386]では，あらかじめ2名の取締役を継続的に選任することに同意していた株主が，それに反して取締役の再任議案に反対した。裁判所は合意内容と矛盾する議決権行使を規制する強制命

381）*E.g.*, Walker v London Tramways Co. [1879] 12 Ch D 705; Allen v Gold Reefs of West Africa Ltd [1900] 1 Ch 656.

382）[1970] AC 1099, [1970] 1 All ER 53, [1970] 2 WLR 272.

383）Companies Act 1985, s. 303 [Companies Act 2006, s. 168].

384）(Queensland SC 1994) [1995] 1 QdR 583, [1994] 13 A.C.S.R. 42.

385）[1916] 1 Ch 200.

386）[1902] 1 Ch 530.

令を発した。

このような株主間契約は，株主全員によるものであれ，一部の株主によるものであれ，契約の当事者のみを拘束し，会社の規約となるのではない。しかし会社の経営に関する株主の権利義務関係を定めることが多いことから，実務では会社自身も契約の当事者とすることが行われてきた。それによって，株主間契約内容の履行をより確実なものとし，契約当事者である現株主の合意であるということからくる制約を克服しようという狙いがある。すなわち，株式が株主間契約当事者でない者に譲渡された場合に，会社を拘束することで株主間契約の実効性を担保しようとするのである[387]。

株式会社と全株主が株主間契約を締結し，その契約中に全株主の書面による合意なくしては，会社は増資をすることができないという規定があった場合に，一部の株主が他の株主に対して，増資の議案に賛成することを禁止する差止命令を求めることができるであろうか。

この論点を判断したのが，Russell v Northern Bank Development Corporation Ltd[388]である。裁判所は，会社の権限は制定法によって強行的なものであり，会社自らそのような権限を制限するような契約の当事者となることはできないとした上で，契約は全体が強制不能になるのではなく，株主間では強制可能であることを示した[389]。

事実の概略は以下のとおりである。Tyrone Bricks Limitedの5人の株主と会社が契約を取り交わし，その中に，株主間では契約の規定が定款に優先し，かつ，各契約当事者の書面による同意がないかぎり増資は行えないとの規定があった。数年後にTyrone Bricks Limitedの取締役会が1,000ポンドから4,000ポンドへの増資議案を内容とする臨時株主総会の招集通知を発送した。株主のうちの一人が，他の株主による当該議案に対する議決権行使の差止めを申し立てた。第1審は，Tyrone Bricks Limitedに訴訟参加を命じ，当該契約は会社が増資をする制定法上の権限を拘束するものであって無効であるとして，

387）マッツ・アンデナス（上田純子訳）「英国法における株主間契約」T&A Master 177号26頁（2006年）。

388）［1992］3 All ER 161,［1992］BCLC 1016,［1992］1 WLR 588.

389）Davies, *supra* note 352, at 508; Darryl J. Cooke, Venture Capital: Law and Practice 276（1996）. アンデナス・前掲注387）25頁。

申立てを退けた。上訴審（貴族院）は，当事者間の論点は，契約がTyrone Bricks Limitedが増資を行う制定法上の権限を拘束する不法かつ無効なものか，あるいは一定の状況下で議決権の行使について株主がなした合意に過ぎないかであるとした。そして，「会社は定款を変更する権利を剥奪されない」という原則を引用し，定款変更の権限を制限する定款の規定は無効であるが，議決権の行使方法に関する株主間の定款を迂回する契約は必ずしも無効とは言えないとした[390)]。

株式に付帯した議決権は財産権であって，所有者（株主）がふさわしいと思うように行使することができ，それゆえ特定の方法で議決権を行使するという契約を結ぶことも自由であるとされてきた[391)]。Russell判決の意義は，株主は自らの意思で自由に議決権を行使でき，その行使方法について合意をすることも自由であるが，契約の効果として制定法上の会社の権限を妨げたり拘束したりする場合であってもかまわないということを明確にした点である[392)]。

取締役の解任に関するBushell判決および定款変更に関するRussell判決は，議決権契約から生じる明白かつ現実的な結果に目をつぶり，一見して明らかとは言えないテクニカルな区別をしたにすぎず，2つの判決によってイギリス会社法のすき間が固定化されてしまったとの批判がなされている[393)]。Bushell判決については，法人化されたパートナーシップや合弁会社のような小規模私会社であってはじめて，経営に参加するパートナーが仲間から排除されることから身を守ることが許されるであろうとの限定的な解釈もなされているが[394)]，判決は会社法の立法趣旨に反した解釈をしたとの批判が強い[395)]。

390）原告は当初差止命令を求めていたが，後に証拠の中で，自分は議案には反対せず単に将来のために自分がとることができる立場を明らかにしておきたいだけだと述べた。このため，裁判所は差止命令を認めるのは適当でないとして，宣言的判決にとどめた。しかしながら，状況が異なっていれば，裁判所はおそらく差止めを認めたものと考えられる。Eilis Ferran, *The Decision of the House of Lords in Russell v. Northern Bank Development Corporation Limited*, 53 C.L.J. 343, 344 (1994).

391）Ferran, *supra* note 390, at 345.

392）*Id.* at 345.

393）*Id.* at 346-47.

394）Davies, *supra* note 352, at 310-11.

株主間契約は合弁会社などでは一般的に用いられており，Russell 判決前は，合弁会社もしばしば株主間契約の当事者となっていた。Russell 判決によって会社が株主間契約そのものの当事者となれないということではないが，会社が制定法上の権限を行使しない約束をする内容であり，また契約が分離（severance）できない構成である場合は，株主間契約全体が無効となるリスクがあるため，実務家にとっては注意が必要となる[396]。

ベンチャー・キャピタリストなどの投資家が，初期のベンチャー企業のような準組合型の会社に出資する場面を考えてみる。もし会社が制定法上の権限を行使しないという内容の契約を結んでいるとすれば，通常契約前の交渉でそのことが開示されると考えられる。そのような契約の存在を開示されていたにもかかわらず，後になってから契約の無効主張をさせるのは適切ではない。仮に，契約の存在が開示されず，会社の制定法上の権限がまさに問題となる場面で契約の存在が明らかになった場合はどうであろうか。新たに株主となった者は契約に基づき他の株主に議決権行使について指示・要求することはできないが，その者の立場が少数株主であるに過ぎないならば，いずれにしても会社の権限行使を通じて他の株主を強制することはできない。しかしながら，小規模私会社においては，むしろ1985年会社法459条による不当な差別的行為からの救済や，1986年破産法122条1項g号による会社の解散のほうが効果的である。もし新たに株主となった者が重要な契約の存在を知らされずに株式を引き受けたのであれば，これらの救済が可能と考えられ，その場合当該契約の当事者が株主のみであるか会社も当事者であるかはあまり重要でない。事前に契約を開示することで事後救済の余地を完全に排除することはできないであろうが，開示したという事実によって新株主からのクレームの根拠はかなり弱められることは間違いない。

次に，新しい株主が多数派を形成する場合は，新株主は議決権契約には拘束されないが，会社が制定法上の権限を行使しないとの約束を破る形で議決権を行使した場合，少数派である既存株主は，契約違反の主張に代えて，会社法に

395）Clive M. Schmitthoff, *House of Lords Sanctions Evasion of Companies Acts*, [1970] J.B.L. 1, at 2.

396）John Cadman, Shareholders' Agreements 9-10 (Sweet & Maxwell, 4th ed. 2004).

よる少数株主の救済を追求することができそうである。しかしながら，このような紛争こそ，議決権契約によって回避することが期待されていたものである。会社の新しい支配者が，かつて会社のために株主たちが取り交わした約束を無視したときに，裁判所は，その支配者が会社のために行動しているのか，自己の目的のために行動しているかを考慮して精査することが求められることになる。以上のように，会社の制定法上の権限を制限する契約に会社が当事者となっている場合に，それを無効とすることは，将来の株主と既存の株主との間の紛争が回避され，あるいは適切に解決されるかという観点からは，いささか疑問が残る[397]。

第2款　新たな会社形態の検討—会社法改革—

(1)　総　説

英国では1998年から会社法の抜本的改正の準備が進められ，2001年7月にModern Company Law for a Competitive Economy—Final Reportが取りまとめられた。2005年11月に会社法改革法案（Company Law Reform Bill）が国会に提出され[398]，2006年11月8日の国王の裁可（Royal Assent）によりCompanies Act 2006として成立した[399]。英国会社法は19世紀半ばにその基礎が確立され，また過去40年間大幅な改正が行われておらず，その結果として，制定法としての一貫性を欠き，現代的なニーズにも応えられなくなってきているとの認識を踏まえ，通商産業省（Department of Trade and Industry; DTI）の主導で準備が進められてきたものである[400]。

397）以上の議論は，Ferran, *supra* note 390, at 361-66に基づく。

398）2006年7月に会社法案（Companies Bill）と改称された。審議経過は逐次http://bills.ais.co.uk/AC.aspおよびこのサイトにリンクされているHansard Home Page（http://www.publications.parliament.uk/pa/pahansard.htm）に開示されてきた。

399）Companies Act 2006の条文は，http://www.opsi.gov.uk/ACTS/acts2006/ukpga_20060046_en.pdfで開示されている。

一部の条文は2007年1月から施行され，2008年10月までに全条文が施行されることが見込まれていたが（Hansard Home Page, 2 Nov 2006: Column 432（http://www.publications.parliament.uk/pa/ld199900/ldhansrd/pdvn/lds06/text/61102-0005.htm）），2009年10月にずれこんだ。

2006年会社法では，私会社に関する規定を標準とし，公開会社に関する規定はオプションとする小規模閉鎖会社優先の規制に切り替えられた。会社法の第1編において会社の種類等を規定するスタイルは，1985年会社法と同様である。公開会社の定義のみを置き，公開会社以外の会社を私会社とする定義様式も変更されなかった[401]。

英国はすべてのサイズの会社をひとつの制定法でカバーしており，会社の内部構造に関してはデフォルト・ルールを設け，法律の規定ですべてを定めるよりも契約の自由を優先してきた。会社法は公開会社と私会社を明確に区別し，前者については投資家保護の観点より細かい規制を設けている。しかしながら，それ以上の会社区分を設けることはなされていない。

実在する会社を単純に2つのグループに分けることは，小会社と大会社の中間に位置する会社が相当数存在することを考えると，必ずしも適切とは言えない可能性がある[402]。大会社も元はと言えば小会社から成長しており，小会社の成長を促進するような法的枠組みを提供することが公共政策上重要であるとの指摘がなされている。しかし，今回の会社法改革は，“Think small first.”の旗印の下，小規模会社のニーズに合わせた法制度の広範かつ組織立った調整に重きを置いた[403]。これに対して，現在利用可能な会社形態以外の事業体であるパートナーシップの利用をより啓蒙すべきであるとの考え方や[404]，小規

400）改正準備作業の内容については，伊藤靖史「イギリスにおける会社法改正」同志社法学54巻5号1頁以下（2003年）および同「イギリスにおける会社法改正の動向」森本編著『比較会社法研究』前掲注215）35頁以下参照。

なおDTIは，ビジネス・企業・規制改革省（Department for Business, Enterprise & Regulatory Reform; BERR）を経て，2009年6月にビジネス・イノベーション・職業技能省（Department for Business, Innovation & Skills; BIS）に改組された。

401）Companies Act 2006, s. 4(1). 上田純子「2005年英国会社法改革法案―その意義と評価―」社会と情報10巻2号67頁（2006年）。

402）創業者の努力により規模が大きくなった私会社で，創業者の死亡後，次の世代の複数の者が株式を保有している会社は多数存在する。

403）DAVIES, *supra* note 344, at 284.

404）Judith Freedman, *The Quest for an Ideal Form for Small Businesses—A Misconceived Enterprise?, in* DEVELOPMENTS IN EUROPEAN COMPANY LAW 5 (Barry Alexander K. Rider & Mads Andenas eds., Kluwer Law International, 1999).

模事業にはそれにふさわしい無限責任でカスタム・メイドが可能な会社形態を提供すべきとの主張[405]もなされてきたものの，今回の会社法改革では，会社法は小規模会社にとって使いやすくかつその事業の発展に資するべきとのポリシーの下，引き続き公開会社・私会社二分論が維持された。

一方，弁護士，会計士，コンサルタント等の専門的職業において，職業上の義務履行をめぐる訴訟の増加や，資産力や保険の範囲を超える損害賠償のリスクが顕在化したことから，無限責任制のリスクに対応するため，2000年にLimited Liability Partnership Act 2000が制定され，Limited Liability Partnership（LLP）制度が導入された。

(2) リミティッド・ライアビリティ・パートナーシップ（LLP）

LLPは，内部構造の柔軟性とパートナーシップ税制の適用にメンバーの有限責任を加えたことを特徴とする。制定法に別段の定めがない限りパートナーシップに関する法は適用されず[406]，小規模事業のための法人制度となっているように見える。パートナーシップに倣い簡素な内部構造が採用され，取締役会はない[407]。各メンバーは原則として経営に参画する[408]。資本がない点もパートナーシップと同様であり，メンバーの資格は，リスクある資本の分有ではなく，例えばパートナーシップの被用者としての労務提供である。しかしながら，その他の点では会社法の原理が適用され，有限責任とその帰結としての小会社向け開示ルールが適用される[409]。

とは言え，LLPは専門職業業界の要望によってできたものであり，会社区分の増設を意図したものではない。政府案ではLLPは専門職業事務所向けと

---

405) Andrew Hicks, *Legislating for the Needs of the Small Business, in* Developments in European Company Law, *supra* note 404, at 35.

406) LLP Act 2000, s. 1(5). John Whittaker & John Machell, Limited Liability Partnerships: The New Law para. 1.15 (Jordan Publishing 2001).

407) メンバーの合意により取締役会を設置することもできるが，規模の大きいLLPに限られるであろう。Davies, *supra* note 344, at 295 n. 57.

408) LLP Regulations (SI 2001 No 1090), Part VI, reg. 7(3). Whittaker, *supra* note 406, paras. 14.2-14.6.

409) LLP Regulations (SI 2001 No 1091), reg 3 and Sch 1. Whittaker, *supra* note 406, paras. 18.1-18.40.

提案されていたが，議会における審議の過程で事業分野の制約がはずされた。このため，弁護士等の専門職種のほか，デザイン事務所，ソフトウエア開発事業等においても適用例があるが[410]，一般事業会社の新しい会社形態として活用されるかどうかは未知数である[411]。

(3) 新たな会社形態の検討

英国における新たな会社形態の議論は1962年のJenkins CommitteeによるCompanies Act 1948の見直し作業にさかのぼる[412]。Jenkins Reportは会社形態を無責任に複雑化することは過小資本の小企業による濫用の危険性があると指摘した。財務情報の開示については，開示義務を免責される私会社と免責されない私会社の区別の廃止を提案し，その内容はCompanies Act 1967で実現した。

次に議論がなされたのは，1969年のBolton Committeeである[413]。Bolton Committeeは，初めて小規模会社の特徴，機能および行動を経済学的に分析した。Bolton Reportは，財務，税務，政府との関係，経営能力，開示，登記などの小規模会社特有の問題を指摘した。これをきっかけにDTIに中小企業局（Small Firms Division）が設置された。

1981年に発行されたDTI Consultative Documentは，新しい会社形態を提

410）高市邦仁「欧米のLLC」経済産業省産業組織課編『日本版LLC　新しい会社のかたち』前掲注88）51頁。

411）2004年4月から2005年3月までの1年間で，私会社の設立数は33万3,000であるのに対し，LLPの設立数は5,200に過ぎない。また登記されているLLPの総数は2005年3月末で約12,000である。DTI, Companies in 2004-2005 (2005), *available at* http://www.dti.gov.uk/files/file13424.pdf.

412）Board of Trade, Report of the Company Law Committee, Cmnd 1749 (London, HMSO, 1962) [hereafter, "The Jenkins Report"]. 北沢正啓「イギリス会社法改正委員会（ジェンキンズ委員会）報告書の要点」『株式会社法研究III』341頁以下（有斐閣，1997年）（初出は，商事法務研究267号36頁以下（1963年））参照。

413）Committee of Inquiry on Small Firms, Small Firms: Report of the Committee of Inquiry on Small Firms, Cmnd 4811 (London, HMSO, 1971) [hereafter "The Bolton Report"]. 翻訳として，商工組合中央金庫調査部訳『英国の中小企業（ボルトン委員会報告書）』（商工組合中央金庫調査部，1974年）。

案した。この提案はGower教授による有限責任でより簡易な構造の法人化された企業形態の提案を結び付けたものである[414]。Gower教授はまた，弁護士事務所等に利用されていた無限責任のパートナーシップに法人格を与えることを提唱した。しかし，結果的に1981年会社法は中小企業のための新たな会社形態を創設しなかった[415]。1989年以降EU指令への適合のため，いくつかの規制緩和的な法改正が行われた[416]。

1992年になり，DTIは会社法の包括的な見直し検討を始めた。私会社法の見直しもその一つでワーキング・グループが設けられた。ワーキング・グループは，法人化されたパートナーシップ，会社の内部関係規定の柔軟化，会社機関構造の選択化を提案した。1997年には，LLPの新設を提案し，1998年に法案が公表された。これは大規模な会計法人からの有限責任を求めるプレッシャーがあったためとされる。

会社法改革法案に至る会社法の見直し作業は，1998年のDTI Company Law Reviewに始まり，1999年に，Steering GroupによりModern Company Law for a Competitive Economy: The Strategic Frameworkが公表された[417]。このレポートにおいてSteering Groupは，私会社およびLLP以外の有限責任組織の必要性について消極的であった。新たな有限組織を作ることによって，会社は成長とともに組織変更を要求されることになるがそのルールが守られない恐れがあると考えられたためである[418]。Steering Groupはむしろ私会社を小規模事業にとってより魅力的なビークルとすることに重点を置いていた。Steering Groupに寄せられたパブリック・コメントでは，起業とイノベーショ

414) Department of Trade, A New Form of Incorporation for Small Firms, Cmnd 8171 (HMSO, 1981). 北沢正啓「イギリスにおける小規模会社立法の動き―ガワー教授の提案を中心として―」『株式会社法研究II』318頁以下（有斐閣，1989年）（初出は，商事法務研究903号9頁以下（1981年））参照。

415) Freedman, *supra* note 404, at 18-20.

416) 株主総会の書面決議，全株主の同意による定時株主総会の省略，監査役の不設置，一人私会社の設立など。

417) DTI, Company Law Review Steering Group, Modern Company Law for a Competitive Economy: The Strategic Framework, URN 99/654 (Feb. 1999).

418) Diana Faber, *Legal Structures for Small Businesses, in* The Reform of United Kingdom Company Law 81, 93 (John de Lacy ed., Cavendish Pub. 2002).

ンを促進する有限責任組織の利用を制限することは好ましくないというものが半数を大きく超えていた。これに対して，有限責任の受益は，規制によるバランスが必要であり，会社の所有者および取締役には一定の義務と責任を課さなければならないとする意見があった。その考え方の方向性は大きく２つあり，第１に有限責任組織の設立をあまりに容易にすると有限責任に伴い要求されることや義務が十分尊重されない恐れがあるとするもの，第２に会社の支払能力を確実にするための基準などにより債権者の利益を十分に保護しなければならないとするものに分かれた。Steering Group は，前者については教育・啓発で対応できると考え，取締役の義務の内容を法律に記述しておき，取締役は就任と同時にそれを読み理解しなければならないとしておくことを提案した。パブリック・コメントでは最低資本金設定の提案もなされたが，Steering Group は，会社設立後資本金がすぐに引き出されて取締役の報酬等に使用されてしまう可能性もあり債権者にとって意味のある保護にならないとした。ソルベンシー・マージンを義務づければ一定の意味があるもの，会社によっては過剰の規制になり資金が遊ぶ恐れがあるため採用されなかった。結論としては，債権者保護のために有限責任組織の選択の障壁を高くすることは最善策ではなく，より効果的なのは債権者が会社の財務状態，管理状態の善し悪しを判断できる情報開示であるとされた[419)]。

Steering Committee はまた，会社法制が小規模事業者にとってわかりにくいものになっているという認識に立ち，中核的な法律規定を私会社のニーズを基礎に定め，すべての会社形態にとってできる限りシンプルにすることが望ましいと考えた。

2001年7月に Steering Committee は最終報告書を取りまとめた[420)]。それまでの検討を踏まえ，最終報告書は，会社法の出発点を私会社についての規制とし，公開会社については必要時に応じて規定を設けることを提案した。会社形態については現行の4種類の会社区分[421)]を維持するとともに，定款を一つの文書とすること，各種類の会社ごとにモデル定款を設けること，定款変更要件

---

419) Department of Trade and Industry, The Company Law Review Steering Group, Modern Company Law for a Competitive Economy: Developing the Framework, §§9.60-9.71, URN 00/656 (Mar. 2000).

の加重を認めること等の規制の簡素化が提案された。

会社法改正法案に至る検討過程を通じて，英国では有限責任組織へのアクセス容易化には警戒の念が示されてきた。中小企業に関しては，有限責任はむしろ個人保証を得られる債権者とそうでない債権者の間に格差を生ぜしめること，小規模経営者に無謀な賭けに出るインセンティブを与えてしまうこと，および取引コスト，モニタリング・コストの節減というメリットが薄いという認識に立ち，仮に中小企業向けの新たな有限責任組織を認めるのであれば，第三者保護規制は大企業に比べ厚くされなければならないという指摘がなされている[422]。このような議論も踏まえ，会社法改革法案は新たな有限責任会社形態を取り入れることはしなかった。

---

420) Department of Trade and Industry, The Company Law Review Steering Group, Modern Company Law for a Competitive Economy: Final Report Vols. 1-2, URN 01/942, 01/943 (Jul. 2001). Steering Group の作業経緯の詳細については，前掲注 400）の2つの伊藤論文参照。

2005年には，会社法改革白書（Department of Trade and Industry, Company Law Reform—White Paper (Mar. 2005)）としてまとめられた。上田純子「英国における会社法の改正動向―『会社法改革』白書の分析を中心に」社会とマネジメント3巻1号1頁（2005年）参照。

421) 公開会社（public company limited by share），株式会社たる私会社（private company limited by share），保証有限会社たる私会社（private company limited by guarantee），無限責任会社たる私会社（private unlimited company）の4種類である。

422) Judith Freedman, *Limited Liability: Large Company Theory and Small Firms*, 63 M.L.R. 317, 354 (2000).

第５節　日本における株主間契約および定款自治

第１款　会社法の強行法規性論

1．強行法規性論の系譜

⑴　組織法・行為法二分論

わが国では長らく，株式会社法の規定は対外関係・対内関係いずれに関するものも強行法規であるとされてきた。その論拠として田中耕太郎博士は，商法を営利活動自体を規整する行為法とそのための組織ないし設備を規整する組織法とに分け，前者を支配する原理が任意法規であるのに対し，後者のそれは強行法規であるとし，そして強行法的性質の基礎を営利活動の確保に求めた[423]。これに対し，鈴木竹雄博士は，「(田中耕太郎博士）の理論は，株式会社の対外関係に関する法規についてはあてはまるが，対内関係に関する法規には必ずしも妥当しない。……会社内部における取締役の専横や背任行為ないし多数者の少数者圧迫を防止するのは，取引行為自体の確保とは別段関係がないからである。内部関係の法の強行法的性質はこれらの行為を自分の力では防止することができない者のため法が後見的作用を行っていることによるものであって，その意味で弱者保護の精神にもとづくものということができるであろう」として，強行法規性の基礎を対内関係と対外関係に分けて説明すべきだとした[424]。

⑵　小規模閉鎖会社論

鈴木博士による研究の後は，株式会社法が強行法規であることについての更なる議論は進展せず，強行法規性は株式会社法を特徴づける性質として受け入

423）田中耕太郎「組織法としての商法と行為法としての商法」法学協会雑誌 43 巻 7 号 1 頁以下（1925 年）（同『商法研究第 1 巻』235 頁以下（岩波書店，1935 年）所収)，同『改訂会社法概論上巻』226-227 頁（岩波書店，1955 年)。

424）鈴木竹雄「商法における組織と行為」我妻栄＝鈴木竹雄編『田中先生還暦記念商法の基本問題』91 頁以下（有斐閣，1952 年)，同『新版会社法〔全訂第 5 版〕』30 頁（弘文堂，1994 年)。

れられてきた[425]。一方，わが国における中小会社の多くが株式会社として設立されながら，会社の対内関係が人的会社のそれとして運営される実態が生じていたことに対応するため，学説は，株式会社法の強行法規性を所与の条件としつつ，会社法の規定を守っていない小規模閉鎖会社における法規整はいかにあるべきかという課題に取り組んだ[426]。その取り組みにおいては，所有と経営が分離しておらず，少数の固定した株主の間に信頼関係が成り立っているという一定の条件に当てはまる株式会社を対象として，そのような会社の株主による会社法の定めと異なる合意の効力が検討された。この議論は，会社法の強行法規性そのものを検討するのではなく，小規模閉鎖会社という一定のカテゴリーに当てはまる株式会社の内部紛争処理を図ることを目的としていた。

(3)　法と経済学アプローチ

このように学説は，小規模閉鎖会社における株主間の紛争処理の目的において，株主間合意の効力をどのように基礎づけるかに腐心してきたところ，1990年代に入り，神田秀樹教授が，株式会社法の規定の強行法規性につき，契約による株式譲渡制限および取締役の辞任を制限する合意の2つのケースを取り上げて，株式会社法の規定に照らしてそのような合意の効力が否定されるかどうかの一般理論の提示を試みた[427]。この論文と相前後して，小規模閉鎖会社という限られた場を越えて，株主間合意の効力に軸足を置いた議論が展開されるようになった[428]。

これらの議論は，本章第2節第1款で述べた，1989年のコロンビア大学ローレビューにおける「会社法における契約の自由」をテーマとしたシンポジウム[429]に触発されたものであり，わが国においても，「法と経済学」のアプローチ[430]を踏まえた会社法の強行法規性の検討がなされるようになった。例えば，神田教授・藤田教授は，法的ルールの一般的な特質と存在意義について次のような特徴を挙げている[431]。

425）龍田節『会社法（第10版）』24頁，28頁，37頁（有斐閣，2005年），北沢正啓『会社法〔第6版〕』49頁（青林書院，2001年），石山卓磨『現代会社法講義』37頁（成文堂，2003年）。

426）本書第1章第5節参照。

427）神田・前掲注6）参照。

第1に，法的ルールは，利害関係者の間の取引費用を軽減する効果を有する。大多数の取引交渉において合意されるであろう内容の法的ルールが存在していれば，当事者が改めて交渉する必要が少なくなり，取引費用が節減される。この場合法的ルールは，当事者が合理的に交渉したなら合意するであろう内容を用意すべきことになる[432]。

第2に，法的ルールは公共財的側面を有する。当事者が取り決めを行う事項について将来発生し得るあらゆる事態を想定しその解決を定めるには非常なコストがかかる。また仮にそのようなコストを投下した成果として極めて網羅的な契約書が作られたとしても，他人に容易にフリー・ライドされる可能性が

428）神作・前掲注 6)，黒沼悦郎「会社法の強行法規性」法学教室 194 号 10 頁以下（1996年），野田博「会社法規定の類型化における「enabling 規定」の位置とその役割・問題点(上)(下)」一橋論叢 122 巻 1 号 1 頁以下（1999 年），123 巻 1 号 190 頁以下（2000 年）。野田教授は，米国における議論を踏まえて，会社法規定を「強行規定（mandatory rules)」「補充的規定（suppletory or default rules)」「enabling 規定」の 3 つに分類する。

なお，平成 17 年改正前商法下での会社法の強行法規性に関する議論の状況をまとめたものとして，組織形態と法に関する研究会（座長：前田庸）「「組織形態と法に関する研究会」報告書」金融研究 22 巻 4 号 60-69 頁（2003 年）がある。

429）89 COLUM. L. REV. 1395 (1989). なお，藤田友敬「契約と組織—契約的企業観と会社法」ジュリスト 1126 号 133 頁（1998 年）が会社法における契約的企業観について簡潔にまとめている。

430）わが国での法と経済学全般に関する比較的最近の主な文献として以下のものがある。ロバート・D・クーター＝トーマス・S・ユーレン（太田勝造訳）『法と経済学』（商事法務研究会，1990 年）（原著は，ROBERT D. COOTER & THOMAS S. ULEN, LAW AND ECONOMICS (Scott, Foresman & Co., 1988)），岸田雅雄『法と経済学』（新世社，1996 年），ジェフリー・L・ハリソン（上田純子訳）『法と経済［第 2 版］—効率性と社会的正義のバランスを求めて—』（ミネルヴァ書房，2003 年）（原著は，JEFFREY L. HARRISON, LAW AND ECONOMICS IN A NUTSHELL (West, 2nd ed. 2000)），宍戸善一＝常木淳『法と経済学』(有斐閣，2004 年)。

会社法における法と経済学に関するものとして，STEPHEN M. BAINBRIDGE, CORPORATION LAW AND ECONOMICS (Foundation Press, 2002)，および仮屋広郷「アメリカ会社法学に見る経済学的思考」一橋大学研究年報 法学研究 30 号 121 頁（1997 年）。なお，藤田友敬「会社法と関係する経済学の諸領域(1)(2)(3)」法学教室 259 号 44 頁，260 号 63 頁，261 号 72 頁（2002 年）参照。

431）神田＝藤田・前掲注 38）453 頁以下。

432）神田＝藤田・前掲注 38）456 頁。

あり，このような場合に，法がルールを用意することに意味がある[433]。さらに，同じ内容の契約条項を利用する者が増えることによって，その条項の文言の解釈をめぐる裁判例が蓄積して，同じ文言を用いている他の者にも利益がもたらされるという「ネットワーク外部性」が発生し得ることから，法的ルールが最適ルールへの統一という役割を果たすことが期待できる[434]。

第3に，法的ルールは，当事者が個別の取り決めを行う場合に，交渉の出発点となる。ただし，初期設定のルールから離脱するコストに関し，交渉当事者間に非対称性がみられる場合は，多数の当事者が望むかどうかで初期設定をするのは適切でない[435]。

第4に，法的ルールは，合意の当事者でない第三者に効力を及ぼすことができる。これによって個別に合意を形成することが不可能か困難な者の間であっても，合意の成立を認めてその内容に拘束力を与えることができる。会社の定款は，この法的ルールによって，株式を譲り受けて株主となった者が定款記載の条項を承認したものとみなす効果を与えられると考えることができる[436]。

以上のような法的ルールの特質を踏まえて，神田教授・藤田教授は，株式会社法における強行法規の背後には性格の異なるいくつかの考慮があるとする[437]。

第1に，交渉の機会のない者との間の利害調整のために，法によって発生する第三者効果により不利益を受ける可能性のある者との関係で法的ルールが必要とされる場面である。例としては，配当規制などの債権者保護規定がこの観点から説明が可能ではないかとする[438]。

433）神田＝藤田・前掲注38）458頁。練り上げられた契約書が公共財的に普及しているケースとして，本書でとりあげたベンチャー企業への出資契約のほか，市販のコンピュータ・ソフトウェアの使用許諾契約書（いわゆる，シュリンク・ラップ契約）を挙げることができる。コンピュータ・ソフトウェア業界においては，かつてコンピュータ業界のガリバーとされた米国IBM社が使用していた契約条項が，同業他社の「お手本」となったと言われる。また，業界で統一された保険約款などは公共財そのものといえよう。

434）神田＝藤田・前掲注38）459頁。

435）神田＝藤田・前掲注38）460頁。

436）神田＝藤田・前掲注38）461頁。

437）神田＝藤田・前掲注38）464頁以下。

第2に，公共財としての画一性（スタンダード・パッケージ）のメリットである。会社の内部組織に関するルールが強行法規であれば，投資家はこの点に関する限り何ら調査することなく投資でき取引費用が節約される。他方，法的ルールから離脱するメリットを享受する会社がごく一部に過ぎないとすると，法的ルールからの離脱を認めた場合，投資家の取引費用は増大し，その負担は法的ルールからの離脱を希望しない大多数の会社を含めたすべての会社が負担することになるとする。この説明が該当するであろう例として，株主有限責任の原則が挙げられる。会社が定款で株主に無限責任を負わせるような規定を設けることはできないのは，もし株主の責任が会社によってまちまちであると，株式市場における投資家の情報収集コストが上昇し，株式市場の円滑な機能のために望ましくない状態が生じるためである。他方この観点からは，個々の株主が会社債権者のために債務保証を行うことは，定款の定めと異なり株式の内容を変更するものではなく，かつ将来の株主を拘束するものではないため，そのような合意を否定する理由はない[439)]。

第3に，当事者間の私的自治の問題でありながら，将来において再交渉がなされる可能性を残しておくことがかえって効率的でない結果をもたらすことに対して，法が介入して再交渉を防止することに意味がある可能性があるとする。ただし，再交渉を妨げる法的ルールを設けたとしても，当事者が実際に再交渉をして，それを任意に履行してしまうことまでは防止できず，再交渉の問題が法的ルールの強行法規性をどこまで説明できるかは，神田教授・藤田教授自身も懐疑的である[440)]。

第4に，株式会社における資本多数決の意思決定が，すべからく株主全体の利益の増大につながる結果とはならない可能性があることから，その場合は，

438）神田＝藤田・前掲注38）464頁。第三者効果については，神田・前掲注6）参照。

439）神田＝藤田・前掲注38）465-466頁。神田教授は，神田・前掲注6）で示した「第三者効」に，画一性が失われることによるデメリットを含ませているようである（前掲注38）465頁注（25））。

440）神田＝藤田・前掲注38）466-467頁。再交渉の可能性を事前に封じている例として，アメリカ信託証書法が社債条件のうち主要なものの変更を禁止していることを挙げている（15 U.S.C. §§77aaa-77bbbb（2006））。藤田友敬「社債権者集会と多数決による社債の内容の変更」落合誠一＝江頭憲治郎＝山下友信編『鴻常夫先生古稀記念　現代企業立法の軌跡と展望』217頁以下（商事法務研究会，1995年）参照。

ひょっとすると当事者が本当に望んだのかもしれないが，おそらくそうではなく意思決定のプロセスに問題があったのであろうと割り切って処理するという考え方である。契約関係に適用される強行法規の多くは，この観点から説明できると思われ，神田教授・藤田教授は，「実はこれが伝統的な法律家の思考をより機能的に表現したものではないかとも想像される」と述べる[441)]。

2. 強行法規性の意義

会社法の規定が強行法規であるということが具体的にどのような内容を意味し，どのような効果を有するのかについて，平成17年改正前商法下で蓄積された議論を踏まえて考察する。

強行法規とは，一般に理解されているところによれば，私的自治に限界を画し，その規定に反する行為の効力が否定されるものを言い，これに対比される任意法規は，当事者の意思によってその適用を排除し得る規定である[442)]。しかしながら，民法の分野のように，ある法規について，強行法規にあらざれば任意法規であるというような二分法をそのまま会社法に適用することはできず，強行法規の意義については，それが問題となるいくつかの特徴的ケースを踏まえて論じる必要があると思われる。

第1に，強行法規が適用されるべき人的範囲と，強行法規違反かどうかが問題となる合意の当事者の関係である。例えば，平成17年改正前商法200条1項は株主有限責任の原則を定めていたが，この規定は株式会社のいずれの関係者の間における債務保証の合意をも無効にするであろうか[443)]。株主によるそのような債務保証を定款に規定するのは，まさに平成17年改正前商法200条1項が適用されるべきケースと考えられる。しかし，会社と大株主との間で，当該株主が会社の債務を保証する合意をした場合も平成17年改正前商法200条に反するとしてその合意の効力は否定されることになるのか。また，株主間で，会社が負っている債務を共同で弁済する合意をした場合や，株主と会

441）神田＝藤田・前掲注38）467-468頁。

442）幾代通『民法総則〔第2版〕』198頁（青林書院，1984年），四宮和夫＝能見善久『民法総則〔第5版増補版〕』225頁（弘文堂，2000年）。

443）神田・前掲注6）3頁。

社債権者の間で会社の債務を株主が弁済することを合意した場合については，さらに法の想定とは状況が異なる。実際に合弁会社においては出資者間で合弁会社が債務超過に陥った際に出資比率に応じて増資を行うという条項が設けられたり，中小企業の大株主たるいわゆるオーナー社長が，会社が銀行から借り入れた融資につき，銀行に対して個人の立場で連帯保証を差し入れることは実務でごく一般的に行われている。株主有限責任の原則がこれらの場合にまで貫かれるものではないのではないかということは，理解が得られやすいと考えられるが，それでは株式会社法の強行規定は，誰と誰の間の私的自治を規制するのかということが検討されなければならない。

第2に，強行規定に違反した行為の効果の問題がある。一般的な定義によれば強行法規に反する行為は法的効果を否定されるが，例えば取締役会の承認決議に瑕疵があった場合に，瑕疵ある決議に基づきなされた会社の重要な財産の売買は無効となるか，株主総会の招集はどうか，というケースが考えられる。また，取締役の競業避止義務違反（平成17年改正前商法264条1項〔会社法356条1項，365条〕）の取引については，当該取締役に対する損害賠償請求権（平成17年改正前商法266条1項5号，4項〔会社法53条1項，423条1項〕）および取締役会の決議に基づく介入権の行使（平成17年改正前商法264条3項，4項）が認められ，取引そのものは有効であると扱われてきた。このように会社法の規定に違反した私人間の法律行為の効力を否定せず，違反を行った取締役の責任を追及できるとする規定も，取締役の責任を問うという点において強行法規性を有するとするのであれば，強行法規の効力には複数のレベルがあるのではないかということになる。

第3に，上記第1および第2に述べた点を踏まえて，会社法のなかに強行法規と任意法規が並存すると認められる，あるいは会社法は強行法規であるとしてもその効力範囲がほぼ任意法規に近いレベルから一切の逸脱を認めず一律に無効とするレベルまで幅広く捉えるべきと考えられるとすると，その区別を判断する基準をどのように考えるかが問題となる。そして会社法の規定から逸脱する手続として，定款，株主総会決議，取締役会決議，契約のいずれが妥当なものとして認められるべきなのかが検討課題となる。

株式会社法の強行法規性の程度という論点に関し，解釈論を踏まえた定型化を試みた先駆けは田中誠二博士である[444]。田中誠二博士は，株式会社法の規定は明文上または明白な立法趣旨に基づき任意法規であることが明らかな場合を除いて強行法規であることが原則であり，その根拠としては，通説が掲げた，株式会社が物的会社で株主相互間に人的信頼関係がなく，また資本多数決がなされることから少数株主を保護する必要があるとする考え方を支持する。そして，株式会社法の強行法規が，これに反する行為の効力を常に無効とする効果を伴うか否かが問題であるとする。

田中誠二博士は，株式会社法の任意法規，および強行法規性の3つの効力区分について以下のように論じている。

①　任意法規[445]

株式会社法のうち任意法規と扱うことができるものとして3種類がある。第1は，任意法規であることが明文上明らかなものである。「定款で別段の定めある場合を除き」という条件の下に一定の定めをしている場合である。例えば株主総会の招集地に関する規定（平成17年改正前商法233条）がこれにあたる。第2は，定款をもって一定の定めをなすことができる旨を定めている場合であり，種類株式の発行（平成17年改正前商法222条1項，2項）がその例である。第3は，明文がなくても規定の趣旨から一定範囲の任意性が推論できる場合であり，田中誠二博士は，平成17年改正前商法234条を挙げ，決算期は年1回でも年2回以上でもよく，それに応じて定時株主総会は毎年1回または2回以上となるとする。しかしながら，234条は，第1項が決算期が年1回の場合を定め，第2項が決算期が年2回以上の場合を定めており，任意性について明文の規定がない場合とは言い切れないように思われる[446]。田中誠二博士自身も，任意法規の大部分はいくつかの制度のうちひとつを選択し得るということであって，選択した制度については商法の規定に従う必要があるので，任意である範囲は限られているとする。

444）田中誠二「株式会社法規定の強行性の程度」『商事法研究第2巻』63頁以下（千倉書房，1971年）（初出は，旬刊商事法務研究488号2頁（1969年））。

445）田中・前掲注444）66-67頁。

446）ただし，中間配当は1営業年度に1回とされていた（平成17年改正前商法293条ノ5）。会社法の下では，回数制限が撤廃され，1事業年度中に回数の制限なく剰余金の配当をすることできる。

②　強行法規―不完全規定[447)]

不完全規定（lex imperfecta）とは，これに違反しても何らの法的効果，ことに制裁的効果が生じないような規定をいう。個人商人の商業帳簿の作成，記載および保存義務を定めた規定（平成17年改正前商法32条ないし34条，36条）がこれに該当する。また，取締役は法令・定款の定めおよび総会決議を遵守し，会社のため忠実にその職務を遂行する義務を負うとする平成17年改正前商法254条ノ3を，委任関係に伴う善管注意義務（平成17年改正前商法254条3項，民法644条）を敷衍しかついっそう明確にしたものにとどまると解した場合には[448)]，同条の存在意義は，委任関係に伴う善管注意義務を取締役について強行規定とする点にあるに過ぎないこととなり[449)]，その意味において，同条は田中誠二博士の分類による不完全規定に区分され得る。

③　強行法規―命令的規定[450)]

命令的規定とは，その規定に反する行為自体は有効であって，これに反する行為をなした特定人に対してのみ，一定の不利益を課す規定をいう。命令的規定は，これに違反する行為の効力に影響を及ぼさないため，違反行為が会社の行為である場合は，会社に関する法律関係の画一的確定の要請に応じることができ，違反行為が対外的取引に関係する場合は，取引の安全の保護に資する。田中誠二博士によれば，会社設立における純手続的な規定は命令的規定と解される。例えば，発起人が株式申込証の交付に際し，払込取扱銀行または信託会社の取扱場所を記載した書面を交付しなかった場合，平成17年改正前商法175条4項〔会社法59条1項4号，203条1項4号〕には違反しているが，それにより株式引受けは無効とはならない。

④　強行法規―効力的規定[451)]

効力的規定は，これに反する行為の効力が無効または取消しとなるような規定である。規定の趣旨が，一般の公益を保護するため，または会社債権者利益

447）田中・前掲注444）68-69頁。

448）最判昭和45年6月24日民集24巻6号625頁（八幡製鉄政治献金事件）。評釈として，泉田栄一・別冊ジュリスト会社法判例百選2事件8頁（2006年）等。

449）江頭憲治郎『株式会社・有限会社法〔第4版〕』371頁（有斐閣，2005年）。

450）田中・前掲注444）69-70頁。

451）田中・前掲注444）70頁。

を保護するためである場合は，これに違反する行為を抑制する必要が大きく，それによって会社に関する法律関係の画一的確定または取引の安全を害することもやむを得ないから，効力的規定と解すべきことになる。

3. 強行法規性と定款の性質

(1) 株式会社の定款

(i) 定款の性質論

会社法が原則として強行法規であることを前提として定款の性質を如何に解するかについて，わが国においては，これを契約の約款とする説，組合契約が発展したものとする説，自治法規であるとする説が主張されてきており，自治法規説が通説となっているが[452]，第二次世界大戦前においてはむしろ契約説が有力であったようである[453]。契約説に対しては，会社の定款が設立後に株主（社員）になる者に対する拘束力を有することを説明できないとか，設立者間に生じた相互の人的抗弁事由を以ってたとえ会社が悪意の場合においても対抗することができないことを説明できないとの批判がなされていた[454]。

定款の性質をどう見るかという学説の対立は，定款作成行為の性質に関する学説の対立と関連する[455]。定款作成行為については，かつて契約説，単独行為説，合同行為説の対立を見ていた[456]。契約説は，会社設立行為が設立者間

452）上柳克郎＝鴻常夫＝竹内昭夫編『新版注釈会社法(2)』55頁〔中西正明〕（有斐閣，1985年）。

453）高山藤次郎『新訂會社定款論』61頁，65頁（巖松堂書店，1939年）。松本烝治「株式会社に於ける定款自由の原則と其例外」『私法論文集続編』298頁（巖松堂書店，1938年）において松本博士は，「会社定款の性質に付いては多数学者は会社内部の法律関係を定むる契約書又は契約書類似のものと解している」と述べ，自らは自治法規説に立つ。

454）西本寛一『株式會社定款論』10頁（大同書院，1934年），高山・前掲注453）65頁。

455）高山・前掲注453）60頁は，定款の性質は，①会社設立を目的とする契約，②その契約の履行としての定款作成行為，③その作成行為の結果たる定款，の三者の性質を区別して論じなければならないとする。

456）高山藤次郎『例解會社定款論』4頁（巖松堂書店，1928年），西本・前掲454）5頁，高山・前掲注453）61頁。

における会社設立のためにする意思表示の合致であり定款はその契約書であるとしたものである。単独行為説は，会社設立行為は単独行為であるが，定款を作成する者が複数であることから，各人の意思が相通ずることを要すると考えていた。

これに対して，合同行為説は，定款の作成は複数の者が共同して会社の経営上必要な事項を宣言し，会社の内外関係を定める根本規則たらしめたる行為であるとし，契約説に対しては，定款の作成行為は複数の相対向する意思表示が交換的になされるわけではないとし，また，単独行為説に対しては，複数の定款作成者の行為は会社の設立という共同目的の一点に集中せられた合同的なものであると批判した[457)]。定款作成を合同行為と見る見解は，定款を会社が自ら定めかつ商法が認めている根本規則であって，商法により法規としての効力が付与されていると解し，自治法規説をとる[458)]。なお，契約説のなかに，発起人による定款の作成を組合契約の締結と見る立場から，定款作成当時の状況において定款とは組合契約にほかならず，設立中の会社が社団的形態へと進展するとともにやがて社団の定款となり組合契約と趣を異にするに至るとして，定款作成は実質上組合契約の締結であると説く見解がある[459)]。この見解は，わが国の小規模閉鎖会社の内部関係を，組合に準じて規律する準組合法理を適用することによりこれを構成しようとする考え方[460)]によって支持されるものと解される。

以上のように，通説は，定款作成行為を合同行為とし，その結果として作成された定款を会社の根本規則であり自治法規としている。他方，株式会社にかかる法規が極めて多量であり，通説が，対外的な規定，内部関係に関する規定のいずれもが強行規定であるとしてきたことを，定款の自治法規性とどのように結び付けているかについては，必ずしも明快でない。「自治法規制定権は無制限なる自由を有するものではなくして，国法の許す範囲に限られるべきものである」[461)] といったような，法規が自治を認めている範囲においてのみ自治

457）西本・前掲注 454）6 頁。

458）高山・前掲注 456）7 頁，西本・前掲注 454）10 頁，高山・前掲注 453）64 頁。

459）松田二郎『株式会社の基礎理論―株式会社を中心として―』252 頁（岩波書店，1942 年），同『会社法概論』94 頁（岩波書店，1968 年）。

460）大野正道『中小会社法入門』8 頁（信山社，2004 年）。

権が認められるというトートロジーとも解される説明がなされている。この点に関し，遡ること昭和13年の時点において，松本烝治博士が，「株式会社の定款規定の自由は多数の強行法規に依って多大の制限を受けて居ることは争うべからざる事実であるが，然るが故に定款規定の自由が原則に非ずして，法規によって特に許されたる範囲に於いて定款規定の自由ありと解すべきものに非ざるは言を俟たざる所であろう」[462]として，株式会社の定款は自由に規定することができるとすることをもって議論のスタートラインとすべきと強調していたことが注目される。

(ii)　松本烝治博士の「株式会社定款自由の原則」論

松本烝治博士は株式会社における定款自由の原則について以下のように論じている[463]。

株式会社の定款は，合名会社，合資会社と同じく原則として当事者（発起人）が自由にこれを規定することができる。会社組織を設けて実現しようとする目的と具体的な事情は千差万別であり，それを達成するためには個々の場合の実情に応じて適切な定款を定めることができるようになっているべきであり，定款の規定が法律により定められた会社の本質に反し，または他の強行法規に反し，または公序良俗に反する場合にのみ，定款規定の効力は否認されるべきである。その背景事情として，有限責任で守られている株主は人的会社の社員に比べ経営への関心が低く，また経営に関与しないこと，株主間に相互の信頼関係が存在しないこと，そして資本多数決により選任された取締役が業務執行を行うことから，取締役による経営支配および多数株主による少数株主の圧迫が生じやすいことが挙げられている点は，「定款自由の原則」を明言しない他の論者と同様である。

このような事情から，株式会社に関する法規は極めて多量であると同時にそ

461）高山・前掲注453）69頁。なお，『新注会(2)』56頁〔中西正明〕参照。

462）松本・前掲注453）297頁。（旧仮名遣いを現代仮名遣いに変更し，また当用漢字に置き換えた。）松本論文は，大杉謙一「LLCにおける定款自治の基礎―なぜわが国の学説は有限会社に定款自治を認めてこなかったのか」『現代企業法・金融法の課題』前掲注129）25頁により，わが国においてかつて定款自治を原則的に認める有力少数説が存在していたとして紹介された。

463）本項の叙述は，松本・前掲注453）による。

の大部分が強行規定となっており，株式会社の定款規定の自由はそれら多数の強行法規によって多大の制限を受けているが，それがゆえに法規によって特に許された範囲において定款規定の自由があると解すべきものではない。定款はまた，法律により与えられた自治立法権に基づいて制定された自治法の性格を有しており，定款規定自由の原則は，「会社自治の原則」と称することもできる。株式会社制度を省みるに，株式会社は当事者の創意に基づく定款規定によって法律の予想を超えた発展をし，立法者はその弊害が甚だしい状況が生じたことから，そこで初めて制限あるいは統制の法規を設けるようになり，現在の複雑多彩な株式会社法制度に至っているものであって，株式会社制度の根底に定款規定の自由があることに変わりはない[464)]。

定款規定の自由の原則は，解釈論としては，その例外としての制限の範囲を明らかにすることで論ぜざるを得ない。具体的には，①定款規定は法律の定める株式会社たる本質に反することができない，②定款規定はその他の強行法規に反することができない，③定款規定は公序良俗に反することができない，の3つの制約が挙げられる。株式会社たる本質に反する定款規定は定款全体を無効とするが，その他の強行法規または公序良俗に反する定款規定はその規定のみの無効が生じるにとどまる。ただし，会社設立後の定款変更によって会社の本質に反する定款規定が定められた場合は，その規定のみの無効を生じるに過ぎない[465)]。

株式会社の本質は4つの要素からなる。①株主全員の出資から成る資本があること，②資本を株式に分けること，③社員の責任が株金額を限度とすること，④会社であることである。それゆえ，資本を株式に分けることを否定する内容の定款規定，出資義務のない株主を認める定款規定，株主が会社債権者に対して無限責任を負担すべき旨の定款規定，公益事業の経営を直接の目的とす

464）松本・前掲注453）297-298頁。

465）松本・前掲注453）299-300頁。最近の学説では，青竹教授が定款自治を広く認める立場を取り，一般株主，少数株主の利益となる場合，あるいは株主の権利を不当に制限することにならない場合は，明文の規定がなくても定款自治は許されるとする（青竹正一『会社法』30頁（信山社，2003年），同「株主の契約」平出慶道＝小島康裕＝庄子良男編『現代企業法の理論―菅原菊志先生古稀記念論集』24頁，28頁（信山社，1998年））。

る定款規定，および株主に配当を一切せず解散時も残余財産を分配しない旨の定款規定は，これらの4要素に抵触し定款全体が無効となる。

これらの4要素以外を定めた株式会社法の大部分の規定が，その他の強行法規であり，それに反する定款規定は，当該規定のみが無効となる。ただし，定款の絶対的記載事項に関する法規違反の定款については例外的に定款全体が無効となると解される[466)]。

公序良俗とは，正義衡平の観念であり，株主の権利義務に照らし解釈すると，正当な理由なくして所有株式数に比例する株主の権利義務を否定することである。定款をもって優先株・普通株の間に種類の差を設ける場合，その不平等が法規または公序良俗に反する場合に限り否認されるべきであり，法規が明文で定めた以外の差を設けてはならないとする論拠はない。この点において，株式会社法の規定のない「株主平等の原則」を絶対視し，その原則が定款自由の原則を拘束するとの論理は採りえない。例えば，優先株・普通株間に定款をもって増資の場合における新株引受権，減資の場合における株式の併合または消却等についての差異を設ける定款規定そのものは，公序良俗に反するとは言えない。しかしながら，法規により認められたあるいは定款規定によって与えられた株主の権利が，強行法規上奪うことができるものであるとしても，定款変更によってこれを剥奪することが正義衡平の観念に反することがあり得る。その例としては，株主の利益配当請求権または残余財産分配請求権であり，そのいずれか一つを否定する定款規定は違法ではないが，定款変更によりそのいずれかの権利を奪うことは株主の期待を根本的に覆す点において正義衡平に反する場合が多いと考えられるためである[467)]。

466）松本・前掲注453）300-302頁。

467）松本・前掲注453）303-314頁。

会社法105条2項は，剰余金の配当を受ける権利と残余財産の分配を受ける権利の全部を与えない定款の定めを無効とした。公開会社以外の会社では，剰余金分配請求権，残余財産分配請求権および株主総会における議決権に関する事項について，株主ごとに異なる取扱いを行う旨を定款に定めることができる（109条2項）。このような定款の定めの新設，変更または廃止は，総株主の半数（これを上回る割合を定款で定めた場合はその割合）以上であって，かつ総株主の議決権の4分の3（これを上回る割合を定款で定めた場合はその割合）以上の賛成による特殊の決議によらなければならない（309条4項）。

松本博士の所論は，株式会社の定款の本質は，精緻な規定が既に整備されている現代株式会社法をもって論ずべきものではなく，株式会社の生誕，成長から発展の歴史的過程から導かれるべきとする立場である。比喩的に表現すれば，雪におおわれた平原を見て大地の色を白であると論じてはならないのであって，ところどころ雪の積もっていない個所に見える色こそが大地の色なのであるということであろう。その意味で，会社を人的会社と物的会社に分け，前者には定款自由の原則が適用されるのに対し，後者はさにあらずとする「二分論」的思考に対して強力なアンチテーゼを提示している[468]。

強行法規の効力については，松本博士は強行法規を株式会社の本質に関わるものとそれ以外の強行法規に分け，株式会社の本質に反する定款は定款全体が無効となる（すなわち会社設立無効の結果を招く）のに対して，その他の強行法規違反は当該定款規定のみが無効になるとして，二段階の効力を認めている。ただし，会社が一旦設立された後は，仮に株式会社の本質に反する定款変更がなされたとしても，定款全体が無効となるのではなく当該変更箇所のみが無効となるとして，会社設立後は取引安全への配慮を優越させ，株式会社の本質にかかる強行法規の効力を減殺する。他方，利益配当請求権の剝奪のように，原始定款ではそれが許されても，定款変更により行うことは正義衡平の観念に反するであろうとして，原始定款における自治の範囲が会社設立後の定款自治の範囲より広く認められるべきことを指摘している。

⑵　有限会社の定款

ここまで見てきた定款自治に関する議論は，株式会社における定款自治としての問題提起をしているか，あるいは会社法における定款自治という問題設定をした上で具体的には株式会社を対象とした検討を行っている。これらの議論においては，株式会社と同じく物的会社として位置づけられている有限会社について，定款自治がどの程度認められるのかについて，必ずしも明らかにされていない。

468）松本博士の所論は，フランス会社法の強行法規性を論じたSchiller教授の根源的連結論（本章第3節第1款）と共通性を有しているが，定款自治の限界については，株式会社の本質，公序良俗を指摘するにとどまっている。

有限会社法は昭和13年（1938年）に制定された。株式会社に関する法規制が大企業向けの厳格な法とされる傍ら，中小企業向けの会社制度として株式会社に比して柔軟な制度設計を目指したものである。

有限会社法の制定前においては，会社の種類として，人的会社の典型としての合名会社と，物的会社の典型としての株式会社が設けられていた。しかし，合名会社にはない有限責任と，小規模会社の経営に適合した設立手続や組織のニーズに応えるために，その2つの要素を有機的・融合的に供えた中間の形態として案出されたのが有限会社であった。有限会社の嚆矢は1892年のドイツ有限責任会社法であり，「立法技術の一大傑作」「ドイツ立法の輝かしい経済的直感」と称揚され，第一次世界大戦後には世界的立法運動にまで進んだ[469)]。わが国の有限会社法制定もその流れに乗ったものである[470)]。わが国の有限会社法は，ドイツ法を基礎としつつ，フランスの有限会社法（Loi tendant à instituer des sociétés à responsabilité limitée）を斟酌し，また，イギリスの私会社の要素も加味したものとされる[471)]。

昭和25年（1950年）商法改正により，株式会社においては定款による株式の譲渡制限が禁止され，公開会社としての株式会社と閉鎖会社としての有限会社が法律上明確に位置づけられた。しかしながら，実際には多くの閉鎖会社が株式会社を選択し[472)]，その結果生じた株式会社法の枠組みと中小株式会社の実態の乖離を解消することに学界，裁判所が力を注ぎ，昭和41年（1966年）以降は，株式会社法と有限会社法を接近させる方向での法改正がなされた[473)]。

469）鴻常夫『有限会社法の研究』49頁（文久書林，1965年）。有限会社法は，ドイツに続いて，フランス（1925年），スイス（1935年），イタリア（1942年），スペイン（1953年）で制定された。

470）佐々穆『有限責任會社法論』（巖松堂書店，1933年）は，欧米19ヵ国の有限責任会社法の状況を調査し，報告したものである。

471）鴻・前掲注469）50頁。

472）年間の有限会社の設立数が株式会社の設立数を初めて上回ったのは昭和54年である（上柳克郎＝鴻常夫＝竹内昭夫編『新版注釈会社法（14）』6頁〔北沢正啓〕（有斐閣，1990年））。平成17年度の税務統計によると，株式会社は1,041,067社，有限会社が1,454,078社であるが（国税庁企画課編『税務統計から見た法人企業の実態（平成17年分）』），有限会社については休眠会社の整理（平成17年改正前商法406条ノ3）の制度がないため，30万〜40万社は休眠会社と推測されている（『新注会（14）』8頁〔北沢正啓〕）。

有限会社法の基礎となったドイツ有限会社法は，有限会社を単なる小株式会社ではなく，強行的に広範囲に定められた組織規定を有する株式会社とは意図的に相違したものとして，立法者の思考によって創造された，単純で，敏活で，かつ，柔軟的な組織形態と位置づけていた。有限会社は，中小規模の手工業，グローバルな大企業，企業の研究部門，ジョイント・ベンチャーなど，この会社形態を利用する企業や団体のさまざまな目的を達成することができ，そのために，この法形態を選択すべき動機付けとして，本来的に柔軟性を備えた組織として私的自治（定款自治）に立脚してきたと言われる[474)]。すなわち，ドイツ法においては，投資家の保護を意図した株式会社と，形成の自由が重視された有限会社が二元的に存立する[475)]。その結果として，有限会社の定款自治の原則は，実務上も，①会社の事業計画，社員の範囲および個々の社員あるいは社員全体の要請に応じた会社組織を定款で定めることができる，②企業およびその構成員の立場から，変化する市場に会社およびその定款を柔軟かつ即時に適用させることができる，③突発的に発生するトラブルを法に基づき迅速に解決できるように定款を作成することができる，という意義が認識されている[476)]。

わが国においては，有限会社は人的会社と物的会社を融合したものとして導入されたが，その定款について，合名会社や合資会社と同様の定款自治が認められるかどうかについては立法前後から最近に至るまで必ずしも明確な議論がなされてこなかった[477)]。有限会社の定款自治について，具体的な定款規定事例を挙げながら論じたのは川島いづみ教授である。以下，川島教授の論ずると

473）定款による株式譲渡制限（昭和41年改正），監査制度の強化と小会社に関する監査の特例（昭和49年改正）。田中誠二『三全訂会社法詳論上巻』142-153頁（勁草書房，1993年）。

474）増田政章「有限会社における定款自治―ドイツ法を中心にして―」近畿大学法学49巻2・3号178頁以下（2002年）。

475）増田・前掲注474）179頁。

476）増田・前掲注474）182頁。

477）立法当時の学説は法規定が予定していない定款規定を無効とは考えていなかったと紹介する論文として，大杉謙一「LLCにおける定款自治の基礎―なぜわが国の学説は有限会社に定款自治を認めてこなかったのか」『現代企業法・金融法の課題』前掲注129）33-35頁。

ころに沿って，有限会社の定款自治について検討する[478]。

有限会社においても，その設立には，定款の作成が要求され，定款が有効であるために不可欠の絶対的記載事項（旧有限会社法6条）は，株式会社と大差ない。しかし，人的会社の要素として，社員の氏名，住所，および出資口数の記載が要求されること，授権資本制度をとらないため資本の総額を記載しなければならないこと，公告の方法の記載が要求されないところに株式会社に見られない特徴がある。

さらに有限会社は，小規模で閉鎖的な会社が念頭に置かれ，その社会的影響も株式会社と比較すれば小さいため，法律による関与は株式会社におけるほど多岐に渡らず，社員の自主性・自立性に委ねられている部分が大きい[479]。そのため，有限会社法の規定には，定款による別段の定めを許容するものが多い。具体的には，取締役が数人ある場合の業務執行の決定方法（旧有限会社法26条），代表取締役・共同代表に関する定め（旧有限会社法27条3項），監査役の設置（旧有限会社法33条1項），社員総会の招集期間の短縮（旧有限会社法36条），少数社員の総会招集権（旧有限会社法37条2項。少数社員の要件の加重・軽減または招集権の排除），社員総会の決議方法についての定め（旧有限会社法38条ノ2。定足数・決議成立要件の加重・軽減），議決権についての定め（旧有限会社法39条），会社帳簿閲覧権を各社員に与える定め（旧有限会社法44条ノ2）などが挙げられる。その他の事項も，取締役・監査役の員数・任期・資格，定時総会の招集時期，営業年度など公序良俗，強行法規または有限会社の本質に反しないものであれば，任意的記載事項として定款に記載することができる[480]。

しかしながら，相対的記載事項や任意的記載事項も，会社がまったく自由に定めを設けることができるものではなく，そこで許容される内容には自ずと限界がある[481]。

478）川島いづみ「有限会社と定款」斉藤武＝森淳二朗＝上村達男編著『現代有限会社法の判例と理論』116頁以下（晃洋書房，1994年）。その他，有限会社の定款自治に言及するものとして，吉本健一「有限会社の定款とその変更」阪大法学53巻3・4号713頁以下（2003年）。

479）川島・前掲注478）116頁。

480）川島・前掲注478）117頁。

第1に，定款の内容は，公序良俗，具体的な強行法規，および有限会社の本質に反するものであってはならず，また社員の基本的な権利を奪うものであってはならない[482]。このような制限の範囲内であれば，構成員の総意により定款を自由に変更することができる（「定款自由の原則」）[483]。社員の基本的な権利に関わる内容としては，社員の議決権を全く奪うような定め，社員の利益配当請求権および残余財産分配請求権をまったく否定するような定め，および持分の被相続性を否定する定めがある[484]。

第2に，有限会社法において定款で別段の定めをすることが許容されている事項，すなわち相対的記載事項であっても，その内容を自由に定めることができるわけではない[485]。

社員の議決権について，旧有限会社法39条は，各社員が出資1口につき1個の議決権を有することを原則とするとともに，定款で別段の定めをすることを認めている。別段の定めの内容としては，頭数主義を採用して1社員1議決権とする定めや，多数の出資口数を有する社員について議決権を制限する定めなど，有限会社の人的性質を強調した内容を定めることは有効であるが，一部の社員の議決権を全く奪ってしまうような定めはできない[486]。複数議決権も認められるが，有力な否定説がある[487]。

利益の配当について，旧有限会社法44条は出資口数に応じて利益配当をなすことを原則とするが，定款で別の基準を設けることを認めている。例えば，頭数主義をとってすべての社員に同額とすることや，設立当初からの社員を優遇することが考えられるが[488]，社員の利益配当請求権をまったく奪うような定めは，定款によっても規定できないと解すべきである[489]。優先配当を受け

481）川島・前掲注478）117頁。
482）『新注会（14）』376頁〔実方謙二〕。
483）川島・前掲注478）117頁。
484）『新注会（14）』376頁〔実方謙二〕。
485）川島・前掲注478）118頁。
486）『新注会（14）』307頁〔菱田政宏〕。
487）『新注会（14）』307頁〔菱田政宏〕。複数議決権が認められるとしても，当該社員に帰属する属人的な権利であって，持分そのものが多数議決権を帯有した多数議決権持分となるわけではない。
488）『新注会（14）』343頁〔龍田節〕。

る権利が属人的なものであるか，持分に付着したものであるかについては，争いがある[490]。

残余財産の分配について，旧有限会社法73条は，出資口数に応じて分配することを原則とするが，定款で別段の定めを設けることを認めている。その内容としては，出資口数によらず頭数主義により均等に分配する定めや，多数の出資口数を有する社員について分配請求権を制限する定めが考えられる[491]。残余財産分配請求権を全く否定するような定めはできないと解するのが多数説であるが，原始定款または総社員の同意をもって変更した定款によるのであれば，社員の残余財産分配請求権を全面的に否定する定めをなすことも許されるとする反対説もある[492]。

以上によれば，社員の権利を全面的に奪う結果となるような規定でない限り，特定の社員の権利を出資比率以上に強化することも許容されるとするのが多数説であるが，川島教授は，たとえ不利益を受ける社員の同意のもとに定款規定が設けられるとしても，その後の状況の変化などで一部の社員に不当な結果が生じた場合の解決策が用意されておらず，権利濫用や信義則などの一般条項で十分な救済が行えるかは疑問であるとし，広範な定款自治は，持分の買取請求権の創設といった救済措置を講じた上で可能になるとする[493]。

一方，江頭憲治郎教授は，有限会社には株式会社における「株主平等の原則」に対応する原則は存在せず，むしろ「定款自治の原則」が妥当するとして[494]，出資１口につき複数議決権を賦与するとか，一定以上の出資口数を有する社員の議決権に上限制・逓減制を敷く措置を有効とする[495]。そして，社員不平等の定めを設ける際には常に総社員の同意が必要と解する必要はなく，社員の既存の持分内容の不利益変更は不利益を受ける社員の同意を要するものの，そ

489）川島・前掲注478）119頁。
490）『新注会(14)』343頁〔龍田節〕。
491）川島・前掲注478）120頁。
492）『新注会(14)』554頁〔中西正明〕。会社法の定めについて，前掲注467）参照。
493）川島・前掲注478）121頁。
494）江頭・前掲注449）125頁。なお，大杉・前掲注477）32頁注(19)は，定款自治の原則を有限会社法を貫く原則として位置づけたのは江頭教授が最初であろうとしている。
495）江頭・前掲注449）134頁。

の他の場合は通常の定款変更手続により変更できるとしている[496]。

会社法（平成17年法律第86号）の制定により，公開会社でない株式会社においては，剰余金の配当を受ける権利，残余財産の分配を受ける権利，株主総会における議決権に関する事項につき，株主ごとに異なる取扱いを行うことを定款で定めることができるようになった（会社法109条2項）。そして剰余金の配当と残余財産のいずれも全く与えられない定款が無効であるとされている（105条2項）。これにより，有限会社で論じられてきた定款自治の限界は，議決権，利益の配当，および残余財産の分配に関しては立法による措置がなされた[497]。

4. 強行法規性の判断基準

以上考察してきた会社法の強行法規性に関する最近の種々の議論から，伝統的に論じられてきた「会社法は原則として強行法規であるべき」との立場は，おそらくは，その前提として株主が分散した公開会社を念頭に置いていたがために[498]，いささかゆらいでいると評せざるを得ないであろう。

一つの法律が，法人成りした個人企業から，上場を一つの到達目標として資金提供者を求めるベンチャー企業，そして株式が連日大量に取引されている上場企業までをまかなっている現実を踏まえたとき，それぞれの会社における関係者（株主，経営者，債権者）の利害関係を調整し，かつ株主の富の最大化を

496）江頭・前掲注449）148頁。川島・前掲注478）123頁も同旨。

497）旧有限会社法39条，44条，73条に規定する別段の定めがある場合における当該定めに係る持分は，それぞれ特例有限会社またはそれが商号変更をすることにより通常の株式会社となったものにおける会社法108条1項3号・1号・2号の種類株式とみなすものとされ（会社法整備法（平成17年法律第87号）10条），その登記が必要となる（会社法整備法42条8項）。旧有限会社法下での定款規定については，属人的な規定か持分の内容の定めなのかあいまいなものがあるが，登記が要求されるのは後者と解されるものとされている（江頭憲治郎『株式会社法』128頁注(9)（有斐閣，2006年））。

なお，定款規定上の自治は明確であるとしても，その適用場面を捉えたときに定款の規定どおりの自由が認められるかどうかについては，別個の問題として検討する必要がある。本書第4章第2節参照。

498）江頭・前掲注449）はしがき参照。

図る枠組みを提供することが会社法の目的ととらえ，会社法の強行法規性もその目的に即して「程度」とその「基準」を類型的に論ずべきと考えられる[499)]。

類型化の切り口は，これまで定款自治あるいは会社法の強行法規性が論じられた局面により，(1) 会社の外部関係と内部関係を区分する，(2) 閉鎖会社と公開会社で区分する，(3) 原始定款と定款変更で区分するの3つが挙げられよう[500)]。

さらに，強行法規として説明できるルールの背後にある考慮に性格の異なる複数のものがあるとの指摘に鑑み[501)]，会社法規定をその性質，すなわち定款自治に適する性質をどの程度有しているかにより類型化してゆくことが考えられる。

具体的には，黒沼悦郎教授の示す区分によれば，(i) 会社統治の権限分配に関する規定，(ii) 株主の財産的権利に関する規定，(iii) 株主の議決権に関する規定，(iv) 株主の参入・離脱に関する規定，(v) 取締役の忠実義務に関する規定等を挙げることができる[502)]。この類型化は，個々の法規定につき定款自治の限界を検討する枠組みと位置づけられる。以下，これらの区分ごとに強行法規性を検討する。

(1)　会社の外部関係と内部関係による区分

わが国では，株式会社法の規定は対外関係・対内関係いずれに関するものも強行法規であるとされてきた。田中耕太郎博士が商法を行為法と組織法とに分け，前者を支配する原理が任意法規であり，後者のそれは強行法規であるとしたのに対し[503)]，鈴木竹雄博士は，対外関係と対内関係を区分した上で，内部関係の法の強行法的性質は取締役の専横や背任行為ないし多数者の少数者圧迫を自分の力では防止することができない者のため，法が後見的作用を行っていることによるものであるとして，強行法規性の基礎を対内関係と対外関係に分

499）黒沼・前掲注 428）11 頁。

500）黒沼・前掲注 428）12-13 頁。

501）神田＝藤田・前掲注 38）464 頁。

502）黒沼・前掲注 428）13 頁。これらの区分は，ベンチャー企業出資契約において，投資家と起業家その他の株主の間の権限，権利の配分条項とも対応する。本書第2章第2節第3款以下参照。

503）田中・前掲注 423）参照。

けて説明した[504]。

強行法規性の根拠については，外部関係に関する規定では，取引の安全や債権者の保護が挙げられる。これに対して，内部関係に関する規定では，多岐にわたる考え方があり得る。田中耕太郎博士の説く会社の組織性や，鈴木博士による一般株主の保護に加えて，会社の法人格や株主有限責任といった特典の存在ゆえに構成員たる株主は会社法の規定を遵守すべきであるとか，会社に関係してくる第三者の予測可能性を確保するために，強行法的な枠をはめる必要があるという説明がなされている[505]。しかしながら，とりわけ閉鎖会社については，むしろ自治的な管理運営を任せるほうがかえって一般株主の保護になる場合があるという批判がなされており[506]，およそ内部関係の規定を一般的に強行法規とする根拠を見出すことは困難と思われる。

(2)　閉鎖会社と公開会社による区分

会社の内部関係に関する規定の強行法規性の有無および根拠について，閉鎖会社と公開会社では，内部者（株主）の置かれた利害関係状況に大きな相違があることから，米国ではそれらを区分した議論が進展した。米国の閉鎖会社においては，実務上，取締役の選任や利益配当について，州会社法の規定とは異なる内容の株主間契約がなされており，判例も，閉鎖会社では株式を売却して会社から離脱することが困難であり，多数派株主と少数派株主とが対立すると少数派株主が非常に不利な状況に置かれることを理由に，少数派株主の保護に資するものとして，このような株主間契約の有効性を認めてきた[507]。わが国においても同様に，閉鎖会社に関しては，会社の内部関係については株主の自治に委ねる方が少数派株主を保護することになる可能性があると指摘されている[508]。また，公開会社においては株主と経営者の利害対立への対処が重要であるのに対し，閉鎖会社においては株主間の利害対立への対処が重要であり，そのような利害対立の形は会社ごとに異なるため一律に強行法規により規律す

504）鈴木『新版会社法』前掲注 424）30 頁。
505）神作・前掲注 6）132-133 頁。
506）前田・前掲注 6）163 頁。
507）前田・前掲注 6）143-148 頁。本書第 1 章第 2 節 1 参照。
508）前田・前掲注 6）162-163 頁。

ることは望ましくなく，むしろ内部関係に関する会社法の規定を任意法規化し，株主に会社ごとの状況に応じた利害調整を行わせる方が適切であるとする見解がある[509)]。閉鎖会社については，株主が必要な情報を入手し適切に判断できる立場にあることも，株主の自治に委ねる根拠となり得る[510)]。逆に，閉鎖会社であっても，株主によって「情報の非対称性」が存在する場合は，株主の自治に委ねることは適切でないということになる[511)]。

米国においては，契約的企業観に立脚して会社の内部関係に関する会社法の規定は原則として任意法規であるべきとする見解が主張され，その当否を巡り議論が行われてきた。Easterbrook 判事・Fischel 教授は，会社の管理や運営についてどのような「契約」が最適であるかは，会社の事業や外部環境によってそれぞれ異なるため，会社法が一定のルールを押し付けることは効率性を損なうとし，会社の外部関係に関するルールのように第三者に影響を与える場合や，ルールが事後的に株主の不利益に変更される場合を除き，会社の内部関係に関する会社法の規定は任意法規（デフォルト・ルール）であるべきと主張した[512)]。他方，公開会社については，株主と経営者の間に「情報の非対称性」が存在するが，会社の内部関係に関するルールが定款等に記載され，証券市場で評価を受ける体制が整っている場合には，会社の内部関係に関する会社法の規定を任意法規化することにより，異なるルールを採用した会社間の競争（その結果は株価に反映される）を通じてより優れたルール（定款）が生き残ることになれば，長期的に見て株主が害されることにはならないと指摘されている[513)]。

(3)　原始定款と定款変更による区分

Easterbrook 判事・Fischel 教授らの契約的企業観に立脚すればもちろんの

509）大杉・前掲注 70）197-198 頁。

510）黒沼・前掲注 428）12 頁。

511）黒沼・前掲注 428）12 頁。

512）Easterbrook & Fischel, *supra* note 15, at 1427-28, 1434-44. 本章第2節第1款参照。

513）*Id.* at 1430-32. 黒沼・前掲注 428）12-13 頁。黒沼悦郎「会社法ルールの任意法規化と競争」森本編著『比較会社法研究』前掲注 215）367-368 頁。

こと，会社法は内部関係に関する規定についても強行法規であるとの鈴木博士らの立場からも，利害関係者である株主全員が合意すれば，法の目的である少数派の保護は達成されるから，定款で会社法と異なる定めをおくことができるということになりそうである。株主の全員一致を要する原始定款と，定款変更を株主の全員一致により行う場合がこれに該当する。

しかしながら，例えば，原始定款または会社設立後に株主全員の同意に基づく定款変更によって，株主の追加出資義務を定款に規定できるかについては否定的に解されている[514)]。その意味で，株主の追加出資義務の禁止は，株主全員の同意をもってしても解除できない強行的なものであるということになる。であるとすれば，この強行規定は，弱者保護ではなくそれ以外の根拠に基づいていることになる。そのような根拠の仮説として，「あるルールに強行法規性を付与したと仮定した場合において，ルールの統一性が守られることによって節約される費用が，当事者が望まないアレンジメントとを強制することで発生する費用を上回っていなくてはならない。上回っているときには，そのルールに強行法規性を付与することができる」という基準が提示されており[515)]，所有と経営を分離した公開株式会社という一定の制約条件をつければ，株主の追加出資義務の禁止はこの基準を満足していることが指摘されている[516)]。

確かに，原始定款や株主の全員一致による定款変更は，その時点における全株主の合意を反映している。しかし，定款は，将来株主となる者にも一律に効力が及ぶことから，当事者以外の第三者に対しても影響を与え得る。定款の公示が徹底していないわが国の現状では，不意打ちになる可能性もないとは言えない[517)]。また，原始定款であれば何を定めてもよいとすると，既存の会社の定款を変更したい多数派が，自ら定款作成を手がけた新会社を設立し，それに吸収合併させるといった手段で事後的離脱の禁止を潜脱する可能性もあることが指摘されており[518)]，原始定款であるということのみをもって自由に規定を

514）江頭・前掲注 449）28 頁注(1)。ただし，ドイツの有限会社においては，そのような定款の定めは有効とされている（ドイツ有限会社法3条2項)。このため，江頭教授は，追加出資義務の禁止は政策的なものであるとする。

515）神田＝藤田・前掲注 38）461 頁，神谷・前掲注 7）74-75 頁。

516）神谷・前掲注 7）77-78 頁。

517）黒沼・前掲注 428）13 頁。

設けることができるとは言い難い。

⑷　会社法規定の類型化による区分

会社法において強行法規であるとして説明できるルールは，一般株主の保護といったような一つの大方針のみで説明することはできず，その背後には複数の性格の異なる要素があるとの認識が現在では有力である[519]。これにより会社法の規定の内容を類型化して，類型ごとに強行法規か任意法規かを判断してゆくアプローチが考えられる。その類型化は，一般株主を保護する規定だから，債権者保護の規定だから強行法規とするのではなく，定款自治に適する性質が規定自身に備わっているかどうかを基準とすることになる[520]。

Eisenberg 教授は，閉鎖会社と公開会社を区別した上で，規定内容の類型ごとに強行法規性の判断基準の定立を試みている[521]。すなわち，閉鎖会社においては，内部関係に関するルールは，通常，株主間の交渉に基づく契約により決定されるため[522]，強行法規性を判断する基準は，株主が十分な情報のもとに，その意味（implications）を理解した上で契約を締結することが期待できるか否かに置かれるべきであり，当該基準に基づき，意思決定の権限分配等に関する組織ルールや，利益配当等に関する分配ルールは原則として任意法規でよいが，経営者の株主に対する忠実義務等に関する信認義務ルールは，原則として強行法規でなければならないとする[523]。他方，公開会社においては，内部関係に関するルールは，株主間の交渉ではなく，経営者主導の自治規範（private ordering）により決定されるため[524]，強行法規性を判断する基準は，経営者と株主の利益相反の程度と，これをコントロールする市場の有効性に置かれるべきであり，当該基準に基づき，組織ルールおよび信認義務ルールは原

518）Bebchuk, *supra* note 18, at 1851-52. 神田＝藤田・前掲注 38）468-469 頁。
519）神田＝藤田・前掲注 38）464 頁。
520）黒沼・前掲注 428）13 頁。
521）Eisenberg, *supra* note 19.
522）*Id.* at 1463.
523）*Id.* at 1469-70. 法と経済学の観点から信認義務の強行法規性を分析した邦語文献として，神谷髙保＝金本良嗣「信認義務の構造―法と経済学の観点から―」CIRJE Discussion Paper（CIRJE-98）(2003 年）参照。
524）Eisenberg, *supra* note 19, at 1471.

則として強行法規でなければならないとする[525]。このように考えると，会社統治の権限分配に関する規定と株主の財産的権利に関する規定は定款自治になじみやすいが，株主の議決権に関する規定は，一旦変更するとそれ以後の株主の判断が歪められる危険を内包している。株主の参入・離脱に関する規定については，株主の参入の局面（株式公開や新株発行）では，特に情報の偏在が著しいので，少なくとも情報開示は強行法的に確保されなければならない。株主の離脱権（株式買取請求権）は，定款の不利益変更による損害を株主が避ける最後の手段であるので，強行法的に確保されなければならない。取締役の忠実義務に関する規定は，経営者と株主の間の情報の偏在が不可避であり，契約が長期にわたり，かつ会社経営には不測の事態も生じがちであることから，忠実義務の任意法規化して義務の免除を認めると取り返しのつかない不利益が株主に生じる[526]。しかし，取締役の競業避止義務を考えた場合，その義務によって保護されている株主全員が，競業の内容とその影響を理解して同意すれば，免除を認めてよいということになりそうである[527]。

米国においては，信認義務の核心的部分は強行法規であると解されている[528]。それは経営者が実質的に定款変更のプロセスを支配しているため，信認義務緩和の誘惑にかられるからであり，また，信認義務は当事者の予見困難なことがらに関わるルールであるため，会社契約の締結時には信認義務がどのような決定ルールであるかわからないからであるとされる[529]。しかし，取締役が会社に帰属すると認められる機会を奪取することについては，それを完全に禁じることでかえって会社の利益となる行為まで妨げられてしまう危険もあ

525） *Id.* at 1480-81.

526） 黒沼・前掲注428）13頁。

527） 神作裕之「取締役の競業避止義務の免除」学習院大学法学部研究年報26巻222頁（1991年）。

528） 信認義務を完全に任意法規であると解する説もある。取締役と株主との関係を通常の契約関係と同旨し，信認義務は取締役にリスクを転嫁しコストのかかる訴訟による解決をもたらすものであるから，当事者が合意によって信認義務を免除することも認められるべきであるとする。Henry N. Butler & Larry E. Ribstein, *Opting Out of Fiduciary Duties: A Response to the Anti-Contractarians*, 65 WASH. L. REV. 1, 63（1990）.

529） Gordon, *supra* note 18, at 1591.

る。会社の機会の奪取が一切禁止されている状況においては，同業他社の特別の専門的知識を有している人物を取締役として迎え入れたり，合弁会社に出資会社から兼務取締役を派遣することが実質的に不可能となる。取締役会または株主総会において取締役の特定の競業避止義務の個別的免除は，承認決議が手続的に適法であれば，結果的に会社に損害が生じても当該取締役は免責される[530]。

米国における考え方をあてはめると，競業避止義務を事前に一般的に免除することは認められないと解すべきであるが，取締役会が損害の範囲を明確に認識して承認した場合には免責的効力を認める余地がある。競業取引を認めることによって会社に損害を上回る利益が生じる場合もあり，かつその判断自体が高度の経営判断に属するものと考えられ，損害が生じたからといって免責的効力を完全に否定したのでは，合弁会社や関連会社への役員派遣のような場合に不都合を生じるからである[531]。次に，定款において取締役の競業避止義務を免除することが可能かどうかであるが，全株主の同意があれば，特定の競業避止義務の個別的免除は認められてよい。しかし，一般的・包括的な免除は認められるべきではない。将来どのような事態が発生するかはわからないから，会社に不測の損害が生じる恐れがあるからである[532]。

第2款　会社法の強行法規性の区分
―定款自治の範囲と株主間契約の効力―

1. 総　説

(1)　検討のポイント

ベンチャー企業の創業者と投資家は，人的関係が比較的薄いという点で，従来株主間合意が議論されてきた閉鎖会社とは状況が異なる。そこで，信頼関係を基礎にしない株主の間の私的自治を，定款ではなく契約で行う場合の問題点

530）神作・前掲注527）212-213頁。
531）神作・前掲注527）220-221頁。
532）神作・前掲注527）222-223頁。

とその処理の考え方を以下箇条的に列挙する。それに続き本款は，平成17年改正前商法下での定款自治の範囲と株主間契約の効力の議論の到達点を明らかにすることを試みる[533]。

① 株主全員が契約に合意するとは限らない。定款に定めておけば反対株主も拘束されるが，株主間契約は契約を締結した株主間においてのみ拘束力を生じる。

② しかしながら，株主間契約を締結しなかった少数派株主は，株主間契約には拘束されないものの，多数派株主のプレッシャーを受け，あるいは諦めからくる無抵抗により，株主総会決議を通じて契約内容を実質的に押し付けられる結果になるかもしれない。

③ すべての株主が株主間契約を締結した場合であっても，一部の少数派株主は，株主間契約を結ばないことによる不利益または抑圧されることを恐れての結果，不本意ながら株主間契約に応じたということもあるかもしれない。

④ ベンチャー・キャピタルのような特定の「プロ株主」が株主間契約を仕切っているような場合は，株主間契約が規約・約款化し，起業家等の他の株主との間で契約交渉が発生しないまま契約が取り交わされるという現象も生じ得る。

⑤ ベンチャー企業における定款自治を広く認めた場合，④と同様のことが定款にもあてはまるのではないかと考えられる。

⑥ 以上のような想定を踏まえると，閉鎖会社においては基本的にその効力を合意されたとおりに認める方向で検討されてきた株主間契約が，ベンチャー企業においては，約款規制論との連続性を有し得る。

⑦ いったん株主総会で決議された定款（変更）の効力を争う方法は極めて

533）会社法（平成17年法律第86号）については，平成17年改正前商法との対比の目的で一定の言及をするにとどめ，会社法における定款自治については，本書第4章で総括的に論じる。また，委員会等設置会社（会社法では委員会設置会社）は原則として考察の対象としない。

なお，ジョイント・ベンチャーを対象として株主間契約の規定と定款の規定の差異について考察した文献として，福田宗孝「株主間契約と定款」中野通明＝宍戸善一編『M&A ジョイント・ベンチャー』85頁以下（日本評論社，2006年）があるが，総論的な比較にとどまり，規定項目ごとの分析はなされていない。

限られている（平成17年改正前商法247条，252条〔会社法830条，831条〕）。また株主となった者による株式の引受けを事後的に無効と主張することにも制約がある（平成17年改正前商法191条，280条ノ12〔会社法51条，102条4項，211条2項〕）。これらは会社の法律関係を早期に安定させることを目的としたものである。これまで株式会社法の規定が強行法規であるとされてきた背景には，株主等の利害関係者間の法律関係を早期に安定させることと引換えに，関係者の意思の欠缺や合意成立の瑕疵の余地を狭めるという理念が存在していることが推認される。

⑧　株主間契約は，最初の作成時点においてはすべての当事者（株主）に案文が開示され，それらの者が納得ずくで締結したとしても，後からの出資者には十分な開示がなされないかもしれないという情報偏在のリスクがある。一方，有力な出資者が後から参加してきた場合に再交渉を余儀なくされるという不安定性がある。また，株主間契約違反行為について事前の差止めが可能かどうかについても，従来の株式会社法は強行法規であるとの議論の中では否定的に解されており，エンフォースの面でも株主間契約は不安定である。

以上概観してきたことを，株式譲渡制限を例に，株主間の合意事項として定款に規定する場合と株主間契約に規定する場合における異同として纏めたものが表5である。

表5　株式譲渡制限合意における定款と株主間契約の比較

	定　　款	株主間契約
当事者	現在および将来の株主	契約当事者
譲渡制限の対抗関係	株式譲受人に対抗できる	株式譲受人に対抗できない
損害賠償	株主代表訴訟による取締役の 善管注意義務違反追及	理論上は可能 立証は困難？
成立の瑕疵	株主総会手続違反	民法上の原則
情報偏在	無	有
再交渉の余地	小	大
違反行為の事前差止め	可	不明確

⑨　以上を踏まえると，株式会社において当事者の合意を，定款と株主間契約とで，その効力を同等に認めることには問題がないとは言えないであろう。人的信頼関係のない比較的少数の株主間の取り決めは，法的安定性を考えた場合，契約よりもむしろ会社法の理念にしたがって法的安定性の高い定款で行うのが望ましいとも考えられ，よって，定款でいかなる項目を定めることができるのかという定款自治の範囲を検討しておく意義がある。

神谷高保教授は，強行法規の効力のレベルを，(i)定款によっても契約によっても逸脱することを認めない，(ii)定款によって逸脱することはできないものの，一定の場合には契約によって逸脱することは認める，(iii)契約による逸脱は一般的に認める，(iv)定款によって逸脱することも認める，という4つに区分している[534]。本書ではこれに(v)逸脱するなら定款で行うべき，というカテゴリーを加えて検討することとする。(v)に該当するかどうかの検討の俎上には以下のようなケースがあがると思われる。

①　定款に別段の定めを置けることが法文上明らかな場合（opt-in/opt-out 条項）

会社法が明文で定款規定の自治範囲を定めた場合は，その自治範囲自体は強行的なものと言えるかという問題である。

②　会社に対する対抗力を備える必要がある場合

株主間の議決権拘束や譲渡制限株式の譲渡は，会社に対する対抗力を備えておかないと実効性がないものであり，その意味で定款で処理することが望ましいと考えられる。また，合弁契約のように会社の事業運営方法等について種々の合意事項を設けている株主間契約の少数株主にとっては，事業運営に関する規定の違反状態を理由に（例えば，合弁契約に少数株主から合弁会社への無償技術供与義務が規定されている場合に，新しい技術について合弁契約の対象外であることを理由に少数株主が無償での供与を拒否したような場合），多数派株主から合弁契約を解除され，その結果として法令および定款の規定どおりに多数決で会社の意思決定がなされる状態となることのリスクは大きい。

534）神谷・前掲注7）71頁。

③　株主間の平等性が問題になる場合

帳簿閲覧権は株主権の行使の基礎となる権利であり，平成 17 年改正前商法はこれを総議決権の 100 分の 3 以上を有する株主に一律に認めていた（平成 17 年改正前商法 293 条ノ 6）。例えば，この持株要件を法定より引き下げたい場合は，株主の平等性確保のために定款で行うべきであろう[535]。会社法 433 条は 100 分の 3 を下回る割合を定款で定めることができることを明文化した。

(2)　定款自治の範囲—議決権拘束条項—

定款自治は，株主間の合意による法律の規定と異なる定款規定が，法の強行性に反するかどうかの視点から検討される。強行法規に反する株主間の合意は定款に記載し得ないが，それと区別されるものとして，強行法規に反しない合意であっても定款に記載できるかどうかという問題がある。宍戸善一教授は，強行法規に違反する取り決めは定款に記載することはできないが，定款に記載することができない取り決めがすべて強行法規違反であるわけではないとして，後者の例として株式評価方法に関する取り決めを挙げ，それを「定款に記載することには馴染まない」とする[536]。

株主間の合意事項を「生々しく」定款に記載することについては 2 つの観点から躊躇されてきたものと思われる。

第 1 は，定款の自治規範的性格からくるものである。株主間契約はあくまで契約の当事者に対してのみ効力を有するのに対し，定款に記載した場合は，抽象的に将来の株主をも拘束することができ，株式譲渡制限規定のように第三者に対しても一定の効力を主張することができる場合がある。このため，「取締役選任決議の際は，○名の取締役は株主 A の指図により選任される」とか「取締役会の決議には取締役 B の賛成を必要とする」といった属人的な規定は，自治規範・根本規範としての普遍性に照らし，仮に強行法規に違反していない場合でも定款規定としては「馴染まない」との見方が成り立ち得る。

535）旧有限会社法 44 条ノ 2 第 2 項は，有限会社の各社員に定款により帳簿閲覧権を与えることができるとしていた。

536）宍戸・前掲注 8）36 頁注(5)。

第2は，原始定款の成立要件としての公証人による認証である（平成17年改正前商法167条〔会社法30条1項〕）。株主間契約はこのような方式要件を履践することなく成立する[537]。実務においては，公証人に定款の認証を受ける際，典型的な定款になっていないとなかなか公証人の了解が得られないとの懸念があるため[538]，定款はひな型に従っておき，株主間の合意によるカスタム・メイドの部分はすべて株主間契約に委ねる傾向がある[539]。

この点につき，公証人による定款認証は，定款の確実性・明確性を担保するために要求されているとされており[540]，公証人の任務は，定款作成の「事実」を証する程度にとどまるべきであって，公証人が当事者の自由な創造性を束縛する存在となるべきではないとの批判がなされている[541]。

翻って第1の点に関しては，A・B・Cの3名の株主がいる会社の定款にA・B間の議決権拘束契約の内容を記載しても，会社の根本規範としての定款の性質にそぐわないため単にA・B間に債権的効力を生じさせるだけであり（無益的記載事項），Aがそれに違反する議決権行使をしても，定款違反にはならないが，株主全員を拘束する議決権拘束契約の内容を定款に記載すれば，定款としての効力を有すると解すべきであるとの見解が江頭教授によって示されている[542]。

しかし，この説明の射程範囲は必ずしも明確ではない。例えば，A・Bのみが合意して取締役の選任にあたりBがAの指図に従って議決権を行使するとの定款規定を設けた場合は，A・B間の債権的効力しか有しないが，これに対しA・B・Cが合意をして，取締役の選任にあたりBとCはAの指図に従って議決権を行使するとの定款規定を設けた場合は，定款としての効力を有し得ることが，江頭教授の説明から導かれる。それでは，A・B・Cが合意をして，

537）森田果「株主間契約(5)」法学協会雑誌120巻12号31頁注(36)(2003年)。

538）鈴木正貢「株主間協定の法的諸問題」商事法務1043号25頁（1985年），森田・前掲注537)「株主間契約(5)」35頁注(46)。

539）それゆえ，定款と合弁契約の内容に齟齬が生じるリスクが高まる。例えば，合弁会社の事業目的を定款では概括的に規定し，合弁契約では詳細かつ限定的に記載する場合など（鈴木(正)・前掲注538）25頁）。

540）『新注会(2)』87頁〔中西正明〕。

541）森田・前掲注537)「株主間契約(5)」35頁注(46)。

542）江頭・前掲注449）69頁注(14)。

Ｂは A の指図に従って取締役選任の議決権を行使する（C はこれを了とし異論を唱えない）との定款規定を設けた場合はどうであろうか。C が A・B 間の拘束関係を了解しているという意味では，江頭教授が要件とされる「株主全員を拘束する議決権拘束契約の内容」ということになろう。

仮にこのケースが江頭教授の言われる「株主全員を拘束する議決権拘束契約の内容」に該当しないのであれば，「B は A の指図に従って取締役選任の議決権を行使し，C は B の指図に従って取締役選任の議決権を行使する」との A・B・C 間の合意は，A が拘束を受けていないがゆえに定款としての効力は認められず，「B は A の指図に従って取締役選任の議決権を行使し，C は B の指図に従って取締役選任の議決権を行使し，A は C の指図に従って取締役選任の議決権を行使する」という A・B・C 間の合意のみが定款としての効力を認められるということになる。しかし，3 名の株主の合意の程度という点において差異はなく，結局のところ，江頭教授の見解のポイントは，総株主の合意があるかという点に帰着することになるのではないかと思われる[543]。

森田果准教授は，属人的な内容の定款規定が認められる裏付けとして，ドイツ法における「不真正定款要素」という考え方を取り上げている[544]。ドイツ法では，定款の規定を必要的記載事項，任意的記載事項，無益的記載事項，有害的記載事項の区分とは別に，真正定款要素と不真正定款要素とに分類する。真正定款要素は，会社および会社と社員の関係を規律する定款要素であるが，不真正定款要素は，定款あるいは，定款とは別の附属合意でも規定することができる社員の追加的な債務法的な契約であり，具体的には，業務執行者の内部的な執行権限の制限，業務規定，会社の顧問，定款の付随義務の具体化，社員の議決権拘束，社員の競業禁止，社員の出資義務が挙げられている[545]。これにより，社員個人の権利の修正という形で，社員間の合意内容を定款に組み込むことができるとする[546]。そして，ドイツにおいて不真正定款要素という形

543）森田・前掲注 537）「株主間契約(5)」33 頁注(41)は，江頭教授の説明を，「おそらく，江頭の指摘する「会社の根本規範としての定款の性質」というのは，定款は，「全ての株主」を拘束するために利用するものであり，一部の社員だけを拘束するものはもはや定款ではない，という趣旨であろうと思われる」と解釈している。

544）森田・前掲注 3）「株主間契約(1)」104 頁。

545）森田・前掲注 3）「株主間契約(1)」104 頁，119 頁注(47)。

で属人的な定款の定めが認められていることを踏まえて，わが国において，①議決権の柔軟なアレンジに対するニーズがベンチャー企業や合弁会社等において存在すること，②平成17年改正前商法にこのような定款の定め方を否定する規定が存在しないこと，③一部の株主の間の取り決めを定款に記載した場合，その当事者から株式を譲り受けた新たな株主に対しては，定款の拘束が及ばないと解釈でき，そうであれば新たな株主の不利益になりにくいとして，一部の株主の間の取り決めが記載された定款規定は，取り決めがなされた当時の株主に適用される定款規定として効力を有するとの見解を示している[547]。

それでは，このような議決権拘束定款条項のある会社の株式が，譲渡または合併や相続などにより包括承継された場合は，どのように考えるべきであろうか[548]。既に述べたように，定款と株主間契約の違いは将来の株主を拘束するかどうかに現れるからである。株式が譲渡されたケースにつき，このような定款規定があることを知らずに株式を譲り受けた買主が，売主に対して定款の写しの交付を要求しなかった点に落ち度があるのではないかとの指摘がある[549]。買主は株式譲渡の前に会社に定款の閲覧を請求することはできないが（平成17年改正前商法263条2項〔会社法31条2項〕参照），売主は株主であるから会社に対して定款の謄写請求ができ，買主はその写しを交付するように売主に対して求めることができる。仮に，売主が定款の交付を拒めば，買主は売買自体を拒否すればよいにすぎないというのである[550]。会社の買収や合併の局面においては確かに，デュー・ディリジェンスのプロセスを通じて買い手側が確

546）森田・前掲注3）「株主間契約(1)」105頁。

547）森田・前掲注537）「株主間契約(5)」15頁。

548）包括承継の場合に森田准教授がどのような立場を取っているのかは明らかでない（森田・前掲注537）「株主間契約(5)」32頁注(38)）。

549）棚橋元「合弁契約における株主間の合意とその効力―取締役選任・解任と拒否権に関する合意について」判例タイムズ1074号49頁（2002年）。

550）棚橋・前掲注549）49頁。各々の会社が定款等でルールを変更し得るとするなら，投資家は変容が加えられているか，それがいかなるインパクトを持つかということをいちいちチェックしなければならず，投資家の取引費用を高めることになってしまうとして，公共財としての画一性の観点からの指摘（神田＝藤田・前掲注38）465頁）があることに対して，棚橋弁護士は，実務的には定款をチェックすることはそれほど大変なことだとは思われないとする（棚橋・前掲注549）53頁注(18)）。

認すべしと言えるが，およそあらゆる株式譲渡の局面で買い手注意と言えるかどうかはやや疑問である。例えば，不動産取引において登記を確認することと比して，株取引における定款未確認の落ち度は，取引実務における認識が未だ買い手にリスクを負わせる程度には至っていないのではないかとも考えられる[551]。

既に論じたように，一部株主間の議決権拘束合意を内容とする定款は，総株主の同意を前提としてその有効性を認め得るものであり，株主の属性に依拠していると言わざるを得ない。その制約を取り払って，一旦定款として成立した以上は株主の変動にかかわらずすべての株主に適用されるとの帰結は，自ら設けた一線を越える結果になると評せざるを得ない。種類株主総会の新設により，取締役選任に関する議決権拘束合意が目指すところの株主間の「力学」は概ね会社法の規定に則ったスキームにより実現できるようになった。およそ誰であっても株主となる者に適用を望むのであれば，種類株主総会を利用すべきであり，敢えてそのツールを選択しない場合に同一の効果を与えることは，「第三者が混乱する可能性」[552]を否定することはできない。

有限会社においては，出資1口1議決権の原則と異なる定款の定めを置くことができ（旧有限会社法39条），特定の社員に出資1口につき複数の議決権を与える旨の定款の規定は有効と解されていた[553]。この場合，その特定の社員に多数議決権が帰属するのであって，持分そのものが多数議決権を帯有した持分になるのではない[554]。よって，有限会社においては実体面でも表現面でも属人的な定款規定が許されていると考えられていた[555]。

551）従来株式の買主は株券の券面を見ることにより定款規定の一部（数種の株式があるときは当該株式の内容も記載されている）を確認することができたが，平成16年商法改正による株式譲渡制限会社における株券不発行制度の導入（平成17年改正前商法226条1項但書，227条1項）により，株券不発行会社においては，株式の移転は当事者間の意思表示により効力が発生することとなった（平成17年改正前商法206条ノ2第1項）。会社法は，原則として株券を発行しないこととし，株式の譲渡は当事者間の意思表示で効力が生じ，会社その他の第三者に対抗するためには株主名簿の書換えを要するとした（会社法127条，130条1項，214条）。このため，今後は買主側で定款規定を確認すべしとの実務的要請が高まってくる可能性がある。

552）神田・前掲注6）7頁。

553）『新注会（14）』307頁〔菱田政宏〕。

(3)　株主間契約の効力—議決権拘束契約—

(i)　議決権拘束契約の効力

次に議決権拘束契約を素材として，株主間契約の効力について検討する。とりわけ，議決権拘束契約に違反する議決権行使が行われた場合，それによって成立した株主総会の決議に瑕疵が生じるかということが問題となる。

従来の通説的見解は，議決権拘束契約に違反する議決権行使がなされたとしても，そのような議決権行使は有効であって，総会決議の瑕疵は生じないとしてきた[556]。議決権拘束契約は債権的契約にすぎず，当事者間において効力を有するにとどまり，会社に対する効力を持たないことが理由とされている。これに対し，特に閉鎖会社における内紛の解決を意図して，議決権拘束契約に違反してなされた議決権行使の効力を否定し，総会決議に瑕疵が生じる可能性を認めるべきとする主張がある[557]。

議決権拘束契約違反を理由に総会決議に瑕疵を認めるためには，「契約の相対的効力」を克服する必要がある[558]。その内容は2つあり，第1に，一般に契約は当事者としてそれに合意した者のみを拘束し，契約当事者以外の第三者には効力は及ばない，第2に，契約の相対的効力を承知して敢えて当事者間にしか効力の及ばない契約という法形態を選択したのだから，その当事者の意

554）『新注会(14)』307-308頁〔菱田政宏〕は，持分複数主義の下で，特定の社員の1個の持分につき複数の議決権を付与することを認める合理的根拠はなく，少数持分を有する特定社員の意思を相対的に向上させることが有限会社への社員としての参加を促すことになる場合，いわば社員の有する持分に含まれる議決権の行使が一部分に付き休止ないし停止するとする。

555）川島・前掲注478）121頁は，当然に属人的な権利と構成することには理論的に疑問が残るとし，持分の譲渡があった場合は，定款に規定を設けて総会で指定した者が売渡請求権を行使するのを認めるなどの自治的な対処をすべきであるとする。この点については，本書第4章第4節で株主平等原則との関連で論じる。

556）菱田・前掲注203）158頁，『新注会(5)』204頁〔菱田政宏〕，鈴木＝竹内・前掲注239）239頁注(4)。

557）浜田・前掲注10）309頁，杉本泰治『株式会社生態の法的考察—株主間契約の機能と効力—』277-279頁（勁草書房，1988年）。浜田教授は，会社の内部関係については，法の後見作用として強行法規性が認められていることから，全株主の現実の合意をもってすれば，法律・定款によって予定された支配運営機構に優先させることができるとすべきであるとする。

558）森田・前掲注537）「株主間契約(5)」10頁。

思を尊重して，契約の拘束力を会社という第三者にまで及ぼすべきではない，というものである。

第1の点については，契約外の第三者として，契約に参加していない株主，会社，債権者等がいる。議決権拘束契約が全株主によるものである場合は，会社自身の利害も実質的に契約当事者のそれと同じであるから，会社が契約の効力から保護されるべき第三者であるとは言い難い。また，債権者等の保護は，表見法理等の適用もあるので，議決権拘束契約違反から生じる総会決議の瑕疵特有の保護理由は見当たらない[559]。

第2の点については，平成13年・14年商法改正で導入された議決権や取締役選解任権に関する種類株式を利用することで，従来議決権拘束契約で定められてきたことの多くは定款に組み込むことができるようになったことを踏まえ，評価が変わってくる問題である。それ以前の商法下においても数種の株式は認められていたが，実務上の利用例はほとんどないと言われていた[560]。また，無議決権株式は，優先配当と抱き合わせとなっており，配当の有無とは無関係に議決権を持株数とは異なる形で配分したいというニーズには対応していなかった。このため，合弁会社等においては，定款によるアレンジが困難な領域をカバーするものとして株主間契約が用いられてきた。また，実務で用いられている定款は，概して定型的なフォームとなっており，前例にない定款規定を設けると，公証人による認証を受ける際に支障となるという懸念が，定款規定の工夫を妨げてきた面がある[561]。平成13年改正前商法以降は，公証人の問題はさておき，会社のコントロール権の分配を定款に規定することは，法律上の障害もなくなり，また，少なくとも大企業やプロの投資家のクラスにおいては，そのような創意工夫のための人的リソースやコストに十分対応できる。そのような出資者が「敢えて」株主間契約を選択する理由としては，合意の内容を秘密にしておきたいか，あるいは定款のような強力な効力を与えられなくても実効

559）森田・前掲注537）「株主間契約(5)」12頁。

560）鈴木『新版会社法』前掲注424）94頁注(1)。

561）森田・前掲注537）「株主間契約(5)」35頁注(46)，菊池武「合弁会社設立契約と定款」国際商事法務1巻11号11頁（1973年），鈴木(正)・前掲注538）25頁。このため，実務では，いったん定型的な定款で公証人の認証を受けた後に，定款変更を行いカスタマイズするということも行われている。前掲注539）参照。

性に心配がないといったことが挙げられよう[562]。合弁契約当事者の力関係は単に議決権の比率のみではなく，出資以外の資金提供，人材の派遣，技術・ノウハウの提供，原材料の支給，販売網の活用など多様な要素が関係している。仮に，議決権の行使についての違反があった場合には，その他のアレンジも中断することとなり，議決権の分配は支配権の帰属に影響を与えるひとつの可能性に過ぎないとも言える[563]。そうであるとすれば，定款による強い法的効力を持つメカニズムを選択しなかった以上，そのような意図的な選択を尊重して，契約違反の議決権行使による総会決議に瑕疵を認めるべきではないと結論づけることも十分に合理性がある。

一方，小規模閉鎖会社のように法的に洗練されていない当事者によって支配・経営されている場合はどうであろうか。小規模閉鎖会社の株主の中には，会社の意思決定は株主総会の資本多数決によって決まるのであって，株主間契約は紳士協定に過ぎないとの「思い込み」から，一部の株主が合意に反する決議を「強行」するという事例があり，結果的に契約を無視した側が保護されることが生じていた。このため狡猾が勝ち，また背信的悪意者が勝ちを占めるという反社会的結果を招来し，株式会社をめぐるモラルの堕落が推進されてきたとの指摘がある[564]。そのような観点から，株主間契約違反の議決権行使による総会決議は，著しく不公正な決議方法（平成17年改正前商法247条1項1号）に該当するとして，決議の取消事由となる可能性も考えられる[565]。これに対しては，総会決議に瑕疵を認めても，それ以外の部分では当事者の対立関係が続いているであろうから，それを処理するメカニズムが当該会社に存在しない以上，総会のやり直しをさせてもかえって当事者間に紛争の火種を残し，当事者にとっても裁判所にとってもコストがかかる結果になるとの認識から，総会決議に瑕疵を認めて両者の関係を継続させるよりも，当事者の関係解消を図るほうが合理的であるとの反論がなされている[566]。

しかしながら，すべての場合に関係解消を図ることが最善とは限らない。厄

562）江頭・前掲注449）301頁注(1)。
563）森田・前掲注537）「株主間契約(5)」23頁。
564）杉本・前掲注557）276-277頁。
565）杉本・前掲注557）278頁。
566）森田果「株主間契約(6)」法学協会雑誌121巻1号6頁（2004年）。

介者を追い払おうとしていた多数派にとっては，自己の会社運営を非難されることなく裁判所から関係解消を持ち出されることは，渡りに船のような状況となりかねない。小規模閉鎖会社においては，多数派・少数派ともに会社が生活基盤であることが多く，両者の関係を解消し多数派が会社を継続することは，たとえ金銭的な補償があったとしても少数派の生活基盤が脅かされる恐れがある[567)]。

さらに，損害賠償の算定においてそれまで少数派が提供してきた無形の財産が金銭的に適正に評価されるかどうか疑問なしとしない。少数派が会社内で有していた地位は，配当還元方式においても反映され得るとの試論があるが[568)]，属人的寄与分を取り除いた「裸の」配当還元価値が適正に算出できるかは不確定であろう。また，このような小規模閉鎖会社にありがちな多数派による専横のリスクは，大企業による合弁会社であっても発生し得る。さらに，ベンチャー企業においては，出資者からの経営は任せるとの「口約束」で事業を進め，結局事業の成果や方向性についての思惑の相違から，多数派である出資者に起業家が解任されるケースが見られる[569)]。

以上を整理すると，平成13年・14年商法改正により，議決権拘束契約の内容を定款で実現することが容易になり，そのような定款自治の拡大が立法化された以上は，定款を利用するよう誘導するために議決権拘束契約に定款と同じ効力は与えないという配慮も無視し得ないが，一方，株主間契約の規定を，定款でも規定できるものと規定できないものとで効力に差をつけることの実質的な説得性もいささか弱いものがある。また，取締役に対し，全株主による議決権拘束合意を無視した一部株主の提案があった場合に，議決権拘束契約違反と知りながら総会で議決するよう義務づける結果を強いることは，取締役としての善管注意義務の要求するところとは言い難い[570)]。そこで，平成13年・14年改正後商法下では，全株主による株主間契約については，契約違反の議決権行使により成立した決議は定款違反と同視して取消しの対象となると解すべきで

567）尾崎安央「小規模閉鎖会社法理と有限会社法」斉藤＝森＝上村編著『現代有限会社法の判例と理論』前掲注478）14頁。

568）森田・前掲注566）「株主間契約(6)」8-11頁。

569）第2章注106）参照。

570）河本一郎＝今井宏『会社法 鑑定と実務』77頁（有斐閣，1999年）。

ある[571)]。したがって，全株主による議決権拘束契約がある場合は，総会の議長が契約に違反する議決権行使をもくろむ株主の提案を総会に付議しないことは適法であり，契約違反の議決権行使により成立した決議は定款違反と同視して取消しの対象となる（平成17年改正前商法247条1項2号〔会社法831条1項2号〕）[572)]。

(ii)　議決権拘束契約の強制可能性

議決権の行使を強制することは議決権の任意性を損なうことになるので許されないとの見解が有力になされてきた[573)]。かつて議決権行使の任意性という法理論は，議決権拘束契約の有効性を否定する論拠として援用された。しかし，近年は議決権行使を処分する自由も任意性に含まれるとして議決権拘束契約の有効性を肯定する論拠となっている[574)]。確かに，強制履行になじまない債務として一般にあげられている夫婦の同居義務，婚約を履行する義務，芸術家が作品を創作する義務等と比較し[575)]，議決権の行使がそれらと同じレベルにあるとは言い難い。資本の論理で運営される総会での決議参加の意思決定にこれらの義務と同じ程度の自由度は求められないであろう[576)]。

次に，強制が可能な議決権拘束契約は，全株主が当事者となった契約に限定されるか。この点について，一部の株主のみによる議決権拘束契約について強

571）江頭・前掲注449）301頁注(2)。森田准教授は，平成13・14年の商法改正により，大企業やベンチャー・キャピタル等の会社法を知悉した利用者にとっては，議決権拘束契約に強い効力を付与することによるコスト節減効果が相当程度減少し，小規模閉鎖会社については，総会決議の効力を否定して当事者に関係継続を強制することによるコストが大きいとして，議決権拘束契約に違反した議決権行使により成立した総会決議の瑕疵を否定する（森田・前掲注566）「株主間契約(6)」13頁）。

572）江頭・前掲注449）301頁注(2)。

573）菱田・前掲注203）158頁，青竹・前掲注465）「株主の契約」22頁，宍戸・前掲注8）32頁。

574）森田・前掲注537）「株主間契約(5)」25頁注(1)。

575）内田貴『債権総論・担保物権〔第3版〕』112頁（東京大学出版会，2005年）。

576）これに対しフランスでは，為す債務の不履行は損害賠償に帰するという民法典1142条により，原則的に議決権拘束契約の強制履行は否定されている。森田・前掲注203）「株主間契約(4)」57-59頁，白石智則「フランス法における議決権拘束契約の強制履行」奥島孝康＝宮島司編『商法の歴史と論理―倉澤康一郎先生古稀記念―』599-601頁（新青出版，2005年）。

制可能性を肯定すると，相互に矛盾する複数の議決権拘束契約が締結されている場合の処理に困難が生じるとして，全株主が当事者となった契約に限定すべきとの主張がある[577]。相矛盾する議決権拘束契約が締結された場合の優先関係を決定するのが困難であることは確かだが，むしろ強制執行が申し立てられることによって総会決議が覆されてしまうと，実質的には決議取消しの訴えと同じ効果が生じる点を考慮し，強制執行は全株主による議決権拘束契約に限定されると考えるべきであろう。

執行方法としては，一般には意思表示の擬制（民事執行法174条），代替執行（民事執行法171条），間接強制（民事執行法172条）が用意されており，議決権の行使についてはこのいずれも可能である[578]。また，実際には株主総会が切迫しているときに議決権拘束契約違反の恐れが表面化してくるため，仮処分を認める必要性がある。意思表示を命ずる仮処分については，民事執行法が意思表示を命ずる判決は確定したときに意思表示があったと擬制していることとの関係で，そもそも判決の確定以前に仮処分で意思表示の擬制を認めることができないのではないかとの疑問が生ずる。これに対しては，意思表示に関する仮処分は，一般的に否定されるのではなく，一応意思表示に関する仮処分の可能性を認めた上で，個別的な意思表示の形態ごとにその是非を問うというアプローチをとるのが多数説である[579]。ただし，意思表示にかかる仮処分は，満足的仮処分であり重大な結果を導くことが多いので，保全の必要性に当たっては慎重な審理が求められる。議決権拘束契約に基づく仮処分は，全株主が当事者となった契約であり，かつ，特定の意思表示を求めるものである場合に認められよう[580]。

577）森田・前掲注566）「株主間契約(6)」16頁。江頭・前掲注449）301頁注(2)も結論は同旨。

578）森田・前掲注566）「株主間契約(6)」16-18頁。棚橋・前掲注549）51頁。

579）竹下守夫＝藤田耕三編『注解民事保全法(上巻)』303頁〔藤田耕三〕（青林書院，1996年），竹下守夫＝藤田耕三編『注解民事保全法(下巻)』119頁〔小林昭彦〕（青林書院，1998年），丹野達＝青山善充編『裁判実務体系第4巻保全訴訟法』490頁〔鈴木健太〕（青林書院新社，1984年）。

580）森田・前掲注566）「株主間契約(6)」22頁。

2. 取締役選任の合意

(1) 定款自治の範囲

取締役は株主総会の決議をもって選任または解任される会社の業務執行の中枢機関である。法は，経営の効率性を図るため，株主自らが経営を行うのではなく，これを株主によって選任された取締役に委ねるとしている。株主は株主総会における取締役の選任・解任をもって，その投下資本の回収を最大化するためのコントロールをすることになる。

合弁会社，ベンチャー企業，および小規模閉鎖会社において株主間契約が締結されている場合，取締役の選任条項は，会社の支配権に関わるものとしてその主要な規定項目となる。取締役選任の合意の仕方には様々なタイプがある。例えば，①一人の株主が取締役を指名した場合，他の株主がそれを承認するというもの，②複数の株主がそれぞれ一定数の取締役の指名をすることができるとするもの，③特定の株主が取締役選任につき拒否権を有しているもの，④特定の者を取締役に選任するとするもの，⑤特定の第三者の決定に従い議決権を行使するものなどである。合弁会社においては，出資比率および議決権比率が均等の場合に取締役会構成を同じく均等にするために，合弁当事者が同数の取締役を指名できるとしているケースが多い。ベンチャー企業にベンチャー・キャピタルが出資し，ベンチャー・キャピタルが株主総会での議決権の過半数を握る場合には，起業家が経営者の地位を確保するために，取締役の過半数を起業家側から指名できるとするケースがある。逆に，ベンチャー・キャピタルが少数派株主となる場合は，起業家のモラル・ハザードを防ぐために，ベンチャー・キャピタル側が取締役の解任権を確保するケース（一定期間内に一定の業績を達成しなかった場合，ベンチャー・キャピタルが取締役の入れ替えをすることができるとする）もある。小規模閉鎖会社においては，書面化されていないものの，特定人（オーナー一族など）を生涯取締役とする旨の合意が存在している場合が多いと考えられる。

取締役の選任は，株主の主要な議決権行使の場面であり，この問題は，従来議決権拘束契約の有効性として議論されてきた内容を当てはめて考えることができるが，以下若干の補足的考察を加える。

ここで問題となるのは，取締役の選任に関する全株主による議決権拘束契約すべてが定款として規定することができるかである。この論点に関しては，株主間の合意形成のレベルで2つの問題点がある。

第1は，議決権拘束契約に全株主の「現実の合意」が必要であるとする議論[581]との関連である。「現実の合意」を構成する要件については，必ずしも明らかでないが，附合契約のようなものであってはならず，少なくとも株主総会に付議したのと同等の手続的公正さをもって全株主が同意していなければならないと言えるであろう。かかる意味で，黙示の合意では不十分であろうし，全株主に十分な検討期間（例えば，株主総会の招集通知の発送に準じて2週間以上）が与えられずに議決権拘束契約が締結された場合や，とりわけベンチャー・キャピタルのような「プロ株主」が自己の書式で株主間契約を起案し，起業家（およびその他の少数株主）に対して交渉の余地のないものとして約款取引的に議決権拘束契約を締結した場合においては，現実の合意の成立を疑う余地が出てくる。これに対し，定款に規定する場合は，株主総会の招集・開催手続規定に従い，総株主が賛成の票を投じていれば，現実の合意を問題とする余地はない。

第2は，法が予定しているアレンジと同等の効果を有する合意内容であれば，法の定めるアレンジ方法を用いなくとも定款に規定することができるかという問題である。平成17年改正前商法は1株1議決権を原則としつつ（平成17年改正前商法241条），平成13年および14年の改正で，議決権制限株式，一定の事項について拒否権を持つ種類株式，さらに，定款による譲渡制限を設けている株式会社においては取締役等の選解任権を持つ種類株式の発行を認めた（平成17年改正前商法222条）。これにより従来株主間契約によってアレンジされていた取締役の選任に関する合意の多くが定款により実現できるようになった[582]。とはいうものの，議決権制限株式ならびに取締役を選任できない種類株式の発行は発行済株式総数の2分の1以下という制約があり（平成17年改正前商法222条5項ないし8項〔会社法108条1項3号・9号[583]，2項3号・9号，115条参照〕），発行済株式の過半数を有する株主の株式をすべて取締役

581）浜田・前掲注10）309頁。

582）森田・前掲注537）「株主間契約(5)」13頁。

583）会社法では，公開会社でも委員会設置会社でもない会社が種類株主総会において取締役・監査役を選任できる株式を発行することができる。

を選任できない株式とすることはできなかった[584]。また，種類株主総会を設けたとしても，例えば，「取締役の選任に関し株主Aの議決権は株主Bの指図に従って行使される」とか「取締役選任決議にあたり，株主Aの議決権は，取締役X名分については株主Bの指図に従って行使され，株主Bの議決権は取締役Y名分については株主Aの指図に従って行使される」という議決権拘束契約と全く同一の効果を生じるわけではない。種類株主総会を採用すれば，取締役選任権を有しない株主が定款に違反して取締役選任の議決に参加するということは事実上発生しないと考えられるが，議決権拘束契約の場合は，契約に違反して議場で議決権を行使するという事態もあり得る。また，株主が3名以上いる場合には，株主A保有の株式を取締役選任権のない株式とした場合と，取締役の選任に関し株主Aの議決権は株主Bの指図に従って行使されるとした場合では，株主Bの意向が取締役選任に反映される程度が異なり得る。

そこで，「取締役の選任に関し株主Aの議決権は株主Bの指図に従って行使される」とか「取締役選任決議にあたり，株主Aの議決権は，取締役X名分については株主Bの指図に従って行使され，株主Bの議決権は取締役Y名分については株主Aの指図に従って行使される」という内容をそのまま定款に記載することができるかが検討されてよい。この論点はさらに2つに分けて考える必要がある。

第1は，種類株主総会の規定と異なるアレンジの取締役選任に関する株主間の取り決めを定款に記載できるかということであり，第2は，株主の一部の者の間の取締役選任に関する取り決めを定款に記載できるか，ということである[585]。

第1の論点に関し，種類株主総会にかかる平成13年改正前商法下であるが，株主平等原則の例外として認める法定の議決権のない株式を除いては，会社および将来の株主も拘束する定款で，ある株式またはある株主の議決権を剥奪・制限したり，1株につき複数の議決権を付与したりすることは認められないと

584）会社法では，議決権制限株式の発行数の制限（発行済株式総数の2分の1）は公開会社にのみ課されている。取締役選任の種類株式発行数の法定制限の経緯につき，江頭・前掲注497）156頁注(43)参照。

585）第2の論点の主要部分については，本章第5節第2款1で論じた。

の主張があった[586]。伝統的にはそのような考え方が通説的見解であったとされ，その根拠として，商法に明文の禁止規定はないもの，株主総会に与えられた取締役選任権限を侵すことになること，取締役は党派的利害の代表者ではなく会社自体に対して忠実義務を負う独立した存在であるという株式会社法が前提とする考え方に反することになることが挙げられていたと指摘されている[587]。しかし平成 13 年および 14 年改正は，それまでの通説的見解を覆す発想の転換を行ったと解される。すなわち，取締役選任に関する種類株式が設けられた場合は，取締役の選任は各種類の株主総会単位で行われ，全体の株主総会では行われない（平成 17 年改正前商法 257 条ノ 2 第 1 項，280 条 1 項〔会社法 347 条，329 条 1 項〕）。これにより，合弁会社・ベンチャー企業等において株主間で合意した取締役を各派が選任できることが会社法により明文で保証されたことになり，取締役は党派的利害の代表者ではないというよりもむしろ利害の異なる株主の代表者として位置づけられることとなった。さらに，平成 17 年改正前商法は，複数の種類株主が共同で取締役を選任することも規定しており（平成 17 年改正前商法 257 条ノ 4，280 条 1 項〔会社法 108 条 2 項 9 号，347 条，329 条 1 項〕），利害を共通にする複数の株主が相互に連携して取締役選任の議決権を行使することも法律により認められることとなった。また，取締役が利害の異なる株主の代表者であったとしても，一旦選任された取締役は，会社自体に対して忠実義務を負うことに変わりはない[588]。以上のように，取締役選任の議決権拘束の合意を定款に記載することを認めない伝統的見解の基礎は平成 13 年および 14 年商法改正により取り払われたと解することができ，定款においても議決権拘束契約と同様のアレンジを認めることができるのではないかと考えられる[589]。ただし，平成 17 年改正前商法下では，議決権制限株式および取締役選任に関する種類株式の発行数量規制（平成 17 年改正前商法 222 条 5 項，6 項，8 項）に反する結果となる定款規定は無効と解すべきである。

次に，株主の一部の者の間の取締役選任に関する議決権拘束契約を定款に記載できるかという第 2 の論点である。

586）青竹・前掲注 465)「株主の契約」28 頁。

587）森田・前掲注 537)「株主間契約(5)」13 頁，宍戸・前掲注 8）31 頁。

588）神田秀樹『会社法〔第 8 版〕』77 頁（弘文堂，2006 年）。

589）森田・前掲注 537)「株主間契約(5)」15 頁。

この点については，議決権拘束条項の定款自治の範囲として既に論じたが，補足を加えつつ以下再論する。江頭教授はA・B・C3名の株主がいる会社の定款にA・B間の議決権拘束契約の内容を記載したとしても単にA・B間に債権的効力を生じさせるだけの無益的記載事項であるとする[590]。しかしながら，A・Bの間で取締役選任の議決権がどのように行使されるかはCにとっても相当な関心事であるはずである。この議決権拘束契約が仮に「取締役の選任に関し株主Aの議決権は株主Bの指図に従って行使される」という内容であり，それが定款に記載されていれば，Cとしては取締役の選任決議に関してはAとBの議決権の合計数がBの意向により行使されることを知り得る。AとBの合意が議決権拘束契約にとどまっていれば，その内容がCの知るところとならない可能性がある。さらに，平成13年および14年商法改正により，取締役選任に関する種類株式の発行が認められ，その場合全部の種類の株式につき，①その種類の株主が取締役を選任することができるか否か，できる場合の選任できる取締役の数，②選任できる取締役の全部または一部を他の種類の株主と共同して選任するものとするときは，当該他の種類の株主および共同して選任する数が定款に記載される（平成17年改正前商法222条2項，7項〔会社法108条2項9号〕）こととなった。これにより，例えば取締役5名中4名をAとBが共同で種類株主総会を開催して選任し，残りの1名をCが選任するというアレンジが実現できるが，Cは4名の取締役の選任プロセスに全く参加できないので，CにとってはA・B間でどのように取締役選任のアレンジがなされるかについては相当な関心があるはずであり，A・B間の議決権拘束合意がなされた場合にそれを定款に記載してCに知らしめることには相応の意味と効果があると言うべきである。そして，そのような定款条項を目にしたCとしては，AまたはBがそれに違反した場合に，株主総会決議に瑕疵が生じたとしても何ら不意打ちにはならないし，むしろA・B間の法的不安定性を抱えたまま会社経営がなされるというリスクを防ぐ効果がある。

したがって，A・B間の議決権拘束合意をその他の株主が同意している場合に関しては，その内容を定款に記載することは，AまたはBが定款に違反した場合に，その効力がその他の株主に及ぶこと（すなわち株主総会決議取消事

590）前掲注542）とそれに伴う本文参照。

由となること）をその他の株主が同意したという意味において，全株主を拘束すると言ってよい[591]。以上より，一部株主間の取締役選任に関する議決権拘束の合意内容は，株主全員が同意している場合にはそれを定款に記載することにより有益的記載事項となると解する。

そこで次に，株主A・B・Cの一部が交代した場合に，A・B間の議決権拘束の定款規定はどのように扱われるべきかが問題となる。定款に記載された事項は，その内容を知っていたか否かを問わず会社および将来の株主をも拘束するとされ，この点が定款と株主間契約の人的効力範囲の大きな差異である[592]。A・B間の議決権拘束合意が定款に記載された場合に，Bから株式を譲り受けた者は，その拘束を受けるとすべきであろうか。定款の記載が「株主A」「株主B」という属人的特定をもってなされていれば，そのような規定は，あくまで株主A・Bについての規定であり，承継人には適用されないと解釈されよう[593]。この場合，Bが株主から抜けることで，定款の規定が無益的記載事項となったということになる。ただし，議決権拘束合意が，株主ではなく何らかの形で株式により特定されていた場合（例えば，株主Aの保有する株券が株券番号イ1号，株主Bの保有する株券が株券番号イ2号であって，定款の記載が「取締役の選任に関し，株券番号イ1号の株主の議決権は株券番号イ2号の株主の指図に従って行使される」となっていた場合）については，属人的規定というよりもむしろ株式の属性を定めた規定と見ることができ，種類株式の設定に準ずる規定内容として，株主の交代にかかわらず有益的記載事項としての効力を有すると解する余地も出てくる。

⑵　株主間契約の効力

取締役選任の合意を内容とする株主間契約の効力については，議決権拘束契約に関して論じたことがあてはまる。

総株主が当事者となっている取締役選任の合意が存在する場合，契約違反の議決権行使による取締役選任決議は取消しの対象となり，総会の議長が契約に

591）森田・前掲注537）「株主間契約(5)」33頁注(41)参照。

592）森田・前掲注537）「株主間契約(5)」14頁。

593）森田・前掲注537）「株主間契約(5)」15頁。株式譲渡の場合の論点につき，前掲注549）ないし注551）とそれに伴う本文参照。

違反する取締役選任を目論む株主の提案を総会に付議しないことは適法である。また，契約に従った議決権行使をしない株主がいる場合に，他の契約当事者が意思表示に代わる判決（民法414条2項但書，民事執行法174条）を求めることは，契約内容が明確であれば可能である[594]。

3. 株式譲渡制限の合意

(1)　定款自治の範囲

株式会社法は株式の自由譲渡を原則とする。昭和41年商法改正以前は，「株式ノ譲渡ハ定款ノ定ニ依ルモ之ヲ禁止シ又ハ制限スルコトヲ得ズ」（昭和41年改正前商法204条1項）として，株式の自由譲渡性を強行法によって保障していた。しかし，わが国における株式会社の大多数を占める中小企業たる閉鎖会社においては，密接な人的関係がある者により所有・経営されていることから，株主を信頼できる者に限定したいとの要請が強く，昭和41年改正で，定款に株式の譲渡につき取締役会の承認を要する旨を定めることができるようになり（平成17年改正前商法204条1項但書），あわせて株式譲渡制限会社における株式譲渡手続が法定された（平成17年改正前商法204条ノ2ないし204条ノ5）[595]。

株式譲渡制限に関しては，譲渡の承認機関，対象となる株式または株主の属性，および非承認の場合の譲渡手続の3点に関して，定款自治をどの範囲で認めることができるかが問題となる[596]。

(i)　譲渡の承認機関

株式譲渡の承認機関を取締役会ではなく株主総会とすることができるかについては，議論の対立があった。平成17年改正前商法下では，通説はこれを否定し，その根拠として株式の譲渡についての承認は株主構成に関する事項であって，業務執行についての決定を行う会議体である取締役会が機動的に承認の可否をするのが適当であり，また会社が承認しない場合の株主の投下資本回収の

594）江頭・前掲注449）301頁注(2)。

595）株式の譲渡性の原則と立法の変遷につき，田中・前掲注473）358-362頁。

596）本項の論点につき包括的に論じた文献として，出口正義「定款による株式譲渡の制限」竹内昭夫編『特別講義商法Ⅰ』前掲注6）29頁以下参照。

措置を効果的にするためには取締役会の権限とするのが妥当であるとしていた[597]。これに対して，有力説は誰を株主とするかは本来取締役会ではなく株主が判断するほうが適切であることを理由として，定款で株式譲渡につき株主総会の承認を要すると定めることは可能であるとしていた[598]。ただし，株主総会を承認機関とした場合，株式譲渡人に対する譲渡不承認の通知を請求の日から2週間以内に行わなければならないため（平成17年改正前商法204条ノ2第5項），定款で株主総会の招集期間が短縮（平成17年改正前商法232条1項）されていない限り，法定期間内に総会決議を行うには総株主による招集手続省略の同意が必要となる（平成17年改正前商法236条）ので，譲渡株主が招集手続省略に同意しなければ，株式譲渡は必ず承認されてしまうという不都合が生じ得た。このような結果については，株主の利益を害さないから無効とする必要はないとされていた[599]。この説明における「株主」とは，譲渡人たる株主を指していると考えられるが，株式譲渡制限の制度趣旨は，会社にとって好ましくない者が株主になることを防止し，譲渡人以外の株主の利益を保護することであるから[600]，必ずしもそのようには言い切れない。また，承認機関を株主総会とすると，特別利害関係人たる譲渡株主も議決権を行使できることになるので，そのような株主総会を承認機関として認める解釈論の当否にも疑問が呈されていた[601]。

会社法では，譲渡の承認機関は，取締役会設置会社では取締役会，それ以外の会社では株主総会であるが，定款に別段の定めをして取締役会設置会社においても株主総会を承認機関とすることができることとなり（会社法139条1項），この点については，定款自治が明確化された。

(ii)　対象株主・対象株式の属性

従業員株主が持株を譲渡する場合に限り承認を要するなど譲渡株主の属性を

597）上柳克郎＝鴻常夫＝竹内昭夫編『新版注釈会社法(3)』64頁〔上柳克郎〕（有斐閣，1986年），大隅健一郎＝今井宏『会社法論上巻〔第3版〕』418頁（有斐閣，1991年）。

598）江頭・前掲注449）212頁，森本滋『会社法〔第2版〕』156頁（有信堂高文社，1995年），北沢・前掲注425）204頁。

599）北沢・前掲注425）204頁。

600）江頭・前掲注449）213頁注(5)。

601）『新注会(3)』65頁〔上柳克郎〕。

基準に取締役会の承認の要否を定め，特定の種類株式の譲渡には承認を要しないとして株式の種類によって承認の要否を定め，あるいは1万株以上の譲渡は承認を要するとして譲渡株式数の多寡により承認の要否を定めることは，定款自治の範囲内として認められるであろうか。

これらの基準は株主平等原則から無効とする見解が有力である[602]。しかしながら譲渡を承認するかどうかについては取締役会が広い裁量権を有していると考えられ，究極的には株主平等を貫くことができない[603]。会社をどの程度閉鎖的にするかを当事者が決めることは合理性がある。しかし，譲渡株主に着目したものは，特定株主の差別的取扱いとして無効とすべきである[604]。ただし，譲渡相手方の属性により承認の要否を定めることは，会社の閉鎖性を確保する趣旨に鑑み認めてよい。

(iii) 非承認の場合の譲渡手続

先買権条項等を定款に規定するなどの方法により，商法に規定されているものとは異なる譲渡手続を定款で定めることはできないものと一般に解されている。株式譲渡制限手続は，株主による投下資本回収の保証と両立する限度内で，株式譲渡自由の原則の例外を認めるものであるというのが平成17年改正前商法204条1項の反対解釈である。これに加えて，種々の株式譲渡制限の手続を許容すると，譲渡制限内容の株式申込証，株券への記載および登記を要求し（平成17年改正前商法175条2項4号ノ2，280条ノ6第5号，225条6号，188条2項3号），簡明かつ画一的な公示を施すことによって，株主になろうとする者に対し株式譲渡制限の要件および効果を明確に知らしめて，混乱を避けようとした法の趣旨に反するというのである[605]。

しかしながら，株式譲渡制限規定は「商法の理想の立場からの一つの模範答案」[606]であると言われつつも，不確実性がないわけではない。最終的に売買価

602）大隅＝今井・前掲注597）418頁，北沢・前掲注425）204頁。大隅＝今井は，原始定款によるか，または該当株主全員の同意を得れば許されるとする。

603）江頭・前掲注449）212頁。ただし，取締役は承認の判断につき善管注意義務，忠実義務を負うものと考えられる（江頭・前掲注449）214頁注(7)）。

604）江頭・前掲注449）212頁注(4)。

605）上柳克郎「株式の譲渡制限―定款による制限と契約による制限」大阪学院大学法学研究15巻1・2号11-14頁（1989年），黒田伸太郎「株式譲渡制限等に関する合弁契約の効力」判例タイムズ1104号51頁（2002年）。

格の決定は裁判所による株式価値の評価に委ねられている（平成17年改正前商法204条ノ4)。具体的な評価算定方式としては，配当還元方式，収益還元方式，類似業種比準方式，純資産方式，およびこれらのいくつかを一定の比率で併用するなどの方式が存在している。裁判例の多くは，複数の評価方法により算出された額を加重平均した数値を採用しているため[607)]，譲渡価格の明確な予測は困難で，投下資本回収方法としての不確実性が残る[608)]。そこで定款に「売買価格の協議のルール」を定めておくことは，それが一般に合理的と認められている算定方式を採用するものである限り，商法の定めを具体化したものとして許容されてよいと考える[609)]。

(2)　株主間契約の効力

画一的でありながら売買価格の協議ルールについては黙して語らない商法の株式譲渡制限に関するメカニズムは，実務のニーズを満たすものとはなっていない。特に合弁会社においては，合弁契約で株式譲渡制限に関する規定が設けられるのが常である。

典型的な規定には次のようなものがある[610)]。

同意条項（consent restriction)：他方当事者の承認なしに株式を譲渡することを禁止する規定である。

先買権条項（first refusal right)：一方当事者が株式を譲渡しようとする場合に，他方当事者に対し事前の通知義務を負い，通知を受けた側は一定期間先買権を有する旨を定める規定である。この期間中に先買権が行使されなかった場合は，第三者に株式を譲渡することができる[611)]。先買権が行使された場合の価格の算定方法，評価者の選定方法，評価者の算定価格を争う方法等についても定めが置かれるのが通常である。

売渡強制条項（call option)：合弁会社の一方当事者に合弁契約上の債務不履行や支配権の移転等が生じた場合や，株主に相続が生じた場合に，当該事由

606）上柳・前掲注605）13頁。

607）江頭・前掲注449）12頁注(2)。

608）黒田・前掲注605）51頁。なお，笠原武朗「少数株主の締出し」森淳二朗＝上村達男編『会社法における主要論点の評価』134頁（中央経済社，2006年）は，裁判所の「公正な価格」の算定能力に不安を示す。

が生じた当事者は，他の当事者に対し株式を売り渡す義務が発生する旨を定めるものである。株主の意思に関わりなく売渡しが強制されるため，厳密には株式譲渡制限に関する合意ではない[612]。

株主譲渡制限に関する株主間契約の有効性について，従来の通説的見解は，会社が契約の当事者となっているか否かという形式的基準を重視し，株主間相互の契約は，契約自由の原則により平成17年改正前商法204条1項の規定とは無関係に有効であるが，会社と株主との間の契約は，商法の規定の脱法手段となりやすく，原則として無効であるとしてきた[613]。例外的に有効となる場

609）松尾健一「株式の強制取得条項による株式買取請求権の排除」同志社法学58巻3号82頁（2006年）。

この場合は，定款による法律の規定からの逸脱という意味での定款自治というより，法律の規定と裁判実務が示唆する複数のオプションの中から定款でその一つを選択するものと理解されるであろう。

例えば，ベンチャー企業出資契約で用いられる以下のような内容の売買価格の協議ルールを定款に盛り込むことが考えられる。

①売買価格について，譲渡人・譲受人による協議が20日以内に整わなかった場合，両者はそれぞれ自らが選んだ株式評価の専門家（以下，「評価人」）に査定を依頼し，各評価人は依頼から20日以内に査定結果を依頼人に通知する。

②査定結果のうち高い値が低い値の130％以下である場合は，両者の平均値を売買価格とする。高い値が低い値の130％超である場合は，譲渡人と譲受人が再度協議する。

③前項の協議が5日以内に整わない場合は，両評価人が第3の評価人を5日以内に選定し，第3の評価人が20日以内に査定を行う。この場合，売買価格は3名の評価人の査定結果のうち近いほうの2つの平均値とする。但し，3つの査定結果が均等な価格差で並ぶ場合は，中間の査定結果とする。

株式の評価方法が複数あり評価結果が安定しないという現実を踏まえて，異なる結果が出た場合の調整ルールまで確定する内容となっている。複数の評価方法による結果を平均するのに比べ，評価人が当事者から受けるかもしれないバイアスを排除でき，公正性を担保できる。評価方法の選定から裁判所が担う法定手続に比べ，当事者の納得度が高まることが期待できる。

なお，Riley, *supra* note 368は，イギリス会社法において，株式評価手順を含んだ株式買取条項の定款自治を認めつつも，少数派株主が“unfair prejudice”（Companies Act 1989, s. 459）を主張している場合は，定款自治は適用されるべきでないとする（*Id.* at 799-802）。

610）江頭・前掲注449）217-218頁。黒田・前掲注605）51頁。

611）ただし，契約の解釈として問題になり得る（江頭・前掲注449）218頁注(13)）。

合の基準については，契約内容が株主の投下資本の回収を不当に妨げない合理的なもの（例えば株主がその株式を譲渡する場合に他の株主または会社の指定する第三者に先買権を認めるような契約）であるときは有効であるとする説と[614]，契約の内容が定款によって定めることができるものと実質的に同じものである場合に有効であるとする説[615]など，論者により若干異なる。

しかし，従業員持株制度において，会社と従業員との間で締結される株式譲渡制限契約を有効とした判例[616]が登場したことを受けて，学説は，会社が契約当事者になっているかどうかという形式的な基準ではなく，そのような合意が実質的に見て商法の趣旨に反するかどうかを問題とする傾向となっていた[617]。その論拠として挙げられているのは，①契約による制限は契約当事者間で債権的効力を生じるに過ぎないこと，②定款による制限が全株主に画一的に強要されるのに対し，契約の場合は，附合契約的なものを許さず，現実の合意を要するという絞りがかかること，③契約による譲渡制限が実際上重要な役割を果たしていることの3点である[618]。このうち，実質的には②の現実の合

612）売渡強制条項と逆に，一方当事者が他方当事者に対し所有株式の買受けを強制することができる買受強制条項（put option）が用いられることがある。経営参加していない少数株主が合弁会社の経営が悪化した場合に脱出する手段として用いられる。さらに特殊な形態として，一方当事者が買受け申し出をした場合に，相手方当事者は，申出価格で買い取るか同額で自己の持株を相手に売却する申込みをしなければならない旨の条項（Russian roulette clause）も存在する（江頭・前掲注449）219頁注(15)）。Russian roulette clauseのひな型として，Stedman & Jones, *supra* note 376, at 484-92参照。

613）大隅＝今井・前掲注597）434頁，『新注会(3)』71頁〔上柳克郎〕。

614）大隅＝今井・前掲注597）434頁。

615）『新注会(3)』71頁〔上柳克郎〕。ただし，上柳教授は，前掲注605）において改説し，投下資本回収の機会を不当に奪ってはならないという商法の理想と矛盾しない限り有効であるとしている。

616）東京地判昭48・2・23判時697号87頁，東京地判昭49・9・19判時771号79頁，神戸地尼崎支判昭57・2・19下民集33巻1〜4号90頁・判時1052号125頁（判例評釈として，前田雅弘・別冊ジュリスト会社判例百選（第5版）17事件38頁（1992年）），最三小判平成7・4・25集民175号91頁（判例評釈として，宮島司・平成7年度重要判例解説（ジュリスト1091号）85頁（1996年））。

617）前田雅弘「契約による株式の譲渡制限」法学論叢121巻1号36-43頁（1987年），神田・前掲注6）6頁。

意の存在が決め手となるが[619]，会社が契約当事者でない場合の判断要素を踏まえると，会社が当事者となっている株式譲渡制限契約の有効性は，①現実の合意の有無，②投下資本の回収可能性，③対価の合理性に照らして検討されなければならないと考えられる[620]。会社が同意権限を有する形のものは，会社が株主の投下資本回収の機会を制約し，かつ取締役が株主を選択するという点で無効である可能性が強い[621]。従業員持株会が経済的弱者たる従業員との間で一律的に取り交わす株式譲渡制限契約も，附合契約的になされる危険性が高く，たとえ従業員が契約内容を了承していたとしても，それだけで契約が当然に有効になるわけではない[622]。

このように会社が当事者となった株式譲渡制限契約の有効性が認められるといっても，一方の株主が契約に違反して株式を第三者に譲渡してしまった場合に，他方当事者が有効に救済されるかは問題である。判例・学説は，株式譲渡制限契約は当事者間で債権的効力を有するに過ぎないとしており，これに違反する譲渡についても，譲受人の善意悪意を問わず，譲渡自体は有効であると解されているからである。そこで，会社に対して株式の名義書換禁止の仮処分を求めることが考えられる[623]。これについては，会社を第三債務者とする場合は，強制執行の目的が株券自体であるから名義書換禁止を命ずることは行き過ぎであり仮処分は違法とされており，また，会社自体を債務者とする場合は，株主権の帰属をめぐる株主間の紛争について会社は局外者であるから債務者適格が認められるべきか疑問であるほか，仮処分の付随性も認められないと解されている[624]。しかし，会社が当事者となっている譲渡制限契約であれば，会

618）前田雅弘・別冊ジュリスト会社法判例百選21事件46頁（2006年）。

619）神田・前掲注6）7頁。

620）黒田・前掲注605）53頁。石丸裕康「ジョイント・ベンチャー・アグリーメント（株主間契約）の法的性質とその特色」企業法学会編『企業法学（1994 Vol. 3）』170-171頁（商事法務研究会，1994年）。

621）江頭・前掲注449）217頁注(12)。

622）前田・前掲注617）43頁。

623）神田・前掲注6）5頁。学説の詳細は，佐々木一夫「株式をめぐる仮処分―株式の名義書換禁止の仮処分」門口正人編『新 裁判実務体系11 会社訴訟・商事仮処分・商事非訟』215頁以下（青林書院，2001年）参照。

624）黒田・前掲注605）54頁。

社は契約に違反した株式譲渡を承認して名義書換請求に応じてはならない債務を負うこととなるため，会社を債務者とする名義書換禁止の仮処分は認められてよい。さらには，株式譲渡制限契約で，他の株主に先買権を与える規定があれば，当該株主は先買権の規定を根拠として，会社に対し第三者への株式譲渡を不承認とし，自らを買受人に指定することを命ずる仮処分を請求することも可能と考えられる。

4. 追加出資・債務保証の合意

(1) 定款自治の範囲

株式会社はリスクのある規模の大きい事業に多数人が参加することを可能ならしめるため，株主は，会社に対してその有する株式の引受価額を限度とする有限の義務を負うだけで，会社債権者に対し何らの責任も負わないという間接有限責任が法により定められている（平成 17 年改正前商法 200 条 1 項〔会社法 104 条〕）。株主有限責任の基礎づけとして，社員の地位の個性を失わせ，多数の者が安心して容易に会社に資本参加し得るようにするために必要であり，資本制度および情報開示によって会社債権者は保護が図られ，また，個々の株主に対して債権者が責任を追及するのでは効率が悪く会社に対して請求するのが合理的であるとの説明がなされている[625]。このように説明される株主有限責任が閉鎖会社の株主にも認められる理由としては，失敗の可能性が高くても社会的に望ましい企業活動を促進する必要性があること，会社債権者の方が株主よりリスク負担能力が勝るケースがあるなどの，より政策的な理由も挙げられている[626]。

株主有限責任の原則は，株式会社における本質的要請であり，会社が定款や株主総会の決議で株主が直接会社債権者に対してなんらかの責任を負うような定めをすることは株式会社の本質に反することになる[627]。また，株主に会社に対する株式の払込義務以上に何らかの義務を課すことも株式会社の本質と相

625）神田・前掲注 588）24 頁，弥永真生『リーガルマインド会社法〔第 9 版〕』20 頁（有斐閣，2005 年）。

626）江頭・前掲注 449）29 頁。

627）『新注会(3)』32 頁〔米津昭子〕。

容れず，すべて無効であるとされる[628]。このような株主の追加的義務を定める定款条項は，原始定款または総株主の同意により定めた場合にも無効である[629]。

この点を論じた裁判例として，株式の分割払込主義がとられかつ無額面株式が採用されていなかった昭和25年商法改正以前であるが，以下の2つがある。1件目は株式会社の合併にあたり，額面50円で払込済み30円であった株主が，額面50円で払込済み12円50銭の新株を割り当てられた結果，37円50銭の払込義務を負担することになるのは，株主総会の合併決議によってもできないとしたものである[630]。この判例評釈を行った松本烝治博士は，株主責任の加重は合併の決議によってもこれを行うことはできず，そのような株主有限責任の原則に反しその責任を加重する結果を生ずるような株主総会決議は株主全員の同意をもってはじめてその効力を生じるとした[631]。もう1件は，株式会社が株主総会の決議をもって1株50円の額面株式を75円に引き上げて，各株主の増額分を払い込ませることとしたことに対し，大審院は，その措置が株主有限責任に抵触し，総会決議は反対した株主に対して効力を有さないとした[632]。この論点に関して，株式の額面金額の引き上げは，追加払込に対する株主全員の同意とともに株金額の引き上げに関する定款変更決議をもって行うべきであるとの見解がある[633]。しかしながら，これらの判決および評釈を行った論者は，株主全員の同意をもってすれば，およそ株主に追加払込責任を負わせることができるとしているわけではないと理解すべきである。いずれも合併および株式の額面変更という商法により株主総会の権限と認められている手続に則った上での株主の追加払込が問題となっているのであって，分割払込制度

628）『新注会(3)』32頁〔米津昭子〕。

629）江頭・前掲注449）29頁注(1)。ただし，江頭は追加出資義務を定める定款を有効とするドイツ有限会社法（3条2項）に言及して，その禁止は政策的なものであるとする。

630）大判大12・6・28民集2巻9号426頁。

631）民事法判例研究会『判例民事法(3) 大正12年度』80事件評釈〔松本烝治〕320頁（有斐閣，1925年）。

632）大判明34・5・22民録7輯5巻106頁。

633）星川長七・会社判例百選〔新版〕85事件198頁（1970年）。なお，額面株式の株金額は定款の絶対的記載事項であった（平成13年改正前商法166条1項4号）。

と額面株式制度のいずれもが廃止された現在では，同様の効果を発生させることのできる制度はなく，株主の追加的義務を定める定款条項は，原始定款または総株主の同意により定めた場合にも無効と解されるべきであろう。

(2)　株主間契約の効力

会社がその債権者に対して負担した債務を会社に代わって株主が履行する旨の契約を株主と会社の債権者が締結した場合，そのような契約が平成17年改正前商法200条に違反して無効とは考えられていない。実際に，中小企業では会社の大株主である社長が銀行に対して会社の債務の連帯保証人となっていることが多く，法学者もそのような連帯保証が無効であるということになると，世の中が成り立たなくなる恐れすらあると認めている[634)]。それでは，会社と株主との間で，会社の負債を株主が肩代わりする旨の契約を締結した場合はどうであろうか。すべての株主とこのような契約を締結することは，株主全員の同意に基づく定款変更の手続を経た上で，定款によって追加出資義務を規定するのとほとんど変わらない。しかし，契約であるので，後から株主となる者を拘束することにはならない。一方，会社が債権者に対して負う債務を弁済することを株主が約束するという点では，株主が会社債権者に対し債務保証をするのと利害関係者の利益状況は根本的には同じとも考えられる[635)]。

株主と会社債権者との間の契約は個別的であり附合契約的な要素が少なく，また，株主と経営者の利害状況が同じである（所有と経営が分離していない）場合に成り立つことが想定されるのに対して，株主と会社の間の契約は，株主と経営者の利害状況が異なる場合に，法が与える有限責任の特権を株主に放棄させるために用いられることが想定される。それゆえ，そのような合意の成立に瑕疵がないということについては，慎重に判断されなければならず，株主全員が合意している状況はむしろ合意の成立を疑わせるものと言わざるを得ない。

これに対して，会社が債権者に対して負担した債務を，会社に代わって株主が履行することを株主間のみで合意した場合は，債権契約としての効力は認められる[636)]。

634）神田・前掲注6）1-2頁。
635）神谷・前掲注7）70頁。
636）江頭・前掲注449）29頁注(1)，神谷・前掲注7）70頁。

5. 利益配当の合意

(1) 定款自治の範囲

株主への利益の分配は，営利を目的とする株式会社の本質的要素である[637]。一方，株式会社における株主有限責任の制度的裏付けの一つとして，株主に対する利益分配の限度額が法定されている（平成17年改正前商法290条1項〔会社法461条〕）[638]。配当限度額を超えてなされた配当は違法であり，平成17年改正前商法290条1項の「為スコトヲ得」（会社法461条1項の「超えてはならない」）という規定の仕方および会社財産維持の重要性に鑑み，無効である[639]。

一般には，株主に対し利益分配できる限度額の全額が分配されることは少ない。任意積立金として社内に留保し，将来の製品開発，設備投資等に備える施策がとられ，それが株主にとっても利益の最大化になり得る。また，わが国においては，経営者は単年度の利益の増減により配当率を変更せず，長期的にその配当率を維持できる見込みのある場合にのみ増配を行う安定配当を目標としてきた[640]。株主は，経営者によるそのような方針について定時株主総会において利益処分案の承認という形で諾否の意思表示を行う（平成17年改正前商法281条1項4号，283条〔会社法438条，454条1項〕）。

それでは，「平成17年改正前商法290条〔会社法461条1項〕によって算定される配当可能利益はすべて配当される」とか「平成17年改正前商法290条〔会社法461条1項〕によって算定される配当可能利益の50%が配当される」という配当施策に関する取り決めを定款に記載することができるであろうか。利益処分に関する定めが定款に記載されることは法自身が予定しているところである（平成17年改正前商法281条ノ3第2項7号〔会社法384条〕）。その定款の定めに違反した利益配当決議は，総会決議取消事由（平成17年改正

637）平成17年改正前商法52条2項。会社法は会社の営利性を正面から規定していないが，会社がその事業としてする行為およびその事業のためにする行為は商行為とされる（会社法5条）。

638）江頭・前掲注449）548頁。

639）鈴木『新版会社法』前掲注424）249頁，大隅健一郎＝今井宏「会社法論中巻〔第3版〕」463頁（有斐閣，1992年），森本・前掲注598）303頁，北沢・前掲注425）601頁。

640）一般に，額面株式における額面金額を基準として「1割配当」などと呼ばれた。

前商法247条1項2号〔会社法831条1項2号〕）となるが，定款に違反して利益配当がなされない場合であっても，利益処分案の承認決議を経ることなく株主が当然に定款所定の利益配当金の支払を会社に請求できるわけではない[641]。

すなわち，総会の決議により配当金額が確定する前の利益配当請求権は抽象的・観念的な一種の期待権であり，定款の定めだけでは具体的請求権は発生しないのが原則である[642]。この原則に鑑み，各年度の具体的な状況に応じて，企業ファイナンスの観点から最適な配当率を経営者に決めさせることが会社法の制度であって，定款規定により利益配当請求権を半ば確定債権化することは，権限分配の問題として認められないであろうとの説明がなされている[643]。

しかしながら，商法が規制しているのは配当の限度額であって，この範囲内での未処分利益の使途を一切定款で規定できないというのは，商法自身が定款で利益処分に関する定めがなされることを想定していることにそぐわない。利益の一定割合を将来に備えて常に留保しておくことは，会社資産が流出しないという意味では，会社債権者と株主双方にとってメリットがある[644]。

それでは定款にはどのような規定を設けることができるか。まず，利益配当をしない旨の定款規定について。まったくの無配当を続けることは株主の固有権である利益配当請求権の侵害となるのでその許容限度が問題となる[645]。株

641）江頭・前掲注449）557頁注(1)。

642）したがって，そのような抽象的利益配当請求権を株式・持分から分離して譲渡・差押えすることはできない（大判大正8・1・24民録25輯30頁）。

643）宍戸・前掲注8）33頁。ただし，「通説的見解に従えば」との留保を付しているところから見ると，宍戸教授自身の見解は異なっているのかもしれない。

644）ドイツの株式会社においては，法定の準備金のほか，定款に利益準備金の定めを置くことができると解されている（近藤光男＝田村詩子＝志谷匡史＝川口恭弘＝黒沼悦郎＝行澤一人＝吉井敦子「定款自治による株主の救済［下］」商事法務1699号23頁（2004年））。ただし，株主総会決議により2分の1を超える積立てが決定され，かつ基本資本の4％未満の利益配当しかなされない場合には，基本資本の5％保有株主が総会決議の取消しを争うことができる（ドイツ株式法254条）。

645）近藤・前掲注644）23頁。なお，恒常的に3割配当を実施してきた中小会社が2事業年度連続して配当を行わないという総会決議を行ったことについて，経営および財務内容の安定を図るために暫時無配当にするとする配当政策を選択することも一般的には不合理ということはできないとした判例として，東京地判昭和62年12月25日金判799号25頁がある。近藤・前掲注644）25頁注(81)参照。

主が変動する通常の会社においては，利益がありながら不当に長期間無配を続けたり，株式配当しかしないのは違法であるとされている[646]。したがって，株式譲渡制限のない会社にあっては，利益配当をしないという定款規定は認められない。

他方，株式譲渡制限会社，とりわけ所有と経営が一致している小規模閉鎖会社においては，利益の分配が取締役報酬および使用人給与としてなされ，会社としての利益配当を各株主が念頭に置いていないケースもあり得る。この場合に，（期限の定めなく）利益配当を行わないという定款規定を設けることは，すべての株主がそれに同意している場合に限り有効と認められよう。当初は株主全員が取締役（または使用人）として事業を開始した会社であっても，相続等により株主が交代し取締役（または使用人）としての地位は継続しない場合があり得る。この場合，取締役（または使用人）の地位を有しない株主のみが実質的に利益の分配にあずかれないこととなるため，利益配当を行わないとの定款規定は，当該株主が改めて同意しない限りその効力を認めるべきではない。このことは，建設利息の配当を定める定款（平成17年改正前商法291条1項）を原始定款の意味に限定して解する通説・判例[647]とも平仄が合うこととなろう。創業後一定期間利益配当を行わないという定款規定は，平成17年改正前商法291条の趣旨に鑑み合理的な期間であれば認められよう[648]。

(2)　株主間契約の効力

株主間で配当可能利益はすべて配当するという合意をすることは，会社に対する拘束力がないので，実質的に意味がない[649]。では，このような合意が議決権拘束契約として効力を有するか。法は，経営者に，各年度の具体的な状況に応じて企業ファイナンスの観点から最適な配当率を決めさせることを制度の前提としていると考えられ，株主に与えられている利益配当請求権は抽象的権

646）龍田・前掲注425）355頁。

647）上柳克郎＝鴻常夫＝竹内昭夫編『新版注釈会社法(9)』22頁〔龍田節〕（有斐閣，1988年）。

648）会社法下の論点については，本書第4章第2節および第4節参照。

649）宍戸・前掲注8）33頁。

650）宍戸・前掲注8）33頁。

利として認められているものである[650]。株主総会において配当可能利益をすべて配当する利益処分案が提示されたときにのみ，株主は賛成の議決権行使をする議決権拘束契約であると解釈したところで，契約に合意した株主の意図が実現されることになるわけではなく，結局このような株主間契約が有効と言えるかは疑問である[651]。法は間接有限責任を担保するものとして剰余金の配当規制を定め会社財産を確保して会社債権者を保護することを目的としており，それを潜脱する株主間の合意は，その効力を否定されるべきである[652]。したがって，そのような恐れのない株主間合意，例えば，株主 A が会社から受け取った配当金を株主 B に引き渡すという合意は有効である[653]。

6. 業務執行の制約の合意

(1) 定款自治の範囲

定款による業務執行の制約は，取締役会決議事項の株主総会決議事項への移管という形で現れる。株主総会は，定款に定めることにより，法に定められた事項以外の事項についても決議することができる（平成 17 年改正前商法 230 条ノ 10〔会社法 295 条 2 項〕）。迅速かつ機動的な経営上の意思決定の確保と，株式会社の実質的所有者である株主の意思の経営への反映という必要性のバランスから，株主が意思決定の機動性を犠牲にしても自ら経営に関与しようと考える場合にまで，それを禁ずる必要はないため，商法は株主総会の最低限の決定事項を定めたものと解釈されるからである[654]。しかし，株主総会は意思決定機関にすぎないから，業務の執行および代表，あるいは監査役等の職務にまでは，その権限は及び得ず，定款によって総会の権限とできるのは，意思決定

---

651) 国谷史朗＝平野惠稔「株主間契約による企業（資本）提携・再編」商事法務 1534 号 58 頁注(33)(1999 年)。国谷＝平野は議決権拘束契約としては有効と考えている(51 頁)。

652) 大隅＝今井・前掲注 639) 463 頁，鈴木＝竹内・前掲注 239) 34 頁，372 頁，森本・前掲注 598) 43 頁，弥永・前掲注 625) 27 頁。

653) 神田・前掲注 6) 3 頁。

654) 北沢・前掲注 425) 295 頁，森本・前掲注 598) 193 頁，鈴木＝竹内・前掲注 239) 227 頁，龍田・前掲注 425) 162 頁，弥永真生『ケースで解く会社法〔第 2 版〕』71 頁（日本評論社，2003 年）。

を行う取締役会の権限事項に限られる[655]。したがって，重要な財産の処分・譲受けや重要な取引行為の決定は株主総会の決議によらしめることを定款で定めることができる。この場合，株主総会の承認が必要なことを知らない取引の相手方の保護が問題となるが，一般に取締役会の決議を欠いた代表取締役の行為の効力と同様に考えればよい。すなわち，当該取引が定款により株主総会決議事項であることについて相手方が悪意であり，株主総会の決議がないことを知っていた場合には，会社は無効を主張できると解される[656]。

すべての業務執行の決定権限を株主総会に移管することは，取締役会の存在意義を没却することになるため，ことがらの性質上株主総会の権限となしえないとの見解がある[657]。確かに，株式会社において取締役会を設置しないという内容の定款を定めようとすると，株式会社の必要的機関を欠くものとしてその定款は無効となろう[658]。しかしながら，例えば合弁会社においては，各パートナー会社から派遣される取締役に対しては，高級使用人クラスの権限しか与えられておらず，当該合弁会社において取締役会決議を要するような事項は，合弁契約に基づき株主となっている当事会社によって構成されるステアリング・コミッティあるいは経営委員会などと呼ばれる場で審議され，実質的には当事会社同士の合意を得た上でなければ，合弁会社の取締役会に付議できないとされていることが少なくない[659]。このような場合，当事会社が法人として取締役に就任できるのであれば，ステアリング・コミッティあるいは経営委員会の設置を回避することが可能となるが，わが国においては法人取締役を否定するのが通説となってきた[660]。

655）北沢・前掲注425）292頁，弥永・前掲注654）71頁。なお，森本・前掲注598）194頁注(4)は，業務執行事項も総会の決議事項とできるとする。

656）鈴木『新版会社法』前掲注424）192頁注(5)，龍田・前掲注425）108頁。

657）上柳克郎＝鴻常夫＝竹内昭夫編『新版注釈会社法(6)』106頁〔堀口亘〕(有斐閣，1987年)。

658）会社法では，公開会社以外の株式会社は取締役会を設置しないという選択が可能となった（会社法326条2項，327条1項)。

659）大企業においては，合弁会社はその会社の一事業部門という位置づけがなされることが多く，合弁会社に派遣される取締役の人選や合弁会社の管理手法が，社内組織と同じ扱いとなっていることによるものと思われる。

660）江頭・前掲注449）338頁注(1)。反対，北沢・前掲注425）357-358頁。会社法331条1項1号により法人は取締役の資格を有しないことが明文化された。

このような事情を踏まえると，取締役会の業務執行決定の実質的権限を株主総会の権限とする定款も，一概に無効とは言えないように思われる。その場合でも，取締役会には，各取締役から業務の執行の状況について報告を受け，その職務の執行を監督する（平成17年改正前商法260条1項，4項〔会社法362条2項，363条2項〕）という機能は存在するし，合弁当事会社も，合弁会社の取締役会にそれを期待している。また，平成13年商法改正により，数種の株式を発行するときは，定款をもって，株主総会または取締役会の決議事項の全部または一部につき，その決議のほか，ある種類の株主の総会決議を要するものとする旨を定めることができるようになった（平成17年改正前商法222条9項〔会社法108条1項8号，323条ないし325条〕）。すなわち定款上，ある種類の株主に拒否権を与えることができ，その対象は，代表取締役の選任や，新株・社債の発行，重要財産の譲受け等，従来合弁契約書に定められていた事項のほぼすべてに及ぶ[661]。取締役会決議事項のほとんどを一部の株主の拒否権に委ねることが認められている以上，それをすべての株主による多数決に委ねることが認められない理由はない。

代表取締役の選任（平成17年改正前商法261条1項〔会社法362条3項〕）も，法は株主総会の最低限の決定事項を定めたものとの観点から，株主総会の権限とすることが認められよう。取締役会は業務執行の意思決定を担当する機関であり，代表取締役が業務執行自体と代表を担当する機関であるとする並立機関説に立てば，代表取締役は会社の代表機関であるからその選任を株主総会で行うのが適当であると株主自身が考える場合にはそれを認めてよい[662]。これに対して，代表取締役は取締役会の派生的機関であること，および取締役会が代表取締役の選任・解任権を有しないと取締役会の監督機能の実効性を欠くことになるとして，261条1項は強行法規であるとする有力な消極説があるが[663]，取締役会は代表取締役の選任・解任を議案とする臨時取締役会の招集を決議できるし，解任手続に要する時間を承知で敢えて株主総会の権限とした株主の意思を無視するには及ばないであろう[664]。

次に，取締役会の決議要件等の軽減・加重についてである。平成17年改正

661）江頭・前掲注449）141頁注(24)。
662）鈴木『新版会社法』前掲注424）189頁，北沢・前掲注425）395頁。
663）大隅＝今井・前掲注639）209頁，『新注会(6)』139頁，142頁〔山口幸五郎〕。

前商法260条ノ2第1項は，取締役会の決議は取締役の過半数が出席し，その取締役の過半数をもってなすと規定し，同条項但書が定款をもってこの要件を加重することを認める。取締役会の決議要件を軽減することは許されないと解されている。株主総会にあっては，平成17年改正前商法239条1項が「定款ニ別段ノ定アル場合」として，加重と軽減の双方を念頭に置いた表現となっており，実際に定足数の緩和の限界を定めた平成17年改正前商法256条ノ2がある。これに対して，平成17年改正前商法260条ノ2第1項但書は「加重」を認めると表現していることから，文言上「軽減」については認めない趣旨と解釈される。会社法369条1項は加重のみを認めることを明文化した。また，株主の株主総会出席は権利であるのに対し，取締役は取締役会に出席する義務があり[665]，その義務を緩和することを法は予定していない。

では，加重の程度についてはどうであろうか。「出席代表取締役全員の同意を必要とする」旨の規定は，実質的に代表取締役に拒否権を与えるものであり，会議体としての取締役会の性格に反することになり無効であるとの説がある[666]。また，出席取締役の賛否同数の場合には議長の決するところによるとの定款または取締役会規程は，会議体の通常の法則の認める処理であり，取締役会は責任をもって業務に関する事項を決定する必要がある一方，取締役会は株主総会ほど各取締役の議決権の平等を強く要請する必要がないとの理由で有効とする見解がある[667]。これに対して一度取締役として議決権を行使した議長が再度裁決権を行使することにより決議を成立させるのは，法定決議要件の緩和にほかならず無効であるとの説も有力である[668]。法は「過半数」の緩和を認めていない以上，議長裁決によるとの定款は認められないであろう。逆に，

664）代表取締役の選任も，ある種類の株主の拒否権の対象となる（江頭・前掲注449）141頁注(24)）。

665）『新注会(6)』113頁〔堀口亘〕。

666）『新注会(6)』114頁〔堀口亘〕。

667）鈴木＝竹内・前掲注239）280頁注(8)，大隅＝今井・前掲注639）202頁。ただし，大隅＝今井は，定款の定めによるべきであって，取締役会規則でこのような定めをすることは許されないとする。

668）江頭・前掲注449）358頁注(14)，田中・前掲注473）600頁，北沢・前掲注425）388頁。大阪地判昭和28・6・19下民4巻6号886頁。昭和34・4・21民事甲第772号民事局長回答。

過半数による議決を維持していれば，特定の取締役が賛成していることを要件とする（すなわち特定の取締役が拒否権を有する）ことは，許されると考えられる[669]。したがって「出席代表取締役の同意を必要とする」旨の定款規定も有効であると解される。合弁会社においては，少数派株主により選任された取締役の拒否権を確保することで，取締役会決議事項のうち重要な一定事項に少数派株主の意向を反映させることが可能となる。ただし，定款への記載の仕方については検討を要する。例えば，「取締役甲野太郎の同意を必要とする」との記載は，定款が抽象的に将来の株主をも拘束する性格を有すること，および同人物が将来にわたって取締役を務めるわけではないことから，株主間契約には記載できても定款に記載することには疑義が残る[670]。「株主Aが指名した取締役の同意を必要とする」という定款の記載も問題となり得よう。しかしながら，平成14年商法改正で，定款による株式譲渡制限会社（委員会等設置会社を除く）においては，その種類の株主の総会における取締役・監査役の選任に付き内容の異なる数種の株式を発行することができるようになった（平成17年改正前商法222条1項6号〔会社法108条1項9号，2項9号〕）ことから，「A種株主により選任された取締役の同意を必要とする」との定款規定を設けることが可能となった。このことを踏まえると，取締役の選任に関する株主Aの議決権行使の定款規定が有効である限りにおいて，株主Aの議決権行使により選任された取締役の同意を要するという定款規定は有効と解される。

(2)　株主間契約の効力

取締役（会）の業務執行意思決定を制約する株主間契約は，例えば，新株発行や一定の取引行為について株主の同意を要件とし，また特定の者を使用人として雇用することを約する株主間契約など，様々な内容が考えられる[671]。しかし，このような合意に違反した行為がなされても，対外的には原則としてその行為は有効である[672]。会社と取引する者は，そのような内部的制限を容易

669）国谷＝平野・前掲注651）49頁。江頭・前掲注449）358頁注(13)は明記はしていないが，決議要件の加重の一態様として認める趣旨と解される。反対，北沢・前掲注425）388頁。ただし，全取締役が各自拒否権を持つことは可とする。

670）宍戸・前掲注8）36頁注(5)参照。

671）森田・前掲注566）「株主間契約(6)」27頁。

に知りえないのが一般的であり，また，内部的制限は対抗できないとすれば，取引の相手方は，その都度内部的制限の有無を調査しなくてよいことになり，取引の迅速性を確保でき，その点で会社の利益にもなるからである[673]。このように，取引の相手方の保護が法により手当てされているため，定款自治の範囲で述べたのと同様，取締役（会）の権限を株主に移転する株主間契約も原則として有効と解すべきである。

一方，多数派から指名された代表取締役が，株主間契約を無視して少数派の意向に反した行動をとる可能性は残っているが，それについては，株主間契約の相手方に対する違約罰や，プット・オプション，コール・オプションの設定などの対抗措置が可能である。

わが国においては，株主間契約の効力そのものが争点となった裁判例は少ないが[674]，東京高裁平成12年5月30日判決は[675]，株主総会における議決権拘束契約のみならず，取締役会での議決権行使をも拘束する株主間契約の効力を認めたものとして重要である。この事案の事実関係は以下のとおりである。X1とその弟Yは，それぞれA社の代表取締役社長と専務としてA社～D社の4社からなる同族企業グループを経営してきた。1987年8月，X1とYは次のような内容の合意書を作成し，X1はA社社長の地位をYに譲った。①X1はA社の代表取締役会長に就任する，②95年9月に各社の代表取締役をX1とYからX2（X1の子）とZ（Yの子）に交代する，③X2とZは4年以内にA社の取締役に就任し同額の報酬を受領する，④X1とYは代表取締役退任後も2005年末まで取締役として同額の一定報酬を受領する。しかし，1993年頃からX1とYの関係が悪化し，X1は95年にA社の代表取締役を解任され，97年にはX2がA社の取締役に再任されず，X1も99年にA社の取締役に再任されなかった。Yはそれらの決議に賛成していた。X1，X2が上記合意に基づく債務不履行を理由とする損害賠償を請求した。第1審請求棄却，控訴棄却。

672）最判昭40・9・22民集19巻6号1656頁。判例評釈として，山田廣己・別冊ジュリスト会社法判例百選71事件146頁（2006年）等。取引相手方が有効な取締役会の決議がないことを知り，または知りうべきときに限って無効である。国谷＝平野・前掲注651）49頁参照。

673）龍田・前掲注425）108頁，弥永・前掲注625）180頁。

控訴審は，合意②と合意③は，取締役会と株主総会における議決権行使に関する合意として有効であるとした。ただし，当該合意は，X1とYの間の合意であって，X2はそれによって代表取締役になることの期待的利益を得るものではないとされた。次に裁判所は，合意④について，これをX1とYが双方の取締役報酬に関する株主総会と取締役会での議決権行使を先行き18年間にわたり合意したものであるとし，このような長きにわたる議決権拘束は過度の制限であってその有効性は疑問であり，少なくとも相当の期間を経過した後においては，合意④には拘束されないと判示した。そしてその相当の期間は10年間であることを明示した。

判決が，株主間合意の当事者が全株主であることを要件としたかどうかは明らかでないが，A社～D社のグループ企業が実質的にX1とYの二人会社であるとの認定をしているところから，取締役会の意思決定を制約する株主間合意が有効となるためには，全株主の同意が必要であると解していたとも受け取れる。一方，X2が株主間合意の当事者でないことを理由に請求を棄却したことについては，当該企業グループの経営形態や合意の内容からして，株式を所有していたX家族とY家族の総株主による合意であったとの解釈も不可能ではない。そうであるとすれば，②③の合意を有効とし，かつX2の請求が認められる余地もあったであろう。

株主間契約の期間制限については，その法的根拠が必ずしも明らかにされていない。会社をめぐる環境や情勢の変化に鑑み，あまりに長期間にわたって株主または取締役の議決権行使の方法を拘束することは適当でなく，定期的に内容の見直しや更新を行うことが妥当という判断があったのかもしれない[676]。しかし，合意④はX1とYの引退後の生活費の保障の意味合いもあったと考

674) 実質的には株主間で以前に取り交わした合意を一方当事者が破ったような場合でも，裁判上は会社法上の手続違反や総会決議の瑕疵を争う手段が取られているのであろう。

675) 判時1750号169頁。判例評釈および解説として，鳥山恭一「最新判例演習室 株主間合意の拘束力」法学セミナー563号107頁（2001年），森田章「判例評論」判例時報1770号194頁（2002年），白石智則「商事判例研究」早稲田法学77巻3号275頁（2002年），中村信男「重要判例紹介 株主間契約について」商法研究1号10頁（ミロク情報サービス，2003年），河村尚志「商事法判例研究」商事法務1710号83頁（2004年）。

えられ，単に契約期間をもって過度の制限とすることに合理性があるのか疑問が残る。10年間と明示したことについては，米国のいくつかの州会社法および模範事業会社法が株主間契約の有効期間を10年と規定していることが，裁判所の判断の参考になった可能性もある[677]。しかし，州会社法の規定は一律ではなく，20年とする州[678]や期間制限を設けていない州[679]もある。いずれにしても，裁判例が10年間の期間制限を示したことは，特に合弁会社の株主間契約実務に影響を与えることが予想される[680]。

次に，取締役会を廃止して，それに代わって経営委員会のような株主間の協議の場で取締役会決議事項を決定する株主間合意の効力はどう考えるべきか。常務会，経営会議等で実質的な意思決定を行うことについて有効とされていることから[681]，株主間契約で実質的な意思決定のための委員会設置を定めること自体は有効である[682]。ただし，商法上取締役会の決議が必要な事項（平成17年改正前商法260条2項〔会社法362条4項〕）について，取締役会に代えてこ

676）株主間合意の有効期間に言及したその他の判例として次のものがある。

以前に裁判外の和解においてなされた取締役選任合意は，仮に契約上の厳格な義務を定めたものであるとしても，15年を経てなお有効に存続しているとすることは，取締役の選任を株主総会の専権事項とし（商法254条1項），取締役の任期につき2年を超えることができないと定めている（同法256条1項）趣旨に反し，合意自体に法的拘束力を認めることは相当でない（東京地判昭和56・6・12判時1023号116頁）。

677）*E.g.,* NC GEN. STAT. §55-7-31(2006); IDAHO CODE §30-1-732(2)(c)(2006); MISS. CODE ANN. §79-4-7.32(b)(c)(Thomson/West 2006); MONT. CODE ANN. §35-1-820(2)(c)(2005); NEB. REV. STAT. §21-2069(2)(c)(2006); N.H. REV. STAT. ANN. §293-A:7.32(b)(c)(LexisNexis 2006); WYO. STAT. §17-16-732(b)(iii)(2006); RMBCA §7.32(c).

678）*E.g.,* GA. CODE ANN. §14-2-731(b)(3)(Thomson/West 2006).

679）*E.g.,* FLA. STAT. ANN. §607.0732(LexisNexis 2006); MICH. COMP. LAW ANN. §450.1488(LexisNexis 2006).

680）ベンチャー企業出資契約は10年より短い期間を想定していることが多いと思われる。また，合弁契約でも，合弁経営の将来の不確実性の懸念から，例えば10年後に見直し協議をするという条項を設けることはこれまでも行われてきている。米国の実務では，弁護士が州会社法の規定を意識して合弁契約に10年間の契約期間条項を設けることが多いようである。

681）江頭・前掲注449）351頁。

682）国谷＝平野・前掲注651）49頁。

のような委員会で決議を行うこととすることは，定款の場合と同様，株主間契約であってもできない[683]。取締役会が一応存在し，取締役は委員会の決定に従い取締役会の議事録に押印するだけということであれば，株主間契約は無効とまでは言えないであろう[684]。しかし，委員会の決議に従ったからといって取締役の会社に対する責任が直ちに免除されるわけではない[685]。もっとも，株主間契約で規定された経営委員会の決定と異なる決定を取締役会が下せば，取締役会の決定が会社の決定となる[686]。株主間契約によって実質的に株主自身が取締役としての業務を執行している場合は，当該株主に「事実上の取締役」として第三者に対する責任が認められる可能性がある[687]。

7. 取締役の責任免除の合意

(1) 定款自治の範囲

取締役の責任規定は，コーポレート・ガバナンスにおける重要な位置を占める。取締役の責任は，会社に発生した損害の回復機能のみならず，違法行為を思いとどまらせる抑止的機能がある[688]。株主総会の権限が会社の基本的事項の意思決定に限定されていて，取締役会および代表取締役に大幅な権限が与えられていることから，取締役の専横の防止のために構造的・制度的に設けられ

683）国谷＝平野・前掲注 651）49 頁。ここで，「取締役会の決議に代えて」とは，取締役会を開催せず議事録も作成しないとの趣旨と解される。

684）森田・前掲注 566）「株主間契約(6)」73 頁注(275)は，国谷＝平野・前掲注 651）49 頁は，このような場合も株主間契約は無効であるとしているとするが，誤解であると思われる。国谷＝平野は，取締役会議事録も作成せずに委員会決議で会社運営する株主間契約は無効であるとしていると解される。

685）すべての株主が株主間契約の当事者であり，当該契約で委員会の意思決定を実質的に取締役会の決定とする旨が定められているのであれば，免責効を認めてよい（国谷＝平野・前掲注 651）57 頁注(26)）。

686）国谷＝平野・前掲注 651）49 頁。

687）東京地判平成 2・9・3 判時 1376 号 110 頁，京都地判平成 4・2・5 判時 1436 号 115 頁。森田・前掲注 566）「株主間契約(6)」30-31 頁，江頭・前掲注 449）431 頁，江頭憲治郎『結合企業法の立法と解釈』197 頁（有斐閣，1995 年）。事実上の取締役論は，石山卓磨『事実上の取締役理論とその展開』（成文堂，1984 年）に詳しい。

688）神作・前掲注 6）133 頁。

ている。取締役によるこのような専横行為の危険性は，プリンシパル・エージェント・モデルによって説明されてきた[689]。

もし株主による取締役の監視に要するコストが，取締役という経営に特化した機関を設けるメリットを上回ってしまうとすると，取締役という機関そのものの存在の合理性が問われる。株主は会社の経営に関し限られた情報しか有しておらず，会社の将来の状況をすべて見通すことはできない。仮にそれができたとしても，定款条項やそれによって分配されるリスク，定款条項が経営者の行動に及ぼすインパクト等を考慮して，それぞれの状況に応じた取締役の責任を事細かに定款で規定しておくためのコストは高くつくものとなる[690]。また，取締役の責任をすべて免除する形態の株式会社を認めて，取締役の責任を任意法規化すると，投資家は投資判断にあたって，逐一，対象会社の取締役が負担する責任の水準を調査しなければ，意思決定ができないということになってしまう[691]。

以上のような配慮から，会社法は取締役の責任を強行法的に定めていると解すべきである[692]。取締役の会社に対する責任は総株主の同意で免除されるが(商法266条5項〔会社法55条，120条5項，424条，462条，465条〕)，原始定款や株主全員の同意に基づく定款変更によって，取締役は会社に対し責任を負担しないという包括条項を定款に設けることは，株主の合理的判断の限界を超えるものであり，無効と解すべきである。

会社法は，会社当事者の権限に相応した責任を結び付け，それによって組織としての会社を維持することを目的としていると考えられる[693]。法律で責任の免除について詳細な規定を置いているのは，権限と責任の結び付きが断ち切られないようにするための配慮であって，取締役の責任に関する定款自治は，

689）柳川範之「株主総会と取締役会」三輪ほか編『会社法の経済学』前掲注38）42頁。

690）柳明昌「アメリカ法における取締役の責任制限・責任免除」法学59巻2号123頁（1995年）。なお，イギリスにおける定款による取締役の責任免除を論じるものとして，重田麻紀子「イギリス会社法における取締役の責任免除制度」法学政治学論究60号199-202頁（2004年）。

691）神谷・前掲注7）81頁注(29)。

692）柳・前掲注690）127頁。

693）神作・前掲注6）134頁。

この配慮を没却することになる[694]。したがって，原始定款あるいは全株主の同意に基づく定款変更によっても，取締役は会社に対して責任を負担しないという定款規定は無効であると解すべきである。

しかしながら，責任の内容をより細分化すると，定款自治が認められる範囲がまったくないわけではないと思われる。競業避止義務は，会社の業務執行に関する強大な権限を有し，営業上の機密にも通じている取締役が会社との信頼関係に反して会社の利益を犠牲にして自己または第三者の利益を図る危険が大きいことから，忠実義務の規定のほかに特別に規定を設けたものである。競業避止義務は，競業取引を行うこと自体を認許するかどうかという利益衝突の事前的回避を図るステージと，競業取引を行った結果，故意または過失により会社に損害を生じさせた場合の賠償責任という事後的な利害調整のステージに分けることができる[695]。競業取引の承認を得た場合であってもそれによって当然に損害賠償責任が免責される効果は生じないと考えられているからである[696]。

取締役の競業避止義務は，会社の内部関係を規整するものであり，また，競業取引を認めることによって会社に損害を上回る利益が生ずる場合もあるから，その判断は高度の経営判断に属するものと考えられる。しかし，事後的調整のステージを予め定款で取り決めて取締役の損害賠償責任を一般的に免除することは，競業避止義務違反によって会社にどのような不利益が発生するかを予測することが不可能であることから認められないと解すべきである。他方，開示および報告義務が履行された上で特定の競業行為を個別的に事前免除することは，予測可能性において，競業行為直前に承認を与える場合との差は小さいと考えられる。したがって，原始定款および全株主の同意による定款変更によって，個別の競業行為を承認することは可能としてよい[697]。ただし，競業避止義務違反による会社の損害賠償請求権までを免除することはできず，特定の競

694）フランス会社法の強行法規性に関する「権限と責任の連結」概念参照（本章第3節第1款）。

695）神作・前掲注527）215頁。

696）大隅＝今井・前掲注639）230頁，森本・前掲注598）242頁，江頭・前掲注449）376頁。

697）神作・前掲注527）216頁。ただし，神作教授は，原始定款であれば損害賠償請求権も免除することができるという立場のようである。

業行為の実行そのものを事前に許諾することを認める効果に限られるとすべきである。

(2) 株主間契約の効力

契約による取締役の責任免除は，①取締役と会社の間で取締役は会社に対して責任を負担しないという契約，②取締役と株主の間で取締役は会社に対して責任を負担しないという契約，③株主間で取締役は会社に対して責任を負担しないという契約の形態が考えられる[698]。③については，株主間の議決権拘束契約と捉えてよい。①②については，定款による事前の包括免責と同じ理由でその効力を認めるべきではない。

取締役の会社に対する責任は，究極的には株主価値を最大にするという株主に対する信認義務であるが，会社の債務超過時においては，株主は会社の実質的所有者の地位を債権者に譲っており，取締役はむしろ債権者に対して信認義務を負っていると考えることができる[699]。取締役は総株主の同意により免責されるが，その同意による免責は，会社債権者との関係において常に有効であるわけではなく，取締役に対する当該債権を貸借対照表の資産の部に計上しないで会社に資本欠損がある場合には，会社債権者との関係では無効と解される[700]。会社債権者にとって，もし①②の合意が有効であるとすると，取締役の負うべき責任負担額分だけ会社財産が減少する結果を招き，かつ，取締役が会社債権者に対して負う信認義務を，会社または株主が免除することになる。神田教授が提唱する「第三者効」は[701]，取締役免責の局面では，会社債権者に対する（潜在的な）信認義務違反を損なうことと解されよう。したがって，②の合意は，一部株主との間の合意であってもその効力は認められるべきではないし，①については，取締役会の権限を代表取締役に委譲することはできないと解せば，その点においても，合意の効力は認められるべきではない[702]。

698）神谷・前掲注7）80頁注(29)。
699）黒沼悦郎「取締役の債権者に対する責任」法曹時報52巻10号25頁（2000年）。
700）江頭・前掲注449）406頁注(11)。
701）神田・前掲注6）11頁。

8. 財務情報の開示に関する合意

(1) 定款自治の範囲

平成17年改正前商法下の株主に対する財務情報の開示規制は，以下のとおりであった。計算書類および監査役の監査報告書の謄本（旧商法特例法上の大会社・みなし大会社の場合は，会計監査人の監査報告書の謄本も含む（旧商法特例法15条，30条1項13号））は，定時総会の招集通知の際に株主に対し交付されなければならない（平成17年改正前商法283条2項）[703]。また，商法特例法上の小会社以外の株式会社においては，計算書類，その附属明細書および監査報告書を，定時総会の開催2週間前から本店には5年間，支店にはその謄本を3年間備え置かなければならない（平成17年改正前商法282条1項，498条1項20号，旧商法特例法15条）。

旧商法特例法上の大会社・みなし大会社以外の株式会社においては，代表取締役は，計算書類を定時総会に提出して，営業報告書の報告を行い，貸借対照表・損益計算書・利益処分案（損失処理案）の承認を求めなければならない（平成17年改正前商法283条1項，旧商法施行規則13条1項3号・4号）。代表取締役は総会の承認後，遅滞なく貸借対照表を公告しなければならない（平成17年改正前商法283条4項，498条1項2号）。大会社・みなし大会社にあっては，各会計監査人の適法意見があり，かつ監査役会の監査報告書にその事項についての会計監査人の監査結果を相当でないと認めた旨の記載がない場合は，取締役会の承認後，定時総会において貸借対照表・損益計算書の内容を報告し（旧商法特例法16条1項，21条の31第1項），総会後，遅滞なく，貸借対照表・損益計算書またはその要旨を公告しなければならない（旧商法特例法16条2項，3項，4項，6項，21条の31第3項，30条1項2号，旧商法施行規則109条，111条から113条）。

これらの法律上の規定により会社には株主に対する定時の財務情報の開示が義務づけられており，計算書類等の作成・交付に関する商法上の規定は強行法

702）取締役の信認義務の強行法規性については，Eisenberg, *supra* note 19, at 1469-70; Gordon, *supra* note 18, at 1594-98参照。

703）謄本の交付に代えて，電磁的記録に記録された情報を電磁的方法により提供してもよい（平成17年改正前商法283条3項，旧商法特例法15条）。

規であるが，その規定の効力については，命令的規定と効力的規定とに分けられる[704]。例えば，計算書類の作成または監査役の監査報告書の作成が遅れ，定時総会の招集通知に計算書類等が添付されていない場合，招集手続は違法となり，総会決議取消しの訴えの原因となる（平成17年改正前商法247条）。また，平成17年改正前商法283条に反して計算書類が定時総会に提出されない場合は，その計算書類は法律上確定せず効力を生じないと解される[705]。ただし，提出が遅れた計算書類や監査報告書自体が無効となることはないので，この手続に関しては命令的規定と解される[706]。また，手続の遅延を引き起こした取締役（または監査役）の賠償責任（平成17年改正前商法266条1項，277条）および少数株主による解任（平成17年改正前商法257条3項，280条）の事由となる。計算書類，附属明細書および監査報告書の本店備置義務は，命令的規定であり，その懈怠は取締役の責任（平成17年改正前商法266条1項）および少数株主による解任（平成17年改正前商法257条3項）の事由となり，また過料の制裁（平成17年改正前商法498条1項20号）がある。計算書類等の備置は本質的に重要なことがらではなく，また総会決議取消原因はできるだけ狭く解すべきであるため命令的規定と解されている[707]。また貸借対照表等の公告も，その違反に対しては，取締役の賠償責任（平成17年改正前商法266条1項，266条ノ3第1項），少数株主による解任請求の事由となり（平成17年改正前商法257条3項），また過料の制裁（平成17年改正前商法498条1項2号）があるが，公告しない貸借対照表等自体は無効とはならない[708]。

以上のように，決算手続に関する規定の大部分は命令的強行規定であるが，決算として本質的に重要な手続を定めている規定（例えば，平成17年改正前商法281条，283条）は効力的強行規定である。また，監査報告書の法定記載項目（平成17年改正前商法281条ノ3）についても，その欠缺は監査報告書の無効を生じるものとして効力的強行規定と解すべきとされる[709]。

704）田中・前掲注444）63頁以下。
705）田中誠二「計算規定の強行性(上)」商事法務770号15頁（1977年）。
706）田中・前掲注705）14頁。
707）田中・前掲注705）15頁。
708）田中・前掲注705）15頁。
709）田中・前掲注705）21頁。

この結果として，決算手続に関しては，効力的規定については定款自治を議論する余地はなく，また，命令的規定も，例えば備置や公告自体を免除する定款規定は，会社債権者の利益を損なうものであって無効と言わざるを得ず，定款自治の余地はほとんどない。わずかに，例えば計算書類の定時総会会日前における提出期限を前倒しにすることが可能と思われるが[710]，株主総会の招集通知の発送期限も含めた調整でなければ，株主に対する効果はない。

次に株主の側からの財務情報へのアクセスに関する検討を行う。株式会社の総株主の議決権の100分の3以上を有する株主は，会計の帳簿および資料[711]の閲覧または謄写をすることができる（帳簿閲覧権，平成17年改正前商法293条ノ6第1項）。帳簿閲覧権は，株主が取締役の責任追及の訴えを提起するために必要な調査を行うために認められたものであり[712]，昭和25年改正により米国各州の株式会社法にならって導入された。米国コモン・ローでは，株主は株主としての正当な利益を守るために特定の正当な目的をもって，正当な時および場所において会社の帳簿・記録を株主自らまたは代理人により，閲覧・謄写できるものとされていたが，その後19世紀になり各州で制定法に閲覧権の規定が置かれるようになった[713]。米国では閲覧権は単独株主権として認められている州が多いが[714]，わが国では権利濫用の懸念から，昭和25年改正時は10分の1の少数株主権として認められ，平成5年に100分の3に要件が緩和された。

有限会社においては，総社員の議決権の10分の1以上を有する社員に帳簿

710）もっとも，旧商法特例法上の大会社・みなし大会社にあっては，計算書類が監査役会・会計監査人に提出される期限，附属明細書が提出される期限（旧商法特例法12条，21条の27），会計監査人が監査報告書を提出する期限（旧商法特例法13条1項，5項，21条の28第1項，5項），監査役会が監査報告書を提出する期限（旧商法特例法14条2項，5項，21条の29第1項，4項），および定時株主総会の開催期限（平成17年改正前商法224条ノ3第2項）に従うこと自体かなり濃密なスケジュールを実務上こなすこととなり，現実的観点からは法定期限の調整幅はあまりない。

711）書類をもって作られたときはその書面，電磁的記録をもって作られたときはそこに記録された情報の内容を商法施行規則7条に定める方法により表示したもの（平成17年改正前商法293条ノ6第1項1号，2号）。

712）江頭・前掲注449）566頁。

713）『新注会(9)』202-203頁〔和座一清〕。

閲覧権が与えられていた（旧有限会社法44条ノ2第1項）が，定款により議決権要件を排除することができた（旧有限会社法44条ノ2第2項）。株式会社においては，定款によって法定の持株要件を引き下げることを可能と認める明文の規定はなく，法文の沈黙が定款自治を認めているのか否かが問題となる。江頭教授は，旧有限会社法44条ノ2第2項は，その後段の附属明細書の作成免除に意味があると解すべきであり，株式会社における持株要件の引き下げを禁じられていないとする[715]。また，帳簿閲覧権が代表訴訟提起の前提となる権利として位置づけられることから，代表訴訟提起権とのバランスをとるため，立法論としては単独株主権とすべきであるとの主張が有力になされている[716]。本条の経緯，趣旨およびその立法の淵源から，平成17年改正前商法293条ノ6は定款の規定をもって持株要件を緩和することを禁じるほどの強行規定ではないと解される。

(2)　株主間契約の効力

財務情報の開示は，会社と株主の間の問題であるので，株主間で会社の財務情報の開示について合意をしても実質的に意味はない。会社と株主の間で取り交わされる財務情報の開示に関する合意には，株主が法定以上の財務情報にアクセスする権利（information right）や，株主が取締役会を傍聴できる権利

714）DEL. GEN. CORP. LAW　§220(b)(2006); N.Y. BUS. CORP. LAW　§624(b)(McKinney 2006); CAL. CORP. CODE　§1601(a)(Deering 2006); RMBCA　§16.02(b). ただし，ニューヨーク州法は5％以下の少数株主の場合には6ヵ月の株式保有期間要件を課している。また，閲覧権の行使に「正当な目的（proper purpose)」を要求することで濫用の防止を図っている（髙橋公忠「会計帳簿閲覧権の濫用と請求拒否事由」九州産業大学商経論叢38巻4号93頁(1998年)）。

715）江頭・前掲注449）566頁注(1)。

716）弥永・前掲注625）147頁注(44)，上柳克郎＝鴻常夫＝竹内昭夫編『新版注釈会社法　第2補巻（平成5年改正)』128頁〔岩原紳作〕（有斐閣，1996年）。これに対し，帳簿閲覧権の濫用を「嫌がらせ」型と「利益相反」型に分け，持株要件の定めは「利益相反」型の濫用防止の根拠として正当化を試みるものとして，黒沼悦郎「帳簿閲覧権」民商法雑誌108巻4・5号521頁以下（1993年）。なお，閉鎖的株式会社について単独株主権とすべきであるとの主張もある（髙橋公忠「会計帳簿閲覧権制度」森淳二朗編『蓮井良憲・今井宏先生古稀記念　企業監査とリスク管理の法構造』257頁以下（法律文化社，1994年））。

（observation right）がある。いずれも株主が議決権行使を判断するためにより十分な情報を提供する効果を有するものであり，一定数以上の株式を保有する株主にこれらの権利を与える内容のものが一般的である。法定以上の財務情報は，例えば毎月末から20日以内に，会計監査を経ていない損益計算書，貸借対照表，予実算比較，資金調達計画のほか，事業計画の詳細を提供するというものである[717]。しかしながら，特定の株主にのみ通常得られない情報を提供することについては，株主平等原則との関連で検討を要する。

会社の財務情報は，会社債権者が債権回収の可能性を判断し，株主が将来のリターン・リスクを予測するなど，会社の利害関係者がそれぞれ意思決定を行う前提となるものであり，それゆえ，会社に対し開示を強制し，開示事項等を法により統一することで，関係者の取引費用が削減されることに資する[718]。したがって，持株数によって開示する財務情報に精粗の差をつけることは，少数派株主が議決権を行使するための判断材料を入手するのに，より費用をかけることを強いることになる。法の規定が株主への計算書類等の交付を持株数に関わりなく均一としているのは，財務情報の重要性が1個の議決権の行使のためにも多数の議決権のためにも同じであると考えているためである。帳簿閲覧権の行使には持株比率が要件とされているが，これは濫用を規制するための政策的配慮から定められたものであり，単独株主権とすべきとの批判が有力になされていることは上述のとおりである[719]。米国統一LLC法では，LLCの業務契約は情報に対するメンバーの権利をまたは記録へのアクセスを不当に制限してはならないとしており[720]，極めて広範な自治を認めている会社形態においても，社員の会社情報へのアクセス権の平等性が求められている。

したがって，まず，会社法上株主への提供が義務づけられている財務情報を一定の持株数以下の株主に提供しない旨の合意は，効力的強行法規に反する場合が多いであろうし，そうでない場合であっても株主平等原則に反し，いずれにしても無効と解される。株主平等原則は個々の処分行為について株主が任意に承認する場合は例外とされるが，附合契約化したベンチャー出資契約などで

717）本書第2章第2節第3款4参照。

718）江頭・前掲注449）485頁。

719）前掲注716）参照。

720）ULLCA §408.

は個別の契約条件の交渉の余地がなく，財務情報の開示を受けることを放棄する規定があれば，その任意性を問題視せざるを得ない。

これに対して，法定の開示情報以上の追加的な財務情報を，一定の持株数以上の株主にのみ提供することは，それらの追加的な財務情報自体が株主権の内容ではないので，有効であろう。ただし，提供する情報量が持株数に対応せず逆転現象が生じるような区分の設け方は，情報量の多寡で株主の投資行動が影響を受ける可能性があることを考えれば，個々の株主に対する取扱いの合理性・公正さという観点で疑義が残る[721)]。

721)「衡平の原則にかなった合理的事務処理の要請」（森本・前掲注598）119頁），あるいは「株主平等原則のゆるやかな適用」（弥永・前掲注625）37頁）の場面と考えられる。なお，倉沢康一郎「株式会社と私的自治」『法学セミナー増刊／現代の企業』135頁（日本評論社，1980年）は，実務で行われている大株主会の開催を株主平等原則の観点から禁止すべきとする。

第4章
会社法における定款自治の限界の再構成

第1節　会社法制の現代化

会社法（平成17年法律第86号）の立法作業は，会社法制の現代化という大きなテーマを掲げ，いくつかの主要な目的を示していた。第1に，平成17年度をめどとされていた民事立法現代化の一環として，カタカナ文語体の商法，有限会社法等を口語化すること，第2に，商法，有限会社法，商法特例法等に規定が分散してわかりにくい状態を解消すること，第3に，近年の度重なる改正により生じていた全体的な不整合性を解消すること，そして第4に，規制緩和・市場重視の経済思想を背景として，起業の妨げとなる規制の撤廃，定款自治による多様化・自由化といった法規制緩和である[1)]。全体としては，米国法の影響を受けて会社法の任意法規化を図り，株式の種類の多様化等を通じて，少数株主の排除等による組織再編，および企業買収等における防衛策を可能にし，資本に関する原則を放棄した。そして，これまで，何度も議論の俎上に乗りながら後回しにされてきた閉鎖会社法制の包括的見直しを改正作業の中心に据え，有限会社と閉鎖型のタイプの株式会社の規律を一体化し，公開会社でない株式会社をベースにした統一的会社法典となり，他の諸国に見られない先行的試みを行った[2)]。この結果，公開会社予備軍，地場の有力企業から大企業同士の合弁会社，ベンチャー企業，同族企業に至るまで実に多様な実態を

1）江頭憲治郎「「現代化」の基本方針（特集 会社法制の現代化に向けた課題と展望）」ジュリスト1267号6頁以下（2004年），岩原紳作「新会社法の意義と問題点」商事法務1775号4頁以下（2006年），相澤哲「会社法制定の経緯と概要」ジュリスト1295号8頁以下（2005年）。

持つ会社群が一つの区分に入れ込まれることとなった。このような規律のあり方に対しては，所有と経営の分離の有無をメルクマールに，経営監視機構の強制や定款自治を認めるか否かから2つに区分することが望ましいとの批判がある[3]。

伝統的な小規模閉鎖会社における株主間契約の効力に関する議論は，当事者間の合意を基本ルールとして会社運営を行っている当事者間の利益調整を図るものとして展開されてきた。これに対し，ベンチャー企業は，閉鎖型のタイプの会社ながら事業運営の初期段階から所有と経営の分離が始まっており，出資者・起業家双方のインセンティブを極大化することを目的として，会社法規定と異なったアレンジを選択する。米国における株主の信認義務のような株主間の利害調整理論を持たないわが国は，その議論を深めないまま過度の規制の廃止を大義名分として大きく契約自由の世界に踏み出した。しかし会社法が利用者に対して自ら作り上げることを求めるのであるとすると，真に使いやすい会社法制が実現されるためには，定款自治の範囲を明らかにしてゆかなければならないと考えられる。

第2節　会社法における定款自治の範囲

平成13年・14年の商法改正および会社法の制定により，従前株主間契約で処理されていた株式の種類および機関構成につき，大幅な定款自治が明文で認

---

2) 会社法は，発行する株式の一部についてでも定款による株式譲渡制限を定めていない会社を公開会社と定義し（2条5号），従来講学上用いられてきた公開会社・閉鎖会社の区分における公開会社と対象範囲が必ずしも一致しない。このため，本書では以下会社法下の議論にあたり，原則として，すべての株式の譲渡が制限されている会社を公開会社でない会社または公開会社以外の会社，従来の閉鎖会社を閉鎖型のタイプの会社とそれぞれ表記する。

諸外国では，英国が2006年会社法において，私会社に関する規定を標準とし，公開会社に関する規定をオプションとするという位置づけをとっている。

3) 岩原紳作「会社区分のあり方（特集　会社法制の現代化に向けた課題と展望）」ジュリスト1267号37-38頁（2004年），稲葉威雄「定款自治の拡大―株式会社の機関設計」企業会計57巻12号80頁（2005年）。

められるに至った。この結果として，定款自治の限界を議論すべきフィールドは，大きく外縁に移動したことになる。またそれに伴い，株主間契約で処理せずとも会社法が定款による組み立てを認めていることがらについて，「敢えて」株主間契約を締結した場合に，その事実をどのように評価すべきかが問題となってくる。

会社法29条は，旧商法になかった規定として，次のような定めを置いている。すなわち，「第27条各号［絶対的記載事項］および前条各号［変態設立事項］に掲げる事項のほか，株式会社の定款には，この法律の規定により定款の定めがなければその効力を生じない事項およびその他の事項でこの法律に違反しないものを記載し，又は記録することができる」（［　］内筆者）。この条文の解釈として，立法担当官は，定款自治の範囲は明確に示されており，「定款に別段の定めのある場合は，この限りでない」等の文言がない場合は，一切修正を認めないという趣旨を述べている[4]。しかしながら，以下に論じるいくつかの項目をつぶさに見ると，必ずしも定款自治の範囲が解釈の余地なく明らかとは言い難いように思われる。本節では会社法上より一層の明確化が迫られるであろう定款自治の限界について，検討を加えてゆく[5]。

1. 剰余金配当・残余財産分配に関する定め

会社法105条2項は，株主に剰余金の配当を受ける権利および残余財産の分配を受ける権利の全部を与えない旨の定款の定めは，その効力を有しないとする。この規定は，会社の営利性を間接的に定めるものであり，その最低ラインとして，剰余金の配当を受ける権利または残余財産の分配を受ける権利のいずれかが株主に与えられていることとしたものである。また，公開会社以外の会社においては，剰余金分配請求権および残余財産分配請求権について，株主ごとに異なる取扱いを行う旨の定めを定款に設けることができる（109条2項）。

4）相澤哲＝郡谷大輔「新会社法の解説(1)会社法制の現代化に伴う実質改正の概要と基本的な考え方」商事法務1737号16頁（2005年）。

なお，「会社法制の現代化に関する要綱案（第2次案）」について定款自治とその限界を検討したものとして，加藤徹「現代化要綱案（第二次案）における定款自治の拡大とその限界」判例タイムズ1158号54頁以下（2004年）参照。

このように，剰余金の配当と残余財産の分配に関して，会社法は定款自治の明文規定を設けたが，それでは，105条2項の範囲内の定款規定であればいかなる場合も会社法上の問題を生じないかについては必ずしも明らかではない。例えば，剰余金の配当は受けられず残余財産の分配請求権のみを有する株式を設けた場合に，常に剰余金を全額配当すると実質的には残余財産の分配を受けることができなくなる。また，剰余金の配当を受ける権利はあるが，残余財産の分配請求権がない株式を設けた場合，常に剰余金を配当せずに内部留保すると，その株主は実質的に剰余金の配当請求権も否定されてしまうことになる。このような状況は，剰余金配当・残余財産分配に関する格別の定めを有する株式が少数株主によって保有されている場合に生じ得るわけであるが，定款自体は許容された自治の範囲内であったとしても，少数株主の請求権を事実上封じるような適用の態様が，そのような自治の想定しているところであるかどうかは問題である[6]。

2. 議決権に関する定め

公開会社以外の会社では，株主総会における議決権について，株主ごとに異なる取扱いを行う旨を定款で定めることができる（109条2項）。この規定は，

5）会社法が相対的記載事項を網羅的に規定できていないことを指摘するものとして，宍戸善一「定款自治の範囲の拡大と明確化—株主の選択」商事法務1775号21-23頁（2006年），稲葉威雄『会社法の基本を問う』185-189頁（中央経済社，2006年）。宍戸教授は，定款自治の範囲が明確でない条文を3つの類型に分類している。①定款自治が明文で認められていないが，一概に否定されるべきものではなく，解釈の余地が残るもの（存続期間を限定した任意種類株主総会，議決権拘束契約の定款記載，普通株式のみが発行されている場合の配当可能利益の一定割合を利益配当する旨の定款規定），②明文で定款自治が認められているが，定款自治の限界が明らかでないもの（種類株主総会決議事由としての特定契約の定款記載，利益配当に関する種類株式の「配当額の算定の基準の要綱」の定め方の詳細度，参加型配当優先株式に対する分配割を普通株式の例えば2倍とすること），③定款自治を認める規定はあるが，定款自治を認める対象が明らかでないもの（複数の種類株式についての単一の種類株主総会，残余財産の分配に関する種類株式につき合併・企業買収等をみなし解散事由と定めること）（宍戸・同上23頁）。

6）大隅健一郎＝今井宏『会社法論中巻〔第3版〕』460頁（有斐閣，1992年）。

種類株式とは別に，株主の個性に着目した定めであり，従来の有限会社の規定（旧有限会社法39条）を引き継ぐものであるが，それでは全く制約なく異なる取扱いをすることができるのかについては検討を要する[7)]。従来の有限会社においては，幅広い定款自治が適用されるとの理解から，剰余金配当，残余財産分配，議決権以外の事項についても持分の内容につき異なる定款の定めを設けることができるとされてきた[8)]。会社法は，剰余金配当，残余財産分配，議決権の3つについて属人的に別扱いできることを明文化したものであるが，有限会社と同様，属人的定めが具体的な強行法規もしくは株式会社の本質に反し，または公序に反するものであってはならず，かつ，株主の基本的な権利を奪うものであってはならない[9)]。

会社法109条2項は，株主平等原則を定めた109条1項の例外として位置づけられていることから，会社法下の株式会社による議決権に関する種類株式の発行には，株主平等原則に由来する内在的制約が存するのではないかと考えられる。例えば，議決権の定めについて，少数株主に多数株主より大きな議決権を常に与えたり，1株2議決権の定めを設けることができるであろうか。109条1項の例外として公開会社以外の株式会社に限り属人的な定款規定が許されており，また，会社法は複数議決権を明示的に認めていない（308条1項）ことからすると，議決権が持株数と全く逆転してしまうような定款上の取扱いや複数議決権株式は認められないのではないかと考えられる[10)]。また，このように解することで，公開会社の議決権制限株式の総数が発行済株式総数の2分の1を超えてはならないとされている（115条）こととの調和も保たれる[11)]。

数種の株式を発行する会社においては，単元株式数を株式の種類ごとに定めなければならないとされており（188条3項），議決権に関する格別の定めを有する株式との関係をどのように捉えるかということが問題となり得る。単元株制度は株主管理コストの軽減を主たる目的としている。また種類株式が発行

7）宍戸・前掲注5）23頁。

8）江頭憲治郎『株式会社・有限会社法〔第4版〕』147頁（有斐閣，2005年）。

9）江頭憲治郎『株式会社法』128頁注(10)(有斐閣，2006年)。本書第3章第5節第1款3(2)参照。立法の趣旨に鑑み，これら法が定める3つ以外についても，例えば，取締役の資格を一定数以上の株式を有する株主に限る等の定款の定めを置くことが可能であると解される（江頭・同上127頁）。

されている場合は，各種類の株式の市場価格に格差があるなど，一単元の株式の数を株式の種類ごとに違えるほうが合理的なケースがあり得ることが，188条3項の背景にある[12]。この場合，一単元の株式数にどの程度格差をつけることができるか。議決権について格別の定めをおいた株式と同様と考えれば，2倍以上の格差をつけると，事実上複数議決権を認めることになるのではないかという疑問がある。しかしながら，単元株制度が管理コストの低減を目的としており，各種の株式の市場価格の格差を反映して一単元の株式数を定めることが念頭に置かれていることから，必ずしも2倍にこだわる必然性はないとも考えられる[13]。しかし，市場価格の格差の反映が種類ごとの一単元の株数設定の基礎となっているとすれば，種類株式間で市場価格に一単元の株数を乗じた値に著しい差異を発生させることは，115条の立法趣旨からも疑問が残る[14][15]。

従来用いられてきた議決権拘束契約の内容をそのまま定款に記載できるかに

10）神田教授は，議決権はある（1株1議決権または1単元1議決権）かないかのいずれかしか認められず，1株（または1単元）についての議決権を0.7とか2とかなどと定めることは認められないとする（神田秀樹『会社法〔第8版〕』75頁（弘文堂，2006年））。江頭・前掲注9）139頁，相澤哲＝葉玉匡美＝郡谷大輔編著『論点解説新・会社法　千問の道標』116頁（商事法務，2006年）同旨。

これに対し，米国法の判例および学説の分析から，わが国においても複数議決権が認められる可能性を示唆するものとして，柳明昌「差別的議決権の理論的検討―アメリカ法を中心として―」法学67巻6号65頁以下（2003年）。

また，加藤貴仁「株主間の議決権配分(1)――一株一議決権原則の機能と限界―」法学協会雑誌123巻1号121頁以下（2006年）は，わが国における1株1議決権原則について，その立法の歴史と意義および公開会社の議決権配分規制の方向性を論じている。

11）川島教授は次のように指摘する。資本多数決の原則の下では50％以下の出資しか行わない者は株主総会の意思決定に自らの意思を結実できない。2分の1の発行限度は，このような消極的な側面から見た資本多数決原則の機能を理論的根拠とする。したがって，2分の1の発行限度は，資本多数決の原則を維持しつつ議決権制限株式の発行を認める際の限界値である（川島いづみ「種類株主の取締役等選任・解任権と資本多数決原則の修正」ジュリスト1229号16頁（2002年））。

なお，115条が適用されない公開会社以外の株式会社においては，会社法は，属人的定め（109条2項）により複数議決権を設定することを想定していると解される。

12）江頭・前掲注9）273頁。単元株式数に関する定款変更が，ある種類の株主に，従来より不利な効果を及ぼす場合には，その種類の株主の種類株主総会決議を要する（322条1項1号ロ）。

ついては，会社法の規定からは必ずしも明らかでない。公開会社でない株式会社においては，株主総会における議決権について株主ごとに異なる取扱いを行う旨を定款で定めることができるとの規定（109条2項・105条1項3号）から，一概に議決権拘束の内容を定款に記載することができないということにはならないであろう[16]。従来定款に規定することにはなじまないとされてきた属人的な議決権拘束を内容とする定款規定についても，議決権についての属人的規定に法律上の裏付けが与えられた。そのため，今後は株式譲渡にあたっては，譲

13）神田・前掲注10）75頁は，単元株式数の定め方により実質的に複数議決権株式と同じ効果を出せることを肯定的に解している。河村尚志「定款による支配分配と種類株式の活用(3・完)」法学論叢157巻6号58頁（2005年）は，公開会社でない会社においては1単元の株式数の調整は自由であるとし，公開会社については証券取引所の自主規制に期待する。

また，平成17年改正前商法では，議決権制限株式について存する単元の数は，発行済株式の全部につき存する単元の数の2分の1を超えることができないという制限があったが（平成17年改正前商法222条6項），会社法では廃止されたことも，この立場と平仄が合う。

14）2倍の差異まではセーフ・ハーバーと言えるであろうが，市場価格の変動によって合理性が消滅したり復活したりすると考えるべきではないので，確定的な数的基準を置くことは困難である。

米国では，既存の株主の持分割合を著しく侵害するかどうかで判断するアプローチに立って，模範会社法（RMBCA §6.21(f)）および自主規制機関が社外株式の20%を超える株式を発行する場合に株主総会の承認を要求していることやクラス間の議決権の乖離が10対1の範囲内に抑えられるべきと考えられていることが参考になるとの指摘がある（柳・前掲注10）85頁）。しかしながら，出資額と議決権割合との不均衡を無制限にアレンジできると解されるべきものではなく（野村修也「株式の多様化とその制約原理」商事法務1775号32頁（2006年）），10対1までは有効とすることに必ずしも論理性があるわけではない。

議決権制限株式は，企業買収防衛策としての活用が議論されており（例えば，葉玉匡美「議決権制限株式を利用した買収防衛策」商事法務1742号28頁以下（2005年）），議決権制限株式に関する定款規定の限界は，かかる議論の成果も踏まえたものであるべきだが，ここでは，公開会社で禁止されている属人的定めが，複数議決権株式によって潜脱される危険性について検討を要することを指摘しておく。野村・同上32頁参照。

なお，買収防衛策と株主平等の原則については，末永敏和「株主平等の原則」森淳二朗＝上村達男編『会社法における主要論点の評価』108-111頁（中央経済社，2006年），吉本健一「ポイズン・ピルと株主平等原則」阪大法学55巻3・4号717頁以下（2005年）参照。

受人側で定款をチェックすべしとの判断をする余地が出てくると考えられる[17]。

15) 諸外国における複数議決権株式の規整は以下のとおりである（江頭・前掲注9）306頁注(2)）。

米国の各州法は，一般に，株主間の議決権配分を規制する明確な規定を持たず，定款の規定によって，個々の会社が自由に無議決権普通株式や多議決権株式（super voting stock）を設定することが許容されている。*E.g.*, DEL. CODE ANN. tit 8, §151(a)(2006); N.Y. BUS. CORP. LAW §501(a)(McKinney 2006); RMBCA §6.01(a). 但し，NYSEなどの証券取引所の上場基準は議決権の配分について制限的規定を設けている。証券取引所法12条の規制の下，公開取引されている普通株式の所有者の議決権は，あらゆる会社の行為，株式発行によって差別的に減少，制限されたりしてはならない。そのような会社の行為の例としては，時差議決権制度（time phased voting plans）の採用，最高議決権制度（capped voting rights plans）の採用，多議決権株式（super voting stock）の発行，交換申込み（exchange offer）による多議決権株式または発行済普通株式の1株当たり議決権に劣後する議決権を有する株式の発行を含むが，これらに限られない。*See, e.g.*, NEW YORK STOCK EXCHANGE LISTED COMPANY MANUAL, §313.00(A) Voting Rights Policy, *available at* http://www.nysemanual.nyse.com/LCM/Sections/. 米国における議決権配分規制の詳細は，加藤貴仁「株主間の議決権配分(2)――一株一議決権原則の機能と限界―」法学協会雑誌123巻7号27頁以下（2006年）参照。

英国では，制定法上は禁止されていないが（Companies Act 1985, s. 370(1) [Companies Act 2006, s.284(4)]），実際の利用例は少ないと言われている。

フランスは，一定の長期保有要件を満たす株式に2倍議決権（droit de vote double）を付与することを認める（商法典L. 225-123条）。本書第3章第3節第1款2(4) 参照。ただし，その性格は，長期保有株主に対する一種の褒章（prime de fidélité）と位置づけられており，2倍議決権は株式の譲渡とともに消滅する（鳥山恭一「フランス株式会社法における資本多数決原則の形成と展開――一株一議決権原則の再検討―」早稲田法学59巻1・2・3号159-160頁（1984年），荒谷裕子「フランスにおける複数議決権制度」石山卓磨＝上村達男編『公開会社と閉鎖会社の法理（酒巻俊雄先生還暦記念）』31頁，40頁（商事法務研究会，1992年））。その意味で2倍議決権株式は属人的な性格を有するものである。

ドイツは複数議決権株式を許容せず（ドイツ株式法12条2項），他方非上場会社においては，複数株式を所有する者の議決権を定款上制限すること，逓減させること等を認める（ドイツ株式法134条1項）。

16) 宍戸・前掲注5）23頁。

17) 第3章注550）参照。

3. 株式譲渡制限に関する定め

会社法は，譲渡制限株式の規定を整備し，平成17年改正前商法において定款自治の範囲が必ずしも明らかでなかった点を整理した。

第1に，譲渡承認機関については，取締役会設置会社では取締役会，それ以外の会社では株主総会の決議を要するとし（139条1項），定款で別段の定めをすることができることとなった。したがって，例えば取締役会設置会社において決定機関を株主総会あるいは代表取締役と定めることが可能となった。ただし，株式の譲渡制限は本来株主が自分の仲間を選択する形が望ましく，決定権限を代表取締役や執行役等さらに下位の機関にゆだねる場合は，承認の可否につき一定の基準を定め，その基準にしたがって個々の承認請求を処理することを委ねる形にすることが制度趣旨に合致する[18]。しかしながら，下位機関への委任の態様のあり方については，法文は明らかにしていない。

第2に，種類株式の内容として，譲渡制限を定めることが認められた（108条1項4号）[19]。

第3に，定款による譲渡制限をしながら，株主間の譲渡は自由であると定めることが，107条2項1号ロにより可能であることが明らかにされた。もっとも譲渡株主の属性による区別が株主平等の原則（109条1項）に反する場合は，定款の定めは無効である[20]。

第4に譲渡の手続に関して，先買権条項を定款に規定できることが，明文で認められた（140条4項，5項）。一方，価格の決定については，定款自治が及ばないとの趣旨で規定されている（144条2項ないし4項）。しかしながら，144条1項が，売買価格を会社と譲渡株主との協議によって定めるとしている点は平成17年改正前商法と同じであり，「協議のルール」を定款に記載することは，任意的記載事項として認められる余地があると考える[21]。

18）江頭・前掲注9）225頁注(6)。委員会設置会社が業務執行の決定を執行役に委任する場合について416条4項1号。

19）この結果，譲渡制限種類株式に関する譲渡承認の決定機関をその種類株主総会とすることができる（139条1項）。

20）江頭・前掲注9）223頁。

4. 業務執行の制約に関する定め

会社法では，株主総会の権限を取締役会設置会社とそれ以外の会社とで分別している。取締役会設置会社以外の株式会社の場合，株主総会は法令・定款に定められた事項に限らず，強行規定または株式会社の本質に反しない限り，会社の組織・運営・管理その他会社に関する一切の事項につき決議できる（295 条 1 項）[22]。また，法令により株主総会の決議事項と定められている範囲が，取締役会設置会社の株主総会より広い。例えば，譲渡制限株式の譲渡承認（139 条 1 項），自己株式の取得価格等，取得条項付株式を取得する日等の決定（157 条 1 項，168 条 1 項等），株式の分割の決定（183 条 2 項），取締役の競業・利益相反取引の承認（356 条 1 項）等が含まれる。すなわち，株主が株主総会の決議を通じて会社経営に関与することが法令上想定されている。

これに対して取締役会設置会社の株主総会は，法令または定款に定めた事項に限り決議することができる（295 条 2 項）。迅速かつ機動的な経営上の意思決定の確保と，株式会社の実質的所有者である株主の意思の経営への反映という必要性のバランスから，株主が意思決定の機動性を犠牲にしても自ら経営に関与しようと考える場合にまで，それを禁ずる必要はないという点は，平成 17 年改正前商法下の考え方と変わらないが，会社法が取締役会設置会社とそうでない会社の区分を設けて株主に選択権を委ね，かつ後者に対してはすべての業務執行の決定権限を株主総会に移管することを明文で認めたことから，取締役会設置会社にあっては，実質的に会社の組織，運営，管理全般にわたる事項について株主総会の決議事項とすることは認められないということになろう。

また，種類株式を発行する会社においては，法令に規定された事項につき，種類株主総会の決議を要するほか，定款に定めることにより，種類株主総会の

21）第 3 章注 609）参照。反対，宍戸・前掲注 5）20 頁，「特別インタビュー 会社法制現代化の方向性」企業会計 57 巻 4 号 89 頁（2005 年）〔江頭憲治郎発言〕。ただし，江頭教授は公開会社を意識した上で否定的に解している。

なお，ジョイント・ベンチャーを対象とした株式譲渡制限定款の検討として，大杉謙一「ジョイント・ベンチャーの企業形態の選択」中野通明＝宍戸善一編『M&A ジョイント・ベンチャー』50-51 頁（日本評論社，2006 年）参照。

22）江頭・前掲注 9）290 頁。

決議事項を拡張することができる（321 条）。すなわち，定款で定めることにより，平成 17 年改正前商法下で任意種類株主総会の権限であった株主総会・取締役会の決議事項についての拒否権行使以外の決議にも種類株主総会の権限が拡張される。そこで，321 条によって定款で定めることで種類株主総会の権限とすることができる事項の範囲が問題となり得る。一部の種類の株主の意思のみが反映される種類株主総会である以上，株主総会決議事項・取締役会決議事項のすべてが決議できることにはならず，当該種類株主の利害に密接な関係がある事項のみが，定款に定めることで種類株主総会の権限にできると解すべきであろう[23)]。「定款の定めにより」と規定してあっても，合理的な定款の定めかどうかが問題である[24)]。

5. 小　括

会社法は，当事者間の合意によって処分可能な規律に関しては，広く定款自治を認めるという考え方に立ち，基本的にすべての規定を強行規定とした上で，法律で定められた要件とは異なる要件を定款で定めることができることとする場合には，逐一，その旨が明らかになるような規定上の手当てを行っていると立法担当官により説明されている[25)]。しかしながら，上記のいくつかの点につき論じたように，定款自治が明文で認められていないとしても解釈の余地があるもの，あるいは定款自治が明文で認められているがその限界が明らかでないものが存在する。

一般契約法の世界では，契約自由の原則が支配するが，それが前提とする当事者の立場の対等性・互換性が事実上失われている消費者取引等においては，この原則が制約されている[26)]。会社法は，資本多数決が前面に出てくるため，

23）江頭憲治郎「新会社法の理論的課題(1) 株式関係を中心に」商事法務 1758 号 5 頁（2006 年），江頭・前掲注 9）292 頁。

24）稲葉威雄＝郡谷大輔「対談　会社法の主要論点をめぐって」企業会計 58 巻 6 号 170 頁〔稲葉発言〕（2006 年）。

なお，ジョイント・ベンチャーを対象とした定款による権限分配の検討として，大杉・前掲注 21）41-44 頁。

25）相澤＝郡谷・前掲注 4）16 頁。

多数派による横暴をいかに防止するかが課題である。したがって，定款自治が認められている項目であっても，まったくの自由が認められるべきではない[27]。一方，会社法の規定は一点の曇りもなく定款自治の範囲を明記できているわけではなく，強行的な世界と自治の世界の区分が立法によって判然とした状況になったとも言い難い。規制緩和を旗印とする会社法制定が実現した現段階において，改めて定款自治の限界を律する理論的基礎が求められなければならない[28]。本書は，その理論的基礎を，会社法により明文化された株主平等原則（109条1項）に求め，本章第4節にてその適用可能性を検討する。

26）消費者契約法（平成12年法律第61号），特定商取引に関する法律（昭和51年法律第57号）等。

27）Victor Brudney, *Contract and Fiduciary Duty in Corporate Law*, 38 B.C.L. REV. 595, 597-98（1997）は，米国の州会社法の規定を“default rules”あるいは“background rules”と捉えたとしても，当事者の合意により迂回してはならないルールがあり，さらにそのようなルールが該当しない場合であっても，州制定法というルールが存在していること自体が，当事者による契約回避（contract around）行動や，当事者が何のルールもないかのような取り決めをすることを制約するとする。

28）契約法の領域が強行法規性を強めているのに対し，会社法が自治の範囲を拡大しているのは興味深い現象である。会社法の基礎は本来契約自由の世界であって一旦大きく強行法規に振れたものが再び自由の方向に戻ってきているという理解をするならば，両者は互いに接近しつつあるということになる。消費者保護法も会社法も，関係者の公正な利益調整のための法律による介入の必要性を認識しており，したがって約款規制の限界と定款自治の限界は，双方にとってoptimizeされた共通の領域を有しているのではないかとの推察が成り立つ。河上正二「定款・規約・約款—契約法から見た組織—」竹内昭夫編『特別講義商法Ⅱ』34頁（有斐閣，1995年），山下丈「定款の内容規制について」広島法学8巻1号1頁（1984年）参照。次節以下の議論はこの発想に基づいている。

なお，本書は約款論の内容には立ち入らないが，参考文献として本書中他の箇所で引用したもののほか，石原全『約款法の基礎理論』（有斐閣，1995年），中井美雄『約款の効力（叢書民法総合判例研究）』（一粒社，2001年），山本豊「約款規制」ジュリスト1126号112頁（1998年）等。また，フランス約款法との比較法研究として，安井宏『法律行為・約款論の現代的展開—フランス法と日本法の比較研究—』（法律文化社，1995年），織田博子「フランスの約款論は，わが国と比較してどういう特徴をもつか」椿寿夫編『講座・現代契約と現代債権の展望　第4巻　代理・約款・契約の基礎的課題』123頁（日本評論社，1994年）。

第3節　会社法における株主間契約の意義

会社法は，定款自治の範囲を拡大した。特に株式会社の機関構成については，平成17年改正前商法が会社の種類・区分によって原則的に固定していたのに対し，いくつかの基本的なルールを定めた上で，大幅に会社ごとの定款による設計の自由を認めている。取締役の選任・解任や業務執行の制約の合意（拒否権）については，平成17年改正前商法の平成13年，14年改正によって種類株式による対応が可能となっていたが，会社法においては，種類株式の発行に加え（108条1項8号，9号），公開会社でない株式会社においてはさらに自治の範囲が拡大された（109条2項）。

取締役の選任に関する合意については，公開会社でない株式会社にあっては，剰余金の配当を受ける権利，残余財産の分配を受ける権利，株主総会における議決権については，株式の内容が同一であっても株主ごとに異なる取扱いを定款で定めることができる（109条2項）。これにより例えば，取締役の定員が6名の会社で，3名の株主が，それぞれ3名，2名，1名の取締役選任の議決権を行使することができる旨を定款に規定することが可能である[29)]。また，定款変更についても，少数株主に拒否権を与えることが定款で実現できることが明確にされた[30)]。

とは言え，法改正後も，合弁契約の実務では種類株式を利用せずに，株主間契約のみで対応することが引き続き行われていると指摘されている[31)]。定款を

29）取締役選任決議は一人の取締役の選任が一議案を構成し，各株主は各取締役の選任について議決権を行使できる。会社法施行規則66条1項1号イ参照。

30）会社法309条2項。特別決議事項の決議要件をさらに加重することについて，必要以上に困難な多数決制を定めることは会社運営および将来の株主にとって必ずしも有利とは言えないなどの理由で，平成17年改正前商法は加重を認めていないとの見解があった。上柳克郎＝鴻常夫＝竹内昭夫編『新版注釈会社法(12)』28-30頁〔実方謙二〕（有斐閣，1990年）参照。

31）棚橋元「合弁契約における株主間の合意とその効力―取締役選任・解任と拒否権に関する合意について」ジョイント・ベンチャー研究会（代表／金丸和弘＝棚橋元＝奈良輝久＝清水建成）編著『ジョイント・ベンチャー契約の実務と理論―会社法施行を踏まえて』194頁（判例タイムズ社，2006年）。

通常用いられているものとあまり違う内容にしたくない，あるいは従来株主間契約で規定していた内容を定款に記載しても効力が認められるか心配であるという漠然とした意識や，将来株式譲渡や新株発行等で株主構成が変わった場合に，定款変更を失念することで思わぬ第三者に拒否権が与えられる結果を回避したいという意識によるとされる[32)]。また，会社法は会社法の規定に違反しない事項を定款に記載できること（任意的記載事項）を明文で認めたが（29条），定款に規定することで現在および将来の株主を拘束できる効果を有することから，その限界が株主間契約で規定できることとどの程度相違しているのかは必ずしも明らかでなく，そのような不安から株主間契約が選択されることもあろう。

株主間契約は，会社法の強行法規性の束縛から逃れるために利用されてきた。学説は，「閉鎖会社」「中小会社」「株主全員の合意」「株主間の人的関係」といったメルクマールを踏まえて，株主間契約を少しずつ認知してきた。ここに至り定款によって株主の個性に着目した規定を設けることが認められたにもかかわらず，従来の延長線上で株主間契約を用いた場合にその効力をどう評価するかは，立法の目的をどれだけ社会に浸透させるかというポリシーと関わってくる。

閉鎖型のタイプの株式会社の利用者は，専ら株式公開会社を規整することを前提とした法規整から逸れるツールである株主間契約について，その法的状況を十分に理解して当事者間で将来を見越した富の配分を協議することが期待できる層（クラス1）[33)]と，そのような知識がなくまたそれをサポートする専門家サービスを受けておらず，人的関係頼みの層（クラス2）に大きく分かれる[34)]。クラス1の典型はリーガルスタッフが揃い会社法専門の外部弁護士も活用する大会社であり，クラス2のそれは小規模同族企業のメンバーである。このように2つの層の利用者が株式会社という同じ器を利用しているわが国における状態を踏まえて，両者を区分して後者の層に対しては別個の法規整を提供すべきであるとの大小会社区分立法の議論がなされてきた。しかし，結果として会社法は，クラス1，クラス2のどちらの利用者も会社法の強行規定か

32）棚橋・前掲注31）196頁，213頁。

33）この命名は，森田果「株主間契約(5)」法学協会雑誌120巻12号20頁（2003年）による。

34）森田・前掲注33）「株主間契約(5)」20-21頁。

ら離れることを望んでいることを前提に，同じ器のままその作り方に自由度を与える形で解を出した[35]。

公開会社予備軍として小規模同族会社とは一線を画する属性のベンチャー企業の利用者は，法規整を使いこなすクラス1の層に区分されている[36]。しかし，その利用者は，ベンチャー・キャピタルのようにクラス1に区分される「プロ中のプロ」と，成長の志は高いが会社をめぐる法規整については知識も経験も乏しいクラス2に属する起業家にさらに分かれる[37]。いわばプロとアマの間の契約という点において，プロ側（ベンチャー・キャピタル）主導による附合契約的な株主間契約が交わされる可能性は否定できない。事業資金を欲する起業家はベンチャー・キャピタルの提示した出資契約の条件をそのまま受け入れ，数年後業績が向上しなかった場合には，経営権を取り上げられベンチャー・キャピタルに乗っ取られた結果になっていることもある[38]。

このように利用者の置かれた立場の相違により，株主間契約の効果についても異なった考慮が生まれてくる。クラス1同士の合弁会社のような場合にあっては，定款自治による強制力の強い手段の利用可能性が高いので，定款自治が可能でありながら敢えて株主間契約を選択した場合には，債権的契約の効果を甘受すべきと言えよう。株主間契約は，合意内容の公開を望まない場合，あるいは一部の株主だけで合意を形成したい場合に，その限られた効果を踏まえて利用すべきである[39]。

これに対して，クラス2同士による小規模な閉鎖型のタイプの会社におい

35）上村達男「特集　会社法制の現代化に向けた課題と展望 会社法総則・会社の設立」ジュリスト1267号12頁（2004年）。

36）森田・前掲注33）「株主間契約(5)」39頁注(68)。

37）もちろん起業家も経験を積むことでクラス1に移行してゆくであろうし，また，起業家を対象としたリーガル・サービスが充実すればクラス1と同等の「装備」が可能となろう。米国カリフォルニア州のシリコンバレー周辺には，起業家を主たるターゲット・クライアントとする弁護士が多数いて，ベンチャー・キャピタルとの交渉を代理している。これらの起業家側弁護士は，起業家の弁護士報酬負担を軽減するため，当該ベンチャー企業のエクイティを用いた弁護士報酬回収スキームもあわせて提案する。これにより，依頼人と弁護士の間のエージェンシー・コストも低減される。

38）第2章注106）の引用文献参照。

39）江頭・前掲注9）283頁。

ては，定款自治の道が開かれたとは言え，それを活用するインセンティブが働かない可能性が大きい。実際，有限会社は定款自治の原則が妥当すると解されてきたが[40]，実務上は，「より小規模な公開されていない株式会社」として，市販のひな型定款がそのまま利用され，実質的には社員間の合意によって会社運営がなされている。そのような定款自治を使いこなせない利用者に対し，定款自治が利用できたのだから株主間契約には強い効果を認めないとすると，小規模閉鎖会社における少数株主保護の議論がなされる前の状態に戻るだけのことになる。小規模な閉鎖型のタイプの会社の場合，会社法が制定されたとは言え，世代交代でもない限り直ちに株主間の合意事項を盛り込む定款変更を行うとは期待できない。

以上より，クラス1の会社法利用者には，強い法的効果を求める場合は定款自治を利用するよう促し，クラス2の利用者は，定款自治を使いこなせない弱者であり株主間契約に強い効果を認めて救済し，そして混合クラスが参加するベンチャー企業の出資契約においては，附合契約論を適用して，クラス1株主（ベンチャー・キャピタル等）によるクラス2株主（起業家，その他の少数派株主）の圧迫を抑止するということも可能性として考えられる[41]。閉鎖型のタイプの会社のそれぞれの個性を反映した法の適用ということも認識されてよい[42]。しかしながら，会社法の利用者をクラス分けして分析する論者も，法的洗練性によって株主間契約の効力に差をつけることは解釈論としては否定している[43]。ある利用者がどのクラスに属するかは，消費者契約における事業者と消費者ほどには明確でないし，区分作業に伴うコスト（例えば，ある当事者がどのクラスに属するかを訴訟で決定するコスト）は少なくなく，会社法の場合，利用者の法的洗練性を効力の解釈基準とすることは困難を伴う。

40）江頭・前掲注8）125頁。本書第3章第5節第1款3(2)参照。

41）近年，消費者契約のみならず事業者間の契約においても，交渉力の格差や契約の相手方の要保護性を考慮して契約自由が制限されることが主張されており，この議論はベンチャー企業におけるベンチャー・キャピタルと起業家および一般の少数派株主との関係にもあてはまると考えられる。執行秀幸「いわゆる事業者間契約では，契約自由の原則が無制限に妥当するか」椿寿夫編『講座・現代契約と現代債権の展望　第4巻　代理・約款・契約の基礎的課題』前掲注28）235頁以下。

42）江頭・前掲注9）49頁。

43）森田果「株主間契約(6・完)」法学協会雑誌121巻1号50頁注(163)（2004年）。

そこで，株主間契約については，その締結行為において，会社法のルール自体が一定の手続要件を課してルールから逸脱することを認めていることと対比して，その手続を回避するものとして当該ルールの保護目的を害しないか，という観点から評価されるべきである。会社法は株主総会の決議手続というルールからの逸脱として，書面決議をルール化している（319条）。書面決議は，議決権を行使することができる株主全員が書面（または電磁的記録）により同意の意思表示をした場合に認められるので，株主全員が当事者となっている株主間契約は，書面決議による定款変更に準じた手続が行われたものと考えることができる[44)]。これに対し，一部の株主による株主間契約は，書面決議ルールが強行的に定める株主全員一致のルールから逸脱しており，それゆえ，手続面においてもはや定款とは隔絶したものとして扱わなければならない。よって，その効力も当事者間に債権的効力が認められるに過ぎない。

次に，株主全員により締結された株主間契約の規定内容については，定款によっても定めることができる規定（29条）であれば，定款に準じた効力を認めてよい。例えば，取締役の選任等の議決権拘束，業務執行に関する裁量の制約など，種類株式や非公開株式会社における属人的定め（109条2項）等を利用して定款自治でも実質的に実行できる内容の株主間契約の条項については，それが定めるところに反した株主総会決議に瑕疵を生ぜしめると考える[45)]。

会社法における定款自治の拡大により，従来株主間契約で処理されてきた事項が定款自治で行えるようになり，株主間契約に強い効力を認める実務的必要性は以前に比べて減少したとも考えられる一方，書面決議に準じた手続とみなせる全株主による株主間契約に対しては，定款自治で実現できることがらを規定している範囲で，定款に準じた効力を認めてよい。

44）書面決議の要件に依拠する以上，同意書面の存在は不可欠である。したがって，株主間契約についても書面により取り交わされていることが必要と考える。同族会社では，口約束だけで書面が存在しないケースが少なくないと思われるが，立証の困難さを考えれば，書面性を要件とすることで少数株主の救済がそれだけ薄くなるということにはならないであろう。なお，書面決議は，公開会社でない会社に限定されてはいないが，実質的には，閉鎖型のタイプの会社のみで利用され得る手続である（江頭・前掲注9）330頁）。

45）杉本泰治『株式会社生態の法的考察―株主間契約の機能と効力―』277頁以下（勁草書房，1988年）参照。

書面決議に準じた手続で実質的に定款と同じ効果の規定を定めているといっても，株主間契約は定款そのものではない。したがって，契約内容に反する総会決議が行われたとしても，定款に違反した決議（831条1項2号）とはならず，総会決議瑕疵の根拠は，著しく不公正な決議（831条1項1号）に求めることになろう[46]。しかしながら，株主間契約に違反する行為を直ちに公序良俗に反するとまでは言い難いため[47]，株主間契約違反に定款違反と同等の効果を与えるためには，株主間契約と定款に共通の原理を橋渡しする必要があると考えられる。そこで，定款や株主間契約による事前的な解決ができない場合に当事者の関係を律する共通の法概念を，以下検討する。

定款や株主間契約で事前的な解決ができない場合，支配株主は会社および他の株主に対し誠実義務（Treuepflicht）を負うとして，問題解決を図ることが提案されてきた[48]。

誠実義務とは，支配株主が一種の付随義務として，会社および他の株主に対し負う義務であり，支配株主の権利行使（事実上の影響力の行使を含む）の際の行動基準または限界を画する。誠実義務論は，元々ドイツの民法上の組合または人的会社につき，構成員相互間に単なる債権関係よりも強固な人的結合関係を認める理論であった[49]。ドイツの有限会社や株式会社においては，ローマ法的社団理論の影響から，構成員は会社に対して法令または定款で認められた具体的な権利および義務（出資義務）以上のものを有せず，構成員相互の間には法的関係を認める余地はないとされてきた[50]。しかし伝統的社団理論では，多数派株主による少数派株主の抑圧問題に対処することができない。そこで，株主は他の株主に対し自己の社員的利益をいわば客観的な意味で信用して任せざるを得ないため，会社の利益および会社への参加により必然的に結び付けられる他の社員の利益を顧慮すべき義務があるとするのが誠実義務論の基礎である[51]。誠実義務の強度は，法令および定款により，会社財産および他の株主の

46）杉本・前掲注45）278頁。
47）杉本・前掲注45）278頁は，公序良俗違反とする。
48）江頭・前掲注9）283頁注(6)参照。
49）江頭・前掲注9）124頁参照。
50）出口正義『株主権法理の展開』35頁（文眞堂，1991年）。
51）出口・前掲注50）64頁。

利益に関連して，株主に認容された影響力行使の可能性と一致する。小株主であっても，株主総会で議決権を行使する場合は，会社および他の株主の利益を顧慮しなければならないが，議決権行使が結果に影響を与えない限りその義務は問題とならないに過ぎない[52)]。したがって，株主が社員たる資格に基づく影響力を行使して直接または間接に会社の業務執行に介入する場合には，当該株主は会社に対して誠実義務を負い，その義務違反があるときは取締役と同様の責任を負わなければならない[53)]。その限りで株主有限責任の原則は妥当せず，株主有限責任の重要な前提として，株主が会社の業務執行を行わないことが強調される[54)]。

しかしながら，誠実義務論は，所有と経営が分離していない小規模な閉鎖型のタイプの会社に株主有限責任を認めないという会社法制の根底に関わる帰結を認めるものであり[55)]，そのため会社法人格の法理との関係も不分明にならざるを得ない。また，例えば，取締役の解任にあたっても株主に無制限の解任権がある（339条）わけではなく，会社の利益のために議決権を行使しなければならないという制限に服することとなるが，その要件は明確ではない[56)]。さらには，取締役の選解任にあたり会社の利益が強調されることによって，優れた経営能力を持たない多数派株主は自らが取締役になるのを自制しなければならないという消極的義務にもつながりかねず，射程範囲も明確でないという難点がある。

以上より，本書は，誠実義務に代わって，定款自治および株主間契約の効力の理論的基礎を，会社法により明文化された株主平等原則（109条1項）に求め，次節においてそのフィージビリティを検証する。

52）出口・前掲注50）65頁。
53）出口・前掲注50）107頁。
54）出口・前掲注50）121頁。
55）出口・前掲注50）121頁。
56）江頭・前掲注9）125頁注(4)，江頭憲治郎『結合企業法の立法と解釈』21頁（有斐閣，1995年）。これに対して，出口・前掲注50）122頁は，特別な立法は不要としつつ，敢えて立法するのであれば「株主が議決権または社員資格に基づく影響力を行使して会社の業務執行を行うにつき悪意または重大な過失があるときは，取締役と同様の責任を負う」という条文を置けば足りるとする。

第4節　株主平等原則と定款自治

1．株主平等原則の意義

株主平等原則は，株主としての資格に基づく法律関係において，株主をその地位に応じて平等に取り扱うべきことを求める原則である[57]。商法に直接的な規定はなかったものの，近代社会における平等思想の株式会社法への浸透ないし，団体における正義衡平の理念の現われとして[58]，あるいは自然法的要請として[59]，当然に認められるものであるとされてきた。その内容を個別的に規定したものとして，利益配当請求権（平成17年改正前商法293条〔会社法454条3項〕），議決権（平成17年改正前商法241条1項〔会社法308条1項〕），新株引受権（平成17年改正前商法280条ノ4第1項本文，（募集株式の割当てを受ける権利）〔会社法202条1項，2項〕）があり，またその例外として，数種の株式（平成17年改正前商法222条〔会社法108条，115条，325条〕），転換予約権付株式（平成17年改正前商法222条ノ2，（取得請求権付株式）〔会社法108条1項5号，2項5号，3項，113条4項，114条2項〕），強制転換条項付株式（平成17年改正前商法222条ノ8，（取得条項付株式）〔会社法108条1項6号，2項6号〕）などが定められてきた。そして，株主平等原則は，多数決の濫用，会社の経営者の恣意的権限行使から，少数株主を保護する機能を有すると解されている[60]。

株主平等原則を正義・衡平といった理念に基づくものとして捉える通説的見解に対しては，「高次の理念によって基礎づけられているにしては世俗的な例外があまりに多く，子細に見るとさほど権威があるわけではない」との批判的見解が提示されている[61]。この見解によれば，株主平等原則の「機能」とされる少数株主保護は，むしろ株式会社法の「政策目的」そのものであって，株主

57）鈴木竹雄『新版会社法〔全訂第5版〕』88頁（弘文堂，1994年），大隅健一郎＝今井宏『会社法論上巻〔第3版〕』335頁（有斐閣，1991年），森本滋『会社法〔第2版〕』118頁（有信堂高文社，1995年），『新注会(3)』12頁〔前田庸〕。

58）鈴木竹雄「株主平等の原則」『商法研究Ⅱ』238頁（有斐閣，1971年）。

59）龍田節『会社法〔第10版〕』194頁（有斐閣，2005年）。

平等原則は1株1議決権を定めた商法規定等によって根拠づけられる株式会社法秩序内の商慣習法ともいうべき原則ということになる。

わが国では，株式会社法の強行法規性が強調されてきた経緯から，少数派株主に対して多数派株主または経営者による「不当な扱い」が発生した場合に，それを是正するための具体的な法理が発展してこなかった。定款自治が認められるとしても，多数派株主に一方的に有利な定款規定を個々に判定して無効とし，または，多数派株主による濫用的な議決権行使を是正し，あるいは，多数

60）鈴木・前掲注57）88頁，大隅＝今井・前掲注57）335頁，森本・前掲注57）118頁，『新注会（3）』12頁〔前田庸〕。

裁判例としては，会社が一般株主には無配としておきながら特定の株主に対して配当に代えて金員を贈与した事案において，大阪高裁は以下のように述べて，ストレートに株主平等原則違反を理由に当該贈与を無効とした。

「団体においては，衡平の理念よりして平等の原則が行われ，団体員は団体に対する寄与に応じて平等の待遇が与えられるが，特に物的会社の典型である株式会社においては多数の社員が株式という数量をもって表示される財産的出資によってのみ結合されているので，右平等の原則は強く会社の法律関係を支配し，右株式の数量に応じた平等待遇は共益権については議決権（商法241条1項），自益権については利益又は利益の配当（同法293条本文），残余財産の分配（同法425条本文）において明文をもって規定され，右規定が強行法規であること勿論である。そしてこの平等待遇の原則は，会社経営のため規定された例外（少数株主権，異種類の株式の発行，異種類によることの待遇の相違等）を除いては，定款をもってしても奪うことのできないもので，これに違反した株主の待遇は無効である。（もっとも不利益を受けた株主においてその不利益を承認したときはその瑕疵は治癒される。）」（大阪高判昭和45・1・27判タ246号227頁）

本件の上告審判決として，最判昭和45・11・24民集24巻12号1963頁・判時616号97頁・判タ256号127頁。評釈として，関俊彦・別冊ジュリスト会社法判例百選12事件28頁（2006年）。

また，株主平等原則に経営監視機能の意義づけを与える議論として，新山雄三「コーポレート・ガバナンスにおける「株主平等原則」の意義」『論争“コーポレート・ガバナンス”―コーポレート・ガバナンス論の方法的視座―』236-240頁（商事法務研究会，2001年）参照。

なお，米国では，1株1議決権原則が経営陣に対するチェック機能を有するとして説明されている。Robert B. Thompson, *The Law's Limits on Contracts in a Corporation*, 15 Iowa J. Corp. L. 377, 412 (1990).

61）上村達男「株主平等原則」竹内昭夫編『特別講義商法Ⅰ』16頁（有斐閣，1995年）。

派株主の支持を背景にした経営者の不適切な業務執行に対する責任追及（株主代表訴訟，差止請求，損害賠償請求）の機能が充実していれば，株主平等原則を持ち出すまでもなくそれらの法理を利用した解決が可能である。しかしながら，現実には少数派株主が多数派株主による個々の不当行為や定款規定の違法を証明することは困難である[62]。そこで，多数派株主の濫用行為を立証する負担を転換するための論理的前提として株主平等原則を導入し，株主平等原則に形式的には違反しているものの実質的に正義・衡平に反せず，むしろ積極的な存在理由を有していることの立証を行為者側に求めることで，多数派株主の専横に対する歯止めの論理を提供するところに，株主平等原則の意義があるのではないかと考えられる[63]。

2. 会社法における株主平等原則の位置づけ

会社法は初めて実定法上株主平等原則を規定した（109条）。株式会社は，

62）多数派株主による少数派株主の圧迫に対する司法による事後的救済については，米国ではわが国に比して信頼と蓄積がある。特に，当該紛争の具体的事情の下で株主総会の決議に瑕疵を認める動的規整について彼我の差は大きい。神田秀樹「資本多数決と株主間の利害調整(1)」法学協会雑誌98巻6号3頁，32-49頁（1981年），同「資本多数決と株主間の利害調整（5・完）」法学協会雑誌99巻2号80-99頁，146頁（1982年）。神田論文は，「資本多数決と株主間の利害調整（1)(2)(3)(4)(5・完)」法学協会雑誌98巻6号1頁，98巻8号52頁，98巻10号62頁，98巻12号49頁（1981年），99巻2号79頁（1982年）から成る。以下，神田「資本多数決(1)～(5)」と省略。

デラウエア州における最近の司法による事後的救済の状況を分析するものとして，玉井利幸「会社法の自由化と事後的な制約―デラウエア会社法を中心に―(2)」一橋法学3巻3号324頁以下（2004年）および「会社法の自由化と事後的な制約―デラウエア会社法を中心に―(3・完)」一橋法学4巻1号125頁以下（2005年）参照。

動的規整の利用状況に差異がある背景として，国民性や司法へのアクセシビリティなど種々の社会的・制度的原因が考えられるが本書では立ち入らない。なお，稲葉・前掲注5）190-193頁は，日米の差を生み出している社会的・制度的原因ゆえに，定款自治などの規制緩和に警戒する。近藤光男「会社法と日本型資本主義」宮本又郎＝杉原薫＝服部民夫＝近藤光男＝加護野忠男＝猪木武徳＝竹内洋『日本型資本主義』159頁（有斐閣，2003年）も，定款自治の拡大に賛同しつつ，事後規制の厳格化を図ることを注意喚起していた。

株主を，その有する株式の内容および数に応じて，平等に取り扱わなければならない（同条1項）。公開会社以外の株式会社にあっては，剰余金の配当を受ける権利，残余財産の分配を受ける権利，および株主総会における議決権について，株主ごとに異なる取扱いを行う旨を定款で定めることができる（同条2項）[64]。

従来の通説的見解では株主平等原則の第1の意味として，各株式の内容は原則として同一であると解されていた[65]。会社法は，すべての株式の内容として取得請求権および取得条項について定めることができる規定（107条）および種類株式に関する規定（108条）を株主平等原則規定の前に置き，また109条1項の書きぶりも「その有する株式の内容及び数に応じて」平等に取り扱うものとなっており，各株式の内容は原則として同一であるとの従来の通説的見解による平等原則の第1の意味は盛り込まれていないと解される。よって，109条1項は，各株式の内容が同一である限り同一の取扱いがなされるべきであるということを定めた点に意味があると理解すべきことになった[66]。このことは，会社法が株主平等原則を株式会社制度に伴う法政策的な要請に基づくものとして明文化したことを示唆しているとの見方がある[67]。しかし，平成17年改正前商法において理念として認識されていながら実定法上の根拠がなく正

63）上村・前掲注61）20頁。神田・前掲注62）「資本多数決(3)」67頁は，ドイツにおいては株主平等原則はあまり機能してこなかったものの，株主平等原則違反を主張する者は取扱いの不平等という事実を立証しさえすればよく，不平等扱いを正当化する事由は相手方が立証すべきである点で意義があると再評価されていることを紹介する。

また，Thompson, *supra* note 60, at 388が，定款自治を利用する者に対しては，価格またはその他の私的交渉によって事前に濫用のリスクを制御することができることを証明する機会を与え，そのような証明がなされない場合には，会社の行動をコントロールする者の行動を規制する法的ルールは合意によって回避されてはならないと推定されるべきであるとするのも，定款自治の限界に関する立証負担の転換を示唆している。

64）立法担当官による解説として，相澤哲編著『一問一答　新・会社法』58-61頁（商事法務，2005年）参照。

65）鈴木・前掲注57）88頁。

66）前田庸『会社法入門〔第11版〕』87頁（有斐閣，2006年）。従来の通説的見解では，この点が株主平等原則の第2の意味であるとされてきた（鈴木・前掲注57）89頁）。

義衡平や自然法にまでさかのぼらなければならなかったのに対し，会社法において明文化されたことによって，株主平等原則は，従来はその「実益」ないし「機能」と位置づけられていた多数決の濫用からの少数株主保護を主眼とする基本原理として再構成することができるのではないかと考える[68]。

3. 株主平等原則の例外

株主平等原則が立証負担転換機能を有することから，会社または多数派株主が株主間に不平等な取扱いをした場合には，形式的に不平等であるということ自体で株主平等原則違反として無効であると推定される。この推定を覆すためには，その事項が株主平等原則の政策目的である多数派株主の専横を防止するということに反せず，かつ合理的な政策目的を積極的に有するものであることが立証されなければならない[69]。そのような合理性を有すると考えられる取扱いとしては，次の4つが挙げられる[70]。

①　少数株主の発言力強化

少数株主の発言力を強化することは，多数派株主による専横に対する対抗力

67）神田・前掲注10）63頁。また，109条1項の規定は「同条2項の規定を置く関係上，株主平等原則を掲げることが不可欠であるとの法制的な指摘を受けて設けられたもの」であるとの立法担当官の説明がある（江頭憲治郎＝森本滋＝相澤哲ほか「座談会／『会社法』制定までの経緯と新会社法の読み方」商事法務1739号13頁〔相澤発言〕(2005年))。なお，株主平等原則が正義・衡平という高次の理念に基づくものであれば，その条文は，立法技術的には取得請求権付株式・取得条項付株式や種類株式に係る定めの前に置かれることになるとも考えられる。

68）長島・大野・常松法律事務所編『アドバンス会社法〔第2版〕』130頁（商事法務，2006年）は，改正前商法において理念として認識されていた株主平等原則と会社法において明文化された株主平等原則との間に何らかの法的違いを見出そうとする考え方の可能性を示唆する。菅原貴与志『新しい会社法の知識』40-41頁（商事法務，2005年）も会社法下で株主平等原則の果たす機能を強調する。

なお，新山雄三「規制緩和とコーポレート・ガバナンスの行方」森＝上村編『会社法における主要論点の評価』前掲注14）8頁は，会社法109条が，株主平等原則が持つ法制度的意味や機能を十分に理解して規定されていない可能性について懸念を示す。

69）上村・前掲注61）21頁。

70）上村・前掲注61）21-24頁

を与えるものであり，株主平等原則の目的に即している。このような少数株主保護は，少数株主権として会社法上も株主提案権（303条），株主総会招集権（297条），役員の解任の訴え提起権（854条），会社帳簿閲覧等の請求権（433条）などとして規定されている。これらの法定の権利を超えて少数株主の発言力を強化する定款規定を設けることは，株主平等原則の趣旨を推し進めるものであり，許容される定款自治と考えられる。

②　資金調達の便宜

種類株式は，会社による資金調達と支配権の配分に多様な可能性を提供し，会社の経営計画の遂行に必要な資金を効率的に提供するという目的を有する。会社法はこれを合理的なものとして，株主平等原則にビルト・インされた例外としての位置づけを与えているかのようである（109条1項）。さらに公開会社でない株式会社にあっては，剰余金配当，残余財産分配，議決権について，「株式ごと」ではなく「株主ごと」に異なる扱いをすることも認められている（109条2項）。しかしながら，資金調達の便宜を過度に強調することで，本来少数派株主に認められるはずである権利が縮小され，ついには骨抜きになる可能性もある。とりわけ，そのようなアレンジが定款で行われるということは，それが個々の少数株主との折衝を経て合意の上で取り決められるのではなく，多数派株主が「仕切る」スキームを基礎として構築されることを意味しており，少数派株主が圧迫される危険度は大きいと言わざるを得ない。

③　株式の譲渡制限

株式の譲渡制限は，人的信頼関係を前提として結合する株主の個性が問題となる会社の要請に応えるものである。このため，大株主による専横と結び付くものではないとされる[71]。しかしながら，会社が株式の譲渡を承認しなかった場合に，譲渡を希望する株主がそれを甘受しなければならないとすると，経営方針の対立等により会社から離脱したい株主が速やかに離脱できないという多数派による少数派の圧迫が生じ得る。そこで法は，譲渡制限株式の譲渡を会社が承認しない場合における譲渡希望株主の投下資本回収のプロセスを定めている。会社が譲渡を承認しない場合には，その株式の会社による買取り，または指定買取人による買取りを求めることができる（140条）。

71）上村・前掲注61）23頁。

④　株主優待制度

会社が株主に対し自社の営業に関連する無料サービスの提供を受けられるチケット等を交付することは，株主全員に持株比率に応じてなされている場合は別として，一定の持株数以上の株主にのみ提供し，あるいは持株数に比例しない提供の仕方の場合には，株主平等原則に反するのではないかが問題となる。株主優待制度は，個人株主の増大という政策の合理性ゆえに認められるものである。したがって，株主権の内容そのものではないが[72)]，大株主のみを優遇することがあるとすれば，それは多数派株主の専横を防ぐという株主平等原則の目的にそぐわないものとして，認められないであろう[73)]。

4. 株主平等原則と定款自治の限界

株主平等原則における平等は，形式的平等（formally identical treatment）と実質的平等（substantively equal treatment）から成る[74)]。株主平等原則はこれまで，具体的な状況をあまり考慮せずに機械的に適用される傾向があり，形式的平等の面が強調されてきた[75)]。形式的に同じ扱いがされているかどうかは，比較的判断が容易である。しかしながら，経済的な結果が平等かどうかは判定しにくいこともある上，どうすればその結果を実現できるかについて意見が分かれることもあり得るところから，実質的な平等までは必要ないとする見解が有力であった。各株式について形式的に同じ扱いをすることが実質的平等を確保するための手段と考えられたためである[76)]。その結果，例えば株主平等

72）無料入場券や無料乗車券などは換金性が高く，その意味で現物配当に近い経済的性格を有するという見方がある（森本・前掲注 57）120 頁注(2)，弥永真生『リーガルマインド会社法〔第 9 版〕』37 頁（有斐閣，2005 年））。

73）弥永教授は，平等性を垂直的平等と水平的平等に分けて，前者については厳密な比例は要しないが，逆転は生じさせるべきではなく，後者については，平等的取扱いが強く要請されるとする（弥永・前掲注 72）37 頁）。

74）*See* Victor Brudney, *Equal Treatment of Shareholders in Corporate Distributions and Reorganizations*, 71 CAL. L. REV. 1072, 1075 (1983).

75）宍戸善一＝増田健一＝武井一浩＝棚橋元「定款自治の範囲に関する一考察」商事法務 1675 号 58 頁（2003 年）。

76）龍田節「自己株式の取得と株主の平等」法学論叢 134 巻 5・6 号 26 頁（1994 年）。

原則の例外としての議決権制限株式は，商法に規定された利益配当優先株式の属性として無議決権株式とすることが認められるにすぎず（平成 13 年改正前商法 242 条 1 項），議決権に関しては，株主総会決議事項のすべてに議決権が認められる株式と一切認められない株式という二者択一の対応しか許されていなかった。しかるに，平成 13 年商法改正により，利益配当に関して普通株式についても無議決権株式にすることを認めた上で，さらに完全無議決権株式および狭義の議決権制限株式を種類株式の一種として取り扱うこととなった。また，株主総会または取締役会の決議事項につき，定款で種類株主総会の決議を要するものと定めることが認められた（平成 17 年改正前商法 222 条 9 項）。特定の種類の株主に一定事項の拒否権を認める規定である。さらに平成 14 年改正では，種類株主の取締役等の選解任権が設けられた（平成 17 年改正前商法 222 条 1 項 6 号）。これにより従来考えられてきた形式的平等を基軸とする株主平等原則は大きな変容を受けた[77]。

しかしながら，自治の拡大は「自由放任」を認めるものではなく，自治ゆえにこそ合理的な企業経営を会社法は期待している[78]。実際，会社法は，株主権の内容について，強行規定を設けている。すなわち，株主に剰余金の配当を受ける権利と残余財産の分配を受ける権利のいずれをも与えないという定款規定は無効である（105 条 2 項）。会社の営利性から導かれる定款自治の限界である[79]。それでは，配当受領権がなく残余財産分配受領権が与えられている株式が発行されている場合に，毎年の決算で剰余金をすべて配当に回すことや，配当受領権があり残余財産分配受領権がない株式が発行されている場合に，決算時に常に配当を一切行わないとすることについて，「株式の内容」に応じた実質的な株主平等が保たれていると言えるかというと，既に述べたように疑問なしとしない[80]。また，配当優先株式について，配当額を 1 円プラスして議決権

77）志谷匡史「新会社法と株主平等原則」企業会計 57 巻 6 号 87 頁注（16）（2005 年）。
78）志谷・前掲注 77）83 頁。
79）弥永・前掲注 72）7 頁。
80）本章第 2 節参照。利益配当請求権は従来株主の固有権であり，合理的な範囲または期限を超えた剝奪・制限は許されないと解され，企業経営のため合理的に必要と認められる限度を明らかに超える配当制限は，抽象的な利益配当請求権自体の侵害であると言われている（鈴木竹雄＝竹内昭夫『会社法〔第 3 版〕』372 頁（有斐閣，1994 年））。

を奪うというような場合も，資金調達目的より支配権の維持に重点があるとしてその効力を問題にすべきとの指摘がある[81]。そうであるとすると，一見法令に反していないように見えるこれらの取扱いが制約される根拠はどこに求められるべきであろうか。

龍田節教授は，株式会社は所有と契約のふたつのモメントの結合からなるものであり，持分に基づく支配権（議決権）の行使は，他人の持分とは無関係に作用しえないため，社会通念上許容される限度を超えて他人の持分を害してはならないという制約が常に付きまとうことになり，その限度いかんは契約的モメントにより決まるのであって，平均的株主が入社に際して期待した対価関係，等価交換関係を破ってはならないという点で株主の持分に基づく支配作用は限界づけられるとする[82]。この「平均的株主が入社に際して期待した対価関係，等価交換を破ってはならない」という基準が，実質的株主平等の基準となり，同時に定款自治の限界を画するのではないかと考える。これにより，株主平等原則は，定款規定が法令に反しないかという「表現」のフェーズと，表現された定款の「適用」のフェーズに共通した概念として位置づけられるのではないだろうか[83]。

それを検討するため，会社法において「平均的株主が入社に際して期待した対価関係，等価交換関係を破って」よいと判断するための基準を探る。そのポイントは，上に述べた株主平等原則の例外とされる①～④の 4 項目となろう。

81）上村・前掲注 61）22 頁。

82）龍田節「株主総会における議決権ないし多数決の濫用」末川先生古稀記念論文集刊行委員会編『末川先生古稀記念　権利の濫用中』146 頁（有斐閣，1962 年）。

R.R. Drury, *The Relative Nature of a Shareholder's Right to Enforce the Company Contract*, ［1986］ C.L.J. 219 が，以下のように述べているのも，考え方の基礎は龍田教授と共通と思われる。「（イギリスの会社において）定款により社員に与えられた権利は，必ずしも絶対的な権利ではない。その権利は，個々の権利に分離して存在しているのではなく，他の社員が享受する権利との関係においてのみ見て取れるものである。」（at 224.）

83）森本滋「株主平等原則と株式社員権論」商事法務 1401 号 5 頁（1995 年）は，過大な内部留保により利益配当がなされないとき平等原則は機能しないため，平等原理を越えた実質的な株主の財産権の保護法理を検討する必要性を説いていた。本書は，龍田教授の示した基準により，会社法下においては株主平等原則が森本教授の言う実質的な株主の財産権の保護法理にまで昇華したと捉える。

本書では，①少数株主の発言力強化[84]，および②資金調達の便宜の観点から検討する[85]。

会社法は，少数株主権の議決権数，株式数および保有期間の要件を定款で緩和ないしは単独株主権化することを明文で認めた[86]。少数株主による経営への参与および監督是正権の強化を図るものであり，法定の要件はいわば少数株主に不利なサイドでの定款自治の限界であり，また定款のデフォルト条件を示すものである。これらの権利は，株主が分散し所有と経営が分離している公開会社においては，経営者支配をコントロールするものとして意義を有する。

しかしながら，公開会社でない会社においては，少数株主はより深く経営に参与しており，また，少数派とは言え比較的多数の株式を保有しているケースが多い。公開会社でない会社における多数派と少数派の見解の対立は，経営方針そのものの対立から生じ，経営主導権をめぐっての愛憎をまじえた争いに発展することが多い。さらに公開会社でない会社では，定款の定めによって株主権の内容を株主ごとに異なるものとすることができるため（109条2項），多数派はそのような定款自治を活用することにより少数派を最大限圧迫することが可能となる。

属人的な株主権の内容を定款で定めることは，これまで有限会社においては

84）大杉教授が，株式会社に関する会社法規定は，全体として，総会権限や株主権を拡大する（株主が権利を行使しやすくする）方向の定款規定が有効であることを詳細に定めており（例えば，295条2項，303条2項），そのような方向での定款規定は法になくとも原則として有効だが，反対方向での定款規定は法規定がなければ原則として無効と解される片面性があるとするのも，考え方の基礎は同じであろう（大杉・前掲注21）33頁）。

85）③の株式の譲渡制限については，会社法がその手順を詳細に定めており，むしろ当事者自治の余地は小さい。ただし，譲渡価額算定評価のプロセスについては，第3章注609）参照。④の株主優待制度は実質的には資金調達の便宜と同じ考え方が適用できる。

86）会社法297条（株主総会の招集請求），303条（株主提案権），305条（議案の要領の通知請求），306条（総会検査役の選任請求），358条（業務の執行に関する検査役の選任），433条（会計帳簿の閲覧等の請求），479条2項（清算人解任請求），833条（解散の訴え），854条（役員解任の訴え）。公開会社以外の株式会社については保有期間の要件はない（297条2項，303条2項，305条2項，306条2項，479条3項，854条2項）。

その性質上認められるとされてきたが[87]，会社法では，公開会社でない会社について，株主平等原則の例外として属人的な株主権を定めることができるとしたため，多数派株主は法的裏付けを得てその地位をさらに強固なものとすることが可能となったとも言える。その内容は，少数派を経営に参与させない「飼い殺し」や，あるいは多数派が株式を第三者に譲渡して脱出する「置き去り」といったものとなり得る。公開会社においては，少数派株主は最終的には株式を譲渡することにより投下資本を回収して多数派と縁を切ることが可能である。これに対して公開会社でない会社においては，退路がないことにより，多数派の圧迫はむしろ激しくなり，それがある一定の限界を超えてしまうと，今度は少数派がそれまで問題にもしてこなかった多数派の会社法上の手続違反（株主総会の招集手続の瑕疵等）を盾に反撃を始めるという構図となる。会社法109条は，それに加えて「定款規定の株主平等原則違反」という主張を少数派株主の反撃材料として提供することになる可能性がある。

公開会社でない会社における定款による属人的な株主権の定めが，実質的に株主平等原則に反しないことを立証しなければならない株主にとっては，ベンチャー企業出資契約に見られる会社からの離脱を容易にする出口（Exit）の権利（例えば，Tag-Along 権，Drag-Along 権）が付与されていることをその材料とすることができるのではないか。株主平等原則が，多数派株主の濫用行為の立証負担を転換するための論理的前提として，実質的に正義・衡平に反せず，むしろ積極的な存在理由を有していることの立証を多数派株主に求めることで，専横に対する歯止めの論理を提供するところに意義があるとすると，出口（Exit）の権利が付与されていることは，実質的正義・衡平を担保するものとして定款の属人的な株主権規定が定款自治の許容範囲内であることを積極的に裏付ける意義を有することになろう[88]。少数派株主としては，会社から追い出

87）江頭・前掲注8）125頁。

88）白鳥公子「小規模閉鎖会社における会社内部紛争回避・解決策～株主間関係からの考察」横浜国際経済法学13巻1号79頁（2004年）が，小規模閉鎖会社の内部紛争の解決策として，少数派株主の離脱と株式買取りを通じた金銭的補償により，裁判前の解決が促進されると論じていることは，本書の主旨を支持するものと考えられる。*See also* Christopher A. Riley, *Contracting Out of Company Law: Section 459 of the Companies Act 1985 and the Role of the Courts*, 55 M.L.R. 782, 798 (1992).

されることがリスクであることはもちろんであるが，多数派が会社から脱出し置いていかれることもまたリスクである。出口（Exit）の権利は少数派株主がこのような窮地に陥ることを防止する機能を有する。

法令上の出口（Exit）の権利としては昭和25年商法改正により米国にならって導入された株式買取請求権がある[89]。株式買取請求権は，直接的には少数派株主の投下資本回収のための権利であるが，この権利の行使を回避するために多数派が慎重な態度をとるという効果も挙げられる[90]。また，機能的なメリットとして，株主総会決議の正当性，適法性に依存しないため，立証の問題も回避できる[91]。

一方，出口（Exit）の権利は，多数派株主による専横だけでなく，少数派株主による株式譲渡承認請求に名を借りたある種の「脅し」に対するバランサーとしての役割も果たし得る。資金的余裕がなく，また少数派株主以外のパートナーを望んでいない多数派株主に対しては，株式譲渡の承認請求は，むしろ多数派と少数派の交渉力を逆転させ，少数派による攪乱を可能にする。株式買取請求権は，少数派の横暴（tyranny of the minority）から多数派を守る機能も持ち，会社の取引をスムーズに促進するものであるとの指摘もある[92]。このようなバランサーとしての機能を有する出口（Exit）権を定款に定めることで，実質的な株主平等が担保され得るのではないだろうか[93]。

次に，少数派株主が多数派株主を支配するような株主ごとに異なる取扱いが制約なく可能であるかを検討する。平成17年改正前商法下の有限会社においては，複数議決権や議決権の上限制等は定款自治の範囲内として認められると

89）神田教授は，株式買取請求権を，固定的規整（例えば，特別利害関係人の議決権排除），動的規整と並ぶ第3の規整と位置づける（神田・前掲注62）「資本多数決(1)」3頁）。米国の株式買取請求権の発展経緯については，神田・前掲注62）「資本多数決(5)」100頁以下参照。

90）木俣由美「株式買取請求権の現代的意義と少数派株主の保護(1)」法学論叢141巻4号31頁（1997年）。その他，株式買取請求権の少数派株主保護機能を論ずるものとして，浜田道代「株主の無条件株式買取請求権(1)(2)(3)―閉鎖会社立法への提言―」商事法務982号59頁，983号12頁，984号24頁（1983年），山本真知子「閉鎖会社における株主の株式買取請求権」慶應義塾大学大学院法学研究科論文集3頁（1997年）。

91）木俣・前掲注90）32頁。

92）木俣・前掲注90）35頁。

考えられていたのに対し[94]，株式会社においては，1株複数議決権の賦与や議決権の上限制・逓減制は認められないとされてきた[95]。会社法においては，議決権制限株式の議決権（108条1項3号）は，あるかないかのいずれかしか認められず，1株についての議決権を0.7とか2とかなどと定めることは認められないとされる一方[96]，公開会社でない会社にあっては剰余金配当・残余財産分配・議決権について株主ごとに異なる取扱いとする旨を定款で定めることができ（109条2項），旧来の有限会社の定款自治の自由を取り込んだ形になっている。しかしながら，公開会社でない会社における属人的種類株式も，まったくの制約なしに設定し行使できるものではなく，一定の内在的制約に服すると解すべきである。

その制約の内容を検討するにあたり，これまで有限会社についてなされてきた定款自治の議論をレビューしておく[97]。わが国の有限会社は，小規模で閉鎖的な会社が念頭に置かれていたことから，法律による関与は株式会社におけるほど多岐にわたらず，社員の自主性・自立性に委ねられている部分が大きい[98]。しかし定款の内容は，公序良俗，具体的な強行法規，および有限会社の本質に反するものであってはならず，また社員の基本的な権利を奪うものであってはならない[99]。具体的には，議決権については，複数議決権は認められると解するのが多数説であるが[100]，他の社員の議決権を奪うに等しいほどの多数の議決権を認めることは社員の議決権をまったく奪うような定めと同様に許されな

93）長浜洋一「支配株式譲渡人の責任」早稲田法学44巻1・2号94-95頁（1969年），同「支配的株主の取引と少数株主の保護―「支配」と株主平等の原則―」私法31巻139頁（1969年）は，株式の売却における機会均等を，株主平等原則の内容ではないとしつつも民法709条の保護法益として認めている。このことは，株式売却の機会均等（出口（Exit）権）が与えられている定款規定が株主平等原則違反でないとの主張を裏付けよう。

94）旧有限会社法39条1項但書。

95）江頭・前掲注8）134頁，147頁。

96）神田・前掲注10）75頁。

97）詳細は，本書第3章第5節第1款3(2)参照。

98）川島いづみ「有限会社と定款」斉藤武＝森淳二朗＝上村達男編著『現代有限会社法の判例と理論』116頁（晃洋書房，1994年）。

99）第3章注482）とそれに伴う本文参照。

100）第3章注487）とそれに伴う本文参照。

いとする見解や[101]，複数議決権は属人的なものとして許容され持分そのものが多数議決権を帯有するものとなるのではないとの見解が提示されてきた[102]。次に，利益の配当については，設立当初からの社員を優遇するような規定は認められるが，社員の利益配当請求権をまったく奪うような定めは定款によっても規定できない[103]。また，残余財産の分配については，頭数主義や多数の出資口数を有する社員について分配請求権を制限する定めは可能であるが，残余財産分配請求権をまったく否定する定めはできないと解されてきた[104]。会社法では，剰余金の分配と残余財産の分配についてそのいずれをも受けられない定款の定めを無効としたので（105 条 2 項），この点に関する定款自治の限界は立法的に対応された。

しかしながら，人的要素を強調し社員平等の方向に向かう定款自治であればともかく，特定の株主の権利を出資比率以上に強化する内容の定款については，設定後の状況の変化などにより一部の社員に不当な結果が生じる場合がある。例えば，特定の株主が会社の日常業務を執行する責任を負うことを暗黙の前提として，複数議決権や優先的な配当請求権を属人的に設定しかつ定款変更は総社員の同意をもって行うとした場合に，その後当該社員が何らかの理由で業務執行ができなくなったため，その属人的特権を消滅させようとしても，当該社員の同意が得られないというようなケースが考えられる。そのような事情の変化により属人的な持分権の設定が不当な結果を招来する可能性があることは，これまでも指摘されていた[105]。

属人的種類株式は，株式ではなく株主の属性により設けられるものである。また，その権利の内容は，株主平等原則を破る内容のものとできることが明文で認められた（109 条 2 項）。このような属人的権利が特定の株主に付与されるのは，株主間に強い人的関係が認められるからであって[106]，それゆえ，この権利は，当該株主とその他の株主との間の信認的法律関係の存在を基礎とし

101）第 3 章注 486）とそれに伴う本文参照。
102）第 3 章注 490）とそれに伴う本文参照。
103）第 3 章注 489）とそれに伴う本文参照。
104）第 3 章注 492）とそれに伴う本文参照。
105）川島・前掲注 98）121 頁。
106）川島・前掲注 98）119 頁。

ていると認めることができる。このような属人的定款規定を設けることができるとされたことで，公開株式会社でない会社の定款には，一段と契約的な機能が与えられたと評価できる。属人的種類株主とその他の株主との間の人的関係は，定款規定に与えられた株主間の契約的性質として捉えられ，属人的種類株式に関する定款自治の限界もそのような性質に依拠する。属人的種類株式がこのように人的関係を基礎とするものであることから，その権利内容は，その基礎を崩すがごとき内容であってはならないし[107]，また人的関係が破壊されたような場合には，当該株主の属人的種類株式としての権利行使は，権利濫用あるいは信義則違反として否定されることも考えられよう[108]。

定款自治がゆき過ぎた場合の歯止めを基礎づける理論として，米国では株主間の信認義務が論じられ，ドイツにおいては議決権濫用，誠実義務が論じられており，それらをわが国の法理に取り込もうとする試みがなされてきたが，それらが定着したというところまでには至っていない[109]。また，株主平等原則に対しては，それが一般原則であって法文上の根拠規定を有しないことから，これまでは裁判官の主観に委ねる結果になるとの批判に晒されてきた[110]。し

107）前田雅弘『会社の管理運営と株主の自治―会社法の強行法規性に関する一考察―』龍田節＝森本滋編『商法・経済法の諸問題（川又良也先生還暦記念）』155頁（商事法務研究会，1994年）。例えば，公開会社でない会社の属人的種類株主は会社の経営を担うケースが多いと考えられるが，それゆえに一般株主の少数株主権を実質的にまったく奪ってしまうような権利を当該株主に与えることを内容とする定款規定は許されないであろう。増田政章「有限会社における定款自治―ドイツ法を中心にして―」近畿大学法学49巻2・3号189頁（2002年）および川島・前掲注98）119頁参照。

108）川島・前掲注98）121頁。

109）ドイツ法を踏まえて誠実義務論を展開したものとして，出口・前掲注50）3頁以下。ドイツの誠実義務論を紹介するものとして，別府三郎「弱小株主の積極参加とその意義―経営管理の抑制措置の研究（その1）―」鹿児島大学法学論集11巻1号47頁以下（1975年），12巻1号37頁以下（1976年），同「大株主の積極的義務についての一試論―経営管理の抑制措置の研究（その2）―」鹿児島大学法学論集13巻1号27頁以下（1978年），同「再考・株主間の直接的法律関係の可能性―西独判例（リノタイプ事件）の新たな潮流―」鹿児島大学法学論集25巻1・2号73頁以下（1990年），同「ドイツにおける「会社法上の誠実義務」の展開―W・ヴェルナー説の紹介を中心として―」鹿児島大学法学論集29巻1・2号161頁以下（1994年），同「ドイツにおける「会社法上の誠実義務」の判例―第2 Girmes事件判例の紹介を中心として―」鹿児島大学法学論集32巻1・2号39頁以下（1997年），同

かしながら，新会社法により実定法の根拠が与えられたことから，正義・衡平の観点から導かれる一般原則に過ぎないとの難点は解消された[111]。法文起案の経緯はさておき[112]，立法者の意識としては株主権の内容についての定款自

「W. ツェルナー見解と会社法上の誠実義務の動向」鹿児島大学法学論集37巻1・2号83頁以下（2003年），白鳥・前掲注88）59-67頁。また，信認義務論を論じたものとして，三枝一雄「支配株主と信認義務—支配権濫用抑制のための一つの理論」法律論叢44巻2・3号137頁以下（1970年）。資本多数決の下での株主間の利害対立の調整原理という観点から，日本，米国，ドイツ，フランスの比較法的考察を行ったものとして，神田・前掲注62）「資本多数決(1)～(5)」。

110）近藤光男＝田村詩子＝志谷匡史＝川口恭弘＝黒沼悦郎＝行澤一人＝吉井敦子「定款自治による株主の救済［上］」商事法務1698号6頁（2004年）。この批判は，株主総会における多数決原理の調整を図る通説的立場である多数決濫用論にもあてはまる。なお，神田・前掲注62）「資本多数決(1)」36頁は，株主平等原則は，株主総会決議に関するかぎりでは，多数決濫用理論のひとつの客観的要件に過ぎないのではないかという疑問を提起している。

111）株主平等原則は，株主が株主としての資格で会社に対する場合にのみ適用され，株主たる資格を離れて第三者たる資格で会社に対する場合は適用されないという限界があることが指摘されてきた（鈴木・前掲注58）276頁，神田・前掲注62）「資本多数決(1)」35頁）。しかし，会社の決定が法律行為の相手方たる株主の支配的影響力に基づいてなされる場合は，団体的連接を認めて株主平等の原則が適用されるととらえれば（出口・前掲注50）175-178頁），定款自治の限界法理としての制約にはならないであろう。また，何をもって平等とするかが困難であるとの指摘（神田・前掲注62）「資本多数決(1)」35頁）に対しては，通説的地位にある多数決濫用理論もそのメルクマールである「会社の利益」という要件が不明確さを克服しているとは言い難い（出口・前掲注50）12-13頁）。これに対し，龍田・前掲注82）145頁注(6)は，少なくとも多数決濫用に関するかぎり「会社の利益」は問題にしなくてよいと述べている。また，白鳥・前掲注88）78頁は，会社の利益概念の不明確性の指摘に対して，同論文の検討対象である小規模閉鎖会社においては，個々の株主利益と会社の利益は限りなく同一性を有するので，批判はあたらないと反論する。しかし，多数決濫用理論は，少数派の拒否権濫用に対して対応できないという難点がある上に，立証の点で少数派株主に負担を強いることになる。

なお，フランスでは，少数派株主の権利濫用（abus de minorité）の議論が盛んになされている。PHILIPPE MERLE, DROIT COMMERCIAL: SOCIÉTÉS COMMERCIALES n° 581 (Dalloz, 9e édition, 2003). 清弘正子「少数派による資本多数決の濫用とその制裁～フランスにおける理論と判例～［上］［下］国際商事法務24巻9号933頁，24巻10号1054頁（1996年），山本真知子「フランス会社法における少数派株主・社員の権利濫用概念の生成—3つの破棄院判決を中心に—」奥島孝康＝宮島司編『商法の歴史と論理—倉澤康一郎先生古稀記念—』933頁（新青出版，2005年）参照。

治を大幅に認めたことの抑止力として株主平等原則を意識していたとの推察は十分に成り立ち得るであろう。

種類株式が珍しいものとしてとらえられてきた比較的最近まで[113)]，株主平等原則は無意識のうちに持株数比例原則として議論されていた。しかしながら，持株数比例を崩すことも定款自治で可能となった現在，株主平等原則はより実質的に定款自治の場でなされる会社支配をめぐる紛争を解決する基準として位置づけられなければならない。株主平等原則が立証負担転換機能を有するものであるとすれば，実質的平等を保つための「装置」が定款に備わっており，株主にそれを利用する機会が与えられていることは，立証負担を果たしたことを認定するにあたり重要なポイントとなる[114)]。

以上述べてきたように，会社法においては，株主平等原則が定款自治の限界を基礎づける実定法上の規範となり得る。株主平等原則は形式的平等と実質的平等からなるが，形式的平等については大幅な自治が認められており，定款自治の限界は，実質的平等が保たれているかが問題となる。ベンチャー企業出資契約で用いられている出口（Exit）の権利を付与する条項は，定款そのものに備わった実質的平等の保全策として機能すると考えられる[115)]。

112）前掲注67)。

113）鈴木＝竹内・前掲注80）112頁注(1)。

114）具体的な適用にあたっては，Wilkes v. Springside Nursing Home, Inc., 353 N.E. 2d 657（Mass. 1976)（第1章注82)）の“balancing approach”が参考になる。すなわち，少数派株主が株主平等原則違反で多数派株主を訴える場合には，多数派株主の側は問題とされたアレンジについて，出口（Exit）権の付与などにより実質的に株主平等が保たれていることを立証できればその行為を一応正当化することができ，これが立証されるときは，逆に少数派株主の側で，同様の正当な目的が少数派株主の利益を損なわない別のアレンジによっても達成され得たことを示すことによりこれに抗弁することができると考えられる。

野村教授は，種類株式の内容設計の制約原理として，①「必要性のテスト」と②「相当性のテスト」を挙げ，定款の記載方法に関する制約原理として，①「明確性のテスト」と②「変更手続のテスト」を挙げる（野村・前掲注14）33頁)。本書の立場は，これらのテストは株主平等原則に備わった立証負担転換機能と相俟って少数派株主を保護するとするものである。森淳二朗「「会社支配の効率性」と公正性確保」森＝上村編『会社法における主要論点の評価』前掲注14）30-31頁参照。

第 5 節　合同会社と定款自治

会社法は新たな持分会社形態として合同会社を導入した。合同会社は，社員全員に有限責任を与え，かつ民法上の組合に類似した業務執行体制を構築することが可能である。したがって，原則として，全員一致で定款の変更その他の会社のあり方が決定され（637 条など），社員自らが会社の業務の執行にあたる（590 条 1 項）。米国の LLC をモデルとしており，構想当初より「日本版 LLC」と呼ばれていた[116]。

株式会社においては，法律の規律が強行規定をベースとしており，とりわけ

115）ただし，株主平等原則で定款自治の限界がすべて説明できるわけではないことは勿論である。第三者効ゆえに強行ルールが必要とされると説明されてきたもののうち，債権者保護規定は，債権者に定款規定の交渉の機会がないゆえに認められるものである（神田秀樹＝藤田友敬「株式会社法の特質，多様性，変化」三輪芳明＝神田秀樹＝柳川範之編『会社法の経済学』464 頁（東京大学出版会，1999 年））。これに対し株主平等原則は，神田教授・藤田教授が示した「『合意』の問題」に関わるルールである。

116）会社法制定前の議論として，日下部聡＝石井芳明監修・経済産業省産業組織課編『日本版 LLC　新しい会社のかたち』（金融財政事情研究会，2004年），大杉謙一「米国におけるリミティッド・ライアビリティー・カンパニー（LLC）及びリミティッド・ライアビリティー・パートナーシップ（LLP）について―閉鎖会社立法への一提言―」金融研究 2001 年 1 月号 163 頁（2001 年），同「新しい事業組織形態（日本版 LLC）の構想［Ⅰ］［Ⅱ］［Ⅲ］［Ⅳ・完］―国際競争力を持つ企業法制の模索として―」商事法務 1648 号 4 頁，1649 号 14 頁，1650 号 19 頁（2002 年），1652 号 26 頁（2003 年），渡邊佳奈子「日本版 LLC 制度の創設に向けて」NBL775 号 29 頁（2003 年），関口智弘「米国ベンチャービジネスにおける LLC の活用法―日本版 LLC 制度の導入に向けて―」商事法務 1683 号 24 頁（2003 年）。

要綱試案に関するものとして，宍戸善一「合名会社・合資会社・日本版 LLC（特集 会社法制の現代化に向けた課題と展望）」ジュリスト 1267 号 28 頁（2004 年），同「総則・合名合資会社・LLC（「会社法制の現代化に関する要綱試案」の論点（4））」商事法務 1687 号 4 頁（2004 年），大杉謙一「LLC 制度の導入」企業会計 56 巻 2 号 62 頁（2004 年），川島いづみ「人的会社に関する改正と新たな会社類型の創設―合名会社・合資会社・合同会社―（特集 会社法制の現代化構想の再検討 1）」判例タイムズ 1158 号 2 頁（2004 年），山中眞人「株式会社と有限会社の一本化・合同会社・LLP（第 1 特集 会社法現代化要綱案と中小企業への影響）」税務弘報 53 巻 2 号 18 頁（2005 年）等。

機関設計や退出方法など重要な点において定款自治が認められてこなかった。これに対して，合同会社は，ほぼ完全な株主選択の自由を認めたものである。株主総会，取締役といった機関の設置が不要でコーポレート・ガバナンスの最低要件も要求されていない。

合同会社の利用場面としては，中小企業，ベンチャー企業，合弁会社，その他人的資源に基礎を置く専門サービス業を営む会社が想定されている。社員の交代を前提とせず，社員間の合意で会社を運営することができるので，機敏な経営を行いやすい[117]。

米国においては，LLCは急速に増加したとされるが，税務メリットの要因を除外すれば必ずしも想定したほどに選好されていないのではないかと思われる[118]。その理由としては，結局のところLLCが，株式会社と株主間契約のコンビネーションに比べて，ベンチャー企業や中小企業の事業運営にとって使い勝手がよいと言えないからではないだろうか[119]。

ベンチャー企業の株主間契約は，創業者と出資者（ベンチャー・キャピタル）との間で，創業期から株式公開（IPO）までの間のエクイティとガバナンスを取り決めるものとして締結される。創業者の側の関心事としては，出資者から

117）合同会社の設立数は，会社法施行から3ヵ月で1,000社を超えたと言われる。合弁会社の会社形態として選択される例が多いようである（日本経済新聞2006年10月25日夕刊）。国税庁による「平成19年度の税務統計から見た法人企業の実態調査」では，合同会社は3,998社あり，法人企業全体の0.2％である。

118）*See* Wayne M. Gazur, *The Limited Liability Company Experiment: Unlimited Flexibility, Uncertain Role*, 58 LAW & CONTEMP. PROBS. 135, 172 (1995). 確かに米国では，LLCは1993年の約2万社から2003年に109万社まで増加しており，パートナーシップに比べ伸びは高い（第3章注90)）。しかしながら，米国でLLCが選好されているのは，パス・スルー課税メリットによるところが大きいと思われる。実際，LLCの増加が著しくなったのは，法人課税か構成員課税かを選択できるチェック・ザ・ボックス規制が導入された1997年以降である。Freedman教授は，米国のLLCは税務メリットを求めた一部の企業家，法律家の強力なロビー活動の成果であるとする。Judith Freedman, *Limited Liability: Theory and Small Firms*, 63 M.L.R. 317, 351 (2000).

119）当事者（社員）がすべてを選択することは，あらゆることを想定して取り決めておかなければならないという使い勝手の悪さを意味する（宍戸・前掲注5）28頁注(58)）。合同会社の使い勝手の問題は，パス・スルー課税が当面認められていないことにもあると考えられるが，この点は本書では扱わない。

のより多くの出資と，自らの経営権の保持があり，出資者の側のそれは，IPO時のキャピタル・ゲインとそれが見込めないときの出口（Exit）の確保である。

株式会社の法規整は，会社をその地位が均等に細分化された割合的単位（株式）の形式をとる個性を喪失した多数の社員（株主）が結集する社団と捉えており，持株数に応じて法律関係を簡便に処理することを前提としている[120]。このとき各株主は（持株数に応じた権利の大小はあるものの）権利義務が対抗する関係というより，事業からの配当を志向する並行関係にあると仮定されている。これに対し，ベンチャー企業における創業者とベンチャー・キャピタル等の出資者は，ともに主要な株主であるが，基本的には委託者と受託者の関係であり，かつその資力，経験，情報量の差ゆえに，受託者（創業者）が委託者（出資者）の組み立てたスキームをそのまま受け入れざるを得ないような力関係の格差が存在するため，約款取引的な状況が発生して，一方が利得すれば他方が損失を受ける関係となる構造にある[121]。このように取引当事者の立場に格差がある場合にそれを是正する仕組みとして，例えば，売買取引で資力，経験，情報量に勝る企業から消費者を保護するための消費者保護法や，大企業と中小企業との取引において小企業保護機能を果たす独占禁止法がある[122]。

会社法においては，経営に参与しない少数株主を保護することは盛り込まれているものの，所有者としても経営者としても弱い立場に置かれがちなベンチャー企業の創業者という会社当事者は意識されておらず，少数株主として，あるいは株主の過半数により選任された一取締役としての取扱いをするに過ぎない。また，実際に使われている会社の定款の内容も，これまでは上場大会社も創業

120）会社法は，平成17年改正前商法52条と異なり，会社が社団であるとは明示的には規定していない。しかし，575条以下では，持分会社の構成員を「社員」と呼んでおり，社団概念は維持されている（弥永・前掲注72）8頁）。

121）本書第2章第3節1参照。*See also* Gazur, *supra* note 118, at 171. 実務で成功している事例は，創業者と出資者の株主間契約が双方の利益とリスクがバランスを保って配分された内容で取り交わされていると考えられる。事業の成功が創業者と出資者にとってwin-winの結果をもたらすことから，一方がより利益を得れば他方がより利益を失う傾向にある企業対消費者や大企業対中小企業の売買取引に比べ，双方の思惑が対立的になる可能性は低いと思われる。しかしながら事業が成功しなかった場合は，一転して「冷めて残ったパイ」を誰がどう処理するかとも言える状況が発生し双方の利害対立が一気に高まる。

期のベンチャー企業も大差がなく，ベンチャー企業にフィットした組織作りは，契約自由の原則を最大限利用して株主間契約により行われており，いわば会社法の外で処理されてきた。消費者でも中小企業でもない存在としての創業者は，まさに契約自由の世界で生き抜かなければならない存在であり，強行法規の後ろ盾のない状況下では，ベンチャー・キャピタルに追い出されるという漠然とした不安感は拭い去れないであろう[123]。合同会社は，このような状況下にある契約自由の原則をそのまま会社法の規整とするものである。それゆえに，「自由に制度設計できます」という法制度を作ったからといって，直ちにさまざまなバリエーションが生まれて普及するかは未知数である[124]。

米国においても，むしろ従来の「株式会社＋株主間協定」のコンビネーション・スキームにおいて，ある種の型がデフォルト化したことから法的安定性が生まれたと思われる。さらに株式会社であることから，取締役等による一部株主に対する抑圧的行為の救済や，取締役と株主の間および株主相互間の信認義

122）この他，信託においては，信託法と信託業法がワンセットとなり，約款規制も包含した形で受託者に厳格な義務と責任を課す強行法規を構成し，弱者の立場にある受益者の保護を図っている（新井誠『信託法〔第2版〕』142-143頁（有斐閣，2005年））。

123）宍戸善一『動機付けの仕組としての企業：インセンティブ・システムの法制度論』106頁（有斐閣，2006年）。

124）米国においても，自州のLLC法の重要な任意規定の内容について誤解をしている弁護士が少なくないこと，LLCの定款にはサンプルをそのまま用いることが多く，当事者の交渉がきちんと反映されることはまれであることがフィールド調査で指摘されている（Sandra K. Miller, *A New Direction for LLC Research in a Contractarian Legal Environment*, 76 S. CAL. L. REV. 351, 399-400（2003））。

わが国の実務家も，これまでと違ってあらゆる事態を想定した定款を作成しなければならないというタスクを課されることになる。事業形態に応じたいくつかの定款ひな型が定着するまでの間は試行錯誤が続くことが予想される。米国のベンチャー出資契約のひな型はそのような努力の成果であるが，それには法律実務家の豊富な人的リソースとネットワークが寄与するところが大きい（宍戸善一「ベンチャー企業育成の仕組と法的課題」ジュリスト1218号6-7頁（2002年））。

また，わが国では，合同会社という新しい名前が何の先入観もなくビジネスの世界に受け入れられるかという問題もある。有限会社が本来の利用者である中小企業にあまり好まれなかったのと同様，新奇な名称の合同会社より株式会社の方が信用されるのではないかといった程度の理由で合同会社ではなく株式会社が選択されることがあるかもしれない。

務などの，株主間の利害調整に関する法理の積み重ねがあり，これらが相俟って，ベンチャー企業における創業者と出資者の利害調整が機能する体系が存在し，実際に機能してきたのではないだろうか。これに対しLLCについてはどこまで株式会社の法理が適用されるかという不安定性がまだ残っている[125)]。

合同会社は，コーポレート・ガバナンスに関する基本的規制も存在しないため，多数派による少数派の圧迫の可能性が懸念される。一方，合同会社における意思決定のデフォルト・ルールは全員一致であり（575条，637条），全員が同意しない限り，基本的な変更は行われず，社員全員が拒否権を有していることになる。しかし，実際の利用局面でデフォルト・ルールのまま合同会社を利用するということはむしろ稀であり，拒否権の与えられない事項が定款に列挙されることになるであろう。また，機関を分化して，社員集会や経営委員会を設けることも可能であり，一定数の社員を有する合同会社では，定款自治によるガバナンス設計が期待されている。

合同会社において，機関の創設，権限の分配，意思決定の方法が完全に社員の合意に任されているかは，持分会社法の解釈問題となる[126)]。多数派社員の経営支配を抑制する少数派保護の法的規制は設けられていない。少数派社員にとっては，特に自らの人的リソースによる貢献が大きい場合には，退社の威嚇が効果的となる[127)]。そこで退社の自由を定款でどこまで制限できるかが問題となる。会社法606条3項の「やむを得ない事由」による退社に関し，定款でやむを得ない事由を限定できるであろうか。同条3項は，2項の定款による退社事由の定めに対する例外として設けられており，その趣旨は，事実上共同事業を営めないような関係破綻状態に陥った社員同士を強制的に結び付けたままとすることは会社法が認めないとするものと理解される。会社法が合同会社に大幅な定款自治を認めているのは，社員に退社という出口が確保されているからである。それゆえ，3項は合同会社の定款自由の原則を限定する強行規定と解すべきである[128)]。

125）もっとも，大企業間のジョイント・ベンチャー，投資組合や専門家集団においては，構成員の均質性・専門性がより高いまさに「プロ」同士の取引であることから，LLCの歴史の浅さに対する抵抗感は小さいであろう。

126）神作裕之「会社の機関―選択の自由と強制」商事法務1775号43頁（2006年）。

127）宍戸・前掲注5）20頁。

このように会社法は，合同会社の定款自治に対して最後の砦としての若干の強行規定は設けているものの，もともと人的関係が比較的強い小規模閉鎖会社向けに設定されていた有限会社が株式会社に収斂した会社法下において，新たに設けられた合同会社は，むしろ人的関係がなくても契約で処理する能力のある利用者向けであると位置づけられ，いわば自己責任の企業形態ということになろう[129)]。

条文上平等原則の裏付けがない自己責任の性格を持つ合同会社においては，少数派社員が多数派社員の抑圧に晒された場合の保護の理論的基礎が問題となる。本書では，契約法において提起されている「関係的契約論（Relational Contract Theory）」にそれを求めることが有効であることを以下提示する[130)]。

近年，契約法においては，古典的な契約モデルが取引の現実に適合しているとは限らないとの認識に立ち，社会関係そのものが契約の拘束力を生み出し，またさまざまな契約上の義務を生み出すという「関係的契約」と呼ばれる契約

128）長島・大野・常松法律事務所・前掲注68）604頁。なお，立法担当官は「10年間は退社できない」という定款規定を設けることが可能であるとしているが（相澤哲＝郡谷大輔「新会社法の解説（12）持分会社」商事法務1748号19頁（2005年）），この期間内であってもやむを得ない事由があるときは退社することができると解される。

129）デフォルト・ルールが全員一致であることは，多数決原理の株式会社よりむしろ少数派保護となっており，そのルールから逸脱することのリスクは少数派が負うとせざるを得ない（宍戸・前掲注5）24頁）。

130）定款自治の限界の解釈に関係的契約論を適用することは，R.R. Drury, *The Relative Nature of a Shareholder's Right to Enforce the Company Contract*, [1986] C.L.J 209, および Michael J Whincop, *Relational and Doctrinal Critique of Shareholder Special Contracts*, [1997] SYDNEY L. REV. 18が示唆している。Drury論文は，イギリス会社法における会社定款の法的性格に関係的契約論を適用することを論じており，Whincop論文は，会社の定款変更の限界に関係的契約論を適用することをオーストラリア会社法に基づき論じている。また，Schiller教授の根源的連結論も，関係的契約論と問題意識を共有していると思われる。本書第3章第3節第1款2(6)。

神田教授は，フランスにおける多数決濫用理論の展開を，「民法を基礎とする権利濫用概念あるいは行政法を基礎とする権限踰越概念を会社法的に加工する努力の歴史であった」と評したが（神田・前掲注62）「資本多数決(3)」125頁注(25)），本書は，これに倣い古典的契約観に代わり得る現代的契約観である関係的契約論を会社法的に加工することを試みるものである。

観が提示されている[131]。この契約観では，現実の契約は，古典的な契約と関係的契約という2つの極の間で双方の要素を様々な度合いに併せ持つ形で存在していると捉えられる。契約当事者間に共有されている（はずの）規範が想定され，そのような規範意識を共有する集団が「共同体」と称される。そして共同体の相手が共通の規範意識から逸脱したときに，理解，同意，満足の有無とは別に「納得できない」という反応が生ずる。「納得」は，議論によってではなく，主体との「関係」の中でなされる相手の言動によって達せられるものとなる[132]。

確かに，閉鎖型のタイプの会社において少数派が多数派の抑圧と感じるのは，表面上は定款に従って多数決がなされていても，いわばやり方に「納得」がゆかない部分があるからであろう。持分会社は，このような規範意識を共有する社員による共同体を，法律によって会社という組織（法人）に仕立て上げたものと考えることができよう。

内田教授によれば，関係的契約規範による契約原理は，生活世界に共有されている規範であり，それが紛争解決において依拠すべき規範であるという意味において合理性を有しており，かつ，裁判官の属する法共同体によって共感可能なものに限り適用されるという二重のチェックによる担保がある[133]。したがって，そのプロセスを経て法原理として構成された規範は実定法体系の基本原理に抵触することは回避される。例えば，抑圧的で不公正な取引を禁じる独

131）Ian R. Macneil, *The Many Futures of Contracts*, 47 S. CAL. L. REV. 691, 691-816（1974）; IAN R. MACNEIL, THE NEW SOCIAL CONTRACT: AN INQUIRY INTO MODERN CONTRACTUAL RELATIONS 1-35（1980）; Ian R. Macneil, *Values in Contract: Internal and External*, 78 NW. U.L. REV. 340, 346-82（1983）. 内田貴『契約の時代』29-40頁（岩波書店，2000年）。Macneil教授は，最近になり「関係的契約論」という言葉を「本質的契約論（Essential Contract Theory）」に変更したようである（IAN R. MACNEIL & PAUL J. GUDEL, CONTRACTS, EXCHANGE TRANSACTIONS AND RELATIONS: CASES AND MATERIALS 24（3rd ed. 2001））。本書では「関係的契約」を使用する。Macneil教授の関係的契約論に関する多数の著作を1冊にまとめたものとして，IAN R. MACNEIL, THE RELATIONAL THEORY OF CONTRACT: SELECTED WORKS OF IAN MACNEIL（David Campbell ed., Sweet & Maxwell, 2001）がある。

132）内田・前掲注131）153-155頁。

133）内田・前掲注131）158-159頁。

占禁止法から導かれる解釈論的要請により，具体的紛争に望む裁判官は，関係的契約規範のほかに独占禁止法の規範をも考慮しつつ個別事案の解決を図ることになる[134)]。

合同会社における定款自治の拡大から生じる少数派社員保護の問題は，関係的契約論がカバーする問題領域に含まれると考える。少数派保護の主たる局面は，一方当事者に選択の余地が乏しく不公正な契約が締結される傾向がある場合や，情報・専門的知識の偏在のゆえに合理的選択がなされない可能性がある場合である。起業家とベンチャー・キャピタルによる合同会社設立時には，ベンチャー・キャピタル側が優越的な立場に立つ場合が多く，ベンチャー・キャピタルの作成したひな型が十分な交渉なくそのまま定款とされる可能性がある。また，設立後に合同会社と取引関係を構築することを期待する会社が，関係構築のコミットメントとして，少数派社員となり，すでにベンチャー・キャピタル主導で作成された定款を受け入れさせられる場合もあろう。このように，イニシアティブを持つ会社当事者が定款を作成し，附合契約的に合意が取り付けられ，さらには承継人に引き継がれてゆくという点で，約款と定款の間に連続性が見られる[135)]。約款取引の惹起する問題の解決を視野に入れている関係的契約論は，定款自治の限界の解釈にも適用し得るのではないだろうか。

ここで，合同会社の業務執行社員の義務違反の免責について，関係的契約論の視点から検討を加える。合同会社の業務執行社員は，会社に対して善管注意義務および忠実義務を負い（会社法593条1項，2項），また，会社との関係については民法の委任に関する規定が準用される（同条4項）。したがって，業務執行社員は，これらの義務に違反して会社に損害を与えた場合，会社に対して損害賠償責任を負う。業務執行社員の会社に対する損害賠償責任の減免については，会社法に規定がないので，原則として定款自治に委ねられており(577条)，減免の範囲については，事前の包括的な免責も定款で規定しておくことが可能である[136)]。2社による合弁会社においては，このような事前の包括的免責は，取締役が株主それぞれから派遣され出身母体の利益代表となってい

134）内田・前掲注131）158-159頁，162頁。

135）河上・前掲注28）39頁。

136）弥永真生＝岩倉正和＝太田洋＝佐藤丈文監修・西村ときわ法律事務所編『新会社法実務相談』506頁（商事法務，2006年）。

るという現実と，取締役が合弁会社に対して善管注意義務・忠実義務を負っているという法律構成のギャップを解消する効果を有する[137]。合弁会社では，互いに相手方出身の取締役の責任を追及しあうという諍いが起り得るが，定款で事前に包括的免責を定めることでそれを回避することができるわけである。

しかし，起業家，ベンチャー・キャピタル，およびその他の少数社員からなるベンチャー企業型合同会社を考えると，例えば，業務執行社員が起業家とベンチャー・キャピタルの2名で，そのうち起業家は免責規定がなく，ベンチャー・キャピタルは包括的に免責されるという定款が設けられている場合，その効力については検討を要する。このような定款は，ベンチャー・キャピタルによって起案され，起業家およびその他の少数社員との間で交渉もなくひな型のまま定款作成の処理がなされたような場合に起こり得る。その意味で企業と消費者の間の約款取引に類した様相を呈する。消費者取引に限らず，自己責任が当てはまる事業者間取引においても，約款取引は交渉力の不均衡と約款の隠蔽効果の視点からその内容が規制されるべきであるとの主張がなされており[138]，このことは，合同会社の社員間にも適用することができよう。起業家とベンチャー・キャピタルが業務執行社員に就くことに関して，経営に参与できない他の社員がどのような期待を抱いていたかという観点から，そのような機関構成を採用した社員が共有する規範意識が探られる必要がある。また，定款変更（637条），持分の譲渡（585条1項），株式会社への組織変更（781条1項）等が，原則として総社員の同意によるとされているのは，合同会社の社員が共有する規範意識がこれらのポイントに存在することを示唆していると解することができ

137）武井一浩「企業法実務の観点からの新会社―種類株式，合同会社，自社株買収，買収防衛策―」商事法務1759号29頁（2006年），武井一浩「日本版LLC制度とジョイント・ベンチャー実務への利用可能性―合弁契約（株主間契約）の実効性向上の観点から―」江頭憲治郎＝武井一浩編『上級商法　閉鎖会社編［第2版］』250頁（商事法務，2005年）。親会社の意向に沿った行動をとる合弁会社の派遣役員（interlocking directors and officers）の信認義務の問題を指摘するものとして，Zenichi Shishido, *Conflicts of Interest and Fiduciary Duties in the Operations of a Joint Venture*, 39 HASTINGS L.J. 63, 113（1987），清水建成「合弁事業における取締役の義務と利益衝突」判例タイムズ1086号63頁（2002年）。

138）河上正二『約款規制の法理』400-401頁（有斐閣，1988年），執行・前掲注41）245頁。

139）宍戸・前掲注5）24頁。

るのではないか[139]。

以上が，社員間の合意の観点からの定款自治の限界であるが，合同会社には，そのほかに持分会社法に内在する原理に基づく制約が存在すると考えられる[140]。例えば，持分会社は社員たる地位と業務執行機関とを一致させることで，持分会社の社員間における人的結合を法的に保障するものであり，業務執行社員が定款で専属的に賦与された権限を他の機関に包括的に委譲することは認められるべきでない[141]。機関設計が自由であるとしても，会社法は，会社が組織として維持されることを強行的に実現することを意図しているという意味で，定款による機関設計の自治は全く無制約ではない[142]。このことは，有限責任事業組合契約に関する法律に基づく有限責任事業組合において組合員全員が少なくとも何らかの業務執行に関わらなければならないとされていることからも裏付けられよう[143]。

会社法の施行により，株式会社の株主にとっては大幅に選択の余地が拡大したが，株式会社と異なる会社カテゴリーとして合同会社が並存し，合同会社には社員による全般的な選択の自由が認められている。一方，株式会社には株主平等原則が明定され従来から少数株主保護の論理として用いられてきた考え方に実定法の根拠が与えられた。株式会社と持分会社の間に平等原則の有無という境界線が定められたことに応じて，定款自治の制約原理も会社区分に応じたものとして整理されることに意義があると考えられる。従来小規模閉鎖会社に

140）神作・前掲注126）43頁。神作教授は，本文中に述べた制約以外に，多数決原理を導入できるのは会社の業務執行に関する分野かまたは定款上一義的に明確な事項に限るという特定性の原理，および社員権の核心に触れる基礎的権利や社員の経済的自由を剥奪することは許されないとする限界を述べている。これらについては契約法理との関連で限界づけをすることができよう。また，神作教授は，緊密な人的関係に基づく社員の誠実義務の可能性を指摘している。しかし，ベンチャー企業のような場合，社員に緊密な人的関係が常に存在することを前提とできるかは疑問がある。合同会社にあってはよりストレートに契約法理との連続性を認めてよい。

141）ドイツでは「自己機関の原則」とされている（神作・前掲注126）43頁）。

142）神作裕之「コーポレート・ガバナンスと会社法の強行法規性」ジュリスト1050号134頁（1994年）。なお，宍戸善一＝岩瀬ひとみ「ベンチャー企業と合同会社制度」法律のひろば2006年3月号16頁（2006年）は，本文中で述べた論点は明記していないが，機関設計は完全に自由であるとする。

143）有限責任事業組合契約に関する法律（平成17年法律第40号）13条2項。

ける少数派株主保護のために提示されてきた誠実義務論，信認義務論[144]は，実定法上の根拠がないという弱点ゆえに，それが裁判例において利用されるところまで定着してこなかった[145]。

前項では，株主平等原則が株式会社における定款自治の制約原理として従来の少数株主保護論の範囲をカバーする機能を有し，さらに会社法の条文にその根拠を有することから，大規模な株式公開会社と小規模な閉鎖型のタイプの会社でそれぞれの課題に応じて少数株主保護機能を果たすことができる実務適用性の高い原理であることを示した[146]。一方，合同会社については，出資者の自己責任による組織との位置づけを重視し，契約法理に照らして自治の限界が判断されるべきである。その契約法理としては，「見ず知らずの当事者が出会って交渉し，契約条件を全部つめて契約を締結する，後は当初の合意で決めた契約条件だけに拘束される」[147]という古典的な契約自由の原則ではなく，関係的契約モデルが無制約な自治から生じる問題に対処できる規範理論となり得る。

今後の課題は，関係的契約法理をいかなる形で裁判規範に落とし込むかである[148]。学説のレベルでは議論の蓄積のある多数決濫用論にしても，裁判規範のステージでは未だ定着しておらず[149]，その面では関係的契約法理の裁判規

144）前掲注109）参照。

145）神田・前掲注62）「資本多数決(5)」138頁，出口・前掲注50）30頁注（47）。

146）株主平等原則の実質的基準を，平均的株主が入社に際して期待した対価関係，等価交換関係を破ってはならないと捉える本書の考え方（本章第4節）は，株主が共有している期待感を規範としており，関係的契約論との連続性を有する。したがって，株式会社の定款自治の制約を株主平等原則に求め，合同会社の定款自治の制約を契約法理に求めることは，会社形態によって適用法理を分断するとの批判があるとすれば，それは当たらないと考える。むしろ，株主平等原則は，関係的契約法理を，種々の法規整により契約当事者意識が希薄になった株主間に適合するよう，立証負担転換機能を纏った形に変容したものと捉えることができよう。

147）内田・前掲注131）26頁。

148）関係的契約モデルが裁判規範として機能し得るかについては疑問を呈する見解がある。棚瀬孝雄「関係的契約論と法秩序観」棚瀬孝雄編『契約法理と契約慣行』69頁（弘文堂，1999年）。それへの反論として，内田・前掲注131）162頁以下の「付論」。

149）神田・前掲注62）「資本多数決(1)」40頁。もっとも，会社法をめぐる紛争では，正面から多数決濫用を主張するより，何らかの手続的規整違反あるいは株主総会や取締役会の決議の瑕疵を争うほうが効果的であったであろう。

範を探求する指標にはなっていない[150]。一方，一般契約法の分野では，規制の増大や契約義務の拡大現象によって関係的契約法理を実質的に取り込んできており，合同会社という新たな会社類型によって「強行法規の束」から古典的意思自治の世界に立ち戻るかに見える会社法とコントラストを呈しているかのようである。しかしながら両者をブリッジする関係的契約法理が，会社法において株主平等原則として裁判規範化したと捉えれば，合同会社においても株主平等原則の「思想」は適用されて然るべきである。ただし，当事者自治を尊重する合同会社においては，一般契約法理により近い扱いとし，株式会社に適用される株主平等原則の立証負担転換機能は働かないと見るべきであろう。それを株主平等原則の「準用」と表現することができるかは一つの問題であるが，いずれの会社形態においても関係的契約法理が定款自治の限界の輪郭を描くための規範的基礎となり得ると考える。今後，個別具体事案レベルでの射程範囲を明らかにする検証を進めてゆくことが課題である。

150）フランスと同じく多数決濫用理論の根拠を権利濫用（abus de droit）に求めれば，裁判規範は民法１条３項ということになる。清弘正子「株主総会における多数決濫用とその理論～フランス法の示唆～」国際商事法務26巻８号809頁（1998年）。

終　章

所有と経営が分離しておらず一定の人的関係の上に成り立っている小規模閉鎖（非公開）会社では，資本多数決よりもむしろ，社内に対立が生じても経営参加が確保され，あるいは持株価値が保障されることのニーズが大きい。このようなニーズは法域を問わず存在してきた。

米国では，19 世紀後半から 20 世紀初めにかけて会社法が enabling act 化され多数の閉鎖会社が出現したが，法規整はそのようなニーズを公正に調整し得なかった。司法の場では，閉鎖会社の少数株主に信認義務を認めてこれを解決することが最初に試みられてから四半世紀を経過したものの，閉鎖会社株主の具体的な行動規範となり得るレベルにまで具体化されたルールになっていないと評価される。一方，実務においては，小規模閉鎖会社の株主ニーズに適合する会社の支配運営機構を構築するために，議決権拘束契約，株式譲渡制限合意をはじめとする株主間契約が普及した。この実務は，司法府および立法府により次第に認知され，米国の会社法は閉鎖会社の実務に最大級の自由を保障する enabling act となった。

1970 年代頃から産業技術の高度化により技術をベースとした起業意欲が高まるとともに，起業の初期段階から外部からの資本を受け入れ，経営を短期間に立ち上げるベンチャー企業が新たな小規模閉鎖会社の形態として出現した。ベンチャー企業では創業後間もない段階から所有と経営の分離が始まる点で，従来型の小規模閉鎖会社と会社の支配運営に対するニーズが異なる。閉鎖会社の少数株主の地位を熟知したベンチャー・キャピタリストは，契約の自由原則を最大限に駆使して，資本多数決に基づく会社法理一般を閉鎖会社にそのまま適用した場合に生じる不具合あるいは不公平を株主間契約で解決できることを実務的に示してきた。

また，そのような実務を後押ししたのが，会社を「契約の連鎖（nexus of contracts)」と捉えて，「契約自由が関係者の富の最大化をもたらす」とする，法と経済学に刺激された学説の展開であった。この考え方は，会社法は原則として任意法規であるべきで，任意法規たる会社法の意義は基本的に取引費用の節減にあると説く。その結果として，具体性に乏しい株主の信認義務というメルクマールをベンチャー企業に適用し続けるよりも，当事者の合意内容が明白な株主間契約をストレートにエンフォース（強制）すべきとの主張につながってゆく。会社形態の選択肢が増えたことと相俟って，株式会社を選択した者は会社法と株主間契約の適用を覚悟すべきであるし，パートナーシップ型の信認義務の保護を好む者は，その保護のある会社形態を選択すべきであるとして，少数派株主保護の考え方に応じた会社選択を誘導する。それによっていずれの形態の閉鎖会社の法律関係についても，株主（社員）に予見可能な結果がもたらされるとする。

他方，会社法制に自由制度設計を導入するにあたっては，フランスのSASのようなデフォルト・ルールのない会社形態と，会社当事者がカスタム・メイドの規定を設けなければ法が用意したレディ・メイドの定款（Table A）が自動的に適用されていた英国の私会社との比較から判明するように，デフォルト・ルールを提示することが，社会全体のコストの観点からは好ましい。その場合，具体的に，①どこまでを強行ルールとしておくべきか，②デフォルト・ルールはどのような形でどのような内容で提示されるべきかが課題となる。米国においては，いわゆるシリコンバレー・モデル環境の中で，出資者側・起業家側双方に弁護士によるリーガル・サービスが提供され，いくつかのバリエーションを持った概ね標準的なベンチャー企業出資契約が実務で使用され，起業家・出資者双方の共通規範として，いわば「デファクト・デフォルト・ルール」が形成されてきた。

わが国においては，大多数の小規模閉鎖会社が株式会社を選択する実情を踏まえて，会社法の規定と会社の支配運営構造の実態の乖離を埋めるための努力として，株主間の合意に法的効力を認めるための理論構築と，大小会社区分立法の試みがなされた。前者については，小規模閉鎖会社の全株主が合意した事項は会社法の規定と異なるものであってもその効力を認めてよいという特定状況下で適用されるものであり，後者については，小規模閉鎖会社をそれにふさわしい有限会社に誘導することを意図した立法はなされなかった。組織法である会社法は強行法規であるという考え方が長らく維持されてきたわが国では，会社と株主，会社と債権者，といった内と外との関係についての議論は多いが，例えば，株主間にも信認義務が成り立ち得るのか，また，株主有限責任と会社法の強行法規性の結び付きをどの程度強く認めるのかといった会社内部の問題について，会社当事者の自治と会社法の強行法規性からの議論が十分なされてこなかった。

ベンチャー企業の勃興により実務界からの株式会社の支配運営構造の柔軟化を求める声と，米国の「契約の連鎖」論に刺激を受け，わが国でも 1990 年代半ばから会社法の強行法規制を再検討する議論が活発化した。「組織法＝強行法規」「行為法＝任意法規」という二分論を脱し，強行法規が存在する背後には，第三者との利害調整，再交渉の防止，合意形成上の疑義の推定などの多様性が存在することが認識されるに至った。そのことは，定款自治の範囲についても，本書が論じた個別類型的判断アプローチへと繋がる。

会社法は，諸制度間の規律の不均衡の是正，定款自治の拡大，起業の妨げとなる規制の撤廃といった法規制緩和の実現を図る目的で，非公開（閉鎖）会社法制を包括的に見直し，有限会社と閉鎖型のタイプの株式会社の規律を一体化した。その結果として，公開会社予備軍，地場の有力企業から大企業同士の合弁会社，ベンチャー企業，同族企業に至るまで実に多様な実態を持つ会社群が一つの区分に入れ込まれることとなった。

米国における株主の信認義務のような株主間の利害調整理論を持たないわが国は，この点の議論を深めないまま，過度の規制の廃止を掲げて大きく定款自治の世界に踏み出したことになる。しかし会社法が利用者に対して自ら設計することを求めるのであるとすると，真に使いやすくかつ公平な会社法制が実現されるためには，定款自治の範囲が明らかにされなければならない。

伝統的な小規模閉鎖会社においては，会社法とは別に当事者間の合意（あるいは総意）を基本ルールとして会社運営を行っている当事者の間で利益調整を図ることが試みられてきた。これに対しベンチャー企業は，閉鎖型のタイプの会社ながら事業運営の初期段階から所有と経営の分離が始まっており，出資者・起業家双方のインセンティブを極大化することを目的として，会社法規定と異なったアレンジを選択する。持株数と比例しない議決権の配分や，少数株主の拒否権，株主権の内容など，ベンチャー企業出資契約に規定される項目のうちかなりのものは法改正により定款で同じ効果を実現できるようになった。また，会社法の規定に違反しない定款規定の効力が明文で認められた。

本書では，このような変化を遂げた会社法下での定款自治に関し，株主間の信認義務が認知されていないわが国においては，株主平等原則がその限界を画する機能を有し得ることを示した。一方，契約による自己責任の会社として位置づけられる合同会社においては，関係的契約論を援用することにより，約款規制と同様，私的自治から生じる問題状況に具体的に対処できる可能性がある。

ベンチャー企業を舞台に開拓されてきた，当事者の合意をベースに会社の基本的な仕組みを定める新しい実務は，今後会社法を活用するためのサービスを提供しようとする実務家の努力によって，いわゆる同族経営による閉鎖型のタイプの小規模会社の定款においてもその実現が試みられることが期待される。ベンチャー企業と同族会社では人的関係の濃淡に大きな差があるが，株式会社という同じ舞台で発生する支配株主と少数株主の対立を解決する基本原理として，実定法に初めて登場した株主平等原則が，立証負担転換機能を纏った関係的契約法理の株式会社向け裁判規範として，株式会社の定款自治の限界を画し，株主間の利害調整を果たし得る。新たな会社類型である合同会社についても，社員間の関係を規整する概念として関係的契約法理が適合するが，株主平等原則が適用されないため立証負担転換機能が働かない点において，自己責任の企業形態として株式会社と区別される。

本書は，Schiller 教授によるフランス会社法の強行法規性の基礎としての「根源的連結概念」，および約款規制と定款自治拡大の対向接近現象に触発（inspire）され，関係的契約法理が定款自治の限界を画する基礎概念となり，株式会社においては，株主平等原則がその具現化として裁判規範となるとの再構成を試みた。しかしながらなお，具体的事案における定款自治規範としての株主平等原則の射程範囲が明らかにされなければならず，それに向けて根源的連結概念と関係的契約法理の統合的把握の可能性を追求しつつ，会社法の強行法規性および定款自治の限界の輪郭をより一層浮き立たせてゆくことが筆者に残された課題である。

資　料
(ベンチャー企業出資契約条項例)
〈英和対照〉

【条項例 1】

1.1 <u>Agreement to Vote.</u>	1.1 <u>議決権合意</u>
During the term of this Agreement, all Investors and Founders agree to hold all of the shares of the Company's Common Stock, Preferred Stock and any Common Stock issuable upon conversion thereof now held or hereafter acquired by them, whether beneficially or otherwise (hereinafter referred to as the "Voting Shares"), subject to the provisions of this Agreement, and to vote the Voting Shares at any regular or special meeting of the shareholders of the Company, or in lieu of any such meeting, to give their written consent, in the election or removal of directors of the Company as provided in this Agreement.	本契約期間中，すべての出資者と創業者は，受益者またはその他の立場で現在保有しまたは将来取得するすべての当社普通株式および優先株式ならびにそれらの転換により発行される普通株式（以下，「議決権株式」という。）を，本契約の条項に従い保有し，当社の取締役の選任もしくは解任を行う定時または臨時株主総会において，本契約の定めに従い議決権を行使し，または総会への出席に代えて書面による同意を提供することを合意する。
1.2 <u>Election of Board of Directors.</u>	1.2 <u>取締役の選任</u>
(a) During the term of this Agreement, the Investors and Founders agree to vote or act with respect to their Voting Shares so as to elect the following persons to the Board of Directors of the Company: (1) __ (_) nominees designated by the holders of a majority of the outstanding shares of Common Stock (the "Common	(a) 本契約期間中，出資者と創業者は，議決権株式に関し，以下の者を当社取締役に選任するよう投票しまたは行動することを合意する。 (1) 発行済普通株式の過半数の保有者により指名された○名の候補者（「普通取締役」）。その候補者は，本契約締結日において当社

Directors"), such nominees to be the Chief Executive Officer of the Company, who is __________, as of the date of this Agreement;	CEOである○○○○氏である。
(2) __(_) nominees designated by the holders of a majority of the outstanding shares of Series A Preferred Stock (the "Series A Directors"), such nominees to be __________ as of the date of this Agreement; provided that if any time fewer than __________ shares (as adjusted for stock dividends, combinations and splits) of Series A Preferred Stock remain outstanding, the right of the holders of the Series A Preferred Stock as a separate class to elect the Series A Directors shall terminate, and such director shall be re-designated as a "Joint Director" and shall thereafter be subject to election or removal by the holders of a majority of the outstanding shares of Common Stock and Series A Preferred Stock (voting on an as-converted basis and together as one class); and	(2) 発行済シリーズA優先株式の過半数の保有者により指名された○名の候補者（「シリーズA取締役」）。その候補者は本契約締結時点で○○○○氏である。ただし，いかなる時点においても発行済シリーズA優先株式が（株式配当，株式併合または株式分割による調整後）○株未満である場合は，シリーズA優先株主がシリーズA取締役を個別に選任できる権利は終了し，その取締役は「共同取締役」として再指名され，その後は，発行済普通株式とシリーズA優先株式の過半数の保有者（転換後ベースで同一のクラスとしての投票）により選任または解任される。
(3) __(__) nominees nominated by the Common Directors and Series A Directors (the "Joint Director").	(3) 普通取締役とシリーズA取締役により指名された○名の候補者（「共同取締役」）。
(b) In the event any director elected pursuant to the terms hereof ceases to serve as a member of the Board, the Company and the Investors and Founders agree to take all such action as is reasonable and necessary, including the voting of shares of capital stock of the Company by the Investors and Founders as to which they have beneficial ownership, to cause the election or appointment of such other substitute person to the Board as may be designated pursuant to this Section 1.2(a) hereof. The Company shall promptly give the Investors and Founders written notice of any election to or appointment of, or	(b) 本条の定めにより選任された取締役が，取締役会構成員としての機能を停止したときは，当社，出資者および創業者は，交代要員を本条(a)項により指名し選任すべく，出資者および創業者が受益的所有権を有する当社株式の議決権行使を含め，合理的かつ必要なすべての行動を取ることを合意する。当社は出資者と創業者に対し，取締役会構成員の選任，指名，構成変更をすみやかに通知しなければならない。出資者，創業者および当社は，本契約の条項および本条に述べられた取締役会の構成に関する当事者の意図に重大かつ不利な影響を与える

change in the composition of, the Board. Each of the Investors and Founders and the Company agree not to take any actions which would materially and adversely affect the provisions of this Agreement and the intention of the parties with respect to the composition of the Board as herein stated.	ような行動を取らないことを合意する。
1.3 Further Assurances.	1.3 更なる保証
Each of the Investors and Founders and the Company agrees not to vote any shares of Company stock, or to take any other actions, that would in any manner defeat, impair, be inconsistent with or adversely affect the stated intentions of the parties under Section 1 of this Agreement.	出資者，創業者および当社は，本条に述べられた当事者の意図を損ない，またはそのような意図に矛盾し，もしくはそのような意図に不利な影響をあたえる議決権行使またはその他の行動を取らないことを合意する。

【条項例 2】

2. Attendance at Board Meetings.	2. 取締役会出席権
Each Significant Holder (or its representative) shall have the right to attend all meetings of the Board of Directors in a non-voting observer capacity, to receive notice of such meetings and to receive the information provided by the Company to the Board of Directors; provided, however, that the company may require as a condition precedent to any Holder's rights under this Section 2 that each person proposing to attend any meeting of the Board of Directors and each person to have access to any of the information provided by the Company to the Board of Directors shall agree to hold in confidence and trust and to act in a fiduciary manner with respect to all information so received during such meetings or otherwise; and, provided further, that the Company reserves the right not to	「重要株主」（またはその代理人）は，取締役会開催通知を受け，すべての取締役会に出席して傍聴し，当社が取締役に提供する情報を受け取る権利を有する。ただし，本条による株主の権利行使の前提条件として，取締役会に出席して当社が取締役に提供する情報にアクセスすることを希望する株主に対して，当社は取締役会中またはその他の機会に受領したすべての情報に関し，それを秘密に保持し，信認義務を負うべく行動することを要求することができる。さらに当社は，情報の提供または重要株主（またはその代理人）による会議への出席が，営業秘密を開示する結果となり，または当社と弁護士の間の秘密特権に悪影響を及ぼし，もしくは当該重要株主またはその代理人が当社の直接の競争相手である場合は，

provide information and to exclude such Significant Holder (or its representative) from any meeting or portion thereof if delivery of such information or attendance at such meeting by such Significant Holder (or its representative) would result in disclosure of trade secrets to such holder or its representative or would adversely affect the attorney-client privilege between the Company and its counsel or if such Significant Holder or its representative is a direct competitor of the Company.	情報の提供を差し控え，または当該重要株主（またはその代理人）の取締役会（全体または一部）への出席を排除する権利を留保する。

【条項例 3】

3. Actions Requiring Board and Minority Director Approval.	3. 取締役会および少数派株主選任取締役の承認を要する行為
(i) So long as the Minority Party holds any shares of Class A Common, the Company shall not, without the approval of the Board including the approval of the Minority Director, take any of the following actions:	(i) 少数当事者がクラス A 普通株式を保有している限り，当社は少数株主選任の取締役の同意を含む取締役会の承認なしに，以下の行動をしてはならない。
(A) Dividends. Directly or indirectly declare or pay any dividends or make any distributions upon any of the Company's capital stock or other equity securities;	(A) 配当：直接または間接の配当宣言，配当支払，または会社の株式またはその他の持分証券に基づくその他の分配。
(B) Issuances. Except as contemplated in Section 3 hereof, authorize, issue, sell or enter into any agreement providing for the issuance (contingent or otherwise) of (a) any notes or debt securities containing equity features (including, without limitation, any notes or debt securities convertible into or exchangeable for equity securities, issued in connection with the issuance of equity securities or containing profit participation features) or (b) any equity securities (or any securities convertible into or exchangeable for any equity securities) or rights to acquire any equity securities,	(B) 発行：本条に定めがあるものを除き，以下の (a) または (b) の承認，発行，売却，または発行（条件付か否かを問わない）を定める契約の締結。 (a) 持分の特質を有する手形または債務証券（持分証券に関連して発行され，または利益参加の特質を有する持分証券に転換でき，またはそれと交換できる手形または債務証券を含むがこれらに限らない），(b)（株式購入契約に定義された）ストック・オプション・プランにより発行されるものを除き持分証券（または持分証券に転換し

other than issuances pursuant to the Stock Option Plan (as defined in the Stock Purchase Agreement);	またはそれと交換可能なすべての証券），または持分証券を購入する権利。
(C) Indebtedness. Create, incur, assume or suffer to exist Indebtedness exceeding $1 million and/or an aggregate principal amount of $10 million outstanding at any time on a consolidated basis;	(C) 債務負担：いかなる時点においても連結ベースで，100 万ドルを超え，または元本合計で 1,000 万ドルを超える債務負担行為。
(D) Agreements with Insiders. Enter into, amend, modify or supplement any agreement, transaction, commitment or arrangement with the Majority Party or any of their respective officers, directors, employees, stockholders (or any of their respective Affiliates) or with any individual related by blood, marriage or adoption to any such individual or with any entity in which any such Person or individual owns a beneficial interest, except for customary employment arrangements and benefit programs on reasonable terms and except for such agreements, transactions, commitments or arrangements that do not exceed $1 million in the aggregate on a consolidated basis during any 12-month period and which are no less favorable to the Company than the Company could otherwise obtain from non-Affiliates;	(D) インサイダーとの契約：多数当事者またはその役員，取締役，従業員，株主（またはこれらの関連者），または血縁，結婚，養子縁組により関係する個人，もしくはそのような個人が受益者的利益を有する組織との間の契約，取引，約束，取り決めの締結，変更，修正，補充。ただし，定常的な雇用の取り決め，合理的な条件での福利厚生プログラム，およびいかなる 12 ヵ月間をとっても合計かつ連結で 100 万ドルを超えず，当社が非関連者から得るような条件より不利でない条件による契約，取引，約束および取り決めを除く。
(E) Amendment of Governing Documents. Except as expressly contemplated by this Agreement, make any amendment to the Company's Certificate of Incorporation or by-laws, including without limitation any amendment that alters any terms or rights of any security of the Company;	(E) 会社書類の修正：本契約に明記されたものを除き，当社株式の条件または権利の内容を変更することを含み，会社の基本定款または附属定款に対する変更のすべて。
(F) Material Change in the Scope of the Business. Enter into any business involving activities other than those activities described in Section 3.	(F) 事業範囲の重大な変更：本条に述べられた活動以外の事業活動の開始。
(G) Mergers and Consolidations. Merge or consolidate with any Person, or agree to any Sale of the Company;	(G) 買収・合併：第三者との間の買収，合併または当社の売却。
(H) Loans; Guaranties; Investments. Make	(H) 融資，保証，投資：いかなる 12 ヵ月

any loans or advances to, guarantees for the benefit of, or Investments in, any Person exceeding $5,000,000 in the aggregate on a consolidated basis during any 12-month period, or acquire any assets outside the ordinary course of business in excess of $5,000,000 in the aggregate on a consolidated basis;	間においても合計かつ連結で500万ドルを超える融資，前払い，もしくは保証，または合計かつ連結で500万ドルを超える通常の取引過程外での資産の取得。
(I) Repurchase of Securities. Directly or indirectly repurchase, redeem or otherwise acquire any of the Company's capital stock or other equity securities (including, without limitation, warrants, options and other rights to acquire such capital stock or other equity securities), except for repurchases of Common Stock from employees of the Company upon termination pursuant to arrangements approved by the Board so long as no default under any material agreement of the Company is caused by any such repurchase and except for repurchases expressly permitted by this Agreement;	(I) 株式の買取り：直接，間接を問わず，当社の株式またはその他の持分証券（ワラント，オプション，その他株式またはその他の持分証券を取得する権利を含むがそれに限らない）を買い戻し，償還し，その他取得する行為。ただし，当該買戻しによって当社が重要な契約の債務不履行に陥ることなく取締役会が承認した取り決めに従って会社が退職従業員から普通株式を買い取ること，および本契約が明示で許容する買戻しを除く。
(J) Changes in Tax or Accounting Policies. Make any change in the Company's accounting policies unless such change is not reasonably expected to be adverse to the Company or, if such change is reasonably expected to be adverse to the Company, the Company is indemnified by the Majority Party on terms reasonably acceptable to the Minority Party. Make any election to report the Company's financial results on a basis other than US GAAP. Make any tax election or assert any position in any Tax Return with respect to the Company in response to a specific concern or position of the Majority Party unless such election or position could not reasonably be expected to be adverse to the Company (or, if such election or assertion is reasonably expected to be adverse to the Company, such election or assertion shall	(J) 税務および会計方針の変更：会社の会計方針の変更。ただし，当該変更により当社に悪影響が出ることが合理的に予想されない場合を除く。そのような変更により当社に悪影響が出ることが合理的に予想される場合は，少数当事者により合理的に受け入れ可能な条件で，当社は多数当事者により補償される。会社の財務報告を米国GAAP以外の基準により作成する場合。多数当事者の特定の懸念または立場に対応する税務基準または当社の税務申告方針の選択。ただし，そのような選択または立場が当社に悪影響を及ぼすと合理的に予想されない場合を除く。（またはそのような選択または立場が当社に悪影響を及ぼすと合理的に予想される場合は，そのような選択または立場は，少数当事者により合理的に受け入れ可能な条件で，当社が多数当事者に

be permitted if the Company is indemnified by the Majority Party on terms reasonably acceptable to the Minority Party).	より補償されるのであれば，許容される。)
(K) Liquidations, Bankruptcy or Restructurings. Liquidate, dissolve, elect to declare bankruptcy or effect a recapitalization or reorganization in any form of transaction (including, without limitation, any reorganization into a limited liability company, a partnership or any other non-corporate entity which is treated as a partnership for federal income tax purposes);	(K) 清算，破産，組織再編：清算，解散，破産宣言の選択，またはあらゆる形態の資本再構成もしくは組織再編の発効（リミティッド・ライアビリティ・カンパニー，パートナーシップ，または連邦課税上パートナーシップとして扱われるその他の非会社形態組織への組織変更を含むがこれらに限らない)。
(L) Pledge of Assets; Credit Support. Pledge the assets of the Company (including the Business) or require any Stockholder to grant a lien on any of its Stockholder Shares or otherwise provide credit support to the Company; and	(L) 資産の担保提供，信用補完：当社資産（事業を含む）の担保提供，または株主に対し保有株式へのリーエンの認諾もしくは当社の信用補完を行うことを求めること。
(M) Sale of Assets. Sell, lease or otherwise dispose of more than 10% of the consolidated assets of the Company (computed on the basis of the greater of book value, determined in accordance with US GAAP consistently applied, or fair market value, determined by the Board in its reasonable good faith judgment) in any transaction or series of related transactions or sell or permanently dispose of any of its material Intellectual Property Rights.	(M) 資産売却：連結ベースの当社資産の10％超を１回または連続した関連取引で売却し，リースしまたはその他の処分をすること。(計算は，米国 GAAP を一貫して適用してそれに従い決定された簿価，または取締役会が合理的かつ誠実な判断により決定した公正市場価格の高い方で行う。）または，重要な知的財産権を売却または永久的に処分すること。
(ii) The provisions of this Section 3 shall terminate upon the earliest of (a) the consummation of an Initial Public Offering and (b) the consummation of a Sale of the Company.	(ii) 本条の規定は，(a)IPO の開始，(b)当社の売却のいずれか早い時期に終了する。

【条項例 4】

4. Preemptive Right. Except for (a) Common Stock issued in connection with a stock split or dividend, (b) shares of Common Stock issuable or issued to employees, consultants or directors of the Corporation directly or pursuant to a stock option plan or restricted stock plan approved by the Board of Directors of the Corporation, (c) capital stock, options or warrants to purchase capital stock, representing in the aggregate less than ten percent (10%) of the Corporation's fully-diluted equity (assuming exercise and conversion of all exercisable and convertible securities), issued to financial institutions or lessors in connection with bona fide commercial credit arrangements, equipment financings or similar transactions, the terms of which have been approved by the Board of Directors of the Corporation, (d) shares of Common Stock or Preferred Stock issuable upon exercise of warrants outstanding as of the date of this Investors' Rights Agreement, (e) capital stock, warrants or options to purchase capital stock, representing in the aggregate less than 10% of the Corporation's fully-diluted equity (assuming exercise and conversion of all exercisable and convertible securities), issued in connection with bona fide acquisitions, mergers or strategic transactions, the terms of which are approved by the Board of Directors of the Corporation, (f) shares of Common Stock issued or issuable upon conversion of the Preferred Stock, and (g) shares of Common Stock issued or issuable in a public offering prior to or in connection with which all outstanding shares of Preferred Stock will be converted to Common Stock, the Company will not authorize or issue any shares of	4. 先買権（新株引受権） 株式発行会社は，以下の(a)から(g)の場合を除き，出資者が登録可能証券 200,000 株以上を有する保有者である限り，そのような出資者に以下のような先買権を初めに募ることなしに，いかなる種類の株式を授権または発行せず，またいかなるオプション，ワラント，転換権，いかなる種類の株式を購入・取得するその他の権利も授権，発行または許諾しない。 (a)　株式分割または株式配当に関連して発行された普通株式 (b)　従業員，顧問または取締役に対して直接，または株式発行会社の取締役会にて承認されたストック・オプション・プランもしくは制限的株式プランに基づき発行されるまたは発行され得る普通株式 (c)　株式発行会社の取締役会にて承認された条件での善意の商業的貸付契約，設備ファイナンスまたは同様の取引に関連して，金融機関または貸主に対して発行されたところの，株式発行会社の希釈化された資本（行使または転換できる証券が行使または転換されたと仮定して）に対し総額 10%未満に相当する株式，または株式購入オプションもしくはワラント（新株引受権） (d)　本出資者権利契約の締結日時点で付与済みのワラントの行使により発行され得る普通株式または優先株式 (e)　株式発行会社の取締役会にて承認された条件での善意の買収，合併または戦略的取引に関連して発行されたところの，株式発行会社の希釈化した資本（行使または転換できる証券が行使または転換されたと仮定して）に対し総額 10%未満に相当する株式，またはワラントもしくは株式購入オプ

stock of the Company of any class and will not authorize, issue or grant any options, warrants, conversion rights or other rights to purchase or acquire any shares of stock of the Company of any class without first offering each Investor, for so long as the Investor is a holder of greater than two hundred thousand (200,000) shares of Registrable Securities the right of first refusal described below.	ション (f)　優先株式の転換により発行されるまたは発行され得る普通株式 (g)　すべての社外優先株式が普通株式に転換される以前またはその転換に連接する公募によって発行され，または発行され得る普通株式

【条項例5】

5.1　Right of First Refusal. Each Investor, for so long as the Investor is a holder of greater than two hundred thousand (200,000) shares of Registrable Securities (each, a "Major Investor" and collectively, the "Major Investors") shall have a right of first refusal to purchase an amount of equity securities of the Company of any class or kind which the Company proposes to sell (other than the issuance of shares contemplated by Section X.X above) ("Preemptive Securities") sufficient to maintain such Investor's proportionate beneficial ownership interest in the Company (on an as-converted, fully diluted basis). If the Company wishes to make any such sale of Preemptive Securities, it shall give each Major Investor written notice of the proposed sale. The notice shall set forth (a) the Company's bona fide intention to offer Preemptive Securities and (b) the material terms and conditions of the proposed sale (including the number of shares or units to be offered and the price, if any, for which the Company proposes to offer such shares or units), and shall constitute an offer to sell Preemptive Securities to the Major Investors on such terms and	5.1　先買権 各出資者は，登録可能証券の200,000株以上を有する保有者（以下，「主要出資者」という。）である限り，株式発行会社が売却を提案している（第X.X条によって予定されている株式の発行を除く）あらゆる種類の株式発行会社の証券（以下，「先買権対象証券」という。）について，株式発行会社における当該出資者の持株比率（転換され希釈化されたベースで）を維持するのに十分な量を購入する先買権を有する。株式発行会社が先買権対象証券の売却を望む場合，株式発行会社は，売却提案に関する書面での通知を各主要出資者に対して行う。この通知には，(a) 先買権対象証券を募集する株式発行会社の善意の意図，および(b) 売却提案の重要な条件（募集される株数・単位数および募集をする株・単位の価格（もしあれば）を含む。）が含まれなければならず，またこの通知は，上記条件に基づく主要出資者への先買権対象証券売却の申込を構成しなければならない。主要出資者は，売却提案に関する株式発行会社からの通知受領後20日以内に株式発行会社に承諾の通知書面（以下，「承諾通知」という。）

conditions. Any Major Investor may accept such offer by delivering a written notice of acceptance (an "Acceptance Notice") to the Company within twenty (20) days after receipt of the Company's notice of the proposed sale. Any Major Investor exercising its right of first refusal shall be entitled to participate in the purchase of Preemptive Securities on a pro rata basis to the extent necessary to maintain such Major Investor's proportionate beneficial ownership interest in the Company (such Investor's "Pro Rata Portion") (for purposes of determining such Major Investor's Pro Rata Portion, any Major Investor or other security holder shall be treated as owning that number of shares of Common Stock into which any outstanding convertible securities may be converted and for which any outstanding options may be exercised). The Company shall, in writing, inform each Major Investor which elects to purchase its Pro Rata Portion of Preemptive Securities of any other Major Investor's failure to do so, in which case the Major Investors electing to purchase such shares of Preemptive Securities shall have the right to purchase all of such shares on a pro rata basis. If any Major Investor who elects to exercise its right of first refusal does not complete the purchase of such Preemptive Securities within thirty (30) days after delivery of its Acceptance Notice to the Company, the Company may complete the sale of Preemptive Securities on the terms and conditions specified in the Company's notice within the ninety (90) day period following the expiration of such thirty (30) day period. If the Company does not enter into an agreement for the sale of such shares within such thirty (30) day period, or if such agreement is not consummated

を交付することによって，その申込を承諾することができる。先買権を行使する主要出資者は，株式発行会社における主要出資者の持株比率（以下，「比例部分」という。）を維持するのに必要な範囲で比例して先買権対象証券の購入に参加できるものとする。（主要出資者の比例部分を決定する目的で，主要出資者またはその他証券保有者は，付与されている転換権が転換され，付与されているオプションが行使された場合の普通株式数を所有しているものと取り扱われる。）株式発行会社は，先買権対象証券の比例部分を購入することを選択した主要出資者に，その他の主要出資者が購入を選択しなかった旨を書面にて通知しなければならない。この場合において，先買権対象証券購入を選択した主要出資者は，その株式のすべてを比例して購入する権利を有する。先買権行使を選択した主要出資者が，株式発行会社への承諾通知交付後30日以内に先買権対象証券の購入を完了しない場合，株式発行会社は，その30日間の満了後90日以内に株式発行会社の通知に特定された条件にて先買権対象証券の売却を完了させることができる。株式発行会社が，この30日期間内に株式売却契約を締結しない場合，またはその契約がこの90日期間内に完了されない場合，ここに規定された権利は復活したものとみなされ，将来の先買権対象証券は，本条にしたがってはじめに主要出資者に再募集されない限り，募集されてはならない。主要出資者は，自らが適切であると考える比率で，自分自身，そのパートナーおよび関連者間で，ここで許諾された先買権を配分することができる。

within such ninety (90) day period, the right provided hereunder shall be deemed to be revived and all future shares of Preemptive Securities shall not be offered unless first reoffered to the Major Investors in accordance with this Section 5. A Major Investor shall be entitled to apportion the right of first refusal hereby granted among itself and its partners and affiliates in such proportions as the Major Investor deems appropriate.	
5.2　Offer After Sale to Third Parties.	5.2　第三者に対する売却後の申出
In lieu of delivering to the Major Investors written notice of a proposed sale of Preemptive Securities pursuant to Section 5.1, the Company may elect first to sell Preemptive Securities to third parties and then to offer to Major Investors the opportunity to purchase their Pro Rata Portions of the Preemptive Securities. (The Pro Rata Portions shall be calculated giving effect to all sales of the Preemptive Securities, including sales to the Major Investors.) Such offer shall remain in effect for thirty (30) days after notice to the Major Investors, and if accepted, the closing of the sale of Preemptive Securities shall occur within thirty (30) days after the date of the Acceptance Notice.	第 5.1 条に従って先買権対象証券の売却提案の書面通知を主要出資者に交付する代わりに，株式発行会社は，第三者に先買権対象証券を最初に売却し，後から主要出資者に先買権対象証券の比例部分の購入機会を申し出ることを選択できる。（比例部分は，主要出資者に対する売却を含め，先買権対象証券すべての売却が有効なものとして計算される。）この申出は，主要出資者に対する通知後 30 日間有効で，承諾された場合，先買権対象証券売却のクロージングは，承諾通知日から 30 日以内でなければならない。

【条項例 6】

6. Delivery of Financial Statements.	6.　財務諸表の交付
(a)　The Company shall deliver to each Investor: (i)　as soon as practicable, but in any event within ninety (90) days after the end of each fiscal year of the Company, an income statement for such fiscal year, a balance	(a)　株式発行会社は，各出資者に以下のものを交付しなければならない。 (i)　実行上できる限り早く，ただし株式発行会社の各会計年度の終了後 90 日以内に，一般的に認められた会計原則（GAAP）に

sheet of the Company as of the end of such year, and a statement of cash flows for such year, such year-end financial reports to be in reasonable detail, prepared in accordance with generally accepted accounting principles ("GAAP"), and audited and certified by independent public accountants of nationally recognized standing selected by the Company; and	従って準備され，株式発行会社により選定された全米で知られた独立の公認会計士により監査・認証されたその年度の損益計算書，その年度終了時点の株式発行会社の貸借対照表，その年度のキャッシュフロー計算書，合理的に詳細な年度末の財務報告書，および，
(ii) as soon as practicable, but in any event within thirty (30) days after the end of each of the first three (3) quarters of each fiscal year of the Company, an unaudited income statement and an unaudited statement of cash flows for such fiscal quarter and an unaudited balance sheet as of the end of such fiscal quarter.	(ii) 実行上できる限り早く，ただし株式発行会社の各会計年度の最初の3四半期の終了後30日以内に，その会計四半期の未監査の損益計算書およびキャッシュフロー計算書，その会計四半期終了時点の未監査の貸借対照表
(b) The Company shall deliver to each Major Investor:	(b) 株式発行会社は，各主要出資者に以下のものを交付しなければならない。
(i) within twenty (20) days of the end of each month, an unaudited income statement and schedule as to the sources and application of funds and balance sheet and comparison to budget for and as of the end of such month, in reasonable detail; and	(i) 各月終了後20日以内に，合理的に詳細な未監査の損益計算書および資金の源泉と使途に関する一覧表，および当月度終了時点の貸借対照表ならびに予算との比較
(ii) as soon as practicable, but in any event within thirty (30) days before the end of each fiscal year, a budget and business plan for the next fiscal year.	(ii) 実行上できる限り早く，ただし各会計年度終了前30日以内に，次会計年度の予算および事業計画

【条項例7】

7. Inspection.	7. 検　査
The Company shall permit each Major Investor, at such Major Investor's expense, to visit and inspect the Company's properties, to examine its books of account and records and to discuss the Company's affairs, finances and accounts with its officers, all at such reasonable times as may be requested by such Major Investor; provided,	株式発行会社は，主要出資者が，その費用で，かつ自らが要求した合理的な時間において，株式発行会社の資産のある場所に行き検査すること，および株式発行会社の会計帳簿および記録を調査すること，ならびに株式発行会社の業務，財務，経理について役員と議論することを許容する。ただし，

however, that the Company shall not be obligated pursuant to this Section 7 to provide access to any information which it considers to be a trade secret or similar confidential information.	株式発行会社は，本条に従って，株式発行会社が営業秘密または類似の秘密情報と考える情報へのアクセスを提供する義務を負わない。

【条項例 8】

8. Tag-Along Right. In the event that a Founder (a "Seller") proposes to sell to a third party (the "Proposed Transferee") any Common Stock of the Company (the "Offered Securities"), a Seller shall send a written notice (the "Notice") to all Investors of the right to participate in the sale to the Proposed Transferee upon the same price and the same terms as those set forth in the offer to the Proposed Transferee (the "Proposed Offer"). Such Proposed Offer shall remain open and irrevocable for a period of ten (10) days after delivery (the "Proposed Offer Period"). Each Investor shall have the right to participate in the sale to the Proposed Transferee upon the same terms and conditions as set forth in the Proposed Offer, subject to the terms and conditions set forth in this Section 8. An Investor shall exercise its right by delivering to the Seller, within ten (10) days of the date of the Notice, (i) written notice of its intention to participate, specifying the amount of shares Investor desires to sell to the Proposed Transferee, and (ii) one or more certificates representing the number of shares of Common Stock which Investor elects to sell hereunder, duly endorsed for transfer to the Proposed Transferee. To the extent that one or more Investors exercise such right of participation in accordance with the terms and conditions set	8. Tag-Along 権（株式連動売却権） 創業者（以下，「売主」）が第三者（以下，「希望売渡先」という。）に対し，当社の普通株式の売却（以下，「売却株式」という。）を希望する場合，売主はすべての出資者に対して，希望売渡先への提案（以下，「売却提案」という。）と同一価格同一条件で参加する権利があることを通知（以下，「本通知」という。）しなければならない。そのような売却提案は，通知から 10 日間（以下，「売却提案期間」という。），有効であり撤回することができない。各出資者は，本条の条件に従い，売却提案に示されたのと同一条件で，希望売渡先に対する売却に参加する権利を有する。出資者は，本通知から 10 日以内に，売主に対して，(i)希望売却先に対して売却を希望する株式の数を特定した参加の意図を示す書面の通知，(ii)売却する普通株式数を表章する希望売却先への売却のために正当に裏書された株券の提示を行うことによりその権利を行使するものとする。出資者が本条の条件に従って参加権を行使する場合，売主が売却することができる普通株式の数は，その分減少させられるものとする。

forth herein, the number of shares of Common Stock that the Seller may sell in the transaction shall be correspondingly reduced.	

【条項例 9】

9. Drag-Along Right.	9. Drag-Along 権（株式強制連動売却権）
9.1 If after 31 March 20XX the majority holder of the preferred ordinary shares (for the purposes of this Section ("the Seller")) having been unable to sell all or any part of his holding of preferred ordinary shares intends to sell all or part of such shares (or any interest in such shares) in accordance with Section 9 (the shares to be sold by the Seller being referred to as "Selling Shares") the Seller may give to the company not less than 14 days' notice in advance before selling the Selling Shares. The notice ("the Selling Notice") will include details of the Selling Shares and the proposed price for each selling share to be paid by the proposed purchaser ("the Proposed Purchaser"), details of the Proposed Purchaser, the place, date and time of the completion of the proposed purchase being a date not less than 14 days from the date of the Selling Notice ("Completion").	9.1 20XX 年 3 月 31 日以降，優先株式の過半数保有者（本条の目的で，「売主」とする。）で，それまで売却ができなかった者が，その優先株式（またはそれらに対する権利）の全部または一部を本条に従い売却しようとする（そのような売主が売却せんとする株式を「売却株式」とする。）場合，売主は売却株式の売却の 14 日以上前に会社に対し通知を発するものとする。その通知（以下，「売却通知」という。）は，売却株式の詳細および売却提示先（以下，「提示購入者」という。）が支払うものとして提示された価格，提示購入者の詳細，提示された売買が完了する日付と時刻（その日は売却通知から 14 日以降とする。）（「本完了」）を含むものでなければならない。
9.2 Immediately upon receipt of the Selling Notice, the Company shall: (i) give notice in writing (a "Compulsory Sale Notice") to each of the members (other than the Seller) giving the details contained in the Selling Notice, inviting them each to sell to the Proposed Purchaser at Completion such proportion of the holdings of ordinary shares as is equal to the proportion which the Selling	9.2 売却通知を受領後，当社は直ちに以下の行動をとらなければならない。 (i) 売主以外の各株主に対して書面による通知（「強制売却通知」）を発し，売却通知に含まれる詳細を提供して，各株主が本完了時に提示購入者に対して，売主が保有する全株式（売却株式を含む。）に対する売却株式の割合と同じ比率で，その保有する普通株式を売却することを誘引する。

Shares bears to the total holding of shares in the equity shares held by the Seller (including the Selling Shares); (ii) call a separate general meeting of the holders of the ordinary shares to vote upon an ordinary resolution to sell to the Proposed Purchaser upon the terms set out in the Compulsory Sale Notice.	(ii) 普通株主総会を別途招集して，強制売却通知に記載された条件での提示購入者に対する売却を承認する普通決議を行う。
9.3 If a majority of the holders of ordinary shares present and voting at the separate general meeting referred to in Section 9 vote in favor of the resolution referred to in the Section then any member who has been served a Compulsory Sale Notice shall sell all of his shares referred to in the Compulsory Sale Notice on the terms contained therein.	9.3 普通株主の過半数が本条に定める株主総会に出席し，議案に賛成した場合は，強制売却通知を受け取った株主はその保有株式を強制売却通知記載の条件で売却しなければならない。

【条項例 10-1】

10.1 <u>Classes of Stock.</u> This Corporation is authorized to issue two classes of stock to be designated, respectively, "Common Stock" and "Preferred Stock." The total number of shares which the Corporation is authorized to issue is ______ million (__,000,000). ______ million (__,000,000) shares shall be Common Stock and ______ million (__,000,000) shares shall be Preferred Stock, all of which shall be designated Series A Preferred Stock ("Preferred Stock").	10.1 <u>株式のクラス（種類株式）</u> 当会社は，普通株式と優先株式の２クラスの株式を発行することができる。会社が発行を授権された株式総数は，○○百万株である。○○百万株は普通株式であり，○○百万株は優先株式であり，その全体はシリーズＡ優先株式（以下，「優先株式」という。）と総称される。

【条項例 10-2】

10.2 <u>Rights, Preferences and Restrictions of Preferred Stock</u>.	10.2　<u>優先株式の権利，優先，制限</u>
A statement of the rights, preferences, privileges and restrictions granted to or imposed on Preferred Stock and the holders thereof is as follows: (1) Dividends. (a) The holders of record of Preferred Stock shall be entitled to receive cash dividends at an annual rate of eight percent (8%) of the Liquidation Preferences established in Section 10.3 (a) below, such dividends to be payable only when, as and if declared by the Board of Directors out of funds legally available therefor. No dividends or other distributions shall be made with respect to Common Stock, until all dividends on Preferred Stock have been paid or set apart. The right to such dividends on Preferred Stock shall not be cumulative; and no rights to such dividends shall accrue to holders of Preferred Stock by reason of the fact that dividends on said shares are not declared in any year. The holders of Preferred Stock shall have no priority or preference with respect to distributions made by the Corporation in connection with the repurchase of Common Stock issued to or held by employees, directors, independent contractors or consultants upon termination of their employment or services pursuant to agreements providing for the right of said repurchase between the Corporation and such persons. After the holders of Preferred Stock have received their dividend preference as set forth above, any additional dividends or distributions declared by the Board of Directors out of funds legally available thereto shall be distributed	優先株式とその保有者に認められ，または課せられた権利，優先，特権および制限は以下のとおりである。 (1)　配当 (a)　登録された優先株式の保有者は，第10.3 条(a)項により確立された清算優先権として年利８％相当の現金配当を受け取る権利を有する。その配当は，取締役会が法定財源から配当を宣言した場合にのみ支払われる。普通株式に関しては，配当またはその他の分配は，優先株式の配当がすべて支払われ，または別段扱いされるまでなされない。優先株式の配当受領権は累積的ではなく，配当に対するそのような権利は，配当がいかなる年にもなされていないという事実をもって優先株主に蓄積することはない。従業員，取締役，独立請負者または顧問が，雇用または役務を終了し，会社との契約でその者が保有する普通株式の買取権条項がある場合に，優先株主は，会社からの分配に関し，優先権を有するものではない。優先株主が優先配当を受け取った後，取締役会が法定財源の中から宣言する追加的な配当は，すべての普通株主に加えて，優先株式が（第 10.3 条(a)項で定義された）有効な転換価格で普通株式に転換されたとして保有するであろう普通株式の数と同率で優先株主の間で分配される。

among all holders of Common Stock, together with holders of Preferred Stock, pari passu, in proportion to the number of Common Stock which would have been held by each such holder if all Preferred Stock were converted into Common Stock at the then effective Conversion Price (as defined in Section 10.3(a) below).	
(b) For purposes of this Section 10.2, unless the context requires otherwise, "distribution" shall mean the transfer of cash or property without consideration, whether by way of dividend or otherwise, payable other than in Common Stock or other securities of the Corporation, or the purchase or redemption of shares of the Corporation (other than repurchases of Common Stock held by employees or directors of, consultants to, the Corporation upon termination of their employment or services pursuant to agreements providing for such repurchase at a price equal to the original issue price of such shares and other than redemptions in liquidation or dissolution of the Corporation) for cash or property, including any such transfer, purchase or redemption by a subsidiary of this Corporation.	(b) 本条の目的において，文脈がその他の読み方を要求しない限り，「分配」とは配当またはその他の方法によって，普通株式またはその他の会社の証券以外の形で支払われる，対価なしの現金または財産の移転，または会社の株式の現金または財産による買取りまたは償還（雇用または役務終了時に従業員，取締役または顧問が保有する普通株式の買取りで契約により当該買取りが最初の発行価額と同額で行うものでないもの，および会社の清算または解散における償還として行うものでないもの）を意味し，そのような譲渡，買取りまたは償還には，当会社の子会社によるものも含む。

【条項例 10-3】

10.3 Liquidation Preference.	10.3 清算優先権
(a) In the event of any liquidation, dissolution or winding up of the Corporation, either voluntary or involuntary, the holders of Preferred Stock shall be entitled to receive, prior and in preference to any distribution of any of the assets or surplus funds of the Corporation to the holders of the Common Stock by reason of their	(a) 会社が，任意または非任意で，清算または解散する場合，優先株主は，株式所有を理由とする普通株主に対する会社の資産または剰余金の分配に優先して，そのときに保有する優先株式１株当たり○ドル（株式分割，株式配当，資本再構成等による調整後）（「清算優先権」）に加えて，配当の

ownership thereof, the amount of $___ per share (as adjusted for stock splits, stock dividends, recapitalizations and the like) for each share of Preferred Stock then held by them (the "Liquidation Preference") plus all accrued or declared but unpaid dividends thereon to the date fixed for distribution. If, upon occurrence of such event the assets and funds thus distributed among the holders of Preferred Stock shall be insufficient to permit the payment to the holders of Preferred Stock the full preferential amounts to which they shall be entitled pursuant to this Section 10.3 (a), then the entire assets and funds of the Corporation legally available for distribution shall be distributed ratably among the holders of Preferred Stock in proportion to the number of shares of Preferred Stock held by each such holder.	基準日まで蓄積しまたは宣言されているが未払いとなっている配当を受け取る権利を有する。もし，優先株主の間でそのように分配された資産および資金が，本条(a)項に従った優先株主に対する完全な優先金額の支払いに不十分である場合，分配可能な会社の資産および資金の全体は，優先株主の間で保有する優先株式数に応じて分配されなければならない。
(b) After payment has been made to the holders of Preferred Stock of the amounts to which they shall be entitled as provided in Section 10.3(a) above, the remaining assets of the Corporation available for distribution to shareholders shall be distributed among the holders of Common Stock and Preferred Stock on an as converted basis, pro rata based on the number of shares of Common Stock outstanding; provided that the total value of distributions to holders of Preferred Stock under both Sections 10.3 (a) and (b) shall not exceed two (2) times the Liquidation Preference plus any accrued or declared but unpaid dividends.	(b)　本条(a)項による優先株主に対する支払いがなされた後，株主に分配可能な会社資産の残りは，普通株主と優先株主の間で，転換後ベースでの発行済普通株式の数に比例して分配されなければならない。ただし，本条(a)項および(b)項による優先株主への配当総価値は，清算優先権に加え蓄積され宣言されたが未払いとなっている配当の合計額の2倍を超えることはできない。
(c) For purposes of this Section 10.3, a liquidation, dissolution or winding up of the Corporation shall be deemed to be occasioned by, and to include, (i) the sale of all or substantially all of the Corporation's assets or (ii) any transaction or series of	(c)　本条の目的で，清算または解散は，以下のものによりもたらされ，以下のものを含む。(i)会社の資産のすべてまたはほぼすべての売却，(ii)会社の発行済議決権付株式の保有者が売却後の存続会社の議決権付株

related transactions (including, without limitation, any reorganization, merger or consolidation) which will result in the holders of the outstanding voting equity securities of the Corporation immediately prior to such transaction holding less than fifty percent (50%) of the voting equity securities of the surviving entity immediately following such transaction.	式の50％未満の保有者になるような取引または一連の取引（組織再編，買収，合併を含むがそれらに限らない）。

【条項例 11-1】

11.1　<u>Registration Rights</u>.	11.1　<u>登録権</u>
Definitions. As used in this Agreement: (a) The terms "register," "registered," and "registration" refer to a registration effected by preparing and filing a registration statement in compliance with the Securities Act of 1933, as amended (the "Securities Act") and the subsequent declaration or ordering of the effectiveness of such registration statement.	定義　本契約において使用される場合， (a)「登録する」，「登録された」および「登録」という用語は，1933年証券法およびその改正（以下，「証券法」という。）ならびに証券登録説明書の有効性に関する以後の宣言または命令を遵守した証券登録説明書を準備・申請することにより有効となる登録を言う。
(b) The term "Registrable Securities" means: (i) the shares of Common Stock issuable or issued upon conversion of the Series A Shares;	(b)「登録可能証券」という用語は，以下を意味する： (i) シリーズA株式の転換時に発行可能なまたは発行された普通株式
(ii) any other shares of Common Stock of the Company issued as (or issuable upon the conversion or exercise of any warrant, right or other security which is issued as) a dividend or other distribution with respect to, or in exchange for or in replacement of, the Stock, excluding in all cases, however, any Registrable Securities sold by a person in a transaction in which his or her rights under this Agreement are not assigned; provided, however, that Common Stock or other securities shall only be treated as Registrable Securities if and so	(ii) 本契約に基づく権利が与えられていない取引において売却される登録可能証券を除いて，株式配当または株式割当，もしくは株式交換として発行された（またはワラント，権利，その他の発行済証券の転換もしくは行使時において発行され得る）株式発行会社のその他の普通株式。ただし，普通株式またはその他の証券は，以下の場合に限り登録可能証券として扱われる。(A)仲介人，販売業者もしくは証券引受業者に対し，またはこれらを通じて，一般公募ま

long as they have not been (A) sold to or through a broker or dealer or underwriter in a public distribution or a public securities transaction, or (B) sold in a transaction exempt from the registration and prospectus delivery requirements of the Securities Act under Section 4(1) thereof so that all transfer restrictions, and restrictive legends with respect thereto, if any, are removed upon the consummation of such sale.	たは証券の公開取引にて売却されていない場合，または(B)すべての譲渡制限およびそれに関する制限説明が（もしあれば）売却終了時に削除されるような証券法4条(1)による登録および目録見書の交付義務が免除された取引により売却されていない場合。
(c)　The number of shares of "Registrable Securities then outstanding" shall be determined by the number of shares of Common Stock outstanding which are, and the number of shares of Common Stock issuable pursuant to then exercisable or convertible securities which are, Registrable Securities.	(c)「その時点での社外登録可能証券」数は，登録可能証券である社外普通株式の株数，および登録可能証券であるところのその時点で行使または転換可能な証券に従って発行され得る普通株式の数により決定される。
(d)　The term "Holder" means any holder of outstanding Registrable Securities who acquired such Registrable Securities in a transaction or Series of transactions not involving any registered public offering.	(d)「保有者」という用語は，登録された公募を伴わない1回または数回の取引において登録可能証券を取得した社外登録可能証券保有者を意味する。
(e)　The term "Form S-3" means such form under the Securities Act as in effect on the date hereof or any registration form under the Securities Act subsequently adopted by the Securities and Exchange Commission ("SEC") which permits inclusion or incorporation of substantial information by reference to other documents filed by the Company with the SEC.	(e)「S-3書式」という用語は，本契約の締結日において効力を有する証券法の下での書式，または証券取引委員会（以下，「SEC」という。）に株式発行会社から申請された他の資料に言及することにより主要な情報を含めることもしくは組み込むことを認めるところのSECにより爾後証券法の下で採用されるあらゆる登録書式を意味する。
(f)　The term "Qualified IPO" means a firm commitment underwritten public offering by the Company of shares of its Common Stock pursuant to a registration statement on Form S-1 under the Securities Act.	(f)「(一定要件を満たした）初期公募」という用語は，証券法のS-1書式上の証券登録説明書に従った株式発行会社による普通株式の確約引受公募を意味する。

【条項例 11-2】

11.2　Request for Registration.	11.2　登録請求
(a)　If the Company shall receive a written request from the Holders of at least fifty percent (50%) of the Registrable Securities then outstanding that the Company file a registration statement under the Securities Act covering the registration of at least twenty percent (20%) of the then outstanding Registrable Securities with an expected aggregate offering price to the public of not less than five million dollars ($5,000,000), the Company shall, within ten (10) days of the receipt thereof, give written notice of such request to all Holders and shall, subject to the limitations of subsection 11.2(b), use commercially reasonable efforts to effect as soon as practicable, and in any event within ninety (90) days of the receipt of such request, the registration under the Securities Act of all Registrable Securities which the Holders request to be registered within twenty (20) days of the mailing of such notice by the Company in accordance with Section X.X; provided, however, that the Company shall not be obligated to effect any such registration:	(a)　株式発行会社が，その時点での社外登録可能証券の少なくとも50%を有する保有者から，500万ドル以上の予想公募総額で，しかもその時点での社外登録可能証券の少なくとも20%の登録をカバーする証券法上の証券登録説明書を申請するよう書面での請求を受けた場合，当該株式発行会社は，その受領後10日以内にそのような請求があった旨をすべての保有者に書面で通知し，また，第11.2条(b)項の制限に従い，第X.X条に従った株式発行会社による通知の郵送から20日以内に保有者が登録を請求したすべての登録可能証券の証券法上の登録を現実的にできる限り速やかに（いずれにしても請求受領から90日以内に）有効にするための商業的見地から合理的といえる努力を払わなければならない。ただし，株式発行会社は，以下の場合にはそのような登録を遂行する義務を負わない。
(i)　In any particular jurisdiction in which the Company would be required to execute a general consent to service of process in effecting such registration, qualification or compliance unless the Company is already subject to service in such jurisdiction and except as may be required by the Securities Act;	(i)　株式発行会社が，登録，資格付与または遵守を遂行するために送達に関する包括的な合意を要求される特定の法域における登録。ただし，株式発行会社がその法域において既に送達に服している場合および証券法上必要な場合を除く。
(ii)　Prior to the earlier of the third anniversary of the date of closing under the Purchase Agreement or six (6) months after the effective date of the Company's first registered public offering of its securities;	(ii)　購入契約のクロージング日から3年または株式発行会社の最初に登録された証券公募の発効日から6ヵ月のどちらか早い方より前での登録。

(iii) During the period starting with the date sixty (60) days prior to the Company's good faith estimate of the date of filing of, and ending on the date six (6) months immediately following the effective date of, any registration statement pertaining to securities of the Company (other than a registration of securities in a Rule 145 transaction, with respect to an employee benefit plan or with respect to the Company's first registered public offering of its stock), provided that the Company is actively employing in good faith all reasonable efforts to cause such registration statement to become effective;	(iii) （従業員福利制度または株式発行会社の最初の登録された株式公募に関する規則145における証券登録以外で）株式発行会社の証券に関する証券登録説明書の株式発行会社が誠実に見込む申請予定日の60日前から始まり，証券登録説明書の発効日から6ヵ月後の日をもって終わる期間内の登録。ただし，株式発行会社は，証券登録説明書が有効となるよう積極的に誠実にあらゆる合理的な努力を払っていることを条件とする。
(iv) After the Company has effected two (2) registrations pursuant to this Section 11.2(a), which registrations have been declared or ordered effective;	(iv) 株式発行会社が，第11.2条(a)項に従って2回の登録をし，それが有効と宣言または命令された後の登録。
(v) If the Company shall furnish to such Holders a certificate signed by the Chief Executive Officer of the Company stating that, in the good faith judgment of the Board of Directors of the Company, it would be detrimental to the Company or its shareholders for a registration statement to be filed in the near future, then the Company's obligation to use its commercially reasonable best efforts to register, qualify or comply under this Section 11.2 shall be deferred for a period not to exceed ninety (90) days from the date of receipt of written request from the Initiating Holders; provided, however, that the Company shall not exercise such right more than once in any twelve-month period; and	(v) 株式発行会社の取締役会の誠実な判断により，証券登録説明書が近い将来に申請されることが株式発行会社またはその株主に対して有害であると述べる証書で，株式発行会社のCEO（最高経営責任者）が署名したものを株式発行会社が保有者に交付した場合，第11.2条に基づき登録・資格付与・遵守のために商業的見地から合理的に最善の努力をするという株式発行会社の義務は，最初の登録請求保有者からの書面による請求受領後90日を超えない期間延期されなければならない。ただし，株式発行会社は，あらゆる12ヵ月の期間中2回以上その権利を行使してはならない。
(vi) If the Company delivers notice to the Holders, within thirty (30) days after the receipt by the Company of any written request by a Holder, of the Company's intent to file a registration statement for the initial public offering of the Company's	(vi) 通知日から90日以内に株式発行会社の普通株式を最初に公募するための証券登録説明書を申請する意図がある旨の通知を，保有者からの書面による請求受領後30日以内に，株式発行会社が保有者に交付した場合。

Common Stock within ninety (90) days after the date of such notice.	
The Holders of Registrable Securities shall have no right to demand registration of securities of the Company other than Common Stock.	登録可能証券の保有者は，普通株式以外の株式発行会社の証券の登録を要求する権利を有しない。
(b) If the Holders initiating the registration request hereunder ("Initiating Holders") intend to distribute the Registrable Securities covered by their request by means of an underwriting, they shall so advise the Company as a part of their request made pursuant to this Section 11.2 and the Company shall include such information in the written notice referred to in subsection 11.2(a). The underwriter will be selected by a majority in interest of the Initiating Holders and shall be reasonably acceptable to the Company. In such event, the right of any Holder to include his Registrable Securities in such registration shall be conditioned upon such Holder's participation in such underwriting and the inclusion of such Holder's Registrable Securities in the underwriting (unless otherwise mutually agreed by a majority in interest of the Initiating Holders and such Holder) to the extent provided herein. All Holders proposing to distribute their securities through such underwriting shall (together with the Company as provided in subsection 11.5(e)) enter into an underwriting agreement in customary form with the underwriter or underwriters selected for such underwriting. Notwithstanding any other provision of this Section 11.2, if the underwriter advises the Initiating Holders in writing that marketing factors require a limitation of the number of shares to be underwritten, then the Initiating Holders shall so advise	(b) 本契約に基づき最初の登録請求をする保有者（以下，「最初の登録請求保有者」という。）が，当該請求でカバーされる登録可能証券を引受けにより流通させようとする場合，最初の登録請求保有者は，本第11.2条に従ってなされる請求の一部として株式発行会社にその旨を通知しなければならず，株式発行会社は，第11.2条(a)項で言及された書面による通知にそのような情報を含めなければならない。引受業者は，最初の登録請求保有者の持株の過半数の決定で選ばれ，その引受業者は，株式発行会社にとって合理的に受け入れられる者でなければならない。このような場合，この登録に登録可能証券を組み込む保有者の権利は，ここで定められる範囲において，（最初の登録請求保有者および当該保有者の持株の過半数による相互の別段の合意がない限り）引受けに当該保有者が参加すること，および引受けに当該保有者の登録可能証券を含めることが条件となる。引受けを通じて証券を流通させようと提案したすべての保有者は，（第11.5条(e)項で定められているように，株式発行会社と共に）その引受けのために選定された引受業者との間で一般的な様式による引受契約を締結しなければならない。第11.2条の他の規定にかかわらず，引受業者が，最初の登録請求保有者に書面にて，市場の要因により引き受けられる株数に制限を加える必要がある旨勧める場合，最初の登録請求保有者は，本契約に従い引

all Holders of Registrable Securities which would otherwise be underwritten pursuant hereto, and the number of shares of Registrable Securities that may be included in the underwriting shall be allocated among all Holders thereof, including the Initiating Holders, in proportion (as nearly as practicable) to the amount of Registrable Securities of the Company owned by each Holder; provided, however, that the number of shares of Registrable Securities to be included in such underwriting shall not be reduced unless all other securities are first entirely excluded from the underwriting.	き受けられるはずであった登録可能証券を有するすべての保有者にその旨を通知しなければならない。引受けに組み込まれる登録可能証券の数は，各保有者が所有する株式発行会社の登録可能証券の額に比例して（実行上できる限りこれに近く），最初の登録請求保有者を含めすべての保有者の間で配分される。ただし，引受けに組み込まれる登録可能証券の数は，まずすべての他の証券が引受けから完全に除外されない限り，減らされてはならない。

【条項例 11-3】

11.3　<u>Piggy-back Registration</u>.	11.3　<u>ピギーバック（相乗り）登録</u>
(a) Notice of Registration. If at any time or from time to time the Company shall determine to register any of its securities, either for its own account or the account of a security holder or holders, other than a registration relating solely to employee benefit plans, or a registration relating solely to an SEC Rule 145 transaction, the Company shall (i) promptly give to each Holder written notice thereof, and (ii) include in such registration (and any related qualification under blue sky laws or other compliance), and in any underwriting involved therein, all the Registrable Securities specified in a written request or requests, made within fifteen (15) days after receipt of such written notice from the Company, by any Holder.	(a) 登録通知　株式発行会社が，自己の勘定または証券を保有する者の勘定にて，従業員福利制度のみに関連する登録およびSEC 規則 145 のみに関連する登録を除き，株式発行会社の証券の登録を決定した場合はいつにても，株式発行会社は，(i)直ちにその旨を各保有者に書面で通知し，(ii)株式発行会社からの書面による通知受領後 15 日以内になされる保有者の書面による請求において特定されたすべての登録可能証券を，そのような登録（および青空法に基づく関連資格またはその他の遵守）ならびにこれに伴う引受けに組み込まなければならない。
(b) Underwriting. If the registration of which the Company gives notice is for a registered public offering involving an underwriting, the Company shall so advise	(b) 引受け　株式発行会社が通知する登録が，引受けを含む登録公募の場合，株式発行会社は，第 11.3 条(a)項に従った書面による通知の一部としてその旨を保有者に通知

the Holders as a part of the written notice given pursuant to 11.3(a). In such event the right of any Holder to registration pursuant to 11.3 shall be conditioned upon such Holder's participation in such underwriting and the inclusion of Registrable Securities in the underwriting to the extent provided herein. All Holders proposing to distribute their securities through such underwriting shall (together with the Company) enter into an underwriting agreement in customary form with the managing underwriter selected for such underwriting by the Company. Notwithstanding any other provision of this Section 11.3, if the managing underwriter or Company determines that marketing factors require a limitation of the number of shares to be underwritten, the managing underwriter may limit or completely exclude the Registrable Securities and other securities to be distributed through such underwriting, provided, however, that if, in the Company's initial public offering, Holders are so limited or excluded, only the Company shall be permitted to sell its securities in such initial public offering. The Company shall so advise all Holders distributing their securities through such underwriting of such limitation or exclusion and the number of shares of Registrable Securities that may be included in the registration and underwriting shall be allocated (if applicable) among all such Holders in proportion, as nearly as practicable, to the respective amounts of Registrable Securities held by such Holders at the time of filing the registration statement. To facilitate the allocation of shares in accordance with the above provisions, the Company may round the number of shares allocated to any Holder or holder to the nearest one hundred (100) shares.	しなければならない。このような場合，第11.3条による登録に対する保有者の権利は，ここで定められた範囲において，保有者が引受けに参加することおよび引受けに登録可能証券を含めることが条件となる。引受けを通じて証券を流通させることを提案しているすべての保有者は，引受けのために株式発行会社により選ばれた管理引受業者と一般的な様式において引受契約を（株式発行会社とともに）締結しなければならない。第11.3条の他の定めにかかわらず，市場の要因により引き受けられる株式数の制限が必要であると管理引受業者または株式発行会社が判断する場合，管理引受業者は，引受けを通じて流通する登録可能証券およびその他の証券を制限または完全に排除することができる。ただし，株式発行会社の最初の公募において，保有者が制限または排除される場合，株式発行会社のみが最初の公募において証券を売却することが許される。株式発行会社は，このような制限または排除について，引受けを通じて証券を流通させているすべての保有者にその旨を通知しなければならない。また登録および引受けに組み込まれる登録可能証券の株数は，証券登録説明書の申請時において保有者によって保有された登録可能証券のそれぞれの額に比例して（実行上できる限りこれに近く）すべての保有者間で配分（適用可能であれば）される。上記に従った株式の配分を容易にするため，株式発行会社は，保有者に配分された株式数を100株単位に四捨五入することができる。 参加保有者が，引受けの条件に不賛成の場合，この参加保有者は，株式発行会社および管理引受業者に対する書面での通知により引受参加撤回を選択することができる。引受けから除外または撤回された証券は登

If any Participating Holder disapproves of the terms of any such underwriting, such Participating Holder may elect to withdraw therefrom by written notice to the Company and the managing underwriter. Any securities excluded or withdrawn from such underwriting shall be withdrawn from such registration, and shall not be transferred in a public distribution prior to ninety (90) days after the effective date of the registration statement relating thereto, or such other shorter period of time as the underwriters may require. If shares are withdrawn from registration, the Company shall offer to all persons retaining the right to include securities in the registration the right to include additional securities in the registration, with such shares being allocated among all such Participating Holders in proportion, as nearly as practicable, to the respective amounts of Registrable Securities held by such Participating Holders at the time of filing the registration statement. No stockholder of the Company shall be granted "piggyback" registration rights with respect to the capital stock of the Company which would have the effect of reducing the number of shares of Common Stock includable by the Holders of Registrable Securities in a registration, without the prior written consent of the Holders of at least two-thirds (2/3) of the Registrable Securities. The "piggy-back" registration rights provided for in this Section 11.3 shall not apply to registrations of securities other than Common Stock.	録から撤回され，これに関する証券登録説明書の有効日から90日間または引受業者が要求するより短い期間は，公の流通において譲渡されてはならない。株式が登録から撤回された場合，株式発行会社は，登録に証券を組み込む権利を保持するすべての人に対し，追加証券を組み込む権利について申し入れをしなければならず，そのような株式は証券登録説明書の申請時において参加保有者によって保有された登録可能証券のそれぞれの額に比例して（実行上できる限りこれに近く）参加保有者に配分される。 株式発行会社の株主は，登録可能証券の少なくとも3分の2を有する保有者の事前の書面による同意なしに，登録可能証券の保有者によって登録に組み込まれ得る普通株式の株数を減らす効果を有する株式発行会社の株式に関するピギーバック登録権を許諾されない。 本第11.3条に定められたピギーバック登録権は，普通株式以外の証券登録には，適用されない。
(c) Right to Terminate Registration. The Company shall have the right to terminate or withdraw any registration initiated by it under this Section 11.3 prior to the	(c) 登録中止権　株式発行会社は，登録の効力日前に保有者が登録において証券を含むことを選択するか否かにかかわらず，第11.3条に基づいて株式発行会社によって開

effectiveness of such registration whether or not any Holder has elected to include securities in such registration. The registration expenses of such withdrawn registration shall be borne by the Company in accordance with Section 11.X hereof.	始された登録を中止または撤回する権利を有している。撤回された登録の費用は，第11.X条により株式発行会社が負担する。

【条項例 11-4】

11.4 Registration on Form S-3.	11.4 S-3書式による登録
(a) Request for Registration. Following the Company's initial public offering, the Company shall use commercially reasonable efforts to become eligible to register offerings of securities on SEC Form S-3 or its successor form. After the Company has qualified for the use of Form S-3, Holders of Registrable Securities then outstanding shall have the right to request registrations on Form S-3 (which requests shall be in writing and shall state the number of shares of Registrable Securities to be registered and the intended method of disposition of shares by such Holders). The Company shall not be obligated to take any action to effect any such registration, qualification or compliance pursuant to this Section 11.4(a):	(a) 登録請求 株式発行会社の最初の公募に続いて，株式発行会社は，SECのS-3書式またはそれを承継した書式において証券の募集の登録が法的に適格になるよう，商業的見地から合理的といえる努力をしなければならない。株式発行会社がS-3書式を使用することが認められた後，その時点で流通している登録可能証券の保有者は，S-3書式上の登録を請求できる権利を有する。（その請求は，書面にてなされ，登録されるべき登録可能証券の株式数および保有者による株式処分の方法を記載しなければならない。）株式発行会社は，以下の(i)〜(iv)の場合，本第11.4条(a)項に従い登録，適格性，または遵守を遂行すべく行動する義務はない。
(i) unless the Holders requesting registration propose to dispose of Registrable Securities having an anticipated aggregate price to the public (before deduction of underwriting discounts and expenses of sale) of at least $500,000;	(i) 登録を請求している保有者が，市場での予想総額が（引受割引と販売費用を控除する前）少なくとも50万ドルであるとする登録可能証券を処分することを提案しない場合。
(ii) during the period starting with the date sixty (60) days prior to the Company's estimated date of filing of, and ending on the date six (6) months immediately following the effective date of, any registration statement pertaining to securities of the Company (other than a	(ii) 株式発行会社の証券に関する証券登録説明書の株式発行会社による登録申請予定日前でその60日前以降に始まり，証券登録説明書の発効日から6ヵ月後の日をもって終わる期間。（証券法規則145取引における証券登録および従業員福利制度に関連

registration of securities in a Commission Rule 145 transaction or with respect to an employee benefit plan), provided that the Company is actively employing in good faith commercially reasonable efforts to cause such registration statement to become effective;	したものを除く。）ただし，株式発行会社は，証券登録説明書を発効させるよう誠実にかつ積極的に商業的見地から合理的といえる努力をする。
(iii) more than two (2) times in any twelve-month period; or	(iii) あらゆる 12 ヵ月間において 2 回を超えて。
(iv) if the Company shall furnish to such Holder a certificate signed by the Chief Executive Officer of the Company stating that, in the good faith judgment of the Board of Directors of the Company, it would be detrimental to the Company or its shareholders for registration statements to be filed in the near future, then the Company's obligation to use its best efforts to file a registration statement shall be deferred for a period not to exceed ninety (90) days from the receipt of the request to file such registration by such Holder or Holders; provided, however, that the Company shall not exercise such right more than once in any twelve-month period.	(iv) 株式発行会社の取締役会の誠実な判断により，証券登録説明書が近い将来申請されることが株式発行会社またはその株主に対して有害であると述べる証書で，株式発行会社の CEO が署名したものを，株式発行会社が保有者に交付した場合，証券登録説明書を申請する上で最善の努力をする株式会社の義務は，保有者の請求の受領日から 90 日を超えない期間延期されなければならない。ただし，株式発行会社は，あらゆる 12 ヵ月の期間中 2 回以上そのような権利を行使してはならない。

【条項例 11-5】

11.5 Obligations of the Company.	11.5 株式発行会社の義務
Whenever required under this Section 11 to effect the registration of any Registrable Securities, the Company shall, as expeditiously as reasonably possible:	登録可能証券の登録を有効にするよう第 11 条に基づいて請求される場合はいつでも，株式発行会社は，合理的な範囲でできるだけ早急に以下を履行しなければならない。
(a) Prepare and file with the SEC a registration statement with respect to such Registrable Securities and use its best efforts to cause such registration statement to become effective, and, upon the request of the Holders of a majority of the Registrable Securities registered thereunder, keep such registration statement	(a) 株式発行会社は，登録可能証券に関して証券登録説明書を準備し，SEC に申請し，その証券登録説明書が有効となるよう最善の努力をし，登録された登録可能証券の過半数の保有者による要望があったときは，120 日間までその証券登録説明書を有効に維持する。

effective for up to one hundred twenty (120) days.	
(b) Prepare and file with the SEC such amendments and supplements to such registration statement and the prospectus used in connection with such registration statement as may be necessary to comply with the provisions of the Securities Act with respect to the disposition of all securities covered by such registration statement.	(b) 株式発行会社は，証券登録説明書の変更および補足，ならびにその証券登録説明書によりカバーされるすべての証券の処理について証券法の条項を遵守するため必要とされる当該説明書に用いられる目録見書を準備し，SECに申請する。
(c) Furnish to the Holders such numbers of copies of a prospectus, including a preliminary prospectus, in conformity with the requirements of the Securities Act, and such other documents as they may reasonably request in order to facilitate the disposition of Registrable Securities owned by them.	(c) 株式発行会社は保有者に対し，証券法の要件に沿った予備的目録見書を含む目録見書，および保有者の有する登録可能証券の処分に資するための保有者が必要なその他の文書を必要部数提供する。
(d) Use commercially reasonable efforts to register and qualify the securities covered by such registration statement under such other securities or Blue Sky laws of such jurisdictions as shall be reasonably requested by the Holders, provided that the Company shall not be required in connection therewith or as a condition thereto to qualify to do business or to file a general consent to service of process in any such states or jurisdictions.	(d) 株式発行会社は，当該法域のその他の証券法または青空法において，保有者により合理的に要求される証券登録説明書によりカバーされる証券を，登録しおよび適格にするために，商業的見地から合理的といえる努力をする。ただし，株式発行会社は，それに関連して，またはそのための条件として，そのような州または法域において，事業を行う資格を得ることまたは送達についての包括同意を申請するよう要求されることはない。
(e) In the event of any underwritten public offering, enter into and perform its obligations under an underwriting agreement, in usual and customary form, with the managing underwriter of such offering. Each Holder participating in such underwriting shall also enter into and perform its obligations under such an agreement.	(e) 引受公募の場合，株式発行会社は，公募の管理証券引受業者と一般的な様式での引受契約を締結し，その義務を履行する。そのような引受けに参加する各保有者も引受契約を締結し，その義務を履行しなければならない。

(f) Notify each Holder of Registrable Securities covered by such registration statement at any time when a prospectus relating thereto is required to be delivered under the Securities Act of the happening of any event as a result of which the prospectus included in such registration statement, as then in effect, includes an untrue statement of a material fact or omits to state a material fact required to be stated therein or necessary to make the statements therein not misleading in the light of the circumstances then existing.	(f) 株式発行会社は，証券登録説明書に含まれる目録見書が，何らかのできごとにより，その時点では有効であったものが，重要事実についての不実表示，または証券登録説明書に記載することを要求された重要事実，もしくはそのときの状況を考慮して誤解を招くことのないように表示することが必要な重要事実の抜けを含むということを，証券登録説明書に関連する目録見書が証券法により交付されることが必要な場合はいつでも，証券登録説明書によりカバーされる登録可能証券の各保有者に通知する。
(g) Furnish, at the request of any Holder requesting registration of Registrable Securities pursuant to this Section 11, on the date that such Registrable Securities are delivered to the underwriters for sale in connection with a registration pursuant to this Section 11, if such securities are being sold through underwriters, or, if such securities are not being sold through underwriters, on the date that the registration statement with respect to such securities becomes effective, (i) an opinion, dated such date, of the counsel representing the Company for the purposes of such registration, in form and substance as is customarily given to underwriters in an underwritten public offering, addressed to the underwriters, if any, and to the Holders requesting registration of Registrable Securities and (ii) a letter dated such date, from the independent certified public accountants of the Company, in form and substance as is customarily given by independent certified public accountants to underwriters in an underwritten public offering, addressed to the underwriters, if any, and to the Holders requesting registration of Registrable Securities.	(g) 株式発行会社は，第 11 条により登録可能証券の登録を要求する保有者の要請があるとき，証券が引受業者を通じて売却される場合は，登録可能証券が本第 11 条の登録に関連する売却の際に引受業者に交付される日に，または証券が引受業者を通じて売却されない場合は，その証券に関する証券登録説明書が有効となる日に，次の 2 つを提供する。 (i) 引受業者（そのような引受業者がいれば）および登録可能証券の登録を要求する保有者に宛てられた，引受公募において引受業者に一般に与えられる様式と内容の，株式発行会社を登録目的で代理している弁護士の同日付の意見書，および，(ii) 引受業者（そのような引受業者がいれば）および登録可能証券の登録を要求する保有者に宛てられた，独立した公認会計士によって引受公募における引受業者に一般的に与えられる様式と内容の，株式発行会社の独立した公認会計士からの同日付の書簡。

【条項例 11-6】

11.6.1 Furnish Information. It shall be a condition precedent to the obligations of the Company to take any action pursuant to this Section 11 with respect to the Registrable Securities of any selling Holder that such Holder shall furnish to the Company such information regarding itself, the Registrable Securities held by it, and the intended method of disposition of such securities as shall be required to effect the registration of such Holder's Registrable Securities.	11.6.1 情報の提供 保有者が，保有者の登録可能証券の登録を遂行するのに必要とされるところの自分自身の情報，および保有する登録可能証券の情報，ならびに意図している証券の処分方法の情報を株式発行会社に提供することは，売却保有者の登録可能証券に関する第 11 条所定の株式発行会社が果たすべき義務の停止条件である。
11.6.2 Expenses of Company Registration. All expenses other than underwriting discounts and commissions incurred in connection with registrations, filings or qualifications pursuant to Section 11.X, 11.XX and 11.XXX, including (without limitation) all registration, filing and qualification fees, printers' and accounting fees, reasonable fees and disbursements of legal counsel for the Company, and the reasonable fees and disbursements, not to exceed twenty five thousand dollars ($25,000), of one legal counsel for the selling Holders selected by them with the approval of the Company, which approval shall not be unreasonably withheld, shall be borne by the Company; provided, however that the Company shall not be required to pay for any expenses of any registration proceeding begun pursuant to Section 11.X or 11.XXX if the registration request is subsequently withdrawn at the request of the Holders of a majority of the Registrable Securities to be registered (in which case all participating Holders shall bear such expenses), unless the Holders of a majority of the Registrable Securities agree to forfeit	11.6.2 株式発行会社の登録費用 第 11.X 条，第 11.XX 条および第 11.XXX 条による登録，申請または適格要件に関連して発生する引受値引きおよび手数料以外のすべての登録費用は，すべての登録，申請，適格要件費用，印刷費，会計処理費用，株式発行会社の合理的な弁護士費用および経費ならびに株式発行会社により不合理に拒絶されるべきでない承認を得て，売却保有者により選任された一人の弁護士の費用で 25,000 ドルを超えない範囲の合理的費用および経費を含み（これらに限らない），株式発行会社によって負担される。ただし，登録請求が，登録されるべき登録可能証券の過半数を有する保有者の要求にて撤回される場合であって，登録可能証券の過半数を有する保有者が，第 11.X 条による請求撤回がある場合のひとつの登録請求に対して，または第 11.XXX 条による請求撤回がある場合において撤回後 12 ヵ月間 S-3 書式上の請求に対して，自らの権利を失うことに合意しなければ，株式発行会社は，第 11.X 条または第 11.XXX 条により開始された申請手続費用の支払を要求されない。

their right to one demand registration in the case of a withdrawn registration pursuant to Section 11.X or to any registration on Form S-3 for twelve (12) months following the date of withdrawal in the case of a withdrawn registration pursuant to Section 11.XXX.	(この場合，参加している保有者すべてが費用負担する。)
11.6.3　Delay of Registration.	11.6.3　登録の遅延
No Holder shall have any right to obtain or seek an injunction restraining or otherwise delaying any such registration as the result of any controversy that might arise with respect to the interpretation or implementation of this Section 11.	保有者は，第11条の解釈または遂行において発生する議論の結果として，登録を制限または遅延させる差止命令を獲得または請求する権利を有しない。

【条項例12】

12　Employee and Other Stock Arrangements.	12　従業員およびその他の者との株式の取り決め
The Company will not, without the approval of the Board of Directors, issue any of its capital stock, or grant an option or rights to subscribe for, purchase or acquire any of its capital stock, to any employee, consultant, officer or director of the Company or subsidiary except for the issuance of Common Stock under the Company's equity incentive plans on such terms as are approved by the Board of Directors (including at least one of the Directors elected by the Holder of the Series A and Series B Preferred Stock). Each acquisition of any shares of capital stock of the Company or any option or right to acquire any shares of capital stock of the Company by an employee, officer or director of the Company will be conditioned upon the execution and delivery by the Company and such employee, officer or	当会社は，取締役会の承認なしに，当会社および子会社の従業員，顧問，役員，取締役に対し，株式を発行し，または株式引受け，購入もしくは取得のオプションまたは権利を付与しない。ただし，取締役会（少なくともシリーズAおよびシリーズB優先株主により選任された1名の取締役を含む。）により承認された条件での株式インセンティブ・プランによる普通株式の発行を除く。従業員，役員または取締役による当会社の株式の取得または株式取得のオプションもしくは権利の取得は，会社と当該従業員，役員または取締役との間で取締役会により承認されたひな型での契約の締結を条件とする。

director of an agreement substantially in a form approved by the Board of Directors of the Company.	

＊英文条項例は，米国で用いられているベンチャー企業出資契約の複数の実例，および本書第 2 章注 30）に引用した文献を参照して作成した。各条項例の定義語等は，参照文献の用語法を生かしているため，相互に統一していない。

参考文献

＊版および出版年は，原則として博士学位論文執筆時に参照したものを示している。

〈単行本・概説書・コンメンタール等（邦語）〉

相澤哲編著『一問一答 新・会社法』（商事法務，2005年）
相澤哲＝神門剛『中小企業のための新会社法徹底活用マニュアル』（ぎょうせい，2006年）
相澤哲＝葉玉匡美＝郡谷大輔編著『論点解説新・会社法　千問の道標』（商事法務，2006年）
青竹正一『小規模閉鎖会社の法規整』（文眞堂，1979年），『続小規模閉鎖会社の法規整』（文眞堂，1988年）
青竹正一『閉鎖会社紛争の新展開』（信山社，2001年）
青竹正一『会社法』（信山社，2003年）
新井誠『信託法〔第2版〕』（有斐閣，2005年）
石原全『約款法の基礎理論』（有斐閣，1995年）
石山卓磨『事実上の取締役理論とその展開』（成文堂，1984年）
石山卓磨『現代会社法講義』（成文堂，2003年）
伊藤紀彦『ニュー・ヨーク州事業会社法史研究』（信山社，2004年）
稲葉威雄編『実務相談株式会社法〔補遺〕』（商事法務，2004年）
稲葉威雄『会社法の基本を問う』（中央経済社，2006年）
井原宏『企業の国際化と国際ジョイントベンチャー』（商事法務研究会，1994年）
岩井克人『会社はだれのものか』（平凡社，2005年）
上田純子『英連邦会社法発展史論―英国と西太平洋諸国を中心に―』（信山社，2005年）
上村達男『会社法改革』（岩波書店，2002年）
上柳克郎＝鴻常夫＝竹内昭夫編『新版注釈会社法（1）～（14）』（有斐閣，1985～1990年），『補巻（平成2年改正）』（1992年），『第2補巻（平成5年改正）』（1996年），『第3補巻（平成6年改正）』（1997年），『第4補巻（平成9年改正）』（2000年）
内田貴『契約の再生』（弘文堂，1990年）
内田貴『契約の時代』（岩波書店，2000年）
N. ウルフソン（財務制度研究会訳）『規制緩和と現代株式会社』（文眞堂，1994年）（原著は，NICHOLAS WOLFSON, THE MODERN CORPORATION: FREE MARKETS VERSUS REGULATION (Free Press, 1984)）

江頭憲治郎『会社法人格否認の法理』(東京大学出版会，1980 年)
江頭憲治郎『結合企業法の立法と解釈』(有斐閣，1995 年)
江頭憲治郎『株式会社・有限会社法〔第 4 版〕』(有斐閣，2005 年)
江頭憲治郎＝武井一浩編『上級商法　閉鎖会社編』(商事法務，2004 年)，『上級商法　閉鎖会社編〔第 2 版〕』(商事法務，2005 年)
江頭憲治郎＝岩原紳作＝神作裕之＝藤田友敬編『別冊ジュリスト　会社法判例百選』(有斐閣，2006 年)
江頭憲治郎『株式会社法』(有斐閣，2006 年)
エム・ヴィー・シー＝三井物産業務部編『ベンチャー投資の実務』(日本経済新聞社，1997 年)
大隅健一郎『企業合同法の研究』(弘文堂書房，1935 年)
大隅健一郎『新版株式会社法変遷論』(有斐閣，1987 年)
大隅健一郎＝今井宏『会社法論上巻〔第 3 版〕』(有斐閣，1991 年)，『会社法論中巻〔第 3 版〕』(有斐閣，1992 年)
大隅健一郎＝今井宏『最新会社法概説〔第 6 版〕』(有斐閣，2004 年)
太田達也『新会社法とビジネス実務への影響』(商事法務，2005 年)
鴻常夫『有限会社法の研究』(文久書林，1965 年)
鴻常夫＝落合誠一＝江頭憲治郎＝岩原紳作編『別冊ジュリスト　会社判例百選〔第 6 版〕』(有斐閣，1998 年)
大野正道『企業承継法の研究』(信山社，1994 年)
大野正道『中小会社法の研究』(信山社，1997 年)
大野正道『中小会社法入門』(信山社，2004 年)
大野正道＝上田純子編『最新会社法』(北樹出版，2006 年)
大橋光雄『有限會社法』(有斐閣，1939 年)
大村敦志『公序良俗と契約正義』(有斐閣，1995 年)
大村敦志『典型契約と性質決定』(有斐閣，1997 年)
奥島孝康『フランス企業法の理論と動態』(成文堂，1999 年)
小野正人『ベンチャー　起業と投資の実際知識』(東洋経済新報社，1997 年)
柏木邦良『欧米亜普通会社法第Ⅰ巻―イギリス・アイルランド・フランス・ベルギー・ルクセンブルク―』(リンパック，1997 年)
柏木邦良『欧米亜普通会社法第Ⅳ巻―アメリカ合衆国（上巻）―：現代アメリカ会社法総攬（上）』(リンパック，2002 年)
加藤晶春＝松野雄一郎『株式公開の知識〔第 6 版〕』(日本経済新聞社，2004 年)
門口正人編『新・裁判実務体系 11　会社訴訟・商事仮処分・商事非訟』(青林書院，2001 年)
門脇徹雄『投資ファンドとベンチャーキャピタルに騙されるな』(半蔵門出版，2003 年)
金井一頼＝角田隆太郎『ベンチャー企業経営論』(有斐閣，2002 年)
河上正二『約款規制の法理』(有斐閣，1988 年)
河本一郎＝今井宏『会社法　鑑定と実務』(有斐閣，1999 年)
河本一郎『現代会社法〔新訂第 9 版〕』(商事法務，2004 年)

神田秀樹『会社法〔第8版〕』(弘文堂, 2006年)
神田秀樹『会社法入門』(岩波書店, 2006年)
岸川善光編著『ベンチャー・ビジネス要論』(同文舘, 2004年)
岸田雅雄＝近藤光男＝黒沼悦郎編著『アメリカ商事判例研究』(商事法務研究会, 2001年)
岸田雅雄『法と経済学』(新世社, 1996年)
北沢正啓＝平出慶道共訳『アメリカ模範会社法』(商事法務研究会, 1988年)
北沢正啓＝戸川成弘共訳『カリフォルニア会社法』(商事法務研究会, 1990年)
北沢正啓＝浜田道代共訳『新版デラウエア会社法』(商事法務研究会, 1994年)
北沢正啓『会社法〔第6版〕』(青林書院, 2001年)
清成忠男＝中村秀一郎＝平尾光司『ベンチャー・ビジネス　頭脳を売る小さな大企業』(日本経済新聞社, 1971年)
ルーサン・クィンドレン (松本美香訳)『リアル・ストーリー・オブ・ベンチャー・キャピタリスト』(ネットイヤー・パブリッシング, 2000年)
ロバート・D・クーター＝トーマス・S・ユーレン (太田勝造訳)『法と経済学』(商事法務研究会, 1990年) (原著は, Robert D. Cooter & Thomas S. Ulen, Law and Economics (Scott, Foresman & Co., 1988))
忽那憲治『中小企業金融とベンチャー・ファイナンス』(東洋経済新報社, 1997年)
黒沼悦郎『アメリカ証券取引法〔第2版〕』(弘文堂, 2004年)
経済産業省経済産業政策局産業組織課編『21世紀の企業経営のための会社法制の整備―産業構造審議会総合部会新成長政策小委員会企業法制分科会報告書― (別冊商事法務 No. 239)』(商事法務研究会, 2001年)
経済産業省産業組織課編『日本版LLC　新しい会社のかたち』(金融財政事情研究会, 2004年)
神戸大学外国法研究会『仏蘭西商法［I］(現代外国法典叢書 (19))』(有斐閣, 1957年),『仏蘭西商法［II］(現代外国法典叢書 (20))』(有斐閣, 1957年),『仏蘭西民法［IV］(現代外国法典叢書 (17))』(有斐閣, 1956年)
小町谷操三『イギリス会社法概説』(有斐閣, 1962年)
A.H. コール (中川敬一郎訳)『経営と社会―企業者史学序説―』(ダイヤモンド社, 1965年)
根田正樹＝西川昭編『「会社法」現代化のポイントと実務』(税務研究会出版局, 2005年)
近藤光男＝志谷匡史『改正株式会社法Ⅰ』(弘文堂, 2002年),『改正株式会社法Ⅱ』(弘文堂, 2002年),『改正株式会社法Ⅳ』(弘文堂, 2005年)
酒巻俊雄『閉鎖的会社の法理と立法』(日本評論社, 1973年)
酒巻俊雄『新版　大小会社の区分立法―その基本的方向と重要問題―』(学陽書房, 1986年)
酒巻俊雄＝上村達男編『会社法』(青林書院, 2003年)
佐々穆『有限責任會社法論』(巖松堂書店, 1933年)
澤田壽夫＝柏木昇＝森下哲朗編著『国際的な企業戦略とジョイント・ベンチャー』(商事法務, 2005年)
宍戸善一＝常木淳『法と経済学』(有斐閣, 2004年)

宍戸善一『動機付けの仕組としての企業：インセンティブ・システムの法制度論』（有斐閣，2006年）
嶋内秀之＝伊藤一彦『ベンチャーキャピタルからの資金調達』（中央経済社，2006年）
ジョイント・ベンチャー研究会編著（代表／金丸和弘＝棚橋元＝奈良輝久＝清水建成）『ジョイント・ベンチャー契約の実務と理論―会社法施行を踏まえて』（判例タイムズ社，2006年）
商工組合中央金庫調査部訳『英国の中小企業（ボルトン委員会報告書）』（商工組合中央金庫調査部，1974年）
商事法務編集部編『会社法制の現代化に関する要綱試案の論点（別冊商事法務No. 271）』（商事法務，2004年）
菅原貴与志『新しい会社法の知識』（商事法務，2005年）
杉本泰治『株式会社生態の法的考察―株主間契約の機能と効力―』（勁草書房，1988年）
杉本泰治『株主間契約―株式会社法の人的基礎』（成文堂，1991年）
杉本泰治『法律の翻訳―アメリカ法と日本語の危険な関係―』（勁草書房，1997年）
鈴木竹雄『商法研究Ⅰ』『商法研究Ⅱ』（有斐閣，1971年）
鈴木竹雄＝竹内昭夫『会社法〔第3版〕』（有斐閣，1994年）
鈴木竹雄『新版会社法〔全訂第5版〕』（弘文堂，1994年）
鈴木良隆＝大東英祐＝武田晴人『ビジネスの歴史』（有斐閣，2004年）
鷹巣信孝『企業と団体の基礎法理』（成文堂，1989年）
鷹巣信孝『社団法人（株式会社）の法的構造―企業と団体の基礎法理Ⅱ―』（成文堂，2004年）
高山藤次郎『例解會社定款論』（巖松堂書店，1928年）
高山藤次郎『新訂會社定款論』（巖松堂書店，1939年）
竹中正明＝前田繼男＝関俊彦『新版　非公開株式の評価と税務』（商事法務研究会，1991年）
立花宣男『新・商業登記法から見た！新・会社法』（日本加除出版，2005年）
龍田節『会社法〔第10版〕』（有斐閣，2005年）
田中耕太郎『商法研究第1巻』（岩波書店，1935年）
田中耕太郎『改訂会社法概論上巻』（岩波書店，1955年）
田中誠二『商事法研究第2巻』（千倉書房，1971年）
田中誠二『三全訂会社法詳論上巻』（勁草書房，1993年）
田中誠二『三全訂会社法詳論下巻』（勁草書房，1994年）
田中誠二＝山村忠平『五全訂コンメンタール会社法』（勁草書房，1994年）
田中信幸『契約事例からみた日米合弁事業』（商事法務研究会，1990年）
出口正義『株主権法理の展開』（文眞堂，1991年）
鳥飼重和＝髙田剛＝小出一郎＝内田久美子＝村瀬孝子『非公開会社のための新会社法』（商事法務，2005年）
中井美雄『約款の効力（叢書民法総合判例研究）』（一粒社，2001年）
長島・大野・常松法律事務所編『アドバンス会社法〔第2版〕』（商事法務，2006年）
中西敏和＝中村直人＝松山遥＝角田大憲『会社法現代化と実務への影響』（商事法務，

2004年)
長浜洋一『アメリカ会社法概説』(商事法務研究会, 1971年)
長浜洋一監訳『ニューヨーク事業会社法』(商事法務研究会, 1990年)
中村直人『新会社法—新しい会社法は何を考えているのか』(商事法務, 2005年)
新山雄三『論争“コーポレート・ガバナンス”—コーポレート・ガバナンス論の方法的視座—』(商事法務研究会, 2001年)
新山雄三『会社法の仕組みと働き〔第3版〕』(日本評論社, 2003年)
西原寛一『商事法研究　第二巻』(有斐閣, 1963年)
西村総合法律事務所編『M&A法大全』(商事法務研究会, 2001年)
西村総合法律事務所編『ファイナンス法大全（上）(下)』(商事法務, 2003年)
西本寛一『株式會社定款論』(大同書院, 1934年)
日仏経営シンポジウム成果刊行委員会編『日仏企業の経営と社会風土』(文眞堂, 1999年)
日仏法学会編『日本とフランスの契約観』(有斐閣, 1982年)
布井千博＝永石一郎＝高野角司編著『中小企業のためのこれからの会社法実務Q&A』(青林書院, 2006年)
服部栄三『株式の本質と会社の能力』(有斐閣, 1964年)
服部栄三＝加藤勝郎『有限会社法全訳』(日本評論社, 1992年)
浜田道代『アメリカ閉鎖会社法—その展開と現状および日本法への提言—』(商事法務研究会, 1974年)
ロバート・W・ハミルトン（山本光太郎訳)『アメリカ会社法〔第3版〕』(木鐸社, 1999年)（原著は, Robert W. Hamilton, The Law of Corporations in a Nutshell (West, 3rd ed. 1991))
ジェフリー・L・ハリソン（上田純子訳)『法と経済 ［第2版］—効率性と社会的正義のバランスを求めて—』(ミネルヴァ書房, 2003年)（原著は, Jeffrey L. Harrison, Law and Economics in a Nutshell (West, 2nd ed. 2000))
半導体産業研究所（大杉謙一監訳)『米国統一LLC法』(半導体産業研究所, 2004年2月)
菱田政宏『株主の議決権行使と会社支配』(酒井書店, 1960年)
O. フィルマン＝U. ヴッパーフェルト＝J. ラーナー（伊東維年＝勝部伸夫＝荒井勝彦＝田中利彦＝鈴木茂訳)『ベンチャーキャピタルとベンチャービジネス』(日本評論社, 2000年)
別冊商事法務編集部編『〔新訂第2版〕定款規定の事例分析』(商事法務, 2004年)
財団法人ベンチャーエンタープライズセンター＝日本公認会計士協会『資本政策実務ガイド』(2003年12月)
アーネスト・ヘンレイ＝熊本博光『規制と訴訟の国アメリカ—ベンチャー企業の苦闘—』(紀伊國屋書店, 1997年)
法務大臣官房司法法制調査部『フランス民法典—物権・債権関係—』(法曹会, 1982年)
星川長七『英国会社法序説』(勁草書房, 1960年)
本間輝雄『イギリス近代株式会社法形成史論』(春秋社, 1963年)
本間輝雄『英米会社法の基礎理論』(有斐閣, 1986年)
前田庸『会社法入門〔第11版〕』(有斐閣, 2006年)

松田修一『ベンチャー企業〔第3版〕』(日本経済新聞社，2005年)
松田二郎『株式会社の基礎理論—株式関係を中心として—』(岩波書店，1942年)
松田二郎『会社法概論』(岩波書店，1968年)
ジョン・ミクルスウェイト＝エイドリアン・ウールドリッジ（鈴木泰雄訳・日置弘一郎＝高尾義明監訳）『株式会社』（ランダムハウス講談社，2006年）（原著は，John Micklethwait & Adrian Wooldridge, The Company (Modern Library, 2003)）
宮本又郎＝杉原薫＝服部民夫＝近藤光男＝加護野忠男＝猪木武徳＝竹内洋『日本型資本主義』(有斐閣，2003年)
三輪芳朗＝神田秀樹＝柳川範之編『会社法の経済学』(東京大学出版会，1998年)
村上龍『ベンチャー・キャピタル　新しい金融戦略—既得権層を撃て！』(日本放送出版協会，2001年)
森本滋『会社法〔第2版〕(現代法学)』(有信堂高文社，1995年)
森本滋編著『比較会社法研究［21世紀の会社法制を模索して］』(商事法務，2003年)
八木大介＝許斐義信『ベンチャーキャピタル』(マネジメント伸社，1997年)
八代英輝『米国ビジネス法実務ハンドブック』(中央経済社，2003年)
安井宏『法律行為・約款論の現代的展開—フランス法と日本法の比較研究—』(法律文化社，1995年)
弥永真生『ケースで解く会社法〔第2版〕』(日本評論社，2003年)
弥永真生＝松井秀樹＝武井一浩『ゼミナール会社法現代化』(商事法務，2004年)
弥永真生＝山田剛志＝大杉謙一編『現代企業法・金融法の課題』(弘文堂，2004年)
弥永真生『リーガルマインド会社法〔第7版〕』(有斐閣，2003年)，『リーガルマインド会社法〔第9版〕』(有斐閣，2005年)，『リーガルマインド会社法〔第10版〕』(有斐閣，2006年)
弥永真生＝岩倉正和＝太田洋＝佐藤丈文監修・西村ときわ法律事務所編『新会社法実務相談』(商事法務，2006年)
柳川範之『契約と組織の経済学』(東洋経済新報社，2000年)
柳孝一＝藤川彰一『新訂ベンチャー企業論』(放送大学教育振興会，2001年)
山口俊夫『フランス債権法』(東京大学出版会，1986年)
山口俊夫『概説フランス法　下』(東京大学出版会，2004年)
山本敬三『公序良俗論の再構成』(有斐閣，2000年)
吉原和志＝黒沼悦郎＝前田雅弘＝片木晴彦『会社法（1）［第5版］』『会社法（2）［第5版］』(有斐閣，2005年)
吉森賢『日米欧の企業経営—企業統治と経営者—』(放送大学教育振興会，2001年)
米倉誠一郎『ケースブック　日本のスタートアップ企業』(有斐閣，2005年)
デービッド・L・ラトナー＝トーマス・リー・ハーゼン（神崎克郎＝川口恭弘監訳・野村證券法務部訳）『最新米国証券規制法概説』(商事法務，2003年)（原著は，David L. Ratner & Thomas Lee Hazen, Securities Regulation in a Nutshell (West, 7th ed. 2002)）
ジョシュ・ラーナー＝フェルダ・ハーディモン（前田俊一訳）『プライベート・エクイティケースと解説』（東洋経済新報社，2004年）（原著は，Josh Lerner & Felda

HARDYMON, VENTURE CAPITAL AND PRIVATE EQUITY: A CASE BOOK VOLUME TWO (John Wiley & Sons, 2002))
ルイ・ロス（日本証券経済研究所／証券取引法研究会訳）『現代米国証券取引法』（商事法務研究会，1989年）（原著は，LOUIS LOSS, FUNDAMENTALS OF SECURITIES REGULATION (Little, Brown, 1983)）
早稲田大学フランス商法研究会編『注釈フランス会社法　第1巻』（成文堂，1976年），『注釈フランス会社法　第2巻』（成文堂，1977年），『注釈フランス会社法　第3巻』（成文堂，1982年）
早稲田大学フランス商法研究会編『フランス会社法（増補版）』（国際商事法研究所，1980年）

〈雑誌論文等（邦語）〉

相澤哲「会社法制定の経緯と概要」ジュリスト1295号8頁（2005年）
相澤哲＝郡谷大輔「新会社法の解説（1）　会社法制の現代化に伴う実質改正の概要と基本的な考え方」商事法務1737号11頁（2005年）
相澤哲＝郡谷大輔「新会社法の解説（12）持分会社」商事法務1748号11頁（2005年）
青竹正一「最近のアメリカ閉鎖会社立法の動向（上）（下）―改正模範法の追補および一般規定を中心として―」ジュリスト861号104頁，863号70頁（1986年）
青竹正一「論文紹介：Frank H. Easterbrook & Daniel R. Fischel, *Close Corporations and Agency Costs*, 38 STAN. L. REV. 271-301（1986）」アメリカ法1988年1号95頁（1988年）
青竹正一「株主の契約」平出慶道＝小島康裕＝庄子良男編『現代企業法の理論―菅原菊志先生古稀記念論集』1頁（信山社，1998年）
青竹正一「種類株式の多様化と拡大」判例タイムズ1093号49頁（2002年）
荒谷裕子「フランスにおける複数議決権制度」石山卓磨＝上村達男編『公開会社と閉鎖会社の法理（酒巻俊雄先生還暦記念）』27頁（商事法務研究会，1992年）
マッヅ・アンデナス（上田純子訳）「英国法における株主間契約」T&A Master 177号24頁（2006年）
飯島裕胤「株主－経営者間契約における自由裁量と経営の自由裁量―契約・分配のあり方と効率性―」NUCB Journal of Economics & Information Science 46巻1号13頁（2001年）
家田崇＝広瀬裕樹「中小規模株式会社の実態」商事法務1674号28頁（2003年）
生田美弥子「フランス簡易会社と会社法改正」弥永真生＝山田剛志＝大杉謙一編『現代企業法・金融法の課題』44頁（弘文堂，2004年）
石丸裕康「ジョイント・ベンチャー・アグリーメント（株主間契約）の法的性質とその特色」企業法学会編『企業法学（1994 Vol. 3）』165頁（商事法務研究会，1994年）
伊藤壽英「アメリカ会社法学におけるチーム生産アプローチ―契約的企業観に対するアンチテーゼ―」法学新報110巻3・4号75頁（2003年）
伊藤靖史「イギリスにおける会社法改正―「競争力ある経済のための現代的会社法　最

終報告書」および白書「会社法の現代化」を中心に―」同志社法学54巻5号1頁(2003年)

伊藤靖史「イギリスにおける会社法改正の動向」森本滋編著『比較会社法研究［21世紀の会社法制を模索して］』35頁（商事法務，2003年）

稲葉威雄「条文構造の分析」企業会計57巻10号83頁（2005年），「条文構造の分析（続）」企業会計57巻11号110頁（2005年）

稲葉威雄「定款自治の拡大―株式会社の機関設計」企業会計57巻12号77頁（2005年）

稲葉威雄＝郡谷大輔「対談　会社法の主要論点をめぐって」企業会計58巻6号145頁(2006年)

井上克洋「「契約の自由」と株主有限責任の導入―1855年英国株主有限責任法の成立―」社学研論集2号79頁（2003年）

井上健一「著書紹介　F.H. Easterbrook & D.R. Fischel, The Economic Structure of Corporate Law, Harvard University Press, 1991, pp. viii+352」アメリカ法1994年1号62頁（1994年）

井上治行「フランスにおける簡易株式制会社法の成立過程―CNPFの簡易株式会社法草案―」富士論叢40巻2号31頁（1995年）

井上治行「フランスのCNPF簡易株式会社法草案，簡易株式制会社法案，簡易株式制会社法（翻訳）」富士論叢40巻3号217頁（1995年）

井上治行「フランスにおける簡易株式制会社法の成立と展開」早稲田法学73巻1号49頁（1997年）

井上治行「簡易株式制会社の設立―フランス簡易株式制会社法の研究―」富士論叢43巻2号75頁（1998年）

井上治行「フランス簡易株式制会社における株式の譲渡に関する定款条項（1）」富士論叢44巻2号35頁（1999年）

井上治行「会社の組織変更による簡易株式制会社の成立―フランス簡易株式制会社法の研究―」早稲田法学74巻3号237頁（1999年）

井上治行「フランス会社法と契約の自由」早稲田法学75巻3号231頁（2000年）

井上治行「フランス簡易株式制会社の管理運営機構（1）」富士論叢45巻1号79頁（2000年）

井原宏「アメリカ研究開発ベンチャービジネスへの出資とビジネス関係の創設」筑波法政19号95頁（1996年）

岩原紳作「会社区分のあり方（特集　会社法制の現代化に向けた課題と展望）」ジュリスト1267号35頁（2004年）

岩原紳作「新会社法の意義と問題点」商事法務1775号4頁（2006年）

上田純子「英国における会社法の改正動向―『会社法改革』白書の分析を中心に」社会とマネジメント3巻1号1頁（2005年）

上田純子「2005年英国会社法改革法案―その意義と評価―」社会と情報10巻2号67頁(2006年)

上村達男「株主平等原則」竹内昭夫編『特別講義商法Ⅰ』13頁（有斐閣，1995年）

上村達男「会社区分立法のあり方について」商事法務1569号16頁（2000年）

上村達男「会社法総則・会社の設立（特集　会社法制の現代化に向けた課題と展望)」ジュリスト1267号11頁（2004年）
上村達男「会社法制と法分野間のボーダレス」江頭憲治郎＝増井良啓編『市場と組織（融ける境　超える法　3)』151頁（東京大学出版会，2005年）
上村達男「新会社法の性格と法務省令」ジュリスト1315号2頁（2006年）
上柳克郎「株式の譲渡制限—定款による制限と契約による制限」大阪学院大学法学研究15巻1・2号1頁（1989年）
梅本剛正「ヨーロッパにおける閉鎖会社立法の動向（1)(2・完)」民商法雑誌112巻4・5号262頁，112巻6号58頁（1995年）
江頭憲治郎「会社の支配・従属関係と従属会社少数株主の保護—アメリカ法を中心として—（8・完)」法学協会雑誌99巻2号145頁（1982年）
江頭憲治郎ほか「改正会社法セミナー【第8回】～【第12回】」ジュリスト1258号120頁（2003年)，1261号72頁，1263号120頁，1266号114頁，1270号142頁（2004年）
江頭憲治郎「「現代化」の基本方針（特集　会社法制の現代化に向けた課題と展望)」ジュリスト1267号6頁（2004年）
江頭憲治郎＝森本滋＝相澤哲ほか「座談会／『会社法』制定までの経緯と新会社法の読み方」商事法務1739号6頁（2005年）
江頭憲治郎・法制審議会会社法部会（現代化関係）部会長に聞く「特別インタビュー　会社法制現代化の方向性」企業会計57巻4号81頁（2005年）
江頭憲治郎「新会社法の理論的問題（1)　株式関係を中心に」商事法務1758号4頁（2006年）
江口眞樹子「優先株式制度変遷史論」早稲田法学73巻3号201頁（1998年）
大杉謙一＝樋原伸彦「ベンチャー企業における種類株式の活用と法制—「法と経済学」の視座からの具体的提案—」商事法務1559号13頁（2000年）
大杉謙一「法人（団体）の立法のあり方について・覚書—米国におけるリミティッド・ライアビリティー・パートナーシップ（LLP)，リミティッド・ライアビリティー・カンパニー（LLC）の法制定に見る州際競争のダイナミズムを参考に—」IMES Discussion Paper No. 2000-J-7（日本銀行金融研究所，2000年）
大杉謙一「米国におけるリミティッド・ライアビリティー・カンパニー（LLC）及びリミティッド・ライアビリティー・パートナーシップ（LLP）について—閉鎖会社立法への一提言—」金融研究20巻1号163頁（2001年）
大杉謙一「ベンチャー企業と商法改正・証券市場改革　資金調達とストック・オプションを中心に」ジュリスト1218号23頁（2002年）
大杉謙一「新しい事業組織形態（日本版LLC）の構想〔Ⅰ〕〔Ⅱ〕〔Ⅲ〕〔Ⅳ・完〕—国際競争力を持つ企業法制の模索として—」商事法務1648号4頁，1649号14頁，1650号19頁（2002年)，1652号26頁（2003年）
大杉謙一「LLCにおける定款自治の基礎—なぜわが国の学説は有限会社に定款自治を認めてこなかったのか」弥永真生＝山田剛志＝大杉謙一編『現代企業法・金融法の課題』25頁（弘文堂，2004年）
大杉謙一「LLC制度の導入」企業会計56巻2号62頁（2004年）

大杉謙一「ジョイント・ベンチャーの企業形態の選択」中野通明＝宍戸善一編『M&A ジョイント・ベンチャー』23頁（日本評論社，2006年）
鴻常夫「有限会社法の比較法的研究2　フランス法を中心とする考察」法学協会雑誌69巻3号48頁（1951年）
大野正道「会社法創設と中小会社への影響―非公開会社法のやさしい解説―［Ⅳ］［Ⅴ］［Ⅵ］」税と経営1563号8頁，1564号8頁，1565号12頁（2005年）
大森忠夫「アメリカ會社法における付屬定款（By-law）」田中耕太郎編『松本先生古稀記念　會社法の諸問題』239頁（有斐閣，1951年）
奥島孝康「報告　フランスにおける共同子会社規制」ジュリスト703号90頁（1979年）
奥島孝康「1983年のフランス改正会社法」『フランス企業法の理論と動態』414頁（成文堂，1999年）（初出は，比較法学18巻2号262頁（1985年））
奥島孝康「大小会社区分立法と有限会社法」斉藤武＝森淳二朗＝上村達男編著『現代有限会社法の判例と理論』20頁（晃洋書房，1994年）
奥島孝康「共同子会社の法構造―フランス法を中心として―」『フランス企業法の理論と動態』257頁（成文堂，1999年）（初出は，早稲田法学57巻3号201頁（1982年））
尾崎安央「小規模閉鎖会社法理と有限会社法」斉藤武＝森淳二朗＝上村達男編著『現代有限会社法の判例と理論』10頁（晃洋書房，1994年）
尾崎安央「株式等の利用の自由化とベンチャー法」法学セミナー561号16頁（2001年）
尾崎安央「株式制度の改正と閉鎖的株式会社法制」民商法雑誌126巻4・5号28頁（2002年）
織田博子「フランスの約款論は，わが国と比較してどういう特徴をもつか」椿寿夫編『講座・現代契約と現代債権の展望　第4巻　代理・約款・契約の基礎的課題』123頁（日本評論社，1994年）
落合誠一「会社法大改正のあり方」企業会計54巻2号18頁（2002年）
笠原武朗「少数株主の締出し」森淳二朗＝上村達男編『会社法における主要論点の評価』113頁（中央経済社，2006年）
加藤貴仁「株主間の議決権配分（1）(2)――一株一議決権原則の機能と限界―」法学協会雑誌123巻1号121頁，123巻7号27頁（2006年）
加藤徹「現代化要綱案（第二次案）における定款自治の拡大とその限界」判例タイムズ1158号54頁（2004年）
神谷髙保＝金本良嗣「信認義務の構造―法と経済学の観点から―」CIRJE Discussion Paper（CIRJE-98）(2003年）
神谷髙保「会社法の任意法規化の限界―強行法規か否かの判定基準―」小塚荘一郎＝高橋美加編『落合誠一先生還暦記念　商事法への提言』65頁（商事法務，2004年）
仮屋広郷「アメリカ会社法学に見る経済学的思考」一橋大学研究年報　法学研究30号121頁（1997年）
仮屋広郷「アメリカのベンチャー・キャピタル契約のメカニズム―ベンチャー・キャピタル・ファイナンスにおける交渉の力学把握のために―」一橋大学法学部創立50周年記念論文集刊行会編『変動期における法と国際関係』455頁（有斐閣，2001年）
仮屋広郷「ベンチャー企業のニーズと商法改正」法律時報74巻10号39頁（2002年）

仮屋広郷「ベンチャー・キャピタル・ファンドに関する基礎理論的考察」一橋論叢 130 巻 1 号 18 頁（2003 年）
河上正二「定款・規約・約款—契約法から見た組織—」竹内昭夫編『特別講義商法 II』34 頁（有斐閣，1995 年）
川北英隆「創造会社法と資本市場」ジュリスト 1125 号 23 頁（1997 年）
川島いづみ「少数派株主に対する不公正な侵害行為等の救済制度—オーストラリア会社法における展開—」長濱洋一＝酒巻俊雄＝奥島孝康編『現代企業法の諸相（中村眞澄教授・金澤理教授還暦記念論文集第一巻）』165 頁（成文堂，1990 年）
川島いづみ「イギリス会社法における少数派株主保護の理論的系譜」石山卓磨＝上村達男編『公開会社と閉鎖会社の法理（酒巻俊雄先生還暦記念）』235 頁（商事法務研究会，1992 年）
川島いづみ「有限会社と定款」斉藤武＝森淳二朗＝上村達男編著『現代有限会社法の判例と理論』116 頁（晃洋書房，1994 年）
川島いづみ「アメリカ会社法における少数派株主保護の拡大」酒巻俊雄編著『現代英米会社法の諸相(長濱洋一教授還暦記念)』237 頁（成文堂，1997 年）
川島いづみ「種類株主の取締役等選任・解任権と資本多数決原則の修正」ジュリスト 1229 号 14 頁（2002 年）
川島いづみ「人的会社に関する改正と新たな会社類型の創設—合名会社・合資会社・合同会社—(特集　会社法制の現代化構想の再検討 1)」判例タイムズ 1158 号 2 頁（2004 年）
河村尚志「商事法判例研究」商事法務 1710 号 83 頁（2004 年）（東京高判平 12・5・30 判例時報 1750 号 169 頁）
河村尚志「定款による支配分配と種類株式の活用（1）(2)(3・完)」法学論叢 157 巻 2 号 74 頁，157 巻 4 号 80 頁，157 巻 6 号 50 頁（2005 年）
神作裕之「取締役の競業避止義務の免除」学習院大学法学部研究年報 26 号 187 頁（1991 年）
神作裕之「論文紹介：Frank H. Easterbrook & Daniel R. Fischel, *The Corporate Contract, Comment* by Lewis A. Kornhauser, 89 COLUM. L. REV. 1416-60（1989）; Melvin Aron Eisenberg, *The Structure of Corporate Law, Comments* by Ralph K. Winter & Fred S. McChesney, 89 COLUM. L. REV. 1461-1548（1989）」アメリカ法 1991 年 1 号 106 頁（1991 年）
神作裕之「コーポレート・ガバナンスと会社法の強行法規性」ジュリスト 1050 号 130 頁（1994 年）
神作裕之「機関—譲渡制限会社（「会社法制の現代化に関する要綱試案」の論点(8)）」商事法務 1688 号 22 頁（2004 年）
神作裕之「企業の社会的責任：そのソフト・ロー化？　EU の現状」ソフトロー研究 2 号 91 頁（2005 年）
神作裕之「会社の機関—選択の自由と強制」商事法務 1775 号 36 頁（2006 年）
神田秀樹「資本多数決と株主間の利害調整（1）(2)(3)(4)(5・完)」法学協会雑誌 98 巻 6 号 1 頁，98 巻 8 号 52 頁，98 巻 10 号 62 頁，98 巻 12 号 49 頁（1981 年），99 巻 2 号

79頁（1982年）
神田秀樹「株式会社法の強行法規性」竹内昭夫編『特別講義商法I』1頁（有斐閣，1995年）（初出は，法学教室148号86頁（1993年））
神門剛「組織再編の自由化・簡便化（第1特集　会社法現代化要綱案と中小企業への影響）」税務弘報53巻2号52頁（2005年）
菊池武「合弁会社設立契約と定款」国際商事法務1巻11号9頁（1973年）
北沢正啓＝浜田道代「小規模株式会社および有限会社に関する実態・意見調査」商事法務962号21頁（1983年）
北沢正啓「イギリスにおける小規模会社立法の動き―ガワー教授の提案を中心として―」『株式会社法研究II』318頁（有斐閣，1989年）（初出は，商事法務研究903号9頁（1981年））
北沢正啓「イギリス会社法改正委員会（ジェンキンズ委員会）報告書の要点」『株式会社法研究III』341頁（有斐閣，1997年）（初出は，商事法務研究267号36頁（1963年））
北沢正啓「英米会社法の相違点（ガワー教授）―Gower, Some Contrasts between British and American Corporation Law, 69 Harv. L. Rev. 1369（1956）の紹介―」『株式会社法研究III』366頁（有斐閣，1997年）（初出は，商事法務研究153号12頁（1959年））
北地達明「ベンチャー企業とベンチャーキャピタルの会計と税務」ジュリスト1218号45頁（2002年）
木俣由美「株式買取請求権の現代的意義と少数派株主の保護（1）（2）・完」法学論叢141巻4号30頁（1997年），143巻2号81頁（1998年）
イブ・ギュイヨン（鳥山恭一訳）「フランス会社法の最近の展開」商事法務1546号4頁（1999年）
清弘正子「少数派による資本多数決の濫用とその制裁～フランスにおける理論と判例～［上］［下］」国際商事法務24巻9号933頁，24巻10号1054頁（1996年）
清弘正子「株主総会における多数決濫用とその理論～フランス法の示唆～」国際商事法務26巻8号805頁（1998年）
楠元純一郎「閉鎖会社における少数派株主であるCEOの解雇と締出し（米国会社・証取法判例研究No. 207）」商事法務1718号58頁（2004年）
楠元純一郎「種類株式の差別的取扱いと資本再構成（米国会社・証取法判例研究No. 221）」商事法務1759号53頁（2006年）
国谷史朗＝平野惠稔「株主間契約による企業（資本）提携・再編」商事法務1534号46頁（1999年）
久保田安彦「初期アメリカ会社法上の株主の権利（1）（2・完）」早稲田法学74巻2号83頁，74巻4号449頁（1999年）
久保田安彦「1982年のアメリカ統一事業会社法と株主の権利」早稲田法学75巻4号79頁（2000年）
倉沢康一郎「株式会社と私的自治」『法学セミナー増刊／現代の企業』128頁（日本評論社，1980年）
栗山徳子「アメリカ会社法における株主間合意―取締役会権限を制限する合意―」石山

卓磨＝上村達男編『公開会社と閉鎖会社の法理（酒巻俊雄先生還暦記念）』299 頁（商事法務研究会，1992 年）
黒川行治「創造会社における人的資産・労務出資のオンバランス」ジュリスト 1125 号 29 頁（1997 年）
黒田伸太郎「株式譲渡制限等に関する合弁契約の効力」判例タイムズ 1104 号 50 頁（2002 年）
黒沼悦郎「帳簿閲覧権」民商法雑誌 108 巻 4・5 号 517 頁（1993 年）
黒沼悦郎「会社法の強行法規性」法学教室 194 号 10 頁（1996 年）
黒沼悦郎「取締役の債権者に対する責任」法曹時報 52 巻 10 号 1 頁（2000 年）
黒沼悦郎「会社法ルールの任意法規化と競争」商事法務 1603 号 42 頁（2001 年）
黒沼悦郎「公開会社における種類株式・新株予約権の効用と問題点」民商法雑誌 126 巻 4・5 号 439 頁（2002 年）
黒沼悦郎「会社法ルールの任意法規化と競争」森本滋編著『比較会社法研究［21 世紀の会社法制を模索して］』360 頁（商事法務，2003 年）
河野玄逸「会社法制最前線（下）―多様な機関設計が迫る定款自治―」金融法務事情 1699 号 28 頁（2004 年）
後藤巻則「フランス法における公序良俗論とわが国への示唆」椿寿夫＝伊藤進編『公序良俗違反の研究―民法における総合的検討―』152 頁（日本評論社，1995 年）
後藤元伸「団体設立の自由とその制約」ジュリスト 1126 号 60 頁（1998 年）
小西もみ恵「フランス簡易株式組織会社における法定代表者」法と政治 55 巻 3 号 9 頁（2004 年）
近藤弘二＝青竹正一＝渋谷光子「アメリカ会社法における最近の動向」アメリカ法 1980 年 1 号 1 頁（1980 年）
近藤光男「取締役の責任免除」商事法務 1389 号 2 頁（1995 年）
近藤光男「閉鎖会社における少数派株主の信認義務（米国会社・証取法判例研究 No. 195）」商事法務 1684 号 24 頁（2003 年）
近藤光男＝田村詩子＝志谷匡史＝川口恭弘＝黒沼悦郎＝行澤一人＝吉井敦子「定款自治による株主の救済［上］［下］」商事法務 1698 号 4 頁，1699 号 16 頁（2004 年）
斉藤真紀「ドイツにおける少数株主締め出し規整（1）（2）・完」法学論叢 155 巻 5 号 1 頁，155 巻 6 号 38 頁（2004 年）
三枝一雄「支配株主と信認義務―支配権濫用抑制のための一つの理論」法律論叢 44 巻 2・3 号 137 頁（1970 年）
酒巻俊雄「株式会社の本質観と会社法理―イギリス法とアメリカ法―」星川長七先生還暦記念論集刊行委員会編『星川長七先生還暦記念　英米会社法の論理と課題』1 頁（日本評論社，1972 年）
酒巻俊雄「イギリス法上の私会社制度の変容」酒巻俊雄編著『現代英米会社法の諸相（長濱洋一教授還暦記念）』1 頁（成文堂，1997 年）
酒巻俊雄「株式会社区分立法の問題点（特集　会社法制の現代化構想の再検討 5）」判例タイムズ 1158 号 46 頁（2004 年）
佐藤知紘「取締役会・監査役等設置の柔軟化（第 1 特集　会社法現代化要綱案と中小企

業への影響)」税務弘報 53 巻 2 号 27 頁（2005 年）
ジョゼフ G. ジアノラ＝スコット L. ランズバウム「リミテッド・ライアビリティ・カンパニー～その形態の適正な選択に関する考察～」国際商事法務 22 巻 2 号 123 頁（1994 年）
重田麻紀子「イギリス会社法における取締役の責任免除制度」法学政治学論究 60 号 191 頁（2004 年）
宍戸善一「閉鎖会社における内部紛争の解決と経済的公正（1）(2)(3)(4・完)」法学協会雑誌 101 巻 4 号 1 頁，101 巻 6 号 1 頁，101 巻 9 号 1 頁，101 巻 11 号 84 頁（1984 年）
宍戸善一「閉鎖会社における内部紛争の解決と経済的公正」私法 46 号 237 頁（1984 年）
宍戸善一「論文紹介（Robert W. Hillman, *The Dissatisfied Participant in the Solvent Business Venture: A Consideration of the Relative Permanence of Partnerships and Close Corporations*, 67 MINN. L. REV. 1-88（1982））」アメリカ法 1984 年 1 号 107 頁（1984 年）
宍戸善一「商法改正試案と閉鎖会社法の問題点（上)(中)(下)」商事法務 1154 号 24 頁，1155 号 35 頁，1156 号 24 頁（1988 年）
宍戸善一「株式会社法の強行法規性と株主による会社組織設計の可能性―二人会社の場合―」商事法務 1402 号 30 頁（1995 年）
宍戸善一「ベンチャー・ビジネスのための組織法作りを試みて―「創造会社法私案」の解説」ジュリスト 1125 号 4 頁（1997 年）
宍戸善一「契約的組織における不安―ジョイント・ベンチャーとベンチャー・ビジネスのプランニング―」岩原紳作＝神田秀樹編『商事法の展望―新しい企業法を求めて―（竹内昭夫先生追悼論文集)』453 頁（商事法務研究会，1998 年）
宍戸善一「動機付けの仕組としての企業（1)(2)(3)(4)(5)(6)」成蹊法学 52 号 39 頁，53 号 91 頁，54 号 19 頁（2001 年)，56 号 57 頁，57 号 61 頁（2003 年)，58 号 1 頁（2004 年）
宍戸善一「ベンチャー企業育成の仕組と法的課題」ジュリスト 1218 号 6 頁（2002 年）
宍戸善一＝増田健一＝武井一浩＝棚橋元「定款自治の範囲に関する一考察」商事法務 1675 号 54 頁（2003 年）
宍戸善一「合名会社・合資会社・日本版 LLC（特集　会社法制の現代化に向けた課題と展望)」ジュリスト 1267 号 28 頁（2004 年）
宍戸善一「総則・合名合資会社・LLC（「会社法制の現代化に関する要綱試案」の論点（4））」商事法務 1687 号 4 頁（2004 年）
宍戸善一＝岩瀬ひとみ「ベンチャー企業と合同会社制度」法律のひろば 2006 年 3 月号 12 頁（2006 年）
宍戸善一「定款自治の範囲の拡大と明確化―株主の選択」商事法務 1775 号 17 頁（2006 年）
志谷匡史「新会社法と株主平等原則」企業会計 57 巻 6 号 81 頁（2005 年）
執行秀幸「いわゆる事業者間契約では，契約自由の原則が無制限に妥当するか」椿寿夫編『講座・現代契約と現代債権の展望　第 4 巻　代理・約款・契約の基礎的課題』235 頁（日本評論社，1994 年）

芝園子「譲渡制限株式の譲渡の手続―譲渡希望株主への選択権の賦与―」私法 68 号 236 頁（2006 年）

島田志帆「合同会社制度の創設と持分会社規制」山本爲三郎編『新会社法の基本問題』341 頁（慶應義塾大学出版会，2006 年）

島袋鉄男「株式会社と有限会社の規律の一体化の問題点（特集　会社法制の現代化構想の再検討 4)」判例タイムズ 1158 号 36 頁（2004 年）

清水建成「合弁事業における取締役の義務と利益衝突」判例タイムズ 1086 号 63 頁（2002 年）

下田範幸「ビジネスパーソンのためのアメリカ・カリフォルニア法実務講座〈その 5〉ベンチャー・キャピタル・ファイナンス―証券法の基礎知識 (1)(2)(3)(4)(5)」国際商事法務 33 巻 1 号 89 頁，33 巻 2 号 244 頁，33 巻 3 号 397 頁，33 巻 4 号 545 頁，33 巻 5 号 687 頁（2005 年）

下田範幸「ビジネスパーソンのためのアメリカ・カリフォルニア法実務講座〈その 5〉ベンチャー・キャピタル・ファイナンス―優先株取引の基礎知識 (1)(2)(3)(4)(5)(6)」国際商事法務 33 巻 6 号 829 頁，33 巻 7 号 987 頁，33 巻 8 号 1130 頁，33 巻 9 号 1284 頁，33 巻 10 号 1443 頁，33 巻 11 号 1580 頁（2005 年）

商事法務編集部「「会社法制の現代化に関する要綱案」の概要」商事法務 1717 号 4 頁（2004 年）

庄子良男「会社法制の現代化と設立規制の見直し（特集　会社法制の現代化構想の再検討 2)」判例タイムズ 1158 号 13 頁（2004 年）

白石智則「フランス会社法における議決権拘束契約の有効性 (1)(2)(3・完)」早稲田大学大学院法研論集 97 号 75 頁，100 号 135 頁（2001 年)，103 号 53 頁（2002 年）

白石智則「商事判例研究 59　株主総会および取締役会における議決権の行使についての合意の法的拘束力」早稲田法学 77 巻 3 号 275 頁（2002 年）

白石智則「フランス法における議決権拘束契約の強制履行」奥島孝康＝宮島司編『商法の歴史と論理―倉澤康一郎先生古稀記念―』593 頁（新青出版，2005 年）

白石裕子「フランス会社法における簡略型株式会社」早稲田法学 73 巻 3 号 339 頁（1998 年）

白石裕子「フランス会社法における議決権契約」酒巻俊雄＝志村治美編『中村一彦先生古稀記念　現代企業法の理論と課題』231 頁（信山社，2002 年）

白鳥公子「小規模閉鎖会社における会社内部紛争回避・解決策～株主間関係からの考察」横浜国際経済法学 13 巻 1 号 45 頁（2004 年）

末永敏和「株主平等の原則」森淳二朗＝上村達男編『会社法における主要論点の評価』103 頁（中央経済社，2006 年）

洲崎博史「不公正な新株発行とその規制 (1)(2・完)」民商法雑誌 94 巻 5 号 561 頁，94 巻 6 号 721 頁（1986 年）

鈴木隆元「閉鎖会社における資本多数決原則の修正」岡山大学法学会雑誌 43 巻 3 号 1 頁（1994 年）

鈴木竹雄「商法における組織と行為」我妻栄＝鈴木竹雄編『田中先生還暦記念　商法の基本問題』91 頁（有斐閣，1952 年）

鈴木竹雄「会社の社団法人性」『商法研究Ⅱ』1頁（有斐閣，1971年）（初出は，田中耕太郎編『松本先生古稀記念・会社法の諸問題』（有斐閣，1951年））
鈴木竹雄「株主平等の原則」『商法研究Ⅱ』233頁（有斐閣，1971年）（初出は，法学協会雑誌48巻3号（1930年））
鈴木千佳子「フランス簡易株式制会社の1999年改正について」法学研究73巻12号85頁（2000年）
鈴木千佳子「会社組織および活動の柔軟性—フランスの簡易株式制会社について—」法学研究73巻2号113頁（2000年）
鈴木千佳子「譲渡制限会社における機関構造の柔軟化に伴う問題点」山本爲三郎編『新会社法の基本問題』95頁（慶應義塾大学出版会，2006年）
鈴木正貢「株主間協定の法的諸問題」商事法務1043号24頁（1985年）
砂田太士「書面決議制度と任意選択制度—英国会社法における私会社規制の緩和—」福岡大学法学論叢36巻1・2・3号1頁（1991年）
砂田太士「アメリカにおける議決権信託」福岡大学法学論叢37巻1号1頁（1992年）
砂田太士「ベンチャー企業における運営機関—その実態と立法論—」法学新報109巻9・10号373頁（2003年）
関川哲矢「会社法における契約自由—その制約としての定款変更の制限—」法学ジャーナル78号87頁（2005年）
関口智弘「米国ベンチャービジネスにおけるLLCの活用法—日本版LLC制度の導入に向けて—」商事法務1683号24頁（2003年）
組織形態と法に関する研究会（座長：前田庸）「「組織形態と法に関する研究会」報告書」金融研究22巻4号1頁（2003年）
高野一郎「株式制度の緩和・見直し（第1特集　会社法現代化要綱案と中小企業への影響）」税務弘報53巻2号45頁（2005年）
髙橋公忠「会計帳簿閲覧権制度」森淳二朗編『蓮井良憲・今井宏先生古稀記念　企業監査とリスク管理の法構造』257頁（法律文化社，1994年）
髙橋公忠「会計帳簿閲覧権の濫用と請求拒否事由」九州産業大学商経論叢38巻4号91頁（1998年）
髙原達広「種類株式設計の多様化（上）（下）—ベンチャー企業における種類株式の利用—」商事法務1702号32頁，1703号31頁（2004年）
武井一浩「日本版LLC制度とジョイント・ベンチャー実務への利用可能性—合弁契約（株主間契約）の実効性向上の観点から—」江頭憲治郎＝武井一浩編『上級商法閉鎖会社編［第2版］』243頁（2004年）
武井一浩「新会社法の理論的問題（2・完）　企業法実務の観点からの新会社法—種類株式，合同会社，自社株買収，買収防衛策—」商事法務1759号27頁（2006年）
龍田節「資本多数決の濫用とフランス法」法学論叢66巻1号31頁（1959年）
龍田節「株主総会における議決権ないし多数決の濫用」末川先生古稀記念論文集刊行委員会編『末川先生古稀記念　権利の濫用中』126頁（有斐閣，1962年）
龍田節「自己株式の取得と株主の平等」法学論叢134巻5・6号24頁（1994年）
田中耕太郎「組織法としての商法と行為法としての商法」法学協会雑誌43巻7号1頁

（1925年）
田中誠二「株式会社法規定の強行性の程度」商事法務488号2頁（1969年）（『商事法研究第2巻』63頁（千倉書房，1971年）所収）
田中誠二「計算規定の強行性（上）（下）―会社法の強行性と計算規定―」商事法務770号10頁，771号18頁（1977年）
棚瀬孝雄「関係的契約論と法秩序観」棚瀬孝雄編『契約法理と契約慣行』1頁（弘文堂，1999年）
棚橋元「ベンチャー企業と株式公開」JICPAジャーナル548号94頁（2001年）
棚橋元「ベンチャー企業と投資契約　ベンチャー・キャピタルと起業家間の合意」ジュリスト1218号15頁（2002年）
棚橋元「合弁契約における株主間の合意とその効力―取締役選任・解任と拒否権に関する合意について」判例タイムズ1074号45頁（2002年）
棚橋元「会社法の下における種類株式の実務［上］［下］」商事法務1765号25頁，1766号89頁（2006年）
玉井利幸「アメリカにおける会社契約自由の原則―ファイナンス的な観点から―」一橋論叢131巻1号31頁（2004年）
玉井利幸「会社法の自由化と事後的な制約―デラウエア会社法を中心に―(1)(2)(3)」一橋法学3巻2号315頁，3巻3号307頁（2004年），4巻1号125頁（2005年）
田村詩子「閉鎖会社における少数株主の抑圧（米国会社・証取法判例研究）」商事法務1378号26頁（1995年）（岸田雅雄＝近藤光男＝黒沼悦郎編著『アメリカ商事判例研究』37頁（商事法務研究会，2001年）所収）
定款作成実務研究会「戦略的定款作成の実務と指針（その1)」商事法務1628号83頁（2002年）
定款作成実務研究会「戦略的定款作成の実務と指針（その2）大会社の経営機構の選択を中心として［上］［中］［下］」商事法務1640号27頁，1641号35頁，1642号31頁（2002年）
出口正義「株主の議決権制限の法理」上智大学法学論集19巻1号75頁（1975年）
出口正義「定款による株式譲渡の制限」竹内昭夫編『特別講義商法I』29頁（有斐閣，1995年）
手塚一男「非公開会社関連の改正」ジュリスト1229号35頁（2002年）
デットとエクイティに関する法原理についての研究会「「デットとエクイティに関する法原理についての研究会」報告書」金融研究20巻3号1頁（2001年）
寺本振透「知的財産に着目したベンチャーの資金調達の構造」ジュリスト1218号59頁（2002年）
土肥一史「議決権拘束契約の効果と執行可能性(1)(2)」福岡大学法学論叢21巻2号81頁（1976年），22巻2号199頁（1977年）
土肥一史「フランス法における議決権自由行使の原則の展開」福岡大学法学論叢21巻3・4号339頁（1977年）
鳥山恭一「フランス株式会社法における資本多数決原則の形成と展開――株一議決権原則の再検討―」早稲田法学59巻1・2・3号81頁（1984年）

鳥山恭一「フランスの略式株式会社制度」比較法学 29 巻 1 号 143 頁（1995 年）
鳥山恭一「最新判例演習室　株主間合意の拘束力」法学セミナー 563 号 107 頁（2001 年）
長浜洋一「支配株式譲渡人の責任」早稲田法学 44 巻 1・2 号 75 頁（1969 年）
長浜洋一「支配的株主の取引と少数株主の保護―「支配」と株主平等の原則―」私法 31 巻 137 頁（1969 年）
中村武「フランス民法典の一部改正（組合法）について」東洋法学 22 巻 2 号 1 頁（1979 年）
中村信男「重要判例紹介　株主間契約について」商法研究 1 号 10 頁（ミロク情報サービス，2003 年）
納屋雅城「フランス法における団体設立行為の法的性質―民法上の組合の法的性質の再検討―」近畿大学法学 52 巻 1 号 107 頁（2004 年）
奈良輝久「合弁事業の終了と継続的契約関係論―共同子会社における株主の解散請求（商法 406 条ノ 2），共同子会社ないし合弁契約の一方当事者の他方当事者に対する損害賠償請求等を念頭において」判例タイムズ 1092 号 57 頁（2002 年）
難波譲治「フランスの判例における公序良俗」椿寿夫＝伊藤進編『公序良俗違反の研究―民法における総合的検討―』165 頁（日本評論社，1995 年）
新山雄三「ドイツ有限会社法の現状と課題」斉藤武＝森淳二朗＝上村達男編著『現代有限会社法の判例と理論』91 頁（晃洋書房，1994 年）
新山雄三「規制緩和とコーポレート・ガバナンスの行方」森淳二朗＝上村達男編『会社法における主要論点の評価』3 頁（中央経済社，2006 年）
西澤昭夫「金融仲介機関としてのベンチャーキャピタルの成立と展開―アメリカにおけるプライベート・エクィティ・マーケットの形成―」研究年報経済学 60 巻 2 号 1 頁（1998 年）
西澤昭夫「ベンチャーキャピタルの変質とリミテッドパートナーシップの普及」研究年報経済学 60 巻 3 号 17 頁（1998 年）
西澤昭夫「米国におけるベンチャー企業支援策の展開とハイテク産業集積地の形成―イノベーション・クラスターの組成過程―」研究年報経済学 62 巻 3 号 27 頁（2000 年）
野田博「会社法規定の類型化における「enabling 規定」の位置とその役割・問題点（上）（下）」一橋論叢 122 巻 1 号 1 頁（1999 年），123 巻 1 号 190 頁（2000 年）
野村修也「株式の多様化とその制約原理」商事法務 1775 号 29 頁（2006 年）
秦信行「ベンチャー育成への期待と問題点」ジュリスト 1125 号 16 頁（1997 年）
畠田公明「ベンチャー企業経営に関する商法上の問題点」福岡大学法学論叢 46 巻 2・3・4 号 229 頁（2002 年）
葉玉匡美「議決権制限株式を利用した買収防衛策」商事法務 1742 号 28 頁（2005 年）
服部栄三「會社の定款について」同志社法學 12 巻 49 頁（1952 年）
服部栄三「会社の定款」綜合法学 2 巻 6 号 334 頁（1959 年）
L.A. バブチェック（宇田一明＝本田陽子訳）「会社法における契約自由　（序）会社法における契約自由に関する論争」札幌学院法学 7 巻 2 号 89 頁（1991 年）
浜田道代「株主の無条件株式買取請求権（1）（2）（3）―閉鎖会社立法への提言―」商事法務 982 号 59 頁，983 号 12 頁，984 号 24 頁（1983 年）

浜田道代「小規模閉鎖会社における経営・株主（社員）構成の実態」商事法務 973 号 655 頁（1983 年）
潘阿憲「商法大改正のインパクト　ベンチャー企業・合弁企業にとっての利便性」法学セミナー 575 号 7 頁（2002 年）
福井守「共同子会社の運営に関する問題―1974 年 8 月 1 日のパリ商事裁判所判決を中心として―」早稲田法学 52 巻 1・2 号 153 頁（1976 年）
福田宗孝「株主間契約と定款」中野通明＝宍戸善一編『M&A ジョイント・ベンチャー』85 頁（日本評論社，2006 年）
藤田友敬「社債権者集会と多数決による社債の内容の変更」落合誠一＝江頭憲治郎＝山下友信編『鴻常夫先生古稀記念　現代企業立法の軌跡と展望』217 頁（商事法務研究会，1995 年）
藤田友敬「契約と組織―契約的企業観と会社法」ジュリスト 1126 号 133 頁（1998 年）
藤田友敬「会社法と関係する経済学の諸領域（1）（2）（3）」法学教室 259 号 44 頁，260 号 63 頁，261 号 72 頁（2002 年）
藤田友敬「株主の有限責任と債権者保護（1）（2）」法学教室 262 号 81 頁，263 号 122 頁（2002 年）
藤原俊雄「株式の譲渡制限制度の改変（特集　会社法制の現代化構想の再検討 3）」判例タイムズ 1158 号 24 頁（2004 年）
藤原雄三「フランス商事会社法における少数者株主の保護」平出慶道先生・高窪利一先生古稀記念論文集編集委員会編『現代企業・金融法の課題（下）』803 頁（信山社，2001 年）
淵邊善彦＝齊藤拓史＝山田健男＝柴野相雄「合弁会社の設立・運営・解消［上］［下］」商事法務 1699 号 37 頁，1700 号 65 頁（2004 年）
別府三郎「弱小株主の積極参加とその意義―経営管理の抑制措置の研究（その 1）―」鹿児島大学法学論集 11 巻 1 号 47 頁（1975 年），12 巻 1 号 37 頁（1976 年）
別府三郎「大株主の積極的義務についての一試論―経営管理の抑制措置の研究（その 2）―」鹿児島大学法学論集 13 巻 1 号 27 頁（1978 年）
別府三郎「大株主（または支配株主）の抑制法理（積極的義務）の展開（英米法に関連して）―経営管理の抑制措置の研究（その 3）―」鹿児島大学法学論集 14 巻 2 号 23 頁（1979 年）
別府三郎「再考・株主間の直接的法律関係の可能性―西独判例（リノタイプ事件）の新たな潮流―」鹿児島大学法学論集 25 巻 1・2 号 73 頁（1990 年）
別府三郎「ドイツにおける「会社法上の誠実義務」の展開―W. ヴェルナー説の紹介を中心として―」鹿児島大学法学論集 29 巻 1・2 号 161 頁（1994 年）
別府三郎「ドイツにおける「会社法上の誠実義務」の判例―第 2 Girmes 事件判例の紹介を中心として―」鹿児島大学法学論集 32 巻 1・2 号 39 頁（1997 年）
別府三郎「W. ツェルナー見解と会社法上の誠実義務の動向」鹿児島大学法学論集 37 巻 1・2 号 83 頁（2003 年）
堀井智明「株式会社の機関設計に関する若干の考察―非公開会社における債権者保護の観点から―」山本爲三郎編『新会社法の基本問題』119 頁（慶應義塾大学出版会，

2006年）
前田博「ベンチャー企業と株式市場」ジュリスト1218号39頁（2002年）
前田雅弘「契約による株式の譲渡制限」法学論叢121巻1号18頁（1987年）
前田雅弘「会社の管理運営と株主の自治―会社法の強行法規性に関する一考察―」龍田節＝森本滋編『商法・経済法の諸問題(川又良也先生還暦記念)』139頁（商事法務研究会，1994年）
前田雅弘「株式単位その他の株式・持分関係（特集　会社法制の現代化に向けた課題と展望)」ジュリスト1267号52頁（2004年）
増田政章「定款規定の解釈―序説―ドイツ法を中心に―」近畿大学法学49巻1号131頁（2001年）
増田政章「有限会社における定款自治―ドイツ法を中心にして―」近畿大学法学49巻2・3号175頁（2002年）
松尾健一「株式の強制取得条項による株式買取請求権の排除」同志社法学58巻3号63頁（2006年）
松枝迪夫「合弁契約」遠藤浩＝林良平＝水本浩編『現代契約法体系　第8巻　国際取引契約（1)』306頁（有斐閣，1983年）
松本烝治「株式會社に於ける定款自由の原則と其例外」『私法論文集 続編』296頁（巖松堂書店，1938年）
みずほ総合研究所「ベンチャー企業に係わる諸制度の整備状況について」みずほリポート2002年4月25日発行02-6M（2002年）
宮城雅之「有限会社の選択と利用状況」斉藤武＝森淳二朗＝上村達男編著『現代有限会社法の判例と理論』30頁（晃洋書房，1994年）
森淳二朗「株式価値の法的解釈〈その一〉―新株の発行価額の基本問題」民商法雑誌82巻2号204頁（1980年）
森淳二朗「資本多数決支配の基本問題（1）―株主間の利害調整原理の二元的構造―」法政研究54巻1号35頁（1987年）
森淳二朗「資本多数決制度の再構成」商事法務1190号57頁（1989年）
森淳二朗「会社支配概念の再構成と社団法人性」商事法務1192号19頁（1989年）
森淳二朗「会社支配取引の動態的論理構造」商事法務1193号22頁（1989年）
森淳二朗「｢会社支配の効率性」と公正性確保」森淳二朗＝上村達男編『会社法における主要論点の評価』25頁（中央経済社，2006年）
森田章「ベンチャー企業」ジュリスト1155号115頁（1999年）
森田章「判例評論」判例時報1770号194頁（2002年）（東京高判平12・5・30判例時報1750号169頁）
森田果「株主間契約（1)(2)(3)(4)(5)(6・完)」法学協会雑誌118巻3号54頁（2001年），119巻6号88頁，119巻9号1頁，119巻10号34頁（2002年），120巻12号1頁（2003年），121巻1号1頁（2004年）
森田果「株主間契約」私法64号196頁（2002年）
森田果「株主間契約をめぐる抵触法上の問題（1)(2・完)」法学67巻1号39頁，67巻6号166頁（2003年）

森本滋「株主平等原則と株式社員権論」商事法務 1401号2頁（1995年）
森本滋「公開会社の経営機構改革と執行役員・監査役（1）（2）・完」法学論叢 145巻1号1頁，145巻5号1頁（1999年）
柳明昌「アメリカ法における取締役の責任制限・責任免除」法学 59巻2号103頁（1995年）
柳明昌「差別的議決権の理論的検討―アメリカ法を中心として―」法学 67巻6号65頁（2003年）
山下丈「定款の内容規制について」広島法学 8巻1号1頁（1984年）
山下友信「株式の譲渡制限・自己株式・種類株式等（特集　会社法制の現代化に向けた課題と展望）」ジュリスト 1267号44頁（2004年）
山下眞弘「有限会社と小規模閉鎖株式会社の関係」石山卓磨＝上村達男編『公開会社と閉鎖会社の法理（酒巻俊雄先生還暦記念）』653頁（商事法務研究会，1992年）
山田純子「フランスにおける会社法改正の動向」森本滋編著『比較会社法研究［21世紀の会社法制を模索して］』70頁（商事法務，2003年）
山中眞人「株式会社と有限会社の一本化・合同会社・LLP（第1特集　会社法現代化要綱案と中小企業への影響）」税務弘報 53巻2号18頁（2005年）
山本真知子「閉鎖会社における株主の株式買取請求権」慶應義塾大学大学院法学研究科論文集 3頁（1997年）
山本真知子「アメリカ法における株主の株式買取請求権と議決権との関係」法学政治学論究 36号221頁（1998年）
山本真知子「フランスにおける二人会社の株主・社員による議決権濫用」松本大学研究紀要 2巻185頁（2004年）
山本真知子「フランス会社法における少数派株主・社員の権利濫用概念の生成―3つの破棄院判決を中心に―」奥島孝康＝宮島司編『商法の歴史と論理―倉澤康一郎先生古稀記念―』933頁（新青出版，2005年）
山本豊「約款規制」ジュリスト 1126号112頁（1998年）
吉川達夫＝庄子亜紀「米国における未登録証券の売却と Rule 144」国際商事法務 26巻9号911頁（1998年）
吉本健一「議決権信託に関する若干の法的問題点」大阪大学法学 95巻69頁（1975年）
吉本健一「有限会社の定款とその変更」阪大法学 53巻3・4号713頁（2003年）
吉本健一「ポイズン・ピルと株主平等原則」阪大法学 55巻3・4号717頁（2005年）
吉原和志「取締役の対会社責任と代表訴訟（特集　会社法制の現代化に向けた課題と展望）」ジュリスト 1267号62頁（2004年）
和田真一「合弁における契約の役割」斉藤武＝森淳二朗＝上村達男編著『現代有限会社法の判例と理論』327頁（晃洋書房，1994年）
渡邊佳奈子「日本版 LLC 制度の創設に向けて」NBL 775号29頁（2003年）

《単行本・概説書等（外国語）》

AMERICAN BAR ASSOCIATION, COMMITTEE ON CORPORATE LAWS, MODEL BUSINESS CORPORATION ACT ANNOTATED (Section of Business Law, American Bar Association, Rev. through 2002)

BAINBRIDGE, STEPHEN M., CORPORATION LAW AND ECONOMICS (Foundation Press, 2002)

BARTLETT, JOSEPH W., EQUITY FINANCE: VENTURE CAPITAL, BUYOUTS, RESTRUCTURINGS AND REORGANIZATIONS, VOLS. 1-3 (John Wiley & Sons, 2nd ed. 1995)

BEBCHUK, LUCIAN ARYE ed., CORPORATE LAW AND ECONOMIC ANALYSIS (Cambridge Univ. Press, 1990)

BOARD OF TRADE, REPORT OF THE COMPANY LAW COMMITTEE, Cmnd 1749 (London, HMSO, 1962)

CADMAN, JOHN, SHAREHOLDERS' AGREEMENTS (Sweet & Maxwell, 4th ed. 2004)

CHEFFINS, BRIAN R., COMPANY LAW: THEORY, STRUCTURE, AND OPERATION (Oxford Univ. Press, 1997)

CLARK, ROBERT CHARLES, CORPORATE LAW (Little, Brown, 1986)

COLLINS, MORTON & THOMAS F. RUHM, THE LEGAL AND BUSINESS ASPECTS OF VENTURE CAPITAL INVESTING (Practicing Law Institute, 1979)

COMMITTEE OF INQUIRY ON SMALL FIRMS, SMALL FIRMS: REPORT OF THE COMMITTEE OF INQUIRY ON SMALL FIRMS, Cmnd 4811 (London, HMSO, 1971)

COOKE, DARRYL J., VENTURE CAPITAL: LAW AND PRACTICE (Financial Times Law & Tax, 1996)

COZIAN, MAURICE, ALAIN VIANDIER & FLORENCE DEBOISSY, DROIT DES SOCIÉTÉS (Litec, 16e édition 2003)

DAVIES, PAUL L., GOWER'S PRINCIPLES OF MODERN COMPANY LAW (Sweet & Maxwell, 6th ed. 1997)

DAVIES, PAUL L., GOWER AND DAVIES' PRINCIPLES OF MODERN COMPANY LAW (Sweet & Maxwell, 7th ed. 2003)

DAVIES, PAUL L., INTRODUCTION TO COMPANY LAW (Oxford Univ. Press, 2002)

DEPARTMENT OF TRADE, A NEW FORM OF INCORPORATION FOR SMALL FIRMS, Cmnd 8171 (London, HMSO, 1981)

DEPARTMENT OF TRADE AND INDUSTRY, MODERN COMPANY LAW FOR A COMPETITIVE ECONOMY: THE STRATEGIC FRAMEWORK, URN 99/654 (Feb. 1999)

DEPARTMENT OF TRADE AND INDUSTRY, THE COMPANY LAW REVIEW STEERING GROUP, MODERN COMPANY LAW FOR A COMPETITIVE ECONOMY: DEVELOPING THE FRAMEWORK, URN 00/656 (Mar. 2000)

DEPARTMENT OF TRADE AND INDUSTRY, THE COMPANY LAW REVIEW STEERING GROUP, MODERN COMPANY LAW FOR A COMPETITIVE ECONOMY: FINAL REPORT, VOLS. 1-2, URN 01/942, 01/943 (Jul. 2001)

DEPARTMENT OF TRADE AND INDUSTRY, COMPANY LAW REFORM—WHITE PAPER (Mar. 2005)

DUNCAN, CATRIONA ed., COMPANY LAW IN EUROPE (Butterworths, Issue 35, 2005)

EASTERBROOK, FRANK H. & DANIEL R. FISCHEL, THE ECONOMIC STRUCTURE OF CORPORATE LAW (Harvard Univ. Press, 1991)

ÉDITIONS FRANCIS LEFEBVRE, SOCIÉTÉ PAR ACTIONS SIMPLIFIÉE: NOUVEAUX ATOUTS APRÈS LA LOI «NOUVELLES RÉGULATIONS ÉCONOMIQUES» (DOSSIERS PRATIQUES FRANCIS LEFEBVRE) (Éditions Francis Lefebvre, 2001)

EISENBERG, MELVIN A., CORPORATIONS AND OTHER BUSINESS ORGANIZATIONS: CASES AND MATERIALS (Foundation Press, 8th ed. – Unabridged, 2000)

FARRAR, JOHN H., NIGEL E. FUREY & BRENDA M. HANNIGAN, FARRAR'S COMPANY LAW (Butterworths, 4th ed. 1998)

FLETCHER, WILLIAM MEADE, FLETCHER CYCLOPEDIA OF THE LAW OF PRIVATE CORPORATIONS VOLS. 1-20 (Clark Boardman Callaghan, 1993 Supp.)

FOX, DENIS & MICHAEL BOWEN, THE LAW OF PRIVATE COMPANIES (Sweet & Maxwell, 1991)

GUYON, YVES, LA SOCIÉTÉ ANONYME (Dalloz, 1994)

GUYON, YVES, LES SOCIÉTÉS AMENAGEMENTS STATUTAIRES ET CONVENTIONS ENTRE ASSOCIÉS (L.G.D.J., 5e édition 2002)

GUYON, YVES, DROIT DES AFFAIRES, TOME 1, DROIT COMMERCIAL GÉNÉRAL ET SOCIÉTÉS (Economica, 12e édition 2003)

HALLORAN, MICHAEL J., LEE F. BENTON, ROBERT V. GUNDERSON, JR., JORGE DEL CALVO & BENJAMIN M. VANDEGRIFT, VENTURE CAPITAL & PUBLIC OFFERING NEGOTIATION, VOLS. 1-2 (Aspen Law & Business, 3rd ed. 2003 Supplement 2004)

HALSBURY'S LAWS OF ENGLAND, VOLS. 7(1)-7(3) (LexisNexis UK, 4th ed. 2004 Reissue)

HAMILTON, ROBERT W., THE LAW OF CORPORATIONS IN A NUTSHELL (West Group, 5th ed. 2000)

HARRISON, JEFFREY L., LAW AND ECONOMICS IN A NUTSHELL (West, 2nd ed. 2000)

JUGLART, MICHEL DE & BENJAMIN IPPOLITO, LES SOCIÉTÉS COMMERCIALES (Montchrestien, 10e édition 1999)

LE GALL, JEAN-PIERRE & PAUL MOREL, FRENCH COMPANY LAW (Longman, 2nd ed. 1992)

LEVIN, JACK S., STRUCTURING VENTURE CAPITAL, PRIVATE EQUITY, AND ENTREPRENEURIAL TRANSACTIONS (Aspen Publishers, 2004 edition 2004)

MACNEIL, IAN R., THE NEW SOCIAL CONTRACT: AN INQUIRY INTO MODERN CONTRACTUAL RELATIONS (Yale University Press, 1980)

MACNEIL, IAN R., THE RELATIONAL THEORY OF CONTRACT: SELECTED WORKS OF IAN MACNEIL (David Campbell ed., Sweet & Maxwell, 2001)

MACNEIL, IAN R. & PAUL J. GUDEL, CONTRACTS: EXCHANGE TRANSACTIONS AND RELATIONS: CASES AND MATERIALS (Foundation Press, 3rd ed. 2001)

MANCUSO, ANTHONY, NOLO'S QUICK LLC (Nolo, 2nd ed. 2003)

MAYSON, STEPHEN W., DEREK FRENCH & CHRISTOPHER L. RYAN, COMPAY LAW (Oxford Univ. Press, 22nd ed. 2005)

MCCAHERY, JOSEPH A., THEO RAAIJMAKERS & ERIK P.M. VERMEULEN eds., THE

GOVERNANCE OF CLOSE CORPROATIONS AND PARTNERSHIPS: US AND EUROPEAN PERSPECTIVES (Oxford Univ. Press, 2004)

MERLE, PHILIPPE, DROIT COMMERICIAL: SOCIÉTÉS COMMERCIALES (Dalloz, 9e édition 2003)

MITCHELL, LAWRENCE E., LAWRENCE A. CUNNINGHAM & LEWIS D. SOLOMON, CORPORATE FINANCE AND GOVERNANCE: CASES, MATERIALS, AND PROBLEMS FOR AN ADVANCED COURSE IN CORPORATIONS (Carolina Academic Press, 2nd ed. 1996)

MORSE, GEOFFREY ed., PALMER'S COMPANY LAW (Sweet & Maxwell, 25th ed. 2004)

O'NEAL, F. HODGE, "SQUEEZE-OUTS" OF MINORITY SHAREHOLDERS (Callaghan & Company, 1975)

O'NEAL, F. HODGE & ROBERT B. THOMPSON, O'NEAL AND THOMPSON'S CLOSE CORPORATIONS AND LLCs: LAW AND PRACTICE (Thomson/West, Rev. 3rd ed. 2004)

PAINTER, WILLIAM H., PAINTER ON CLOSE CORPORATIONS (Little, Brown, 3rd ed. 1995)

PARKINSON, J.E., CORPORATE POWER AND RESPONSIBILITY: ISSUES IN THE THEORY OF COMPANY LAW (Clarendon Press, 1993)

PENNINGTON, ROBERT R., PENNINGTON'S COMPANY LAW (Butterworths, 7th ed. 1995)

PÉRIN, PIERRE-LOUIS, LA SOCIÉTÉ PAR ACTIONS SIMPLIFIÉE: L'ORGANISATION DES POUVOIRS (Joly, 2000)

PETTET, BEN, COMPANY LAW (Longman, 2001)

POSNER, RICHARD A. & KENNETH E. SCOTT eds., ECONOMICS OF CORPORATION LAW AND SECURITIES REGULATION (Little, Brown, 1980)

POSNER, RICHARD A., ECONOMIC ANALYSIS OF LAW (Aspen Law & Business, 5th ed. 1998)

PRENTICE, D.D. ed., BUTTERWORTHS COMPANY LAW CASES 1983-2005 (Butterwoths, 1984-2005)

RAJAK, HARRY, SOURCEBOOK OF COMPANY LAW (Jordan Publishing, 2nd ed. 1995)

RATNER, DAVID L. & THOMAS LEE HAZEN, SECURITIES REGULATION IN A NUTSHELL (Thomson/West, 8th ed. 2005)

RICHARDSON, CLINTON, GROWTH COMPANY GUIDE 2000, *available at* http://www.growco.com/gcgbookframe.htm

ROMANO, ROBERTA, FOUNDATIONS OF CORPORATE LAW (Oxford Univ. Press, 1993)

ROSIN, CARY S. & MICHAEL L. CLOSEN, AGENCY, PARTNERSHIPS AND LIMITED LIABILITY COMPANIES (Carolina Academic Press, 2000)

SCHILLER, SOPHIE, LES LIMITES DE LA LIBERTÉ CONTRACTUELLE EN DROIT DES SOCIÉTÉS (L.G.D.J., 2002)

SEALY LEN, CASES AND MATERIALS IN COMPANY LAW (Butterworths, 6th ed. 1996)

STECHER, MATTHIAS W., PROTECTION OF MINORITY SHAREHOLDERS (Kluwer Law International, 1997)

STEDMAN, GRAHAM & JANET JONES, SHAREHOLDERS' AGREEMENTS (Longman, 2nd ed. 1990)

THORNE, JAMES ed., BUTTERWORTHS COMPANY LAW GUIDE (Butterworths, 4th ed. 2002)

TREBILCOCK, MICHAEL J., THE LIMITS OF FREEDOM OF CONTRACT (Harvard Univ. Press, 1993)

VERMEULEN, ERIK P.M., THE EVOLUTION OF LEGAL BUSINESS FORMS IN EUROPE AND THE UNITED STATES (Kluwer Law International, 2003)

WALMSLEY, KEITH ed., BUTTERWORTHS COMPANY LAW HANDBOOK (LexisNexis, 18th ed. 2004)

WHITTAKER, JOHN & JOHN MACHELL, LIMITED LIABILITY PARTNERSHIPS: THE NEW LAW (Jordan Publishing, 2001)

《雑誌論文等（外国語）》

Ayres, Ian & Robert Gertnert, *Filling Gaps in Incomplete Contracts: An Economic Theory of Default Rules*, 99 YALE L.J. 87 (1989)

Bacon, Leigh A., Note, *"Freedom of" or "Freedom from"? The Enforceability of Contracts and the Integrity of the LLC*, 50 DUKE L.J. 1087 (2001)

Bankman, Joseph, *The UCLA Tax Policy Conference: The Structure of Silicon Valley Start-Ups*, 41 UCLA L. REV. 1737 (1994)

Bartlett, III, Robert P., *Understanding Price-Based Antidilution Protection: Five Principles to Apply When Negotiating a Down-Round Financing*, 59 BUS. LAW. 23 (2003)

Bebchuk, Lucian Arye, *Limiting Contractual Freedom in Corporate Law: The Desirable Constraints on Charter Amendments*, 102 HARV. L. REV. 1820 (1989)

Bebchuk, Lucian Arye, *The Debate on Contractual Freedom in Corporate Law*, 89 COLUM. L. REV. 1395 (1989)

Becker, Ralf & Thomas Hellmann, *The Genesis of Venture Capital – Lessons from the German Experience*, CESINFO Working Paper No. 883 (March 2003), *available at* SSRN: http://ssrn.com/abstract=386763

Black, Bernard & Reinier Kraakman, *A Self-Enforcing Model of Corporate Law*, 109 HARV. L. REV. 1911 (1996)

Black, Bernard S. & Ronald J. Gilson, *Venture Capital and the Structure of Capital Markets: Banks versus Stock Markets*, JOURNAL OF FINANCIAL ECONOMICS, VOL. 47, 243 (1998)

Bolodeoku, Ige Omotayo, *Contractarianism and Corporate Law: Alternative Explanations to the Law's Mandatory and Enabling/Default Contents*, 13 CARDOZO J. INT'L & COMP. L. 433 (2005)

Bratton, Jr., William W., *The "Nexus of Contracts" Corporation: A Critical Appraisal*, 74 CORNELL L. REV. 407 (1989)

Bratton, Jr., William W., *Venture Capital on the Downside: Preferred Stock and Corporate Control*, 100 MICH. L. REV. 891 (2002)

Bratton, Jr., William W., *Gaming Delaware*, 40 WILLAMETTE L. REV. 853 (2004)

Brudney, Victor, *Equal Treatment of Shareholders in Corporate Distributions and Reorganizations*, 71 CAL. L. REV. 1072 (1983)

Brudney, Victor, *Contract and Fiduciary Duty in Corporate Law*, 38 B.C.L. REV. 595 (1997)

Butler, Henry N. & Larry E. Ribstein, *Opting Out of Fiduciary Duties: A Response to the Anti-Contractarians*, 65 WASH. L. REV. 1 (1990)

Buxbaum, Richard M., *American Law in a Time of Global Interdependence: U.S. National Reports to the XVIth International Congress of Comparative Law: Section III Facilitative and Mandatory Rules in the Corporation Law(s) of the United States*, 50 AM. J. COMP. L. 249 (2002)

Callison, J. William, *Venture Capital and Corporate Governance: Evolving the Limited Liability Company to Finance the Entrepreneurial Business*, 26 IOWA J. CORP. L. 97 (2000)

Chemla, Gilles, Michel Habib & Alexander Ljungqvist, *An Analysis of Shareholder Agreements*, NYU Center for Law and Business Research Paper No. 02-01; RICAFE Working Paper No. 006 (2004), *available at* SSRN: http://ssrn.com/abstract=299420

Clark, Robert C., *Contracts, Elites, and Traditions in the Making of Corporate Law*, 89 COLUM. L. REV. 1703 (1989)

Coffee, Jr., John C., *The Mandatory/Enabling Balance in Corporate Law: An Essay on the Judicial Role*, 89 COLUM L. REV. 1618 (1989)

Committee on Corporate Laws, *Changes in the Revised Model Business Corporation Act – Amendments Pertaining to Closely Held Corporations*, 46 BUS. LAW. 297 (1990)

Cramer, Jacqueline, *Redefining Positions in Society*, *in* CORPORATE SOCIAL RESPONSIBILITY ACROSS EUROPE 87 (Anderé Habisch, Jan Jonker, Martina Wegner & René Schmidpeter eds., Springer, 2004)

Cumming, Douglas & Jeffrey MacIntosh, *Boom, Bust, and Litigation in Venture Capital Finance*, 40 WILLAMETTE L. REV. 867 (2004)

Cumming, Douglas J., *Agency costs, institutions, learning, and taxation in venture capital contracting*, JOURNAL OF BUSINESS VENTURING 20(5), 573 (2005)

Dent, Jr., George W., *Venture Capital and the Future of Corporate Finance*, 70 WASH. U.L.Q. 1029 (1992)

Drury, R. R., *The Relative Nature of a Shareholder's Right to Enforce the Company Contract*, [1986] C.L.J. 219

Easterbrook, Frank H., *The Supreme Court, 1983 Term – Foreword: The Court and the Economic System*, 98 HARV. L. REV. 4 (1984)

Easterbrook, Frank H. & Daniel R. Fischel, *Close Corporations and Agency Costs*, 38 STAN. L. REV. 271 (1986)

Easterbrook, Frank H. & Daniel R. Fischel, *The Corporate Contract*, 89 COLUM. L. REV. 1416 (1989)

Eisenberg, Melvin A., *The Structure of Corporation Law*, 89 COLUM. L. REV. 1461 (1989)

Eisenberg, Melvin A., *Contractarianism without Contracts: A Response to Professor McChesney*, 90 COLUM. L. REV. 1321 (1990)

Eisenberg, Melvin A., *Relational Contracts, in* GOOD FAITH AND FAULT IN CONTRACT LAW 291 (Jack Beatson & Daniel Friedmann eds., Oxford Univ. Press, 1995)

Eisenberg, Melvin A., *The Conception that the Corporation is a Nexus of Contracts and the Dual Nature of the Firm*, 24 IOWA J. CORP. L. 819 (1999)

Faber, Diana, *Legal Structures for Small Businesses, in* THE REFORM OF UNITED KINGDOM COMPANY LAW 81 (John de Lacy ed., Cavendish Pub. 2002)

Ferran, Eilis, *The Decision of the House of Lords in Russell v. Northern Bank Development Corporation Limited*, 53 C.L.J. 343 (1994)

Freedman, Judith, *The Quest for an Ideal Form for Small Businesses – A Misconceived Enterprise?, in* DEVELOPMENTS IN EUROPEAN COMPANY LAW 5 (Barry Alexander K. Rider & Mads Andenas eds., Kluwer Law International, 1999)

Freedman, Judith, *Limited Liability: Large Company Theory and Small Firms*, 63 M.L.R. 317 (2000)

Fried, Jesse & Mira Ganor, *Agency Costs of Venture Capitalist Control in Startups*, 81 N.Y.U. L. REV. 967 (2006)

Friedman, Howard M., *The Silent LLC Revolution – The Social Cost of Academic Neglect*, 38 CREIGHTON L. REV. 35 (2004)

Gazur, Wayne M. & Neil M. Goff, *Assessing the Limited Liability Company*, 41 CASE W. RES. L. REV. 387 (1991)

Gazur, Wayne M., *The Limited Liability Company Experiment: Unlimited Flexibility, Uncertain Role*, 58 LAW & CONTEMP. PROBS. 135 (1995)

Goldberg, G.D., *The Enforcement of Outsider-Rights under s. 20(1) of the Companies Act 1948*, 35 M.L.R. 362 (1972)

Gordon, Jeffrey N., *The Mandatory Structure of Corporate Law*, 89 COLUM L. REV. 1549 (1989)

Gower, L.C.B., *Some Contrasts between British and American Corporation Law*, 69 HARV. L. REV. 1369 (1956)

Grantham, Ross, *The Doctrinal Basis of the Rights of Company Shareholders*, 57 C.L.J. 554 (1998)

Gregory, Roger, *The Section 20 Contract*, 44 M.L.R. 526 (1981)

Guyon, Yves, *Statuts et actes annexes, dans* RÉPERTOIRE DES SOCIÉTÉS (Dalloz, 1995)

Hart, Oliver, *An Economist's Perspective on the Theory of the Firm*, 89 COLUM. L. REV. 1757 (1989)

Hetherington, J.A.C. & Michael P. Dooley, *Illiquidity and Exploitation: A Proposed Statutory Solution to the Remaining Close Corporation Problem*, 63 VA. L. REV. 1 (1977)

Hicks, Andrew, *Legislating for the Needs of the Small Business, in* DEVELOPMENTS IN EUROPEAN COMPANY LAW 35 (Barry Alexander K. Rider & Mads Andenas eds., Kluwer Law International, 1999)

Hillman, Robert W., *The Dissatisfied Participant in the Solvent Business Venture: A*

Consideration of the Relative Permanence of Partnerships and Close Corporations, 67 MINN. L. REV. 1 (1982)

Hviid, Morten, *Long-Term Contracts and Relational Contracts*, *in* THE ENCYCLOPEDIA OF LAW AND ECONOMICS, VOL. III, 46 (Boudewijn Bouckaert & Gerrit De Geest eds., Edward Elgar Publishing, 2000), *available at* http://encyclo.findlaw.com/4200book.pdf

Kaplan, Steven N. & Per Strömberg, *Financial Contracting Theory Meets the Real World: An Empirical Analysis of Venture Capital Contracts*, REVIEW OF ECONOMIC STUDIES 1 (2002)

Klausner, Michael D. & Kate Litvak, *What Economists Have Taught Us About Venture Capital Contracting*, *in* BRIDGING THE ENTREPRENEURIAL FINANCING GAP: LINKING GOVERNANCE WITH REGULATORY POLICY (Michael Whincop ed., Ashgate, 2001), *available at* SSRN http://ssrn.com/abstract=280024

Kornhauser, Lewis A., *The Nexus of Contracts Approach to Corporations: A Comment on Easterbrook and Fischel*, 89 COLUM. L. REV. 1449 (1989)

Lebrun, Kenneth J., *Making a Private Equity/Venture Capital Investing in Japan: Implementing Techniques Commonly Used in U.S. Transactions*, 23 U. PA. J. INT'L ECON. L. 213 (2002)

Litvak, Kate, *Governance through Exit: Default Penalties and Walkaway Options in Venture Capital Partnership Agreement*, 40 WILLAMETTE L. REV. 771 (2004)

Macey, Jonathan R., *Courts and Corporations: A Comment on Coffee*, 89 COLUM. L. REV. 1692 (1989)

Macneil, Ian R., *The Many Futures of Contracts*, 47 S. CAL. L. REV. 691 (1974)

Macneil, Ian R., *Values in Contract: Internal and External*, 78 NW. U.L. REV. 340 (1983)

Macneil, Ian R., *Relational Contract Theory: Challenges and Queries*, 94 NW. U.L. REV. 877 (2000)

Mann, Richard A., Michael O'Sullivan, Larry Robbins & Barry S. Roberts, *Starting From Scratch: A Lawyer's Guide To Representing A Start-Up Company*, 56 ARK. L. REV. 773 (2004)

McChesney, Fred S., *Economics, Law, and Science in the Corporate Field: A Critique of Eisenberg*, 89 COLUM. L. REV. 1530 (1989)

McChesney, Fred S., *Contractarianism without Contracts? Yet Another Critique of Eisenberg*, 90 COLUM L. REV. 1332 (1990)

McKendrick, Ewan, *The Regulation of Long-Term Contracts in English Law*, *in* GOOD FAITH AND FAULT IN CONTRACT LAW 305 (Jack Beatson & Daniel Friedmann eds., Oxford Univ. Press, 1995)

Milhaupt, Curtis J., *The Market for Innovation in the United States and Japan: Venture Capital and the Comparative Corporate Governance Debate*, 91 NW. U. L. REV. 865 (1997)

Miller, Sandra K., *Should the Definition of Oppressive Conduct by Majority Shareholders*

Exclude a Consideration of Ethical Conduct and Business Purpose?, 97 DICK. L. REV. 227 (1993)

Miller, Sandra K., *What Remedies Should Be Made Available to the Dissatisfied Participant in a Limited Liability Company?*, 44 AM. U.L. REV. 465 (1994)

Miller, Sandra K., *Minority Shareholder Oppression in the Private Company in the European Community: A Comparative Analysis of the German, United Kingdom, and French "Close Corporation Problem,"* 30 CORNELL INT'L L.J. 381 (1997)

Miller, Sandra K., *How Should U.K. and U.S. Minority Shareholder Remedies for Unfairly Prejudicial or Oppressive Conduct be Reformed?*, 36 AM. BUS. L.J. 579 (1999)

Miller, Sandra K., *A New Direction for LLC Research in a Contractarian Legal Environment*, 76 S. CAL. L. REV. 351 (2003)

Miller, Sandra K., *The Role of the Court in Balancing Contractual Freedom with the Need for Mandatory Constraints on Opportunistic and Abusive Conduct in the LLC*, 152 U. PA. L. REV. 1609 (2004)

Moll, Douglas K., *Minority Oppression & the Limited Liability Company: Learning (or Not) from Close Corporation History*, 40 WAKE FOREST L. REV. 883 (2005)

O'Neill, Terry A., *Toward a New Theory of the Closely-Held Firm*, 24 SETON HALL L. REV. 603 (1993)

Padilla, Jose M., *What's Wrong With A Washout?: Fiduciary Duties of the Venture Capitalist Investor in A Washout Financing*, 1 HOUS. BUS. & TAX L.J. 269 (2001)

Paillusseau, Jean, *L'Alerte du Commissaire aux Comptes dans la SAS*, JCP G 2000, I262

Ribstein, Larry E., *A Critique of the Uniform Limited Liability Company Act*, 25 STETSON L. REV. 311 (1995)

Ribstein, Larry E., *F. Hodge O'Neal Corporate and Securities Law Symposium: Limited Liability Companies: Statutory Forms for Closely Held Firms: Theories and Evidence from LLCs*, 73 WASH. U.L.Q. 369 (1995)

Riley, Christopher A., *Contracting Out of Company Law: Section 459 of the Companies Act 1985 and the Role of the Courts*, 55 M.L.R. 782 (1992)

Riley, Christopher A., *Managing the Diversity of Business Relationships*, *in* DEVELOPMENTS IN EUROPEAN COMPANY LAW 79 (Barry Alexander K. Rider & Mads Andenas eds., Kluwer Law International, 1999)

Romano, Roberta, *Answering the Wrong Question: The Tenuous Case for Mandatory Corporate Laws*, 89 COLUM. L. REV. 1599 (1989)

Rutledge, Wiley B., *Significant Trends in Modern Incorporation Statutes*, 22 WASH. U.L.Q. 305 (1937)

Schmidt, Klaus M., *Convertible Securities and Venture Capital Finance*, JOURNAL OF FINANCE, VOL. LVIII, NO. 3, 1139 (2003)

Schmitthoff, Clive M., *House of Lords Sanctions Evasion of Companies Acts*, [1970] J.B.L. 1

Shishido, Zenichi, *Conflicts of Interest and Fiduciary Duties in the Operations of a Joint*

Venture, 39 HASTINGS L.J. 63 (1987)

Shishido, Zenichi, *The Fair Value of Minority Stock in Closely Held Corporations*, 62 FORDHAM L. REV. 65 (1993)

Siedel, George J., *Close Corporation Law: Michigan, Delaware and the Model Act*, 11 DEL. CORP. L. 383 (1987)

Smith, D. Gordon, *Venture Capital Contracting in the Information Age*, 2 J. SMALL & EMERGING BUS. L. 133 (1998)

Smith, D. Gordon, *Team Production in Venture Capital Investing*, 24 J. CORP. L. 949 (1999)

Smith, D. Gordon, *The Critical Resource Theory of Fiduciary Duty*, 55 VAND. L. REV. 1399 (2002)

Smith, D. Gordon, *Independent Legal Significance, Good Faith, and the Interpretation of Venture Capital Contracts*, 40 WILLAMETTE L. REV. 825 (2004)

Smith, Douglas G., *The Venture Capital Company: A Contractarian Rebuttal to the Political Theory of American Corporate Finance?*, 65 TENN. L. REV. 79 (1997)

Stevenson, Shannon Wells, Note, *The Venture Capital Solution to the Problem of Close Corporation Shareholder Fiduciary Duties*, 51 DUKE L.J. 1139 (2001)

Thompson, Robert B., *The Law's Limits on Contracts in a Corporation*, 15 IOWA J. CORP. L. 377 (1990)

Triantis, George G., *Financial Contract Design in the World of Venture Capital*, 68 U. CHI. L. REV. 305 (2001)

Van Vliet, Jr., James M. & Mark D. Snider, *The Evolving Fiduciary Duty Solution for Shareholders Caught in a Closely Held Corporation Trap*, 18 N. ILL. U. L. REV. 239 (1998)

Wedderburn, K.W., *Shareholders' Rights and the Rule in Foss v Harbottle*, [1957] C.L.J. 194, [1958] C.L.J. 93

West, Mark D., *The Puzzling Divergence of Corporate Law: Evidence and Explanations from Japan and the United States*, 150 U. PA. L. REV. 527 (2001)

Whincop, Michael J, *Relational and Doctrinal Critique of Shareholder Special Contracts*, [1997] SYDNEY L. REV. 18

White, Bruce H. & William L. Medford, *Preparing for Bankruptcy: Director Liability in the Zone of Insolvency*, 20-3 AM. BANKR. INST. J. 30 (2001)

Winer, Norman, *Proposing a New York "Close Corporation Law,"* 28 CORNELL L.Q. 313 (1943)

Woolf, Terence, Note, *The Venture Capitalist's Corporate Opportunity Problem*, 2001 COLUM. BUS. L. REV. 473

Wortman, Tara J., Note, *Unlocking Lock-in: Limited Liability Companies and the Key to Underutilization of Close Corporation Statutes*, 70 N.Y.U. L. REV. 1362 (1995)

索　引

balancing test →比較衡量理論
Co-Sale Right　79
Demand Right →登録請求権
dilution →希釈化
Drag-Along 権　73n, 88, 89n, 100, 332
droit subjectif →主観的権利
droit-fonction　155, 158, 159, 160, 165
elective regime →選択制度
enabling act　12, 14, 15, 17, 115, 351
freeze-out →締出し
information right →情報請求権
IPO　65, 91, 94, 96, 340, 341
nexus of contracts →契約の連鎖
piggyback →ピギーバック
reasonable expectations →合理的な期待
relational contract →関係的契約
révocation ad nutum →自由な罷免
Rule 144　92, 92n, 93, 94
S-1書式　97, 97n
S-3書式　97, 98, 99
Table A　40, 40n, 108n, 207, 352
Tag-Along 権　73n, 87, 88, 105, 332
vesting　101, 102
voting agreement →議決権契約

あ行

アーリー・ステージ　72
1株1議決権　120, 156n, 186-7, 267, 308n, 323, 323n
エージェンシー問題　64n, 86
オートノミー　75, 78
押し付け　102

か行

外部性　122, 209
株式買取請求権　14, 54n, 56, 57, 57n, 88, 105, 120, 126n, 178, 250, 276n, 333, 333n
株式強制連動売却権　→Drag-Along 権
株式連動売却権　→Tag-Along 権
関係的契約　44, 119, 177n, 211, 344, 344n, 345, 346, 349, 350, 354
企業創立者持分予約権　193
議決権契約　15, 46, 159n, 197, 215, 216
議決権信託　15, 21, 89n
希釈化　10n, 13, 47, 47n, 81, 83, 84, 84n, 103n
競業避止義務　133n, 230, 250, 251, 295
強制ルール　207, 208
許容ルール　207, 208, 210
クラス・ボーティング　74, 74n
経営参画の利益　70, 71
契約の連鎖　2, 116, 352, 353
公共財としての画一性　228, 258n
公正な価格　138, 275n
合同行為　233, 234
合理的な期待　25, 26, 107
固有権　179, 283, 329n

さ行

先買権　41, 73n, 81, 82, 83, 161, 162, 162n, 163, 164, 169, 170, 183, 274, 275, 279, 311
参与権　156
事後規制　126, 144, 146, 324n
支配株主　21, 90, 125, 195n, 320, 337n, 354
締出し　11, 13, 24n, 105, 112, 275n

社団意思　158, 180
社団性　52
集団行動　118
自由な罷免　188, 189, 190, 191
主観的権利　155, 156
準組合　1, 39, 216, 234
準則主義　202, 204
ジョイント・ストック・カンパニー　40, 202, 203, 205
情報請求権　84, 85, 86, 87
情報の非対称性　87, 247
シリコンバレー・モデル　1, 3, 64, 352
真正定款要素　257
推定ルール　207, 208, 209, 210, 211
スタンダード・パッケージ　228
ステージ・ファイナンス　105, 106
誠実義務　1, 54n, 134, 320, 321, 336, 336n, 337n, 348n, 349
正当な事業目的　22, 23, 28n
制約の束　118
設立証書　40, 41, 133, 204, 205n
選択除外条項　38
選択制度　35
属人的種類株式　334, 335, 336

た行

第三者効　155, 196, 227, 228n, 296, 339n
チェック・ザ・ボックス規制　139, 340n
追加出資義務　248, 280n, 281
通常定款　39, 40, 40n, 43n
デッドロック　18, 57, 68, 112
登録請求権　93, 94, 99

な行

日本版 LLC　112n, 130, 138n, 140n, 220n, 339, 339n, 347n
ネットワーク外部性　227

は行

ハイブリッド事業体　138
ハンズ・オン　73, 112
比較衡量理論　23
ピギーバック　95, 96, 99
不完全規定　232
複数議決権株式　155, 156n, 307, 309n, 310n
附合契約　267, 277, 278, 281, 301, 317, 318, 346
不死鳥会社現象　36n
不真正定款要素　257
附属定款　18, 19, 33, 35, 97n, 100, 120, 204, 213
不当な抑圧　57
ブリッジ　72
プリンシパル・エージェント・モデル　294
法人成り　1, 29n, 61, 62, 244
法と経済学　1-2, 64n, 116, 207, 225, 226n, 249n, 352
泡沫法　202
本質的基礎　179

ま行

無議決権株式　14, 75, 155, 187, 261, 329
メザニン　72
模範事業会社法　11n, 19, 19n, 20, 21, 292
モラル・ハザード　266

や行

優先株式購入契約　72
抑圧的行為　27, 27n, 145, 342

ら行

リミティッド・ライアビリティ・パートナーシップ　131n, 219, 339n
レイター・ステージ　72

〈著者紹介〉

田邉　真敏（たなべ　まさとし）

京都府生まれ。1983 年，東京大学法学部卒業，株式会社日立製作所入社。
同社および日立グループ会社で法務部長，コンプライアンス部長を経て，
2009 年から広島修道大学法学部教授。
1988 年，米国ペンシルベニア大学ロースクール法学修士課程修了（LL.M.）。
2007 年，筑波大学大学院ビジネス科学研究科博士後期課程企業科学専攻修了
（博士（法学））。

広島修道大学学術選書 50

株主間契約と定款自治の法理

2010 年 10 月 31 日　初版発行

著　者　田　邉　真　敏

発行者　五十川　直　行

発行所　(財)九州大学出版会

〒812-0053 福岡市東区箱崎7-1-146
九州大学構内
電話 092-641-0515(直通)
振替 01710-6-3677
印刷／城島印刷(株)　製本／篠原製本(株)

ISBN978-4-7985-0031-7

3．フィリップの叔父レスター伯

4．「小さなお猿の帽子を被った」オックスフォード伯

1．フィリップの母メアリ

2．フィリップの妹メアリ

SIR PHILIP SIDNEY: COURTIER POET
by Katherine Duncan-Jones
First published 1991 in the United Kingdom by Hamish Hamilton Ltd.
Published 1991 in the United States of America by Yale University Press

キャサリン・ダンカン＝ジョーンズ［著］
小塩トシ子・川井万里子・土岐知子・根岸愛子［訳］

廷臣詩人 サー・フィリップ・シドニー

Sir Philip Sidney. Courtier Poet

Katherine Duncan-Jones

九州大学出版会

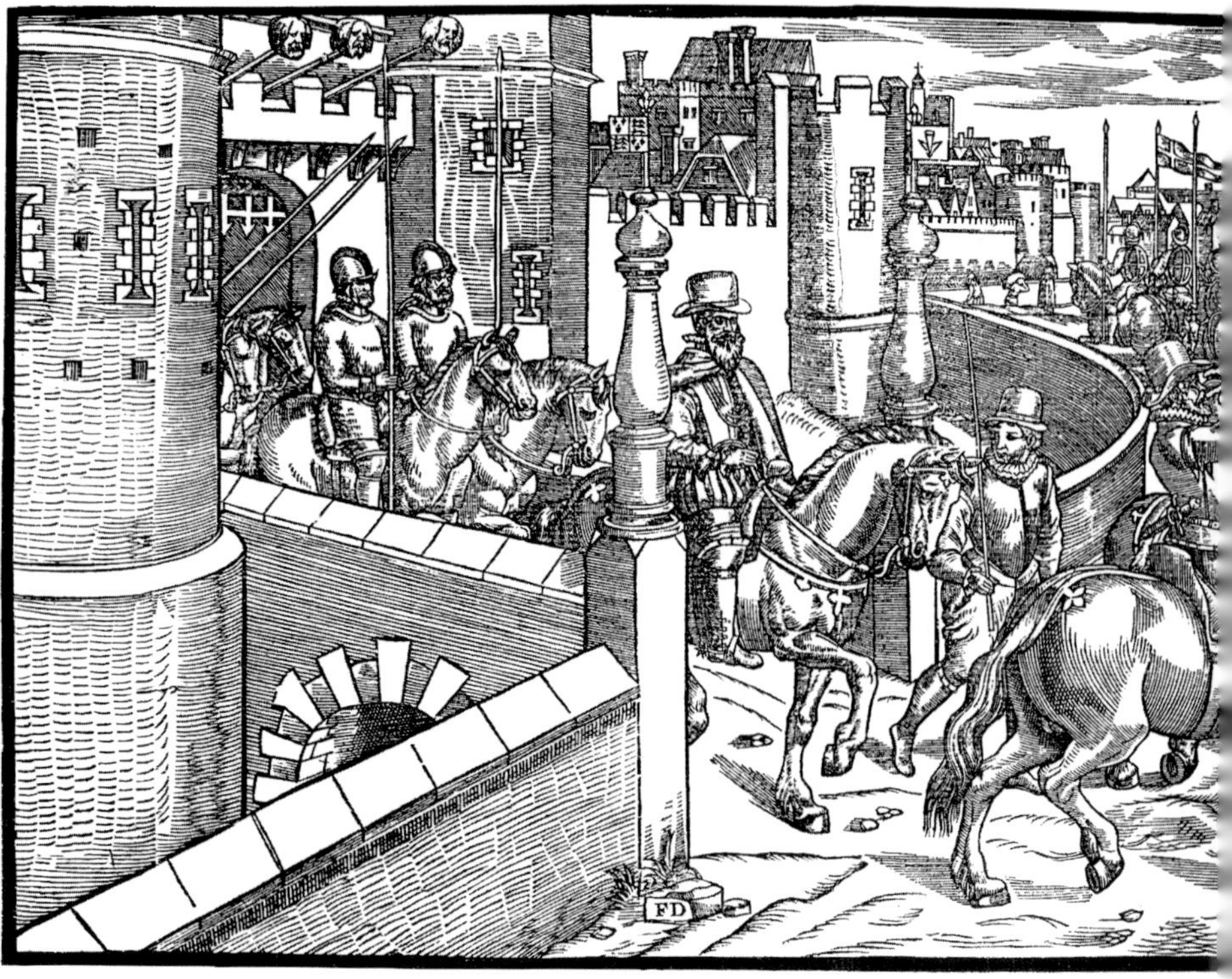

5．ダブリン城を出る馬上のサー・ヘンリー・シドニー

６．フィリップの叔母フランセス

Plate 1. Lady Mary Sidney, *née* Dudley, by circle of Hans Eworth (fl. c. 1540-73), Petworth House, The Egremont Collection (acquired in lieu of tax by H.M.Treasury in 1957 and subsequently transferred to the National Trust).

Plate 2. Mary Herbert, Countess of Pombroke, *née* Sidney, by Nicholas Hilliard (the National Portrait Gallery).

Plate 3. Robert Dudley, Earl of Leicester, *circa* 1575. Artist unknown (the National Portrait Gallery).

Plate 4. Edward de Vere, 17th Earl of Oxford, in his 'little apish hat'. Artist unknown (Duke of Portland, Welbeck Abbey: on loan to the National Portrait Gallery).

Plate 5. Woodcut of Sir Henry Sidney riding out of Dublin Castle, from John Derricke, *The Image of lrelande*, 1582 (Bodleian Library).

Plate 6. Frances Sidney, Countess of Sussex, *circa* 1580. Artist unknown (Sidney Sussex College, Cambridge).

ACKNOWLEDGEMENTS: The translators and publisher desire to express their gratitude to the above copyright holders for the permission to reproduce the illustrations.

目次

序文 …… i
凡例 …… vii
第一章　妹、従妹、伯・叔母たち（一五五四―六三年） …… 1
第二章　ダッチアンクルズ（一五六四―七年） …… 33
第三章　大いなる期待（一五六八―七二年） …… 71
第四章　シドニーの大陸旅行（グランドツアー）（一五七二―五年） …… 101
第五章　宮廷に仕えて（一五七五―六年） …… 135
第六章　生きた現実のシドニー（一五七七年） …… 179
第七章　廷臣詩人（一五七八―九年） …… 225
第八章　詩人仲間（コテリーポエット）（一五八〇年） …… 269

第九章　砕かれた希望（一五八一－二年）…… 311
第一〇章　宮廷のニンフたち（一五八二－三年）…… 357
第一一章　さまざまのヴィジョンとリヴィジョン（一五八四－五年）…… 407
第一二章　撃ち砕かれた腿（一五八六年）…… 447
エピローグ…… 499
あとがき――『廷臣詩人サー・フィリップ・シドニー』について――……川井万里子 501
家系図…… 519
原　注…… 560
著者による基本文献…… 564
索　引…… 581

序文

シドニーは、「文学的評伝」とでもいうべき著作の対象たりうる最初の英国人作家である。その生涯は短かかったが——脚に受けた傷の感染症がもとで、彼は一五八六年一〇月一七日、三二歳の誕生日を一ヵ月後に控えて亡くなった——彼の残した文学的業績は充実したものであった。後代に残したものはまず版の異なる二冊のロマンス。後の版は未完ながらヴィクトリア朝の小説に匹敵する長編である。次に二つのソネット連作、文学論一編、その他数編の詩といくつかの主な余興（エンタテインメント）、「詩編」の最初の四二編の韻文による翻訳、その他のさまざまな詩と余興（エンタテインメント）、政治談議三編、そして優に百通を超える書簡。その他彼に関する多くのさまざまな文書や生活記録が残っている。早い時期に書かれた多数の「伝記的記録」あるいは回顧録の類もあり、なかにエドマンド・モリニュークス、トマス・ラント、ジョージ・ウェットストーン、トマス・モフェットそれにフルク・グレヴィルの書いたものが含まれる。これらの記録はそれぞれ違ったやり方ではあるが、すべて称賛と理想化を基調としており、伝記的観点から見るとどれも価値あるディテールや印象を伝えている。

こうした点で、シドニーはシェイクスピアに比してずっと近づきやすい。シェイクスピア自筆の手紙は一通も残っていないし、はっきりと真正の彼の筆跡とわかる自筆原稿は一行も残っていない。シェイクスピアの伝記産業は彼の死後一世紀近く経過してからやっと軌道にのった。ニコラス・ロウの伝記的エッセイが一七〇八年に出るまでに、口頭での言及はすでに盛んになっていたが、シェイクスピアを直接覚えている人は誰も生きていなかった。シドニーの場合は、彼の死後数週間以内に早くも回顧録が書きはじめられた。彼の父親の秘書で、一五八七年にホリンシェッドの『年代記』に回顧録を寄稿したエドマンド・モリニュークスは、機を逃さぬジャーナリスティックな敏捷さでその仕事にとりかかったに違いない。哀歌や追悼詩を収録した数冊の書物もまた非常に早い時期に製作された。ケンブリッジ版の哀歌集『悲嘆の涙（ラクリメ）』はシドニーの葬儀の日、すなわち一五八七年二月一六日に合わせて出版された。

早い時期に回顧録や哀歌が書かれたのは、シドニーが作家として重要であったからではなく、彼がエリザベス朝の世界に特異な役割を果たしたからであった。老いてゆく子供のいない女王の宮廷にあって、彼はさし昇る旭日であった。彼が亡くなったとき、同時代人には「われらの時代の希望そのもの」が「完全に失われた」ように感じられたのである。彼は中央ヨーロッパを広く巡って事情に通じ、独自の宗教的、政治的統合のヴィジョンを構想していた青年であった。オラニエ公ウィレムのような大陸の政治家たちは、彼を指導者になるべく運命づけられた人間であるとみなしていた。死の時までに、シドニーは前世代の三人の有力な廷臣の後継者とみなされていた。すなわち叔父レスター伯と伯父ウォリック伯、および義父サー・フランシス・ウォルシンガムの三人である。彼自身物質的にも政治的にも大いなる期待を享受し得る立場にあった。軍人としての彼自身の後継者となった若きエセックス伯は、シドニーの「最良の剣」を相続し、やがてその未亡人と結婚するに至ったが、フォーティンブラスが若き王子ハムレットについて語ったように、彼について次のように感じたかもしれない。

もし彼が時を得れば、
英邁なる君主となられたであろう。[1]

ハムレットと違って、シドニーは王子ではなかった。彼は一五八三年までは騎士ですらなかったが、その時までに多くの詩を書いていた。しかし、アイルランド総督サー・ヘンリー・シドニーの息子であり、女王の寵臣レスターの後継ぎであるという立場と、彼の個人的才能と業績とがあいまって彼に独自の地位と威光を与えた。それは多くの崇拝者たち、特に海外の崇拝者たちにとっては実質的にはほとんど王侯の地位や威光に近いものであると認識されていた。彼はまた実戦の結果亡くなった非常に数少ないエリザベス朝貴族の一人であった。

シドニーに関しては大変くわしく記録されているが、不幸なことに、手紙、記録、および早い時期に書かれた回顧録などの第一グループと、それ以外の想像的で文学的な諸作品の第二グループとの間には大きなへだたりがある。第一は廷臣かつ軍人としての彼の人生に関する内容のものが圧倒的に多く、第二は感情的、美的、エロティックな、または宗教上の多くの関心事を映し出すものが多い。シドニーの公的生活は間接的にしか文学作品に投影されていないので、彼の内外の生活の完璧な統合は不可能である。先行の伝記作者たちは、詩を記録された外的生活とは切り離して論じることでこの問題を処理してきた。たとえば、マルコム・ウォレスは一九一五年に出版され、いまなお比類なき地位を保っている歴史的『伝記』において、「文学者としてのシドニー」と『アストロフェルとステラ』を中心的な二章で扱っているのに、シドニーの詩については残りの一九章ではほとんど言及していない。J・M・オズボーンのシドニーの旅行に関する記録や手紙を集めた有益な『若きフィリップ・シドニー』(一九七二)は、シドニーがまさに『アーケイディア』を書き始めたと思われる時期の手前で論考を止めている。一方、文学者たちの保護者としてのシドニーについての優れた研究であるジョン・バクストンの『サー・フィリップ・シドニーとイギリス・ルネサンス』(一九六四)は、シドニー兄妹を豊かにつつむ文化的風土を照射しているが、彼の人生については語っていない。シドニーの活動的人生と想像的作品との間を結びつけようという最近のいくつかの試みはほとんど政治的思想だけに焦点をしぼり、多くの明らかにあまり重要ではない作品の政治的含意を明らかにしようとしている。このようなやり方を私は採らないつもりである。むしろシドニーの外的生活と内的生活の間をたえず行き来しながら、いままで注目されてこなかった多くのむすびつきを示唆したいと私は願っている。

公的生活におけるシドニーの役割と、イギリスならびにヨーロッパ史に占めた彼のささやかながら重要性を秘めた地位は決して看過すべきではないが、私の主要な関心は作家としての彼の成長の探求にある。重要なのは政治的事件だけではない。天成の詩人であったシドニーにとって、詩はキーツの詩句を借りるなら「樹木に葉群が生えるように」自然に湧き出すものであった。多くの経験が、ささやかなものも重大なものも、彼の書き方や書いた内容に関係している。読んだ本、知り得た人々、目にした多くの場所（彼は主要なエリザベス朝の作家のなかで、間違いなく最も広く旅した人であった）のすべてが彼の想像的生活に影響を与えた。こうした影響が正確にどのように作用したかは、多くの作品の厳密な創作年代や創作の過程などと同様、必然的に推測の問題にならざるを得ない。すべてのページにたえず「あるいは」とか「もしかしたら」などと書き散らすのは煩わしいので、しばしばそれらの修飾語なしに書くことにする。シドニーなら「詩的な」と呼ぶであろう自由、つまり、かならずしも記録されたものでなく、厳密に証拠立てられるものでなくとも物語に一貫性を与える原因や関係なら認めるという自由を私もまた活用するつもりである。またもうひとつの意味で自由に「詩的でありたい」と思う。シドニーは主要なエリザベス朝作家のなかで依然として読まれることが最も少ない作家である以上、彼の作品に親しんでいない読者にいくらかでも親しんでもらうために彼が書いたものからふんだんに引用するつもりである。

早い時期の哀歌作者たちや伝記作家たちは、シドニーを道徳的、政治的、宗教的あるいはこの三点すべてを合わせた面で称賛すべき理想像に仕立て上げようとした。また多くの昔の伝記作家たちは、シドニーを生涯不撓不屈の熱心なプロテスタント教徒であったと描いた。これには異議申し立てする余地がある。シドニーが理想的な廷臣であったという説も同じである。実際にはシドニーにとってエリザベス一世の宮廷は居心地が悪く、彼は機会さえあればそこから退出しようとした。一九世紀および二〇世紀初頭の伝記作家たちもシドニーのことをいわゆる「パブリックスクール・ヒーロー」、すなわち性的節操、勇気、愛国心、ならびにプロテスタント的敬虔さを兼ね備えた模範的人間として描いた。このような記述ではおしなべてシドニーの生涯でもっとも重要なできごとは軍人としての死であり、死はそれ以前に起こったことに理想化の光を投げかける役割を与えられる。たとえばシェリーはつぎのようなイメージでシドニー像を描いている。

シドニーは戦ったときも
倒れたときも、生き、そして愛したときも
この上なく温和で、汚点（しみ）ひとつない精神であった…[2]

私は「この上なく温和で」という、個性が感じられないシドニー像は避けたいと考えている。シドニーの死の描写に多くの紙面をさき、彼の人生の記録の行き届いた他のエピソードをなおざりにするようなことはしない。作家としての彼の人生に関するかぎり、死より少年時代の方がはるかに重要である。私はできる限り個別的なディテールに、そして典型的であるより個人的であると思われるできごとにこだわった。シドニーが生きた世界の多くの具体的な特徴——建物、ひとびとが身につけた衣服や宝石、彼らが食べた食べ物、家庭生活の形、コミュニケーションの方法など——は昔の伝記作家たち自身が生きた世界とたいして違わなかったために、当たり前と考えられ見過ごされていた。また昔の伝記作家たちは、たとえばフルク・グレヴィルのおそらく作り話であろうが、傷ついたシドニーが水筒の水を一兵卒に差し出したという類のディテールを、称賛する目的以外には重要視しなかったのである。しかし、「私的生活の歴史」に対して強い好奇心を示す二〇世紀後半の読者にとって、シドニーの世界の物理的特徴は精神的な特徴に劣らず非常に興味深いと思われる。

「この上なく温和で」どころか、シドニーは激しやすく、傲慢で、多くの点で「扱いにくい」青年で、かならずしもすべての同時代人に好まれたわけではない。また、シェリーのいう「汚点（しみ）ひとつない精神」でも、肉体的に完璧な人間でもなかった。しかし、シドニーの作家としての才能は非常にゆたかで衆目の認めるところであるために、彼が子供時代の病気のせいであばたがあり、ベン・ジョンソンが酩酊しているときに評したように「にきび面で長細い赤ら顔だから少しも男前ではなかった」[3]ことがわかったあとでも、その多彩な才能は今なお生命を保っているのである。

肉体的にも精神的にも生身のシドニーは決して無疵ではなかった。自分でもそう主張してはいなかった。実際、彼と関係の深い馬上槍試合につけた紋章の意匠のひとつは「松やに（ピッチ・タール）で印を付けた羊」で、「汚点（しみ）のあることで知られている」という言葉が添えられていた。[4]

私の目的はシドニーを「暴露する」ことではない。私はむしろ一流の革新的な作家としての彼の成長を決定づけた複雑な過程を多少なりとも辿りながら、弱点もなにもかもひっくるめた彼の生きた全体像を甦らせたいと願っているのである。

凡例

一　本書は、Katherine Duncan-Jones 著 *Sir Philip Sidney: Courtier Poet* (London: Hamish Hamilton, 1991) の全訳である。

一　本訳書の年代の表記については、紛らわしさを避け、底本にある新旧暦の区別を採用せず、新暦に統一した。

一　人名、地名など固有名詞の表記は、原音に近い片仮名表記とし、主に次の辞典類を参照した。

『固有名詞英語発音辞典』（三省堂　一九六九）

『新版岩波・ケンブリッジ世界人名辞典』西洋編（岩波書店　一九九三）

『西洋人名辞典』増補版（岩波書店　一九八一）

『世界文学大事典』全六巻（集英社　一九九六―八）

The Columbia Gazetteer of the World (Columbia University Press, 1998)

Duden Band 6: *Das Aussprachewörterbuch*. 3, Auflage (Dudenverlag, 1990)

ただしシドニーの新・旧『アーケイディア』については、人名、地名いずれも英語読みで表記した。なお当時英語で書かれた作品の表題や引用文中の人名や地名も英語読みにした。

一　「原注」および「索引」の見出し語の項目は、基本的には原書のままとした。

一　訳注は同じ語句の初出のみに付し、文中で［　］を用いて示した。

第一章　妹、従妹、伯・叔母たち（一五五四―六三年）

つまり僕は命を与えてくれた女性というものを軽んじるほど、まだ世間知にたけてはいない。というのも僕がひとかどの者であるといえるなら…それは女性から生まれ女性によって育まれたからこそなのだ。…そして実際、僕たち男性および男性賛美者が記憶すべきことは、僕たちにそれほど優れた特性があるというなら、僕たちを生んだ女性も優れた者だと考えるのが理の当然であるということだ。なぜって鳶が空高く飛ぶ鷹を生むことはけっしてないのだから。[1]

…君に見せてあげよう、女性のうちにはあまたの徳があるのを。
すすんで分別を尊重するそのやさしくしなやかな精神は
分別の則を導き手としているので
奴隷の縄目に甘んじて縛られることはない。[2]

彼にはあまた数えあげられる妹や
従妹たちがおり
そのうえ彼には叔母たちもいる。[3]

エリザベス朝の作家の多くには、現代の読者ならあきれる程の女性蔑視が見られよう。例えばシェイクスピア劇の主人公たちは、自分の経験あるいは誤解からおしなべて女性一般が邪悪なものであるとの結論を急ぐ。ハムレットなら母の「急ぎすぎた再婚」のあと、オフィーリアに向って「尼寺」(と言っても実は淫売宿のことかも知れない)へ行けと言う。オセローはどうしてもデズデモーナは死ぬべきだと思うが、それは「これ以上男をだまさぬため」というのだ。それにリアも、年上の娘たちの親不孝に憤慨して胸の悪くなるような皮肉を女性一般に投げつける。これは例外的なことではない。女性攻撃はシェイクスピアの同時代人の作品には広く見られる。処女王をもっとも重層的に文学として賞讃した作品『妖精の女王』を書いたスペンサーですら、その中で妖精の国つまりイングランドをくまなく旅して自分の魅力に抵抗する女性はたった三人しか見出さないと豪語するドン・ファン的な「貴婦人たちの従者」[第三巻七篇に登場する]を、驚くほどの寛容さで描いている。けれどもシドニーの著作では状況は異なる。彼は『新アーケイディア』において、ドン・ファン的な人物パンフィラスを描く時、女性の視点に注意をはらい、捨てられて幻滅を味わうある女性が語る想い出の中で、誘惑される女性の心理について驚嘆に値するほど深い洞察力を示している。

嵐に見舞われて判断力を失ってしまうような事態にあっても、わたしはあの男が卓越した者と思うことはなかったのですが、まるでそれがわたしのこの上ない幸福であるかのように、あの男を自分のものとして手放さぬよう心を砕いたと告白しなければなりません――かつてわたしは見たことがあるのですが、それは球戯中の人たちにも似ていて、誰もがそれは単に一個のボールに過ぎないことは知っていながらそのボールを奪い合うのに熱中しているのです。[4]

シドニーの作品には女性嫌悪があってもそれが正されずにすむことはけっしてない。しばしば結婚が奨励され、夫たる者は妻に対して忠実かつやさしくあるようにと勧められている。『新アーケイディア』の中では、高圧的かつ自惚れ屋の（「ご立派な」）アナクシアスが、女性すべてを蔑んで「我輩のような立派な男とつきあう価値などないわがままで卑しい性だ」[5]と放言する時、読者のこの人物に対する評価は確実に下がってしまうのだ。『旧・新アーケイディア』どちらの版においても、もっとも独自な特徴の一つはヒロインたちの描き方であって、C・S・ルイスが正しくも次のように言っている。

> 英文学史でチョーサーのクリセイダ以来、シェイクスピアを除けばシドニーのヒロインたちに匹敵する人物の出現は数世紀を待たねばならない。[6]

『新アーケイディア』のヒロインたちは物語の関心からもまた倫理性の面からも、話が進むにつれてヒーローたちを舞台後方へ押しやっていく。また他に多くの女性たち、たとえばジャイネシア、セクロウピア、パシィーニアといった人物も詳細な観察のもとに描かれている。

　シドニーが女性を文学的に扱う際、他ではあまり見られないような共感と関心を示すのは、彼の幼年期にその発端がある。当然のことだが、エリザベス朝の男児はたいてい幼年時代の養育を女性たち――乳母、母親、伯・叔母、姉妹――に負っていた。シドニーの場合、とくに生まれた時から人文主義的な教養を身につける恩恵に浴した当時まれな女性たちに取り囲まれるという特権を有したのであった。高度な教育を受けた女王メアリ・テューダーが、一五五四年一一月三〇日シドニー出生の時王座にあった。そして彼女が新しく結婚したスペイン王フェリペ二世は、新生児の名づけ親であり、彼に自分の名を与えた。一番早い時期にシドニーの伝記を書いたひとりトマス・モフェット医師によれば、この厳格なハプスブルク家の王は、イングランドに王朝を築こうという企てはことごとく無に帰したが、この子をおおいに可愛がり一緒に遊んだのである。この小フィリップはケント州の紳士サー・ヘンリー・シドニーの長子であった。サー・ヘンリーは先王エドワード六世の「信頼できる部下（ヘンチマン）」で、王は彼の腕に抱かれて早逝したといわれている。子供好きだったことが知られているメアリ女王自身も、どうしても母親になりたいと思いつめていたので、新しく夫の名付け子となったシドニーを羨望とともに可愛がったと想像できる。[7] シドニーが幼年期に出会った強固なカトリック信徒の女性は、メアリ・テューダー一人だけというわけではなかった。彼の従妹のひとりジェイン・ドーマーはフェリペ二世の廷臣フェーリア伯に出会って結婚し、続く数十年の間スペインに亡命した英国カトリック教徒たちにとって力強い中心的人物となった。シドニーとカトリック教徒たちとの関係は後に詳しく考察するが、この時点で注目すべきは彼が女王以外の女性に書いた唯一残っている手紙が亡命中のレイディ・キトスン宛の親しいもので、そこにはカトリック教徒に科せられた懲罰金の減免の可能性が書かれている。[8]

身辺に目を移すと、シドニーの母親はノーサンバランド公爵であった野心家ジョン・ダドリーの一三人の子のひとりで、カトリックではなかった。どのように彼女が、また一六世紀半ばに生きた人たちなら誰でも、イングランド全体に吹き荒れた宗教上の嵐のような変化を精神的に乗り切ったのか、それを想像するのは難しい。おそらくダドリー家の人たちは、四人の王に一貫して恩顧を得たウィンチェスター侯爵エイミァス・ポーレットが提示した生き残るための方策に従ったのであろう。その方策とは「忍耐と沈黙と温和な発言と、そしてけっして危害を生むまいとする決意」[9] であった。ポーレット一族と同様シドニー一家もダドリー一族も、外面は少なくとも急速に変化する諸条件に対して高度の適応性を持っていたにちがいない。明らかに多くの人々は、「マラニズム」〔中世スペインでユダヤ人やムーア人が迫害を免れるためにした国教への改宗宣言をいう〕に精通していたか、あるいは宗教的慣例には表面での墨守を装っていた。メアリ・シドニーが信仰の面で敬虔であったことに疑いの余地はない。結婚後まもなくの覚書に、自分を「幸せな女」と見なしてきたと記している。またそこにはかなり基本的なレベルではあるけれど、詩作をたしなむことができたようすが示されている。

最善を望み、最悪をおそれるのが

賢い人のする二つの要点。
さらに将来起こる事態に耐えうるなら
その人は三重に幸せ。　一五五一

メアリ・シドニー「神を畏れよ」[10]

ほかの覚書にもある。

お前［自分］に到達できぬものを得ようと望むな、
というのは、もし得ることのできぬものを手に入れようと骨折っているのなら
ほかならぬお前がお前の邪魔になっているのだから。

「幸せの覚書」Ｍ．Ｓ．

メアリ・シドニーはひとかどの詩人ではないにしても、高度に明晰な書き手、語り手であり、自らの立場をしっかりと守る人であった。しかしその立場は、エリザベス朝も後期になるとけっして安全でも快適でもあり得なかったらしい。一五六〇年代や七〇年代には自分のことを一五五一年のように「幸せな女」と呼べたかどうか疑わしい。小さく几帳面なイタリック字体で書かれた数々の手紙には、宮廷内の居所をもっとよくしてほしいとか、部屋を暖めるために女王さまの衣裳部屋から掛け布を貸して欲しいと哀切な調子で書いている。若い頃の詩で称揚していた忍耐は彼女にとって容易く得られたものではなかった。レイディ・シドニーの存在は、女王の胸に落ち着かない罪責感を誘うものであったにちがいない。というのも一五六二年に女王が天然痘に罹った時、看護の手を尽くし、女王には後遺症がなかったのにメアリ・シドニーにはひどい傷跡が残ったのであった。サー・ヘンリー・シドニーは

後年次のように書いている。

> 私がニューヘイヴン（ルアーブル）に出向く時には妻はとてもきれいだった——少なくとも私の目には一番美しいと映っていた——が、帰国してみると天然痘がこれほどレイディを醜くするのかと驚くほどであった。これは女王さまの貴い御身をひとときも離れず介護したためで…そのため彼女は今、ひとり自分の巣の中のふくろう（ニクティコラクス）のような暮らしをしています。

これは、詩編一〇二編六節「私は荒れ野のペリカン、廃墟のふくろうのようになった」からの引用である。「ニクティコラクス」と呼ばれるふくろうにはよく好まれる象徴的な含意があって、キリストの謙虚さと結び付けられている。[11] ふくろうが日の暮れるまで身を隠しているように、レイディ・シドニーも公けに顔を見せるのを厭い、宮廷では仮面をつけていたといわれる。シドニーはこの傷跡を残す母に変わらず愛を捧げた父を見て、まさに真の愛は「変化に遭うと変わる」ようなものではないという感覚を身につけたにちがいない。すでに触れた不快きわまりないドン・ファン的人物パンフィラスは、

> 恋人が病のために醜くなったり、不運で惨めになってもなお変わらず愛するような愚か者に[12]

侮蔑を投げかけている。『アーケイディア』の中のエピソードでもっとも長く続いて人気を保っているのは、変わらぬ愛を捧げたアーガラスの感動的な話で、彼は婚約者のパシィーニアが硫酸でひどく顔を傷つけられたときもなお彼女を愛したのだった。シドニーは、より良い性質の人物を創り出すフィクションの力を用いて、ヒロイン、パシィーニアの美しさを奇跡的に回復させている。自分の母にはこのように奇跡的な美容整形上の治療はできなかっ

た。だから彼女の手紙の多くに見られるくり返し痛烈な語調を帯びる不満や訴えは、この歪められた容姿となにか関係があるのかも知れない。このことはたしかにシドニー一家の財政問題に大きく影響したであろう。というのも病後レイディ・メアリとサー・ヘンリーは家族も使用人たちも分散し、その結果、経費は倍になったからである。病の後遺症と貧窮に加えてメアリ・シドニーには、苦悩と失望の比較的小さくてことばで言えない原因がいくつかあって、それがエリザベス女王に、シドニー一家に対する用心深く不寛容な態度を取らせる一助となったに違いない。メアリ・シドニーの弟の一人ギルフォード・ダドリー卿が例の不運なレイディ・ジェイン・グレイとすでに結婚しており、この結婚は、王座を左右しプロテスタントの王を相続させようとする父ノーサンバランドの策略によるものであった。もっとも周知のように、ジェイン・グレイが「女王」となるのは九日間のみであったけれども、エドワード六世（ヘンリー・シドニーはその信頼できる部下であった）の後継者としてその第二「相続案」の中ですでに彼女の名が公けに挙げられていたことは忘れてはならない。ダドリー一族や近親者にとっては、他の宮廷人たちが思っていたほどには、ジェイン・グレイの権利の主張が無効なものとは思えなかったらしい。浮き浮きした数日の間、シドニーの叔父ギルフォードは、王とさえ呼ばれていたのである。

メアリ・シドニーはジェイン・グレイの義姉にあたり、その数日のことをまざまざと記憶していたにちがいない。『レスター伯擁護論』の中でシドニーは、祖父ノーサンバランドを熱烈に弁護して彼とその子ギルフォードの処刑が単に「災難」であったと言及して、最終的には「公爵の最期の過ちは忘れよう」[13]と祖父を肯定的に捉えている。この「最期の過ち」が、ジェイン・グレイを王座につかせたことか、処刑を免れようとしてカトリックに改宗したことを指しているのかは分からない。はっきりしているのは、彼ら三代にわたる私権剝奪（アテインダー）〔反逆罪などで死刑の宣告を受けた者が、その市民権を剝奪され財産を没収されるばかりでなく相続できず、またその血統が穢れたものと見做されて地位の継承が不可能となるという極めて厳しい法があった〕や、処刑という驚くべき歴史にもかかわらず、シドニーはこのダドリーの祖先を熱烈に誇らしく思うよう育てられたことである。息子フィリップがシュロウズベリスクールにいた時、父がはじめて書いた手紙でこの点を強調している。「息子よ、覚えていなさい。お前は母方の高貴な血筋をひいているのだから…」と。ダドリー家出身の母は息子に、さらにもっと強くこのことを言ったにちがいない。その家系に対する強烈な忠誠心をジェイン・グレイの霊に捧げるものとしてよくよく覚えておくよう母は言っていたであろう。シドニーの死後二、三〇年経って書かれた（彼を理想化した）ある詩のなかに、彼がレイディ・リッチにやや横柄な威張った調子で言う言葉があるが、それがそうした状況を示している。

僕の叔母は女王となったかもしれないんだよ。[14]

少なくとも四度シドニーは「女王を叔母にもつ」可能性があったといえる。別の時だがレスター伯がエリザベス一世、あるいはスコットランド女王メアリと結婚しそうな状況もあった。姻籍上叔父にあたるハンティングドン伯は、かなり多くの派閥の者たちから王座に対する強力な権利があると見做されていた。けれどもこの詩につけられた注によれば、この誇りはレイディ・ジェイン・グレイと結びつけられている。いささか不器用な結びつけ方だが、シドニーにとってなにか重要なことに注意を惹こうとしているものだ。実際に彼の叔母は九日のあいだ女王だった。またジェイン・グレイの高度な知性、敬虔、読書愛、そして、頑固な法王信奉者たちは地獄行きだと言い続けたその愚直な口吻など、みなシドニーの両親が鮮やかに記憶していることであった。特に母が息子の幼いうちに叔母ジェインについて知っておいてほしいと気を配ったのは、叔母がもう少しで英国ではじめてのプロテスタントの女王となるところだった、ということである。シドニーが一五五四年一月、母の胎内に宿った頃、彼女は処刑された。ジェインは政治的人質として取り扱われついには処刑され、その内面の感情などは周囲の年長者たちには問題にされなかったが、彼女の高貴さや沈着さの記憶は、おそらくシドニーが『新アーケイディア』で囚われの身のパミーラ姫の勇気と雄弁を描くにあたって——その場面はもっともオリジナルで力強いところであるが——役立ったであろう。

一五六三年以降はジョン・フォックスの『殉教者列伝』の中に、彼はジェイン・グレイについての証言を読むことができた。彼女は語っても書いても雄弁で、妹［キャサリンでペンブルック伯の妻となった］にやさしく、牢獄にあってもストイックに敬虔さを保ち、詩作さえたしなみ、その技は義姉メアリ・シドニーの腕に匹敵するほどであったことが、「針で…書き記したいくつかの短詩」を見れば分かる。それらは、塔に幽閉された折、ガラス窓に刻みつけられたもののことであろう。

いまわたくしが不幸な目に遭っているからといって、
不思議なこととは思わないで。
もし運命の展開が別の方向に行っていれば、
同じことがあなたにも起こりうるのですから。

ジェイン・ダドリー

彼女は、父の友人の一人が心の悩みを訴えたのに対して、長い精神的助言の手紙を二行の詩でしめくくっている。

変わることなく、揺るぐことなかれ、苦しみを恐れるな。
キリスト、汝を贖われたり。故に天国は汝の勝ち得しもの。

こういった記録が、ジェイン・グレイの人となりを両親が記憶していたことによって強固なものとなり、シドニーがパミーラ姫の苦悩を描くのに実質的な貢献をしたと私は考えている。

義妹ジェインに似てシドニーの母もすぐれて知性と学識と敬虔を備えた女性であった。ジェフリ・フェントンという、苦境に陥って一時パリにいた紳士は、一五六七年バンデッロの『物語集』からの迫真力ある英訳本を『いくつかの悲劇的な物語』としてメアリに献呈した。その献辞で彼女の「誠実な生き方と篤い信仰」が英国ばかりか外国でも賞賛されていると記す。[15]この人物を彼女がずっと支え続けたことが、おそらく最初はサー・ヘンリーのもとでアイルランド勤務に就き、その後彼のキャリアの成功に貢献することになったのであろう。当時多くの女性たちの夫はロンドンを離れて任地に赴いたが、メアリ・シドニーも同様に政争の中で夫に代わって闘わねばならなかったので、痘痕の残る顔にもかかわらず宮廷にしばしば出仕せざるを得なかった。一五七八年父への手紙でシドニーは、母が完璧な賢さをもって不在の夫サー・ヘンリーの利益に資することを為していると伝え、加えて「私自身について言えば母からはもっぱら希望を与えられてきました」と書く。[16]

一七世紀のある伯爵夫人が忠告することになるように、メアリ・シドニーが自分の子供たちに直接乳をふくませるだけの力があったかどうかは分からない。[17]おそらく授乳はしなかっただろう。この伯爵夫人は一八人の子供を全部乳母にまかせたと告白しているが、後になって自身で育てられなかったことを後悔している。シドニーの誕生後五〇年余りも経って、ウェブスターは『白悪魔』の中で、名門の夫人は自分で子に乳をやることはあまりなかったと言っている。もっとも当時多くの教育理論家は、それを薦めていたのだが。ウェブスターの劇で、公子ジョバンニは殺された母親イザベラを思い出しながらこう言う。

> 母はよく言っていた、私はお前に乳をやった、と。
> それは、僕をたいへんに愛してくれたということだったようだ。
> というのも、王侯にはほとんどないことだったから。[18]

メアリ・シドニーが息子を心から愛したことは確かだが、そのような肉体的な仕方で愛を表わすことはなかったかも知れない。モフェット博士は実母も養母も含めて「母親（マートル）」が赤子シドニーに「命と乳」を与えたと言っている。心地よくマントで包むと呼ばれていたアン・マンテルが、長くシドニー家に仕えることとなったのは、フィリップの乳母として来たのが始まりだった。たしかに彼女は夫ロバートと育児の責任をもち、ジュリエットの乳母のように、乳を飲ませる乳母から「ばあや」に、さらには力強い協力者になっていった。一五六〇年フィリップが六歳の時、サー・ヘンリー・シドニーは彼女に一八ポンド六シリング三ペンス支払っているが、そのうち一二ポンドがフィリップの「食事代」であった。同年「ポティカリ」（薬屋）に支払われた三ポンド一六シリング[19]はモフェットのいう、流行した「はしかと天然痘」がこの男の子の可愛い顔に「小さな地雷の跡」[20]をつけたことと関連しているかも知れない。しかしこの傷跡を残す流行病は二、三年後のことで、「シドニーの占星天宮図」［星占いのためのもので月を含む一二の惑星の天体位置観測図］が示しているらしいが、一五六二年、母と同じ時にかかった可能性の方が高い。トマス・モフェットは一五九〇年代のはじめまでシドニーの妹の家には関わっていない。ということはシドニーの幼い頃の出来事の順序についてモフェットの把握にはあやふやな時があることを示している。しかしシドニーの幼年期について、逸話がひとつある。これについては他の誰も記しておらずモフェットが老いたミセス・マンテルから聞いたという。実際ミセス・マンテルはシドニーの妹が結婚する折ウィルトンまで同道し、一五九〇年代まで生きていたので、シドニーの幼い日々のことを覚えていた数少ない一人だった。その出来事は高貴に運命づけられた子の保護監督に与った愛情ふかい乳母に、つよい印象を与えるものだった。

三歳にして坊ちゃまは両手をきれいに洗い、頭をおおって月を見上げて祈り、敬虔に礼拝するのでした。すでに幼い時期にあの方は心のうちに天国を取り込まれて、造り主の業を驚き崇めておられました。[21]

それらの「きれいな両手」は乳母に格別の印象を与えたのであろう。教訓めいたコメントは明らかにモフェットが三〇年後に「見本となる伝記」を書いた時のものである。しかしシドニーの、創造されたものの美しさに接して畏れを抱いた姿を描くところには真実があるだろう。なぜならそのような感情による反応が彼の死の際にも言及されるからだ。シドニーは自己に致命傷を負わせた神と和解しようと葛藤した時、瞑想している。

神は大変よき霊である。というのも、さもなければ、どうしてこの世界が今、有している美のうちに存続することができようか。[22]

この「あまりにも愛されている世界」の美しさに対するシドニーの鋭い反応は、きわめて早い時期に明らかに表われたようで、彼の世話をした女性たちはそれに気づき感動した。

明らかに幼いシドニーは乳母たちに深い印象を与えていた。おそらくそれ以上に注目に値するのは、彼女たちが彼に与えた印象の大きさである。たとえば一五七七年二月、彼が神聖ローマ帝国に遣わされる準備の最中、時間をさいて父の執事ロバート・ウォーカーに手紙を書き、ミセス・マンテルの報酬二〇ポンド（上位の召使としてかなり結構な額）を支払うようにと念を押している。[23] 語調を強めているのは、彼にとって大事なことである証拠で、「できることならお願いだ。そうしてくれれば僕にはたいへん有難い」と書いている。詩人としてのシドニーはしばしば幼年時代をふり返る。恋人たちを子供に乳を飲ませる一連のイメージに重ねることは、ある種とりつかれた観念のように彼の詩に散見する。唯一の手稿として残っている抒情詩「眠れ、わが子欲望よ」の主題はこれであり、駄々っ子「欲望」が目覚めたままで、「乳首」――赤子の食べもの――がほしいと、頼みが聞かれるまで泣いている。この他彼は少なくとも二度このイメージを使っている。一度は「ラモンの話」（二〇一～三行）で

だがしかし喜んだ「欲望」は――胸に抱いてもらったばかりの客人で

まだほんの赤子にすぎず、目で見るだけの乳で養われていたが
乳首をしゃぶれば「欲望」は、それだけますますその胸を求めた…

また『アストロフェルとステラ』七一番一四行では、恋のイメージがうるさくせがむ赤子として、恋人との関係の中心主題を纏めて言う。

「しかしああ！」と「欲望」はなおも大声で言う「食べる物がほしい！」

この決定的な一行は――もしソングとソネットすべての行を足して数えると――このソネット集のまさに中心に位置している。[24] あるレベルではステラに対するアストロフェルの恋は不毛で不妊なのだが、この連作の中心にはひとり赤子がいるのだ。恋人たちを、空腹を訴えてせがむ赤子のイメージとしてシドニーが公けに用いた例は、他にもある。それは主として彼によって考案され一五八一年の五月、女王と大勢のフランスからの客人の前で上演されたあの複雑な作品『野外劇（トライアンフ）』に見られる。シドニーと他三人の仲間の宮廷人は「欲望の四人の里子たち」と自称し、「私も飲みたいとそそられるあの乳で長い間養われてきたのに（授乳しない乳母（ドライナース）『絶望』がしばしば乳離れさせようとした）…」と言っている。ここでいう「欲望」には愛と同時に政治的な含みもあり、女王の愛顧にひたすらすがろうとする宮廷人たちの姿を描いている。この上演には込み入った寓意、つまりこれら四人の若き廷臣たちの女王に対する情熱的な献身の情がこめられているが、彼らは女王が外国人と結婚することで自分たちから疎遠になるのを好まなかったのだ。フランスの遣使たちはアランソン公爵の求婚の件をさらに進めようとしてきていた。シドニーが肉体的なイメージをあからさまに用いて野心に逸る宮廷人を、乳を求める赤子と結びつけるやりかたは、もっとも重大な状況にもっとも身近な比喩を容易に当て嵌める彼独自の手法である。これと同類のことは、実生活のな

かでミセス・マンテルの報酬について、皇帝の元に派遣される折の超多忙の最中でも考えるあの能力に見られる。またシドニーが名前やことばの二重の意味をたえず意識する性質を持っていたとすると、アン・マンテルについてもうひとつの想い出が、彼の書いた政治的動物寓話の第一スタンザの一行にはめ込まれてもいるようだ。

　　夜が黒いマントをかけてすべてのものを慰める…[25]

シドニーは夜の眠りの安心感に、乳母の名前と「マント」を結び付ける特別の理由があったわけである。

　エリザベス朝の貴族たちはお互いに込み入った関係で結びついているので、彼らの家系の歴史を詳しく調べると複雑で混乱してくる。シドニーの伯・叔母たちをテーマにするとき問題が先鋭な形で現れる。シドニーには全部で少なくとも一四人の伯・叔母がいる。「血縁」関係を有する叔母が七人、結婚によって結ばれたものが七人、あるいは八人である。後者の総計は、レスター伯と結ばれ後に縁を切られたダグラス・シェフィールドを含むかどうかによって変わる。「血縁」の七人のうち、ヘンリーの側は六人である。幼かったフィリップにとって未婚の叔母たち二人、メイベルとエリザベスの想い出はおぼろながらあったであろう。二人は女王メアリ一世の忠実なお傍つきで熱心なカトリック教徒だった。おそらく女王に終生仕えて死んだ。確かなのは、一五五八年メアリの死後、二人がどうなったか分からないことである。そのころ甥のフィリップは四歳になるかならないかであったが、二人はシドニー家のどこか離れた邸に住んで、ひそかにその信仰を貫いた可能性がある。他の四人の叔母たちは良縁に恵まれた。メアリはサー・ウィリアム・ドーマーの妻となったし、その娘ジェインつまりフェーリア伯夫人については先に触れた。レイディ・ドーマーは若くして亡くなったが、それはシドニーが生まれる一二年前のことである。ルーシー・シドニーはエクストンのジェイムズ・ハリングトン（アリオストの翻訳者の従兄弟）に嫁ぎ、［ジョン・］ダンのパトロンとなったベッドフォード伯爵夫人ルーシー・ハリングトンの祖母で、その名を彼女に与えている。アン・シドニーはサー・ウィリアム・フィッツウィリアムと結婚、夫はアイルランドでさまざまな高位の職位について女王に仕えたが、報われなかった人物である。父方の叔母たちでもっとも良縁を得たのはフランセスで、サセックス伯トマス・ラトクリフと一五五五年に結婚したが、後に死後五〇〇〇ポンドの遺産を寄付してケンブリッジのシドニーサセックスコレッジの創設者となった。多くの偉い伯・叔母たち同様彼女には子供がなかった。

ダドリー家側でもっとも著名なシドニーの叔父レスター伯と、婚姻によって叔父となったこれまた高名なサセックス伯の間柄は、これ以上ないというほど険悪なものであった。政治・政策のたいていの面で反対の立場を公けにしていたし、特に女王が外国人と結婚する可能性について意見が対立していた。サセックスはレスターに「ジプシー」[色黒でよそ者、危険な人物という含意をもつ] という綽名をつけ、彼は一五八三年死に際に、レスター伯の悪い影響を受けないようにこのように忠告したと言われる。「ジプシーに気をつけろ。お前たちみんなにとっては手に負えぬ者になるであろう。お前たちは俺ほど奴を知らないからな」[26]。一五七二年以来、宮内大臣としてサセックスは法律上親戚関係にあたるダドリー一族に対してかなりの権力を行使することができた。メアリ・シドニーがしばしば宮廷での居所につき怨みつらみを洩らしたのも、この関連で理解できる。サセックスは自らの地位を利用して、親戚が過大評価されるのを抑制したらしい。メアリ・シドニーの恨みは、自分より裕福な義妹が宮廷の立派な住まいやエセックスのボーレム、ニューホールの邸において、安楽に暮らしているのを羨ましく思っていたことと関係があるかもしれない。一方でメアリ自身はウェールズやアイルランドといった遠い土地の間を行き来せねばならず、またハンプトンコートやグリニッジといった王家の住まいにおいても寒く窮屈なところにいたのは、サセックスが宮廷内の部屋割りに責任を持っていたからかもしれない。

シドニーにとってもっとも強力な伯・叔母たちは、ダドリー家側に見られる。野心家であったジョン・ダドリーは、幼時を生き残った二人の娘であるシドニーの母メアリとキャサリンに、すぐれて人文主義的な教育を与えた。おそらくメアリはそれを用いて学問の基本を自分の子供たちに教え込んだ。妹キャサリンはハンティングドン伯へンリー・ヘイスティングズと一五五三年に結婚したが自分自身の子はなく、良家の孤児とくに少女たちのために一種の寄宿学校にあたるものをつくった。「私が、身分のある若い女性の訓育法を把握していることは誰も疑いません」と、老年になって彼女は誇らしげに言っていた。[27] ハンティングドン夫妻は若い孤児たちの「後見権」〔中世以来の法律では、国王から与えられる後見権により、親権者を欠く貴族の未成年期に財産管理と身上監護による利益などを取得できた〕を獲得するという利益の多い仕事を有用な目的に使ったのである。二人は共に「ピューリタン」教育に情熱的な関心をもっていて、それによって、自分たちの家庭でもまたその地方のグラマースクールにおいても子女を育て養った。伯爵夫人の教え子のひとりマーガレット・ホウビー(旧姓デイキンズ)は、アッシュビー・ドゥ・ラ・ズーシュでハンティングドン夫妻から教えられた人生の理想や生き方について記した日記を残している。一日の始めと終わりに祈りがあり、領地の病む人を訪ねて傷や骨折の手当てをし、子供が生まれる時の世話をした。説教を聴聞し信仰の書を読んだ。夫との会話は時折、俗世間の話題に触れたものだったが、それを別にすれば、日記に記している限り、彼女の一日はこんなところであったようだ。[28] しかし一方ハンティングドンの家庭学校のもう一人の卒業生ペネロピ・デヴルーは卒業後ハンティングドン伯が慎重に選んだピューリタンの夫と結婚したのであったが、はるかに多彩な宮廷でのわくわくする生活に入っていった。すぐ後で記すことだが、シドニーの「ステラ」のモデルとなったペネロピ・デヴルーはある意味で、もし結婚による関係で数えるなら彼の才能豊かな親戚のひとりに加えられ得るだろう。ハンティングドン夫妻はシドニー家の人々の生涯に一種重要な役割を果した。とくに伯爵夫人は、両親がしばしば不在だったシドニー家の甥や姪を親しく世話していた。なかでも一番近かったのはフィリップの末弟トマスで、一五七四年まだ彼がたった五歳の折、叔母に連れられて宮廷に小姓として出仕したとき、女王は「黄金とエナメルのハート型やバラの飾りがついた帽子」をごほうびとして手ずから彼に与えた。[29] 一五八六年両親と兄が亡くなった後、トマスは完全にハンティングドン家の保護の下に入り、彼の結婚は夫妻が取り計らった。相手はすでに二〇歳、夫妻が世話をしていたペネロピ・デヴルーのもう一人の弟ウォルターの未亡人で、日記を残したマーガレット・デイキンズであった。一五七九年にはサー・ヘンリー・シドニーが「金糸の布二三ヤード」[30]という高価な新年の祝い品をハンティングドン伯夫人に贈ったと記録されている。これはシドニー家とハンティングドン伯夫妻の間にいかに温かい関係があったかを示す典型的な証である。シドニーの遺書にも伯爵夫人は三人の伯・叔母の筆頭で「私の持っている最上の宝石」を譲ると書かれている。[31]年齢順でもあるが、それはまたシドニーの評価の基準を反映してもいるだろう。

遺書にある二番目と三番目の伯・叔母二人は、ハンティングドン夫人とも、またお互いにも、きわめて対照的である。二番目の伯母はウォリック伯爵夫人で旧姓アン・ラッセル、「善良なるベッドフォード伯」と一般に呼ばれたフランシス・ラッセルの長女である。後にその姪アン・クリフォードが記録しているように、[32]アン・ラッセルは非常に若くしてエリザベスの宮廷に出仕するようになり、ずっと娘、妻、未亡人として中断することなく仕えたので、「王国中でどの女性よりも女王の好意を得、宮廷全体でも同様に評価され、また敬われていた」。[33]ウォリック伯アンブロウズ・ダドリーは二度妻に先立たれた老兵であったが、この結婚が計画されたのは女王の好意の表れである。結婚式は一五六五年一一月一一日ホワイトホールの王室礼拝堂で「きわめて堂々と」執り行われた。ウォリック伯夫人はずっと続けて、ミドランド地方やほかの夫の領地においてよりも多くの時を、女王に仕えてすごした。当時の肖像画がかなり残っており、生き生きとして楽しげな表情でエレガントな服に身を包む彼女の姿が見られる。おそらく親族は宮廷でのおもだった機会にしばしば彼女を見ている。ハンティングドン夫妻と同様、ウォリック夫妻にも子はなかったので、彼らは宮廷の祝い事にはハンティングドン夫妻と同様、シドニー家の甥たちと参加していた。例えば一五七五年の六月、先頃三年間の旅から帰国していたフィリップは、ウォリック伯夫人のラッセル家側の姪の洗礼式に出席して手助けをしている。[34]それはウエストミンスターアビーで執り行われ、このときのために特にしつらえた深紅のタフェタの覆い（ハンギング）でアビーが美しく飾られ、洗礼盤のまわりには花々が置かれた。伯爵夫人は正式に女王の代理の役目を果たし、彼女が女王の名を、子供に直接授けた。シドニーはセントエドワード聖壇から左肩にタオルをかけて現われ、伯爵夫人がそれで手をぬぐうあいだ跪いていた。宴会がそれに続いた。[35] エリザベス朝の「宴会」はおよそ今日オックスフォードやケンブリッジのコレッジに「デザート」として残るものに相当して、甘口ワイン、フルーツ、ナッツ、スパイス入り「糖果（コンフィッツ）」そして多分葉の形の金粉で飾ったマジパン・タルトなどからなる。シドニーが伯母のアン・ウォリックにしばしば会ったのはこういった祝いの席であった。伯母の末弟ウィリアム・ラッセルはシドニーの生涯の最後の年には親しい友人また同志となる。

　おそらくは女王とたいへん近かったためであろう、ウォリック伯夫人はかなり多く献本を受けている。少なくとも二〇冊の、信仰上の、また世俗的な幅広い主題の活字本が献呈された。シドニーの注意を引いたであろう一冊は、ジョージ・ターバヴィルの『エピタフ、ソングズ・アンド・ソネッツ、タイミーテスからピンダラへの友好的な愛情のこもった話』である。現存する本は一五六七年に印刷された第二版で、改訂されたもの。前の版はおそらくばらばらにして読まれたと思われる。というのは初版の写本が残っていないのだから。ウォリック伯夫人は序にあたる一篇の詩による賛辞の手紙と最後にしめくくる詩にその名が挙げられ、そこには願いが記されている。

お手に取ってください
この不揃いな詩行を。思いやりの眼差しをもって
伯爵夫人ご自身の目をとおし、このささやかな本を読まれんことを。

ターバヴィルがありのまま告白しているように、正直言って彼はすぐれた詩人とはいえない。しかしこの本は一五〇篇の、多くはバラッド調で書かれた抒情詩からなり、普通見られないほど広い主題や軽妙な機会詩、風刺詩を含む、読み手をひきつけるものとなっている。あるモチーフなどは後にシドニーが発展させている。例えば共通の材源はカトゥルスだが、ターバヴィルの抒情詩で、貴婦人に許しを乞う一節、「かのお方に接吻をするとその唇に血

がにじむ」が、アストロフェルがステラに請け合って言う次の行の背後にありそうだ。

　ぼくは接吻するだけ、けっしてその上咬んだりはしない。[36]

ターバヴィルの場合、恋人はいささか無礼で、貴婦人に等価の復讐として彼を咬むよう誘っている。アストロフェルのようにターバヴィルの恋人は、テムズ川の上を航行するあいだ静かに流れるよう川に請うている。またアストロフェルのように、眠れぬ寝床に語りかける。宮廷での生活は「日毎の精勤」に過ぎないとして退去するところなどは、『新アーケイディア』で単純な頭脳の持ち主モプサが語る、未完のおとぎ話で取り上げられているようだ。そこではある騎士が貴婦人を口説くのに「日毎の精勤とひどい呻き声」を使ってする。[37] シドニーがターバヴィルをどう読んだか、唯一人研究した者がいるが、その結論はこうである、「彼は『ピンダラとタイミーテス』を読んだが、それをはっきり見下している」。[38] しかしシドニーはじっさいにはこの古めかしいが面白い、伯母に献呈された詩集を、おそらく一〇代のはじめに読んで、ある種の愛情を感じたのであろう。

　もう一冊ウォリック伯夫人に捧げられた楽しく奇抜な作品は、ヒュー・プラットの『哲学の花束、詩の喜びと楽しみを添えて』（一五七二）である。若い時これを書いた著者は、後に多くの料理や家事の本をものしていて、どうやら「女性的」な知識の分野を扱って楽しんでいる。この本のなかにもウォリック伯夫人の甥を満足させたであろう事柄があって、それが夫人の肖像画に見られる彼女のユーモアの鋭い感覚を示す証拠となっている。プラットの食に対する関心はその詩のいくつかに反映されていて、例えば「マスター・メンダクスとその友クレデュラスの愉快な話」はペイストリーでできた家を描くほら話である。

　　柱はどれもみんなシナモン、

それもジンジャーでつなぎとめられ…
食卓はビスケットブレッドでつくられていて、
四本の脚は糖菓（コンフィッツ）。
部屋の四隅におどけた少年が立ち、
手を差し出して
通る人みんなに
キャラウェイはいかがと振舞っている…

突飛な空想はひろがって、卵の黄身で修復したカスタードの壁、紙のハエ取りにはおびき寄せるためのマーマレード、豚の腹にはナイフが刺さったままぶら下がり、殺されて食べられちまうと叫んでいる。これらはみんな突拍子もないが、プラットがおしまいにつけたコメントは真面目な意味を含んでいる。

すべて事物は、詩人の筆や
絵描きの筆には自由なもの。

『詩の弁護』で詩の自由を称賛するシドニーにとって、プラットの空想を自由に遊ばせることはそれなりの魅力があったろう。ウォリック伯夫人はおそらくシドニーと文学的関心においてもっとも近しい人であった。
シドニーの遺書の三番目にくる叔母はレスター伯夫人である。ウォリック伯夫人がまれにみる長い期間女王と安定した関係にあったのに比べて、レスター伯夫人は当初ある種のご好意をいただいていたが、後に女王の「猪（ベート・ノワール）」「大嫌いなもの」となった。彼女の母キャサリン・ケアリはアン・ブリンの妹の娘だから、女王の従妹であった。キャサリン・ケアリはサー・フランシス・ノリスと結婚し、一五六九年ハンプトンコートで亡くなるまで長い間、従姉のエリザベスのお気に入りであった。しかし娘のレティスには別の条件があった。彼女の最初の夫エセックス伯ウォルター・デヴルーが一五七六年アイルランドで亡くなった時、レスター伯の敵たちは怪しいと感じた。彼女は夫の生きているあいだにレスター伯との関係に入っていたかもしれないのだ。たしかに一五七五年にはしばしばケニルワースを訪れ、レスターの客人となっていたが、夫はそこにいなかった。一五七八年九月にレスター伯と秘密の結婚をした時、式を執りしきった牧師が記したところでは、彼女は「ゆったりした衣服を身につけていた」。レスター伯のその前の結婚は、少なくとも将来性のないものといえた。最初の妻エイミ・ロブサートは、オックスフォード近郊クムノー館で一五六〇年に階段から落ちて亡くなった。もっとも近年の証拠分析では彼女がそれまでしばらく患っていた肺癌が影響して首の骨を折る事故となったとも考えられている。しかし当時の人々の多くは、レスター伯が彼女を暗殺させたと信じていて、レスター伯はついに完全には疑惑を晴らすことができなかった。一五七三年にはレスターは、ダグラス・シェフィールドと呼ばれた未亡人と何らかの形で結ばれていて、彼女はロベルトという息子をもうけた。しかし伯爵がその後これは結婚ではなかったと拒否し、ロベルトを嫡子と認めなかった。拒絶された夫人はサー・エドワード・スタフォードと一五七九年に結婚して、以後この夫妻は強力な反レスター派の旗振りとなる。レスター伯はその前一五七八年の夏にレティス・ノリスと結婚していて、おそらくは一五八〇年から八一年の冬のいつかに、レティスは唯一レスターが認知した子を生む。デンビ男爵ロバートである。この子の短い生涯のあいだシドニーはレスター伯の主たる後継ぎの位置からはずれる。幼子は一五八四年七月一九日まで、ストゥの書くところによれば「三年と少しばかりという年月を生きた」[39]。心打つ小さな鎧ひと揃いが作られ、この子がこれだけを相続するよう頑張った姿を、今もウォリック城で見ることができる。またロンドンのレスターハウスには父親が保持したいくつかの絵があったが、そのうちに一枚「衣服をつけないデンビ男爵」が含まれていた。もし現存しているなら、これはエリザベス朝で裸の子供を描いたおそらく唯一のものである。

レスター伯の妻は、他の婚姻でシドニーの叔母となった女性たち同様その個性が目立った存在であった。おそらくいちばんの才能はひたすら生き延びた点である。女王との関係が思わしくなかったので、長い生涯のうちでもパトロンとして人をひきつけなかったのか、印刷した本は数冊しか献呈されたり賛辞を書かれたりはしなかった。レスター伯との結婚後、彼女は執念深い女王の敵意に耐えなければならなかった。女王は一五七九年夏にフランスから派遣されていたシミエからこの結婚について知らされ激怒した。レスター伯はそれでも女王の寵愛を取り戻すが、レティスはくり返し夫が努力しても、二度と宮廷に戻ることは許されなかった。しかしながら彼女はウォンステッド、ケニルワースその他どこでも、準女王という境遇を保ち、現在ロングリートにあるジョージ・ガウアによる肖像画を見ると、一五八〇年代はじめの頃の彼女はまばゆいばかりに美しく、エリザベス女王流の豪華な衣装に身を包んでいる。じっさいレティスとエリザベスは、又従姉妹だったので顔つきはいくらか似たところがあったのであろう。このことが女王の嫌悪感を増幅した可能性もある。そしてまたレスターにとっては彼女がエリザベスの若返った姿として（女王とちがって性的にはまだ役に立ったから）とくに魅力をもった存在となったのかもしれない。レスターが一五八八年に亡くなった後、レティスはずっと若いクリストファ・ブラントを三度目の夫とした。彼はレティスの息子エセックスと同時に一六〇一年に処刑される。彼女はこの嵐も切り抜けて九六歳まで生き延びるが、一六三四年の死の直前まで「朝一マイルは散歩する」ことができたという。[40] 残念なことに彼女は覚書ひとつも残していない。六〇歳をこえる人が少なかった当時、彼女の長寿は際立っている。

シドニーとこの叔母との間がどんな関係にあったか推測するのは難しい。「ステラ」の母親として『アストロフェルとステラ』の中のソング四番に、彼女のカメオ細工のような横顔を見ることはできるだろう。

君の美しい母は床についている。
ともしびは消えカーテンをひいて、

君が手紙を書いていると思って。
書くがいい。でも先ずはぼくに書き綴らせてくれ…

レティスは娘たちとはうまくいっていたようで、一五九〇年代にはペネロピ・デヴルーの友人や仲間のサークルにいたらしいから、ステラの「美しい母親」として『アストロフェルとステラ』の最初の読者であった可能性がある。しかしわれわれには甥フィリップとの関係を知るすべはほとんどない。彼女が、叔父の好意から彼を遠ざけるのではないかと彼は怯えたが、また同時に、そのけばけばしい突飛な生き方に当惑していた感がある。彼女についていちばん詳しく書いてある彼の手紙は一五八六年三月二四日ユトレヒトから出されていて、そこには叔母がかなり負担であり、ネーデルラントのレスターのところに叔母と従者大勢がやってこないようひたすら願っている。[41]

次の世代に目を移しても、シドニーの世界には若い女性の親族が多い。一五五四年シドニー自身の誕生のあと、一五五六年マーガレット誕生、五八年その死、エリザベスが一五六〇年頃生まれ、六七年の死へと続く。[42] アンブロウジアが一五六四年頃に生まれ七五年に死ぬが、この子はスペンサーの「一一月」牧歌（エクローグ）に良き生まれの少女としてその死が記念されているようだ。一五六一年生まれのメアリはラッドロウの空気の悪さから逃れるようにと宮廷に召し出された。女王がアンブロウジアの死は空気のせいではないかと思ったのである。宮廷に出仕して二年も経たぬうち一五七七年メアリはペンブルック伯爵に嫁いだ。シドニー一族はたえずあちこち巡る生活だったので、シドニーがどれくらい妹たちの幼い頃の姿を見ていたかを知るのは難しい。もしシドニーが自分より年下の弟妹たちの姿を目にする機会が多かったとすれば、それは（弟ではなく）妹たちの方だったろう。というのも弟ロバートやトマスが生まれた一五六三年や六九年にはシドニーは学校や大学に行っていて不在だった。ペンズハーストにいたはじめの年月には、おそらく彼女らをいくらか見て知っていただろう。現在はケンブリッジのトリニティコレッジにある瀟洒な一五世紀の手稿本『シドニー家の詩編（ソールター）』［ファミリー・バイブルで家族の記録を書き入れたりする頁がある］

をみんなが朗読しようとしていた想い出がシドニーのしばしば用いるイメージ――子供たちが彩飾写本で遊ぼうとする――の背後にあるようだ。

子供が金箔で飾った頁や
　彩色した皮表紙の本を見つけて遊んだり
　　あるいはせいぜい美しい絵があるのを眺め続けるばかりで
　　作者の心の果芯にはまるで注意を払わないように…[43]

『シドニー家の詩編』には家族の諸々の記録――誕生、死、洗礼、結婚――が書き込まれているので、折々に子供たちの前にも取り出されたことであろう。

シドニーの妹たちのうちただ一人成人したメアリは、作家としてのシドニーに計り知れない重要な意味をもった。というのも彼女とそのまわりのウィルトンの「美しい婦人たち」は、『アーケイディア』がそもそも書かれたその読者（聴き手）であったからである。メアリはまたシドニーの詩の中で愛を捧げられた初めての名「マイラ」のもっとも有力な候補である。二人の年齢差を思えばシドニーは、ペンズハーストで幼子だったメアリにはほとんど会わなかったけれども、やがて一五七七年の秋、彼女が一六歳の年若い妻となるのを知って感動を覚えたのであった。メアリ・ハーバートがみずからすすんでシドニーの文学的業績を世に送り出す執行人となり、また編者となってした働きが彼の死後、残された作品が出版される形態を大きく決定した。

シドニーの女性に対する反応を形作った中で、もっとも決定的でありながら同時にもっとも謎めいている存在は、女王である。彼は女王の公的なイメージが、難攻不落の「完璧な美の要塞」として国家の死活問題の中核となる存在であることを示した。また一五八一年の余興（エンターテイメント）「欲望の四人の里子たち」の中で国民の母として乳離れしない廷臣たちを養うことを拒否すると脅す女王の姿を描く。一五七五年大陸旅行からイングランドに戻った後、すぐに書かれたドイツの友人宛の書簡には、エリザベスが彼の心の内になにか相矛盾する感情を掻き立てたことが暗示されている。一方で女王を「いくらか年がすすんで」と——四一歳の女性のことを未熟で羽も生え揃っていない二〇歳の者が見るような見方で——描写しながら、もう一方では女王をギリシア神話の「メリアグロスの灯火（ブランド）」になぞらえ、この英雄を生かしておくため灯をともし続けなければならない［カリュドニアのオエネウスの息子メリアグロスの生後七日目に不吉な予言がなされたという］し、また女王崩御となれば「われらの平穏はさらばだ」とシドニーは言っている。[44]これを聞くと、彼はいまにも女王が死ぬことを恐れているように響くかもしれないが、同じ頃書かれた他の書簡では、女王のもとでのイングランドの「平穏」が純粋な恩恵だとは看做しておらず、将来にある種の興奮を期待していたようでもある。若い廷臣のいく人かは女王の寵愛をうまく得たが、シドニーは女王の「お気に入り」にはけっしてならなかった。だから女王の死去によって、彼のぎこちない関係もまもなく終わりを告げるだろうと見ていたふしがある。若いシドニーの心にはおそらく女王が彼より一七年も生き延びることはけっして思い浮かばなかったろう。彼自身の死の六ヵ月前、シドニーは女王に対して、ネーデルラントにおけるイギリス軍を支えるのに、女王が中途半端で、十分に支えていないことをいたく憂いている気持ちを表わして、かなり絶望的な当てつけを書いている。

もし女王陛下が源泉であられるのであれば、日ごと目にするところから恐れますのは、われわれが枯渇してしまうのではないかということであります。しかし陛下は神の用いられる器に他ならぬのでありますから、わたくしが間違った期待をしているのかどうかわかりませんが、心底から確信しておりますのは、かりに女王陛下がその手を引かれたら、他のいくつもの湧き水がこの軍事的動きを援助する挙に出ることであります…もし女王陛下が兵卒に報酬をお支払いにならなければ守備隊を失うでありましょう、このことは明らかであります。[45]

幼い宮廷人たちが好意の乳をせがむ母としての女王を、ここでは金蔓の水源に変貌させている。イングランド国庫の黄金色の流れがダムのようにせき止められているように思われて、シドニーはどこか他のところに水脈を求めるつもりだと暗示している。彼が「他の水脈」――ヨーロッパ・プロテスタントの権力、資金、影響力の源泉――つまりヨーロッパ勢にすすんで近づこうとしていることを女王は評価しなかった。彼女の制御力を越えてすぐにも動き出すかもしれないヨーロッパの主導権に、女王は神経質になっていたのだ。しかしながらこの手紙もまたシドニーの他の文学作品も、元来エリザベスに熟読してもらおうと意図して書いたものではなかった。

このことは、スペンサーがエリザベス女王とその王国を賛美して『妖精の女王』を書き出版して世に公開したのと、シドニーの『アーケイディア』がまずは注意深く制限された仕方である手稿で回覧されたこととの間の根本的な差異を示している。スペンサーがエリザベスの政策のある面を批判したいと思っても――じっさい思ったが――それをするのに彼は巧みに暗示するかあるいは曖昧な方策を採らねばならなかった。シドニーは元来、妹メアリとその仲間たち向けに書いたので、数々の生意気なわき科白でうっぷんを晴らすことができた。そんな一例を挙げれば、改訂された『アーケイディア』の中でイベリア国の女王――「年いった女」だが若さをよく保っている――アンドロマナの容貌について描くところがあるが、それは読む者に別のある人を思い起こさせる。

ひどく赤茶けた髪とちっちゃな眼が（お互いに相乗し合って）他には褒めたい多くの美点があるのにそれらを台無しにしている。[46]

改訂されたロマンスのアンドロマナには、名前からして「男狂い（マンマッド）」の意味があってエリザベス女王の屈折した像を示すもののひとつである。他にも例えば女王の結婚記念として行われた「イベリア国の槍試合」の描写は、エリザベスの即位記念日でしばしば女王がイングランドに嫁いだ日と言及される一一月一七日に毎年行われた馬上槍試合をあからさまではないが真似た態のものである。シドニーはアンドロマナの赤毛と小さな目についての嫌味な言及を、エリザベス本人が読むことをまったくねらってはいなかったであろう。もう一つ小さな余談で、この若い廷臣の苛立ちを反映しているのは、公けには年かさのエリザベスを「完璧に美しいお方」として話を作り上げるように強いられてはいるが、妹にはいたずらっぽく語ることで解放感を味わい、ラコーニアの女王の美貌はほんの控えめにすぎないと言及するところである。

その人は美の王国の辺境で生まれたように思えた。というのも女王の姿全体は、美の王国の完全な所有者というわけでもなく、まったくよそ者ということでもなく、ただ彼女は一国の女王であったので、それゆえに美しかった。[47]

エリザベスはシドニーに対してきわめて大きな力を行使したが、権力絶大というのではなかった。彼の方が女王に対して、例のフランスからの申し出があった結婚話に関する忠告の書簡で示しているように異常に大胆に振舞ったのである。[48] また二〇代前半には宮廷に出仕を促す圧力に抗して、いく分長く参内しない道を選んだ。そしてその代わりにウィルトンハウスで妹が取り仕切っていた、より若く圧倒的に女性の多い宮廷、つまりオーブリーのいわゆる「小学問所（リトルコレッジ）」に留まっていた。そしてこの時期こそ作家としての彼がもっともいきいきとした生を保っていたのである。『詩の弁護』でとくに情熱をこめて詩人の自由を「その人の知性の黄道帯の中でのみ秩序を保つ」ものとして祝福している。詩作は、彼にとって個人の自由と気晴らしであり、女王の操作の手が比較的及ばない領域であると考えられていた。シドニーが、うっとうしくあるいは肉体的にも魅力に欠ける君主に言及する場面のいくつかは、メアリ・ハーバートやその仲間たちに、ちょうど学校で少女たちが女の校長の背後で笑いさざめくように、解放的な笑いを呼び起こすものであったろう。もしシドニーが女王やセシルあるいはウォルシンガムのために作り話を書く道を選んでいたらあらゆる制約を受けたであろうが、彼は宮廷からしばしば離れていきいきした若い女性たちのために書くことを選んだので、さまざまな束縛から自由となったのである。しかしエリザベスが彼の選んだ読み手ではなかったとはいえ、女王が彼に、女性の天分や能力を認めさせたこと、これは間違いない。

　これまで詳しく述べてきたどの女性も、シドニーの初期の想像力の進展におそらくなんらかの役割を果したただろう。女王を頂点にして以下多くの女性が文学上のパトロンであったし、みんな自分の言いたいことをはっきり語り、説得力のある手紙や、巧みな詩そして学問的な翻訳をものした。リングラー教授は、シドニーは書簡で一度も母国語の詩を論じたことがないと指摘している。[49] これは確かだが、その理由は残された書簡の性質にある。すなわちそれらが圧倒的に政治や公けの問題に関するものであったし、またたった二通を例外として、男性宛の書簡だからである。シドニーの個人的な手紙で、妹、レイディ・リッチ、母親、妻あるいはもっとも親しかった男性の友人たちであるフルク・グレヴィルやエドワード・ダイア宛のものはない。もっとも彼は折にふれ、これらの人にはすべて書いたにちがいないと、われわれは確信しているが。この点ではウィルトンに住んでいたから信用できるトマス・モフェットが、とくにシドニーの多くの散文および韻文の手紙の中から女王宛、友人宛そして誰よりも妹メアリ宛のものを選び出して賞賛しているのである。[50] おそらくはこれら妹宛の手紙は、一七世紀半ばにウィルトンハウスを完全に破壊した大火のどれかで失われたのであろう。物故した詩人たちの個人的な手紙についてどう処すべきかという今なお行われている論争に関しては、メアリ・ハーバートならばきっと、はっきりした見解を持っていたであろう。彼女なら、兄の個人的な手紙はキャビネットに鍵をかけておき、印刷業者などには手放さなかったであろう。妹への手紙がどんなものだったかを想像しようとするなら、われわれがなすべきことはただ『旧アーケイディア』のはじめに添えられた魅力的な書簡を見るにしくはない。そこで彼は妹の依頼に応えて書いたこのロマンスを彼女への贈り物としているのである。

　　あなたがこうするようにとお望みだったのです。そしてあなたの願いはわたしにとってご命令に等しいこと…ですから、どうかお暇の折に読んでくださり、愚かごとと判断されるところは、責めるのではなく笑いとばしてください。[51]

もしわれわれが女性宛の何通か、とくに妹宛の書簡をもっと多く読めたなら、彼の創作の動機や創作中の文学に込めた思いなど、いくつか直接的でありのままのことを知り得るかもしれない。それにまた『旧アーケイディア』や『アストロフェルとステラ』の両者と関連して、圧倒的に女性が多数を占めている仲間と彼が関わりをもっていたそのあたりの見当が、もっとつくかもしれない。

現状ではしかし、作品自体から得られることで満足せねばならない。「美しいご婦人方よ」という呼びかけがしばしばなされているにもかかわらず、これらの作品には現存する書簡や伝記的記録と直接明らかな形で結びつくものが殆んどない。けれども時折これらの作品の創られた背景を暗示するようなところが見られるのだ。例えばある一節ではW・S・ギルバートのように彼の伯母や叔母の多さ［この章のエピグラフ注3参照］をいささか滑稽めかしている。田舎者のモプサが、ある中世のロマンスを粗雑な形で借りてきて、女主人の苦労多い旅を描写している。

高い丘や低い谷をいくつも越えて伯母さんのとこまで辿りつくと助けてくれと叫んだ。可哀想に思った伯母さんは、胡桃をひとつやって絶体絶命のピンチがくるまでけっしてそれを割ってはならんと言い渡した。そうしてそれからずっとずっと歩いてお昼前に歩いたとこで夕方休むなんて絶対しないでやっと二人目の伯母さんの家にやってきた。その伯母さんは胡桃をもう一つくれたのさ…[52]

二番目の好意ある伯母さんのことを聞いたところで聴き手たちはもうたくさんだという。どうやらシドニー家の子供たちにとって、自分たちの伯・叔母が十分すぎるくらいいるのは冗談めかすほどのことだったのだ。

もうひとつ注目すべきは、シドニーが女性を聴き手として書きながら、女性たちがお互いに冗談を言いあっている場面を多く描いていることである。パミーラは、モプサの話をそれ以上の部分はわたしの結婚式のときにとっておいて頂戴と巧みに言うし、また第三牧歌（エクローグ）のカラの結婚式でわれわれは「女たちが（その国の慣わしに従って）みんな一緒に集まり、女性だけで楽しんでいた」と知る。[53] 女性に変装したシドニーのヒーロー、ピロクリーズは、物語上の「美しいご婦人方」のアーケイディア的世界に、対等の資格で入っていく。シドニーは『詩の弁護』のはじめのところで冗談めかして言っているように、自分が馬になりたいと本気では思っていなかったであろうが、自身は女性になりたいと思う瞬間が実際にはあったかも知れない。詩人の筆が自由なことを利用して、彼はすべて女性からなる世界に想像力で入ることができた。ちょうどピロクリーズがアマゾンの衣装に身をやつして入っていったように。

霊感、聴き手、主題ともにシドニーの作家としての誕生には、女性が中心的な位置を占めたのである。作品が女性たちに読まれるべく書かれるのだと知っていた彼には、同時代作家たちのあいだに流行っていた女性嫌悪を、ことさらに標榜するのを抑制する要素があった。しかし彼の場合、女性嫌悪をこめて書く誘惑などはじめから感じなかったろう。結局彼にとって、望めば男性の聞き手に向けて書くことは自由だった。おそらく彼は女性たちと一緒にいるのを純粋に楽しんだであろうし、女性の徳と知力を高く評価していた。リチャード・マルキャスターのいわゆる「少女たちがもつ天性の積極性」である。[54] アーケイディアのヒロインたちを有徳の人格として彼が描くとき、このことがまさに示唆されている。『旧アーケイディア』のフィロクリアは、自らの命を絶つことに関して深く感動的な語調で反対論を展開しており、彼女の本性である雄弁と思慮深さによって、ピロクリーズのモラルと感情の崩壊を弱点として示すように描かれている。[55]『新アーケイディア』ではパミーラが天の摂理の存在について、高度な議論を始める。[56] もしかするとこれらは、女性のことばの直接的な記録と言うよりは「あり得ることやあるべきこと」のイメージを示しているのかもしれない。とはいえ、パミーラというこのフィクションのヒロインの忍耐と雄弁は、シドニー家の実人生にあったジェイン・グレイの殉教と共通するものとして根もとにあったのだ。パミーラの知的成熟は月並みな女性の徳を犠牲にして得られたものではない。囚われの身の彼女は、すぐれた技の刺繍をして時をやり過ごしているのである。これもまた現実と結びつくものだったかもしれない。というのも例えばネーデルラントの摂政パルマ公妃マルガレーテのようにヨーロッパで幾人かの女性統治者は、会議をとりしきる間にも刺繍をしていたことが知られているし、スコットランド女王メアリも長年囚われていた間に多くの刺繍の作品を残している。シドニーの現存する手紙からはこのことを暗示するものはほとんどないが、彼は女性とその世界を親しく観察した人だった。

シドニーの恋人役アストロフェルも、「ステラ」の近親者だけでなく女性一般との交際を楽しんだことを認めている。

…ここで僕は多くの麗人に出会い、
彼女たちの心地よい語らいの魅力が
僕の重い心のなかに新しい思いを育むでしょう…[57]

ここでいう「魅力（チャーム）」とはおそらく「魅惑・恍惚」［*OED* sb1 参照］という以上に「小鳥たちのするように交わし合うさえずり」［*OED* sb2 参照］といった意味であろう。シドニーがもっとも早くに「会話（カンヴァセイション）」という語を *OED* sb7 で言う意味「思いやことばを交わし合うこと、親しい会話（ファミリア・スピーチ）」[58]として用いた作家である。アストロフェルをもっとも魅了したのが、女性たちの音楽的な声だったのか、あるいは語らいの内容だったのか分からないが、おそらくシドニーはそうした語らいを楽しんだことであろう。彼は生まれた時から女性たちの――ありがたいことに受けた教育のおかげで、ただ若さや美貌や衣装の美しさではなく「会話」によって魅了することのできる――仲間にしばしば入っていたのであった。

第二章　ダッチアンクルズ（一五六四－七年）

ダッチアンクルのように話をするとは、威厳を保ちながら親身になって忠告することである。
(*Shorter Oxford Dictionary*)

口に出すまえに、話そうとする一語一語をよく考えなさい、そうして自然は舌を（いわば）歯や唇をもって、そうして、そうだ、唇の外側に築いた髭の砦で護っているようなもので、この器官の安易な使用にたいして、すべて手綱あるいは頭絡の意味を持っているということを忘れないように。
（サー・ヘンリー・シドニーが当時一一歳の息子に与えた忠告の手紙より）

フィリシディーズ　誰かこのご老人の言葉に耳を貸したことがあったのか。
いやまったく、私にはない…[1]

少年として、また若者としてのシドニーの振舞いには、明らかに欠点がないとは言えなかった。彼を理想化していた医師のモフェットですら、「若さの不安定」と嘆いてシドニーのことを書いている。ただ性欲ではなくて、激情がシドニーに絶えず付きまとう弱点であったようだ。落雷のように突然に、シドニーの鬱積した怒りが友人や使用人の上に降りかかることがあったが、そのとき彼らが感じた驚きについて、モフェットは記述している。[2]彼の極端で軽率な怒りっぽさについては、数多く記録による例証ができるのである。彼は今日言うなれば「短い導火線［癇癪もち］」であり、おそらくはシドニーにも身に覚えのないことではなかったからこそ、『アーケイディア』の「年下ではあるがより重要な」主人公としてピロクリーズを選んだのであろう。その名前は「火のような激しさ」、つまり激情の過剰を暗示しているのである。この名前とその意味はどちらも、スペンサーが『妖精の女王』第二巻でさらに発展させて用いている。そこでは胆汁質である「ピロクリーズ」の激しい怒りが、ある点を超えると自然発火するのである。

「燃える、燃える、燃える」と彼は大声で叫びたり。
「おお、消しがたき火とは我が身なり！
何ものも燃え立つ私の内なる火を消すこと能わず
冷水の大海も、湿地の湖水も
死の他なにも私に休息させうるものはなし…」[3]

ニコラス・ヒリヤードの有名なミニチュア（現在ヴィクトリア・アンド・アルバート博物館所蔵）に描かれている正体不明の人物のように、シドニーの主人公は火のエレメントに生きているようだ。未完の『新アーケイディア』の終結部で、シドニーは「危険の始めより真只中でこそ勇気凛々」[4]となるピロクリーズの気質について是認するように言及して、この活力に充ちた激昂し易い性質こそが強さの源であったと暗に仄めかしている。しかしながら、日常生活ではシドニー自身の「ピロクリーズ的」つまり激しやすい気質は、かならずしも適切とは言えない性急な言動へと向かわせることがありえたのである。大陸旅行（グランドツアー）の間の主要な「ダッチアンクル」であったユベール・ランゲも、シドニーが大した理由もないのに友人たちに手のつけられないほど怒りを爆発させてしまう傾向があることに気づいていて、そのことで警告している。

君の最近の手紙で…分かったことは、君が怒りを呑み込み、人に何と言われても我慢したということ…もし生涯喧嘩に明け暮れることを望まないのであれば、君はこうした方式を私の歳まで幾度となく採用しなければなるまい。[5]

ウォレスは、シドニーには薄弱な証拠で、友人たちが金銭を盗んだと責め立てる不愉快な性癖があると記録している。[6] 父親の秘書を務めていたエドマンド・モリニュークスに宛てた一通のよく知られているシドニーの書簡が、それを物語っている。それは人がもっとも受け取ることを嫌うようなエリザベス朝の書簡であろう。

モリニュークス殿、簡潔が最上。父上に宛てた私の手紙が誰か人の目に曝されてしまった。そのことでは貴殿以外だれも責められますまい。そうだとしたら貴殿は私を裏切っているのだから、証拠が手に入り次第、貴殿に知らしめるつもりだ。それはそれでこれまでのこと。今後に関しては、神前で貴殿に言明しておくが、父に宛てたどんな手紙でも父の命令でもなく、また私の同意もなくして読んでしまったりしたことが私の知るところとなれば、貴殿には短剣をひと突きお見舞いする所存である。これは間違いない、私は本気なのだから。ではしばし御免。宮廷から一五七八年五月三一日。

私、フィリップ・シドニーより[7]

ここでもまた非難は言われのないことで、不運のモリニュークスに宛てた数通の次の手紙ではトーンダウンしているものの、シドニーが謝罪したという記録はない。

やはり胆汁質の若いシドニーはいつも人によい印象を与えるとは限らなかった。彼はしばしば不機嫌になりやすく、理不尽だという印象を与えた。彼の献身的な友人のフルク・グレヴィルによって後年語られているように、ホワイトホールのロイヤルテニスコートで行ったオックスフォード伯への反撃は、横柄で説得力を欠くものに聞こえる。伯爵はテニスをしようとやって来たが、シドニーとそのパートナーが（グレヴィルか）すでにテニスをしていたのだ。二度オックスフォードによって「犬っころ」と呼ばれると、シドニーは憤慨して、これは「ありえない嘘っぱちだ」「世の中だれでも知っているように、子犬は成犬から生まれ、人の子は人から生まれる」と言い返した。まさにシドニーの家族に対する侮辱こそが、オックスフォードの意図するところだったので、非難された犬の家系をシドニー自ら詳述したこととなり、反撃はほとんど彼の立場を強めることにはならなかった。もしグレヴィルの記述が正確にシドニーの返答を伝えていれば、彼らの荒げた声を聴いてテニスコートに引き寄せられた来英中の大勢のフランス貴族たちの聴衆には、彼がいかに愚かに映っていたか、長い年月を経た今日でさえ我々も当惑せざるをえない。[8] おそらくはモリニュークスが故人略伝の中で触れているように、シドニーは口より筆によってその雄弁さを発揮した。この章の冒頭に引用した父の忠告は、極端な禁制の感があったかもしれない。他方、もし子が人の父と言うのならば、サー・ヘンリーが、口に出すまえに考えて間をおくべしと彼に教え込んだのは、取りも直さず若いシドニーが憤怒の激しい爆発に屈することがあったからと推測できよう。

若いシドニーが忠告に事欠くことはなかった。「息子への忠告」が、——シェイクスピアがレアティーズに与えたポロウニアスの忠告のなかで、すばらしいパロディをやってみせているように——極めてよくあるジャンルであった時代の標準に照らし合わせても、ポロウニアスの役目を果たすことにいたく熱心な年上の男たちから、シドニーは例外的に多量の忠告と指導を与えられた受け手であった。この豊富な忠告が、逆に異常に激しやすくまた繊細な子供に、激情と欲求不満を募らせたのかもしれない。この種の古典的範例は、エリザベス朝の学童がよく学習していた文章、キケロの『義務について』であり、これは息子マルクスに与えたキケロの忠告である。シドニーの子供時代に、キケロやポロウニアスの役を務めた人たちのなかでもまず挙がるのは、もちろん彼自身の父親である。フィリップがシュロウズベリスクール在学中に書かれたサー・ヘンリー・シドニーの最初の手紙は、先生方には従うこと、懸命に学業に励み、運動をすることなど、普通の忠告に加えて、彼自身の経験から出た実際的で人間味溢れる知恵をさずけたものとなっている。

ワインはあまり飲まないこと、ただ時には嗜むこと。突然強要されて飲み、興奮してしまってはならぬからだ…陽気に振舞いなさい。と言うのもおおいに愉しんでいるときに、頭も体もうまく使えないようでは、私の息子たる資格はないからだ。ただしどんなに陽気になっても下品は禁物、また誰にたいしても辛辣な言葉を吐いてはならぬ。[9]

他にも多くの伯・叔父のような立場の人物が、シドニーの成長に親密な関心を抱いていた。その中には、義父になる可能性のあったサー・ウィリアム・セシル、初代エセックス伯、オラニエ公ウィレム、実際義父となったサー・フランシス・ウォルシンガム、そうして伯・叔父たち、中でもレスター伯ならびにウォリック伯がいたし、プロテスタントの政治家、ユベール・ランゲが含まれていた。こうした人びとすべてが、ランゲが行ったように、忠告や助言の正式な手紙を書いているというわけではないが、シドニーにたいして、その地位と権威が尊敬を受けるに値する年上の大人として、半ば後見人のような役割を果たしていた。こうした「ダッチアンクルズ」の大集団は、日々養育し学習させる乳母や学校教師や家庭教師などより高い水準でシドニーの教育に君臨した。幼い頃からシドニーの将来はこれらの人物の承認に左右されていた。

小学校に上がる前のシドニーの教育については、あまり分からない。『新アーケイディア』には、ピロクリーズとミュシドウラスの初期教育についての叙述があるが、そこでは地図、戦闘ゲーム、英雄主義のおとぎ話などが、戦争に対する関心を刺激するように使われたことが暗示されている。

王子たちは言葉も完全に覚えないうちに、弁舌すぐれた人に負けぬような立派な着想を懐くようになっていました。遊技でさえも将来役立つようにさまざまに工夫され、合戦や防護戦の様子が遊びの中で記憶に焼きつけられました。成長するにつれ判断力もついてくると、そのような工夫は必要なくなるのですけれど。物語を聴く楽しみは、立派な王たちのあらゆる物語を知識に換えられたのです。[10]

上記の引用が自伝的なものならば、作中その少々先にある「屈辱的な恐怖」つまり「暴力的な抑制」が、これら二人の若者には用いられなかったという言葉は、なにがしかの感慨を懐かせるだろう。笞なしに教えを受けたと言うなら、シドニーは同時代の少年たちよりずっと幸運であった。しかしながら、この部分は、ペンズハーストの子供部屋で実際起こったことの回想というより、王侯貴族の子弟の初期訓育について、シドニーが考えた理想的なプログラムを示していると思ったほうがよいのかもしれない。

シドニーはたいそう幼いときから文字が読めるようになっていたと推測できる。三歳の子供が月を拝むというエピソードを述べたすぐ後で、「彼はほとんどいつも眠ることを嫌がったし、ましてや本を持たずに寝室に行くことはありえなかった」[11]とモフェットが言うとき、このことを意味している。もし彼がまさに恐怖よりも敬意と優しさを持って教えられたとすれば、一五五〇年四歳になったフランシス・ウィロビに対して用いられたような楽しい教授法によって、たぶん基本の文字や教理問答などを学びやすくしてもらっていたのだ。つまり、「一ポンドのシュガー・プレイトやグレイト・コンフィッツ」が、「読本の学習のために」[12]購入されたとある。「シュガー・プレイト」とは、一種の糖菓で、きんぽうげの黄や菫の青色などのように、よく対照的な縞模様で綺麗に彩色されていた。「グレイト・コンフィッツ」とは、種子やスパイスを加えて飴にした大きな菓子のことである。しかしシドニーはそうした子供だましの誘因からたちまち卒業して、すらすら熱心に読むようになったにちがいない。後年彼は他の人が読解に彼より難儀していることについては、かならずしも同情することができなかった。年上の友人、エドワード・デニーのラテン語は心もとないものであったが、彼に学習法について助言を与えることになったとき、おそらく故意に自分の猛烈な速読力を披露したのである。二〇人以上の古典古代の歴史家を翻訳ではなく引用して、「このリストは少々長すぎるかもしれませんね。もっとも人が思うほどではありませんが[13]」と宣った。

基礎的な英語の読みに習熟したあとで、おそらく非常に早い時期にフランス語に取りかかったと思われる。後年フランス語は明らかに彼が自在に使える言語となった。ロドウィック・ブリスケットは、三年の大陸旅行に同行した友人だったが、一八歳のシドニーが「来仏間もないのにフランス語をたいそう上手にまた適切に話すことができる[14]」と語っていたフランスの宮廷人たちの驚きを記録している。シドニーの自在さはおそらく幼い頃から、フランス語を母国語とする者から手ほどきを受けたことによると考えられる。ブリスケット自身は――一五四五年頃の生まれとされているイタリア人で、本来ロドヴィコ・ブルシェットと呼ばれていたが――いくつかの言語の面でシドニーの助けとなっていたのかもしれない。一五六四年にはサー・ヘンリー・シドニーの家内で務めるようになっていたが、この年シドニーはシュロウズベリスクールに入学した。紛らわしいことだが、シドニーの家族はもう一人別に「ロドウィック」というイタリア人を雇い入れていて、それはシドニーの妹アンブロウジアの家庭教師である。こちらのロドウィックは、少なくとも一度は二ポンドのマーマレードの箱を報酬として頂いている[15]。しかしながら入学以前のフィリップの教師は、ジョアンあるいはジョン・タッセルとか言って、フランス語を母国語とする人であったらしい。一五六九年サー・ヘンリーは心の籠もった推薦状を持たせて、彼をサー・ウィリアム・セシルのもとに送った。当時フィリップの許嫁にと目されていた娘のアンのフランス語教師としてであった。「彼はその勤めを立派に果たすでしょうし、確かに彼は正直者で、長い間私に仕えてくれました[16]」と推薦状にある。おそらくタッセルはユグノーの亡命者であったのであろう。シドニー家は有能な亡命者と知り合いになるには好都合な場所に居を構えていた。と言うのもロンドンの主要な住居、セント・アントニーズは、「テイト夫人邸」としても知られているが、聖アントニー教会と寄進によって建てられた以前の付属学校に隣接していた。その敷地の所有権はウィンザーの主席司祭や聖堂参事会員にあったが、その屋敷は最初シドニーの祖父サー・ウィリアム・シドニーに貸し与えられていた。それから一五六三年以降は、彼の父に六ポンド一三シリング四ペンスという控えめな固定の地代で貸し出されていた。[17] その学校は近隣のセント・ポールズ付属校とは伝統的に敵対関係にあって、セント・アントニーズ付属校の「豚ども」とセント・ポールズ付属校の「鳩たち」は幾度となく街路合戦を繰り広げていた。ストウによれば、セント・アントニーズ付属校はなおも「自由学校」[18] として存続していたものの、エリザベス朝のあいだにはいくらか落ち目になっていた。契約書は、住み込みの校長がかつて使用していた部屋の区画はサー・ヘンリー・シドニーによって貸し出されていた不動産の中に含まれていたことを示している。目下の我々の目的に最も深い関連があることは、住居と校舎に隣接する当時の聖アントニー教会が、ロンドン在住のフランス人のプロテスタントの信徒たちと貸借契約を結んでいたということであり、一五六〇年代から一五七〇年代にかけて、続出する多くの亡命者の集団が入国し、その信徒の数は増加していたのである。カンタベリーには、大きなフランス人社会もあって、それはペンズハーストからすぐの所でもあった。ロンドンに滞在しているあいだに、シドニー一家は彼らの住まいの壁を通して、フランス人プロテスタントの礼拝の音を聞いていたに違いない。

シドニーの最初の家庭教師である、ジョン・タッセルのことはほとんど分かっていない。これまでの伝記作者はだれも彼の名前すら出していない。ロンドン在住のフランス人の教会の登録簿にも、「デニズンド」つまり帰化した外国人についての残存するリストの中にも、彼の記録は残っていない。しかしながら、シドニー家内に彼の居場所があったのは疑う余地がない。一五六六年サー・ヘンリー・シドニーは「彼の借金」を清算した――おそらくは未払いの給金であろう――それからタッセルに一〇ポンドの報奨金を加えて与え、フィリップの授業料として支払うべき主要なサー・ヘンリーの責務について決済したと推測される。[19] シドニーがシュロウズベリスクールの二年次生であったときにも、彼の指導について何らかの役割を果たしていたらしい。と言うのも、一五六六年の冬に、

「短靴とブーツ」を受け取りに行き、請求には自分で支払ったという記録があるからである。[20] シュロウズベリに在学していたあいだ中、彼は続けてシドニーのフランス語の家庭教師として留まって、学校で用意されたラテン語とギリシア語の基礎知識の補習をも行っていたのかもしれない。

シュロウズベリを選択するに当たっては、地理的な要素が重要な部分を占めていた。シドニーと彼の友人で後には伝記作者となるフルク・グレヴィルは、一五六四年一〇月一七日に入学して、両人とも直ちに上級に振り分けられた。[21] その学校は、サー・ヘンリー・シドニーが一五五九年の夏以来ウェールズ辺境地方管轄の長官として居住していたラッドロウよりわずか二〇マイルのところにあった。シュロウズベリの町は彼の統治管轄内にあり、彼はしばしばそこを訪れては学校の向かい側にある市庁舎に滞在した。[22] 想像力豊かで革新的な「ピューリタン」の校長のトマス・アシュトンはケンブリッジ大学、トリニティコレッジのフェロウであったが、一五六一年に校長に任命された。そうして当時この学校はおよそ四〇〇の学生を擁していた。一五七七年に彼が退職した後にその学校のために案出した「方針」は、おそらく彼の在職中すでに実行していたことを纏めたものである。この学校は身体的な快適さを得るための施設としては、おそろしく欠けたものがあったけれど、隆盛を極めていた。少年たちは学外の市中の家庭に下宿していたし、一棟だけの木骨造りの校舎は町はずれにあって、監獄に隣接していて、ラトニズレイン（鼠のあるいは朽ちた小道の意か）という不吉な通りを抜けてたどり着くのであった。その建物には便所がなく、少年たちは「緩和の場所」[23]としてやむなく近くの野原を利用させられていた。シドニーはジョージ・リー夫妻の家に下宿して、三年次生の時には夫妻の息子の名付け親になっている。[24]

長官殿の息子が、どれほど「特別」な扱いを受けていたのか、あるいはどれほどきちんと学校の過酷な日常生活を守ることが要求されていたのか、推測することは難しい。彼は戸外の便所を使用しなくてもよかったのかもしれない。と言うのも、シドニー家の出納簿の中に、彼専用の小さな台座を購入したと書かれているからである。[25] しかし、一五六五年一二月から一五六六年九月にかけての時期についてトマス・マーシャルが詳述しているものを見ると、何度か燦めく休暇があるものの、シドニーも学期中の規則には順応しなければならなかったことが分かる。「思慮深い先生がおっしゃるだけの時間を掛けて勉学に励むように」と言うのが彼に対する父親の忠告である。アシュトンの時間割によれば、これは夏期には六時、冬期には七時始まりということになる。おそらくシドニーは一一時から一二時四五分の間にリー夫妻の家に戻って昼食をとった。学習した作家たちのほとんどはラテン語の古典で、キケロ、ウェルギリウス、サルスティウス、そうしてカトーであった。シドニーは幾ばくかのギリシアのものも学んでいて、それには、新約聖書、また好意的な読後感を持っていたクセノフォンの『キュロパエディア』、これは模範的な統治者の若い時代と教育に関するフィクションであるが、そうしたものがあった。カルヴァンの『教義問答』も使われていた。午後の授業は夏には五時半に、冬には四時半に終了する。宿題はあったと思われる、と言うのも、学生たちは毎週月曜日の朝に「小論文あるいは書簡体の作文」を提出することを求められていたのである。

リー夫妻がどれほどしっかりとシドニーの世話をしたか、あるいは、彼らの家がどこにあったかは分かっていない。もしその所在地がどこか判明しているなら、シドニーの通った教会も分かるであろう。学生は下宿先の主人たちと教会に行くことになっているからである。ジョージ・リーは毛織物業者で、シュロウズベリの町役人であり、元国会議員でもあって、シュロプシャにはなにがしかの土地を所有していた。[26] 立派にブルジョアらしい生活をしていたことは疑いない。ときにはワインを飲むべしという忠告をサー・ヘンリー・シドニーが息子に与えたということは、それが入手できると期待されることを意味している。ホリバンドの『花咲く野辺』（一五八三）は、この時代の特権階級の少年たちの家庭における日常生活を活写したものだが、それはシドニーの生活に類似したものである可能性がある。一日は少年の女中に対する横柄な命令で始まる。衣類とインク壺、肩掛けカバン、ペンナイフ、教科書を持って来させるのだ。衣類の中には前日の運動場での活動で汚れたり裂けたりしたものもあり、いくつか「ポイント」［ダブレットとホーズなどの衣類を留め合わせるために用いられた絹や革製の垂れ飾りあるいは端金の付いた紐で、現在ならボタンが使われる」も、ちぎり取られたり、他の少年たちとの賭け事で失われていた。ホリバンドが描くロンドンの高級なフランス人学校では、食事は学内で提供されていた。朝食にはバター付きのブラウンブレッドと果物、ディナー（昼食）には、キャベツのシチュー、粥かパンとミルク、それらはビールかワイン、水とともに供された。すばらしい響きのメニューの夕食は、「塩をかけオリーブ油と…酢でしっとりさせた」きざみサラダで始まり、乾しスモモか野菜を加えた羊肉のシチュー、あるいは「時々たいそう美味しいガリモフリー（シチュー）また時には素晴らしく香ばしい挽肉」がそれに続いていた。断食の日には肉の代わりに、各人オーブンもしくはフライパンで焼くかまたは茹でるか、あるいは「パンケーキ」（オムレツ）にして食すために、卵二個が与えられた。パンは食べ放題、チーズとナッツで夕食は仕上げとなる。しかしながら、ある上級生がフランドル出身の非正規生に説明しているように（オランダ人はたいそうどん欲だと考えられていた）、これらの料理は厳密な配給制であった。

君は我々が食用豚か人間かどちらだと思っているのかい。ここは学校であって、給餌小屋ではないとわきまえたまえ。[27]

学校の食事を愉しみながらも、若い紳士たちはかなり基本的な行儀作法のしつけを受ける——たっぷりしたシャツの袖が脂に触れないように、またがさつにフォークを使わず、「慎み深く」爪楊枝を使うように——、またもっと洗練したレベルもあって、ワインや水を互いに飲み交わすときの「乾杯」の仕方などである。「王室献酌官」という父親の職位を引き継ぐことになる少年にとっては、そのような社交上の儀式に熟達することは、特に重要であった。重傷を負い戦場にあってなおもシドニーは「乾杯」の儀式を実施していたと、伝説は伝えている。

シドニーはおそらくささやかなお付きの者たちと一緒に、リー夫妻の家でテーブル・マナーを練習してから、それを休日には地方の上流家庭の訪問の折りに実践している。トマス・マーシャルや多分フランス語教師のジョン・タッセルなどの大人たちに加えて、もう一人少年のランドル・カルコットが同居していたが、彼は側仕えであり学友でもあった（フルク・グレヴィルは別の家に下宿していた）。我々は何よりもこの少年の履き物について知っている。ウォレスの指摘するところによれば、若いランドルは九ヵ月で七足の靴を履き潰し、「靴をひどく消耗させていたらしい」[28]。運動場での活動——校長のアシュトンに許可されたゲームの中には長弓、徒競走、レスリング、そうして跳躍があるが——あるいは彼の若い主人のための使い走りが、靴の摩耗の原因だと言えるかもしれない。しかし、シドニー自身も靴と衣類に関して恒常的な問題を抱えていて、たとえば、「ちゃんと着て外出する衣類がなくて」二回目のクリスマス休暇のためには新しい黒の上着が必要だったという[29]。彼はきまって「絹のポイント」を要求し、すでに継ぎのあるらしいシャツ、上着や半ズボンを徹底的に繕い、また寸法直しが必要だと言っていた。一例を挙げるだけで充分であろう。一五六六年七月マーシャルは、「シドニーの古い短くなった黒のベルベットの外套から彼のために作り直させたオーバーストック［膝のあたりで締まった半ズボン］」の裏地のために六シリング支払ったと言う。

資料や過去の伝記からこうした継ぎ接ぎの衣服を着けた人物の様子がわかる。モフェットによれば、シドニーは食事のときも、あるいは食事を抜いても読書したいと思っていた。

フィリップは朝食のときは上の空だったし、午餐のときにはさらに他にしたいことがあって、さらに上の空だった。確かに午餐と夕食の代わりに、科学、人文学そうしてしばしばあらゆる種類の学問分野のものを吸収したものである[30]。

そんな風にほとんどの少年とは違って、彼はガリモフリーや香ばしい挽肉料理の魅力には無関心であったのかもしれない。おそらくランドル・カルコットや他の人たちの同席がつまらないと思えたのだろう。遊び友達に対する反感は、モフェットの記述からもうかがえることだが、少年フィリップはしばしば使用人や友達にゲームに加わるように呼ばれると参加はしていたが、「嫌々ながら」であった。それというのも「自分のほうが秀でていると考えられる者の中にあっても、対等の付き合いを望んでいたから」である。謙虚さというよりむしろ傲慢さのためと言うのが、ランドルやその他の者たちのスポーツにしぶしぶながらも参加するという少年シドニーの態度の説明になっている。またおそらくは「天才児」らしく、彼は読書と次々湧いてくる思索に没頭していて、邪魔されるのを好まなかったのだろう。彼の書き物からすると、彼の集中力の持続時間は非常に長く、同年代の少年たちの短時間の注意力に退屈を覚えたのであろう。医師として執筆するとき、モフェットはシドニーの類いまれな読書好きに驚嘆しながらも、スポーツにたいする興味の欠如は是認できないと言っている。

フィリップの寝室は流麗な文の抜粋を書き付けた紙切れでいっぱいだった。古代の著述家の作品から引いて朗読するため、また当世の物語を貪るようにして読むため、書き写す部分を決めるということに関するかぎり、フィリップは自分の愉しみと歓びを享受していた。夜も昼も健康はあまり顧みず、知力、理性、そうして記憶力を金床にして絶え間なく関連の学問の研鑽を積んだ。しかしやはりこのことでやがて健康を害することになろうとも、文学的研究に没頭することを放棄したいとは思ってはいなかった。[31]

おそらくレイディ・アン・クリフォードのように、フィリップ・シドニーもお気に入りの文学的抜き書きを、寝台のカーテンにピンで留めていたのだ。マーシャルの話ではシドニーの健康がしばしば蝕まれる前兆を示していたのは確かである。たとえば一五六六年の春にはとつぜん学内で食中毒が起こり、またシドニーは繰り返し脚の故障に悩まされた。もっともこれは読書というより乗馬のせいであった。一五六六年の一月には、「膝を使うことも曲げることもできず、それで柔軟にするために[32]」、薔薇とカモミールの香油が購入され、その年の夏には暑気と乗馬が原因で「メリ・ゴールズ」つまり摩擦によるすり傷に何度も悩まされた。あまり読書に没頭すること、そうして真面目くさっていることには、サー・ヘンリー・シドニーも問題ありとしている。その忠告の手紙には、娯楽の重要性が強調され、そうして教師が要求する学習量をこなすことは大切だが、それで充分であり、それ以上はいらないとある。一五六九年一〇月フィリップがオックスフォードに行っていたとき、サー・ヘンリーはある意味では自慢の言い訳にもなっているのだが、この心配をレイディ・セシルに打ち明けている。

どうも息子はあまりに書物に入れ上げているのではないかとひどく心配なのです。もっとも賢明な父親なら子供のそんな様子に疑問を抱くなどほとんど聞いたことがありませんが。[33]

シドニーのしかつめらしさについてフルク・グレヴィルの話は他の証言と符合している。

彼の若い時代については、次のような驚嘆すべきことだけを述べることにしたい。彼と共に暮らし子供のときから彼を知っているのだが、安定した精神、そうして愉快な親しみやすい真面目さがあり、また年齢以上の品格と威厳を身につけている人として、いつも彼を一人の大人のように思っていた。彼の談話はいつも知識に充ち、遊びですら心を豊かにさせるものがあり、教師たちでさえ普段自分たちが読んだり教示したりする以上のことを、彼のなかに観察し学び取っていた。[34]

エリザベス朝の人びとは子供らしさをあるがままには大切に考えてはいなかった。教育家はできるだけ素早く老成した頭を若者の肩に載せることを理想とした。またシドニーを「普通の」騒がしい学生として描いていたならば、モフェットやグレヴィルのもっと大きな目的に合っていなかったであろう。だが実際に、異常に本に没頭し、くそ真面目なので、彼はまさにこの権威ある理想に合致することがしばしばあったと言えよう。ただ一つ現存する学校時代の遺品がそれを示している。シドニーが所有していたと知られる書物はほとんどないが、現在カンタベリー大学のキングズスクールのウォルポール・コレクションにある一冊は、一〇歳の頃のシュロウズベリの一年次生の彼と関係があるとされている。それはバンデッロによるロマンスのフランス語版一冊である『悲劇的な物語』(一五六一)であるが、この物語集はレイディ・メアリ・シドニーの友人であるジェフリ・フェントン作『いくつかの悲劇的な物語』(一五六七)の底本となっている。タッセルの忠告に従って、シドニーのフランス語を流暢に保つために、[35]その本は使用されたのかもしれない。彼はそれが自分のものだとフランス語で書き込んでいる。

　私はフィリップ・シドニー氏の所有物です。私を見つけた人は所有者に戻して下さい。

小さな建物を四〇〇人の学生が出入りしている学校では、しばしば書物の紛失が起こったことであろう。マーシャルの次の話がこのことの確証となっている。「前の一冊はなくしてしまったので、カトーの一冊のために一二ペンスを支払い」、また挟んであったメモに、おそらくはこれも補充として、「フランス語の文法書」と書き加えられている。[36]リー夫妻の家内でさえ、長官殿の子息が持ち物を安全に保っているのは難しい。というのもマーシャルは「フィリップさまの貴重品箱の錠前の修理、私室のドアの鉄の閂購入」の支払いについて記録を残している。[37]シドニーが生々しく書き込みをしたバンデッロの一ページは、教室のすし詰め状態を反映している。というのも、そのページにもっと小さなきちんとした文字で「フルク・グレヴィル」とあり、さらに斜めに「フルク・グレヴィルは右の者の所有権を保障する少年である(判読不能の署名)[38]」とある。想像するに一〇歳になるシドニーは——と言うのも彼がそれ以上の歳とは考えにくい——貴重で新しく入手したものを確保するために、その本の中に所有者としてのメモを急いで書き付けた。若いグレヴィルを左手に置き、もう一人の少年と一緒に彼らに関するメモをうるさいぐらいに加え、今でも生徒たちがそうしているように、斜め書きにしている。シドニーはすでに深刻な本の虫であって、彼のまわりの子供っぽい少年たちに幾分軽蔑を覚えていたのではないか。また逆に、並ならぬ彼の謹厳さは、他の生徒たちを挑発して彼を虐めさせる原因となり、彼はますますゲームに加わることを嫌がる気持ちを募らせた。死後彼の早熟は賞賛された。

子供時代にも彼は一人前の大人として見られていて、
それも半分は普通の大人だがもう半分は為政者…[39]

しかし他の子供たちには、「彼の親友」にでさえ、このかなりの自信家に対して敬意を持続させることは期待できず、彼らは私がすでに述べているように、シドニーが特に怒りっぽくなっているときなど、わざと彼の怒りを増長させるようし向けたようだ。かれの周辺にいて彼より成績が劣る多くの少年たちにとっては、モフェットやグレヴィルが言っているように、もしシドニーが教師たちによって学ぶというより教えるものを多く持っている人として扱われていれば、それはまたひどく耐え難いものであったに違いない。

と言っても、シドニーがシュロウズベリスクールにおけるあらゆるグループ活動を免れていたとは考えにくい。上記の引用のなかで、モフェットはシドニーが「朗読のための抜き書き」に凝っていたと述べているが、これは疑いもなく頻繁に出された宿題である。アシュトンがシュロウズベリで行った最も目立った改革の一つに演劇の奨励がある。毎週木曜日は半ドンで午後は解散となるのだが、その前に最も優秀な学生たちは「喜劇の一幕を朗唱し演じること」が必修となっていた。この実演はシドニーがテレンティウスの芝居に気軽な親しみを持っていたことの説明となっているのかもしれない。こうしたことについては、ランゲ宛の書簡や『詩の弁護』の中にも明記されている。そうしてまた彼は『アーケイディア』のなかでテレンティウスの固有名詞をかなり借用している。復活祭や聖霊降臨祭には「アシュトン先生の学生たち」はセヴァン川近くのクウォリー〔石切場あと〕にある野外大劇場で全幕通しの芝居を上演した。シュロウズベリ出身の多作な詩人であるトマス・チャーチヤードによれば、このアリーナの収容観客数は大変大きい。

優に一万人分の席があり、
お互いゆったり座ることができる。

学生たちの年中行事である上演について記述することになると、彼の評価は倍加する。

アシュトンの芝居のとき、これを見に行った観客は、
優に二万はあった。[40]

チャーチヤードが挙げる数にはたぶん誇張があるだろうが、アシュトンの公演は疑いもなく評判となり人気があったのであろう。女王陛下の一五六六年コヴェントリ行幸の際に、シュロウズベリまで足を伸ばして、その年の公演『背教者ユリアヌス』を観たいと希望したが、公演はもう行われていなかった。おそらくは疫病が蔓延したせいと思われる。[41]女王は主要な登場人物に扮する若きシドニーを見損ねたのかもしれない。彼は毎週行われる教室での芝居では、確かに主要な人物を演じていたに違いない。というのは、人前で巧みに話をする能力は、将来の仕事のために彼が習得しておかなければならないことの一つであったからである。長官殿の子息が聖霊降臨節の芝居に群がって集まる大勢の、社会的にも入り混った観客を前にして語ることがよしとされていたかどうかは、疑問の余地があるが、一つの可能性ではある。一五六五年三月ラテン詩の音節及びその長短に関する、ラドゥルフス・グァルテリウス・ティグリヌスの本をシドニーが購入したことは、これに関連があるかもしれない。と言うのもアシュトンの芝居は普通ラテン語で演じられ、大がかりな芝居の場合、舞台稽古は上演の数週間前から行われると推測したほう

がよいからである。シドニーの韻律や韻文の台詞に関する興味は、アシュトンの優秀な学生たちがラテン詩を朗唱し、また作詩するという彼が与えた課題によって、最初は刺激を受けたと考えられる。

演技に対する後年のシドニーの態度には、逆説的なところが見られる。『新・旧アーケイディア』において、彼は若い英雄たちが、時には演技と言ってもいいほど、例外的に言語の才能に恵まれていると思わせている。アマゾンの衣装を着けたピロクリーズが素晴らしい演説によって、酔っぱらった暴徒を沈静させたことがあったが、これがその例である。[42] しかしながら、『新アーケイディア』のなかで、ある見かけ倒しの悪漢を――その名は適切にもテレンティウスの芝居から借用している――役者の成れの果てとして描いている。

このクリニアスは若いころにはひとかどの学者で（とはいえ行動の規範というより言葉を学んだのであり、言葉についても、語順というより語彙を増したと言うだけのことであり）、またしばしば悲劇の役者を演じておりましたが、そこで彼が学んだのは、滑らかな語り口だけでなく、多くの激情に通じ、また顔にそれらの感情が現れるようにすることでした。[43]

おそらくシドニーはクリニアスがしたような「演技」と、大演説つまり人前での話術とのあいだには明瞭な区別があると考えていたであろう。それは仮装しても、つまりファンシー・ドレスを着ていても、後者は真面目な社会的、道徳的、知的な働きを果たしているからである。

『背教者ユリアヌス』で大役を演じたかどうかは別として、一五六六年の夏にはシドニーはますます重要な公的役割を果たし始めていた。幸運にもこれはマーシャルが書き残している時期に当たるので、通常にはない量の詳細な記録が残存している。その年は、一五六五年の秋にアイルランド総督に任命されていたサー・ヘンリー・シドニーが、実際離英した年にあたる。一二月二日チェスターで息子に別れを告げてから、シドニーの両親は惨めな冬を過ごしていた。キャムデンによって「寒村」[44]と言われているホリヘッドで、アイリッシュ海を渡る風向きを待って、たいそう不快な時をしのいでいた。一月半ばついにダブリンにたどり着いたときには、嵐が総額五〇〇ポンドの衣類、宝石、家財道具もろとも船を一艘沈めていた。[45]依託されていた若者の衣類の縫い直しを果敢に進めたマーシャルだったが、こうした背景となる事情を考慮しなければならない。サー・ヘンリー・シドニーのアイルランド勤務への昇進は、彼は三度拝命することになるが、たいへん費用の掛かるものであった。一五八三年までに五〇〇〇ポンドの借財を負い、「羊一匹に草を食ませるだけの土地」も所有していなかった。

その間一五六六年、一一歳のシドニーは父親の姿と指導を欠くことになった。サー・ヘンリーのアイルランド行きが、すでに引用した忠告の手紙を書かせたことには疑問の余地がない。付き人たちは若い学生に掛ける乏しい資金をやりくりして、体裁を整えてやらなければならなかった。一五六六年のクリスマスシーズンのためにマーシャルが購入した黒のコートは、最初はシュロウズベリで開催された市民主催のクリスマス祝会で着用されたものであろう。この祝会のことをチャーチヤードは壮麗なこと、それを凌ぐのはロンドンしかないと述べている。確かにロクセターに近いイートンでもそれは着用されたであろう。そこでシドニーはサー・ニューポート夫妻と新年を過ごしている。夫妻の娘であるマグダレンは、やがて偉大な英詩人、ジョージ・ハーバートの母になる人で、詩人ジョン・ダンの擁護者でもあった。ダンは一六二七年、マグダレンの葬送の説教の中で、ニューポート一家の「歓待の慈愛」を称賛している。推測するにニューポートの家族は、敬虔で知的で、真面目な少年に相応しい家族であった。しかしながらマーシャルの記述はクリスマス休暇のもっと普通の様子しか記録していない。シドニーとランドル・カルコットは調髪して、「ある種の鳥打ちの太矢」[46]を与えられて祝祭に備えた。休暇の後には一月半ばから授業が始まり、四月一三日の復活祭まで続くのだが、その間シドニーはマーシャルによって「絹の腰帯一本」「ニットのズボン」「新しい靴一足」を充てがわれた。五月には『背教者ユリアヌス』の公演を短く切り上げさせたと思われる疫病の突発的流行があり、シドニーとランダルは三週間学校を離れ、ある期間はニューポート一家と、またある期間はシドニー家の遠縁にあたりシュロウズベリの有力な市民の主要な一人であったモートン・コーベットのサー・アンドルー・コーベットのもとで過ごした。サー・アンドルーの長男、ロバートは後にシドニーのヨーロッパ旅行に同行するが、シドニーはランゲに彼を「私の一番重要な友人」[47]と紹介している。

父親が不在のあいだは、シドニーの他の「ダッチアンクルズ」がますますしっかりと彼の世話の責任を取ることになる。直接の家族の目に見えて減少してゆく乏しい資産に比べて、彼らが与えなければならなかった贅沢にはたしかに彼は魅了されたにちがいない。六月と七月マーシャルの記述によれば、入念な準備がなされ、シドニーはケニルワースとオックスフォードの旅に出た。オックスフォードには女王陛下行幸の予定になっていた。ヘレフォード子爵の長子、ウォルター・デヴルーは、一五七二年エセックス伯の爵位を授けられることになるのだが、おそらくスタフォードシャの領地、チャートリで飼育したと思われる素晴らしい「栗毛の馬」を少年に与えている。シドニーが在学中のある時期にチャートリを訪問しているかどうかは分からない。マーシャルの記述はシドニーがシュロウズベリで過ごした三、四年のあいだのただ一〇ヵ月分しかないので、そのような訪問について言及がないことが、ただちに可能性の除外を意味してはいない。もしシドニーが休暇中にチャートリを訪ねていれば、ほんの二、三歳にしかなっていないペネロピ・デヴルーと呼ばれる小さな女の子にそこで会っているだろう——

しかし太陽が昇る朝までは予見できなかった
いかに美しい一日が近づいているかは…[48]

シドニーがこの段階で幼いペネロピに会ったかどうかはともかく、ついには義理の息子になるかもしれないという希望を抱いていたので、ウォルター・デヴルーはシドニーとの友情をはぐくみ、馬を与えたのであろう。娘たちを持ち困窮する父親たちにとって、ウォリックとレスターという二人の大いなる伯爵の継嗣として可能性のあるシドニーは、すでに特別の魅力を持っていた。デヴルーの長子ロバートは、後にシドニーの友人、仲間、そうして軍人としての相続人にもなるのだが、一五六五年一一月の誕生なので、[49]学校時代のシドニーとの交友はあまり多いとは言えなかった。

黒い絹の縁飾りをほどこした鞍を誂えて、シドニーは一五六六年七月も遅く栗毛の馬に跨りミドランド地方に向けて出発した。彼に同行したのは、校長のトマス・アシュトン、従者のトマス・マーシャルとランドル・カルコット、学友のエドワード・オンズロウ、シドニーが身を寄せていた家の主人ジョージ・リーであった。大量の書物と靴を「二つの明礬色のカンヴァス製の鞄」に入れて、おそらく荷馬に載せて運んだ。順調とは言えない出発となり、いったんシュロウズベリに引き返し、[50]人員をしぼって——若いオンズロウとジョージ・リーは一行から外れて——八月一四日に再出発して、最初の晩はハイ・アーコルのサー・リチャード・ニューポート宅に投宿した。マーシャルの記述では、続く三晩はウルヴァハンプトン、「ブラマジェム」、ハンプトン・オン・ザ・ヒルに投宿したことは判明している。コヴェントリで一行はレスター伯に会い、翌八月一八日の朝、壮麗なケニルワースの城に向かった。おそらくこれはシドニーの最初の訪問ではなかった。一五六五年八月には女王陛下がその地にレスターを訪ね、一〇歳のシドニーも滞在していた可能性が高い。一六歳のとき算出された「シドニーの占星天宮図」では、彼が一一歳のときに女王の御前で話をしたという記録があるが、これはオズボーンが言っている一五六六年のオックスフォードではなく、おそらくは一五六五年のケニルワースでのことであったろう。シドニー自身が占星術師にホロスコープに含まれる過去の情報を与えていたに違いなく、彼の年齢に対する言及はおそらく正しい。一五六五年の女王のケニルワース訪問については、レスターとの関係においては明らかに大成功とは言えないということを除いて、残念ながらあまり知られていない。代わりに、一五六五年一一月に行われた伯父アンブロウズ・ダドリーとアン・ラッセルとの婚礼の折に、シドニーは御前で話を申し上げたとも考えられ、それは彼の一一歳の誕生日の二週間前であった。

一五六六年ケニルワースは、女王の随行団こそいなかったが、騒がしく人で混雑していたので、シドニーの小さな一行は城内の使用人や客人たちの群れの中で動きがとれなくなっていた。[51] しかしながら大きな利点一つがこの段階のシドニーの旅行を特徴づけている。マーシャルとの話し合いの後で、レスターは自分自身、悪評が立つほど贅沢で流行に敏感な衣装道楽であったが、甥にすべてを揃えた新調の衣裳一式を誂えてやることに同意した。華麗な衣装のこの豊富なコレクションは、彼の継ぎの当たったダブレットやリネンの半ズボンを色あせたものにした。おそらく古着はランドルに回したのであろう。なかんずくレースで縁取りしたダマスク織りの外衣（ガウン）、深紅色の繻子のダブレット、緑の平織りのダブレット、深紅色のベルベットの半ズボン、そうして、三着の革製ジャーキン［一六・一七世紀の男性用の短い上着。多く革製］、一着は白で、「黄金色の羊皮紙でこしらえたレース」の縁飾りがあった。おそらくこれは女王の御前で着用される予定であったのだろう。六足の「二重底の靴」、白、黒、青があり、数ヵ月はまた靴屋に通う必要のないことを保証していた。もっともこれらのものは他の美服と同様、あまり立派なので校庭で着用できるものではなかったであろう。ケニルワースで新たにシドニー一行に加わったのは、教育者のトマス・ウィルソン博士で、面白い古典となっている『修辞学』（一五五三）の著者である。ウィルソンは一五二五年の生まれと推定され、ダドリー家とは長年にわたる関係を保っていた。政治家としても外交官としても成功をおさめてきた人文学者なので、若いシドニーにとっては立派な「ロールモデル」であった。

　さらにもう一泊してシドニー一行はオックスフォードに到着した。そこで彼らは最初旅籠に投宿したが、それからはリンカンコレッジに滞在した。レスターの礼拝堂つきの牧師の一人であるジョン・ブリッジウォータは、リンカンコレッジの学寮長であったが、彼らの二週間の滞在中、主人またガイド役を務めた。女王のご来駕を待って集まった群衆にもかかわらず、一六のコレッジを擁するオックスフォードはシュロウズベリスクールの一棟だけの建物と比べると広々として潤沢なものに見えた。遅い夏のオックスフォードではよくあることだが、その日はどしゃ降りだった。女王到着が予定されている二日前にレスター伯は、大学総長として、ノーサンプトンの侯爵、サー・

ウィリアム・セシルと他の貴族たちとともに到着した。学者たちはクライストチャーチの正面の大きな中庭、「トム・クワッド」と呼ばれているところに整列して迎えたが、「雨が激しく降り、彼らはケノル博士の宿舎に直行した」。ケノル博士は副総長であった。おそらくは室内でレスターとセシルは各々式辞を受け、午餐のあと富める者と貧しき者とではどちらが学問に導き易いかという、いまだ論争になる問題について討論があって、彼らはウッドストックに向かい女王の一行に合流した。姉メアリの治世に囚われ人として過ごして以来、女王がウッドストックを訪れたのはこれが初めてであった。

八月三一日の夕方女王の一行はみな、ウッドストックロードを通って進みオックスフォードに入った。町外れで現在はノーザン・バイパスとなっているところで、正式な衣服に身を正した大学のお偉方、市長や市会議員などが出迎えた。多くのイギリス貴族に加えて、女王に随行していた者のなかに、ドン・グスマン・デ・シルヴァというスペイン大使がいた。彼は女王が受けた熱狂的な忠誠心について後に母国に報告することになったであろう。我々にはシドニーとその小さな随員団がどこにいたかは分からないが、彼らは女王の堂々たる行幸先のどこかの段階で待ち受けていたのであろう。「ボカドウ」、つまり町の北門か、あるいは女王の最終目的地であるクライストチャーチであったろうか。お姿を見るためには、充分待つ価値があった。先触れのあと、総長、市長、そうして最後の最も素晴らしい一団、貴族たちがそれに続いた。ウォレスが以下のようにそれについて描写している。

行列の次には王家の先導者が大きな笏を持って馬で行き、それからサセックス伯が続いた。彼は剣一振りを持っていたが、その柄は豪華な金細工で宝石が鏤められ、鞘は精巧な打ち出しの装飾が施されていた。ややあって女王の御馬車が、緋色の飾り馬衣を付けた美しい馬にゆっくり牽かせてやって来た。御馬車は四方素通しで、金色に耀く席には帝王らしい女王が座し、壮麗の極みであった。女王の髪飾りはそれに金糸が編み込まれ、真珠や他の宝石で燦然と輝く驚嘆すべきものであったが、ガウンは金糸を織り込みこの上ない輝きを放つ緋色の絹地で作られていて、凱旋用の外衣の形を模し、貂の裏張りがしてある紫色のマントに見え隠れしていた。馬車の脇には、金色の上着を着けて輝く女王直属の随行員と、女王陛下の御身間近に押し寄せる群衆の整理に忙しい式部官たちが馬で行く。御馬車のすぐ後には王家の従者と女官たちがやって来た…それから絹糸金糸の馬飾りを付けた血統のよいスペイン種の小馬が何頭も続いたが、これら牽かれた小馬には乗り手はいなかった…王室護衛隊は金と緋色の壮麗な制服に身を包み、しんがりをつとめた。総勢およそ二〇〇…そして彼らの肩には大弓や闘斧のようにして鉄棒が掲げられていた。[52]

一一歳のシドニーの心には、権力と栄光に包まれた君主というこの光景が、強い印象を残さないはずはなかった。彼は後になって、視覚的な誇示と効果的な統治のあいだには、緊密な関係があることを痛感していることを示した。たとえば『旧アーケイディア』の中で、ユアーカス（「立派な統治者」の意）は、

> 生来民草は重要事項の内的な考慮よりも外観にはるかに感激すると賢明にも考えた…こうした大げさな儀式のなかに、おおいに固執すべき統治の秘訣があることを知っていた。[53]

しかし一五六六年のオックスフォードで、シドニーはサセックス、レスター、ウォリックの伯・叔父たちが取り仕切るさまざまな儀式の壮麗さと、その瞬間にも両親が忍んでいる不便と危険の間には対照的なものがあることも痛感していたであろう。父は遠方のアイルランドという「野蛮な」土地で、女王陛下の安寧を確立すべく苦闘していたのであるから。とはいえ不安あるいは寂しさを瞬間的に経験したとしても、気晴らしはたくさんあった。女王の社交術そうして話術には、彼女の衣裳とほとんど同様と言えるほどの強い印象を与えた。女王がノースゲイト・ストリート（現在のコーンマーケット）を進むときには、幾重にも重なる列をなして学者たちは跪き「女王さま万歳」と叫び、町人の群れがその叫びに続き、女王はこれに応じて「有難う（グラティアス・アゴ）、有難う（グラティアス・アゴ）」と繰り返した。オックスフォー

ドの四本の主要道路を結ぶ交差点、カーファックスで、ギリシア語の欽定講座担当教授がギリシア語で格式のある演説をし、女王も同じ言語で、彼の演説はこれまで聴いたことのないような最上のものであったと称賛した。クライストチャーチのホールの入口で、彼女はキングスミル博士の演説を聴いたが、「彼に対しては謝辞を述べてから、語るべき適当な内容があれば、うまくできたでしょうと付け加えた」。女王は天蓋の下を大聖堂に入り、内陣でしばし祈りを捧げ、それからコルネットの伴奏で「賛美の歌（テ・デウム）」が歌われるのを聞いた。

続く五日間、説教、演説、討論が日々を満たし、夕方にはラテン語の芝居、『マルクス・ゲミヌス』があった。最初に丸一日あった日曜日の夕方にはクライストチャーチのホールで芝居が上演された。それは疑いもなくエリザベスとの類似を暗示して、アレクサンドロス・セウェルス皇帝の明断を描いている。誹謗された元老院議員マルクス・ゲミヌスの物語は、サー・トマス・エリオットの『統治の理想』（一五五〇）のなかで語られている。そうしてこれが芝居の出典であったと考えられる。作者は今ではトゥビー・マシューだと知られているが、これを物したときには未だ二二歳、後に彼はクライストチャーチの学生監になっているが、それからヨークの大司教にもなり、シドニーの妹の友人であった。[54]女王は、その日一日休息に当てていたため、芝居は見そこなってしまったが、あまりに熱狂的な評判を聞き、「これからはどんな余興も見逃さない」と決心した。ホールは黄金色の羽目板で飾られ、蠟の灯りの照明を用いた一段と高い舞台があり、階段式の観客席が設けられていた。女王の席は舞台の正面で、「黄金色の掛け布で覆われて、壁掛けやクッションをしつらえた事実上の四阿」[55]であった。

月曜日と水曜日にはチャペル・ロイヤル少年劇団の指導者である、リチャード・エドワーズの作、二部仕立ての芝居『パラモンとアルシテ』が英語で上演された。不運にも月曜日の公演には、あまり多くの群衆が押しかけたので、石壁が崩壊し、三人の死者とさらに五人の負傷者が出て、彼らのもとに王室付きの医務官が速やかに遣わされた。この事件にもかかわらず、その芝居は細部までチョーサーの『騎士の話』に依拠していたもので、それを観た女王は「心の底から笑われ」、演じた者も作者も両者を称賛した。[56]『パラモンとアルシテ』は本物そっくりの活気ある実演がなされたようだ。ホールから見える前庭の狐狩りという「特別効果」は実に真に迫っていたので、窓から見ていた学生たちは本当に狐が放されたのだと思い、興奮して「ほーら、ほーら、――そこだ、そこだ――捕まったぞ、捕まったぞ」と叫んだ。「おお、上出来だわ。あの子供たちは、まったく今にも窓から飛び降りて猟犬を追いかけそう」と、女王は「楽しげに」感想を述べた。残念なことに『パラモンとアルシテ』の台本は残っていないが、配役については多くのことが知られている。若い役者としてトゥビー・マシュー、シドニーの未来のテューターになるトマス・ソーントンとロバート・ドーセット、そして後のコーパスクリティコレッジの学寮長であり著名なギリシア語学者、また過酷な劇場攻撃の立役者であったジョン・レノルズが含まれていた。レノルズは自分がヒポリタの役を演じたことを明かしているが、その結果、異性装は苦い思いで否とするようになった。[57] このことは才能ある少年が女性の役を演じるときに感じる難しさを示しているとも言える。木曜の夕方にはそれほど面白くはなかったが、ジェイムズ・カーフヒルのラテン語の悲劇『プロクネ』が上演された。カーフヒルのカルヴィニズム、加えて女王が個人的な礼拝堂のなかで受難の十字架像を立てることを擁護している神学者（ジョン・マーシャル）を攻撃した彼の出版物も、女王のお気に召さなかった。[58] その日早くには女王自身のパフォーマンスがあり、大学の教会であるセント・メアリでラテン語の格式ある演説を行った。

　女王の滞在中シドニーが何らかの演説をしたかどうかは知られていない。一人の少年、ピーター・カルーは確かに行っている。彼の父親はウィンザー［セントジョージ校］の学生監で、以前はクライストチャーチの学生監であった。若いカルーの演説は女王の大変気に入るところとなり、セシルを呼び、もう一度演説を繰りかえさせて彼にも聞かせようとして、次のように言った。「いい子だから、どうか私に先ほど聞かせてくれたときのように、上手にやっておくれ」。しかしそれはその少年にとって極度に神経をすり減らすものであったろう。カルーは声変わりしていない若い少年のようであった。そうして女王さまはその美しい歌声にたいして、エンジェル金貨八枚を賜ったことからしても、『パラモンとアルシテ』のなかのレイディ・アメリア（エミリー）の役を演じたのは彼だったのかもしれない。[59] 若いジョン・レノルズにはヒポリタの演技に対して同額の褒美が与えられている。大学の総長の甥であり後継者でもあることを考慮すれば、シドニーは特殊な立場なので、オックスフォードにおける歓待のあいだいつの時点か、人前で目立つことをさせられていたのではないかと期待もするのだが、実際そうしたという証拠はない。彼がもし何かの芝居の何らかの役を演じたとしても、年齢を考えると、小姓か女性の役であり、レノルズのように、好き嫌いに関係なくそうした役を演じなければならなかったのであろう。『新・旧アーケイディア』のピロクリーズは、私がすでに述べているように、かなりシドニー自身と共通の部分があるのだが、ほとんど全編物語の筋にそって、女装しているという事実は、女性の衣裳によって逆説的に若者に与えられる自由という少年時代の経験を反映しているのではないか。スタティウス作『アキレウスの歌』のアキレウスの稚児の話や、ロマンス『アマディス・デ・ガウラ』の中の挿話などにあるように、ピロクリーズの異性装の文学的先例は多い。しかし死の直後に言われたひとつのやや奇妙な評言は、シドニーが生前ある時期に女性の衣裳を着けていたという疑いが、打ち消されなければならないことを示している。キリスト教的真実について論じるデュ・プレシ＝モルネの論考のシドニー訳を完成させた（あるいはやり直した）のはアーサー・ゴールディングだったが、シドニーを称賛し、「アキレウス風に婦人の衣服で変装するのではなくて、男らしい出で立ちで戦場に向かったのだから」[60] と述べている。もっともゴールディングの真意はおそらく、軍人らしく男性的な実人生のシドニーと、アマゾンに成りすますピロクリーズとを峻別することにあったのであろう。

女王がオックスフォードを発った二日後の九月八日に、シドニーはシュロウズベリに戻ったのだが、それにはなにやら気が抜けたような感じがしたに違いない。しかし群衆、喧噪、そうして極度の昂奮の後で、それは一種の安堵でもあったろう。彼にはまだ叔父に与えられた素晴らしい衣服がある。マーシャルは「ウォリック家の旗竿」――つまり、ダドリー家の紋章である熊とぎざぎざの旗竿――の浅浮き彫りをほどこした鞍と新調した衣服すべてを入れるトランクを新たに注文して、「グロースタシャのイェイツ氏」からもう一頭馬を余分に借り受けこの荷を運んだ。帰路一行にはウォリック伯に仕えていた「フランス人のオリヴェールという人物」が加わっていた。こうしてシドニーは恩顧も受けていたが、この頃までに、与えるようにもなっていた。マーシャルの金銭出納の記録には、シドニーが芸術上の庇護者となった最も早い頃の記述がある。

一つ、ノッティンガムシャのサー・ウィリアム・ホリスに仕える盲いた竪琴弾きにフィリップ殿の命による

一二ペンス

どこでその盲いた竪琴弾きが一行をもてなしたかは分からない。チッピング・ノートンあるいはストラトフォード・アポン・エイヴォンか、あるいはその二ヵ所のあいだのどこかの旅籠または「熊苛めの会場」であったのか。シドニーはその青年期に、ずいぶん盲目の楽師たちの演奏を聴き、称賛することもあったと思われるが、『詩の弁護』のなかの民衆の唄についての論述は、まさにこの楽師のバラッドの唄によって考えついたことと言ってもよかろう。

実に私は自分の下賤な趣味を告白しなければならないのですが、パーシーとダグラスの古謡を聞いて、トランペットより感動を覚えてしまうのです。そうしてなお、それは盲目のヴァイオリン弾きによって歌われ、その歌声は素朴な形式に同じく、粗野なものにもかかわらずなのです。[61]

トランペットを含む心を揺さぶる響きは、シドニーもオックスフォードで聞き、芝居、討論、演説など精緻なものを堪能した後では、サー・ウィリアム・ハレスの使用人が歌うバラッドの鄙びた雄弁さは、確かにほっとさせるものがあったのであろう。その「古謡」には、ハリー・パーシーの敗残と捕縛について描かれているのだが、──少なくとも『オッタバーンの戦い』の語りではそうである──その話はシュロウズベリからやって来た少年には土地

にまつわる興味をかき立てたであろう。と言うのもパーシーが処刑されたのは一四〇三年のシュロウズベリのことであり、それはバラッドに書かれている出来事から一五年後のことであった。『オッタバーンの戦い』は、英雄の勝利よりも敗北を頌える典型的な英国の作品のひとつである。ダグラスに率いられるスコットランド人はパーシー率いるイングランド人に劣らず称賛すべきものとして描かれていて、指揮官は両者まことの紳士、ニューキャッスルの城壁を挟んでワインを酌み交わし、オッタバーンで相見えることを誓いあった。もし同じ「盲いた竪琴弾き」がストラトフォード近郊を定期的に回ってバラッドを歌っていたとすれば、シドニーが聞いた数年後には、少年シェイクスピアが聞いているかもしれない。『ヘンリー四世、第一部』でシェイクスピアは、パーシーの生涯とシュロウズベリでの死を劇化しているが、それはイングランド人の想像力の中にあったそのバラッドを、書き換えることになった。

マーシャルの記録は一五六六年聖ミカエル祭の日で終わっていて、生活はその秋学校で正常に戻ったことを示している。なくした本は再度供給されなければならないし、インクや結び紐（ポインツ）は購入し、「タブレット（帳面）を下げる」絹のリボンも要る——またおそらくそうした書物一冊はそれがないと、モフェットによれば、若いシドニーは動きが取れないのだ。七シリング六ペンスというい つにもなく多額の洗濯代の請求書は、夏の旅行の現実的な結果である。おそらくこの学期はシドニーのシュロウズベリでの最後の学期であった。一五六七年の二月二日彼はグレイズインの一員として登録した。このこととシュロウズベリからロンドンへの旅費、四九ポンドという記録[62]があることを考え合わせると、この年のある期間はロンドンで過ごしているといえる。ある時期はセシルハウスで、ある時期は両親と合流しているのだ。サー・ヘンリー・シドニーはその年の秋も遅くなって、アイルランドの仕事から解放されて喜び迎えた休暇を楽しんでいた。[63]

サー・ヘンリー・シドニーに関する勘定書のなかで、クーパー博士（クライストチャーチの学生監）に一五六九年の聖ヨハネ祭の日までの七二週間の「食費」として、四八ポンドが支払われたという言及があるが、それはオックスフォードの学生としての期間が、一五六八年の二月に始まっていて、そのときシドニーは一三歳であったことを示している。それからクライストチャーチの三年ほどについては、見事にほとんど何も知られていない。マーシャルの記述に匹敵するような、日を追っての生活の詳細は存在していない。シドニーの大学入学許可あるいは卒業を示す記録は残っていないし、彼が学業において一番と二番の成績に輝いたと語るモフェットの言葉が暗示しているようなことも、その真相は分からない。シドニーの高等教育課程の一こまとして、ジョージ・ウェットストーンが注意深く「調べ上げて」書いた記念詩だと主張しているものの中に、ケンブリッジの優秀な学生としてのシドニーについての言及が当てはまるのかもしれない。[64] ケンブリッジ大学は素早くシドニーの死後一五八七年に知識人たちの彼に捧げる哀歌集を上梓しているので、彼はある期間はそこに在籍していたのかもしれないが、これがいつであったのか、また彼のコレッジはどこなのかを突き止めることは難しい。

シドニーがオックスフォード大学のカリキュラムに唯一直接言及しているものがあるが、それにはやや非難が込められている。それは弟ロバートに与えた忠告の手紙の形をとっていて、一五八〇年一〇月に書かれた。

> ラテン語は、無教養と言うほどでなく、話したり書いたりできるならそれでよい。キケロ主義に関する大いなる研究などまったく必要としない。キケロ主義などオックスフォードの主要な弊害であって、そこでは言葉がこまかく切り裂かれ、肝心なことが閑却されている。[65]

一五五二年ブロードゲイト・ホール（クライストチャーチの別棟）に学ぶスイス人、コンラッド・アブ・ウルミスも一日の学習について詳述していて、キケロ主義が強調されていたことを認めている。キケロは昼間の時間を席捲していたようだ。

午餐の後すぐに私はキケロの『義務について』を読んだ。実に素晴らしい書物で、言葉の純粋性と哲学的知識両者から、私はまさに二重の喜びを引き出している。一時から三時まではペンを用い、主に手紙を書くが、その中でわたしは出来るだけキケロを模倣する。キケロは文体の純粋性に関して、あらゆることを豊かに教示してくれたと考えられるからである。[66]

以前にも述べたが、キケロの『義務について』は典型的な「息子に与える忠告」であり、疑いもなくシドニーはこの作品を知っていて、そこからまた申し分なくギリシア哲学の間接的知識も得ていたが、彼は練習問題が退屈で、思い返してみたとき特に物書きとしては、それから学ぶものは少なかったと感じたのであろう。一五七五年オックスフォードにて「大型の帳面一冊とタリー［キケロ］の『義務について』をロバート・シドニーのために購入」[67]とあるのは、骨の折れる学科のキケロは、フィリップが大学を去って数年後、弟のシドニーのときにも健在だったことを示している。

シドニーは、レスターに献じられた有名な羅英語辞典の著者であるクライストチャーチの学生監、トマス・クーパー博士[68]のもとに寄宿していた。もしオーブリーの言うことが信じられるなら、学生監舎内にはかなりの家庭的緊張感があった。クーパー夫人は「口やかましい女」で、毎夜遅くまで辞書に掛かっている夫に悩まされていたので、半分まで完成したとき、それを火にくべてしまった。しかしながら「あの立派な人物は、おおいなる情熱に溢れていたので…始めからやり直し、ついに完成させ我々に残してくれた」[69]。シドニーの最初のテューターはトマス・ソーントンらしい。彼の若い学生であったシドニーの推挙があって、ソーントンは一五七〇年の早い頃聖堂参事会員に任命されたので、それ以後はクーパー自らシドニーのテューター、つまり学業の指導者となったらしい。[70] ソーントンはヘレフォードシャのレドベリー養老院の院長としてその生涯を終えているが、シドニーとの関わりを誇りにしていて、そのことは死後一六二九年建てられた墓石に刻まれている。[71] ソーントンとクーパーの学生たちのもう一人は、未来の歴史家、ウィリアム・キャムデンであるが、彼はシドニーのもっとも親しいオックスフォード友達の一人であった可能性がある。キャムデンはシドニーにホラティウスの本一冊を進呈したようだ。[72] そうして『抒情曲集』二章第一〇編のシドニーの可もなく不可もない訳詩（CS 12）はこの時期のものであろう。三人目のテューター、ナサニエル・バクスタはおそらくモードリンに属するカルヴィニストであったが、何年も後になってシドニーとの縁故について想い起こしている。『ウラニア』（一六〇六）という奇妙で困惑させる詩のなかで、それは「ありとある哲学」を網羅する志で書かれているというのだが、バクスタは鎧に身をかためた「アストロフェル」の幻が、妹のペンブルック伯爵夫人の前に現れ、シドニーの昔の指導者つまり自分を厚遇するよう請うているとした。

この上なく大切な妹よ、私の先生を手厚くお迎えしてください
と言うのも、その世界ではあの方も立派に仕事をしておいでです。[73]

バクスタとシドニーを結びつける証拠はこの詩以外にはないが、彼のあだ名は（「パン屋さん」あるいは「三段腹」どちらかに掛けて）「テルガスター」と言われていた。シドニーは変わらず人名の語呂遊びが好きなので、これには彼が考案したあだ名と思わせる響きがある。ギリシア語がバクスタの教えなければならなかったものであれば、特にそうである。若い頃に出版した書物は、バクスタがカルヴィニズムとラムス主義者の論理［フランスの哲学者ペトルス・ラムス（一五一五―七二）の理論は、権威より個人の個性を尊重し、アリストテレス的伝統解釈に反対した。一五六一年頃新教徒に改宗するが、聖バルテルミ祭の虐殺で殺された］に興味を示していたことを表し、どちらの理論もシドニーの心を捉えたようであった。しかしフランシス・ウォルシンガムに一五七八年に献じられたカルヴァンの説教の翻訳に付された序文でバクスタは、世俗的な散文物語や詩にたいして激烈な攻撃を加えている。それまでにシドニーは『アーケイディア』を書き始めていたので、昔の弟子はその序文を見て嬉しくは思わなかったであろう。バクスタ

は「あの不名誉なアーサー王の伝説」そうして「邪悪ないかがわしい聖杯物語」に言及している。バクスタ自身の英語の詩の質から判断すると、シドニーは作家としてはほとんど彼から学ぶものはなかった。

シュロウズベリと同様に、オックスフォードでもシドニーは、どちらかと言えば孤立ぎみで、同世代の仲間より年上の人たちとの同席を好んだ。モフェットは報告している。

彼はそれが軽いものであれ真面目なものであれ、無頼漢たちとの会話に加わることをあまり潔しとはしなかった。伯・叔父たちの親切心や両親の愛情によって準備される資金を遊興費として浪費することはなく、資金は自分のためには節約して、他の学者の負担軽減のためにはもっと気前よく使った。[74]

オックスフォードの町中で識者と偶然出会ったときのシドニーの話しぶりには――「握手するばかりでなく、いかにもそうしたいと言うように心を通わせ」――好感が持てるものだったと、モフェットは称賛しているが、まさに同じ部分で、シドニーの使用人の扱い方も描いている。

使用人たちが義務を怠ったとき、シドニーが人前で激しく叱責することはあまりなかったが、一種の婉曲な話し方で、そうしてまたいわゆる距離をおいて、彼らを諫めるのだった。あまりに頻繁に間違いを犯す者は言葉で罰を与えた。またいつまでも同じ過ちを繰り返す者は、男性的な強い話ぶりで震えあがらせたので、彼らは崖から飛び降りるか、ジュピターの決定的稲妻に打たれたときのように、再び視線を上げることはできなかった。[75]

引用ずみのモリニュークスに突きつけたきらりと光る短剣のような手紙は、モフェットの言及する「男性的な話しぶり」の適例となるに違いないが、それは明白な繰り返された過ちではなくて、想像された過ちに関してのことであったことは、注目に値する。シドニーを称賛しながらモフェットは、その若者が激し易い性質を持ち、傷つき易いところがあると感じていたことを打ち明けている。シドニーは「傲慢」であると宿敵は頻繁に主張しているが、このことについても、モフェットはオックスフォードにおけるシドニーの振舞いを描写して、無意識ではあったがそれを追認している。

すべて識者と覚しき人と同席して自分が目立っている場合は別だが、むやみに教会、運動場、あるいは（彼がしばしば現れていた）公共の集会場で姿を人目にさらすことはなかった。そうした人びとの前では、シドニーは慎みを忘れず真面目な態度を保持していたので、彼の精神は高揚して高尚であり、世俗から目を背けているのか、あるいはまた礼儀正しく引っ込み思案で謙虚なのかは分からなかった。[76]

これを解釈してみると、シドニーは一〇代の半ばには、彼が同席を好む年上の人たちの厳かで超然とした態度を、彼も保っていたということになろう。オックスフォード大学では一五六〇年代も遅くなると、後に傑出した仕事をすることになる若者が輩出した。ジョージ・ピール、リチャード・ハクルート、ウォルター・ローリー、トマス・ボドリー、リチャード・フッカー、そうしておそらくはジョン・リリーなどである。しかしこうした人のひとり、ローリーは、シドニーに嫉妬を覚え、彼を称賛する合唱に加わることを拒絶したことを認めている。

生前、貴方の美徳を
口に出して称賛することはなかった私、
昇る太陽をあまり歓迎しない者のように…

この挽歌の終わりの部分で断言しているのだが、シドニーの死後には、

嫉妬は彼女の毒針を、怨恨は彼女の苦い汁を捨て、
悪意自身も喪服に身を包んで…[77]

ローリー自身生前シドニーを嫌っていたと認めているようだが――挽歌のなかで告白するのは普通ではないことだ。もう一人の同時代のオックスフォードの学生、コーンウォール出身の翻訳家であり地理学者のリチャード・カルーは、一五六六年女王を喜ばせた演説をした少年の兄にあたるのだが、シドニーとの公開討論を要請されたという恐怖の経験について回想している。

一四歳でオックスフォードの三年次生のとき、私の優秀さについて間違った判断があって、レスター伯、ウォリック伯やその他お歴々を前にして、無双のフィリップ・シドニーと「即席で」（「及ばずながらアキレウスに対抗して」）討議するよう呼び出された。[78]

これら高名の伯爵は、もちろんシドニーの伯・叔父たちであって、カルーのではない。一五六九年六月レスターがオックスフォードを訪問した時のことだったのだろうか。[79]もしシドニーが勝利をおさめたとすれば、おそらくそうだったのだろうが、これは疑いもなく筋書きどおりだった。このところますます、機知のひらめき、雄弁、そうして説得力のある判断でもって、年上の人たちを満足させるのが、シドニーの役目になっていた。シドニーのごく若い頃の三通の手紙、二通はラテン語で一通は英語であったが、オックスフォードからウィリアム・セシルに宛てて書かれたものからもそれは窺える。ラテン語の二通は一五六九年三月と六月に書かれているが、凝った言葉遣いで

仕上げ、丁重に敬意を表しているものの練習文の域を出ていないものでしかなかった。ウルミスが描いていた類の、キケロ風の文体を手本にして午後の練習課題として書いた作文であったのかもしれない。しかしながら、ほとんどの学生には、そうした書簡を送るべき要人はいなかった。多くの年上の人たちのお気に入りとしての彼の特別な地位は、才能に恵まれていながら、よい縁故を持たない同時代の学生には、どうしても何がしかの嫉妬と不愉快な感情を引き起こしていたに違いない。

しかしシドニーの半端な立場は、彼自身の内にもかなりの欲求不満を生み出していたであろう。いつも人前で演じることを求められ、その時には早熟の完成度を示して振舞うことが求められ、彼は必ずしもそれを楽しむことができなかったのだ。『旧アーケイディア』の中のフィリシディーズの人物像に自己投影することで、この緊張を幾ばくか解放する機会としていた。若きシドニーのようにフィリシディーズはやや人に距離を置き、最初は次のように描かれている。

もう一人若い羊飼いは…仲間と踊りも歌いもしなかった。[80]

金言的表現を多用するゲロン（「老人」）は、おそらくシドニーの多くの「ダッチアンクルズ」の複合的人物であろうが、彼がフィリシディーズにアーケイディアの歌合わせに参加するよう勧めたとき、彼はその若者を挑発して、ポロウニアスのような人物に対して辛辣な攻撃をさせてしまう。

…ここに彼らの愚行が虚しいことが明らかになる、
いつも彼らが「若い頃には」と言うように、
彼らには若い頃からすでに知恵はついていたと…

古い家は新しい家に建てかえられることを誰もが知っているし
老いた雄羊は群れから選り分けられる。
誰も自分の馬が老いぼれなのを好まない。
樫の古木はよい薪になる。

我が身をいつも活動的に保ち、狩猟に、鳥打ちに、釣りにうまく時間を使えと言って、フィリシディーズに与えたゲロンの賢明な忠告は、馬の耳に念仏。

誰かこのご老人の言葉に耳を貸したことがあったか。
いやまったく、私にはない…

成長するにつれて、これこそシドニーが受けた教育で興味を持てない部分の対処の仕方となる。彼の文学作品の中で、前の世代はしばしば退屈であると、あたりまえのようにして書いている。例えばピロクリーズはアーケイディアの謀反人に尋ねる。

時に喧しいと思うことのない父親を持った者が、あなたたちの中にいるのか。[81]

模範的なパミーラですら、父を「喧しい」と認めている。もっとも父には絶対服従が彼女の義務なのだが。[82]シドニーも同様に「ダッチアンクルズ」の要求や忠告に、うんざりさせられることがよくあったが、彼らを本気で敵に回す余裕はなかった。あまりに多くのことを彼らの恩顧に頼っていたからだ。

第三章　大いなる期待（一五六八－七二年）

…僕は生まれにふさわしい高邁な望みを抱いている
さもなければ、友とみえて敵である
あの大いなる期待が一連の恥辱となってしまう。[1]

わが息子について申し上げますならば、もし私が毎週一人ずつ息子を与えられるにしても、彼ほど愛せる子は決してないでありましょう。

（一五六九年四月九日、サー・ウィリアム・セシルへ宛てたサー・ヘンリー・シドニーの手紙[2]）

私は揺籃期から、両親が家名を継がせる子供たちに常々与える配慮を受けて育てられました…恐らく、通常許される年齢より早くに与えられた特権によって…私は旅の中で時間を過ごすことを許されたので、多くの事柄を比較することによって判断力を成熟させたと考えられます。[3]

シドニーには多大な期待がかけられ、彼もまた多大な期待を抱いた。彼に集中したもっとも早くからの、またもっとも切実な期待は名家の継承に関わることであった。ノーサンバランド公ジョン・ダドリーの唯一正統な男子後継者として、シドニーは少年の頃から「私に与えられたもっとも大きな名誉はダドリーの一員であること」[4]で、それを重んじるように躾けられた。彼はこの野心的な一族の繁栄の再興が自分の身に懸かっていることを自覚していたにちがいない。ジョン・ダドリーが抱いた王冠を支配する企ては、一五五三年にジェイン・グレイを女王に立てる試みに失敗したことで無残にも潰えたが、この逸話は不運なニアミスであって、汚辱の原因ではないと生き残ったダドリー家の者は考えていたようだ。ある者たちは、カトリック信者の王位継承を阻止しようという、強く望まれていた目的がこの強行手段を充分に正当化していると考えたかもしれない。シドニー自身は、一五八四年にこの逸話を単に「この一族に降りかかった災難」[5]として言及し、ダドリーの家系に汚点がついたという非難に反駁している。

ジョン・ダドリーの子供の中で、成人になるまで生き残った八人のうち四人までが若くして死亡している。レイディ・ジェイン・グレイの夫ギルフォードは父と妻ジェインと共に一五五四年二月におよそ一八歳で処刑された。ギルフォードの長兄ジョンはこの事件で果たした役割が些細であったので最終的には許されたが、ロンドン塔――しばしば収容者の健康を蝕む住居――から釈放された後わずか数日で死亡している。ヘンリーの名を持つ二人の息子は対フランス戦で、一方は一五五四年ブローニュで、他方は一五五七年八月一〇日にサンカンタンの戦いで戦死した。この戦いでは弟アンブロウズも脚に重傷を負っている。[6]既に述べたように、アンブロウズ・ダドリーは三度結婚したが、一人息子はシドニーが生まれる二年前に幼くして死亡したので、子供はいない。キャサリン・ハンティングドン（旧姓ダドリー）伯爵夫人にも子供がいない。そして、一五八〇年頃までレスター伯ロバートにも子供がいなかった。だからエリザベス朝まで生き延びた四人のダドリー家の成員の中で、シドニーの母メアリのみが、君主への奉仕という家族の伝統と共に、家系を維持する子孫を生むことができるということが明白になった。シドニーの直接の家族内においてさえもフィリップ・シドニーの身に家族の期待がとりわけ重くかかっていた。なにしろ一五六三年までは彼の兄弟姉妹は全て女子しかいなかったのであるから（一二三頁参照）。

ことによると、メアリの場合、ダドリー家の相続はシドニー家の相続によって補うことができるということが、彼女の子供たちにとって世襲上の利点となっていたのかもしれない。彼女の結婚は妹や弟たちの結婚とは違って明らかに立派なものとは言えなかった。夫サー・ヘンリー・シドニーは少年王エドワード六世と親密であったが、世襲貴族の階級に到達していなかった。もっとも、一五六四年五月一四日ガーター勲爵士に叙せられてはいたが。彼は常に、私権は剥奪されたが公爵の娘であった妻にたいして、自分より社会的身分が高いと意識していたようだ。アイルランドで彼はこのダドリーの家名を自分の地位の強化に利用した。フィリップの方はシドニー家の相対的に地味な地位を隠すことなく表明している。

父方の家系は古く、常に高い評価を受けてきた、良き姻戚関係をもつ紳士階級である。[7]

――すなわち、紳士階級（ジェントリー）は貴族ではない。シドニー家は、とくにケント州において非常に尊敬され、「高い評価を受けてきた」家柄であったが、富裕でも著名でもなかった。シドニーがヨーロッパの宮廷や大学で異彩を放つことになったのはダドリーの一員として、またレスターとウォリックという二人の偉大な伯爵の法定推定相続人としてであった。しかし、その間彼の教育と経済的支援に関して主たる責任を果たしたのは、紳士階級の父であった。そのことで多くの難題が生じた。

シドニーが身体的にまた知的に大人になるにつれて、二種類の「期待」の間に葛藤が生じた。一方において、先に述べた名家の継承に関する期待があった。一族の政治的権力の基盤を固め、またダドリーの家系の持続を確実にするために結婚をすることが、相当緊急を要する課題であった。他方、明らかに才能ある若者として自分の能力によって、外交的、政治的に重要な地位で力を揮う見込みがあると見なされていたので、彼は大陸を旅し、大陸での勉学によって最高のレベルの教育を完結させる必要があった。この競合する二つの期待に妥協点を見出す普通のやり方は、若い貴族の場合大陸旅行の出発前に結婚するか、履行義務を伴う婚約をして、帰国してから実行し、目的を達成することであった。

この手段によって長期間の同居生活に入ることが上手く延期され、しかも若者が外国で不適切な結婚の罠に陥ることも防げられた。[8]

これはサー・ヘンリー・シドニーが長男のために描いたシナリオであったようだ。不幸にしてそれはうまくいかなかったのだが。

シドニーが書いたもっとも早い時期の手紙が三通残っているが、これはすべて六八年から九年に、オックスフォードからサー・ウィリアム・セシルに宛てられている。シドニーが当時一三歳であったセシルの長女アンと婚約したのはこの頃であった。正式な婚姻継承的財産設定証書（マッリッジ・セッツルメント）［婚姻前に、または婚姻を前提として婚姻当事者とその子孫のためになされる継承的財産設定］は一五六九年八月六日に作成された。[9] サー・ヘンリー・シドニーは狡猾なセシルの警戒心を解くために無邪気さを装ったのかもしれぬ態度でこの計画に乗り出し、アイルランドから一五六九年四月に彼に宛てて手紙を書いている。

閣下がこれらの事柄についていったんご承知いただいた上で、私が何をすべきかをご教授いただければ、喜んで御意通りに致します。神に誓って、私はこれらの事柄について、まるで生涯に一度も婚姻関係を結んだことがない者のように、全く無知なのでございます。しかし、私は真心を尽くし誠意を以てあたる所存でございます。ご息女をわが娘の一人として愛しております故に。[10]

一五六一年以来、後見裁判所長官（マスター・オブ・ザ・コート・オブ・ウォーズ・アンド・リヴェリーズ）としてのセシルはまさに「これらの事柄」について多くの経験の持ち主であって、交渉事には鋭く現実的な目を養ってきた。サー・ヘンリーは可能な限り財政的蓄えのすべてを長男に与えるという決心を強調したが――「既に年に一〇〇ポンド以上を息子に与えてこなかったとは思っていません」――セシルは、自分自身の貢献度に比べて、実際にこれがそれに見合う額とは思っていなかった。そして恐らく彼は正しかったのだ。一五六四年以来シドニーはウェールズの教会聖職禄（チャーチ・ベネフィス）［家屋、教会領地、一〇分の一税等を取得しうる権利が付着している教会上の職務に伴う報酬］からの収入を享受しており、これは当時年に八〇ポンドをもたらした。また、一五六五年からは別のウェールズの聖職禄からの報酬をも受けていた。[11] 婚姻継承的財産設定によれば彼は土地から四〇〇マルクの収入を得ることになっていた――リンカンシャ、ラトランド、ハンプシャ、ケント、サセックスなど寄せ集めの土地からの収入を合わせて――これらは結婚と同時に実行され、また父の死後は更に年一五〇ポンド程増える見込みがあった。「マルク」はポンドの三分の二くらいの価値に過ぎず、サー・ヘンリーの死後でも、フィリップの全収入の見込みは五〇〇ポンドに満たなかった。これら全てがどういう結果に至るかについてのセシルの不安が「サー・ヘンリー・シドニーの家計」[12]をセシル自身が詳細に算定した記録の中に窺える。真実は、セシルが実感していたように、ウェールズの辺境地方とアイルランドでのサー・ヘンリー・シドニーの統治職はひどく多額な出費を彼に強いていたし、留守中彼の財産が信頼できる執事たちによって入念に管理されるよう最善を尽くしてはいたが、彼は相対的には小規模地主に過ぎなかった。サー・ヘンリーが死ぬ頃までに、借財と限嗣相続不動産（インテイル）［承継に関して相続人を被相続人の直系卑属にのみ限定する不動産権］が、継承財産設定によって約束されているこのつましい収入を簡単に呑み尽くしてしまうだろうことを、セシルは充分に計算していたのかもしれない。フィリップが相当な遺産を手に入れる最大の機会はダドリー家の伯・叔父と叔母次第であったが、これとて完全に保証されてはいなかった。いずれかの家で男子誕生があれば、彼に取って代わり得るからである。

　アンの方は短期間でフィリップ以上に多くの財産を結婚にもたらすであろう。彼女の一〇〇〇ポンドの持参金は結婚一年以内に二回に分割して支払われることになっていた。二〇〇ポンドの収入付きの土地と「そしてさらに、五〇〇ポンドの土地付きの、ロンドンから一三マイル内にある、紳士に相応しい一邸宅」とが彼女のものになるということであった。これはセシルが大きくし拡張したハーフォドシャのシアボールズのことであろう。これは一五八五年頃には壮麗さにおいてはロングリートとウトラントにのみ少し劣るが宮殿のような大邸宅にまでなっていた。[13] 結婚当初の二年間は、若夫婦はセシルハウスで「食事と住居」を享受することになっていた。そうなればサー・ヘンリー・シドニーはフィリップと彼の召使たちに必要な日々の財政的責務から直ちに免れられるであろう。セシルはこの支出が明らかに一週間につき学期中は六ポンド内で、学期外には六ポンド一二シリング三ペンスになると計算していた。

セシルハウスの住まいはシドニーにとって新しい体験とはならなかったであろう。彼はオックスフォードの学部生の頃も、またそれ以前にも、ロンドンにいて両親が不在の時はしばしばここに滞在していたようである。一五六七年の聖燭祭（二月二日）にグレイズイン法学院――これはセシルの法学院でもあった――に彼の入学が登録されたのは、ここに滞在中であったかもしれない。セシルハウスの中には実質的に若い貴族のための学校というべきものが含まれていた。この若い貴族の中には、この頃セシルの私的な被後見人であって、またアンの夫となる可能性のある、若いラトランド伯とオックスフォード伯の二人もいた。グレイズインとセシルハウスは若い宮廷人のためのフィニッシング・スクールとして互いに補完的一対をなしていたのである。セシルハウスでの、若いオックスフォード伯のための教科にはラテン語、フランス語に加えて、ダンス、絵画、能書法が含まれていた。[14] グレイズインでは模擬討論と祝祭行事や芝居への参加が必修であった。というのは、これらの祝祭的催し物は教育的目的に役立ったからである。

ダンス、音楽、朗誦、演技、徒歩または乗馬による公式行列での作法、宴席の適切な序列、対話または文書交換における礼節、これら全ては手の込んだ疑似体験の大切な要素である。この種の作法が、その時代の公人に期待され、これらの若者たちも何れはその公人の中に席を占めることになるだろう故に、これらすべてのカリキュラムが備えられていたのである。[15]

シドニーのグレイズインへの入学は一五六七年の聖燭祭祝祭の一部であったのだろう。彼の競争相手のオックスフォード伯は前年の聖燭節に入学を許可されており、入学式はセシルが統括する恒例の行事であったことを意味している。彼は正確に記録されているグレイズインでの一五九四年の祝祭の紛れもない後援者であった。[16] 一五六六年のある時期にオックスフォード伯の親族であるジョージ・ギャスコイン作の二つの芝居、喜劇『取り違え』［アリオストの同名のイタリア語の喜劇の英訳］と悲劇『ジョカスタ』［エウリピデスの『イオカステ』のイタリア訳からの英訳。F・キンウェルマーシュと共作］がグレイズインで上演された。これら二作品は一五六六年か六七年の新年から懺悔期の祝祭のために書かれたものと思われる。ギャスコインはこの両年はグレイズインで過ごしていたらしい。[17] これらの上演にシドニーが立ち合っていたということは大いにあり得る。

アン・セシルと婚約した一五六九年の末頃には、シドニーは洗練され、早熟な学識を持つ、ことによるとかなり気取屋の一五歳になろうとしていた。それでも彼は非常に子供っぽく見えたらしい。三、四年後の旅行の頃でさえ出会った人々は彼の若々しい外見に驚いた。痘痕のある紅潮した顔、書物好き、世間で期待される自己の地位に神経質な自意識を持つ青年は、アン・セシルが幼児時代に愛情込めて呼ばれていたような「タニキンちゃん」［アンまたはアナの名の縮小した愛称］にはとくに魅力的とは思えなかったかもしれない。[18] 彼女の父に宛てた手紙でサー・ヘンリー・シドニーは自分のアンに対する愛情は述べているが、フィリップのことには全く触れていないことが注意を引く。アンは非常に可愛がられていた娘であった。例えば、一五六六年正月に当時たった一〇歳のアンにセシルは紡ぎ車を贈り、自ら書いた詩文まで付けている。

年齢を重ねれば、心配は増す、
そして時が倹約を心掛けさせるだろう。
歳月はまさに私にも節約を心がけるように働くが、
それでも新年の贈り物には、お前の年齢を考えて
主婦のためのこの玩具が今の私の方針。
　お前に倹約を知らせるために
　私は今お前に紡ぎ車を贈る。

しかし第一に私が願い祈ることは、
倹約への渇望がすぐにお前を疲労させてしまわぬこと。
一日に一ポンド分だけ紡ぎ、
あとは遊ぶ、親しい者が望むように。
汗を流すなど（とんでもない！）それなら糸巻き棹を火に投げ入れよ。
　倹約と富を全ての者に贈り賜う神が、
　お前には長寿を、お前の父には健康をお贈りくださいますように。[19]

この「糸巻き棹」とは糸巻棒、即ち紡錘のことである。セシルは娘に教育的遊びとして機織に少しの時間を費やすようにと述べているが、長時間の労働で消耗するなとも言っているようだ。この紡ぎ車は恐らく小型模型で、今日幼い少女たちに与えられる裁縫道具のキットに匹敵するものであり、製造用具としてよりは玩具として作られたのであろう。セシル自身の幸せがアンの幸福とどれほど結びついているかが最終行に暗示されて、心動かされる。

明らかにセシルは娘にできる限り最良の婿を望んでいた。しかし彼はサー・ヘンリー・シドニーがシャイロックの言うような本当に「良い男」――すなわち、経済的に豊かで、信用貸しする価値がある者――かどうか確信が持てなかったが、それが娘とフィリップの婚約を危機に陥らせた唯一の事柄ではない。若い二人はかなり定期的に会いながらも互いにあまり惹かれ合ってはいなかったようだ。と同時に、サー・ヘンリー・シドニーは遠方にいて、状況の把握を速やかにはできなくなっていた。一五六九年九月、結婚契約に調印した直後に、彼の二度目のアイルランド奉職が始まったが、二度目は前回以上にずっと厄介で苦しいものとなった。たしかにアルスターは相対的に秩序が良く保たれていた。そしてその首都カリクファーガス周辺一帯は、スコットランド西部と良好な貿易関係を保ち、安価な必需品が潤沢で、フランスからのワインが豊かに入ってくることで確実に繁栄していた。しかし、広大な南部地方のマンスターは殆ど無政府状態であった。投獄されたフィッツジェラルド一族の支持者たちは、バトラー家やデズモンド伯の兄弟ジェイムズ・フィッツモーリスなどに率いられて、イングランド支配に対抗する大規模な反乱を先導していたので、サー・ヘンリーは国中を巡回し、一連の裁判と処刑を続行して鎮圧を試みた。当然のことだが、これらのことは彼の人望を高めはしなかった。一五七〇年二月に、土着のアイルランド人と彼自身の軍隊の双方で多くの者が飢死しつつある極度の窮状について、彼はセシルに宛てて苦悶の手紙を書いている。アイルランド社会の全階層が彼の政策に憤慨していた。その上イングランドによる支配を司る組織であるアイルランド議会の成員からは少しの援助も慰めも得られないことを彼は知った。その何人かはあまりに老いているかあまりにも優柔不断で役に立たなかったのである。遂に彼は「この悲しみの袋を繕うために」、自分自身の健康が蝕まれているのを感じたが、それでも職を退くほどや死ぬほどだとは考えていなかった。中でも究極の悲しみはアンとフィリップの婚約について彼が「冷たい」とセシルが非難したことであった、そして彼はこのことを激しく否定している。

私といたしましては、キリスト教国で最も偉大な君子の娘御をもし愚息に戴けるのでありますならば、私共両家の間で語られた縁組を私の方から万が一にも壊すはずはございません。

しかしながら、結婚契約書の彼自身の写しを何故か紛失してしまったことを当惑しつつも認めざるを得なかったし、またアイルランドの難事に没頭しているあいだ、この結婚が「どのように、またどんな方法で」遂行さるべきかに心を傾ける余裕が少しもなかったことも認めていた。[20] この期間、サー・ヘンリーは彼自身の家族の問題について、中でも最も内々の事柄についても、まったく頼りない指揮を執っていたようだ。一五六九年三月二五日に彼の三番目の息子である末子が生まれたとき、この子は姻戚関係による叔父サセックス伯の名に因んでトマスと命名された。このことは、「男子であればウィリアム、女子であればセシルにするべし」[21] というサー・ヘンリーの明確な指示に反していた。セシルはこの小さな少年の名付け親にならなかったことなどあまり気にしなかったかもしれないが、結婚契約書の紛失はシドニー家にとって非常に不運なことであった。セシルに結婚同意の責任を逃れる機会を容易に与えてしまったからである。

その間、息子のフィリップはオックスフォード大学で研究を続けていた。一五七一年のある時期に、オックスフォード大学のある博学な数学者のトマス・アレン博士の可能性もあるが、フィリップの占星天宮図を作成したと思われる。この文書はオックスフォード大学から持ち出されたことはないようで、今もボドリー図書館に存在している。[22] この図については謎めいた部分が多くあり、これまでに元のままの完全な形で（ラテン語から）翻訳されたことはない。一つの大きな問題点はシドニーがまともな占星術にも激しく反対していたという証拠と、そしてその態度は既にオックスフォード大学時代に形成されていたという証拠の双方に、この天宮図の存在が如何に折り合うかということである。モフェットは、大学におけるシドニーの文学と科学の広範囲な研究について述べながら、次のように強調している。

占星術だけは…彼が誘われて舌先で味わうことすら決してあり得なかった。それどころか、全ての承認されている科学の中で、彼はある種の生来の嫌悪感をもって、これを故意に軽視していたようであった。[23]

『旧アーケイディア』の全体の筋とその教訓的枠組は、デルフォイの神託を仰いで自分の未来の運命を解明しようとするバシリアスの分別を欠いた試みの上に成り立っている。シドニーによれば、そうすることでバシリアスが露呈しているものは、

多くの人々に取り付いている虚栄であり、人々は不断の不確実さほど確かなものはないこの人生という貧しい餌場を永遠の棲家にしながら、確実な未来を知りたがっているのである。[24]

このようなシドニーの占星術嫌いを考慮するならば、「シドニーの占星天宮図」が作成されたこと自体極めておかしなことである。というのも本人が協力をして伝記的事項の細部を提供しなければ、天宮図は作成できないからである。しかし、アンとフィリップの結婚が成立するかどうかについて、一五七〇年頃の関心と不安が渦巻く中で、彼の「ダッチアンクルズ」の一人が、現代の親なら進路相談役を訪ねることをすすめる調子で、占星術師に相談するように主張したのかもしれない。この天宮図を作成したのがトマス・アレン博士であったとすれば、彼はレスター伯の保護を受けていた一人であった。[25] レスターは甥の占星術嫌いには同調せず、医学と密接する術としてこれを受け入れていたようだ。[26] オックスフォード大学総長としての彼は博学な占星術師をシドニーに引き合わせることができる立場にあった。この天宮図は六二ページに及ぶ文書で、その多くは非常に専門的である。シドニーの過去の生活と未来の予想に関する事柄に多く触れている。伝記的観点からもっとも意味深長なものは「結婚に関して」と「旅に関して」の見出しを持つ連続する箇所である。この占星術師は、結婚するのにもっとも幸先よい時期はシド

ニーが一六歳になった直後のこの時点であると強く断言し、この時期を逃せば次の一〇年間は結婚に相応しい機会はないと言う。この日付の正確な特定は容易ではない。この言及はシドニーが一五歳の年（一五七〇年一一月から一五七一年一一月）、または次の年（一五七一年一一月から一五七二年一一月）のことであろう。しかし、いずれの年であろうと、天宮図の究極的目的は同じ、即ち、時間切れになりつつあると暗示することでアン・セシルとの縁組の運びを早めさせることである。しかしながら、この天宮図に関する同時代の言及がないので、その機能と意義をはっきりさせるのは難しい。ことによると、結婚計画に緊急性をもたせることを望んで、その内容がセシルに伝えられたのかもしれない。けれども、更にあり得るのは、それがシドニー自身に圧力をかけるのに使われたのかもしれず、それはシドニー側の結婚に対する乗り気のなさを指摘しているとも考えられる。彼が結婚に踏み込むことに乗り気でなかったことを示す数々の後の例を考えれば、これは少しも驚くことではなかろう。セシルとの縁戚関係はシドニーにとって魅力的であったが、幼きアン自身に対しては相対的にあまり興味を覚えなかったのかもしれない。セシルに宛てた早い時期の三通の書簡の中で、最初の二通（一五六九年三月、六月）は結婚交渉の真最中の頃に書かれているが、彼女について何も触れていないのは注目に価する。

たとえアンに特に魅せられていなかったとしても、シドニーは次に起こったことに憤り、また苦しみを覚えずにはいられなかった。一五七一年夏頃にはセシルとシドニーの間の契約は既に消滅したと見なされていたに違いない。というのは、セシル（その時はバーリ卿になっていた）は新しい結婚企画に乗り出したからだ。彼はパリにいる若きラトランド伯に手紙を書き——というのは、ラトランドもまたセシルの義理の息子になる希望を持っていた——アンがオックスフォード伯と婚約したというラトランドにとって残念なニュースを漏らした。アンの結婚はアンが一六歳になるまで、即ち一五七二年一二月まで待たねばならないとセシルは説明していた。しかしながら、セシルが驚いたことに、オックスフォード伯は彼女との結婚を申し出てきたのだ。そして、セシルは「私にとって全く未知の輩が厚かましくも結婚話を考えつくよりはずっと理解し得る」[27]と自らを納得させ同意した。これは寛大なことではあったが誤った判断であった。セシルは法学院で預かっている若者の身分の高さに圧倒されて、自分の日頃の用心深さと誠実さを失ったことが既に過去にもあったのだ。一五六七年にオックスフォードはセシルハウスで下級料理人トマス・ブリンクネルを殺害したのである。セシルはオックスフォードが自己防衛で召使を殺してしまったのだと主張して殺人を隠蔽したが、後にこれは間違っていたと認めたのである[28]。彼としては乱暴なこの若者を最愛の娘に相応しい夫と考えたのは非常に愚かなことであった。しかし、一五七一年の夏、一五歳のアンは伯爵夫人になれるという輝かしい予想に抵抗し難いほど誑かされており、溺愛する父の方は娘の欲するものなら手に入れてやりたいと思い込んでいたようだ。オックスフォードは裕福で、世故に長け、派手好みで、そして多くの若い女性たちが彼を「追いかけ」ていた。彼は早くから浪費家として目立っていた。例えば、一五六二年の父の死に際して、一二歳で新たに伯爵となった彼は、エセックスのヘディンガム城からロンドンまで後見人のセシルに会いに、黒色のお仕着せを着た「一四〇人の騎兵たち」を従えて馬で行進した。結果として、ヘディンガム城をセシルに譲り渡し、彼に金を無心する羽目になったこの浪費癖も、若い段階では世襲の式部官の職と一二世紀に遡る伯爵領を持つ若者にふさわしい魅力的な特徴と思われたのかもしれない。アン・セシルの結婚に関する当時の世評によれば彼女の方が結婚に幾分か積極的であったようだ。セント・ジョン卿からの若きラトランド伯に宛てた次のような手紙では、セシルの説明よりも率直な説明がなされている。

オックスフォード伯は妻を得ました――と申しますか、少なくとも妻が彼を獲得しました――それはアン・セシル夫人のことです。女王様がこれに同意されたので、この黄金の日を得たいと望んでいた人々には涙、咽び泣き、悲しい気分の原因となりました。かくして、ある者たちはオリーブの枝を打ち振って凱旋したのに対して、他の者たちは柳の冠を着けて馬車を追うのをあなたはご覧になるでしょう[29]。

柳の冠〔恋人を喪失した悲しみの象徴〕を着けた宮廷貴婦人たちに加えて、柳の冠を着けた青年が少なくとも一人いた、アンの以前の婚約者である。彼がこの結婚に如何に熱意がなかったとはいえ、彼自身の才能と将来性ではなくオックスフォードの富と家柄が選ばれたのを見るのは非常に腹立たしいことであった。一五七九年から八〇年にかけて流血を呼ぶ憎悪となって爆発するシドニーとオックスフォードの間の激しい敵意は、一五七一年に始まった可能性はある。両青年とも怒りっぽく、オックスフォードは殆ど精神病といっていいほどの癇癪持ちであった。また両者共に非常に誇り高く、ダドリーの家系に対するシドニーの神経症的忠誠心は、オックスフォードの第一七代伯爵であることへのひどく傲慢な自意識に匹敵するものであった。

　結婚における最初の試みの挫折がシドニーの心にどれほど深く刻印されたかを知るのは難しい。このことがこういった問題への極端な、自己防衛的な用心深さをもたらしたといえよう。というのも、遂に結婚したときには、継承の責任が重く懸かっているエリザベス朝の貴族としては高齢と言える三〇歳近くになっていたからである。彼は自分がアンにとってオックスフォードより良い夫になったであろうと一人よがりに思っていたことは疑いない。それは難しいことではなかったろう。例えば、一五七六年にはオックスフォードは彼らの最初の娘の父であることを否定し、セシル家の誰とも何ヵ月ものあいだ口をきくことを拒否していた。結婚後の彼の破廉恥な行動は別にしても、結婚一年目の一五七二年六月二日にノーフォク公の処刑にまで発展した「リドルフィ事件」〔一五七〇年フィレンツェの金融業者リドルフィがノーフォク公を仲間にひきいれ、スペイン軍の支援を得て、エリザベス政府を顚覆し幽閉中のメアリ・ステュアートを救出しようとしたが、事が露見しノーフォクは処刑されリドルフィは故国へ逃れた〕への何らかの関与を含めて、カトリック教徒であり、親戚でもあるハワード家との彼の親密な関係は、プロテスタントのセシル家にとって深い悩みの種であったにちがいない。レイディ・セシルはオックスフォードをけっして好きになれなかったようだ。そして彼女の忠告が功を奏さなかったことは残念であった。他方、彼女はシドニーを非常に可愛がっていたようだ。彼の義母となっていたならば、彼女はシドニーの経歴に大きな影響力のある、教養ある年配の女性たちの列に嬉々として加わることができたであろう。なぜならば、彼女こそ他ならぬエドワード六世の教育係サー・アントニ・クックの教養ある五人の娘の中で、もっとも学問のあるミルドレッド・クックその人であった。彼女は特に東方教会の教父たちに興味を抱いており、聖ヨハネ・クリュソストモスの書の一部をギリシア語から英語に翻訳している。娘アンの才能は母ほど際立って印象的とはいえない。しかし、彼女もまた物を書くことが、少なくとも英語では、出来たようだ。恐らく、自分の惨めな人生を省察するのに書くことが役立ったのであろう。オックスフォードへの追従として編まれた平凡な一詩集、ジョン・サザンの『パンドラ』（一五八四）の中頃に彼女の書いた四編の追悼詩が密やかに挿入されている。これは一五八二年オックスフォードと縒りを戻した夫婦関係によって得られた、短命な果実となった一人息子を詠んだものである。詩の韻律がとても不確かなので、これは正真正銘彼女のものだと私は思う。彼女の父など、他の誰かが手助けしていたなら、確実に韻律は整ったものになっていたであろう。しかしながら、サザン自身の不安定な韻律の抒情詩といくらか類似していると言えるし、彼が作者である可能性もある。[30] 次の実例が特徴的な箇所である。

わたしの息子とともに、わたしの黄金で、わたしの小夜鳴鳥であり、薔薇であるものは逝ってしまった、
なぜなら、それらは息子の内に在って、他の何処にもなかったのだから。
そして、わたしの目はここで噴水の如くたっぷりと涙を流していても、
それでもそれらを抱く墓石は何も語らない。
そして運命よ、神々よ、あなた方は息子から二日の命を取り去るよりも、
わたしの二〇年を取り去って下さってもよかったのだ。

これはアン自身が書いたのか、あるいは、恐らく偽名の「サザン」が彼女に代わって書いたのか、いずれにしても、

この詩の飾り気なさが非常に感銘を与える。無事に男児を産むことが夫の眼に好ましいと映る唯一可能な手段であるという窮状で味わったアンの苦悩を、彼女の子供時代の婚約者の目は見逃してはいなかったようだ。シドニーはアンの不幸な結婚の成り行きを深い関心を持って見つめていたにちがいなく、それが彼の創作の上に強い影響を与えたと言えるだろう。『新アーケイディア』には悲惨で不幸な結婚像が幾つか描かれているが、もっとも顕著な例は、横柄なアンティフィラスと短い間結婚していたエロウナの悲劇的物語である。アンティフィラスは身分の低い生まれである。オックスフォードにはそのような不利な条件はなかったが。しかし、エロウナの方は、大事に育てられた娘であり、彼女の父の家の使用人でまったく不相応な相手を悲惨にも愛してしまい、いささかアン・セシルと似ているようだ。二人の王子が自らの恋愛の追求を中断して、投獄されているエロウナを救出すべきだという示唆は、一五七〇年代後半におけるシドニー自身のアンに対する無力な惨めさにある程度当てはまると言えよう。実人生において、アンとのシドニーの婚約の終止は、ある意味では残念なことであったが、別の意味では解放であった。女王の顧問官として、もっとも長く、もっとも信頼され、もっとも影響力を持った人と緊密な親族になる機会を逃した一方で、彼は英国と大陸との間に別のつながりを作るのに要するある種の自由を得たのだった。これが彼の期待する次の舞台であった。

シドニーの最初の外国旅行は刺激に富んだ時期に行われた。多くの指導的な貴族や知識人を含むフランス・プロテスタントの立場は、ほとんど全能なる皇太后カトリーヌ・ドゥ・メディシスの恩恵を受けて、まさに公式に確保されつつあるという希望が一五七二年春には英国において高まっていた。英仏協議会は三ヵ月に及ぶ交渉によって相互扶助的な「ブロワ条約」を作成し、夏に予定されていた英仏の同時公式調印に先立って、一五七二年四月一九日その草稿に調印をした。この条約の中の条件として、英国へのいかなる攻撃においてもフランス国民はカトリック国スペインを支援しないことに同意した。カトリーヌ・ドゥ・メディシスの末娘マルグリット・ドゥ・ヴァロワとプロテスタントのナヴァール王子アンリ・ドゥ・ブルボンとの差し迫っている結婚が、何年にも及んだ苦悩と迫害の後に、また多数のユグノー亡命者の逃亡の後に、遂にカトリックとプロテスタントがフランス領内で将来平和に共存できるかもしれないという未来への大層明るい兆候になると思われた。おそらく、英仏連合はネーデルラントのほとんど全域を支配していたスペインへの挑戦として役立つことになるだろう。スペイン人を追い出し、オランダ人の地域を、スペイン支配に対抗するのに既に効果的な反乱を指揮していたオラニエ一族と、英国人と、フランス人との間で三分割することを、ある者たちは夢見ていた。なかでもあり得るもっとも刺激的な見通しは、エリザベス女王がカトリーヌ・ドゥ・メディシスの年下の王子たちであるアンジュ公アンリかアランソン公フランソワのいずれかと結婚することであった。[31] この頃、夫としてずっと可能性のありそうなのは、肉体的には魅力に乏しいが、しかしながら、宗教上の事柄にはより柔軟性があるらしいという利点を持つ弟フランソワの方であった。宗教的寛容の気運があって、エリザベスの廷臣の少なくとも一部の者たちにはなんとかこの結婚は受け入れられた。もっともシドニーの叔父レスターはその一人ではなかったが。当面この結婚計画は中断されていたが、もし条約の公式調印の後に全てが順調に行ったなら、多くが成就するかもしれなかった。

ブロワ条約がシドニーの大陸旅行に初舞台の機会を与えた。家族の古い友人エドワード・ファインツ・ドゥ・クリントンが英国代表団の団長に任命された。そしてサー・ヘンリー・シドニーは英国の貴族や紳士からなるこの大集団に一七歳のフィリップを加えようと手配した。クリントンはダドリー家の長年に及ぶ友人であって、一五五三年には彼はロンドン塔長官としてレイディ・ジェイン・グレイを王位につけようとする計画にもいくらか加担したようだ。彼はジェイン・グレイ事件の嵐をダドリーたちよりうまく耐え抜き、メアリ女王とエリザベス女王の下にて軍隊の指揮官にまで出世した。若いシドニーの見るところ、クリントンにはその軍事的業績とは無関係な別の煌きが加わっているように思われた。彼の三番目の妻エリザベス、旧姓フィッツジェラルドはサリー伯のソネットの中で「ジェラルディーン」として称えられていた。クリントンはむしろ軍人であり、文学的献辞を引き付けるような文人ではなかったが、「ジェラルディーン」との結婚によってある英国詩人と結びつく。その詩人とはシドニーが『詩の弁護』の中で「高貴な生まれを感じさせ、また高貴な精神に相応しい、多くの事柄」[32]を書いたとして特に賞賛しているサリー伯のことである。サリー伯の「ジェラルディーン」に対する詩的賞賛は現実の出来事というよりも伝説的なものとなったが、それはちょうどシドニーのペネロピ・デヴルーに対する詩的賞賛が現実から伝説に移ったのと似ている。そして、シドニー自身は後にサリー伯の詩的後継者と見なされることになった。[33]「ジェラルディーン」の夫と行ったフランス旅行でシドニーは、テューダー朝宮廷詩人の役割について考え始めたのかもしれない。そして特別の理由からサリー伯は多くの人の心の中に存在していたのかもしれない。というのはシドニーと他の人たちが、ロンドンからパリに向かっているまさにその時一五七二年六月二日に、サリー伯の息子ノーフォーク公がスコットランド女王と結婚しようとした陰謀の故に斬首刑に処せられたのである。

「ジェラルディーン」の夫、エドワード・クリントンにとって、このパリ旅行は出世の頂点となった。彼は五〇歳に達しており、エリザベス朝の基準からすれば長老であったので、その使命に相応しい身分を与えるために女王は叙爵には悪名高いほど吝嗇であったが、彼にリンカン伯爵位を授けた。女王の爵位授与の渋さに関してシドニー家が嘗めた苦い経験の一つは、この時に女王がサー・ヘンリーにも同時に男爵位を授けようとしたことである。しかし爵位に伴うべき土地や金銭の下賜がなかったので、彼はやむを得ず辞退せざるを得ないと感じていたし、彼の妻は女王にこの授与を二度と持ち出さぬようにと願ったのである。[34]しかしながら、若きフィリップの冒険の旅支度の必要が差し迫っていたことで、一家には確実に希望と気をまぎらすものが与えられた。彼のパスポートは、オックスフォード大学のニューコレッジの古文書館に残っているが、旅の一日か二日前と思われる一五七二年五月二五日に、女王によって署名がなされている。[35]そのパスポートは、「彼の外国語の習熟のために」、三人の召使、四頭の馬、一〇〇ポンド以上にならぬ金銭、「カバンと手荷物と必要品」とを持っての二年間の海外旅行の許可を与えている。一〇〇ポンドというのは、大陸に三年間滞在することになったことを考慮すると、明らかに不十分であり、さらに総額一二〇ポンドほどが分割して定期的に父によって急送された。このため父は絶えず信用借りの必要に迫られた。シドニーのパスポートに書かれている必要事項、つまり許可書を持たない英国人亡命者の誰かをしばしば訪問すること、またその仲間になることを禁じるという要項は、厳密には守られていなかった。彼はヴェネツィアでサー・リチャード・シェリーやウィンザー卿エドワードのような何人かのカトリック亡命者と交際していたからである。シドニーの紳士階級の同行者としては既に言及されているロドヴィック・ブリスケットがいるが、後に彼はアイルランドでエドマンド・スペンサーの親友となり、同僚となっている。彼は別個のパスポートで旅を許可されたらしく、自分専用の召使と馬とを所有していた。シドニーの三人の召使とはペンズハースト時代からの家臣ハリー・ホワイト、秘書としてまた個人的随員として行動したウェールズ人グリフィン・マドックス、そしてジョン・フィシャーという者たちである。馬の名前は分からないし、四頭のうち三年間の遍歴を生き延びた馬がいたのかどうかも分からない。どんな衣服、書籍、必需品が携帯されたかを物語る説明も残っていないのだが、フランス宮廷にシドニーが参内するときの華やかな衣装一式は必要としたであろう。この旅は教育を目的とするから、書籍や筆記用具など実質的な物中心に運ばれたに違いない。そして、もしかしたら船酔いの特効薬であったマーマレードを含め、薬と強心剤の箱も入っていたかもしれない。シドニーは感染症とストレスに弱かった。彼はオックスフォード大学の最後の学期であったと思われる時期——一五七一年夏か秋——にレディングで過ごした。ここはオックスフォード大学で長期に蔓延した疫病の発生から逃れるために、学生たちが移転させられた場所である。[36] このとき彼は感染を免れたようだが、モフェットや、マーシャルの解説や、「シドニーの天宮図」のすべてが、シドニーがしばしば様々な状態——脚の痛み、眼の感染、熱と全身衰弱など——で元気がなかったことを指摘する点で一致している。[37]

彼の家族は、若いフィリップがヨーロッパの中でもっとも混雑して、もっとも不潔な町の一つに旅立って行くのを見たとき、かなりの不安を覚えたに違いない。トマス・コリアットのようなエリザベス朝時代の旅行家たちはパリのローマ名、ルーテーティアにルトゥムを連想して、「それは不潔を意味している、なぜならば、多くの街路は私が生涯で見たすべての町の中でもっとも汚い、その結果もっとも悪臭を放っている町だからだ」と記した。[38] シドニーが見たパリは、今日のパリと外見上まったく異なっていた。当時は強力な要塞であり、外側は土の堀になっている三〇フィートの高い城壁で囲まれていた。そして見たところ、今日では想像できないほどに、ほとんどが灰色の石作りの中世の教会、大学、宗教的建造物が目立っていた。当時も今日と同様に、多くのイギリス人訪問客はパリのノートルダム大聖堂については、そこに向かう途中で眺めるアミアン大聖堂の方がよほど印象深いと感じた。この大英国使節団がパリというよりは、むしろ市壁から二マイル離れたサン・ドニ修道院に到着したのは六月八日であった、ここでドゥ・コッセ式部官が国王の代理で一行に豪華な晩餐を供した。旅の一年目に書かれたシドニー自身の手紙は残っていないので、彼が得た印象は推測によるしかない。この頃英国大使としてパリに住んでいたウォルシンガムに宛てたレスターからの手紙は、少年がどのようにしたら上手く新しい経験に対処できるかについて、年輩の縁者たちが抱いていた心配を暗示している。

ウォルシンガム殿、我が甥フィリップ・シドニーが旅することを事実上許可され、間もなく我が海軍提督と共に御地に赴きます故、そこでの滞在の間、甥に特別のご高配を頂けると確信できるお方として、私はこの書簡によって貴殿に親しく甥をご依託するのが善と考えました。甥は若く未熟であります、そして色々の国や人々の振舞いを自分には馴染まぬものと思うにちがいありません。それ故、貴殿の良きご助言が甥を非常に良き方向に向かわせるでありましょう、どうか良きご助言を甥に賜りますよう私は心からお願い申し上げます…もし世界が平穏で、それが甥のために好都合だと貴殿がお考えならば、彼の父と私は甥にもっと長く旅をさせるつもりでおります。[39]

この書簡はパスポートと同じ日付であり、海峡のあちら側でもシドニーは「ダッチアンクルズ」を欠くことはなかっただろうことを実証している。シドニーは知る由もなかったが、彼は義父になり損なったセシルを背後にして去り、将来の義父フランシス・ウォルシンガムの方に向かっていたのである。だがこの姻戚関係の実現は一〇年以上後のことになる。そして未来の彼の花嫁フランセスとシドニーはパリにて初対面であったろうが、この時わずか五歳であった。少なくとも三ヵ月のパリ滞在中、しばらくシドニーはケ・デ・ベルナルダンにあるウォルシンガム邸に滞在した。しかし、聖バルテルミ祭の流血騒動が始まるまでまだそこに滞在していなかったかもしれない。最初の三週間は、六月一五日のブロワ条約調印に続く数々のお祭り騒ぎに参加しつつ、英国使節団と共に豪華な場所で食事や宿泊をしていたと推定される。お祭り騒ぎには宴会、音楽、イタリア喜劇の上演、拳闘や軽業などが含まれていた。ルーヴルやシャトー・ドゥ・マドリッドで多数の人が集まる屋内での儀式が何日か続いた後に、暑い気候でもあったので、ネヴェール公ルイ・ドゥ・ゴンザガが自分の庭園で催した屋外での食事は快いものであった。

リンカン卿率いる代表団が六月二三日パリを出発した。そしてその日からシドニーの小グループはウォルシンガムの保護と指導の下に置かれたと思われる。接待行事の連続の中でほっとする間もなかった。国王シャルル九世は特別な、度を超えるほどの動物殺生にとり憑かれていて、それは当時ほとんどの貴族に共通する狩や動物苛めの見世物による楽しみの限度をはるかに超えていた。王には閉じ込められている鹿を剣で刺殺したり、ライオンや豹のような外来産の動物を苛めることが最大の退屈しのぎだった。六月二三日聖ヨハネ前夜祭はフランス国中で祝う大々的な夏至祭りの祝宴であった。そしてこの年パリでは袋一杯に詰められた生きている猫や狐を巨大な焚き火の上九メートルの高さに吊るし、悲鳴をあげるその塊を炎が落下させるまで続くという異常で野蛮な「抵抗の一場面（ピエス・ドゥ・レジスターンス）」が演じられたことで際立っていた。[40] シドニーがこの光景をプラース・ドゥ・グレーヴで目撃したであろうことはほぼ疑いない。後年、彼がイギリスの一般的な野外スポーツさえも嫌がったと考える理由がそこにある。サー・ジョン・ハリングトンによると、「高潔なサー・フィリップ・シドニーはしばしば言っていた、狩の次に鷹狩がもっとも嫌いだと」[41]。一五七二年パリで彼が見たような大規模で無意味な動物虐待を見世物にすることが、大多数の同時代の無思慮な人々に反発させる刺激剤となったのかもしれない。シドニーは食料のため以外の動物殺生を品性を欠く厭うべき行為と見る人文主義者のエラスムス、モア、カルヴァンたちと、自分を同調させていたのであろう。[42]大陸旅行に基づく彼の一編の詩が明らかに同じことを暗示している。「わたしがイスタ川の堤で我が小さな群れを飼っていたとき」で始まる暴君に対する動物寓話は、創造界のより低い階級のものへの優しさを訴えて終了している。これがまた文字通りの意味で受け入れられさえすれば、政治的諷刺として十分に効力を発揮する。

だが、しかるに、人間よ、必要以上に激昂するなかれ、
暴虐にて増長することを栄光と見なすなかれ。
汝の体内には血が流れている、だが、他の生物の流血を喜ぶなかれ、
汝は死を恐れる、ならば、他の生き物たちも死を嫌うと考えよ、
罪なき者の痛みの嘆きが天に響き渡る…[43]

哀れな猫たちの嘆きに加えて、さらなる「罪なき者の痛みの嘆き」が間もなくパリで聞かれようとしていた。厄介な事件が続発し、嵐の黒雲が立ち込めていた。ナヴァール王子の母、プロテスタントのジャンヌ・ダルブレが六月九日突然に死去した。そしてプロテスタントたちは彼女が殺害されたのではないかと疑った。シャルル九世は、ブロワ条約ゆえにわずか九日間だけ喪に服したが、そのことでプロテスタント側の怒りを招いた。プロテスタントのコリニー海軍提督は国王シャルル九世に、ネーデルラントにおけるスペイン支配に対抗する反乱に積極的な支援をするよう説得したが、効を奏さなかった。七月一七日アルヴァ公は、ナッサウのリュイスが指揮する軍隊が数週前に編成した仏・蘭・英の三国からなる大連合軍を、モンスで打ち破っていた。パリにいる大多数のカトリック教徒はこのことを喜び、危険なほど興奮し、過熱した。シドニーはプロテスタントの知識人の中に多くの新しい友人を

作りつつあったが、少なくとも、その中の一人で革新的論理学者のピエール・ドゥ・ラ・ラメ（ラムス）は八月を生き抜くことはなかった。

嵐が起こる前にシドニーにとって一つの幸せな幕間劇があった。八月九日フランス国王は彼を「寝室係の紳士」に任命し、男爵位を授けた。この理由は疑いもなく政治的、外交的なものであり、名誉はシドニーを経由して、彼の父とダドリーの伯・叔父のみならず、英国国王にも及ぶものであった。この叙爵は故国では何の価値もないものであった。というのもエリザベス一世は「私の犬たちは私の首輪をつけるのです」と好んで言っていたからである。シドニーは後年、この異国で与えられた爵位については如才なく沈黙を守らねばならなかった。いずれにせよ、間もなく彼はこれに嫌気がさしたであろうが。それにもかかわらず、ごく最近父が英国の男爵位を辞退したことに失望した一七歳の野心家にとって、フランスのこの叙爵は一瞬ではあったが、強烈な喜びを与えたことであろう。ロドヴィック・ブリスケットは、シドニーのフランス語の流暢さが生み出した好印象を書き記すとき、特にシドニーの爵位叙任の出来事を思い出していた。

> 彼は真面目な宮廷人のあいだで非常に賞賛されていましたので、彼を仲間にして会話できるときにはいつでも人々は大変に喜び、この国に来てこれほど短い期間でこれほど巧みにまた正しくフランス語を彼が話すのを聞いて驚嘆すると同時に、当意即妙の機知に富んだ答えを楽しんでいました。[44]

タッセル氏の下でのシドニーの以前の学習は、シドニーが身を立てるのに役立ったのだ。しかし、ブリスケットもまた流暢に話す言葉の達人であったので、シドニーのフランス語の技量に関する彼の自慢はシドニーの後半の教師としての自分自身の成功を表明している。

しかし、別の一連の祝祭事が惨事の前触れとなった。マルグリット・ドゥ・ヴァロワとアンリ・ドゥ・ブルボン

（この時はナヴァール王子というより王であったが）、この二人の長く待ち望まれていた結婚式が八月一八日に正式に執り行われた。儀式はノートルダム大聖堂の外に特別に設えた舞台で挙行され、それに続いて聖堂内で花嫁のみが参列した婚礼のミサが行われた。花婿のユグノー派の随行者たちは地味な装いであったが、ヴァロワ家の兄弟たちと彼らの支持者たちは輝く黄色の絹と宝石で身を飾っていたので、著しい対照をなしていた。不吉な前兆となったが、花嫁はギーズ公と以前に婚約していたので、声に出しての結婚の同意を拒んだ。しかし、王は彼女の頭をぐいと前に押し出して同意の合図をさせた、そして、式は続いた。シドニーは恐らく屋外の儀式を見物し、その後の宴会と余興にも参加したであろう。それにはさらに一層嫌悪すべき動物虐待の見世物が含まれていた。その一つはライオンと牡牛と白熊の三つ巴の取っ組み合いから成っていたが、熊が群衆の中に逃げ出して行き、多くの負傷者が出て大混乱のうちに終わった。王が下層の者たちの生命を危険にさらしたことを不問に付したか、あるいはその手配すらしたのではないかという疑惑が流れた。このことはエリザベス女王のとった態度と対照的である。熊苛めにおいて一匹の熊がホワイトホールに逃げ込んだとき、女王は「私の臣下は助けて、私の臣下は助けて」と叫び、誰も殺されなかったことを喜んだと記録されている。公開の見世物に関するフランスの「安全記録」はおぞましい限りであった。しかもカトリーヌ・ドゥ・メディシスの夫、アンリ二世は一五五九年馬上槍試合の事故で命を落としていた。

しかしながら、この祝典の催し物は、その規模と豪華さにおいて圧倒的なものであった。ルーヴル宮殿における「野外劇（トライアンフ）」では、車輪で引かせた二つの巨大な銀の岩の上にシャルル九世と彼の二人の弟が座していて、シドニーがこれまでに見たいずれのものをも、一五六六年女王のオックスフォード行幸の折に催されたものさえも凌ぐ華やかさであったと思われる。その後に素晴しい宮廷仮面劇が続いたが、その含意は不吉であった。祝典の三日目に演じられた寓意的余興の中で、ナヴァール王アンリは天に座すヴァロワ家の兄弟によって地獄に追いやられ、プロテスタントたちは「地獄」に一時間ものあいだ閉じ込められた。このことがなんらかの緊張感を生み出したにちがいない。四日目と最終日の宮廷仮面劇の中ではヴァロワ家の兄弟とギーズ公はアマゾン女族に仮装して、トルコ人に扮するナヴァール王アンリとユグノーたちを打倒しようとした。これほど悪意ある意図はないが、シドニーは自分のロマンス物語の主人公、ピロクリーズをアマゾン女族に変装させている。アマゾン女族の衣装を着たおしゃれなヴァロワ家の男たちの思い出が鮮明であったのだろう。極度に恐れられていた異教のトルコ人とそれを演じるユグノー派の貴族を同一視したということは、未来のために良い徴とはならなかった。驚くべきことは彼らがこの役を遊戯の中にも喜んで取り入れたのである。

八月二二日パリのユグノーの中でもっとも著名なコリニー海軍提督が、王とギーズ公が興じるテニス見物から帰ってきた。彼は、道路をゆっくり歩いているとき、とある窓から放たれた暗殺者の弾丸で撃たれた。その暴漢の腕は拙く、コリニーは手と腕にのみ傷を負った。王から見舞いの言葉が伝えられ、一時的に安堵の空気が流れた。そしてカトリックとプロテスタントの双方から、多くの訪問客がコリニーを見舞うためにリュ・ドゥ・ベティシの彼の家にやって来た。シドニーも当然その数の中に入っていたと思われる。しかしながら、暗殺志願者はギーズ公に雇われた者だという噂が漏れ出すと、空気は一変し、恐怖が漲った。八月二四日聖バルテルミ祭の週末のあいだにプロテスタントへの組織的な大虐殺が始まった。ギーズ公の傭兵たちがコリニーの家に押し入り、先の暗殺で失敗したことの仕上げをした。何千人ものユグノーたちの――身分の高きも低きも、男も女も子供も――殺戮がパリ中で行われた。続く二週間以内にフランスの大都市の至る所にプロテスタント虐殺のドミノ現象が波及していた。パリの鐘が鳴り響き、それが殺戮の始まる恐ろしい合図となった。ユグノー派の指導者たちは自宅から引き摺り出され、街路や広場で公然と殺害された。何人かの死体はさらし台に吊され、また、他の死体は溝やセーヌ川に投げ込まれた。ルーヴル宮殿の中庭には、恐らく王家の庇護を享受していたと思われるユグノーたち二〇〇人の死体の山が築かれた。当然のことながら、群集の統制は失われ、強奪や手当たり次第の殺害が分派的暴力に加わった。シドニーがそれまでどこに滞在していたにしても、この状況下ではウォルシンガム邸に避難したことは確かである。若いイギリス人医学生ティモシー・ブライトも、この邸で同じようにテロから逃げてきたシドニーに出会ったことを覚えていた。[45] ブライトはやがて古典的な『憂鬱症に関する論説』(一五八六)を著わすことになる。また彼はイギリス式速記術のもっとも初期の考案者であり、メアリ・テューダー支配下の英国プロテスタントの苦難について書いたジョン・フォックスの作品の要約版の著者でもある。彼はこの要約版をウォルシンガムに献呈し、自分の生命はウォルシンガムの恩恵を被り、それがなければ、「私自身も、更に多くの人たちと共に、今やとうの昔となったパリでのあの虐殺で犠牲になっていたであろう[46]」と認めている。ウォルシンガムの庇護がなければシドニーもまた殺されていたと言ってもよいであろう。

パリに滞在していたすべての英国人にとって、一五七二年八月の出来事は忘れ得ぬ恐ろしいものであったに違いない。犠牲者の中には何人かのシドニーの新しい友人たちも含まれていた。著名な論理学者ピエール・ドゥ・ラ・ラメは大きな書店の並ぶリュ・サン・ジャック脇の本屋にはじめは避難した。全ての事態が安全になった頃を見計らって、彼は八月二六日火曜日コレージュ・ドゥ・プレールの宿舎に帰ったが、そこで跪き祈っているときに何度も刺され、その死体は道路に投げ捨てられたのである。多くの同じような身も凍る話が語られた。殺害された死者の総数は確定していないが、三〇〇〇を下らないことは確かであった。幸運なことに、英国大使ウォルシンガムと彼の所に避難した者たちは、カトリック貴族の中に一人の庇護者を得た。それはネヴェール公のことであり、彼が六月に開催した屋外の晩餐会については既に述べたが、彼は危険区域から英国人を連れ出す羊飼の役を自ら担い、ウォルシンガムに礼節と保護の手を差し出した。その動機は先を読んでのことであったかもしれない。もし英国人訪問者たちが殺害されていたならば、虐殺の報せがエリザベス女王に届くとき、英仏関係が冷たい霜の時代から氷の時代へと移行したことは疑いなかった。

英国の方に話題を戻してみよう。心配するシドニーの家族はこれらの出来事が少年の大陸旅行に速やかな終わりをもたらすだろうと思い、またそれを希望していたようだ。九月九日に枢密院はウォルシンガム宛にシドニー帰国の安全通行証を調達するのを指南する手紙を書いた。しかしながら、九月半ばその手紙がパリに届いた頃には、シドニーとその一行は、新しい旅仲間としてウィンチェスターの首席司祭ジョン・ワトスンを加えて、既にドイツへ向かう途上にあったらしい。このことは誰の決定によるものだったかは知り難い。シドニーは彼の家族が帰国を望んでいることを推測していたにちがいない、そして彼の旅行のためにレスターが設定した条件――「もし世界が平穏なら、彼の父と私は甥にさらなる長い旅を意図している」――が満たされていたとは言い難いことも確かである。しかしながら、なにか緊迫した雰囲気があったのかもしれない。そしてウォルシンガムがこの英国人一行をパリから脱出させるためのもっとも早い機会を捉えて、できうる限り速やかにフランスの安全通行証を入手して、彼らを他の多くのプロテスタントたちが逃れ出て行く退路に送り出したのかもしれない。もしもこの時点でシドニー自身が英国に引き返すことを強く求めていたならば、確かにそうする手段を見つけるまでウォルシンガム邸でもっと長く待つこともできたし、あるいはドイツ経由で帰路を取ることもできたであろう。彼は目撃した恐怖の惨状によっても旅への渇望を失うほど怖気づいてはいなかったようである。彼が決して戻ることのなかったパリは頑迷、偽善、残酷など嫌悪すべき光景を見せつけた。一五八〇年、アランソン公との迫っていた結婚を女王に止めるよう説得するにあたって、「あの方の兄上は、それによって男女無差別の虐殺をより容易に実行するために、ご自分の妹君の結婚を犠牲として捧げられた」[47]ことをシドニーは女王に思い出させることができた。しかしパリ滞在によって彼はまた確かな恩恵も得られた。フランスの「男爵」の肩書きは英国においては何の価値もなかったけれども、喜ばしい側面がないわけではなかった。もっと大切なことは、シドニーにとって、上はナヴァール王に始まり、そして下へと続く夥しい数の新しい友人や知人が得られたことである。彼は当代の指導的な立場にあったルネサンス詩人の何人かと出会えたと思われる。ピエール・ロンサールとサリュスト・デュ・バルタスは共にこの頃パリにいた。彼がそこで最初に知り合った若い友人の中にユグノー派の貴族であり神学者でもあるフィリップ・デュ・プレシ＝モルネと若きハナウ伯が含まれる。両者とも虐殺を逃れてドイツに行き、両者にたいしてシドニーは特別に温かい友情を抱いた。年上の友人としては殺害されたラメに加えて、ストラスブールの法律家ジャン・ロベとおそらくフランスの前大法官ミシェル・ドゥ・ロピタルが含まれる。ジャン・ロベはシドニーとしばしばに文通するようになり、フィリップの弟ロバートの教育に親密に関わることになる。また、カトリックとプロテスタントの間に共通する根拠を見出そうとしていた知識人であり詩人でもあったロピタルは、イギリスでは詩人としてあまり知られていなかったが、シドニーは『詩の弁護』の中で、彼に相当な賛辞を呈していて、詩人であり、「沈着な執政官たち」でもあった人の中でも卓越した人物としている。

（私が思いますに）あれほど熟達した判断力を持ち、美徳の上にしっかりと立っている人をかの国は他に生み出していません。[48]

ブリスケットによれば、「より沈着な執政官たち」の一人であったかもしれないロピタルは、とりわけシドニーとの会話を楽しんだとのことである。彼は一五七三年に死去した。

もう一人の年上の友人は著名な出版業者であり、書店主でもあったアンドレアス・ヴェッヒェルである。彼は既に一五六八年に一度パリから脱出したが、一五七一年六月から再びパリに定着した。この時代の他の出版業者や書店主と同様に、ヴェッヒェルは彼の活動領域の中に、学者たちにたいして親切に宿の便宜を図ることも入れていた。そしてシドニーは、後にフランクフルトでもそうしたように、パリで暫くの間彼の家に泊まっていたのかもしれない。聖バルテルミ祭の大虐殺で多くのプロテスタント書店主たちが殺害され、彼らの在庫品は焼かれた。ヴェッヒェルもまた在庫品を失ったが、シドニーのもう一人の年上の友人である外交官ユベール・ランゲの助けによってなんとかフランクフルトに逃れた。ランゲは、シドニーが以前の「ダッチアンクルズ」から与えられた狭い政治的視野の限界をヨーロッパ事情に関する彼の深い知識で広げ、次の一〇年間シドニーの人生行路を温かく庇護支配した。少なくとも、ランゲの側では、この友情は恋愛の温かみを持っていた。シドニーはランゲの感情的な要求にしばしば窒息感を覚え苛立つこともあったが、真剣な表情で示される愛情と心遣いに対して、初めのうちは実の父や伯・叔父の厳格で恩着せがましい勧告よりも、ずっと自分の気質に合ったものと感じたのかもしれない。一五七二年秋頃には、もはやシドニーにとって結婚と家庭生活を得る見込みはなくなっていた。そして彼の若い両肩の上に賢い頭を据えるためにできること全てをしようと決心をしている新しい父親に似た人物と、彼がもっとも慣れ親しんできた種類の人間関係を、これから長い期間にわたって築くことになる。そしてまた彼は非常に多くの旅を経験しようとしていた。

第四章　シドニーの大陸旅行（グランドツアー）（一五七二―五年）

英国を知ることはたしかにむずかしい。他の国々と比べることで、はじめてその国を知ることになる。[1]

多くの岡や谷をぬけ、
快い森や、幾多の見知らぬ道を通り、
たくさんの銀色の川の堤にそって、
君は彼と一緒に旅をした。そして彼と共に
アルプスやアペニン山脈のごつごつした岩肌をたどりながら、
なお詩女神（ミューズ）たちと戯れていた。その間、美徳の光は
彼の気高い胸のうちに灯り
後になって燦然と輝きでた。[2]

老ランゲが教えてくれた歌を僕は歌った、
牧者ランゲほど速き流れのイスタ川［ドナウ川］を熟知していた人はいない…[3]

シドニーのヨーロッパ旅行は、考えるだけでも大変である。一五七二年九月にパリをあわただしく発って、彼は中央ヨーロッパのとてつもなく広い範囲を旅して回ったのだが、ストラスブール、ハイデルベルク、フランクフルト、ウィーンなどの都市は数回訪れている。「馬を愛する者」を意味するフィリップという洗礼名が示唆する乗馬の能力がフルに活用されたのである。彼は概して最短距離の旅は選ばず、ドイツの貴族社会に新しく得た友人たちの家敷や領地を訪れるときなどもあって、時に往復したり回り道したりした。彼が脚の痛みや馬上でたえず揺られることや、生身を苦しめる風雨寒暑に身を晒すことに耐えるよりは、『詩の弁護』の冒頭で冗談めかして書いているように、「自分自身が馬になりたい」と思ったことも一度や二度ではなかったはずである。地図に示したシドニーの旅程（一〇六－七頁参照）は彼のじっさいの足跡を辿ったものではなく、彼が訪れた主要な都市のみを示したに過ぎない。たとえば、一五七三年一一月から一五七四年八月まで、彼はヴェネツィアかパドヴァに足場を置き、二都市間をすくなくとも一〇回は行き来したが、多くの場合、一箇所に二週間以上滞在することはほとんどなかった。それはわずか一五マイルほどの行程にすぎなかった。そしておそらく馬ではなく船旅だったであろうが、行き来のたびに、しかるべき場所に到着するまでには荷造りや宿泊所の確保（少なくともヴェネツィアでは必要で――パドヴァではポッツォ・デッラ・ヴァッカの同じ宿に泊まったらしい）、諸費用の支払い、急速に量が増えつつあった手紙の処理などのおきまりの用事を片付けなければならなかった。これらの実際的な細かい用事の多くは、ロドウィック・ブリスケット、グリフィン・マドックス、ジョン・フィシャーらが面倒をみてくれたにしても、絶え間ない一連の騒ぎは集中力の妨げになったに違いない。

旅行に関してシドニーが直接書き残した回想録はない。しかし、『新アーケイディア』の長い第二巻で、ミュシドウラスがパミーラに数回シリーズに分けて語る、自分とピロクリーズとの過去の冒険譚には、彼自身の旅行の経験が一部反映されているのかも知れない。しかし、虚構の物語を記録された現実と比べてみると、物語には現実を変容させる錬金術が常に働いていることが感知される。アーケイディアの王子たちは、巨竜、暴君、難船、守銭奴、内乱、好色な女たちなどに遭遇する姿が描かれるが、彼らはこれらすべての難題に取り組んであっぱれ機敏で勇敢な働きをみせる。一方、シドニーは膨大な数の学識者に遭遇するが、しばしば自分の利益になるように彼らを対抗させるという、いささか味気ない社交術に頼らざるを得なかった。アーケイディアの主人公たちは素晴しく自制心に富み、自身の物語の主人公として、勇気と天性の優れた資質を発揮して悪政下に苦しむ多くの国の問題を解決することができる。一方シドニー自身はと言えば、随分延長することになった旅の期間中ずっと一介の学生のままであり、他の人たちの監督下にあった。その数年間に残された膨大な手紙から判断すると、彼に課せられた主要な課題は多情な女性統治者たちの誘惑からいかに身を守るかではなく、熱心に助言を与えようとする多くの老人たちをいかに懐柔し宥めるかであった。大陸旅行の期間を通して、シドニーは老助言者たちとなんとか付き合っていたが、幾人かは身をかわして避けていたように思われる。ピロクリーズとミュシドウラスが保持した独立と自由は、彼が渇望しつつもほとんど手にすることのできないものであった。

ウィーンに行き、ついでヴェネツィア、再びウィーン、それからプラハを訪れ、やがて一五七五年春にゆっくりと帰国の途につくことになる長期の教育的旅程に加えて、シドニーは刺激的な目的地への三つの小旅行を行った。それらはわくわくするほど刺激的な目的地というわけではなかったが――本当は彼はローマとコンスタンティノポリスの双方に行きたかったのである――どの旅行も脱線的な性格をもっていた。どの場合も驚くほど短い滞在しかしなかったが、数百マイルもの道のりを乗り越えていったのである。一回目は一五七三年八月で、ハンガリーのプレスブルク（現在のブラチスラヴァ）に行き、学識あるゲオルク・パーカチャー博士との会食や「酒盛り」を楽しんだ。[4] シドニーの連れの一人はおそらく著名な植物学者シャルル・ドゥ・レクリューズ別名クルシウス（一五二六―一六〇九）で、彼とはウィーンで出会ったのだ。ドゥ・レクリューズは皇帝マクシミリアン二世に仕えた庭師であったが、シドニーとは後年友情や時事的な話題や珍しい植物などについて盛んに手紙のやりとりをした。ジョン・バクストンは、シドニーのハンガリー旅行はユベール・ランゲの「高圧的な父性愛」から逃れる「休日」であったと述べている。[5] シドニーにとってホリデー・スポットが内陸の戦場の領域内であったことは、彼の永らく抱いた興味の特徴であった。旅行中彼はオスマントルコ人の領域近くまで足を運んだが、オスマントルコ人に対しては、彼はいつの日か、おそらくは高名なハンガリーの将軍で軍事理論家のラザルス・シュウェンディの指揮下で戦いたいと望んでいた。[6] 彼が『詩の弁護』で回想しているように、ハンガリーは飲酒パーティと詩歌と恒常的な参戦態勢という三重の楽しみを提供してくれたのである。

ハンガリーではどんな饗宴やその種の他の集いでも、かならず先祖の武勲を讃える歌を歌うというしきたりがあることに私は気がつきました。心底武功を好むこの国では、そのような歌を歌うことが、めざましい勇気に火をつける最も重要な刺激剤のひとつと数えられているのです。[7]

二回目の小旅行は、シドニーの美的感性の発達の観点から見ると、大変に興味深い。一五七四年三月、彼はヴェネツィアからジェノヴァとフィレンツェに行き、四週間あまりで戻った。ブリスケットがシドニーとともにいかに「アペニン山脈のごつごつした岩肌をたどりながら…なお詩女神たちと戯れていた…」かを回想して言及しているのは恐らくこの旅行のことであろう。ジェノヴァはブリスケット家の故郷であり、その旅は彼にとって恐らく自身のルーツへの胸躍る帰還と感じられたであろう。しかし、残念ながらシドニーの視点からのこの小旅行についての報告はほとんどない。ただ、彼がハンガリーに行った時と同じように、「繋がれた皮ひもから抜け出した」とランゲに激しく叱責されたことだけは分かっている。一五七四年秋の三回目の小旅行でシドニーはウィーンからクラクフに向かったが、クラクフでフランス皇太子ヴァロアのアンリがポーランド国王として即位する様を見たいとある点では期待していた。しかし、彼が出発する前にシャルル九世が急死し、アンリはフランス王位を確保するために本国に逃げ戻ってしまった。シドニー自身がポーランド国王になることを望んだという、明らかに一七世紀初頭に発する伝説は、事実無根のものらしい。「ポーランド旅行」の直後に書かれたレスター宛の手紙にもそんな気配は少しも感じられず、ただかの国における国情の混乱についての暢気な感想が述べられているだけである。

ポーランド国民は、自らの非常に無理な首長選定を、心から後悔しています。国王がいなくなった上に、国王が多くの誓言を費やして国民に約束したものをなにひとつも得られないのですから。[8]

オズボーンの計算によれば、ウィーンからクラクフへの往復路は約五五〇マイルにも及び、「二週間の間、毎日約四〇マイルも鞍にまたがること」が必至であった。[9] もし、シドニーとブリスケットが文字通り中央ヨーロッパを早足で馬を駆けさせながら「なお詩女神たちと戯れていた」のなら、シドニーが『アストロフェルとステラ』の中で、彼の詩女神が

しばしば室内楽の旋律よりも、
駆けゆく馬たちのひづめの音にあわせて言葉の調子を整える…[10]

と書いたのも不思議ではない。彼の「分身」であり、憂鬱質（メランコリー）で無気力体質のフィリシディーズをわれわれが最初に目にするのが「糸杉の根元の大地にひじ枕をして横たわっている」姿であるのも、ひとつにはあちこち駆け回った結果心身ともにすっかりくたびれ果てたせいということもあり得る。フィリシディーズと同じように、シドニーは結局アーケイディア国つまり英国に一種疎外された「異邦人」として帰国したわけで、なんとはなしに気だるく心ここにあらずといった風で、尊大な年寄りたちのさらなる助言を受け入れる心境では到底なかった。[11]

しかし、シドニーが旅を心から楽しみ、人々や諸都市についての知識を熱心に深めようとしたことは明らかであ

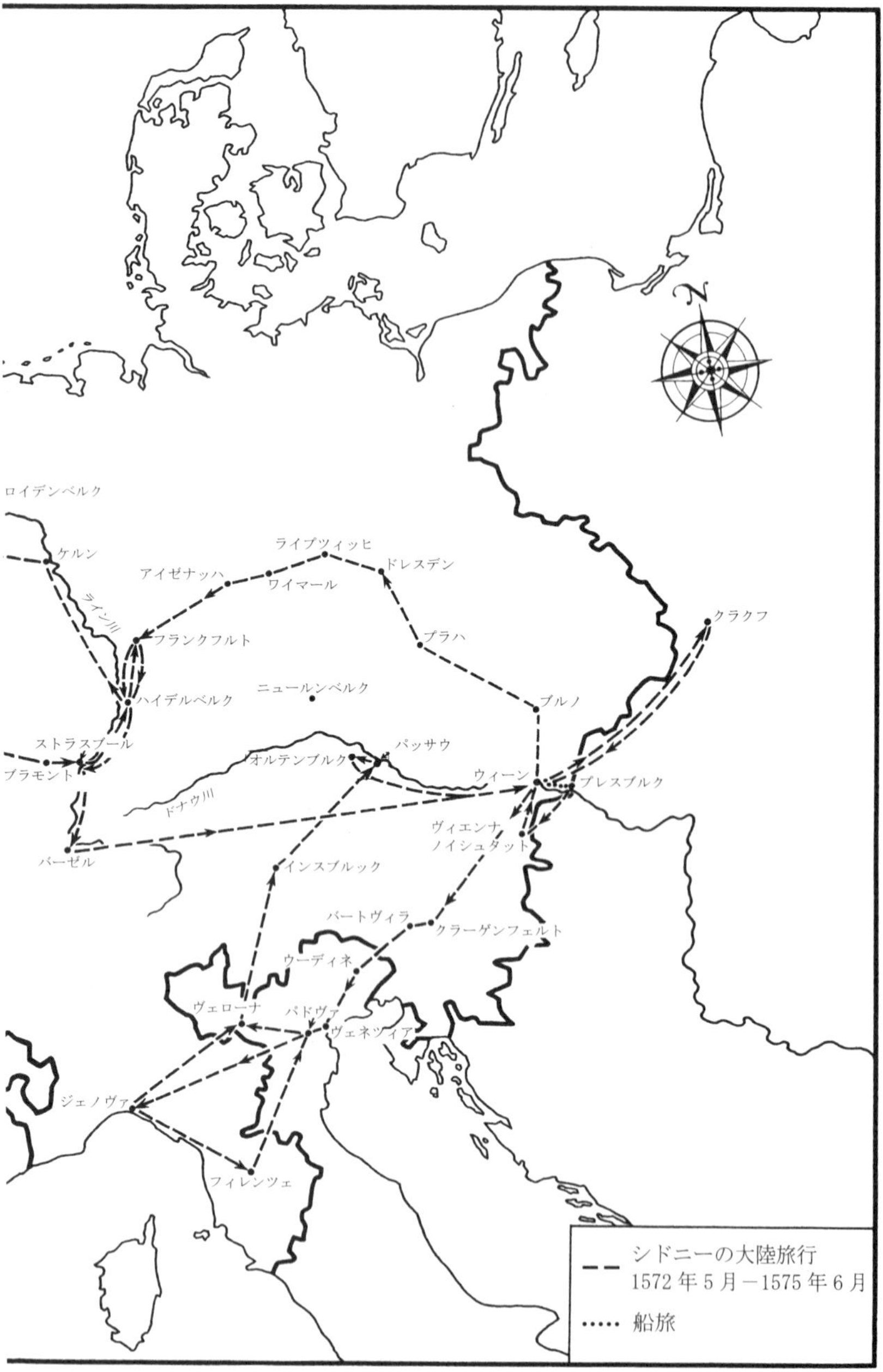

ロイデンベルク
ケルン
ライン川
アイゼナッハ
ワイマール
ライプツィッヒ
ドレスデン
フランクフルト
プラハ
ハイデルベルク
ニュールンベルク
ブルノ
クラクフ
ストラスブール
ブラモント
オルテンブルク
パッサウ
ウィーン
プレスブルク
ドナウ川
ヴィエンナ
ノイシュタット
バーゼル
インスブルック
バートヴィラ
クラーゲンフェルト
ウーディネ
ヴェローナ
パドヴァ
ヴェネツィア
ジェノヴァ
フィレンツェ
シドニーの大陸旅行
1572年5月－1575年6月
船旅

カリクフルグス
ゴールウェイ
ダブリン
シュロウズベリ
ケニルワース
オックスフォード
テムズ川
ロンドン
アントウェルペン
カールト
ブレータ
ブリュージュ
ルーヴェン
ブリュッセル
プリマス
ウィルトン
パリ
セーヌ川
0
300Mls
0
500Kms

ネーデルラント地図（1585/6）

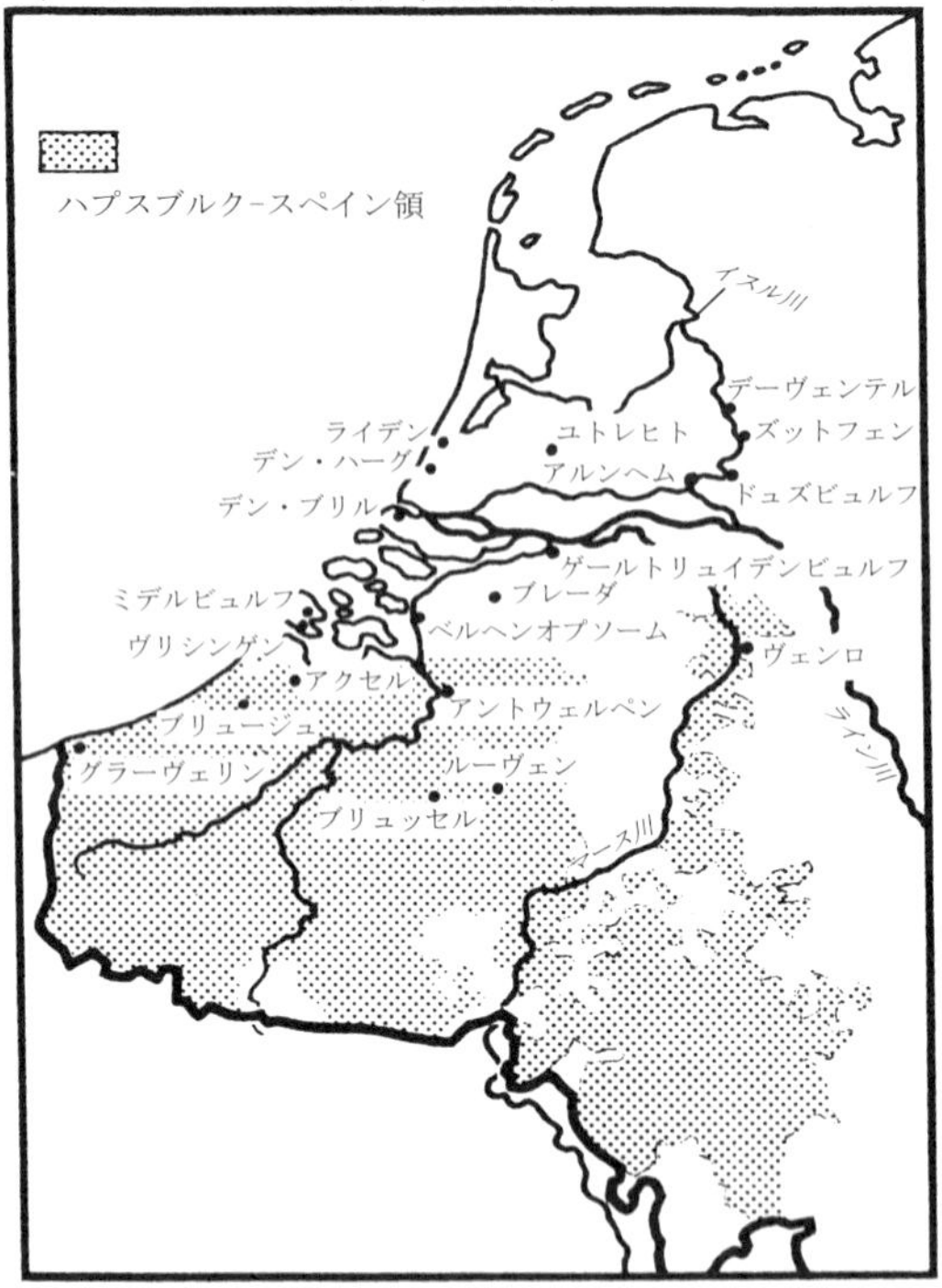

る。その熱意は、多くの卓越した人々から敬意と賞賛をもって受け入れられたことによって強められ、疲れや病気や資金の不足が深刻化するという避けがたい事態や、また宿泊先の主人や旅行仲間によって盗まれたり騙されたり、あるいはそうされたと彼が思い込んだりといった度重なる小事件を忘れさせるほど大きなものであった。彼はパリの大虐殺後ただちに帰るようにとの家族の要請に抗い、その後の何度かの帰国要請にもおそらく抗ったと思われる。この時期の彼宛の父親の手紙は一通も残っていない。シドニーはパスポートに与えられた不在許可以後も丸一年余計に国外に滞在したわけだが、延期許可が与えられたという証拠はない。三年目の終わりに近づいても彼は急いで帰ろうとしなかった。というのは一五七五年の春、彼はフランクフルトに滞在していま一度ユベール・ランゲとじっくり会いたいと願っていたからだ。[12] しかし、ランゲがフランクフルトに着くまでに、シド

ニーはハイデルベルクで英公使トマス・ウィルクスと会見する余裕だけを残して、ただちにアントウェルペン経由の直行路で帰国すべしとのレスターからの指示を受けていた。このときまでに、シドニーは大陸の友人のなかでも大勢の者に多額の借金を重ねていた。そして彼はランゲから、蓄えてきた老後の備えを受け取るようにと説得されていた。フィネス・モリスンは年五〇か六〇ポンドあればジェントルマンのヨーロッパ旅行には充分であると試算しているが、彼は「官職（プライベート）をもたないジェントルマン」に過ぎず有力な廷臣ではなかった。[13]シドニーは三年間の外国旅行で毎年、この試算の五倍か六倍の金銭を使い果たした。彼の財政的な難儀のひとつは、新しく知己を得た人々に「ほどほどの気前のよさ」や、ある場合には「大物風の太っ腹」まで見せつけるために、贈ったり貸したりする「余分な」お金が必要だったことだ。厳密にいえば、エリザベス朝人にとって、この二種類の寛厚というアリストテレス的美徳〔アリストテレスは『ニコマコス倫理学』第四巻（財貨に関する徳）、第一章（寛厚）で、「寛厚な人は然るべき人々に、およそ然るべきものを、然るべき時にまたその他およそ正しい贈与ということに付随する一切の条件のもとに与えるであろう」と述べている〕の違いとは、後者の「大物風の太っ腹」とは「ほどほどに豊かな者ではなく、非常に富裕な人によって実行されるという点にあった」。[14]サー・ヘンリー・シドニーは、彼の限られた資力の許すかぎり息子には寛大に対処したようだが、彼の財力だけをもってしては、とうてい息子に「大物風の太っ腹」を装わせることは叶わなかった。

大陸の貴族たちや人文主義者たちがこの若い英国人と知り合いになろうといかに熱心であったにせよ、彼らの多くは彼と昵懇になる最初の段階で、シェイクスピアの『ヴェニスの商人』の富裕なポーシャのように何ほどかの気前のよさを見せてくれることを彼に期待したようである。シドニーは弟に「多額の出費」が「貴顕たち」の友情を得る手段のひとつであり、イタリアではその費用が最大の出費であろうと語っている。[15]出会ったばかりの段階で、金銭を贈ることで友誼が固まった「貴顕たち」の一人についての記録をみると、そのような相手が他にも多く存在したことが推察される。フランクフルトのユグノー派教会牧師テオフィル・ドゥ・バノスは、暗殺された論理学者ラムスの友人で熱心な弟子であった。ドゥ・バノスはラムスのある伝記の後記として付した自作のラムス論を一五七六年に出版しシドニーに献呈したが、その鄭重すぎる献辞のなかで、亡き学者に捧げたシドニーの愛情と称賛の念を強調している。出版前後にシドニーに宛てたドゥ・バノスの膨大な手紙は、シドニーに対する尊敬の念を改めて表明している。しかし、一五七五年四月に、ドゥ・バノスがシドニーからまことにありがたい金銭の贈り物を受けたことに対する感謝の言葉を書き連ね、より裕福な者への貧者からの定番の贈り物である指輪を添えて発送していることにも注目すべきである。[16]

ドゥ・バノスが、自著を弱冠二〇歳の英国の若者に献呈する気になった動機に、シドニーの個人的魅力や学識やラムスおよびラムス主義への興味などすべてが与ったのは勿論である。しかし、シドニーの旅行中でもとりわけ重要な時期、つまり、ヴェネツィアでカトリックの亡命者たちとの交わりがあったため、プロテスタントへの忠誠心を強く示したいと願った時期に誇示した「大物風の太っ腹」が、ドゥ・バノスとの友誼を固めたのではないかという疑いは拭えない。当時シドニーは、その後と同様、当座の手持ち金がほとんど底をついていたのだが、それでも金銭の贈与は重要だと感じていた。ジョン・バクストンはドゥ・バノスは本の献呈に対して「なんの金銭も期待していなかったし、支払いも受けなかった」と主張している。[17]しかし、彼がそう書いた時点ではドゥ・バノスがシドニーの気前よさに感謝してアレクサンドロス大王に譬えて書いた手紙はまだ公表されていなかった。シドニーはまた自己の貴族的身分と係累について誇張してドゥ・バノスに伝えたことで、英国に帰国後ばつの悪い思いをしたらしい。彼は印刷された美文調の表敬的献辞のなかで、ウォリック伯一族との関係を誇張して伝えた言説を訂正してほしいとドゥ・バノスに懇願している。しかしそれでもドゥ・バノスはシドニーの英国における身分（肩書きのないこと）を正しくは理解しなかったようで、相変わらず宮廷のシドニーに「シドニー伯フィリップ殿下」と書簡で呼びかけた。[18]若気の至りで大陸でひろげた「大物風の太っ腹」という大風呂敷も、英国のより湿度の高い、より制約の多い風土では結局畳んで後始末をせざるを得なかったのだ。

シドニーの金銭に対する態度は人間的であって一貫していない。彼は旅行中にこしらえた借金をランゲやレスターやその他の年上の人々がなんとか解決してくれると期待していたようだが、一方では大陸の友人たちに貸した金や贈り物の返済を時にせがんだりもした。たとえば、一五七七年の夏、彼はあつかましくもランゲを借金取りとして用いてボヘミア貴族ミカエル・スラヴァタからある額の金を取り戻そうとした。[19] 執拗にそうしようとした彼の態度から、高額の金であったことが窺われる。

ユベール・ランゲは大陸旅行中のシドニーに、実際的にも知的にも最も支配的な影響力を及ぼした人物であった。一五一八年にブルゴーニュのヴィトーで生まれたランゲは、数年間ザクセン選帝侯に仕えた。ランゲは大陸のプロテスタント勢力のなかでも政治的、宗教的思想の最前線にあった。ランゲの影響のもとで、その弟子フィリップ・デュ・プレシ＝モルネは有名な論文『圧政に対する抵抗運動の擁護』を著して、君主制、あるいは圧政に対する抵抗運動が合法とみなされる諸状況を示唆した。これらの理論はネーデルラントにおいて同調者が次第に増えつつあった対スペイン抵抗運動と特別の切迫した関連があり、シドニーにとってもきわめて関心が深い論題であった。ランゲは英語を話さなかったので、シドニーと一対一でたびたび会ったことが、シドニーのフランス語を素晴らしい状態に保つのに大いに役立ったに違いない。他方、二人で定期的に手紙を交わしたことでも多くの効用があったが、その一つは、お蔭でシドニーが流暢なラテン語能力を維持できたことであった。ランゲはシドニーに友人になってくれそうな人を大勢積極的に紹介した。彼はシドニーに学問上の助言を与え、政治や軍事の問題について最新のニュースや意見も伝えた。シドニーとランゲの関係は正確には規定しがたい。従来の伝記作家たちは、シドニーとランゲがフランクフルトのヴェッヒェルの家で「たまたま」一緒に泊まったので、ランゲは自然にこの将来有望で魅力的な若い英国青年の知的師匠の役を引き受ける決心をしたというフルク・グレヴィルの記述を踏襲してきた。[20]

しかし、グレヴィルのその他の証言、たとえばランゲは三年間ずっとシドニーとともにいたなどは明らかに偽りである。また、偶然の出会いから二人の友情が芽生えたというグレヴィルの記述も、シドニーの魅力を伝えるのには都合がいいが、疑わしい。むしろウォルシンガムがレスターの教唆を受けて、ランゲがシドニーの指導を引き受けるという了解の上で、パリかフランクフルトでランゲとシドニーの最初の出会いのお膳立てをしたという方が事実に近いように思われる。ランゲには依頼料が続けて支払われたことだってありうる。数年後、ランゲはロバート・シドニーのためにも実際的に役に立ってくれるだろうと、サー・ヘンリー・シドニーが思い込んでいたということもそのことを暗示している。[21] 当時、結婚と同様友情も無心の衝動から生まれることはめったになかったのである。シドニーの度重なる不従順な態度も、彼のランゲとの友情が、彼の教育と成長に関する英国の助言者たちによるポロウニアス的おせっかいの延長であったとすれば容易に説明がつく。

シドニーがランゲを愛し、尊敬し、その導きによって近づき得た社交的で知的なさまざまな世界の人脈を享受したことに疑いの余地はない。しかし、同時に彼の多くの勧めを退屈だと感じて、礼儀は尽くしつつも無視した。忠告のあるものはうんざりするほど分かりきったものだった。たとえば、ランゲは彼にもう一度キケロの文体の学習に戻るようにすすめたが、シュロウズベリとオックスフォードで学んだ後ではその学習には彼は心底飽きていた。[22] ランゲのキケロ賛を礼儀正しく繰り返す彼の言葉と、弟にあてた手紙（六二頁参照）の恐らくもっと卒直に書いたと思われるキケロ崇拝批判とを比べると、ランゲに対する彼の多くの従順な対応が果たして本心からのものであったかとの疑問が湧いてくる。彼がたびたび「繋がれた皮ひもから抜け出した」、つまりランゲがおそらく同意しなかったであろう小旅行に計画も告げずに出かけたこともやや注目を引く。

シドニーの読書と勉学に助言を与えたばかりでなく、ランゲはシドニーの広い意味でのキャリア形成にも関わり、彼が二つの反対方向の行為に向かわないようにと心を砕いた。ひとつは宮廷から退出することで、それによって彼の政治的外交的才能が浪費されることを恐れたのであり、もうひとつは実戦的な軍務に就くことで、それによって彼の健康と生命が脅かされることを心配したのである。後年、シドニーはこれらの二つの誘惑のどちらにも屈服した。彼は宮廷から幾度も退出して長い時間を楽しみ、妹のもとに滞在した。またランゲが亡くなって四年後、彼は実戦的な軍務に従事して、その結果、じっさい命を危険に晒したのである。ランゲの忠告でシドニーが従わなかったのは決してこれらに止まらない。大陸旅行の数年間、彼は手紙と直接会うことの双方でたえずランゲから親切な助言の集中攻撃を浴び続けた。オズボーンの試算によれば、二人は共にいる時間を少なくとも四〇週は過ごしたことになる。また、二人が離れている間は、ランゲは毎週手紙を書き、この時期に書かれた手紙のうち四〇通以上が残っている。それらの手紙から当時のシドニーの様子が随分よく分かるし、あるいは少なくとも彼が年輩の人たちとどのような出会いを持ったかが分かる。

　ランゲはシドニーが歳のわりに真面目すぎると感じていた（サー・ヘンリー・シドニーが一一歳の息子に「陽気に振舞いなさい」と薦めたことが思い出される）。ランゲは盛んに皮肉や冗談まじりの軽口をたたいてシドニーを陽気な気分にしようと努めた。英語という言語を知らず、また英国文化を直接体験して理解したわけではないランゲは、気分を陽気にさせるという微妙な課題に取り組むとなると、シドニーが面白いと感じることを誤解して調子はずれな対応をしてしまうこともあった。たとえばランゲは、一五七四年の一月か二月に、うたたねして読んでいたハンフリー・ロイド著の古代ブリテン論の書物を蠟燭の炎の中にとり落として燃やしてしまったという愉快な失敗談をした。ランゲは書物は著者の身代わりなのだから、ウェールズ人の召使グリフィン・マドックスにロイドの葬式を執り行わせて貰いたいとシドニーに言った。シドニーはグリフィンがウェールズなまりで葬式の経文を唱え、自分は「笑いとともに」助手を務めたとうやうやしく報告した。しかし、恐らくシドニーはこのことで少し心地悪い思いをしたに違いない。というのはロイドはそれまでずっとサー・ヘンリー・シドニーの保護を受けており、ロイドの死後本の完成の費用を払ったのはサー・ヘンリー・シドニーであり、その書物がケルト文化の古さを強調しているのをランゲは馬鹿げた説だと考えていたからだ。[23] シドニーは「冗談は別として」グリフィン・マドックスが以前にロイドの学識をある程度擁護したことがあると報告して、自分も同意見だと言ったので、ランゲもその点は譲歩せざるを得なかった。[24] ランゲはエリザベス朝の最も知的な教養人でさえも、英国文化がケルトにその根源をもっというテューダー朝の主張にどれほど深く執着しているかを想像することができなかったようだ。だからシドニーを笑わせようとした試みも、家柄のことを話題にされたときと同じく、彼の癇に触りいらだたせるだけであった。
　的外れに終わった忠告はほかにもあった。たとえば、ランゲはシドニーにどうしてもドイツ語を学んで貰いたいと考えて、フィリップ・メランヒトンのかつての弟子、マテウス・デリウスと「遊んだり冗談を言い合ったりして」気持ちを快活にすると同時に、ドイツ語の上達を図るようにとしきりに勧めた。だが今回はシドニーはそんな遊びには気乗りしないと卒直に申し述べた。ドイツ語特有の「耳ざわりな響き」が嫌いな彼は、デリウスとは「とくに乾杯をするときに」ドイツ語の練習をしますからと冗談めかして、ランゲの冗談をはぐらかしてしまった。[25] 杯を交わすたびにラテン語の“Prosit”（プロージット）を使う習慣であったたから、宴会好きが昂じても、ドイツ語がより流暢になるいわれはなかったが。[26] シドニーの文章に使われた数少ないドイツ語のひとつが“rascal”の意の“Schelm”という悪口であることにも、彼のドイツ語嫌いが表れている。[27]
　一五七四年春にシドニーが行ったジェノヴァとフィレンツェへの旅行は、ランゲの助言と真っ向から対立するものだった。ランゲの考えでは、自分が責任を負っている者がイタリア中で唯一学ぶに値する場所はヴェネツィア共和国で、その他のイタリア各地は訪れる者を堕落させる危険な場所であった。シドニーは、ローマを訪れることでランゲが一番恐れていた通りの悪影響を受けるという事態には至らなかったが、彼がローマに行かなかった真の理由は、お年寄りの希望に添ったというより実際的な考慮から思い止まったからにすぎなかった。
　ランゲはまたもっと瑣末なことにも喧しかった。シドニーが果物を多く摂り過ぎるとか、暑い時節に水を飲み過ぎるとか心配した。このような習慣はシドニーの華奢な体躯にひどい消化不良をもたらすと気遣ったのだ。[28] ランゲが、当時ドイツやボヘミア旅行の常套手段であった四輪馬車あるいは幌つき馬車で行くように助言したのもシドニーの健康を慮ってのことであった。[29] 馬に跨って行くより安全で、より快適ではあったが、馬車で行けばずいぶん時間がかかり、シドニーが普通辿るより何マイルも行程が長くなるので、そのような手段はあまり使わなかったら

しい。それに彼はそのような交通手段は男らしくないとも思っていた。オーブリーによれば、

わたしはペル博士に聞いたのだが、当時年配の紳士たちが博士にもらした話では、軍人たちの間で有名なかのサー・フィリップは、若い紳士（「騎士」の語が削除されている）が通りを馬車で行く姿を人に見られるのは、そういう紳士が街をペティコートで歩く姿を見られるのと同じくらい恥ずかしいことだと思っていたそうだ。[30]

ペル博士の母親のメアリ・ホランドは、シドニー家の所領があったケント州ホルデンの出であったから、シドニーとその仲間の語った言葉の正確な記憶に触れる機会があったのかもしれない。馬車は女性や（ランゲのような）年寄りにはいいが、元気な若い「騎士」にはふさわしくないという考えは『新アーケイディア』で、年寄りのバシリアスと妻と末娘が馬車に乗り、同伴の「騎士」ピロクリーズが実際「ペティコート」を履くか、少なくともアマゾンの態(なり)で付き添うという場面にも表れている。[31] この状況は女装がもたらす男性の女性化という屈辱のひとつなのである。

もっと将来にわたる影響力のある助言は、ランゲがくりかえしシドニーに結婚を勧めたことである。何通かの手紙にはシドニーに自らの分身である子供をつくってもらいたいという一般的な希望を述べた箇所がある。[32] 他のいくつかの箇所は特定の女性たちにはっきりと言及しているが、立ち入って読み解くことは難しい。[33] フィリップを、そしてもしかして次にロバートを、「無害のヘンリー」と綽名がついたヘンリーことバークリー卿のどの娘かと結婚させようとして不首尾に終わった縁談への言及もいくらかあるようだ。この縁談についての詳細は不明であるが、バークリー家とダドリー家との長い確執に終止符を打ちたいという思惑から生まれた縁談であった。もしこれが成立していれば、シドニーはバークリー家の莫大な資産の主要な相続者となるところであった。またそうなれば、シドニーは処刑されたノーフォク公の妹のキャサリン・ハワードという精力的な義母をもつことになるはずであった。

彼女は語学が達者で、典礼にうるさく、服に鳥の糞が一杯つくほどの鷹狩好きであった。[34] だが、一五七五年七月一一日にバークリー家に息子トマスが生まれたことで、娘たちはそれほど魅力ある結婚対象ではなくなった。いずれにしても、そのときまでにシドニー家とバークリー家の縁談はすでに壊れていたのだが。[35] バークリー家との縁談が考慮されていた間シドニーは英国から離れていた。結婚問題について圧力をかけられると、シドニーはランゲ自身だって結婚したことがないではないかと言い返すことができた。ランゲやその他の人たちから繰り返し圧力をかけられたが、彼はランゲの死後二年が経過するまでは結婚問題に具体的に乗り出すことはしなかった。

　ランゲの助言にシドニーが抵抗した例をこれだけ挙げると、ランゲの献身的な愛情にシドニーがどれほど心から応えたのか分からなくなる。もしも、私がすでに示唆したように、二人の友情が最初の段階で自発的なものでなかったとすれば、ランゲの感情過多の要求にシドニーが身構えて応えたのもある程度説明がつく。ランゲのあからさまな愛情表現のなかに、それを受け入れると、折角手にしたばかりの貴重な自立を奪われてしまう情緒的な陥穽の要因があるのを彼は看破したのかも知れない。残された手紙の多くに、シドニーからの手紙があまりにも長い間こない寂しさを訴えるランゲの言葉が書きつらねてあり、シドニーからはある時には忙殺されていたのでとか、その他の時にはぼんやりと無気力状態に陥っていたのでとかの言い訳を書いた自己弁護の返信が書かれている。英国に帰国後も、老人からは相変わらず規則正しく手紙が来るのに、彼の方はまる五ヵ月も無沙汰を重ねたあとでやっと手紙を出している。残っているシドニーの手紙の方が少ないという事実は認めるにしても、ランゲの手紙の方があまりにも多いのがバランスを欠いている。それに、ランゲの手紙の方が長く、注意ぶかく書かれている。一五七三年一二月のヴェネツィアからの手紙で、シドニーの方から一週間に一度は手紙の交換をしようと提案しているのだが、[36] 彼がこの提案をしたのは、まだ友情が始まったばかりのその時期に、もう彼の怠慢を責めてくるランゲの気を鎮めるのが主な目的であったらしい。種々の理由から、シドニーは毎週老人に手紙を書くという約束はとうてい守れなかった。とくに、大陸の他の友人たちとの通信が急激に増えはじめた時期にはできなかった。それらの他の友人たちは彼にとって次第に重要性を増しつつあったし、彼らの存在こそシドニーにとって旅の喜びであり、帰国したくない理由でもあったのである。

シドニーを中央ヨーロッパの諸大都市に惹きつけた主たる動機は、「絵のような美しさ（ピクチャレスク）」［主として一八世紀英国で用いられた美学上の概念。理性によって認識される合理的な比例や均衡によって生ずる美的快感より想像力を刺激するある種の不完全さや意外性に基づく美的価値を称揚し、ロマン主義の先駆的美意識となった］の探求にあったわけではない。彼が多くのルネサンス宮殿の壮麗さ、そこに所蔵された絵画や工芸品、華麗な庭園や異国的動物園、大宴会用広間、会議室などに目を奪われなかったはずはない――壮麗なゴシック様式城砦や大聖堂、たとえばストラスブールやプラハのようないくつかの都市の広場で見られた天文時計のような機械仕掛けの驚異などは言うまでもない。『新アーケイディア』における視覚的細部にこれらの驚異的な事物への彼の感応ぶりが窺えるのだから、じっさいに彼はこれらのものに注目していたのは確かである。しかし、彼は前バロック期のヨーロッパのラスキン的魅力［ヴィクトリア朝の英国の美術評論家ジョン・ラスキン（一八一九―一九〇〇）は、『近代画家』全五巻（一八四三―六〇年）で産業社会の未来を憂い、ゴシック建築の魅力と倫理的価値を強調した］を生粋のテューダー朝英国人フィネス・モリスンと同様の目で見たのかもしれない。モリスンはシドニーが辿った行程よりさらに広く旅して目にしたものを要約して、ウェストミンスターアビーのヘンリー七世の墓やウィンザーの聖ジョージ教会の大司教ウルジー建立の墓を第一、第二位に挙げ、コンスタンティノポリスのスレイマン帝の壮麗な墓をそれらより下位の第三位に位置づけたのである。[37]『新アーケイディア』に登場するカランダー邸は、シドニーの生家ペンズハーストとたしかに似ているとしばしば結びつけられるのだが、カランダー邸への礼賛は、凝りすぎた建築はどうしても好きになれないという趣味を示唆している。

館そのものは美しくて堅牢な石材で建てられ、こけおどしの壮麗さよりもどっしりとした威厳の奥ゆかしい趣を目的としていました…あまりに耐久性を考え過ぎて、むやみに長持ちするものこそすばらしく美しいものだと目に錯覚させせない程度に、美より耐久性が重んじられていました。[38]

旅行について、シドニーは弟ロバートに「家というものは所詮どこでも家であり」大きさが違うに過ぎないと言い、[39]目に留まる建築にあれこれ注文をつけないようにと助言している。今は失われた手紙の中で、彼は他の非常に多くの英国人旅行者を魅了したヴェネツィアの都市の悪口を書いた。また、一五七四年に共和国総督府（ドージェ）が火事で燃えたことを彼が悲しんだ、あるいはなんらか気持ちが動転したという証言もない。肖像画をパオロ・ヴェロネーゼに描かせたときの彼の関心は、少なくともランゲに手紙で伝えたかぎりでは、パドヴァに帰りたいといらいらしているのに、いつまでこうして座してヴェネツィアに引き止められるのかという問題以上ではなかった。シドニーが最も興味を惹かれたのは、建物ではなく人々や思想であった。彼は『旧アーケイディア』の冒頭の部分で、フィロクリアの肖像画を見て刺激されたピロクリーズが、建築や絵画に興味がある振りをする様子を次のようにからかっている。

> まるで屋敷の建築構造を知ることが彼の学識におおいに役立つとでもいうように、彼はフィロクリアがいる場所を見たいと所望しました。でも、もっと見たいのは彼女自身の姿であり、もちろん画家の技量も仔細に調べるつもりでした。[40]

ここでは芸術鑑賞は個々の人間に対する強烈な興味に比べれば二義的なものに位置づけられているが、シドニーの場合も明らかにそうであった。彼は一五七三年のクリスマスの直前に、ヴェネツィアからランゲにあてた手紙で春に予定された彼との会見について、「それらのお偉い方々すべての立派なお屋敷よりも、あなたとの一度のお話の方が楽しみです」[41]と書いている。シドニーがイタリアのセイレンにも似た抗いがたい魅力に屈してしまうのではとランゲがひどく心配したので、彼としてはそんな魅力には免疫力があることを老人に納得させることがとりわけ重要だったのである。後から振り返ると、手紙類から推察される以上にシドニーは美術や建築に興味をもっていたことが分かる。『新アーケイディア』に見られる精緻な観察にもとづく絵画技術への言及は、ティツィアーノ、ティントレット、ヴェロネーゼの世俗的で神話に題材を採る絵画や、中央ヨーロッパのマニエリストたちの魅力を彼がきちんと受け止めていたことを示している。[42] しかし視覚体験に対する彼の感想はランゲに伝えられることはなかったし、そのような体験を求めて彼は旅したのでもなかった。たとえば、フィレンツェにちょっと立ち寄ったのは、ジョットやブルネレスキへの興味からではなく、その政治制度に興味を惹かれてのことであった。

絵画や建築と違って、文学こそはシドニーが心を奪われていたとわれわれが確信するところのものである。しかし、彼はそれに対する興味も師ランゲとは共有しようとはしなかった。シドニーとランゲ間で交わされた手紙の詩への言及のほとんどが、政治詩か二人の関係に関するものかどちらかに限られている。たとえば、ランゲは詩人としては著名ではなかったが、帝国御用メダル肖像画家アントニオ・アボンディオが描いたシドニーの肖像画に想を得てラテン語のシドニー頌詩を何篇か書いている。[43] 残念ながら、その肖像画と詩の現存は確認されていない。シドニー自身の文学的興味の兆しは、ランゲへの手紙にテレンティウスの劇、ウェルギリウス、クセノフォン、オウィディウス、アリストテレスの『修辞学』などから採った文学的喩えを挿入する傾向があったことからも察せられる。ランゲの手紙がより多く参考にするのは哲学者や歴史学者の言葉であった。行間からシドニーの文学的興味はランゲのそれよりも幅広かったことが読み取れる。そしてシドニーがあきらかに修辞学的目的で引用している作品群は、彼にとって多くの場合、ランゲと腹蔵なく議論した政治的、歴史的文書と同じくらい重要な意味をもっていたのである。

しかし、ランゲと共有したひとつの文学的楽しみは書籍の購入であった。一五七三年春、彼らは連れ立ってフランクフルトの本の見本市を訪れた。後年やりとりされた手紙には彼が、年二回開催されたこの大見本市に常に興味を抱いていたことが示されている。シドニーが外国で購入した本の中で唯一現存が知られているのは、グッチァルディーニのイタリア史で、一五七四年六月二〇日パドヴァで購入され、現在ハーバード大学ワイドナー図書館に所蔵されている。[44] しかし書籍購入への言及の多さは、シドニーが大陸旅行中に集めたコレクションが充実したものであったに違いないことを示している。たとえば、ランゲとの交友が始まって間もなく、彼はヴェネツィアで出版された美麗な五冊の本を選んで師に見せたが、中にはジローラモ・ルシェッリの印刷も見事な『盾の上の紋章図解(インプレーサ)』も含まれていた。その図版の中には、シドニーの新しい友人でかつ親族であったカトリック教徒のリチャード・シェリーに関係のある意匠が少なくともひとつはあった。それは一羽の鷲が爪から一羽の鳩を放している図柄で、モットーは「寛大である故に(フェイフィダルギア)」であった。シドニーが挙げた五冊がすでに彼の購入済みの本であったか、それとも勘定はランゲもちでという了解のもとに彼のために買おうと計画していた書物なのかはっきりしない。恐らくシドニーがすでに購入済みであった公算が大きい。というのも、彼は同じ文章でアミヨ訳のプルタルコスに通常の五倍の料金を気前よく支払うと申し出ているからだ。それほどの量の本を獲得しようとした熱意は、彼が節約したいという気持や、荷物を軽くして旅する必要にほとんど縛られていなかったことを示唆している。アミヨ訳のプルタルコス(その版からシェイクスピアの材源となったサー・トマス・ノース訳プルタルコスが派生した)は大型フォリオ版二冊から成っていた。[45] イタリック体文字や多くのエンブレム的大文字や装飾がほどこされた優雅なヴェネツィア風印刷も、彼が「えり抜きの」とか「雅趣ある」と呼んで慈しんだこれらの本を得たシドニーの喜びに、一役買っていたに違いない。

最近の説では、シドニーがヴェネツィアで購入したもう一冊の優雅な本は、ヤーコポ・サンナザーロの詩と散文の混合体で書かれた、サンソヴィノの一五七一年版のロマンス『アルカディア』で、多くの魅力的な木版画がついていた。[46] この書の購入はエリザベス朝の「黄金期」の文学にとって重要な意味をもっていた。なぜならそれによってシドニー自身の『アーケイディア』のタイトルとジャンルは、そして最近の説が正しいとすれば、スペンサーの『羊飼の暦』(一五七九年)の少なくともその構成は、この書で決定されたからである。スペンサーはサンナザーロの書物を思い出してもらいたいという意図のもとに、『羊飼の暦』をシドニーに献呈したのである。後年サンナザーロのロマンスに幾度も言及していることから、シドニーがその作品を熟知し、高く評価していたことがはっきりと証明される。また、この作品についてランゲには話さなかったということから、彼がこの卓越した師と共有しようと思わなかった広い文学的、美学的経験の領域があったのではないかとの、われわれの疑念が強められるのである。矢継ぎ早に不器用な冗談をあびせかけてはいたが、ランゲはシドニーのキャリアのことは非常に真剣に考えていて、彼が用意したシドニーのための計画には、自分には不案内の言語で書かれた牧歌や恋愛詩などが入る余地はおそらくほとんどなかったのであろう。

シドニーとランゲが書物に関するより広い興味を共有した局面が他にもいくつかあった。とくに、二人には、学者であり出版者でもある共通の知人が少なくなかった。すでに挙げた学識者アンドレアス・ヴェッヒェルは、フランクフルトの自宅「白い家」でランゲとシドニーの両人をもてなし、それ以前にパリでも二人をもてなしたらしい。さらに卓越した学者・出版者のフランス人人文主義者アンリ・エスティエンヌ（ヘンリカス・ステファヌス）は、シドニーとハイデルベルク、ストラスブール、ウィーン各地で会い、自ら編纂したギリシア語の新約聖書を一五七六年に献呈しておおいに敬意を表した。ストラスブールで二度目に会ったときに、エスティエンヌは自作のギリシア語の格言集も彼に贈ったが、残念ながら現存していない。[47] それはおそらくエスティエンヌが執筆して一五六八年に出版した『ギリシア語集大成』からの抜粋だったに違いない。エスティエンヌは彼自身の世代のみならず、どの世代の人々の中にあっても比類なきギリシア語学者だったが、三回の出会いのたびに知的成長著しいシドニーを称賛した。そしてシドニーがやがてギリシア語の意味の理解はもとより、手書きと印刷双方のギリシア文字の形の美しさをも正しく認識するようになるであろうと予想した。エスティエンヌとの親交を確保しようとシドニーが「大きな出費」に至ったかどうかは我々には知る由もない。シドニーのギリシア語は非常に立派なので翻訳は不要というエスティエンヌの称賛[48]は、いささか過大に感じられるし、エスティエンヌ編纂の新約聖書のような重要な本が、まだ貴族としてのステイタスのない弱冠二一歳の英国青年に献呈されたこと自体がちょっとした驚きである。彼はシドニーのことを「すべての点で寛大な」若者だと述べている。そのことはエスティエンヌが、ラテン語の"generosus"を「気高い心の」という古来の意味と同様、「気前のよい」という近代的な意味でも使っていたらしいことを示している。ただし恐らくこの場合、シドニー自身の学識とプロテスタント陣営への忠誠とランゲの推奨とで充分献呈を確保できたはずで、シドニーの側で「大物風の太っ腹」を見せつける必要はなかったと思われる。

大陸におけるその他のシドニーの知人については、バクストンとオズボーンが充分に記録している。バクストンは優雅で権威ある筆致で、シドニーが行った各種の支援活動について精査しているし、オズボーンは数ある手紙や個人的会見についていやというほど詳述している。現存の手紙の多くはいま、イェール大学のオズボーンコレクションに所蔵されているが、これらの手紙を通してシドニーの大陸旅行はある意味記録され「過ぎている」といえる。シドニーが会い、その後また会ったり手紙を交わしたりした人すべてを網羅した一覧表は、今日筆者に可能な調査の域を超えている。いずれにしても、シドニーが会って言葉を交わした「当時は重要であった人物たち」の中で、彼自身の文章に影響を与えたとはっきり指摘できる人物は比較的少数しかいない。彼の交際範囲のとてつもない広さには疑いの余地はない。彼の友人は将来のフランス国王ナヴァールのアンリや王権伯ヨーハン・カジミールのような王侯君主からハナウ伯のような貴族に及び、また英国カトリック陣営からは、ともにヴェネツィアに住んでいたウィンザー男爵エドワードとサー・リチャード・シェリーがおり、傑出した学者・学識者としては、皇帝つき医師クラト・フォン・クラフトハイムや、ストラスブール法律学教授ジャン・ロベや、同じくストラスブールのヨーハン・シュトルムなどもいた。シドニーの交際仲間の中には多くの公使や大使も含まれていたが、ウィーンに本拠地を構えたドイツ人諜報員ヴォルフガング・ツュンダリンや同じく当時ヴェネツィアに居を構えていたフランス人諜報員ジャン・ドゥ・ヴュルコブなどがそうであった。それほど高名ではないが、手紙の中に現れてもっと知りたいと思わせるような人たちもいた。そんな一人が人好きのする男、酒飲みのユベール・ドゥ・ラ・ローズで、シドニーはストラスブールで彼の住居に滞在している。[49]

しかし、残された文書は豊富だが、シドニーの個人的な成長について語っているかという点でみると、しばしば失望させられる。まめに便りをくれる外国の文通者たちの多くは、少なからず退屈で非常に内容が乏しいと感じられる美文調で能書書きの書簡を次々に送りつけてくるのだった。明らかにこれらの手紙の多くは個人的な感情の表白よりはむしろ外交辞令であった。多くのプロテスタントの知識人は、英国宮廷の要人とみなした（ことによると誤認であったが）人との絆を強めたいと衷心から願っていたが、英仏海峡の向こうから投げてくる彼らの修辞的花束はなんとなく乾いて造花めいていた。シドニーが間もなくこれらの手紙にあまり返事を出さなくなり、書いても短かったりめったに出さなかったりして友人たちを失望させたのも驚くにあたらない。

旅行中にシドニーが遭遇した友人の中で、彼らの文学的興味がシドニーのそれを先取りしていたように思われるほんの一握りの人たちがいた。これらの友人の中で最も目立つのは一緒に旅したジェントルマンのロドヴィック・ブリスケットで、彼とは三年間ほとんどずっと一緒にいたので手紙を書く必要がなかった。ブリスケットは言語学者、学者、詩人、シドニーの世話人兼ガイドで、彼とはほとんど対等の立場で共に旅してまわり、シドニーの新しく友人となった人文主義者たちの多くから尊敬を集めた。[50] その他にシドニーがその作品を嘆賞したと思われるイタリア人たちもいた。たとえば、ランゲはペルージャ出身の歴史家ピエトロ・ビッザーリ（一五三〇―八六）の書簡の文体をさまざまな観点からシドニーに推奨している。ビッザーリはパリの大虐殺当時、ウォルシンガムに庇護されたプロテスタント学者グループの一員で、このグループは恐怖時代を生き抜いた歴戦の勇士として互いの結束を認識していたに違いない。ビッザーリは熱心な親英家で、一五六五年に英国を訪れて、同年エリザベス女王にエッセイと詩を集めたものを献呈している。ビッザーリの本の中で献辞を奉られたその他の英国人の中にはベドフォード伯、ノーサンプトン侯、レスター伯などがいる。アン・ラッセル嬢がシドニーの伯父ウォリック伯と結婚した際には、ビッザーリは彼女の美しさと美徳を称える長詩を書いて祝福した。[51] 彼の文体を褒めたにもかかわらず、ランゲはビッザーリをあまり好きではなかったようである。彼の言葉は装飾過多で態度は追従的だと感じていたからである。[52] ひょっとすると嫉妬の念もいくらか働いたのかもしれない。というのも、ビッザーリはランゲと若いシドニーの愛を競う「年かさの政治家」の一人であったばかりでなく、バーリに定期的に送るニューズレターの返礼として「一〇〇ターラ」の給与を受け取る英国王室給付役人でもあったからである。[53] ビッザーリは特別な機会に流麗なラテン語の詩を物する詩人であり、牧歌的対話やその他の形式の抒情詩を用いて遠まわしの政治批評を試みることもあった。彼がハンガリー人の対トルコ戦についてイタリア語で書いた記述も、戦争待望論者のシドニーの興味を引いたに違いない。[54] しかし、ランゲ同様シドニーも、ビッザーリ個人を多弁すぎるし困った人間、弟にあまり付き合わないようにと警告した種類のイタリア人の一人と思っていたらしい。

お前がイタリアで会うだろう人たちのことだが、幾人かは素晴らしく学識ある人だろうが、イタリア人はみな学があるふりをするのに長けているからね。私の知らない怪しげなところで学を仕入れているのかも知れないよ。なにしろ酒場の給仕以上はすべて弁のたつ議論好き（おしゃべり）というお国柄なのだから。[55]

イタリア人の友人で、純粋に文学的興味を持ち、シドニーがビッザーリよりもっと自分と性分が合うと感じたと思われるのはチェザーレ・パヴェーゼである。彼はヴェネツィアに住み、詩人のベルナルド・タッソーの親友だった。ベルナルドの息子は父親より有名なトルクァートであった。シドニーの死後、ブリスケットはシドニーへの哀歌二編をベルナルド・タッソーの詩に典拠して書こうと心に決めたが、そのような彼らの繋がりの始まりは、おそらくブリスケットとシドニーが一緒にヴェネツィアにいた頃に遡る。その頃チェザーレ・パヴェーゼは「欠けた環（ミッシングリンク）」のように、不在でありながら彼らを結びつける存在であったと思われる。シドニーとトルクァート・タッソーは各々異なった時にパリとヴェネツィアを訪れたので、二人が直接会った可能性は少ないが、[56] タッソー父子双方の友人であったパヴェーゼが、シドニーに父子のことや、息子のタッソーが書きつつあった傑作『解放されたエルサレム』のことを間接的に教えた可能性はある。パヴェーゼからシドニーに宛てた手紙二通が残っているが、内容は主として実際的な用件である。パヴェーゼはシドニーの手紙や持ち物をヴェネツィアから送り出す役を引き受けていたらしく、それらの用件でブリスケットと連絡をとろうとした。パヴェーゼとタッソー父子は繋がりがあったし、パヴェーゼ自身も文学的創作に手を染めていたから、彼がシドニーとブリスケットの詩的な「遊び」にもある程度仲間として加わった可能性がある。パヴェーゼの名は、トルクァート・タッソーの『リナルド』（一五六二）の序詞の中で尊敬をこめて言及されており、彼自身も「ピエトロ・タルガ」という筆名で、イソップその他からとった楽しい韻文寓話集をイタリア語で創作した。寓話はエンブレムブックの様式で書かれており、どの話の冒頭にも生き生きした木版画がついている。三番目の寓話についてシドニーは数回言及しているが、子犬に注がれた愛情に嫉妬したロバが主人のひざに飛び乗ってたたき落とされるという話である。[57]

　その三ページ後にはシドニーの初期の一つの詩にとって重要な、イソップに拠るもう一つの話があるが、蛙たちが王を下さいとゼウス神に頼む話である。これはシドニーの『旧アーケイディア』における政治的動物寓話のいくつかの原型の一つである。シドニーがすでにイソップに親しんでいたことは明らかだが、パヴェーゼが魅力的に脹らまし図版をつけたイソップ寓話は

> ときに、狼と羊のささやかな話によって、悪事や忍耐心についての教えを過不足なく語り尽す[58]

詩人たちへのシドニーの興味をとりわけ強くそそったに違いない。パヴェーゼはまたスタティウスの『テーバイの人々』（ヴェネツィア、一五七〇）のイタリア語訳にも序詞と注を書いたが、この作品で「八行詩(オッタヴァリマ)」に書き換えられた古典的叙事詩はアリオスト的なイタリアロマンスに焼き直され、エステ家の二人の女性、ルクレチアとレオノラ

に捧げられた。シドニーがヴェネツィアにいたときに初版が出たこの作品は、女性読者層にも近づき易く魅力的な文学形式にまじめな内容を盛り込むジャンルとなり、自国語による「英雄詩」にシドニーが興味を抱く最初のきっかけとなったのではなかろうか。

シドニーが最も親しくしたイタリア人の友人たちは、魅力的で想念を刺激してくれる「話し手たち」であった。しかし文学的にさらに意味深く、かつ知的な重要関心事を共有し支えてくれたのは幾人かのフランス人の友人たちであった。その筆頭は偉大なプロテスタントの神学者にして政治理論家でもあったフィリップ・デュ・プレシ＝モルネであった。モルネはロンドンとローマ訪問を含む大陸旅行を終える段階にあったが、シドニーは大陸旅行にでかけたばかりで、二人はおそらくパリの大虐殺の時にはじめて会ったと思われる。一五七二年八月の恐怖を共に経験したことは、二人を結んだ多くの絆のひとつに過ぎなかった。二人を結んだもうひとつの絆はラムスの論理学への共通の興味であったが、とりわけモルネはラムスの直弟子の一人であった。さらに二人を結ぶより親密な絆はランゲの指導を受けていたという共通点で、ランゲのモルネとの関係はシドニーとのそれよりもさらに深いものであった。加えて二人のもうひとつ別の絆は、シドニーとモルネが、ヴェネツィアのフランス大使館に見出される教養ある社交界のことを共に知っていたという点であった。その社交界を主催したのは啓蒙的な学識者アルノー・デュ・フェリエであった。デュ・フェリエは度量と寛容を兼ね備えた人物で、ある時点でデュ・プレシ＝モルネは彼をもうすこしでプロテスタントに改宗させることに成功するところであった。少なくとも彼の忠実な妻がそのように証言している。[59] フランスの知的プロテスタントは大使館に避難したが、そのひとり、フランソワ・ペロ・ドゥ・メジエールはシドニーの友人となり手紙を交換した。シドニー宛の六通の現存する手紙のうち、一五七四年一一月二六日ヴェネツィア発の手紙の中で、彼はポーランドの現状についての一編の風刺詩とシドニーの求めに応じて送ったいくつかの自作の「イタリア風詩歌」の双方に言及している。[60] これらが「詩編」から彼が抜粋した詩の数編であったことはほぼ確実である。それら抜粋された詩は一五七六年に『選りすぐりの真珠』と題して出版され、ヴェネツィア元老院に献呈された。あるいは、それらは彼の韻文全集（その半分ほどが一五八一年に『ダヴィデの七五の詩編』と題して出版された）から採られた数編であったのかもしれない。

ペロは一五三〇年頃生まれで多彩な人生を送った人である。非常に若くしてスレイマン帝の軍隊とともにペルシア人と戦った。人生の早い時期に、天職は詩人になることと心に決めたが、父親はそれを禁じて彼を法律の勉強に向けた。同じようなことが、シドニーの道づれになったブリスケットの身の上にも起こった。彼は早くから文学の勉強に惹かれたが、父親に医学の勉学を強制された。[61] 両者とも後年シドニーの仲間になって「詩女神（ミューズ）たちと戯れていた」のである。一五六四年に、ペロはジュネーヴで神学の研究中に妻が亡くなり、パリに行ってプロテスタント教徒との結婚の合法性と、幼い娘エスペランスの後見人となることの正当性を申請しなければならなかった。それらの手続きに成功したペロは、一五七七年当時一二歳ほどのエスペランスにフランス語版『選りすぐりの真珠、またはエスリートの真珠』を捧げた。[62] ペロはジュネーヴに行き、これらの作品すべての出版の取り決めを行わなければならなかった。母国語の「詩編」を歌うことが禁じられていたパリやヴェネツィアではこれらの作品はカトリックの検閲で受理されそうになかった。シドニーが大陸で手紙を交わした人たちと同じく、ペロは英国に保護を、それもおそらくは迫害からの究極的な避難所を期待した。しかし、彼は最高傑作の完全イタリア語版『ダヴィデの詩編』に関しては不運であった。それは一六〇三年にジュネーヴで出版されエリザベス女王に献呈されたが、その直前に女王は亡くなっていたらしい。[63] ペロがシドニーに宛てた六通の長い手紙には、主としてニュースや時事的な話題、とくにフランスについての時事問題が書かれていた。「イタリア語による詩」についても一回言及されている点は、彼がシドニーと文学的創作計画を共有していたことを明らかにしている。そしてペロとシドニーとの間の今ひとつの絆は、デュ・プレシ＝モルネの作品によって結ばれた。というのも、ペロはモルネの『真実について』をイタリア語に訳し、シドニーは少なくともこの作品を英語に翻訳しはじめたのであるから。[64]

デュ・プレシ＝モルネやペロ・ドゥ・メジエールのようなユグノー作家たちの勇気と不屈の精神は、シドニーの気持を鼓舞したに違いない。もっとも、かなり危険で不快な状況下で着手された彼らの計画は、たえず深刻な障害に阻まれてすくなからず困難な進行状況にあった。シドニーがウィルトンハウスに居心地よく閑居して『アーケイディア』の初稿を完成しつつあった丁度同じ時期に、デュ・プレシ＝モルネは重篤な病気に苦しめられ、フランスの領地地所からも追放されて、『真実について』の執筆に苦労していた。これは常識や分別ばかりでなく、古代の哲学者や教父たちの言説を多く引用し、広く諸キリスト教会の協力と統合を促進する世界教会的（エキュメニカル）立場からキリスト教を擁護した論文であった。大陸旅行を終えて一〇年近くたってから、シドニーはやっと『真実について』と「詩編」の英訳にとりかかったのだが、一五七〇年代初頭のモルネおよびペロとの遭遇は、彼が究極的に規範としたいと望んでいたプロテスタント詩学のモデルを彼に提供したといえる。

　シドニーが大陸の友人たちから受け取り現存する多くの手紙のなかで、実際に詩が書いてあるものはただの一通に過ぎない。それはヨーハン・ヴァッカー（あるいはフォン・ヴァッケンフェルス）という名の若いドイツ人ので、彼はストラスブール、ジュネーヴ、パドヴァに学び、最後のパドヴァでシドニーとたまたま一緒になったのである。彼はラテン語の劇を何編か書き、シドニーからの支援をなんらかの形で享受するか、期待していたようである。一五七五年二月に、彼はシドニーのことを「将来最も偉大なマエケナス〔ホラティウスやウェルギリウスを保護したローマの政治家ガイウス・マエケナス（前七〇―八）に因んで文学、芸術の保護者の意〕に成ってくださるお方」と呼びかけて書いている。[65] 同年一二月に、ヴァッカーは、そのときまでにすでに英国の宮廷に落ち着いていたシドニー宛に長い手紙を書き、最近かかった長い病気の間に神に呼びかけて書いたラテン語の詩を付記した。詩の内容は全体的に紋切り型であるが、韻律形式は独特で野心的である。[66] それはカトゥルスが用いた難しい一一音節の韻律であるパラエシアン〔四世紀のギリシア詩人パラエコスに因む名称の韻律。各一行、一一音節で生き生きした感じを出す韻律〕によって書かれている。シドニーが英語で書いたパラエシアンは、『旧アーケイディア』の第二牧歌であるが、そのぎこちない戦争のイメージや韻律の不完全さは、それらがシドニーにとって、ごく若い頃古典的韻律で英詩を試作していた時期の作品であることを物語っている。[67] その内容は『アーケイディア』の筋を想起させるようなところは一切なく、若いヴァッカーへの競争心からはじめられた初期の実験的作品であったのであろう。同じ韻律を三〇〇年後にテニスンが批評家たちの鼻をあかせてやろうという果敢な意気込みで自信をもって用いている。

ほら、わたしは試してみたのだ、小さな詩を
隅から隅までカトゥルスの韻律で書いて、
音節の長短すべてで自分の動きに気をつけて、
まるで人の重さをかろうじて支える薄氷の上を
すべるスケーターのように注意深く。[68]

同じ韻律の薄氷の上をゆくシドニーの足取りは鉛のようにとても重い。

彼女のほどけた髪は砲弾で、両の乳房は鉾の穂先、
どの動きも斥候兵で、両手は騎兵、
唇は戦争を継続させるための財宝、
なかには真珠の宝石箱が鎮座する、
脚の運びは立派な陣営の移動するさま…[69]

牧歌的物語（パストラルロマンス）についてのより広い概念を形成する以前に、シドニーがこれら英語の一一音節詩をヴァッカーのラテン語のそれに対抗して書いたとすれば、その無個性な稚拙さもある程度説明がつく。

シドニーの大陸旅行の仲間で、彼の文学的成長にはっきりと重要な役目を果たした人がもう一人いる。彼の大陸旅行の前半の三分の二ほどを共にした、英国に帰化したイタリア人ロドウィック・ブリスケットである。シドニーが帰途につこうとしたとき、ブリスケットは弟セバスチャンが住んでいたヴェネツィアに帰った。シドニーの帰途の終盤の主な道連れはイタリアに帰化したイギリス人エドワード・ウォットン（一五四八―一六二八）だった。ウォットンはかつてナポリ在住のスペイン人の中で三、四年過ごしたことがあった。[70] 彼はウォルシンガムに諜報員として雇われ、一五七四年秋にシドニーが初めて彼に会った時、彼はウィーンのイギリス大使館の書記官として働いていた。ウォットンは優れた言語学者で少なからぬ人柄の魅力と堂々とした態度をそなえ、外交官、廷臣としても長く傑出したキャリアを享受していた。彼はスタイリッシュなドレッサーでもあったらしい。それというのも、一六〇二年の王室クリスマス行事総監督に任命された折に、彼はしばしば頭から足の先まで白装束で現れ、常に「新鮮な衣装で」服飾の向上への貢献が称賛されたからである。[71] ウォットンの作品は残っていないが、彼の名はシドニーの『詩の弁護』の一五七四年から五年にかけての冬を思い出した冒頭の文章で鄭重に書き留められている。

畏友エドワード・ウォットンと私が皇帝の宮廷におりましたとき、私達はジョン・ピエトロ・プリアーノから少し身を入れて馬術を習ったことがございます…[72]

この件が示すように、ウォットンのシドニーとの友情は、知的であると同時に実際的なものだった。シドニーの記述から察すると、二人は帝国乗馬学校で傲慢で自信過剰の若者として振舞い、卓越した馬術の持ち主であったプリアーノと彼の馬への過剰な献身ぶりをからかったりする一方、レッスンの習得と授業料の支払いは遅れがちだった。ウォットンはあきらかにシドニーの逼迫した財政状況に巻き込まれていた。というのも彼は、一五七五年一月にランゲが老後の蓄えをシドニーに貸与（贈与）した証書作成の立会い人を務めたのである。しかし、シドニーが『詩の弁護』の冒頭でウォットンの名を出したのは、単に二人がウィーンで乗馬の練習やその他のことを共有したからではなく、この詩論とウォットンとの関係におそらくもっと深いものがあったからに相違ない。この詩論は実質的にはウォットンに捧げられたのではなかろうか。彼の腹違いの弟ヘンリー・ウォットンはシドニーが英訳したアリストテレスの『修辞学』の最初の二巻の手稿を所有していたが、彼はそれを恐らくエドワードから貰ったのであろう。[73] 一五七七年一〇月に宮廷からランゲに宛てた手紙で、シドニーは『修辞学』第二巻からの一節を抜け目なく用いて、老人一般の弱々しい情熱を軽く揶揄している。[74] 彼の『修辞学』翻訳がエドワード・ウォットンとともに皇帝の宮廷に滞在した時期に始められ、後に彼独自の修辞法と詩作についての詩論が、同時期のウォットンとの会話を通して生まれたという可能性がある。まことに「ルネサンス的な」振幅の広さをもって、ウォットンとシドニーは、馬術の華麗なる披露と、修辞的詩的修練の双方に参加し、馬の背中と紙の上でクルヴェット跳躍を試みたのである。

エドワード・ウォットンは、主要な文学的保護者というわけではなく、彼の詩作品で残っていると知られているものも皆無である。だが、彼が卓越した文学的知的審美眼の持ち主であったことに疑いの余地はない。モンテーニュのエッセイの翻訳を最初にジョン・フロリオに依頼したのは他ならぬ彼であった。[75] また一五九九年に彼はL・A・翻訳による『騎士道の鑑』第八巻と題する騎士道的ロマンスの献呈を受けている。一六一〇年ころ、『詩人の王者ホーマー』に付記したソネットの中で、ジョージ・チャップマンはウォットンのことを故人となった友人シドニーの「生きた分身」であり、シドニーによってウォットンの生命は「永遠化された」と述べている。これは恐らく『詩の弁護』の冒頭に言及されているウォットンとの色褪せない思い出のことを指しているのであろう。大陸旅行中に始まった他の多くの友情が、続く年月に薄れて消えていったのに対して、シドニーとウォットンの友情は持続した。臨終の床で、シドニーは「ペンズハーストの領地で生まれる牡鹿の中から毎年一頭ずつ」[76]をウォットンに遺贈することをとりきめ、ウォットンはダイアやグレヴィルとともにシドニーの葬儀で棺側の付添い人を務めたうちの一人となった。シドニーはウォットンとともに一五七五年六月の最初の週に宮廷に戻ってきた。彼は出発した頃の「どことなく未熟な感じ」を脱して、世慣れて自信にみちた大人に成長しており、ウォットンと同じような外交的キャリアに踏み出そうと熱烈な意欲に燃えていた。

ある時点で、シドニーはフランス経由でゆっくり帰りたいと思っていた。彼はランゲと共にフランクフルトで最後のやや長めの滞在を楽しみたいと心から願い、少なくとも、ドレスデンからフランクフルトに向かう途中、若い友人のハナウ伯訪問だけは果たしたいと考えていた。しかし、ハナウ伯への手紙で、「女王陛下と私の家族からの命令で、とても急いで旅せざるを得ず…[77]」と書いているように、これらの寄り道は結局ひとつも実現しなかった。アントウェルペンで半月以上足止めを食らって予定がいくらか遅れたが、シドニーは一五七五年五月三一日に英国に着いた。家族は彼がずいぶん変わったと感じたに違いない。後にシドニーは弟に語っている

私達は皆装いを凝らして帰宅した。服装はもちろん顔つきまで装って。[78]

顔つきは一五七二年に家族が見送った一七歳のにきび面とは驚くほど変わっていた。優に数インチも背丈が伸び大人の体躯になっていた。服装もウォットンの指導よろしくパリッとして高価なものだった。話しぶりや態度も多くの新しい言葉や警句や社交的美辞麗句を採り入れて豊かなものに変化していた。彼の態度は傑出した学者や政治家たちによって常に尊敬と愛情を以て遇されるのに慣れている若い貴公子のそれであった。父親や叔父、伯父たちや女王などの恩着せがましく圧制的な指導の下へと逆戻りするのを、ずいぶん厭わしく感じたに違いない。彼は外国にいる間、自分が輝かしい権威ある地位にいることを自覚したが、その地位にあっては若輩ながら、その身に英国宮廷の若手世代の最上の美点がそなわっていると周囲から思われていたのだ。しかしながら、一旦宮廷に帰ってみれば、彼はふたたび欲求不満を起こさせる従属的地位にあり、愛顧と官職を渇望する大勢の若い世代の一人に過ぎなかった。また、彼は今や厳しい旧世代の人々に対して、浪費癖を含む自己の行動に責任をとらなければならなかっ

た。これらの支出のなかに彼がもっとも近しく親しい人たちのことを忘れず贈物を買って帰る費用も含めていたかどうかはわからないが、おそらくそれはしなかったであろう。一五八〇年に、サー・ヘンリー・シドニーは下の息子が大陸旅行中に贈ってくれた「貂の毛皮」が届くことになっているのに礼を述べ、「お前の兄が贈ってくれたものより上等だ」と付け加えている。[79] ロバートの教育は、シドニーがシャルル・ドゥ・レクリューズの依頼でプラハから連れ帰った若いボヘミア人のヨハネス・ハヤェックの教育と共に、帰国したシドニーに付け加えられた任務のひとつであった。前に引用した手紙で彼は帰ったら家族が元気にしていたとハナウ伯に述べているが、実は母親は決して健康ではなく、精神的にもよい状態ではなかったし、妹のアンブロウジアが二月に亡くなり、両親は悲しみに暮れていた。英国に帰って間もなく、シドニー自身もしばらく病気になったが、その間、次の旅行に出かける前に彼は家族との生活や宮廷での生活にもう一度新しく自己を適応させようと努力していた。[80] こんどの目的地は彼が学校時代を送った英国中部地方であった。こんどはセーヌ川やドナウ川やライン川の堂々たる流れではなく、テムズ川やエイヴォン川の静かな流れを辿るのであった。女王陛下は夏の行幸中であった。

第五章　宮廷に仕えて（一五七五―六年）

伺候とはいつでも拝命する準備をしていること。それ故、召使として仕えること。召使が身分の高い人の要求に応じるように仕えることである。[1]

（本当に）素晴らしい女人（ひと）を長いあいだ追跡してきた人々〔宮廷人〕が、遂にその女人（ひと）は決して摑まえられないものと気付く。彼女が追跡者たちの近くで立ち止まるとしたら、それは彼らを待っているからではなく、更に遠くに逃げようと一息ついているだけなのだ。[2]

経験したことがないお前には、それが如何に地獄の如き責め苦かまるで分かっていない、
長い間懇願しつつ待ち続けることが、
もっと有効に過ごせたかもしれない良き日々を失い、
思い煩いつつ不満を嘆いて長い夜を無為に過ごすことが、
今日一日は上手くいっても明日はまた元の木阿弥になり、
希望を糧に生きる、恐怖と悲しみでやつれる、
女王からの愛顧を得ることで、女王の廷臣たちの愛顧を失い、

願いをかなえるために、長い年月待ち続ける、
苦難と不安でお前の魂をすり減らす、
慰めのない絶望がお前の心を悲嘆にくれさせる、
へつらい、平身低頭し、伺候し、馬で急ぎ、走り回る、
浪費し、贈り、欠乏し、零落する。
不幸な者よ、誕生の時から悲惨な結末に向かっているのだ、
己が人生をそれほど長いあいだ伺候に費やすとは。[3]

一五七五年六月大陸から帰国して、一五七七年三月大使として大陸へ出発するまでの二年間に、シドニーはすっかり成長を遂げ、彼の生き方は激しく変化していた。もはや逍遙する学生ではなく、「望みある前途[4]」に満ち、有望なイギリス人の廷臣となっていた。読書には以前に比べてずいぶん少ない時間しか費やさなくなってしまったようだ。大陸の多くの友人たちが嘆いたことだが、手紙を書く時間も確かに少なくなっていた。今や彼は多くの時間を女王への「伺候」に当てて、彼の未来に力を及ぼす人々に自分の才能を示す機会となる宮廷での祝祭や儀式に参加していた。また父の一種の徒弟となって、初めて重要な行政的・軍事的職務に携わった。シドニーが英詩における彼のもっとも初期の実験に乗り出したのはこの頃であったのはほぼ間違いない。これらのことは彼自身の親密な家族との、また新しく彼の英国人助言者かつ友となったエドワード・ダイアとの、新たに作り上げられた絆と関係があるかもしれない。

問われるべき第一の疑問は、なぜこの時期に彼が帰国したかということである。なぜそれほど性急に一五七五年春、彼は最短距離の経路で帰国したのか。かなり明らかな幾つかの理由はある。彼のパスポートが期限切れとなり、もし滞在許可を更に延長して留まれば、女王の厳しい不興を被る危険があった。また、彼の愛する家族が彼との再

いたにちがいなかった。しかしながら、もっと隠されている理由として、その中でシドニーの役割が決定的となりそうな重大な揉め事が起こりつつあった。父ヘンリー・シドニーと叔父レスター伯は共に彼らの職務上のことで危機に瀕していた。そして是非ともフィリップを必要としていたのだ。エリザベスの極めて有名なケニルワース訪問の年のことについてさえ、多くの当時の噂と現代の推測から信じるに足ることを探りだすのはかなり難しい。しかしいくつかのおおまかな点は明らかである。

おそらく忠実な公僕であったシドニーの父は、その頃、幾分宮廷に対して不満を抱いていた。一五七一年夏アイルランド総督として二度目の奉職を完了したが、以来ずっとアイルランド問題には密接に関わり続けていた。かの地で費やした時間に見合う名誉や報酬が与えられないことに非常に苦々しい気持ちを持つ一方で、もし自分に適切な財源が充分に与えられさえすれば、アイルランドを軍事的にも経済的にも「統括する」能力が自分にはあると次第に自信を強めていた。ウェールズの辺境地域長官として続いている職は自分の性にずっと合っているのを知り、アイルランドに戻ることは不安であると主張してはいたが、彼はそこに戻るため強力で執拗な努力をしていたのである。例えば、一五七四年一〇月、「総督として再び派遣された場合に」そなえて彼は条件付きの詳しい幾つかの要求を表明している。[5] 一五七一年一月、義弟サー・ウィリアム・フィッツウィリアムがヘンリーの後継者として総督に就任したが、フィッツウィリアムは本国に呼び戻してもらおうと躍起になっていた。[6] エセックス伯ウォルター・デヴルーが女王の承認を得て、アントリムとアルスターの幾つかの地域で「入植」を試みていた。極端に残虐な民族大虐殺［一五七五年、エセックスはアントリムでスワロウ・リナックスを破るため攻撃し、ラスリンの洞穴に隠れていたソーリ・ボイ・マクドネル指揮下の者数百人を殺害した。その多くは女や子供たちであった］に近い彼の作戦行動はほとんど安寧をもたらしてはいなかった。エセックスとフィッツウィリアムは互いに反目していて、両者共にアイルランドに対して絶望的なほど誤った統治をしていたようだった。

アイルランド総督職への復帰のためにヘンリー・シドニーが採った遠まわしの企てが、宮廷においてある種の奇妙な暗流を引き起こした。スペイン王フェリペ二世が、国務大臣宛のその時まで知られていなかった書簡の中で、ヘンリー・シドニーとスペインの外交官アントニオ・デ・グァラスとの間で交された会話を記録している。

（シドニーは）グァラスに会見を申し入れ、極めて内密な話をした。そして自分には選りすぐりの六千人のイギリス兵をもってスペイン国王陛下に奉仕する方法があると申し述べた。そしてグアラスは女王陛下の意志でそれを実行することの困難について、ましてや女王の意志がなければ更に困難であることについて、自分の信念を二、三度言明した。しかしシドニーは何度も国王陛下にはこの彼の良き望みを是非知っていただきたいと答えた。そしてそれを遂行するための保証として、ウォリックとレスターの伯爵位の後継者でもある我が唯一の後継者、そして国王陛下が洗礼盤から取り上げて下さった、その名もフィリップなる我が息子を保証として差し出す覚悟でございますと答えた。[7]

王が要約しているこの衝撃的内容のデ・グアラスの書簡の日付は、一五七四年四月一一日と二九日になっている。この時、フィリップ・シドニーは彼のヨーロッパ滞在の最後の数週間をパドヴァとヴェネツィアで過ごしていた。もし本当にデ・グアラスがそれを正しく理解していたとしても、この異常な計画についてフィリップは聞かされてさえいなかったであろう。明らかに王はそれについて疑いを抱いている。スペインの他の大使たちと同様に、デ・グアラスも提案されたことを全く誤解したか、あるいは故意に誇張したのかもしれない。しかるに、彼とサー・ヘンリー・シドニーとの間に何らかの会談が持たれたこと、その主題はアイルランドにおけるシドニーの次の統治の時期についてであったことはかなり確かであろう。特に代々のスペイン全権公使たちがヘンリー・シドニーとの対話を記録していたという事情がある以上は。エリザベス朝のもっとも早い時期に、デ・ラ・カドラはヘンリーとメアリ・シドニー夫妻とは実り豊かな話ができたと認めている。一方彼女の弟ロバート・ダドリー卿（後のレスター伯）からは何ら意義あるものも得られなかったと絶望しながら、「我が人生でこれまで出会った人々の中の最悪の、もっともぐずな若者であり、勇気や覇気をまったく欠く者」[8]というダドリー評を一五六〇年に書いている。彼はヘンリー・シドニーを「分別ある人、そして宮廷人の誰よりも礼儀正しい人」と見ていた。サー・ヘンリー・シドニーは「宗教問題についてはまったく知識がない」[9]というグァラスの発言に関しては、実際は父親のシドニーが慎重で旗幟を鮮明にせず、風が吹く方向を見定めようとしていたことを示しているのかもしれない。フェリペ王は一五七四年には、更にヘンリー・シドニーが「カトリック信徒だと考えられる」[10]とさえ言っている。もしこれらの（空想なのか）スペインに関わる計略の反響や噂がエリザベスに届いていたとすれば、彼女が何故ヘンリー・シドニーやその息子に報奨や昇進を渋ったのかという謎めいた疑問に対する一つの鍵が恐らくは得られるだろう。一五六九年マンスター反乱の時期に、「レスターがイングランドの王になるだろう、シドニーがアイルランドの王になるだろう」といった噂が流布したことをウォレスは「ばかばかしい」ものとして退けている。[11]そのような噂は一五七四、五年においてさえもやはりばかばかしいことだったのは疑いない。しかるに、実際にシドニーとレスターはこの二つの国で彼らの権力基盤を固めようとして精力的に働いていた。恐らく彼らは女王への奉仕に熱心であった。しかし、彼らはまた何らかの自立的な特権を行使する手段を自分たちに与えてくれるよう女王に望んでいた。たとえサー・ヘンリー・シドニーが息子である後継ぎをスペイン王に本気で「保証として差し出す」つもりでなかったとしても、少なくともこの時期に王の支持と友好とを欲していたのだ。フィリップもまた、父が生きては帰れないかもしれぬアイルランドに再び赴くならば、家族の頭として行動することを求められていた。

レスターは義兄より一層困難な状態にあった。女王と親密であるという彼独特の立場が色々の面で脅威に晒されていた。カトリーヌ・ドゥ・メディシスの一番年下の醜い息子、アランソン公フランソワ－エルキュールからの女王への求婚が重大な局面を迎えていた。フランス大使モヴィシエールはこの結婚をいつでも推進できるよう、一五七五年の行幸のあいだ中女王に随行していた。一五七四年八月、レスターが数年間親密な関係を続けていたのかもしれない未亡人、男爵夫人ダグラス・シェフィールドが男児ロベルトを出産した。また別の女性、エセックス伯爵夫人レティスとの情事も一五七五年に既に始まっていたのかもしれない。そして確かに彼女はケニルワースに来ていた。最高位の寵臣の立場にある者へこれらがもたらす脅威に直面して、レスターは結婚に関して女王からの賛成と、できれば仲介をも得られるように躍起になっていた。ロジャ・クウィンがそれについて述べているように、

伯爵は女王が今のところはまだご存じない事柄を知った。即ち、ダグラス・シェフィールドや、真実からでさえ流言蜚語を探り出すほど狡猾な敵に、彼自身の立場が抵当として賭けられていることである。[12]

レスターはシェフィールド夫人との関係を結婚とは認めなかった。もっとも、彼女はずっと後になってそれは結婚であったと主張することになったが。しかし、もしそのことが女王の耳に届けば、そして届いたときには、明らかに女王の愛顧における彼の立場はひどく危うくなるであろう。そのような時ちょうど彼はエリザベス朝の全貴族たちが、そしてとりわけダドリー家が、切望していたものを入手したのだ。即ち、直系の男子の後継ぎを得たのである。しかし、目下のところこの後継ぎは未来の喜びと信頼の種になるよりは、むしろ恐るべき当惑の種であった。甥フィリップの帰国はレスターにとってもかなり好都合なことであったろう。自分自身を女王のもっとも高い寵愛に値することを示すレスターの計画において、若いシドニーはレスターの所領と爵位の法定推定相続人として主要な構成要員であった。レスターが女王をケニルワースで歓待するとき、もしフィリップが充分に目立っていれば、彼が他にも後継ぎを持ったという噂に女王は耳を傾けぬかもしれない。あるいはフィリップが特権的立場から後継ぎの立場を外されて（単に）「姉の息子」になっていたことなど女王は信じないかもしれない。レスターが実際にはフィリップにそれほど好意を抱いてなかったことなど問題ではない。才能ある彼の甥がレスターのイメージを高めるのに大いに役立つのだから。

エリザベスはレスターともアランソンとも結婚しなかったことが明らかなのだから、彼女はいずれに対しても結婚を本気で考えていなかったと今我々が振り返って言うことは容易いことだ。しかし当時はそれほど明白なことではなかった。もっとも、そのように思っていた同時代人が何人かはいたが。その一人が鋭敏なサー・ヘンリー・シドニーであった。彼は既に一五六五年に「女王様は結婚なさる気がないことを私は常に確信していた」と言っていた。もっとも、女王は「求婚されることには非常に貪欲であられたので、オーストリアのドン・ホワンからの申し込みを受けられてお喜びになったであろう」と彼は信じていたが。[13] しかしレスターもまた自分はエリザベスの気持ちをよく知っていると信じていた。そして一五七五年ケニルワースでの女王歓待に関して註解者たちが、これを彼が単に寵愛の回復への切り札にするだけでなく、究極的には彼女の配偶者としての地位への切り札にするつもりであったと見抜いているのは正しいかもしれない。[14] シドニーの視点からすればそれ以上の含意を考えると目が眩む思いであったろう。エリザベスは四二歳の誕生日に近づいていた。たとえ、彼女がレスターを遂には夫として受け入れる気になったとしても、後継ぎを生むチャンスはそれほど大きくなかった。シドニーも含めて多くの廷臣たちは一五八一年から二年のアランソンによる二度目の求婚の折には、女王が出産できるように敬虔な望みを表明していた。しかしそれは一五七五年の時点でも実際には極めて疑わしいものだったにちがいない。もし女王がレスターと結婚しても子供を生むことがなければ、シドニーの地位は王子になれるものであったろう。エリザベスが彼を彼女の継嗣として指名することは法的には可能であったかもしれない。この頃は誰もエリザベスの長寿を予期してはいなかった。シドニー・ダドリーのグループ内の若者たちは想像の翼を欲しいままに広げて、スペインを支配するフェリペ二世と共に彼の名付け子フィリップ・シドニーが英国を支配する時が来ると期待していたかもしれない。そのような英国・スペイン枢軸がフランスの勢力を無効化するだろう。死が近づくまで後継ぎを名指しすまいとするエリザベスの賢明な決断は、そのような途方もない各自の想像力を広い領域へと開かせていた。もっとも、それを公然と口に出せば反逆罪となったであろうが。『旧アーケイディア』の中に、バシリアス公の死後、彼の主席顧問官フィラナックスを「国務副大臣（リューテナント・オブ・ザ・ステイツ）」にするための民衆運動が描かれている。[15] しかし、より慎重な廷臣たちはケニルワースでレスターが行った女王への求愛は、主としてフランスからの求婚を阻止するための作戦だと見なしていたかもしれない。

シドニー自身に関しては、一五七五年夏の間のことについて我々は驚くほど何も知らない。彼は大陸から、ランゲ、ドゥ・バノス、ロベ、ツュンダリン、そして他の人々から多くの手紙を受け取っていたが、長いあいだ沈黙を決め込んでいたらしい。彼はロンドンに帰り着くまで手紙には手をつけないつもりだったのかもしれない。一五七五年六月から一五七六年一一月の間に書かれた手紙は残っていないが、彼はこの頃何通かには返事を書いていたけれどもしばしばその返事はぞんざいであったことを、彼の文通者からの手紙が暗示している。ランゲの意見では、シドニーは一五七五年後半には非生産的な怠惰に耽っていたとしている。

> 君からの手紙が昨日（一五七五年一二月二日）届きましたが、私が君の怠惰に苦情を言うことが不当であるとは思っていません。何故ならば、君がこの前手紙を書いて以来丸々五ヵ月過ぎている。君は怠惰の弁解として宮廷の行幸の随行やお父上のお供を挙げていましたが…どうか、お願いだから、君を本当に愛する真の友たちにその間、一時間すら割くことを欲しなかったということの真意をよく考えて下さい…一ヵ月に一回舞踏会を諦めるだけで君は私たちに満足を与える以上のことができたのに。一年前に君は三、四ヵ月私たちと一緒にいただけでした。そんな短い間に如何に多くの優れた作家たちの著作を読書したか、また読破することで君がどれほど利益を得たかを思い出して欲しいのです。

ランゲは彼に「頭のてっぺんから足の爪先まで君自身を快楽浸けにしている」[16] ことで、学んだことの全てを浪費してしまわぬようにと警告している。さらに続けてたとえシドニーが文通を怠っていても、それでもランゲはシドニーが学問を続けているであろうとも考えているが、すべてを考慮してみるとシドニーが様々な「快楽」に耽っていると確信していることを匂わせているのだ。ランゲの判断は正しかったのであろう。しかし、彼に理解できないことはこの「快楽」の持つ政治的含意と、シドニーにとってこれに参加することの重要さであった。

ケニルワースでは大規模な建築工事が四年以上にわたって続いていた。レスターはアプローチを南から北へ変え、「壮大な門楼」を建てた。主馬頭としてまた夥しい数の馬車群を迎えることになる主人として、彼は北壁のすぐ内側に「レスター納屋」として知られている大きな厩舎棟を建てたと思われる。二つの大きな塔も建てた。一つは馬上槍試合場の景観を見渡すものであり、もう一つはモーティマの塔で、これは中世にまで遡る貴族としての彼の家系を暗に示すためである。この城はほんの一五六三年に下賜されたばかりであったが、女王の三度目の訪問となるこの頃には、「驚異の家」と化していた。それは多くの擬似的中世趣味と、ガラス張りや噴水作りという最新の進歩的技術とを結合させたものであった。庭園（パーク）は狩猟の目的のため大きく拡張されていた。巨大な人工湖、即ち「沼池」に浮かぶ見世物［その一つはギャスコイン創案の野外劇でレイディ・オブ・ザ・レイクとマーリンの物語。レイディ・オブ・ザ・レイクが湖の波に囲まれて登場する］を眺められる築山もあった。扉や暖炉の上に付された多くの「R.L.」［ロバート・レスター］のイニシャルが、ある時期はジョン・オブ・ゴーントの所有であったこの宮殿のような住居が、レスターの所有となったことを主張していた。[17] 大きなガラス窓は、ミッドランド地方にはこれまでなかった全く斬新な様相を城に与えていた。これが見える範囲内に住む人々は夜に内部から煌々と光を放つ外観に驚嘆した。ケニルワースの改築はレスターにとって六〇〇〇〇ポンドもの出費となったと言われている。一方彼の年収は約五〇〇〇ポンドに過ぎなかったのである。[18]

贅沢な建築形態ではあったが、ケニルワース城は女王の随行者全員を収容できなかったので、その多くは五・五マイル離れたウォリックに宿泊した。「かくしてそれは二つの町を結ぶ道路の両方向に馬と荷車の絶えざる流れを引き起こした[19]」。問題の一部はレスター自身の使用人の数の多さであったにちがいない。彼らの城での住処は七月に一八日間続く祝宴と見世物を支えるのに欠かせなかった。それでも、レスターの姉メアリー・シドニーとその家族は屋敷内に滞在したことは疑いない。枢密院の衛士ロバート・ランガムのまじめでしかも滑稽な『手紙』（一五七六頃）がケニルワースの余興についての主な情報源の一つであるのだが、彼は誇らしげに書いている。

時々（私は）我が良きシドニー家の奥方様のお部屋に参ります。粗末な者がもっともお仕えしたくなるような慈悲深い奥方様に私はお仕えしています。[20]

枢密院がロンドンで開催されるとき、ランガムの職務には院の部屋に新鮮な小枝や花や絹のクッションを備えること、また炉辺道具の手入れを確実に整えることも含まれていた。しばしば宮廷での物質的な不満を愚痴っていたシドニー夫人が一度だけでも充分に遇されたと思えたことは喜ばしい。恐らくこれはランガムの訪問がもたらす利点であった。住まいの快適さは彼女にとって特に大切なことであったにちがいない。何故ならば、傷跡が残る彼女の顔が、大勢の人の集う公けの場に出席することを渋らせていたからである。フルク・グレヴィルがそれについて書いている。

あの方は中傷の種になる状態で世の舞台に出るより、むしろ微妙な時機の好奇の眼からご自分を隠すことを選ばれました。[21]

彼女は窓からケニルワースで起こっている多くのこと——水上の花火、村の結婚式、熊苛めの見世物——を眺めていたと推測される。彼女は女王を自分の部屋で迎えたようだ。というのも、この夏のシドニー家の出納簿は「女王が彼女の所にこられたときに」五ポンド一三シリング六ペンス支出したと記しているからである。おそらく、エリザベスはある雨の日の午後の一時を旧友の部屋で過ごしたのであろう。その部屋が上手く整えられているかを確認するためにやって来たロバート・ランガムは、ずっと昔からシドニー家を知っていたと思われる。というのは、彼は最初の教育をセント・アントニーズ・スクールで受けたのだが、この学校はメアリ・シドニーが非常にしばしば使用したロンドンの住処に隣接している（三九－四〇頁参照）。一五七九年には——恐らく他の時と同様に——ロバート・ランガムがメアリ・シドニーに女王からの新年の贈り物を届けている。[22]

一五七五年の行幸は、サー・ヘンリーのアイルランド出発が暗い影を落としていたが、シドニー家全体としては稀有な、そして非常に心躍る休暇であった。『旧アーケイディア』のカラの結婚式に来た客人たちのように、シドニー家は「彼を貪り食らうハーピーのような」[23]態度でレスターのところに行ったのではなく、それどころかレスター家のもてなしの準備に気前よく貢献した。サー・ヘンリー・シドニーの執事の決算報告書はケニルワースのレスターへの贈答品として、「二頭の大きく太った牡牛…一〇〇頭の太った羊の肉…色々な種類の家禽」と「牛や羊を追い家禽を運ぶ」ための費用とで五〇ポンドを超える総額になったと記録している。[24]これに殆ど劣らぬ額の四二ポンド六ペンスが、フィリップ・シドニーの身支度のために「リチャード・ロドウェイ、ロンドン市民にして仕立商」[25]に支払われている。これは行幸のあいだに着用した衣服のためであったと考えられる。レスターは一五六六年一一歳の甥がオックスフォード大学を訪問した時のように、これらの衣服を選び支払いをしてやったのかもしれない。

フィリップはいつものように二人の忠実な召使、ハリー・ホワイトとグリフィン・マドックスを伴っていた。二人はこの仕立商の請求書を目撃している。彼はまた一六歳のボヘミア人で皇帝の侍医の息子、ヨハネス・ハヤェックを連れていたであろう。彼の保護をシャルル・ドゥ・レクリューズから依頼されていたからである。若きハヤェックのオックスフォード大学での勉学は受け入れられないことになったが、もし彼が多くのボヘミア人のように特に野外スポーツの愛好家であれば、徹底的に行幸を楽しんだであろう。文書は主に行幸中の演劇、歌謡、演説、見世物について記録しているが、行幸の間の大部分の時間は狩に費やされたことを忘れてはならない。女王自身にとっても期間中、狩がもっとも楽しめる時であった。ランガムの『手紙』とジョージ・ギャスコインの『ケニルワースにおける君主に相応しい楽しみ』は、一五七五年七月の人工的で「文学的な」余興(エンタテインメント)についての重要な証拠となっている。一方、豪華な挿絵入りで、ギャスコインの手による別の作品が一五七五年秋に出版された。これは狩における女王の喜びを祝福するものであったと考えられる。[26] エリザベス朝の狩の「決定的な」手引書と呼ばれてきたこの『狩猟の高貴な技』の大部分は、ジャック・デュ・フィウーのフランス式理論に基づいている。しかしながら、幾らか独創的な要素もあり、そのうちのもっとも本質的なものは、「君主や名誉ある方が居られるときは、如何なる場所において、どのようにして、狩の集いがなされるべきか」についての韻文の説明にある。視覚的にも言語的にもこれはケニルワースでの遊技に基づいているようだ。この詩は給仕長と料理人の間の滑稽な闘争の形で、野外での宴会を描写している。ビールたっぷりの樽を持った給仕長と、

冷やした仔牛の腿肉、冷やした雄鶏肉、牛肉、そして鵞鳥肉、
鳩肉のパイ、そして冷やした羊肉などを携えた料理人とが、解き放たれた飢えに対して攻撃する。
　そして逃げようという微かな望みも困難にする。
それから脇腹に攻撃を加える（宴会場全部が混乱しないように）。
　まずよく粉にまぶした牛の舌、そして豚肉のハム、
それからソーセージと香ばしい料理の妙手の品々を人々の心を興奮させるために供す…

給仕長とその支持者たちが勝利するが、直ぐに全員が猟人たちに追い払われる。おそらく猟人たちの代弁者と思われるギャスコイン自身が女王を狩に招待して正餐は終る。この「集い」[27]の木版画は画面の下方の左側に料理人を、右側に給仕長を描いている。左側の一番上方には羽飾りのついた高い帽子を被った女王が座し、その両側に、左足に靴下止めを着け髭を生やしている二人の廷臣が侍っている。この二人とはシドニーの父（彼は王室献酌官であっ

た）と、おそらく、ナプキンを持つレスターを表していると思われる。右側には廷臣の一団が座ってピクニックの最中であり、もし正確な人物確認がなされたら、その中にシドニーもいたはずである。一団の中でもっとも目立ち、もっとも若いと思える人物は一五七七年製作のシドニーの肖像画といささか似ている。彼は大きな肉の一切れを口に詰め込もうとしていて、冴えない姿に描かれている。前面にいる二人の貴公子然とした幼い少年たちは、一人はブドウ酒の大ビンから酒を飲み、もう一人は物を食べているが、若いロバートとトマス・シドニーであり、当時それぞれ一一歳と六歳であった。サー・ロイ・ストロングによると、この木版画は有名な女流画家リヴァイナ・ティアリンクが考案し、しかも「写生」[28]に基づいているとしている。このことは生き写しであったことを誇張しているのかもしれない。ギャスコインの詩とそれを囲んでいる木版画――第二番目の版画は跪く猟人が捧げる「排泄物」、即ち鹿の糞を女王が慣れた眼差しで検分する様子（時々この版画はエリザベスが果物を供されている光景を描いたものと誤解される）を示している[29]――はケニルワースで起こったことの文字通りの記録というより、むしろ起こるはずであったことへの確実に理想化された象徴的な叙述となっている。料理人と給仕長との擬似戦争はケニルワースのために計画された多くの余興の中で何らかの理由で上演されなかったものの一つであったらしい[30]。

その年の夏には多くの狩の集いが催され、シドニー家もそのいくつかに参加したことは疑いない。女王は七月九日夕方遅くにケニルワースに到着した。というのは、七マイル離れたロング・イッチントンに建てられた大きな東屋のあるレスターの領地において、途中長い一日を宴会や狩をして楽しんでいたからである。ランガムはケニルワースで女王が三日目と五日目に行った狩について幾分理想化して説明している。月曜日、暑い日であったが、「逞しい牡鹿」――たっぷり脂肪のついた牡鹿――を追う夕方の狩の集いは「愉快な娯楽」であり、しかも首尾よく仕留められた、と描写している。水曜日、ランガムによれば、牡鹿が川の方に追い込まれた。そして猟人たちが両側から持ち上げようとしたが、女王は「身代金として」牡鹿の耳を削ぎ、牡鹿の方は「無罪放免」とする国王特権を行使したと言う。ランガムの説明によると、実際には、相対的に鹿は殆ど殺されなかったと想像される。しかしレスターの狩猟番は異なる話を述べている。ケニルワースで殺された鹿について彼の記録によれば、一匹の牡鹿が女王によって「無罪放免」になったが、両耳の切断の後、ショックと恐怖のためか「死亡した」となっている。その夏の終りまでに総計九九頭が仕留められた。女王は滞在中に個人でその中の少なくとも六頭の鹿の止めを刺した。そして、城から北西一マイル程のラドフィン・パーク、あるいはレドファーン・パークにおいて、鹿一頭を殺したと登録されている多くの個人名の中に、「ミスター・フィリップ・シドニー」とその母「我がシドニー家の御奥様」が記されている。[31]

レスターの後継者が「男らしさ」をそのように公けに顕示したことは、政治的には重大なことであったろう。しかし彼が狩を楽しんだと信じる必要はない。モフェットはシドニーが学校の競技に参加するときの「嫌々ながら」の態度について書いている（四四―五頁参照）。彼は狩をすること――即ち、駆り立てられた鹿に死の一撃を見舞うこと――は同じように気の進まぬことであったかもしれない。自分の文学作品のなかでシドニーは狩を老人たちの娯楽として描いている。そして老人たちは若い世代に見られる狩への興味のなさを嘆いている。『新アーケイディア』の中で温厚な老カランダーは「狩の競技」を若い客人たちに推奨し次のように語っている、

それと比較して、室内競技のすべてをどれほど軽蔑していたか、どんなに長い道程を行かねばならない時でも太陽を出し抜いて早立ちし、月が渋い顔をしても草を食む鹿を真夜中まで番をするのを彼に止めさせることは出来ませんでした。[32]

しかるに、カランダーは「運動と良き友情」が若い人々にもはや尊重されていないと認識している。鹿が窮地に追いつめられたとき、「何人かの若者たち」が狩猟精神に反してその鹿を彼らの剣で殺すことを阻止しなければならない。老カランダー自身は、

人間の残忍さからくる無慈悲に涙を浮かべている哀れなこの動物を苦しめたくなかったので、石弓で死の国へ送りました。[33]

カランダーの狩猟礼讃に対して物語中の若者たちが示す無反応は、鹿の苦しみに対して語り手が示す同情と相俟って、ハリングトンが後に述べたように、シドニー自身が狩猟を嫌悪していたことを示しているのかもしれない。近代人の好みからすれば鹿を殺すよりもずっと残酷なスポーツもあった。ランガムの『手紙』の中で特に嫌悪すべき箇所はしばしば引用される一三匹の熊苛めの説明である。それは法的な論争の形で表現されているのであるが、

申し立てする犬が熊の喉を噛み切ろうとすると、否認する熊は再び犬の頭皮に爪を立てる。それから自白と言明。だが、熊はそこに拘禁されることを免れなかった。

即ち、死に物狂いの熊は、レスターの紋章の「熊とぎざぎざの旗竿」のように、杭に縛り付けられていた。レスターは自分自身と兄のアンブロウズを女王の小熊座と大熊座、彼女の小熊と大熊に当てはめることを好んだ。シドニーがそのような催し物に出席せずにすんだと考えられれば結構なことなのだが、女王はことのほか熊苛めの見世物を楽しみ、舞台演劇よりも好んでいたので[34]、出席しないですむはずはなかった。レスターのあらゆる所有物に憑き物のように刻印されている「熊とぎざぎざの旗竿」というダドリーの徽章が、ケニルワース城の中庭で残酷にも生命ある熊の苛めという見世物として再現されていたとき、彼女のホストの後継ぎこそはそこに伺候していなければならなかった。

もし、シドニーが狩猟や動物苛めの見世物を時代遅れで悪趣味だと見なしていたとすれば、ケニルワースで上演された「文学的」余興についてはどのように感じていたのだろうか。レスターは滞在中の女王に気晴らしの催しを

するために、中年の大学人、老教師、職業的芸人を駆り集めて強力な「おやじ軍団」を編成した。最初に女王を出迎えたのはシビュラ［アポロの神託を告げる巫女］であった。おそらくこの役はチャペル・ロイヤルの少年たちの一人によって演じられ、そこの教師ウィリアム・ハニスがその台詞を書いたのだろう。ハニスは、『巣に溢れる蜂蜜』（一五七八）［乳と蜜の流れる地とは「出エジプト記」三章八節で、神がモーセに約束したイスラエル人の救済の地。蜜は救いの約束の象徴］、『創世記』第一章の整然たる詩形や、悔い改めの詩編『悲しむ魂の七つの啜り泣き』（一五八三）［七つの悔い改めの詩編とは六、三二、三八、五一、一〇二、一三〇、一四三の各編である］、など聖書の英訳版の著者である。ハニスは女王の姉メアリ女王の統治時代にもエリザベス王女に忠誠を示していた人物である。その次に登場したのはオックスフォード大学の学寮門番（ビードル）ジョン・バジャであった。彼は一五五〇年以来クライストチャーチにいたので、シドニーは覚えていただろう。彼はヘーラクレースの姿で滑稽な台詞を述べ、初めは女王の入城を阻むふりをした。

…我が友たちよ、わしはカトリック教徒ではなく、
　門番であるので、ここに居るのだ。
恐らく、他でもない、お許しを願って、
　棍棒と手足のある限り。
いったい、この騒ぎは何ごとか！
　美しい婦人がたよ、どうしたのか？　いったい、どうしたのか？
ここにおられる、美しく愛しいお方は誰か？
　おお、神よ、類なき真珠！
このお方はこの世の者でないことは疑いない、
　何れかの立派な女神であられるのは確かだ…

女王や女官たちの美しさについて似たような素朴な驚きが後に続く出演者たち、例えばジョージ・ギャスコインが演じる「野人」によって表明される。またこの「野人」は、自分がお人よしの間抜けな人物であるふりをして木霊に第一日目の催し物についての説明を求める。彼は後に続く余興について次のように予告をして演じ終え、かくして自分はみかけほど無知ではなかったことを示すのである。

次の木曜日に(私は思うのだが)
　ここに楽しい貴婦人方が来られるでしょう。
貴婦人方はきっと私以上にあなた方をさまざまな楽しい遊戯で
　お喜ばせするでしょう。

ギャスコインは、これらの韻文が「非常に急いで」創案され、演じられたと記している。またそのように読める。しかしながら、予測し難いイギリスの夏の天気が、さらに予測し難い女王の気紛れと相俟って、余興について詳細に計画することは非常に困難であったことを心に留めておくべきである。湖での夜の戦闘とギャスコインの劇『ゼイビタ』を含め、かなり多くの凝った見世物がケニルワースでは上演されなかった。『ゼイビタ』は「二、三日続けて準備され、(すべての役者は衣装を着て)いつでも出演できるようにしていたが、一度も上演されなかった」。上演されなかった理由をギャスコインは「好機に恵まれなかったのと季節特有の天候」のせいにしている。現代の批評家たちは上演されなかったことの理由を結婚の勧めをあからさまにしたこと、つまり――

しかしながら、結婚による至福以外に
　人は決して完全な至福を感じられないだろう――

にあったと推測している。上演された幾つかの余興についてシドニーは、パリ、ヴェネツィア、ウィーンでその頃見て記憶にあるものと比較すると、耐え難いほど空疎で田舎じみているという印象を受けたにちがいない。それらの中には、「ホック祝祭〔イースター後の第二火曜日に行われた陽気なお祭り〕の芝居」があり、これはレスターに非常に忠実なコヴェントリ市民の一団が演じた、デーン人に対抗するイギリス人の勝利を扱ったもので、その他に粗野な田舎者と中年の醜い花嫁との滑稽な田舎風結婚式、モリス・ダンス〔一四世紀中頃に英国に起こった特定の拍子のない男性の仮装舞踊の一種〕や槍的当ての馬上槍試合のような田舎風競技、などが含まれていた。笑いの種はすべて粗野と不恰好さから成り立っていた。丁度何日か後に「老いた吟遊詩人」がアーサー王に関する退屈なバラッドを歌おうとしたときのように。初めに彼は砂糖入りの白ぶどう酒で「陶然となり」、それから

三回膝を曲げて低くお辞儀をした後に、「えへん」と咳払いし、むかついたのでつばを吐いた。そして自分のナプキンが汚れるので、掌で唇を拭いた…

即ち、彼は自分のハンカチを汚さないために、手の中につばを吐いたのである。女王はこれらの「庶民の」余興や滑稽さを増すだけの下手なものも、もっと宮廷風な余興と同様に楽しんだようである。例えば、第一日目の狩の終りに、「野人」を演じるギャスコインが小枝を投げた。そしてそれが偶然に女王の馬を吃驚させた。

女王の優しさをご覧あれ！　従僕たちが馬を上手くあしらいました。そして馬が寛大な扱いによって間もなく落ち着きを取り戻したとき、女王陛下は「大丈夫、大丈夫」と仰いました。本当に、我々は皆そのお言葉を聞いて喜びました。そしてこのお言葉こそがこの劇の最も優れた部分であると思いました。[35]

手稿の資料によると、後日、

女王様の御前で演じられた水上での見世物がありました。他の者たちに混ってハリー・ゴールディンガムがイルカの背に乗ったアリーオーン［紀元前七世紀に活躍した、メレギス島生まれのギリシアの詩人。音楽家。ディテュランボス詩の創造者。船上で船乗りたちに強奪され海に飛び込んだがイルカに助けられたという伝説がある］役をすることになっていました。しかし、それを演じようとしたとき、自分の声が非常に耳障りで不快になっていると思い、彼は仮装を剝ぎ取りました。そして自分はアリーオーンではない、ただの正直者ハリー・ゴールディンガムですと誓ったのです。この無骨な正体暴露は、これが恙なく完了した場合よりも、ずっと女王様をお喜ばせしました。[36]

若いシドニーがこれらの見世物を等しく喜んだかどうか疑わしい。レスターは詩人や演技者については女王への忠誠心が実証され、かつ女王を楽しませる能力が実証されている者を選んだ。そして彼は上手く選んでいた。しかし、二〇歳の甥の方はどのようにしたら全てがもっと改善されるかを何度も何度も考えていたにちがいない。そして、おそらく彼は未来においてもっと優雅な形式を創作して自分がこの分野で貢献したいと考えていたにちがいない。ケニルワースの余興で扱われた多くの詩のジャンルやテーマはその後二、三年内にシドニーによって、あるものは公開の席のために、また別のものは内輪のものとして、取り上げられ作り直しされた。シドニーをして彼のもっとも初期の詩的実験に乗り出させたものは叔父主催の、高価で、派手だが、言語的には洗練されていない作品であったかもしれない。例えば、君主の面前で唾を吐いたり、物を吐き出すような道化を登場させるよりも、『五月の女王』と『旧アーケイディア』の牧歌で彼が示そうとしていた田舎者たちは、肉体的に不恰好であるよりむしろ言葉において無骨な者たちであって、いつも宮廷人に軽蔑されるとは限らなかった。ケニルワースでの田舎風結婚式の演出は観客自身の高級な洗練された感覚を喜ばせるよう意図されていたが、シドニーは彼の第三牧歌で、その威厳、美、廉直さが貴族的人物たちの放逸な退廃ぶりへの暗に非難となっているような田舎の結婚式を描いた。ケニルワースでのレスターお抱え詩人たちより自分の方が優れているかどうかを明らかにするため、ここで幾つかの実験がほとんど直ちに実行されたのかもしれない。ギャスコインの「野人」と木霊の対話から受けた刺激が第二牧歌のフィリシディーズと木霊の対話を上手く誘発させたのかもしれない。これはリングラーが「韻律におけるシドニーのもっとも初期の実験の一つ[37]」と述べているものである。ギャスコインの対話は英詩において初めて「木霊」を扱った詩と言えるが、改善の余地は多く残されている。各連が家禽律〔六詩脚（一二音節）と七詩脚（一四音節）が交代する韻律。鶏卵を売るとき二ダース目から一四個を一ダースとして売ったことからきた〕のごつごつとした重い行間休止を含む二行になっている。木霊の応答はしばしば愚かしいほど分かりきっていて、シルヴァーナスに機先を制されてしまう。

…そして誰がこの恵みのすべてをもたらしたのか、
　お願いだ、木霊よ、言ってくれ。
その人は、最近、
　この地に建物を建てたばかりではないか。
　　　　木霊：ダドリーだ。
おお、ダドリー、そうだと私も思っていた、
　彼は自分自身と持てる物全てを投げ出した、
それは受けるに価する立派な贈り物だ。
　そして私は信じている、受けていただけるでしょうと。
　　木霊：いただけるでしょう。[38]

こんな調子でさらに続いていく。ギャスコインの「単調な」家禽律とは違って、シドニーはずっと厳密な古典的六歩格を用いた。もっともリングラーも指摘しているように、それらを書く技術を彼はまだ完成してはいなかった。これは彼の長期に及ぶ試作の最初のものだったかもしれない。少なくともシドニーは鋭く機知ある木霊の応答を幾つか創作した。

フィリシディーズ：
　どんな偉大な名前を与えようか、これほど神々しい女人（ウーマン）に。
木霊：
　悲しみの男（ウォウマン）。
フィリシディーズ：悲しみ（ウォウ）、でも私には喜びに思える。それは私にぴったりだと思った。
木霊：
　私もそう思った。
フィリシディーズ：
　そう思うがいい、なぜなら、それだけが私の望める至福の唯一の方向（コース）だ。
木霊：
　不幸（カース）だ。[39]

シドニーの詩がもともと上演用に書かれたものかどうかは分からない。第二牧歌の文脈の中でフィリシディーズが木霊への応答のために——自分の声の音程の高まりを巧妙に彼は表現している。『旧アーケイディア』で——この詩は計算された一編の自己隠蔽になっている。というのは、フィリシディーズは「あの国では彼は異邦人であり、人々には知られていないので、彼自身の運命の歴程を公表する」べく公爵に招待されたのである。三年間イギリスを離れていたので、シドニーが一五七五年の行幸に随行したのは、「異邦人」としてであったと言ってもいい。そして、旅人が語る話を彼に期待する人が多くいたかもしれない。それに反して、彼が進んでやろうとしていたことは、自分がジョージ・ギャスコインよりずっと優れた詩人であることを示しながら、憂鬱症にかかり、疎外されていることを暗示することであった。木霊の詩は第二牧歌の中に公爵の誕生日の祝いの一部として織り込まれている。元々は女王のための余興として創作された何編かの詩をシドニーはこれらの牧歌に纏め上げたと思われる。もし、この木霊の詩がギャスコインから直接刺激を受けてできたのであれば、一五七五年九月七日、エリザベスがウッドストックに赴く途中で迎えた四二歳の誕生日の祝いのために創作されたということもあり得る。

シドニーは八月初め行幸の一行から離れた。ケニルワースの次に女王が宿泊したリッチフィールドで開催された枢密院会議で、父は正式にアイルランド総督に任命された。父と息子は少なくともフィリップの学校時代の場所であるシュロウズベリまで一緒に旅し、そこで自分たちを歓待するために「ワインとケーキ」に七シリング二ペンス費やした。[40] 八月二一日シドニーは父の遺言状に対する九人の証人の一人となった。どの時点でシドニーが父と別れたかはっきりしないが、この日付の直後であったかもしれない。この季節の旅行者にとってシュロウズベリからウッドストック——行幸の次の主たる宿泊地——へは二、三日で戻れるであろう。その一団は、女王の馬車と共に行く一行のようなゆったりとした歩調で進む必要はなかった。シドニーは九月初め頃ウスターかウッドストックで行幸に再び加わり、ここで妹メアリ、弟ロバートとトマス、そして母と再会したのだろう。

もしシドニーがこの頃「フィリシディーズ」の憂鬱質を体現していたとしても、彼だけが不幸を公けに表している廷臣ではけっしてなかった。女王の視点に立てば、狩の午後は疑いもなく行幸のもっとも素晴らしい部分であった。しかし多くの参加者の視点に立てば、鹿狩は、シドニーが『五月の女王』で「一つのもっとも楽しい追跡」——女王自身を追跡すること——と言っているものほど魅惑的ではなかった。[41] 女王はしつこいニンフ、妖精、小姓、羊飼、野生人、森の神々などにとり囲まれることなく庭を長い間動き回ることなどめったにできなかった。このような仮装の裏には、不満を抱く宮廷人や廷臣職に野心を抱く者たちの、機会を捉えて女王に強請を試みたいという下心が隠されていた。彼らにとって一五七五年の行幸は女王の注目を捉えるための絶好の機会であった。レスターの文学上の被後見人の一人であり、軍人詩人でもあるジョージ・ギャスコインは、彼の詩集『百の花々』（一五七三）が枢密院で不興を買っていたので、行幸と行幸後の余韻の時の全てを利用して、愛顧と庇護を得るため全力を傾けた。既に述べた狩の手引書と共に、行幸後にそこでの作品全てを書き上げたが、ギャスコインはケニルワースで作品の多くを創作し出演もした。それのみならず、彼はまたウッドストックの余興『隠者ヘメテスの物語』をラテン語、イタリア語、フランス語に翻訳し、彼の優雅な手書きの一冊を一五七六年の新年の贈り物として女王に捧げた。[42]その手稿には四葉の紋章学的ペン画が挿入されており、その最初の挿絵は謁見室で女王の面前に跪くギャスコインを表し、彼の頭上には希望溢れんばかりに月桂樹の花冠が垂れている。彼は「桂冠詩人」としての正式な地位は得なかったようであるが、国家のお雇いになることに成功した。そして一五七六年夏に事情視察のためにネーデルラントに派遣された。[43]彼が文学、演劇、また図像学の面で尽くした精力的努力は最終的には報われた。

ギャスコイン、ロバート・ランガムや他の貴族ではない何人かの野心家たちは、愛顧を求めて名前を覚えてもらうことや、自分が何者であるかを女王に知ってもらうことに熱心であったが、もっと高名な嘆願者たちは自分自身の正体を隠していた。例えば、ケニルワースで、女王が立ち去ろうとしていたとき、彼女は柊の木立で作られた東屋に案内された。棘のある一番大きな木立の真中から、自らを「深い欲望」と名乗る者が語りだした。彼は「価値はあるが惨めな者、しかも、これまで惨めな身分に貶められていた者の中でもっとも価値ある者」と自らを説明した。明らかに彼は自分が蔑ろにされていると感じていた特定の廷臣を表している。

たとえどんなに出世が遅れても彼の意気を挫くことはなく、恥辱も彼の情熱を冷ますことはなく、長い時間も彼を疲弊させることはなく、水も彼の炎を消すことはできなかったのでございます。彼はそのような人間なのでございます。そして死さえも彼を恐怖でたじろがせることはございませんでした。

この人物の主な役割は、女王歓待に携わった全ての人々を代表して、ケニルワースからのエリザベスの急な出立を嘆くことであった。しかし、彼は寵愛への復帰を願うある一人の宮廷人によって、あるいはその人物に代わって、演技させられていることはほぼ確かである。ギャスコインはそれが誰であるか知っているが、読者一般にそれを特定することが適切だと考えなかったのかもしれない。

ウッドストックにおいて、また別の不遇をかこつ廷臣が木立の洞から、こちらはしっかりとした樫の木であったが、エリザベスに向かって叫んだ。ウッドストックの余興（一五八五）を印刷した記述には、樫の木の中にいて自らを「絶望」と名乗る歌い手の名前は記されていないが、この人物についてはかなり信頼性をもって特定されている。それはサマセットの紳士エドワード・ダイアで、シドニー家とは家族的親交があり、間もなくシドニーの人生において彼の師となり、また「最良の友」の役に就くことになる人物であった。「樫の木からの歌」は、一般的に確かなものと見なされる手稿の中で、ダイア作とされている。[44] そしてダイアにはこの特別の時と場所において女王に熱烈に訴えるに相応しい理由があったのだ。一五七〇年六月、彼は僅か二六歳で、女王が愛好していた領地の一つウッドストックの執事職と幾つかの官職を「終身」付きで与えられた。これは女王からの高い寵愛と信頼の印であった。しかし僅か一年後に、彼は女王の寵愛を失い、ウッドストックでの特許権は仲介者の手を経て、間もなくサー・ヘンリー・リーの元へ移された。リーは、即位記念日馬上槍試合の国王の擁護者（ロイヤル・チャンピオン）であり、主要な仕掛け人であり、殆ど四〇年間ウッドストックの御料地警備官を務めることになった。[45] ダイアがそれほど速やかに女王の賜物を手放すことになった理由は単なる財政的必要からなのか、あるいは女王自身か彼女の助言者たちがそうするよう彼に圧力をかけたのかは明らかでない。そしてまた、なぜ彼が寵愛を失ったのかも分からない。彼の失脚の時期が

「リドルフィ事件」と何らかの関わりがあったという疑いを抱かせるかもしれない。これはスコットランド女王メアリを英国王の玉座に据えようという陰謀で、一五七二年一月にノーフォク公を死刑に至らしめた事件であった。しかし、ダイアがこの事件に関わったという証拠はない。恐らくは彼の女王への対し方における何らかの不手際か判断の誤りが、失脚の原因であろう。もしそうであれば、一五七二年一〇月ダイアがあの非常にそつのない宮廷人クリストファ・ハットンに女王の御し方について忠告したというのはむしろ驚きである。[46] 彼は苦い経験から知恵を得たと感じていたのかもしれない。彼の失脚の原因が何であれ、ダイアはウッドストックに具体的な足がかりを得ていた。そして、そこでの職を彼から非常に上手く引き継いだヘンリー・リーが、女王の寵愛を取り戻すための戦略においてダイアの役に立ちたいという義務感を抱いたのであろう。

ウッドストックでのエドワード・ダイアの「歌」は彼独特の憂鬱な響きを奏でていた。その歌はこの祝典の午後の最後に演じられた。その間、「妖精の女王」が女王に豪華なガウンを贈り、多くの貴族たちが考案した華麗な紋章学的図像が称賛され、そして女王に随行する一七人の貴婦人たちに色とりどりの花束が贈られ、そこにはグリーティングカード風の詩文が付してあった。その中にシドニーの一四歳の妹メアリもいた。彼女に贈られた詩文は、

年齢は若いが、英知は円熟している。そのことは貴女の歩みのもたらした功績。
もし、貴女が若くして始めたとおりをこのまま続けるならば、貴女が打ち負かせない者などいるだろうか。

女王が馬車に乗ってウッドストック城に戻る道すがら、自己憐憫に満ちたダイアの歌が聞こえた。その始まりは、

思いが主人に反逆を企んだ、
その男の中に不幸が物語を塗りこめた。

悲惨な男、欲望の主題、
死者たちより解放されて、終りのない嘆きの中に生きる、
　　その男の霊こそ私なのだ…
「絶望」となった彼は希望を持つことさえ諦めている、
喜びが存在する唯一の善に
私は到達できまいと確信している…
おお、此処で悲惨な事態を見ている者たちよ、
私の悲惨に比べられる嘆きはない。[47]

そして、十字架のキリストにしばしば適用される聖書の文言を幾分冒瀆的に反映させて終る。

ダイアは特別な意味で「死者たちより解放されて」いた。というのは、彼の名字は永遠に「死んでいる（ダイイング）」状態を暗示している。詩として残っている彼の小さな詩全体は「生きながら死んでいる者たちの一人」という状態への語呂合わせの暗示を含んでいる。『旧アーケイディア』の中の特に陰鬱な人物、コリデンスはフィリシディーズのような「異邦の羊飼」である。コリデンスという名前の意味は「心臓を食う（ハートイーティング）」［人知れず心を痛めるという言葉］であり、絶えず「彼の心臓を喰らいつくす」人として「ダイア（死んでいる人）」に基づいている。心臓を食べると言う隠喩は、この章の初めで引用したスペンサーの「ハバード婆さんの物語」の一節にあるように、宮廷で虚しく伺候する悲惨さへの特殊

な応用であったのかもしれない。

慰めのない絶望故に自らの心を噛む…

しかし、ギャスコインのようにダイアは変装して歌ったことによる報酬を遂に獲得した。というのは、一五七六年一月女王は彼に「皮をなめすことを許し、そのための調剤をする許可」を与えた。[48] 女王もまた地口を好んだので、ダイアに与える独占権を選定するときに、「染める（ダイ）」人という、彼の名前の表記が持つまた別の意味に触発されたのかもしれない。他の人々もこのダイアの名前遊びを利用した。例えば、ジョン・フロリオは彼の『最初の果実』（一五七八）〔正式な題名は『親しい会話、楽しい諺、機知ある文章、金言などを生み出す最初の果実』であり、レスター伯に献呈された〕の中のそれを援用した箇所で「染物屋たち」の不実さを嘆いている。また彼の手稿のイタリア諺集『憩いの庭』の中でフロリオの友人マシュー・グウィンはダイアを「染物屋」と呼んでいる。[49]

若いシドニーは、年齢の割にあまりにも謹厳すぎるとしばしば非難されていたが、この陰鬱なダイアつまり「絶望」に対しては明らかに共感するものを見出した。友人であり詩人仲間でもあるダイアに明白な賛辞を贈っている。そして暗に彼を表す人物として、コリデンス、クライウス、その他の架空の人物の中にそれを託していると思われる。シドニーの目に最初にダイアを推挙したものは、恐らく彼がシドニーの母の良き友人であるという事実であろう。一五七四年九月、レイディ・シドニーは夫の秘書エドマンド・モリニュークスに宛てて、サー・ヘンリーがアイルランドに派遣されようとしているのか、そうでないのかという返答に困るような質問を手紙で書いている。

我が良人の大義に関するあなたの振舞い方の全てにおいて、賢明で高貴なダイア様の友情あるご忠告に従いなさい。あの方は、誠実な友ならするように我が良人の名誉と善行を大切にして下さることをわたくしは知っています。[50]

社会的には、ダイアは彼の詩の中の人物が暗示するような陰鬱な人間ではけっしてない。本当は、自己憐憫の歌人としての彼と、世を楽しむ人間としての彼の中にある齟齬が彼の姿勢を特に目立つものにしていたのかもしれない。ケンブリッジ大学にいたとき、サー・ジョン・ハリングトンに対してダイアは一種の保護者のように振舞っていたが、ハリングトンはダイアを「大いなる知恵と陽気さ」[51]の人と呼んでいる。後年ダイアが女王に対して自分の地位を強固なものにするために、その知恵を巧みに行使する様を示す逸話があり、それはフランシス・ベイコンの言い出したこととされている。

エリザベス女王陛下は、サー・エドワード（ダイア）が庭にいるのをご覧になって、窓から顔を出して、イタリア語でお尋ねになった。「人は無について考えるとき、何を考えているのですか」。サー・エドワードは（彼が望むように直ぐには女王様が約束された法律上の権利を得られなかったので）少し立ち止まり、そして答えた。「女王陛下、彼は女性の約束というものについて考えています」。女王陛下は頭を引っ込めてしまわれた。しかし、「そうね、サー・エドワード、私は貴方の望みを潰すべきではありませんね」と言われるのが聞こえた。[52]

一五七五年の夏シドニーが最初にダイアをよく知るようになったとき、家族にとって誠実なこの友の中に、「知恵と陽気さ」の人物のみならず、英詩の改善に興味を抱く人物を発見して、シドニーは嬉しかったのであろう。シドニーとダイアの共同制作については、一五八〇年初めゲイブリエル・ハーヴェイがスペンサーに宛てた書簡の中で記述している。それはハーヴェイの典型的な自己中心的で誇張された文であるが、確かに真実に基づいてはいる。

このお二人の素晴らしい紳士、マスター・シドニーとマスター・ダイアの頭の中にこれほど優れた働きを引き起こしてくれた善天使（それがゲイブリエルであれ、他の天使であれ）に私は感謝し尊敬せざるを得ません。お二人は多くの特別な、そして稀有な資質の故に女王陛下の宮廷における正に二つのダイヤモンドであり、野蛮でくだらない脚韻から技巧的な（即ち、芸術的な）韻文に取り替えようという我々の新しい名高い計画を前進させる助けとなっています。それは、一方の模造の劣った不快な銅に過ぎないものから、他方の純粋で上質な黄金の様式へと取り替えることなのです。[53]

ハーヴェイが特に称賛していることは、古典的韻律の詩を英語で書くという、シドニーとダイアに共通する興味である。前に引用したフィリシディーズと木霊の六歩格の詩のように、古典の韻律様式の実験がシドニーの非常に早い時期の詩の中で行われたことは少しも疑いないことのようだ。一五七五年から一五七九年の間に書かれたと思われる四〇編を超えるシドニーの詩を含む「オトリ手稿」は、また「英語の韻律において私が守っている法則」という彼の記述を含んでおり、刷新のための組織的プログラムを暗示している。[54] ダイアはシドニーの韻律の実験に、参加者としてよりは、むしろ後援者ないし目撃者として関わっていたようである。恐らく、自分よりずっと才能のある若者が英詩と英語を斬新に作り直していく様を、年上の者として興奮しながら眺めていたのであろう。ダイアによる長短律の詩の実験は残っていない。そして我々が目にする彼の詩は、一五六〇年代と一五七〇年代の多くの他の詩人たちが使っていた因習的な韻律で書かれている。しかるに、シドニーはダイアに対しては「より優れた造り手（イル・マイヨール・ファブロ）」として一貫して敬意を払っていた。T・S・エリオットもエズラ・パウンドにこれを敬称として捧げたように。例えば、『サーティン・ソネッツ』の中に、シドニーとダイアによる一対の詩があるが、恐らくこれは初期の頃の詩的「遊び」であろう。ダイアの詩は、新しく天からもたされた火に非常に魅せられて接吻して、口に火傷を負った素朴なサテュロスについてである。シドニーのソネットは「自分自身が吹いた角笛の音に」怖がって逃げた、別の素朴なサテュロスについてである。両詩とも王の寵愛を追求することの危険と挫折に関連しているのかもしれない。しかし、シドニーの詩の結論は友への優しい賛辞になっている。

…そしてそれ故、私は、「もしかして」を恐れて、
我が欲する獲物の甘美な追跡を止めるかもしれない。
　私は貴方のサテュロスの方が好きだ、親愛なるダイアよ、
彼は美しく輝かしい火に接吻して唇に火傷を負ったのだから。[55]

シドニーのソネットに比べると、ダイアのソネットは不様で古臭いものであるが、この終わりの二行があるために『サーティン・ソネッツ』のどの版本にも必ず入れなければならないのだ。『旧アーケイディア』の中の第一牧歌の詩もまたダイアへの賛辞を含んでいる。ゲロン（「老人」）はフィリシディーズに、皆の娯楽に加わって恋を忘れるように説得しようと試みる。

　そして結論すれば、君の恋人は女性にすぎぬのだ[56]

という一行で終る女性嫌いの爆発は、三人目の語り手ヒストル（「語り手」）を挑発し、それを遮らせる。この一行はダイアからの引用であることを明らかにしながら（「女性は天使ではない、そして見よ！　ぼくの恋人は女性なのだ」）、ヒストルはそれを次のように解釈し直している。

私が以前に知った者の中で、もっとも愛すべき羊飼が、昔この言葉を使ったのだ、
そしてもっとも深い嘆きを込めて使った、
しかも彼が語ったとき、彼は女性たちを裁いたのではなく、
怒りに駆られて、その怒りが思わず女性たちを非難したのだ。

即ち、ダイアは実際は女性嫌いではなく、特別な状況によって瞬間的に激怒したのだ。引用した行はダイアのもっとも長い詩で、のたうつほどの悲惨を歌った詩「空想」からのものであり、その書き出しは、

喜びを失った彼、その慰めは挫かれ、
その希望は空しく、その信念は蔑まれ、その信頼は全て欺かれ、
もし彼がこれらを大切に思い、嘆きを止められないでいるのなら、
よし、彼を私の傍に座らせよ、彼一人に嘆かせてはおかない。

シドニーは「傍に座れ」というダイアの招きを自分の方で受け入れ、「苦しみに充ちた」陰鬱な詩を彼と一緒に歌った。彼への尊敬はシドニーの中で揺らぐことはなかった。シドニーの死の前年、一五八五年秋、ジェフリー・ホイットニー〔一五四八―一六〇一、エンブレム作家。エンブレムとは警句、図像、短詩からなる寓意的表現形式。一五八六年にライデンで本格的『エンブレム集』を出版〕はこの時ネーデルラントでまさに軍隊の指揮を執ろうとしていたレスターに献呈しようと、大部のエンブレム集を編んでいた。ホイットニーがシドニーに彼の文学的名声を称えるエンブレムを献呈したいと言うや否や、シドニーは主導的イギリス詩人へのこのような賛辞は自分にではなく、ダイアにこそ相応しいと主張した。[57] ホイットニーは、命じられたようにダイアにエンブレムを献呈するが、それに付随する長詩の殆どをシドニー称賛に捧げることによって、このディレンマを解決した。ダイアの詩に関してシドニーが果した役割を、ホイットニーの他に誰も全く気付いてこなかったように思われる。

シドニーのダイアへの友情は、シドニー自身の詩人としての誕生に明らかに不可欠であった。古典の韻律（クラシカル・メジャー）で英詩を書こうという試みは今日では袋小路のように見えるかもしれない。シドニー自身は音節数より強勢数に基づく抒情詩形式で、特にソネット形式において一段と実り豊かな刷新の道を進んで行った。しかも、陳腐な韻律の因習か

ら英詩を解放するための複雑な過程において、古典の韻律の実験は重要な役割を演じた。そしてシドニーの古典詩創作の産婆役として、ダイアは英詩の歴史における決定的な人物である。もし、「コリデンス」をダイアと特定するのが正しければ、シドニーは彼を主たる師として、また友として、ランゲの後継者と見ていた。「イスタ川の岸辺で」の詩の中で、ドナウ川（イスタ川）の川岸で彼との別離が迫っていたとき、ランゲは

尊敬すべきコリデンスに私を引き渡した[58]

とシドニーは述べている。最初は、この引渡しにランゲの方は不承不承であった。我々が見てきたように、一五七五年後半の月日の中で、彼はシドニーからの手紙を受け取っていなかった。そしてダイアが演じる新しい役割についても知り得なかった。ランゲが長文の、そして返事の得られない手紙を通して揮るい続けた「押しつけがましい家父長主義」に嫌気がさして、シドニーはもっと気心の合うダイアの指導の方に熱心に心を傾けていった。ランゲは彼にヨーロッパの政治学、道徳、政治的知恵について、哲学と歴史の方向に偏向しがちではあったが、多くの事柄を教えた。しかし、これまで見てきたように、ランゲは詩や美学には殆ど興味がなかった。そして彼は老人であり、彼の執拗な感情的な要求はしばしばうんざりさせるものであった。ダイアはシドニーより一一歳だけ年上で、楽しい仲間であり、詩を書き、そして英国宮廷人としての生活の苦楽を目下直接に経験していた。彼はシドニーの母と緊密な交際があり、また彼の妹を「アマリリス」と呼び詩的求愛を送ったかもしれない。学問の面では卓越していないが、ダイアの宮廷生活への実際的な対応の仕方は、シドニーがまさにこの時期必要としていたモデルであったのかもしれない。ダイアの伝記作者は、『詩の弁護』の中の真の雄弁の本質に関する一節は、シドニーの彼への賛辞であると見抜いている。

疑いもなく…私は種々の宮廷人の中に、学識は少ないが、何人かの学識ある教授たちより、ずっと健全な文体があるのを発見しました。[59]

もしこれが正しければ、この言及に目を留めた人々にシドニーは、ランゲとその同僚の人文主義学者たちとの会話よりも、ダイアやヘンリー・リーやそれに似た人々との会話の方がずっと好ましく感じたことを明らかにしたことになる。

一五七六年の秋から冬にかけてシドニーがロンドンに戻った頃は、廷臣としての彼の役割は際立っていた。女王は彼の才能を評価するのに十分な機会を持った。九月にウッドストックから始まった馬上槍試合騎士（ティルター）としての彼の経歴は、一一月一七日女王即位記念日にも続いていたはずである。一〇月二七日ウェストミンスターアビーで執り行われた華々しい洗礼式で、彼は叔母ウォリック伯爵夫人を手伝った（二七一八頁参照）。弟のオックスフォード大学でのテューターであるロバート・ドーセットは、レスターの甥であり後継ぎであるシドニーに畏敬の称賛を暗示する言葉で度々手紙を書いた。[60]遂に、シドニーは叔父のご大家への無沙汰を文通で取り戻すことができた。また弟ロバートの教育のような家族の問題にも気を配ることができた。そして余暇には、詩的実験において、私的楽しみ用のものと宮廷野外劇用のものを創作し続けることができた。レスターハウスは、残存する財産目録が示すように、極めて贅沢に設えられていて、絵画、織物、美術作品の点で目立つ蒐集品を所有している。明らかに幾つかは大陸から輸入されたものであり、シドニーの大陸旅行中の仕事の一つは、叔父の蒐集用の美術品を購入することであったという可能性もある。[61]

一五七五年一一月三〇日、シドニーは成人し、二一回目の誕生日を迎えた。常に何事もその愛顧次第であった女王の年齢の、ちょうど半分に達したのである。彼が詩と宮廷余興の中でエリザベスの美と若さについて公的には何を語っていたとしても、シドニーの私的文通の中では（ある種の期待を込めて）女王は墓に片足を突っ込んでいると見ていたことは明らかである。この老女が亡くなるのを待ちながら、実際には彼はいつまでも宮廷で伺候(ウェイト)することなど望んでいなかった。もっとも、『詩の弁護』の書き出しで彼が称賛している二つの技、馬術と詩作の腕前をひけらかしながら、馬上槍試合と宮廷余興に参加するのを明らかに大いに楽しんではいたのだが。本当は、もし可能ならば英国の外での活動を望んでいた。その一つの奇妙な機会が一五七六年春に訪れた。女王のフランス人求婚者で後にシドニーを敵と見なすことになるアランソンが、ロワール川付近でのポリティック党派［一五七三年頃、ユグノー戦争時のフランスで興った日和見的で穏健な一派で、彼らは宗教的争いを武力で解決するよりは平和と政治改革がより急務だと主張していた］による反乱の指揮に加わるようシドニーに要請してきたのだ。シドニーと同じように無原則的なアランソンは自立的な勢力基地を探していた。[62] 一五七六年五月二八日のランゲからの手紙は、シドニーがこの提案に乗り気になっていることを暗示している。忠誠心、虚栄心、残忍さへと移行してゆく移り気なアランソンの実像は未だ完全には現れ出ていなかった。しかし女王がシドニーにこの遠征の許可を与えることなどまずあり得ないし、いずれにしても故国にもっと近い場所への赴任の方が彼にとって優先順位の高い希望であった。一五七六年夏に彼はアイルランドで父と合流した。

一五七五年夏ランゲはシドニーに、友人に手紙を書くことでもっと有効に時間を費やすことができるのに、舞踏会や他の宮廷的遊戯にその時間を浪費していると譴責した。翌年の夏にも彼は非難する新たな原因を発見した。シドニーが他の友に連絡しているのに彼自身には連絡がないと思う理由があったのだ。

六月二一日のロンドン発の君の手紙から、もし君が出発前夜に私からの手紙を受け取っていなければ、君は君のアイルランド遠征を私に知らせる気はなかったのだと推測します。しかるに、君はもっと前に他の友には旅の詳しい計画を書き送っていますね。彼らが私にそれについて話してくれたのです…恐らく君は私が君の成功を望んでいないのだと思い、他の人々の善意の方が私の善意より強いと考えたのでしょう。[63]

再び、ランゲの不信感が正当化された。シドニーの手紙が間遠になり無口になったと思ったのは彼だけではなかった。ストラスブールから手紙を書いているジャン・ロベも全く同じ不満を抱いた。[64] しかしランゲがシドニーの助言者たちの格付けにおいて低い地位にはっきりと左遷されたということに疑いの余地はなかったようだ。このことはルドルフ二世の宮廷にいる他の人たちも気付いていた。例えば、高名な植物学者シャルル・ドゥ・レクリューズは一五七六年三月、スペインの稀少植物研究に関する洒落た書物を彼に送りながら、[65] ランゲからの手紙を同封して、シドニーに老恩師にたいして礼を尽くすようにとこの機会を利用して懇願した。

我々が貴方について何らかの消息を聞いた時以来長い時間が経ちました。そしてランゲ氏は度々このことについて私に不満を申されます。即ち、貴方が怠惰になったと言われるのです…ご都合のよい時に貴方は彼に返事を送られるでしょうが、こんな考えを彼に否定させるよう、先ずはできるだけ早い機会に貴方が彼の疑いを晴らして下されば、私は嬉しく思います。[66]

シドニーがアイルランドの旅についてランゲに全てを報告しなかったことが、伝記作者にとってもこの旅行の詳細を知り得ない原因になっている。実際は、幾つかの理由からランゲがこの遠征に賛成しないだろうという不安が彼に働いたのだろう。既に引用した手紙の中で彼が言い続けているように、この教養ある老ブルゴーニュ人はブリタニアのケルト的領地を恐ろしいほど野蛮で危険なところと見なしていた。

…ウェールズの高く荒々しい山々、嵐のアイルランド海、そして絶えず不健康な秋の季節などを我が心に思い浮かべるとき、私は君に何時にない不安を感じるのです。それ故、君がかつて私に抱いていた愛に免じて、君が宮廷という安らかな停泊所に到着したら、君が安全でいるという報せをくれるよう心から願っています…当然のことながら、君はアイルランドの奇跡を描写しながら事細かくこまめに私たちに手紙を書き、そして当地の木々の上で育つと報告されている鳥類の標本など送ってくれるでしょう。[67]

シドニーの興味を引き立てようとして彼は独特の冷笑的冗談を試みている。しかしアイルランド旅行が与える肉体的危険へのランゲの激しい不安を隠すことはできない。シドニーの主な同行者の一人が、数週間後に赤痢で死ぬことになるのだが、既に重病になっていることをもしランゲが知ったならば、彼はより一層心配したであろう。その同行者とはウォルター・デヴルーであった。彼は初代のエセックス伯爵であり、シドニーの「ステラ」の父であり、既に学童時代のシドニーに好意を示していた（五二頁参照）。一五七五年八月行幸がチャートリに立ち寄ったとき、シドニーはデヴルーの子供たちと旧交を温める機会を持ったかもしれない。エセックス自身は一五七五年から六年冬、彼のアントリム州の「入植地」に金銭と支援を与えるように女王を説得するため、イギリスに戻っていた。スコットランド人対抗策として造った高額な要塞が、彼の財源と健康を蝕んでいた。既にエリザベスは一五七五年五月彼の計画への援助を撤回していた。しかしそれでもエセックスのさらなる軍事的暴挙を止めさせることはできず、その暴挙はラスリン島の全住民六〇〇人の虐殺を招いた。彼の「入植地」計画は、恐怖と住民絶滅という結果をもたらした。

エセックスは女王の愛顧を取り戻すことに幾らか成功した。一五七六年五月エリザベスはアイルランド警備長官（アール・マーシャル）としての彼の職を「終身」のものとして保証した。そして女王は彼に借金の代価としてイングランドの土地を求めたが、その埋め合わせとして彼には広大なアイルランドの土地を与えた。その結果、彼はアイルランドに未来を義務づけられ後に引けなくなったのだ。後に明らかになるが、彼に残された生命は極めて短いものになったことは、彼が新たに獲得した土地の土着の住民にとってはかえって好都合であったかもしれない。

一五七六年七月シドニーがアイルランドへ旅立ったとき、エセックスおよびその一行と一緒であったことはほぼ確かである。そうであれば、その途中チャートリでデヴルーの子供たちと会うためのまた別の機会が彼にはあった。その時ペネロピは一三歳になっており、彼女の父は娘とフィリップの結婚を希望していた。アイルランド総督の息子として、またレスター伯とウォリック伯の継嗣として、その時のデヴルー家のような貧窮をかこつ家族にとって、明らかにフィリップは非常に魅力ある将来性を持っていた。しかしこの結婚の行く手には困難が立ちはだかっていた。特にサー・ヘンリー・シドニーがエセックスには耐え難い気持ちを持っていたという事実が少なからぬ障害であった。この結婚計画に対処するフィリップの態度は後に論じられることになろう。その頃、彼がエセックスにたいする彼自身の友情と、エセックスにたいする父の嫌悪感をどのように調和させていたか推測するのは難しい。オズボーンは彼がそれらを調和させようと、外交官のように行動したと暗示しているが[68]、それは正しい見方かもしれない。

エセックスとの友情を鑑みると、アイルランドとアイルランド人に対するシドニーの見方は、同時代のそれと比べてずっと啓蒙的であったとは言えそうもない。おおよそのエリザベス朝の人々にとってアイルランドという国は

すべての見込みは明るいが
ただ人間が悪い。

ジョン・デリックが、シドニーに献じたのは一五八一年であるが、一五七八年に書いた『アイルランドの像』という写実詩の中で、この国を美しい花嫁と醜い花婿に喩えている。花嫁は土地そのもので花婿は「田夫野人」あるいは哀れな土着者としている。いまだに続いている苦悩の基はこの時代の政策によって築かれた。サー・ヘンリー・シドニーは、プロテスタントを連れてきて「定着させ」入植地をつくる一方で、「野蛮な」土着のアイルランド人を非常に過酷に取り扱うという政策の確たる信奉者であった。『アイルランド年代記』でジョン・フッカーは偏見

に満ちた言葉使いで土着のアイルランド人を「尻丸出しの反逆者」と呼び、絶えず厳しいやり方によってしか服従させられないと言っている。

剣を引いて矯正を止めてみよ、礼節をもって対し、丁重に頼んでみよ。彼らは有利とみれば、きっと本性を暴露し、ちょうど犬が吐瀉物に、雌豚が汚物と泥水に戻るように、彼らは以前の傲慢、反逆、不服従に戻るであろう。[69]

ニコラス・マルビーはサー・ヘンリー・シドニーに可愛がられ、昇進し、またコノートの州知事に任命された人だが、アイルランド人について別の像を描く。

その性質が一種のイラクサのようなものであり、彼らはやさしく扱われると棘で刺すけれど、全部いっしょに潰されれば害をしないことを知っていた上で彼らを取り扱うべきである[70]

まさにこのような比喩をもって歴代の英国支配者たちはその政策を正当化してきた。

けれども、ヘンリー・シドニーとエセックスの戦略には根本的な違いがあった。なによりも軍人であったエセックスはアルスターの彼の領域を鎮圧するのに軍事的な、またしばしば騙し打ちするような手段を使ったのに対して、ヘンリー・シドニーはあくまでも行政官であり、概して平和愛好的であった。アイルランドを州に分割して地方の各州知事の下に置くことが彼の主な目的の一つであった。彼はまた、国中を広く巡回する旅で、足を留める場所では次々と法廷を開いて事を法律に則って進めた。彼はそのやり方において決して優しくはなかったが、アイルランド人の抵抗運動に対するヘンリー・シドニーの法的・外交的解決を優先する仕方、時には進んで不満を聞き法的枠内でそれを対処する意欲は、少なくともその時期の他の州知事たちに比べて、彼の人気と部分的成功をもたらすことに貢献したにちがいない。彼は軍事的なことより、むしろ経済的な問題で失敗することになった。彼が設定した地方政体は維持するのに極端に費用がかかった。デリックの『アイルランドの像』に挿入されている木版画では、ヘンリー・シドニーはいつも半分だけの武装で、ヘルメットの代わりにソフト帽を被っている。「野蛮な」アイルランド兵士との交戦を描く「プレートIX」では彼の姿はどこにも見られない。主な軍事行動は他の人たちに委ねられがちであった。例えば、一五七五年から六年冬に、コノートにおけるクランリカド伯の反乱を鎮圧するのに友人ニコラス・マルビーを使った。[71]

八月一〇日フィリップはダブリンから二八マイル離れたキルカレンで父ヘンリーと会った。エセックスはヘンリーに枢密院から「諸所で勤勉に正義の執行を果たした」ことを認める嬉しい知らせを持ってきた。父子はダブリン城で二週間を一緒に過ごした後、クランリカッド伯の二人の息子の指揮する抵抗運動が起こっているさらなる奥地を探して西方に向かった。オズボーンが言っているように、これはフィリップが希望していた奉職とは全く異なっていた。

フィリップがアイルランドで得た軍事的経験のどれも無益なゲリラの追跡であり、もし彼が(トルコ軍と闘う)フォン・シュウェンディ将軍の軍に加わっていたなら、目のあたりにしたにちがいない通常の軍務や要塞の急襲とは全く異なっていたであろう。[72]

しばしば飢えて襤褸をまとう「田夫野人」を探し出すことは惨めな仕事であった。恐らくシドニーの趣味からすれば鹿狩よりはましであったが大同小異であった。

しかしながら、一つの慰めはアイルランドが驚きに満ちた場所であると感じられることだった。そのようなことの一つは土着のアイルランド人が音楽と詩に対して抱いている愛情であった。詩は「子供を遊びから、老人を炉辺から離れさせる」[73]よりずっと大きなことを可能にする生きた証拠をアイルランドは呈していた。あの国では詩人たちが生殺与奪の力を振るうことができた。サー・ヘンリー・シドニーの総督としての第一期目の一五六六年、彼は次のように布告していた。

吟遊詩人（吟遊詩人の類はアイルランドにおける一種の迷信的預言者である）を捕らえた者は誰でも、彼を身ぐるみ剝がし、その持ち物を奪っても法に触れる危険はない。[74]

復讐するために、この「預言者たち」はニコラス・マルビーと他の者たちをキルケニーで「詩で死に至らしめる」と脅した。このことは非常に深刻に受け止められた。有徳の目的に向けられるならば、詩の力がいかに多くのことを成就させ得るであろうかを。シドニーは『詩の弁護』の中でもっと広く、肯定的な文脈の中でアイルランドの詩人たちを位置づけている。

我々の隣国アイルランドでは真に学問は全く襤褸を纏って歩いていますが、詩人たちは敬虔な尊敬をもって遇されています。[75]

彼はアイルランドの詩人たちが父や他の人々に与えた脅しを忘れず、それを詩を敵視する人たちへの冗談に変えて、彼らが「アイルランドでそうされると言われているように、詩で殺される」[76]ことは願っていないとした。

アイルランドについては、ジラルダス・カンブレンシス以来多くの作家たちが、ずっとプロスペロウの島のように「不思議なものに満ちた」ところとみなしていた。もっとも、その「音や不思議なメロディ」が危険なものかもしれないのだが。ランゲはシドニーに冗談で「カオジロガン」について報告を求めている。これはジラルダスが言及し、そして後の多くの作家たちが忠実に書き記している鳥類であり、卵からではなく、樹のコブから生まれると考えられていた。しかし実際にシドニーはカオジロガンよりもっと興味深い不思議なことに出会っている。それは伝説的な女首長グラニアまたはグレイス・オマリーと出会ったことである。出会いについて我々が知り得ることは、一五八三年三月サー・ヘンリー・シドニーによるウォルシンガム宛ての長い自伝的手紙から出ている。ちょうどフィリップとウォルシンガムの娘フランセスとの結婚が合意に達した時であった。

そこにまたひとりのとても有名なグラニー・オマリーという女船長が三〇〇艘のガリー船と二〇〇人の兵士をつれて私のところへやって来て、私が命ずるところどこにでも、アイルランドでもスコットランドでも行って、あなたのお役に立ちたいと申し出ました。彼女は彼女の夫を伴っていましたが、それは彼女が海路でも陸路でも船の乗組員以上に夫とは上手くやれたからです。彼女はアイルランドの沿岸中で悪名高い女です…サー・フィリップ・シドニーはこの女と出会い話をしましたので、彼が閣下には彼女についてもっと詳しくお伝えするでしょう。[77]

彼自身が『アーケイディア』の中でアマゾンの女性や性的に曖昧な武人のイメージに魅了されるのを明かすことになった若者としては、これは記憶に値する逸話であったにちがいない。もっとも、言われているように彼がグレイス・オマリーに「魅惑された」証拠はないけれども。[78] 彼が未来の岳父にこの話をするだろうと彼の父が言ったことは、実に七年後になってフィリップがゴールウェイで不思議な出会いで「食事をすることになる」のを暗示している。権威を効果的に振るうことのできる「英雄的精神を持つ」女性たちの一人として、彼はグレイス・オマリーに対してかなり賛美の気持ちを抱いたのかもしれない。[79] 女王と同じように、グレイス・オマリーは性的役割について当時の男性たちが抱いていた思い込みに対して不穏当な挑戦をしかけた。彼女との会見はまた『旧アーケイディア』の中の奇妙な一節に火をつける役をしたのかもしれない。そこではピロクリーズが自ら女性に変装して、愛欲を示すジャイネシアの目にわざと自分を卑下している。彼はアマゾンたちと首尾よく闘った自分について語っているが、遂に次のように言う。

私は（彼女を打ち負かそうと望みながら）馬に乗って力の及ぶ限り私と闘おうとする八〇歳の一老女に挑戦しました。彼女は私を圧倒しましたが、命だけは助けてやるから、髭が生えて彼女への隷属の誓いが解かれる時まで、武具を着けないアマゾン女族のように振舞うことを私に誓わせたのです。[80]

これは馬鹿馬鹿しいほど大げさな法螺話であって、ジャイネシアでさえまったく信じなかった。しかしアイルランドの女首長――シドニーが彼女に出会った時は「八〇歳」ではなく、五〇歳くらいであった――は真に考慮に値するほどの迫力を持っていた。サー・ヘンリー・シドニーは賢明にも彼女と協定を結ぶことを決めたのだろう。また彼女の夫にナイトの爵位［サーの称号］を授けた。夫は「悪魔の鎌」のあだ名を持つリチャード・バークであり、英語を話せないので、サー・ヘンリーはラテン語で会話をした。このことは確かに良い戦略であった。グレイス・オマリーを投獄して処刑すると脅したリチャード・ビンガムのように、後の英国人州知事たちは彼女の多くの支持者たちとの間に多くの揉め事を経験したのである。

　アイルランドが供給する、もっと日常的な必需品は元来はスペインから輸入されたと信じられていた馬であった。シドニーは一〇頭かそれ以上のアイルランド馬を確保した。それらのうち二頭の名前は分かっている。「ミスター・フィリップ・シドニーが英国に送らせた」パイド・ペッパーレッドと「ミスター・フィリップ・シドニーに与えられた」グレイ・シノットである。[81]彼がパイド・ペッパーレッドとともに旅して戻る頃には、馬の保護以上に心傾けるべきもっと重大な問題が起こっていた。既に述べられているように、エセックス伯が一ヵ月かそれ以上の病の後に九月二二日ダブリン城で死去した。彼は弱冠三五歳であった。レスターの敵たちは彼の家の門に死神の像を置き、彼が未亡人と結婚するためにエセックスの毒殺を図ったのだと主張した。こんなことは全くありそうもないことであるが、毒殺の噂はヘンリー・シドニーにとって事実を調べ、その（否定のための）証拠を報告することが急務となった。[82] ジョン・フッカーは、エセックスの忠実な秘書エドワード・ウォータハウスによる報告に基づいて作った自分の説明に、「何らかの精神的悲嘆と心の内密な悲しみ」がエセックスの死を早めたと追加した。[83] このことは女王からの彼への乏しい支援に対する不満を暗に示した。事の真相がどうであれ、エセックスの死は不思議なことにシドニーの死についての神話を予示するような多くの敬虔な神話作りをうながした。日時すらもが予言的であった。というのは、シドニーが足を負傷したその一〇年前の同日にエセックスは死亡したからである。後の作家たちがシドニーの生前の経歴にバラ色の輝きを加えるために彼の死を利用したように、エドワード・ウォータハウスと他の人々はエセックスの死に神話的な意味を付してそれを利用した。エセックスは宗教的な対話をしつつ亡くなったように描かれ、そして

死が近づくにつれて、ますます熱心に彼は祈った。そして彼の仲間の者すべてに同じように祈ることを願った。彼が口にした最後の言葉は「主なるイエス」であった。そして彼の舌がそれ以上の言葉を発するのを諦めたとき、彼は手と眼を主なる彼の神に向けて挙げた。[84]

シドニーのように、彼は歌を求め、彼のお抱え音楽家ウィリアム・ヘイズにヴァージナルでの伴奏を依頼して、自身の作詞による悔い改めの歌を唄ったと言われている。その始まりは以下のようであった。

おお、在天の神よ、おお、愛しき父よ、貴方の優しい目を
此処、貴方の玉座の前でひれ伏している哀れな者にお向けください…[85]

実際は、この歌はジョージ・ギャスコインの友人フランシス・キンウェルマーシュの作であり、逸話も他の説明文と同様に捏造されたものであろう。一日に四〇回かそれ以上便座を使う者がそのような平静さのうちに死ぬことができたとは信じ難い。ともかく、晩餐に一族を招待しておいて一網打尽に殺すような血に飢えたこの軍人も、「良き最後を全うした」ということは信じようと思えばできる。ちょうどミストレス・クイックリがフォルスタッフについて主張したように。しかし、より可能性があると思われることはエセックスの清澄な信仰についてのウォータハウスとヘンリー・シドニーの説明は、英国にいる読者たちへの教化を意図したフィクションであろう。女王に関して言えば、彼のアイルランド奉職は、ヘンリー・シドニーの秘書エドマンド・モリニュークスが記しているように、「耳で聞く主題」であって「目で見る対象」ではなかった。[86]これには幾つかの利点もあった。女王がアイルランドを訪れることはけっして期待されることではなかった。しかしそうであっても愚かではない女王は、勿論耳に届いたアイルランド事情についてあらゆるニュースを注意深くコントロールして、イングランドにいる家臣たちのアイルランドに対する判断の形成に役立てていた。

シドニーがエセックスの死後どのような役割を演じたか明らかではない。彼は確かに亡き伯爵の秘書ウォータハウスと多くの時間を過ごしたと思われる。秘書は若いシドニーの才能を絶賛し、またその時孤児となったペネロピ・デヴルーの夫として願ってもない候補者であると語った。一一月四日頃、シドニーは彼のアイルランド産の馬を受け取る手配のためグリニッジにいた。しかし、彼のもっとも重要な仕事は宮廷においてエセックスの死について「受け入れられる報告」を確実なものにすることであった。そして特にアイルランドの大部分を鎮圧した父の成功を報告することであった。そうすることにおいて、彼自身の成熟、気転、言葉の技を示す絶好の機会を得たのだ。女王は強い印象を受けたにちがいない。というのも、一五七六年から七年冬に女王は最初のそしてもっとも彼の性に合った国家的仕事を与えたのである。彼は無駄に宮仕えをしていたのではなかった。

第六章　生きた現実のシドニー（一五七七年）

道なかばで名声を残して逝った者たち…
生きた現実の姿のまま…シドニーも。[1]

その身を差し出す者は、その絵姿もよろこんで差し出すであろう。
でなければ空しい、生身も絵もその命は短いのだから。[2]

シドニーが神聖ローマ帝国皇帝のところに遣わされた一五七七年は、彼の生涯における最良の年であった。またこの一年は、例外的に多くの記録が目に見える形でも文字の上でも残っている。彼のもっともよく知られた肖像画が描かれたのもこの年の六月であった。[3] 画家は知られていないが、フレデリコ・ツッカロ、アントニウス・モールあるいはコルネリウス・ケテルなどの名が挙げられており、この肖像画の質の高さが認められていたことを暗示している。しかしまた別の可能性として、レスター伯と女王の両方に仕えた宮廷画家ジョージ・ガウアかとも考えられる。早い時期に作成された三、四版の画のどれが、シドニー自身がポーズをとったオリジナルなのかもはっきりしないけれども、それが以前はウィルトンにあって今はロングリートにある画の原型であるだろう。独自にロングリート版には前出の二行詩が書き込まれている。

その身を差し出す者は、その絵姿もよろこんで差し出すであろう。
でなければ空しい、生身も絵もその命は短いのだから。

ロバート・シドニーは連作詩中の未完の「ソネットの冠」でこの第一行の焼き直しをしている。

その身を差し出す者は、言った言葉を否定するのは難しいだろう。[4]

おそらくフィリップ自身がもとの二行を書いて彼の肖像画のコピーに添え、ペンブルック伯夫人となったばかりの妹に結婚祝いとして与えたのであろう。やがてシドニーはその「若い頭脳」が生み出す数多の想いを、豊かで複雑なしかも非常に面白い形で表現した作品を著すことで、妹にもう一度「その身を差し出す」ことになった。つまり彼はその秋に妹の願いに応えて『旧アーケイディア』を書き始めたのである。

ところでこの肖像画（本書のカバー参照）も妹に捧げられたが、実にいきいきと描かれている。思うにこの肖像画には、皇帝のところに派遣されたシドニーが使命を成功裡に終えて帰ったあとの、家族や友人たちに見せたいと願った姿が表現されている。多分意図的であろうが、その顔には若さゆえの傷つきやすさと、衣装や態度からかなり重々しい存在感のオーラとが、対照的に顕れている。ランゲが一五七四年に不満を洩らしていたのは、ヴェロネーゼの描いたシドニーがあまりにも子供っぽく、実際の彼はもう二〇歳近くだったのに一二、三歳そこそこにしか見えないことだった。[5] もしかするとその頃シドニーは実際の歳より若く見え、その後もそうだったのかも知れない。というのも一五七七年の肖像画は、彼を際立って若く二二歳で髯がなく髪も短く、しかも身体つきも細く描いているからだ。ウォリック城にある肖像にこのことがもっともよく表れていて、尊大さと物思う表情そしてつよい期待感が、精緻に描きこまれた容貌の中に溶け込んでいる。天然痘のあとやにきびなど描かれていないのは驚くに値しないであろう。右手を腰に、左手は刀の柄に当てたポーズは型どおりのものだが、この時点でのシドニーにとっては当然象徴的な意味合いも有している。一部しか武具を着けていないその姿は、軍務というより宮廷の祝典向きにすぐ役立つ態のものだ。けれども影になっている左手が半ば閉じて剣の柄に置かれているのは、将来への野心を控え目にだが示唆している。エリザベスの宮廷という限られた領域であっても剣を振るうという心の準備はできていて、やがてすぐにも彼を揉め事に巻き込むことになるが、一方で彼のつよく望む真剣な軍務は、ずっと拒まれ続けるのであった。それでも一五七七年の間は、宮廷生活の平和な楽しみの数々、旅、外交、友情そして学問など多くを享受してもいた。

われわれが「生きた現実のシドニー」の姿を見るのは一五七七年が最初で、またこの年には彼の肉声にもはじめて接する。いくつかのくだけたあるいは形式張った会話、いくつかの機会につくられた詩、中味のある数通の書簡、加えて短い政治論で父ヘンリーを擁護した『アイルランド問題について』などがこの時期に属する。この『問題』と皇帝へ派遣された時の長い書簡体の報告は、共にシドニー自身の手になるものである。これらの記録はコットンの火事［一六世紀前半にサー・ロバート・コットンによって集められた貴重な資料が一七三一年の火事で一部消失した］で損なわれたという事実があるにもかかわらず、われわれがシドニーの思考の過程を理解しようとする際、きわめていきいきと直接的に語りかけてくる。事実上シドニーが一五七七年に「その身を捧げた」のは妹にだけではなく、シドニー自身の多様なイメージを後世の人々に吟味の対象として差し出しているのである。これらの像の大半が続く後の年月のものより鮮烈なのは、シドニー自身の青春の「自己成型」の産物であって、まだ虚構を生み出す力によって思いきり高められたり、他人による宣伝や神話化などで曖昧にされていないからである。

すべり出しの良い年であった。シドニー家の人びとは（まだアイルランドに在住であったサー・ヘンリーを除いて）宮廷での降誕節祝宴に参加した。結婚についての話題も多く出た。シドニーとペネロピ・デヴルーの結ばれる可能性もなお時折話題となったが、デヴルー家の娘たちが明らかに貧窮に傾きつつあったため、実現性は薄らいだ。

前にも触れたように、サー・ヘンリー・シドニーはレスター伯ほどデヴルー家に対する熱情を抱いていなかった。後になってシドニーが「アストロフェル」を自画像として描いたのだとわれわれが文字どおり信じるならば、彼自身が気乗り薄だったので事が進まなかったとも言えよう。つまり「ぼくは好きだった。しかし愛してはいなかった」と。[6]それにまたサー・ヘンリーはやがてすぐにも、娘の結婚のために三〇〇〇ポンド以上を工面しなければならない状況だった。[7]一五七六年一二月にはこの件が前向きに話されており、一五七七年二月までに決定を見た。すなわち一五歳のメアリ・シドニーが、第二代ペンブルック伯ヘンリー・ハーバートと復活節に結婚することになったのである。[8]伯爵はすでに四〇歳近く、二度目の妻キャサリン・タルボットの死に遭ったばかりだったが、この結婚はシドニー一家にとっては大きなことであった。女王に仕えてまだ一年半たったばかりという時に、歳若いメアリは「ウィルトンの女主人」[9]となり、このウィルトシャの大邸宅と領地でこれから数十年ものあいだ、自ら小型の宮廷あるいは「コレッジ」の女主人役を務めることになろうとしていたのである。シドニー家の若い世代の者たちにとって心はずむ希望の冬となった。フィリップは続いて弟の教育や幸福のために責任を担い、クリスマスにオックスフォードから宮廷へ参上する時には、弟が結構な服装を身につけるように十分気を配った。ロバート・シドニーの教師（テューター）ドーセットが勘定書きに記しているところによれば、一五七六年一二月二六日、「金色のリボンと羽根つきのベルベットの帽子」、それに加えて一つは白、もう一つは青色の羽根が「クリスマスに向けてフィリップ・シドニーさまのご要望によって」[10]と書かれている。叔父が若い頃の彼に尽くしてくれたことを、今シドニーは若いロバートにしてやって、女王が期待する立派な装いで伺候するようにと心を配ったのであった。

　フィリップは、アイルランドの旅の疲れとみじめさを味わったあと、ふたたびイングランドの安全と快適さを享受することができた。彼には余裕ができて、手紙を書いたり新しい友人を得たり、いくつかの熱中する関心事に身を任せた。そのうちの一つはほぼ確実に「化学（ケミストリ）」であった。当時エリザベス朝の人々にとって、これはしばしば錬金術と鉱物学を意味した。モフェットは、若いシドニーがこの課題に特別な関心を抱いた点を強調している。

神に導かれ、ディーを師となさり、ダイアを仲間にして、彼はケミストリつまり例の自然と競い合う高遠な学問を追求したのです。さまざまな意見や、師たちの奇術、高価な費用、そうして結果の不確かさなどが、あまりにも遠くまで探究を推し進めようとする者たちの精神の弱点をいくらか悩ますのでした…。がしかし目下のところは、彼は完全な（というよりただすでに受け容れられている）学問に対するたゆみない熱情を抱き、これら障害のすべてを一気に飛びこえたのでした。[11]

モフェットの称賛が巧みに隠している事実は、シドニーがきわめて多くの事柄に知的探究心と疑問をもちながら、こと黄金を期待するという点になると、誰にも劣らぬ世間知らずなところがあったということである。この時代の良識ある多くの人々が、卑金属を黄金に変えることができると想定する「賢者の石」という観念に惑わされていた。その様に惑わされていた人たちの中にシドニーの母とその良き友エドワード・ダイアもいて、錬金術に対する共通の情熱が二人を結びつけるものの一部だったのかもしれない。一五七六年一〇月彼女はサセックスに情熱をこめて訴え、ウィリアム・メドレーという錬金術師――かってはバーリ、レスターその他の人から高い評価を得ていたが、当時は信用を失いザ・カウンター［監獄］に収監されていた[12]――に対するきびしい扱いを軽減するようにと願っている。メドレーは、硫酸（塩）を使って鉄を銅に変える計画を持っていた。しかし別の投資家であったサー・ハンフリー・ギルバートが、どうやらこれは詐欺だと暴いたらしい。[13]

おそらく正確には、モフェットが、シドニーのケミストリに対する関心をダイアとジョン・ディー博士の両方に結びつけて考えたのである。一五七七年一月一六日、レスター、シドニー、ダイアその他の人が、この著名な賢者――長いこと女王の好意と保護を受け、またダドリー家のいく人かの個人教師（テューター）であった――と会合をもった。どこでであったか、モートレイクのディーの家か、あるいはより可能性が高いのはレスターハウスだが、はっきりはしない。[14]ディーの専門分野は多様で、この会合の正確な目的については推測の他はない。これまでの推測では、皇帝ルドルフ二世のところへやがて遣使として出かけるシドニーと結びつけて考えられてきた。[15]たしかにディーはしばしば旅をし、彼自身一五六四年帝国の宮廷に出向き、彼の哲学的錬金術の書『象形文字の単子（モナス・ヒエログリフィカ）』をルドルフの父帝マクシミリアンに献呈している。[16]けれどもシドニーが使節に指名されることは、その時点ですでに決定していたのかどうかはけっして明らかではないし、[17]おそらくこの会合は、もっと別の方向の旅となにか関係があったのではないかと思われる。ディーの『航海術について一般の、また珍しい記録』が一五七七年八月一九日印刷にまわされているが、その前年の冬にはきっと実際の準備がなされていたにちがいない。これは航海と探検に関するより大きな研究の準備段階的断片にあたるもので、究極の目標とするところは、新世界においてプロテスタント的で平和を愛好する大英帝国の設立にあった。[18]つまりそれはスペイン・ハプスブルク帝国のライバルとなるはずのものであった。スペイン人は南アメリカの諸領土を支配していたが、一方イギリスの冒険商人たちは「未知の境界域（メタ・インコグニタ）」として知られるカナダの北方地域に大いなる期待を抱いていた。シドニーが、旧世界である「神聖ローマ」帝国へおもむこうとしている旅は――もし知らされていたのなら――、「未知の境界域」への探検と、その探検がもたらすかもしれないさまざまな変化に比べれば二次的関心事と思われたのであろう。伯父アンブロウズ・ダドリーは以前からマーティン・フロビシャの最大援助者であったが、一五七六年の探検はキャセイ［中国の古い呼称］の巨大な富に至りつくはずの北西航路をさぐるものであった。そしてシドニーとその母とダイアは、それぞれ二五ポンドをこれに投資していた。ちょうどその時第二回目の旅が計画されており、それに投資するのが賢いかどうか、ディーの意見が求められたにちがいない。フロビシャは北西航路を見つけられなかったが、航海士の一人が北ラブラドールから黒い黄鉄鉱を一片持ち帰っていた。あるイタリア人の金細工師アグネロという者が（策略をつかって）それから黄金をとり出して見せて以来、全宮廷、女王から下々まで熱狂にとりつかれたのである。[19]

今回はキャセイ探検より鉱物検査に重きが置かれた。フロビシャに与えられた訓令は、「さらなる航路を探すより、むしろこの黄金の鉱脈を探るように」というものであった。[20]女王自身「援護艦（エイド）」という船を提供し、また二〇〇〇ポンドを与えた。ダドリー一族、シドニー、ダイアはみな、前回の二倍となる相当な投資をした。もっとも五〇〇ポンドはシドニーには捻出できるような額ではなかったが。ダイアもこの探検隊には個人的なリスクを抱えていた。というのも弟アンドリューが「援護艦」の船長だったのだ。もし北大西洋ですべてうまくいっていたら、そしてもしシドニーがランゲに強調したように「この島がペルー国以上の鉱物産出地であれば」[21]無尽蔵の富と力が入手可能と思われた。かなりの者がファウスト博士的な気分であった。

おお、なんたる世界、利益とよろこび
権力と名誉、無限の能力の世界が
研究を惜しまぬ技術士（アルティザン）に約束されていることか！
…彼の領域はこの点に優れ
人間の精神の及ぶかぎりにまで広がる、
健全な魔術師は半神（デミ・ゴッド）だ…[22]

ジョン・ディーは特に国で一番の「健全な魔術師」と見做されていたので、錬金術士メドレーのような小さな事件ばかりでなく、フロビシャの第二次航海を援助する知恵についても専門的な意見を提供できたのであろう。鉱物学と地理学が彼のすぐれた分野であった。ピーター・フレンチが示したように、シドニーとその友人たちは多くの高度に専門的な目的や理念をジョン・ディーと共有していた。すなわち英国の植民地獲得の野心、宗教的統合の方策、民族音楽と詩の韻律を改革するための関連計画、ラムスの論理学、ヘルメス主義、プラトニズムへの関心などである。[23]しかし、これらの理念の多くは、とくに植民地に関するものは、実質的な富が伴わなければ学者の書斎で消滅する運命であったろう。資金しかも充分なそれがまず何よりもシドニーと友人たちにとっては切迫した必要条件であった。フロビシャの今度の旅は輝かしい可能性を見せてくれるように思われ、特に、もしディーのような広い知識をもつ者がすすんで祝福してくれるなら、シドニーは自分も「未知の境界域」に行きたいという希望さえ抱いた。たしかに彼はそれについてはのぼせ上がっていて、ランゲから見れば愚かなほどであった。

われわれの知るところ、シドニーはその間もっと静かな学びにも打ち込んでいた。同じ冬に時を割いてリウィウスの『ローマ史』のはじめの三巻を、例のハンサムで学識あるケンブリッジの学徒ゲイブリエル・ハーヴェイと読んだ事実が、ハーヴェイ自身のリウィウスのテキストの余白に記されている。[24] シドニーと会っていた頃、彼はペンブルックの教員資格と修辞学の大学評議員（プレレクタシップ）［学寮生の入学または卒業の推薦をする評議員］の更新についてどうやら必死に頼みこんでいたが、それはどちらも一五七六年には失効していたものであった。彼はまた、なんらかの資格で――もしかしてシドニーの随員としてでも――外国に派遣されるのを大いに望んでいた。[25] 活字になった一編の講話、『修辞（レトール）』（一五七六年の春に行われ一五七七年一一月印刷）と『キケロ風に』（一五七六年の春行われ一五七七年六月印刷）の中でハーヴェイは、自分のケンブリッジでの講演は数百人の聴衆をひきつけたが、幾人かの年輩の学者（シニア・アカデミックス）たちは誰もいない部屋に向かって講義をしたと主張している。これは確かかもしれないけれども活字にするとはあまりにも無神経なことだ。彼は生涯を通じて敵をつくる独特の能力を有していた。一五七〇年代後半には指導的な宮廷人たちに根気強く近づこうとして、自身はケンブリッジのコレッジで極端に嫌われ者となっていた。レスター伯の強力なサポートがあってさえ、ペンブルックの学寮長やフェローたちに再選を働きかけたが果たせなかった。結局はトリニティホールのフェローシップを得たのだが、それはそこの学寮長ヘンリー・ハーヴェイが親戚関係にあると彼が主張したからであった。もっとも有名な話は、一五九〇年代、ハーヴェイがケンブリッジを離れてロンドンで法律家として仕事を始めた時、トマス・ナッシュの創意溢れるウィットの対象とされたことである。ナッシュはハーヴェイが一時シドニーの好意と援助を享受したことを認めたものの、それはほんの短い間だったと暗に言っている。

…サー・フィリップ・シドニーは（どんな技芸においてであれ、少しでも前途有望な者と見做したら、性来愛情こめて接する人だったから）彼［ハーヴェイ］に対してある敬意を抱いていたし、多くの人も彼には一目おいていた…しかし後になって彼が野心むき出しの傲慢さと虚栄心を、顔や立居振舞いや言葉に表し、クイナやオウムみたいにそれを活字の上でくり返し、自分が如何に多くの貴族の好意を得ているかを自慢して、彼らが秘かに打ち明けることを軽口にのせてばらしてしまうようになってからは…さすがのサー・フィリップ・シドニーも（少しずつ）彼を軽蔑の目で見、好意をもたなくなった。もっとも彼を完全にふり払うことはできなかったが。それほど彼はこびへつらい、シドニーによりかかっていた。[26]

ナッシュはまた、傲岸なハーヴェイが

サー・フィリップ・シドニーとその仲間であるもう一人の名誉ある騎士に道をゆずったりするものかとぬけぬけと言い、今なお伺候しようとしている

とも主張している。若い頃のゲイブリエル・ハーヴェイは（まだ爵位のない）フィリップ・シドニーとの束の間の交友を享受していたがそのハーヴェイ像と、一方ナッシュが誇張したことばで諷刺して、とてつもない襞襟をつけて放尿中の尊大な小男の木版画でその馬鹿馬鹿しさが補強されることになったハーヴェイ像とを、完全に切り離すことは難しい。事実は疑いもなくハーヴェイが偉がって、宮廷で受けた好意をひどく大げさに書き連ねていたのである。おそらく彼は人からの長続きする好意を獲得する機会を、一五七八年の夏に誇大で配慮に欠ける『大いなる謝辞（グラティラティオネス・ヴァルディネンシス）』を出版した時、爆破霧散させてしまったのであろう。[27]しかし一五七六年から七年にかけての冬にはまだ彼の軽率さは表立っていなかった。彼の確かなラテン語の知識は疑いようもなかったし、探検隊や

鉱物学についてのディーの意見が傾聴に値したのと同じく、ハーヴェイのローマ史についての見解も尊重に値するものであった。リウィウスのはじめの三巻はシドニーの関心を大きく引いたし、ハーヴェイはそれを詳しく説明する充分な力量を持っていた。後に彼はシドニーの友人であるエドワード・デニーやエドワード・ダイアにもリウィウス三巻の講釈をしたのであった。[28]

興味ぶかいことに、ペンブルックにおけるハーヴェイに関して聞かれた不平のひとつは、クリスマスの季節に彼が社交やカード遊びに加わらず、むしろ勉強していたことだった。[29] シドニーもまたクリスマス休暇の多くの時を勉強に充てることを好んだようだ。うす茶色の髪の若い宮廷貴公子と浅黒い口ひげをたくわえた学者が額をつき合わせてリウィウスの『ローマ史』を読んでいたのは、おそらくレスターハウスのシドニーの居室においてであった。シドニーなら、ティトゥスとアルンスがデルフォイに詣でて次のローマ王は誰になるか知ろうとした物語の中に、ほとんど即座に神託を尋ねることの無益を読みとったであろう。この二人は神託を取り違えたが、一緒に行ったブルートゥスが愚かさを装ってこれを正しく解釈し王座を継いだ。シドニーはまた政治上のさまざまな不幸が、グループや個人の性的欲情、例えばザビーネの凌辱、タルクィニウスのルクレシア凌辱、アピウス・クラウディウスのウィルギニアを犯そうとする試みなどによって、くり返しひき起こされることを読み取ったであろう。一、二巻におけるブルートゥスが、自分の息子たちを謀略に加わったとして死刑に処す時、それは古代の典型的な徳と見做されていた正義と公平の厳しい姿そのものを表していた。エリザベス時代に訳したフィレモン・ホランドがリウィウスの「感動的な愛情のうちにこめた哀切な精神」と賞賛しているが、リウィウスは次のような心に触れることばで言い表したのであった。

彼らの受苦はそれだけ余計に注目に値するものだった。というのも父親はその立場と仕事上の徳目のために、自分の子らに執行される処刑を見る義務を負わされていた。彼はさもなければ、見物人、傍観者であるはずもなかったが、その彼が（運命とはそのようなもの）この悲劇的処刑の主たる執行者となるよう強いられたのである。[30]

これらすべての主題――神託伺いと誤った解読、性的欲情による国家の攪乱、実子を死刑にする判官の堅忍など――は『アーケイディア』の中に巧みに現れてくる。不運なゲイブリエル・ハーヴェイは、このイギリスの歴史にはじめて出現したフィクションの主要作品の主題を決定するのに、それと知らずに手を貸していたのである。彼の明らかなすべての失敗にもかかわらず、このことは評価されてよい。ハーヴェイは疑いもなくスペンサーの『羊飼の暦』や『妖精の女王』を生む産婆役も果たしたのであるから、ナッシュの犠牲になって滑稽な名声を与えられたことは別として、エリザベス朝の文学史に一つの重要な地位を与えられて然るべきであろう。

スペンサー自身はじめてシドニーと知己になったのはこの頃であると思われる。彼もケンブリッジはペンブルックコレッジの卒業生であり、もしかするとこの年の後半にサー・ヘンリー・シドニーの秘書あるいは使者（クーリエ）として働いたかもしれない。ハーヴェイが彼をケンブリッジでもっとも「親しい人」あるいはコレッジの友人として、シドニーのところへ連れてきたこともあり得る。二人とも外交関係の仕事につきたいと願っていたし、また叙事詩を書く計画をもっていた。ところがこの初期の段階では、ゲイブリエル・ハーヴェイにエリザベスを讃える英語の叙事詩『反国際派（アンチ・コスモポリタ）』という壮大な計画があって、おそらくスペンサーの『妖精の女王』の構想より感動を与えるように見えたのであろう。理由は二つ。一つはハーヴェイの計画の方がかなり進んでいたこと。スペンサーは悪名高き遅筆家で、一方ハーヴェイの筆は華麗といえるほど速かった。もう一つは『反国際派』が表向きはるかに「学識ある」[31]ものと見えたからである。シドニーが遅れてスペンサーの詩の真価を認めたことはオーブリーの挿話に暗示されている。

> 他の人たちに混じってエドマンド・スペンサー氏も彼のところへ『妖精の女王』を持って挨拶にきていた。サー・フィ

リップは研究中で忙しく、従僕がスペンサー氏の本をご主人のところへ持っていった時、彼はそれをしばしば煩わされるたぐいのものと考えて脇に置いておいた。スペンサー氏はずっと待っていたのでしびれを切らしがっかりして、もうここには二度と来るまいと思い帰っていった。あとでこれを丹念に読み通したサー・フィリップはたいそう喜んだが、スペンサーが帰ってしまったことを悔い、どこに行けば彼を呼び戻せるか分からなかった。さんざん探して居所が分かると、彼を呼びにやってから、〈彼を〉力を込めて抱きしめ、そうして従僕に金貨で「…」ポンドをさしあげるようにと命じた。従僕がそれは多すぎますと言うと「いや彼は…」とサー・フィリップは遮ってさらにある額を加えた。これ以後シドニーの死の時まで二人の間には深い友情が保たれたのだった。[32]

この話にはオーブリー自身疑いを持っていた。もし実際あったことならそれは多分一五八〇年かそれ以降であった。しかしシドニーがスペンサーの詩人としての価値を認めるのに時間がかかったものの、一旦認めたら温かくまた寛大であったという大概の指摘は正しいだろう。そもそも当初からハーヴェイはシドニーに対して彼が望んでいたほどいい印象を与えていなかった。というのも彼はシドニーが帝国の宮廷に出向いたとき、つまり一五七七年二月中に招集されたたいへん大きな派遣団の一人に加えられることを希望していたのだが、入れられなかった。シドニーの親交を得ていたのは、ナッシュが主張するようにたいへん短い期間であったろう。ハーヴェイが書いた例の『三通の手紙』の中で、彼は自分やスペンサーがシドニーやダイアと親しくしていると誇らしげに言っているが、その頃にはスペンサーはいとも容易く彼を能力において追い越していた。そのことがハーヴェイの思い込みによるシドニーの好意を見せびらかすといった馬鹿げた理由の一つともなっていたであろう。

シドニーが派遣大使として任命されたのは二月はじめであった。[33] 派遣の準備が彼に古代ローマに思いを寄せることを止めさせ、もっと現実的な事柄を優先させることになった。数多の衣類、馬、贈り物や必需品などを集める必要があり、財政的なことや家族のこともきちんとしておかねばならなかった。こういった仕事の中には、年老いた乳母アン・マンテルへの報酬（一二頁参照）について確かめることも入っていた。派遣の表向きの目的は、女王から皇帝ルドルフ二世へ、父帝マクシミリアンを亡くしたことに哀悼の意を表し、また二人の選帝侯ルートヴィッヒとカジミールの亡き父フリードリッヒ侯を悼むことであった。しかしもう一つさらにもっと野心的で秘密の目的があった。それはプロテスタント諸侯の意向をさぐり、ローマとスペインの力に対抗すべく、広範囲に及んでいるが拡散している諸力を結集して防衛する同盟が作れないか、その可能性を探ることであった。

　大きな動乱の時にあたって中央ヨーロッパの勢力バランスを変える試み、それは二二歳の青年を信頼してやらせるには大仕事と聞こえるかもしれない。しかしひとりシドニーがそのような指令には若すぎるというわけではなかった。実父はかつてほぼ同年齢の頃「(フランスと)皇帝の間の紛争を調停するため派遣された」ことがあった。[34]このような遣使に必要なのは、かなりの社交的手腕をもった外国語に堪能な者で、女王の指示を忠実に実行できるとの信頼を得ていることだった。シドニーの社交的、言語的技量を疑う者はなかった。もし彼の若さと性急さに問題があれば、一団の中の、より年輩で経験を積んだ者が安全弁として働くはずであった。それら年輩者の中には国王の擁護者（ロイヤル・チャンピオン）サー・ヘンリー・リーやサー・ジェローム・ボウズがおり、彼らは一五七二年の旅行の折フランスへシドニーと共に出かけていた。ボウズはプラハから帰るとレスター伯をおとしめる件で揉め事に巻き込まれたが、[35]後にきわめて喧嘩早いモスクワ大使として名を挙げた。[36]そのほか派遣団にはシドニーの親友エドワード・ダイアやフルク・グレヴィルが含まれていたし、同様にモフェットがシドニーの親友として言及するヘンリー・ブランカもいた。[37]また他にジョージ・モアという青年もいて、後に詩人ジョン・ダンの岳父になったがダンとは敵対関係になった人物である。[38]シドニーの親戚の女性たちや弟たちは、かなり誇りをもって彼の渡欧を見守っていたにちがいない。しかししばしば不在の父はこの時も連絡されていなかった。二月四日にサー・ヘンリーはレスターに手紙を書き、フィリップがアイルランドへ来て助けてくれるよう頼んでいる――「息子をこれほど必要としている父親もいないでしょう」と。しかも彼は一行が大陸へ出発してかなり時が経つまでこのことを知らなかったらしい。[39]

シドニーとその一行は二月も末頃になって出発した。三月四日にはブリュッセルに到着しており、英国大使トマス・ウィルソン博士が彼らを迎えた。今回の派遣の三ヵ月間にシドニーは、前回の大陸旅行中の三年間に出会ったより、さらに多くの著名な人物に会っている。少なくとも王侯、政治家を学者より著名人と考えて数えればのことであるが。そのような輝かしい人物の中で最初に出会ったのはオーストリアのドン・ホアンであり、彼はフェリペ二世の非嫡出の兄弟で、一五七一年一〇月レパントでの激しい対トルコ戦で勝利していた。今はネーデルラントにおけるフェリペの摂政（ヴァイス・リージェント）となっていた。ウィルソンが二人を会わせる準備をし、三月六日ルーヴェンで二人は会った。どんな様子だったかはほとんど知られていない。おそらく同席していたであろうグレヴィルによれば、ドン・ホアンは（彼自身も二八歳の若さだったが）はじめは「スペイン風の横柄さで」シドニーの若さを見下げていたが、すぐにもその才能に深い印象を受けた。[40] ウィルソン博士の報告にはシドニーの「率直な話し方が対等で快い回答を得た」とある。この「率直な話し方」は、ドン・ホアンの宮廷のあたりに留まっていたカトリック信徒の亡命者たちに関わるものだった。[41] しかし後述するようにシドニーのこれら亡命者たちに対する個人的な態度は、いささか複雑であったであろう。

次の滞在地はハイデルベルクであった。ここで彼は若い方の王権伯ヨーハン・カジミールに会うが、その消息は、シドニー自身が三月二二日ウォルシンガムに宛てた手紙の中で説明している。長すぎて全部の引用はできないが、その中には彼のいきいきした描写力がだんだん高まっていくのを示す箇所がある。例えばカジミールのエリザベスへの忠誠を報告するに当たってこう言う、「これを彼はたいへんうまいことばで言い表し、しかも表情に心から出たものであることをよく示しているようにしました」と。カジミールと兄のルートヴィッヒの間の溝は広がる一方だったが、兄はカルヴァン派からルーテル派に移っていた。これをシドニーは如何にも楽天家らしい書き方で記している。

（カジミールは）もし兄侯が彼から、真の学識ある専門家たちを追放するというなら、（彼らを）受け入れる決意でいます。そしてそこからなにかあるとすれば兄侯との間に遺恨が生まれるでしょう。しかし最善のものとなる望みはあります。ロドヴィック［ルートヴィッヒ］侯が柔軟な性格であり、これらの事柄をただ良心に従って導かれたことですし、カジミール侯は賢く、相手の弱点とうまく付き合うことができることを考えれば。[42]

これは二二歳の口から出るものとしては、自信にあふれた性格分析である。もっとも他の多くの人は、カジミールのことをいくらかかっとなる信頼の置けぬ指導者と見たが、シドニーは彼と上手く付き合い、彼の「ライター」つまり騎兵たちに女王が寛大な資金援助をしてほしいと熱心に説いた。

次の訪問地ニュールンベルクでは、食卓での会話のもっとも長い記録がある。ラテン語でなされ、特に彼がドイツ語を話せなかったので、会話も疑いなくラテン語だった。一行が到着したのは三月二九日、すぐにフランクフルトからかけつけた旧師ユベール・ランゲが加わった。ランゲがあるパーティに出席していたことは、プロテスタント学者フィリップ・カメラリウスが記録している。彼はヘッセン地方伯に顧問官として仕えており、シドニーがプロテスタント連合の可能性について相談しようとしていた貴族の一人であった。[43] カメラリウスの家族こそこの時のホスト役を務めた可能性がある。なぜかといえば、一五七八年五月シドニーが手紙でフィリップとその兄ヨアヒムに、ニュールンベルクでの歓待に感謝しているからである。[44] 外国の人が多く集まる大きな夕食会で、適切な食卓の話題を見つけることは容易ではない。そこではほんの水面下に潜んでいるかもしれない深刻な宗教上、政治上の差異があるのだから。一五七六年英訳されたイタリア人ジョバンニ・デラ・カーサの『修身読本（イル・ガラテオ）』には数々の食卓上の禁止事項が楽しく書かれている。紳士たる者はガツガツと食すべからず、とか、

おまけに両頬をふくらませて（まるでトランペットを吹くようにあるいは火を吹くみたいに）、食べるというより餌食

に喰らいついてはならぬ。そんな輩は両手から肘まで汚し、それをナプキンに塗りたくり、そのために厠でつかう布の方がきれいなほどだ。

食卓では居眠りをしたり爪を削るなどはむろんのこと、歌ったりもぞもぞしたりしてはいけない。話題は下品になったり暴言は禁物。あまりに「深遠でもまた手のこんだ複雑なもの」でもよくない。[45] それに憂鬱な表情や自慢もいけない。シドニーの卓上の話題は完璧であった。論争をせず、やんわりと愛国心を示し、理解し易くまた人を楽しませた。なぜイングランドには狼がいないかと訊ねられたとき、彼は歴史的に広い範囲の説明をした。彼はこう記録している。狼はかつて「ドイツ同様イングランドにもよくいた」し、イングランドの立派な牧羊犬でもよい羊たちを守れなかった。[46] けれどもかなり昔いつかははっきりしないが法律ができて、犯罪人が刑を免れるために、ある特定数の狼の「舌と頭」を提出するようになってから、この種族はついに絶滅に至った、と。シドニーはある人たちが信じているような、イギリスの土地と狼の間に自然に反発しあうものはないと次のように証拠を示している。

わが国の大貴族の狩猟園（パーク）ではさまざまなところで、アイルランドやその他の所から狼を送らせ、珍しい獣として見世物にしました。けれども彼らを囲いから外へ逃すことには厳しい罰を科せられ禁じられているのです。[47]

スコットランドにはなおいくらか狼が残っていたが、それらとて「多くの猟犬」や自然の地理的特質によって安全に囲い込まれていた。シドニーはまたブリテン諸島（ブリティッシュ・アイルズ）の説明もしたらしい。というのも狼の説明に続いて父の統治するアイルランドに触れる別の記憶に残る話となり、パトリック聖人の穴（ホール）［伝説に言うドネゴールにあったもので、天国または地獄への入り口か、そのほかの説があるが詳細は不明］が昔重んじられたこと（今ではすたれているものの）に及びました…

この会話は、「彼と食卓を共にした人々にはたいへん満足のいくもので、誰ひとり疑問を呈したりしなかった、とくにユベール・ランゲが相槌を打つのを見て…」。祖国にあってシドニーはしばしばイングランドの平穏で無気力な状況に不満を抱いたが、このドイツでの集まりでは明らかに彼は祖国の平和と繁栄に積極的な解説を加え、狼の略奪行為にさらされていない重要な羊毛手工業について話したのだ。また自分の立場を無礼な傲慢さで押し出すのではなく、彼の父がアイルランドを「統治している」事実に上手く言い及ぶのであった。ほとんど疑いもなく「大貴族」だった彼の伯・叔父たちのうち一人かそれ以上がその狩猟園に狼を飼っていた。シドニーにとって貴族的身分を暗にでも示すことは最重要事であった。アイルランドの「女王派」およびウォリック伯やレスター伯との関係を明示する銘板が、この旅のあいだずっと彼の滞在する宿に掲げられていた。[48] これは外交上の基本的な手法であったろう。しかしシドニーの若い容貌と個人的な肩書きがまだなかったせいで、高位の縁者との親しい関係に注意を向けることが常に必要であった。女王の特使に若造を遣わして、ヨーロッパ貴族たちを軽んじていると思われないためであった。

四月四日は洗足木曜日にあたっていたが、シドニーとその一団は、新皇帝が宮廷を開いていたプラハに到着した。受難週と復活祭のお祝いがそれに続く四日間を占めていた。英国の一行にも司祭（チャプレン）はいたはずだが、それが誰だったかは分かっていない。一五五九年の『祈禱書』によれば「少なくとも一年に三度はすべての教区民を聖餐に与らせることになっており、復活祭もその一つの機会であった」。グリンダル大主教が一五七〇年に教会暦の中で復活祭をその際立った地位から外すことを試みたのであったが、[49] しかしほとんど疑いもなくシドニーと友人たちは英国式典礼に従ってこれを粛々と守ったであろう。プラハ滞在の最初の丸一日は聖金曜日であったので、その日には神に「すべてのユダヤ人、トルコ人、不信仰者、異邦人を顧み、彼らすべての無知、頑なな心、み言葉をさげすむ心を取り除き給え」と祈ることになっていた。この願いはロンドンよりプラハにおいてはるかに切迫感をもつものであっただろう。というのはプラハには多数からなるユダヤ人社会があり、それにまた隣接するハンガリーではオスマントルコとの活発な戦闘がくりひろげられていたからである。新皇帝の対トルコ戦の態度がシドニーの報告の一話題であり、皇帝は「全身全霊を戦いに捧げていた」と記されていた。トルコ軍はまさにプラハを陥落させんばかりの脅威となっていた。好戦的愛国者フィネス・モリスンによればこの都市の悪臭だけが、なんとかトルコ軍を寄せ付けぬ要因であったのだ。[50] 英国からの来訪者たちが皇帝の宮廷にいるカトリック信徒たちのすべてを「異端者」と見做したかどうかは疑わしい。そこではカトリックという看板が明らかに魅力的なものとして迎えられるとシドニーが感じ取ったのにはわけがあった。亡き皇帝マクシミリアン二世は部下にかなり信仰の自由を許していたし、その息子の立場はまだ明らかではなかった。皇帝の部下「皇帝直属のキリスト教徒」の宮廷人たちは、カトリック教会に気軽く籍を置いたまま法王の権威をほとんど気にかけない風であったことは、シドニーの考えにも通じるものであった。[51]

プラハのカトリック司祭のうちに、シドニーの古くからの知人エドマンド・キャンピオンがいた。これまで二人が歩んできた道はいく度か交叉したことがあった。セントジョンズ「コレッジ」の際立ってすぐれた学者だったキャンピオンは、一五六六年女王がオックスフォードを訪れたとき御前スピーチと議論をしたが、当時一一歳だったシドニーは聴衆の一人だったかもしれない。ほとんど疑いないのは、のちにシドニーが学部生だった折に、彼の修辞学の講義を聴いたことだ。「キャンピオニスト」を自称する学生の一人だったことさえあり得る。彼らはカリスマ的人物だった師の語調や振舞いの独特なところを見倣い、さらに服装まで真似ていた。セントジョンズのキャンピオン・フェローシップは食糧品組合が出資して結成され、いつかは分かっていないがシドニーも会員になっていた。キャンピオンは彼の正確な信仰上の立場を、ロンドンの「セント」ポールズクロスで説教をすることによって公けに明らかにするのを拒否した後、フェローの資格を失ったが、すぐにレスターとサー・ヘンリー・シドニーの保護を受け、一五七〇年から七一年にかけて一年余りをアイルランドで過ごした。キャンピオンが「改宗」あるいはカトリックとしての信仰を「公けにする」決意をした正確な時については、深い謎に包まれている。けれどもシドニーがプラハでふたたび彼に会った時までに、キャンピオンはイエズス会員（ジェズイット）になっており、枢機卿直属のコレッジに職を得たばかりだった。彼は詩作や文学的訓練を活用した修辞学を教えていた。例えば男子生徒たちに「庭園とか教会、嵐とかあるいはなにか他に目に見えるものを短く説明する作文を書くように」といった課題を出した。またエピグラム、エレジー、劇作や朗読（デクラメイション）の訓練もした。実際、根本的な宗派の違いにもかかわらず、キャンピオンの教授法は、シドニー自身の師でありピューリタンであった校長トマス・アシュトンのそれと共通するところが多かった（四一―四九参照）。

シドニーがキャンピオンと会ったという三、四の証言がある。もっともそれらはすべてカトリック信者の記録しているところであることは念頭におかねばならないが、実際会っていたことを疑う理由はない。五〇年以上後のことになるが、別のイエズス会神父トマス・フィッツハーバトの主張するところでは、

> シドニーはイングランドで次のように勇気をもって告白している。すなわち彼が外国で聴聞したもっとも記憶に残ったもののひとつはキャンピオンの説教で、その場に彼はプラハで皇帝と共に出席したのであった。[52]

これは後年の偏った証言ではある。しかしフィッツハーバトはまた、オックスフォードにシドニーと同時期にいて、一五七〇年代後半はロンドンにいたから、シドニーの派遣についての報告を口頭で聞いた可能性はあったろう。時間的にずっと近い二つの証言が、ただ個人的な出会いをほのめかすだけなのだが、シドニーは皇帝が列席したセントヴィトゥス大聖堂でひょっとすると復活祭の公開の説教を聴聞したかもしれない。個人的な会合を計画するのは容易なことではなかった。ロバート・パーソンズによれば

二人が会うのは…難しかった。というのもサー・フィリップは、母国の枢密院から送られたスパイが身辺に多くいるのを恐れていた。でも彼は大小さまざまな秘密の会合をこの旧友と計画し実行した。彼は大いに議論をした後、得心したと言ったが、これまで従ってきた道筋を保っていくことが必要だと言っていた。それでも彼はカトリック教徒を傷つけたり不当に扱ったりしないことを約束した。そしてこのことをおおむね実行した…[53]

枢密院から「送られた」「スパイたち」とはおそらく一行のうち年嵩のメンバー、リーやボウズのような人たちであったであろう。確かに彼らはこの歳若い大使が、明敏なイギリス人イエズス会員にいくども会いたがっているのを容認しなかったであろう。けれども疑いもなくシドニーは、彼らの目をくらましてキャンピオンに会っている。というのもキャンピオン自身このことを彼のセントジョンズ以来の旧師で今ではおなじカトリックのため亡命していたジョン・バヴァンドに手紙で書いているのだから。それはストニーハーストの古文書館に残っている。キャンピオンの伝記を書いたリチャード・シンプソンが、こう翻訳している。

…二、三ヵ月前、フィリップ・シドニーがイングランドからプラハに豪華ないでたちで到着しました。彼は私と大いに語らいましたが——益なきことではなかったというのが私の希望的観測です。どう見ても彼はとても熱心でした。私は彼にあなたの聖餐に与かるよう薦めました。というのも彼はすべて善き人々のための祈りを願いましたし、同時に私の手にいくばくかの慈善金を握らせ、彼に代わって貧しい人々に与えてほしいと願ったのでそのようにしました。このことをドクター・ニコラス・サンダースにお伝えください、何故なら誰か神学院ドゥエイ〔当時の低地地方、現在はフランス北部の地名。ここにフェリペ二世の庇護によりセミナリーが作られ、反宗教改革運動の拠点となった。英国国教の弾圧を逃れたカトリック教徒が集まり、また英訳聖書が『ラテン語訳聖書（ヴルガータ）』から纏められた場所としても知られる〕からぶどう畑へ送り出された働き人が、この苗に水を注ぐチャンスを得るなら、迷える魂をひとつ助ける機会に出会えるかもしれません。もしその若者、祖国の人々にあれほど愛され賛嘆されている人が、改宗するということになれば、彼は、アイルランド総督である高貴な父君やダドリー一族、若い宮廷人すべてに加え、セシル自身さえ驚かすことになるでしょう。このことは秘密にしてください。[54]

われわれはこれをどう解釈すべきだろうか。これまでの伝記作者たちは、キャンピオンの記述をシドニーの持つ魅力と外交手腕への評価ととって、彼が改宗しかかっていたという主張は「馬鹿げた」ものと見てきた。[55] しかしシドニーが宗教の問題で真剣な議論を欲したのでなければ何故危険を冒してまでこのイギリス人のイエズス会員と会合を繰り返したのか、その理由はないように思われる。キャンピオンの並ぶ者なき弁論術であってみれば、実際シドニーはほとんど折伏されたこともあり得よう。シドニーが〔慈善〕金を贈ったことへの言及は、彼が海外で聖職者に会った時はいつもしていたことを知っているわれわれにはまったく自然なことである（一〇九頁参照）。ウォレスが記したように、シドニーもその父も、ともにカトリックに対しては言うことと為すことが違ったものになりがちであった。[56] キャンピオンが危機に瀕している時、シドニーの父親と叔父の支援を享受した事実には誰も異議をさしはさむ者はいまい。シドニーが宮廷内で読まれるはずの彼の書き物の中に、断固としてプロテスタントの強硬路線を導入すべきであると感じて書いたのは、彼が実際には隠れカトリックだという嫌疑をまさに抑えるためのことだったかもしれない。例えばやがて来る秋には、アイルランド人の「無知で法王一点張り」な性格を最悪の特徴だとしているのだから。[57]

もう一つほぼ同時代の記録がキャンピオンに対するシドニーの賛嘆をほのめかしているようだ。一五八一年八月ヴォーズ卿とサー・トマス・トレシャムは、一五八〇年から八一年にキャンピオンがイングランドに伝道のために来た時、かくまった紳士たちの中にいたとして捕らえられた。トレシャムが自己弁護のために用意したらしい演説の草稿の中で、キャンピオンの如き学識・忠誠心豊かな人物が、いまや反逆者と非難されるのは驚きだと言っている。[58] 彼はキャンピオンが女王の御前でした演説と、リチャード・スタニーハーストがホリンシェッドの『年代記』に記録したキャンピオンへの賛辞と次のような彼の個人的名声とを宮廷人に想起させようとしたのだった。

彼について悪く言われるのを私はかって聞いたことはないし、今でもない。かえって評判のよいことを耳にしています。しかも皇帝の宮廷から帰国した立派なプロテスタントの方々が褒めておられるのです。[59]

これはシドニーへの言及であろう。名指しするのは賢明さに欠けるからだろうが、文脈から言って皇帝を訪問した「立派なプロテスタントの方々」の一人といえばシドニーであることは確かであろう。シドニーがトレシャムを知っていたことは疑いなく、彼は一五七五年女王がケニルワースに出向いてそこで叙勲した紳士たちの一人であった。トレシャムはシドニー父子の支援を引き出そうと願ったのであろう。何故ならホリンシェッドに掲載されたキャンピオン著『アイルランド記』の序文でスタニーハーストが書いた「アイルランドはマスター・キャンピオンの如き聖職者をたいへん必要としている」というのは、まさにシドニーの父宛のものであったのだから。ひょっとするとシドニーはキャンピオンと会合を重ねたあと、しばらくは実際控えめにふるまうカトリックの同調者であったかもしれない。たしかに興味をひくのは彼がカトリック教徒のレイディ・キトスン宛に書いた一五八一年の手紙で、楽天的に、しかし誤って「国教忌避者に対しておおむね刑罰は緩和される」との予測を示して、その署名には「貴下の同調者にして友なる」と記している点である。[60] シドニーが自分を「同調者」として署名をした文通相手は他にはいないし、また公けにカトリック教徒に宛てた書簡も残っていない。

当然のことだがシドニーの派遣旅行の公的記録にはキャンピオンと会ったことへの言及は見られない。プラハにおける彼の公的な仕事は復活節の月曜と火曜に行われた。月曜には皇帝に公式謁見をしたが、それは多分プラハ城内のヴラディスラフ大ホール奥にある内閣官房室で行われた。そこは際立って美しく自然の樹木を模した屋根の枠組みをもち、室内槍競技の舞台としても十分な広さをもつところであった。広大な階段のすり減った状態が、武具をつけた騎士たちの踏みならしたことを示している。シドニーが接見について記した記録を見ると、訓令書に番号をつけた要点の順に注意深く従っている。それによると彼は、女王の哀悼の意、外交辞令、そして忠告を伝達することを求められていた。ルドルフはシドニーのわずか三歳年上であったが、その謎めいて非常に風変わりな性格がその頃すでに見えていた。

> 皇帝はラテン語できわめて言葉すくなにわたくしに応じられました…帝は性格上の好みから戦争には夢中であられましたが、言葉は少なく気質は陰鬱秘密めいて頑迷、父帝がその御振舞いで人心を得られたやり方は帝には一つも見られず、それでも一貫して人心を得ておられます。外見上はそんなに多くを約束なさらないように見えるお方が、ラテン語に言う「なにかを隠し持っておられる（アリクイド・イン・レセッス）」のです。[61]

ラテンの引用はゲイブリエル・ハーヴェイとの会話のいくつかを思い出させるかもしれない。というのもハーヴェイがサクロボスコ著『天球について』に欄外メモを残しているが、その一つは一五八〇年とあり、また別のものは暗にシドニーを指していて、それは「前面から見るより背後にもっと多くがある」というモットーを含んでいるのだ。[62] この出典はクィンティリアヌスの『弁論法概論』一巻四の二で、それは詩に隠されて存在する多くの神秘に言及するものであった。ルドルフの場合、隠されている重要な事柄の一つは彼の宗教上の立場であり、それが以後三〇年間臣下を惑わし続けることになった。[63] もう一つルドルフには統治の早いこの時期に、錬金術、占星術、そのほか難解で秘教的な諸学に対する情熱的な関心があった。書斎に引きこもり、自然界から集めた標本や、古いあるいは新しい当時の工芸品に身を埋めて彼は政治上の責任はないがしろにし、後年多くの大使の謁見を拒み、あるいは極めて言葉すくなに応対した。彼はシェイクスピアのプロスペローが言ったように

統治はいっさい弟に任せ
秘術の研究に夢中になって我を忘れ、
国事には疎くなってしまった。[64]

プロスペローのように彼はついに自らの権威の多くを弟［マティアス］に譲らねばならなかった、もっともそれは正式には一六〇八年のことであるが。シドニーがルドルフのことを「秘密めいた」と表現した予言は当たっていた。

復活節火曜日には、シドニーは寡婦となった皇帝の母妃と彼の妹妃たちに謁見した。シドニーの記すところでは、彼自身の感情的繊細さに相手の注意を向けるようにした。

亡き皇帝についてわたしは言葉すくなに話しました。なぜなら「亡くなった」というような言い方をすれば、后妃の心を傷つけるであろうと思ったからであります。妃は丁重な言葉を重ねて私に応じ、また妃自身［英国の］女王陛下に対して恩顧のお礼を言われました。それからご子息については、統治を首尾よくすすめていくことを願っておりますと言われました。けれどもご自身の役割に関しては、身を引いたのですから、これからは世間を大きく動かすことはしたくありませんとも言われました。

ルドルフの妹エリザベスは若くしてシャルル九世の未亡人となっていたが、シャルル九世は五年前シドニーにパリで男爵位を与えた人であった。彼女との対話は母妃とのそれ以上に限られたものとなった。

それからわたしは后妃の傍に立っておられたエリザベス妃にフランス王妃の書簡を手渡しながら、妃の二重のお悲しみにふさわしく思われた言葉を伝え、また［英国の］女王陛下から、妃がフランスにおられたとき賢明かつ高貴にご自分の身を処せられたということで一層友好の意を強められたと伝えました。それに答える妃は謙虚そのものでしたが、あまりに低いお声でわたしには多くの言葉が聞き取れませんでした。[65]

シドニーはまたルドルフと三人の弟たちの「きわめてスペイン化された気質」についても報告している。これが驚くに値しないのは、彼らがみなフェリペ二世の宮廷で教育を受けたからであった。

シドニーは彼が目で見た皇帝とその宮廷の印象について、ウォルシンガムには何ひとつ語っていない。しかしルドルフのいささか滑稽な外見、赤ら顔、短身、そうして極端に突き出たハプスブルク家特有の顎などを見落としたはずはない。これほど風采の上がらない人物が、非常にみごとに描かれた多様な肖像画やカメオ、メダル、ブロンズ、蝋や石碑に表現された例も珍しい。[66] 現在ヴィクトリア・アンド・アルバート・ミュージアムにあるルドルフの愛犬を連れた蠟製（ワックス・ポートレート）の像は、同じく犬を連れたレスター伯のよく知られた肖像画と比較できるだろう。この英国宮廷人は背も高く眉目秀麗で忠実な猟犬マスティフの主人らしくすっくと立つ。ハプスブルクの皇帝は短小不均衡な体つきで、その小さな体躯をほとんど取り囲むように美しい斑点のある犬が彼を完全に舞台の背景に押しやっている。もっともよく知られる途方もないルドルフの肖像画は、ジュゼッペ・アルチンボルド作の、皇帝の頭部をウェルトゥムヌス神［ギリシアの四季を司る神］のように合成したもので（現在スウェーデンのスコクロスターにある）、平和と豊穣の合体した寓意を有しているのだが、この君主は、さくらんぼの両唇、アスパラガスの口髭、とがった麦穂の髪、梨の鼻、いちじくの耳飾り、キャベツの葉の肩章をつけている。興味深いことにこの極端な媒介の中でさえ、ルドルフは見分けがつく。T・ダコスタ・カウフマンが主張したように、このような絵は元来滑稽ではないし、あるいはもし滑稽だとしてもそれは「まじめな冗談」なのだ。[67] しかしながらこういった象徴化の方法はユーモアなしで文学的表現に翻訳することは難しい。シドニーが一度試みた合成画『旧アーケイディア』の第二エピローグでドーラスを相手にする」は、ダイカスがキューピッドを怪物に仕立てたものだが、[68] 明らかに風刺であったし、もう一度は[69]

「まじめな冗談」の意図があったのだろうけれども、その効果は滑稽で嫌悪感を催すものとなっている。

　　…そのように彼女の目は
　弓矢をもって彼に仕え、その唇は伝令となり
　その胸はテントの役目、脚は凱旋車をすすめ
その肉体（フレッシュ）は彼の糧、その肌は彼のみごとな武具となる…

アルチンボルドの絵がシドニーを刺激してこのようにマニエリスト的な効果を狙わせた影響の一部なのかも知れない。

　プラハの街そのものが、春たけなわでお伽話に出てくるような美しさがあり、一五七七年には前工業化時代の新鮮さと清澄さをもっていた。彼は二週間滞在していた間のいつか郊外に出て、これまで見たこともない星形の狩猟用ロッジ（フベツダ）を見た。これは一五五九年ルドルフの祖父チロルのフェルディナントによって建てられたもので、当時星形のロッジは珍しくはなかったが、このロッジはもっとも見事なものの一つだった。それは今日まで残っており、地下には「白山（ビーラーホラー）の戦い」（一六二〇）［プファルツ選帝侯で一六一九年にプロテスタントのボヘミア王となったフリードリッヒ五世とその貴族が、翌年プラハ郊外の白山でハプスブルクの軍と戦い、王派は敗れ三〇年戦争の端緒となった］の模型があって、庭園は作られた元のままのパターンで中心から放射状に六本の広い通りを配している。この建物がシドニーの建築的空想を刺激して、迷信家の君主バシリアス像を描かせたようである。

　館は黄色い石造りで星型に建てられ、周りには同じような星型の庭園が配されてあります。そして庭の向こうには乗馬道が切り開かれていて一本一本館の角度に応じています。[70]

このボヘミアの星型の館の内部には、豪華にイタリア風化粧漆喰で神話の場面が描かれており、これも残存する。シドニーはとくに星型の真ん中にある中心の円盤に注目したであろう。そこには、アイネアスが老父アンキセスを燃えさかるトロイアの町から運び出すところが示されている。彼はこの主題を『詩の弁護』の中で芸術のもつ教訓的な力の要となる例として用いた。

老いた父を背に負うアイネアスのことを読んで、このように優れた行為をするようにと運命づけられるのを願わない者がいるでしょうか。[71]

シドニーは元来、絵画ではなく詩を擁護していたのだが、星型の館の中心部に置かれたアイネアスの父への孝心の表現が、重要な範例として彼に強い印象を与えたのであろう。

概して一五七七年の使節の旅は視覚的に豊かな経験であった。例えば帰途では、往路と同様ニュールンベルクに立ち寄ってカメラリウス兄弟に会っているが、彼らはアルブレヒト・デューラーの多くの木版や彫刻を所有していたはずである。兄弟の亡父ヨアヒム一世は、デューラーの人体整形論の翻訳に加えて、その生涯と作品に関する古典的研究を書き残していた。[72] 大使としてのこの旅でシドニーは、以前学生として訪ねた時よりずっと多く、諸宮廷の内側や大邸宅を見ることとなったのである。次に立ち寄った美しい都市ハイデルベルクで四月三〇日に彼が公式に謁見したのは、年長の王権伯ルートヴィッヒであった。その目的は、共に父選帝侯の逝去を悼み、「また彼が弟侯と友好関係を結ぶよう説得する」ことにあった。ルートヴィッヒの大法官（ヴァイス・チャンセラー）は彼に代わって法外に長い返事をしたが、中味はほとんどなにも明かさないものであった。シドニーの言うところではこの話は

兄弟愛の必要という常識に触れながら、伯自身のことや、あるいは弟侯（ヨーハン・カジミール）のことをどう思って

おられるかについて何一つ言及されませんでした。[73]

ルートヴィッヒは「その父侯が明白に確立された」カルヴァン派の学者やプロテスタント教会に対する寛容の問題に関しては、さらに自身どっちともつかない態度であった。もっともシドニーは

できる限り伯の目の前に、キリスト教世界のもっとも強力な君候の方々が、激しい変化に突入されることによって起こりうる危険のみならず、伯のご立派な父上が法制化されたものを全く破棄してしまわれる間違いを指摘しておみせしたのです…

大法官がその部屋を出た時でさえ、ルートヴィッヒは「帝国のほかの王侯たちがなすように自分もなさざるを得ない」と、それがどのような意味であるかはともかくとして、それ以上はなにも言おうとしなかった。この会見に同席していたグレヴィルは、シドニーが「あの息の長い国家」であるドイツ人たちに対して、ローマの権力とスペインのそれが合体して彼らに脅しをかけてくるのを自覚し、彼らの「注意深くしかも遅い決断」に拍車をかけるようにと、効果的に語ったのを賛嘆している。[74] しかしグレヴィルは明らかにシドニーの折衝の成功を誇張している。女王はこの夏さらに二人の使節を送ってもなおプロテスタント連合は形成されなかったのだ。グレヴィルの伝記作者で、このドイツ人諸侯との話し合いを「何も産み出さない惨憺たるもの」といったレープホルツのほうがより近く本質を衝いていよう。[75] 女王から突然帰国命令が来て、シドニーは予定していたヘッセン地方伯とカイザースラウテン「ママ」での会合を実現することができなかった。その上、ケルンでランゲと別れる頃までには例の鬱病が、彼におそいかかっていた。ランゲはピエトロ・ビッザーリと一緒になってからかい半分に（一二三頁参照）「君の沈んだ気分と私自身の気分を晴らすための考え」を企み、無遠慮に、後日シドニーと内密に話し合うつもりであった事

柄を明かしてしまった。その不運な冗談の主題というのはシドニーの結婚であったのかもしれない。[76]

ケルンを離れてすぐシドニーにとって事態は好転した。女王からの二番目の使者がオラニエ公ウィレムに会うよう指示してきた。公はスペインに抵抗してリーダーシップを発揮し、ネーデルラント北部でますます実績をあげていた。ブリュッセルでウィレム公に会えなかったシドニーは、五月二七日アントウェルペンを離れゲールトルイデンベルグという小さい要塞都市で公と偶然出会った。残念だがこの会合についてシドニーの公式記録は残っていない。もっとも彼の政治的論議は次の報告に要約されていよう。すなわち「オラニエ公およびホラント・ゼーラント諸地方の一五七七年五月現在の状況についてのいくつかの覚書」である。[77] 一〇月一日付ランゲ宛書簡の彼の報告にはこうある。「例の公に私は大いなる関心を抱いています。そしてある意味では彼が気づいている以上に、私が彼の役に立ってきたと思います」。[78] おそらくはウォレスが語るオラニエ公ウィレムとの日々が「シドニーが過ごしたもっとも幸せなもののうち」に入るということは正しいであろう。[79] 公の家族には偏見に対して挑戦する傾向がままあった。ウィレムと三番目の妃ブルボン家のシャルロッテは、共に以前カトリック信仰を実践していた。じっさいシャルロッテはその家族によって、ジュアールの若い女修道院長の座に祭り上げられていた。もっとも彼女は後にカルヴァン派に改宗し、ハイデルベルクに逃れた。ウィレムは二番目の妻アンを一五七一年姦淫の故に離婚したが、アンはまだ存命中であった。彼の愛するシャルロッテには持参金がなかった。C・V・ウェッジウッドは彼女が限られた収入で家計を努力してやりくりする姿をいきいきと描いている。[80] 一族の家はヴァルヘーレン島のミデルビュルフにあったが、そこは八年後にシドニーがヴリシンゲンの総督となって赴くところであった。

ドイツ各地の諸侯や宮殿の壮麗さを見たあとでは、ウィレムとその家族のみすぼらしさはとくに際立って見えたにちがいない。少ない元手で貴族的な暮らしぶりを保とうとする悩みはシドニーにもよく分かっていたので、即座に親近感を覚えたであろう。フルク・グレヴィルの著書『献辞』は総じて目に見えるような描写が豊富とはいえないが、ウィレム公の衣服の質素で普段着風なのには心打たれたのか細かく描写している。もっともこの記録は一五七九年にデルフトで会った時について語ったものである。

公はいちばん上にガウンをまとっていたが、それは（確信を持ってあえて言うが）わが法学院の貧しい出自の学生でも、着用して街を歩くには十分満足しない類のもの。ダブレットのボタンは外れ、ガウンに見合う材質と形の結構なもの。（その下からのぞいて見える）胴着は水上運搬人がわれわれを船に乗せて運ぶ時着ているいちばん上等のウールニットに似ていなくはない。周りには、このビール作りの街の人々が仲間のように公を取り巻いているが、（公の顔を知らなければ）地位を示す外見上の印のないことやあるいは控えめな点で、公の価値つまり地位がこの群集から区別される優位性を見出すことは出来なかったろう。[81]

シドニーが到着する直前に、ウィレムの愛妻シャルロッテは六人の娘のうちの二番目を出産し、彼はレスターの代理として名付け親となった。ミデルビュルクに滞在中のこの折には、ウィレムはグレヴィルが描いたような毛のカーディガンよりは明らかになにかもっとましな服を着用していた。女王は後に赤子の洗礼のお祝いとしてシャルロッテに宝石の入った鳩の贈り物を、ウィレムには金のトカゲを贈っている。[82] この二番目の贈り物はプリニウスの物語の一つにあるアルカディアの青年を盗賊から救った龍にちなんだものであろう。それをシドニーは『アストロフェルとステラ』第三歌の中に暗示している。

愛が羊飼に生まれついた少年をそれほどやさしくし
　感覚のにぶいトカゲにさえ愛の美味を口にさせたとするなら…[83]

シドニー周辺の年輩者たち同様、オラニエ公ウィレムも婿を探していた。彼のお気に入りだった弟ルイスは一五七四年マーストリヒトの近くで殺害されていたし、[84]息子のマウリッツはまだ九歳だった。豊かな富を継承するためというのではなく、彼自身がブリュッセルでドン・ホアンと交渉をする一方、ホラントとゼーラントの諸地方を束ねることができる能力ある代官がいてくれることがどうしても必要だった。[85]彼はまたイングランドから財政上、軍事上の実質的援助を望んでいた。シドニーとウィレムは会う前から、結婚による結びつきについて考えていたと思われる。アントニオ・デ・グァラスは（二三八頁参照）早くも六月一日付ロンドンからドン・ホアンに宛てて報告している。

（シドニーは）オラニエ公の最初の妻による娘と、ひそかに結婚の話を進めるのに忙しくしています…（ウィレムは）彼に持参金代わりにホラントとゼーラントの諸州の統治権を与えるでしょう。[86]

ウィレムの最初の妻による娘ナッサウのマリは、シドニーとほぼ年齢が同じであったが、父親の傍にいて世話することに専念していた。C・V・ウェッジウッドによれば、彼女は「か弱くやさしい人」[87]で明らかに高度な知性の持ち主だった。フィリップがマリと一緒になれば二人は、分離していた諸州を治めるカリスマ性を発揮したであろう。もっとも対立するいくつもの党派をまとめるのは容易なことではなかっただろうが。他の場合にもしばしばあったように、この刺激的な企てについてもシドニー自身の意向は分かっていない。しかし『サーティン・ソネッツ』にまとめられた特別の機会にうたわれた唄の一つに、シドニーのオラニエ家との親しい結びつきを暗示するものがある。それはネオプラトニックな恋愛抒情詩であるが、「ウィルヘルムス・ヴァン・ナッサウの調べに合わせて」と題され、この調べというのはオラニエ家の戦いの賛歌である。この覚えやすい唄は、すでにシドニーが初めて大陸に行ったときからオランダ反乱軍のあいだで人気があった。それがウィレムと会ったことでシドニーの意識の前面に上ってきたにちがいない。フランス風のポピュラーなメロディにのせて、マルニックス・ヴァン・サン・アルドゥゴンドゥによるオランダ語の歌詞が、ウィレムのスペイン王に対する忠誠と、オランダ人の「ヴァーダラント［祖国］」[88]防衛を時代錯誤的に称えている。シドニーはアルドゥゴンドゥの熱烈な戦いの雄叫びに代えて、献身的な愛を感動的に理想化し、憧れをこめて謳いあげている。それは後の『アストロフェルとステラ』における性的欲望をこめ、様式化した皮肉な文体とは大いに異なっている。

ならば見て死ぬがいい。喜びは
苦しみに十分報いてくれるはず、
死すべき宝など小さき損失
不滅の利益を手に入れる者には。

かの女（ひと）の美質よ不滅なれ
かの女のこころ不滅なれば。
美質は天の座にふさわしく
こころはそのうちに天をしかと抱く…

だがしかし幸せな光景の果実で
さまざまの思いを満たした者こそ
その両の目をあげてこなたを見よ
自然の与えしもっとも快い光を。[89]

シドニーが理想化した恋の歌に、この単純な愛国的なメロディを好んで添えたことはしばしば不思議に思われてきたが、もしこの詩がナッサウのマリに宛てて書かれたのであれば、その逆説の謎は解ける。メロディはオラニエ公家への献身を示し、一方で詞の方はオラニエ家の長女の彼に及ぼす力を認め、まったき献身を公言しているからだ。

シドニーの幸福なオラニエ公ウィレム訪問は一週間ほどのほんの短いものであった。彼は六月五日まではブリュージュに来ており、そこはその頃「北のヴェネツィア」という呼び名を競い合ういくつかの都市の一つだった。その後六月一〇日までには、彼は宮廷に戻っていた。友人たちは、彼が遂行した派遣の旅は立派に成功したものと認められることを熱望していた。エドワード・ウォータハウスはサー・ヘンリー・シドニーに子息の勝利について記している。

シドニー氏は無事英国に帰国され、女王陛下みずからそのご奉仕に大いなる評価を下しておられます。（枢密院の）諸卿すべても、偉大な判断力と分別をもって成し遂げ、また海外の諸宮廷、王侯らによっても並外れた厚意で迎え入れられたと認めたのでした。皇帝陛下は大型の首飾り（チェイン）を下賜され、オラニエ公の王女にも美しい宝石の入ったものをくださいました…神もこのように祝福なさり、人も召使いの少年も馬もこの旅のあいだ期待を裏切ったり病を得たりした者は誰もおりませんでした。ただフルク・グレヴィルだけには帰途ロチェスターで瘧（おこり）の発症がありましたが。[90]

フランシス・ウォルシンガムもさらに熱をこめてシドニーの父に書いている。

確信するのですが近年来、彼ほど名誉ある責任を果たし終え、熱烈な賞賛をもって迎えられた者はいません。それを思うに付けてもわが喜びの一部なりとも、貴殿と共有したい気持ちを抑えられずにいます。これは私にとっても、この厄介な仕事に当たって、ちょうど土壌が傷ついた牡鹿に対して持つ力に劣らず元気づけられることでありました。[91]

ウィレムから大事な娘をシドニーの手に委ねる申し出については、英国側の報告書にはなにも示されていないが、続く六ヵ月のあいだにユベール・ランゲはくり返し「大河口で」つまりマインツで、二人が議論したある重大な問題として、ちらちらと言及している。これは明らかにある結婚の計画のことであった。シドニーが例の旅の最後の段階で書いた今は失われた手紙にランゲが返事をしている。

さて実際、君がブリュージュから書いてきたが、いくつかの理由で、成功といえる結果を得る可能性はほとんどないのだから、わたしにできる範囲で、相手方の関係者たちに希望を持たぬよう伝えてくれとのことだね。[92]

ランゲが言っているのはほぼ確実に、シドニーがドイツの王女の一人――ヨーハン・カジミールの妹、あるいはもっとありそうなこととしてはアンハルトのエリザベス――と結婚すべきだといっていた、以前の計画のことであろう。[93]「ムシュウ・レイ」なる者――おそらくサー・ヘンリー・リーのこと――が、この話には内密に通じていた。オラニエ公ウィレムの公女によって他の女性たちが除外されることになったいきさつは、ランゲの次の手紙（一五七七年九月二三日付）に暗示されているようだ。

君と私自身の名誉が共に、この国の友人たちに関しては、傷つきはじめている。みんなは君がオランダで心変わりしたと考え、私たちの間で合意したのとは違う別の案（申し込み）の方を選んだと信じているのだ。[94]

ランゲは事情が呑み込めず当惑していた。というのもその夏の間中これまでもしばしばあったように、シドニーから何の便りもなく、この問題についてシドニーの考えが今どこにあるのか、彼が直接訊ねる方策もなしに、ドイツでの結婚の交渉を避けているのではないかとの噂に対処しなければならなかったのだ。ほぼ確かなことは、シドニーがオランダでじっさい心変わりしたことである。もしかすると彼は、ランゲが望んでいたようなドイツの王女との結婚にはまったく関心がなかったかもしれないし、もしあったとしてもエリザベス女王がけっして許さないだろうとする程度の良識はもっていたであろう。この点ではもっと可能性がありそうなナッサウのマリとの場合でも同様であった。どんなに女王がスペインの専制に対抗することは原則上賛成であったとしても、女王はヨーハン・カジミールあるいはオラニエ公ウィレムのいずれの助力に対しても、積極的に関わり合うことにはきわめて気乗り薄であることを示すつもりであった。シドニーという人物によってダドリー一族がこれら外国の勢力と結束するのは、女王の賛成が得られない、とりかえしのつかない事態に踏み込むことに他ならなかった。計画されたこれらの結婚に関するシドニーの本心は分からないが、彼はどちらにせよ感情的に大きな投資をするのは賢明でないと本能的に思っていただろう。ドイツ側の計画についてはランゲが主導して説得していたので彼は非常に早く身を引いた。ナッサウのマリは別のことであったし、この話の望みをすっかり捨てるのは気がすすまなかったかもしれない。おそらくはそのことで他の結婚に彼の気持ちを向かわせるのが遅れ、長い時間を費やすことになった。マリ自身は一五九五年ほぼ四〇歳近くなるまで結婚しなかった。

ウォータハウスやウォルシンガムが広範囲に伝えた最上級の評価にもかかわらず、シドニーは帰国してすぐさま失望と幻滅を味わった。六、七月に描かれ始めた肖像画がそれをすでに反映していて、挑戦的な気高さに敗北と悲哀の影をただよわせている。その夏の間に、シドニーにはいくつか苦痛を伴う発見があった。まずその一つは彼自身の身分に関わることだった。自分がキリスト教世界でもっとも力のある君主の名付け子であり、二人の伯爵の甥兼後継ぎ、そのうちの一人は女王の寵愛をもっとも長い期間受けた者だったし、女王のためにアイルランドとウェールズ両領土を「統治」したガーター勲爵士の子息たり得ることが彼には分かっていた。またこのような労せずに与えられた関係に加えて、明らかに個人の才能があった。――それなのに彼個人にはなんの称号も与えられなかったのである。大使としての役割を果たして見せたのだから、少なくとも騎士の称号ひとつくらいは期待した。けれどもそれには梨の礫だった。シドニーがドイツの王侯なかんずくオラニエ公ウィレムとの関連で成功したことが、エリザベスの目には負の評定となったのかもしれない。彼女は自分の廷臣に関して余所者から指示されることを好まなかった。しかしまた、誰か派遣に同行した人がキャンピオンとの会合のことを報告したのかもしれない。キャンピオンの伝記を書いたシンプソンは言う。そんな理由でシドニーは

> 数年の間、公的なキャリアにおいて昇進がなく、王室献酌官という名ばかりの役職と信頼のほか何も与えられなかった。[95]

これには何かありそうだ。エリザベスがシドニーの才能を認めながらも彼をけっして信用しなかったと考える理由はあるのだ。それに加えてキャンピオンとのエピソードがあったから、女王が躊躇する気持ちをそれが正当化したのだろう。また注目すべきはシドニーの王室献酌官の地位が父親譲りのもので、父もまたそれをエドワード六世から受けていたのである。宮廷のポストではあるが、女王がシドニーをそのポストにつけるのに何の役割も果たしていなかった。シドニーにとっては前の代から受け継いだものではなく、自分自身の業績を認める名誉が欲しかった。このことはモリニュークスがシドニーの好んだモットーとして記録している「それらはほとんど私自身のものとは言えない（ヴィクス・エア・ノストラ・ヴォコ）」という紋章につけられたことばに示されている。シドニーのほかの自己規定の多くに見られるように、それは謙虚でありつつ同時に傲岸、つまり継承された名誉は拒否する――その言外の意味は彼自身の固有の価値を認めさせることであった。彼は父親や伯・叔父たちではなく、自分自身の業績との関連で規定されるような固有の主体性を望んでいた。古老の衣服はじっさい身に合わなかった。若きヒーローがすり切れた先代の礼服に身を包むことへの痛烈な仄めかしが『新アーケイディア』に出てくるが、そこではミュシドウラスが馬上槍試合に「黒色の、不格好な衣装を身につけた騎士」として登場、「その鎧武具は（錆びついて哀れなばかりか）むしろ祖父の代の勇猛さの記念碑を思わせるといった方がいいような時代遅れのもの」を身につけていた。[96] オラニエ公ウィレムや宮中伯位のヨー

ハン・カジミールなら、新しい衣装と身分証明を提供してくれたかもしれないが、女王や伯・叔父たちがそれらを身につけることを許す望みはほとんどなかった。

大陸旅行から帰国した時以上に、シドニーは今回帰国して欲求不満の苦痛を味わった。海外では、少年のような外見を語る内容で一度払拭してしまうと、人びとは彼を賓客扱いし尊敬をもって対応した。他方イングランドでは高齢の女王とそのご意見番たちから容赦なく厳しい抑制を受け続けた。女王の目には、後にすぐシドニーには分かるのだが、継承された名誉は大きな意味を持っていた。どんなに彼が才能を持っていても、オーモンド伯やオックスフォード伯のように、伯爵の地位は、単なる「マスター」から軽く見下されるべきものではなかった。一五七七年の夏と秋、サー・ヘンリー・シドニーはアイルランド貴族との深刻な揉め事を抱えていた。管理体制を維持するための適切な資金を得ようと試みて彼は「セス」すなわち種目別や備蓄に合わせた土地税の強制取立ての範囲を、ダブリンとその周辺の英国「直轄地(ペイル)」内に住む、これまで猶予されることを主張してきたアイルランド貴族にまで拡げた。[97]不満分子の貴族を代表して三人のスポークスマンが一五七七年一月にイングランドへ送られ、シドニーがイングランドに帰国した時には激しい論争のさなかであった。ある時点では彼はアイルランドの父のところへ行きたいと願っていた。[98]しかし母国にいた方がより父を助けられるかも知れないと心に決めた。女王はオーモンド伯の影響を強く受けて次のように信じていた。

サー・ヘンリーは女王の財源を浪費し女王の臣下であるアイルランド貴族をひどく扱っている。また彼は常に上昇し続ける物価と、ジェイムズ・フィッツモーリスの侵攻を恐れて自分の軍隊を維持する方法をなにか見出さざるを得なかったのだ。[99]

おそらく賢明なことではなかったが、シドニーは「ブラック・トム」の綽名(あだ)をもつオーモンドを「敵にまわして挑戦した」。オーモンドはイギリス化した宮廷人で、枢密院の古参の議員でもあり、レスターの敵サセックス伯の親密な協力者であった。[100] 憎しみの感情はすでに溢れていた。というのもサー・ヘンリー・シドニーは時にオーモンドの宿敵デズモンド伯に好意を示していたのだ。九月半ば頃までに事態はごまかしようもなくなっていた。そうしてエドワード・ウォータハウスはサー・ヘンリー・シドニーに次のように報告している。

ある些細な折に無礼なやりとりがオーモンド伯とマスター・フィリップ・シドニーの間でありました。それは伯爵が最近彼に話しかけた時、彼が答えず故意にだんまりを決めこんだためでした。というのも伯爵こそ女王陛下の心をあなた（サー・ヘンリー）から離そうとするようなやり方をなさったからです…オーモンド伯曰く、血を受け継いだ父親の大義を当然弁護する紳士、またたとえ父子の関係がなくてもマスター・フィリップは多くの徳を持ったそんな人物と知っているのですが、そうした人の喧嘩を受けたりはしないと。一方マスター・フィリップもおなじように状況に合わせて思い切った雅量を示しました。もっとも相手を細かくあげつらって批難することができれば別ですが、そんなことはあの方にはできないと私は思っております…[101]

この一節はフィリップのオーモンドに対する憤激を和らげて伝えているようで、じっさい決闘などは行われないだろうと父親に確信させる意図があった。この時代にはペンは必ずしも剣ほど強い力を持つものではなかったとしても、ペンは少なくとも若い廷臣が手にする法的に正しい武器ではあった。今シドニーはこれを用いる。それはすなわち父親のセス税強制を擁護する七章からなる文であり、そのうち四章が残っている。[102] オーモンドの名はただ欄外に記されているに過ぎないが、そこに通底する痛烈な侮蔑の調子は明らかに主として彼に向けられている。

…これ（セスの強制取立て）は、たしかに特権に触れるもので、その特権的人物はすべて「直轄地」の富裕な者たちであり、叫びが聞かれない貧しい人たちは呻くのみで、負担は彼らの上にのしかかるのです。しかもまったく、裕福な者が自分たちの国のために恥じらいもなく語るのを見るとは！　自分たちが自国の圧制者でありながら。…この手法は歴代の総督が認めてきた特権であり、それによって（まったく中味の空虚なものなのに）なにか立派な貢献をしているとの口実で、彼はそのような課税からいっさい免れるべきだというのです…[103]

ここで「彼ら」から「彼」に変わっていくのは、シドニーが「直轄地」の貴族たちを一般化して主張しながら、主としてオーモンドのことを考えているのを示すであろう。アイルランドの管理に関するシドニーのより広い政策は、おそらく父親のものを反映して交互に「鞭と飴」を賢明に用いる仕方で、前者に重点を置くものだった。

というのも彼らが正当な服従の快さを見出すに至るまでは、どんなやさしい手段をもってしても失った自由の生々しい記憶を消すことは出来ないからです。しかもアイルランド人はその点どの国民よりも頑固で、彼らにあっては恐れの感情こそもっとも広がりやすく、彼らの歴史がはっきりそれを消し去るときは別として、どんな法に従うよりむしろ腐敗を選ぶその生き方と自分たちの性質をいちばんよく知っている彼らの良心とが、十分にその証拠を提供しています。というのも天が下、あれほど恐怖が良心を覆う残虐な生き方をする国は他に見当たりません。[104]

アイルランド人たちのイングランド人統治に対する忘恩を示す鍵となる実例は「オーモンド伯のすべての仲間たち」の反乱［一五六九年から八三年に亘ってしばしば繰り返された］である。結論としてシドニーは、父親を「王に奉仕する熱意に燃えた忠実な臣下」と賞賛して、トマス・アシュトン作（一五六六）の劇『背教者ユリアヌス』の一節を想起したでもあろうと思われる格言をもって、この論をしめくくっている。

ユリアヌス帝は、帝をしきりと非難して「もし告発する者を信じないなら、誰も断罪されないはずだ」と言う者に対し、「もし告発する者すべてを信じたなら、誰も身の潔白を証明することはできない」と答えています。

エドワード・ウォータハウスはシドニーの議論をサー・ヘンリー・シドニーに対する不満分子に答えるのに、「私がこれまで読んできたもののうち（私に判断力があるとすれば）ミスター・フィリップ・シドニーの文章がもっともすぐれている…他に比べるものはない」と書いている。[105] この問題はあと一ヵ月ひきずっていたが、一一月一日女王と枢密院はサー・ヘンリー・シドニーの税取立ての妥当性をしぶしぶ認め、告訴側の三人をロンドン塔に送った。シドニーは宮廷の寵臣たちの悪意と見なしたものに対して、とくにこの戦いの段階では父を守って勝利を得た。しかしその摩擦は彼の身を削り気落ちさせるものであった。というのもこの一件がシドニー親子のどちらにも、高位の宮廷人たちによって誠実さが試された時女王が示した信用度の低さ、限界を露わにしたからである。

一五七七年後半には、お互いには無関係だが、もっと明るい将来を暗示する三つの事柄があった。マーティン・フロビシャが「未知の境界域」から黄金を含む（と思われた）原石二〇〇トンを持って帰国。ジョージ・ギャスコインの死。そうしてシドニーの妹が「ウィルトンの女主人」となった。フロビシャの帰還は一〇月で、女王の命令により、重量貨物は搬入された港で二重の安全装置をかけて保管され、あるものはブリストルの城、あるものはロンドン塔に置かれた。シドニーがプラハから帰ったときのように、フロビシャもカナダから帰国するとすぐに、コルネリウス・ケテルに肖像画を描かせている。それは丈高く行動力のある、骨太で浅黒く男らしい男で、現在はボドレー図書館のプロスコリウムの壁を占領している。フロビッシャの帰国に当たってシドニーの熱情と興奮は爆発したようだ。また、かつてスウェーデン王が提唱した北極の旅の機会を、誰も住まない国より人々のいるところを選ぶという根拠によって拒んだことで有名なランゲの賢人らしい意見も、そんなシドニーの意気込みを殺ぐことはできなかった。シドニーは彼の投資の豊かな見返りを期待していたし、自分でもすぐにも「未知の境界域」に行ってみたいと願った。

そんな折リンカンシャの僻地に、とある「単調な（ドラップ）」詩人がもう一人別の詩人のところに滞在していた。レスターの被後見人で軍人詩人ジョージ・ギャスコインであり、別の軍人詩人ジョージ・ウェットストーンの客人としてスタンフォード近くの邸にいた。そこで一〇月七日ギャスコインは亡くなった。彼のために哀悼詩をものした人の中には、シドニーの知人ゲイブリエル・ハーヴェイがいたが、彼はギャスコインの「決断力と一貫性のなさがその理性を損ない、自身を台無しにしてしまった」と書き留めている。[106] 彼についての詩の中でハーヴェイは、ギャスコインが今は天上の楽園で、英国宮廷詩人の並み居る巨匠たち、チョーサー、ガウア、リドゲイト、スケルトン、トマス・モアそしてサリー伯らに迎えられていると想像する。彼の賛辞はほとんどからかう調子に近づいているが、これがハーヴェイの意図的なものか彼の華麗体の効果なのかはにわかには決めがたい。ギャスコインの野心の果実はゆっくりと熟したのだったが、一五七五年ケニルワースでの一大スペクタクル以後彼は短期間ながら英国の主要な宮廷詩人としての地位を得、また同時にネーデルラントで伺候したこともあってその成功を享受した。おそらくシドニーにとって彼の詩と同様興味があったのは、書かれたばかりの散文『アントウェルペンの略奪』であり、それは一五七六年一一月にスペイン反乱軍がこの偉大で富裕な都市を略奪した時の恐怖を記録したものであった。ギャスコインの人脈そして関心の範囲は、シドニーのそれと多くの点で重なっていた――グレイ法学院、ネーデルラント、英語の作詩法、官能的散文体のフィクションそして宮廷の余興（エンタテインメント）などである。しかしながらシドニーは一〇年以上この詩人と作品に親しんできたはずなのに、とくに逝去を悼む形跡がなく、『詩の弁護』においても何の言及もないのは目立つことである。

ギャスコインの死によってできた文芸の空白はちょうど好機だった。誰か他の者がレスターや女王や、そしてじっさいシドニーの新しい義弟のために宮廷の余興を書き演出する必要があった。四月二一日シドニーはプラハにいたが、妹メアリがペンブルック伯と結婚したのである。彼は伯・叔父たちと弟ロバートと一緒に八月末と九月上旬にはじめてウィルトンに妹を訪ねていた。九月から一〇月にかけて、税取立てとオーモンド伯の問題を解決した後、時を移さず彼はもう一度ウィルトンに戻った。[107] 一二月の一〇日間、叔・伯父レスターとウォリックも彼らの旧友ペンブルック伯と「戸外の気晴らし(スポーツ)」をし、「楽しく過した」。[108] しかし彼らがクリスマスを宮廷で過ごすために出発する時、シドニーは彼らに手紙を託し、その中で宮内大臣であった叔父サセックスに言い訳を記している。

…厚かましくも叔父上に二、三のことを申し上げわたくしに関してご厚意を頂きたくお願いいたします。叔父上のお許しを得てこのクリスマスの時期に宮廷を不在にしますこと、そうして宮仕えから離れます手前をお叱りになりませんように。健康ならびに他の理由でぜひそうさせていただきたいのです。[109]

漠然と「健康」に言及している点は説得力がない。真実のところシドニーはウィルトンで楽しんでいるのであり、生涯ではじめて、父や伯・叔父たちのむら気に合わせたり満足させたりするプレッシャーから自由になったのである。二代目ペンブルック伯ヘンリー・ハーバートは愉快で気のおけない主人(ホスト)で、犬や馬が好き、戸外のスポーツを楽しむ人物だった。例えば一五八三年彼はソールズベリーレース〔歴史的にも有名になった競馬のレース〕を創設、賞品として五〇ポンドの値打ちがある金製のベルを提供した。[110] シドニーは嫌いなスポーツは容易く避けることができた。彼が主として交わった仲間は一六歳の妹とその女性仲間で、その中にはかつてフィリップとメアリの二人に「家庭教師(ガヴァネス)」をつとめた年老いたアン・マンテルがいた。ここにこそペンズハーストで幼少時代をすごして以来、もっとも気心の知れた家庭の味があった。ウィルトンでは誰一人としてヨーロッパの政治や結婚を話題にしたり、宮廷で女王のお召しに備えて派手な衣装に身を包んでうろうろするようにと頭を悩ますことはなかった。ここではウィルトシャの岡辺の心地よさの中で、他人が期待する人物像に自分を合わせようとたえず努める代わりに、文学的遊戯を楽しんだり、いきいきした若い婦人たちの愛情と交わりを享受し、自分自身の役割を選び取ることができた。

彼の選んだ役割は、憂鬱をかこつ失恋の羊飼であった。それは、彼の習慣的な気落ちと性の欲求不満の両者を水路で運ぶいい方法であった。この時期に書かれた一篇の魅力的な詩が残っていて、多分兄の習作集の中にあったのを抜き出したペンブルック伯夫人の手によって『アーケイディア』の一六一三年版に加えられたものである。[111] そこで使われる家禽律はギャスコインの衣鉢を継いでいるように見えるが、ギャスコインはこの韻律を、これほどリズムと用語に融通性をもたせて用いてはいない。気まぐれだが不思議と心にふれる一篇『二人の羊飼がウィルトンのパストラル・ショーで交わした問答歌』がそれで、その中で年長の羊飼ディックは素朴な若い羊飼ウィルに「人々」が期待しているのになぜ歌うことができないかを説明する。つまり彼は恋をしているのだ。この文脈は、おそらく一五七七年ウィルトンでのクリスマスの貴族たちの祝祭的集まりにあった。そこではパストラルの世界がいくらか詳しく示される。

みんなで楽しむ時がある、とぼくの母はよく言う
母はスカートの裾を思い切りたくし上げ、スツールボール遊びをするんだ。

スツールボールとは、どこかフレンチ・クリケットに似たゲームで、ほとんど女性だけで遊戯される。シドニーが女性たちに田舎のスポーツを楽しむようにと誘うのは、この対話の聞き手向きのことだろう。ウィルの羊飼としての性格はよく描かれていて、その関心はもっぱら物にある。

なに、お前さまのバグパイプはこわれたのか、羊が迷い出たのか
銭袋かタール袋［羊に塗る膏薬・タールを入れる箱あるいは袋］を失くしなさったか、洋服が裂けたのか。

彼はディックの比喩を用いたことばが分からない。年長の羊飼が、あるつれなき婦人への献身について説明するとき、彼の当然の反応はそんな女は避けるべきだということである。

神よ、そんな女からわしらをお守りくだせえ。もしそんな風に
　この岡辺がなるなら
羊飼はやせ細り、きっと羊の食べものもなくなるで…

最後に、この二人は「われわれがお偉方を惑わすといけないから」と退場を決める。ディックの終わりの比喩は、愛犬家のペンブルック伯を満足させるために選ばれたのであろう。

ディック：
おお、あっちへ行け。おお、残酷なことば、それは犬(ドッグ)さえ厭うもの
　しかし行け、さあ行くのだ、わしも行かねばならぬ。それがわしの断固たる(ドッグド)運命じゃ。

想像を誘われるのは、フィリップがこの対話を、ほんの一四歳になったばかりのロバートと演じたかもしれないということであり、それに加えてディックの「行きたくない」気持ちが、シドニー自身のウィルトンを離れたくない気分を反映しているのかもしれないのだ。

疑いもなくこの時シドニーは、パストラルの人物をまさに借りて、宮廷でもウィルトンでも政治上の抑圧から解放される立場をえらび、自己を解放して個人的な感情を自由に語り出している。むろん洩らされた感情はロマン派的な字義どおりのものではない。ウィルトンの遊びの世界では恋の憂鬱が、政治の不満や疎外感を類推させる一部

として作用したかもしれない。もしシドニーが真面目には受け取られず、耳も貸されず実質的な地位も仕事も与えられず、のけ者（アウトサイダー）として扱われることになるというなら、もういっそのこと彼は少なくとも文字通りのよそ者の役を演じることはできた。できるときはいつでも宮廷からは身を離して、ウィルトンにおいてさえ、ある不幸せで孤独な人物として祝祭に貢献しつつ、その祝祭世界そのものに調子の合わぬ者として存在することもできた。その後三年間にシドニーは牧歌の中の人物に自分を投入することが、はじめ思ったよりますます解放を可能にするものだと知るようになる。それは彼に、まったく新しいひとつの世界を創り、彼の住む世界の多くの構成員をそこに住まわせ変貌させることを可能にしたのである。

自然の女神はこの地上にさまざまな詩人たちがしてきたほど豊かなタペストリーを展示することはありません。心地よい河川、果物のなる木、香りのよい草花、その他このあまりにも愛されている大地をさらに素晴らしいところにするようなものをもってしてさえも。自然の世界は真鍮ですが、詩人だけが黄金の世界を生み出すのです。[12]

一五七七年の暮れから先は、具体的な意味でのシドニーの現実生活——彼の容貌、あちらからこちらへと動く様子、金銭上の問題、友情の数々など——の証拠ばかりでなく、ますます彼がどう感じ、またなにを夢見たか、そうしてなにをしたかったのかといった証拠がわれわれに残されているのである。

第七章　廷臣詩人（一五七八―九年）

私というもっと卑近な例をお示ししましょう。私はどうした風の吹き回しか、こうした若い時代の無為のときに、いつしか詩人という称号を戴く羽目になっていますので、自ら選んだのではないものの、あの生業を擁護して、なにがしか語りたいという気になっております。[1]

彼はあの旅行から帰国してまもなく、また女王陛下のさらなるご用命の前に、閑暇を得て、（と言うのも彼は怠惰、無為には我慢のならない方なので）『アーケイディア』と表題を付した本を書きました。それは（単に幻想物語、手遊び、そうして作り話に過ぎないものの）心映え、英雄物語の創作力、内容に見る豊富な変化、そうして秩序ある配置を示しており、またそれは冗漫に陥らない適切な言葉遣い、雄弁な語句、上質の奇想などかわるがわる技巧を凝らして、読む者にはたいそう愉しく、聞き手には心地よいものであり、修正、加筆すべきところはなく、そんなことをすれば、かえって損なってしまうほどの出来栄えでした。[2]

プラハから帰国してすぐ、シドニーにはしたいことが多くはあったが、創作がそのひとつであったかどうかは分からない。彼は自分の職業を「自ら選んだものではなく」ほとんど意図しなかったものと書いていて、「謙譲の主題（モデスティ・トポス）」を用いているが、事実、幾分偶然のところがあったのかもしれない。

その称号は私が望んだものではないので、詩人となる手段もおろそかにしていました。ただ私はある想念に取り憑かれていたので、ペンを用いてその思いに敬意を表したのです。[3]

シドニーが無為を好まなかったというモリニュークスの記述は確かに正しい。ドイツから戻って直後の数ヵ月は、再度英国を離れることを期待し続けていた。折りにふれて、多分彼には、叔父レスターの名代として、オラニエ公ウィレムを支援しスペインと戦ってほしいというヨーハン・カジミールからの強い要請に応えたいという希望があった。[4]彼はまたアイルランドに渡って父の助けとなりたかった。父は未だ直轄地内の貴族たちからの祖税徴収に苦労して疲労困憊し、落胆していた。なかでもシドニーはフロビシャと共に新世界に行き、カナダの沿岸沖にあって真実と思われる黄金の島を自分で見たいと思っていた。フロビシャの二〇〇トンの「鉱石」が「立派な石よりもっとひどいもの」と判明した後でさえ、シドニーはその地域にはさらなる調査の価値があると確信していて、一五七八年三月、彼は「インド計画」のことを考えていた。[5]こうした旅程はいずれも実行に移されることはなく、一五七九年の暮れまでには、宮廷とウィルトシャの間を行き来していることになり、その間彼の言う「想念」を書き付ける時間はたっぷりあった。明らかにものを書くことは楽しかったが、これは彼が人生に期待していたことではなかった。

シドニーの詩人としての第一歩がいつであったのか、正確な時期は分からない。ロドウィック・ブリスケットによれば、彼はすでに大陸旅行中にも「詩神とともにたわむれて」いて、初期の韻律的実験は、私もすでに述べているが（一二八－九頁参照）、この頃のものであろう。一五七三年ヴェネツィアで、ヤーコポ・サンナザーロの『アルカディア』を本当に購入したとすれば、シドニーはこの典雅にして世間で評判の散文混じりの韻文であるロマンスの英国版を、世に送ることを考えていたのかもしれない。彼が一五七七年の外交使節として任務に就いていたとき、ドイツの才能ある詩人、パウル・シェーデはシドニーを詩人として――あるいは少なくとも詩神たちを啓発したというあいまいな語句で――称賛している。このドイツの詩人は「メリッスス」という雅号で書き、ハイデルベルクの選帝侯の壮大な図書館を任せられていた。詩神への悪評の高い献身ゆえにとシドニーを称賛した後で、シェーデは彼の帰国に同伴して渡英したいと望んだ。「シドニーの雄弁は皇帝をも魔力で魅了したので、同様に荒海も鎮めてくれるだろう」と想像したのだ。[6] シェーデはロンサールや、作曲家であるオルランド・ディ・ラッソの親しい友人である。彼は自国語の文学を確立することに専念し、一五七二年『詩編』の最初の五〇篇をドイツ語に翻訳して、フランス語の聖歌に並ぶものにした。[7] シドニーは数編ラテン語の詩を書いていて、それが大陸の人文主義者の間で、彼の名声を高からしめることに寄与したと、これまでまことしやかに考えられてきた。[8] しかし一編も残っていない。もし残っていたとしても、それは軽い金言風の機会詩で、ときどきランゲ（一一九頁参照）のように、詩とはほど遠い人文主義者たちが折りにふれて書いた類のものでなかろうか。そうでなければ我々がそうした詩について必ずやもっと知っているはずである。

シドニーが「選択しなかった生業」に、詩人としてもっと身を入れて励むようになったときには、すべて英語で書き、結果として人文主義者の友人たちを読者としては閉め出した。イタリア語のベンボ、フランス語のロンサール、ドイツ語のシェーデのように、シドニーにはついにはギリシア、ラテンの古典に匹敵するような自国語で書かれた文学の統一体の基礎を築くという希望があった。これを実践するにあたっては、彼は中央ヨーロッパの友人たちが構成しているあの文芸共和国と直接交流することは断念した。彼らとはこれまで普通はラテン語で、ときにはフランス語やイタリア語で文通していたが、けっして英語を使うことはなかった。とりわけシドニーは、ユベール・ランゲから距離をおこうとしていた。彼には英語の知識はないのである。『アーケイディア』の執筆は、ただ女王やその宮廷からのみならず、彼の他の恩師、庇護者、友人たちが加えていた圧力から逃避する機会を与えた。そのうちのある人たちは実にシドニーの身近にいた。一五七八年から九年にかけて、フィリップ・デュ・プレシ＝モルネと、ヨーハン・カジミールの友人でありそのあだ名を「お馬のお医者」と言うブトレッヒ博士の両人は、ロンドンに滞在しシドニーから温かい歓待をうけた。[9]しかし『アーケイディア』に着手したのは、彼らを楽しませるためではなかった。詩人としての自己発見がある程度偶然のことであっても、シドニーの読者の選択はたしかに意識的なもので、また吟味されたものであった。ついに筆を進めることになったとき、自分の読者として、若い女性や「少々学のある宮廷人」、要するに妹のような女性やダイアのような男性を選んで読者とした。たとえばレスターはダイアのことを「ラテン語とイタリア語しか」知らない奴と言って、その不調法をオラニエ公に謝っている。[10]シドニーの妹、メアリは『アーケイディア』の最初の主要な聴き手であったが、ダイアよりはもっと教養があった。デュ・プレシ＝モルネとガルニエを訳出上梓することになったことが示しているように、彼女は兄フィリップに同じくフランス語に堪能だった。彼女はイタリア語にも優れ、ペトラルカの『死の勝利』のたいそう明敏な訳文を残している。[11]スペイン語もかじっていたらしい。確かにサンナザーロの『アルカディア』もよく知っていたであろうし、おそらく一五七七年から八年にかけての冬のいつの時期か、彼女が兄に自分のためにロマンスを書いて欲しいと「望んだ」ときに、彼の要諦はサンナザーロを模倣することであった。実際はシドニーの作品はサンナザーロが探求していなかった多方面に及び、桁外れにもっと物語としての統一性があり、流暢で、変化に富み、主題の深さがあり、ユーモアと写実性があった。しかしその企画はサンナザーロに啓発されて始まったと思われる。

　シドニーの妹は、彼にそれができるという理由がなければ、つまり詩や散文の作品で兄に流暢さと独創性があるという証拠をすでに見出していなければ、ロマンスを書いて欲しいと「望み」はしなかったであろう。この証拠は大半宮廷の余興によって提供されている。ウィルトンで演じられたかなり「家庭的な」ディックとウィルの掛け合い問答に加えて、シドニーは一五七七年から八年にかけて、もっと公開の場で彼の技量を披露した。一五七七年八月と一二月の二度のウィルトンハウス訪問のあいまに、そうしてまたオーモンド伯との仲違いを解決したあとで、ホワイトホールで行われた馬上槍試合の戦士として初出場した。メアリはウィルトンに残っていて、実際にはこれを観戦していないが、それだからこそ部分的には妹のために、自分の馬上槍試合初登場の様子を詳述しているとも思われ、これは「オトリ手稿」に含まれている初期の詩集に収録されている。エリザベスの即位記念日である一一月一七日は、この年日曜日であった。治世半ばごろまでには、その日は鐘を鳴らし、説教、貧民には施しものの配布、大規模なかがり火、花火があって、ホワイトホールでは馬上槍試合が開催されるようになっていた。[12]「安息日」としての一五七七年一一月一七日の特徴は、シドニーによって際だったものになった。女王のために戦う闘士サー・ヘンリー・リーは式典長をつとめ、おそらくは彼の指示でシドニーは「善良で誠実な羊飼、フィリシディーズ」の扮装で登場した。田舎者に身を窶した紳士たちの一団を従えて、そうした催しに純朴を装う写実主義という特徴ある調子を持ち込んだ。二つの歌のうち最初の歌は「愛神の安息日の中でも重要なこの日を祝うため」、人馬を用いて耕作するのは控えるよう「農夫メナルカス」に要請するフィリシディーズを描いている。

メナルカスは、久しく恋慕の鋤で想いを耕してきた
　楽しみという果実を収穫しようとして、
だから何もない畑の畝に愛を注ぎ満たしていたが
　畑は恐怖に泥を跳ね返えすばかり、
しかしこの日ばかりは鋤やその他すべてを納めて
　安息日と聖なる野を守ることに満足した。

「メナルカス」は友人で同輩の宮廷人と推定されるが——フルク・グレヴィル、アランデル伯、そうしてウィンザー男爵がその日シドニーの同伴者の中にいた——彼らは「農夫」の出で立ちで、シドニーは「羊飼」の衣を纏い、互いに補完しあっていた。メナルカスが跨っていた馬は「耕作馬」つまり駄馬であったことを、詩は暗示している。こうした宮廷人の献身の中心は女王であったが、フィリシディーズが最初に試合場に進み出たときには、「愛とマ

イラの美しき容姿を称賛する歌」を携えていた。[13]「マイラ」は数編の初期の「フィリシディーズ」の詩に登場するのだが、その正体はシドニーの妹メアリであることは、かなり確かなことである。トマス・モフェットは被雇用者であり、身近の仲間でもあるのだが、『かいこと蛾』（一五九九）のなかでもこの名前を用いて彼女を表し、またフルク・グレヴィルもシドニーの妹に話しかけるときに、自分を「ミラフィル」［マイラを愛する者］と呼んでいる。ひそかにシドニーは別のメアリ、つまりナッサウのマリを夢見ていたのかもしれないが、この献身のしるしは彼の袖や兜に付けるわけにはいかなかった。妹なら結婚したばかりで近親者でもあるので、妥協もいらず、危ういことにもならないで称賛することができ、無難であった。シドニーが妹を愛していたことには、疑念をさしはさむ余地はないのだが、彼女は便利な情緒的煙幕となってもいたのだ。もし彼が愛の魅惑や結婚の野心など、自分の心の動きを感じていたとしても、それを人前で表明するつもりはなかった。

　フィリシディーズの第二の歌は、おそらく貴賓席の前に、彼と仲間が進みでたときに歌われたものであろうが、しっかりとエリザベスを中央に据えている。

バグパイプを高らかに吹き鳴らせ、ほら
　あの方はあちらにおいでではないか
忠実に愛する心の持ち主を
　おおいに尊重してくださり、
そうして名誉に殉じる者は誰もみな
　拒絶なさりはしないあの方が…
慶びを表せ、嘆きは押さえよ

今日はあの方の日。
この日に、あの方は登場なさったのだ。
そうしてあの方とともに平安が登場し、
それをあの方が危うくすることはなく
我々のいやまさる繁栄のために保たれてきた。
あの方の真価を高からしめた
聖人をこそ誉め讃えよう。
それを拒む者たちから
神よ、我らを解き放ちたまえ。

シドニーの祈禱書中の連禱の改作は、会衆にごく馴染みのある言葉を用いた穏やかな世俗化である。と言うのも「神よ、我々を解き放ちたまえ」という応唱のある連禱は、日曜日、水曜日、そうして金曜日にいつも使うように指南されていた。シドニーと同伴者の様子は『新アーケイディア』の中ではイベリアでの槍試合の叙述として記録されていて、そこには明らかに即位記念日馬上槍試合について言及していると思われるところがある。

対するはイベリア人で、トランペットではなくバグパイプの音とともに入場してきました。先導は羊飼の少年が小姓となり、彼のそばには羊飼の身なり（材質は上等の生地ではありましたがいかにも羊飼らしい服装）の者が十数名つきそい、主人の槍を携えていました。槍は本物の槍と同じくらいの打撃を与えるほど強そうでしたが、試合用の丸めた槍の持手近くに鉤がついていて、色合いのせいで小綺麗な牧羊者の杖のようにも見えました。彼自身の出で立ちは上から下まで粗末な羊毛の衣服でしたが、巧緻を極めた宝石で美しく飾られていましたので、その組合わせの妙は最低と最高の身分の者同士が結婚したように感じられました。彼の紋章は漆黒で印をつけた羊の図柄で、モットーは「黒い印により知られん」でした。[14]

一瞬後にはイベリア人の名前は「フィリシディーズ」であることが明らかになる。彼の敵手は「レリウス」と名乗る者で、「その技量の完璧なること人後に落ちず」と知られていた。

フィリシディーズは槍試合の初心者だったので、レリウスは故意に自分の槍を敵対者の兜のうえに高く振り上げ、槍が折れてしまわないようにした。フィリシディーズは「自分の若さが侮辱されている」と思い傷ついた——シドニーと同じく、彼は正当な闘いを望んでいた——しかしレリウスは「彼の心が縛られているニンフ」に「怪我させない」試合をすると約束していると説明した。ニンフとはおそらくレリウスがその擁護者になっている女王のことであった。記述全体は、シドニーの槍試合場へのお目見えと、後に「屈強のレリウス」[15]として知られたサー・ヘンリー・リーとがそこで対決したことの回想であろう。シドニーはしばしば自分の若さを故意に修辞的効果をねらって利用したりもしているが、それでもやはり若輩として扱われることに侮辱を感じていたことは彼の特徴でもある。

リングラー教授は、「シドニーがあえて書かなかったこと」をもってしてその詩の非凡さを示したと言う。とくに『『五月の女王』のある部分を除いて、女王礼賛のために詩を書くことはなかった」と主張する。[16]彼はおそらくシドニーを共和政体主義の理想に合わせようとすこしばかり躍起になりすぎていたので、彼の槍試合場の詩を「いかがわしい」範疇のものとして退けたのであろう。事実一五七〇年代の末から八〇年代の初めにかけて、シドニーは女王礼賛の詩を多く書いて、公開の行事に供したらしい。モリニュークスが記録しているように、シドニーは馬上槍試合における名だたる騎手であった。

時がたって槍試合、野外劇、そうして王侯の他の娯楽について、シドニーの深い高尚な考えに変化がおこり、(と言うのも、そういった息抜きには通例彼も何か案を出していたので)、彼は生き生きとした粋な見せ場を取り入れるようにしました。非の打ちどころのない工夫を披瀝すべきあらゆる点で相応しいものを提供したので、(実にそうした創意工夫に富んでいる方で)、最優秀者と言えないまでも、互角か、少なくとも二番手でした。[17]

エリザベス礼賛は宮廷の馬上槍試合参加と不可分であった。しかしながらそれがどれ程表面に出ているかはさまざまだが、女王を非難して書いているものも相当ある。名も明かされていない婦人、つまり「マイラ」にたいする献身と、女王に捧げる忠誠心とのあいだで、「フィリシディーズ」として彼は微妙な均衡をたもっているが、それはエリザベスの宮廷と、ウィルトンのメアリ・ハーバートの「小さなコレッジ」のあいだを、行き来したときの実人生で演じた均衡を反映しているのかもしれない。「フィリシディーズ」の最も長い詩、「いまや我らが天空はすべての光を失なえり」は、『旧アーケイディア』[18]では第四の牧歌として収められることになるが、最初は妹に宛てた韻文の書簡であったとも考えられる。[19]その中でシドニーはエリザベスよりマイラつまりメアリを好むとそっけなく宣言している。自分の生まれと受けた教育についてそれとなく隠蔽している散文の記述があって、詩は超現実的な夜のヴィジョンにかわる。それはフィリシディーズのもうひとつの長詩、「イスタの川岸に小さな私の羊の群れを連れていったとき」[20]という夜のヴィジョンと意図的な対照をなしている。「小さな羊の群れを連れていったとき」は政治的な機会詩であるが、中央ヨーロッパ、ランゲの影響、そうして権威ある者の重荷――「そして私はどれが負うべき重荷であるか知った」――と明らかに連想され、片や「いまや我らが天空はすべて光を」は英国で孤立して(「サモセイアの地のたいそう美しい森のなかで」)、人生の永遠の神秘について深く瞑想しているフィリシディーズのことを示している。

…宿命はいかなる本質を持つものなりや、運命はありやなしや、
何処より我らが不滅の魂は流出し、死すべき土くれとなるのか、
そはいかなる命なりや、またいかにしてこれらすべての命は生成せられしや、
外なる造物主の御力か、または内なる父の如き者の力によりてか…

この深遠な思考は、二人の喧嘩ごしの意地悪女を乗せて月を出た馬車が突然やって来たとき、大爆発のような大音響によって不作法にも中断させられてしまった。

女人らの衣服は異様なもの、しかも異様なる以上に不適切なり、
第一の女人は服をたくし上げ、ニンフたちが森の中を徘徊するときの如く、
膝までたくしあげ、重い弓と矢を携え…
他方の女人は（現身の女たちには知りえぬ）技を凝らして、
商いの品の如く眩いばかりに飾り、
色好む女の顔と、結い上げし巻髪は輝き、
化粧係の技巧の助けによりて…

彼女らはダイアナとヴィーナスだと判明し、その侍女は真珠のような「純潔無垢の娘」でマイラと呼ばれていた。中年の女神たちは、パリスの審判の応用編として、「若者」フィリシディーズが最も素晴らしいと思う女どちらかに「綺麗な琥珀の冠」を授けてほしいと頼むことで、二人の諍いを収めようと取り決める。女神たちは同時に二人

で話し、猫のように互いに「ディア（あなた）」と言いあって大声で言い争う様子が、楽しげに描き出されている。果たしてフィリシディーズは若い侍女に冠を授けた。しかしマイラに捧げる愛は実りのない貞潔の情熱に過ぎないという理由で、女神たちの罰を受ける。その詩は二年間女官として仕えたメアリ・シドニーの立場に言及していて、ダイアの『アマリリス』となにがしかの関連があると言われてきた。ダイアのこの詩は、二人の恋人コリドンとカラメルと、難攻不落のアマリリス（メアリのことか）との三角関係を描いている。[21] この解釈はシドニー自身の立場の詩的適用とも一致する。宮廷生活、そうして特に女王陛下のシドニーにたいする執拗な要求は、シドニーの瞑想と知的渇望には無遠慮な邪魔でしかなかった。ちなみにエリザベスはしばしばダイアナとヴィーナス両者の具現者として頌えられている。化粧と髪染めをふんだんに使い、またおなじく年を重ねるにしたがってますます肌を顕わにすることを好むことで、悪評がたっていたエリザベスが、シドニーの容赦ない筆致に暗示されていることは明白である。年下の妹との交流は、老いゆく女王に対する屈辱的で退屈な伺候からの中休みとして歓迎されていた。

成功をおさめる宮仕えは、おおいに変わり身の早さを要し、それは不実と紙一重であった。シドニーが宮廷人として、実際どれほどの成功をおさめていたかは問題である。たしかに彼はエリザベスの「お気に入り」であったことは一度もない。女王はシドニーとは戯れの恋をしたこともないらしく、つまりあだ名をつけたこともなく、ナイトの位に叙するのも延ばせるだけ延ばした。しかし彼の詩が示しているように、シドニーは異なった場面の要求に合わせて、役割と態度を変えることには非常に長けていた。「いまや我らが天空は」のなかで中年の女神を描いたときに見せた女性にたいする慇懃な態度の著しい欠如は、彼の作品のなかで次に現存している公開の余興、『五月の女王』におけるエリザベスの直接の扱いとは異なり、完全な対照を成している。『旧アーケイディア』とその牧歌は女王を含まない限られた聴衆に向けられていたのにたいして、『五月の女王』は、一五七八年五月、エセックスのウォンステッドにあるレスター伯の屋敷を訪問した折りの、女王のための特別の余興として書かれた。この訪問は九月半ばまで続いたイーストアングリアを回る気ままな巡幸の一部であった。[22]

「二人の羊飼の問答の歌」や即位記念日のシドニーの登場とは異なり、『五月の女王』には彼の出番はない。エリザベスは褒め頌えられているが、シドニーのような人物ではなく、母娘の二人の女性によってである。そのドラマは、二人の求婚者、快活で無鉄砲な森の人と豊かだが非力な羊飼のあいだで、娘が苦しい選択をしなければならないということにある。ケニルワースの余興の作者たちと同じように、シドニーは女王の関心を引くために、自然な幕開けを考案した。

女王陛下が森へお出かけのさい、ウォンステッドの庭を歩いておいでのとき、お付きの中から突然純朴な田舎者の連れ合いのような格好をした女がひとり現れ、その場でどうかお裁きをと叫び、すべての殿様や紳士方に自分の味方をして欲しいと言ったので、この女は陛下の御前に連れてこられた…[23]

無名の女と無名の娘は、娘の方は五月の女王に選ばれていたが、女王陛下の美しさは自分たちに勝っていると褒め頌えてから、女王の知恵と寛容に訴えた。二人が現実の女性によって演じられていたとは考えにくい。芝居の方はユーモラスなどたばたで始まり、六人の森の住人が六人の羊飼と綱引きをして、五月の女王を代わる代わる引き寄せあっていた。衒学的な学校教師のロムバスが争いを収めようとしたが、「多くの無学な打撲」を受けてしまう。これは乱暴な生徒がよくやる類のものだが、それは、レスター自身の劇団か、女王の劇団かどちらかの少年俳優によって演じられた公算が大きい。その演技者たちは一五七五年ケニルワースで演じた劇団、チャペル・ロイヤル少年劇団だったとも考えられる。この頃はウイリアム・ハニスではなくて、ブラックフライアーズのリチャード・ファラントが演出し、それらの少年俳優はウィンザーのコレッジのセント・ジョージズ・チャペルの少年で補強されていたのだろうか。[24] ピューリタンとしての忠誠心にもかかわらず、レスターは役者や楽士に寛容な友人であり、庇護者であり、この劇団に特別目を掛けていたようだった。[25] リングラーは『五月の女王』を「歌とスペクタクルの楽劇風な結合」と呼んでいるが、その上演にはかなりの職業的技巧が要求されたと思われる。ロムバスがレスターの召使いの喜劇役者、リチャード・タールトンによって演じられたというリングラーの説には魅力がある。一五八二年シドニーは彼の息子の名付け親になっているからである。[26]

これまでも『五月の女王』の深遠な意味について多くのことが引き出されてきた。リングラーその他の学者は、目下の現実的な問題点とは「ネーデルラントに対する軍事的援助によって、英国は大陸のプロテスタント主義という大義名分を積極的に支持するべきかどうか」であったと言う。他方、ルイス・エイドリアン・モントローズは二種類の求愛あるいは寵愛の求め方、つまり「融通のきく小役人とむこうみずな自由人」の間の討論として見ている。[27]どちらの解釈も、実際女王がそうしたように、活動的な森の住人テリオンよりも非力な羊飼エスピラスを選ぶことによって、シドニー自身の野望を否定し、その好機を大失態または落胆のようなものに変えてしまったという結論を出している。そうした政治的象徴は完全に除外することはできないが、この解釈のどちらにしても疑問が残る。どのみちシドニーがそれほど性急に叔父の女王歓待の公開の機会を利用して、そのような重大問題について女王の言明を引き出そうとするなどありえないことだ。とにかく一五七八年の五月には、まだ近い将来ネーデルラントに行こうと大胆に期待を抱いていたので、彼の視点からすれば事はすでに決まっていたように思われる。もっと厳密に言えば、いくつかの詳細を検討してみると、女王が活動的なテリオンではなく非力な羊飼エスピラスを採るということは、ありそうで予見できたことだと私には思われる。文字通り、シドニーは女王が乱暴な密猟者に褒美をとらせると期待しただろうか。

テリオンは近くの森から鹿肉を盗んだり、また素敵なことや、もっと素敵なことでわたしに尽くしてくれて、ずいぶんわたしを喜ばせてくれるのですが、他方、ひどく昂奮することがあり、ときにわたしを殴り、ときにはわたしに罵声を浴びせるのです。

五月の女王に求愛するために、テリオンは鹿を盗み、レスターや女王の財産を勝手にしていたようだし、結婚前に若い娘を打擲できる若者は将来性のある結婚相手とはなりそうもない。気晴らしの中であってさえシドニーは、最初の許婚が悲惨にも乱暴なオックスフォード伯と結婚してしまったこともあって、そのような結婚が望ましいとは思わなかったであろう。『五月の女王』を政治的切り口で議論してきた人たちは、それを急進的で向こう見ずのシドニーと、用心深く妥協的な女王の対決として見ている。しかしシドニーの腹蔵のない政治的忠告の多くは、事実上保守的で、激変には反対の態度を表明していて、フランス人との結婚の場合も彼は強く現状維持の立場を擁護していた。

…人は次のように問うことができます。「そのような安寧のなかにあって、どうして進路を変えると言われるのですか。それほど健康な身体にうんざりする薬を使われるのですか。どんな希望があって、あえて危険な冒険をなさろうとするのですか」。もしそれが立派に運営され高い評価を受けているお仕事を変えてしまうだけのことなら、実に危険なことです。自然の人体においては、突然の変化には危険が伴わないわけはなく、この政体についても、あなたさまがその唯一の長でいらっしゃるのですが、さらにさまざまな体質の人がいて有害な影響を受けるとなれば、なおさらそうだと言えるのです。[28]

彼の物語の中に登場する顧問官フィラナクッスも急激な変化はなさらぬようと君主に強く勧めている。[29]『五月の女王』に製作年代が近いころ、おそらくは執筆中の一五七八年四月二五日に、シドニーは金言のような表現で「変わらずひとつの心、ひとつの忠誠心をもつことはたいそう高貴なこと」と父親に述べている。[30] 数日後エドワード・ウォータハウス宛の手紙にも、彼自身の禁欲的忠誠心について書いている。

私についてはこのように言えます。変わらず一にして、一つの立場。[31]

彼はホラティウスの『風刺』二巻七節から記憶でここに引用しているが、これは情熱と野心を軽蔑し、「その結果、外部のものは一切磨き上げた表層に痕を残さず、運命の女神も攻撃に際し手も足も出ない」賢人が持つ真の自由について述べた部分である。三月にはランゲにたいしてシドニーは自分の精神を錬磨し、「禁欲的人間」あるいは「犬儒派的人間」にさえなりたいとその望みを書き送っている。[32] 一五七八年の春に、もしシドニーがこうした禁欲的な思考を開発していたとすれば、この頃には女王を刺激して、激変に身を投じるべしと宣言させたいとは思わなかったであろう。それどころか、目下のところ行動ではなく、女王から思索の生活の承認を公開の席で得られるような状況を設定したかったのであろう。女王が危険なテリオンではなく非力なエスピラスを選んだということは、二人の親しい仲間であるサー・ロジャー・ウィリアムズとロドウィック・ブリスケットが記録している彼のお気に入りの格言のひとつと一致する。立派な司令官に必要な資質について述べてウィリアムズは、気前よくしかもなお堅実な指揮官とは、

ただ大過なしということで責められるべきではない。高潔なサー・フィリップ・シドニーもよく言っているように、「小さな美徳で彼を愛することとしよう。多くの人はひとつもそうした美徳を持ちあわせていないのだから」。[33]

エリザベスはシドニーが狩猟を好まないことを知っていたのかもしれない。加えてあの小さな芝居には女王なら正確に解読できるなにか秘密の暗示があったのかもしれない。羊飼の求愛者のための文学的牧歌のなかでシドニーが選べる名前としてはいろいろあったと思われるが、そうはせず、伝統的にはない「エスピラス」つまり「フェルト圧縮人」という奇妙な名前を使っているが、それには特別の理由があったのかもしれない。一五六一年と一五六二

年、エイミー・ロブサートの死による挫折の後で、レスターが地位を回復しつつあったとき、女王は彼に「織っていない羊毛の布地（つまりフェルト）輸出」のために四種類の特許を与えて、彼の財を豊かにしたが、それを彼は六二六六ポンドという破格の高値で冒険商人組合［マーチャント・アドヴェンチャラーズ・カンパニは、一六、七世紀勅許により毛織物輸出を独占したイングランドの商人組合］に移譲した。[34] 穏やかなフェルト圧縮人を選ぶことで、エリザベスは自分が以前の寵臣とその甥にたいする好意を表明して、ほかのもっと脅威的な忠告者あるいは友を退けていることを意識していたのかもしれない。

ロムバスによる別れの演説は、最後になって『五月の女王』に加えられたらしいが、その中ではレスターとその善行は、故意に規模を縮小し家族的な形にされている。

そんなわけで、われらが町には、隣人としてウォンステッドのロバート様と呼ばれている人物がいる。この方は正直者と思われていて…そのちっぽけなお屋敷にお帰りの際はすべての借地人に気前よくふるまわれた。[35]

レスターの宗教についても冗談話がある。彼は「教皇派の法外な非道に」すっかり染まっていると思われているが、これも単に彼がエリザベスに入れ上げていたためで、ロザリオとして一連の瑪瑙の珠を使っていたが、その珠をくりながら主の祈りに加えて「そしてエリザベス」と繰り返していただけのことと判明した。ロムバスはロバート様の私室からその首飾りを押収してきているふりをして、もちろんそれを女王に差し上げた。カトリック信仰のイメージを使うことで、シドニーはほとんどきわどいと言えることをしている。キャンピオンとの会談、そうしてもっと最近では二人の悪名高いカトリックの貴族、アランデル伯とウィンザー伯を伴って馬上槍試合の会場に現れた後であったので、この話は数秒おいての「ダブル・テイク［初めは気づかず笑って受け流していたことを、はっと気づいて驚く喜劇的演技］」となっている。ロバート様は「大のカトリック派」というロムバスの遺憾の意を表する言葉は、そのあとすぐエリザベスのためにと数珠を数えて祈る者というレスターの姿が披露されることで、安心と満足が得られるというわけである。これより六ヵ月前に執筆した『アイルランド事情』にもあるように、シドニーはいつでもカトリック信仰を排斥し、それを冗談の種にさえする用意があることを女王に示し、彼女の疑念を和らげるのに熱心であったとも言えるだろう。彼もそう信じていたように、プロテスタント同盟という理念を追求するために、女王がシドニーに次の任務を与えて大陸に遣わそうとしていたとすれば、これはきわめて重要なことであった。ロムバスを演じ、最後の台詞を語り演技をしたのがリチャード・タールトンであれば、その場をまるく収めるために彼が選ばれたかもしれない。それは「いたくご機嫌ななめのときに、彼はエリザベスの気分を晴らす腕前の持ち主として信用があった」[36]からである。

ご裁定をと女王に求めて、五月の女王は「わたしの判定をなさるとき、女王さまはわたし以上のものの判定をなさっている」と言う。現代の注解者を政治的サブテクスト捜しに駆り立てるのは、この一行である。しかし女王に求められたそれ以上の判定とは比較的単純なことである。まぎれもなくどちらの求愛者がダドリー派なのか的確に指摘することが女王に求められているのだ。ダドリーがネーデルラント問題にたいする積極的な参加に賛成していたのは本当のことだが、このことが直ちに優雅な客人の役割を演じながら、女王が具体的な政策を是認したり否定したりすることにはならない。結局のところ女王は、ライコウトのノリス一族のようにカトリックと知られる人びとの歓待もときには受けていた。それだからと言って、そうすることで女王は彼らの信仰を支持すると表明しているわけではない。女王には流暢なギリシア語の素養とあだ名をつける楽しみがあり、富裕で非力な「フェルト圧縮人」のなかに、すばやくレスターに似た人物を見抜いて、エセックスという彼の隠棲の場所で、望まれるあり方で隠遁しているレスターをも認めることを示したのであろう。またそうすることで、この頃シドニーは瞑想に傾倒し、宮廷の活動的政治生活から逸脱する傾向にあったが、女王はおそらくそれと気づかずに間接的に承認していたことになると考えられる。ウィルトンでは彼の物語の羊飼のように、シドニーは隠棲の悦びを発見していた。

…そのような処では、自分も望み、またそこから彼を引き戻す外的大義もなければ、幸福であることは掟にかない何にも抵触しない。そのような処では、目は自然の造物を観入して忙しく、心は静かに造物の働きを喜んでいる。聖職者が語るように、瞑想はもっとも素晴らしいものであるなら、どちらがこのような瞑想者の生活に合ったものになるかは明白ではなかろうか。それは暴力的圧力にも卑劣な追従にも屈しない生活なのだから。[37]

女王は追従をまったく認めないというのではなかったので、彼女を操って追従から自由な生き方を認めさせるには、巧妙に頭を使わねばならなかった。ここに描かれている牧歌的瞑想は、「いまや我らが天空は」のなかのフィリシディーズの瞑想によく似ている。そこではもちろん瞑想は無作法にもエリザベスに似た二人の人物によって中断されたのではあるが。『五月の女王』においては、羊飼の平穏な生活は、いつもかわらず他の廷臣たちを出し抜いて、「この上なく残酷」にもなりうる恋人（女王）の寵愛を求めて苦闘する彼らの「悲痛な苦悶」とは、明白な対照をなしている。エスピラスを勝者と宣言することで、エリザベスはある意味において自分から遠く離れて営まれる生活の価値をも是認していたのだ。

ペンブルック伯爵夫妻はおそらく『五月の女王』を実際見ているであろう。一五七八年四月、シドニーはペンズハーストに夫妻を迎えた。そのとき七ポンド一八シリング七ペンスを費やして、彼らと近隣のケント在住の紳士を多く饗応した。[38] それからおそらく饗応された人びとすべてが、女王の巡幸の次の旅程で合流した。この頃までにシドニーは余暇を牧歌詩や韻律の実験に充てる習慣になっていて、ロマンスのあらすじを考案し始めていたとも思われる。しかし女王陛下の巡幸という集中を削ぐ状態と、加えてカジミール公にたいする女王の経済的ならびに軍事的な支援をまもなく自分が実行するという幾週にもわたる期待感があって、多くを進めることはできなかった。フィリシディーズがシドニーの牧歌的ロマンスの外縁で憂鬱そうにうろうろしているように、彼自身の詩的生活はまだ傍（わき）にあって、主流にはなってはいなかった。

シドニーの休むことを知らない火のような性格は、エリザベス朝の宮廷人としての役割を果たすためには結構な資質とは言えなかった。彼には父親譲りの愛想の良さと魅力があり、親しい友達や頼りとして彼のもとに集まる者たちはいるが、彼はまた宮廷でのダドリー一族の地位に関して、母が持っていたほとんど偏執的苦汁と不安の感覚の影響をも受けていた。これに加えて、彼自身特有の不安定なところがあって、憂鬱な無気力と躁病的なエネルギーの爆発の時期とがかわるがわるやってきた。一五七七年から八年にかけて彼は宮廷人として期待される義務を、充分過ぎるほどに果たしていたようだ。これまで見てきたように、一五七七年一一月には即位記念日馬上槍試合に参加した。新年には彼は女王に「キャンブリック織り〔薄地の白麻平織〕のスモック、その袖と衿には黒の刺繍がほどこされ、黄金色の細いボーンレースで縁とりされているもの」[39]を贈った。この年は衣類が贈答品として「流行して」いたようだ。というのも、シドニーの母は女王に金糸銀糸の縫い取りのあるダブレットを、エドワード・ダイアは金糸の縫い取りのあるスカートを、フルク・グレヴィルは「薔薇と樹木のスペイン刺繍をほどこした」キャンブリック織りのスモックを贈った。[40]『五月の女王』は、女王への伺候と賛美のために、シドニーが言葉と創作的技能を開示するのは吝かでなかったことを示していて、当然なんらかの「甘い勤務評定」を彼に獲得させたと思われる。女王が追従を退けるという状況設定を、それによってかくも鮮やかに創り上げたのだからなおさらである。

しかし彼がネーデルラントに派遣されるのかどうか、そうなればいつどんな立場で出かけるのか分からないというストレスは、父親のアイルランドでの仕事が女王にいまだ適切に評価されていないという意識と相まって、明らかに目立ち始めていた。五月の末には彼の小規模の牧歌劇とは違う、ずっと愛想のないもの（三五頁参照）、つまりエドマンド・モリニュークスに宛てて猛烈に威嚇的な手紙を書いている。それはこの時期の女王巡幸中の宿泊地で書かれたと推定される。「宮廷」とはどこでも女王がおいでの処にほかならないから。モリニュークスの返信は、サー・ヘンリー・シドニーの秘書として職務遂行しただけなのに、死の脅迫を受けたことに愕然としている様子が明かされている。

書状落手、それはまさに初めて、これまで誰からも受け取ったことがないような容赦ないものでした。ですから申しあげておきたいのですが、今は私を責めたいお気持ちでしょうが、私も余所では（世間が判定を下すでしょう）もっとよい評価を得ているのですから、こともあろうにあなた様からあのようなお手紙を頂いて驚くばかりです…。望むらくは私の無実が結局は私の忠誠を証明することになり、そのときには絶対あなた様も私に悪いことをしたと告白なさることになるでしょう。[41]

シドニーの書状は文字どおり「容赦ない」ものであった。彼は不運なモリニュークスに「短剣を突き立てる」と脅していた。モリニュークスがオーモンド伯とその一派の者と共謀していると間違った嫌疑をかけていたからである。シドニーは直接オーモンドを攻撃できないという状況のときには、断固として誰かにその激しい怒りをぶちまけて決着をつけた。

暴力はしばしばシドニーの物語の表層近くに存在していて、彼にはかなりふんだんに威嚇的言辞を弄する癖があった。一五七七年五月二日のランゲの書簡に見られる冗談めかした意見が、同じようなことを暗に示している。

もし貴方が妻を娶り、貴方に似た子供をもうけることになれば、ひょっとして大勢のスペイン人やフランス人たちの喉を掻き切ることになるより、お国のためにもっとよい奉公ができましょう。[42]

女王は廷臣のあいだの喧嘩や果たし合いには強く反対していた。モリニュークスにたいするシドニーの爆発は女王がけっして閑却できない行動形態であった。それほど激しやすい者をネーデルラントに送って自由にさせることには、深刻な不安を感じていたに違いない。オランダ人の独立闘争に決定的に関わることへの女王の漠然とした躊躇は、とくにシドニーがその機会にはどのように立ち回るのかを考えると、その極端な心配によって強くなっていった。彼が求められている熱意そのものもまたあやしげに見えた。オラニエ公やカジミール公にシドニーは実際より高い身分の者としてお目見えしたのだろうか。

一五七八年四月二五日、カジミールは女王と数人の主要な廷臣に手紙を書いている。シドニー宛の書面には女王自身がある提案をしているとはっきり書いている。提案とは、

私カジミールが、フランドルに中規模の軍勢で進軍するということだ。そうして我が軍が英国からの軍勢で増強されれば、私にとってとても喜ばしいことだ。また私は女王様の名の下に私を支援し、私に付き従う誰か紳士を任命して下さるよう希った…これは貴殿であるべきだと望んでいる。と言うのも貴殿の美徳について私には特別な見解があり、またときおり貴殿と交わした会話で感じた楽しさのゆえである。[43]

五月にカジミールは、女王自身が彼に北海沿岸低地帯に進軍すべきと要請したという彼の主張を繰り返し、英国増強軍の指揮官としてシドニーを派遣して欲しいという彼の要求が加えてあった。後になって分かることだが、これほど女王の意図から遠いことはなかった。ついに七月になって女王がシドニーに許可を与えたときには、[44]単に彼女の使者としてであり軍の指揮官としてではなかった。親書を携えてゆくことになったのだが、その中で女王はカジミールのネーデルラント到着に関して自分にはなんら責任がないと言明した。レスターはこれをウォルシンガムに伝えたのだが、彼は彼自身の甥の出発はこの時期には利益より害になると信じていたのだ。

…女王はこのことをカジミールに伝えるようシドニーに真剣になって命じ、そのうえ嬉しくもない慰めの手紙を書かれた。これら二つのことを聞いてからは、私はあらゆる手を尽くして彼が国に留まるようにしむけた。彼が女王の最上の友人たちを落胆させるだけだと知っているので、どんなに大変でもこれからもそうさせようと思っている。私としては、

彼がその手先として使われるより、海上で果ててしまったほうがよいと思うぐらいだ。[45]

レスターの手紙は、八月一日女王のイーストアングリア巡幸の道筋から数マイル南へ下ったベリー・セント・エドマンズで書かれている。彼の激しい口調は、思いとどまらせたいという女王の意向にもかかわらず、彼の性急な甥がネーデルラントにはせ参じることのないよう説得できていないことを暗示している。シドニーはネーデルラントの戦いに自主的に係わるという考えをまだ軽い気持ちで弄んでいた。というのは一〇月二二日にランゲは彼に法に叶った殺戮と無法の殺戮のあいだの違いについて堅固で明晰な説明を書き送っているからである。[46] 主君の明白な後ろ盾もない戦闘での殺害は、殺人と等価である。しかしランゲはシドニーが宮廷を離れて蟄居するという見通しに、それと同等の心配もしていた。

私が特に残念に思っていることは、疑いもなく神が貴方に必要とされた生き方が嫌になって、宮廷の光から逃げ出し政治家が普通悩まされている職務の嵐から逃走し、私的な隠遁所に赴きたいと望んでいると聞いたことです…確かに宮廷という輝かしい処では、悪の誘惑があまりに多く、自らを汚れを知らぬままで保ち、滑りやすい地面で足を踏ん張っていることは並大抵のことではありません。しかし貴方はこうした困難なことに立ち向かって、自分の主義と精神の強靭さの上にしかと立たねばなりません…

ランゲはシドニーが宮廷生活に飽きた理由について誤解しているか、あるいはこじつけで片付けてしまっている。しかし問題は誘惑に抵抗することではなく、女王のシドニーの処遇にたいする焦燥感に係わっているのである。

シドニーは伺候ぶりで女王によい印象を与えることに失敗し、女王の気持ちを動かすことができなかった——少なくともシドニーに自由にやらせるほど充分には女王の気持ちを動かすことができなかったが——彼はこの頃までに芸術の重要な奨励者になっていた。グレヴィルはこのことに関してだけはほとんど誇張した説明をしていないと言える。

国の内外の大学は彼を学問の司令官マエケナスと評価し著書を献じ、知識のあらゆる創案や改良を彼に知ってもらいたいと思い…彼の心と包容力はたいへん大きいので、巧みな技の画家、腕前の職工、優れた音楽家、その他人並み外れた評判の名匠で、この名高い人物に誰もが知遇を得たいと思い、彼を仕事ぬきで真の友、そうして彼の時代の価値の共通な会合所と見なさない者はいなかった。[47]

一五七七年のクリスマス、宮廷には欠席という許可を願うサセックスへの手紙にシドニーは、追伸として「貧しい異国の楽士」に変わらぬサセックス様の寛大なはからいをと請願している。この楽士とはおそらくこの時期、英国に到着した多くのプロテスタントの亡命者のひとりであろう。シドニーにはいまにもネーデルラント行きの拝命があるものと信じられていたこの時期に、彼に献じられた書籍並びに写本のなかに、若い秘蔵っ子のエイブラハム・フランスがしたためた特別素晴らしい一冊があった。彼は当時ケンブリッジのセント・ジョンズコレッジの学生だった。それにはラムス理論の概要とインプレーサ、つまり個人の楯の紋章を収集したものが含まれていた。[48] 彩色のほどこされた表紙は『アイネアス』の一場面でオデュッセウスによってポリュペーモスと共にキュクロプスの島に残され置き去りにされたアキメニデスが、アイネアスとその仲間に救出を嘆願しているところである。この絵に描かれたヘルメットを被ったアイネアスは、出帆しようとしている船上に威圧するようにして立つ人物で、あきらかにシドニー自身の表象であり、フランスとアキメニデスの象徴的な同一化は、両足の間にA.F.とイニシャルを書き入れることで示されている。裏表紙にはアクロスティック［各詩行の行頭と行末などの文字をとって綴ると、意味を成す語句になる遊戯詩］になっている離別の詩があり、シドニーの英知、力、雄弁を称賛している。また最初に収められている楯の紋章は針鼠で、これはフランスのルイ一二世も付けているが、シドニー家の人びとも一家の紋章として用いていた。[49] フランスは自分もできたら参加したいと思っている遠征に、シドニーが出立しようとしているとき、別れを告げているのだ。そうしてこれは期待されていたネーデルラントの特命を意味している可能性がある。

間違いなく一五七八年の後半に属していて、シドニー称賛と思われる作品には、さらにもっと甚だしいものがあった。七月も末女王はエセックスのオードレイ・エンドに滞在していて、そこでケンブリッジ大学のお偉方の豪勢な接待をうけた。その中にはシドニーの旧友、ゲイブリエル・ハーヴェイもいて、彼は「為政者において寛容は厳格より称賛に値するか」とか「星々はかならずしも因果律を我々に課すとは言えないのか」を論題にした討論に参加している。[50] 詩人にして外交官の大ジャイルズ・フレッチャーが三時間の討議の議長をつとめた。ハーヴェイはこの女王来訪にあたって自分の参加をできるだけ上手く利用した。彼はその機会を記念して立派な写本のラテン詩集をバーリに贈呈し、[51] 他に同様の写本を著名な客人たちにもばらまいた。これは普通のことで容認できる振舞いである。しかし一五七八年九月、もっと野心的な作品『大いなる祝辞』の部分として韻文を印刷させていた。しかしこの作品は多くの点でやりすぎている。彼は女王の手にキスをして、女王は彼がイタリア人に似ていると宣ったという事実について、人が面食らうほどあまりに入念に強調した。レスター伯の誠意と、(おそらくはアランソン公を表している)マキァベリ流の陰険な手段とのあいだで、かなり危うい比較をして、レスターにエリザベスとの結婚を強く促した。このしくじりの最大の怖ろしさは、このことが後になって、レスターはまさにこの月にレティス・ノリスと秘密の結婚をしていたという事実が明らかになったときに、初めてハーヴェイに打撃を与えたということにある。最終章でハーヴェイは三人の主要な廷臣オックスフォード、ハットン、シドニーに賛辞を捧げた。シドニーはオックスフォードとひとくくりにされるのは、嬉しくはなかっただろうし、またハーヴェイがさも事情通のように、シドニーが出発目前だと言ったことは、我々も見てきたとおり、シドニーにとっていたく残念なことだが英国を離れられなかったのだから、傷口に塩をすり込むようなものであった。しかしこれよりひどいことがあった。ナッシュが容赦なく指摘しているように、ハーヴェイはシドニーとの友情の固さと長さを強調し、「あまたある人々の中で、私にとってまさにこの上なくいとしい人」とラテン語で述べ、宮廷的賛美のおおらかな境界線を越えた言葉遣いをしてしまった。と言うのもそれは同性愛的な情熱を暗示していたからだ。ナッシュは次のように引用し訳している。

シドニーに捧げた自筆の詩を読んだが、彼はその中でまるでキュパリッススかガニュメーデースのようにして求愛し、止めとなるゴルディオスの真実の愛の結び目、つまり固く編み上げた仕上げはこれである。

貴殿を見て以来、シドニーよ、私は全身これ肝臓となり、
それは我が口、我が目を支配し、恋へと私を惹きつける。[52]

肝臓は性的な情熱のありかと信じられていた。シドニーがこのような形の賛辞を好んで味わうなどありえない。彼が造った英雄ピロクリーズのように、「自分が一人前の男性であると充分証明すること以外望みはなにもない」[53]と言ったであろう。私的な通信のなかにはランゲから受けたまるで叔父のような激しい感情に駆られた脅しはあるにはあるが、失職寸前の風変わりなケンブリッジの学者から印刷物としてもらった性的魅力の宣言は、それとは別物である。一五八〇年も遅くなって上梓されたほとんど同じように軽率な出版物『三通の手紙』で、ハーヴェイは自分とスペンサーの二人が、シドニーとダイアの好意を受けたと言明している。しかしこの時までにアイルランドに出向して不在であったスペンサーは、すでに文学的にハーヴェイをはるかに凌駕していたが、おそらくハーヴェイに利用されたのだろうが、読者たちにむかって、ハーヴェイもまた「皆さまご存じのあの常軌を逸した二人の紳士［シドニーとダイア］」と未だ親しく交わっていると暗に仄めかしていた。

このように読者を困惑させる調子で始まるその詩は、さらに『アウリクス』と『アウリカ』という二つの詩を紹介している。それらの詩はカスティリオーネに深く依拠したもので、理想の宮廷人や宮廷の淑女に必要な資質や才能を明細に枚挙している。[54]純粋にシドニーの才能と多面性という点からすれば、疑いもなく彼が誰よりもカスティリオーネ的理想を達成していると言えよう。しかしこれまで見てきたように、このことがすなわちシドニーの宮廷における現実の地位がめざましく安泰なものであったということにはならず、一五七八年までにはそれはひどく危ういものになっていた。国の内外での彼の地位は、多く彼がレスターの跡取りであるというところからきていた。このことにおいて重要でないとしてけっして閑却できない点は、彼が信用貸しして貰えなくなっていたことである。父の財政状態は、どちらも一五七七年の春のことだが、娘の持参金に三〇〇〇ポンド、息子のドイツ旅行費に八四〇ポンドを支払わねばならないという二重の打撃から立ち直っていなかった。[55]一五七七年九月以降、それ以前はともかく、フィリップにもたえず負債があった。フロビシャの遠征の分担金を捻出するのに手間取り、いろいろの金貸しから総額二〇〇から三〇〇ポンドの借金をした。[56]富裕なレスター伯の法定推定相続人であるかぎり、金貸しどもはあまり厳しく取り立てるのをきらったのかもしれない。しかし一五七八年九月二〇日、レスターは未亡人のエセックス伯爵夫人、旧姓レティス・ノリスと結婚して「彼の良心を鎮めた」。結婚式はゲイブリエル・ハーヴェイの旧友ハンフリー・ティンダルによってウォンステッドでとりおこなわれたが、ティンダルは花嫁が「ゆったりした胴回りのガウン」を着用していたと記録している。レスターの良心についての言及と相まって、これは彼女が妊娠していることを意味している。どうやらこの子供は早世したようであるが、一五七八年から九年にかけてシドニーの寵愛と期待の特別な地位は脅威に曝されていると、明らかに彼は感じていたに違いない。この時期以降、深刻な財政上の心配が絶え間なく生じていることが彼の手紙に認められている。

　どの段階でシドニーが叔父の結婚を知ったのかは分からない。彼は名前のはっきりわかっている証人の小グループの中には入っていない。しかし彼は女王より何ヵ月も前に気づいていたのであろう。女王は六ヵ月後になって初めて知ったのだから。レスターの結婚は未だ堅く秘密が守られていたので、一五七九年の新年は宮廷では機嫌良く祝われて、恒例の豪勢な贈り物の交換が行われたらしい。レスターはエリザベスに、ダイアモンドとルビーの装飾をほどこし、「両側には菱形のダイアモンドと緑と赤褐色のエナメルをかけた金の林檎」[57]をあしらった小さな金時計を献上した。おそらく林檎は、トロイアのヘレネに金の林檎が賞として与えられたあのパリスの審判を暗示していたのだ。女王の返礼としてレスターに与えられた一〇〇オンスの金メッキの大皿は、彼女の寵愛が減少していないことを表していた。と言うのは前年の贈り物が似たようなもので、一〇〇オンスの銀メッキの大皿であったからである。[58]この時初めてシドニーの名前が「紳士たち」のリストの最初に現れた。彼は主君に「サーセネットの白いチョッキを贈ったが、それはキルト縫いになっていて、金糸、銀糸、その他さまざまな色の絹糸を用いた刺繍がほどこしてあり」[59]、彼にとってはずいぶんの出費だったに違いない。

しかしながら最も贅をこらした宮廷のお祝いはその先にあった。書簡や特使を使ってあおり、自分の軍事行動の支援を獲得しようとすることだけでは我慢できなくなって、カジミール公は自ら訪英を決意し、「女王が彼に実質的な、また公開の援助を与えるよう説得」しようとした。[60]まさに最後の瞬間になって、ユベール・ランゲが長い病気から回復して、この機会を捉えて、自分に託されている弟子がどうなっているのか、英国の宮廷人としての様子を我が目で確かめようと思い立ち、ヘントでカジミールの一行に加わった。女王はシドニーと（最近アイルランドから帰国していた）彼の父をケントの海岸に、おそらくはドーヴァーであろうが、女王名代として迎えに出るよう遣わした。カジミールは商人に身を窶していたが、ロンドンに近づくにつれてやはり宮廷向けの衣服に着替えている。一行はともにテムズ川を遡り、一月二二日ロンドン塔に到着した。キャムデンによればその年は「肌を刺すような冬で雪も多かった」[61]。そうした寒さにもかかわらずもてなしの宴会が三週間続いた。饗宴、宮廷外のレセプション、狩猟、馬上槍試合や剣による試合、そうしてまた熊いじめ観戦のためであろうかパリスガーデンズ見学などがあった。宮廷もロンドン市もどちらもカジミールを温かく歓迎し、後者は黄金の首章や黄金のゴブレットを贈呈している。「総額二〇〇〇クラウン」の価値があると、レスターが当時の在アントウェルペンの英国人公使ウィリアム・デイヴィスンに報告している。交流という点においては、その訪問は大いなる成功であった。「ここで彼はみんなに気に入られ、彼ももてなしが気に入ったし、彼が出会った大げさな儀礼は善意に解釈した」[62]。女王は気前のよい女主人で、サマセットハウスでの滞在費用は丸抱えだった。そうして二月八日には、勲章を女王自らその手で彼の脚に着けて彼をガーター勲爵士とし、格別の寵愛を示した。しかし政治的にはなにも進展しなかった。カジミールは軍資金も、兵力も、つまりそのためわざわざやって来た支援の確約は得られなかったし、女王に差し出した「ベルギーの海岸沿いの広大な土地」も受納かなわずじまいだった。彼は非常に機嫌を損ねたに違いない。なぜなら彼の一行は二月一四日にひどく急いで荷をまとめ出立したので、ランゲはシドニーやダイアに別れを告げることもできず、馬が一頭足りなくてあわや置いていかれるところだった。一度だけランゲがシドニーに、その逆ではなく、謝罪しなければならなかった。

…私の貴方にたいする敬意の印としてまさに涙を流し、ため息をつくところをお見せすることができず申し訳なかったが、それは私のせいではありません。私たちの一行はまるで友人ではなく敵方に別れを告げているかのように、そそくさと立ち去ったのです。もし私が常識に従って行動していて、猛烈な勢いで他の連中と一緒に急がなければ、彼らをたいへん怒らせてしまったでしょう。[63]

ランゲはやっとのことで彼の一行に再び加わることができたが、今度は海を渡るのに難儀していた。一行には今やフルク・グレヴィルや若いロバート・シドニーも加わっていた。しかし見送りにやってきたサー・ヘンリー・シドニーにいつまでも見守られているより彼らは悪天候を押して出帆することを選んだ。

カジミールとランゲの訪問にたいするシドニーの反応は記録されていない。カジミールはそのために来たのに、女王は彼になにも援助をしなかったことにシドニーは困惑していたに違いない。今回がランゲの最初にして最後の英国訪問であったが、後になってその複雑な印象を語っている。彼はシドニーの友達であるダイアやグレヴィルとの交友を楽しんだし、自分でシドニーが女王の「覚えめでたいこと」も確かめた。

けれども率直に申せば、貴方のお国の習慣は私にとって幾分雄々しさに欠けるような気がしたのだ。また貴族たちはほとんど、国家にとって健全なものであり寛容な心と高貴な生まれの人にこそふさわしいあの美徳によってではなく、うわべだけの礼儀のようなものでよい評判を得ようとしているように私には見うけられた。だから私は、そうして他の貴方の友人たちも同じ思いだったが、そのようなことに貴方の人生の開花期を無駄に費やしているのを見ると残念でならなかった。貴方の高貴なる性質が鈍磨され、また貴国の習いに従ってただ精神力を弱体化させることになる追求に、うつつを抜かすようになっているのではないかと恐れている。[64]

残念なことに、ランゲがどのような「追求」のことを言っているのか正確には分からない。英国の宮廷は儀式的だと思ったのかもしれない。三週間のカジミール来訪のあいだシドニーは王室献酌官としての仕事を果たすためにしばしばお呼びが掛かっていたであろう。それはどちらかと言えば儀式的な手洗い、ナプキン運び、乾杯、いつも片脚を後ろに引いてお辞儀をする仕事である。[65] エリザベスは自分の廷臣たちが忠誠心を巧妙に披瀝するところを、外国の要人に見てもらうのが好きだった。オラニエ公ウィレムの素朴な生活圏を見て来たばかりのランゲは、そうした光景に反発を覚えたのであろう。シドニーは今や嬉々として参加しているのだが、あの槍試合も時間と金銭のおぞましい浪費と感じたのであろう。かくも多くの財力がホワイトホールの槍試合につぎ込まれ、ネーデルラントの深刻な闘争にはほとんど何も出資されないということを知ると、苦々しく思われたのだ。

ランゲにはじきに重大な心配の種ができた。外交的使命、宮廷の祝祭に参加すること、そうして献酌官として女王に付き添うことなどを通して、シドニーが苦労して登ってきた朝廷の階はひどくぐらついていたのだ。ランゲはヘントから英蘭使節のダニエル・ロジャーズがものした推称の詩を持って来ていて、その中にはシドニーと女王との関係について甘いことが書いてあった。

…女王様がリッチモンドの離宮からも見える隣接する緑の草地をそぞろ歩きなさるときも、陽の降り注ぐ庭園を散歩なさるときも、貴方は忠実に女王陛下のご用を伺うために、そこに控えていた。女神が馬で晴れやかな野原にお出ましになりたいと思われるときには、貴方もすぐさま馬に跨り、さっとご主人さまにお供することになるのである。そうして遠国から外交官が到着すると、まずは貴方のお世話におまかせになる。貴方が何をしていても、女王様のそばは離れてはいない。女王さまの真面目な仕事のときも、愉快に楽しもうとしておいでのときも。おお、幸運な人、エライザの従者として星々――そう女神たち――ともお近づきになれる。そうして女王はしばしば貴方と楽しげに囀りあっていらしたこと、あの王室のニンフは当意即妙の才人との同伴をいかに喜んでいたかお話しするまでもないでしょう。気さくに貴方の望みをかなえていらっしゃる一方、どれほど貴方の従順な奉仕があのお方を喜ばせていることか。[66]

実際は新たな展開があり、宮廷内に張り巡らしたダドリー組織網全体の状勢が危うくなっていて、シドニーはその中でも最年少で最も才能のあるメンバーであったが、すぐに自分が「貧乏くじを引かされる者」であることに気がついた。女王のアランソン公つまり「ムッシュ」からの求愛については、今や公はフランス王の世継ぎということになっていたが、このところ数年間は何事もなく過ぎていた。突然、アランソンがネーデルラントの軍事的空白を埋める覚悟をしたとき、エリザベスにたいする彼の求愛は激しさを増した。アランソンの新しい代理人、ジャン・ドゥ・シミエが、カジミールより数日前の一五七九年一月にロンドンにやって来たとき、求愛はこの新たなもっとさしせまった局面に突入した。キャムデンの記述によれば、シミエは「洗練された宮廷人で、恋の悦びに長け、求愛の方法をよく知っていた」。[67] 多くの女王の忠告者がぞっとしたことに、エリザベスは処女王として二一年を費やしたあとで、真面目に結婚を考えているように見えた。アントニー・ベイコンが「あの深い測りしれない宮廷の中心、女王陛下のお心」と後に呼んだものの中で、実際何が起こっていたかは今後も分からないであろう。[68] 政治的考慮が最重要課題であったことは疑いない。エリザベスの結婚により、イングランドがネーデルラントのアランソンの活動に制限を加えられるようになれば、結果としてフランスの主導権を制することになり、財政や兵力という点で、フランスの資源をイングランドの利益となるよう利用できるかもしれない。イングランドにとって脅威となっているフランス・スコットランド同盟は回避できる。明らかに代理求婚人のシミエに魅了されて、エリザベスは恋愛ゲームを驚くほど上手くやってのけた。シミエはたちまち女王の「セージュつまり愛玩用の猿」になった。彼女は本当の「蛙」、つまりアランソンの到来を待ち遠しく思うようになった。

何ヵ月も論争と緊張が続いた。結婚反対派はレスター、ウォルシンガム、ペンブルックそうしてハットンが先導し、多くの主要な聖職者も含んでいて、支持者たちの数をうわまわっていた。しかし後者の旗頭は女王にこの上なく信頼の厚い相談役の二人、バーリとサセックスで、その取り巻きのなかにはシドニーの宿敵、オックスフォード伯がいた。七月の初旬、シミエは切札を出し、レスターは六ヵ月も前に秘密裡に結婚しているとエリザベスに暴露した。[69] レスターが触れた逆鱗は一族の者に及んだ。シドニーの母は宮廷から退出し、疑いもなくシドニー自身の立場も激しく揺らいだ。もしダドリー・シドニー派がさまざまの表裏二面の使い分けをしていると女王がすでに疑っているとすれば、この暴露はその充分な確証となった。というのは女王が自尊心を傷つけられたこともほとんど疑いのないことであったからである。レスターは子供時代以来の友人であったし、彼女は深く彼に執着を覚えていた。また偶然とはいえ、レスターの新しい義父サー・フランシス・ノリスもまたフランス人との結婚にたいして強力な敵対者であった。シミエの暴露がアランソンと女王の結婚に、最も強い反対の声を上げていた者たちを黙らせることによって、以前より結婚の可能性が強まった。ウォルシンガムは枢密院の何度も延長された会議で、結婚に反対する旨の慎重で思慮深い主張をすでに声に出して表明していた。レスターはグリニッジの外には出られなかったようだが、今や闘技場から遠ざけられた。新たな結婚反対のスポークスマンが求められていた。

一五七九年八月一七日エリザベスの「蛙」は海峡を越えてぴょんとやって来た。供も連れず派手な恋愛遊戯以外なんの目的ももたずに。エリザベスは会ってもいない人とは結婚出来ないといつも主張していたのだが——父王とクリーヴズのアンとの悲惨な結婚がそう教えてくれた——この障碍が取り除かれて、結婚の話は一段階進んだ。アランソンの低い背丈、痘痕の顔、獅子鼻にもかかわらず、エリザベスは彼女の「蛙」と恋の遊戯にうつつを抜かしていた。もっとも彼はH・R・ウデューセンが指摘しているように、彼の敵が認めているよりもっと教養があり知的であった。公的人物に関する公開の風刺はおおかた禁止となっているこの時代では、庶民の意見は遠回しの表現をとり、求愛中の蛙を歌った古謡を復活させた。一五八〇年一一月二一日に、明らかにもうすでに出回っていたバラッドが正式に許可され、「蛙と二十日鼠の世にも不思議な結婚」と表題が付された。写本は残っていないが、エリザベスの没後八年になって初めて「市場に出た」版として、トマス・レイヴンズクロフトによって『メリスマタ』（一六一一）に収録され出版されたということに重要な意味がある。[70] しかし求婚するフランス人との結婚にたいする歯に衣着せぬ直接の攻撃は、勇敢なピューリタンの紳士、ジョン・スタッブズによってなされた。それはアランソン訪問の時期に合わせて、猛烈なスピードで書かれ出版された。『またもやフランス人との結婚により英国が呑み込まれる恐れのある口を開けた深淵の発見』は、力強く現在でも心動かされるプロパガンダである。スタッブズはアランソンの求婚に多くの不吉な意味が内包されていると見ている。バラッドの後になって出た版では、蛙君は「母上が許そうが許すまいが」求婚し続けたとあるが、スタッブズの記述ではアランソンの母、カトリーヌ・ドゥ・メディシスには企みがあり、

そこでこれを好機とばかりに、彼女の次の舞台としてこの土地を獲得しようとした。衣裳を着せてプロローグ役として

彼を送り込んだ。だから彼を信用してはならぬ。彼［アランソン］はその頭上に平和の月桂冠を載せていても、演じる者たちにとっては悲劇である。[71]

スタッブズはエリザベスの「年齢」について何度も暗に仄めかし、女王の年齢を考慮すると、出産が命取りになるちょうどその頃に結婚を申し込むとは、アランソンは「まさにフランス式恋愛」を実行していると言っている。スタッブズが言うのだが、実際はエリザベスが亡くなるようなことがあれば、アランソンはスコットランドの女王と結婚して、それによって主要な領土ブリテンのすべてを手中に収めることを望んでいた。彼はアランソンの病弱で醜い体躯、彼の取り巻きになっている「不埒な若い連中」、そうして陸軍司令官としての貧弱な業績に注意を促していた。聖バルテルミー祭の大虐殺に加わるには若すぎたが、彼はフランスの宗教改革後の教会を裏切っていて、ラ・シャリテやイソワールの町では「おぞましい残忍な騒動」を引き起こしている。[72]

スタッブズは、ウォルシンガムに仕立てられていたという噂がフランスでは出ていた。それが事実ならば、一一月三日スタッブズと出版業者のウィリアム・ページが、舌禍を問われて右手を切り取られたときには、ウォルシンガムは彼の弁護に失敗したことになる。それに対して印刷業者のヒュウ・シングルトンに代わって行った弁護には成功しているので、彼は実際『口を開けた深淵』の「背後で」何らかの形で係わっていたのではないだろうか。三人にたいする処罰は、メアリ・テューダーが夫を誹謗中傷から護るために、当否は疑問視されていたが、彼女が通過させたある法案の復活に依拠していた。いまやそれがエリザベス女王の求婚者にも適用された。処罰のプロパガンダ的効果は女王とバーリが望むものとは反対のものであったようだ。年代記作者のジョン・ストウは現場にいたのだが、「スタッブズは正直者だという評判だった」ので、群衆は恐怖と彼にたいする憐れみで沈黙したと記している。スタッブズ自身は殉教者の忠誠心を示す立派な振舞いで、肉屋の肉切り包丁で右手が打ち落とされた後すぐに、左手で帽子を挙げ「女王様万歳」と叫んで気を失ったが、牢に監禁されて一年半留め置かれた。[73]

おそらく煽動的で広い読者をねらった『口を開けた深淵』と同じころ、もっと巧妙な論が女王と側近の考慮を求めて書かれた。多くの写本の中の数編で『ムッシュとの結婚に関して女王陛下に宛てた手紙』と呼ばれているシドニーの書簡である。その書簡と『口を開けた深淵』に共通する立脚点は、レスター・ウォルシンガムのサークルに、あるいは両者互いの影響関係に、その共通の源があることを示している。八月も半ばレスターはロンドンに戻り、ペンブルック伯のロンドンの住まいであるベイナーズカースルで行われた一種の秘密会議を取り仕切った。[74] そこにはシドニーと父親も出席している。同席していた「他の友人たちと親戚」の中にはエドマンド・スペンサーもいて、彼は当時レスターに雇用されていた可能性があると言われている。[75] シドニーの『手紙』がこの会合の産物であったことはほとんど確実であった。それに対する一〇月のランゲの評語――「事実貴殿が従うことを余儀なくされている方がたに書くよう命じられた」[76]――がこのことを暗示している。シドニーは手早い流暢な書き手なので、ウォルシンガムその他の人びとによってすでに出されている議論を同化して、自分の議論を組み立てるのにあまり時間はかからなかった。エリザベスをひどく激怒させそうな問題を扱うにあたって、巧妙かつ修辞的に腕のさえを見せた。例えばアランソンとエリザベスのあいだには二〇歳の年齢差があることにも、出産時に命を落とす危険があることにも言及せず、まるで彼女のどんな結婚も実りがあり得るように書いた。

> それ（アランソンとの結婚）は女王陛下に何ものももたらさないでしょう、ただ子孫という慶び以外は。そうなれば私は告白いたしますが、それはまったく筆舌に尽くしがたい安心です。しかし子供を持つことが彼に相応しくないのは、御身の夫としてこの上なく幸運な役割を与えられる男が誰でも子供をもうける資格があるとは言えないのと同様です。[77]

これではまるでシドニー自身が（まだ二五歳にも達していないが）エリザベスとの結婚を望んでいたように聞こえる。おそらくはスタッブズのパンフレットの反響を警告として受け取り、限りなくアランソンの個人攻撃を続けることは避けたが、彼は梅毒だという広く信じられていたことには充分注意を喚起するよう言葉を尽くしている。

かの地の国民全般にわたる不健康について疑念を持ち反感を強めるほど悪意丸出しにしようとは思いません。またあの方の瘧のような行動のありようを責めたてたりしようとは思いませんが、それはいったん始まると、ときに火照りときに悪寒が生じるようで、そうしてまた通常激しく焼けるように感じるらしいのです。もっとも私はとくに彼を不敬にも貶めるような言い回しは避けたいのです。しかし、そうしたことはこれほど真実のことはないとも言えるのです。[78]

愛の賛美でエリザベスを飾り立てることなしに、「御身の心と姿の完全さ」について微妙な言葉を入れ込んでいる。スタッブズはアランソンのカトリック信仰について、またプロテスタントの擁護者としての証明済みの頼りなさを重視しているが、シドニーは宗教的問題を、もっと説得力のある心理的な言い回しで扱っている。

彼の宗教はローマのカトリックであって、もし彼がひとかどの人物なら、すべての人物が自分と同じ志になって欲しいと願うほどの男らしい性格を、かならずや持っているに違いありません。[79]

シドニーの議論の要点は、エリザベスのすでに長く続いた在位、女王自身の才能、そうしてプロテスタントの教義が、すべて相まってその人気を支え国家を安泰に導いているということにあった。アランソンとの結婚はこうしたこと全てを混乱に陥れ、現在臣民が女王に抱いている深い敬愛を傷つけることになるであろう。女王は噂や中傷に耳を貸すべきではなく、「神があなたに与えた唯一の栄誉として…ひとり立ち、誠にただひとり神の教会の護り手として[80]」揺るぎなくあるべきである。それから、最後に申し上げれば、日頃なさっているようになされば、この先もこれまでと同じくあられるでしょう。王侯の手本、この時代の飾り、悩める者の慰め、民草の歓び、歴代の祖先の最も優れた果実、そうしてあなた様の子孫にたいする完全な鏡として。[81]

最後の言葉で、シドニーは四六歳のエリザベスがアランソンによってではないが、本当に子供を持つだろうとありそうもない確信について述べている。シドニーは自分の仲間のためには見事な働きぶりを見せていた。結婚反対の訴えが、あれほど抜け目なくなされることはなかったであろう。しかし求愛はだらだらと続き、九月二七日にはアランソン批判を禁止する女王の布告があって、スタッブズとページに割り当てられた刑罰がそれに伴い、これ以上そうした嘆願の声をあげてはいけないということになった。

不運なスタッブズと違って、シドニーは四肢損なわれないままであった。彼の『手紙』に対するエリザベスの反応にはなにか謎めいたものがある。フルク・グレヴィルは結婚反対派に深く関わっていたし、ウォルシンガムの私設秘書として三ヵ月間ネーデルラントに滞在していたこともあったが、彼によれば、女王はシドニーを寛大にとりはからった。シドニーは「為政者でも顧問官でもないので、わざわざ主君の御意に反する立場をとるのは、過ちであり、それも危険な過ちである」という意見に応えて、グレヴィルはシドニーの「価値、誠意、寵愛、そうして真面目さ」が彼に『手紙』を書く権利を与えていると言明した。加えてシドニーは女王ご自身に宛てて書いているのであって、「嘆願は女王にこそなされるのが妥当であり」、彼は（スタッブズのように、と言ってもその真意は分からないが）反乱を煽動しようとしたのではなかったと述べている。『手紙』を書き終えたあとのシドニーについて、さらにグレヴィルは次のように言っている。

ひとり立たねばならないようなときも、彼は背筋をまっすぐに立っていた。変わらず女王陛下に接見し続け、フランス人たちとこだわらず座談に加わり、最も尊敬すべき人物の間でも尊敬された…このように自由闊達に、この上なく立派な精神の持ち主もやんごとなき人も目隠しされ、つまり盲目のように思えるときにも、またもっと下等の人間は希望、恐怖、無知に囚われてしまうようなときにも、彼は思想の自由を享受し、その思想にふさわしい気晴らしも忘れなかった。[82]

グレヴィルの時系列は、現代の伝記作者のものとは異なっている。というのは、彼は『手紙』後の「自由」な時間にシドニーは宮廷でテニスをしていたが、オックスフォードと喧嘩となり、その時になって初めて説明を求める女王に呼ばれたと記述しているのである。[83] 彼の語りはひどく不明瞭だが、注目すべきことは、オックスフォードとの喧嘩の後でさえ、シドニーは決定的な女王の不興を買い宮廷から追放されたとグレヴィルは言っていないことである。シドニーはテニスコートの喧嘩以後六ヵ月間は、退出してウィルトンに下がることはなかったのだから、グレヴィルの言っていることは正しいのかもしれない。そうしてまたシドニーの女王に忠告した大胆さが、直接の原因になって、蟄居するに至ったという後世の伝承は、間違っているのかもしれない。もしグレヴィルの語る時系列が正しいのなら、一五七九年八月の後半はいろいろな事が立て続けに起こっている。一七日にはアランソンがお忍びであるいはスタッブズの言葉では「まるで仮面をつけるようにして」到着した。一両日後には、レスター、シドニー親子、その他の面々で緊急会議をベイナーズカースルにおいて開催した。となるとどう考えてもシドニーは『手紙』をその後直ちに書き、女王に返答の時間的余裕を与え、自分はオックスフォードとの喧嘩の前の数日間は通常の「自由」を享受していたことになる。ちなみにこの喧嘩は八月二八日より一日か二日前に起こったことになるだろう。というのは、シドニーはその日付で喧嘩についてサー・クリストファ・ハットンに手紙を書いているからである。

オックスフォード伯と私のあいだにある問題について言えば、実にハットン卿、もし、彼がそのつもりだったように私が彼の傲慢な侮辱を甘受してしまっていたら、彼を赦すことがあっても、私は自分をけっして赦しはしません。太陽の下如何なるものもそうしたことで私を後悔させることはありえず、またどんなに悲惨な目にあっても私は半語たりとも前言を撤回するつもりはありません。故に彼には、そうすること間違いなしだろうが、このことをしっかり了解してもらいたいのです。私としては縛り付ければますます獰猛になるけものがいると思っています。[84]

実際の時期は短縮されているが、これがほんとうの時系列なのかもしれない。シドニーは、彼のもっと長い手紙が示しているように、極端な速筆である。結婚反対派が彼らの意見を集めるのに六ヵ月以上かあるいはそれ以上かかっているのに、シドニーがその意見を集約して彼の『手紙』に纏めるには一日で充分だったようだ。[85]アランソン自身が到着しているとなると、事は最火急であり、彼の『手紙』は白熱の勢いでしたためられたと思われる――熱に浮かされたような興奮だったので、シドニーはおそらく友人とテニスをして緊張を解き、それを鎮めようとしていたのだ。

アランソンとの結婚にたいする反対とオックスフォードとの喧嘩のあいだには、なんらかの関連があると推測される。なぜならオックスフォードは結婚支持者の一人であった。しかしグレヴィルはこのことに関してはなんら明白な言及はしていない。彼の説明ではそれは主に個人的な場所取りと社会的序列をめぐる闘いであった。彼によれば、シドニーは「この解放感」――つまり『手紙』を届けたあとで女王が彼に与えた自由――を享受し、おそらくはグリニッジパレスで「一日テニスに興じていたが」、オックスフォードは、

生まれもよく、親類縁者も上位で、女王様の覚えこの上ないという人物であったが、突然テニスコートに現れ、そうしたことに裏打ちされた権威を笠にきて話しかけ、合法的に命令できないことは懇願すべきだということを忘れたのだ。[86]

シドニーの冷静な拒絶に、オックスフォードは熱くなり、

> シドニーたちにテニスコートを出ろと命じた。これに対してシドニーは、もし閣下がもっと穏やかに意向を示されるお気持ちでしたなら、私の仲間を追い出すことがおできになったでしょうが、いまやどんな激怒の笞をもってしても彼らは追い出されないとお分かりでしょうと、自制して応えた。この応えはすでに燃え上がっていた猛烈な火の粉を鞴で吹きあげるようなもので、オックスフォード伯にサー・フィリップをいぬっころと呼ばせてしまった。[87]

いまや両陣営「かん高く大声をあげ」、運悪くフランス人外交使節団の注意をひいてしまった。彼らは女王に「その日接見したばかりだった」。シドニーは「大声で」今言われたことを繰り返してみろと言った。オックスフォードはまたシドニーを「いぬっころ」と呼んだので、シドニーは多くの証人の前で、「オックスフォード殿に対して、ありえないような妄言を弄した…世の中誰でも知っているように、子犬は成犬から、人の子は人間の親から生まれると言ってしまったのだ」。グレヴィルの偏向しているあやしげな話のなかでさえ、オックスフォードが勝利をおさめたことになっている。というのはシドニーと友人たちは「突然」テニスコートから立ち去ったのだ。一日か二日後に、「立派な紳士」が——おそらくウォルター・ローリーと思われるが——挑戦状を送った。その時になって初めて女王が介入し、シドニーに次のような見解を示した。

> 伯爵と紳士のあいだの身分の違い、身分の低い者が高い者に払うべき敬意、民草の放縦と聖油を注がれた王冠を戴く君主のあいだで、上から下へと刻まれている階位として、自ら授与した階位を守るという王侯の義務がある。

これまで見てきたように、オックスフォードは英国最古の伯爵の爵位を保持しているが、その一方グレヴィルが遡

及して称号を適用している「サー・フィリップ」は、当時まだ騎士でさえなかった。無遠慮にこのことを思い出されるのは苦痛だったにちがいない。グレヴィルによれば、シドニーが女王に指摘したのは、確かにオックスフォードの生まれは立派で、セシル家との縁故もあるが、彼はシドニーの「直接の主君ではなく、それによって上下関係のない者のあいだの身分の違いは、上席が問題とされる以外、臣従の礼などは問われない」と言うことであった。[88] シドニーが実際女王に何を言ったにしろ、彼女は二人の激しい若者に距離を置くよう命じ、オックスフォードの肩を持った。

アランソンの結婚は重要な国事に関することであり、オックスフォードとの喧嘩は比較的小さな出来事であったが、一五七九年の後半にシドニーの心を占拠していたのは、後者であった。彼は母によって血筋の重みを鋭く意識するように育てられてきたので、彼にとって下位にあるのだから控えているべしと言う女王の命令は、極端に苦痛だった。軽視は一族すべてを傷つけた。だからレスターやサー・ヘンリー・シドニー両人を刺激して、この時期にクラレンス紋章院上級紋章官のロバート・クックに一族の系図作成を依嘱させてしまったのは、他ならぬオックスフォード事件におけるフィリップの敗北であったかもしれない。[89] 四回文書の偽造を繰り返し、クックはシドニー家をヘンリー二世の仮想の宮内官とおぼしき人物のウィリアム・シドニ（Sidne）にまで遡った。[90] 宮内大臣というオックスフォードの世襲の地位が、家系図作成というこの行為の刺激となったのだろうか。クックはついには紋章官仲間で、「金銭のために最悪のやり方で商い」[91] をしていると悪評がたった。サー・ヘンリー・シドニーはモリニュークスその他の人びとにその骨董趣味を称賛されていたのだが、彼が自分のしていることを自覚していたのか、またわざわざクックに自分から指示を与えてシドニー家を昇格させたのかは分からない。彼らの身分が高くなったのは実際サー・ヘンリー自身の祖父ニコラス・シドニーに遡るにすぎない。彼はアン・ブランドンと結婚して地位を上げた。フィリップは生涯「貴族的なものが足りない」[92] と少しでも暗示されることに異常に敏感になっていて、シドニー家は本当に二世紀も続く廷臣であったという父の説得を真に受けるようになっていたのかもしれない。

階位と政治的忠誠における違いにかかわらず、シドニーとオックスフォードにはもともと厄介なほど共通なところが多かった。青年としては二人ともセシルの庇護を受けていて、彼の娘のアンとの結婚を期待していた。そうして今やオックスフォードが勝利をおさめていた。彼らはグレイズインの同じ「ロンドンクラブ」に所属していたし、二人とも多額の金銭を文学的寵遇に割いていた。宮廷の余興で筆を揮い実際それに参加した。オックスフォードは例えば一五七九年懺悔の季節の出し物をシドニーと共同で考案してもいる。[93] もっとも当惑させることには、両人ともハワーズ家のようなカトリック教徒の宮廷人と交際していたことである。オックスフォードは隠れカトリックだったと見なされている。シドニーの立場にも問題があり、数回変遷を経ていたとも言える。

決闘こそ行われなかったが、オックスフォードとの喧嘩はだらだらと何ヵ月も続いた。一一月半ばカジミールがそれを聞いて非常に心配し、シドニーを「支持する」と言っているとランゲが報じている。[94] オックスフォードは宿敵となり、シドニーの持続する敵意は激しさを増し、無鉄砲の域まで達した。オックスフォードは酔ったときなど、グリニッジパレスで「寝首をかいてやる」とか「フィリップ・シドニーを亡き者にして」そのあとピストルでしっかり武装してテムズを小舟で逃げ去るのだと豪語したと言われている。[95] 彼は自分の気持ちを吐露して何編かの奇妙な詩にしていて、それはおそらく「一五八〇年頃、英国の宮廷で身分の卑しい紳士の成り上がりに不満をもち、オックスフォード伯ヴィアが抱いた楽しい着想[96]」として後世言及されたものであるとも考えられる。エリザベス朝の叙情詩によくあるように、それは詩を書くこと能わずという主題の詩である。しかしながら殺人も恐れぬ怒りの表現は当時としては類を見ない。

歌をうたいたいけれど、憤怒が私を苦しめる
激怒が受けた侮辱の復讐を果たすと誓っているのだ。
私の心の迷路は、悪意の出口を目指しているが、

私の長い破壊的な悲しみの果てには死があってたじろいでしまう。
　我慢すれば、私が死ぬか、再度侮辱を忍ぶか
　　いやおうなしに身を刺す苦痛を伴う。

私は、心の喜びを奪う悪態に
耐える愚か者ではなく、
平らかな心であの悪意を忍び
その習いに従うふりをするつもりもない。
　知恵を巡らし侮辱に復讐するまでは
ひと度たりとも安眠が我が目を占拠することはない。

私の心はくじかれ、手はその力を失うとも
策をめぐらし悪意にはそれ相当の報いを与える所存なり。
憤怒は私の悩み多い肉体を消滅させるか、
あるいはまた畝をつくり私の悲しみを育てることになろう。
　見てくれ給え、手も足も出せぬままかくの如く悲しみの心が荒れ狂い、
私は侮辱を受けた者に対しいつになっても報復心を忘れない。
　　　　完　オックスフォード伯爵[97]

シドニーがオックスフォードにたいして同様の詩的挑戦をしたとしても、それは現存していない。ただし「スペク

ルム・トゥスカニシミ〔トスカナ風の模倣〕」と呼ばれる一編の詩が、相も変わらず愚かなゲイブリエル・ハーヴェイによって書かれ、オックスフォードの子分、ジョン・リリーによってオックスフォードに対する個人攻撃だと解釈された。後になってハーヴェイは猛烈に否定するが、ハーヴェイが個人的なメモで認めたように、リリーはおそらく正しかったのであろう。[98] その詩のなかでハーヴェイは、滑稽なほど気取ったイタリアかぶれの宮廷人の露骨な肖像を描いている。

…人差し指のキス、脚まで抱くはでな抱擁、
大きく膨らんだ股袋のダブレット、
　股袋のない膝までの半ズボン…
蛎殻のように頭にしっかり載せられた小さな気取った帽子、
フランス製の生地、キャンブリックのひだ衿は真っ白で糊が効いている…

最もよく知られているオックスフォードの肖像画は、彼がまさに「気取った帽子」を被っている。彼の反応は、ハーヴェイが『ピアスの余徳』（一五九三）のなかで報告しているように、自分に帽子は似合っていると思っていたから腹を立てたというものだった。「スペクルム・トゥスカニシミ」を書くにあたって、ハーヴェイはもし詩人がシドニーやダイアの作品を手本にできたならば、ずっとよいものが書けていただろうと言っている――おそらくはその詩が二人の宿敵を描いているという暗示となっているのであろう。

『三通の手紙』（一五八〇）に「スペクルム・トゥスカニシミ」が収められているが、それによるとシドニーは一五七九年から八〇年にかけて、活動的な政治の世界から文学の世界へと移行したことが窺える。彼はあからさまに宮廷から追放されはしなかったし、また口輪をはめられていたわけではないけれども禁足となり、当分は昇進も海

外派遣の希望も捨てざるをえなくなった。レスターハウス、ベイナーズカースル、そうしてウィルトンにあって、シドニーは女王のご前からは身を退き、その代わり妹の世界に繋がり、彼女とともに愉しむことが出来る文学的追求にますます没頭するようになった。

第八章　詩人仲間（コテリーポエット）（一五八〇年）

（最愛の大事な、大切な、可愛い妹よ）、君に捧げる僕のこのつまらない作品は、何か他の目的のためになるより（蜘蛛の巣のように）風に吹き飛ばされてしまってもいいと思われるのではないかと懸念するのだが…これは君のためだけに、君に向けてだけ書きました。君がこれを自分のものにして、過ちも善意の秤で量ってくれるような友達数名と読んでくれて、この作品を産み出した父親に免じて、欠点はいろいろあるにしても、うんと楽しんでくれると嬉しいのだけど。というのも、実のところこれは厳しい批評眼をもつ人々のために書いたわけではなく、軽いものだし、その上気軽に手がけたものだから。[1]

一五七九年から八〇年にかけての冬、シドニーと妹メアリはふたりとも「身ごもっていた」。彼女の方はペンブルック伯一族のために待望の男子後継者、つまり長じてシェイクスピアの友人かつパトロンになる男児を産もうとしていた。シドニーのもっと長期にわたる懐胎の方はついにはある作品を、つまりヴァージニア・ウルフをしてその中に「英国小説のあらゆる種が潜んでいる」[2]と言わしめた作品を産み出そうとしていた。彼はその作品を「望まずして父親になったわが子」、つまり過剰に活動的な想像力からほとんどいやおうなしに産まれ出てしまった作品と呼んだ。

…若い脳髄は私が願うほどには（そうして神の御心に添えるようには）落ち着かず、脳髄の内部にあまたの奇想を孕ませてしまうので、何らかの形にしてそれを産み落とすことが無ければ、怪物のようになっていたでしょう。[3]

一五七九年の秋から一五八一年の春までの一八ヵ月ほどの間、『アーケイディア』を書くことが彼の主な関心事であった。この作品がウィルトンで全部書かれたというのが従来の通説であるが、どうやら少し違うようである。シドニーはただこの作品の「多く」は妹のいるところで書き、残りは「綴じていない紙束のままで…出来るはじから君の元に送った」と述べているに過ぎない。後ほど論じるつもりの二通の注目すべき手紙は例外として、この時期シドニーから出した手紙の数が少ないのは、彼の書くエネルギーのほとんどがロマンスにそそがれていた最中であったという事実によって説明がつく。

アランソンの求婚やオックスフォード伯との喧嘩について論議が続いていたが、シドニーは数ヵ月間宮廷にとどまっていた。シドニーとオックスフォードの間に強いられたものであったにせよ和解が成立したことを公けにするためであろうが、二人はカトリック教徒のウィンザー卿とともに、一五七九年の女王即位記念日馬上槍試合に参加した。しかし残念ながらそれ以上の詳細は分かっていない。[4]一五八〇年の新年の女王への献上品の、今に伝わる比較的短いリストの末尾にシドニーの名があるのは、彼が当時女王の愛顧を失っていたことの表れであるかも知れない。[5]「蓋つきの水晶のカップ」という彼の献上品は、あきらかに彼がまだ王室献酌官の地位にあったことを物語っている。エドワード・ダイアの「幾つもの小さいオパールやルビーの粒で飾られたエナメル塗りの黄金の円柱」という献上品にはもう少し政治的な意味がこめられていて、エリザベスが未婚であるということの力、つまりシドニーが『手紙』の中で女王は「一人立つ」と称揚しているところの力を象徴していたようである。後期のある詩で、シドニーは円柱のイメージに同じ意味を与えている。

彼の徴である円柱には支えがない、
　あらゆる感情的な嘆きから自由で、
　他の人々をよく支えるが、
　誰にも寄りかからないことを、自ら誇りとしているかのように。[6]

レスターの献上品はいつも通りに豪華で、宝石で覆われた二つの黄金の装飾用ボドキン（あるいは小型短剣）であった。ボドキンは贈り物として極く普通の品物だったが、この場合にはエリザベスが望めば、いつでもその切っ先に甘んじて刺されるという恭順の身振りがこめられていた。三六個の「愛の飾り結びとぎざぎざの旗竿」は女王への不断の献身を表し、特に二人の友情が続いた長い年月の数を女王に思い出させるものであった。一方、女王の愛顧の波に高く乗っていたのは、オックスフォード伯ならびに伯爵夫人で、彼らはそれぞれ女王に宝石をちりばめた船と、「六個の雲石あるいは海の貝殻」で飾られた一対の腕輪を献上した。

　エリザベスへの献身を誇示するために廷臣たちが苦心惨憺して凝らす趣向と、シドニーの兄妹愛的関係に自然に滲み出る温かい気持とは対照的である。オーモンド、オックスフォード、アランソンなどの恐るべき敵ができて宮廷での地位が悪化したことと、一方で直接接する家族や友人たちとの絆が著しく強まっていったことの間には恐らくいくらか関連があるであろう。二通の長い「くだけた調子の」手紙――一通は弟ロバートに、もう一通は友人エドワード・デニーに宛てた――は一五七九年から八〇年の時期のものである。両方ともシドニーの一番好もしい面が表れていて、温かく、知的で、楽しくしかも優しい。それらの手紙から、シドニーは女王から重要な責任ある地位に取り立てられることはなかったが、限られた仲間内では政治と学問の権威として正当に評価されていたことが分かる。シドニーが少年の頃に受け取ったもったいぶった調子の恩着せがましい助言の手紙とは対照的に、サー・ヘンリーの長引く不在の間、監督を任されていた弟ロバートに宛てたシドニーの何通かの手紙は、打ち解けた調子で楽しめる。旅について助言を述べた長い手紙はおそらく一五七八年後半のものと思われる。ロバートは一五七九年二月、勉強のための外国旅行に出発したのである。その手紙がこの種の手紙の手本となり、手書きの写しが広く読まれ、一六三三年には早くも印刷されたのも理解できる。[7] ロバート宛てのフィリップの二番目の手紙もまたこの種の手紙の古典となり、ウォルター・デ・ラ・メアの素晴しい選集『こちらにおいで』の中で引用されている。[8] そこには兄弟間の温かい気持の交流が表れ、話題も日常的なものから知的なものに、また日常的なものにと往復して快い。

> 弟よ、お前が受け取ったお金のことだが、(本当言って)、お前のためにお金を使うことほど私にとって嬉しいことはないのだ。いつだってできる限りそうするし、たとえできなくても、お前ほど兄に可愛がられている弟はいない…(ロビン)、食事には気をつけるように。志は高く気高くもってくれたまえ。まったく、私にとって慰めの多くはお前の中にあるのだから…物語を書く手法については、ボーダンが詳しく書いているから読んで、たくさん書いてある言葉から大事な点を学んだらいい…(語り形式の物語)では、善と悪の諸例やそれらの成功や失敗のなりゆき、偉大な国の建設と滅亡とその原因などに主として注目をそそぐ必要がある…それに加えて、物語作者は効果を挙げるために自ら語り手になり、そう、時には光彩を添えるために詩人となり、「必要に応じて（エレナータ）」雄弁家になり、素晴しい弁舌を振うのだ。これらの点に留意すべきだけど、修辞学上忘れてはならない重要なことに対する配慮も必要だね。詩人は人々の印象や動きや囁きを、真に迫っていると言いたくなる言い方で描き出すのだが、鑑識眼のある人が見れば、描かれたものに一種の詩的な趣があるのがたしかに見て取れる。それもそのような人たちに気が利いているなあと認めてもらえるような詩的な趣がね。じっさいには恐らくそんな趣などなくても、あるように見えればそれで充分なのだ…。私はすごく急いで、手法について手法なしに書き飛ばしている…時間がすごく限られているので、ゆっくり書けない。私が書いている間そばに立って待っているスティーヴンの方から話すだろう…私はこの手紙を、自分としては世の中の喜びを捨て去ってし

まった人間としてお前に書いているのだが、お前には、私以上にとは言わないまでも、充分に楽しんで貰いたいと思っている…僕のささやかな作品だけど、なんとか二月までには送ります、その時にお金も送ります。年二〇〇ポンドの送金は、イギリスの国情が変わらない限りかならず続けるから、君にとって一番ためになるように使ったらいい。レスター殿はスティーヴンの話で理解すると、お前に四〇ポンド送って下さるそうだ、そして少なくとも年一度はそういう奨学金を送り続けると約束なされたとか…いずれにしても感謝の言葉を尽くして礼状をきちんきちんと書くように。殿はお前にすべての点でよくしてくださるおつもりだということは私がはっきり保証するのだから。一〇〇ポンドと一緒に端数の残りの三〇ポンドも送ります、さもないと僕は親父さんと（喧嘩する）ことになるから。ねえ、弟、音楽は続けて腕を磨いたらいい。気持が沈んだときなど、僕がどんなに音楽をやりたいと焦がれるか、君には分かるまい。馬術に関してはグリソンやクローディオを読みたまえ。『馬術の栄光』という本なんか練習しながらじっくり考えて読めば、人が一年かけて学ぶ以上のものを一ヵ月で得ることができるはずだ。馬のはみの噛ませ方、鞍の置き方、病気の治療の仕方には注意が必要だ。ついでだが字はもう少し奇麗に書いた方がいい。僕より下手な字だが、僕だって充分悪筆なのだから。もう一度言うが、食事には気をつけてね。そうすれば顔色もよくなるだろう。「勇者ならざる者、美女を得る資格なし」を忘れないように。

　さて、近況については、この手紙を届ける者に任せる。近所で火事が起きたときも我々がどんなにぼんやり傍観していたかその者が報告するだろう。こちらではなにも特別なことは起きていないけれど、ただ、ドレイクが帰ってきた。彼の帰還について機密事項は知らないけれど、彼が世界をまわってきたとか、金持ちになって帰ったことはわかっている…要するに、私の目は退屈な仕事に疲れてほとんど閉じたままなのだ。お前に神の加護がありますように。可愛い弟よ、そして僕がお前に抱いている喜ばしい期待が実現されますように。ネヴィル氏とサヴィル氏に重ねてよろしく、そして律儀なハリー・ホワイトにもよろしくとそして元気にやってくれと伝えてくれ給え。武器を扱う時にはかならず厚手の帽子と腕甲をつけ、景気よくドンパチやってくれ。パンパン撃ったり取っ組み合っても実のところ何の害にもならないのだから…打つもよし、突きもよしだ。それ自体面白いし、気合も力もついて、槍試合や競馬で強い男になれる…やれやれ随分おしゃべりをしてしまったね！　もう一度弟よ、さようなら。レスターハウスにて、一五八〇年一〇月一八日

お前を愛し想う兄　フィリップ・シドニー

この手紙をぐっと短くした縮小版でさえも、『旧アーケイディア』を書いていた頃のシドニーの気持ちをよく表している。物語的な作品における「詩的な」箇所の価値についてのコメントが示すように、彼は詩のもつ素晴しい力について想いを巡らせていた。音楽についての自分の理解にどのような限界があると感じていたのか、とくに『アーケイディア』の中で、実際歌うことを意図した抒情詩の部分を書いたり挿入したりするときに痛感した自己の力量不足を彼は慨嘆している。彼は自分自身を「世の中の喜び」、つまり彼が恐らくその言葉で意味するところの宮廷の策謀や野心の活動的世界から身を退いてしまった人間と見なしている。一方、彼の「手遊び（てすさ）の本」である『アーケイディア』の創作は最終段階にきていて、メアリと同様ロバートも一冊受け取ることになっていた。彼はウィルトンではなくレスターハウスにいたが、ずっと作品にかかっていたように思われる。

『アーケイディア』の初版が捧げられた少数の特権的な人々の中に、エドワード・デニーが入っていたかどうかは分からない。デニーがシドニーの文学作品を何冊か所持していたのは確かである。なぜならデニーに宛てた助言の手紙の末尾から二番目の文で、シドニーはつぎのように強く頼んでいるからである。

あなたのいいお声で私の書いた歌曲を歌うのを忘れないでください。というのも歌とお声が互いによく響きあうでしょうから。[9]

シドニーからデニーに宛てた一通の長い手紙の存在が一九七二年になってはじめて明らかになった。[10] 文体や内容の細部から本物であることに疑問の余地はない。一五八〇年五月二二日というシドニーが『アーケイディア』執筆に最も熱心に取り組んでいた時期のウィルトンからの通信として、この手紙は特別興味深い。手紙の背景にはグレイ卿がサー・ウィリアム・ドゥルーリの後任の総督としてアイルランドに発つ直前という状況があった。しかしこの任官は、シドニーにとって、またひとつの希望が潰えたことを意味した。彼はもしかしたらそのポストに自分自身が就けるのではないかといういささか現実離れした希望を抱いていたのだ。グレイ卿に仕えていたデニーにあてた文面ではシドニーはこの件に度量の広さを示している。

…私はご立派なグレイ卿が選ばれたことをとても喜ばしく思っております。私より適任な方だと考えておりますので、いつでも卿には敬愛の念をもって喜んでお仕えしたく存じております。実を申せばそのような気持でお仕えしたい方はごく少数なのですが。

最後に彼はふたたび「グレイ卿に随行される」方に助言をさしあげる自分の「差し出がましさ」について言い添えている。グレイと共に出発するその他の人の中に、詩人エドマンド・スペンサーがいたが、残念ながら彼への言及はシドニーの手紙には見つからない。[11] 七歳年上であったが、デニーはシドニーを「師匠」とみなして勉強の指導をしてほしいと手紙で頼んできた。アイルランドで軍務と行政に就こうとしている者が、本格的な読書計画を立てているとは奇異に聞こえるかも知れないが、ジェフリー・フェントン、エドマンド・スペンサー、ロドウィック・ブリスケットその他多くの人のキャリアをみれば、アイルランド派遣がしばしば文学的研鑽と結びついていたことが分かる。シドニーの手紙でも道徳的向上とむすびつけて読書および読書法が詳しく示唆されている。

あなたの勉強の指南をする気があるか言ってほしいということですね。ありますとも、はせ参じるご子息のようにいそいそと、貧しい私の分別でできる限りのことは。でも、まず殺伐とした今の時代の状況から、われわれがよりふさわしい仕事に就けないでいるのに、あなたがつねに知識を得ることの喜びに鋭敏でいらっしゃることをまずご一緒に喜びましょう。そのことこそ、われわれ人間を動物と区別している能力の最も素晴しい効果のひとつに他ならないのです。そう心にきめて次のように覚悟してください。つまり、時間を無駄にしたと納得して自分自身にいうときは、実はかならずそれだけの命を失っているのだと…お互い時間を無駄にしないようにしましょう。なぜなら時間や命のようなものの本当の価値は、自身の価値を把握しようと望まなければ恐らく得ることができないのに、ある人たちは人間であることの意味を知らないのですから。

最後の文章は、多くの人が軽蔑する知的追究を、デニーはシドニーと同様にひるまず続けるであろうとシドニーが弁えていることを示している。「ネッド・デニー」は子供ではなく大人で、大学生ではなく一人前の社会人である。故にシドニーは中庸を得た推薦をこころがけたが、それでも結果はなかなか要求水準の高い読書案内となった。彼はまず聖書の勉強を薦める。

自身を知るということは、われわれにとって勿論非常に大切なことです。ですから肉の闇に包まれている身にとって、聖書は唯一のとは言わないまでも確かな比べようもない導きの灯りであります。というのも、このささやかな物憂い巡礼の旅路の最後に、地獄がわれらの師となるとしたら、（ああ）、すべての知識は一体何の役に立つのでしょう。だからこそ、聖書を熱心に読む必要があるのです。

デニーは聖書の学びに加えて古代の道徳哲学者たちの書を読むべきである。アリストテレスは「だがどことなく暗いので、論理的検証が必要です」。キケロやプルタルコスは必須。つぎに、とくに「軍人としての資質に恵まれた」デニーは歴史、地理、地図学などを学ぶべきである。シドニーは「あなたにはすでに海図を解読する非凡な能力がある」ことを知っている。ちなみにデニーは新世界への遠征に幾度かすでに参加していた。[12] 中でも一番新しいのはサー・ハンフリー・ギルバートとサー・ウォーター・ローリーと一緒の遠征であった。海図の勉強は「オルテリウスの海図」で補う必要がある。シドニー自身、オルテリウスの『地球の舞台』を印刷業者クリストファー・プランタンに注文して、一冊持っていた。[13] 続く推薦図書のリストには全部で二三人もの歴史家が挙がっているが、古代ではヘロドトスやクセノフォン、新しいところではフロワサール、グッチャルディーニ、ホリンシェッドなど数名の名が見える。シドニーは古代作家のリストは、「人が思うほど実は長すぎるわけではないのですが、長すぎるように見えるかも知れません」と認めている。彼は勉強の具体的な時間割の概略を次のように述べている。

しかし、あなたは「まず何をしたらいいでしょう」とお聞きになるでしょう。じっさい、私の意見では聖書に一時間、次にタリウス〔キケロ〕の『義務について』にもう一時間の勉強をあてたらいいと思います。プルタルコスの論議はもっと楽に読めるはずです。他のテーマについてはもう一時間をサクロボスコやヴァレリウスや他の地理の読書に費やす。それに満足したら英国の歴史をとりあげて、オルテリウスによって読んでいる歴史上の場所について知る。そうすれば、わたしの考えでは愉快な上にためになる時間の過ごし方ができると思います。軍事上の技術の本にももう一時間費やす必要がありますが、そうした本に向かう前に、手で戦術的な図面（地図）を描き、算術の練習をしなければなりません。これらのことを少しずつ細切れにやるか、全部を一日でやるか、あるいははじめに一つのことだけを通してやるかは、どれをやれば記憶力が最も役に立つか、あなたのご判断次第です。私にとっては、いろいろ試すと混乱するよりむしろ楽しめるのです。

この時間割はシドニー自身の時間の使い方をよく表している。もしも軍人になることが天職であったデニーが、歴史の勉強の合間に毎日一、二時間地図や海図を描く練習をするとすれば、シドニーも、詩人になることが「選んだわけではない天職」であったから、同じように、他の仕事の合間に何とか都合をつけて少しずつ書くための数時間を確保したに違いない。ウィルトンで、春から夏にかけてそのような創作活動はしばしば戸外で行われた。ジョン・オーブリーの大叔父はウィルトンの近くに住んでいて

（シドニー）のことが記憶にあって、彼がアーケイディア世界について書いていた頃、よくわが家の気持ちのよい草原で狩をしながら時折、ポケットから手帳を取り出し、頭に浮かぶ想いを書き付けていたと語った。[14]

つまりシドニーはこんな風にいろいろなことをするのが気に入っていたようで——狩はあまり好きではなかったから尚更そうだったらしい。

デニーあてのシドニーの手紙の末尾はもっと個人的な調子である。

最後に次の二点をお忘れにならないようにと書いて終わりにしましょう。ひとつはお読みになったものについてどう感じたかを忘れずに書きとめておくこと。次にあなたのいいお声で私が書いた歌曲を歌うのを忘れないでください。というのも歌とお声が互いによく響きあうでしょうから。ペンブルック卿や妹やあなたの部下の方々も、あなたには大いに感謝しております。教区中の人たちが夕食にくるときに備えてあなたに頂いたケーキはとっておきます。この間のお約束を忘れないでくださいね。心からお別れを申しあげます。ウィルトンにて、一五八〇年、聖霊降臨祭の日に。

名前の上ではあなたの師にして真の友人より

デニーのケーキを食べることになっている楽しげな機会とは、シドニーの妹が一五八〇年四月八日に産んだ幼いウィリアム・ハーバートの洗礼式のパーティのことである。それはおそらく大きなフルーツケーキで、エリノー・フェティプレイスは「優に一〇〇切れ以上にでも切り分けられそうに大きい」[15]と述べているが、すぐりの実や香辛料を沢山入れてイースト菌、エール、バターで膨らませたものだった。シドニーがデニーの「部下の方々」の語で誰のことを語っているのか、「この間のお約束」とは何を意味しているのか分からない。しかし、これらの個人的なメッセージは手紙全体が伝える思いやりのこもった親密な感じを強めている。シドニーとデニーの友情についてはそれ以上のことはあまり知られていない。ゲイブリエル・ハーヴェイはおそらくこの手紙か、あるいはもしかしたら会話からか、シドニーがデニーに与えた助言のことを知っていた。[16]この手紙が残っているのは、ハーヴェイの友人で後にケンブリッジ大学クィーンズコレッジの学寮長になったハンフリー・ティンダルのお蔭のようである。[17]シドニーがデニーに好意を持ち続けたことは、一五八一年一〇月にアイルランドのパワーズコートの土地をデニーが獲得するよう尽力したが、成功しなかったことにも表れている。[18]当時ウォルシンガムにあてた手紙の中で、デニーはシドニーのことを「世界一立派な若者」[19]と呼んでいる。デニーとシドニーは、オックスフォード伯が殺したい連中だと言ったその連中の一人であるという有り難くない共通点も持っていたのである。[20]

『アーケイディア』の全体ではないが、多くの部分は一五八〇年の春から夏にかけてウィルトンで書かれた。二月二〇日の懺悔火曜日の後、宮廷のさまざまな催し事は四旬節を迎えて終焉し、シドニーはやっと宮廷を退出することができた。さぞやほっとしたに違いない。彼とその家族に対する女王の冷たい態度、女王とアランソンの恋愛遊戯の継続、オックスフォードとその仲間たちの度を越した激怒、廷臣としての生活に伴う膨大な出費などすべてが宮廷での伺候を耐え難いほど不快なものとしていた。しかし、より積極的にいえば、前にも述べたように、ペンブルック家の雰囲気が彼には居心地がよかったのである。オーブリーはウィルトシャの「おとぎ話めいた」田園風景へのシドニーの思い入れの深さを感傷的に誇張したが、彼が作り話をしたわけではない。先ほど論じたばかりのウィルトンからデニーに宛てた手紙には、そこでのくつろいで快活な気分が反映しており、はっきりとウィルトシャのことを詠った詩にはこの地のすぐれた特徴への賞賛が映し出されている。『サーティン・ソネッツ』二二番はおそらく若い頃妹のために書いた詩であろうが、アーケイディアではなくストーンヘンジの記述ではじまる。

　麗しいウィルトンの近くに、巨石群があるが、
それらの並び方は複雑なので、石の数を正しく眼で数えることはできないし、
いかなる力が、石をこれほど似つかわしくない場所に運んだのかを理性で推定することもできない。

田園の恋の追い駆けっこと五月祭の詳しい描写ではじまる「ラモンの話」という詩でも、ウィルトシャでみられる風景が用いられ、物語詩に生彩を添えている。「鬼ごっこ（バーリイ・ブレイク）」［"barleyfield" または "hell" という一定地内に踏み込もうとする者を内側の人が捕えようとする昔の英国の遊び］で、恋にやつれた羊飼いのストレフォンは愛するユレイニアを追って夢中で走る。ユレイニアには

大地的な要素がすこしもなく、彼女は火と風だけになり
か弱い足なのに、羊飼いと同じくらい速くひた走った。
男は三度追いつき、三度欺かれ、愛しき女（ひと）をかき抱こうとした瞬間、
女は軽やかに身を翻して逃れ去る。
そのように、麗しきウィルトンの近くの丘陵でわたしたち二人が眼にするのは、
　野うさぎが飢えた猟犬から急いで逃げ
犬の開けた口が空しく望みを断たれるさま。[21]

「わたしたち二人が眼にする」という大事な秘密を打ち明けるような調子は、この詩がシドニーが妹と共有したかなりの量の作品のひとつであることを示している。またその調子はオーブリーの大叔父の語る逸話にある程度の裏づけを与えている。というのはそれは詩人が狩に参加しないで見物していることを示しているからだ。恐らく他の人々が狩をしている間、彼は退いて見物したり書き物をしていたのであろう。

彼の創作である「フィリシディーズとマイラ」の話の中においてと同様、現実においてもシドニーが妹を熱愛していたことは疑いない。二五歳というかなりな歳になってもまだ未婚であった彼は、出産を控えたメアリの身の安寧をひどく気にかけていた。無事の出産を祝ってランゲが一五八〇年五月六日に書いた手紙にもシドニーの心配ぶりがありありと描かれている。

> 大切な妹君が無事に立派な男児を出産され、ご主人をはじめご親戚一同大喜びの由伺いました。妹君が危険から、あなた方皆さまが心配から解放されたことが嬉しく、あなたが幸福に包まれていると確信し、お祝い申し上げます。実はその幸福のおすそわけに私までいくらか与れるようです。というのも、まだ一度もお目にかかっておりませんが、妹君のまれに見る優れたお人柄と、お示しくださった寛大なお気持のせいで、私も無事のご出産の報に接するまでは少なからず気にかけておりましたので。[22]

兄に似て、メアリ・ハーバートは精神的にも肉体的にもエネルギッシュであった。五〇代の半ばでも、彼女はスパでの休日で、ピストルで的を撃つ射撃を楽しんだ。[23] 一五九〇年代に彼女が試みたさまざまな文学的力業や、続く二〇年間に行った精力的な法廷闘争［ウェールズ辺境地方のハーバート家の管轄地の問題で一六〇三年以降数年に亘ってメアリが関わった法廷闘争］、旅行、家の建築など、これらすべては、兄のフィリップ同様に彼女が「無為には我慢のならない方」（二二六頁参照）であることを示している。一五八〇年といえば彼女はほんの一八歳と半年になったばかりであったから、何週間も床に臥すという当時の産婦に課せられた習慣は非常に苦痛であったに違いない。作成中であった『アーケイディア』の各章が完成するたびに手渡されたのはこの時期の退屈と不安に対してよい気晴らしとなった。エリザベス朝の母親にとって、感染症のリスクによって、産褥期の方が、妊娠後期より更に危険が大きかったことを忘れてはならない。エリザベス朝の産婆たちは新鮮な空気の絶対的信奉者であったから、妊婦がお産のために家からより健康的と思われる環境に移されることがよくあった。しかし、手を清潔に保つことの重要性を充分理解した者はごく少数であった。ウィルトンの北の広い狩猟園にある比較的小さな家であるクラレンドンで書かれたシドニーの手紙は、メアリがそこで出産したことを示している。一五八〇年八月二日に書かれた手紙には産後四ヵ月たって、妹がすっかり回復して彼がほっとした様子が表れている。

> 妹を家に連れ帰ったが、彼女は苦痛と病からすっかり回復した。[24]

「病」はこの場合おそらく特定の病気ではなくて、「安らかでない(ディスィーズ)」たとえば胸の痛みとか出血などの出産後のごく普通の不快な症状を意味しているのであろう。

シドニーが床に臥せった妹を楽しませたのが『アーケイディア』のどの箇所なのかを特定することはできない。おそらく一番はじめに書かれた部分は牧歌(エクログ)であろうが、牧歌はサンナザーロを直接モデルとしてブリスケットやダイアのような友人たちと試みた初期の韻律的実験(たとえば一二八―九頁ですでに論じた一一音節の韻律)であった田園詩(パストラルポエム)と、宮廷の余興(エンタテインメント)として書かれた詩歌とを統合するものであった。牧歌にはスペンサーのように「新しい詩」を創造した人々には非常に興味のある特徴が多くみられた。メアリ・ハーバートが「詩編」の翻訳に長短韻律を用いている事実が、彼女もやがてこの運動に加わることになったということを示している。おそらく一五八〇年までに多くの牧歌が書かれたであろうが、構成や編成はいまだ充分に熟慮されたものではなかった。ある段階で、おそらく一五七九年八月の大騒ぎの事件後間もなく、シドニーは散文体物語を（サンナザーロにあっては量も少なく静的なものだったが）読者を楽しませつつ具体例を挙げて教化するにふさわしい劇的な物語に作り変えようと心に決めたのであろう。献呈する際に彼がしたためた手紙によれば、妹の求めるロマンスを一旦書き始めると彼の頭には「あまたの奇想」が湧き上がって唸りを生じるほどだった。『詩の弁護』の謎めいた言及――「ただ、さまざまな想いに突き動かされてわたしは夢中でそれらをインクで書きとめた」[25]――にも彼のペンが自然に走り出した様子が窺われる。その言い方に偽りはないにしても、実際に出来上がった『旧アーケイディア』は非常に精緻に構成されていて――エドマンド・モリニュークスはその「緊密な構成」を絶賛している。[26]

『アーケイディア』を書くことは、当時彼の身にふりかかったさまざまの挫折から逃れ、それらのことを遠まわしに批評するという二つの機会を与えた。それはロマン・ア・クレフ［実在の人物を名を変えて扱った小説］でも、シドニーの実人生のできごとの文字通りの写しでもなく、彼自身の置かれた状況と直接関連づけるのにふさわしい多くのテーマを含むたとえ話である。物語全体の要になるのが年老いたある君主の気まぐれで、彼は忠実な廷臣の助言を聞かず年甲斐もない不埒な性的情熱を抑えることができない。アーケイディア国は正確に英国でないように、バシリアスは正確にエリザベス女王の写しではない。『アーケイディア』は純粋に虚構の作品であり、その中でシドニーは「自然の中には決して存在しないようないくつかの形象」を造りだした。[27]しかし、いろいろな点で虚構のアーケイディア国は一五七九年から八〇年にかけての英国の状況に合致している。アーケイディアは英国と同じく、周辺諸国が戦争状態なのに平和である。並はずれて長く統治している君主の下でアーケイディアは安定を享受しているが、その君主は

心ばえの立派な先王たちがよい法律を定めた落ち着いた国を治めるのには充分な技量をもっている。[28]

一読したところ、これは称賛の言葉として聞こえることに注意すべきだ。だが全体を読んだ後で振り返ると、語り手はアーケイディア国を統治するのに技量はほとんど要らないと言っていることに気づくであろう。だからほとんど技量を持たないバシリアスでも充分ことたりるのである。これは君主と民衆の関係についての多くの微妙に皮肉な観察の一例である。たとえばバシリアスの死後、彼に「善良で正しく、慈悲深い民衆の父、国の生命など数々の神聖な敬称」を進呈した臣下たちの大袈裟な哀悼の辞は、

危害を加えられても、自分たち本来のやり方から外れない臣民は愛すべき人々であります。世襲君主が臣民の心の中深く入り込むのはなんと容易なことでしょう[29]

という論理の証拠として語り手によって解釈されることで、賞賛の意が損なわれている。つまり先ほどの君主礼賛は、君主の現実の才能よりも人間一般の生来の善良さについて多く語っているというわけである。シドニーと友人たちはエリザベス女王の個人的な才能については懐疑的であったが、女王が後継者を指名しないで亡くなるようなことになればその後に混乱が続くに違いないとずっと恐れていた。そのような心配は『アーケイディア』の第四巻で具体的に描かれている。

君主政治がどんなにひどい大混乱に陥るかを示す注目すべき例がありました。というのは、君主と指導者が彼らのもとを去ってしまったので、彼らには統治する経験もないし、従うべき指導者もなかったのです。公けのことがいつも内密に扱われてきたので、彼らには自分たちにとってよいものを判断する鋭い鑑識眼もなく、すべては素晴らしく望ましいか、極端にひどいか二つに一つの状況に陥ったのです。[30]

エリザベスの宮廷では、バシリアスの宮廷と同様、「開かれた政治」といえるものはなかった。重要な政策上の変化はしばしば枢密院にさえ秘密にされた。特にシドニー・ダドリー派の目にはバーリがあまりにも強い権力を掌握し、シドニーの『手紙』にあるような忠誠心に発する私心なき女王への勧告は顧みられない傾向があった。

『アーケイディア』の冒頭は、細部は異なるが、概略において一五七九年の事件に基づく政治寓話のように思われる。バシリアス公爵には結婚適齢期に達した二人の娘がいるが、「未来には不断の不確かさほど確かなものはないにもかかわらず、起こるべきものごとの確かさを知りたいと願って」公爵は未来のことを詮索するという心得違いのことを試みる。彼はデルフォイを訪ねて謎めいた予言を受け取り、驚愕する。

汝の年嵩の愛し子は、親心で見つめる汝の眼前で
やんごとなき王子にさらわれるが、失われることなし。
汝の年下の愛し子は、自然の嫌う異な愛を
自然なこの上なき歓びを以てかき抱く。
汝は妻と姦淫を犯し
汝の王位に異国人が座す。
　これらすべてはこの宿命の年に汝の身の上に起こるであろう。[31]

語り手はまずバシリアスが絶対にデルフォイに赴くべきではなかったのだということを明らかにする。しかし、行ってしまった以上、彼には、どう身を処すべきかについてよき助言が必要になる。よき助言は「選ばれし友フィラナックス」（「主君を愛する者」という意）によって与えられる。彼はバシリアス個人にも、国の安寧に対しても心からなる忠誠心を捧げる。エリザベスへのシドニーの助言と同様、フィラナックスのバシリアスへの助言は「体制」を

維持することに関してである。

過去三〇年間にわたってあなた様はこの国を治められてきましたが、その間臣民があなた様に正義が欠けていると思うこともなく、あなた様が臣民が不従順であるとお思いになることもありませんでした。近隣諸国のものもあなた様がお強いけれど害意はないことが分かったので、新しくあなた様の敵意を煽るような事を構えるよりは、あなた様との友好関係に安んじている方がよいと判断しました…臣民の目にお姿がよく見えるようになさってください。あなた様の正しいご統治のよさを臣民に日々もっともっとお見せください。そうすれば臣民も不確かな変化よりも現在の安定の方を好むに違いありません。最後に申し上げますが、生きるか死ぬかという時にいたりましたら、どちらにしても、どうか君主にふさわしくおふるまいください。[32]

シドニーは迷信が嫌いで、ジョン・ディーが住んでいたモートレイクは女王の「デルフォイ」であると感じていたことは間違いのないこととして論証されてきた。[33] フィラナックスのバシリアスに対する助言にも、シドニーはその頃書いた自分自身の『手紙』の内容を明らかに反映させている。先に引用した一節の最後の一行はウェブスターにもその反響がみられる。モルフィ公爵夫人は彼女を殺そうとする兄に対峙して、毅然と言い放つ。

…生きるか死ぬかどちらに運命づけられようと、
わたくしはどちらも君主にふさわしく行ってみせましょう。[34]

しかし、「国王にふさわしい」という意味の名をもつバシリアスは、物語が進むにつれて生においても死においても威厳を失い、次第に皮肉な様相を深めてゆく。フィラナックスの優れた助言はすべて無視される。それでもバシリアスは田舎に引退する間、フィラナックスを摂政のままにしておくという良識は少なくとも備えており、「特に国境地方を抜かりなく守るように」と彼に命じる。[35]

　政治的思想は『旧アーケイディア』の筋立てに深く根を下ろしているが、物語の主要なエネルギー源ではない。若い作者とさらに若い読者にふさわしく、統治術ではなく、愛こそが支配的なテーマである。このロマンスは全体で九章からなり、五つの物語の「巻あるいは幕」が四組の瞑想的な「牧歌」によって分断されている。愛の喜劇的テーマと国家的道徳的混乱という悲劇的テーマとが三分の二対三分の一の割合で配置されている。というのは、牧歌を伴う一巻から三巻までは主として愛を扱い、一組の牧歌で区切られた四巻から五巻は、指導者なき国家と人間の愚行のもたらす悲惨な結果を探究している。エロティックな情熱がロマンスの最初の三分の二に浸透している。ある優れた批評家の見方では、作品の非常に多くをこの単一のテーマに限定することによって、シドニーの芸術的な偉大さは狭められてしまった。[36]また伝記作者のウォレスは、シドニーが「性愛の諸事例」に夢中であることに明らかに当惑している。[37]しかし、愛の扱い方は非常に多様である。最も高踏的なのは恋敵も愛欲もなく天上的な響きをもつユレーニアを愛する献身的な羊飼いのストレフォンとクライアスの在り方である。シドニーは改訂版ではこの二人により重要な役割を与えているが、「旧」版でも彼らの威厳と雄弁、わけてもその複雑で感動的なダブル・セスティナ［二組の六行六連体、つまり六行の節六節および最後三行の結句からなる韻律］で語られる威厳と雄弁が彼らを他の人物から際立たせている。この二人とほとんど等しいくらい称賛すべき存在は、不幸なプランガスで、彼はエロウナ姫を牢獄と死の宣告から救うことに力を尽すが、彼女の苦しみを一種のいわれなき苦難であると受け止めている。真実の結婚愛のひとつのモデルは羊飼ララスが例証している。彼はハンサムではないが、村一番美しい羊飼の娘カラの愛を、彼女が大事にしている羊の毛を格好よく刈って、それに愛の詩を結び付けるという気の利いた巧みな求愛で勝ち得たのである。[38]シドニー自身の虚構の分身であるフィリシディーズは、不在の近づき難い貴婦人へ献身的愛を捧げているが、物語の登場人物というよりは詩人であり、自分の想いに囚われて心ここにあらずという心境で、主要人物たちとはただ偶然的な関係しか結ばない。
舞台中央では際立って世俗的な情熱のいくつかの例が展開する。年老いたバシリアス公はアマゾンに女装したピロクリーズ王子に滑稽な恋をするが、王子はほんの一八歳で非常に長い金髪の持ち主である。王子へのこの盲目的愛は潜在的なホモセクシュアルな情熱を暴露するわけではなく、バシリアスの虚栄心と気まぐれと正しい判断能力の欠如の表れである。そのため彼はすでにフィラナックスをないがしろにして、道化のダミータスを長女の保護者とするという愚行を犯しているのである。「必要な変更を加えて」はいるが、物語のこの部分はエリザベスと蛙王子アランソンとの恋愛遊戯のことをいくらか暗示しているようだ。「恋する老人」はいつの時代にも色褪せない喜劇的形象であるが、パエドラあるいは近親相姦的愛欲に燃える中年女性はしばしばもっと悲劇的であり、バシリアスの妻ジャイネシアがその一例である。彼女はピロクリーズのアマゾンの女装の正体をすぐに見抜いて王子への絶望的な恋に陥る。王子たちの策略のさらに哀れな犠牲者はダミータスの娘で、だまされやすい百姓娘モプサである。彼女はミュシドウラスが彼女を愛しているというとその気になり、彼のお陰で「世界で一番身分の高い貴婦人になり、以後小麦の粥より粗末な食べ物は一切口にしない」ということを望むのである。[39]
広範囲に及ぶさまざまな恋と恋人たちの物語の中央あたりに、マケドニアのピロクリーズとテッサリアのミュシドウラスという二人の王子が位置している。彼らの貴族的な物腰、美貌、魅力と雄弁は語り手の明らかに肯定的な言葉によって伝えられるので、読者は多くの場合バシリアスの二人の娘に対する王子たちの愛は高貴で称賛すべきものであると思い込まされる。だが厳密に言えば、(厳密な判決がついに第五巻の裁判の場で彼らに下されることになるのだが)彼らの愛は高貴でも称賛すべきものでもない。なぜなら最終的に彼らがめざしているのは性的享楽であり、それを追求する過程で、彼らは迷わずすべての道徳律を犠牲にし、彼らが愛していると信じている姫たちを含むすべての者を非常な危険に陥れることになるからである。王子たちの描写には始終魅惑的な不安が付きまとっていて、病弱な中年男性に嫁いだメアリ・ハーバート自身もこれら二人の才能豊かで、カリスマ性と性的能力あふれる若い男性たちのことを読むのはおそらく楽しみだったに違いない。性的感情に悩まされないただ一人の主要人物はタールトン的道化のダミータスである。彼の妻マイソウがミュシドウラスにわざと唆されて抱く猛烈な嫉妬心はまったく的はずれである。なぜならダミータスは「女より一切れのチーズの方が好きな男」なのだから。[40]

『旧アーケイディア』の政治的モチーフを具体的にシドニーの人生と個人的状況に結び付けてみることは可能だが、恋愛のモチーフの方はそうはいかない。彼の作品には恋愛についての記述が多いが、シドニー自身の性的感情は見えてこない。恋愛は彼が『詩の弁護』で述べているように、彼を刺激して詩人になろうという決意を促したさまざまな「想い」のひとつであったかも知れないが、本当にそうだったのかどうか確かめようがない。確かに彼は『アストロフェルとステラ』のソング一〇番で「想い」"thought"という一見性的感情ぬきに見える語に、逃れようのないエロティックな含意を与えている。『詩の弁護』の中で、彼は「この詩人は真に情熱を感じている」と読者に思わせるほど説得力があり力強い恋愛詩を書くことが大切だと強調している。[41] しかし、彼はこのような結果を生むために、詩人が「本当に」恋に落ちなければならないと言っているわけではなく、詩人は詩のなかの感情の真実性を読者に納得させるに充分な技量をもつべきであると述べているに過ぎない。ベン・ジョンスンはそのことを次のように簡潔に要約している。

> 詩人が恋していると読者が思わないような詩人の詩が
> かつて人の心を動かしたことはなかった。[42]

強調されているのは「思う」"think"の語であり、重要なのは作者の本心ではなく、読者の側に生じる確信なのである。『アストロフェルとステラ』について考察すると、シドニーの最良の恋愛詩の読者は二重に縛られていることが分かる。彼の詩論は我々に「説得性」かあるいは自然らしさを求めるように仕向ける。しかし、往々にして巧みに表現された自然な感情の流露は実人生の何らかの経験ではなく、シドニーの説得術の鮮やかさを証拠立てているに過ぎない。文学的な主題と作家の実人生の間にかならずしも繋がりは必要ないのである。ジャイルズ・フレッチャー（父）は数年後に次のように述べている。

人は愛について書いても恋愛していないかも知れないし、農業について書いても鋤は使っていないかも知れない。魔女について書いても、自身は魔女でなく、神聖さについて語っても、本人はまったくの俗人かも知れない。[43]

おそらくメアリ・ハーバートなら、フィリシディーズの恋にやつれた憂鬱とピロクリーズの爆発的な性的情熱の双方に、兄の面影をいくらか認めたのではなかろうか。しかし、明らかに自分自身と結びつきのある登場人物たちにはこのような情熱をもたせてはいるが、シドニーは自画像を脚色して変貌させた虚構の人物たちを単に文学的な目的のために用いたのかも知れない。そもそも性愛こそ彼が範とした主要作品、すなわちチョーサーの『トロイラスとクリセイダ』、サンナザーロの『アルカディア』、ギリシアのロマンス『エチオピア物語』、フランスの『アマディス・デ・ガウラ』そしてスペインの『ディアナ』などの支配的テーマなのである。

口さがない噂話に事欠かなかった時代に、シドニーは弟ロバートと違って同時代人によって性的醜聞の対象にされることはなかった。ロバートの方は、一五九〇年代の中頃に恋愛遍歴や無分別のために大いに取り沙汰された。[44]シドニーが妹に近親相姦的愛を抱いていたというオーブリの主張は、出版された『アーケイディア』の献辞に後になって彼が加えた悪意ある粉飾として退けることができる。[45]というのは、オーブリは後年のハーバート一族のある一員に恨みを抱いていて、一族の評判を落とそうとしたからである。シドニーのことを記憶していた人々がまだいくらか存命中に、ベン・ジョンスンはホーソンデンのドラモンドと交わした酩酊しての対話で、シドニーとその名声への嫉妬にとりつかれていたので、もし彼を性的に中傷できるものなら機会を逃さなかったと漏らしている。しかし、シドニーに関してベンが言い得た最大の悪口はせいぜい彼が赤ら顔のにきび面であったということくらいであった（v頁参照）。シドニーが当時の多くの貴族がそうしたように、どこかの娘を妊娠させたと信じる理由はないし、次の世代で彼に子供がいたと申し立てた者もない。実際、トマス・モフェットは他人の性的放埒さを非難するシドニーの姿をつぎのように描いている。

まだ大人になるかならない年頃なのに、彼は強欲や放埒さの泥沼に足をとられている数名の大人や若者たちに、親しげな調子で話しかけ諭した。そして、自分の例を挙げ、できるかぎり言葉を尽くして、彼らを改心させたのである。[46]

もしこれが正しければ、シドニーの実人生は堅苦しいほどまっとうなものだったということになる。明らかに、彼は秘かに報われない情熱を心に抱いたことはあったかもしれないが、その感情を口に出すことはなかった。ここに、またしても二重の縛りがある。虚構のフィリシディーズは自分の恋について「出来るだけ隠したので恋など全然していないと思われていた」[47]と言い、後期のシドニーの代弁者であるアストロフェルも恋人なら普通示すそれらしい素振りを一切見せなかったというまさしくその事実によって、自己の誠意を強調している。恋人らしい兆候を隠せば隠すほど恋の信用度は高まる、つまり、「恋していると口にするさえ慄く人こそ本物の恋人」というわけだ。[48]シドニーが実人生でもこの策を踏襲したとすれば、親友でも彼が恋しているか、誰と恋愛しているかなど知る由もなかったであろう。作家として彼は他人の詮索を誘いつつ挫く謎めいた態度を身につけていた。結婚をめぐる策謀や就職計画で幾度も繰り返し幻滅を味わったせいで、内面の弱い傷つきやすい部分を効果的に隠す精緻な硬い甲羅を築くことを学んだのかも知れない。当時、あるいは過去に、彼に恋愛経験が実際にあったにしろなかったにしろ大切なのは、恋愛について説得力のある作品の書き方を知っていたということに他ならない。

『アーケイディア』が書かれた際、想定された特定の読者グループは圧倒的に女性であった。シドニーの私的感情の如何にかかわらず、本書第一章で見たように、『アーケイディア』は女性の文学的表出において作者がいかに洞察力に富み、共感をもっているかということを示している。パミーラとフィロクリアについて初めて言及する際、語り手ははっきりと次のように述べている。

意地の悪い性質で、悪口を言うときだけ冴えている一部の男性たちが、いくらあら捜しをして彼女たちを侮辱しようとしても、彼女たちは生まれつき自然が女性の継母ではないことを充分証明するような資質を備えていました。[49]

エリザベス一世の賛美者たちは、女王の美徳を称揚するにあたって、他の女性たちを犠牲にして「まれに見る女性」という決まり文句を唱えるのが普通だったが、シドニーは女主人公たちの美点が女性一般の美点を典型的に表していることを示唆した。彼は圧力のもとで健気に自己を失わない王女たちの姿を嬉々として描くが、彼女たちにも時に誤りを犯させて王子たちと同じく彼女たちも若く、無謬ではないことを示している。姉のパミーラは王位の跡継ぎにふさわしい威厳、雄弁、道徳的権威という資質を備えている。繊細な心遣いをもって描かれてはいるが、彼女の弱点はあまりにも女王然としていること、そして自分への称賛を聞くことを好み過ぎる点である。ピロクリーズが二人の王子の中で若い方だが「主役」であるように、[50] フィロクリアはこの本のヒロインとして描かれている。

だが、ああ、いとしのフィロクリアよ、この長い物語のすべては主として君の思い出のために意図されたのだから、どうして、私のペンが君のことを忘れてしまうことがあり得ようか。[51]

語り手はフィロクリアと特別の関係にあり、ピロクリーズが彼女の誘惑に最終的に成功することに嫉妬しているようだ。

…互いの堅い愛ゆえに、激しい苦しみの途切れる時がわずかしかないこの哀れな恋人たちに、当然与えられるべき至福を私のペンが妬まないように、彼が私にくれた好機をとらえて、私は彼を非常に幸福な苦境のままに残しておいた。[52]

しかし、第四巻まで読み進むと、われわれは愛の成就がピロクリーズに悲惨な結果をもたらしたことを知る。彼は自身の問題を――われわれはアーケイディア国では姦通は最大の罪であると知らされているのだが――自殺を冒すことによって解決することができると考えている。彼は眠っている間に、ダミータスによって剣を取られてしまい、剣を失うことで、象徴的にも現実的にも「男性性を喪失させられてしまう」。そこで彼は自分が行おうとしている自殺はゼウス神の目には容認され得ると自身を納得させるために詭弁を弄する。

ゼウス神よ、わが管理にお任せくださったこの肉体を、お許しがないのに捨て去る罪をお許しください。肉体にこれ以上留まる手段すべてを神が私からお取り上げになってしまわれた以上、肉体を捨てる以外にどうやって神の測りがたいお心を知ることが出来るでしょうか。[53]

ピロクリーズはこの時点で、神の摂理の働きに近づきうると信じたバシリアスと同じ致命的な過ちに陥っている。彼はゼウス神の心は「測りがたい」といいながら、ゼウス神が次に何を行おうとしているかについて事実上自分で決めてしまっている。一方、フィロクリアは、決してゆるぎないものとは思えない性的含意のある「貞操（ヴァーチュウ）」の持ち主である傷つきやすい少女としての存在から、一夜のうちに雄弁家、道徳家に成長してしまうのである。肉体的な「純潔（ヴァーチュウ）」の喪失はより広義における彼女の「美徳（ヴァーチュウ）」に少しも損傷も与えない。逆に、彼女は結婚の夜をすごした後のシェイクスピアのジュリエットのように、大人の落ち着きと自信を身につけている。『アーケイディア』のフォリオ版を読んで、ヴァージニア・ウルフはシドニーの見かけ上のフェミニズムが男性のステレオタイプ的な貞淑（チャスティティ）への脅迫観念によって損なわれていると幻滅を感じた。[54] もしウルフ夫人が旧版『アーケイディア』を読んでいたら、違う結論に達したかも知れない。処女性を失ったフィロクリアはそれまで以上に知的で美しくなり、「父や他の賢明な方々」から得た断片的で間接的な教えから抽出したその明澄な道徳律は、充分な教育を受けたピロクリーズを恥じ入らせるほどのものとなった。第四巻と第五巻で読者のために用意された多くの驚きのなかでも、この変身は最も驚嘆すべきものである。フィロクリアはプラトンや聖アウグスティヌスを読んでいたようで、彼女は自らが多くの神学者が救済に値すると考えた有徳の異教徒のひとりであることを明示するのである。

全能の神がいつ助けてくださるかを決めるのはわたくしたちではありません。究極の瞬間には神が人自身の希望による一切のことを無効にしてしまうのです…神の決定を予断することは、善性そのものである神の善性を疑うことに他なりません…わたくしたちが自身の主人であるために称号や要求を示すことは出来ないのです。わたくしたちが自分自身をつくったわけでも自分自身を贖ったわけでもないのですから…[55]

『アーケイディア』の舞台はキリスト教以前のギリシアに設定されているが、フィロクリアの「贖った」“bought”という言葉の使い方は、彼女がいつの日か、神の子が人類のための救済を「贖う」“buy”であろうという「贖罪」“redemption”の概念について洞察していることを示唆している。フィロクリアがなんとしてでもピロクリーズに錆びた鉄棒で自殺するという、惨めでみっともない試みをやめさせたいと願う決意に私情が入っていないわけではない。彼女は彼を愛しており、彼なしでは未来と向かい合えないでいる。しかし、このような権威に満ちた言葉を最も若く一番弱々しく見える女性の口から言わしめることで、シドニーは読者の注意を深い道徳的問題にむけるとともに、「自然は女性の継母ではない」ことを生き生きと示唆しているのである。抑圧の下にある女性の勇気と知性は明らかに彼が並々ならぬ関心を寄せたテーマであった。なぜなら『新アーケイディア』でより多く紙数を費してそのテーマを発展させているからである。もっとも『新』ではそれを主として伝統的により一層「有徳の」パミーラのなかに描いているのだが。処女性を失ったフィロクリアを道徳的権威ある人物として大胆に用いたことは、フルク・グレヴィルが改訂版の方が「印刷するのによりふさわしい」と判断した理由のひとつだったかも知れない。[56]

『旧アーケイディア』はフィロクリアとピロクリーズのためにハッピーエンドを用意している。最後の瞬間にまことにすべてが「解消して彼らの望み通りになるのである」。ピロクリーズとミュシドウラスはピロクリーズの父で正義の司でもあるユアーカスが下した死刑の宣告を免れ、二組のカップルは結婚し、以後ずっと幸せに生きる。パミーラとフィロクリアの母ジャイネシアにとってはこのような幸せな落日への旅路はあり得ない。彼女は将来の義理の息子ピロクリーズに対して絶望的な恋に陥るが、稀有な知性と自意識のためにほとんど耐え難いほどの恥辱の認識に苛まれる。語り手は彼女を稀にみる「鋭敏な精神力」あるいは生き生きした想像力の持ち主であると描き、その内面生活を他のいかなる人物のそれにもまして深く探究している。彼女はただ一人自力でピロクリーズの変装を見抜き、ただ一人、わが身を捉えた激情の倫理的結果を瞬時に見て取り、ウェブスターが後に『モルフィ公爵夫人』で取り上げる次の一行を発する。

> ああ、こんなにも多く予見できるのに、こんなにも少ししか防ぐことができないとは、理性はなんと不完全なものなのでしょう！[57]

そして、彼女はエリザベス朝文学においてシェイクスピアを除いては稀有な心理的恐怖の効果をもつ不吉な予言的夢をただひとり見る。

フィロクリアが部屋をでてゆくと、すぐに恐ろしい夢にうなされてジャイネシアは恐怖に駆られて目覚めました。その夢というのはこのようなものでした。彼女はいばらで一杯の場所にいて、そのとげがとても彼女を苦しめたのでじっと立っていることも、傷つかずに前に進むこともできませんでした。この時ある美しい丘の上に、見るからに魅力的でくつろいだ様子のクレオフィラ（変装したピロクリーズ）が立っていて、彼女にいらっしゃいと呼びかけているように思われました。でも散々苦労してやっとそこにたどり着いてみれば、クレオフィラの姿は消えていて、ただ死体がひとつころがっているだけでした。その死体は最初耐え難い悪臭を放って彼女を苦しめ、彼女自身も死にそうな気持ちになりましたが、やがてその死体が両腕で彼女を抱きしめ、「ジャイネシアよ、ここだけがお前のやすらぎの場なのだ」と言ったように彼女には思えました。[58]

幻惑的なまでに複雑な諧調に満ちた作品の中では――われわれ自身の単純さがからかわれているのか、あるいは登場人物の世間知らずの性格が嘲笑されているのか決めかねる場合がよくあるが――ジャイネシアは尋常ならざる物語的効果のオーラを身から発している。成熟した多情な女性を喜劇的に描くことは、シェイクスピアが『ヴィーナスとアドーニス』のヴィーナスを大体そのように描いているように容易なことであるが、シドニーはそれを避けている。ここぞといういくつかの重要な場面で、彼は女性読者を女性の登場人物の置かれた状況の中に招き入れる。たとえば、彼はジャイネシアが、彼女を抱擁しようとしているのが、若いピロクリーズではなく年老いた夫であることを悟った瞬間、彼女に同情を寄せるように女性読者に訴える。

美しい読者の皆さま方、哀れなジャイネシアが夫の声を聞き、体を感じたときにどんな気持ちであったかは、経験より想像で知った方がましですね。[59]

おそらく自身よりずっと年上の夫と結婚したであろう女性読者たちは、皆この瞬間をあまりにも生々しく想像できたに違いない。ジャイネシアが衣服をひきちぎって胸も露わにピロクリーズの情熱を掻き立てようと絶望的な試みをした時でさえ、語り手は我々に彼女を笑うことを許さない。代わりに語り手はわざとまじめな調子で、ピロクリーズが彼女を素晴しく魅力的であると思ったと指摘するのである。

もしもクレオフィラの心が新しい客人を受け入れる余地がすこしもないほど占められていなかったら、その魅力的な攻撃に疑いなく降参してしまったでしょう。[60]

男性あるいは女性の人物だけに同情を寄せるのではなく、シドニーの語り手は両性の間を忙しく移動し、前述の場面ではクレオフィラ実はピロクリーズはジャイネシアを抱擁し、「一、二回」接吻した後、本当に彼女を愛しているると偽りの説得をするが、語り手はジャイネシアの思い違いは彼女だけのものではなくすべての人間の弱点であることを忘れずに力説する。

ああ、私たちは皆こうなのです！　私たちはそのようにできているので、自身に抱いている過剰な愛がまず自身の追従者なのです。私たちは他人の追従の罠に容易にひっかかり、他人の愛の告白にすぐに説得させられてしまうのです。[61]

ジャイネシアにとってハッピーエンドはあり得ない。彼女の文学的祖型は悲劇的なパエドラである。シドニーはおそらくその物語をエウリピデスのではなくセネカの『ヒッポリュトス』で知ったのであろう。しかし、ジャイネシアはパエドラより過ちが少なく、その懲罰は自分自身の罪の自覚とともに生きてゆかざるを得ないという悲喜劇的なものである。実際、彼女は自分自身に過剰なまでの罪の重荷を科し、あまりにも躊躇なく夫の死に対する責任をわが身に引き受ける。第五巻の裁きの場に現れた彼女の姿は哀れを誘う。

彼女は朽ち葉色の粗い布製の地面まで届く長い上衣を羽織り、ほとんど顔全体を覆ってしまう粗末なフェルト製の帽子をかぶっていましたが、(両手で何度も激しくかきむしったあとのある)彼女の美しい髪の毛の多くは、わざとらしさの見られない無造作な感じで両肩にかかっていました。[62]

彼女は夫の墓に生きながら閉じ込められるという判決に従容として従う。バシリアスの蘇生によって、墓に閉じ込められる代わりに、初期近代の無数の現実の女性に科せられた判決、すなわち世間には「妻としての愛の完全な鑑である」という誤解を与えながら、愚かな老人の寿命が尽きるまでその妻としてとどまるという判決を甘受せざるを得ない。[63]

『旧アーケイディア』が家父長制社会の概念に対して意識的に挑戦を試みているというのは言い過ぎであろう。しかし、多くのエリザベス朝の作家と同様シドニーは、「民の父」[64]として最高の権威を行使する人物が、よき助言を聞き入れて自らの個人的な限界を正すことをしないとき、社会にどれほどの災禍を及ぼすかを示したのである。女性や若者はひとしく旧世代の過ちに苦しめられる。バシリアスの妻と娘たちにとって、牧歌的な隠遁所はほとんど牢獄に等しい。王子たちが用いた変装や詐称は、バシリアスが神託の実現を阻止するために備えた安全策に強いられて、ある意味で執らざるを得なかった方便といえる。しかし、われわれにとってもっとも興味深いのは、女性キャラクターたちの苦しみである。なぜなら語り手によって彼女たちの思いがわれわれに直に伝わるからである。実際、ジャイネシアは物語の枠からまさに飛び出してきそうな怖ろしい存在感をもち、本を読み終わってからも読者には気にかかってならぬ忘れ難い人物である。

愚かしく支配権を振るう家父長的権威に対する若い男性たちの怒りがあからさまに表現されているのは、物語の部分よりもむしろ牧歌の方であり（六八―六九頁参照）、怒りの表現法は脅すより楽しませるやり方であることが多い。最初の数編の牧歌でフィリシディーズは恋にとらわれ過ぎているという理由でゲロン（「老人」の意）に叱られるが、「立てよ、立て、フィリシディーズ、悲しみの感情を捨てなさい」ではじまる詩の最終部で、フィリシディーズは無礼にも老人のよき忠告に耳を傾けず拒絶している。[65] しかし、「鎮まれ、鎮まれ、メランプス、なんと、仲間に嚙み付くのか」ではじまる詩では、世代間の調和がある程度回復する。ゲロンが老いた飼い犬のメランプス（「黒足」）と若い犬リーラプスのけんかを宥めることからはじめ、次に若い世代ともう一人の老人マスティックス（「鞭」）との議論がはじまる。マスティックスは老若双方が時を浪費していると厳しく非難する。

> 他の連中に関して言えば、羊飼たちはいかに日を過ごすのか、
> 棒打ち、目隠し鬼、あるいは小船あそびなどに、
> 「暇つぶしをしよう」と、どの羊飼も口々に言いながら。
> その羊飼は時を過小評価し、
> 人生は時間以外のなにものでもないことを感じていないのだ、
> そして時が過ぎ去ったとき、死が彼の背後に迫っている。

しかし、ゲロンはつぎに動物寓話を持ち出してマスティックスに厳しすぎると苦言を呈し、年上世代に慎みと自己反省を求めて――「誰がわれわれにすべての人を裁かせるのか」と問いつつこの箇所を終えている。[66]

シドニーの多くの端役（マイナーキャラクター）と同じように、飼い犬を連れたこの二人の老人の描写は写実的で愉快である。舞台を古代ギリシアに置いて、シドニーは物語を一五八〇年のウィルトシャからわざと遠くに離している。フルク・グレヴィルも自作の二つの政治的悲劇の舞台をトルコにするという同様の策を採っている。しかしそうした舞台設定

によって、シドニーはかなり自由に書くことができた。賢明な臣下たちに支持されない君主制の弱さといった潜在的に危険な規模の大きい思想ばかりでなく、彼自身の世界の多くの具体的諸相についても書くことができた。C・S・ルイスが的確に指摘しているように、読者は『アーケイディア』を読み進むにつれて、エリザベス朝時代の風物として「我々は心のなかにひだ襟、羽飾り、タピストリ、美しい彫刻品、装飾庭園、洗練された典礼の数々をかならず思い浮かべるに違いない」[67]。シドニーの人物たちは古典的なひだのある衣服を身に着けているわけではなく、一六世紀の衣装の誇張された一形式であり、仮面劇や馬上槍試合やその他の宮廷余興で着用されたような象徴的衣装を着ている。ピロクリーズのアマゾンの衣装は詳細に描写されているので、これを基に仮面劇の衣装一式を揃えることができそうであり、一五九三年の『アーケイディア』の表題頁の版画はその描写に忠実に依拠している。一五八〇年頃のエリザベス朝の服装の典型的な切込みのある開口部についてはよく言及される。ピロクリーズが履いているのは

ところどころに肌の美しさを見せるための（古代風の）開口部のある、一足の深紅色のベルベットの小さな厚底半長くつである。[68]

そしてフィロクリアの軽いタフタのドレスは「刺繍のある肌着が透けて見えるように多くの場所に切込みが入っていた」[69]。エリザベス朝の手の込んだ重ね着の衣服のことをシドニーが読者にどの程度考えてほしいと期待したかは、第五巻で長いベルベットの上着と、美しい首を「隠し過ぎないひだ襟」と、「襟なしの」「ギリシア風装いで」はじめて登場したピロクリーズを描写するときに強調される。[70] それがわざわざ強調されている点が、ギリシア人とされている人物たちがエリザベス朝ジェントリー風にひだ襟を着けていても多くの場合当然のことと受け取られていたことを示している。

『アーケイディア』は現実を昇華した世界であり――ルイスが指摘するように、「その森は現実のものより緑が濃く、川はより清らかで、空はより明るく」[71]――いくつかの点で非英国的である。たとえば、天候は地中海的牧歌世界の常としていつも陽光が輝いている。しかし「現実世界」の事物も多く取り込まれている。バシリアスは暗闇の中で夫婦の寝室から忍び出ようとしたときに、「すべてのものが足元できしんで音を立てたように」感じ、その度ごとに「衣装箱か戸だな」[72]にぶつかって痛い思いをする。食事の場面は少ないが、ミュシドウラスは少なくともパミーラと駆け落ちするときに、「果物その他の佳肴」のお弁当を用意するのを忘れない。[73]食べ物の絵画的イメージはピロクリーズが享受するエロティックな宴の象徴として詩の中で用いられている。赤ワイン、リンゴ、酒、ミルク、チェリー、甘草風味の菓子、マジパンで作ったコンフィッツ、これらすべてが女体の美しい細部描写に役立っている。

非常に写実的であるのに加えて、超自然的なものを使わない点においてもシドニーはロマンス作家として異例であった。彼は物語の首尾一貫性に細心の注意を払い、プロットのもつれを非人間的要素を介入させて解決しようとは決してしなかった。プロットのひとつの決め手はジャイネシアが媚薬と考えてピロクリーズに与えようとした薬である。バシリアスが偶然それを飲み、効き目は致死的と思われた。それが毒物であったことはテストによって確かめられている。

ほかにもいろいろと試みられましたが、少なくとも王の死の原因だけはつきとめようと、見つかった不運なコップに残っていた少量の酒をダミータスの犬に与えると間もなく同じ症状がでました。ダミータスは犬を生き返らせようとやりすぎたので、犬の命を大事に思うあまり脳をたたき出してしまいました。[74]

はじめ読者は自然にジャイネシアの薬が毒物であったことが証明されたと思いこむ。しかし、勿論犬は実際にはダミータスの不器用さで殺されたのであり、結末から数ページ前の箇所で、その液体が実は媚薬でも毒物でもなく、三〇時間の深い昏睡状態をもたらす飲み物であったことが判明する。それはかつてジャイネシアの祖母が用いてそのお蔭で「どうしようもなく」愛してしまった若い貴族とまんまと結婚するのに成功したという曰くつきの代物であった。[75]多くの副次的な物語と同様、ジャイネシアの祖母の話は影の空想話だが、物語の首尾一貫性という目的のためには「そんなこともあったかもしれない」と思わせれば充分なのである。シドニーは語りの難しさを解決するために、魔術や神的介入ではなく彼自身の「よき創意工夫」[76]を用いたのである。

一五八〇年はさまざまな外的事件が起こったために、シドニーが彼自身の創作活動に没頭するのは困難であった。アーケイディア国と違って、英国は悪天候が続いていた。四月六日の夜にはほとんど全国に及ぶ地域を約一分間続く地震が襲った。ある人たちは大地が水を吸いすぎたせいで——酔っぱらいの震えのように揺れたのだと言った。ロンドンでは鐘が自然に鳴り出し、法学生たちは手にナイフを持ったまま夕食の席から表に走りだし、古い建物から幾つかの石片が剝がれ落ち、ケント海岸沖では幾隻もの船が大揺れで突き上げられた。[77]地震はロンドンと東イングランド地域で最も強く感じられたようだった。ケンブリッジにいたスペンサーはエセックスのゲイブリエル・ハーヴェイと交信して、あり得る原因について話しあった。ハーヴェイは豪雨とは関係のない自然現象であったという良識的な結論に達していた。[78]地震の影響は西部地方では比較的弱かったらしく、迷信嫌いのシドニーは地震のわずか二日後にはじまった妹の出産にとって不吉なものとは恐らく考えなかったであろう。それでも地震はその時期の不安を増大させたに違いない。三月二五日にシドニーはレスターの秘書アーサー・アティあてに短い快活な手紙を送っているが、「一同恙(つつが)なしという以外にニュースなしであらんことを、そしてアティ、君にも」[79]と書き付けている。

五月末に小さなウィリアム・ハーバートの洗礼式のための楽しい家族集会がウィルトンで開かれた。レスターは名付け親の女王の役を代行した。サー・ヘンリー・シドニーはおそらく妻を伴ってウェールズ国境から新しい孫息子に会いにやってきた。しかし、女王は彼がこのお祭り騒ぎに出席するのを「快く思わなかった」。アイルランドはまたしても叛乱の渦中、マンスターでは［ジェームズ・フィッツモーリスが］蜂起中、スペインと教皇からの反乱軍支援の大部隊の到着が、間もなく予想される緊迫した情勢であった。さらにサー・ヘンリーの責任範囲に直接関わることだが、「ウェールズや国境地方内の国教忌避者および宗教的に頑迷な者」の改善という重要な任務に目下のところ何の策も講じられていないようだとの見方があった。[80] 六月末にエドマンド・キャンピオンが勇気あるイエズス会宣教団の一人としてイギリスに戻ってきた。彼が旧友であるシドニー一家とやがては接触を求めようとするのはまず避けがたい事態であった。[81] 八月にウォルシンガムはサー・ヘンリーに、彼が非常に危険な立場にあることを警告した。

貴殿には慎重に歩んでいただきたい。貴殿の行動は逐一監視下にあり、女王陛下は貴殿を中傷するあらゆる者の意見に耳を傾けがちであられる。貴殿は敵側に任務遂行（つまり宗教的改革の任務）怠慢の咎という急所を握られているのです。[82]

女王は新たなシドニー・ダドリー枢軸が、厄介なことに女王の直接支配の及ばない遠く離れたウィルトシャのハーバート家との間に形成されつつあることを強く意識していたが、そのことを不快に感じていたのである。アイルランドでは戦争が荒れ狂い、ウェールズ辺境地方は矯正されない国教忌避者の動きで騒然とする緊急時に、シドニー一族は生まれたばかりの赤ん坊をあやし、エドワード・デニーのケーキを食べ、フィリップ・シドニーの歌を歌い、何か知らぬが楽しみごとを計画して自分たちだけでおおいに浮かれている。それでもサー・ヘンリーは時を移さずウェールズ国境の守備位置に戻り、九月にはデンビからグレイ卿宛にアイルランド行政についての進言を盛り込んだ長い手紙を書き送り感謝した。進言にあたって彼は、理想論より実行可能性を重んぜざるを得ぬことを認めている。

一般的な改善策についての論文を書いたり、論議をすることは時宜に適っているとは思えません。それはまるで自分の家が燃えているのを見ている人が、古い家の火を消すことに手を貸さずに新しい家の図面を引くようなものだからです。[83]

しかし彼は問題が起こり次第、さらなる進言を喜んで差し上げようと約束している。「この好きな仕事をやりたいと心から言い、手紙でも書いてきたフィリップ・シドニーが貴殿の地位についているのなら」――つまりフィリップなら本当にグレイ卿の仕事を喜んで遂行したであろうというのである。まだ五一歳だったが、サー・ヘンリーは手の震えに悩んでいて恐らくその時期以後手紙は口述筆記された。一五八三年までに彼は「歯がなくなり、手が震えるようになった」。老いゆくサー・ヘンリーにとって、若いフィリップが傍にいてウェールズでの任務を助けてくれたらどんなにか嬉しかったに違いないが、グレイ卿には悲しげに「息子はここにおりません」と書いている。多分一五八〇年から八一年にかけての冬に書かれた手紙で、彼はロバートに兄の「美徳や鍛錬や行動」を真似るように助言した上で、「この半年ほど彼に会っていない。ちょっと残念だが」[84]と嘆いている。

アイルランド、ウェールズ、そして宮廷に引き裂かれ――自身の個人的野心と父や叔父への責務に引き裂かれながら――シドニーはそれでも秋までウィルトンにとどまっていた。妹の出産後の回復期についてレスターに報告している前掲の手紙の中で彼は次のように続けている。

私としては、叔父上には正直に申して、ひどい風邪でしゃべることも出来ないありさまで、そのため宮廷には失礼いたしております。なにしろ宮廷で私にできる務めはしゃべることだけで、それが止められているのですから。声が出るようになり次第、よろしければすぐにお伺いさせていただきます。自分の手元不如意について女王陛下にお話したことと矛盾するかも知れませんが、陛下は私の伺候をお求めになり、私が絹のダブレットを着用しているのをご覧になれば不自由していないときっとお思いになることと存じます。宮廷から退出するにあたって、私が窮乏のために宮廷にいられなくなったとまで副式部官殿から陛下にお話していただきたいと思いました。叔父上のご判断とご命令にはいつも従っておりますが、私にできることと申しても精々ずっと待ち続けるか、あるいは常に窮乏の道を歩むか、どちらかに過ぎません。と申すのも宮廷に来ても去っても報いはなく、窮乏の証しにもならないのですから。

続けて「三、四日中には」風邪を治したいと書いているが、シドニーが、レスターか女王かどちらからかまとまった額の金銭を与えられる保証がない限り、宮廷には帰りたくないと思っていたのは明白である。彼の手紙はひどい風邪をひいたという比較的些細な苦労から、より深刻な女王の愛顧の喪失までを洒脱な調子で述べている。叔父が当時まだ知らなかったであろう彼の「手遊(てすさ)びの本」については一言も触れていないが、なめらかな言葉の調子に当時の創作意欲の高揚が反映されている。「私にできる務めはしゃべることだけで、それが止められているのですから」という言い方にはちょっとした苦い冗談がこめられている。彼は感冒のために喋ることができなかったのだが、女王への進言というもうひとつの意味の「話すこと」もまた抑圧されていた。いずれにしても（"In any case"）、話すことより行動の方が彼がやりたい仕事であった。"case"の語は「状況」と同じく「衣装入れ」も意味する。薄情な女王は彼の本質的な幸福などは意に介さず、絹のダブレットだけからシドニーは全然不自由していないと判断するに違いない。彼がなんとなく宮廷から退出したいと思っている旨と、ある程度の額の金の給付が期待できる場合にのみ帰る気になる旨をサセックスに伝えたのは明らかである。

シドニーをウィルトンから去らせるのにどれ程のことが必要であったのかは分からない。一〇月一八日までには彼はレスターハウスに行き、前掲の魅力的な手紙を弟に書き、『アーケイディア』の執筆を続けていた。シドニーがその手紙の中で「本国ではドレイクの帰還を除いて特別なことは何も起こらなかった」と書いているが、当時は英国人による初の世界周航の成功が唯一の明るいニュースであったほど世情騒然たる時期であった。その他のことに目を転じれば、プロテスタント国英国は脅威に晒されていた。長い間英国の同盟国であったポルトガルはまさにスペイン帝国に合併されようとしていた。イエズス会士ロバート・パーソンズがロンドンに着いてキャンピオンのために安全な住まいを探していた。九月にはスペイン人およびイタリア人の混成部隊六〇〇名がアイルランド西岸のスマーウィックに上陸し、前年ジェームズ・フィッツモーリスによって建設された［スマーウィックの］大城砦を占拠した。もしグレイ卿でなくシドニーがアイルランド総督に任命されていたら、彼はこの外国軍の侵攻に対していかに対処すべきか決定を迫られたであろう。彼がグレイ卿と同じように行動したかどうかは推測できない。包囲された外国軍隊は一一月八日に白旗をはっきりと掲げて降伏したにもかかわらず、六〇〇名すべてが刃にかけられ、多くのアイルランド人の男も女も残酷に絞殺された。女王は「グレイ卿の処置をよしとし、ただグレイの手を逃れた連中の命を助けたのは賢明だったのかとの疑念を表した」[85]。詩人エドマンド・スペンサーは『アイルランドの現状管見』で虐殺を是認して、「暴動に早く決着をつけるには採られた方法以外に道はなかった」[86]と述べている。シドニーの意見は分からないが、グレイ卿がやったことへの大方の是認に同調するものであったかも知れない。現代の読者は、シドニーが当時まだロンドンにいて「手遊びの本」の執筆に没頭していたことにいくらかほっとするに違いない。さもなければ、エリザベス朝の主要詩人の一人でなく、二人までもがこの恐ろしいエピソードに関与したかも知れないのである。

「(宮廷で)ずっと待ち続けるか、あるいは常に窮乏の道を歩み続けるか」との主張を忠実に守って、シドニーは一度ロンドンに戻り、一五八〇年から八一年の冬から春にかけてそこで過ごしたようである。彼がその人たちのために作品を書いた詩人仲間(コテリー)は広がり続けていたが、仲間の存在を軽率なゲイブリエル・ハーヴェイが購買力のある読者に知らせたのは奇妙に凝ったつくりで出版したある書においてであった。その本の題は『最近二人の大学人の間で交わされた折り目正しく機知に富み、親しみ易い三通の手紙。内容は最近の四月の地震、および英詩の韻律法の改革について』で、『その他の二通の立派な手紙』と題する付録がついていた。この本はおそらくハーヴェイがダイアに献じるつもりだった本の代わりであったが、一五八〇年の八月か九月に出版されたらしい。[87] ハーヴェイのスペンサー宛の手紙は、伏せられた差出し人の名が推量できる程の偽装で“Immerito”〔「不当に」の意、つまり「書くべきではないのに」の意か〕という筆名を用いて書かれているが、さも親しげに「シドニー氏とダイア氏という二人の優れた紳士、まさに女王陛下の宮廷の二つのダイアモンドとも言うべきお二方」[88] と見え透いた世辞を述べている。ハーヴェイがオックスフォード伯を侮辱することでシドニーに取り入ろうとしたことはすでに述べた（二六七頁参照）。『書簡集』はシドニーとダイアの双方が、英詩の韻律法の「改革」にかかわっていたことを強調しているが、しばしば引用される左記のようなスペンサーの見解も収録している。

そして今や彼らは「アレオパゴス」〔古代ギリシアのアクロポリス北西の丘アレオパゴスに議場のあった最高法廷にちなんでこの詩人仲間をそう呼んだ〕の中で、今日の陳腐な詩人も最上の詩人も一掃し沈黙させてしまうと宣言した。その代わりに彼らは、上院全体の権威によって英詩のために英語の音節数をきめる法則と基準を定め、すでに大いに実践を重ねて、私をも彼らの派閥に引き入れた。[89]

一五七九年一〇月五日にレスターハウスから発信されたスペンサーの手紙が一年後印刷され出版される時までに、スペンサーの見解は流行遅れになっており、おそらく冗談で書いたシドニーやダイアの「アレオパゴス」「上院」「派閥」などの表現が非常に誤解を招きやすくなっていた。スペンサーはすでに遠くグレイ卿とともにアイルランドの地に去っていたから、この魅力的だが愚かしい出版の責任はひとりハーヴェイにあったようである。ハーヴェイとシドニーやダイアとの関係は、彼が仄めかしたがっている関係よりほぼ間違いなく親密度がかなり薄かったようである。大司教グリンダルの私的司祭トマス・ドラントが定めた一連の古い規則に基づいて、シドニーが「私が踏襲する英詩の韻律の規則」[90]を書き上げたのは事実で、スペンサーはその写しを一部持っていたようである。[91]しかし、『旧アーケイディア』を読めば、一五八〇年頃までに古典的な韻律の実験はシドニーの文学的関心のごくわずかな部分しか占めなくなっており、彼はその関心から急速に抜け出して成長しつつあったことが分かる。『旧アーケイディア』中に収められた七七の詩の中で、わずか一〇編が古典的で母音の長短をリズムの基礎とする韻律で書かれ、旧版の物語中の韻律論はつぎのようにバランスの取れた判断を以て結論としている。

バシリアスは二人の間を調節したあとで…賢明な判断をして書く人は、両方のやり方で上手に書いたと述べた。[92]

シドニーは決してハーヴェイやスペンサーの手紙が示唆するような権威主義的な急進主義者ではなかった。そして『詩の弁護』の中で、特に「双方の種類の韻律にふさわしい」[93]という理由で、英語という言語を称賛している。それにまた彼のサークルは正規のアカデミーでも「アレオパゴス」でもなく、ゆるやかに結ばれた仲間であり、彼の家族の若いメンバーやデニーやダイアのような友人たちも入っていた。スペンサーとハーヴェイは、その幾編かは後に牧歌に収録される「オトリ手稿」の詩のようなシドニーの初期の詩集を読む機会があったのかもしれない。しかし、新旧『アーケイディア』諸巻中、牧歌よりずっと過激で冒険的な散文物語の部分は、シドニーが妹に語っているように、「君のためだけに、君に向けてだけ」[94]書かれたのであり、創作中に他の誰かに見せたとは考えにくい。『書簡集』を出版することで――その中でハーヴェイは有力な廷臣たちの間に文学的成長をちらつかせているようだが――ハーヴェイはシドニーサークルにおける自分の周縁的地位を自ら暴露してしまった。その出版は後にナッシュが主張するようなハーヴェイの投獄に実際には繋がらなかったにしても、彼自身にとっては確かに何の役にも立たなかった。彼は望んでいた大学広報官としての地位を得ることができず、一五八一年の新年にケンブリッジに戻ったが、「自分が喜劇『衒学者』でパロディの対象になるほど有名になっていることを知ったのである」[95]。

一方シドニーは、ランゲが「一種の雲隠れ」[96]と呼んだ状態から脱してついに宮廷に戻っていった。もしそこでなんらかの居心地よい状態にとどまろうとするなら、彼はなんとしても女王の愛顧を取り戻さなければならなかった。このことを彼はつぎのように豪華で意匠を凝らした新年の贈り物を捧げることによって達成しようとしたと思われる。

四列の小さな数個のダイアモンドと小粒真珠の数連で飾られた鞭の形の黄金の宝飾品。[97]

これが恭順の身振りであったことに疑いの余地はない。というのは『新アーケイディア』において、シドニーはパミーラをひどく怒らせてしまったミュシドウラスに「自分で自分を罰する後悔の印の鞭」[98]をヘルメットにつけさせているからである。このシンボリズムには実効性があった。というのは現実生活でエリザベス女王は廷臣たちを打つことがよくあったからだ。例えば、一五七九年に若いギルバート・タルボットは馬上槍試合場を抜けて歩いているとき、うっかり見上げると女王が夜着のまま窓辺にいるのが目に入った。彼が父親に報告したところによれば、

昼食の後、散歩に赴かれる途中ふと私に目をお留めになると、陛下は私の額を思い切り指ではじかれた。[99]

一五九八年に、エセックス伯が侮辱的な口吻で「女王陛下のご性格はその死骸と同じくゆがんでおられる」[100]と口走ると、女王は戯れではなく本気で伯の耳を痛打した。シドニーが献上した宝石をちりばめた処罰道具は、象徴的に女王が思いのままに扱える者として彼を位置づけた。女王はその気になれば、彼を打つことも、許してやることもできた。彼はエリザベスの宮廷を優先して、妹の宮廷を放棄した。今や彼をどのように扱おうと女王の意のままであった。

第九章　砕かれた希望（一五八一―二年）

サー・フィリップ・シドニーは長いあいだレスター伯爵の法廷推定相続人ということに託していた希望が、件の伯爵に息子が生まれた後、それゆえに砕かれたことを示すために、次の馬上槍試合日でSPERAVI（スペラヴィ）（私は希望していた）をこのように棒線で打ち消して［盾の上の紋章に（インプレーサ）］使った。[1]

シドニーが伯父になってから一年くらいの内に、彼の親族にもう一人の男の赤子が生まれた。その子の誕生は彼のキャリアに重大な結果をもたらした。レスター伯ロバート・ダドリーの、唯一の乳児期を生き延びた嫡出子であったが、この子の正確な生年月日は謎に包まれている。一五八〇年秋から一五八一年初め頃のいずれかのときに生まれたと思われる。[2] ストウは一五八四年七月一九日にこの幼児が死亡したとき、「三歳ともう少しくらいであった」と記している。[3] この章の冒頭の引用の中で、キャムデンは「次の馬上槍試合日」にシドニーは小ロバートによって自分の地位が取って代わられたことを宣言したと述べているが、この槍試合がいつであったのか彼は記していない。もしそれが記されていれば、我々もこの子の誕生日についてもっとはっきりした知識が得られるのだが。

しかしながら、キャムデンはシドニーとクライストチャーチの学生監公舎（ディーナリ）に一緒に暮らしていたとき以来、ずっとシドニーの親密な観察者であり賛美者であったので、シドニーの馬上槍試合のインプレーサの銘について彼の説明は正しいと思われる。シドニーが銘としてスペロ（「私は希望する」[4]）を使っていたというウェットストーンの言及でその記述は確認が与えられ、それが「砕かれた希望」という銘に特に多くを語らせている。かつて若く希望に満ちていた彼は、今やただの人に過ぎなくなった。インプレーサの銘において過去形が使われていること、そして棒線ではっきりと打ち消されていることによって彼の希望は二重に否定されている。棒線は「馬上槍試合の採点（ティルティング・チェックス）」において折られた槍の柄の数を示すのに使われるのと同じ印であった。[5]一五八一年から二年にかけて槍試合はその規模と壮麗さにおいて際立っていた。シドニーが自分の個人的な失意を示す機会として一五八一年五月の大々的な『野外劇（トライアンフ）』を利用した可能性はある。ちょうど一五七七年の即位記念日馬上槍試合で彼が「マイラ」への私的献身と女王への公的忠誠心の二つをもっと複雑な言葉とイメージで表明したのに劣らずに[6]（二三〇頁参照）。しかし、この壮大な見世物についての詳細な解説のどちらもが、棒線で消されたスペラヴィの銘については触れていない。また「完璧な美の要塞」とその包囲者たちという非常に紋章化されたイメージに、そのような私的メッセージを付け加えることは紛らわしく、不適切でもあろう。キャムデンの言う「次の馬上槍試合日」とは、むしろ人々が定期的に集まる祝祭の一つとしての慣例的な宮廷馬上槍試合を暗示している。その中で最も可能性が高いのは一五八一年の即位記念日であろう。その日、シドニーには希望のないその時の自分の状況について知らせるべき特別の理由があったのだ。

女王はレスターがレティス・ノリスと結婚したことをなおも憤慨していたので、初めは彼らの息子の誕生は女王に隠されていたのかもしれない。このことはその子の洗礼式の日時について何の言及もないことの説明になり得ている。また、レスター伯と伯爵夫人は以前にも誕生したばかりの、あるいは非常に幼い時期の、赤子を一人か二人亡くしていたらしく、ごく最近誕生したばかりのこの赤子の出現を直ちに喜ぶことを控えていたのかもしれない。シドニーの希望が砕かれた時期を特定するための決め手となる重要な時とは、赤子の誕生の日時よりは、むしろ小デンビ卿が健全で、父の爵位と共にウォンステッド、レスターハウス、ケニルワースや他の領地を相続するために生き残れることが判明する時期である。私自身の推測では、この子は一五八〇年の秋か冬に生まれたことになる。

もしデンビ卿の洗礼式の記録がいずれ明らかになる日が来れば、私の推定が認定されるか、否定されるかのどちらかになるだろう。私はこの洗礼式とシドニーのある特定の失意とを結びつけて考えている。そしてこの失意こそ詩人としての彼の発展に決定的なものとなった。それをシドニーは一五八一年春に経験した。レスターとレティス・デヴルー、旧姓ノリスとの結婚が家族関係を拡大したのはデンビ卿の誕生によってだけではない。彼女は初代エセックス伯爵との結婚によって既に四人の子供をもうけていた。ペネロピとドロシーという二人の娘と、ロバートとウォルターという二人の息子である。今や、四人は皆シドニーの従兄弟、従姉妹となったのだ。私は既に述べたが、ペネロピがフィリップ・シドニーと結婚することは、エセックスの秘書が記しているように、死に際のエセックスの願望であった。ある意味でこの願望はフィリップの才能と円熟性についてエセックスが抱いていた高い評価に基づいている。我々も見てきたように、彼は学童時代からフィリップに好意を示しており、チャートリ産の「栗毛の馬」を贈り物として与えた（五二頁参照）。しかし、またこの結婚計画は、アルスターの「入植」構想の思惑がはずれて、エセックスが家族の資産を殆ど使い果たしてしまったと自覚していたことからきたものにちがいない。レスターとウォリックの法定推定相続人としてのフィリップ・シドニーは、エセックスの幼く利発な娘ペネロピに地位、富、安寧を約束してくれる者であった。結婚契約書が交わされていたとは思われないが、時が熟せばフィリップがペネロピと結婚するのではないかという期待がエセックスの家族には絶えずあったにちがいない。フィリップの結婚が何故あれほど遅れたのか、その理由の中にはこの期待もあったのではないだろうか。

フィリップとペネロピがそれぞれの成長期にどのくらい会っていたか定かではない。リングラーは早い時期の出会いはありそうもないと強調しているが[7]、一五七七年から八〇年の間のほとんどをデヴルー姉妹がシドニーの叔母ハンティングドン伯爵夫人の後見の下にアッシュビー・ドゥ・ラ・ズーシュで過ごしていたのは間違いない。しかし、一五八一年一月に夫人は被後見人を連れて宮廷に参内した。夫人を「一月二九日に女王様は優しく受け入れて下さった」[8]。近年再確認された肖像画を見ると、それは現在ロングリートにあるのだが、当時の姉妹は「黒い刺繍」

で縁取りされた白いスモックの上に赤いベルベットの優雅なドレスを着て、真珠と黒玉の首飾りと髪飾りをつけている。[9]両少女はウェーヴのある赤みがかったブロンドの髪と、英国の少女たちに非常に特徴的な大きな前歯を隠すかのように際立つほど厚い上唇を持っている。二人のうちどちらが姉なのかという議論がずっとなされてきた。[10]推測に加えて後になって彼女たちの頭上に付された名前の位置からも、特に贔屓して左側の少女がペネロピで右側の少女がドロシーだとされている。というのは、絵画において左から右に「判読」するのが普通だからである。さらに、右の少女は首を覆うものを何もつけていないので、彼女の方が若いと思える。おそらくジョージ・ガウアか、コルネリウス・ケテルか、あるいはレスターの謎の使用人「ハバード」の手になるこの肖像画は、デヴルー姉妹の教育が完成し、彼女らが結婚適齢期に達したことを示している。

ハンティングドン夫人が女王に被後見人たちを公式に拝謁させたのは一月二九日と思われる。そのとき夫人はエリザベスのアランソンへの愛情をほのめかした可愛い青蛙の宝石のペンダントを差し出した。

一匹の青蛙、背に大小のエメラルド、そして吊るすため金の小さな鎖のついたエメラルドのペンダント。[11]

シドニーもこの拝謁の場にいたかもしれない。いずれにしても、彼はこの頃ペネロピとドロシーに会う機会がしばしばあり、結婚の可能性を再び考えたにちがいない。残念ながら、我々がこの頃のシドニーについて持っている知識では、この件に関する彼の考えを何ら明らかにできるものはないのだが。ちょうどこの頃彼はラッドロウ選出の国会議員となり、そして二つの委員会に出席していた。一つは、想定される外国からの侵入に対して講ずべき手段に関する委員会、もう一つは、「女王陛下に対する中傷的言辞や噂、また他の扇動的な行動」[12]に抗する法案作成を委託されている委員会であった。この頃サウスハンプトン選出の国会議員になっていたフルク・グレヴィルは第二の委員会での彼の同僚であった。グレヴィルとシドニーの当時の親密さは、一五八一年四月一〇日ベイナーズカースルから送られたエドマンド・モリニュークス宛の二通目の激怒の手紙の中に表れている。その中で彼はモリニュークスに頼んだ。

お願いだ。僕のために。貴殿は貴殿自身が僕の親しいフルク殿の肩書きに対して少しでも邪魔をする手段に、また彼の手紙の開封許可を工作するつもりになどけっしてならないでもらいたい。それは他の人々に益になっても、もし愚かしい無礼があれば、その結果彼を傷つけることになるであろう。[13]

グレヴィルはウェールズの辺境地域での州議会法廷（コート・オブ・ザ・カウンスル）の印章事務官（クラーク・オブ・ザ・シグネット）の職からの報酬を得たいと熱望していた。この職はサー・ヘンリー・シドニーによって当時創設された官僚機構の一部であった。一五八一年七月の終わり頃には彼は「捺印することで収入の半分を受け取っていたが、その間フォックス及び直属の事務官たちがその仕事をしていた」[14]。この場合にはシドニーはモリニュークスに何ら具体的脅しを与えたわけではないが、モリニュークスにしてみれば彼の非難がましい口調に、かなり傷つけられたらしいのも当然といえよう。

拝啓、貴方様の件のお手紙によりますと、私が既に、または何らかの点で、ここで求職中のグレヴィル様について、敢えて邪魔をしたと貴方様はお聞き及びのようですが…[15]

彼はグレヴィルをシドニーの「大切な、そして真の友」として尊敬していると言ってシドニーに請け合った。そしていずれにしても、ウェールズの印章事務官職の件について自分は何の影響力もなく、「私は指示された道を行かねばならぬだけなのです」と言っている。以前の場合と同様に、従属的立場のモリニュークスは不運にもシドニーの怒りを受ける標的になったのである。何故なら、おそらくこれはもっと大きな権威を持つ人間、この場合モリニュークスの雇い主であったシドニー自身の父、に対して直接その怒りが向けられることはおそらくあり得なかったからである。シドニーがモリニュークスに対してとった怒りを込めた独断的調子は、アーサー・アティやジャン・オートマンなどレスターの秘書たちに手紙を書くときのような温かく、親しい書き方とは全く異なっている。[16] この頃、シドニーと父との関係は非常に幸せな状態とは言えなかったのかもしれない（一九一頁参照）。

フルク・グレヴィルの求職の件について見せたシドニーの癇癪は、これとは無関係な個人的失意によってもまた増大されたのかもしれない。結婚の可能性を抱きながら、ペネロピ・デヴルーと更に何週間、あるいは何ヵ月間か会うことが出来ると期待していたのだが、この予定は彼から突然奪われてしまった。三月一〇日ハンティングドン伯がバーリ卿に手紙を書いている。

> 我がリッチ卿は神のみもとに召されて、ご自分の跡継ぎに相応しい紳士で、我がペネロピ・デヴルー嬢に相応しい年齢の紳士を残されていると聞いておりますので、もし女王陛下のご愛顧とご好意が得られればこの問題は上手く成就するかと思われます。そして、令嬢の亡くなられた父親にたいする閣下のご親切と、また子たちへの閣下のご好意を私は存じていますので、蛮勇を奮って私はこのことで閣下にご推進の労をとって下さるようお願い申しあげます。ご尽力いただければ、閣下の良きお計らいによって私の望みどおり事が上手く成就するのではと考えます。女王陛下は昨年私にこの若い令嬢たちが時折陛下の許へお伺いするのを快くお許し下さいました。そしてそれ故に、この度の卿のご逝去に際して、この件で閣下にご尽力いただきたく私はいっそう大胆にお願い申し上げる次第でございます。また私はこのことでウォルシンガム秘書長官殿にも一筆書かせていただきました。[17]

ニュースは素早く広まった。というのは、老リッチ卿がエセックスで死去したのは二月二七日であった。北方長官（ロード・プレジデント・オブ・ザ・ノース）であったハンティングドンはニューカッスルから手紙を書いた。明らかに二人の「この若い令嬢たち」の結婚は女王の賛成を得て考慮の対象になっていたのだ。若きロバート・リッチは二〇歳くらいの年齢で、父と同様に熱心なピューリタンであり、その過激主義が間もなく彼を難事に陥らせることになった。このことはピューリタンである伯爵の目には、彼女の祖父サー・フランシス・ノリスの目にとってと同様に、彼の長所に関する利点として映った。反対に、シドニーのカトリック廷臣たちとの親交は失点として数えられたかもしれない。また、この若者は適切にも「富裕（リッチ）」という苗字を持っていた。ペネロピ・デヴルーのためにこのような結婚に目をつけたことで、明らかにハンティングドンはペネロピの「亡くなった父親」エセックスから自分に託されていた信頼を果たしていると信じていた。もし彼女が彼の甥フィリップと結婚することになっているという了解があったとすれば、首尾よく起こったこの立派な縁組の仲人に彼がなることはあまりにも不可解なことである。これが暗示するのは、シドニーはもはや叔父レスターの法定推定相続人ではなかったということか、あるいは彼の広範にわたる様々な期待はリッチ卿の現金よりもはるかに勝っていたということではないだろうか。ここでまた、シドニーの内にある最も深い感情は我々には把握し難いものとなってしまう。彼の大いに複雑なソネット連作『アストロフェルとステラ』については次章で更に詳しく論じられることになろう。しかし、この時点で、結婚の機会を失ったことに触れている一つのソネット三三番は引用されるべきであろう。

僕は僕の至福を見たかもしれなかった、不幸な言葉よ、ああ、僕は見たのかもしれなかった、
だがその時、見ようとしなかった、いや、見ることができなかったのだ。
今に至って知る、最も酷い地獄の夜に包まれて、
惨めな者、僕は、如何に天上の日を見失っていたかを。
　心よ、張り裂けよ、お前にはそれが当然なのだ。
美貌のパリスがお前のヘレナを彼のものにしたのではなく、

力が、欺瞞が、お前からお前の喜びを奪ったのでもない。
そして運命の女神もまたお前の運命の作者ではなく、
お前自身に、お前自身が打撃を与えたのだ。
あの時僕はあまりに多くの理性に（本当に）悩まされ、
僕は僕たち二人にとって様々なことに心配らねばならなかった。
そしてしかも太陽の昇る朝になるまで、予見できなかったのだ
如何に麗しい日が近づいていたかを。ああ罰せられた目よ。
僕がもっと愚かであるか、もっと賢ければよかったのだ。[18]

リングラーは九行目から一一行目までについて、「（シドニーは）彼女がリッチ卿と結婚することを積極的に推進していたことを暗に示しており、彼女の美の完全な最盛期に気づいた今になって、彼は激しく後悔している」[19]と述べている。しかしながら、リングラーの解釈は、詩のイメージの観点からすると、じっさいには成り立たないと私は思う。「太陽の昇る朝」と「麗しい日」の対照はかなり長い時の経過を示している。その間にペネロピ／ステラが少女から女性へと成長した。一五八一年には彼女は一八歳であった。そして「太陽の昇る朝」／「麗しい日」の対照を、一月の彼女の宮廷到着と一一月一日の彼女の結婚までに経過した八ヵ月の月日であると簡単には当てはめられない。それだけの期間では彼女の容貌はあまり変化し得ないからである。「太陽の昇る朝」のイメージは、それよりもシドニーがシュロウズベリの学校時代に持ち得たであろう少女時代のペネロピとの出会いについての言及（五二頁参照）と考える方がずっと当たっている。ソネット三三番によれば、シドニー／アストロフェルの「ステラ」との結婚の機会は一五八一年までに既に失われていた。「あまりに多くの理性に…悩まされ」が暗示するものを解明するのは難しい。しかし一五七六から七年までその結婚計画が積極的に進展されていたとき、それについて彼は

過度に用心深くなっていたことを暗示しているのかもしれない。ペネロピが美と成熟の絶頂期にあることに彼が気付いたその時、機会は失われていた。

エリザベス朝時代の結婚において、しばしばそうであったように、金銭や身分というものが個人的魅力よりも大きな役割を占めていた。ハンティングドンは彼がその将来を支配していた若者たちの感情など言及さえせず、女王、バーリ、ウォルシンガムの意見ばかりに関心を寄せていた。五年前、ペネロピの父が死亡したとき、シドニーはペネロピ・デヴルーの未来の夫として立派な将来性を持っていた。彼はダドリー家の伯・叔父たちの跡継ぎであり、彼の才能と活力は華々しい出世を約束するものであった。その時点では父のアイルランドでの職か、ウェールズでの職か、あるいは両方の職を時がくれば恐らく彼が引き継ぐだろうと考えられていた。単なる「マスター・フィリップ」に長く留まっていることは絶対にあり得なかった。けれども、一五八一年春シドニーは未だに現実的には、重要な、また責任ある職を得ていなかった。また彼自身の個人的肩書きは何もなく、女王との関係は明らかに不安定であった。おおよそ確かなことに、デンビ卿の誕生によってレスターの主たる跡継ぎとしての地位もまた失われていた。それは古い物語の焼き直し版となった。一〇年前彼の父が男爵位を拒絶した直後に、身分は高位であるが嫌悪すべきオックスフォード伯に奪われて最初の婚約者を彼は失った。今度はペネロピ・デヴルーである。彼はアン・セシル以上にペネロピには深い好意をもっていたと思われるが、彼女は突然に彼より裕福で、若く、身分も高い者と結婚することになった。彼らが容姿の面でどのように比較され得るのか我々には知る由もないが、「美貌のパリス」によって奪われたのではないと言うシドニーの見解は、リッチがアドニスではないことを婉曲に言っているのかもしれない。もし結婚市場でのシドニーの価値が高かった間に、彼にもっと決断力があったならば、恐らくその頃までに彼はペネロピの夫となっていたであろう。

ソネット三三番はペネロピ・デヴルーと結婚できなかったことについてシドニーが「本当に」感じていたことを示していると安易には受け取れない。ただ、二、三年後に、彼がどう感じていたかを読者に考えてもらいたいということを示しているだけである。しかし、彼がどう考えていたかという内容もまた現実から全くかけ離れたことではありえない。なぜなら、ペネロピ自身は彼が心に描いていた最初の読者であったからである。そして彼女自身は事の成り行きについていくらか知っていたにちがいない。私が次章で暗示するように、シドニー／アストロフェルのペネロピ／ステラへの献身は、修復あるいは面子のための凝った技であった可能性もある。彼は結婚に対してそれほど熱意がなかったのか、あるいはいざと言う時に充分情熱的になれなかったということかもしれない。

時も場所もなかった。
そして愛する人も全くなかった。[20]

別の時々におけるシドニーの感情がどんなものであれ、ソネット三三番でアストロフェルはステラと結婚することに失敗した責任を自らに課している――「お前自身に、お前自身が打撃を与えた」――が、現実の人生においては最終的決断を下したのは長老たちであった。シドニーのペネロピ・デヴルーとの結婚の機会に決定的「打撃」を下したものは、彼自身の恋愛の遅れではなく、デンビ卿の誕生であったのかもしれない。

ペネロピ・デヴルーのリッチ卿との婚約のニュースが伝わったとき、『アーケイディア』の執筆がどの段階に達していたのか我々には分からない。シドニーは一〇月に弟に自分の「手遊び(てすさ)の本」は一五八一年二月までに書き終わると約束していたが、一五八一年の前半に宮廷で彼が関わった多くの事情を考慮するならば、その完成までにはずっと長い時間を要したと思われる。『旧アーケイディア』六七、第三牧歌の詩はペネロピの婚約と結婚の期間におけるシドニーの疎外された立場と関係があるのかもしれない。[21] 老ゲロンが若い羊飼いヒストル（「物語りを語る人」）にラランスという模範に倣って結婚するようにと強いている。確かにランゲが一五七五年シドニーにエドワード・ウォットンを模範にして従うようにと強く勧めたように。[22] ヒストルはシドニーと明確な繋がりを持っている。「私が以前に知った者たちの中で…最も愛すべき羊飼」とヒストルの口を通してシドニーはダイアに賛辞を贈っているからである。[23] ゲロンの説得に答えて、彼は結婚がもたらす不和を苦々しく語る。

もし多くのカラがアーケイディアにいれば、
　ララスに倣って直ぐにでも嫁御にするさ、
そうすりゃ我が身の憂さもすっかり晴れる。
だけどそんな殊勝な女房はめったにいない、
　ずるく立ち回る、思い上がって威張る、
　妻たる心得なんぞ一向にお構いなし。
いつも苦労がたえないと言わんばかりのやつれ顔、
　しくしく、めえめえ泣くか、がみがみ口やかましい文句ばかり、
　お蔭で家にいるのが農耕車を押すより骨折り仕事、
仏頂面のだんまりか、とめどないおしゃべり、
　夫の言うことにはいつも反対、
　夫が犬を褒めれば、かならず妻は猫が好きと口答え…
これ以上その他の欠点をあげつらうつもりはない、
　女に恥をかかせたいわけじゃないのだから。でもやっぱり
　思うのは、一人でいるのがより良き人生だということ。[24]

ゲロンはこの話に対して彼の長い経験に基づく女性擁護論で雄弁に反論する。

結婚してから五〇年、
女にそんな欠点を見出したことはない。
女王様に匹敵する女房殿、
命ずるのも上手いが、従順で、
とってもよく家の中を治めてくれる。
そして、しかもこの間ずっと二人の間で
合意の上、夫婦であることの二重の頸木を背負うし、また
互いに一度も汚い言葉をかわしたことはないと、胸を張って言おう。

ヒストルは守勢の答えをする。彼は、「おそらく」いつかは自分も結婚するだろうが、当分、本当は結婚したいと思っている少女カラと話していることの方がずっと興味があると言う。長く期待されていた結婚の見込みを失ったシドニーのその頃の経験が、苦々しい気持ちでいる独身者ヒストルの姿に同化されているのかもしれない。そして、「子供たちという富（リッチ）は君子の玉座を凌いでいる」と言うゲロンの意見はペネロピ・デヴルーの婚家の名前への密かな言及となっている。そしてこの語呂合わせを彼は『アストロフェルとステラ』の中でもしばしば使った。

シドニーが「一人でいるのが…より良き人生」と見なしていようといまいと、一五八一年中は未婚であり続けた。

宮廷生活が彼を多忙にした。叔母が女王と謁見する一週間前の一月二二日、彼は記念すべき華やかな馬上槍試合に参加した。それはフィリップ・ハワードによって先導された。ハワードは「カロフィサス」〔美を愛する者の意。ハワードは各自の恋人の美と徳を擁護するための挑戦を仕掛けた。一七人の挑戦者が現れ、その中に「白色の騎士」のウィンザーと「青色の騎士」のシドニーと「太陽の木の騎士」のオックスフォードの三人もいた。次第に「太陽の木」とは女王エリザベスを表していることが明らかにされていく〕の役で十二夜に挑戦を宣言した。処刑されたノーフォク公の息子フィリップ・ハワー

ドは祖父アランデル伯の伯爵権請求を確実にする作戦行動の最中であったので、この槍試合の彼の挑戦と関わりがあったことは疑いない。この時彼は確信的カトリック教徒としてよりは、むしろ同調者として登場した。カトリック貴族たちの間でその時まさに起こっていたことは込み入っていて分かりにくいが、彼らがこの頃宮廷では目立っていたこと、そしてシドニーと彼のライヴァルのオックスフォードの両者が目につきやすい形でカトリック教徒たちと交際していたことに疑いの余地はない。アランソンとエリザベスの結婚がまだ見込みがある間は、彼らはおそらく自分たちは間もなく最も高いレヴェルの援助と激励、即ち、もしその結婚が成就したら女王の夫君からの援助と激励を受けるであろうとカトリックの貴族たちは考えていた。カトリックへの共感が公職と両立しないということも未だ明らかではなかった。シドニーがメンバーであった国会での会議が一月二五日サー・ウォルター・マイルドメイによる活発な反カトリック演説と共に開会されたのだから、[25]これらカトリック教徒たちの目立つ存在は特に異様である。しかしながら、この反カトリック的言説は主に地方におけるイエズス会による宣教、外国からの侵入、国教会忌避などに対して向けられたものであった。もっと深い理由が何であれ、シドニーとオックスフォードはカトリック教徒のウィンザー卿と共に「カロフィサス」の馬上槍試合に参加した。特にオックスフォードの参加は謎である。何故なら、クリスマスの少し前に彼は彼自身のカトリックの友人たちの中の三人を裏切って女王に密告をしようとしたからである。[26]しかも、当分の間このことによって女王の彼への愛顧も、他のもっと著名なカトリックの友人たちとの関係をも終わらせることにはならなかったのである。

「カロフィサスの挑戦」について幾つかの断片的記録が残っているが、その構成や意味を完全に再構築するのは容易でない。[27]参加者たちの名ははっきりと明示されている。彼らは色々の意味でその立場が不安定であり、女王の愛顧において互いにはっきりと競争関係にある若い廷臣たちであった。この馬上槍試合は多くの他の槍試合よりははるかにエキゾチックな鳥の求愛誇示を思い出させる。「公正な気性の」カロフィサス役のフィリップ・ハワードは挑戦状で、彼自身は女王の美の囚われ人であり、それを「逃げられないほど強力な監禁場所と見なしております」

と宣言した。[28] もっとも、彼は人生の最後の一〇年間を文字通り囚人として、ロンドン塔で、「女王様のお思し召しによって」費やすことになろうとは予測できなかったのだが。[29] 馬上槍試合において挑戦者が通常走る六コースに合わせて、彼は女王への献身から発する六つの提案を申し述べた。[30]

この挑戦は一五八一年一月一五日に行われた。オックスフォード伯は「太陽の木の騎士」役で華々しい装いで現れた。彼はカロフィサスの補佐の「赤い騎士」役のサー・ウィリアム・ドゥルーリ（一五七九年一〇月に死亡したアイルランド王座裁判所主席裁判官（ロード・チーフ・ジャスティス）とは別人で、もっと若い）と直接対決した。試合当日オックスフォードは茶色と銀色のタフタ製の凝った大テントを持参した。それは「銀糸で入念に刺繍されていた」、そして彼は巨大な模造の月桂樹の下に座った。「その木の幹、枝、葉の全てが金色に塗られていた」[31]。不幸にして、槍試合が終わったときテントと樹は群集によって粉々に切り裂かれた。これは動機のない破壊行為であったのか、オックスフォード伯の不人気から発したことなのか我々には知る術もない。オックスフォードの補佐は「白色の騎士」で、オックスフォードは彼を評して「私は…よく知らない」が、「熱意と立派さにおいて」挑戦者たちより優れていると述べた。[32] この役を演じたのはウィンザー卿エドワードであった。彼の「白い」、あるいは彫り込みのない鎧は彼が馬上槍試合の初心者であること、そしてウィンザー家の家紋が白い一角獣であるという二つのことを暗に示している。実際には、ウィンザー卿はオックスフォード伯の甥なので、オックスフォード伯は彼をよく知っていたのに。[33] 彼はシドニーにもまたよく知られていた。シドニーは一五七三年から四年にかけてヴェネツィアで彼の父としばしば出会っていたからである。この初出場の時ウィンザーは二一回目の誕生日に少し足りないくらいの年齢で、一五七七年馬上槍試合に初出場した時のシドニーの年齢より少し若かった。若いウィンザーの入場については『新アーケイディア』の次の箇所で思い起こされるかもしれない。

ある身分の高いコリントスの貴族は、なんの意匠も凝らさずに新参の騎士らしく（実のところ彼は初登場でしたが）白一色に身を固め、その初姿の斬新さで長い経験の大方の古兵たちを顔色なからしめておりました。[34]

カロフィサスの第二の補佐である青色の騎士はシドニーであったと思われる。四ヵ月後の「欲望の四人の里子たち」の馬上槍試合で彼は紛れもなく青い衣装を纏っていた。今も残っている台詞の多くはシドニーの文体と作風の痕跡を留めている。白い騎士の挑戦は、自分の方が忠誠心において勝っているという偽りの主張に根ざしていると「青色の騎士」は非難した。それは、

実際には彼はずっと劣っているのに、狼を忠実なスパニエル犬と、あるいは（野生の飼い馴らされていない）ノスリをはぐれた鷹と比較するようなものである。

動物比喩を創作することはシドニーのお手の物であった。例えば、『五月の女王』で類似する対照を使ってテリオン擁護を強調した。

充分に立派なテリオンが怠け者のエスピラスより好かれなくなるなんてことはあり得ないと彼に思わせたらいい。そんなことになれば、まるでノロジカが羊より走るのが遅いとか、鹿が山羊より醜いと、言うことにさえなるのだ。[35]

動物比喩を使うことと同様に、青色の騎士は生きている動物への配慮を表明して、「馬を槍や剣で傷つける者は誰でも名誉と誓いを失う」と主張している。もし青色の騎士がカロフィサスのように「フィリップ」、即ち「馬を愛する人」と呼ばれていれば、状況は更なる意味合いを帯びてくるのだが。他の台詞のいずれにも馬についての言及はない。この台詞は誰が述べているのかが確認されるための「図像」、即ちインプレーサの表示をもって終わっ

ている。それは台詞の手稿の中に表示されており、左に壊れた砂時計と右に月桂樹の花輪を持つ二枝の木から成っている。これは勝利の決定か持ち時間が尽きたことの決定のいずれかを示しているのであろう。台詞は秘書の筆跡になっているが、「青色の騎士」という署名はシドニー自身のものと似ていなくもないイタリック体で書かれている。もっとも、見本があまりに小さいので確信をもって特定はできないのだが。[36]

「カロフィサス」馬上槍試合は全くの擬似的な戦闘であった。というのも、仮想の敵は実際には味方同士であったからである。全員が「レイディ」への熱烈な忠誠心を証明しようとした。青色の騎士は「レイディ」を、

その名声の記憶によってひたすらに全ての欲望を美徳へと駆り立て、その完全な美と善によってあの方を眺める者たちの最も頑なな心を抑制するお方

として賞賛した。『新アーケイディア』の中の馬上槍試合の記述は、そのような戦闘がもたらすものについてシドニーの皮肉な見方を表している。例えば、第一巻では巧みな槍の使い手ファランタスは自分たちの恋人の美を擁護するために、彼のもとにやって来る全ての挑戦者たちと闘う。ファランタスは過去に一二人の騎士を打ち負かし、彼らの恋人たちの肖像画を戦利品として運びながら行進するが、それは実に空しいパレードである。ファランタスは彼自身の想定上の恋人アーティジアを実際には愛していない。そして、遂に「不格好の騎士」ミュシドウラスに敗北したとき、彼女を厄介払いできるのを喜んでいるのだ。[37] 彼の華々しい挑戦はアーティジアの美について、また彼自身の彼女への献身について何の証しにもなっていない。

それにもかかわらず、現実の生活においてシドニーは馬上槍試合場を彼の才能を展示する舞台として利用し続けた。もし「カロフィサス」馬上槍試合の言外の意味が、カトリック共感派の廷臣たちが女王に受け入れてもらおうとするための企てであったとすれば、その次の大きな馬上槍試合は更にずっと大きな問題をあつかっていた。試合

の様々な計画は一月二二日の直後に始められたのだろう。アランソンと女王の結婚が再び積極的な議論の的になっていた。そして本当に実現しそうに思われた。

大勢の著名なフランス人代表団を受け入れる準備がなされた。ストウによれば、ホワイトホールに特別の招宴館がわずか三週間で一七四四ポンド一九シリングの費用を使って建設されたという。それは見物人のための一〇段の桟敷席と二五〇のガラス窓を備えていた。天井には特別の装飾が施された。

この館の天井は粗布張りで、そこに非常に巧妙に蔦と柊が描かれ、柳の枝で作った垂れ飾りがあり、月桂樹やヘンルーダや金片がちりばめられたあらゆる種類の異国の花々で飾られていた。[38]

「ザクロ、オレンジ、南瓜、胡瓜、葡萄」など大量の果物の間から「星、太陽、太陽の光線と共に雲」が覗いていた。工事は三月二六日に始められ、四月一八日に終了したので、五〇〇人のフランス人貴族の到着に折よく間に合った。大工やガラス工や画家たちが招宴館の仕事で忙しくしていた頃、シドニーと彼の友たち、フルク・グレヴィルとフィリップ・ハワード――彼は三月一八日に血統と継承においてアランデル伯爵位への復権が承認された――たちも等しく、レスターの指導下であろうが、馬上槍試合のもう一つの知的で実践的なことの準備に専念していた。[39] 今回オックスフォード伯は参加しなかった。もっとも、この計画の早い段階では彼も関わっていたかもしれないが。というのも、アン・ヴァヴァソアが三月二一日オックスフォード伯の子を出産した。そして間もなく二人は投獄され、自分たちがロンドン塔に入獄することになった。

「欲望の四人の里子たち」上演の残存しているテキストの、異なる部分それぞれの作者の特定について論議がなされてきた。[40] それらはヘンリー・ゴールドウェルという者によって上演後直ちに記録され小冊子に纏められた。その表題は「一五八一年、聖霊降臨節の月曜日と火曜日に、試行され、実行された最も勇壮で価値ある野外劇において、女王陛下とフランス外交団の御前で実践され、演じられた見世物、紋章、台詞、創案等についての短い表明」である。多くのそのような余興と同様に、この『野外劇』も協同制作的企画であったにちがいない。例えば、オックスフォードは戦闘から外れていたけれど、彼の被後見人ジョン・リリーが、オックスフォードの指示の下に、会話文の幾つかに手を入れたということはあり得ぬことではない。彼は一五七八年にロマンス物語『ユーフュイーズ』を出版し、続いて一五八〇年にその後編『ユーフュイーズと彼の英国』を出版した人物である。また女王の擁護者、サー・ヘンリー・リーは既に馬上槍試合の熟達者であったから、幾つかの重要な骨子は彼が発案したかもしれない。フィリップ・ハワードは、「カロフィサス」の創案の時から初めて参加したが、両試合において試合場への先頭の入場者を務めているから、着想の面で貢献したのは確かであろう。また、ある箇所の文章の統語論上の捩れにはシドニーの友人フルク・グレヴィルの特徴的な文体を連想したくなる。しかしながら、エドマンド・モリニュークスは馬上槍試合騎士としてのシドニーの創意工夫に対しては特別な賞賛の意を表している。

馬上槍試合、野外劇、そして王侯に相応しい他の娯楽において（あらゆるそのような息抜きの折に彼は通例一つは案を出していたので）、彼は非常に生き生きとした粋な見世物を取り入れようしました。そして非の打ち所のない工夫を披瀝することが求められるあらゆる点で相応しいものを提供されたので（実にそうした工夫に富んでいる方で）、最優秀者と言えないまでも、互角か、少なくとも二番手ではありました。[41]

この作品の言葉とイメージの多くがシドニーの他の作品と非常に密接に結びついているので、ここにも彼の筆力と才知が支配していると思われる。例えば、四月一六日に開会のために宣言された挑戦状の中で、エリザベス女王が『五月の女王』の開演を思い出させるような大胆なほど率直な言葉で表敬される。その挑戦状は「欲望によって育てられた子供たちからの軍隊式伝令のように」赤と白の服を纏った小姓によって読み上げられた。『五月の女王』

では女王は単に「素晴らしく美しいご婦人よ、といいますのも、もっと立派な称号につきましてはもっと身分の高い方々から貴女様にさし上げるものですので…」[42]と呼びかけられた。「欲望の四人の里子たち」では女王は次のように呼びかけられる。

おお、高貴なレイディ、この呼び名こそが貴女様の所有なさる称号に価値ある名誉の称号を与えています…[43]

挑戦状の最後の部分で、小姓が次のように述べるとき、シドニーの『手紙』が想起されるだろう。

全ての人々が貴女様を仰ぎ見るよう私は日々祈ります。そしてそうすれば貴女様は敵のどんな武器をも恐れることはありません。

シドニーは『手紙』の中で、女王が敵から安全でいられるのは女王の生得の「完全性」のためであると強調していた。しかもそれは「全ての人々の目に見える形となってはっきりと焼きついている」と。[44]女王を愛する廷臣たちが絶望しつつも包囲する難攻不落の「完璧な美の要塞」として象徴的に表されている。その中心的なコンセプトは伝統的なものであるが、要塞には大砲まで備えられ、大砲からはエリザベスの眩いばかりの賜物を表す「香りのよい粉」や「香りのよい水」が放たれて「特別の力」を発揮するまでになっている。[45]フランス人訪問者たちには君主の象徴としての「山」や「要塞」は馴染み深い物であったろう。しかし、幾つかのもっと独創的なイメージはシドニーの発案と思われる。特に際立っている発想は、エリザベスの若い廷臣たちが彼女の「子供」であること、そして半ば離乳させられた赤子たちが、もう一人の彼らの里親である「絶望」による残酷な育児を嫌って、「欲望」の乳房に帰りたいと泣き喚く点である。これはシドニーの著作品の中の多くの箇所と結びつく（一二一–三頁参照）。育てる親と赤子のイメージに彼は著しい愛着を持っており、しばしばあまり普通でない文脈で使っている。例えば、彼の生み出した子供である『アーケイディア』を否定したい誘惑にかられたとき、それはちょうど次のようであった、

ギリシア人のなかで残酷な父親が、育てたくない赤子に対してよくそうしたように。[46]

他の多くの例の中で、『サーティン・ソネッツ』一〇番では、彼は痛みを人の弱さの「里子」と名づけた。また『アストロフェルとステラ』五〇番では、ステラを表現するのに相応しくない彼自身の言葉を「生まれると同時に死ぬ」ような「哀れな赤子たち」と描写した。妹が出産したとき我を忘れ妹を気づかったシドニーの情愛の深さこそ、作家として彼が興味を抱いた関係とまさに一致しており、それはあらゆる種類の抽象的関係を母と赤子と乳母の三角関係で見ることにある。それ故、彼が一五八一年の『野外劇』の中心をなす複雑なイメージの創案者であったと思われるのだ。

この近くに…長いあいだ運に見放されていたのですが、今や希望に満ち、「欲望」に育てられた子供たちが陣営を張っています。彼らはずい分長いあいだ「欲望」に染まった乳と、そしてまた熱烈な里親の多すぎるほどの慈しみとで育てられましたので（もっとも、里親になれない保母の「絶望」が彼らを里親から乳離れさせようとしばしば非常に努力したのですが）、子供たちは運において弱い分だけ、今や養育においては強くなっています。そして「欲望」の里子たちは決して挫けぬ「欲望」の勇ましい忠告で励まされ、そして同時に相続の権利によって、これからずっと「美の要塞」は里子たちが所有するものだとその「欲望」によって確信しています。そして遂に、里子たちは、自然によって建造されたこの要塞はこの国に座すことが、全ての人の舌によって宣せられ、全ての人の心に刻まれ、全ての人の眼に証明されているのを知りました。私が申しますこの四人、再び申しますが、このように育てられ、このように鼓舞され、この

ように権利を与えられ、このように知識を与えられた四人を、私によって、正義の名においてさえ、貴女様はもはや有徳な「欲望」を完璧な美から排除なさることはないでありましょう。[47]

この文章は複雑でとりとめがない。そしてイメージも同様である。エリザベスは彼らが接近を求める要塞であり、またその要塞を彼らの欲望の源としている。彼女は残酷な母であり、残酷な恋人でもある。乳離れしていない赤子のように彼女に密着していた廷臣たちは、今や、主人然として恋人のように彼女を所有することを欲し、母性的な慰めと性的欲望の達成の双方を求めている。彼らは空しく求めている。エリザベス、即ち、完璧な美の要塞は、彼らのあらゆる努力にもかかわらず獲得されることはなかった。そして馬上槍試合、または矢来越しの剣の戦いが行われた恒例の試合日の翌日、彼らは準備した稽古ずみの敗北を認める後悔の場を演じた。「謙虚な服従の印として灰色の衣服」を纏った小姓が女王にオリーヴの枝を差し出して、四人の挑戦者［四人の里子］に代わって次のことを認めた。

全世界の人々が見守るべきこの要塞は四人の子供たちの運命の範囲よりはるかな高みに引き上げられています…彼らは欲望の達成に暴力を行使することによって、里親から堕落してしまったことを認めています。[48]

苦しい退却、自己批判、後悔を伴う一連の暴力的な性的攻撃は、シドニーの想像的な作品の本質に近いものがある。ピロクリーズとミュシドウラスは共に彼らの欲望の対象を攻撃するが、最終的に自らの過ちを認めざるを得ない。アストロフェルはステラが眠っているあいだに彼女に接吻する。ちょうどミュシドウラスがパミーラにしたように。そしてミュシドウラスのように、その攻撃をさらに推し進めることを切望する――「今や、僕は要塞に侵入するのだ」。[49] 接吻を称える一〇編の連続するソネットの最後の編で、ステラのペットの雀を恋敵として脅すことで、アストロフェルは自分自身をもまた脅していることを知るに至る。この淫らな鳥［ステラの飼っている雀の名はフィリップ。短縮してフィップ。雀は古来好色・淫乱の象徴］と名前も不埒な意図も共有していることに気付いたからである。

よせ、サー・フィップ、お前の首をねじり切られたくないなら。[50]

『野外劇』で特殊な言外の意味が与えられている「欲望」という言葉は、シドニーの他の作品にも広く散見され、韻文の作品の中には八〇回以上現われる。[51]『サーティン・ソネッツ』を締め括る二つの改詠詩［前に書いた詩の内容を取り消す詩］のうち最初のソネットでは「欲望」という語が中心的役割を担っていて、

欲望の殺し方のみを欲する[52]

と語り手をして言わしめるほどに地上的情欲の否定となっている。「欲望」と「絶望」はエリザベス朝時代の恋愛詩では卑近な言葉であるが、育ての母と赤子の隠喩に結び付けて、その範囲の拡大を図ろうとするシドニー独特の関心と結びついて、この『野外劇』の「表立っての発想」は明らかにシドニーのものであったことを示していると言える。

『野外劇』は象徴主義に付随する様式を満載しているが、その殆どが今は復活されることもなく、理解もされない。ゴールドウェルは「その幾つかは多くの人に謎であり、知られていないから」[53]と台詞の多くを削除した。名前は記されているが、衣装と台詞が描かれていない参加者の中に、シドニーの二人の良き友エドワード・デニーとヘンリー・ブランカがいる。ゴールドウェルによって描写されている主役四人の入場でさえ解釈することは容易ではない。五月一五日シドニーは四人の「子供たち」の三番手として試合場に出場した。馬に乗って入場した一番手は

その時はアランデル伯爵になっていたフィリップ・ハワードであった。彼は「金色に塗り、彫り込みのある」鎧を着て、二人の先導の式部官と共に、「四頭の予備の馬」――即ち、馬上槍試合の中の次の出番で走る馬――に乗った四人の小姓と、そして真紅、黄色、金色の衣装を纏った二〇人の紳士たちを伴っていた。紋章学では赤色と金色は「征服したいという欲望」を意味した。そしてこれはハワード家のお仕着せが表していたものかもしれない。[54]次にウィンザー卿が入場した。彼の従者たちは緋色と「橙色がかった黄褐色」の衣装を纏い、白い羽を付け、「彼らの袖に銀板の一角獣[55]」の家紋を付けていた。シドニーの入場も等しく壮観であった。

それからマスター・フィリップ・シドニーが進んだ。たいそう贅沢な出立ちで、鎧の一部は青色で他は金メッキを施し、彫り込み模様があった。四頭の予備の馬を伴っていたが、その馬衣と馬具は非常に高価で豪華であった。その布地のある部分には真珠が鏤められ、またある部分は金銀の羽根付きの刺繍された黄金色であり、豪華で巧妙に仕立てられていた。彼は四頭の予備の馬に乗った四人の小姓を連れており、彼らは丈の長い上着とヴェネツィア風ズボンを穿いていたが、その布地は全て金色のレースの付いた銀色であり、同じ布の帽子には金色のバンドと白い羽根を付けていた。そして全て全員が白い半長靴を履いていた。それから彼は三〇人の紳士と従者、そして四人のラッパ手を連れていた。そして全員が丈の長い上着を纏い、銀色のレースの付いた黄色のベルベットのヴェネツィア風ズボンを穿き、銀色のリボンと白い羽根の付いたベルベットの帽子を被り、白い半長靴を履いていた。また彼らは上着の上に銀色の巻物またはバンドを着け、それが肩の上から腕の下にスカーフのように垂れ、前側にも後側にもラテン語の銘、即ち文章が書かれていた。その銘は「かくして我々は我々のためにあるのではない[56]」［かくして我々は労するが、それは我々のためではないの意］であった。

難攻不落の要塞というエリザベスの中心的イメージと同様に、シドニーの個人的イメージは両義的であった。それは恐らくエリザベスに対して、フランス代表団に対して、また彼自身の友人たちに対しても、それぞれに異なった意味を伝えていたからである。「かくして我々は我々のためにあるのではない」は「かくして貴方は貴方のためにあるのではない」という銘の応用であり、他人が消費する蜂蜜を集めるために労苦する蜜蜂の労働のように、本来は無私の労働に適用される言葉である。シドニーは既に「貴方は貴方のためにあるのではない」を『旧アーケイディア』の中で使った。[57] この応用版「かくして我々は我々のためにある（する）のではない」、は広範囲の意味を担うことができた。その主な含意はシドニーと彼の従者たちはこの挑戦に利己的理由で従事しているのではなく、エリザベスのため、あるいは国家の利益のため、あるいはその両方のためであるということであった。シドニーの鎧の青色と金色、従者たちの金色と銀色の組み合わせの中にあって、言葉は別の含意を可能にした。シドニー家の家紋は青色の地に描かれた金色の鏃（やじり）であった。この銘「かくして我々は我々のためにあるのではない」は、自力で得たものではないこれらの色（青と金）を着装する資格をシドニー本人が否認したことを暗示しているのかもしれない。むしろ、シドニーは「私にはほとんどそれらのものが私自身のものだと言えない」という銘のついたシドニー家の家紋を否認したとモリニュークスが語っている。

> 銘については、国家も個人も時間と変化に服従している故に、携えるに相応しい価値が彼にどれほどあるかも分からず、またどの位長く享受し、維持できるかも分からないものを自分のものとは呼べないことを意味している。[58]

しかるに、もう一つの、もっと本質的な意味を排除するわけにはいかない。ジェラード・リーによれば、青色つき金色は「世界の富（リッチ）を自分自身のために維持し、他の人から遠ざけておくことを託されている」を意味していた。[59] 即ち青色つき金色は「富の楽しい喜び」を意味した。ペネロピ・デヴルーは未だレイディ・リッチではなかったが、シドニーは彼女の未来の婚家の姓を弄び始めたのかもしれない。シドニーと彼の従者たちは豊かに見えるが、しかるにリッチを欠いていると謎めかして意味を伝えている。つまり、彼らはriches（富）を欲していた、しかるに彼らは物質的富と、リッチとなるべく運命づけられた女性の（心の）占有の双方を阻まれた。シドニーの馬上槍試合の活動に関するモリニュークスの「彼はこれらを工夫する力に富んでいた」というコメントは、彼がこの連想遊びに無関係でないどころか、シドニーの後に続く馬上槍試合場の登場の仕方についても勿論言及しているのであろう。第四番目の挑戦者フルク・グレヴィルは他の三人よりは少ない従者たちで、どちらかと言えば、彼「もまた走った」程度の人であった。彼らの装いは茶褐色と黄色であり、これは四人の「子供たち」の究極的敗北を予測させる憂鬱を表す色であった。恐らく、この色はまた彼の名前「不運を悲しむ(グリーヴ・イル)」の憂鬱な含蓄を言い表していた。

リングラーは、この特別な馬上槍試合を『アストロフェルとステラ』四一番で言及されているものと同一視する試みは「無駄」であろう、と言っている。[60] しかるに、この詩に言及されている試合は一五八一年の『野外劇』を指している可能性は非常に高いようだ。リングラー自身が強調したように、ペネロピ・デヴルーは一五八一年一月後半までは未だ宮廷に出仕していなかった。五月一五日から一六日にかけてのあの瞠目すべき馬上槍試合は、彼女の父が彼女と結婚させたいと望んでいた男によって公けに上演されたもので、彼女はそれを初めて見る機会を得た。『野外劇』でのシドニーの主導的役割と莫大な数のフランス代表団の存在がはっきりと言及されていると思われる。フランス人観客たちは一一月一七日の即位記念日馬上槍試合にもまた出席していたが、その中にアランソン自身も入っていた。彼は、皇太子であって、フランスから「派遣された」と言うのは適切な表現ではないが。

今日、僕の馬、僕の手、僕の槍が、
　非常に巧く導いてくれたので、僕は賞を得た、
　　英国人の眼による判定と
そして麗しい敵国フランスから派遣された方々の判定によって。

騎手たちは僕の馬術の技を称揚する、
　町の者たちは僕の体力を称揚する、もっと目の高い判定者は
　その賞賛を修練の賜としての手練にむける。
何人かの幸運な知恵者たちはその手練は偶然に過ぎないと言う、
　他の人たちは、自然が僕を武人にしたと考える、
何故なら、技に秀でた両家から
僕はその血を受け継いでいるからと。
なんと彼らは的外れに射っていることか！　真の原因は
　ステラが見ていたからなのだ、そして彼女の神々しい顔から
光が放たれ、僕の試合を非常に立派にしてくれたからなのだ。[61]

このソネットは傲慢と謙虚の巧妙な合体である。シドニーは彼の成功を自慢する一歩手前で止めているが、報告はしている。そしてまた大勢の観客の眼前で有終の美を飾ったことも報告している。彼は種々の見物人からのコメントを集めている。それらは「騎手たち」、「町の者たち」（おそらくロンドン市民たち）、馬上槍試合の技の鑑定家、彼が幸運であったに過ぎないと考える冷笑家たち、そして他の人々、即ち彼の両祖父のノーサンバランド公爵ジョン・ダドリーとサー・ウィリアム・シドニーが活発な馬上槍試合の騎士であったことを覚えていて、彼が両祖父からの技を受け継いでいると信じている人々などである。彼の家系への言及は終わりに書かれているが三行も占める一方、他のコメントは一行半を超えていないということは、おそらく偶然ではあるまい。「アストロフェル」として薄くヴェールで覆ってはいるが、語り手は自分自身を非常にはっきりとダドリー家とシドニー家の子孫であることを明らかにしている。最後に、当然ながら、この大仕事の全ての名誉をステラに帰している。ひとえに彼女の存

在によって、彼女が彼の成功を生み出したと主張している。

表面的には、『野外劇』全体もまた成功であった。フランス代表団に「イギリスの宮廷文化がフランスと同じく洗練されている」[62]ことを示すという創案者たちの直接の目的は達成された。それは非常に際立った見世物だったのでゴールドウェルのみならず、ストウ、ホリンシェッド、ナロという名のフランス人見物人[63]によっても記録に残された。二五年以上も後になって、シドニーからレイディ・リッチへ宛てた手紙を小説化した「英雄的書簡」の作者は、この『野外劇』をシドニーの生涯の中で最も目覚しい出来事の一つとしてその作品の中に入れた。

偉大なオーヴェルニュとアルチュール・コッセが、
立派な名にふさわしい他のフランス貴族たちと共に、
偉大なエリザベスの処へやって来た時、そのフランス人たちに敬意を表するために、
他の人たちに混じって私は車に乗せた塁堡を造った、
そして、愛の火に煽られて、
欲望の里子たちの名前を名乗った。
そのことで私たちがしたことは少しも非難に当たらない、
何故なら、貴女を目にすることによって私の力の全てが祝福されたのだから。[64]

無名の詩人が『野外劇』の創案の殆どをシドニーに帰しているのは興味深いことである。その中には目を瞠らせる「車に乗せた塁堡」、即ち動く築山、具体的には美の要塞を表すものがあった。この詩人はまたこれが『アストロフェルとステラ』四一番で言及されている馬上槍試合であったと暗に示している。しかしながら、政治的宣言や挑戦としては、『野外劇』は個人的にも集団的にも実質的成果は少なかった。フィリップ・ハワードは馬上槍試合場で彼

の忠誠心を華々しくまた非常に高価な費用で装ってみたが、自宅監禁の刑から免れることはなかった。一五八三年女王による訪問を受けた後、彼はカトリック信仰の故に、結局はロンドン塔での終身禁錮刑に処せられた。女王の結婚交渉の方は一五八一年の夏の間に頓挫し、結婚について何の言及もない条約に取って代わったが、『野外劇』が女王の気持ちを変化させる何らかの重要な役割を演じたとは思われない。いずれにしても、政治的見地からすれば、実際的には『野外劇』のあらゆる要素は少なくとも相反する二つの方向に解釈され得た。

これは意図的なものであったことは疑いない。エリザベス、美の要塞、あるいは太陽は彼女の廷臣たちが獲得できないものであり、「公共の恵みを個人的利益のために破壊」しようとすることは過ちであるという彼らの認識を示した。このことはアランソンにも結婚によって彼女を獲得する望みはないことを示していると考えることもできた。が他方、四人のイギリス人廷臣たちが失敗した部分で、一人のフランス王子なら成功するかもしれなかった。もし女王が入手困難な存在であるとすれば、王子の最終的成功はそれだけ一層印象的なものになり得る。親カトリック派の貴族たちや紳士たちは一致団結して要塞獲得に挑んでいるように描かれていた。おそらく、その結束によって全党派がエリザベスとアランソンを支持する英仏連合宮廷を予見していたことになろう。がしかし彼らを団結させていたものは競争と闘いであった。馬上槍試合場での楽しいが迫力ある戦闘は、もしフランス代表団が見物人でいることを止めて参加者になれば、より深刻な戦いが起こるだろうことを示していた。廷臣たちが顕している熱烈な「欲望」は彼らの愛と忠誠心を表現していたが、それはまた彼らの苦悶と挫折の表現でもあった。実際に彼らはエリザベスを「征服する」ことを望んでいた。即ち、彼ら自身のかなり多様な野望に沿うように彼女の意思を曲げさせることであった。もし彼女が頑強であり続けるならば、擬似戦闘はもっと脅迫的なものへと進展するであろう。戦士たちは同時に皆手強い者たちであった——彼らは鎧を厚く身に纏い、活発に槍で引き裂く——と同時に、彼らの上に聳えるエリザベスの絶対的権力を意識して、非常にか弱い存在であった。彼らは馬に乗る赤子であったのだ。

この時にも一五七五年のケニルワースとウッドストックにあったような葛藤と不幸の底流があった。サー・トマス・ペロットとアントニ・クックがアダムとイヴの役で、「林檎と果物を飾った」鎧姿で現れ、後者は「髪が全てヘルメットの下から長く垂れ」ていた。[65] この奇妙な姿はエリザベスを無原罪のイヴと見なすエリザベス観を支持していたように見えるが、必然的に罪と罰の概念を連想させたにちがいない。創世記の物語はあまりにも人口に膾炙しているので、説得的に上手くこれを利用することは難しい。トマス・ラトクリフは「侘しい騎士」の役で、海辺の湿った洞穴に住んでいる想定であった。

彼はこの洞穴で、寝床にも、蠟燭にも、床にも、苔を使った。また時折僅かな石炭が入手される以外は、苔を食物としても使った。乾いた食物であれ、神はご存じだが、新鮮な苔であれば、それはあまりにも湿っぽい涙で濡れ、塩辛いので、食べるほうがよいのか、断食したほうがよいのか推測するのは難しかった。

サー・フランシス・ノリスの四人の息子たち（ペネロピ・デヴルーの伯・叔父たち）は死んだ仲間の一人の懐から挑戦状を引き出した。これは家族の誰かの死について、即ち一五八〇年に既に死亡していた兄弟の一人、エドワード・ノリスに言及していたと思われる。ノリス家はエリザベスの従兄弟たちであり、ピューリタンに強く傾倒していたので、カトリックに近いハワードやウィンザーが先導する馬上槍試合に彼らが参加しているのを見るのは衝撃的なことであった。ゴールドウェルによって記録されている『野外劇』後半の創作は意味も語調も捉え所がない。「凍れる騎士」は再びトマス・ペロットが演じた役であるが、彼が太陽であるエリザベスの暖かさに浴して「水滴となって溶ける」というようなイメージは現代の読者にはむしろ滑稽にすら感じられる。しかるに、象徴的表現に集団的に慣らされていた文化の中ではそうではなかったかもしれない。シドニーは『新アーケイディア』の平和を愛するコリントスの女王の描写の中で、馬上槍試合や宮廷見世物を喜ぶエリザベスに対してかなり明白な敬意を表している。

彼女は国民を平和によって戦闘的に、廷臣たちを遊びによって教養深く、婦人たちを恋愛によって貞淑にし、流血のない武芸の訓練を絶えず課すことで臣下一同を血生臭い武芸の達人に仕上げていました。女王の遊びは楽しみの川を豊かな知恵を積んだ船で渡るようなものでした。[66]

『アストロフェルとステラ』四一番が暗示するように、シドニーは自分が馬上槍試合において特別に秀でていることを知っていて、こんな風に自分自身を表現して楽しんでいた。たとえ別の気分の時にそんな表現の全てに愚かしさを感じていたにしても。彼が輝かしい役割を演じた『野外劇』は彼の文学的、社会的、またスポーツの面での多くの才能を結合したものであった。彼が再びサー・ヘンリー・リーと対決したこの馬上槍試合において、肉体的妙技と、そして多くのアレゴリーを創作することにかけては、例外的に豊かな想像力を発揮した。しかるに、彼の私的銘は、わけてもこの場合、出席はしていても一種の不在出席を暗示した。かくして彼は華やかに装って登場したが、個人的には何の利益も得なかった。『野外劇』において彼の登場は記憶に価するものであったが、それによっても肩書き、地位、あるいは配偶者を与えられないままであった。それはまた彼を極端な資金不足のままにした。以前の行事においてレスターが式典用の衣服のことでシドニーを援助したように、この時もまたレスターはシドニーの馬上槍試合の衣装の請求書には署名したであろうが。

　ロンドンの外での行事においても夏の間シドニーはその目配りを要求された。オックスフォード大学総長としてレスターが卒業式、即ち年ごとの大きな祝祭的学位授与式を統括したときに、シドニーはレスターに同行して六月二七日までにオックスフォードに行っていたことは充分にあり得る。参加者が大学の礼拝堂に入ったとき、彼らは座席の上に並べられていた四〇〇冊以上の新刊本を見て驚愕した。これはエドマンド・キャンピオンの著作『理由十項』であった。これはヘンリ近くのストナー・パークの小屋で、デイム・シシリア・ストナーの庇護の下に私的に印刷されたものであった。偽装の出版地名「ドゥウェイ」に欺かれる者は殆どいなかった。その本の中でキャンピオンは一〇の表題でカトリック信仰の真理とプロテスタント教義の虚偽について力強い論旨を展開し、女王自身に古い宗教に立ち返るように訴えて終わっていた。

万歳、おお、神聖な十字架よ！　その日が来るでしょう。おお、エリザベス女王様。私が申しあげたいことは、まさにその日、それぞれの人の行いのヴェールが脱がされる、そしてイエズス会かルターの輩のいずれがキリストの愛と慈悲で貴女様の心を動かすのかはっきりと顕れるのです。[67]

署名入りの本が贈られた人々の中に、キャンピオンの古い友人のシドニーが含まれていたことは大いにあり得ることである。英国国教会社会に向かって注意深く組織されたこの公然たる挑戦は大学にとってかなりの衝撃となった。大学には既にカトリック信仰の強い底流があったし、多くの人がカリスマ性を持つキャンピオンを覚えていた。英国でずっと続いていてますます成功しているイエズス会宣教団の公然たる示威運動として、この本はエリザベスの顧問官たちを厄介な苦境に陥らせた。親フランス派グループにとってカトリックとプロテスタントは調和して共存できると主張することがなおも重要であった。しかし、そのようなおおっぴらなカトリック教徒の布教が黙認されることはあり得なかった。レスターはカトリックの密告者ジョージ・エリオットから司祭たちと上流階級のカトリック教徒の名簿を記した二通の手紙を既に受け取っており、それをバーリに渡していた。[68]この二通はまた無視されることはなかった。悪名高いエリオットにキャンピオン逮捕の権限が、ウォルシンガムによってであろうが、与えられた。六月一六日「六〇人以上のカトリック信者とオックスフォード大学の学生たち」がキャンピオンの説教を聞くために、バークシャのライフォード・グレインジの今や投獄されている国教忌避者イェイツ氏の家に集まった。そこにはイェイツの寡婦である母、二人の司祭と八人のベルギー人尼僧たちが住んでいた。二四時間以上続いた捜索の結果、キャンピオン、二人の司祭と九人の平信徒が逮捕された。この旅の初めの段階ではキャンピオンは丁重に扱われていて、友好的なオックスフォード大学の学者たちが彼と話をするためにアビンドンにやって来た。しかし、最後の局面に達したとき枢密院からの指図によって囚人たちの扱いは変わった。全員が腕を縛られ、足は馬の腹の下で括られ、そしてキャンピオンは帽子に一枚の紙を貼り付けられた――あるいは、むしろロバート・パーソンズの帽子であったかもしれない、何故なら彼らは最後の別れの際に帽子を交換していたからである[69]――その紙には「扇動者イエズス会修道士キャンピオン」[70]と書き記されていた。

このことの全てがどんな影響をシドニーに与えたか推測するのは難しい。キャンピオンの逮捕直後の日々については不可解なことが多くある。特に、六月二五日に起こったことを人はもっと知りたいと思うだろう。その日キャンピオンはロンドン塔からレスターハウスへ小舟で密かに連れて行かれた。事実上は枢密院の会合であったと思われる人々の面前で、レスター、ベッドフォード伯と他の人たちによって詳しく訊問された。そこに女王自身が臨席していたことも裁判で明らかになった。キャンピオンは女王に忠誠を宣誓することとローマ法王の権威を否定することによって自分自身を救う機会を与えられていたと思われる。「若い頃、ロンドンとオックスフォードで彼を知り、賞賛していた」[71]伯爵たちは彼の態度に深く感銘を受けたけれども、彼らは自由を獲得するためにカトリック信仰を決定的に否定するよう彼に説得することはできなかった。しかしながら、レスターはロンドン塔副長官（リューテナント・オブ・ザ・タワー）サー・オーウィン・ホプタンにキャンピオンの待遇を改善するように命じた――彼はそれまで快適さなど微塵もない狭く窮屈な場所に閉じ込められていた。パーソンズによれば、プラハでシドニーはキャンピオンに、もし彼に何か困ったことが起きた時は助けると約束していたので、シドニーもこのエピソードにおいて何らかの役割を演じたかもしれない。次の二、三年間、幾つかの機会に彼はカトリックと枢密院の間に立って仲裁をしたことは疑いない[72]。そしてこの場合もまた彼はその外交的技を実践したかもしれない。

この頃の宗教問題へのシドニーの介入について確かに我々が知っているのは、一二月初めトウビー・マシュー博士をダラムの主席司祭の候補者として推挙した人々の中に彼もいたことに尽きる[73]。このことはキャンピオンの事件と関係があるかもしれないし、ないかもしれない。マシューはキャンピオンが住んでいた古い学寮、セントジョンズの学寮長を一五七二年から一五七六年まで務めた。そしてオックスフォード大学でのキャンピオンの挑戦への応答を、おそらくレスターの指示で、指揮したのがマシューであった。一〇月九日、キャンピオンの『理由十項』に反駁するためのラテン語の説教をもって彼は大学の新学期を開始した。[74] 慎重にルターからの引用は終始避けつつ、原始キリスト教へのマシューの穏やかな、しかし決然たる訴えは、ロンドン塔のキャンピオン自身に対して用いられた激しい方法とは対照的であった。

秋が近づくにつれて、恐るべきことが判明した。即ち、レスターやシドニーのような高位の地位にある友人たちは、エリザベス朝の「正義」の体系に必然的に伴う最悪の状態からこの勇敢な才気あふれる人物を救うことができなくなりつつあったのである。八月の間、彼は繰り返される拷問と訊問にさらされた。その後ロンドン塔の礼拝堂での公聴会で痛めつけられた。その時に議論されるテーマについて予告されることもなく、参照するための書物もなく、拷問された手足を休める椅子すらない有様であった。これら全ての不利な条件にもかかわらず、彼は立派に振舞った。二週間ほどの休止の後、また別の、あまり公的でない公聴会が九月一八日に開催された。この時は、教会とは眼に見えるものか見えないものかという問題であったが、やや取り留めがなく、結論の出ないものであった。さらに二三日には神の実在について、そして二七日には聖書の充足性についてであった。[75] 当局はこれらの会議が何も実を挙げていないのを悟り始めた。そして威厳と堅忍不抜の態度でこの布教闘争に勝利しつつあったのはキャンピオンの方であった。作者不詳のある詩人が次のようにそれを書き記した。

彼の論拠は万端整っており、彼の論陣は非常に確実であった、
敵は彼の力に長くは耐えられない、
キャンピオンは、霊的戦場に陣営を張りながら、

神の大義の中に彼の命を委ねる覚悟である。[76]

一〇月三一日キャンピオンは再び拷問を受けた。一一月一四日彼と彼の仲間たちは女王打倒の陰謀の咎で大陪審の前に召喚された。キャンピオンは過酷な拷問を受けていたので、「無罪である」[77]という訴えをするとき、腕を上げることができない程であった。一一月二〇日に彼は裁判を受け、国家に対するいかなる反逆罪をも次のように否定し続けた。

私たちは世事に対して死んだ人間です。唯、私たちは魂のために旅をしていただけです。ですから国家にも政治にも関わっていません。…[78]

エリザベス女王の破門を宣言し、退位させた法王ピウス五世の大勅書以来一一年が経過していたが、カトリック信仰が即反逆罪と見なされ得るということの全貌がその時初めて明らかになった。提訴する検事エドマンド・アンダーソンによる激しい質問にもかかわらず、キャンピオンは終始冷静で落ち着いていた。多くの傍聴者たちは彼が当然放免されるだろうと思っていた。陪審官が退出していたあいだ、好意を抱く一人の者がキャンピオンに生気を与えるよう一杯のビールを持ってきた。しかし陪審官は——脅迫によってか賄賂によってか明らかではないが——「買収されていた」。そして一時間後に被告全員に「有罪」の判決を持って戻ってきた。暫くの時をおいて、一二月一日キャンピオンの死刑が執行された。その時彼は「裁判のときに着ていたのと同じアイルランド製の粗い毛織の服を着ていた」。多くの群集は、彼が絞首に処せられ、引き回され、四つ裂きにされるのを見ようと、雨と風の中タイバーンに集まっていた。役人たちに混じってフランシス・ノリスやシドニーの仲間の馬上槍試合騎士サー・ヘンリー・リーもいた。そしてノリスに対してキャンピオンはもう一度自分の反逆罪を否認した。[79]

この一連の恥ずべき出来事をシドニーはどのくらい目撃していたのか我々には分からない。彼の馬上槍試合仲間のフィリップ・ハワードは九月ロンドン塔でのキャンピオンの公聴会で非常に感動を覚えたので、その時以来カトリック教徒として生き、死ぬことを決心した。[80] そういう反応に出ることはシドニーの場合は明らかにあり得なかった。しかしながら、『旧アーケイディア』の最後から二つ目の場面でフィラナックスがアーケイディアの二人の王子たちの有罪判決を獲得するため起訴する検事として行動するが、このことがキャンピオンに対抗する女王の検事エドマンド・アンダーソンの毒舌と比較されてきたのは尤もなことである。[81] 君主に対するフィラナックスのこれまでの賞賛すべき忠誠心が殺人容疑者への容赦のない怒りへと発展していくこの不愉快な挿話の中に、シドニーはキャンピオンへの非道な扱いに対する彼自身の憤慨の幾分かを吐き出したのかもしれない。もし、キャンピオンの裁判が『アーケイディア』の最初の草稿にあった裁判の場面に影響を与えたとすると、八ヵ月以上前に物語を書き終える計画であったのだから、シドニーの予定は相当に遅れていたことになる。一五八一年彼には多くの関心事があったことを考えるならば、これはありうることである。彼が第五巻の最後の部分を書いたのは一五八一年から二年にかけてのクリスマス時のウィルトン滞在中であったかもしれない。[82] というのは、この部分には急いで書いた痕跡があり、結論となる牧歌が一つもないからである。しかしながら、不当な有罪宣告を受けたシドニーの主人公たちは最後の瞬間に執行猶予と大赦を享受する。一方キャンピオンにはこの世での幸せな最後はなかった。

キャンピオンがロンドン塔で衰弱していくあいだ、彼の旧友シドニーは二つの国からの王族の訪問にひどく忙殺されていた。まず第一はポルトガルの王位請求者ドン・アントニオの来英であった。ポルトガルは、若い王セバスティヤンがクサール・エル・ケビールの有名な戦いで殺害された一五七八年八月四日以来、混乱状態に陥っていた。これはモロッコにてアブデルメレクの軍隊と対抗するためのドン・キホーテ的「十字軍」の遠征であった。後にこの戦いについて、シドニーと同時期にクライストチャーチ学寮に居たジョージ・ピールは、華々しい冒険とスリルに富んだ劇を書いた。[83] アフリカの砂漠で殺された他の者たちの中に英国人冒険家トマス・スチュークリもいたが、彼はある時期アイルランドに土地と職を願い出てサー・ヘンリー・シドニーから恩恵を得ていた者である。[84] 死んだ若いセバスティヤンから老いた大伯父ヘンリー枢機卿が短い間王位を継承した。彼が一五八〇年一月三一日に死去すると、スペインのフェリペ二世が「直ちに王位に就いた」[85]。ポルトガルとその植民地にスペインの支配を突然に拡大させたことが英国とフランスの両国にとって脅威となった。それで多くの国々は故セバスティヤンの庶出の従兄弟のクラトー行政長官アントニオの王位請求に賛成した。五月一三日ドン・アントニオはシドニーに援助を訴え、チュニスから手紙を書き、王国の奪回を望んで彼が集めている艦隊について語った。[86] 明らかに彼は、シドニーが英国宮廷でアントニオの大義を支援し、同時にこの遠征に加わってくれるようにと期待していた。アントニオは六月末にイギリスに到着したが、最初は「しかるべき礼服の備えがなかったために」[87]、女王との謁見が叶わなかった。続く複雑な交渉のあいだに、エリザベス女王は、ポルトガル問題でスペインに対抗してフランスと結ぶ協定が今求めている結婚を含まない同盟の口実になるだろうと、悟った。[88] 事態は全て非常に微妙であり、彼女はスペインの反撃を刺激したくないと思っていた。ドレイクとホーキンズはこの時アゾレスにいるドン・アントニオの艦隊を支援する準備を整えていたが、女王は彼らにそれを禁止した。ドン・アントニオへの彼女の支援は確定したものであったが、惜しみないものではなかった。九月の初め頃、オックスフォード伯爵、チャールズ・ハワードとシドニーを含む一団に伴われてアントニオはまさに出発しようとしていた。しかし彼の船は五、六週間も続いている向かい風で出発が遅れた。九月二六日シドニーは苛立ちの気持ちでサー・クリストファ・ハットンにドーヴァーから手紙を書いた。

閣下、この君子の出発の遅れがあまりに長びいていますので、本当に私は飽き飽きするほどでございます。私自身と私の父の種々の仕事を抱えており、それはある点で私にとって重要なことであり、私の財布も殆ど底をついておりますことを率直に閣下に申し上げます。それ故、もし閣下におかれまして私をここから送り返す手立てを講じていただければ、まことに有難く存じ上げます。殿下ご自身は、私が宮廷に留まって女王陛下にとりなしてもらいたい御意向であられます。私はここに参る少し前は宮廷におりましたが、女王陛下によってこちらに派遣されましたので、陛下の特別のご命令と派遣の取り消しなしには私は敢えてここを発つことは叶いません。私が殿下の近くに侍るようにと仰せでございましたが、現時点ではどうしても果たせません。また私が殿下のためになし得るいかなる務めをはたしましても、殿下にとりましては何の役にも立たないでしょう。私が殿下の傍にいて知ることは、殿下が出帆する前にテムズ川から殿下の全ての船が流されて行くのをご覧になることになるだろうということです。船はすべて風任せですので、ここに来る他の船は東の方へ流されますので、ワイト島の方へと流されて行きます。ここには船を泊める安全な入り江がありません。それ故、漂流を避けようとすれば殿下はもっと長い停泊を強いられます。どうか、閣下、お願いでございます。この窮状をお察し下さってお救い下されば幸甚でございます。御恩に報いるものは私には何もございません。ただお縋りするばかりです。[89]

ドン・アントニオに付き合って、無為に時間を過ごすのは明らかにシドニーが望んでいたことではなかった。ことによると彼はアントニオに同道してフランスやアゾレス諸島に行くことすら望んでいなかったかもしれない。シドニーは女王に懇願し続けることで彼を支援できるだろうとポルトガルの王位請求者（自称「王」）に主張した。しかし実際には、アントニオの計画が失敗する運命にあるのではないかとシドニーは疑っていたかもしれない。前年の一〇月に彼は弟に「我々が言うところのポルトガルは失われてしまった」[90]と短く報告していた。他の人々と同様に、シドニーもアントニオがカトリーヌ・ドゥ・メディシスに実質的な援助を期待していることは誤りであると予測したのかもしれない。九月二八日のウィリアム・ハールの手紙から我々が知るのはウォルシンガムもシドニーと同様にドーヴァーに足止めされていたこと、そしてエリザベスと彼女の主立った閣僚たちはむしろあちこちに四散していたことである。

アンジュ（アランソン）公は私的愛情だけで結婚を迫っておられる、そして来英のご予定であります。女王陛下はナンサッチに、レスター殿はケニルワースに、バーリ殿はシアボウルズに、そしてウォルシンガム殿は向かい風のためドーヴァーに拘束されておられる…フランスでは（ドン・アントニオ）の側に立った反乱が準備されていますが、殿下は破滅に捉えられ、思いつめておられます。[91]

一〇月一〇日頃シドニーはロンドンに戻り、有利な職と新たな収入源を得るための援助をバーリに必死に訴えた。[92] キャンピオンの事件が進展するにつれて、シドニーは親カトリック派との交際が彼の既に停滞している出世に及ぼすかもしれないさらなる障害のことが次第に心配になったのかもしれない。私的な共感がどうであれ、政治的将来性を期待するならば、彼は正しい英国国教の中庸を歩む人々と自らを同列にいると見せねばならない。長期にわたった問題の解決策が現れたのは、おそらく彼とウォルシンガムがドーヴァーで待機していた頃であったろう。彼らが大虐殺の時に一緒にパリにいた時からずっとウォルシンガムはシドニーに好意を抱き、賞賛してきた。彼の長女フランセスは未だ一三歳ほどであったが、彼女とフィリップとの間に起こり得る結婚は双方に利益をもたらすであろう。シドニーの方は立派なプロテスタントの縁故と大いに必要としている財政的安泰を得るだろう。また息子のいないウォルシンガムの方は、例外的な才能に恵まれた青年との私的な絆を強められるだろう。

この計画の実現は幾分未来のことであった。そしてまだ広くは知られていなかった。その間、宮廷はもう一人の王族の訪問にそなえて準備していた。それはアランソンの訪問であり、一五七九年八月の場合の急ぎの旅に比べるとずっと長期で「公式の」ものになるはずであった。エリザベスはもはや彼と結婚したいと主張していなかったので、この訪問は多くの人々にとって当惑の種であった。特にシドニーにとってはそうであった。何故なら、シドニーが彼に敵意を抱いていることはよく知られていたからである。[93] それは一五八一年の秋にシドニーを不愉快にした幾つかの出来事のうちの一つに過ぎなかったのだが。九月三〇日ユベール・ランゲがアントウェルペンで死去した。その一〇ヵ月前からの手紙が残っていないので判断するのは難しいのだが、ある意味でランゲとシドニーは段々と疎遠になっていったようだ。しかし、シドニーは彼の出世が覚束ないように見えるこの時期にランゲの愛情と励ましを失った寂しさを身に沁みて感じていたにちがいない。彼はランゲのからかいがなくなったことすら寂しく思ったかもしれない。一一月一日かその頃、アランソンがロンドンに到着する予定のまさにその日、リッチ卿とペネロピ・デヴルーの結婚式が厳かに執り行われた。後に彼女の愛人となり、二番目の夫となったチャールズ・ブラントによれば、ペネロピは

彼女の友たちの支配下で、彼らによって彼女の意思に反して、結婚式の時も、その後も、彼女が抵抗していた相手と結婚させられたのだ。彼女に結婚を強制した同じ恐怖心が彼と共に暮らすよう彼女に強制したのだが、二人の間には最初の日から不和が続いていた。[94]

結婚を無効にしようとしていたブラントには、彼自身との結婚の合法性を証明しようという下心があったにせよ、[95]彼の説明の中に幾分かの真実はあったと考えられる。ペネロピのような王族の被後見人たちは、悪名高いことであるが、自分の結婚について意見を言うことは殆ど認められていなかった。しかし親が決めた結婚が規範であった時代においてすらも、

相続人や女相続人の結婚市場原理への隷従は不愉快なものであった。[96]

もしペネロピ・デヴルーの結婚が彼女にとって最初から嫌悪すべきものでなかったならば、シドニーが『アストロ

フェルとステラ』三七番で書いたほどには大胆に描くことはまずできなかったであろう。

…僕の人生の謎を語らねばならない。
オーロラの宮廷の方角に一人のニンフが住んでいる、
　人の眼が見ることのできる全ての美を豊かに持ち、
その美は言葉で言い表せる領域をはるかに超えているので、我々は
彼女が秀でていると言うことによって、彼女の賞賛を貶めることになる。
　受けて当然の名声の宝庫に富み、
高貴な身分の精神の豊かさに富み、
永遠の王冠を与えられる才能に富み、
その女（ひと）はこれらのものに非常に富んでいて、そのあらゆる部分が
　この世の真の至福の特権を織り成しているので、
不運というものは何も持っていない、ただリッチという名前以外は。[97]

このソネットは、一つの手稿と『アストロフェルとステラ』の一番初めに印刷された版からは削除されている。[98]しかしそれは別の版には入っていて、[99]明らかにペネロピ・デヴルー自身に贈られた真正なソネット連作の一部となっている。そこでは彼女の結婚の「不運」がクライマックスをなしている。
　そして幾通かの頼み事の手紙は秋に集中しており、落胆し、神経質になっているシドニーの姿を顕している。一一月一四日ベイナーズカースルからサー・クリストファー・ハットン宛に出された長い手紙の中で、何の職か分からないがある職を得るための文書を早急に仕上げて欲しいとハットンに迫っている。彼は希望している。

お願いの筋は、我が身に戴いたご好意を幾分なりともお報いしたい気持ちを表す手立てが少しでも私にあればよいのでございますが。[100]

シドニーがハットンの努力に対する返礼として彼に財政的負担を少しでも軽減させようと申し出ているという、ウォレスの示唆はもっともである。[101] シドニーの口調は苦しげである。

上手く行かないとお考えでしたら、どうかできるだけ早く私にお知らせください。と申しますのも、恥知らずでさえございますが、私は私の人生で一度そのことを女王陛下に私自身申し上げようとしております。必要は法に従いません、そして赤面を忘れさせます。にもかかわらず、もしこれらの窮状にある私をお助け下さり、永遠にご恩を感じさせて戴くのであれば、私はそれだけ一層幸いでございます。

この手紙はキャンピオンの法廷召喚の日に書かれた。三日後にシドニーはもう一度サー・ヘンリー・リーと対決する馬上槍試合に出場する予定であった。そしてサマセット紋章官ロバート・グラヴァによれば、それは即位記念日を祝してのものであり、アランソンの面前で行われた。[102] この馬上槍試合は再度フィリップ・ハワードとウィンザー卿によって先導されたが、ハワードのカトリックへの改宗は未だ公けには明かされていなかった。参加者には再びサー・トマス・ペロット、トマス・ラトクリフ、フルク・グレヴィル、アントニ・クックとヘンリー・ブランカが入っていた。シドニーがSPERAVI（スペラヴィ）を銘にして相続人の立場の喪失を公けに宣言したのはこの時であったかもしれない。この銘をつけたのは相続から疎外された、希望のない廷臣としての自己表現が、アランソンへの悪名高い敵意を処理する一つの方法であったからであろう。何故ならば、もし彼が女王の愛顧を失っている者として自分自身を公けに示せば、アランソンへの対抗が何の脅威にもなり得なかったからである。

しかしシドニーが一五八一年即位記念日馬上槍試合に実際に参加していたかについていくらか疑問が残る。[103] 一一月一七日の直後に彼はウィルトンに急いで退却してしまったかもしれない。一〇月一五日妹が娘キャサリンを出産した。彼は妹に再び会いたくなった。一二月一七日にウィルトンからウォルシンガムに手紙を書き、その名が明かされていない使者を推薦して、

手紙を持参した者にはその労に対し何ほどかのご高配を賜りたく存じます。と申しますのも、この者は弟ロバートに仕えております。弟はシドニー家のような蓄えの少ない家の次男であり、いずれにしてもどうしても思うのですが、この者は金銭より論述の方に富んでいるのではないかとしきりに考えるのであります。[104]

シドニー家の貧困の強調は、ダドリー家側が今やかつてよりはずっと有望でなくなってきたという彼の認識から来ているのかもしれない。手紙は未来の義母と妻への挨拶で始まる。

田舎暮らし故、手紙につつましい挨拶以外に何の材料もございません。それを私は貴女様、善良なる我がご夫人、そして同様に、良き友であるこの上なく我が愛しい人に、つつましく、また心を込めて送ります。

痛々しい程に、彼はなおもハットンに援助を訴えていた。キャンピオンは死んだ。そして当局は旧教を実践し続ける勇気を持つ人々から取り上げた罰金や財産を、皮肉な笑みを浮かべながら蓄積していた。シドニーはこのことについてあまりに潔癖でいられる余裕はなかったのだ。

友人の何人かは私にカトリック教徒の財産没収に関して女王陛下のお申し出にはお縋りするよう助言してくれておりま

す。実を申しますと、閣下、私はこのことについて、自分の気持ちが不確かである以上に、陛下のお考えについてしかと知る術がございません。しかし、正直申し上げますと、私は君主のご慈悲を妨げる立場になることは私の心に反することでございます。私の財政状態の深刻さもその度を深めており、どうかご配慮ご助言をお願い申し上げます。どうか私をお見捨てなきよう、今後ともどうぞよろしくお願い申し上げます。

以前に彼が頼んでいた職への企ては潰れてしまったようだ。おそらく、女王は没収財産の提供を引き換えにしてシドニーを反カトリック陣営に強引に引き入れたのであろう。彼は「君主のご慈悲を妨げる」立場になることを強く嫌った。即ち、彼はカトリックへの穏健な扱いの禁止に同調することになる。しかるに、彼の立場は惨めであった。いつまでも義弟［ペンブルック伯］の費用で暮らすことはできなかった。クリスマスの後、レスターに二通の手紙を書いた。一二月二六日に書いた一通目で、彼は新年に宮廷に戻らないことへの弁解を次のように申し出た。

私の不運をさらなる不面目で上塗りすることは極めて不本意であります。更に、何かを準備するには時間がありませんことはご存じと思います。そして準備のないまま参上することは愛顧よりむしろ軽蔑を生むでしょう、過去の事柄があまりにも早く忘れ去られる処［宮廷］ですから。[105]

彼はまた副式部長官（ヴァイス・チェインバレン）のサセックスにも「私の不如意について」詳しく手紙に書いたことを追伸で述べている。恐らく、彼は女王に新年の贈り物を「準備していなかった」。そしてアランソンと並んで贅沢な新年の馬上槍試合に参加するための新たな装備一式を創出する気分も資金もまた欠いていたのかもしれない。[106] 二通目の手紙は、一二月二八日付であるが、もっと複雑である。[107] シドニーの友たちが彼にカトリック教徒から没収した金銭を受け取るようになおも迫っていたらしく、彼はそれすら得られるという確証もなく、また自らの手をそれほど汚しても何も得られないかもしれないと感じながら、ひどく不愉快な気分でいた。

女王陛下がかたじけなくも対応して下さるのですから、私は実のところどう申したらよいか分からないのです。陛下がカトリック教徒たちの一件［没収した金銭を下賜すること］を拒絶なさることになっても驚くに値しません。でもそうなれば私は恥辱と侮蔑の双方を蒙ります。

恐らくこの「恥辱」は迫害されたカトリックたちから彼が喜んで利益を得ることを意味し、「侮蔑」は彼の絶えることのない貧乏を意味しているのだろう。彼は続けて自分の立場を明確にする。

しかし、これを叔父様に懇願致します。もしそれが三千ポンド以下ならば、それ以上はこのことで叔父様が決してお心を煩わされないようお願い致します。と申しますのも、私の場合はもっと少ない額を戴くことで抗議の叫びを受けるほど絶望的ではないからです。実の所、私は彼らの人柄が好きではありませんし、彼らの宗教はもっと好きではありません。しかし、私の報酬が他人の罰金の上に築かれねばならないという私の運命は非常に過酷なものと考えます。ところで、叔父様、貴方様は私を廷臣になさいました。そのことが叔父様にとって最上のことだとお考えになっていらっしゃるのでしょうね。

シドニーは自分の主義、あるいは、恐らくカトリックの友人たちに同調する立場を犠牲にする覚悟ができたことを臆面もなく明かしたが、犠牲にすることで得られる金銭が相当な高額である場合にかぎりなのであった。型通りのカトリックへの否認――「私は彼らの人柄が好きではありません」等――にもかかわらず、そのような金銭を受け入れることが彼のイメージにどのような影響を与えるか彼は心配した。そしてもし彼の仲間の中にカトリック教徒や共感者たちを含んでいなかったとしても（含んでいたことを我々は知っているが）、彼がどんな「抗議の叫びを受け」たのかは分からない。手紙はシドニーが不幸で困惑している様を示している。叔父に対する彼の口調は非難がましい。レスターは彼に廷臣の人生をおくるよう強要したが、一方でその生活を支える手段を与えるのを拒否した。さらにシドニーが「不親切」だと非難したというレスターの代理人サー・ジョン・ヒューバンドの主張をシドニーは否定している。

…もし何か他の言葉をサー・ジョン・ヒューバンドに関してこの目的以外のために申したのならば、私は私の記憶の悪さを強く非難せねばなりませんし、もしそのような言葉を吐いたとするのが故意のものならば、私は閣下に断言致します。それが書かれた時はそんな意味ではなく、唯、おそらく全く私の頭が血迷っていたからなのです。

シドニーはあまりに多くの手紙を、あまりに性急に、しかも極端に興奮した状態で書いていたようである。叔父との関係も、かつては楽しげで陽気なものであったが、明らかに緊張したものになっている。そして彼は叔母レティスにも小さい従弟ロバートにも挨拶状を送っていなかったことがはっきりしている。中年になって子供を授かったレスターの子煩悩のためにシドニーは見捨てられた状態に置かれていた。

一五八二年一月末にレスター家の相続からシドニーが排除されたことが公けにされた。レスターは一二ページに及ぶ遺言書を作成し、各ページに彼とヒューバンドが署名した。その中にケニルワースとミドランド地方とその他にある大きな領地は彼の息子に遺贈されること、そして妻レティスはレスターハウスの終身財産権を持つことが記された。別個の文書の中に、ある条項が「我が愛する甥フィリップ・シドニー」のために作られたが、それは残存していない。しかし、それはかなりつましい額であったようだ――彼が求めた三〇〇〇ポンド近いものでは全くなかった。[108] 今や彼は友ダイアによって称えられた心の王国へと再び退却すべき時となった。

私の心は私にとっての王国だ、
そこにこそ私は完全な喜びを見出すので、
世が与え、自然が育てる
全ての他の至福をそれは凌いでいる。[109]

それほど多くの希望が砕かれた後に、文学への探求と気心の知れた仲間との友情のみが、宮廷への再びの帰還をそれでも耐え得るものにしてくれた。

第一〇章　宮廷のニンフたち（一五八二―三年）

僕は誰にでも恋をささやくことなどしないし
　きまった色の服を着る習慣もない。
それにまた誓った印の髪型をしてもいない、
語ってはいちいち嘆きの終止符(ピリオド)を打つこともない。
だから唇に恋の旗印をかかげている人たちの
　嘆き節に慣れている宮廷の乙女たちはみんな
「なんですって、彼にはね」と僕のことを言う、
「誓って言うけど恋は無理よ、放っておきましょう」と。[1]

いまや彼には、面倒な求愛の労から解放してくれるような価値ある貴婦人が必要なのです。貴族の女性がいく人か、節度の許す範囲ですが思いきり彼に愛情を示しています。誰の目にも明らかなのに、サー・フィリップはそれらの女(ひと)の愛の文字を読もうとしません。そして今、サー・フランシス・ウォルシンガムのひとり娘が彼の配偶者として大いなる希望と期待とともに選ばれました。この完璧なふたりが結ばれて男の世継ぎを得れば世の中は豊かさを増すにちがいないのです。[2]

シドニーの文学作品のうちもっとも完成度の高い作品である『詩の弁護』と『アストロフェルとステラ』は、一五八二年から三年の間に生み出されている。ウィルトンで『アーケイディア』の仕事をした一五八〇年夏と比べるとこの時期のシドニーは、宮廷の政治から解放されてまとまった時間を享受することができなかったので、それだけいっそうこれらの作品の完成は注目に値する。彼はきっと、文学と文学擁護の仕事に、他では得られない自律性と達成感を求め、そのために寸暇を惜しむ決意をしていたにちがいない。詩人としてまたパトロンとして今や彼は押しも押されぬ存在であり、他の作家たちの仕事を寛大さと洞察力をもって育み、彼自身の例をもって英詩とはこのように新しくいきいきとした重要なものに作り上げられていくべきだということを示した。しかしながら廷臣あるいは野心ある行政官としては、いまだに年輩の人たちの不確かな好意に全面的にすがっていた。この時期にはまた、避けて通れないがしかし解決の難しい諸問題――女性に対する態度、性的関心、それに特定の女性への愛着など――が起っている。理論上彼が擁護する詩歌はなにより英雄詩あるいは教訓的なものであったが、じっさいに書いた作品は恋愛詩であり、それは込み入っているが真に迫って個人的なものであったので、『アストロフェルとステラ』の読者は誰でも、これは経験に基づいて書かれたにちがいないという感想を抱く。

残された外的記録によると、この二つの輝かしい傑作を生み出すことなどとても考えられない背景があった。時の浪費と失望感がシドニーの経歴には付きまとっていた。不運なドン・アントニオとドーヴァー近くをうろついていたくはなかったとしても、一五八二年一月にエリザベスに付き添い贅を尽くしてアランソンを見送ることは、それ以上に不本意なことだったろう。結婚話は当座のところ「消えた」ものの、おおっぴらに恋愛遊戯が「燃え上がって」いて、アランソンに安っぽい形の勇気を与え、ブラバント公爵という新しい肩書きのもとに、彼をネーデルラントで反乱の先頭に立たせることになっていた。シドニーに似てエリザベスは、情熱を過少に表現して実は内心の真情には深いものがあると暗示する遊戯に長けていた。

わたしは悲しんでいるがあえて不満を示さない
わたしは愛しているが無理にも憎んでいるふりをする。
わたしはあえて口には出すがけっして本心ではない
わたしはとても寡黙に見えて内心は大いに語っている。
わたしはわたしであってまたわたしではない。凍りつき同時に燃えていて
わたし自身から別の自分が出現するから…[3]

六〇〇人あまりのイングランド貴族や紳士がアランソンにつき従い、女王自身もカンタベリーまで同伴した。この詩は二人の別れに関わるもので、その折女王は彼に「手紙をくださるときには、かならず宛名をわが妻イングランドの女王となさるように」と言った。[4]かつらをつけ厚化粧をしたこの二人――すばらしい衣装を身につけていても、片や五〇歳に近く、もう片方は小柄でみにくい姿を隠しようもなかった――の感傷的な別れはグロテスクな見ものであった。英国側の一行は五〇頭の牛と五〇〇匹の羊をのせた補給船を従え、十分な食料をもって海を渡り、ヴリシンゲンとミデルビュルフへと旅を続けたが、そこでオラニエ公ウィレムの歓迎を受け、シドニーは彼をレスター伯に紹介できたことを喜んだ。シドニーにとってウィレムという親愛な模範としている人に再会するのは励まされることであった。それに加え彼から個人的な知らせ――ランゲの死について――を聞くこともできたが、ランゲはその生涯の終わりの日々、マダム・デュ・プレシ＝モルネの温かい看取りをうけたということだった。[5]英仏の一行が一大港湾都市アントウェルペンに到着したとき、アランソンが受けた挨拶のけばけばしい見世物や野外劇（トライアンフ）などは、通常ならパジャント好きなレスターにさえ嫌悪をもよおさせるものだったが、シドニーにはなおさらそうであったにちがいない。[6]海外にふたたび派遣されることはシドニーにとって長く願ってきたところであったが、その目的はアランソンの凱旋の小さな添え物としてなどではなかった。

シドニーは三月初旬にはイングランドに戻って職を探し、とくに仕事の報酬を求め続けていた。外国の賓客が訪れ歓待の必要な時にはいつもシドニーが役立つことを女王は知っていたが、国の内外を問わず、やりがいのある、あるいは金銭上の利益をもたらすような地位を彼に与えることには消極的な態度を示していた。三月も終わり近くネーデルラントから悪い知らせが入った。フェリペ二世によって二万五千エキュの報奨金がかけられていたオラニエ公ヴィレムが三月一八日、あるバスク人による銃撃を頬に受けたのである。公爵は、アランソンの誕生日を祝って行われた馬上輪通しと槍の的突きの試合と「肉の一八コースつき」[7]というその祝宴から帰ったばかりであった。ようやく数週間してヴィレムは、ほぼ障碍なく回復するであろうことが明らかになった。彼の愛妻、あの「小尼」ブルボン家のシャルロッテは、このときの衝撃と過労ののち突然に亡くなった。[8]四月にはシドニーがイングランド騎兵一個隊の長としてネーデルラントへ派遣されるかもしれないという一縷の望みがささやかれたが、これはなにも実現しなかった。[9]それにまた一五八三年の春、ワイト島長官としてサー・エドワード・ホーセイに取って替わりたいと努力もしたが、[10]無駄であった。エドワード・ダイアがこれを強く支持してくれたにもかかわらずである。[11]

　仮にもシドニーがどうしても職を手に入れようとするならば、それは情実に頼らなければならなかった。一五八二年の夏の数週間、彼は父と共にヘレフォードやそのあたりで過ごし、ウェールズの州議会員に任命されることを望んだ。おそらくそれは彼が結局は父の後継者として辺境地域長官になるのだろうと了解してのことだった。もし息子が彼の助手兼推定相続人と指定され、また女王が息子に貴族の称号とそれに付随して土地を下賜されれば、サー・ヘンリーは、アイルランドでの仕事をもう一期、今回は「総督」ではなく「副官」の肩書きで勤めることをすすんで考慮しようとしていた。[12]これは彼の身体的衰弱や総督としての任期の終わり頃、暗い影を落としていた賦課税(「セス」)の問題の苦労を考えると、驚くべきことであった。しかし、レスターに新しい後継ぎができたことで、明らかにサー・ヘンリーは息子のためになんらかの新しい形で相続を決めてやりたいという気持ちになったのだ。彼は一月八日付けでフィリップに有利になるような遺書を書いていたが、ペンズハーストとそこに付属するもの以外に残してやるものはほとんどなかった。[13]

ウェールズでもアイルランドでも職を得る計画は成功しなかった。その代わりにこれまでは殆んど言及されたことがなかった伯父ウォリック伯アンブロウズ・ダドリーを通して、やっとついにある地位を共有することができた。ウォリックはかつて一五六三年ルアーブルで受けた脚の負傷から回復することがなくて身体が脆弱であった。彼には生存する子がなく、また弟レスターの息子の誕生で、一番年上の甥フィリップが相続権を失ったとき、その財産が破綻するのを救ってやろうと思いついたのであった。一五八二年から三年の冬に、ウォリックはフィリップのため女王に、彼が一五六〇年からその任にある軍需用品管理官にフィリップを加えるのを許していただきたいと願い出た。シドニーからバーリに宛てた二通の手紙が残っているが、そこにはこの訴えを支持してくださるようにと記されている。一通は一五八三年一月二七日宮廷から出され、もう一通は一五八三年七月二〇日ウィルトシャから出されたものである。[14]しかしシドニーはこの武器庫に比較的重要でない地位は得たものの、ウォリックと並んで次長に指名されて二〇〇マルクの年俸と秘書や事務官を使う手当が出るようになるまで二年待たねばならなかった。[15]ここで問題にしている期間シドニーはずっと続いて事実上失業状態であった。

シドニーにとって財政上最後の解決策は結婚であった。彼の心の奥にあった感情については後ほど問題とされるであろう。さし当っての文脈でいえば、シドニー家の財政上の驚くべき負債が、彼とフランセス・ウォルシンガムの結びつきを必要としたのは明らかである。一五八三年三月一日にサー・ヘンリー・シドニーがサー・フランシス・ウォルシンガムに宛てて書いた、彼のいわゆるたいへん「悲劇的な話」がその状況を十分明らかにしている。サー・ヘンリーはその書簡の中でいかに良き行政官としてウェールズやアイルランドで国家に貢献したかを列挙して示すだけではなかった。理解してもらいたいと願った本質的なことは、彼の財産が自分の過ちのせいではないのにすっかり使い果たされてしまったという点にあった。女王その他の人々は、彼が散財したと過去に非難したが、これは不当なことであった。サー・ヘンリーはなによりもまず、息子のウォルシンガム嬢との結婚について彼が「冷淡」

だったという非難に対し反証を試みようと願って書く。[16] しかしすぐに本題に入って、

…女王陛下には、私がお仕えしたために財産をすりへらした苦境を和らげてくださる望みは見えません…閣下、あなた様がわが息子を、おそらく他のずっと偉くまたはるかに裕福なお相手があるだろう中から、令嬢のために選んでくださったのは、愚息が有する、あるいはあなた様がそうお考えになる美質（ヴァーテュー）にあるのだと私は承知しております…。

シドニーの持つ諸々の利点がフランセス・ウォルシンガムの持参金と取引されようとしていた。長い間アイルランドで、はじめは裁判所主席裁判官として、それから総督としての役職にあった期間のことを数々説明しながらサー・ヘンリーは、とくに自分が背負った莫大な費用に注意をむけるようにした。たとえば彼が一五七八年クリスマスにデズモンド伯爵夫妻と過ごした折、「二人に絹や宝石を贈ったが私にはそれは結構な出費でした」と。例のたいへん「悲劇的な話」には目の当りに見るような描写が多くある。かなりが恐怖をそそる態のもので、たとえばアラステア・オグがサー・ヘンリーにシェーン・オニールの首を「シチュー鍋にピックル漬け」にして送ってきたとか、サー・ヘンリーの甥サー・ヘンリー・ハリングトンがロリー・オグに捕らえられて彼自身の刃で切りつけられたとき、小指は切り落とされ、「頭のさまざまな部分が、ひどく傷つけられたままの彼に、わたしが包帯をしてやって、脳みそが動いているのをこの目で見ました」といったものだった。冬の戦場での悲惨（ヒース）といえば、「長く寒い夜を、枝で編み、草で覆った小屋の中で過ごした」と書くが、それはリア王とその仲間が荒野の掘立て小屋で経験した苦悩を想い起こさせる。だが資金つまり金銭の欠如が彼の嘆き節のくり返し部分であった。例をあげれば一五七九年一月に、ケント州の海岸に、派遣されてカジミールを見送った際にも「よく覚えているが給金がまったくなく、いわんや感謝もされなかった」。彼に課せられた責任は現在もこれまでも重いものであったけれど、

その役目に対して一グロートの年金もついていません。私には一頭の羊も養う土地がないのです…。

明らかに無関係にみえるが一五六二年妻メアリの天然痘について書かれた一節は、財政問題に大きな意味を持っている。彼の説明によるとその病以来、夫妻は別々の家庭を維持して、その結果、家計上の費用が二倍となった。彼女の一人暮らしは

あのいまわしい事件が起る前に一緒に暮らしていた時よりも、ずっと多く私に負担がかかっています。

ラッドロウカースルの彼の館はエリザベスの顧問官たちが享受していたような瀟洒な新しい邸ではなく、一〇〇年以上経った古いもので、常に修理の必要があった。シドニー家がウォルシンガム家に提供できるのは財産ではなく能力であった。

私には三人の息子がおります。一番目は非常に卓越していると認められた者で、二番目も大変よくできた者、三番目もけっしてがっかりさせる者ではありませんし、人にたいへん好かれています。私が明日にでも死んだら父が残してくれた財産に比べて二万ポンドも下回るものしか息子たちには残せません。今私は五四歳、歯は欠け震えもあり五千ポンドの負債をかかえ、私がもっとも愛してお仕えしたエドワード六世のお亡くなりになった時と比べて三万ポンドも悪い状況にあります。

万一シドニーを婿に迎えることになれば、ウォルシンガムが大きな責任を負うことになるのは目に見えて明らかなことであっただろう。結婚の契約書は、ウォルシンガムが彼の婿の借金を一五〇〇ポンドまで肩代わりしようとい

う型破りな条項を含んだものとなった。[17] 彼はまたフィリップとフランセスに彼の所有地全部を与え、さし当って、住まいと生活一般の費用も引き受けることとした。シドニー一家はダドリー関係以外で、新しく金銭上、政治上の支援の源を求めていたが、それをウォルシンガムに見いだしたといえよう。

フランセス・ウォルシンガムの持参金がシドニーに提供された唯一のものだったわけではない。レスターの一五八二年の遺書には終りの章の最後に、ある興味深い条項が記されている。

これまで私の親愛なる甥フィル・シドニーとレイディ・ドロシー・デヴルーの間に結婚の話がもち上がってきたが、とくにもし私が心から願うように、またもし私が両方に対して抱く善意と好意が同様のものであるなら、その上、件のP・Sはわが甥っ子であり、かつまた私自身の兄に次いで血縁のもっとも近い者であるし、私に次の後継ぎが生まれない場合には、私の継嗣となる筈だ。私が心から願うのは、この二人の間に結婚に至るような好意、愛情が生まれたら、その結婚を私は尊重することで…件のレイディ・ドロシーとP・Sに対して、彼女の父の遺産に加えて二〇〇〇ポンドを与えまた遺贈しよう。[18]

ここで言われる結婚話は、他のどこにも暗示されていないので、「話」が持ち上がったのは、おそらく若い二人には直接ほとんど関係なく主としてレスター、ハンティングドン、バーリの間でなされたものであろう。レスターは彼自身が、ペネロピとドロシーの母親との結婚によって、ダドリー家とデヴルー家との絆を強めようと願ったのであろうが、他の人たちはどうやらそうは願わなかった。

その理由はただ想像し得るのみである。もっともありそうな説明はある程度実証されている。それはドロシー・デヴルーが独自の考えをもっており、彼女は姉がリッチ卿と無理やり合わない結婚をさせられたのを見て、そのような計略結婚を自分はすまいと思ったことである。この章のはじめに引用した「フィロフィリッポス」の見解によると、女性たちは熱心にシドニーと結婚したいとお互いに競い合っているというのだが、そういう示唆は、シドニー自身がソネットの中で言っていること――「宮廷のニンフたち」が恋愛遊戯を拒否する態度のために彼を「つまらない人」と見なした――よりもさらに真実からは遠く離れているであろう。これまで通常理想化されてきたシドニー像だったら、適齢期の若い女性が彼と結婚したくないと考えたとは思えないのだが、実際はそうだったらしい。ドロシー・デヴルーは女王おかかえの「凍れる立派な騎士」サー・トマス・ペロットに心を寄せて、彼と一五八三年に「女王や彼女の保護者たちの同意なしに」結婚したが[19]、そのとき姉は助力と励ましを送ったのだった。[20]ドロシー・デヴルーの結婚物語は、人生が芸術を模倣するというひとつの適例であり、それは『アーケイディア』の中でミュシドウラスとパミーラが駆け落ちするところと興味深く対応している。ドロシーはその夏、ハートフォドシャのブロックスボーンにあるサー・ヘンリー・コックの邸に滞在していた。七月中旬のある朝、いつもよりずっと早く起きた彼女は、コックの娘ミセス・ルーシーが後日証言しているところによると、

一番上等の衣装を身につけ、懸命におめかししながら…（彼女曰く）「あなた驚いているわね、どうしてわたしが今朝はこんなにおめかししているかって。そのわけはね、もうすぐハンティングドン伯爵さまがここに来られるからよ」。[21]

このニュースがレイディ・コックに伝えられると、彼女は急いで台所に行き、伯爵のための特別な食事を用意させた。その間にドロシーは、リュートを持ってこさせ邸を抜け出すと、サー・トマス・ペロットを伴って、天気のよい時などによく戸外で座るところに行った。二人はゆったりとそこに座って、召使に「メセグリン」［ウェールズ産の発酵性蜂蜜酒］つまりスパイス入りワインと、戸外での朝食用になにか食べ物を持ってくるよう言いつけた。リュートは明らかに村人たちに彼女の朝の散歩のほんとうの目的を知られないですむよう故意に仕組んだ策だった。ドロシーは次いで教会堂の近くに立つ水車小屋に興味を示して見たいふりをした。ブロックスボーンの教区牧師が呼ば

れ、教会の鍵を求められた。ペロットは、牧師にロンドンの主教からの結婚許可証を見せ、一ライアルつまりスペイン貨六ペンスを彼に与えて、結婚の式を司るようにと言った。彼は拒んだがペロットは自分の聖職者を連れてきていて、式はばたばたと行われ、「鐘も鳴らさず（聖職者の）白衣もなくマントを着て旅支度のまま二人を結婚させた」。その間ペロットの召使たちは教会の扉を抜き身の刀で守り、証人たちが立ち去れないよう固めていた。これらのことがみんなに知れわたったとき、ロンドンの主教ジョン・エイルマーは当然、権威が濫用されたと激怒し、ペロットはフリート監獄に一時収監された。

この結婚にはドロシー・デヴルーの積極的な関与、たとえば彼女の保護者がすぐ到着すると嘘を言う必要があったことから、これが恋愛結婚であったことは疑いないであろう。レスターは彼の姪とペロットの間の愛情については知らなかったのかもしれない。しかしまた彼は完全に承知していてその上で、遺書に例の条項を書き、起る事態を予め防ごうと望んだという別の可能性もある。もしレスターも女王もシドニーがドロシー・デヴルーと結婚するのを望んでいたなら、これが後年若い二人がそれぞれの結婚のあと耐えねばならなかった憤りや不遇を説明するのに役立ったことであろう。しかしレスターが、ドロシー・デヴルーのサー・トマス・ペロットに対する愛情を知っていたにせよ知らなかったにせよ、シドニーは年齢的に彼らにより近かったのだから、きっとそれに気づいていたにちがいない。彼には結婚と財産上の良策に関するかぎり、もっともよい道筋はフランセス・ウォルシンガムが結婚できる年齢に達するまで待つことだと分かっていた。一五八二年に彼女はまだ一四歳にすぎなかったのだから。

資産に欠けるからといってシドニーは、やりがいがあると自分が考えるものにはお金を費やさずにはいられなかった。その一つはパトロンとなって援助することであった。フルク・グレヴィルが書いているように、

彼は心が広く大らかで、巧みな画家、すぐれた技師、並外れた音楽家その他際立った名声を得ている物造りの達人たちの誰一人として、この有名な精神の持ち主に自分を知ってもらいたく思わぬ者はなく、また雇われなくても彼が真実の

友であると思い知らない者はなかった。[22]

彼に近づいた人々のいく人かが、その気風のよさを証言している。例えば写字生で翻訳家であったリチャード・ロビンソンは一五九九年に、二〇年前フィリップ・メランヒトンの祈りの訳本を献呈したことを次のように記録している。

栄誉と美徳の名紳士フィリップ・シドニー氏は、その本のために四エンジェル金貨をくださり、またその名誉ある父上も、ご自分に献呈された本の報酬として一〇シリングをくださった。この尊敬すべきお二方はわたしのつたない研究にしばしば寛大さを示された。[23]

ロビンソスより著名な作家エドマンド・スペンサーが一五七九年から八〇年の冬に『羊飼の暦』を彼に献呈した折にも、疑いなくシドニーは報酬を与え、スペンサーのさらに大きな詩的企てを支援し続けた。

この時期シドニーに献呈された本の何冊かには、期待される彼の公的雇用への関与が示されている。ジョン・デリックのきれいな図版入りの本『アイルランドの像』（一五八一）は、シドニーが総督の父を継ぐ者と期待されていたことと関連づけられるにちがいない。ウィリアム・ブランディの『政策の城』（一五八一）や、グチエール・ドゥ・ラ・ヴェガの『軍務について』（一五八二年一月一日の日付がある）[24]をニコラス・リッチフィールドが翻訳したものが、具体的な軍事上の関心を暗示している。ブランディは最近のフリースランドにおけるサー・ジョン・ノリスの連隊が果たした軍功について書いており、リッチフィールドの書はスマーウィックでグレイ卿の軍隊に殺害された一人のスペイン兵士から奪いとった覚書の翻訳である。おそらく書いた二人は、ともにシドニーがまもなくネーデルラントの軍務に向かうと期待していたのであろう。実際にはほぼ四年後にやっと行くことになったのだが、多分『軍務について』をシドニーはとくに関心をもって研究したであろう。この本には詳細なスペインの軍隊編成法が記され図解もあり、またこの敵軍の予想される動向を示していて、英国軍の将校たちが模倣すべきモデルを提供するものであった。一枚とくに大きな攻撃用図版は「夜間に大いに有効な月形戦闘方式」を示している。

時代特有の熱にうなされたシドニーの心にもっともつよく訴えた本は、一五八二年の夏彼に捧げられたリチャード・ハクルートの『諸航海の記録』であった。彼は二年後になって、サー・エドワード・スタフォード宛の手紙でそのことに言及しているようだ。

わたくしどもといたしましては、かのハクルート氏が大いに宣伝しておりますサー・ハンフリー・ギルバートの航海に半ば本気で参加したいと考慮中であります。[25]

『諸航海の記録』の終りに折り込まれた地図は、別途、破産した商人マイケル・ロクから彼に献じられた。ロクの破産はフロビシャの航海の契約に署名して保障を引き受けていたためであり、彼はあきらかにシドニーに助けを求め、彼とその妻そして一五人の子供を救ってもらおうとしたのであった。シドニーは財布によってではなくても、その鶴の一声で、彼を助けてフリート監獄から解放してやったのかもしれない。グレヴィルはシドニーを次のように称えている。

征服、植民地つくり、宗教上の改革あるいはなにごとにもあれ、人々の間でもっとも偉大かつ困難な行動に相応しい人。[26]

この時期彼の探検と植民地に対する関心は熱烈なものだった。新世界での居留地が提供する可能性のひとつは信教の自由で、それはとくにキャンピオン処刑に続いたきびしい取締りの時期には望ましいものであった。シドニーと彼の父は二人の紳士すなわちサー・ジョージ・ペッカムとサー・トマス・ジェラードと親密な関係にあったが、この二人は一五七二年六月に「フロリダ」――現代のフロリダ州よりずっと広い地域に相当し、沖に浮かぶ二つの島を含んだ――のいくつかの場所を探検し植民地とする権利を購入していた。[27]ジェラードは、一五七〇年代のはじめに国教忌避のために財産の大半を失い、一時期獄中にあった。ペッカムは少なくとも親カトリック派であったらしい。おそらくこの二人とも新世界で妨げられずに信仰を貫きたいと望んでいたであろう。みんなが北アメリカでの一大英国植民地づくりというサー・ハンフリー・ギルバートの計画に強い関心を寄せていた。一五八三年六月ギルバート就航のとき、シドニーはギルバートがまだ発見していない三〇〇万エイカーの土地に入植、耕作し、また貿易をする権利を買い取った。そして次の月には彼はこの広大な、しかしまだ純粋に名目だけの所領についてサー・ジョージ・ペッカムと契約を結んだ。[28]シドニーの立場を判断することは難しい。彼の特許証が彼に、いつの日か実際に広大な領地の所有権を与え、当てがはずれた叔父の遺産の穴埋めをしてくれるだろうと心底彼は信じていたのだろうか。それともこれは彼の例のシニカルな計画の一つに過ぎず、受難のカトリック教徒たちからの没収金を得ようとしたのか。ウォルシンガムがアメリカの土地の権利を授与することは

危険な可能性のあるカトリック教徒たちを、この国つまりイングランドから疎外し、あるいはこの祖国に敵意を抱く国々へ彼らが移民するよう仕向けることなしに追い出す[29]

ひとつの対カトリック方策と見なしたのだと推察されてきた。しかしシドニー自身は明らかに新世界へ行くことを夢見ており、一五八五年の夏には本気でそうしようと試みたことには疑いの余地もない。考えられることだが、ウォルシンガムの婿にとってはペッカムやジェラードにとってと同様、信教の問題で国教に従属する義務から解放されることは、この新しく未知の諸領域がもつ多くの魅力のひとつであった。

それでも一方で、彼自身はより一層手近かで、その上多くの面で新世界に劣らず解放してくれる、精神の王国を探検しているのであった。ほとんど疑いなく、『詩の弁護』と『アストロフェルとステラ』はお互いに密接な関係にあり、共に一五八二年から三年にかけて生み出されている。『詩の弁護』には、言われてきたように、語り手について「いくつかの思いに圧倒され」、「インクによる貢献」によって書かざるを得なかったのだという自嘲的な物言いが含まれている。[30]この物言いはちょうど完成をみた『旧アーケイディア』に言及しているのかも知れないし、同時に『アストロフェルとステラ』の執筆の開始も少しは説明しているかもしれない。シドニーが愛を擁護する次の一節を挿入したことが、彼自身その当時愛の虜になっていることを示唆しているからだ。

> ああ愛神よ、お前が他人に害を与える（オフェンド）ことができるのと同様おまえ自身をうまく守れれば（ディフェンド）いいのにと、僕は思うのです。お前に仕える（アテンド）者たちがお前を追い払うことができるか、あるいは何故お前を離さないか理由を言えるか、どっちかであってほしいというのが僕の願いです。[31]

この一節は、『アストロフェルとステラ』一〇番にステラの美しさを「彼女を愛するもっともな理由の証を立てるもの」[32]として繰り返される。『詩の弁護』に明らかな言及が見られるのは『アストロフェルとステラ』一八番九—一〇行である。

> 僕の青春は浪費されて学問はくだらぬ考えを生み
> 僕の知性はさまざまな情欲を弁護しようとこれつとめる…

「さまざまな情欲」という言葉は、トマス・ワトスンが『悲劇の百話』で用いている意味に使われて「恋愛詩」を指しているであろう。『アストロフェルとステラ』と『詩の弁護』という二つの作品のあいだには多くの語句やテーマに平行しているものがあって、二つを一緒に取り上げると、さまざまな思いがけぬアイロニーが導き出される。例えば『詩の弁護』で、シドニーは星を見つめる者を軽蔑する表現を記している。

経験という量りにかけると、天文学者とは星を眺めて溝に落ちてしまうらしいことが分かった…[33]

『アストロフェルとステラ』の一九番九―一一行のイメージの比喩的な使い方は自嘲的なものだ。

というのも彼女はすべてに優れているが、それが一体
僕にとってどうだというのか。僕はちょうど空を見上げて
溝に落ちた人とおなじ生き方をしているのだから。

『アストロフェルとステラ』はどの四折版にも「うまし詩情はここに極まれり」[34]という副題をつけている。エリザベス朝後期の読者にとっては、シドニーの論文が詩の理論的価値を確立し、またソネット連作がそれを実際に示して見せたのだと思われる。

この二作品を生み出した直接的、個人的な源泉は定かでない。どちらのケースでもシドニーがどんな読者に向けて書いていたのか、われわれには正確には分からない。またどちらかの作品がいつまでに完成していたのかも定めがたい。リングラーが『アストロフェルとステラ』の書かれた時期を一五八二年の夏と限定する仮説は、実証されたものではない。そしてまたこの仮説は、シドニーが結婚を真近に控えたその時期に姦通とも見なしうる詩を書くという考えには懸念を抱くところから、おそらく来ている。ソネット一〇七番で「この大目的」と言ってアストロ

フェルがステラから解放されたいと請うていることが何であるかが明らかにされれば、われわれに少なくとも想像できる完成の時期についての資料が与えられるであろう。しかしこの語句は一五八二年から三年の間にシドニーが望んださまざまな地位のどれにも当てはまり得よう。ソネット三〇番に列挙される当時話題の諸問題が一五八二年の夏に関係あるとしても、ソネット連作全体がこの期間内に完成したという結論に導く証拠はない。

この連作が最終段階の形になるに当たっては、完成にかなりの時を要したにちがいない。すべてのソネットが厳密さを要求する「イタリア型」［ペトラルカ型ともいわれ、八行と六行の前・後半からなり押韻はabba/abba/cdd/ceeとなる］――それは「イギリス型」あるいは「サリー型」［シェイクスピア型ともいわれ、四行三つと結句二行、abab/cdcd/efef/ggと押韻するもので、ワイアットとサリーが英国にもたらした］より作詩がずっと難しい――で書かれているばかりでなく、この作品全体がきわめて注意深く構成され、今でも完全には解明されていない多くの精緻な技法を用いて書かれているからである。例えばコンピュータを用いたコンコーダンスが出はじめて、容易く分かるようになったのは、「愛（ラヴ）」という語が、一〇八回使われ、これはソネットが一〇八編あることと符合する。[35] シドニーが自在さと自然さを、堅固に構築した枠の中に入れてみごとな効果をあげ、長い間の推敲が実った産物だったにちがいないことが分かる。イェイツが *sprezzatura*（スプレッツァトゥーラ）［芸術・文学の特質としての計算された手抜き］というカスティリオーネ流の理念を反映させて次のように言っている。

一行を書くのにわれわれはもしかすると幾時間もかかるだろう、
しかしもしその一行が一瞬の想いと見えないなら
われわれが書いたり消したりするのは無益だったことになる。[36]

一方『詩の弁護』は、急いだ形跡があり、比較的短期間に仕上げられたらしい。

おそらく『詩の弁護』が先ず一五八二年のいつかに書き上げられた。すでにフランス、イタリア、ドイツで盛んになっていた文学の理論や母国語で書くことを弁護する伝統に、この書も根ざしている。[37] その頃出版された二冊の本がとくにシドニーを刺激してこうした著述に向かわせたようだ。

あわれ詩歌は、学術のもっとも高度な評価から幼児のお笑い種にまで転落しています。それを（私は）弁護するのです。[38]

その二冊のうちの一つは、一五七九年の夏に、オックスフォードの学者兼劇作家スティヴン・ゴッソンが著しシドニーに献呈した『悪弊の学校、詩人、笛吹き、役者、道化などなど国家のいも虫どもを痛烈に非難する』である。同年後半に自作の『羊飼の暦』をシドニーに献じたエドマンド・スペンサーは、ゴッソンが重大な誤りを犯したと言う。

新しい本のことはなにも聞いてはいないが、『悪弊の学校』とかいう本を書きそれをマスター・シドニーに捧げた者が、その労苦の報いとして軽蔑されたことは聞いている。もし少なくとも軽蔑するというのが善意でなされたとしても。われわれが献本する時、お相手の意向や資質を前もって慮ることなくするなら、まことに愚かなことだ。[39]

シドニーが実際ゴッソンを「軽蔑した」としても彼はそのことを直接明らかにはしていない。きっといつものように報酬を与えたにちがいない。なぜならゴッソンは次の著作『フィアロのエフェメリデス』も同年後半に献じている。けれどもスペンサーは、詩の「悪弊」に対するゴッソンの攻撃をシドニーがきわめて挑戦的なものと見たことに気づいていただろう。スペンサーの知るところ、シドニーはすでに韻律法についていくつかの考察を書き上げていた。[40] 今や彼は詩歌の価値についてさらに根本的な点について考えはじめていた。活発な論争がゴッソンの本に続いて起った。今は残っていない「アフリカからの奇妙なニュース」といわれるパンフレットによる反撃が即座になされた。続いてゴッソンによる反論が『エフェメリデス』の付録につけられたが、トマス・ロッジは彼の『正直な口実』（一五七九）のなかでこれに反駁し、改めてゴッソン攻撃を『高利貸しに警告する』（一五八四）の中で書き、この書をシドニーに献じた。[41] シドニーは直接この論争に加わらなかったが、高く優位な立場から論争を眺めて楽しんだ。彼の『詩の弁護』は『悪弊の学校』に対する応答ではなかったが――実際、劇場舞台での「悪弊」の問題についてはシドニーとゴッソンは同様の見解をもっていたようである――しかし語句や引用の数々を共有していて、彼がゴッソンの書物を注意深く読んだことを示唆している。[42]

『詩の弁護』にとってより一層直接的なモデルを提供したのは、旧友でフランスの偉大な学者アンリ・エスティエンヌの書『フランス語の優秀さについてと題された本の企画』（一五七九）であった。この輝かしい作品はアンリ三世に捧げられ、またアランソンがエリザベスにもっともつよく結婚を求めた時期に出版された。そのためおおいにシドニーを刺激し、フランス人との結婚におびやかされる時期（三三八頁参照）に、詩一般ととくに英語を擁護し、英国の宮廷文化の洗練ぶりを示すという、より大きな意図の不可欠な部分となったのであろう。フランスのモデルと学識を適用して、英語の方がフランス語より文学用語として優れていることを身びいき（ショウヴィニスティック）に証明したのであった。先の一五七九年の論文に加えて、シドニーはエスティエンヌの『二つの対話集』（一五七八）、『哲学的詩論』（一五七三）その他彼が編纂した多くの古典的作家を参考にしている。

シドニーが『詩の弁護』の中で用いた多くのアイロニーを含む戦略にもかかわらず、われわれが疑う余地のないのは、彼の冗談めかした確信、つまりこの書をものしたもっとも重要な理由が「自己愛」にあると言った点である。詩歌以上のものが試練に遭っており、彼は自己防衛をしているのだ。彼が「詩人という地位に思いもかけず入り込んだ」と分かったとき、この立場、彼の「自ら選んだのではない職業」を高めることを目指した。二〇代も終りに近くなってウォルシンガムの婿になろうというこの頃に、彼は「わが学問は無益なものを生み出している」[43]ことを鋭く意識したのであった。想像上のフィクションや恋愛詩を書くことが、「ダッチアンクルズ」にまず以って仕込まれたことではなかった。廷臣としては本質的ではない社交的なたしなみが、彼にとっては真剣で中心的な活動となっており、その活動は真の廷臣には枝葉末節な気晴らしといった徴となるはずの「向こう見ずな態度」つまり表面上の無関心さを欠いているのだった。[44] しかしながら彼は、読書、書くこと、詩歌のパトロンとなることが高度に公的な任務に匹敵する名誉ある高貴な仕事であることを例示し、それによって、最近の文学的活動に没頭しているのはそのような任務にとって負の資格ではないことを示したのであった。ウォルシンガムが、シドニーの頭脳はあまりにも詩的な想像力に溢れているので、彼の秘書長官という重要な地位の立派な後継者にはなれないと心配する必要はない。それどころか「諸王、皇帝、元老院、将軍ら」はみな過去において詩人たちを厚遇したばかりでなくじっさい詩作もしたのである。詩編の作者ダヴィデ王やフランスのフランソワ一世、スコットランドのジェイムズ王や彼の教師ジョージ・ブキャナンの名を挙げたのち、シドニーは最後の例を注意深く選んでいる。

…多くの立派な執政官がいますが、まず誰よりもあのフランス人ロピタルほど、優れて堅固な徳に基づいて完璧な判断をくだせる執政官を（ぼくが思うに）かの国はいまだかつて生み出したことがありません。[45]

ウォルシンガムは一五七二年のパリにエリザベスの大使としてその年の後半、かの地にあったが、シドニーと二人でミシェル・ドゥ・ロピタルにはじめて会った。彼は一五六〇年から六八年までフランスの宰相であり、先取的思考と寛大さをもったカトリック教徒の価値観を代弁する人物であった。しかしそのような価値観は聖バルテルミ祭日の大虐殺でおそろしく破壊されてしまっていた。ロピタルは虐殺を免れたが、彼の館はギーズ公の騎兵隊に占拠され、おどされたり嘲笑されたりした。またカルヴィニストであった妻は、ミサに出席を強要された。このことは夫妻を訪ねた親しい友人シャルロッテ・アルバレステ（マダム・デュ・プレシ＝モルネ）が証言している。[46] ロピタルは六ヵ月後、悪夢のうちに亡くなった。英国の読者はほとんど彼のことを知らなかった。シドニーがその名を「誰よりも前に」と呼び出したのには、『詩の弁護』を書くに当たってウォルシンガムを読者としてはっきり念頭に置いていたことを示している。この詩論は、ウォルシンガムにとって縁組が価値ありとする「利点」を誇示するものであった。また同時に、彼の詩人として知れわたっていた卓越さにつきまとう疑念をも軽減した。

サー・ヘンリー・シドニーにあっては、彼の長い自己推薦状をウォルシンガムに書くとき、保持する多くの地位のリスト、果した軍功、効果のあった統治上の改革などを挙げることができた。一方息子は父親に匹敵する何ものも持たなかった。しかし彼は神聖ローマ帝国を、はじめは学生の身分で、次いで大使として訪問していた。このことを書き出しのところで想い起させている。

徳高きエドワード・ウォットンと私は共に皇帝の宮廷におりましたとき、二人してジョン・ピエトロ・プリアーノに、馬術を、いささか身を入れて学びました…。[47]

また彼は読者に、アイルランドやウェールズの文化に詳しく親しい点に注目させ、[48] ハンガリーの祭りで「彼らの祖先の勇気が歌にうたわれていた」のを彼が見たことに言及する。[49] シドニーは創作のなかで架空の名前や語り手の声に自己のアイデンティティをこめている。そこで彼は書いている――というより、弁舌の形をとった議論で語っているのだが――明らかに機知に富み、魅力ある、深い教養を有するフィリップ・シドニー、サー・ヘンリー・シドニーの息子として語っている。父親に関連したある逸話が、恋愛詩の「説得力」を訴える重要な箇所にはめ込まれている。

しかしじっさいには、抗いがたい恋の旗じるしを立ててしたためられたそんな多くの書きものは、もし私が女性であったらけっして恋などしているとは思わせられないでしょう。つまり恋人たちの書いたものを読んで炎のようなことばを冷たく応用し――そうしておまけに自惚れあがった語句を使う――、それはちょうど私の父にかつてある人が、風向きはどうなっているかたしかに言い当てようとして、今風は北西にあって南から吹いていると言いつのったというのに似ています。むしろ本当の情熱というものは、私は思うのですが、書く人自身のあの力強さつまりエネルギア（ギリシア人がそう呼んでいる）によっておのずと現れ出るものでしょう。[50]

彼はまた個人的な経験をしばしば引用して、虚構には道徳的な力があるという主張を支持するために用いる。

じっさい私の知っているある人々は『アマディス・デ・ガウラ』（実はこの作品は完璧なポエジーをかなり欠いているのですが）を読むことによってだけでも、彼らの心は動かされ、礼節、寛大そして特に勇気ある実践へと促されるのです。[51]

まばゆいばかり整然とした学識と古典や人文主義者の哲学や文学に通暁しているにもかかわらず、シドニーは参考にする対象を意図して広く普遍的（カトリック）な範囲にとっている。口承文学がほとんど賛嘆されなかった時代に彼は「パーシーとダグラスの古謡」にすら力があることを見いだし認めている。[52]平凡なイングランド風を「あたかもロビン・フッドを上まわる」かのような表現で強調しているし、また学者風の弁舌より素朴な口調をより好んで、

疑いもなく…学識ある教授連より学問はそれほどない幾人かの宮廷人たちのほうが、よりまともな文体で話すのを聞いてきたし、その理由は明らかに宮廷人が（自覚しなくても）体験によって自然にもっともふさわしいものを見いだし、

技を用いなくても技に従っているのです。[53]

しかしながら英詩を論じる段になると、彼自身困難を自覚する。近年出版された詩集の実例が彼には価値なきものに思われるのだ。

今では、まるで詩神たちすべてが子をはらんで、えせ詩人を生み出してでもいるように、頼まれもせずみんなヘリコンの山腹を早がけし、ついには読者たちを早馬以上にくたびれさせています。[54]

その後彼は控えめに「評価されない真の理由は価値がないということ」[55]だとして、自身を「紙片を汚す仲間」に入れている。しかしながらシドニー自身は徹底的に非難した作家たちのように、印刷するのを急いだことはなかった。そしてより優位に立つ作家としての彼の地位が間もなく再確立されるのは、先行する過去二〇〇年の英詩人たちを次のように評価したときであった。

チョーサーはまぎれもなく『トロイラスとクリセイデ』で並外れた仕事をしています。この作家については、じっさいあの霧のかかったような時代に、彼がどうしてあれほどはっきりものを見ることができたのか、今日のわれわれのようにはっきりした時代にどうしてつまずきながら彼の後を追っているのか、どちらがより不思議なことかと思うと、私には分からないのです。けれどもチョーサーに欠点があるとしても、それは古い時代の遺物として許されるべきことであります。私には『施政者の鑑』が美しい部分を相応しくも備え提供しているし、サリー伯の抒情詩の多くに出自の高貴な味わいとまた高貴な価値が込められていると思われます。『羊飼の暦』の牧歌にも多くの詩情があり、私の判断が誤っていなければ、読むに値する作品です。(古い田舎風のことばを使うというそのスタイルの枠を私は採りません。なぜならギリシアのテオクリトゥスもラテンのウェルギリウスもまたイタリアのサンナザーロもそれを選んではいません）。これら以外には（大胆な言い方になりますが）その中に詩的な力をもった作品が印刷されてきた例はほとんど見たことがありません。その証拠にそれら多くの詩を散文に置き換えて、それから意味を考えてみるといい。そうすればすぐ分かるのは、ある韻文が別の韻文を生み出すものの、はじめから最後はどうなる筈だということが定まっていず、結局は混乱したことばの塊で、韻の響きは聞こえるけれど理路整然とはならないのです。[56]

シドニーと同様にウォルシンガムの被保護者であったスペンサー[57]の名を挙げないことで、シドニーはスペンサーが作品の匿名性を望んだ意を汲んでいる。その作品のいくつかの部分は、とくに聖職に関する風刺でいささか大胆なものだった。

小冊子よ、行け。お前を捧げるのだ、
生みの親を知らぬ子として。
高貴と騎士道の長である
かの方の御前に。[58]

スペンサーの「古く田舎風のことば」の使用をシドニーは批判したが、これは少し筋が通らない。というのも彼自身がかつて『旧アーケイディア』の二つの詩（リングラー六四、六六）でそのような実験をしているからだ。このシドニーの批判は、レスターの甥とグレイ卿の秘書との社会的距離を推し量るために意図したものかもしれない。あるいはまたE.K.という解説役の衒学的誤りを真似ての一種のからかいであったかもしれない。

シドニーの全作品中『詩の弁護』は、彼の素顔に対面するようないきいきした印象を最も強く与えるものである。

これはトマス・ナッシュをして賛嘆させた「即興風の気分」で、素早く書かれた。引用の数々はチェックされておらず、最後の文の「ヒポナックス」を「ブポナックス」と間違えたりしたのは、彼が苦労して集めた覚書からではなく、精神のよき記憶装置から例を導き出していたことを示している。「じっさい」、「まったく」、「もちろん」などの多用は自然な口調にたいへん近いものだ。グレヴィルによれば、ウォルシンガムがしばしば彼に言っていた、

わがフィリップは、わしの弓を使ってひどく遠くまで矢を飛ばしおって、はじめは秘書長官のわし故に、フィリップの友人であった者らが、やがてすぐにもサー・フィリップの生来の礼儀正しさの虜となり、抱え込まれてしまうので、今わしは彼らを、フィリップをとおしての間接の友人としているくらいだ、と。[59]

『詩の弁護』を読んでいくわれわれには、このことがどのように起ったか、容易く想像できよう。ウォルシンガムはことばの達人、輝かしい諜報官の元締め、しかも政治的卓越と並外れた個人的な清廉とを結びつけた人物であった。だがしかし彼に欠けていたのは、『詩の弁護』の中でももっとも有名な部分に多く言い表されているように、彼の婿の炎のような情熱、魅力、そしてユーモアである。

詩人たる者だけがそのような屈辱に囚われることを嫌い、自らのいきいきした創意に引き立てられて、実際上別種の自然を育むのです。つまり物事を自然がもたらす以上に良いものを作り出し、あるいは英雄や半神、キクロプス、キマイラ、復讐の女神たちのように、自然の中にはけっしてなかった新しい形のものを作り出すのです。このように詩人は自然と手をつないでいきながら、その賜物が保証する狭い領域に閉じ込められず、彼自身の理知の黄道帯においてだけ自由に振舞うのです。自然の女神も多くの詩人たちが作ってきたようなこれほど豊かなタピストリを織り上げはしません。そこにはこれほど快い河川も実のなる樹木も甘美な香りを放つ花も、またそのほか、このあまりにも多く愛を受けてい

る大地を、もっと素晴らしく美しいところとするどんなものもありません。自然界は真鍮を、詩人のみが黄金なるものを産み出すのです。[60]

比喩を用いる技が歴史家や哲学者より、詩人の優越性を示すのだ。

（詩人は）あなたたちの旅をいわばきれいなぶどう畑を通っていくものとし、はじめにぶどうひと房を与え、その味を充分味わわせると、その先ずっと通って行きたくなるようにするのです。彼は、不明瞭な定義で始めて、本の余白を解釈などで汚したりしません。また疑わしいといった記憶を課したりもしないで、彼があなたたちの前に現れるときには、魅力ある音楽的技量を伴った、あるいは備えたことばを携えてきます。またある物語をじっさい携えてくるので、子供たちなら遊ぶ手を休め、老人たちなら炉辺を離れて聴くのです。[61]

シドニーの生前、いく人かの老人たち例えばウォルシンガムなどは、確かにこの論自体を読むのに炉辺の閑暇を妨げられた。

『詩の弁護』のすべてが肯定的な口調だったわけではなく、否定的な箇所もあって、それがまた同様に面白いのである。例えばシドニーは大衆演劇を、アリストテレスの場所・時・行為の三一致の法則［彼が提唱した有名な定義］を排除したとして愚かだと言う。

そこではアジアが片側に、別の側にアフリカ、そしてたくさん他の群小王国があって、役者は登場するとまずどこにいるかを告げることから始めないと話が分からないでしょう。今ここに三人の貴婦人が花を摘もうとして歩み寄るとすれば、われわれはその舞台が庭園だと信じなければなりません。そのうち同じ場所で船の難破したニュースを聞くと、その時われわれはそこを岩礁であると認めなければ、われわれが悪いということになります。舞台の背後から恐ろしい怪物が火と煙を吐きながら出てくると、憐れな観客は今度はそこが洞窟のなかだと捉えなければなりません。やがてそのうち軍隊が二つ、剣と円盾四つをしるしに携えて飛び込んでくるとなると、どんな頑固頭でも会戦の場と見るでしょう。[62]

ほんの数ページ前のところで彼は、劇場での場面が容易く把握できると言及して、比喩や寓意を擁護していたのだから、[63]ここの説明はいささか厳しく思われる。シドニーは自分の嫌いな作品は馬鹿げたものと匂わせるのが巧みである。自分の被保護者スペンサーを褒めながら、一方でオックスフォード伯の被保護者ジョン・リリーに対する軽蔑の念を隠さない。次のように描写されているのは間違いなくリリーの『ユーフュイーズ』と『ユーフュイーズとイングランド』についてである。

さて比喩についていえば、ある種の印刷された議論のなかで、私は思うに、あらゆる植物学者、動物、鳥類、魚類の話は全部盗用で、それらは大量に押し寄せ、われわれのどんな想念にも仕えられるようになっているらしいのですが、これは確かにとてつもなく耳障りなものです。と言いますのも、反論者に対しては何も証明して見せないで、ただすんで耳を貸す者にだけ説明するようなものであり、その比喩の持つ力は、話された後はつまらぬただのお喋りで、すでに満足させられたか、あるいは喩えによっては満足させられない人の判断力にいささかでも知識を供給するというより、むしろその比喩が用いられた当の意図から離れて記憶を支配する働きをするのです。[64]

これはじっさいシドニーの意見ではあったろうが、オックスフォード伯への憤りが続いていたために、この激しい表現となったに違いない。同様に、亜流で説得力のない恋愛詩人たちが競って出版したことへの彼の軽蔑的な意見は、トマス・ワトスンにもまさに当てはまったであろう。彼は一五八二年春に『悲劇の百話』をオックスフォード伯に捧げているからだ。一年かそれ以上前の、手稿の段階でワトスンはこれを贈っており、オックスフォードがこれを好意的に読んでくれるようにと追従を言い、注意を引いている。[65] 書籍出版業組合記録には、ワトスンの詩集が「恋の真実な熱情を表現している」とあるが、明らかに衒学的な作品である。それぞれの「激しい恋の歌（パッション）」に序文がつけられ、その主題を要約した頭注があって、学識を示す典拠に注意を向けさせている。またいくつかの詩はワトスンの友人たちによる好意的なコメントで「誇大に広告」されている（『悲劇の百話』の七、四七、六七話参照）。自分の本に向けて書いたラテン語の詩の中でワトスンは、彼の詩の数々がシドニーやダイアの机下に届くことを願うと言っている。

　早速どのお方も、おだやかな表情でお前たちのことを好意的にお読みくださり、欠点は見逃していただけるであろう。[66]

しかしシドニーはおそらく、リリーの『ユーフュイーズ』に対する軽蔑と同様の意見をワトソンの『悲劇の百話』に対しても持っていて、この作品が牡蠣の中の砂粒を嚙むような一種苛立ちを誘う刺激剤として働き、彼自身のまったく異質なソネット連作を生み出したのだ。少なくともそれだけのことは言い得る。ちょうどギャスコインの女王向けのがさつな見せ物が、シドニーのより新鮮でなめらかな出し物を、またゴッソンの清教徒的な痛撃が彼の豊かに人間的な『詩の弁護』を刺激して生み出した、それと同様にワトスンの「激しい恋の歌」が、「自己肥大化したことば遣い」であったため、シドニーに恋愛詩における切迫感と自然さの必要性をより鋭く自覚させることになったのである。だがシドニーの恋愛詩は違った種類の読者に向けられていた。

　シドニーの公けの顔で非常に魅力的な面は『詩の弁護』の中に明示されている。一方『アストロフェルとステラ』には、より暗い、もっと個人的な面が暗示されている。才能豊かで旅の経験豊富な若者が、公的人生に付随するものとして詩歌に興味を持っていたのに代わって、『アストロフェルとステラ』は内向的で内にひきこもった人が

「伏して呻いているくらいなら書くのがいい」と考える姿を見せる。[67] 彼はトルコ軍が攻撃をしかけそうだとか、ネーデルラントでオラニエ公ウィレムが現在どんな立場にあるか、あるいは自分の父親がアイルランドでどんな動きをしているかといった話題についてさえ、現実の関心を奮い起すことができないでいる。何故なら「いつも僕はあなたのことを想っているから」[68]。アストロフェルは我を忘れ同時に自己を強烈に意識している。彼は自分の内省がもたらす社会的影響を意識しているが、しかしそこからさっと抜け出すことができない。いわゆる「言うべきことを後になって思いつく――あと知恵」が浸透している多くのソネットのうちの一つで、彼は、自分の刻む像について神経症的に考え込む。

僕がしばしば心ここにあらずといった暗い顔つきでいるので
　大勢のただ中にいてもまるでひとりにみえるのだ。
　ことばも途絶えがち、あるいは返答もはずれていて
人の話から話をつくりたい者たちが噂を立て
人は判断し、その判決から噂は飛び立っていく。
　泡吹く自惚れの不浄な毒気が
　僕の膨れ上がった胸の中にあって
そのためぼくは自分だけにおもねり、他を蔑んでいると。
　しかし思うに自惚れなど僕の魂を捕らえていない…[69]

われわれはすでに実人生でのシドニーが「まったく故意の沈黙の中に」留まって、[70] 周囲の人にいかに深い傷を与えたかを見てきた。また沈黙のまま自惚れていると見えるアストロフェルを虚構の世界に閉じ込めようとする彼の試

みはどれも、失敗に終っている。例えば一五八六年三月二四日付ユトレヒトからウォルシンガムに宛てて書かれた手紙の中に現れる彼自身の姿と、このソネットのアストロフェルの姿が、非常に似ていることを示している。

祖国で僕がたいへんに誇り高い野心家と呼ばれているのは知っています。しかしみんながもし僕の内心を知ったら、そんな風にはけっして判断しないでしょう。[71]

快活で自信に満ちた『詩の弁護』が、シドニーがこれから結婚しようとしている家族のために書かれたものとするなら、憂鬱な『アストロフェルとステラ』は、対照的に彼が結婚しなかった少女ペネロピ・デヴルーのために書かれたのだ。散文作品の方は、未来への輝かしい自信を見せる。英文学のもつ可能性は限りなきものに思われ、軍事的行動主義とともに興隆することもありそうに思われた。もしシドニーが生き延びて一五八八年のスペイン無敵艦隊（アルマダ）撃退を知り、マーロウ、ナッシュ、シェイクスピア、ジョンソンといった作家の出現を目の当たりにしたなら、彼の信念すなわち、英詩は「マルスのトランペットがもっとも高らかに鳴る」[72]時こそ、まさに最良の時を迎えるということが、輝かしく証明されたと知ったであろう。他方『アストロフェルとステラ』の筋書きは、語り手の道徳また感情の不毛な袋小路に進む。

シドニーははじめから、これが行く先だと分かっていたにちがいない。これまでも言われてきたのだが、彼が試みようとしていたのは、別の世界を作り上げてそれが彼の外的人生では得られなかった「支配権」を与えてくれるということだった。[73]この指摘は『アストロフェルとステラ』よりずっと『旧アーケイディア』の方によく当てはまる。シドニーが「悪意にみちた宮廷という競争社会」[74]で味わった「敗北感」の代償を愛の世界に見いだそうと望んだという考えは、彼の思慮深い芸術家としての手腕を過小評価するものである。注意深い構想が示しているのは、方向を誤って進む彼の恋人の行く末をシドニーが十分に知っていたことである。はじめての読者は、アストロフェルがくり返し敗北するのに驚かされるかも知れないが、シドニーは違う。けれども個人としての彼にとって『アストロフェルとステラ』の創作はじっさいに苦痛を想像力で克服する術を提供したのであろう。つまりこの創作が、公的人生の場面で味わった——偉大な仕事をする決意はあったのに瑣末なことに惑わされて——ほとんど抑えることも表現することもできない絶望の数々を、別の世界で得た苦痛を浄化するもので、代償したのであった。シドニーはアストロフェルを超越しまた乗りこえたところで情緒的自虐を、いつどの程度の力強さで終止符を打つのか決めることができたであろう。

『アストロフェルとステラ』の中でどの程度「愛は愛でない」のかは誇張されるべきではない。この詩が「愛の比喩を用いて野心を描いている」[75]という主張があるにもかかわらず、読者の視点からすると、シドニーが政治的というより性的な欲求不満を追求していることは明らかである。トマス・ワトスンの学者ぶった恋人が、説得力を欠いた恋愛詩から、より説得力のある女性蔑視に容易く乗り移ったのに対して、シドニーのアストロフェルはその執念にも説得性があり、思い違い、過度の興奮、そして時に自慰行為の幻想にその表現を見出すような情欲に苦しめられている（ソング一〇番）。『アストロフェルとステラ』の源となる諸点を考慮する際、シドニーの性的関心を完全に度外視することはできない。むろん決定的な結論を得ることは不可能なままだが。

彼の文学作品以外ではシドニーが女性の影響を受けやすいという証拠がほとんどない。彼のアストロフェルとしての自己投影によると、

生来僕には精度の高いカラットのダイヤモンドのような
美しい人を見ると好きになる傾きがある…[76]

のだが、ステラがやってくるまでは、激情に悩まされることはまったくなかった。ここには何かがありそうだ。ラ

ンゲはシドニーが結婚に興味がないのを気にかけていたし、彼が英国の宮廷で「男性的でない」[77]事柄を追いかけて落ち着きがなかったのは、そこでのいくつか同性愛的な結びつきを知っていたことを暗示する。四〇〇年を隔てて性的環境を査定するのはきわめて問題であり、また二〇世紀のまったく異なった文化の中での基準を当てはめることはきわめて誤解を招きやすいことだ。[78]それでもなおシドニーと親友フルク・グレヴィルが、今日で言う同性愛に近い関係にあったのはほとんど疑いがない。[79]またグレヴィルが、シドニーとの友情は、他の誰とのものより優先する絆で結ばれていたとはっきり述べている。一六一五年、彼はセントポール大聖堂に彼自身とシドニーの共有の墓を建てようという壮大な計画をつくり、墓碑には上部にシドニーを彼自身は下部に記念するとした。[80]この記念碑は結局建てられずじまいであった。シドニーの娘が亡くなってずい分時が経ってさえ、まだ多くの人々は生きており、シドニーを親しい家族の者たちから切り離すこのような記念碑などは容認しなかったであろう。代わりにグレヴィルはこの友情を『献辞』（以前は『伝記』として知られた）という活字の神殿として奉じた。彼自身に同性愛的傾向があったことは、不満分子だった召使の手にかかった一六二八年の彼のみじめな死が、情けない仕方で示唆している。半裸の姿で「厠から出てきた」グレヴィルを、この召使レイフ・ヘイワードは不器用に刺した後、すぐ自分の部屋に駆け込み、みずから果てた。[81]ヘイワードが死んだことを知る前に、グレヴィルは彼が起訴されぬようにと頼んでいる。ということは寛大さを表しているのかもしれないが、もっとありそうなのは彼のヘイワードとの関係で、裁判で暴かれて欲しくない局面がいくつかあったのであろう。

もし、グレヴィルのシドニーに対する親愛の情に同性愛的な要素があったとしても、むろんそのことは、両者でその要素が対等に交わされたということを証明しているわけではない。けれどもシドニーが結婚に情熱を示さなかった点は目立っていて、二人の親友ダイアやグレヴィルが「ほんの一握りの」エリザベス朝の独身貴族の中に入っているという事実と結びついて、男性間の友情の方が彼にとって異性愛的な結合より、なにかの意味で性分に合ったのではないかという疑念を誘うのである。[82]フランシス・デイヴィスンの詩集『詩的狂想曲』（一六〇二）に収められた「二つの牧歌」で彼はまさにそのことを暗示している。活字になったのは後のことだが、リングラーはこれらの詩の信憑性を認めている。二つの詩が辿ったと思われる伝達のルートが非常に個人的な書き物であったことを示している。シドニーは彼の秘書ウィリアム・テンプルの腕に抱かれて亡くなったと言われるが、テンプルは一五八五年シドニーに仕えるようになったし、次の雇い主がウィリアム・デイヴィスンであった。そしてその息子が長いこと熱心に父親に頼んで編集した詩集の中心にこの詩がある。「二つの牧歌」は、ほとんど間違いなくシドニーの死の時の遺作の中にあり、テンプルの手を経てデイヴィスン家に伝わった。二作品とも彼のダイアとグレヴィルに対する愛情を称えている。

…僕の二人と僕が会えば
幸せな祝福された三位一体だ
三人はがっちりと組み合わされ
いとも堅き結び目でひとつ
　心も手も、だから合わせよう
　体は三つで心はただひとつとなるのだ。

僕の二人よ、おいで。E.D. F.G. P.S.
もっとも愛する仲間よ
僕の心のうちにきみたちはいる
離れがたい友情にあって…[83]

最初の詩で彼はこの三人の友情に、普通は異性愛的な結びつきに向けられる大げさな表現を与えている。

恋人たちが愛のいとなみを喜ぶように
僕はきみたちの姿を見て喜ぶ…
ちょうどともに生きるキジバトが
相手とつがいになる時のように
きみたちの熱烈な愛が
僕の心にそのような慰めを与える。

「宮廷生活への非難」と題された二番目の詩はもっと複雑で、「今ではこびへつらいの宮廷にとどまって」いる不幸せなシドニーの姿を描き、かつて二人の友と楽しんだ文学のよろこびを求めてあえぐ。そして彼は「恋の手管」を真実な友情には合わないものとして拒み、あの時代に帰ることを望む、

緑陰で
麦笛が僕に音楽を奏でさせ
僕は仲間たちと歌を競った。[84]

彼は牧神に助けを求めて祈る。

ただひたすら僕の二人への愛ゆえに、サーＥｄ．Ｄ．とマスターＦ．Ｇ．

彼らの愛を僕は喜ぶ。
彼ら二人だけが僕を楽しませる
いつまでも喜ばしい姿で
どうかすべての者らのうち
御身があの二人とともにいて支え保ち
彼らを僕のところに留めたまえ。[85]

男性間の友情がアリストテレス、キケロさらに時代は近いカスティリオーネのような人々に容認された高貴な理念であった時代に、シドニーの友情をうたった詩を、同性愛的な魅力を明言するものとして、あまりにも額面どおりに解釈をしてはならない。これらの詩は技術的な複雑さに欠け、シドニーが「異性愛的な」伝統の中で書いたはるかに多くの詩が有する感情の高揚した切迫感にも欠けている。しかしながらもし、彼のもっとも内奥に根づく情愛をわれわれが探ろうとすれば、そこに見いだされるものかもしれない。シドニーがとくに一〇歳の時以来、「頼りになる子」（四七頁参照）として知ったグレヴィルとの友情は、安全で相互理解の可能なものと見なしていた。それはちょうど彼が『アストロフェルとステラ』で分析して見せたエロティックな情熱[86]の「地獄」とは程遠く、妹との間で享受したものに似ていた。

さまざまな動機が『アストロフェルとステラ』の創作を促した。文学的言語としての英語を擁護しようと努めたときに、シドニーは母国の恋愛詩にある欠点の数々に強く気づいていた。デュ・ベレやエスティエンヌはフランス語をロンサールやプレイヤード派の力を背景にして擁護していたが、エリザベス朝の作家たちはいまだに「詩的な筋力」をもった恋愛詩を作っていなかった。『愛らしい技巧の楽園（パラダイス・オブ・デインティ・ディヴァイセス）』（一五七六）とか『洒落た詩想あふれる大展示廊（ゴージャス・ギャラリー・オブ・ギャラント・ディヴァイセス）』（一五七八）といった頭韻体の題名を持つ詩集には独創性のない見慣れた恋の詩が詰め込まれていた。『楽園』の中のかなり典型的な実例は「黒と朽ち葉色に身を包んだ恋人の嘆き」で、シドニーの敵オックスフォードがぴょんぴょんはねる律動の家禽律で書いている。

僕が追いかければ追いかけるほど、あの人は逃げた
　ちょうどアポロンの欲する餌食ダフネがとうに逃げてしまったように。
僕の嘆きが倍音を重ねる度にあの人の憐憫は減少する
探せば探すほど見つからず、あの人がわがものとなる可能性は少なくなる。[87]

これよりもっと「説得力」をもって英語は活用されうる筈で、なんらかの方策が採られねばならなかった。シドニーはおそらく『詩の弁護』を書いたときすでに『アストロフェルとステラ』の創作の初期の段階にあったのだが、この論考の完成で何が必要とされているかという感覚が先鋭になった。

シドニーがペネロピ・デヴルーをまた深く愛していたかどうかについてはわれわれには知る術がないままである。多くのディテールが、われわれが知るところの事実と合致し、あるいは矛盾していない。しかしこれらすべてが「説得力」という関心事の中に含まれているのかもしれない。例えばソネット二番で語り手が恋に落ちた理由として「一目惚れではなく」としているのは、一五七六年フィリップとペネロピを結婚させようとする計画が実らなかったことを知っているわれわれの知識と一致する。このことを暗に示しているようであるソネット三三番についてはすでに先述した（三一七―八頁参照）。ステラはペネロピ・デヴルーのように音楽が好きで、ある時点では（ソネット五七番、ソング三、六番）アストロフェルの歌をうたう。ペネロピ・デヴルーのようにステラはさらさらと手紙を書く（ソング四番）。彼女とおなじくステラはリッチと呼ばれる（ソネット二四、三七番）男と不幸せな結婚をしている。同様に彼女には「美しい母」（ソング四番）がおり、おなじように金髪で黒い瞳の人（ソネット七、九、二〇番その他）である。

そしてさらにアストロフェルの家紋は、シドニーのそれのように鏃（やじり）を持つ（ソネット六五番一四行）。彼の父はアイルランドを平定しようと努めた（三〇番九―一〇行）。彼は乗馬や槍試合に高い評価を得ていた（四一、四九、五三番）。彼と政治上の議論をしたいと願った友人がいた（三〇、五一番）。彼の洗礼名はフィリップだったかもしれない（八三番）。そしてこれらのソネットが一五八三年一月より後に書かれたとするなら、彼が自身に「愚かな騎士（サー・フール）」とか「サー・フィップ」（五三番七行、八三番一四行）と呼びかけているのは、最近騎士に叙せられたことへの痛烈な皮肉を暗に示しているととれよう。

　しかし多くの細かい点でシドニーとペネロピ・デヴルーについてわれわれが知っている真実と一致していることが、ただちに内心の感情の真正さを証しするものではない。シドニーは最良の時、疑いもなく説得力を発揮する。もっとも説得力のあるソネットのいくつかでは例えば四七番のように、アストロフェルがなんとか激情の縄目から解き放たれたいともがいている。

なに、僕はこのようにして自分の自由を裏切ったのか。
　あの黒い瞳の光線が焼け跡を刻みつけることができるというのか
　自由人としての僕の脇腹に。あるいは僕が生まれつき奴隷で
首に暴君のくびきをつけられるに相応しい者なのか。
あるいはまた僕には悲惨を感じる感覚が欠けているのか。
　はたまた侮辱を侮辱する精神力に欠け
　長くまことをつくして日々助けを請うているのに
なにの施しも得られず、ただ乞食の侮辱しか貰えないのか。
　徳よ、目を覚ませ。美は美に過ぎないのだ。

僕にはできるかもしれない。いややらねば。できるぞ、やるのだ、
失くすことが得であるものを追い求めるのは止めて。
彼女を手放すのだ。しーっ、だがあそこへ彼女がやってくる。さあ
　薄情者、おまえなど愛していない――おお、いや、
あの目がぼくの心をとらえ、僕の舌に嘘をつけといわせる。

ステラの到来を、切迫性をもった現在形――「しーっ、だがあそこへ彼女がやってくる」――で表すことで、ソネットの狭い空間のなかに閉じ込められた状況が異常なほどいきいきと描写される。けれどもこの連作の終わりに近づくと詩行は、われわれがこれまで読んできたところすべてを再解釈することに向かわせるようだ。最初の六三番までのソネットは、アストロフェルがリリーやワトスンのような独創性のない衒学的な詩人を拒んでいることを示し、着実に高揚した予想されるクライマックスへと進んでいく。その予測は、「おなじ発言の中で二つの否定は肯定を表す」（六三番一四行）のだから、ステラが「だめ、だめ」というのはじっさいには「いいわ」だとアストロフェルも考える謎によって言い表されている。ソング一番は彼のステラのみへの献身を断言している。ソネット六四番から七四番は、ちょうどパミーラが『旧アーケイディア』で、相手が「貞節の道」を外さぬかぎりはその愛に応えると同意したように、ステラとのある和解を言い表している。ミュシドウラスのようにアストロフェルも自制することができない。ソング二番はステラが眠っている時、キスを盗む彼を描き、「それ以上進めない」自分を責めている。続く一〇篇のソネットで、彼はみずからの成功を祝しているが、八三番ではステラの雀フィリップに宛てて警告を発している。淫乱な恋人のように淫乱好きな鳥は欲張ってキスをしすぎると。

あのような恵みにも愚かなおまえは満足せず

どうしてもあの人の唇とくちばしを合わせ
しかもあの唇をとおして舌から神酒を酌みたいのか
よせ、サー・フィップ、おまえの首をねじり切られたくないなら。
（八三番一一―四行）

新たにステラを誘惑しようとする試みが夜の逢引の場をうたうソング四番で劇化され、ひじ鉄をくらって終わる。ソネット八六番でステラはその態度を変え、ソング五番ではアストロフェルは今や望みを失い、呪いを爆発させ、詩を捧げるのを止めると脅しをかけて、彼女を屈服させようとする。

今ではもう聞けると思うな。暖かく香る雪のことを、
紅潮する百合、ルビーにかくれた真珠のつらなり
逆巻く波の砕ける、あの黄金色の海のことも。
ただ聞けるのは、君の魂のこと、それは忘恩に満ちて
すぐ助けるところにいながら、最高の敬慕を最低に押しつぶすほどにも
恩知らずと呼ばれる者、最低の悪口を言われる者のこと。
（ソング五番三七―四二行）

決定的なソング八番は第三者の権威ある声で語られるが、最後の行に至って第一人称に移り、春に「緑蔭深い森の中で」この恋人たちの別の出会いを描く。恋人たちは両者とも不幸せでお互いを支えあっている。

大きな危害が彼に心労を与え
彼女の美しい首には醜いくびきがかけられていた。
しかし彼女を見て彼の心労は消え
彼を見ると彼女のくびきも消え果てた。（ソング八番九―一二行）

アストロフェルは迫って、契りをと嘆願する。そしてその主張を別の攻撃でしめくくろうとする。

そこで彼の両手はそれ自身に語らせ
舌のことばを分かりやすくしようとした。
だが、彼女の手は彼のそれをはねのけて
この上なく優雅に拒んだ。（同六五―八行）

ステラは曖昧な答え方で応じて言う、

彼女は愛を拒んだ、
だがしかしそれは愛を意味するような仕方で。（同七一―二行）

彼女は彼を愛していることを認め、人生のすべての喜びを彼から引き出していると認めている。ただ「名誉という暴君」の気持ちが彼を拒ませ、知られるのを恐れてこれ以上近づくことを禁じるのだ。

ですからあなた、もうこれ以上言わないで。
あなたの愛を捨てることなどありませんけれど
それがあまりにもわたくしのなか深くにはめ込まれていて
あなたの名が出たとき、顔を赤らめたりしないために。(同九七―一〇〇行)

この時点から道筋はずっと下り坂となり、アストロフェルの次のような結論に至る。

それゆえ僕の歌もここで切れる。(同一〇四行)

二人の関係がステラよりアストロフェルの側でより早く崩れていくことは注目に値する。ソネット八七番でステラはアストロフェルが急いで別れ立ち去ったので涙を流している。それで彼は彼女が泣くのを見て、泣く。以前のわれわれだったらアストロフェルだけが絶望すると予測したであろう。ソネット八八番、八九番そして九一番は不実に誘い込むことを扱っている。アストロフェルは、彼が他の女性たちに惹かれることが、ステラへの真実な献身の証しとなると異議申し立てをしているが、それは説得力をもたない。ほかの乙女たちの美の数々を説く彼のことばがあまりにも長広舌なのだ。

もしこの暗闇の場所にろうそくの光のように
ある美しい作品、例えば琥珀の髪、
乳白色の手、ばら色の頬、一段と愛らしく赤い唇
あるいは漆黒ながら暗闇に輝く瞳などを見たなら

それらは楽しませるし、僕は正直に言おう、僕の目は楽しむと。
けれどなぜなのか。それらは君をモデルとしているからだ
木製の地球儀が、輝く天空を模しているように。
いとしい人、だから僕のことを嫉妬しないで…

（九一番五―一二行）

ステラの嫉妬は、ソネット九三番とそれに続く悲惨と自己嫌悪の三つのソネットの中の、アストロフェルに対する彼女の怒りと結びついているものだろう。九七番では別の貴婦人「ダイアナに匹敵する人」が彼を慰めようとしている。一〇〇番ではステラがふたたび泣いている。一〇一番、一〇二番では病んでいる。一〇三番、一〇四番でアストロフェルの献身は再確認されるが、事柄は崩壊に向かっているという読者の疑念が取り払われることはない。最後の逢引がソング一一番でふたたび夜の場の対話として成り立ったが、これをブラウニングは後に、恐怖を誘う暗い詩「別荘での小夜歌」に引いている。もう一度アストロフェルはステラに彼の誠実さを確認させずにはいられない。

「どうです、新しい美女たちを目にすれば
新しい愛情をかき立てはしないでしょうか。」
彼女たちは絵に過ぎないと僕は考えよう。
聖者の完璧さを映した像のように
君をつたなく真似ただけだと。（ソング一一番二一―五行）

アストロフェルがなんとか彼女の譲歩を得ようとしたちょうどそのとき二人は邪魔され、やむなく彼は「無作法者らから走り去ら」なければならなかった。謎を秘めたソネット一〇五番はふたたび夜だが、折角の機会にステラに会い損ねた経緯が記される。

役立たずの松明を落とした小姓は呪われよ。
おまえの努力に抗った夜は呪われよ。
　あんなに早く馬を駆けらせた御者は呪われよ。
不在が僕に味わわせたのと違わぬほどの呪いをもって。
（一〇五番一一―四行）

多分ヘーローとリアンドロスの悲劇的神話のように、二人の恋人を一つにした筈のランプを、風が吹き消した。ブライト手稿のように一行目の読みが「不幸な眼(サイト)」ではなくて「不幸な明かり(ライト)」だとすれば、ソネットをとおして呼びかけられているものはアストロフェルの「役立たずの松明」であることが暗示される。最後の二つの悲惨と孤独のソネットに囲まれて――一〇六番にはなお別の「数々の麗人たち」への言及があり、彼女らが彼を慰めようとしている――一〇七番は、きわめて印象的なソネットとなっており、その中でアストロフェルはステラに、どうかきみのために詩を書くという奉仕の服従から解放してほしいと乞うている。

いとしい人よ、しばらくは僕の心に休息を与えてくれ。
　この胸はいつもあなたに飛んでいこうと喘いでいるのだ。
そして僕の思考に対するあなたの代理権を

経験と技巧を要するこの大目的のために与えてほしい。
　それから女王陛下が御前から、雇った使者を送り出すように
あなたから僕の知性を解任してほしい。
そうすれば僕の知性がついにはあなた自身の意志を果たすだろう。
召使いの恥はしばしばその主人の責任とされる。
　ああ、ぼくの中の愚か者たちにあなたのすることを非難させないぞ。
「ほら、愛するとはそんなもの！」と侮って言われないように。
（一〇七番五―一四行）

わがもの顔でいうことば「いとしい人よ」は、肉体的に結ばれてはいないにもかかわらず、この恋人たちは今きわめて親密な関係にあることを示唆している。しかしシドニー／アストロフェルは、これ以上恋の詩を書きたくないのだ。彼の予定では、ペネロピ／ステラ自身が好む計画に沿って別のどこかで彼の「知性」を試してみたいのだ。
　ここでわれわれには突如として疑問が湧く。もしかするとずっとはじめからシドニーがこの爆発的な激情を湛えた愛の詩を書いてきたのは、ペネロピ・デヴルーの家族に対して彼が長い間義務感を抱いてきて、そのペネロピに書くよう依頼されたからかも知れない、と。それはちょうど妹が『アーケイディア』を書くよう「願った」のとおなじであったのかもしれない。ペネロピ・デヴルーが後年、詩人や翻訳家、音楽家たちのパトロンとなったことも、彼女の趣味が際立って教養のあるものだったことを示している。[89] シドニーは、弁論家や演説家の技能を豊かに持っていて、それらは役者のそれにたいへん近かった。アストロフェル＝ステラの恋愛全体が一種の文学的謎ゲーム（シャレード）で、そこで進行中のことは現実の当事者たちは完全に知っていたと推測できる。最初に印刷された第一版の序文にナッシュは『アストロフェルとステラ』のことを「快楽の劇場」と書いている。

ここでご覧になるのは真珠をちりばめた紙上の舞台、美しい世界をおおって影をおとしている人工的な天井、そしてみなさんの好奇の視線に応える水晶の壁があり、そこで恋の悲喜劇が星の光のもとで演じられるのです。[90]

ナッシュは、シドニーの著作を丹念にまた評価しつつ学んでいるので、後代のポスト・ロマンティックの読者たちはシドニーに対して自信をもって「不実な情愛に栄養を与える」詩人と言及するが、それ以上にシドニーのソネット連作の特質をよく理解することができたのであろう。[91] シドニーが、ペネロピ・デヴルーに対する不実な情愛を育まなかったと証明するのは不可能である。しかし同様に、とくにあれほど多くの他の女性に対するアストロフェルの魅力を暗示した後では、ソネット一〇七番はゲームをあきらめようとしていると読めるだろう。輝かしい愛の詩人フィリップ・シドニーは『新アーケイディア』に登場する輝かしい槍試合の騎手ファランタスに似ているようだ。「恋をある種のファッションととる」ファランタスは、愛してもいない女性に込み入った求愛をする。

彼は、表情は明るくしているものの口には悲嘆のことばがのぼって、愛情を表現するのに洗練された駢儷体（べんれいたい）を用いるので、メルクリウスでさえ、ウェヌスをこれ以上華麗な雄弁術でもって口説けないほどでありました。しかし成功しようがしまいが心のうちの大きな悩みを、立ち居振舞いにも行動にも彼は洩らしたりはしませんでした。[92]

シドニーにとっても、こうであったかもしれない。彼はペネロピ・デヴルーと付き合うのを楽しんでいたし、彼女の相性の悪い結婚を気の毒だと思っていて、それを妨げることができなかったのを悪かったと感じていた。しかし彼には完全な意味で彼女の恋人になるという真の野心はなかった。デヴルー姉妹のどちらとも長続きする付き合いをしないまま、彼は少なくともペネロピを情熱的に賛嘆する女性としていきいきとその肖像を描くことで楽しんでいた。

もし『アストロフェルとステラ』を書くことが一種のゲームであったら、それは年配世代の読者にまじめに受け取られることを望んだ若者としては、リスクのあるゲームであった。『詩の弁護』は、ウォルシンガムの婿としての信用度を強化したが、ソネット連作の方は確かにそれを弱めた。これはデリケートなバランスをとる行為であった。『詩の弁護』の中でシドニーは貧弱な詩人たちが説得力もない詩を書くのを批判していたが、もし彼の愛のソネットがあまりにも説得力に富むもので、岳父の目にふれたなら、それらは冷静な気持ちでは受け取られなかったであろう。その解決はソネット三四番七―八行に概略されている。

「しかし賢い人は、おまえのことばをたわごとと思わないだろうか」
それならそれらのことばを隠しておこう、誰の不興も買うまいから。

『アストロフェルとステラ』は、われわれが『旧アーケイディア』で知っているような仕方では彼の生前に回覧されたことはなかったようだ。おそらくはソングのいくつかを除いて、効果的に「隠され」、シドニーの直接関係するグループの「賢い人々」はほとんど知らなかったであろう。ペネロピ・デヴルーはとくに秘密をよく守った。そのことは数年後ジェイムズ六世の宮廷の人たちと彼女が暗号で手紙のやりとりをした中に示されている。[93] 物理的な状況からいってもテーマから言っても、『アストロフェルとステラ』は彼女の直接まわりの人々に限られて回覧されたらしい。随分後年になってからでも、この作品はシドニーの文学的遺産としても周縁のものと考えられていた。というのもフルク・グレヴィルが自作の『シーリカ』で多くシドニーのソングやソネットの模倣をしているのに、『献辞』の中で『アストロフェルとステラ』のことは言及さえしていないのである。

『アストロフェルとステラ』の創作はフランセス・ウォルシンガムとの結婚の準備としては不適切なものであったであろう。しかし不利な点はすべてシドニーの側にあったわけではない。著名な政治家の令嬢たちは、幸運を求め寵愛を得ようと野心を抱く者にとっては、きわめて魅力ある存在で、フランセス・ウォルシンガムも非常に若かったにもかかわらず、すでにそのような野心家の一人に先取りされたように思われる。一五八〇年姉メアリが亡くなると彼女は父親ウォルシンガムにとって唯一人の相続人となった。ジュリエットの年老いた父キャピュレットが言うように、彼も言ったであろう。

大地は私の望みをすべて呑み込んでしまった、あの子をのぞいて。
彼女は私の大地の希望の貴婦人だ。[94]

一五八一年のある時点でジョン・ウィッカスンという人物が「ミストレス・フランセスと急ぎ約束をする」という書をつくり、一五八三年二月の頃マーシャルシー〔監獄の名〕から彼女の父親に送って二年間の獄中生活をした後だから解放してほしいと乞うている。[95] なんらかの法的な婚約契約がその前にあったのであろう。というのもウィッカスンはウォルシンガムに願っている、

どうか閣下の同意と善意をもって例の契約を聖なる結婚という儀式のうちに実行されますように。

ウォレスが言っているように、この記録は

明らかにフランセス・ウォルシンガムへの言及であろう。ウィッカスンの結婚契約へのウォルシンガムの嫌悪が、もし娘以外の誰かに関するものならば、将来娘の夫となる人物を二年間も入獄させておくであろうか。

がしかしウォレスもこのエピソードを脚注に記しているだけで他の伝記作家は誰も言及していない。きっとそれが一つの要素となって、金銭的には不利な娘の結婚の話を、ウォルシンガムが新たに始めたいと言う気持ちにさせたのであろう。シドニー一家はフランセスにどんな揉め事があったか、ましていわんや彼女自身がそれに積極的にかかわっていたかどうかを知っていたのか、われわれに知るすべはない。これ以上ジョン・ウィッカスンの話は出てこない。しかし一五八三年二月一八日のジョン・ディーの記録によると、

レイディ・ウォルシンガムが突然わが方にたいへん気安くやって来たが、お帰り後まもなくサー・フランシス・ウォルシンガムご自身とダイア氏がやってきた。[96]

バーンエルムズのウォルシンガム夫妻の邸はモートレイクのディーのところに近く、夫妻はしばしばやってきて、新世界に投資する問題やほかのことで相談していた。この場合には、気を揉んでいた両親が娘の結婚の面倒な問題を話し合うために来たのかも知れない。ウィッカスンの問題はまた、ウォルシンガムがシドニーとの約束に入る前に女王に相談し損ねたと言う奇妙な過失を説明してもいるだろう。三月一九日ついに彼はハットン宛に手紙を書き、女王の怒りに驚きを表しているが、これはた易く予測できたことだった。

わが方の娘とシドニー氏との予定された婚姻を貴殿がありがたくもまた友人として支援してくださっていることを、わたしはたいへんに感謝しておりますが、それにしても女王陛下がこの件でお怒りになっておられるのは不可解に思えます。事柄自体なのかあるいは進め方のためなのか。事柄自体については女王陛下が、地位、人柄、能力を正当に推し量ってくだされば、わたしの希望するところお怒りの当然の理由は生まれないでしょう。女王陛下にこのことが知らされなかったというやり方がご不快だと言われるならば、わたしごときが女王陛下にわたしとおなじ一紳士とわが娘の私的な

結婚話などでお煩わせするのは如何かと推測したのでありました…わたしが常に考えておりますことは今回のような下々の結婚の如き低級な話題を女王陛下にお知らせするにわが身は相応しくないということで、ですからこのことを隠しておくなどと意図したことはけっしてございません。それによってご不快が膨らむ理由などないことは明らかです。したがいましてどうか貴殿にはお願いいたします、もし女王陛下がこの件にこれ以上触れられることがありますなら、貴殿としては概ねこれは決まったことだと聞いていると仰って、女王陛下のご理解を得、またその点で女王様がこれにご不快を示されますと当然わたしがたいそう悲しい思いをせねばならぬことを伝えていただきたいのです。[97]

ウォルシンガムの反論は度を越している。おまけに印象的なのは、彼が熱烈に自己正当化しつつ憤りを表す時、この結婚がそれほど「低級な話題」ではないことを忘れている。というのも、つい数週間前、一月一三日には彼の未来の婿は騎士の称号を与えられており、今では「サー・フィリップ」と呼ばれることになっているのだから。

もし、シドニーの叙位をめぐる事情がもっと喜ばしいものだったら、ウォルシンガムはそのことを覚えていたでもあろう。しかし残念なことに、シドニーに与えられた名誉は彼の価値を女王が認めたことを表してはおらず、ただ彼の旧友ヨーハン・カジミールからのお流れだった。女王は四年も前（二五二頁参照）カジミールにガーター勲章を与えていたのである。彼とデンマーク王は形式上、ウィンザー城で叙任されたのであるが「不在のまま」[98]のことであった。デンマーク王はウィロビ卿ペリグリン・バーティを代理として立てた。シドニーは後に彼を「わが親友、勇敢かつ率直なる紳士」と呼んでいる。[99]ウィロビは前年の夏にデンマークへ外交団を率いて出かけている。カジミール自身はシドニーを代理として指名し、その結果、彼が騎士となった。もっともシドニーはガーター騎士団の選ばれた一人としてではなかったが。むしろカジミールがシドニーを選んだことが彼と女王の立場をより悪くしたようだ。オラニエ公ウィレムが彼の昇任を訴え出たとき女王は応答しなかったが、そのときシドニーは明敏なコメントをしているとグレヴィルはつぎのように記す。

王侯たちは外国の権力者が自分の臣下に特別の関心を抱くことを好まない。ましていわんや、臣下の地位を決めるのに指図を受けるなどとは、王侯の無知をとがめているか、あるいは彼らの中に臣下の善行に見合う報酬を与える雅量が欠けていると議論するようなもの。[100]

この見方はシドニーにずっと続けて昇進がなかった事実を解く鍵を与えるものだ。エリザベスの目には外国の諸侯が彼を買い被っていると見えたし、女王は激情家カジミールの手によって、彼を名誉ある地位に飛びつかせるのではなく、自身が良き折を見て彼に名誉を与える方を選ぼうとしたのだ。

けれどもシドニーはといえば彼の才能と資産をエリザベスの足下に差し出すのを止めなかった。一五八三年新春に彼は女王に贈り物をしている、

片側に小さなダイヤモンドを飾ったお城の形の金の宝石、そこに花を入れる器を。[101]

まぎれもなくその花の砦は、エリザベスその人とその美しさ、その力を表すものだった。その年の夏シドニーは、軽薄なポーランドの訪問客アルベルト・アラスコ王権伯の歓迎を手伝った。多くの物を持参してきたために、アラスコはもてなす側の記憶に残ったが、その中には、

たいへん長く幅広い白い髯があり、彼がベッドに横になって、それを手でかき分けると胸から肩にかけて広がる。そのことを自分でよろこび、飾りだと評判にしていた。[102]

六月に彼はオックスフォードですばらしい歓待を受けた。クライストチャーチでは花火や演劇があり、またオール

ソールズでは晩餐会があった。ゲイジャーの喜劇『ライバルたち』の中には田舎者の恋愛ごっこや酒宴の場面があった。ラテン語の悲劇『ディド』では、巨大なマジパン製の板絵で、ディドがアイネアスをもてなす場面が描かれていた[103]。アラスコはたいへんな浪費家でマジパンのくずが彼の壮麗な髯をさらに飾り立てたようだった。彼のために開かれた討論会の中の一つには、シドニーが同意したであろう結論、すなわち占星術の価値を否定するというものもあった[104]。オックスフォードから帰ってアラスコがジョン・ディーのところへ出かけた時、シドニー、サー・ウイリアム・ラッセルや他の人々が同道した。そのモートレイクには彼は女王の装飾船で到着し、女王のトランペット吹きが先導した[105]。

　アラスコはたいへんな勢いで金をばらまいたので、最後には慌てて英国の債権者の追及を逃れるため急いで出立せねばならなかった[106]。彼は滞在が長引いてちょうどシドニーの結婚式に出席できた。それは九月二一日に執り行われたが、場所は分かっていない（ウォルシンガム邸のちょうど向かい側、ハート・ストリートの聖オレイヴ教会であったかもしれない）。この時点からシドニーはほとんどオリジナルな詩を書いていないようだ。もっとも散文は書き続けている。もしかすると彼は自作の登場人物ララスの例に倣ったのかもしれない。彼はバシリアスに歌うよう促されて、

即座に断った。数日もすれば、美しいカラと結婚することになっている。そしてわが意を得たからには、もう歌うことはないだろうと言って[107]。

第一一章　さまざまのヴィジョンとリヴィジョン（一五八四－五年）

…たしかに時間はあるだろう…
まさに百の迷いのための時間が、
千のヴィジョンを描き、また見直す(リヴィジョン)時間が…[1]

長引く希望に心は病む。[2]

シドニーが結婚生活をはじめたとき、彼には手持ちの時間がたっぷりあるように思われた。サリー州バーンエルムズとシージングレインのウォルシンガムハウスは新しく、長旅をしてウィルトシャに行かなくとも、宮廷から離れて文学的関心事を追究するにはふさわしい環境であった。恋愛詩をまた新たに書くことはなかったが、彼は数多くの長期計画にとりかかっていた。中でも『アーケイディア』に大幅に手を加えて拡張する仕事には結婚当初からずっとかかっていた。フランシス・ウォルシンガム家と交わることで、彼が次第にフランスの知的プロテスタントの一派と深く関わっていったということが、友人デュ・プレシ＝モルネの論文『キリスト教の真実について』（アントウェルペン、一五八一）とサリュスト・デュ・バルタスの世界の創造を詠った叙事詩『世界創造の一週間』（パリ、一五七八）の二作を彼が翻訳したという事実に表れている。実在したことが分かっている原テキストは、奇妙なことにどちらも断片さえも現存していないようである。グレヴィルは、「無神論に反対するデュ・プレシ氏の本」のシドニーの翻訳が、「さまざまな注目すべき成果のひとつに数えられます」とウォルシンガムに書き送っている。

二人が歩んだ道が他にもさまざまな点で似ていることに加えて、プレシと彼の間の友情を、そしてとりわけサー・フィリップの比類ない判断力を尊重して、私は例の欲得ずくの本を阻止すべきであると考えました。そうすれば、サー・フィリップは、自らの生と死を賭けるにふさわしいこれらの宗教的作品をすべてご自分のものとすることができましょうから。[3]

その「欲得ずくの本」とは、アーサー・ゴールディングによる『真実について』の翻訳書のことで、シドニーの訃報が伝わって数日以内に書籍出版業組合簿に登録され、一五八七年初頭に出版されたが、ゴールディングはシドニーの要請で訳を完成させたと主張している。しかしその翻訳には、シドニーらしい言葉遣いは少しも見られない。ラテン語風語法を避けているのも全くシドニーらしくないし、ゴールディングとオックスフォード伯との親密な関係によって（ゴールディングは姻戚関係を通して伯の伯父となったが、それ以前から彼の家庭教師を務めていた）[4]、グレヴィルが言うように、翻訳計画が「欲得ずくであった」という可能性はある。シドニーがデュ・バルタスを訳したということはモフェットとマシュー・グインの双方に知られていた。[5]ジョン・フロリオによれば、シドニーの娘と、もしかしたらレイディ・リッチもシドニー訳のデュ・バルタスの写しを一冊ずつ持っていたらしい。というのはモンテーニュの『エセー』の第二巻をフロリオがこの二人の女性たちに進呈したとき、献辞の中で女性たちにシドニー訳デュ・バルタスを出版するよう薦めているからである。

…あの立派なお方は、デュ・プレシの作品の一部に加えて、第一人者の詩人デュ・バルタス作『第一週』――それはご婦人方、(私が見るところ)すべての者にとって価値があり、現代に生きるあらゆる人が読むであろうし、後世の人も末永く敬意を表するであろう作品なのですが――をフランス語から訳すという非常に価値ある仕事をなさいました…[6]

フランス語からの翻訳の写しはシドニーサークルの中で生き残った少数の人たちが所持していたのであろう。しかし、シドニーの生涯最後の三年間の成果である「宗教的作品」集はなんらかの理由で出版されず、彼が翻訳した四三編の詩編は別として、現在いずれも失われてしまっているようである。

プロテスタントのフランス人の友人たちは、シドニーの結婚に親密な関心をよせていた。一五八三年七月、ナヴァール王公使ムッシュ・ドゥ・セギュールはデュ・プレシ＝モルネからの手紙をシドニーに届けたが、それは次のような文言で結ばれていた。

あなたがご結婚なさったのかどうか教えてください。おそらくなさったのでしょう。ここ三ヵ月もなんのお便りもないのですから。そういう格別のご事情で特別にお忙しいのでなければお便りがないはずはないと思っております。[7]

五月にジャン・ロベはストラスブールからウォルシンガム宛につぎのように書き送っている。

貴下と、ご令嬢と結婚されるフィリップ・シドニー氏とのご縁が相成った由を伺い大層喜んでおります。お嬢様にはパリのお宅でお目にかかったことがあるかと存じます。お若いお二人とともに大喜びしておりますが、とてもよいご縁であると拝察しております。神がこのたびのご成婚を祝福されますようお祈り申しあげます。詩編一二八編に約束されておりますように、必ずや神が祝福くださることと確信しております。[8]

詩編一二八編は結婚した者に平安と繁栄の長寿を約束している。

あなたの妻は家の奥にいて、多くの実を結ぶぶどうの木のようであり、
あなたの子供たちは食卓を囲んでオリーヴの若木のようである…
主はシオンからあなたを祝福されますように、あなたは世にあるかぎり
エルサレムの繁栄をみるであろう。
そう、あなたの子らの子をみるであろう、そしてイスラエルの上に平安がありますように。[9]

ロベの祈りは聞き入れられなかった。シドニーが結婚してからネーデルラントで致命傷を受けるまで、わずか三年と一日しかなかった。「エルサレム」あるいはイングランドの平安は安全からは程遠く、スコットランド、フランス、ネーデルラントではたえず不穏な状態がつづいており、シドニーの食卓を囲む「オリーヴの若木たち」はなかなか芽吹かなかった。一方、昔の伝記作家のなかで、ただひとりモフェット博士だけがこのことに注目している。

丸二年もたつのに、こんなに素晴らしい人に子供が恵まれないことに私がどんなに残念な思いをしたか言うつもりはない——すべての英国人が選び、われわれのためにそしてわが国のためにもうひとりのテセウスか、ヘラクレスの父親になってもらいたいと願う人なのに。夫人の方がいささか子供ができにくい体質であるらしいことを私が彼の面前で嘆いたとき、フィリップは問題を公平に判断し、事の重大性に従って推し量り、不妊という不都合は適切な忍耐強さによって緩和させるべきであり、それのみが何事も実現可能とする神意にかなうものとして受け入れるべきだと答えた。[10]

レイディ・シドニーが結婚後、一年以上たっても妊娠しなかった理由については推定するしかない。モフェットが

それとなく男権主義的観点を持ちこんで、問題がフランセスの「いささか子供ができにくい体質」によるものと推定したのが仮に正しいとしたら——彼女の若さも問題と関係があったのかもしれない。彼女は一五六七年一〇月頃の生まれだから、[11]結婚したとき一六歳になるか、ならないかという年齢だった。第二次性徴期が始まる平均年齢が当時は今日の西欧社会におけるより二、三年高かったので、彼女はまだ成熟していなかったのかも知れない。彼女が充分に成熟するのを待って夫婦関係を結ぶのを遅らせたということさえありうる。そうだとするとモフェットの言い方は配慮を欠いている。違う見方をするなら、あるいは追加的な言い方をするなら、シドニーがモフェットとは議論したくないなんらかの性的問題があって、カルヴァン派的な受け答えをすることで、モフェットのそれ以上の質問を逸らせたのかもしれない。

今やシドニーは多くの時間をウォルシンガムハウスで過ごしたが、彼の結婚がいわゆる「友愛」結婚であったと考える理由はない。妹やペネロピ・デヴルーのような「宮廷のニンフたち」との交友は楽しんだが、彼は自分の一〇代の花嫁とのつきあいにはほとんど関心がなかったようである。年上の男性たちとの友情こそシドニーの最も得意とするところであった。新しい絆の力は、フランシス・ウォルシンガムが才能ある「息子」に抱いたゆるぎない敬愛の中にあったので、新婚の二人の間の特別に親密な感情的愛着の中にあったわけではなかった。妻が以前ジョン・ウィッカスンと婚約したことがあり、彼女自身その婚約には乗り気で承諾したかもしれず、そうだとシドニーが知ったとしたら、それは彼が手にしたお宝の金箔飾りを曇らせたに違いない。非常に年若い少女と結婚し、しかも彼女にとって自分がはじめての相手でなかったということは、シドニーのように傷つきやすい人間にとっては非常に辛いことであったに違いない。若いフランセスは高い教育を受けていなかったし、ペネロピ・デヴルーのような文学才女でもなかった。当然シドニーが彼女と持続的に文学的探究を共有することはなかった。フランセスは夫の生前、『新アーケイディア』を一冊も所持していなかった。そのことは一五八六年一一月にフルク・グレヴィルがウォルシンガムに宛てた次の手紙から読み取れる。

令夫人であられるお嬢様のご依頼により、彼から託されました改訂版のご本を一冊お送りいたしました…[12]

シドニーがネーデルラントに発つときに、執筆中の文学作品を託したのは妻ではなくグレヴィルであった。同じく彼は妻でなくグレヴィルとダイアにすべての蔵書を遺贈したのである。[13] かつて時折享受していた夫と共に過ごす機会を奪われてしまったとき、フランセスは、夫が想像力豊かに過ごした創作生活からこれ以上疎外されたくないとはっきり意識したのである。彼女が夫の想像的生活をどうとらえていたかが分かれば興味深いことであろう。彼女は後年エセックス伯とより華々しい再婚をしたが、ウォルシンガム家ほどの出自のフランセスへの献本が、非常に少ないということは注目に値する。なんらかの理由で、両親も初婚の夫も彼女の文学的関心を育むことはしなかったようだ。彼女のために書かれて印刷された作品はトマス・ワトスンの『メリボエウス』の英語版と、スペンサーの牧歌的哀歌（パストラル・エレジー）『アストロフェル』の二編にすぎない。両方とも慰めの詩で、シドニーが死後天上的生命への再生を果たした以上、フランセスは自由にエセックスとのこの世における契りを享受することが許されると述べ、伯の新妻に劣らずエセックス伯の未来にも思いを寄せている。もう一冊の一五九〇年の『英語版イタリア風マドリガル』において、ワトスンはシドニーとその岳父メリボエウス［メリボエウスはウェルギリウスの『牧歌』第一歌と第七歌に出てくる牧人の名前だが、ワトスンの『メリボエウス』では表題頁に「尊敬すべきサー・フランシス・ウォルシンガムの死を悼む牧歌」と断り書きがあり、ウォルシンガムをさす］との名高い友情を大切にして、メリボエウスもまた亡き今、二人はパリとバーンエルムズで始まった親密な交際を天で続ける機会を歓迎していると主張している。

メリボエウスの魂は地上をあとに飛翔した。
先頃死神の矢によって射抜かれたアストロフェルは、
自ら星となることで輝きが増したばかりの星座から起き上がり、

天空をすばやく下って
友を出迎え、二人は抱擁しあい
喜ばしげにともに座した。
　ああなんと幸せな友情で結ばれた二人よ、ああアーケイディアの宝石よ、
彼らの美徳は二人を天上的喜びに引き上げたのだ。[14]

同じ本の最後から二番目の抒情詩（もともと馬上槍試合中のアマゾンの女戦士たちを詠ったルカ・マレンツィオによる快活なメロディがついていた）で、ワトスンは二人の友情をさらにはっきり描いている。

　尊敬すべきメリボエウスは一瞬のうちに
アストロフェルとともに恒天の上に座した。
　おお二人は至上の喜びが充ち溢れる場所で
ともに楽しく暮らしている。[15]

シドニーが特に親密な絆で結ばれていたのは娘ではなく父親の方だったということを裏づける外的証拠がある。結婚後シドニーがフランシス・ウォルシンガム宛に書いた約三〇通の手紙が残っているが、その中のわずか一通だけが妻宛の手紙である。結婚後わずか一年で、シドニーはグレヴィルを連れて公的支援のもとに行われたサー・フランシス・ドレイクの西インド諸島遠征に参加しようとした。[16]それが実現すれば、約一年間家から離れることになる筈であったから、妻とともにいることを彼は特別大切に考えてはいなかったと結論せざるを得ない。このことを確証するのはユトレヒトから一五八六年三月二四日にシドニーが義父に宛てた長い手紙の追伸である。つまり妻を彼

のもとに送るという提案に彼は明らかに気乗り薄なのである。

父上がもっとよい解決をなさるなら別ですが、妻が来るということには何を申すべきか分かりません。と申しますのも、そのように父上が慣れないやり方をなされても、私はここではどんな女人にもふさわしくないこんなものしか宛てがわれないでしょうから。[17]

文脈から、シドニーは英国では自己の地位が正当に評価されておらず、とくに自己の名誉に合った住居が与えられていないと感じていたことは明らかである。「こんなもの」とは「こんな住居」という意味である。おそらく彼は兵士や武器類がひしめく戦地の要塞かなにかに住むことになるのではと恐れているのであろう。彼が義父との交渉を有利に進める駒として妻を利用している点に、彼女への執着が薄いことが窺われる。明らかにウォルシンガムは若い二人を再会させたがっていたのだが、シドニーは妻であり義父にとっての娘である彼女に六ヵ月近く会っていなかったにもかかわらず、ひきつづき別居でも平気だというのである。

一五八四年から五年にかけてのシドニーの外的生活はひどく動きが多かった一方、内的で想像力を生かす生活においても非常に豊かで集中力を要するものであったために、彼と花嫁は感情的な絆を強める機会がほとんどなかった。もっと時間があれば、彼らはおそらく絆を強めたであろう。当時夫が数年たってはじめて妻に強い愛着を感じることになった例もいくつかある。アランデル伯フィリップ・ハワードはカトリック教徒の妻アン・デイカを約一〇年間も放置したまま宮廷で放埒な生活を送り、エセックスの家で妻と過ごした間にも、ゲイブリエル・ハーヴェイの妹マーシィを誘惑しようと試みたりした。[18] しかしキャンピオンの導きで改心した後（三四五頁参照）、彼はアンを熱愛するようになり、入獄して二人が会うのが困難になったにもかかわらず、一五八一年と一五八六年に二人の子供が生まれている。シドニーには時間がなかった。幾たびかストップとスタートを繰り返し、一見新しいことを始めたと見えて急に終りにするを繰り返しながら、その合間に書いたり、研究したり、男性の友人たちと知的、宗教的問題を議論したりして、シドニーには結婚後の家庭生活に気持ちを割く余裕がなかった。いずれにしてもそれを充分に味わうことはできなかったに違いない。ストップ・ゴーの緩急のリズムの激しさという彼の人生のあり方にまことにふさわしく、改定版の『アーケイディア』では、変装したピロクリーズが残酷なアナクシアスと死闘を繰り返している最中、文章の途中で物語が中断されて終っている。

しかし、ジルメイニ（ピロクリーズ）は右手に持った剣で力強く払いのけ、左足を踏み込み、左手を前に突き出して迫り、相手の右脇腹に鋭い一突きを見舞おうとしたとき、アナクシアスはさっと飛びすさりました――これまで生涯に一度もそんなことをしたことはなかったので、彼は恥じ入り[19]――

唯一残っている手稿の日付から、[20]シドニーがロマンスの続きを書くことを放棄したのは一五八四年であったことが示唆される。

一連の政治的事件の騒ぎに比べれば、シドニーの結婚が満足すべきものではなかったことや、妻が「いささか子供ができにくい体質」であったことなどは重要性の低い問題であった。ヨーロッパにおける勢力均衡はほとんど一週ごとに変っていった。一五八三年末にウォルシンガムは「スロックモートンの陰謀」〔エリザベス女王を殺害してメアリ・ステュアートを王位に就けようというカトリック派の陰謀。首謀者のフランシス・スロックモートンは一五八三年一一月に逮捕され翌年処刑された。第八代ノーサンバランド伯は共謀容疑で逮捕されロンドン塔に投獄されたが一五八五年六月に自殺した（他殺説もある）〕を暴いたが、もし、その陰謀が成功していたなら、ギーズ公所属の兵士たちが英国を攻略し、エリザベスの王位はスコットランド女王に奪われるところであった。[21]エリザベスは王位に就いて以来初めて外国勢の侵入の脅威を真剣に考えざるを得なかった。スコットランド宮廷のさまざまな事件は、シドニーが「のたうつようだ」[22]と巧みに描写した大混乱を引き起こし、ウォルシンガムは余儀なく一五八三年八月にスコットランドに急行せざるを得ず、彼は娘の結婚式に出席することができなかった。ウォルシンガムとの親密な関係にもかかわらず、シドニーのスロックモートン事件に関する知識は限られていたようだ。というのは一五八三年一二月二〇日付のラトランド伯宛の手紙で彼は次のように安堵させるような調子で書いているからである。

女王陛下はご健勝にあらせられますが、陛下に対して邪心を抱いている臣下に関する疑念に、お心を悩ませておられます。ノーサンバランド卿には、かけられた嫌疑をすっかり晴らしていただきたいと存じます。卿はまだ自宅謹慎中ですが、卿に関するなんらかの重要な情報を得ることは私には叶いません。スコットランド女王を移動させることについては検討中で、シュロウズベリ卿は間もなくお出ましになるかと存じます。スペインとフランスの大使たちは辣腕の謀略家ですので要注意です。正直のところ、以上が私が目下のところお送りできるニュースのすべてであります。[23]

実際には、ノーサンバランドはギーズ軍の上陸を幇助する要の役を果たすことになっていた。シドニーはこのことを知らなかったのか、あるいは知っていたとすると、ラトランド自身もいくらか疑われていたのであるから二重に窮地に陥るか、どちらかの瀬戸際であった。[24]たとえフランス大使には該当しないことであっても、スペイン大使が「辣腕の謀略家」であることが判明したのは全くのところ真実であった。すなわちベルナルディーノ・ドゥ・メンドーザが一五八四年に国外追放されたのである。さまざまの陰謀と対抗策が企まれたこの時期、シドニーにとって自分が誰の味方なのかを女王に明確に示すことは極めて重要であった。ウォルシンガムとの親密な結びつきによってプロテスタント派としての信用保証が強化され、彼が外国に派遣されるに足る信頼のおける人物であることをついに女王は確信するに至ったと思われる。皇帝への使節の七年後の一五八四年の夏、彼はもうひとつの重要な外交上の任務を拝命した。『アーケイディア』創作に終止符を打ったのは他ならぬこのことであったのはほぼ確実である。

ふたつの突然の死がたまたまその任務をもたらしたのである。アランソンは、ネーデルラントで戦略を誤った絶望的な流血の軍事行動を強行した挙句フランスに退却し、五月三一日、サンオメールで腸チフスのため死亡した。シドニーと同じく二九歳であった。その死は個人的には母親のカトリーヌ・ドゥ・メディシスと「妻」エリザベス一世の二人を除いては誰にとってもたいして損失ではなかった。カトリーヌとエリザベスは互いに悲しみを感動的に伝えあった。修道士風の風体を好み寵臣だけを可愛がるアンリ三世には子供がいなかったから、ヴァロア家の廃絶は今や目前に迫っていた。次の後継者であるプロテスタントのアンリ・ナヴァールが王位に就くにあたって、多くの血が流されるのは必至であった。英国はエリザベスの恋愛遊戯という形でのひとつの有用な外交的手段を失ってしまった。もっとも、ネーデルラントにおけるアランソンの支配権が崩壊してからは、その手段の価値はほとんどすでに失われていたのであるが。さらに深刻な損失は、六月二九日にオラニエ公ウィレムがデルフトでバルタザール・ジェラールと呼ばれる男によって射殺されたことであった。[25] 前回の射殺未遂事件（三六〇頁参照）で受けた重傷によく耐えて見事に回復を果たした後であっただけに、彼の死はすさまじい衝撃をもたらした。まさにそのような空位に備えてウィレムはかつてシドニーを婿に迎えたいと望んだこともあったのであるが。

オラニエ公ウィレムの死の知らせがもたらされる前から、すでに女王はアランソンの死への弔意を伝えるためにシドニーをフランスに派遣することを考慮していた。しかし、彼の何人かの友人たちは、「奉公の是非が厳しく問われるこの時期」[26]――つまり勇気ある仕事を果たしても報われないことが多く、外交官たちは持ち帰ったメッセージのためにしばしば叱責されたので、恐らく彼はその任命を受諾すべきではないと思っていた。シドニーがその死に対するエリザベスの個人的弔意を伝えるために選ばれた当該の人の性格的欠点を、五年前につぎのように注意深く論じていたとはかなり皮肉ないきさつであった。

あのお方はこの時代のイゼベル［『列王記』にあるイスラエル王アハブの放埒な王妃の名前。邪悪な女の意］のお子で…誰方よりも気まぐれな野心ではちきれんばかりであられる…王弟（ムッシュ）は人を傷つける機会ならどんな方法を用いても利用しようとなさり…ご自身の妄想と若い長官たちに唆されてあらゆる野心的な希望を抱かれ、頭にはアレクサンドロス大王のイメージを描いておられるが、その像はおそらく歪んで描かれていることでしょう…[27]

今や彼は大使という資格で「堂々とした随行員とともに」[28]「イゼベル」を訪ね、弔意を伝えるとともに、指導者を失ったネーデルラントの惨状を救い、拡大しつつあるスペイン勢力を抑制するために、フランス国王はいかなる手を打つつもりであるか、急を要する質問を伝えるという特命を帯びていた。[29] エリザベスが痛切な個人的弔意を是非伝えてほしいと願っていたのと、ネーデルラント事情の調査に多くの期待がかけられていたという両方の理由から、任務の重要性はきわめて高かった。遠征の費用は女王が賄い、「肥満予防の食事」代として日に三ポンド六シリング八ペンスという計算で、三〇〇ポンドが前払いされた。[30] だが、それは七月一〇日にロンドンを出発した多くの馬と馬車を伴う大勢の随行員を賄うのに到底充分な額ではなかった。やがて一行はグレーヴズエンドより先には進めない事態であることが判明した。七月一四日にパリ駐在英国大使サー・エドワード・スタフォードはウォルシンガム宛に、国王は「宮廷を解散なさり」、僅か四人の供回りとともにまもなくリオン訪問に出立の予定と書き送った。皇太后は残って国王のこの奇異な行動についてスタフォードに説明することになっていた。喪服を着た大人数の英国貴族の一行が歓待される見込みは当然なくなった。なぜなら

フランス国王陛下は三日前に喪を終了され…王侯や貴族の方々も家路につき…皇太后さまは私にシドニー氏をお留めするように望まれました。[31]

パリの上流階級の人々は、当時夏の後半にしばしばそうしたように、田舎に逃げ出してしまっていた。これは非常に間の悪い事態で、明らかにスタフォードは幾分腹を立てていた。国王が英国の代表団に会うのを拒否する本当の理由が、ネーデルラントにおける統治者の空位について議論したくないからではないかと彼が推測したのも頷ける事態であったからだ。

もしも国王陛下が一騎打ちからお逃げになり、シドニー氏の話を聞きたくないと思し召す理由があるとすれば…低地地方に関してシドニー氏とやり合わなければならなくなると、モヴィシエールから入れ知恵されたからに違いありません。[32]

これでスタフォードがシドニーに描いたイメージの幾分か、つまり彼はシドニーとアンリ三世との外交上の会見を「一騎打ち」とみなしていたということが分かる。シドニーはスタフォードの使者とグレーヴズエンドで会うとただちに引き返し、前に手配していた馬車の予約を取り消した。遠征はわずか八日間ですべて打ち切りとなった。[33]皇太后は国王がリオンから戻り次第シドニーの代表団の来訪を歓迎するといい続けたが、エリザベスは一向にその言葉に乗ろうとしなかった。女王は

国王に敬意を表するためにシドニーを派遣いたしましたが、「国王陛下がシドニーの来訪をお喜びにならない以上、こちらといたしましてもあえてシドニーの出立を留め置かぬわけにはまいりません。また、今後彼を再び派遣する理由も見出し得ません」と応えた。[34]

結局女王はそれでもなお駐仏大使スタフォードにフランス宮廷との交渉を続けて行わせることにした。もし国王が弟の喪をわずか六週間で切り上げてしまうつもりで――女王自身は少なくとも三週間は毎日泣き暮らしたにもかか

らず[35]――威儀を正した大使節団の受け入れに積極的でないなら、女王はそれ以上の屈辱を味わされる危険を冒したくないということであった。
シドニーとしては、喪の礼装に身を固めた挙句に行き場がないというのは、まことに失望させられる事態であった。君主の代理として非凡な言語的、社交的手腕を発揮する二度目の機会がまさに土壇場でもぎとられたのである。続いてどういうことが起こったかは定かでないが、彼はやりきれない悔しさの幾分かをサー・エドワード・スタフォードにぶつけて鬱憤を晴らそうとしたらしい。一五八四年七月二一日に宮廷に戻るとすぐスタフォード宛に次のように書き送っている。

拝啓、このたびお手紙を差し上げます理由は、手紙を持参いたしますバーナム氏がお話しいたします。わたくしとしては、ただ親しき友人としての心からのご挨拶以上の気持ちはございません。

高貴なる令夫人ともどもいかがお過ごしかと拝察し、また国王陛下のご不在中いかがなされておられるかとご案じ申し上げております。

こちらでは一同平常どおりでございます。出来る限り早急に貴下にふさわしいご処遇を女王陛下にお求めになるのがよろしいかと存じます。要請なさってもなさらなくても、口さがない人々があれこれ非難するのは放っておかれたらよろしいのです。女王陛下は低地地方の問題に対策を講じるお考えのようですが、そうされてもさしたる成果は何も得られないのではないかと愚考いたしております。わたくしといたしましては、かのハクルート氏が大いに宣伝しておりますサー・ハンフリー・ギルバートの航海に半ば本気で参加したいと考慮中でございます。

この辺で筆をおきますが、末永くつつがなきお幸せを、そしてお幸せを与えてくださる神のご加護がお二方の上にあらんことを心より祈念申し上げます。[36]

これは親愛の情がこもった相手を信頼しての手紙のように読める。書中シドニーは、女王がネーデルラント支援に取り組むことに対して希望を失い、思いを新世界にむけて方向転換しつつあると告白して、スタフォードに有用な助言を与えている。だが、スタフォードはこれを信用しなかった。彼は母親からシドニーのことを聞いていたのだ。彼の母親は女王の衣装管理係の女官であったから女王の寝所で寝起きしていたが、おそらく失敗に終わった使節団に関するシドニーの対応の仕方に不満があったのか、エリザベスがシドニーに腹を立てていると息子に話したのである。シドニーが自分を促して女王に直訴させようとしたのは、ただ女王の怒りを煽るためだったのであろうとスタフォードは考えたのである。シドニーとその手紙について彼はバーリに次のように書いている。

この紳士のことを私は非常に好いているのですが、過去に、どんなに善良な性格をも腐敗させてしまう邪悪な学校に行っていなかったのであれば、彼を充分信頼してもよいのですが、すべての事情をあわせ考えますと、彼は鳥を捕える罠になってしまっていて、その助言も女王陛下をよい方向ではなくむしろ悪い方向へと御導きしてしまうのではないかとの恐れに私としては半ば以上傾いてしまうのであります。[37]

これほど暴露的なシドニーの人物評価も珍しい。彼が教育を受けた「邪悪な学校」とは叔父レスターのそれである。レスターが捨てた愛人ダグラス・シェフィールド（シドニーから「高貴なる令夫人」と挨拶されている）と結婚しているスタフォードとしては、シドニーへの個人的な好感と、彼がレスターの手下であり道具ではないかとの疑念とをどうしても秤に掛けてみずにはいられなかったのである。シドニーの魅力あふれる友好的な手紙が、スタフォードをトラブルに巻き込むための企みであると考えるのは不愉快だが、事実そうだったのかも知れない。深刻な幻滅を味わったばかりの人間のそれにしては、シドニーの口調は驚くほど快活に響くではないか。

レスターが彼を唆してそうさせたのかどうか、我々には知る由もない。ロンドンに帰って間もなく、シドニーはふたたびレスターに深く依存する状況に陥った。というのも従弟のロバート・ダドリーがウォンステッドで七月一九日に「三歳をちょっと出たかそこらで」亡くなったからである。[38] レスターは妻レティスにかなりの遺産を取り置いてはいたが、幼少の少年の死は、レスターの莫大な財産と恐らく彼の称号とが今やすべて究極的には甥のものとなることを意味していた。小さなロバートの誕生は最後のチャンスで、その後夫婦に子供は生まれる見込みがないのは明らかだった。これは驚くべき事態の急展開であった。シドニーがフランス使節の仕事が完了したら、もう一度『アーケイディア』に取り組もうとたとえ望んでいたとしても、心をかき乱す様々なことが新しく出てきて彼の邪魔をした。彼がレスターの限嗣相続人としての地位を回復して間もない九月頃、『さるケンブリッジ大学文学修士による…ロンドンの友人宛に…レスター伯およびその友人たちの英国における現状と諸行について書かれた手紙の写し』と題する雄弁で説得力に富む叔父に対する中傷文が英国で出版され、その書はまもなく『レスターの共和国』として広く知られるようになった。[39] レスターの跡継ぎとして、シドニーはできる限り強い調子でその書に反論せざるを得ない立場にあった。究極的にはグレヴィル、ダイア、ペネロピ・リッチなどの友人たちに率いられる英国の知的読者層を相手に、複雑で深く内省的なロマンスにゆっくりと没頭することからひき離されて、彼は叔父への匿名の中傷者に対する弾劾文にとりかかったのである。それは彼が出版目当てに書いたはじめてで唯一の作品で、ペンによる華々しい熱弁は長剣と短剣の目の眩むような閃きによって支えられている。

> もう一度申すが、貴公がたとえ私をどんな場所に呼び出そうと、その場所が女王陛下の臣下として自由に近づきうる所であり、わが身に命と自由があって、なお私がそこに赴かない場合には、たとえ貴公の虚言が永遠の恥辱となってわが身に返ってこようと、甘んじて受ける覚悟があると承知されたい。…[40]

『アーケイディア』が、傲慢で暴れ者の敵に対して、正義のために剣を振るうピロクリーズの描写の途中で突然終わっているのに対して、『レスター伯擁護論』は、現実の決闘の申し込みで結ばれており、そこでシドニーは叔父を中傷する者に対して「ヨーロッパのいかなる場所でも」[41]戦うと約束している。

叔父の戦士という新しい、たいして魅力的でもないシドニーの役割について更に考察する前に、彼があとに残してきた想像力によって生み出された広大な世界について少し述べたい。その世界に彼は二度と再び立ち戻ることができなかったのであるが。『新アーケイディア』は『旧』の単なる改訂版(リヴィジョン)以上のものであった。『新』の最初の二巻には、文章が書き改められ、イメージが付け加えられ、形容詞が変えられ、コメントが拡大されるなど、狭い意味で「見直し(リヴィジョン)」が行われた箇所が多いが、[42]『新』で忘れがたい箇所の多くは、すっかり新しく書かれた部分である。『新』版は、『旧』版よりもあらゆる意味で大きいばかりでなく、全く別の想像的風土をもっている。その風土の中で、人物たちが直面する問題や苦しい状況はしばしば解決不能であり、とるべき「正しい」行動の道筋もない。シェイクスピアが彼の最も荒涼とした悲劇『リア王』の副筋を、『新』のエピソードのひとつから採ったのは、『新』独特の暗い雰囲気の反映に他ならない。すなわち「非常に寒い」冬の最中に語られる、親不孝の息子が父親を盲目にするという筋の「パフラゴニアの冷酷な王」の不幸な物語である。[43]

『新』には冒頭から喪失と葛藤と別離の感覚がある。物語は戦争に引き裂かれたラコニアの海岸で、ストレフォンとクライウスという二人の羊飼が、天上的な羊飼の娘ユレイニアが去ってしまったことを悲しむ儀式的嘆きに没頭している場面ではじまる。二人が情欲や競争意識なしに愛するユレイニアは、到達しがたい美徳の理想を表しているように思われる。[44]

あの方がわたしたちの欲望に理性を与え、いわばクピドに目を与えてくださった［愛の盲目性はしばしば目隠しをした愛神(クピド)の姿で表される］のではなかったのか。あの方がいらっしゃればこそ、競争相手の間にも連帯の友情が生まれ、美がそれを見る者にも、貞潔を教えることができたと言うことではないのか。[45]

二人は、半ば溺れ死にしかかっている若い男が海岸に打ち上げられているのを見つけて物想いを中断させるが、男を逆さにして「口から多量の海水を吐き出させて」[46]命を甦らせる。この男こそ、激しい海戦の途中で、ピロクリーズと離れ離れになってしまったミュシドウラスその人であった。その海戦はこの物語に多く出てくる人間の人間に対する非人間的行為を表すイメージの最初のものである。

それら貴重品のあいだに多数の屍体が浮かび…それは水と火の暴力を証明しているばかりでなく、主な暴力は人間の非人間性から発していることを明らかにしていました。というのも、屍体には傷が多く血にまみれ、その血はいわば海面の皺にたまって、人が海を残虐だと責めるとき、必ずしも非は海に在らずと証明するために、海はそれを洗い流す意志はないようでした。[47]

王子たちと読者の判断の間を仲介するくだくだしいチョーサー的語り手はもはやいない。王子たちは、たとえばピロクリーズが最初に登場する際、難破船の残骸にしがみついているその素晴らしい姿に溢れる魅力と勇気で直接読者を幻惑する。

マストの上には若者が一人いるのが見えました…マストに馬乗りになってシャツのほかは何も身につけていませんでしたが、それには青い絹糸と金糸で刺繍がほどこされ、今や西の住処に帰ろうとする太陽の残照が映える海に似ていなくもないのでした。その頭髪はギリシアの若者がかってそうしていたように長髪で、風に靡いて上下して…動ぜず毅然として頭をもたげ、白い腕に剣を高く掲げて、そうした窮状にもかかわらず、世界を威嚇するように頭上で剣を振り回していたからでした。[48]

物語の終結部においてと同様、冒頭においても、ピロクリーズは勇敢な剣士である。青と黄金の色は彼をシドニーと結びつける。つまり「金地に青の逆刺しフィーオン〔内側が波形になっている鏃〕」はシドニー家の紋章であったのだ。広大な大海原に揺られながら、「世界」を威嚇するピロクリーズの尊大な虚勢は、レスターの匿名の中傷者を威嚇したときのシドニー自身のそれと比較できる。これらのむこうみずな挑戦的身振りはシドニーの末期を予示している。

物語が進むにつれて、驚くべき出来事が次々に展開する。第一巻と第二巻は多くのエピソード、フラッシュバック、および従属的物語から成る迷宮的構造であるが、大部分は『旧』の対応する巻の物語を組み入れている。第三巻は感情的にも地理的関係においても『旧』の第三巻とは全く別物で、性的葛藤が投獄や無意味な争いなどの暗いイメージに置き換えられている。いくつかの肯定的なイメージは、シドニーが知る世界を理想化した姿と見える。女王即位記念日馬上槍試合やその他の宮廷武芸競技の再現については前述したが(二三一―三頁参照)、客を手厚くもてなすことの好きなカランダー(「善良な人」の意。一一七―八頁参照)が取り仕切る温和で社会秩序正しいペンズハースト風の屋敷の描写もある。シドニーがヴェネツィア派の絵画を鑑賞し高く評価したこと[49]、「盾の上の紋章」や象徴的衣装に関心を抱いたこと、想像力に訴える細部を見逃さない鋭い目をもっていたことなどを示す箇所もある。とくに女性キャラクターたちの置かれた物理的環境には、フェルメール風の念入りな室内装飾がほどこされている。第二巻で、フィロクリアは夜遅く姉パミーラの次のような姿を見出す。

椅子に座って背によりかかり、ほとんど頭を背もたれに沈めて、前方に燃える蠟燭の炎をじっと見つめ、片手には手紙を、片手には眼にあふれる涙を拭ったばかりのハンカチを握り締めていました。その眼には涙の代わりに気候が一番暑い頃、空に現れる紅い線のような真紅の円が浮きでていました…[50]

パミーラの寝台の近くには、後に分かることだが、「インク立てのついた机」つまりは「立ち机」があって、その上にミュシドウラスが自己憐憫的な詩を残していたのである。二人の娘は、エリザベス朝の女性らしく短剣の束を帯にさしている。[51] エリザベス女王やスコットランド女王メアリを含む当時の身分ある貴婦人が実際にそうしたように、パミーラは刺繍をすることで囚われの身の無聊を慰めている。彼女は「財布にバラや百合の花の模様を刺す」のだが、色を非常に注意深く選んでいる。

運命のもたらす最大の葛藤を感じていないかのように、自制してこんなに小さな事柄に気を配ることができるものかと、人はパミーラに驚嘆せずにいられませんでした。[52]

これらの「小さな事柄」と対照的に置かれているのが、文学と人生の双方に根ざした大きな倫理的問題や人物の性格のタイプである。

アーガラスとパシィーニアの名高い物語[53]には、シドニーの両親に関する子供時代の記憶が、高次の悲劇に昇華されて組み込まれている。才能豊かで勇敢な紳士アーガラスは、美しく家柄のよいパシィーニアと恋におちる。嫉妬深い恋敵のデマゴウラスは彼女の顔に毒をすり込んで醜くしてしまう。アーガラスの愛は変わらないが、彼女は彼の元から逃げ去る。[54] 驚くべきことに、コリントスの女王ヘレネーに雇われた名医によって彼女の美は元通りになり――シドニーはそれまで使ったことがないようなほとんど魔術に近い手段を用いているのだが――二人はふたたび結ばれ結婚する。[55] 物語のこの部分は、個人的な希望が成就するおとぎ話のように思われる。シドニーの母親は一五六二年に顔に酷い損傷を被ったが、物語のようにはもとに戻らなかった。第三巻で相思相愛の二人は内乱の恐怖を如実に示す役割を果たしている。アーガラスは召集され、バシリアス側で戦い致命傷を負う。パシィーニアの膝に抱かれて彼がこと切れる場面は、シドニーが描いた最も感動的な場面である（この場面は、チョーサーの『騎士の話』におけるアルシトの死の場面にいくらか依拠している）。

そこでか細い声にできるだけの力をこめて「いとしい、いとしいわたしの伴侶」と彼は言いました。「お前から離れなければならぬ時がきたのだ。だからお前のそのやさしい手と美しい瞳にかけて誓う、死が私にとって悲しいのは、ただお前のもとを離れてしまわなければならないからだ…しかし死が叡智と善をもってすべてを導いてくださる神の聖旨である以上、神に信頼を寄せるがいい、そうすればいつかわれわれは祝福された再会を果たし、二度と別れることはないのだから」…[56]

この一節が示すように、『新アーケイディア』には『旧』と違って宗教的感情が横溢している。美徳ある人物たちはほとんどキリスト教徒と言っていいくらいで、神の摂理と死後の生命を固く信じている。それ故に、パシィーニアが臨終の夫の忍耐せよとの懇請を拒否して運命を自身の手に掌握しようとする行為には、一層当惑させられる。この話の終結部はシドニーの子供時代の経験ではなく、子供時代の読書に依拠している。クセノフォンの歴史物語『キュロスの教育』にでてくるパンテアとアブラダテスのヒロイックな話に依拠しており、パンテアは戦闘で殺された夫の遺体の傍にただひとり取り残された時、自らを刺して自害するのである。[57] シドニーは自殺者の孤独な行為を騎士道的決闘という公的闘技場に移した。「墳墓の騎士」として変装したパシィーニアは、かならず殺されると知りつつ夫を殺したアンファイアラスに立ち向かってゆく。[58] 実質的には自殺行為を行ったにもかかわらず、パシィーニアは「教会」で夫の傍に埋葬され、あきらかにエリザベス朝のものと思われる大理石のその彫像の建立が注文されるのである。[59]

『新アーケイディア』中、圧倒的に力強く心をかき乱す第三巻では、シドニーの筆致は三年前に書いた「手遊び（てすさび）の本」におけるよりもはるかに個人的かつ探究的になっている。もはや「美しいご婦人たち」のひまつぶしが目的ではない。探究すべき深刻な主題、晴らすべき古い恨み、そして表明すべき新しいヴィジョンがある。ジョン・ケアリが指摘しているように、シドニーは新しく独自の叙事詩的物語を紡ぎだそうとしているのである。

この巻において、戦争や戦士たちの恐怖と美、流血にかすむ殺戮の消長を執拗に描くとき、シドニーは心にホメロスの『イリアド』を思い浮かべていたように思われる。しかし、女性たちの精神が特に精緻に研究されているために…それは全く新しいレベルの感受性をもって書かれた現代の『イリアド』といえる。[60]

英雄的なモチーフは、キリスト教化されると同時に女性化され、傷ましいまでの試練に会う姫たちの堅忍の方が、男性の人物たちの軍事行動よりも精神的にずっと生産的であることが示される。特にパミーラは、デュ・プレシ＝モルネの普遍的なキリスト教の共通原理の代弁者として用いられているが、その原理はシドニーが当時抱いていたさまざまな文学的プロジェクトの一つからあふれ出たものである。これらの議論は、宗教的頑迷さや無関心に対してはっきりと戦を挑んでいる。誘拐とそれに続く拘禁というホメロス的テーマは奇妙に変形されている。というのは、誘拐の采配をふるうのはパリスのように好色な男性ではなく、策謀家の女性、つまりバシリアスの義妹セクロウピアなのである。彼女の名前はアテネの神話上の二つ頭の国王であるケクロプスからとられているが、彼女の性格や置かれた状況は間違いなく「当代のイゼベル」すなわちカトリーヌ・ドゥ・メディシスをモデルにしている。ちょうどカトリーヌが彼女の意志薄弱な息子アランソンをエリザベス女王と結婚させることによって、英国の王位の支配権を得たいと願ったのと同じように、セクロウピアは彼女の息子で、善意の人間ではあるが不運なアンファイアラスをバシリアスの娘の一人と結婚させることで、アーケイディア国の支配権を得ようと決意している。この目的のために、彼女は変装したピロクリーズとともに二人の姫を誘拐させ、大きな湖の真中にある岩つくりの要塞に幽閉してしまう。[61]

この時点から、ピロクリーズは二重に拘束されてしまう。彼は人里離れたアーケイディアの地でのんびり過ごしていたときは女装のお蔭で自由に振舞うことができたが、今は女装しているがゆえにセクロウピアは彼に少しも関心を示さず完全に監禁してしまったので、彼には果たすべき何の役割も残されていないのである。シドニーが書いた最後の節、ピロクリーズが三人の傲岸不遜な敵と男らしく戦う場面でさえ彼は女装しているが、この変装をいささか狡いやり方で用いて、尊大なアナクシアスに「貴公が軽蔑しきっている弱き性によって罰せられる」[62]屈辱を与えている。一方、ミュシドウラスは「見捨てられし騎士」としての黒衣の変装で、アンファイアラスがパミーラに恋していると誤解して、彼と必死で戦うが、「死のゲーム」[63]でなかなか相手を打ち負かすことができない。戦いの無惨な光景を描くシドニーの筆致は容赦ない。たとえばミュシドウラスは

アンファイアラスの腹を突いてひどい傷を与えましたので、それによって内臓が飛び出てしまいました。[64]

セクロウピアの要塞の外で行われるぶざまな闘争も、不和の解決を図ろうとするこのような方法の不毛性と華々しい武功の虚しさを示す以外に何の役にも立たない。

というのは、恐ろしい状況ではありましたが、最初のうちは、恐怖は豪華な馬具飾り、金色の剣、きらびやかな鎧、快活な槍旗（槍先やヘルメットに付された細長い旗、または吹流し）などによって大そう勇ましげに飾りたてられていましたので、楽しさに心奪われていた眼は恐れを感じ取る余地がほとんどありませんでした。しかし、今や戦闘全体が埃、血、切断された鎧、引き裂かれた死体などで汚されると、恐怖はその仮面をかなぐり捨てて、本来の恐ろしい姿で戦慄すべき本性をむきだしにしました。[65]

皮肉にも、今にも軍事的紛糾にのっぴきならぬ立場で巻き込まれそうになっている彼自身の立場を考慮して、シドニーは第三巻を書き始める時までに、ミルトンと同様

忍耐という、よりよき不屈の精神と
英雄的受難こそ[66]

肉体的戦闘よりずっと価値ある道徳的戦いの形式であると悟ったように思われる。要塞内の物語が暗示する教訓（メッセージ）は「苦しみに耐える者が勝利する」である。

要塞内で主役をつとめるのはパミーラで、彼女の揺るぎない勇気と信仰は、当時のシドニー自身の信念や理想を反映するものであろう。フィロクリアを唆すセクロウピアの言葉はどちらかというと月並みで、結婚することで得られる自由、子孫をもつよろこび、伴侶を得ることの慰めに集中して説得にかかるが、[67]無駄である。フィロクリアは傾聴していなかったからだ。しかし、フィロクリアがひたすら涙にかきくれて我を忘れている間、パミーラは部屋をゆっくりと静かに行き来しているが、

やがて、とうとう我にかえり元気を奮い起こしたとでもいうように、独り言をはじめました。「そう、こうするのが一番いいわ。ほんとうに、あの人たちがわたくしをどんなに酷いめに会わせても、神様を負かすことなどできはしない。どんな闇も神様の目をふさぐことはないし、牢獄も神様を締め出すことはできない。だとすれば、神様の他にお縋りできる方があるでしょうか[68]」。

続く「すべてをご覧になる光である方、万物の永遠の命である神さま」への祈りは、チャールズ一世がカリスブルッ

クに幽閉された折に唱えた祈りであると、『（孤独と苦悩の）国王の肖像（エイコン・バシリケ）』（一六四九）の著者〔チャールズ一世は一六四九年一月三〇日に処刑されたが、その一〇日後の二月九日に出版された『国王の肖像』は国王を敬虔な殉教者として描いている。王党派の人々はこの書の著者を国王自身であるとしたが、ウスターシャの司祭ジョン・ゴーデン（一六〇六―一六六）であるとする説もある〕は述べている。ミルトンは『偶像破壊者（エイコノクラステス）』（一六四九）の中で、国王が私的な祈り（ディヴォーション）の中で「つまらぬ恋愛詩」からパミーラの祈りの一部を引用したことを非難している。しかし、ミルトンの備忘録の走り書きは彼自身が『アーケイディア』の愛読者であったことを示唆している。[69] パミーラの祈りを立ち聞きしたセクロウピアはこの姉娘には別の策略を用いなければならないことを知り、彼女の信仰の基盤を攻めることにする。続く二人の論争は、神なき自己中心的な「マキャヴェリ」とプラトン主義に傾倒している志操堅固な勇気あるプロテスタントとの対決に等しい。[70] セクロウピアはパミーラの信仰の基盤を崩すために、チョーサーのクリセイデの口を通してはじめて英語による表現手段を与えられた古い無神論者の言説を引き合いに出す。[71] つまり、神々は人間の恐怖心がつくりだしたものであるという言い方である。彼女の説によれば、世界は偶然によってつくりだされ、もし、なんらかの神々が存在しているとしても、彼らは人間個人の生命に対して無関心である。

これらの天上の力が――もしそんなものが存在するとすればのことだけど――われわれの雄弁な祈りに感動したり、われわれの愚行に苛立ったりすると考えるのは、人間がどの蠅の羽音が一番美しいか、どの蠅の飛行が一番すばやいかなどを気にしていると蠅が考えるのと同じくらい馬鹿げたことです。[72]

パミーラは傷ついて、「邪悪な人」である叔母に対して自然に備わった理性に訴えて雄弁な反論を試みる。

完全な秩序、完全な美、完全な恒久性、もしこれらが偶然の子供たちであるならば、あるいは運命がこれらの動因であるならば、知恵を邪悪の根源と、そして永遠を変化の果実であると看做したらいいでしょう。[73]

人間の理性は、限りない知識と力の双方をもつ創造主の合理性を反映し、創造主は「（あなたがあれほど口汚く揶揄された）蠅の地位」さえ熟知している。シドニーはここで、デュ・バルタスの翻訳という当時彼が携わっていたもうひとつの文学的課題のことを考えていたのかもしれない。デュ・バルタスは「五日目の」昆虫の創造を祝福してつぎのように書いている。

これらもまた思慮深き造り主の匠の業なり、
主の御名に目立たぬものの姿が翳ることなし。
巨大なる鯨やおそろしき象においてよりも
これらささやかなる被造物の中にこそ
主はさらなるすばらしき全能の力の証を
刻一刻とわれらに示されるゆえに…[74]

パミーラの確信に満ちた熱弁はシドニーの叔母レイディ・ジェイン・グレイにふさわしいものであるが、実際、その弁説の一部はフォックスが収録したロンドン塔監禁中のグレイの論議に依拠しているとも考えられる（九頁参照）。

ですから神がおられるのです。そして、全知の神は自然界に存在するあらゆる秘密というものの中でもっとも暗い闇である人間の心を覗きこみ、もっとも奥深い所に隠されている想いも見抜かれるのです――そう、心が思い描く前に見抜いてしまわれるのですから、神は正しく力を行使なさり、力強く正義を行うお方なのです。ですからよろしいですか。

大そう邪悪な叔母さま。あまりにもひどく腐敗した精神をお持ちなので、病を身の内にだけ保っておけずに、大そう酷いことにはそれを他人に感染させずにはおかないのですね。しかとお考えください。わたくしは申し上げます――といいますのは、わたくしが申し上げることは不動の永遠の原理に拠っているのですから――あなたもそれを思い知らされる時が来るでしょう。そのときこそ、あなたの醜い恥ずべき姿が明らかにされ、そのお方の知恵を知らされることになるでしょう。そしてあなたが破滅するときになって、はじめてそのお方があなたの破滅の創造主であることを知らされるのです。[75]

パミーラの明らかな正しさは――改訂版の終結部に近い場面で、セクロウピアが自分の城の屋根から後ろむきに墜落して死ぬ場面で証明されるのだが――セクロウピアにとっては姫たちへの嫉妬深い憎しみを募らせることにしか役立たず、その憎しみは、最初は「時には恐怖をかきたてる音をたてたり、またある時には突然夜中に脅したりする」[76]精神的苦痛を与えることから、やがて肉体的な拷問を加えることへと拡大してゆく。「幾人かの邪悪な性格の老女たち」に手伝わせて、セクロウピアは姫たちを、その容貌を傷つけないようにすることだけを配慮しながら鞭打ち、それぞれにもう一方が亡くなったと信じさせる。旧約聖書からの明らかな引用を含むフィロクリアの嘆きの言葉は、これら二人の女性殉教者たちの原始キリスト教的性格を強調している。

パミーラ！　お姉さま！　わが姉パミーラ！　あなたを思って悲嘆に暮れるばかり！　わたくしが代わりに死ねばよかったのに！[77]

これはダヴィデの有名なアブサロムへの嘆きを反響させている。

わが子アブサロムよ、わが子、わが子アブサロムよ、ああ、私が
代わって死ねばよかったのに。アブサロム、わが子、わが子よ![78]

続くフィロクリアのせりふの中で、シドニーは自分の誕生の日を呪うヨブの呪いの言葉を響かせる。

そうしてわたくしをここに残して逝ってしまった。お姉さまを愛したこと以外、なにもよいことなどないわたくしですのに、そしてこれからはあなたを想って永久に嘆き暮らすの? この日が、すべて善良なる人々によって、大いなる不幸の日として記憶されますように。この日が呪いの言葉として以外、けっして口にされることのないように。[79]

他ならぬこのような高尚で痛切なヴィジョンから、シドニーは暴力的にねじり取られて、今、ここの現実世界に引き戻される。あきらかに彼はいずれ『アーケイディア』の世界に戻り、主要人物たちを陥らせたまま残してきた膠着状態になんらかの解決を見出したいと思っていたが、時間がなかったのだ。[80]あれほど度重なる落胆の後に、ついに、彼は国家の問題に一役買う二つの仕事、第一にフランス使節を先導し、次に叔父を擁護する役を果たすよう求められたのだ。

『レスターの共和国』は読まずにいられない書であった。誰が著者であっても、シドニーの反撃の論文はその正体を暴くことができなかったのだが——著者は非常に巧みな書き手だった。読み出したらとまらない面白さだったので、サー・ジョン・ハリングトンはレスターがいるところでそれを読んでいて、目撃されると赤面して「ちょっとアリオストの歌をいくつか」調べているふりをした。[81]細部の事実、意味深長なあてこすり、そして嘘の誹謗が非常に巧みに渾然一体となっているので解きほぐすことが不可能であった。あきらかに偏りがあるにもかかわらず、その後のすべてのレスターの伝記はある程度『共和国』を参考にしている。それはエリザベスの有力な側近の一人

に対する全力投球の攻撃であったが、このような腐敗した利己的な人物を寵臣とするエリザベスの判断力の貧しさに対する間接的な批判ともなっていた。王位後継者問題を強調している点に、体制攪乱の意図が窺える。政治的陰謀や外国からの侵略が恐れられていた当時の社会的雰囲気にあって、このような作品の存在は許されない筈であった。手馴れた文章家でかつ論客、しかも、今やふたたびレスターの法廷推定相続人になったシドニーとしては、中傷者との論戦にはなんとしてしてでも打って出ないわけにゆかなかった。彼は女王と枢密院からの励ましを得て、恐らく一五八四年一〇月の最初の週に大急ぎで仕事にとりかかったらしい。ウォルシンガムは九月二八日に『共和国』を一冊受け取り、三〇日にそれについて女王と議論するつもりだった。[82] 明らかに激昂状態で書かれたシドニーの論はこの会見から生まれたものだったであろう。おそらく、シドニーの『レスター伯擁護論』が中傷への的を射た答えになっていないとの判断からであろうが、女王は一五八四年一〇月一二日に、『共和国』を配布または所持することが発覚した者を処罰するという異例の厳しい布告を行った。[83]

シドニーの『レスター伯擁護論』はいくつかの点で異例である。彼が書いたものの中で唯一これが完全自筆原稿の形で残っている。[84] 彼が書いた文章の中でこれだけが出版を意図として書かれた。結びの挑戦的文言にいわく

この文書が印刷され、出版される日付から三ヵ月以内に貴公からの返答を待つ。[85]

しかし、現存の作品のうち、これだけが完全なる失敗作であるようだ。というのは、実際それは出版されなかったし、シドニーサークルの友人たちや文通者たちの間でこれに言及する者はなかった。七年前に書かれたずっとささやかな『アイルランド問題について』にはエドワード・ウォータハウスの好意的な称賛が寄せられたのに比して、[86]『レスターの共和国』へのずっと大規模な反撃にはさっぱり反応がなかった。これを読んだ人たちは恐らくただちにシドニーがあまりに狭い基盤に立って叔父を擁護していると考えたであろう。描かれたレスター像の信じがたい

点をいくつか適切に指摘している次のような箇所もある。

偽善、みせかけ、姦通、虚偽、裏切り、毒殺、反逆、背信、臆病、無神論、その他諸々、しかもすべてが最上級の中傷ときているので、伯爵がいうところの善良な弁護士が、彼をこんな嘘八百ならべる輩から守るために、何回も十字を切ったのも驚くに当たらない…[87]

しかし彼は、論文の多くの部分をダドリー一族が「ジェントルマンではない」という中傷者の主張への反論にあてている。これは『共和国』の最重要テーマではなく、レスターの地位と想定される彼の野望を挫くための多くの主張のひとつに過ぎない。しかし、シドニーは自分がゆくゆくはレスター伯になるかもしれないと知った最初の興奮覚めやらずの段階で、血脈というこの論点によって個人的に傷ついたのである。エリザベス朝時代に広まった家系への関心はスペンサーの『妖精の女王』第二巻、第九章で、ガイアンが古代ブリテン国王たちの家系図を熱心に調べる箇所や、第三巻、第三章で恋に悩むブリトマートが自分自身の子孫のヴィジョンに慰められる箇所などに具体例がある。またスペンサーはかつて『ダドリー家の系譜』という、シドニーも知っていたであろうラテン語の著作の中で、レスターの先祖を誉め称えてもいる。[88]

しかし、家系図は興味深いものではあるが、目下の危機で必要とされるものではなかった。というのは、問題となっている真の重要事項はレスターの先祖ではなく、彼の人格的誠実さ如何の問題であったからだ。実際、系図の探索は望ましくない結果を招く。なぜなら、系図を探れば、家族用の蔵にそっとしまっておいた方がいい骸骨、たとえばノーサンバランド公ジョン・ダドリーなどの遺骸を否応なく掘り起こしてしまうことになるからだ。D・C・ペックが指摘するように、シドニーの反論の要点は、不運にも「ひとかどの人物」が反逆罪で処刑されたことを強調することになるらしい。[89]しかるにシドニーは、この有罪判決を受けた国賊、かつ疑う余地なき権力志向者と自身との繋がりをひけらかすのである。

私は血筋においてダドリー家の一員で、公爵の娘の息子である。父親の系統が古く重んじられてきた、由緒正しいジェントリーの家系であることは承知しているが、わが身の主要な名誉はダドリー一族の一人であることであり、ここに衷心からの喜びをもって、わが出自の高貴な血筋のいわれを示したい…[90]

じっさい、シドニーのダドリー家の先祖に関する記述によって、その一族が身分ある貴族との結婚を通してのしあがってきたということと、彼らの最良の縁故は女性の側の系統を通してのものだということが明らかになった。シドニーが論文を書く直前に、弟のロバートは、望ましい女相続人を捕えるという一族の伝家の宝刀を抜いて、グラモーガンのコワティカースルの最近孤児となった娘、裕福なバーバラ・ガミッジを追っていた。彼は九月二三日に彼女と結婚して、幾人かのライバルを失望させた。[91]シドニーは家系図のいくつかの瑕をサットン家の高い身分をおおいに使って糊塗したが、「ダドリー一族がサットン家とそもそも合法的な関係にあるのかどうか」[92]というより重要な問題は無視した。

シドニーは叔父の個人的な性格より家系図の方が論争には安全な領域であると考えたのかもしれない。そして中傷者に向かって次のように宣言し、

貴公は大口をたたいて嘘をついているが、こちらにはヨーロッパのいかなる場所でも貴公の不正を正す用意がある…[93]

と、敵の炎をわが身に引き寄せようという男気を示しているようである。

シドニーの挑戦がどの程度現実的なものであったかを知るのは難しい。彼は本気でイエズス会士ロバート・パーソンズ、あるいはトマス・モーガン、さもなければチャールズ・アランデル、またはチャールズ・パジェット、もしくは『共和国』を書いたかと疑われていたカトリックの亡命者グループの誰かから決闘の呼び出しがくると信じていたのであろうか。さらにそのような決闘がはたしてすこしでも叔父の汚名を雪ぐのに役立つと信じていたのであろうか。『共和国』の写しが非常に数多く存在したことは、[94]再三の発禁処分にもかかわらず、この書が大いに流布したことを示している。一五八五年春には、さらに過激な『レスター殿の憎むべき生涯について』と題するフランス語版が出版された。[95]たとえパリ、あるいはルーアンで、シドニーが真剣で決闘を行ったとしても、英仏海峡のどちらの側かでそのパンフレットを読んだ人々の心に染み込んだ反感を払拭する望みはまずなかった。シドニーの論文に含まれている個人的思惑は、オックスフォード伯に対する積年の敵意であったのかも知れない。シドニーは『共和国』の原著者が、オックスフォードの仲間で、オックスフォードによるシドニー殺害計画の主要推進者であったチャールズ・アランデルである可能性がもっとも高いと睨んだのかも知れない。[96]テニスコートの諍いの残響を、貴族の血統をことさら強調する彼の主張に読み取ることができる。彼は「子犬」ではなく、いやしくも公爵たるものの孫であった。

しかし、もし彼が論文の出版を本気で望んでいたとすれば、世間知らずというべきである。もともと決闘騒ぎが大嫌いの女王が決闘を許す筈もなく、決闘への彼の挑戦は、国外に脱出して自分の支配の及ばぬところに行くための策略かと女王は疑ったかも知れない。やはりシドニーはフランス使節の失敗を苦にしていたのである。女王と側近者たちはなんとしても中傷者の正体をつきとめ、報復手段を講じようと決意していたが、シドニーの性急な挑戦では到底この狡猾で有害な宣伝活動には対処できないことを彼らはただちに悟ったのである。

あるいはシドニーは、ピロクリーズとアナクシアスとの決闘を書きながら、自らを煽り立て興奮で激したあまり、虚構の世界と、より動きは遅いがより複雑な国際政治の現実との区別が一時的につかなくなったのかも知れない。もし彼が中傷者との決闘の現実性と有効性を信じていたとすれば、そのような対決は不毛の破壊しかもたらさないという文章を自分で書いたばかりなのに、その教えを無視したということになる。しかし、シドニーの性格に常に一貫性があったわけではない。よく言って彼を特徴づけていた良識も、ローレンス・ストーンがテューダー朝の抑圧的な子育て法がもたらしたと述べた「精神異常者的感情の激発」によって、しばしば中断させられるのであった。[97]おそらくオックスフォードの一味に違いないレスターの中傷者が、シドニーの傷つきやすい部分に触れてしまったのである。そこで彼は、求められているのがエリザベスの賢明で平和的な統治全般の擁護であることを理解せず、性急にダドリー家との固い結びつきの誇示に走ってしまった。彼は自分がレスターの「忠実で生粋の子分」[98]であることを示そうと焦りすぎた。中傷に対して妥協の余地なく対立することで、彼はレスターだけが国を動かしているという主張を暗に強めようとしたのである。

シドニーの叔父擁護は明らかに失敗であったが、ウォルシンガムの支援によって彼は着実に公務の最前線に歩を進めつつあった。一五八四年一一月、彼はふたたび国会議員になり、ケントの州騎士の爵位にも叙せられた。かなり意外なことに、「彼は議会で発言したという証拠が全然ない」のだが、[99]イエズス会士やカトリックの神学校司祭たちに対して、苛酷な手段を講じるための委員会を含むいくつかの委員会には出席している。デュ・プレシ＝モルネの作品の翻訳に没頭したり、明らかにカトリック陣営からの叔父への中傷に激怒したりなどの行為の背後にあるプロテスタント陣営の一員たる自己の立場への認識を新たにした彼には、[100]もはやカトリック弾圧へのためらいはなかったようである。彼がレイディ・パジェットに「一種の償い」をするように要請した背景には、[101]ダドリー一族がカトリック関係者に対して時に恐喝めいた行為に出たことがあったということかも知れない。

一五八五年七月になって、はじめて彼は正式に軍需用品共同管理責任者に任命されたのだが、[102]一五八四年夏以来、彼の任務は非常に負担が重くなっていた。外国軍隊の侵略の危険が高まる中、英仏海峡沿岸諸港の警備強化が緊急を要し、シドニーはウォルシンガムの指揮下、ドーヴァー港警備強化監督の特務に就いた。[103] この仕事のお蔭で彼はペンズハーストその他のケントの地を短い期間だが訪れる機会を得た。中でも父親が一五五一年以来王室から貸借権を得ていたオトフォードのリトル・パークを訪れることができた。オトフォードはロンドンからわずか一二マイルだったが、馬を厩舎で飼うのに便利な場所で、シドニーはオトフォード・パークの狩猟番人の資格を持つ下僕ジョン・ラングフォードにオトフォードでの馬の飼育を任せていた。後年ラングフォードはシドニーの死がわが身の「破滅」をもたらしたと嘆くことになる。[104] フランセス・シドニーはおそらく夫と共にペンズハーストまで出かけてゆき、そこに住む古くからの使用人家族と顔見知りになった。

　トマス・ディッグズのような陸海戦闘要員査定官たちと話をしたり、ドーヴァーでの建設や軍備に必要な資金を調達したりといった実務に追われて、シドニーには家庭生活や家族の諸事を顧みる時間はほとんどなかった。また彼は三人の追放されたスコットランド人貴族、すなわちマール、アンガスおよびグラームズという伯爵たちをもてなしたり、あまりに相手を信頼しすぎるきらいがあったが、謀略家のマスター・オヴ・グレイとの交渉に臨んだりして忙殺された。[105] しかし、一五八五年春までに、一本のオリーヴの木は芽吹きはじめていた。つまりフランセスが懐妊したのである。その朗報は妹メアリの三歳の娘で、「大変優れた人になりそうな子供」であったキャサリンが一五八四年一〇月一六日に亡くなった悲しみをある程度和らげてくれるものだった。キャサリンの死は翌日生まれたメアリの次男フィリップの誕生に影を落としていたのである。[106] 伯爵夫人の四度目の出産が難産で「体内に損傷を与えた」ともっともらしく言われてきた。なぜならまだ二三歳だったが、彼女はそれ以後子供を産まなかったからである。[107] シドニーが新しく生まれた自分と同名の名付け子の洗礼式に出席したかどうかは不明である。もし出席しなかったとしても、彼にとって結局ウィルトンへの最後の訪問となるはずの一五八五年三月に、その赤子を見る機会はあった。その折にはハープと恐らくはオーファリオンであったろうが、「幾本かの金属線の弦を張った」楽器による余興が用意された。

シドニーは誕生日（満三〇歳の誕生日は一五八四年一一月三〇日）を迎え三〇代に入ったが――押しも押されぬ堂々とした風貌を備えはじめていた。その時期の「チェスタフィールド」肖像画のモデルが彼であったならば、変化は肉体的外見に表れている。[108] 髪を長くし、口ひげを垂らし、真珠のイアリングをつけ、七年前のすらりとした若者の体躯は肉がついて、中年のエリザベス朝の政治家らしいどっしりした風貌をおびはじめていた。しかし、彼はまだ馬上槍試合場に常連として出場するのにふさわしい体格であった。彼は一五八四年のウェストミンスターにける壮麗で意匠を凝らした女王即位記念日の馬上槍試合で主役を演じた。そしてそのことは、国家的危機に瀕して女王への献身の彼の気持ちを今一度奮い立たせるきっかけとなった。サー・ヘンリー・リーはその試合で終始主導的役割を演じたらしい。[109] シドニーはリーへの応戦で、馬上槍試合の全六コースの先頭騎手を勤めたが、[110] 味方にはフルク・グレヴィル、エドワード・デニー、ヘンリー・ブランカ、およびカトリック教徒のトマス・ジェラードがいた。三週間後の一二月六日にはやはりウェストミンスターで、一〇名一組の独身者に対する一〇名の既婚者のひとりとして彼は剣による試合に出場した。[111] このたびは彼の対抗者がフルク・グレヴィルで、弟ロバート・カンバランド伯、ウィロビ卿、およびサー・ヘンリー・リーは味方の既婚者グループのメンバーで、ヘンリー・ブランカとエドワード・デニーは独身者グループのメンバーであった。馬上槍試合騎手としてのシドニーの技能が非常に抜きんでていたので、学識あるイタリア人プロテスタント亡命者シピオ・ジェンティーレは、一五八四年にラテン語六歩格詩に翻訳した二五編の『詩編』を彼に献呈する際、シドニーの「非常に華麗な出で立ちと騎手としての妙技」は男盛りのシドニーのめざましい精華であったと称えた。[112]

シドニーが一五八四年から五年にかけてパトロンになった人たちの顔ぶれを見れば、彼の興味が依然として多岐にわたっていたことが分かる。ティモシー・ブライトは医学書を彼に献呈して、一五七二年にパリの大虐殺の恐怖から二人でウォルシンガムハウスに避難して共に過ごした頃を思い出させた。[113] 彼に献呈されたその他の本の中にはジョルダーノ・ブルーノによる二冊の重要な哲学書があり、その一冊には、おそらくシドニーも出席していたであろう[114]フルク・グレヴィル邸での聖灰水曜日の夕食のことが書かれている。その他、デイヴィッド・パウエルが完成させたハンフリー・ロイドのウェールズ史、[115]クリストファー・クリフォードの馬術に関する興味深い自伝的論文、[116]トマス・ワシントンが翻訳してふんだんに図版をつけたニコラス・ドゥ・ニコレイの中東諸国の紀行文、[117]大使たちの法的地位に関するシピオ・ジェンティーレの兄弟アルベリコの論文、[118]「神学、哲学、詩の三つ組」についてのサイモン・ロブソンの奇妙なエッセイもあった。[119]これらすべての人たちが、たとえばウィルトンで演奏した音楽士のようなその他多くの人と同様、シドニーのいつもながらの気前のよい報酬で報われたであろうと推定できる。ウィリアム・テンプルと呼ばれる学識ある論理学者の場合は、受けた庇護はさらに手厚いものであった。ケンブリッジのキングズコレッジの元フェロウであったテンプルが自分で編集したラムスの『論理学』をシドニーに献呈した当時、[120]彼はリンカングラマースクールの校長であった。『論理学』の本文自体とカトリックの蛮行の犠牲となった有名な殉教者を思い起こさせるその内容の双方が、シドニーにとって好ましく、次のような彼の感謝状が残っている。

テンプル殿、ご本とお手紙を拝受し、大変感謝しております。お目にかかって、さらに昵懇に願いたいと心から望んでおります。お目にかからなくてもお書きになったもので、私の知識の及ぶ範囲で貴殿の考えを理解できると思います。テンプル殿、私は貴殿への生涯変わらぬ好意と、お持ちの才能への尊敬を抱きつづける所存です。ロンドンや宮廷においでの折にお目にかかりましょう。その際、お役に立てることがあれば遠慮なくおっしゃってください。よろこんでお役に立ちたいと存じます。敬白

一五八四年五月二三日、宮廷にて。[121]

一度も会ったことのない人間にシドニーがこれほど温かな気持ちで手紙を書く気になったのは興味深い。ひとたび二人は会うと、テンプルは期待に背かない行動をとった。というのも一五八五年のある時期、彼はシドニーの秘書

ているからであると考えたテンプルの最初の仕事は、『詩の弁護』についてのラムス主義者の視点による「論理的分析」である。[122] この「分析」はシドニーが彼の『詩の弁護』を将来改訂するときに役立つようにという意図のもとに書かれたのではなかろうか。[123]『レスター伯擁護論』がシドニーのもっとも傲慢な相貌をみせているとすれば、テンプルへの手紙は最良の彼、機知に富み、優しく、他人の才能や業績の真価を認めるのに吝かでない彼の姿をみせている。ランゲはよくシドニーには軍事的指揮官に必要な厳しさが欠けていると言っていた。[124] 彼が他人の落ち度に対しておおらかで寛大であったことは事実で、友人や召使たちからは熱愛されるという不思議な才能をもっていた。この温かみを打ち消してしまうのは訓練された厳格さではなく、非常に衝動的な言動であった。しばしばあったことだが、脅かされた、あるいは不当に低く評価されたと感じたとき、彼には予想を超える行動にでる傾向があった。

一五八五年夏、シドニーはそのようなひとつの危機的極点に達していた。ウォルシンガム家との蜜月期間は終わっていた。彼はやっと軍需用品管理官としての役職につくことができ、父親になることにもなってはいたが、かつてないほどの財政的窮迫に苦しめられ、社会的地位においても期待されるほどの出世はできず、何よりもウォルシンガムが主要な遂行者を務めたエリザベス女王の外交政策に信頼をもてない状態にあった。シドニーは、ネーデルラント問題への女王の取り組みが、あまりに不徹底で手遅れではないかと危惧した。討議や審議が長引き、エリザベスとネーデルラント諸州の代表者双方が遅延や不決断を繰り返している間に、パルマ公は着実にスペイン支配の境界を拡大し、すでにアントウェルペンの大都市を占拠してしまっていた。一五八五年六月、エリザベスはネーデルラントの統治権を提供されたが、これを拒否した。ただし、英国軍隊を派遣すること（その際費用は全額オランダ側の負担とし、オランダ側の支払い義務保証として三つの戦略的海港を英国支配へ委譲することを条件とした）だけは容認した。[125] 九月の初頭まではこの条件は大方で合意され、防衛目的に限定された英国軍総司令官としてレスターが赴くことがはっきりした。それでもヴリシンゲン、ブリル、エンクヘイゼという「警戒を要する町」の総督任命の問題は未解決のままであった。
ゼーラント側では、シドニーがヴリシンゲン総督に就任することを希望したが、[126]女王はその任命に大いに難色を示した。女王の不決断は彼をして自暴自棄的な行為に走らせた。シドニーはそれまでも散々苦汁を舐めされられた主君の煮え切らない態度に今回ばかりは堪忍袋の緒が切れて、逃亡を企てたのだ。九月の最初の週に、フルク・グレヴィルを伴って彼はプリマスに急行し、西インドとアメリカに向けて出航間際のサー・フランシス・ドレイクの艦隊に乗り込もうとした。その口実はポルトガルの王位僭称者ともう一度会見するためというものであった。

…政府筋の情報によれば、ドン・アントニオは英国にむけて海上にあり、プリマスに上陸予定であった。サー・フィリップはこの機を捉えてこの国王の案内役を務めるという知略を思い立った。その口実によって疑われることなく宮中を退出し、独断で当時秘書長官であった義父をだしぬいてプリマスに行き、その晩サー・フランシス・ドレイクに表面上は大いなる歓迎ムードの饗宴でもてなされた。[127]

続いてグレヴィルはシドニーと就寝時に交わした会話を描写しているが、それによると、シドニーはドレイクが「われわれが来るのは予想外で嬉しくもなかったようで」「いい顔もせず、憂鬱そう」なのに当惑していた。[128]たしかにそうであったに違いない。私拿捕船の船長から海軍提督に昇格されたばかりのドレイクは、国外渡航許可をもたない有力廷臣を連れてゆけば、獲得したばかりの女王の認可をすべて失うことにもなりかねないのをよく承知していた。シドニーはそれまで長い間、新世界探検に熱烈な関心を抱き、資力が許す以上の気前のいい投資をしてきたが、いかなる海戦の経験もなかった。『新アーケイディア』における王子たちの航海術の学習の模様を描く抒情的な記述を読めば、なぜシドニーが自分にはドレイクと同等に海上で指揮を執る資格があると信じたのか、またなぜ表面上愛想のいいドレイクがそのような事態になりそうな見通しに内心ぞっとしていたのかが分かる。

…二人の王子たちは書物によって学んできたことを実地に見る機会に恵まれました。つまり風をはらんで走るというただその目的のために風を捕虜として帆の中に捕える技を考慮すること、また、いかに美と用途とがうまく調和して、帆船に整備されている装置のどれ一つをとっても、なにか重要な役目をもたないものはないと知ること、そしてああ、驚くべきことですが、愛の力により、感覚など持たぬかに見える磁石も、内に鉄の魂をもつ秘めたる美しさで、頑な固いものを引き付けることができ、そして貞淑な女性のように頑な心のものに身を屈めさせるばかりか、天の両極に対するような高邁な愛を懐かせて、それによって地上の人間が誇り得る最高の行いを生みださせる愛のすばらしい力と崇高な影響力とを知ることなどです…このようにして王子たちは、海上での鍛錬と陸上の仕事がどう違うかを知り、自分たちの知識を確かめることで自負心を満足させたのでした…[129]

ドレイクの目には、シドニーは詩人であり夢想家であるばかりか、政治的には厄介者として映った。

二、三日以内に宮廷から三通の手紙が届いた。ドレイクはシドニーを受け入れ艦隊に乗せることを禁じられたので、大いに安堵したに違いない。プリマス市長はシドニーが乗船している限り艦隊の出航は許可しないこと、シドニー自身はただちに引き返すことを要請された。シドニーへの使者はグレヴィルによって「この国のある貴族」と記されているだけで誰のことか明らかにされていないが、「片方の手には恩恵を、他方の手には雷」をもたらした。[130]「雷」とは自分の支配から逃亡しようと試みたシドニーに対する女王の怒りであったが、彼は戻るなり「逃げようという気持ちは決してなかった」ことを女王に信じてもらおうと説得にこれつとめた。[131]「恩恵」とはヴリシンゲン総督任命の約束であった。

シドニーの義父は、ウォーター・デイヴィスンへの手紙の中で、シドニーがドレイクの遠征に加わろうとしたのは、ただ純粋にヴリシンゲンのポストを得られないという失望のせいだったと主張している。

> サー・フィリップ・シドニーはサー・フランシス・ドレイクの航海に同行するという非常に固い決意をいたしましたが、そのような気になりましたのは、女王陛下がヴリシンゲンの責務を誰方か他の方にお任せになるおつもりかと判断したからであります。そんなことになれば、出自と判断力の双方で彼より劣る者が、彼以上のお引き立てをいただくことになり、彼としては大変な侮辱を蒙ることになると考えたのであります。その決意はサー・フィリップの友人たちを非常に悲しませましたが、私以上に悲しんだ者はございますまい。陛下は恐らく彼をヴリシンゲンにとお考えくださるようになられたかとは存じますが、彼は絶望いたし、不面目を蒙るのではないかとの恐怖に駆られて自棄的な方法をとったのでございます…[132]

シドニーには腹を立てて衝動的な行動に出る傾向があるというウォルシンガムの記述には非常に説得力があるが、彼は義理の息子の大西洋を横断したいという真摯な希望を過小評価していた。シドニーは以前から是非一度新世界を見たいと長年思い続けていたのである。英国本国では虚構の領域でしか享受できない富と興奮と個人的自由を、新世界では見出すことができるのではないかと夢見ていたのである。しかし一五八五年秋にこの素晴らしいヴィジョンはもう一度彼の目の前で閉ざされてしまった。アゾレス諸島やフロリダの代わりに彼は北海沖合の小さな島に赴くことにきまった。時はどんどん尽きつつあったのである。

第一二章　撃ち砕かれた腿（一五八六年）

ここでふたたび彼の休息できない魂は――魂のハーモニーの和音を変えるのではなく、単にメロディを変えるだけで――音楽を求める。とりわけ彼がかつて自ら *La cuisse rompue*［「撃ち砕かれた腿」］という表題をつけた例の歌を求めるのである。それはある意味では（その表題から察するに）朽ちるべき肉の栄光が彼のうちで揺さぶられていることを示すとともに、ほかならぬ音楽の力によって、彼の天上的魂を、これらの協和音がまさにその地上的反響としてある天使たちのあの天上の久遠の調和へと変容させ、解き放つためである。[1]

幾年久しく、おお、主よ、われは忘れ去られているべきや。
　　なんと、永劫にか。
幾年久しく、汝はわれより、その隠された聖顔を
　　離し給うや。
幾年久しく、われは思い煩う魂と語らうべきや、
　　苦悩のうちに。
幾年久しく、勝ち誇る敵の威力にわれ力なく

うち萎れるや。
顧みてわれを見よ、主よ、汝の耳に届かせ給え
　わが叫びを。
否、われに与えよ、目を、光を、われを死の眠りに
　就かせぬために。[2]

英国を発ってネーデルラントへ向かうことになっても、シドニーは、文学、つまり精神の生活を、放棄することはなかった。「詩はなにごとも生じさせることはない」[3]とはオーデンの断言だが、シドニーはそんな悠長な言い方はしなかったことだろう。というのも彼の『詩の弁護』を支えていた最強の理論的根拠のひとつは、「詩は野営の朋なり」という提言だったのだから。兵士たちは好んでロマンスを読む、と彼は主張した。「敢えて言えば、狂えるオルランド、あるいは立派なアーサー王が、兵士に不快感を抱かせることはけっしてない」。また、アレクサンドロス大王は、世界制覇に向けて出陣したとき、ホメロスの二冊の叙事詩を携行したといわれる。[4]折しもグレイ卿に随行してアイルランドへ出発しようとしていたエドワード・デニーへ宛てたシドニーの忠告の手紙[5]は、彼が実戦の兵役に就くことを、新たに集中的に学ぶ機会と捉え、沈思黙考から引き離される行為とは考えていなかったことを示している。シドニーが遠征に携行した図書の書目については知る由もないが、彼がデニーに与えた図書目録の長さから判断すると、どうやらそうとう広範囲にわたるものだったようだ。また、彼がどんな文学的仕事を抱えていたかということも確かなところはわからない。ただ、『アーケイディア』を書きついでいたということはありえない。というのも、出征に際して彼は執筆中の原稿をフルク・グレヴィルに託して置いていったからである。改訂された第三巻と、デュ・プレシ＝モルネの『真実について』との間の関連性の強さは、彼がこれらの二著に時期を同

じくして取り組んでいたことを示唆しているが、このモルネの訳もグレヴィルのもとに置いていったらしい。一五八六年春にライデンから送られて、レスターに捧げられた美麗なエンブレムと盾の上の紋章を集めた書物において、ジェフリー・ホイットニーは、このときシドニーが詩のことは放念していたと示唆している。

彼のペンから流れ出た詩風は蜜より甘く、
それにより、若き日々には、世の退屈な気分を追放し、
いまはその声望尽きぬ名作で、世の才人を悦ばす。[6]

レスターの取り巻きの一人であったホイットニーは、シドニーがもはや恋愛詩やロマンスを書いてはいないと考えていたことだろうが、翻訳者としてずっと続けてきた仕事や『アーケイディア』の本格的な改訂作業のことはおそらく知らなかったであろう。

さまざまな理由から、どうやらシドニーはネーデルラント滞在中に「詩編」の韻文自由訳を手がけていたらしい。改訂された『アーケイディア』第三巻をみると、次第に宗教への関心を深めていったことが読み取られる。忍耐と勇気を要する、困難で危険な企てになるだろうとあらかじめ予想されていたことに近づくにつれて、彼が自分を慰撫するために、「詩編」へと向かったのも当然のことかもしれない。

それにこの詩は、何人であれ聖ヤコブの勧めに従い、心晴れやかな折に「聖歌」を歌う人たちによって使われるべきものであり、また現にある人々には、死をもたらす罪科の悲しむべき痛恨のさなかにあるときでも、決して見捨て給うことのない神徳のなぐさめを見いだすときに、歌われていることを知り私は心安らかになるのである。[7]

第二に、一五八五年一〇月の何日かに娘エリザベスは誕生するが、それはシドニーが近い将来、みずから家長として、子供たちの宗教教育に責任を負わねばならない立場にあることの自覚を促されたことを意味していた。一五世紀に作成された家族用「詩編」入り祈禱書の大型本は先祖伝来の美麗な家宝であったが、その礼拝用としての役割はつとに失われ、単に一族の誕生、死亡、婚姻を記録するためだけの洒落た台帳に成り下がっていた。おそらくシドニーは、自分の新しい詩編訳がいつかはペンズハースト[8]の教区教会か、あるいは邸内の礼拝堂で歌われることを望んでいたのであろう。彼の英訳は、共同の礼拝を目指したものなので、個人性の強い味わいは消されたものになっている。彼はまた、勇気ある友人のフランソワ・ペロ・ドゥ・メシエールが、自分の若い娘エスペランス（一二七頁参照）の教化のために、非常に困難な状況下で「詩編」から選んで訳したことも思い出していたのかもしれない。これより少し前に、彼はすでにシピオ・ジェンティーレから二種類のラテン語訳詩編集を献呈されていたのだが、そのシピオからまたしても、エリザベスの誕生を祝って、予言的ラテン詩『ネーレウス』[9]を贈られた。聖歌集と幼いエリザベスとの双方に同時に寄せるジェンティーレの関心がヒントとなって、シドニーの心のなかでは、聖歌集と自分の娘の誕生が結びついた。第三に、「詩編」を翻訳するということには、そのこと自体、詩人が俗事に専念することをすでに放棄したことの暗示が含まれている。そのことをなによりも明白に示しているのが、「詩編」第一〇編の冒頭の訳である。

なにゆえにかくも遠くにあられますのか
おお、神、われらが唯一無二の星辰よ[10]

「星辰」とはまた、シドニー訳独特のイメージであるが、次に挙げることはそのイメージの使い方の変化の一つの表れかもしれない。おそらくは、モフェットがそれを華麗に表現しているように、彼は神に与えられた目とはたいそう異なるステラの目を、かつては好ましいと見たこともあったが、その自分の目に激怒したのだ。[11]

最後に、兄の「天使の霊に」呼びかけるペンブルック伯爵夫人の詩は、「詩編」の訳業を中断させた原因がシドニーの負傷と死にあったことを示唆している。どうやらこの訳業は、若くして始めながら結局完成するに至らなかった仕事というのではなく、その書き手と同じく傷つき、病み伏し、血を流した、「前線」での書きものだったのであろう。

栄誉が安息へと持ち去ったあの魂が
　かく速やかに逝き、この世から、人間の成し得るもので、
　完璧と言える一切のものを奪い去ることがなかったら
この半欠けの小品も至上のものと調和していたことであろう。
　深い傷は拡がり、傷の痛みで長らく膿み爛れ、
　新たな出血に疼く。眼ならぬ心から涙がこぼれる。
ああ、記憶よ、何ゆえにこの新たな中断を要するのか。[12]

メアリ・ハーバートは、致命傷を負った兄と、ついに未完に終わった「詩編」とが、彼女自身と密接な関係あったことを見事に伝えている。彼女は悲しみの涙に暮れ、血を流し、兄の命と書き物をともに断ち切った感染症が彼女自身の苦悩のうちに再現される。もしもシドニーが死の直前まで掛かりきっていたものが「詩編」の訳業だったとするならば、彼の妹がその仕事を完成させるべく、憑かれたように力を尽くしていたのも頷けよう。彼女なら兄の

手掛けたデュ・バルタスかデュ・プレシ＝モルネの翻訳を悠々完成させることができたであろうし、実際、一五九〇年には後者の『生についての講話と死についての講話』[13]を翻訳したわけだが、シドニーの「詩編」翻訳が当人の死の時期に近かったことが、彼女の特別に強い関心を惹きつける要因となったのだった。それは気の遠くなるような仕事であった。それというのも、「詩編」の最初の四二編を英語に訳すにあたってシドニーは、大部分の「詩編」を異なった詩形式で訳しているマロ＝ベーズのフランス語訳を手本としながら、自分は全編をそれぞれ異なる詩形に訳すことで、手本をも凌駕することを選んだのだから。なにしろマロ＝ベーズ訳フランス語「詩編」は、シドニーの子供時代を通じてシドニー家ですでに常用されていたもののようであり[14]、この版にかくも長きに渡って慣れ親しんできたことが、ネーデルラントで指揮を執るという困難な状況にあってもなお、シドニーが自分の「詩編」翻訳という計画にこだわりつづけることを可能にさせたのであろう。しかし、リングラーの言うとおり、「詩編の逐語訳は初期の実験的試みの所産ではなく、後期の円熟した技法を示している」[15]ように思われる。伯爵夫人がそうした兄の方法を踏襲して、技法上の妙技に加え、精巧さと洞察を示して原詩に反映させているために、幾人かの批評家は彼女の訳の方をむしろよしとしている。かりに彼女の訳のほうが洗練されているとしても驚くにはあたるまい。なにしろ彼女は、兄がそれまで例を見ないほど過酷な一〇ヵ月間に寸暇を惜しんで取り組んでいた仕事を、一四年近い歳月をかけて完成させたのだから。[16]

出征準備に追われる超多忙な六週間のあいだ、シドニーには妻や生まれたばかりの娘と一緒に過ごす時間はほとんどなかった。彼が子供好きだったとすれば、これはかなり辛いことだったに違いない——もっとも、このことは言い落とすわけにいかないが、もし彼が首尾よくドレイクとともに出帆していたら、その先九ヵ月間は子供と会う機会はなかったであろう。女性差別主義者のモフェットでさえ、シドニーが娘の誕生に際して示した喜びように、心の広さを見ていた。

彼は妻が生んだばかりの小さな女の子に、その子が彼自身の正系の子として、しかも彼自身と同じ男性として生まれた子であるのと劣らぬほどの感謝と情愛をこめて、温かく迎えた。フィリップにとってその童女の顔にまさるどんな喜びがあろうか。いかなるものがその娘以上に魅力的と認められようか。自分がついに父親となったこと、ひとりの幼い女の子が将来男子を産むことで彼の世継ぎへの可能性の道を拓いてくれたという知らせを、そのとき以上に嬉しい気持で聞いたことがかつてあっただろうか。[17]

おそらくシドニーはモフェットが想像していたほどにはわが子の性別に落胆してなどいなかったのであろう。いまではきわめて明らかなように、彼はごく若いころから女性たちが好きで、女性を賛美し、女性の道徳的、知的才能を高く評価していた。だからといって必ずしもそのことが幸福な結婚を保証することにはならなかったが、おそらく娘を訓育して、架空の人物ながらパミーラのような女性か、さもなければ生身の存在たる妹メアリのように、教養あるプロテスタント貴族に育て上げることを、将来の楽しみに思っていたことであろう。娘というものは金がかかる。なにしろ結婚持参金をつけてやる必要があるから。しかしレスター伯やウォリック伯から大きな遺産を相続することが見込まれていたので、彼は長い眼でみれば金に困ることはないと確信していた。遺言でエリザベスには「持参金」として四〇〇〇ポンドを贈与するつもりであった。それはメアリ・シドニーがペンブルック伯爵と結婚したときに父が準備した持参金よりも一〇〇〇ポンドも多い金額であった。

一一月二〇日、エリザベス・シドニーは、ハートストリートに面したウォルシンガムハウスのすぐ側に建つ聖オレイヴ教会で、女王自ら名付け親として臨席されて洗礼を受けた。[18] しかし彼女の父はすでにヴリシンゲンに出征していてこの素晴らしい機会に列席することが叶わなかった。兵を招集し、資金と軍馬と弾薬を調達することが主な仕事であった。南ウェールズから、兵二〇〇名をヴリシンゲンの守備隊に徴用し、[19] 多くの友人たちや親類縁者が馬の提供を求められた。たとえばラトランド伯はシドニーに、出発前日、「一頭の美しい馬」を提供した。[20] それはおそらくシドニー個人の使用のためであったのだろう。ヴリシンゲンに着任してからでさえ、シドニーは「わが良き友人たちの多くに馬の提供を求める乞食」[21]でありつづけた。しかしながら隊員すべてが軍事上、管理上の職務を帯びていたわけではない。レスターの非常に大勢の供回りには、法律家、秘書、従軍牧師のみならず、楽師、軽業師、役者、はては道化師、喜劇役者のウィル・ケンプまで含まれていた。シドニーの比較的こじんまりした随行員団にも、早熟なダニエル・バチェラという、年齢が一四歳ぐらいの有能な楽師が少なくともひとりいて、この者は、その後数年の間に、サー・フランシス・ウォルシンガム一家のために数多くの器楽曲を作曲することになった人物である。[22]また別の、シドニーの小姓の一人であったヘンリー・ダンヴァーズは、シドニーと同タイプの、傑出した軍人にして寛大なる学問の庇護者となった。一六二二年、彼はオックスフォード大学に薬用植物園を建設するための土地を、その囲い地や栽培場のための費用五〇〇〇ポンドを添えて提供し、一六二六年、ダンビー伯に叙せられた。[23]シドニーの秘書官は学者のウィリアム・テンプルで、この人は一六〇九年にダブリンのトリニティコレッジの学寮長になっている。[24]なかには何人か、不参加で落胆させる者もいた。シドニーの別の秘書官で、語学にすぐれ密偵でもあったステファン・ル・シュール［ステファンとかいう人］と呼ばれた人物は、一五八五年一〇月半ば、新たに征圧されたアントウェルペン市とのよりよい関係を目指してパルマ公と交渉しようとしていた矢先に、ダンケルクで捕えられ投獄された。[25]「忠実なる僕ステファン」に代わって怒りを爆発させたことが、シドニーにとってはその後の数ヵ月間に生じた数々の苦労のひとつとなった。さらに慌てさせたことに、フルク・グレヴィルは、レスターから一〇〇騎の騎兵の統率権を与えられたのに、最後の瞬間になって女王に出征を拒否されてしまったことだった。[26]もしかしたら女王は、シドニーとグレヴィルがプリマスでとんでもない向こうみずな行動に出たことがあったので、この二人を一緒にしてはおけないと考えたのかもしれない。その結果、グレヴィルがシドニーの改訂中の『アーケイディア』の手稿を帰還する時までと言って預かることになったわけだが、それを返却する機会もないまま、この二人の友人同士は二度と会うことはなかったのである。

この親友が同行できなくなったことは、勅許状が履行されるや否や間髪を入れず一一月九日の出立となったシドニーにとって、たしかに意気消沈させることではあったが、ヴリシンゲンの役人エドワード・バーナムが即刻言及したように、シドニーの憂鬱はもっと根の深いものであった。[27]もしグレヴィルの言うことが信用できるとすれば、彼がヴリシンゲン守備隊への配属を命ぜられたころには、シドニーは事実上ネーデルラントでスペイン人と戦うことへの興味を失っていた。彼は「われわれにとってフランドルの野戦で完全な勝利者となることはむずかしい」[28]ことを正確に予見していた。オランダ人であれイングランド人であれ、多くの彼以外の評言者たちと同様、彼もパルマ勢の進軍はいまや食い止めることはできないと感じていた。もっと広範な場で、もっと大胆な行動を起こすことがいまや求められている。彼はかわりにイングランドが、スペインに反逆するオランダ人やスペインに反感をもつ他の国々を同盟者として利用し、スペイン本土に奇襲攻撃をしかけて「スペインの内臓にまで戦争を拡大する」[29]策をとることを望んだ。彼としては、望むらくは西インド諸島やアメリカにもっと多くのイングランド植民地を設立して、スペイン帝国に敢えて挑戦できたら、もっと上策と思ったのであろうか。[30]この点に関してシドニーの肩入れを確証するものとして、ヴァージニアのロアノークにおけるイングランド植民地長官、レイフ・レインが、一五八五年八月にシドニーに宛てて書いた一通の手紙がある。

わがいとも高貴なる司令官殿…私見によれば、彼（スペイン国王）の陸上兵力はまことに弱体で、彼の脅威はイングランド国内において過大視されていることがわかり、また彼の名声はひとえに彼の埋蔵された財宝から生じたものであり、しかもわれわれが当地で目にするあちこちの財宝は、女王陛下が派遣し給うた小人数の軍隊をもってすれば略取するも保全するもじつに容易いものと考えました結果、ここにこのような不細工な一文を草して閣下に送付申し上げ、わが高貴なる司令官殿、キリスト教会へのかかる奉仕の好機を、つまりスペイン人の手中にあるこの財宝が同国の支配下にある諸国に押しつけているかずかずの不幸からの大いなる救済の好機でもある現下の機会を、拒むべきではないと勧告申し上げないわけには参りません。それはわが女王陛下にとっても、わが国にとっても、特段の栄誉と利益のある事業であり、閣下ご自身にとってはその事業の推進者となることこそ、なによりも推奨に値する、至当なことであると存じます。[31]

自身ヴァージニアの初代長官であったレイフ・レインにとって、シドニーはすでに「司令官」であり、新世界の広大な土地を統べる未来の総督であった。エリザベスとレスターの目には、彼などそんな大物ではまったくなかった。事実、グレヴィルによれば、レスターはネーデルラント作戦に乗り出したが、彼の甥の力量はあまり信じていなかった。

レスター伯が…私に語った…低地地方の統治に手を初めたとき、伯は大勢の中の一員として甥を随行させたのであり、相談相手としてはまだまだ若いとただ軽んじているだけではなく、まだ若い向こう見ずな青年として、彼に押さえをきかせたいと思っていたからである。[32]

何度も掛け声だけに終わる出発を繰り返した後で、シドニーはついに軍務につくために派遣されることになったが、それは彼が本当に望んだような勤務ではなかった。彼がグレヴィルとともに新世界へと赴いて「ダッチアンクルズ」の支配から逃れたいと望んでいたまさにそのとき、彼は、すでにそれが有意義なこととは信じられなくなっていた紛争の渦中へと、親友の支えもなく、レスターの独裁的な命令一下、弩で射るようにして送りこまれたのであった。

しかしその結果、気の進まないシドニーが、ネーデルラント連合州に対するイングランドの援助を開始する責任を負うことになる。新たな行政官たちにとっては、大至急現地に赴いて、エリザベスが本気で援助する決意であることをオランダ人に信じさせることが急務となった。サー・トマス・セシルは痛風を病んでいて、まだ長途の旅に耐えるまでの健康を回復しておらず、また女王がレスターを送り出すかどうかはぎりぎりの時点まで不確かであった。いよいよ出航という間際に、シドニーは女王に宛てて、「暗号」、つまりあるコードを同封し、模範的忠誠を示す手紙を送った。

いとも寛仁なる国王陛下、この不躾な短信は、陛下のご命令ゆえに、誠に畏れながら、時間のゆとりもないままに、束の間に考案した拙い暗号法をお届け申し上げようというものであります。いかなる事柄なりとも、私の知るところとなった事柄が、秘密裡に運ぶべき重要なことであるならば、私は過たず御意を汲み取って（陛下のご満悦こそわが押しの強さの唯一存立するところでありますので）、そのことを直接御前に奏上致す所存です。その間陛下には忝くも私の日ごろからの誠の心情をお読み取り賜り、それ自体は価値卑しくとも、粗末ながら適所に建てられた苫屋のごとくにお褒め給わんことを。謹んで陛下のお手に口付けし、陛下に敵対する者が平安を得られるのは陛下の御威力をいやというほど思い知らされるときのみであることを神に祈り奉る。グレイヴズエンドにて、一一月一〇日。[33]

シドニーの暗号で綴られた報告書なるものは、仮に実際に書かれたとしても、まったく残っていない。しかしながら、彼が人生最後の一年間に出した手紙の数は、それまでの人生において出した手紙の総数よりも多い。この緊張した数ヵ月の間に身辺に起こった事柄の多くは、その不吉なヴリシンゲン到着の経緯も含めて、手紙に書かれた彼自身の言葉で語ることができる。

一一月中旬といえば、北海を横断するのに最適といえる時期ではなく、加えて天候も悪かった。荒天のためヴリシンゲンに上陸することができず、シドニーは、弟ロバートを含む小隊ともども、一一月一九日、木曜日に、ラメキンスに上陸した。馬がないので、一行はヴリシンゲンまで泥濘の中を四マイルも歩かなければならなかった。シドニーがレスターに送った手紙は、レスターが遭遇するかもしれない困難に対して彼に警告を発し、また彼ができるかぎり速やかに出航するよう鼓舞することを意図して書かれている。

木曜日に私たちはこの町へやってまいりましたが、じつは船長たちがヴリシンゲンの前に碇を降ろすことができないほどの猛烈な風が吹いたために、吹き寄せられてラメキンスに上陸せざるをえず、そこからは、これまでどんな哀れな指揮官も経験したことがないような泥中の行軍となりました。民衆は私の到着を非常に喜んでくれています。…民衆の歓迎はイングランドの王冠と女王陛下の安全にとってなんと大きな宝石であるかということは、私が書面で申し上げるまでもなく閣下はよくご存じでいらっしゃいましょう。それでもなお、知れば知るほど私にもそれがいよいよ貴重なものであることがわかってくる、と申し上げないわけには参りません。…私はわが中隊以外の中隊にもかかげさせて、軍旗を増やすことはせずただ変えるだけにしようと思います。と言いますのも、ここの民衆は、実質よりも見かけに左右されやすいので、そうすれば嫉妬を助長する恐れがあるからです。それゆえ中隊の数を増やすよりは各中隊の兵員を増やすほうが取るべき措置であり、それならば容易に為され得るでしょうし、民衆の好感も得られるのではないでしょうか。しかしながら、閣下がお出でになられるまではできるだけ新しいことを始めるつもりはありません。この地では閣下の到来こそが、ユダヤの民衆におけるメシアのごとく待ち望まれております。[34]

「王冠の宝石」というイメージは、一五五七年にカレーを失い一五六二年にルアーヴルを獲ろうとして失敗した代わりに、シドニーがヴリシンゲンをヨーロッパ大陸におけるイングランドの橋頭堡となると看做していたことを示している。しかし彼はまた、新レジームの坐りの悪い定まらぬ勢力と、自身が足を踏み入れた多くの問題を充分承知していた。彼は自分の住居をもたず、一二月中旬に渡英して不在のムッシュ・ジャック・ジュレーから家を借りていた。[35] 兵士は町中の下宿に分宿した。シドニーは彼らが「ひどく健康を害し、惨め」であったと認めている。ほとんど二〇〇もの兵が入院するはめになった。[36] 在住のオランダ人隊長たちとイングランド人隊長たちとの間で多くの「暴言」が飛び交い、事態の改善はレスターの到着後ただちになされるべき緊急のことであった。

わが良き主君、急ぎお越し下さい、どうせお出でくださるのなら、あれこれ考えると、遅れてお越しいただくくらいなら、私としてはいらっしゃらないほうがましなくらいです。と申しますのも、このまま進めば回復不可能になってしまいそうなこの成り行きを阻止できるのは閣下の存在のみだからであります。[37]

アルドゥゴンドゥなる人物については、不満を漏らす不穏な空気もあった。

アルドゥゴンドゥ、たいそう怪しい男ですが、誰からも告発されてはおりません。この者は自宅に軟禁してありますが、私の知る限り、なんらの取引もせず、ただ自分に関する事の真相が、遺漏なく閣下のもとに伝えられることを望んでおります。…私としては、閣下がいずれ直接この者に査問なされて、疑惑を晴らさせるか、あるいは有罪とされたらよろしいかと存じます。[38]

フィリップ・マルニックス、サント・アルドゥゴンドゥなる人物は、オラニエ家お抱えの愛国者で、かの奮起させる「ウィルヘルムス」ソング〔「ナッサウのウィレム」と題するフォーク・ソングの曲に付けた軍歌〕の作詞者であるが、アントウェルペンを裏切ってパルマ公に売ったことが強く疑われている。彼はアントウェルペン市の在外市長だった。現下の市長空位期間中に、オラニエ公ウィレムの一八歳の息子、プリンス・マウリッツが侮り難い権力を握りつつあった。

このたびマウリッツ伯が新たにホラント州とゼーラント州の総督になりましたが、これはひとえに閣下の到着が遅れたことから生じた事態でしたが、私の見るところ、そこに閣下の権威を貶めたり否定したりしようという意図は認められず、むしろ伯爵は閣下の権威に全面的に従うつもりであると見られます。

シドニーはそのように請合ったが、「マウリッツ伯の慌しい選出は、…それがオラニエ家の存続を内意するものだけに…不穏なことであった」[39]。そうして、シドニーは「資金をもって来たのでそれだけいっそう歓迎された」[40]のではあったが、その資金たるや、病人や、もう何週間も給与未払いのままヴリシンゲンに駐留し、なかには飢えた者さえいる士気の上がらない軍隊にとって、およそ充分というには程遠いものであることはすでに明らかであった。兵たちは宿も食事も市民の善意に頼っていたのである。

三〇〇〇ポンド拠出してくだされば、私は、困窮しつつもなんとか手を打って町を治め、自分と兵たちのための宿をこの町の中に見つけることができたでしょうが、今はその宿舎提供者たちのお情けを被っています。…私はオーステンデ救済のために同盟諸州と熱心に交渉してきましたが、何も進展がなく、ことは遅延しております。

結論をいえば、もし直ちに統治権が行使されなければ、万事が水泡に帰すことでしょう。ディヴィスン氏は当地にあって女王陛下、ならびに閣下のご上意には非常に注意を払い、そのことのために大いに骨折り、またそのための出費を惜しみません。私は当地に来てまだ日が浅く、将来はともかく目下のところは重要事項の報告を書くことができません。したがって今はこれ以上瑣末なことで閣下を煩わすことは控え、身を低くして閣下を全能の神の祝福された庇護のもとにお委ね申し上げます。ヴリシンゲンにて、一五八五年一一月二二日。

この手紙を書いたその日、シドニーはミッデルビュルクにあるゼーラント州の議会で宣誓をして総督となった[41]。一一月二三日、二七日のウォルシンガム宛の二通の手紙は、彼がヴリシンゲンで目撃した「虐待」の特定の例に言及している。両書簡においてシドニーは、おそらく金銭と食糧とを求める強欲な隊長たちに「惨めにも略奪された」大勢の個人を、ウォルシンガムの保護にゆだねている。シドニーはこう述べている。

このような事例においては厳罰を加える必要があります。さもないとこの者たちは政府に対して悪い印象を抱くでしょう。[42]

ヴリシンゲンにおけるシドニーの「信望」は、ウォルシンガムがこれらの人々をどれだけ公平に扱うかの一事にかかっていた。

レスターが到着すればすぐに万事うまく収まるだろうというシドニーの示唆には現実性がなかった。レスターは自身操船術に無知だったこともあって、シドニーと同じく渡航には難儀した。そこで彼はブリルに上陸することに決めていたが、ぎりぎり最後の瞬間に、海軍中将スティーヴン・バロウズに、そこの港は小さくて全艦隊を収容できないと説得された。その結果、艦隊の一部はヴリシンゲンに向かったが、馬や糧食を積んだ第二艦隊は、計画の変更を聞かされていない水先案内人に先導されて、ブリルへと進んだのであった。[43]それから数週間後になって初めて、レスターは寄合所帯で士気のあがらない軍隊をもっとうまく統率するために、決定的手段をも取ることができるようになった。それというのも歓迎式典にひきつづいてクリスマスと新年の祝賀があり、それもまず大陸式（新式）の暦で、それから一〇日後にはイギリス式暦(バジェント)で祝い、合わせて一ヵ月の大半を要した。どこへ行ってもレスターは祝賀の号砲や、篝火、祝宴、演説、野外劇、花火をもって歓迎された。[44]そうした祝宴の皮切りとなったのはヴリシンゲンで、そこではシドニーとプリンス・マウリッツとが一二月一〇日にレスター歓迎の祝宴を張った。さしあたりシドニーは、食料も不充分で、準備不足の配下の軍をヴリシンゲンに残したまま、叔父の巡行に同行するしかなかった。一般兵士は給金もほとんど支払われないままその多くは飢餓状態に近いというのに、オランダやイギリスの高官たちは貴族の仲間といっしょに饗宴と酒盛りにうつつを抜かし、ときには泥酔したり、はめを外したりする体たらくで、[45]食事が食するためばかりでなくプロパガンダとしても利用される宴会となることもよくあった。一例をあげればレスターはオラニエ公ウィレムが暗殺された建物に滞在していたが、デルフトでのさる宴会においては、ひとつの象徴的な食卓中央の飾り物があった。それは、

> 真珠の岩の上に築かれた水晶の城で、城をめぐって幾筋もの銀の川が流れ、それらの流れにはありとあらゆる水鳥、魚、獣が、あるものは傷つき、あるものは殺され、あるものは息も絶え絶えになって累々と横たわっている。その置物全体の上に美しい聖女が身を乗り出し、城の上からこのものたちの救済に手を貸し与えている。[46]

「美しい聖女」とは、無論、哀れなオランダの獣たちを救済するために、海の向こうのイングランドから手を差し伸べているエリザベスを意味していた。

シドニーのいいところは、彼が一般兵士たちの窮状に深い関心を寄せていることを表明していたことである。一二月一〇日のウォルシンガム宛の手紙の中で、彼は暴利を貪っている腐敗した軍糧供給者どもについては女王と枢密院とに正式に告訴すると警告した。[47]彼は、病み衰え飢餓に苦しむ役に立たない兵隊をもってしては、ヴリシンゲンを敵の攻撃から守ることなどまったくできないと感じていたが、さしあたり自分の部署はそのままにして離れることを余儀なくされたのだった。

> わが主君、レスター殿には、伯爵が任地において落ち着くためにも、どうしても私を御身の近くに置かれるつもりだ。私はボーラス殿のまことに有難い力添えを得ているので、私にできる最上の命令を出しておけばよいのです。

シドニーは後になって、駐屯軍の司令官ウィリアム・ボーラスの信頼性に疑念をいだくようになった（四七三頁参照）。

一月の第二週、レスターの巡行がライデンまで進んだときになって初めて、ある妥当な交渉が始まった。七日、同盟諸州の代表者たちはレスター、デイヴィスン、シドニーと協議したが、レスターはシドニーを代表者のひとりに任命して、その討議をそれからも何日か続けさせた。[48] レスターが、自分はシドニーを「進取の気にあふれた青年」だが、自分の助言者となってもらうには若すぎると見なしていた、とグレヴィルに漏らしたといわれるが、レスターが州総（ガバナ・ジェネラル）の称号を受け入れるという分別を欠いた決断を下したことにシドニーは深く関わっているので、レスターのそうした言葉は後から顧みての判断だったのであろう。デン・ハーグにおける一月一〇日の騎兵隊大招集のあと、ライデンでまた別の会議があり、そこでシドニーは、おそらくその流暢なフランス語で演説をした。あるオランダ側の報告によると、彼は古代の歴史と当代の政治の緊迫した情勢とを直かに結びつけて、次のように言っている。

> 自分が歴史から学んだことは、ローマ共和国の状態が、近頃のネーデルラント同様に（このことは「オランダ人」は充分に承知しているのだが）、完全な危機あるいは危険に陥ったときには、独裁政権を樹立することが必要であったということである。それによって、国家の繁栄に関するすべてのことについて、絶対的権力と絶対的裁量権が認められ、いかなる指図も制限も束縛も受けなかったのである。[49]

シドニーはおそらく個人的には、彼自身の『旧アーケイディア』の第四巻を思い出していたことであろう。そこでは王の忠実な顧問官フィラナクスが、指導者不在の国家の支配権を代行しているのである。レスターにとっていちばん影響力をもったのは、歴史なのか虚構なのか、甥の熱意のせいなのか、それともあの宴会攻めと追従の垂れ流しに興奮したせいか、それから二週間後にレスターは州総の称号を受け入れた。もっとも彼は、真の名誉と権力は依然として女王にあることを勇気を持って論じようとしてはいるのだが。

…私は女王の一廷臣及び武官としてこの地へ派遣されたので、彼らは私を、女王のために、全ての州、全ての町のみならず、全国津々浦々の軍人に対する全面的な指揮権をもつ総督兼総司令官としましたが、それのみならず同様に、彼らの全歳入、示談金、賦課金、関税、その他なんでも処理する権限を与えてくれました…。女王陛下に寄せる彼らの絶大な信頼と愛の証であります…[50]

——エリザベスはそんなことで誤魔化されはしなかった。二月下旬にはサー・トマス・ヘニッジを使者として送って、女王の信頼に対するレスターの裏切り行為と見なされることに対する女王の極度の不快感を伝えさせた。女王はそれまでネーデルラントの統治権を受け入れることに対してはつねにきっぱりと反対してきた。というのも、そのような統治権には無制限の財政的負担が伴うからであった。シドニーは、三月一八日にバーリに宛てて書いているように、レスターが州総の地位を受け入れたことは正しかったのだと主張しつづけた。

当地の最新の情報はサー・トマス・ヘニッジに託してありますが、思うに卿はその正直さによって、この一年間に悪事をはたらいたどんな者よりも人を傷つけてしまいました。しかし私が神に望みますことは、もし女王陛下が事態の真相をご賢察くださるならば、仁愛深い陛下には、陛下にとってやりがいのある、しかも相当の代価を必要とするこの大業を、よもや完全に放り出すようなことはなさらないであろうということです。しかしそれは私ごとき者の容喙すべきことではありません。私はただヴリシンゲンを求めているだけです。貴台の温情ある計らいを切望いたします…[51]

シドニーは、一月末にはゼーラント連隊の連隊長に任じられるなど、レスターの強化された権力における初期の受益者だったし、さらにプリンス・マウリッツを更迭してゼーラントの「全島の総督」にするという話もあった。[52]「私はただヴリシンゲンを求めているだけです」と声を大にして主張することで彼は領土的野心の範囲を明確に限っていたのだ。

三月末までには女王は曲がりなりにもレスターと和解にこぎつけた。もっとも女王はレスターに宛ててこんな悲しい手紙を書いている。

双方が損をするような場合には、いつでも厳しい取引になると考えられるもので、私たち両者の場合もそういうことになります。[53]

しかしシドニーは許しが得られなかった。女王はどうやら彼が叔父レスターをそそのかして己の野望を満たしたのではないかと疑っていたらしく、ウォルシンガムの報告にあるように、七月になってもまだシドニーへの怒りは消えていなかった。

女王陛下は、ホーエンローエ伯の不満が大きくなったのは、ゼーラントに配属されている歩兵隊の連隊長職から彼が更迭され、替わって同職がサー・フィリップ・シドニーに与えられたからであると仰せられた。…シドニーは野心をもってものごとを追求するので、非はサー・フィリップにあるとされておられる。女王陛下は、およそどんな些細なことにおいても、非はシドニーにあるとお考えになられる傾向が非常に顕著であるように私は思っている。[54]

女王はそれまでもつねに、シドニーがともすれば女王の認可を得ずに外国の栄誉や権力を受け入れがちだったことを危惧していたが、レスターの背任にも彼が関与していたとあっては、その疑惑はただちに確信となるに余りあるものであった。子供時代にまで遡る女王のレスターへの愛着を思えば、レスターへの怒りがいつまでも長く続くことはあり得なかった。しかし、シドニーにはそれは当てはまらなかった。

エリザベスがシドニーに対して強く批判的であったことは驚くにあたらない。彼女はシドニーがお別れの手紙で懇願したように、彼の心を「読みやすい」と感じてあまりにも安易に読んでしまったのかもしれない。彼の人間的魅力と雅量は、友人からは惜しみない敬意を、部下からは限りない忠誠をかちえるほど大きなものだったが、それがかえって彼を危険なまでに抑制のきかない人物にしてしまったのだ。叔父のレスターと自分自身のためにさらに大きな権力を求めたがる欲望の背後には、ネーデルラントにおける英国の介入を推進する積極的行動主義者の意図があったが、それは女王の政策とは真っ向から対立するものであった。英国軍は「専守防衛」に徹すというのが女王の主張であったのだから。レスターはそのころパルマ公に占領された都市を徹底的に奪回するようにという勅令は受けておらず、それ以上の侵攻を防ぐことだけが委託されていた。[55] 一五八六年のあいだ中ずっと、レスターは落ち着かない気持で、女王がスペインと平和協定を結ぶことを決断する可能性の強いことを感じていた。にもかかわらずレスターが到着して数週間も経たないうちに、シドニーは、いくつかの顕著な軍事的成功を収めれば味方に有利な宣伝材料となって、女王の怒りも消えるだろうと信じ、「敵」に対してしきりに積極的手段を採ろうと逸りたった。自分たちの総督がめったに現地に住居を構えないことの不満をかこつばかりだったヴリシンゲンの役人たちによれば、「昼も夜も、彼は敵に対してなにか打つ手はないかとあれこれ方法を研究していた」[56] という。一五八六年二月、彼はパルマ公が一五八二年に領有したステーンベルゲンの町を攻め落とすために、ある巧妙な策をめぐらした。そのことについて二月二日、レスターに宛てて、シドニーはベルゲン・オプ・ゾームからこう書き送っている。

ここはただひたすら閣下に懇願するのみですが、…ステーンベルゲン攻略のために、この地区（ベルゲン・オプ・ゾームの駐屯地）から割いて出せる兵員に加えて、閣下の歩兵二〇〇名と、さらにそれといっしょにこのあたりの閣下の配下の騎馬隊から三〇〇の兵士をお送り下さるお気持ちがあれば、私は身を挺して勝利をかちとるか、敵にグラーヴェの包囲網を解かせるか、あるいは、これを私はもっとも望みますが、その両方の結果をもたらすよう力を尽くすつもりです。しかもそれは世界中が見守る中で成し遂げられ、大いなる名誉と利益をもたらすよう遂行されるでしょう。[57]

彼はまたキャプテン・タティ、サー・ウィリアム・スタンレー、サー・ウィリアム・ラッセルに作戦の指揮を取る手助けを要請し、「もしも神の御意あらば、必ずやそれは貴台の名誉となるはずです」と加えるのであった。レスターは賛同し、二月二七日、シドニーの計画は実行に移された。ステーンベルゲンの総督、ラ・フェルジィには、近くの同盟諸州が所有するウー城の守備隊が離反しようとしているという偽りの情報を流しておいた。[58]真夜中近く、ラ・フェルジィは自軍を率いてウー城に迫ったが、そのとき突如守備隊が打って出て彼と五人の部下を殺害した。いっぽうシドニーは、できれば敵兵が城へ向かう途中か、あるいは城から出た後で迎え撃つことを期して、兵一〇〇〇人を率いてステーンベルゲンへと向かったが、運悪く「そのどちらでも敵影を発見できなかった」。[59]中一晩挟んで二日間、守備隊がまだ出払っている間に町を攻略しようと意図して、彼は兵を町の外に待機させていたが、町を囲む堀は氷が張っていて、その氷は兵士たちがボートで進むには固すぎるが、さりとて歩いて渡れるほど固くはなかったので、計画はうまくゆかず、それ以上は何の効を奏することもなく彼らは立ち去ることを余儀なくされた。[60]

ゆっくりと溶けてゆく氷のために、シドニーの計画が頓挫したということについての詳細なこれらの記録は、レスターの随員のひとり、おそらくは医師兼文書係のドクター・ジョン・ジェイムズがつけていた日記を典拠としている。そこで語られているステーンベルゲンの賭は、指揮官たちのひとり、キャプテン・タティによるレスターへの口頭報告を要約したものである。[61]「世界中が見守る中で」みごとな大成功をおさめるどころか、シドニーは何も達成できなかった。また、ステーンベルゲン襲撃も、陽動作戦として何の成果を挙げることもできなかった。パルマ公のグラーヴェ攻囲はつづき、五月末には町が陥落して、そのためにレスターは非難を蒙ったのだった。[62]よくあることとはいえ、シドニーには運がなかった。レスターの統治の初期に戦略が成功していたならば、イギリス国内に熱狂を生み出して、エリザベスも一般的には軍事行動を起こさざるを得なくなっただろうし、とくにシドニーには、もっと心からの支持を与えざるをえなかっただろうと思われる。しかし最初の失敗は、彼を危険な激しやすい男と見る女王の評価を確たるものにするのに役立っただけであった。

当然ながら、シドニーはその最初の功業となるはずの真剣な軍事作戦の失敗に気落ちし、さらに女王の不興が伝えられてはなおのことそうであった。女王の凝り固まった敵意を避けるようにして、彼はスコットランドの旭日たる少年王ジェイムズ六世の方にますます熱い視線を送るようになっていった。五月、彼はマスター・オヴ・グレイに温かい文面の手紙を書き、「誠に私の愛する、あなたの王」[63]への特別の挨拶を記し、その夏のあるときには、民法学者ドクター・ジョン・ハモンドに、スコットランド女王メアリの死刑執行の合法性について、判断所見の起草を依頼した。[64]その一方、ウォルシンガムに宛てた三月二四日付の長文の手紙は、彼が物事に動じないようでありながら、じつは明らかに深い憂鬱と不安の状態にあったことを示している。それはおそらくそれまでに彼が書いた手紙の中で彼の隠された内奥の秘密を最も明らかに示しており、彼という人間の内面がかかえているストレスと矛盾を、彼の虚構作品中のどんなものよりも鮮烈に露呈させている。

謹啓、父上より頂戴するさまざまなお手紙は、そのいずれもが苦渋に満ちており、私の見るところ、遺憾ながら私の見るところ、それを父上は故国で毎日のように経験なさっておられるようですが、父上が喜んで私にお寄せくださるご厚意ゆえに、私の直面する問題で父上までもわがことのように悩ませてしまっているように思われます。しかし、どうかそのようなことはご無用に願います。私はすでにわが身の危険や欠乏や不興といったものの損得勘定は放擲しました。そこで、神かけて、わが心中において大義を愛する気持ちはそれら一切を合わせた額をはるかに超えておりますゆえに、神の恩寵を得ている私の決意が鈍るようなことは断じてありません。もし女王陛下が源泉であるならば、私が日ごと目にすることから恐れますのは、われわれは早晩枯渇するのではないかということです。しかし、陛下は神が用いられる器にほかならぬものでありますから、私は思い違いをしているのかどうかわかりませんが、心底から確信しておりますのは、かりに女王が手を引かれたとすれば、かならずや他のいくつもの泉が湧き出して、この軍事的動きを助ける挙に出るでありましょう。と申しますのも、自分は世の無法者に対抗する大事業にかかっているのであり、そのような事業においては、人間の力を過信することは、神の御業に性急に見切りをつけることに劣らず大きな過ちだと思っているからです。思うに英明で志操堅固な人間は、人も認めるように、己の役割を真摯に実行しているならば、他の者がみな下りたとしても、けっして悲嘆に暮れたりすべきではありません。つまり、水夫たちが怠けているからといって当の本人が持ち場を放棄するならば、その過ちはけっして許されるものではありません。私としては、私自身の辿る道をお約束はできません…なぜなら私は、かならずや自分を支えてくださるはずのより高い力が存在し、それなくしては自分は失墜してしまうことを知っているからです。しかし私は自分が他人の要求に引きずられて自説を曲げるようなことはないと確信しています。[65]

この一節には当時のシドニーの宗教的瞑想がすみずみまで行き渡っている。彼はネーデルラントの紛争をアルマゲドン［ヨハネ黙示録一六章にある神と悪魔の決戦場の名称］の予兆として見、最終的には、軍事力にではなく、「詩編」第二〇編にあるように、神に頼るしかないことを認めているのだ。

いまこそ我が内なる知恵は語る――

神その聖油を授けられし者を失墜より救い給うと。
　天上の聖地より
　神は汝の声を聞き
まこと天使らとともに聞き、救いの御手を差し伸べん。
　ある者は武装せし戦車をたのみ
ある者は騎士の武芸をたのみとする。
　だが我らが主なる神の聖なる御名にかけて
　凝らすわれらが思いを
しかるべき記憶とともに期して待たしめよ。[66]

シドニーはさらにつづけて、

そういうわけで、父上には、私の個人的事情に関しては父上を除いたすべての人を束にしてもなお足りないほどの恩義がありますが、どうぞ私の問題などでお心を煩わされないでください。と申しますのも、私は私の判断するところ、あらかじめ最悪の事態を予見しており、それより悪い事態にはなりようがないのですから。もし女王が我が軍の兵士に給金を支払って下さらないならば、女王は守備隊を失うこと必定で、それについては疑いありません。

この時点でシドニーは、自分がいよいよ悲劇の終幕にいることを自覚しているように思われる。『新アーケイディア』第三巻からは、彼が実際もっと広い意味において「あらかじめ最悪の事態を予見していた」ことがわかる。セクロウピアの要塞の長期にわたる不毛な包囲戦は、善意の人アムファイアラスの自殺未遂で頂点に達するのだが、[67]

それを物語る彼は、水浸しのネーデルラントが提供できるかぎりの淀みと頓挫の同じほど暗い幻影を見ているのだった。彼はさらに自己正当化しようとして続ける。

しかし、およそまともな人間なら、いけないのは私だと言える者はいないでしょう。私は彼らのために自分にできることなら何でも致します。機会があれば私はどんな危険も厭わないつもりです。誰にも不正の責任を私に転嫁するようなことは断じてさせませんし、それ以上の疑惑を持たれても、私にはまったく身に覚えがありません。これまでも私はアダムズを介してその件に関して率直に枢密院に手紙を書いてきました。ですから判断はあの方たちにまかせます。今回の戦闘は私にとって、犠牲の多い始まりでした。私にはそれに見合うだけの備えがまったくなかったからです。従者たちは未経験な者ばかりで、私自身、装備らしい装備はなにもなく、ひとりの援助者もおりませんでした。しかしこれからは、もしまだ戦争が続くとしたら、ずっとましな戦いを展開できるでしょう。ベルゲン・オプ・ゾームについていえば、本音のところ、私はそこでの滞在を喜んでおります、と申しますのも、そこは敵に近いのですが、特に、非常に美しい一軒の家があって、空気はすばらしく、そこを妻のために予定していたのですが、父上がそちらで心を砕いて下さっている様子、また私の留守中に、そちらからの支払いが滞ってなんらかの不都合が生じかねないことがわかり、さらにまた、とかく女王が万事を私に不利な方向に解釈なさりがちなことを考えまして、私はそこを、わが真の友にして、勇気ある率直な紳士でもあり、かつその地に相応しい人物であるウィロビ卿に明け渡しました。

弁解めいた語調とともに、そこにはシドニーが若妻を盾にとって感情的恫喝の具に利用しているような、なにやら不愉快な物言いがある。もし彼の仕事ぶりが適切な評価を受けていたのなら、フランセス・シドニーは立派な邸宅に敬意をこめて迎え入れられることが見込まれたことであろう。ところが実際には、彼女が彼のもとへやってくることさえ無期限に延期させられたのであった（四一四頁参照）。その一週間前には、自分はただヴリシンゲンしか望んでいないとバーリに語っていたのに、ここではもっと広い領土的野心を胸に育んでいたことを、彼は認めているのである。「敵に近い」というベルゲンの位置が、ほんとうにフランセスと赤ん坊にとってふさわしかったのかどうかはまた別の問題である。

いつもの通り、シドニーは彼自身の地位にこだわっていたのであり、またしても自分より身分の高い紳士に、譲歩してしまったのであった。

> そういうわけで、私の支配権の多くは失われてしまっていることを父上にはご理解いただきたいのです。祖国では私がたいそう野心家で、高慢な人間であると言われていることを承知しておりますが、もし私の真情を知れば、私をまるきりそのように判断することはしなくなるでしょう。私は父上宛に手紙を書いて、それを妻への手紙に同封するかたちで、わが主君レスター伯の道化師であるウィリアムに託しましたが、それに対するご返事はまだ頂戴しておりません。その内容は、主君レスター伯に関するちょっとしたことと、奥方をそちらへ止めておくための方策があるかもしれないというご相談でした。その後も父上に手紙を受け取っていただけたのかどうか知るために時々お便り申し上げましたが、その点について父上はなにもお答えくださいませんでした。その後使いの者が私の手紙をレスター夫人にお届けしたことはわかりましたが、夫人がそれを父上にお渡しくださったかどうかは存じません。しかしぜひ知りたいと思っております、なにしろ私はその手紙を、字面以上に解釈されているのではと疑問視しておりますので。

レスターの「道化師」というのはほとんど確実にウィル・ケンプのことで、この者は、のちに、同じように手紙を先方に届けなかった男、すなわちシェイクスピアの『ロミオとジュリエット』の道化ピーターの役を演じることになった男であった。[68] シドニーがなんとしても避けたいと願ったのは、レスター伯爵夫人が夫君と合流するために、大勢の侍女を従え大量の荷を連ねて、ネーデルラントまではるばる出かけてくることだった。もしそんなことになれば、シドニーにはよくわかっていたが、エリザベス女王からの援助と励ましへの望みは断たれることになるだろう。シドニーに公平を期して言うならば、おそらく一つには他でもないレスターに夫人を本国から呼び寄せることを思いとどまらせるためにシドニーは、自分の妻を呼び寄せることについてはむしろ二の足を踏んだのであった。

この手紙の最後の部分は実務的なことがらの要約で締めくくられている。

エリントン氏は私とともにヴリシンゲンに滞在していて、氏のような高名なお方とご一緒ですと、私も一層安心できると思っております。しかし、畏れながら父上、真面目な話、ボーラスという人は、一般に受け取られているのとは違う人物と私は見ています…バーナムが請願を受け入れられることを神に祈ります…ターナーは何をやらせてもうまくできず、火縄銃の音は何より苦手です。この夏は苦しい戦いを余儀なくされることでしょう。こんどの戦争は、もし取り決めがちゃんと守られ、現在のわれわれを大いに弱体化させているこのような不名誉なことが避けられていたら、すでに勝利を収めていたはずのものなのです。いまはこれ以上は申し上げられませんが、父上の末長いご多幸をお祈り申し上げます…この世でこんな善良な父がこれほど問題の多い息子をもったためしはありませんでした。

どうかサー・ウィリアム・ペラムを送り込んで、彼にクラークの職位を与えてやってください。こちらは書記（クラーク）を必要としておらず、そういう人が一番必要なのは議会のほうなのですから。

「女性の誰にも適している」とはいえない家など戴くことになるというシドニーの最後の脅し文句はすでに引用した（四一四頁参照）。愛する「父」としてのウォルシンガムに対する愛情のこもった弁明は、おそらくそんな語調を緩和することを意図したものであろう。大砲の名手で年配のニコラス・エリントンは、シドニー死後の総督不在の期間、ヴリシンゲンの総督代理を務めることになる。彼は兵士たちに、自腹を切って食糧を与えた[69]。臆病者としてシドニーが軽蔑していた「ターナー」というのはブリルの水上取締官リチャード・ターナーだったと思われるが、劇作家シリル・ターナーの父親らしい人物ということで注目される。[70]一五七〇年にカスティリオーネの『廷臣論』をラテン語に訳し、ケンブリッジの人文主義者で法律家であった、小者のバーソロミュー・クラークの仕事ぶりなど、レスターもシドニーも有難いとは思わなかった。[71]その男の名前をだしにしたシドニーの軽蔑したような地口は、どんなにストレスの多い環境に置かれてもすぐに皮肉な言葉が口をついて出る彼の気質を典型的に伝えている。

シドニーのこの手紙の末尾でもっとも重要な点は「この夏は苦しい戦いを余儀なくされることでしょう」という彼の予言であった。彼にとって、夏は特別な意味で「苦しい」ものとなることとなった。五月五日、サー・ヘンリー・シドニーがウスターの主教館で急死した。享年五六歳であった。フィリップが身辺の整理をして母を慰めるために帰国することを女王が拒否したために、彼はほとんど喪に服している暇もなかった。[72]この死別に言及した唯一現存する資料といえば、「父が所有していた役に立つ馬」を軍用に供するために何頭か送って欲しいとウォルシンガムに要求している至急の依頼便が一通あるだけだが、[73]なにかもっと深い罪悪感と悲しみの感情を彼は封印して、おくびにも出さなかったのに相違ない。六月も遅くなって、ついに彼の妻フランセスが彼と合流するために送られることになったのは、彼になんらかの家庭的安らぎをあてがうことを目的としてのことであった。六月二八日付の手紙は、妻との再会を待ち望むシドニーの喜びの響きを伝えている。

私もまもなくヴリシンゲンへ向かいますが、そこからの便りでは、娘はとても元気で機嫌のよい様子…[74]

であり、また、九月ごろまでにはフランセスが新たに妊娠初期の兆候を見せているところをみると、夫婦関係をうまく再開できたことは疑いないようである。[75]バーンエルムズかウォルシンガムハウスのあの快適な住み心地とはおよそかけ離れたこの異国の環境の中で、シドニーは妻への情愛がいっそう深まるのを実感したことであろう。母親としての経験を積み、また海を渡ってはるばる戦闘地域までやってきた経験が、いやでも彼女を急速に成長させたのであろうか、フランセスは、ヴリシンゲンのプリンセンホーフ［公爵邸］に住んでいたオラニエ公ウィレムの未亡人、ルイーズ・ドゥ・コリニーという新しい友人を得た。エリザベス朝時代の多くの女性たちがそうであったように、フランセス・ウォルシンガムも結婚したときはまだ子供も同然であった。それが成熟するにつれて次第に夫にとってもっと興味ぶかく魅力を増すようになり、時間がたてばこの夫婦はほんとうに親密な関係を育んでいったことであろう。

しかし、戦争が勢いを増すに及んで、結婚生活の歓びは短い合間をぬって奪い取られねばならなかった。惨めな失敗の連続に対抗してなんとか一発成功を収めることが急務であった。グラーヴェは五月の末にすでに陥落し、六月一九日には、恐れを知らぬロジャー・ウィリアムズに率いられたパルマ陣営への無謀な襲撃にもかかわらず、ヴェンローもまた陥落した。[76] 六月三〇日、シドニーと弟ロバートと酒豪のホーエンロー工伯とは、ブレダから敵の軍勢に盛んに攻撃をしかける作戦に従事していたが、[77] ほぼそれと同じ頃、シドニーとプリンス・マウリッツに、さらなる野心的な作戦を練っていた。アクセル急襲の功を、オランダ側の文献は一八歳のマウリッツに、イギリス側の文献はシドニーにありとしている。この戦闘に両者がともに関与したことは間違いなく、しかもこの一度だけ、計画はうまくいって、七月七日、アクセルを攻略した。ストウによれば、シドニーはこの大胆不敵な「カミサード」、つまり夜討ちに[78]備えて、アクセルの町まで約一マイルというところで、この戦いは聖戦であるとする内容の「長々とした演説」をぶちあげて、兵員の士気を鼓舞した。

彼は兵士たちには何者を相手に戦っているのかを示す必要がなかった。それは邪教の徒、神とその教会の敵と言うだけで足りた。つまり相手はアンチキリストであり、本性においても生き方においても、甚だしく人の道に悖るために神が厳罰を下さずにはおかないような輩である…さらにまた、皆がこの戦いで加勢しているのは皆の隣人であり、英国人にとってはつねに変らぬ友、善意の人びとである。さらに加えて、誰も特別注目に値するほどの働きをする必要はなく、彼自身が自分の望んだ目的のためには矢面に立つと力説した。[79]

グレヴィルもまた、シドニーが兵士たちに与えた報酬のことに触れている。

…シドニーは、行軍中には列を整え沈黙を守るという古来の厳格な規律を復活させ、町へ入城後は、選ばれた兵士の一団を市場に配置して陣地を構築させ…その任務が終わると、規律への服従に対して彼自身の財布から全員に鷹揚に報償を与えた。[80]

モリニュークスは、その後の町の奪取にまで至る討伐戦の一部始終を称賛して描写しているが、それによると、シドニーは堤防を切り、「この地域の土壌はこれまで最上の、もっとも肥沃なものであった」[81]のに、周辺一帯を水浸しにする作戦に出た。飢餓は両陣営にとって通常の戦術であり、「小百姓」つまり地元の農民の身に何が起ころうと誰ひとり気にもかけなかった。

アクセル奪取にシドニーが指導的役割を担ったかどうかはともかく、彼が部下の兵士たちに気前よく報酬をはずんだというグレヴィルの記述はどうやら正確であるらしい。人生最後の数ヵ月間、シドニーは金銭を湯水のごとく使い、彼がもっと実質をともなった援助を受けるに値すると判断した個人のために、絶えず推薦状を書いてやっていた。[82]ズットフェン近くでの小競り合いの前に彼が書いたまさに最後の手紙は、女王の召使、リチャード・スミス氏なる者が「いまや年をとって体も弱ったので」、年金を与えお役御免とする必要があると進言したものであった。[83]シドニーの判断はつねに受け入れられていたわけではなかった。例えば彼はウォルシンガムに手紙を書いて、軍の財務官リチャード・ハディルストンを擁護していて、この者をシドニーは「私に判断できたかぎり万事において信仰心篤く、正直でした」と説明しているが、ハディルストンはのちに詐欺罪で有罪となっている。[84]

アクセルでの勝利からほんの一週間後、シドニーの進んで人を善意に理解しようとする気持が裏目に出て、一五七八年以来スペインが領有してきたグラヴリヌの海港であやうく大失態を招きそうになった。パルマの軍勢が、レスターの甥を生け捕りにすれば大勝利になると気づいて、彼に罠を仕掛けたのだった。そのことが、以下のように、ある知られざる人物の日記に描かれている。

我らが兵士は、その数四〇を数えたが、グラヴリヌの敵方の奸計によって、捕縛され殺害された。彼らは城と町を明け渡すという密約をサー・フィリップ・シドニーと交していて、それで彼自身を捕えたのも同然と考えていたのだ。しかし彼らの目的は実現しなかった。と言うのもさらなる安全を期して、シドニーはまず最初に兵士を二七人だけ町に送り込んで、彼らは受け入れられた。それから彼自身行くことが期待されていたが、シドニーは彼らの奸計を怪しんで、さらに五〇の兵士を送った。彼らが町の近くまでやって来たときに、一〇〇の騎兵と二〇〇の歩兵に襲撃された。しかし（一四、五の兵士を除いて）みな再び自船に逃げ帰った。[85]

八月一四日シドニーはデイヴィスンに書き送っている。

我々に託されたグラヴリヌの長期にわたる計略は、完全に裏切られた。思うに我々と交渉していた輩さえも裏切っていたのだ。[86]

それはきわどい戦いであって、後になってその事件からいくらかでも名誉を挽回しようという試みがあるにはあったものの、事実は四〇人以上の兵士が無駄に命を落とし、レスター遠征の敗北や大失態の事例を増やす結果となった。そうしてそれら全ては女王が適切な支援を拒絶したせいとばかりは言ってはいられないのだ。

八月中旬シドニーがヴリシンゲンに戻っているあいだに、また悪い知らせが入った。母が八月九日ロンドンで死去したのだ。彼女はウォルシンガムハウスに滞在していたのかもしれない。というのは彼女の死亡届はハートストリートの聖オレイヴ教会に出された後、遺体はペンズハーストの夫の傍らに埋葬されるために運ばれていったからである。[87] 未亡人としての短い三ヵ月は、三人の息子たちがみなネーデルラントに出かけて、彼女から離れて遠方にあり、心の底から惨めな思いをしたに違いない。こんどこそシドニーが帰国して葬儀を執り行うことには疑問の余地がなかった。「事故の起こりやすさ」について現代の医学的所見によれば、

> 感情的重圧がおそらく最も重大な要素であろう。当人の性格に関係なく、事故の反復は、重圧となる「人生の大事件」のあと数ヵ月後に起こるようにみえる。[88]

七月、グラヴリヌの大失敗のころではあったが、シドニーは自分を危険にさらすことを拒否することには極めて慎重だった。しかし九月二二日の朝、彼が大腿部を被う鎧を着用しなかったときには、もう明らかにその慎重さを失っていた。彼の態度を変えさせたのは、母の死であり、休暇をとって母の喪に服すことがまったく不可能な事態だったのではあるまいか。モフェットの言うことが正しければ、――モフェットはペンブルック伯爵夫人の侍医であったので、彼の言うことは正しいという可能性があるのだが――母の死去の知らせは、妹が重篤だという噂とも重なった。[89] 先頃近親者を見送った多くの人の場合に同じく、このとき彼は人生の空虚感に押しつぶされそうになっていた。人生は、

> 愚者の語る話で
> 喧噪と狂気に満ち

すべて意味もなく…[90]

そうして母の逝去後、六週間もしないうちに彼が重傷を負ったというのは、偶然ではないであろう。

他にも多くシドニーの意気を消沈させるものがあったし、ここに来て初めてあからさまに叔父に対して批判的になっていった。八月一四日に書かれた四通の手紙のうちの一通では、ヴリシンゲンの駐屯地の絶望的な事態をあらいざらい報告して、このことをウォルシンガムに仄めかしている。


断言できますが、父上、今夜はまさに給料の未払いのために、我々は一気に破滅してしまいそうでした。今や四ヵ月の遅配で、当地では支えきれないことです。レスター殿について不平を言うなど、父上も私がそうしてはいけないと思っておいででしょうが、今度ばかりはそうせざるを得ず、いったん兵士が徹底した騒動を起こせば、それは本当にありうることですが、この町はお終いです。私も実際見ているのですが、我が国民がかくもやすやすと寝返えることがあるとは思いませんでした。[91]

自説を強調するために彼はヴリシンゲンの戦略的重要性を力説し、この町がなければ、「スペイン王の全軍をもってしても…けっして英国を侵略することはできないでしょう」と意見を述べた。これにはいくらかの真実があった。と言うのは、ヴリシンゲンはパルマがフェリペ二世の「無敵艦隊」を一五八八年の五月に増補するための素晴らしい拠点になっていたであろうと思われるからだ。

「苦戦」は一五八六年の夏を通して続いた。その間レスターの直属の随行員のためにはしばしばお祭り騒ぎの宴会が開かれていた。例えば七月二三日にレスターは、関係する国々の紳士、淑女、それに貴族たちにデン・ハーグの大きな庭園で、そのために設えられた四阿で豪華な食事を供した…

そのとき「音楽、舞踏、そして花火」があった。[92] レスターはあまり軍事上の成功をおさめていなくても、少なくとも彼がたいそう長けていた豪勢な歓待によって、友人をかち取ることができたのだった（一四三―五三頁参照）。八月の後半、遠征軍は北に移動し、ゲルダーラントに入り、パルマとその軍隊の動きを追った。この時もまた宴会が目だっていた。八月二〇日、レスターはアルンヘムに到着し、アメローンゲンの近くに野営のテントを張って、二四日には、

聖バルテルミの祭日であったので、閣下は敵に対峙している軍の素晴らしい成功を願って、厳かな祝宴と祈願を執り行われた。[93]

一四年前パリで起こった虐殺の記憶が、疲労困憊していた軍隊の熱意を激化させたであろう。しかしこのところ六ヵ月間の緊張が目立ち始めていた。激しやすいホーエンローエ伯は、シドニーがゼーラント連隊の副官であった彼を、配置転換したことに腹をたてていたのはもっともなことだが、レスターとも、古強者のサー・ジョン・ノリスそしてそのキャンプの指揮官であったサー・ウィリアム・ペラムとも喧嘩していた。そうしてアメローンゲンに到着するやいなや各々の連隊を分宿させることについて、サー・ウィリアム・ペラムとサー・ジョン・ノリスのあいだで激しい口論が起こった。[94]

九月二日レスターは慎重に組織したドゥズビュルフの包囲で、数少ない成功の一つをおさめた。一〇時間に及ぶ砲撃のあと町は降伏した。シドニーと弟は町に進攻する最初の者たちの中に入りたかったが、レスターはそれを抑

え、替わりにその危険な特権をもっと老練なノリスに与えた。[95] いったん市中に入ると軍規は乱れ婦女暴行と略奪のお祭り騒ぎとなり、そのことではサー・ウィリアム・スタンレーの兵士たちがおもに非難された。

九月半ば、レスターはデーヴェンテルに移動し、そこで同盟諸州会議を招集した。そこからシドニーは、人文主義の学者ユストゥス・リプシウスにラテン語の手紙を書いた。三月にはリプシウスはラテン語の正しい発音についての論文を彼に献じていたからである。[96] 当然のことながら、シドニーは「洪水のように押し寄せるこうした問題にほとんど押しつぶされそうだ」と言い放っているが、それでも彼はリプシウスに英国に落ち着くようにと強く勧めていた。

貴殿のために以前獲得した諸条件については、再確認しておきます。ですからもし私が死ぬことがあっても、それが無効になることはないでしょう。貴殿は女王や多くの人たちに大いに歓迎されるでしょう…詩の女神たちが貴殿とともにあって、貴殿はこちらに戻られて、貴殿を愛している私たちを置き去りにしないでください…。こちらでは多くの困難と苦闘しています。神は従う者に加減して下さるというのがその御心であり、そのため我々は勝利もない代わりに決定的な災厄にも見舞われていないのだと信じます。[97]

ある部分ではシドニーは自分自身の死の可能性について覚悟をしようとしていた。しかしまた別の部分では英国に帰還し、彼が非常に喜びとしていた知的交流の再開ができることを待ち望んでもいた。

だがそうはならなかった。まさにその日、哲学者のリプシウスにシドニーが手紙を書いたあとで、レスターは大急ぎでデーヴェンテルを出た。一五八三年以来スペイン人によって占領されていたズットフェンに向かってパルマとその全軍が進軍しているという知らせがあったからだ。[98] シドニーの連隊はデーヴェンテルを護持するために背後に残された。その結果九月二二日にズットフェン近くで敵と対峙したときには、シドニーは隊長としてではなく、ただ一人孤立した軍人としてであった。
エイセル川沿いのズットフェンという町は、悪名がたつほど堅固な防備をかためていた。レスターの目下の目的は、それを囲む要塞をできるだけ多く手中に収めることであった。[99] しかし九月二一日の夕刻、大規模の糧食護送隊が翌朝ズットフェンに到着すると予想されるという知らせが入った。その妨害計画が早急に立てられ、襲撃の指揮はノリスとスタンレーがとった。シドニーはあまり急いだので太腿の武具を着け忘れて出かけてしまった。現場にいたトマス・ディッグズが、事の次第を記している。

九月二二日の朝はたいへんな濃霧で、一〇歩先の人もほとんど見分けがつかなかった。そうして霧が晴れてみると、敵兵が我々のすぐそばに姿を現し、マスケット銃や火縄銃をすべて配置完了し、総数二〇〇〇、加えて槍は一〇〇〇本、街道をしっかり押さえていたが、そのとき我が部隊は、特に貴族や紳士たち、エセックス伯、ウィロビ卿、サー・フィリップ・シドニー、サー・ウィリアム・ラッセル、サー・ジョン・ノリス他、数にすると一四〇から一六〇人ほどが一緒になって、歩兵より前面に出て敵と向き合うことになり、敵方の一斉射撃を受けた。[100]

早朝の霧は深く、気がついたときには自軍は形勢不利の位置に陣取っていて、敵の攻撃は歩兵よりむしろ騎乗の貴族たちに向けられるという結果となった。敵の軍勢は予想よりはるかに大きく、ストウによれば、その数二二〇〇のマスケット銃兵と八〇〇の歩兵に上り、対するは二〇〇そこそこの騎兵と三〇〇ないし四〇〇の歩兵だった。シドニーは乗っていた馬が殺され、馬を換えて再度攻撃に加わった。パルマの部隊の多くはアルバニア人で編成されていて、アルバニア人の部隊長、ジョージ・クレシエはウィロビーの捕虜となった。[101] ウィロビー自身も敵の前線より深く入り込んでいたので今にも捕らえられそうになり、シドニーが彼の救出を試みているまさにその最中に「膝より指三本うえ」[102]の左の太腿をマスケット銃で撃たれた。「ユーダル」という男が、おそらくはシドニーの古くからの従者、ジョン・ユーヴデイルであったと思われるが、彼はシドニーの馬を引いて陣に戻ろうとした。しかし馬はマスケット攻撃のあと御しがたく、神経を高ぶらせていた。シドニーは傷を負っていたけれども、「敵が私の傷を手柄としないように」[103]自力で馬を御して戻ると言い張った。馬上槍試合場の絶えざる訓練が、しっかり鞍のうえに留まる方法を教え、片脚はひどい傷を負っていても、自分で馬を御して陣内に戻ることができた。それから、

我が総督のまえに連れてこられると、閣下は「おお、フィリップ、傷を負って痛ましいことだ」と言われ、シドニーは「おお、我が殿、私はこれを閣下の名誉を高め女王陛下にお仕えするために受けました」と応えた。サー・ウィリアム・ラッセルがやって来て彼の手にキスをして、涙ながらに言った。「おお、高貴なるサー・フィリップ、貴殿ほど名誉ある傷を受けた者はなく、また貴殿ほど立派な奉仕をした者もいない」[104]。

レスターは翌日サー・トマス・ヘニッジにシドニーの負傷について書き送っている。

それは私にとってはあまりの損失と言わねばならないが、と言うのも、この若者は女王陛下の次に世界中で私にとって一番の慰みであって、もし、下着のはてまで私が持てるものすべてをもって、彼の命を買い戻すことができればそうしたい。神がこの先彼をどうなさるかは分からないが、最悪の事態を覚悟しなければならない。あれほど危険な部位に大きな打撃を受けたのだから。しかし彼のように立派に、塗り薬や整骨の治療に耐えた者がいると聞いたことがない。その後彼は私の舟艇でアルンヘムに運ばれたが、今日は彼もまだかなり気力があり、周りの者どもすべてを可能な限り慰めている。神よ、お慈悲により彼の命を救い給えと祈るものの、私はそれがおおいに疑わしいと思っている。あのとき私は戦場にいて、ほとんど二時間続いた戦闘で補給の仕事に従事していて、戻って来た馬上のフィリップに逢ってひどく悲嘆にくれた。しかし貴殿にもあの場にあって、彼の女王陛下にたいする忠義の言葉、大義にささげた忠誠心、私に

たいする情愛のこもった配慮、そうして死の覚悟など、私のそばにいて聞いて欲しかった。彼は、弾丸によって今まで見たこともないほど痛ましい深傷を負ったにもかかわらずすこしも怯まず、一マイル半の長い距離を自分の馬で陣地に戻り、絶えず女王様のことを語り、もし彼の死が何らかの意味で女王陛下を頌えることになるなら、喜ばしいことと言い、なぜなら死ねばかならず自分は神のものだが、生きているうちは女王様のものだからと言って、また、大義は女王陛下そして私、州総にあると考えて欲しいと周りにいた者たち全員に懇願した。そうしてまた気落ちしてもいけないと言うのだった。なぜならこれまで皆は勇気のでる成功をおさめてきたのであって、彼の負傷は戦闘の偶然の出来事によって示された神の定めであるからと。とにかく私は神に祈願する、もしそれが神の意志なら、女王陛下にお仕えするためにも、私の慰めのためにも、どうかフィリップの命をお救いください。[105]

この手紙は明らかに宮廷で使われるような意図を持って書かれていて、砕かれた太腿にもかかわらず、シドニーは陣地まで馬に乗ってどうにか戻ることができたのも、そうして冷静に軍医たちに治療を任せたのも真実だったのだが、忠誠の言葉はプロパガンダの目的でレスターが幾分粉飾しているとも思われる。

エイセル川を舟艇でアルンヘムまで行って、それから二五日間シドニーはそこで裁判官の未亡人マダム・グルイスーイセンスの家で伏せっていた。傷の重大さにたいする当初の心配にもかかわらず、レスターはじきに甥の経過について希望が持てるという報告をすることができるようになった。九月二七日、彼は軍医たちから希望の持てる報告を受けたのだ。シドニーはかなりよく睡眠をとり、回復しつつあるように思われた。[106] レスターがウォルシンガムに手紙を書いた一〇月二日には最悪の状態を脱したように見えた。

秘書長官殿、いまやあなたのご子息は予想より長く生きると期待できると思う。外科医や内科医が知らせてくれているように、最悪の日々は過ぎ、彼はこうした時期に可能な限り着実に回復しつつあり、彼自身もそう思っている。つまり不安も異常もなく彼はよく眠り休息し、そうして食欲もある。そのことを神に感謝している。[107]

六日にはさらにもっと楽観的な手紙を書いている。

…貴殿と私の息子はこんな短期間に望めないほど素晴らしい回復をみせている。いまやもう痛みはなく、ただ長時間横になっていなければならないが、それは彼にとっては苦痛であろう。彼の妻も来ているし、私も明日一番で行ってみたいと思っている。彼の負傷をのぞけば、あの日の木曜日はいつもの木曜日と変わりないとも言えるだろう。ここ一〇〇年間あれほどの多勢に無勢で果敢に戦った例はないのだから。[108]

ズットフェンの神話化はすでに進行していた。それは現在なおも強くなりつつある。その証拠に近年のある学説が表明しているのだが、あの対戦は「小競り合い」だと当時の目撃証人はみな言っているにもかかわらず、じつは「小競り合い」などではなく、「戦闘」であったと主張するのである。[109]　またそれは多勢に無勢の果敢な抵抗ではあったかもしれないが、結果は何も得られなかった。というのも、ズットフェン側が数日後には新たな糧食補給に成功しているからである。一〇月七日にはレスターもシドニーを訪ね、自分で彼の容態を確かめて、おおいに気をよくして帰り、一四日にはデーヴェンテルの役人や長官たちを招待して宴を張った。[110]　しかし叔父が帰った後まもなく、シドニーの容体に明白な悪化が認められるようになった。グレヴィルもこの苦悶の数日について、目撃情報を捜したに違いない。彼の時を追った記述の順序はここのところでは正確で、シドニーの衰弱はレスター訪問の直後に起こったとその時期を確定している。

いまや一六日目が過ぎて、この繊細な患者の肩胛骨が、医術に従い言われたように同じ姿勢をとり続けていたので、皮膚を破って床ずれをおこし、発作のようにおそう傷の痛みは、他の衰弱の多くの兆候とともに、少しも、いや全く回復を思わせないと彼は明敏にも見抜き、これ以上軍医の医術を信じるというより、むしろ当地の専門医たちに体躯をあずけると言いはじめた。そうした不安のときをすごしていたある朝に、着替えしてさっぱりしようと衣服を持ち上げたときに、彼はなにかいつもとは違う悪臭を自分の身に感じたが、それは香油とも塗り薬とも違うと彼には思われた。そうして生まれつきの繊細さのせいか、あるいは少なくとも他人に不快と思わせたくなかったからか、少々そのことを気にしはじめた。周囲にいてその様子に気づいた者は、突然どのようなご不快を感じておいでなのかお教え下さいとお願いした。サー・フィリップは率直にそれを語り、お前たちもあの悪臭のようなものを感じるかどうか率直に打ち明けてほしいと言った。みんなそんなことは絶対ないと断言したが、シドニーは直ちに自分に厳しい宣告を下し、あれは体内の壊疽であって、死の歓迎すべき先触れだと言った。[111]

レスター自身、シドニーは「彼が長い間横になって寝ていた」ために、痛みに苦しんでいると認めていたし、それはグレヴィルが描写している耐え難い床ずれとも符合する。本当のところは、負傷した脚は壊疽になり悪臭を放っていて、さらなる介入となる治療は痛みを増すばかりだった。モフェットによれば、ベルゲンの医師によって「筋肉の縫い目が切り開かれた」[112]が、弾丸は深く腿に食い込み摘出されなかったし、切断は行われれば命を救ったとの推測もなりたつが、明らかに試みられることはなかった。[113]二、三日前にはホーエンローエ伯がシドニーの力になればと気前よく医師を一人送ってくれていた。伯爵自身は一〇月四日に喉に受けたマスケット銃の負傷から快方にむかっていたが、その医師はシドニーの容体が「芳しくない」と主人に不吉な報告をした。空威張りのホーエンローエは憤慨して言った。

下がれ、この野郎、あの人の快復について朗報がなければ、私の前に現れるな。彼を救うためなら私と同じく多くの者が喜んでその命を投げ出すであろう。[114]

アードリアン・フォン・デル・シュピーゲルというその医師は、シドニーの病床に戻り、彼の遺言の聞き手になった。

痛みと熱があり、例の医師や軍医すべてが居並び気を散らすこともあったであろうが、シドニーの脳髄は明晰だった。二編の散文の書き物が死の床で作成され残存している。さらにもうひとつ書き物があることも知られている。エドマンド・モリニュークスがシドニーの死の二、三日まえにそのことを記録している。

彼は学識ある聖職者ベレリウスに正統の流暢なラテン語で大部の書簡をしたためた（それは彼が折に触れて重要人物に、そうしてまた別の学問と資質に富んだ人びとにこれまでもずいぶん書いてきたようなラテン語だった）。その写しは、まもなくその言葉遣いの秀逸なことと、また内容の簡にして要を得ていることで、女王陛下の御高覧になるところとなった。[115]

この書簡は当然ひろく回し読みされていたに違いないが、現在は残念ながらその後を辿ることもできないし、確信をもって「ベレリウス」の身元を明らかにすることもできない。これまではそれはピエール・ベリエという人物でないかとされてもいるが、彼はフィロン・ユダエウスの翻訳者であった。しかしまた同じような確率の候補者はアントウェルペンの学者にして印刷業を営んでいたジャン・ベレであり、彼の多数の著作のなかにはトマス・ア・ケンピスの『キリストのまねび』[116]の翻訳がある。

大いにありうることだが、シドニーの失われた書簡は『古代の神学』と魂の永遠性についてのプラトン的議論に関係していた。彼のアーケイディアの主人公たちのように死の覚悟をして、個人の魂の永続性にたいする信仰のための哲学的議論を展開し、歌にしてこの信仰を頌えている。これがアーケイディアの王子たちのしたことである。予期される死刑執行の前夜、ピロクリーズはデュ・プレシ＝モルネの『真実について』に鼓吹された話のなかで、魂の永遠性について論証し、ミュシドウラスの方は死の恐怖に抗してソネットを歌った。

自然の業は善であり、自然の働きのひとつとして
死があるのだから、我々は死にゆくことを何故に恐れるべきか。
恐れることは意味もなく、また自然の造物はなおも存続するならば、
我らの逃げおおせぬものを、何故に恐れるべきか。

恐れは肉体が恐れる苦痛にも増してひどい苦痛となる、
生得の力を人の心から奪うゆえに。
そのとき心に浮かぶのは、ことごとく醜い姿、
だがそれすらも理性の光でよく見れば、悪しきものでもない。

我らが酔眼は、情熱によりて曇り、
しかとは明ける日の暁を見分けられぬ。
目を清め、今こそ見ることを始めん、
この人生は砂埃の道の一歩にすぎぬ。
　ゆえに我に安らかなる心の至福を得させしめん、
かく思えば、死も大きな損失とはなりえない。[117]

これがシドニーの「撃ち砕かれた腿」と題した歌であったかどうかは知るよしもない。太腿が撃ち砕かれた後で、彼はその歌に愛称を付しただけということもありうる。そうでなければ悔恨の「詩編」六編のように、彼自身が翻訳した詩編の一編であったかもしれない。

…見よ、私は疲れはて、たえず吐息とうめき声ばかり。
　私のぬれた寝床は私の悲しみの印、
私の寝床は、夜の闇と共にひとり嘆くとき、
　　私の涙で溢れる。
悲嘆は、蛾のように、私の顔の美しさを蝕み、
　年月は労苦を身に纏わせ、みずみずしいものすべて侵食する。
　そのとき敵の大軍は押し寄せ、手柄で悩ませ
　　私の命を包囲する…[118]

あるいはまた、それはむしろ型どおりの抒情詩であったのかもしれず、これはバードによって曲がつき、一五八五年死去のロバート・ダウというオールソウルズのフェロウの所有になっていた写本のなかにあって、シドニーの作とされているものである。

　おお、主よ、いかに我らのはかない歓びはすべて虚しいものか、
　いかに辛酸と我らの欲望の甘美さとは分かちがたくあるか、
　いかに運命の女神の巧妙な手練に振り回され、

歓びは火をあてた雪のように、たちまち消滅する。
　この世にあっては我らが楽しみはすべてむなしいのだから、
　おお、神よ、楽しみを軽蔑することを私に認め給え。

窮乏が望みを強いるときは、見せかけも立派に思われ、
心が思いのままにあやつれば、いたく嫌われ、
手中におさめたものは価値なき一本の藁しべとも見え、
それでも貪欲な心は絶えずさらなるものを求める。
　この世は所詮…

いや増して欲するものを持たない偉大な王はどこにいるのか。
なおもさらなる富を欲しがらない金持ちはどこにいる。
平常心を保てるほどに
運命の女神の贈り物が常に潤沢な者はどこにいる。
　この世は所詮…[119]

シドニーが自分のために書いた詩がどれかは判明しないけれど、その歌い手についてはほとんど疑いがない。それは確実に才能のある小姓のダニエル・バチェラで、トマス・ラントの『会葬者名簿絵巻』には、金色の飾り衣裳をつけた大きな馬にちょこんと乗せられた小さな少年として描かれていた。[120]「シドニー夫人フランセスのおやすみなさい」や「寡婦の献金」のように、シドニーの未亡人と岳父のためにバチュラが作曲した作品のなかに、アルンヘ

ムで歌われた悔恨の抒情詩を回想させる曲があるかもしれない。

死の床で認められた現存する二つの書き物は、正反対のことを指し示している。ひとつは遺書で、シドニーは死ぬ覚悟ができている。もうひとつはヤン・ヴィアへの緊急招請状で、生きるわずかな可能性にすがっている。九月三〇日まだ比較的心身の状態が良好なとき、シドニーは遺書を作成した。モリニュークスはそれを「もし彼の誠意ある真摯で親切な意図どおりに執行されれば…非常に物惜しみしない気前のよいもの」[121]になったであろうと称賛している。レスターの従者のなかの法律家の一人が文書作成を手伝って間違いのないものに仕上げたに違いない。彼もシドニーも責められないのだが、シドニーの多数の債権者を満足させるのに充分なだけの財産はなかったし、ウォルシンガムに土地を売って金銭をつくる法的権限を托して[122]、彼のもとに残してきた委任状も限嗣相続のため無効だったということを、二人は知らなかった。シドニーは夏のあいだに帰国して父の財政を整理できなかったので、このことについても、また父が残したさまざまの借財についても知る状態にはなかった。またレスターがウォルシンガムに降りかかった重い債務を部分的にも肩代わりして、甥の名誉を救おうとしたと思いたいのだが、事実は彼がそうすることを断った。

純粋に遺書の意図という点から読めば、遺書は素晴らしい記録文書で、シドニーはそのために愛されたのだとおもわせる愛想のよさと気前のよさを表している[123]。フランセスは生涯彼の所有地の半分にたいする権利を持ち、末弟のトマスには一〇〇ポンドの年金が渡るはずだった。第一の相続者、弟のロバートは、娘のエリザベスに四〇〇〇ポンドという高額の分与産を支払う責任があるとした。もしフランセスが男子をもうけたとなれば、ロバートは相続人から外れる。もし女子であった場合、この次女は長女と総額五〇〇〇ポンドの分与産を分け合うことになる、つまり「どんな場合でも両者同じだけの分与にあずかる」。結局のところフランセスは一二月初頭に流産した[124]。シドニーの裕福な叔・伯父たちのレスターとウォリックは尊敬の印だけで十分だった。各々に一〇〇ポンド残した。妹のメアリには「ダイヤモンドをあしらった私の最も上等な宝石」を遺贈し、さらに別の宝石は三人の伯・叔母たちのハンティングドン、ウォリック、レスターの各伯爵夫人に残された。彼の戦友であったサー・ウィリアム・ラッセルは、ウォリック伯爵夫人の末弟にあたるが、彼は「私の最上の金箔をかぶせた鎧」を、そうしてダイアとグレヴィルは「私の書物すべて」を分け合うこととなっている。写本や個人的文書が、この大規模の蔵書に含まれているかどうかは分からない。旅行仲間のエドワード・ウォットンには「ペンズハーストの苑内で育てられた牡鹿一年に一頭を捕獲すること」を許した。シドニーは長年勤務した使用人たちにも気前がよかった。グリフィン・マドックスは、グランドツアーに同行した者であったが、四〇ポンドの年金が与えられ、ハリー・ホワイトやヘンリー・リンドリも同じだった。文盲のフィリップ・ジョーデインとその妻は、おそらく家庭内の使用人であったと思われるが、年三〇ポンドを得た。ステファンとかいう人物は、その時まだダンケルクで囚われの身であったが、二〇〇ポンドが「そこからの身請け金として彼に支払われるか…あるいは釈放後の生計の足しにしてもよい」。その他の遺贈はそのとき直接シドニーの身近にいる者に関係していた。一〇月に彼とともにヴリシンゲンにやって来た使用人はすべて三ポンドずつ、そうしてジェイムズ医師には「この私の傷を診てくれたその骨折りにたいして」三〇ポンドが残された。フランセス・シドニーは、ハンティングドンとペンブルック両伯爵、そして未亡人になったサセックス伯爵夫人のために、ダイヤモンドの指輪を用意するよう頼まれた。義理の両親、ウォルシンガム夫妻には、各々一〇〇ポンドを遺贈し「私の思い出となるものを身に付けていただくために、宝石などなんでもお気に召すものを誂えるのに使ってほしい」と言った。しかしながら、二人が素晴らしい義理の息子を忘れうべくもなかった。というのもウォルシンガムはシドニーに代わって支払ったその出費で破産してしまい、一五九〇年彼が死ぬ番になったとき、「私の多額の借金と妻と嫡子に残す土地の乏しさに鑑みて」彼の埋葬は夜間に葬式なしで行うべしと言い残したのだった。[125]

明らかにシドニーは妻を愛し信頼するようになっていた。彼女は「唯一の女性の遺言執行人」であり、一人でいくつかの責任を負わされた。

私の遺言執行人に頼みます。私は特に名前を挙げることもなく何も与えていない古くからの召使いたちに、あなたが考えてよいと思うように、あなたからと言って、あなたの分別で適当と思うだけの金銭を与えてください。

とはいえ遺言執行を監視するのはレスター、ハンティングドン、ウォリック、ペンブルック、ウォルシンガムの五人の共同監視人であったが、事実上は、ウォルシンガムにほとんどすべてが降りかかった。

あまり知られていない幾人かの名前が突然浮かび上がる。たとえば、我々はシドニーの「大切な友人、ウィリアム・ハンゲイト氏」が、一五八五年一一月にロバート・シドニーとともにオーステンデに行き、ズットフェン付近の小競り合いのときには現場にいて、シドニーの遺書を実際見ていること以外なにも知らないが[126]、シドニーは彼に指輪を作るようにと二〇ポンドを与えている。身元不明のハンゲイトの次に女王が続き、女王には一〇〇ポンド相当の宝石を残すことになっていた。シドニーの使用人ジョン・ラングフォードとジョン・ユーヴデイルのこともあまり知られていないが、後者は「私の死後直ちに」五〇〇ポンドというまとまった金銭を受け取ることになっていた。このことは、ユーヴデイルが戦場からシドニーの御しがたい馬を、勇敢にも引いて戻ろうしたことと関係があるのかもしれない（四八二―三頁参照）。

一〇月一五日、レスター伯は彼自身も体調が悪かったが、危篤の甥につきそうためにアルンヘムに戻った[127]。二日後の一〇月一七日にシドニーは遺言補足書をしたためた。それを通して、グルイスト イセンス夫人の家のあの強い悪臭を放つ部屋に集まった人びとを、瞥見することができる。シドニーは秘書のウィリアム・テンプルの腕のなかで息を引き取ったと言われている。テンプルには三〇ポンドの年金が遺贈されている[128]。実際的な理由で、これは真実であると言えよう。テンプルは熱にうかされやつれた主人のすぐそばにいて、最後の遺贈のささやくような声を口述筆記していて、そうするために、シドニーの傍らに横になっていたのかもしれない。八人は下らない医師たちが記憶されている。「接骨医のイサート」「私の薬剤師ロジャー」「私の外科医マーティン氏」そうしてすでに名前を挙げた四人の外科医、グドリジ、ケリー、エイドリアンとジョン。そうして最後に、「昨日私のところにやって来た医師」のギスベルト・エーネルヴィッツで、彼には二〇ポンドの追加報酬を遺言で与えている。[129]いまわの際に甥に付き添うためにやって来たというレスターの献身には、「一部屋分の最上の壁掛け布と私が持っている中でも最上の大皿一枚」で報いた。選び出すための掛け布はたくさんあった。シドニーが海を渡ってヴリシンゲンにやって来たときには、別便で船いっぱいのタペストリーを送っていたのだ。[130]レスターの義理の息子、エセックスには象徴的遺贈品「私の最上の剣」を、ウィロビには二番目によい剣が与えられた。

「様々な国の優れた人物である…聖職者たち」をシドニーが呼び集めたとグレヴィルが強調しているにもかかわらず、[131]遺書のなかではただ二名の聖職者の名前が挙げられているだけで、遺言補足書のなかでは各々二〇ポンドが与えられている。「ギフォード氏」はおそらくはエセックスのピューリタンであるジョージ・ギフォードであろう。「ファウンテン氏」はロンドンにあるフランス人教会の牧師で、ドゥ・ラ・フォンテーヌとかいうロベール・ル・マソンのことであろう。[132]ドゥ・ラ・フォンテーヌはデュ・プレシ＝モルネの親密な仲間で、シドニーは正体不明の「ベレリウス」同様に、彼とも死後の命について最後の考察を一緒にしていたのかもしれない。二人の聖職者たちに遺言を残したすぐ後で、シドニーは力尽きた。と言うのは、遺書の最後の文は――『アーケイディア』の最後の文と同じく――完結していなかったからである。

> ひとつ、私はよき友達のサー・ジョージ・ディグビーとサー・ヘンリー・グディアに、それぞれに…の指輪を

あえぐ最後の一息までも、シドニーは物を与え続けていた。

シドニーの遺書のなかの医師と聖職者のあいだの不均衡は、彼の死にゆく様子についての記録に見られる矛盾に一致している。モフェット、グレヴィル、そうしてたぶんジョージ・ギフォードの文書などのほとんどの記述は、

彼が晴朗な諦念の域に達していたことを示している。シドニーが弟のロバートに与えたとグレヴィルが主張している言葉は、よく引用される。

私の記憶を大事にしてくれ、私の友達を大切にしてくれ。彼らの私にたいする誠実さは、彼らが正直だということをお前に確信させてくれるだろう。しかし何よりもお前の欲望と情愛を神の意志と言葉に従って制御しなさい。私のなかには、あらゆる虚飾の現世が終わり行くさまを見ること。[133]

しかしグレヴィルはその場にいなかった。だから彼はこの美しい告別の場面をギフォードの報告から再構成した可能性がある。ギフォードは言う。

彼は…二人の弟を愛を込めて諌め、いくつか教訓を与え、とりもなおさずこの世のすべては虚無であることを彼の姿をとおして学ぶようにと言うのであった。[134]

シドニーが宗教的議論と祈りに多くの時を費やし、ピロクリーズやミュシドウラスのように、自分の肉体の消滅に折り合いをつけようと、苦闘していたことにはほとんど疑いはないのだが、彼にはまた生きることへの自然な望みがあった。早いころの証人のなかで、ジョージ・ウェットストーンただ一人がこのことを認め、人を納得させるほどのある種の強靱な情緒が、瀕死のシドニーを支配していたとしている。

率直に打ち明ければ、死にゆくことは悲哀ではないが、
生死両者から選ぶなら、生きたいと願う。

これを否定する者は、その言葉を愚かにも無駄に費やしている。
死について大いにしゃべり散らす者は、生きていたいのだ。[135]

知的な面ではシドニーは死の覚悟ができていたし、これまで肉体的勇気にも欠けることはなかった。しかし彼の死のついての記述は、彼が過去の虚飾にみちた行為のかずかずを深く悔いていることを示している点で一致している。もっともその中に「レイディ・リッチ」についての歓びの体験が含まれているかどうかは分からないが、ギフォードによれば、「私は虚しい人生を歩んできた」とシドニーは言い、

彼はまた我が心は祈るに鈍く、その思いは望むほど速やかに天に昇ることはないと何度も嘆いた。[136]

数日後、シドニーは、

信仰の篤い人はいまわの際の苦しいときに、神を賛美していた過去の生活を思い出すことで、我が身を慰め支えとするものだと言われると、彼は「そうではないのだ」と応えた。「私にはそのような慰めはないのだ。以前の生活のなにもかもが虚しく、虚しく、虚しいのだ」[137]

彼は「生命修復の時」をどうしても欲しいと望んだ。外科医の手のなかでさんざん苦しんでいたにもかかわらず、モリニュークスが記録しているように、彼はもう一度最後の機会を摑みたかった。

死去の前夜、寝床で枕に寄りかかり、腕利きで博識の内科医であるヴィールスに宛てて、一、二行手紙をかいて、どう

か私のところに来て欲しいと頼んだ。[138]

そのラテン語の手紙は、モリニュークスが引用していて、公文書館に残っている。シドニーの定まらない筆跡から、彼が寄りかかっていた枕と彼の衰弱状態が窺える。

親愛なるヴィア、来てくれ、来てくれ。私の生命はもう危ないので、貴殿に会いたいのだ。生き延びようがここで身罷ろうが、私は感謝しないなどということはないだろう。これ以上は書けないが、いまありったけの力を振り絞って、急いでここに来られるよう頼みたい。さらば、アルンヘムにて、

貴方のフィリップ・シドニー[139]

ヤン・ヴィアあるいはヴァイアは七一歳、クレーヴェ公の侍医である。彼は以前勇敢にも迷信というものに対し、また魔女の嫌疑をかけて人を迫害することに対し、批判の文書をものしたことがあった。[140]さらにシドニーの目下の目的に叶うことに、彼には熱病と皮膚感染症の治療法について確たる持論があった。手紙の運び手である医師のジスベールト・エーネルヴィッツは、ヴィアの甥にあたる。しかしエーネルヴィッツの長い添え書きがあり、そこにはシドニーが生き延びるかどうか疑わしいと書いてあった。だが結局手紙が届けられることはなかった。[141]

翌朝、一〇月一七日シドニーには書く力はなく、遺書の補足は口述となった。ギフォードによれば、あまりやりすぎて言葉も出なくなると、彼は両手を挙げて、

胸のところで組み、謙虚な請願をする人びとのようにして組んだ手をうえに持ち上げた。手はそのままで、堅く組まれていたので、いったんそうなってしまうと、いつまでも突き上げられたままになってしまうと思われたが、我々が両手

をはずした。[142]

筆者不明の日記にその後のことについて、次のようにある。

今日の午後二時ごろ、ヴリシンゲンの総督、この上なく高徳の名誉ある紳士サー・フィリップ・シドニーは、衰弱も極度に達し（体力すべてが衰え、もはや生命を保ちえなくなると）最後の一息まですばらしい完全な意識を保ったままで、あまりに立派に敬虔な心を失わなかったので、いあわせた者たちは驚嘆し、彼の死にゆく様子からより大きな慰めを受け取るべきか、あるいは、その喪失を悲しむべきか分からなかったほどである。彼はまさに、かくも並ぶ者無き紳士にしてあらゆる美徳そして気高さを備え、彼に匹敵する者を出した時代はほとんどなく、まさに我らが時代の希望は、彼の死をもって完全に消滅したと思われる人物であったからである。[143]

エピローグ

シドニーの死について語るのに、私は有名な逸話を省いておいた。フルク・グレヴィルによれば、シドニーはズットフェンでの小競り合いから馬で駆け戻る途中、

出血多量で渇きのあまりに水を求めた。すぐに持って来られたその水筒の水を口にもっていった時、とある哀れな一兵卒——彼は最後の食事をシドニーと共にした者であった——が、ちょうど近くを運ばれていくところで、ぞっとするような目をあげて水筒をみつめたのである。これを見たサー・フィリップは飲もうとしていた口から水筒を離し、哀れな兵士にそれを手渡して言った、「お前の必要の方が、私のより大きいのだな」と。[1]

私がこれまで目指してきたのは、歿後の伝説にはほとんど触れず、出来るだけ「生きたあるがままのシドニー」に迫ることであった。グレヴィルはシドニーの死後少なくとも三五年経って書いており、友人をある古代の英雄の模範にあてはめようとしたのである。プルタルコスは、アレクサンドロス大王が荒野でヘルメットいっぱいに水を満たして部下の兵士たちに与え、自分のためには一滴も残さなかったという逸話を伝えていた。[2] もしシドニーが実際に瀕死の兵士に水筒を与えたのなら、もっとも早い時期に彼の負傷について伝えたレスターやディッグズ、ウエットストーン、ラント、モリニュークスあるいはモフェットたちの誰一人もそのことに触れていないのは奇妙なこと

である。

とは言うものの、グレヴィルの語るところは、より高次の真実を含んでいる。アンリ・エスティエンヌも言っているように、シドニーはなによりも「寛容なる人物(ヴィル・ゲネロスス)」つまり「あらゆる面で心広い」人であり、[3]彼の気前のよさは、しばしばほとんど浪費に近いところまで達していた。[4]彼がほんの一一歳で盲目の竪琴弾きに一二ペンスを与えた時から、最後の息で遺言の作成を見守る者たちに指輪を与える時に至るまで、彼はずっとその生涯の大半をそれぞれの真価に応じて報いを与え続けた人であった。彼から物的恩顧をこうむったその他大勢の中の数人を挙げれば、年老いた乳母アン・マンテル、プロテスタントの牧師テオフィル・ドゥ・バノス、エイブラハム・フランスやゲイブリエル・ハーヴェイといった学者や、詩人エドマンド・スペンサー、写筆家リチャード・ロビンソン、イエズス会のエドマンド・キャンピオン、法律家ヘンリー・フィンチ、[5]細密画家ニコラス・ヒリヤード、[6]論理学者ウィリアム・テンプル、そして若き作曲家ダニエル・バチェラーらがいる。女王には、独創的で高価な宝石や衣装を贈った。男性の友人には数々の本や火器、あるいは犬を与えたし、[7]数えられぬ程の召使いや手紙の配達人には金品だけでなく、推薦状や影響力をもって助けた。一五八七年二月一六日の葬列に加わった六〇人の郷士(ヨーマン)や紳士(ジェントルマン)たちのおそらく誰もが、彼の手ずから特別の個人的な恩恵を受けていたことだろう。その死を悼んだ多くの詩文の一つに「すべての人に善をなした人」という適切な表現が見られるのである。[8]

妹には自分の肖像画と、なにより貴重な自作『アーケイディア』を「あなたのためにのみ労した」ものとして贈った。彼が自らの文学作品を燃してしまうようにと依頼したことはあり得る。[9]しかし、そうはならないだろうと推測していたにちがいない。きわめて大いなる雅量の時代にあってさえ、シドニーは彼の金品、時間、そして才能のどれにおいてもこの上ない気前のよさを示した。彼が水筒を差し出した例の無名の兵士は、われわれを代表しているといってもいいだろう、シドニーの文学的天才の恩恵を受けている数限りない者たち、それはまさしくわれわれなのであるから。

あとがき――『廷臣詩人サー・フィリップ・シドニー』について――

著者キャサリン・ダンカン＝ジョーンズは、近作 *Ungentle Shakespeare: Scenes from his Life*（The Arden Shakespeare 2001）において、厳密な事実のみにこだわる歴史主義とは一線を画し、「大胆な憶測のリスクを冒すことを恐れずに」、残された資料に独自の視点から新しい分析の光をあてることで生身のシェイクスピアの実像に迫ろうと試み、その迫力ある筆致は大きな反響を呼んだが、反面、人間性の負の側面にことさら強い光を当て過ぎて詩人の歪像を捏造したとの批判も受けた。

今回訳出した *Sir Philip Sidney: Courtier Poet*（Hanish Hamilton 1991）においては、シドニーに関する第一次資料がシェイクスピアの場合にくらべて格段に豊富であることもあって、ダンカン＝ジョーンズはバランス感覚をもって資料操作にあたり、楽しみつつシドニーの世界と彼が生きた時代の諸相を広く渉猟し、まことにゆたかで光彩に富むシドニーの評伝に仕上げている。

サー・フィリップ・シドニーがオランダ・ズットフェンで受けた戦傷がもとで、三二歳の誕生日を一ヵ月後に控えた一五八六年一〇月一七日に死亡して以来、父ヘンリー・シドニーの秘書エドマンド・モリニュークスが書いた『シドニー覚え書き』（一五八八）、親友フルク・グレヴィルのいわゆる『シドニー伝』（一六三二）、シドニーの死後一〇年間に書かれた二〇〇編以上の哀悼詩、一九世紀のルーチ（一八〇八）、サイモンズ（一八八七）、二〇世紀のウォレス（一九一五）、リングラー（一九六二）、バクストン（一九五四）、ハウエル（一九六八）、オズボーン（一九七二）、コネル（一九七七）、ハミルトン（一九七七）、ドーステン（一九八六）その他など、広い意味でのシドニーの文学的評伝がさまざまな形で書き継がれてきた。キャサリン・ダンカン＝ジョーンズはこれら約四〇〇年にわたって積み重ねられてきたシドニー評伝の成果を充分に生かした上で、新しい視点から彼女の長年のシドニー研究の集大成ともいうべき本書を著した。ダンカン＝ジョーンズ以後もガレット（一九九六）、ステュアート（二〇〇一）、マクケイビ（二〇〇四）などの伝記的研究が続いている。

本書執筆の意図については序文で、著者は「シドニーの外的生活と内的生活の間をたえず行き来して、いままで看過されてきた多くのむすびつきを示唆し」「シドニーの作家としての成長を探究すること」、そして「一流の革新的な作家としての彼の成長を決定づけた複雑な過程を多少なりとも辿りながら、弱点もなにもかもひっくるめた彼の生きた全体像を甦らせたい」と記している。

ダンカン＝ジョーンズによれば、従来シドニーの文学作品は彼の人生の軌跡のさまざまな外的事件と別々に扱われることが多かった。シドニーの文学作品は自律した体系として外部から遮断された閉じたテクストと看做され、当時の政治的要因の影響を論じる場合も、『五月の女王』のような比較的マイナーな作品の背景として限定して検討されることが多かった。だが、本書では、『廷臣詩人サー・フィリップ・シドニー』という書名が示唆するように、アイルランド総督ヘンリー・シドニーの長男で、エリザベス女王の寵臣レスター伯の甥、かつ国防長官、後に秘書長官ウォルシンガムの娘婿としてエリザベス朝宮廷に生きたシドニーにとって、有用な廷臣としての公益的活動で国家に貢献したいという使命感と、もう一方のやみがたい文学的創作意欲の二つは、等価値にして不可欠の生命の源泉であって、双方のダイナミックな関係性の研究こそシドニー理解の鍵であると認識される。シドニーの活動的生活で重要なのは政治的事件だけではないとダンカン＝ジョーンズはいう。読んだ本、出会った人、訪ねた場所、そして多くの大小の経験すべてが彼の内的生活に意味をもち、天成の詩人としてのシドニーの作家としての成長に寄与した。

シドニーの現実生活における経験と創造的生活の関係を多角的に探求する本書は、必然的にシドニーの文学作品プロパーの文学的研究の範疇をこえて、多感で才能ある一青年の目と経験を通して浮かび上がるエリザベス朝宮廷の諸相、イギリス、フランス、スペイン、ポーランド、ネーデルラント諸国間の外交・軍事事情、汎ヨーロッパ的な新、旧教の対立と相克、色彩に富むイタリアのルネサンス文化、中央ヨーロッパ、とりわけ神聖ローマ帝国のルドルフ皇帝の宮廷がおかれたプラハの前工業化時代の魅力にみちた景観、皇帝が政務を等閑視して打ち込むことになる自然魔術研究、アイルランド・スコットランド問題、フロビシャ、ドレイク、ギルバートら冒険的船乗りたちの大航海と新世界への展望など、広範囲にわたる当時の歴史的、社会的、文化的諸相が第一次資料とともに活写され、英文学研究者のみならず一般読者にも興味の尽きないまさに豊饒の一冊となっている。事象の実証に欠かせない資料の量と多様性も瞠目に値する。建物、インテリア、庭園、服装や食べ物など当時の生活を生き生きと伝えるリアルな細部への目配りも楽しい。シドニーの文学作品からもここぞというさわりの部分がたっぷりと引用されているので、有名なわりに読まれることの少ないシドニー作品の導入的案内としても有益である。

シドニーを巡るさまざまの関係性の中でダンカン＝ジョーンズが特に重要視しているのは人間関係である。たしかにシドニーは三一歳の短い生涯のなかで驚くほど豊かな人間関係をむすび、人との出会いから得る刺激、その精神や思想への共感や疑問、かぎりなく多様な展開をみせる人間の性格やあり方への好奇心と観察を通して自己の文学を育んでいったことが分かる。

まず、指摘されるのはシドニーの少年時代の人間関係——特に人文主義的な教養を身につけた当時としては非常にまれな女性たち（母、妹、妹の友人たち、伯・叔母たち）にシドニーが慈しみ育てられ、女性に対する自然な尊敬の心を養ったことの重要性である。モリニュークスやグレヴィルら初期の伝記作家たちはシドニーの死ぬ際の立派な態度を虚構をまじえて称揚し、彼を理想的騎士道精神のエンブレムとして神話化したが、ダンカン＝ジョーンズはシドニーの人生と文学にとって、死の場面より敬愛する女性たちと交流した若き日の方が決定的に重要な意味をもっていたという。それがあからさまな女性蔑視がまかり通っていた当時、珍しく女性の知性と徳性を当然のこととして認めるシドニーの女性観をかたちつくり、大勢の個性的な女性を主役として活躍させ、女性の文学的表出において同時代のレベルからはるかに突出した『アーケイディア』を生み出す原動力となったとする。

とくにシドニーが熱愛した七歳年下の妹メアリとの関係は重要である。シドニーはエリザベス女王にアランソン公との結婚反対の趣旨を建白して女王の激怒を買い宮廷を追われ、一五八〇年のはじめから約一年間、妹のペンブルック伯爵夫人メアリ・ハーバートのいるウィルトンに身を寄せるが、産褥のメアリの気晴らしに「君のために」「君のためだけに向けて」書きだしたのが代表作『アーケイディア』であった。「霊感、聴き手、主題ともに作家シドニーの誕生には女性が中心的な位置を占めたのである」。メアリは兄の死後、残された作品の編集や出版にも大きな役割を果たす。

妹メアリの住むウィルトンは、シドニーにとって宮廷の息苦しさを抜け出して精神の自由を取り戻し、想像の翼を羽ばたかせることのできるかけがえのない聖域であった。公益に身を捧げたいという彼の高い志にもかかわらず、実利を伴う重要な官職がなかなか与えられない悩み（サーの称号が与えられたのも死ぬ四年前に過ぎない）、レスター伯やウォリック伯など有力な叔父・伯父たちの将来の後継者と看做された重圧、オックスフォード伯やアランソン公との確執、多額の出費などが重なって、宮廷はシドニーにとってかならずしも居心地いい場所ではなく、彼は機会があれば宮廷を退出しようとした。

ウィルトンでくつろぐ楽しげなシドニーの姿を伝えるのがメアリの子供の洗礼式のパーティのエピソードである。メアリが一五八〇年四月八日に生んだ赤子、ペンブルック伯一族のための待望の男子後継者、つまり長じてシェイクスピアの友人かつパトロンになるウィリアム・ハーバートのための家族の集いが五月の末ウィルトンで開かれた。

レスター伯は名付け親である女王の名代として出席し、ヘンリー・シドニー夫妻も赴任先のウェールズ国境からかけつけ、近隣の客も大勢参加してパーティは大いに盛り上がった。シドニーはその時に供された大きなフルーツケーキについて友人のデニーに「教区中の人たちが祝宴に来るのに備えてあなたに頂いたケーキはとっておきます」と浮き浮きした調子で手紙に書き送っている。だがダンカン＝ジョーンズは「女王は新たなシドニー・ダドリー枢軸が、厄介なことに女王の直接支配の及ばない遠く離れたウィルトシャのハーバート家との間に形成されつつあることを強く意識していたが、そのことを不快に感じていたのである。アイルランドでは戦争が荒れ狂い、ウェールズ辺境地方は矯正されない国教忌避者の動きで騒然とする緊急時に、シドニー一族は生まれたばかりの赤ん坊をあやし、エドワード・デニーのケーキを食べ、フィリップ・シドニーの歌を歌い、何か知らぬが楽しみごとを計画して自分たちだけでおおいに浮かれている」と続ける。この洗礼式のパーティの記述はシドニーが生きた世界の構図を如実に浮かびあがらせている。心からくつろげるウィルトンでの自由で温かな家族の絆、その対極にある女王の圧倒的支配下に各派閥の網目が張り巡らされた宮廷。その両極に引き裂かれ行き来するシドニーの姿。ウィルトンと宮廷を包み込む近代国家への道を歩みはじめたばかりの英国という途上国の枠組み、さらにいまだ脆弱なその国家的基盤をたえず窺う内外諸勢力の脅威という構図である。

老師ランゲとシドニーの有名な師弟愛について、ダンカン＝ジョーンズはグレヴィル以来定着した友愛説、つまりフランクフルトで偶然シドニーと遭遇したランゲが青年の人柄と才能にほれ込み終生変わらぬ友情を結んだという説を退け、レスターの要請をうけたウォルシンガムが二人の出会いを用意し、以来定期的に顧問料をランゲに支払ったのではと推測しているが、彼がシドニーに恋情にも似た心からの慈愛を抱いたことは認めている。ランゲは愛弟子が宮廷からあまりにしばしば「雲隠れ」すれば、彼の優れた政治的外交的才能が活かされない、一方軍事的活動に熱中すると健康と生命が脅かされると心から心配した。ランゲの心配は杞憂ではなかった。シドニーは宮廷を脱出し妹のそばで「ぐずぐず過ごした」せいで宮廷ではたいして出世できず、後年戦争に身を呈して戦傷死する。

しかし私的な世界に自己限定することなく、廷臣として、外交使節として、軍人として、挫折や危険にみちた現実世界でさまざまの経験をつんだことが「選んだわけではない職業」である彼のウィルトンでの詩作生活にリアリティを与えたのである。宮廷とウィルトン、廷臣と詩人という二面性の葛藤と緊張こそシドニーの人間的、文学的成長の糧であったとダンカン＝ジョーンズは言う。

ランゲはフランス人ユグノー派の外交官であり作家でもあった。シドニーが親交を結び何らかの影響を受けた友人たち——ブリスケット、ダイア、デニー、ウォットン、モルネらの幾人かは外国人であるし、職業も多くは純粋の学者、文学者というより、行政官、軍人、外交官などでシドニーと同じくマルチキャリアである。多彩な背景をもつ彼らとのコミュニケーションにフランス語、ラテン語、イタリア語に堪能なシドニーの語学力はおおいに役立ったであろう。また七歳年上の友人でアイルランド勤務の軍人かつ行政官であったエドマンド・デニーの依頼に応えて作成した推薦図書一覧や学習計画書には、シドニー自身の驚くべき読書量や読書傾向が示唆されると同時に、当時学者や文学者のみならず、軍人や行政官などのような実務家たちにも共有された人文主義的教養の厚みや幅が窺えて興味深い。シドニーがヴェネツィアで知り合ったイギリス大使館秘書で優れた言語学者でもあったエドワード・ウォットンと交わした詩作と修辞学に関する会話から得た着想は、後に詩論『詩の弁護』に結実する。大陸旅行（グランドツアー）で「馬を愛するひと」という意味のフィリップの名に恥じず、馬車でなくほとんど乗馬でかけまわった中央ヨーロッパの広大な領域に、外交使節として訪れた諸外国を合わせると、当時の文学者でシドニーほど広く旅した者はなかった。旅で得たさまざまな見聞、地理感覚、出会った多彩な人物が彼の視野をひろげた。『アーケイディア』の広大な舞台設定や多様な人物描写にその経験は生かされている。

一方彼は行った先々の宮廷や大学で、貴顕の知己を得るために、相当額の金品をプレゼントしたらしく、その出費もあってジェントルマンの大陸旅行が年五〇ポンドか六〇ポンドあれば充分という当時、毎年その五倍も六倍もの金銭を使い、その穴埋めに老ランゲの老後の蓄えまで貸与（贈与）される始末であった。帰国後の借金も、父や叔父たちがなんとかしてくれると当てにしていた節がある。父、ダドリー家の叔父、伯父たち、ランゲなど年上の「ダッチアンクルズ」の押し付けがましい愛情や期待や助言の重圧から逃れて、自力で自己を確立し、自由と自律を満喫したいという強い願望と、彼らの威光と保護に依存せざるを得ない甘えの現実との二律背反も、彼につきまとったディレンマであった。女王からの二年の許可を勝手に一年間延長した大陸旅行や、フロビシャやドレイクの航海に参加しようという衝動的行為も、彼の自由への憧れゆえのわがままであった。しかし、友人、知人の美質や才能や業績を認めるのに積極的で寛大であったシドニーは、仲間から信頼され、多くの献本を受け、自然に文学的サークルの中心的存在になっていった。

シドニーの柔軟で開かれた精神を考える上で、エドマンド・キャンピオンとの関係ははずせない。一五七七年二月にシドニーは、ルドルフ二世に父マクシミリアン二世の死に対する女王の弔意を伝えるとともに、諸君公にプロテスタント同盟の可能性を打診するという特命をおびて、プラハの宮廷に大使として出向く。シドニーの廷臣としてのキャリアの頂点をなす派遣であった。そのとき彼はジェズイットのカトリック司祭としてプラハにいた旧知のキャンピオンと幾度もひそかに会って真剣な議論をかわし共感しあうのである。シドニーはオックスフォードの学部生の頃からキャンピオンの修辞学の講義を聞き心酔していたのではないかとダンカン＝ジョーンズは推定している。放埒な生活を送っていたアランデル伯フィリップ・ハワードがキャンピオンの導きによってカトリックに改宗し信仰に生きたエピソードも、キャンピオン自身の人間性や影響力の大きさを伝えている。シドニーはそのハワードと共に女王即位記念日馬上槍試合に出場したこともあった。しかし、イギリスの対ローマ・スペインカトリック勢力への警戒感がようやく高まり、「カトリックであることが反逆罪と同意義になりかねなかった」当時、大使としての公務に反し、禁を冒してキャンピオンに会うことは非常に危険であった。ジェズイットとしての宣教のために帰国したキャンピオンは信仰を貫いたために逮捕、拷問、裁判、処刑されるが、その間サー・ヘンリー・シドニーも彼をひそかに支援してウォルシンガムから警告の手紙を受けとっている。外交使節任務の成功にこんどこそ女王からの報誉（官位、官職の授与）を期待したシドニーにも、キャンピオンとの秘密の会見を漏れ聞いたらしい女王はなにも与えなかった。未公開のキャンピオンの手紙なども援用してダンカン＝ジョーンズが語るキャンピオンとシドニーの関係は、好戦的プロテスタントのチャンピオンというステレオタイプ化されたシドニー像を修正するものである。人間の核にある思想や精神に共感すれば、プロテスタントとかカトリックとかの立場をこえてその胸中に飛び込んで人格的な交わりをもたないではいられないのがシドニーの真骨頂ではなかろうか。

打算を度外視した献身や情熱はシドニー一家の共通点であったようだ。そうした詩人的魂は宮廷では厚遇されないのである。シドニーの母親でレスターの姉であったメアリは女王が天然痘に罹ったときにつききりで看病したために病がうつり、後遺症で容貌が醜くなり、人目を避けて蟄居して過ごすことが多かったが、夫サー・ヘンリー・シドニーは妻に変わらぬ愛を捧げた。そんな両親の姿をシドニーは『アーケイディア』のパシィーニアとアーガラスの哀切な物語に投影させているという。また父親のサー・ヘンリー・シドニーは労苦の多いウェールズとアイルランド任務に打ち込んだ結果、五十余歳で「手が震え、歯を失う」ほどの辛酸をなめた。辺境の地の勤務は非常に費用がかかり、彼は五〇〇〇ポンドの借財を抱えたが「羊一匹飼う土地も残らなかった」し、女王からは「一グロートの給付もなかった」という。女王は彼の苦労に報いることなく、直轄地内(ペイル)のアイルランド土着の富裕層にも課税すべしとのヘンリーの建白をしりぞけたので、シドニーは憤慨して父の政策の擁護論を書く。シドニー家の窮状を救ったのは結局ウォルシンガムであった。彼は娘フランセスをシドニーに嫁がせる際、シドニー家の借財一五〇〇ポンドを肩代わりし、シドニーの死後残された膨大な借金（レスターはその一部支払いさえも拒否した）をすべて決済して破産に追い込まれ、自らの葬式は出せないほどの窮状で死ぬ。聖バルテルミ祭虐殺当時、パリのウォルシンガムハウスに避難したシドニーに好感を抱いて以来一貫して才能ある「息子」を愛し、支援しつづけたウォルシンガムの誠実な姿は、われわれが彼に抱いてきたスパイの親玉で政治的陰謀を暴く辣腕の政治家としての姿とは少し違う。

また、長くエリザベス女王を支えた名宰相として名高いセシルは、婿がねとしてのシドニーの資産状況を仔細に調査するなど抜け目ない現実主義者の面を発揮しながら、結局身分は高いが人格破綻者といえるオックスフォード伯に最愛の娘を嫁がせて悲惨な目にあわせるという失敗をしている。

そしてシドニーの生涯を支配し振り回しつづけたレスター伯は、どちらかというと冷たい人物に描かれている。シドニーのことも好きではなかったらしく、宮中に伺候するための豪華な衣装などは贈ったが、実質的な支援はしなかったようで、それを嘆くシドニーの手紙も残っている。レスターとシドニーは共に対スペイン支配に抵抗するネーデルラント支援に赴くが、やがて戦略上の違いから意見が対立する。たとえ政敵側からの中傷とはいえ、「悪の学校」「レスター共和国」とその悪影響が誹謗されているレスターには終始ダークなイメージがつきまとっている。いずれにしても正史からはうかがい知れない歴史上の人物たちの人間的側面を垣間見られるのもこの書の楽しみのひとつである。

国事を担当する重要な官位には就かなかったが、シドニーは馬術の名手として女王即位記念日馬上槍試合で幾度も主役をつとめ、貴賓を迎えての野外劇の演出にも重用されて名をあげた。ただし有名な余興（エンタテインメイト）『五月の女王』の活動的な森の住人テリオンに、ネーデルラントに対する軍事的援助によって大陸のプロテスタント勢力を支持する政策などを読み込む見方に対しては、ダンカン＝ジョーンズは「シドニーがそれほど性急に叔父の女王歓待の公開の機会を利用して、そのような重大問題について女王の声明を引き出そうとするなどありえないことである」と述べて、最近の政治的サブテクスト探しの流行を諌めている。

他方、一五八一年に女王と大勢のフランス人客の前でシドニーが自作自演した野外劇『欲望の四人の里子たち』は、女王の外国人との結婚で自分たちが女王から疎遠にされるのではと嘆く廷臣たちという隠れた寓意を、乳離れしていない赤子が母の乳房を求めて泣き叫ぶという奇抜な趣向にこめて、女性的なものに対する彼の特異な感覚を示しているとダンカン＝ジョーンズは指摘する。官職や独占権の分与権を握ることで廷臣の生殺与奪を支配する女性の絶対君主、それも老いつつある処女王の愛顧にひたすら縋ろうとする猟官者の群（シドニー自身もその一人であった）というエリザベスの宮廷独特の濃密でグロテスクでエロティックな雰囲気が母、赤子、乳房などの肉感的なイメージをとおして見事に表現されているという。妖精や野人に変装した廷臣たちが行幸中の女王に追いすがって嘆願したり、女王への新年の献上品の意匠にしのぎを削ったりという宮廷の特殊な習慣も活写されている。

しかしシドニーは廷臣たちの欲望に駆られた右往左往ぶりを否定してはいない。それどころかダンカン＝ジョーンズは、「欲望」"desire"の語はシドニー文学のキーワードのひとつであるという。シドニーは弟ロバートへの手紙で宮廷での権謀術数は「この世の喜び」であると書いている。つまりさまざまの欲望に突き動かされ、踊らされ、こけつまろびつ生きているぶざまな姿こそ人間の掛け値なしの真実であり、また「この世に生きる喜び」なのだ。人間の欲望が先鋭なかたちで表れる宮廷こそが、シドニーの人間観察の場であり、彼の文学の苗床であった。

『アーケイディア』で娘の恋人に絶望的な恋情を抱いた公妃ジャイネシアが、服をひきちぎって胸も露わに若い恋人を誘惑しようと迫る場面でも、シドニーは読者に彼女を笑うことを許さない。「ああ、わたしたちはみんなこうなのです」という同情的な語りでジャイネシアの見苦しいあがきは普遍的な意味をもつとダンカン＝ジョーンズは言う。またペンズハースト以来、シドニー家に仕えた老乳母のマンテルが三歳程の幼児であったシドニーが両手を差し上げて月に祈る姿から、神につくられたこの世の美しさに特別の感性を備えて生まれた人の運命を感じとったという思い出話や、反面、フランス大使団の挫折の腹いせにスタフォードをそそのかして女王への上告の手紙を書かせようとしたシドニーの衝動的な行動の点描も挿入される。人の見逃す作品の細部や小さなエピソードに閃光のような一撃を加えてシドニーの人となりや彼の文学の本質を切りとって見せるとき、ダンカン＝ジョーンズの筆はもっとも冴えを見せるのである。

そして代表作が続けて創作される一五八〇年からの豊饒の四年間が到来する。それはウィルトンという自由な場で、シドニーの創造的エネルギーが沸点に達し、たぎり溢れた四年間であった。ダンカン＝ジョーンズは『詩の弁護』と『アストロフェルとステラ』の両編で、シドニーは作家としての自立と完成を果たしたという。ここには以前の甘えや権威への依存はない。『詩の弁護』は英詩の改革によって英国の文化をギリシア・ローマ以来の古典の伝統に負けない高みに引き上げようという意気軒昂たる文明開化への提言であるとともに、「楽しませかつ教える」詩によって人を高い倫理性に導く創造者としての詩人の価値を高らかに宣言した文学賛歌である。ここにイギリスははじめて本格的な詩論をもったのである。また『アストロフェルとステラ』で重要なのはモデルさがしではなく、出口なしのはてしない自問自答の迷路という近代特有の複雑な心理をソネット形式に盛り込んだという点で、シドニーはペトラルカ以降のソネット連作の伝統を複雑で真摯な近代人の内面表出に耐える形式へと刷新したのである。

さらに宮廷の公的生活では内面に押し込めて隠していた、「何かの形にしてそれを産み落とすことがなければ怪物のようになった」さまざまな想いを「善意も欠点も公平にみてくれる」知性と愛情に満ちた若い女性たちの前で安心して語り尽くした『新旧アーケイディア』両巨編。ダンカン＝ジョーンズは『アーケイディア』は人生の写しではなく「シドニー自身のおかれた状況を直接示唆するにふさわしい多くのテーマを含むたとえ話」であり、これを書くことによって「当時彼の身にふりかかったさまざまの挫折から逃れ、それらのことを遠まわしに批判するというふたつの機会を与えられた」と述べている。老バシリアス公の長い治世に、イベリアの女王アンドロマナの形象に託された老エリザベスの長い統治を投影し、忠臣フィラナクスの忠告を無視するバシリアスにシドニーの無私の進言を退けた女王を重ね、老公の統治放棄後の政治的混乱に、後継者なしで女王が死亡した場合の混乱への危惧をほのめかす。ピロクリーズ（「火のような」の意）とフィリシディーズ（フィリップのアナグラム）に自己の活動的な側面と内省的で憂鬱質の分身を託し、ピロクリーズが女装によって英雄的世界から愛の原理が支配する女性的なアーケイディア国に同化したように、シドニーは詩人の自由さをもって妹たちの女性的世界にすべりこむ。『旧』は喜劇的なラブ・コメディーと、ダミータス一家などのリアルなコミックキャラクターの活躍が全体の三分の二を占め、悲劇的な場面は少ない。そのなかで、ジャイネシアのフラストレーションと厳しい倫理性と強烈な自意識の悲劇は近代の心理劇の到来を予感させ、物語の枠から飛び出して当時の現実の女性たちの悩みに直接訴えかける圧倒的な力強さがあるという。

さらに壮大なスケールで人間ドラマを多彩に展開させたのが『新アーケイディア』である。若い女性読者の気晴らしのために「遊び（トーイ）」として書き始められた『旧アーケイディア』に比して、『新アーケイディア』は単に長さやスケールが拡大されたばかりでなく、『旧』とは全く違う精神的風土を感じさせる。人生における喪失と葛藤と別離などの深刻な問題にも真剣に取り組み、その姿勢にさまざまの人生経験を経たシドニーの思想的深化が窺える。たとえば「パフラゴニア王」の親子の確執は重層的で普遍的な意味があり、シェイクスピアの『リア王』の副筋の材源となった。また『旧』にはないアンファイアラスの登場――善意と気高い志をもつ理想的な騎士でありながらなぜか殺戮と自滅の運命を辿る人物の悲劇――には生の不条理へのシドニーの共感的な眼差しが感じられる。息子を盲愛するあまり息子と自らを堕落させ破滅させるセクロウピアの悲劇にも、「自然界のあらゆる秘密の中でも、もっとも暗い闇である人間の心の闇」が描かれる。そして第三巻で幽閉されたヒロインたちの忍耐と敬神が、王子たちの暴力的戦いよりも精神的にはるかに生産的であるとの展開に、ネーデルラントの泥沼化した戦局をみたシドニーが抱いた武力的解決への懐疑と、弱き性であるはずの女性たちのもつ偉大な知性と徳性への理解と洞察がある。カトリーヌ・ドゥ・メディシスをモデルとしたといわれるセクロウピアの虚無的なマキャヴェリズムに抵抗するパミーラのゆるぎない信仰には、シドニーが翻訳したフィリップ・デュ・プレシ＝モルネの『キリスト教の真実』の思想や、ジョン・フォックスの『殉教者伝』（または『行いと顕彰』）に描かれた伯母ジェイン・グレイの獄中の言論が反映しているという。『新アーケイディア』はあくまでも英雄叙事詩の枠組みをとりながら、その思想的な深さと広がり、そして女性的なものの豊かさと強さの表出において、英雄的叙事詩のジャンルに新しい地平を切り開いたとされる。

『新旧アーケイディア』両編に超自然的力や魔術の介入がない点もロマンスとしては異例であるというダンカン

＝ジョーンズの指摘も鋭い。『詩の弁護』にあるように理性と言葉こそが人間の人間たるゆえんであると考えるシドニーが占星術や迷信ぎらいであったことはつとに知られている。故に『新旧アーケイディア』においても困難な状況の解決を超自然の力に任せることを許さず、自己の運命と真摯に対峙する多様な人間の悲しさと尊さを描きだし、ヴァージニア・ウルフが「イギリスの近代小説のすべての種が入っている」と評した豊饒の世界をつむぎだすことができたのである。

絶筆となった『新アーケイディア』はピロクリーズと暴君アナクシアスの戦いの描写の文章の途中で切れたままという異常な終わり方をしている。それは、人生半ばで生から引きちぎられるように死んでいったシドニーの短い命、創作の途中で心ならずも筆を折らざるを得なかった彼の無念、そしてフランス使節団の団長に選ばれたことが創作の続行を断念した理由というダンカン＝ジョーンズの推測が正しいとすれば、最後まで公的活動を私益に優先させて、当時の身分ある貴族としては珍しく実戦にたおれて逝ったシドニーの祖国愛を象徴的に表す終結部と思える。まことに激しく生き、かつ創作に打ち込んだ廷臣詩人の生涯であった。本書を読むと、読者は四〇〇年も前の異国に生きた青年とは思えない哀切さをシドニーの人生に感じるのではなかろうか。

ダンカン＝ジョーンズは、序文でシドニーの外的生活と内的活動を結びつけその関係性を探る作業は「どうしても推測の問題になってしまう」という。その上で「シドニーなら詩的なと呼ぶであろう自由、つまりかならずしも記録されたものでなく、厳密に証拠立てられるものでなくとも物語に一貫性をあたえる原因や関係なら認めるという自由を活用する」とも語っている。たしかに本文中の「かもしれない」「らしい」「おそらく…であろう」「と思われる」などの表現の頻用は資料に語らせるという基本線の限界、資料の解釈に断定できる正解はひとつではなく、どう解釈し、どう位置づけるかに筆者自身の主体的価値観や判断がかかわってくるということを示している。つまり本書はキャサリン・ダンカン＝ジョーンズという一つの強烈な個性が、主体的な推測を交えて築いたシドニー像という彼女自身の「物語」であり「作品」である。この書を読んで想像力と研究意欲を掻き立てたてられた私たちは、それぞれが自己のアイデンティティを意識しながら、ここに描かれたシドニー像に新しい解釈を加えたり、別な資料による訂正を提案したり、好みで枝葉をふくらませてもう一つの物語に発展させてゆくことができる。たとえば本書ではふれられていないジョルダーノ・ブルーノとの関係を調べれば、シドニー像に新しい光をあてることができるし、獄中のジェイン・グレイのゆるぎない信仰を描いてパミーラの性格描写に影響を与えたというジョン・フォックスの『殉教者伝』（『行いと顕彰』（一五六三）をくわしく読めば、一六世紀半ばのプロテスタント教徒への弾圧の詳細を知ることになるし、サー・ヘンリー・シドニーがセシルとかわした結婚契約書（その紛失が両家の縁組の破談の一因となった）の内容を掘り下げれば、当時の貴族社会の構造を内側から眺める一助となるし、シドニーが訪ねたルドルフ二世の宮廷の特異性を研究しエリザベスの宮廷と比べれば、当時のヨーロッパの文化圏の国際的見取り図がより鮮やかにみえてこよう。つまり私たちの研究意欲しだいでこの書はどんどん成長してゆく可能性を秘めた楽しみな物語といえる。こうして読者の参加を待つ開かれたテクストとしてこの書はわたしたちの前にある。

著者キャサリン・ダンカン＝ジョーンズ女史はオックスフォード大学サマーヴィルコレッジ元教授、現在は同フェロウである。業績としては、本書ほか

著書

Ungentle Shakespeare: Scenes from his Life（The Arden Shakespeare 2001）.

編著

K. Duncan-Jones and J.van Dorsten eds. *Miscellaneous Prose of Sir Philip Sidney*（Oxford University Press 1973）.

Sir Philip Sidney: A Critical Edition of the Major Works（Oxford Authors Series）（Oxford University

Press 1989).
Shakespeare's Sonnets (The Arden Shakespeare Third Series 1997).
があり、他に四〇篇以上のエリザベス朝、ステュアート朝文学に関する論文と多くの演劇評もある。なお、本書の翻訳プロジェクトに関しては、著作権を保持される女史ご本人より、快諾と励ましのお言葉をいただいた。

本書の訳文については、訳者全員で検討を重ねたが、主として次のように分担した。

小塩トシ子
　第一章・第六章・第一〇章・エピローグ
川井万里子
　序文・第四章・第八章・第一一章・あとがき
土岐知子
　第二章・第七章・第一二章
根岸愛子
　第三章・第五章・第九章・家系図

私たちのルネサンス研究会は長い時間をかけて新旧両『アーケイディア』を読み、『新アーケイディア』を翻訳した。シドニーの代表作である『新アーケイディア』と優れた研究書である『廷臣詩人サー・フィリップ・シドニー』の二冊を翻訳して、そろって九州大学出版会から出版することができることは、一同にとって望外の喜びであり、まことに有難く感謝申しあげる。

とくに九州大学出版会編集部長永山俊二氏には特別のご配慮に与った。ここに改めて感謝申しあげる次第である。

二〇〇九年十二月

川井万里子

メイベル　エリザベス　アン＝サー・ウィリアム・フィッツウィリアム
(1526-99)

フランセス＝トマス・ラトクリフ
サセックス伯爵
(1583 没)

ロバート＝(1)バーバラ・ガミッジ
(1563-1626)　(1562-1621)
リール子爵　(2)サラ・スマイズ
レスター伯爵

アンブロウジア
(1564-74?)

トマス＝マーガレット・デイキンズ
(1569-95)　(1571-1633)

メアリ＝サー・ロバート・ロース
(1587?-1653?)　(1576-1614)

他 10 人

フィリップ＝(1)スーザン・ドゥ・ヴィア
(1584-1650)　(1587-1629)
ハーバート・オブ・シャーランド男爵　(2)アン・クリフォード
モンゴメリ伯爵　(1590-1676)
第 4 代ペンブルック伯爵

ロバート・ダドリー＝(1)エイミ・ロブサート
(1588 没)　(1532-60)
レスター伯爵　(2)ダグラス・ハワード　レイディ・シェフィールド
(1543-1604?)
レスターは結婚否認
＝(3)レティス・ノリス＝ウォルター・デヴルー
エセックス伯爵夫人　(1576 没)
(1541-1634)　エセックス伯爵

ロバート
(1580-84)
デンビ男爵
「高貴なる子」

キャサリン＝ヘンリー・
ヘイスティングズ
(1534-94)
ハンティングドン伯爵

ドロシー＝サー・トマス・ペロット
(1619 没)

ロバート・デヴルー＝フランセス・シドニー
(1601 処刑)　(旧姓ウォルシンガム)
エセックス伯爵

ウォルター＝マーガレット・
(1591 没)　デイキンズ

シドニー家系図

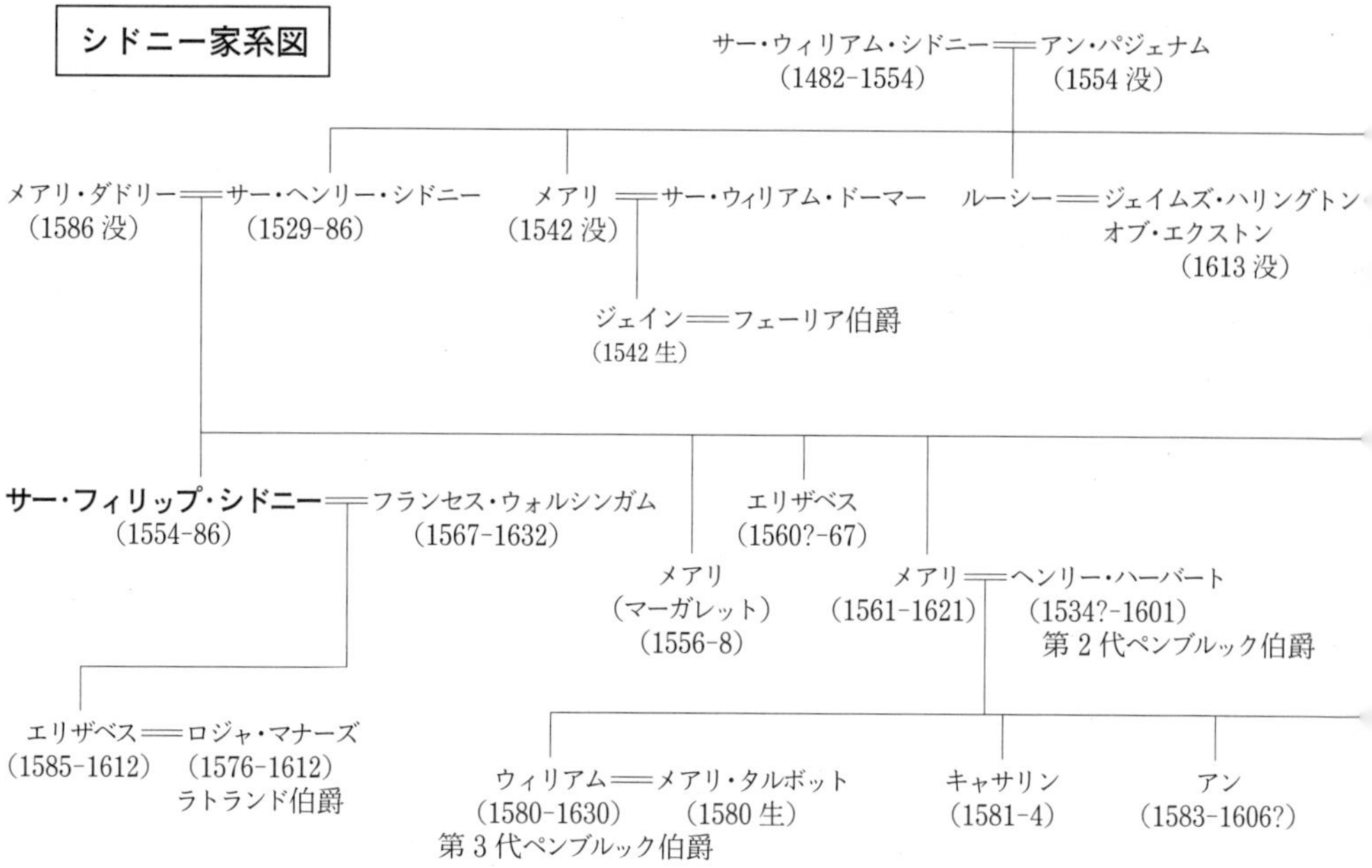

ダドリー家系図

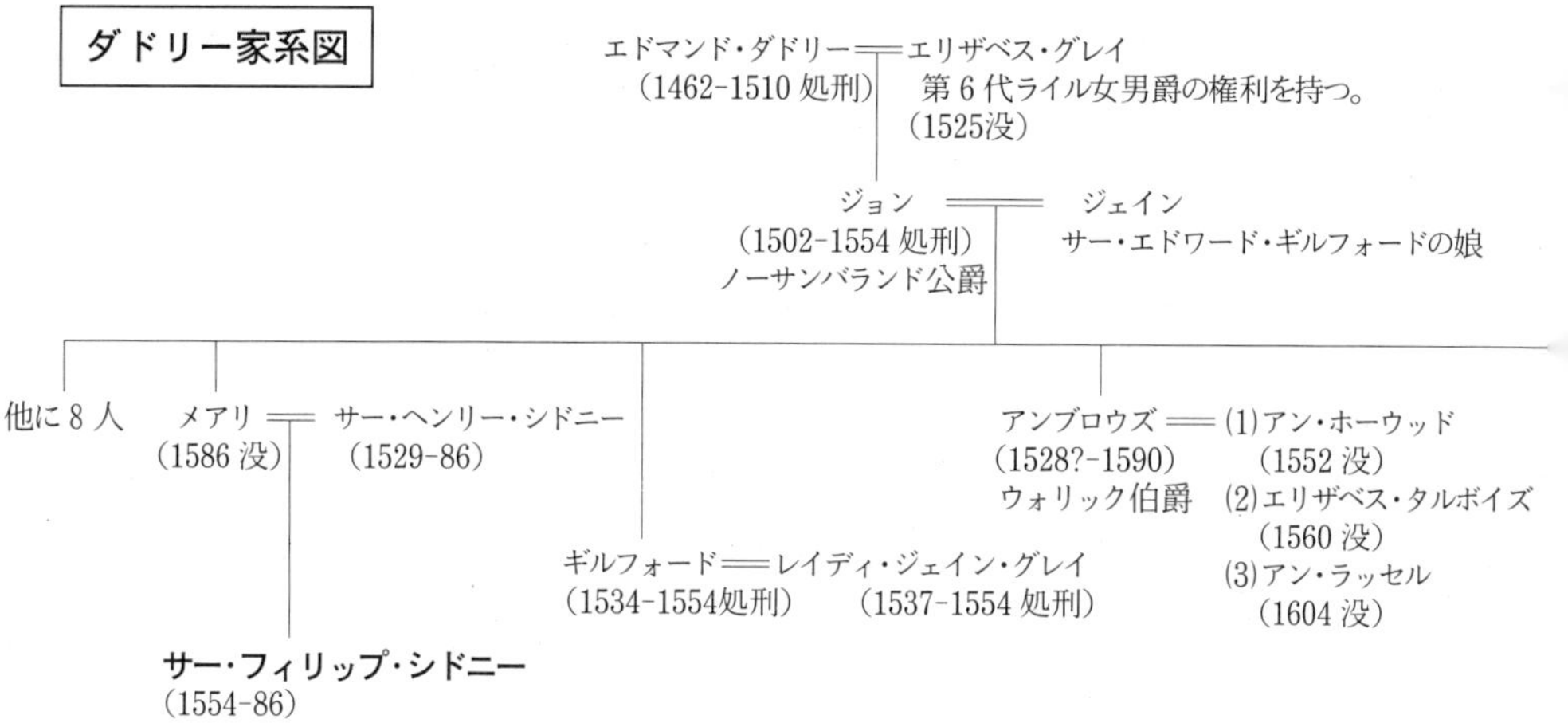

(記) フランセス・シドニーは 2 度現れている。初めはフィリップ・シドニーの妻として，次にロバート・デヴルーの妻として。マーガレット・デイキンズも 2 度現れる。初めはウォルター・デヴルーの妻として，次にトマス・シドニーの妻としてである。

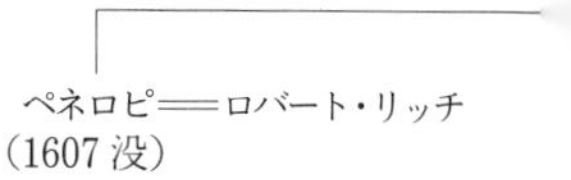

エピローグ

1. Greville, *Prose Works* 77.
2. Plutarch, *Alexander* XLII. 3-6.
3. Henri Estienne, *He Kaine Diatheke. Novum Testamentum* (Geneva 1576) sig.*2.
4. リチャード・ヘルガソンがその名著 *Elizabethan Prodigals* (1977) の中でシドニーをその最終的な実例として挙げているのは正しい。
5. Cf. Bodleian MS Rawl. C. 43 これはシドニーに捧げられた慣習法（コモンロー）に関する本である。
6. ヒリヤードはその ‘Art of Limning’ (Walpole Society i (1911－12) 27) の中で，モデルをどの大きさで表現するかについてシドニーと交わした記録を残しており，そこでシドニーを評して「あらゆる能力と技量をこよなく愛する人」と言っている。
7. 例えば 1577 年シドニーはウォルシンガムに「美しい騎兵用のピストル (dags) を入れるケース」をひとつ新年の贈り物とした。Woudhuysen 234 参照。また 1578 年に彼はハナウ伯爵に結婚祝いとして犬をいく匹か贈っている。Pears 145 参照。
8. William Byrd, *Psalmes, Sonets, & songs of sadnes and pietie* (1588) xxxiv.
9. *Nobilis* 91; George Whetstone, *Sir Philip Sidney, his honourable life, his valiant death, and true vertues* (?1587) sig. B2^{v}.

115. *Sidney* 313.
116. Mona Wilson, *Sir Philip Sidney* (1950) 272.
117. *OA* 371-4, 479-80.
118. Ringler 276; 私はこの考え方についてジョン・ガウス教授を参照した.
119. Christ Church, Oxford, MS 984, no. 117; この詩をリングラー教授は，信頼すべきテキストと認めている。'The Text of *The Poems of Sidney* Twenty-five Years After', in M. J. B. Allen, D. Baker-Smith and A. F. Kinney eds., *Sir Philip Sidney's Achievements* (New York 1990) 137, 141.
120. Lant, *Roll*, plate 14.
121. *Sidney* 314.
122. *Misc. Prose* 143-4.
123. テクストは *Misc. Prose* 147-52 に収録してある。
124. *Leycester Correspondence* 480-81.
125. *Misc. Prose* 145.
126. *CSP Foreign 1585－6* 184; Whetstone, *Sir Philip Sidney*, sig. B4^{v}.
127. BL MS Add. 48014, fol. 163^{r}.
128. *DNB*, 'William Temple'.
129. Cf. G. F. Beltz, 'Memorials of the last achievement, illness and death of Sir Philip Sidney', *Archaeologia* xxvii (1840) 31-3.
130. *CSP Foreign 1585－6* 219.
131. Greville, *Prose Works* 81.
132. *Misc. Prose* 222.
133. Greville, *Prose Works* 83.
134. *Misc. Prose* 171.
135. Whetstone, *Sir Phillip Sidney*, sigs.C2$^{r\text{-}v}$.
136. *Misc. Prose* 167.
137. Ibid. 171.
138. *Sidney* 313.
139. PRO SP 84/10, no. 13; Feuillerat iii. 183; *Sidney* 297.
140. Jan Wier, *De praestigiis daemonum et incantationibus ac veneficiis* (Bâle 1564).
141. Beltz, art. cit., 33.
142. *Misc. Prose* 172.
143. BL MS Add. 48014, fol. 163^{r}.

(1990) 60.
89. *Nobilis* 86, 132.
90. *Macbeth* V. v. 26-8.
91. Feuillerat iii. 180.
92. BL MS Add. 48104, fol. 160^{r}; Stow, *Annales* 1245.
93. BL MS Add. 48104, fol. 160^{r}.
94. Ibid.
95. *CSP Foreign 1586—7* 150-52.
96. Justus Lipsius, *De recta pronunciatione Latinae linguae dialogus* (Leiden 1586).
97. *Sidney* 296-7.
98. Stow, *Annales* 1250.
99. Ibid. 1251.
100. T. D., *A Briefe Reporte of the Militarie Service done in the Low Countries, by the Erle of Leicester* (1587) sig.D1^{r}.
101. Stow, *Annales* 1252.
102. *Nobilis* 90.
103. George Whetstone, *Sir Phillip Sidney, his honourable life, his valiant death, and true vertues* (?1587) sig. C1^{r}.
104. Stow, *Annales* 1253.
105. Wallace 381.
106. *Leycester Correspondence* 414-15.
107. Ibid. 422.
108. Ibid. 429-30.
109. Roger Kuin, 'The Courtier and the Text', *ELR* 19 (1989) 250. レスター自身はそれを「小競り合い」と言っている。Wallace 381 を参照.
110. BL MS Add. 48104, fol. 163^{r}.
111. Greville, *Prose Works* 79-80.
112. *Nobilis* 90.
113. 1586 年 11 月 6 日のあるスペイン人の報告によれば，シドニーの脚は切断されたとある。(cf. *CSP Spanish 1580—6*, 650)；またウェットストーンは，シドニーの勇気をカイウス・マリウスの勇気になぞらえている。「カイウスは腿が切断されているとき，ほほ笑みを浮かべていた」とある。*Sir Philip Sidney*, sig.C2^{r}. しかし，これは完全な類似であると言っているのではないかもしれない。
114. Greville, *Prose Works* 78-9.

61. この興味深い証拠資料はフェリックス・バーカーによって最初に引用され，その内容が述べられている。'"So Rare a Gentleman": Sir Philip Sidney and the Forgotten War of 1586', *History Today* (November 1986) 40-46.
62. *CSP Foreign 1585－6* 694-5.
63. Feuillerat iii. 174-5.
64. BL MS Add. 48027, fol. 380ff.; Woudhuysen 73 も参照.
65. Feuillerat iii. 166-8.
66. Ringler 296.
67. *NA* 441-2.
68. Cf. Brian Gibbons ed., *Romeo and Juliet* (New Arden Shakespeare, 1980) 14.
69. *CSP Foreign 1586－7* 28; *CSP Dom. 1581－90* 517, 521.
70. Cf. A. Nicoll ed., *The Works of Cyril Tourneur* (1930) 3-4.
71. Cf. *Leycester Correspondence* 33, 75.
72. Wallace 365.
73. Feuillerat iii. 176.
74. Ibid. iii. 177.
75. アラン・ケンダルが *Robert Dudley, Earl of Leicester* (1980) 216 で主張しているように，フランセス・シドニーは夫が死去したときには，「妊娠6ヵ月であった」とするのは，彼女にとって名誉なことではない。なぜなら夫婦が再会してから彼の負傷までには3ヵ月もなかったからである。
76. Wallace 367; BL MS Add. 48014, fol. 158^r.
77. Wallace 369.
78. Cf. *OA* 69.
79. Stow, *Annales* (1592) 1245.
80. Greville, *Prose Works* 72.
81. *Sidney* 312.
82. Cf. Feuillerat iii. 155-6, 157, 164, 166, 170, 174, 175, 177, 178, 179-80.
83. Ibid. 182-3.
84. Ibid. iii. 175; C. G. Cruikshank, *Elizabeth's Army* (1966) 148-9.
85. BL MS Add. 48014, fol. 159^r.
86. Feuillerat iii. 177-8.
87. Wallace 363.
88. Dr Tony Smith ed., *The Complete Family Health Encyclopedia*

25. *Misc. Prose* 219.
26. Rebholz 73-4.
27. *CSP Foreign 1585−6* 212.
28. Greville, *Prose Works* 53.
29. Ibid. 54.
30. Ibid. 65-9.
31. Wallace 319.
32. Greville, *Prose Works* 18.
33. Feuillerat iii. 147.
34. Ibid. 147-8.
35. Poort, 'Successor' 28; Feuillerat iii. 155.
36. Wallace 345.
37. Feuillerat iii. 148.
38. Ibid. 148-9.
39. *Leicester's Triumph* 33.
40. Wallace 342.
41. Poort, 'Successor' 28.
42. Feuillerat iii. 150.
43. *Leicester's Triumph* 31-2.
44. Amply described in *Leicester's Triumph* 31ff.
45. Ibid. 36.
46. Ibid. 41.
47. Feuillerat iii. 153.
48. Poort, 'Successor' 29.
49. Ibid.
50. *Leycester Correspondence* 85.
51. Feuillerat iii. 165.
52. Wallace 355; *CSP Foreign 1585-6* 324.
53. *Leicester's Triumph* 59.
54. *Leycester Correspondence* 345.
55. パルマ公の征服の詳細については, Geoffrey Parker, *The Dutch Revolt*（1977）199-244を見よ。
56. *CSP Foreign 1586−7* 217.
57. Feuillerat iii. 158-9.
58. *CSP Foreign 1585−6* 484.
59. BL MS Add. 48014, fol. 153v.
60. Ibid; *CSP Foreign 1585−6* 556; Lant, *Roll*, plate 1も参照のこと.

5. Ibid. 287-90; 274-5 頁を見よ。
6. Geffrey Whitney, *A choice of emblems and other devises* (Leiden 1586) 196-7.
7. *Sidney* 217.
8. Trinity College, Cambridge, MS R. 17.2.
9. Scipio Gentile, *Paraphrasis aliquot Psalmorum Davidi* (1581); *S. Gentilis in xxv. Davidis Psalmos epicae paraphrases* (1584); *Nereus, sive de natali Elizabethae P. Sydnaei filiae* (1585). シピオとアルベリコ・ジェンティーレの著述についての説明は，J. W. Binns, *Intellectual Culture in Elizabethan and Jacobean England: The Latin Writings of the Age* (1990) 参照。
10. Ringler 281.
11. *Nobilis* 61.
12. Ringler 267. シドニーが『詩編』を 1586 年に翻訳していたこと，そうして特に，『詩編』XXXVIII-XLII は，死の直前の数週間で翻訳されたということの可能性について，これ以上の証拠に関しては，Richard Todd, 'Humanist Prosodic Theory, Dutch Synods, and the Poetics of the Sidney-Pembroke Psalter', *Huntington Library Quarterly* 52 (2) (1989) 273-93 を見よ。
13. Mary Herbert, Countess of Pembroke, *A Discourse of Life and Death. Written in French by Ph. Mornay, Antonius. A tragedie written also in French by R. Garnier* (1590).
14. Hannay 85.
15. Ringler 501.
16. Ibid. 500-501; Hannay 84-105.
17. *Nobilis* 85.
18. Wallace 333.
19. S. L. Adams, 'The Gentry of North Wales and the Earl of Leicester's Expedition to the Netherlands', *Welsh History Review* 7. 2 (1974) 132.
20. *HMC Rutland* i. 181.
21. Feuillerat iii. 156; Wallace 341.
22. S. Sadie ed., *The New Grove Dictionary of Music and Musicians* (1980) i. 880; Warwick Edwards, 'The Walsingham Consort Books', *Music and Letters* lv (1974) 209-12.
23. *DNB*.
24. Ibid.

111. Bodlein MS Ashmole 845, fol. 16^r^.
112. Scipio Gentile, *Scipii Gentilis in xxv. Davidis Psalmos epicae paraphrases* (1584) sig. *4^v^.
113. T. Bright, *In physicam G. A. Scribonii* (Cambridge 1584).
114. Giordano Bruno, *La cena de le ceneri* (1584): *Spaccio de la besta trionfante* (1584).
115. H. Lhuyd, *The historie of Cambria* (1584).
116. Christopher Clifford, *The schoole of horsemanship* (1585) の 38 頁以下でクリフォードは自分がシドニーの推薦によってカジミール公に仕え，フルク・グレヴィルと共に大陸へ旅行したと記録している。
117. Nicholas de Nicolay, *The navigations into Turkie* (1585).
118. Alberico Gentile, *De legationibus libri tres* (1585).
119. Simon Robson, *The choise of change: containing the triplicitie of divinitie, philosophie, and poetrie* (1585).
120. Ramus, *Dialecticae* (Cambridge 1584).
121. Feuillerat iii. 145; Bodleian MS Tanner 79, fols. 229-30. 手紙には「わが良き友ウィリアム・テンプル氏に」と記載されている。
122. John Webster ed. and trs., *William Temple's Analysis of Sir Philip Sidney's Apology for Poetry* (New York 1984).
123. Webster, ed. cit. 186.
124. Pears 177.
125. Alan Kendall, *Robert Dudley, Earl of Leicester* (1980) 204-7.
126. *CSP Foreign 1585−6* 6-7.
127. Greville, *Prose Works* 43.
128. Ibid. 44.
129. *NA* 165.
130. Greville, *Prose Works* 45.
131. Wallace 332.
132. *CSP Foreign 1585−6* 23-4. ヴリシンゲンの地位に対するシドニーの競争相手はバーリの無能の長男トマス・セシルであったと思われるが，彼は結局ブリーレの長官に任命された。

第 12 章

1. Greville, *Prose Works* 82.
2. シドニーによる Psalm XIII の冒頭部分の翻訳は Ringler 285 にある。
3. W. H. Auden, 'In Memory of W. B. Yeats' (1939).
4. *Sidney* 237-8.

82. Ibid. 285-6.
83. Ibid. 279-81.
84. Pierpont Morgan Library, New York, MS MA 1475.
85. *Misc. Prose* 141.
86. Ibid. 4.
87. Ibid. 131;「姦通」の語は後から付け加えられた。そのことは，レスターが容易には身の証を立てることが出来なかったこの深刻な告発のことをシドニーが取り上げるのをもう少しで忘れるところであったことを示している。
88. *Three Letters* 26.
89. Peck., *LC* 264.
90. *Misc. Prose* 134.
91. Wallace 310-13.
92. Peck, *LC* 251.
93. *Misc. Prose* 140.
94. Cf. Peck, *LC* 222-7.
95. Ibid. 228-48.
96. Ibid. 31-2.
97. Lawrence Stone, *The Family, Sex and Marriage in England 1500－1800* (1977) 100-101.
98. *King Lear* II. i. 84.
99. P. W. Hasler, *The House of Commons 1558-1603* (1981) iii. 384.
100. *Misc. Prose* 130.
101. Wallace 304-5.
102. *CSP Dom. 1581－90* 220-21.
103. Wallace. 306-7; *CSP Dom. 1581－90* 189, 220, 225. 263.
104. K. Duncan-Jones, '"Thy deayth my undoing": John Langford's copy of the 1605 *Ardadia*', *Bodleian Library Record* 13 (1990) 360-64.
105. Wallace 320-22.
106. Ibid. 305.
107. Hannay 55.
108. Cf. A. C. Judson, *Sidney's Appearance* (Indiana 1935) 39-42; Roy Strong, *National Portrait Gallery Tudor and Jacobean Portraits* (1969) i 292.
109. Young 160.
110. Young 48-9 に再現されている「馬上槍試合記録」参照。

56. Ibid. 378.
57. Xenophon, *Cyropaedia* VII. iii. 14.
58. *NA* 395-8.
59. Ibid. 399.
60. Kay 252.
61. *NA* 316-17.
62. Ibid. 465.
63. Ibid. 406.
64. Ibid. 411.
65. Ibid. 344-5.
66. Milton, *Paradise Lost* IX. 31-2.
67. *NA* 330-33. この一節はシェイクスピアの『ソネット』1-17番に影響を与えた。
68. *NA* 355.
69. Ruth Mohl ed., Milton's *Commonplace Book*, in *Complete Prose Works of John Milton*, i（Yale 1953）371-2, 463-4.
70. シドニーの材源の使用についての学識ある論議としてD. P. Walker, *The Ancient Theology: Studies in Christian Platonism from the Fifteenth to the Eighteenth Century*（1972）132-62を見よ。
71. Chaucer, *Troilus and Criseyde* IV, 1408.
72. *NA* 359.
73. Ibid. 360.
74. Susan Snyder ed., *The Divine Weeks and Works of Du Bartas, translated by Joshua Sylvester*（1979）i. 256.
75. *NA* 362-3.
76. Ibid. 419.
77. Ibid. 426.
78. 2. Samuel 18. 33.
79. Cf. Job 3. 1-10.
80. 私はT. P. Roche, 'Ending the *New Arcadia*: Virgil and Ariosto', *Sidney Newsletter* 10（1989）3-12でロッシュが述べている見解――最終節でシドニーは「アリオストを超えることができず，叙事詩的冒険譚を完結させることができないことを示している」――に賛成できない。また，私はピロクリーズが剣でアナクシアスの性器に狙いを定めているというロッシュの解釈の根拠をテクストに見出すことができない。取り上げられているのは "his right side" という語句である。
81. Peck. *LC* 8.

この文書に私の注意を引いて頂いたことでS. M. メイ教授に深謝している。

31. *CSP Foreign 1583-4* 611-12.
32. Ibid.
33. Cf. Bodleian MS Tanner 78, fol.90^{r}.
34. *CSP Foreign 1583-4* 644-6.
35. Ibid. 579.
36. Feuillerat iii. 145. リチャード・ハクルートはスタフォードの牧師(チャプレイン)であった。
37. *CSP Foreign 1594-5* 19-20.
38. Stow, *Annales* (1592) 1191.
39. Peck *LC* 5.
40. *Misc. Prose* 140-41.
41. Ibid.
42. ふたつの版の対応する箇所の分析についてはFeuillerat iv. 397-403とR. W. Zandvoort, *Sidney's Arcadia: A Comparison between the Two Versions* (Amsterdam 1929, repr. Philadelphia 1969). を見よ。
43. *NA* 179-86.
44. Cf. K. Duncan-Jones, 'Sidney's Urania', *RES* xvii (1966) 123-32.
45. *NA* 5.
46. Ibid. 6.
47. Ibid. 7.
48. Ibid. 7-8.
49. J. Carey ed., *English Renaissance Studies: Essays presented to Dame Helen Gardner* (1980) 1-11, に掲載されているK. Duncan-Jones, 'Sidney and Titian' 参照。ただし「ウィーン」とあるところは「プラハ」と読む。
50. *NA* 150.
51. Ibid. 317.
52. Ibid. 354-5
53. フランシス・クォールズ作の非常に人気のあった物語詩「アーガラスとパシィーニア」(1629) に翻案された。David Freeman ed., *Argalus and Parthenia*, Renaissance English Texts Society (1986) 参照。また多くのチャップブック［呼び売り商人が売り歩いた物語・俗謡などの小冊子］版にも翻案された。
54. *NA* 28-32.
55. Ibid. 43-7.

107. *OA* 159.

第11章

1. T. S. Eliot, 'The Love Song of J. Alfred Prufrock' (1917).
2. Proverbs 13. 12.
3. Wallace 326.
4. B. M. Ward, *The Seventeenth Earl of Oxford* (1928) 10-11.
5. *Nobilis* 74, 116.
6. John Florio trs., *The Essayes of Michaell de Montaigne* (1603), sig.R2^{v}.
7. Wallace 297.
8. *CSP Foreign 1583 & Addenda* 354-5.
9. Psalm CXXVIII. 3, 5-6.
10. *Nobilis* 85.
11. Conyers Read, *Mr Secretary Walsingham and the Policy of Queen Elizabeth* (1925) iii. 423.
12. SP 12. 195, fol. 33; Ringler 530.
13. *Misc. Prose* 149.
14. T. Watson, *Italian Madrigals Englished* (1590) XXIII.
15. Ibid. XXVII; cf. Winifred Maynard, *Elizabethan Lyric Poetry and its Music* (Oxford 1986) 44.
16. Wallace 331-3.
17. Feuillerat iii. 168.
18. *DNB*; Stern 36-8.
19. *NA* 465.
20. CUL. MS Kk.I. 5. (2).
21. Wallace 297.
22. *AS* 30. 11.
23. Feuillerat iii. 144.
24. Wallace 297; Read, op. cit. ii. 387-8.
25. C. V. Wedgwood, *William the Silent* (1944) 248-50.
26. *CSP Foreign 1583-4* 579.
27. *Misc. Prose* 48-52.
28. *CSP Foreign 1583-4* 611.
29. Ibid. 603; BL MS Cotton Galba E VI fols.252^{r}-4^{v} の中に1584年7月8日付けのシドニーの教えの写しがある。
30. PRO E 403/2559, fol.217^{r}.

77. Pears 167.
78. Alan Bray, *Homosexuality in Renaissance England* (1982) を見よ。
79. Cf. Lawrence Stone, *The Crisis of the Aristocracy 1558－1641* (1965) 654.
80. Rebholz 316-17.
81. Ibid. 314-15.
82. Stone, loc. cit.
83. Ringler 260-61.
84. Ibid. 262-4.
85. ダイアが叙階されたのは1596年であるから，'Sir' はこの場合シドニーが書いたものではあり得ない。しかし興味深いイニシャルを付け加えたのは，著者デイヴィスンで，彼が後にダイアの称号を付け加えたのであろう。
86. *AS* 1.14.
87. May, 'Oxford and Essex' 26.
88. BL MS Add. 15232, fol. 36^{v}.
89. 'Lady Rich' 184-9; Freedman, *Poor Penelope* 96-103.
90. Nashe iii. 329.
91. Robert Sidney 62.
92. *NA* 91, 92-3.
93. 'Lady Rich' 188-9.
94. *Romeo and Juliet* I. ii. 13-14.
95. PRO SP12/158.85, fol. 210; Wallace 295n.
96. John Dee, *Private Diary*, ed. J. Halliwell, Camden Society 19 (1842) 18.
97. BL MS Add. 15891, fol.101^{b}; Wallace 293.
98. この儀式には女王の委任状の写しがある。Bodleian MS Ashmole 1110, fols. 56^{v}-7.
99. Feuillerat iii. 167.
100. Greville, *Prose Works* 17.
101. Nichols ii. 397.
102. Ibid. ii. 398.
103. D. H. Horne, *Life and Minor Works of George Peele* (Yale 1952) 57-62.
104. Nichols ii. 408.
105. Dee, *Diary*, ed. cit. 18.
106. Nichols ii. 410.

46. P. J. S. Dufey ed., *Oeuvres Complètes de Michel L'Hospital* (Paris 1824) i. 286-7; Lucy Crump, *A Huguenot Family in the Sixteenth Century* (1926) 128.
47. *Sidney* 212.
48. Ibid. 214.
49. Ibid. 231.
50. Ibid. 246.
51. Ibid. 227.
52. Ibid. 231. および本書前出 60-1 頁を見よ。
53. Ibid. 247.
54. Ibid. 241.
55. Ibid. 241-2.
56. Ibid. 242-3.
57. Cf. Conyers Read, *Mr Secretary Walsingham and the Policy of Queen Elizabeth* (1925) iii. 433-4.
58. Spenser, *Shorter Poems*, ed. W. Oram *et al.* (Yale 1989) 12.
59. Greville, *Prose Works* 18-19.
60. *Sidney* 216.
61. Ibid. 226-7.
62. Ibid. 243.
63. Ibid. 235.
64. Ibid. 247.
65. S. K. Heninger ed., *The Hekatompathia by Thomas Watson* (1964) x-xii; BL MS Harley 3277.
66. Heninger, ed. cit. xv.
67. *AS* 40. 1.
68. Ibid. 30. 14.
69. Ibid. 27. 1-9; なお 23 番も参照。
70. Wallace 191.
71. *Sidney* 296.
72. Ibid. 241.
73. Arthur F. Marotti, '"Love is not Love": Elizabethan Sonnet Sequences and the Social Order', *English Literary History* 49 (1982) 396-42.
74. Ibid. 405.
75. Ibid. 400.
76. *AS* 16. 1-2.

19. Ringler 443.
20. Sylvia Freedman, *Poor Penelope* (1983) 70-72.
21. BL MS Lansdowne 72, fols. 10-11. 引用に続く説明はこれに依拠している。
22. Greville, *Prose Works* 21.
23. BL MS Royal 18A LXVI, fol. 5^{v}.
24. 9日経ってから, *The pathwaie to Martiall Discipline;* (*STC* 23414) という題のもと献辞のない形で出版された。おそらく前の出版物は急いで一緒に新年の贈り物としてシドニーに与えられたのであろう。
25. Feuillerat iii. 145.
26. Greville, *Prose Works* 21.
27. Wallace 285.
28. *CSP Col. Add. 1574−1674* 22-3.
29. Roger Howell, *Sir Philip Sidney: The Shepherd Knight* (Boston 1968) 120.
30. *Sidney* 242.
31. Ibid. 236.
32. *AS* 10. 14.
33. *Sidney* 219.
34. Ringler 542-6.
35. Cf. T. P. Roche, '*Astrophil and Stella:* A Radical Reading', in Kay 184-226.
36. W. B. Yeats, 'Adam's Curse', *In the Seven Woods*' (1904) 所収。
37. G. Shepherd ed., *Sidney: An Apology for Poetry* (1965) 19-91 を見よ。これは卓見である。
38. *Sidney* 212.
39. *Three Letters* 54.
40. *OA* 80-81, 89-90.
41. ゴッソンのパンフレット及びその論争のすべてを記すテキストについては, A. F. Kinney, ed., *Markets of Bawdrie: The Dramatic Criticism of Stephen Gosson* (Salzburg 1974) を見よ。
42. *Misc. Prose*, 198, 200, 204, 207 を見よ。
43. *AS* 18. 9.
44. Cf. Castiglione, *The Book of the Courtyer*, trs. T. Hoby (1561), ed. W. Ralegh (1900) 59.
45. *Sidney* 241.

106. この馬上槍試合の説明についてはWoudhuysen 346-9; Young 203. を参照。
107. Feuillerat iii. 140-41.
108. Longleat, Dudley Papers, III. 56.
109. Sargent 200-201.

第10章

1. *AS* 54. 1-8.
2. ʻPhilophilipposʼ, *The Life and Death of Sir Philip Sidney. The Countess of Pembroke's Arcadia* の第10版（1655, sig. b1^{v}）に序として付けられた詩からの引用。
3. Leicester Bradner ed., *The Poems of Queen Elizabeth I*（Providence 1964）5; 5行目にある2番目のʻamʼはBL MS Stowe 962, fol. 231^{v}のテキストから採用。
4. Wallace 278.
5. シドニーが旧友のための追悼詩あるいは記念のエピグラムを書かなかったのは驚きである。おそらくは時間がなかったか，あるいはより大きな文学上の実践に心を奪われていて，この時のための詩は書けなかったのかもしれない。
6. Wallace 278. アランソンのネーデルラントにおける歓迎ぶりについてはNichols ii. 343-87を見よ。
7. C. V. Wedgwood, *William the Silent*（1944）229.
8. Ibid. 234-5.
9. *CSP Foreign 1581－2* 624-5.
10. Wallace 288-9.
11. Sargent 76; PRO SP12/159, fol. 126.
12. Wallace 280-81.
13. Collins i. 96.
14. Feuillerat iii. 142-3.
15. Wallace 290.
16. この手紙の全文は次の著作にあり，続く引用はすべてこの著作からである。H. F. Hore ed., ʻSir Henry Sidney's Memoir of his Government of Ireland. 1583ʼ, *Ulster Journal of Archaeology* iii（1855）33-52, 336-53; v（1857）299-323; viii（1860）179-95. なお抜粋は *Carew MSS 1575－88* でも読むことができる。
17. *HMC De L'Isle and Dudley* i. 272-3.
18. Longleat, Dudley Papers III. 56. fol. 11.

76. Ibid. 379.
77. Ibid. 394-7.
78. Ibid. 405.
79. Ibid. 447-57.
80. The Duke of Norfolk ed., *The Lives of Philip Howard...and of Anne Dacres his Wife* (1857) 19.
81. K. T. Rowe, 'Romantic Love and Parental Authority in Sidney' s *Arcadia', University of Michigan Contributions in Modern Philology* 1-12 (1947−9) 18-19.
82. Cf. *OA* xvii.
83. George Peele, *The Battle of Alcazar*, ed. John Yoklavich, in *The Dramatic Works of George Peele*, ii (Yale 1961).
84. Ibid. 249-50.
85. Wallace 268.
86. Collins i. 294.
87. *CSP Dom. 1581-90* 21, 22.
88. Wallace 268.
89. Feuillerat iii. 135-6.
90. Ibid. 133.
91. *CSP Dom. 1581-90* 26.
92. Feuillerat iii. 136-7.
93. Pears 177.
94. Ringler 444-5.
95. BL MS Lansdowne 885, fol. 86^{v}.
96. Penry Williams, 'The Crown and the Counties', C. Haig ed., *The Reign of Elizabeth I* (1984) 133.
97. *Sidney* 167.
98. Ringler 473.
99. The Drummond/Dymoke MS, University of Edinburgh MS De. 5. 96.
100. Feuillerat iii. 138.
101. Wallace 271.
102. Bodleian MS Ashmole 845, fol. 165^{r}.
103. E. Malcolm Parkinson, 'Sidney's Portrayal of Mounted Combat with Lances', *Spenser Studies* V (1985) 245を見よ。
104. Feuillerat iii. 139.
105. Ibid. 140.

42. *Misc. Prose* 21.
43. *Sidney* 299.
44. *Misc. Prose* 53.
45. Young 146-7.
46. *OA* 3.
47. *Sidney* 299-300.
48. Ibid. 310-11.
49. *AS* ii. 15.
50. Ibid. 83. 14.
51. H. S. Donow, *A Concordance to the Poems of Sir Philip Sidney* (Ithaca and London 1975).
52. *CS* 31. 14.
53. *Sidney* 304.
54. Gerard Legh, *The Accedens of Armory* (1562) fol. 11.
55. Cf. Young 71. 紋章に一角獣が描かれ，銀の一角獣を付す鎧を纏ったウィンザー卿の弟の肖像画を見よ。
56. *Sidney* 301-2.
57. *OA* 108, 439.
58. *Sidney* 314.
59. Legh, *The Accedens of Armory* fols. 6, 12^{v}.
60. Ringler 474.
61. *Sidney* 169.
62. Woudhuysen 346.
63. Ibid. 318-26.
64. Josephine Roberts ed., 'The Imaginary Epistles of Sir Philip Sidney and Lady Penelope Rich', *ELR* 15 (1985) 681.
65. *Sidney* 404.
66. *NA* 253-4.
67. Anon. *Campian Englished* (1632) 184; Simpson 299-304.
68. BL MS Lansdowne 33 fols. 145-9.
69. Simpson 310.
70. Ibid. 322.
71. Ibid. 338.
72. Cf. 例えば Wallace 285-6.
73. Wallace 267.
74. *DNB*.
75. Simpson 363-77.

9. Michele Margetts, 'Lady Penelope Rich: Hilliard's lost miniatures and a surviving portrait', *The Burlington Magazine* CXXX (October 1988) 758-61.
10. Margetts, art. cit.
11. Nichols ii. 389.
12. Wallace 262; P. W. Hasler, *The House of Commons 1558−1603* iii (1981) 383.
13. Feuillerat iii. 135.
14. Rebholz 203.
15. Collins i. 293-4.
16. Feuillerat iii. 128-9, 134.
17. Wallace 246.
18. *Sidney* 165-6.
19. Ringler 472.
20. R. Browning, *Jocoseria* (1883) から。
21. *OA* 260-63.
22. Pears 102.
23. *OA* 73.
24. Ibid. 260-61.
25. Wallace 261-2.
26. Woudhuysen 311.
27. Ibid. 312-16; Young 148-9.
28. 'Callophisus challenge', printed by Charlwood; cf. *STC* Films Reel 738.
29. *DNB.*
30. Young 48.
31. Ibid. 93-5.
32. *Malone Society Collections* II. i. (1908) 181-7.
33. *Complete Peerage* xii. 798.
34. *NA* 256.
35. *Misc. Prose* 29.
36. BL MS Lansdowne 99, fol.259.
37. *NA* 92-104.
38. Stow, *Annales* (1592) 1179.
39. Woudhuysen 318ff.
40. Cf. *Sidney* 402.
41. Ibid. 314.

78. Stern 56-8.
79. Feuillerat iii. 128.
80. Collins, i. 273-6.
81. Simpson 166 ff.
82. Collins, loc. cit.
83. Ibid. i. 281.
84. *HMC De L'Isle and Dudley* i. 96; misdated by Collins, i. 246.
85. A. C. Judson, *The Life of Edmund Spenser* (1945) 91.
86. Ibid. 92.
87. Woudhuysen 158-9.
88. *Three Letters* 31.
89. Ibid. 54.
90. Cf. Ottley.
91. *Three Letters* 6-7.
92. *OA* 90.
93. *Misc. Prose* 120.
94. *OA* 3.
95. Woudhuysen 179.
96. Wallace 219.
97. Nichols ii. 301.
98. *NA* 405.
99. Nichols ii. 93.
100. *DNB*.

第 9 章

1. W. Camden, *Remaines* (1605) 174.
2. 私はサイモン・アダムズ博士と文通した後に次の結論に達した。1580年 11 月 29 日シドニーは，従弟の誕生によって悪化したかもしれない「病気と憂鬱症」に苦しみながら、パリにいるセバスチャン・パルディーニなる人物に手紙を書いた。cf. *CSP Foreign 1581−2* 71.
3. Stow, *Annales* (1592) 1191.
4. G. Whetstone, *Sir Philip Sidney, his honourable life, his valiant death, and true vertues* (?1587) sig. B3.
5. Cf. Young 49.
6. これは Woudhuysen 258 によって示唆されている。
7. Ringler 437-8.
8. Ibid.

Elder (Madison 1964) 76.
44. *HMC De L'Isle and Dudley* ii, 329, 171, 251-2, 440 and *passim.*
45. *Brief Lives* i. 312.
46. *Nobilis* 80.
47. *OA* 335.
48. *AS* 54. 14.
49. *OA* 4-5.
50. Ibid. 9.
51. Ibid. 108.
52. Ibid. 243.
53. Ibid. 292.
54. Alice Fox, *Virginia Woolf and the English Renaissance* (1990) 11.
55. *OA* 297-8.
56. Wallace 232.
57. *OA* 92. 私は 'too' を 'so' に修正した。
58. Ibid. 117.
59. Ibid. 227.
60. Ibid. 205.
61. Ibid. 206.
62. Ibid. 376.
63. Ibid. 416.
64. Ibid. 283.
65. Ibid. 71-6.
66. Ibid. 76-9.
67. C. S. Lewis, *English Literature in the Sixteenth Century* (1954) 330.
68. *OA* 27.
69. Ibid. 37.
70. Ibid. 376.
71. Lewis, op. cit. 341.
72. Ibid. 225.
73. Ibid. 198.
74. Ibid. 283.
75. Ibid. 415-16.
76. *Misc. Prose* 102.
77. Stow, *Annales* (1592) 1176.

15. *Fettiplace Receipt Book* 136-7.
16. Stern 79n.
17. Buxton, art. cit.
18. Feuillerat iii, 137.
19. Buxton, art. cit.
20. D. C. Peck, 'Ralegh, Sidney, Oxford and the Catholics, 1579', *Notes & Queries* 223 (1978) 427-31.
21. *Sidney* 147.
22. Pears 181-2.
23. Hannay 196.
24. Feuillerat iii, 129.
25. *Misc. Prose* 111.
26. *Sidney* 311.
27. *Misc. Prose* 78.
28. *OA* 4.
29. Ibid. 283-4.
30. Ibid. 320.
31. Ibid. 5.
32. Ibid. 7-8.
33. M. S. Goldman, 'Sidney and Harington as Opponents of Superstition', *Journal of English and Germanic Philology* liv (1955) 526-48.
34. John Webster, *The Duchess of Malfi* III, ii, 78-9.
35. *OA* 9.
36. Theodore Spencer, 'The poetry of Sir Philip Sidney', *English Literary History* xii (1945) 267.
37. Wallace 237.
38. *OA* 244-5.
39. Ibid. 196. フルメンティは「外皮をむいた小麦をミルクで煮てシナモンと砂糖などで味付けた料理である」(*OED*)；この田舎風のご馳走はハーディの『キャスターブリッジの市長』(1886) で重要な役割を果たすことになっている。
40. Ibid. 272.
41. *Misc. Prose* 117.
42. Ben Jonson, 'An Elegie' in *Works*, ed. C. H. Herford and P. & E. Simpson (1947) viii. 119.
43. Lloyd E. Berry ed., *The English Works of Giles Fletcher the*

86. Greville, *Prose Works* 38.
87. Ibid. 39.
88. Ibid. 41.
89. Woudhuysen 259.
90. C. L. Kingsford, 'On some ancient deeds and seals belonging to Lord De L'Isle and Dudley', *Archaeologia* lxv (1913-14) 251-68.
91. Kingsford, art. cit. 253.
92. *Misc. Prose* 140.
93. May, 'Oxford and Essex', 12.
94. Pears 166.
95. D. C. Peck, 'Ralegh, Sidney, Oxford and the Catholics, 1579', *Notes & Queries* 223 (1978) 427-31.
96. May, 'Oxford and Essex', 11-12n.
97. Bodleian MS Tanner 306, fol. 115^{b}, あきらかにヘンリー・スペルマンの手になる一枚の張り込みからの引用。Fols.$117^{a\text{-}b}$ も参照のこと。
98. Woudhuysen 156.

第 8 章

1. *OA* 3
2. V. Woolf, 'The Countess of Pembroke's Arcadia', in *Collected Essays* (1966) i. 27.
3. *OA* 3.
4. Woudhuysen 310.
5. Nichols ii. 289-90.
6. Ringler 243-4.
7. Cf Feuillerat iii, 337-41; *Sidney* 397.
8. Walter de la Mare ed., *Come Hither* (1923) item 286.
9. *Sidney* 290.
10. John Buxton, 'An Elizabethan reading-list', *The Times Literary Supplement* (24 March 1972) 343-4.
11. Osborn 536-7 では，異論［1579 年 12 月にスペンサーが『羊飼の暦』をシドニーに献呈したのに応えて，シドニーが 1580 年 5 月 22 日付のデニー宛の手紙のなかでスペンサーをグレイ卿に推薦しているという主旨の諸説］を紹介しているが。
12. Buxton, art. cit.
13. Feuillerat iii, 134.
14. Aubrey, *Brief Lives* ed. A. Clark (1898) ii, 248.

Studies in Philology 42 (1945) 146-53.
55. D. E. Baughan, 'Sidney and the Matchmakers', *MLR* XXXIII (1938) 515.
56. Wallace 196-7n.
57. Nichols ii. 249.
58. Ibid. ii. 81.
59. Ibid. ii. 260.
60. Wallace 204.
61. Camden, *Annals* (1635) 390.
62. Nichols ii. 277.
63. Pears 157.
64. Ibid. 167.
65. 王室献酌官の義務についての説明は BL MS Stowe 561 参照。これはチャールズ 1 世のためにに書かれたものだが，ヘンリー 8 世の宮廷にまで遡る伝統が書かれている。
66. Van Dorsten, op. cit. 66.
67. Camden, *Annals* 200.
68. *HMC Bath* v. 266.
69. Berry, *Stubbs* xlvii.
70. Cf. I. and P. Opie, *Oxford Dictionary of Nursery Rhymes* (1951) 177-81.
71. Berry, *Stubbs* 85.
72. Ibid. 24.
73. *DNB.*
74. Wallace 213.
75. Berry, *Stubbs* xlvii-xlix.
76. Pears 187.
77. *Misc. Prose* 51.
78. Ibid. 50.
79. Ibid. 52.
80. Ibid. 56.
81. Ibid. 57.
82. Greville, *Prose Works* 38.
83. Wallace 216 と比較検討すること。
84. Feuillerat iii. 128.
85. もしこれが正しければ，私が *Misc. Prose* 34 で述べている 1579 年 11 月もしくは 12 月では遅すぎる。

23. *Misc. Prose* 21-32.
24. S. Sadie ed., *The New Grove Dictionary of Music and Musicians* (1980) vi. 401.
25. Rosenberg 302-3.
26. Ringler 361-2.
27. L. A. Montrose, 'Celebration and Insinuation; Sir Philip Sidney and the Motives of Elizabethan Courtiership', *Renaissance Drama*. n. s. VII (1977) 3-35.
28. *Misc. Prose* 47.
29. *OA* 4.
30. Feuillerat iii. 122.
31. Ibid. iii. 123.
32. Ibid. iii. 120.
33. Roger Williams, *A Briefe discourse of Warre* (1590) 2; cf. also 17; Bryskett, *Works* A4^{v}.
34. *DNB* ; Peck, *LC* 207.
35. *Misc. Prose* 31.
36. *DNB*.
37. *Misc. Prose* 28.
38. *HMC De L'Isle and Dudley* i. 250.
39. Nichols ii. 77.
40. Ibid. 68, 78.
41. Collins i. 256.
42. Pears 148.
43. *CSP Foreign 1577—8* 820.
44. Wallace 199.
45. *CSP Foreign 1578—9* 149.
46. Pears 154.
47. Greville, *Prose Works* 21.
48. Bodleian MS Rawl. D. 345.
49. Ibid. fol.17^{r}.
50. Stern 40-46.
51. BL MS Lansdowne 120, fols.179-87.
52. Nashe iii. 92.
53. *OA* 22.
54. Cf. G. L. Barnett, 'Gabriel Harvey's *Castilio sive Aulicus and Aulica:* A Study of Their Place in the Literature of Courtesy',

104. Ibid. 11.
105. Ibid. 4.
106. C. T. Prouty, *George Gascoigne* (1942) 278.
107. M. G. Brennan, *Literary Patronage in the English Renaissance: The Pembroke Family* (1988) 24.
108. *CSP Addenda 1566–79*, 522-3.
109. Feuillerat iii. 118-19.
110. *Complete Peerage* x.
111. Ringler 343-4.
112. *Misc. Prose* 78.

第7章

1. *Sidney* 212.
2. Edmund Molyneux, *Historical Remembrance of the Sidneys*, in Holinshed, *The third volume of Chronicles*, 1588.
3. *Sidney* 242.
4. Cf. Pears 117, 137.
5. Ibid. 144-5, 146.
6. Buxton 91.
7. Ibid. 152.
8. J. A. van Dorsten, *Poets, Patrons and Professors: Sir Philip Sidney, Daniel Rogers, and the Leiden Humanists* (Leiden 1962) 52.
9. Pears 122, 131, 138; Wallace 197.
10. Van Dorsten, loc. cit.
11. Cf. Hannay 27 and *passim*.
12. Young 34-7.
13. *Sidney* 2-4.
14. *NA* 255.
15. Ibid. xv.
16. Ringler li.
17. *Sidney* 314.
18. *OA* 73.
19. Cf. *Nobilis* 74.
20. *OA* 66.
21. Sargent 69-9.
22. Nichols ii. 92-223.

68. *OA* 8.
69. *AS* 29. 9-12.
70. *NA* 86.
71. *Misc. Prose* 92.
72. McMahon, art. cit. 84-5.
73. Feuillerat iii. 113.
74. Greville, *Prose Works* 25-6.
75. Rebholz 34.
76. Pears 108-9.
77. Osborn 482-90, 529-33.
78. Pears 117.
79. Wallace 181.
80. C. V. Wedgwood, *William the Silent* (1944) 155-6.
81. Greville, *Prose Works*, 13-14.
82. Wedgwood, op. cit. 173-4.
83. Ringler 209.
84. Wedgwood, op. cit. 138-9.
85. Cf. H. H. Rowen, *The Princes of Orange* (1988) 20-21.
86. Osborn 491n.
87. Wedgwood, op. cit. 175.
88. Ringler 431.
89. Ibid. 152.
90. Collins i. 193.
91. Wallace 182-3.
92. Ibid. 184.
93. Woudhuysen 236n.
94. Wallace 185.
95. Simpson 115.
96. *NA* 102.
97. *Misc. Prose* 4-7, 175.
98. Collins i. 199.
99. *Misc. Prose* 3.
100. *DNB* の項目 Thomas Butler, tenth Earl of Ormond (1532－1614) を参照。
101. Wallace 191-2.
102. BL MS Cotton Titus B XII, fols. 564-5.
103. *Misc. Prose* 8.

39. Wallace 172-3.
40. Greville, *Prose Works* 20.
41. Osborn 454-5.
42. Feuillerat iii. 105-8.
43. Cf. K. J. Höltgen, art. cit.
44. Cf. A. P. McMahon, 'Sir Philip Sidney's Letter to the Camerarii', *Publications of the Modern Language Society of America* 62 (1947) 83-95.
45. R. Peterson trs., Della Casa, *Il Galateo* (1576) 12-13, 16-32.
46. *OA* 77にある詩はこの会話のあった時期に近い頃書いたものであろう。ゲロンの老犬メランプスはかつて狼の好敵手であったという叙述がある。
47. Osborn 464.
48. Wallace 174.
49. Simpson 67-8.
50. Fynes Moryson, *An Itinerary* (1617) I. I. II.
51. 帝国宮廷の宗教について真正で詳細に亘る解説はR. J. W. Evans, *The Making of the Habsburg Monarchy 1550–1700* (1979) 3-40を参照。
52. Simpson 115-16.
53. Ibid. 115.
54. Ibid. 123.
55. Wallace 178; Buxton 88.
56. Wallace 179.
57. *Misc. Prose* 11.
58. BL. MS. Add. 139830, fols. 47-9.
59. Godfrey Anstruther, O. P., *Vaux of Harrowden* (1953) 131.
60. Feuillerat iii. 135.
61. Ibid. iii. 110-11.
62. Stern 234.
63. Cf. Evans, op. cit.
64. *The Tempest* I. ii. 75-7.
65. Feuillerat iii. 110.
66. Cf. T. DaCosta Kaufman, *The School of Prague: Painting at the Court of Rudolf II* (Chicago and London 1988) 66-70 and *passim.*
67. T. DaCosta Kaufman, 'The Allegories and Their Meaning' in P. Hulten *et al., The Arcimboldo Effect* (1987) 89-108.

8. *HMC Rutland*, i. 110, 111.
9. Ibid.
10. *HMC De L'Isle and Dudley* i. 270.
11. *Nobilis* 75.
12. Wallace 171.
13. *CSP Domestic 1547—80* 440, 443.
14. ディーの日記の記載は必ずしも会合がモートレイクで行われたことを示さないというジュリアン・ロバーツ博士のご指摘に感謝する。
15. Wallace 173.
16. P. French, *John Dee: The World of an Elizabethan Magus* (1972) 38-9.
17. Osborn 449.
18. French, op. cit. 182-3.
19. Sargent 40-45.
20. Cf. BL MS Eg. 2790, fols. 221-2.
21. Pears 119.
22. Marlowe, *Dr Faustus* I 52-61.
23. French, loc. cit.
24. Stern 150. ウデューセンがこれに言及すべきことを私に示唆してくださり感謝する。
25. Rosenberg 323ff.
26. Thomas Nashe, *Have With You to Saffron Walden* (1596) in Nashe, iii. 116, 76-7.
27. Cf. Rosenberg ibid.
28. Stern, loc. cit.
29. Ibid. 23.
30. P. Holland trs., *The Roman Historie* (1600) 46.
31. Stern 50-51.
32. Aubrey, *Brief Lives*, ed. A. Clark (1898) ii. 248-9.
33. Osborn 450.
34. *DNB.*
35. *CSP Dom. Addenda 1566—79* 516-17.
36. *DNB.*
37. *Nobilis* 82.
38. Cf. K. J. Höltgen, 'Why are there no wolves in England? Philip Camerarius and a German Version of Sidney's Table Talk', *Anglia* 99 (1981) 60-82.

70. Ibid. 134a.
71. *DNB*.
72. Osborn 440.
73. *Sidney* 227.
74. Thomas Churchyard, *A general rehearsal of wars* (1579) sig. D2a.
75. *Sidney* 214.
76. Ibid. 250.
77. Wallace 167-8.
78. Anne Chambers, *Granuaile: The Life and Times of Grace O'Malley c. 1530–1603* (Dublin 1979) 86.
79. *NA* 248.
80. *OA* 204.
81. *HMC De L'Isle and Dudley* i. 434.
82. Ibid. ii. 48.
83. *Chronicles of Ireland* 143a.
84. Ibid. 143-4.
85. H. E. Rollins ed., *The Paradise of Dainty Devices* (1927) 87-8, 251-3.
86. Holinshed, *Chronicles* (1587) iii. 1552.

第6章

1. Shelley, *Adonais* (1821) 45.
2. Ringler 345.
3. Thomas Thorpe, *Catalogue of a small but interesting collection of ancient MSS* (1840) Ⅲ. 1107の中に，王室献酌官の受領書（1577年6月17日付）の添え書として「彼の肖像画が描かれている間」と記していることを参照。Cf. H.R. Woudhuysen, 'A "Lost" Sidney Document', *Bodleian Library Record* 13 (1990) 353-9. もっともサー・ロイ・ストロングの最近の発見によれば，ロングリートの肖像画はかつて1578年の日付けがあったが，これはこの肖像画の完成した年に言及したものかもしれない。あるいはまたロングリートの肖像画には1577年のオリジナルからコピーしたものかもしれない。
4. Robert Sidney 174-5.
5. Osborn 203.
6. *AS* 2.5.
7. Cf. *HMC De L'Isle and Dudley* i. 249-50, 439; Wallace 188.

Cunliffe (1910) 91ff.
39. Ringler 65.
40. Osborn 347.
41. *Sidney* 11-12.
42. BL MS Royal 18A xlviii.
43. C. T. Prouty, *George Gascoigne* (1942) 93-7.
44. Bodleian MS Rawl. poet. 85, fol.7^r.
45. E. K. Chambers, *Sir Henry Lee* (1936) 82 and *passim*; Sargent 20-23.
46. Sargent 24-6.
47. Ibid. 188; 旧約聖書,「哀歌」1章12節の「私にくだされた苦しみのような苦しみが, また世にあるだろうか, 尋ねて見よ」を参照。
48. Sargent 35.
49. BL MS Add. 15214, fol.12b.
50. *HMC De L'Isle and Dudley* ii. 201.
51. Sargent 5.
52. Tenison ed., *Baconiana* (1679).
53. *Three Letters* 31.
54. Peter Beal, 'Poems by Sir Philip Sidney: The Ottley Manuscript', *The Library*, 5th series, xxxiii (1978) 284-95.
55. *CS* 16. 11-14.
56. *OA* 9.61.
57. Geffrey Whitney, *A Choice of emblems and other devices* (Leiden 1586) 196-7.
58. *OA* 66.40.
59. *Sidney* 247; Sargent 63.
60. Osborn 313-15 and *passim*.
61. Cf. Feuillerat iii. 77.
62. Osborn 421-2.
63. Ibid. 445.
64. Ibid. 427-9.
65. Carolus Clusius, *Rariorum stirpium per Hispanias observatorum* (Antwerp (Plantin) 1576).
66. Osborn 418.
67. Ibid. 445.
68. Ibid. 425.
69. Holinshed, *Second Volume of Chronicles, Ireland* (1587) 133b.

注目を喚起させ，BL MS Add. 28, 263, fol.2 からそれを翻訳して下さったからである。

8. *CSP Spanish 1558－67*, 133.
9. Ibid. 179.
10. '*tenido por Catholico*', MS cit.
11. Wallace 83.
12. Kuin, *A Letter* 3.
13. *CSP Spanish 1558－67*, 459.
14. Kuin, *A Letter* 3; Marie Axton, *The Queen's Two Bodies* (1977) 63-4.
15. *OA* 321.
16. Osborn 389-90.
17. *Victoria County History: Warwickshire*, vol. vi, 137 and *passim.*
18. Kuin, *A Letter* 4-5.
19. Osborn 327.
20. Kuin, *A Letter* 78.
21. Greville, *Prose Works* 4-5.
22. *HMC De L'Isle and Dudley* i. 259.
23. *OA* 245.
24. *HMC De L'Isle and Dudley* i. 362.
25. Wallace 158.
26. J. McManaway, G. E. Dawson and F. E. Willoughby eds., *Joseph Quincy Adams Memorial Studies* (Washington 1948) 639-65 の中の C. T. and R. Prouty, '*The Noble Arte of Venerie* and Queen Elizabeth at Kenilworth' を見よ。
27. *Arte of Venerie* (1575) 90.
28. Roy Strong, *The English Renaissance Miniature* (1983) 64.
29. *Arte of Venerie* (1575) 95.
30. Prouty, art. cit. 661.
31. De L'Isle MSS E93.
32. *NA* 53.
33. Ibid. 54.
34. Nichols i. 438.
35. Kuin, *A Letter* 46.
36. BL MS Harl. 6395, fol. 36^{v}; Kuin, *A Letter* 100.
37. Ringler 402.
38. George Gascoigne, *The Glasse of Governement etc.*, ed. J. W.

Works.

62. ペロの生涯と著作の充分な記録に関しては Martha W. England, 'Sir Philip Sidney and François Perrot de Messieres: Their Verse Versions of the Psalms', *Bulletin of the New York Public Library*75, 1 (1971) 30-54, 101-10. を見よ。
63. England, art. cit. 38.
64. cf. F. J. Sypher ed., *A Woorke Concerning the Trewnesse of the Christian Religion* (New York 1976) xi-xv.
65. Osborn 294.
66. 英訳が Osborn 394-5 に掲載されている。
67. Cf. Ringler 403.
68. Tennyson, 'Hendecasyllabics', 1863.
69. *OA* 33. 7-11.
70. *DNB.*
71. N. F. McClure ed., *The Letters of John Chamberlain* (1939) i. 179-80.
72. *Sidney* 212.
73. L. B. Osborn, *The Life, Letters and Writings of John Hoskyns* (1937) 155.
74. Pears 121.
75. Cf. Frances Yates, *John Florio* (1934) 220.
76. *Misc. Prose* 149.
77. Osborn 308.
78. Feuillerat iii. 125.
79. *HMC De L'Ise and Dudley* ii. 95.
80. Osborn 315-17.

第5章

1. *OED* 9.a.
2. Sidney, *The Lady of May* (1578), *Misc. Prose* 29, 女王の愛顧を追求する廷臣たちについて述べている。
3. Spenser, 'Mother Hubberds Tale', 859ff. from W. Oram *et al.* eds., *The Shorter Poems of Edmund Spenser* (Yale 1989) 364-5.
4. *OA* 35.
5. *CSP Ireland 1574-85*, 42.
6. Wallace 148, 152.
7. ダニエル・ワイスベイン氏に心より感謝する。氏が私にこの文書への

35. Wallace 160–61.
36. Osborn 112.
37. Moryson, *An Itinerary* III. I. 2.
38. *NA* 12.
39. Feuillerat iii, 126.
40. *OA* 12.
41. Osborn 121.
42. K. Duncan-Jones, 'Sidney's Pictorial Imagination', unpublished B. Litt. thesis, University of Oxford (1964).
43. Osborn 138, 143.
44. Cf. W. L. Godshalk, 'A Sidney Autograph', *The Book Collector* 13 (1964) 65.
45. Osborn 121.
46. S. K. Heninger, The Typographical Layout of Spenser's *Shepheardes Calender*', in K. J. Höltgen *et al.* eds., *Word and Visual Imagination* (Erlangen 1988) 41.
47. Buxton 57.
48. Osborn 89.
49. Ibid. 428 and *passim*.
50. ブリスケットの生涯と著作の記録については H. R. Plomer and T. P. Cross, *The Life and Correspondence of Lodowick Bryskett* (Chicago 1927) を見よ。
51. Pietro Bizzari, *Varia opuscula* (Venice 1565).
52. Osborn 215.
53. Ibid. 108.
54. Pietro Bizzari, *Historia della guerra fatta in Ungheria dall'in vitissimo Imperatore de Christiani, contra quello de Turchi* (Venice 1568).
55. Feuillerat iii, 127.
56. K. M. Lea ed., *Godfrey of Bulloigne* (1981) 27.
57. *OA* 31. 184; cf. Cesare Pavese, *II Targa, dove si contengono le cento & cinquanta Favole* (Venice 1575) 28.
58. *Misc. Prose* 95.
59. Lucy Crump, *A Huguenot Family in the Sixteenth Century* (1926) 33.
60. Osborn 259.
61. Bryskett trs., *A Discourse of Civill Life* (1606) 17, in Bryskett,

と一緒に旅行したときのことを回想している。Bryskett, *Works* 292.

3. *OA* 255.
4. Osborn 103-4.
5. Buxton 62.
6. C. S. Levy, ‘A supplementary inventory of Sir Philip Sidney’s correspondence’, *Modern Philology* 67（1969－70）177-8 に引用されている 1576 年 4 月 21 日付けのランゲに宛てたシドニーの手紙参照。
7. *Misc. Prose* 97.
8. Feuillerat iii, 99.
9. Osborn 245.
10. *AS* 84. 4-5.
11. *OA* 71-2.
12. Osborn 302-3.
13. Fynes Moryson, *An Itinerary*（1617）III, I.1.
14. J. J. Jusserand, ‘Spenser’s Twelve Private Morall Vertues as Aristotle hath Devised’, *Modern Philology* 3（1906）373-83.
15. *Sidney* 287, 291.
16. Osborn 306-7.
17. Buxton 47.
18. Osborn 416-17; cf. also 424-5.
19. Ibid. 412-13.
20. Greville, *Prose Works* 5-6.
21. *HMC De L’Ise and Dudley* ii, 96.
22. Osborn 126.
23. Cf. K. Duncan-Jones, ‘Sidney in Samothea yet again’, *RES* xxxviii（1987）226-7.
24. Osborn 141-7.
25. Ibid. 143.
26. この点に関して私は故ジョン・バクストンに恩義がある。
27. *Misc. Prose* 140.
28. Pears 64.
29. Moryson, *An Itinerary* III. II. 1.
30. Aubrey, *Brief Lives*, ed. A. Clark（1898）ii, 249.
31. *NA* 142-3.
32. Pears 102, 148.
33. Ibid. 144, 149.
34. *Complete Peerage* ii, 1238.

らわしさを避けて彼をずっと「アランソン」の名で通している。

32. *Misc. Prose* 112.
33. Geffrey Whitney, *A choice of emblems and other devises* (Leiden 1586) 196-7.
34. Wallace 114.
35. John Buxton and Bent Juel-Jensen, 'Sir Philip Sidney's First Passport Rediscovered', *The Library*, 5th series, xxv (1970) 42-6.
36. Wallace 105.
37. オズボーンの仮説（24, 519）によると，シドニー自身がレディングで病気であったこと，また占星天宮図で触れられていないこの病気は1571年春より早い時期であったと想定されるとしているが，これは疑わしい。シドニー家の出納帳で書かれている「病気の時に」は彼自身の病気というよりは，むしろシドニーがそれから避難していた伝染病を指しているのであろう。そして38ポンド11シリング6ペンスという高額の出費はレディングでの滞在の延長を暗示している。これに関連する出納帳は1571年春から1572年6月までのものが当てはまる。それ故，レディングの滞在がいつであったにせよ，それは1571年春以後であった。
38. T. Coryat, *Coryat's Crudities* (1611) 171.
39. Wallace 115.
40. Osborn 42-3.
41. Sir J. Harington, *A New Discourse of a Stale Subject [1596]*, ed. E. S. Donno (1962) 108.
42. Cf. Keith Thomas, *Man and the Natural World* (1987) 154-7.
43. *OA* 259.
44. Bryskett, *A Discourse of Civill Life* (1606) 160-61, in Bryskett, *Works*.
45. T. Bright, *In Physicam Scribonii Animadversiones* (1584)*4^{r}.
46. T. Bright, *An Abridgement of the Booke of Acts and Monuments* (1589)*5^{r}.
47. *Misc. Prose* 48.
48. Ibid. 110.

第4章

1. 1580年頃のシドニーから弟ロバートに宛てた手紙。Feuillerat iii, 125.
2. Lodowick Bryskett, 'A pastoral Aeglogue upon the death of Sir Philip Sidney' においてブリスケットは1572－5年にかけて，シドニー

第3章

1. *AS* 21. 7-9.
2. *HMC Cecil* i. 404.
3. フィリシディーズが自分の人生について語る。*OA* 334.
4. *Misc. Prose* 134.
5. Ibid. 139.
6. 有用な系図として，BL MS Stowe 652を参照。
7. *Misc. Prose* 134.
8. Lawrence Stone, *The Crisis of the Aristocracy 1558－1641*, abridged ed.（1967）196.
9. *HMC Cecil* i. 415-16.
10. Ibid. 404-5.
11. Wallace 25-34.
12. BL MS Lansdowne x. 193.
13. Conyers Read, *Lord Burghley and Queen Elizabeth*（1960）121-3の中に引用されているSir John Summersonの意見。
14. Read, op. cit. 125.
15. Desmond Bland ed., *Gesta Grayorum [1594]*（1968）xxv.
16. Bland, ed. cit. 8.
17. C. T. Prouty, *George Gascoigne*（New York 1942）25.
18. Wallace 89.
19. BL MS Lansdowne 104 fol.193.
20. Collins i. 43-4.
21. Wallace 85.
22. Bodleian Ashmole MS 356.
23. *Nobilis* 75.
24. *OA* 5.
25. 手稿はアレン博士の手書きであると主張されてきた。しかしアンドリュー・ワトソン博士は調べてみたが，そうではないと考えている。
26. Cf. Rosenberg 36-7.
27. *HMC Rutland* i. 95.
28. Read, op. cit. 126.
29. *HMC Rutland* i. 94.
30. これはS.W.メイ教授の意見であるが，またEllen Moody, 'Six Elegiac Poems, possibly by Anne Cecil de Vere, Countess of Oxford', *ELR* 19（1989）152-70を参照。
31. シャルル9世の死後アランソンはアンジュ公になっていたが，私は紛

54. John R. Elliott, 'Queen Elizabeth at Oxford: New Light on the Royal Plays of 1566', *ELR* 18 (1988) 218-29.
55. Wallace 63.
56. Nichols i. 211; cf. also John R. Elliott, art. cit.
57. John Rainolds, *Th'overthrow of Stage-Playes* (1599) 45.
58. James Calfhill, *An Answere to the treatise of the Crosse* (1565).
59. Cf. Elliott, art. cit. 225.
60. A. Golding trs., Philippe du Plessis Mornay, *A woorke concerning the trewnesse of the Christian religion* (1587) sigs.*3^{v}-4^{r}.
61. *Misc. Prose* 97.
62. *HMC De L'Isle and Dudley* i. 244.
63. Osborn 15.
64. George Whetstone, *Sir Phillip Sidney, his honourable life, his valiant death, and true virtues* (?1587).
65. Feuillerat iii. 132.
66. J. M. McConica ed., *History of the University of Oxford* iii (1986) 41に引用されている。
67. *HMC De L'Isle and Dudley* i. 269.
68. Cf. Rosenberg 125-8.
69. John Aubrey, *Brief Lives*, ed. A. Clark (1898) i. 183.
70. Wallace 102.
71. Ibid. 101.
72. 明らかに1568年記入と思われる帳面に，キャムデンはラテン語のエピグラムを書き入れている。'Ad P.S. cum Horat.'; BL MS Cotton Appendix LXII, fol. 4^{v}. これについてはW. H. ケリヤー氏にご教示いただいた。
73. Nathaniel Baxter, *Ourània* (1606) sigs. N1^{v}-N2^{r}.
74. *Nobilis* 76-7.
75. Ibid. 77-8.
76. Ibid.
77. *The Phoenix Nest* (1591) 8-10.
78. R. Carew, *Survey of Cornwall* (1602) fol.102^{v}.
79. Osborn 23.
80. *OA* 71.
81. *NA* 286-7.
82. Ibid. 358.

23. Rebholz 9.
24. Wallace 50, 413.
25. *HMC De L'Isle and Dudley* i. 243.
26. Cf. *Victoria County History of Shropshire* iii (1979) 60, 241; *Camden Miscellany* ix. 44; P. W. Hasler, *The House of Commons 1558–1603* (1981) ii. 457.
27. Claudius Desainliens, alias Hollyband, *Campo di Fior, or else The Flowrie Field of Fowre Languages* (1583) 167-71.
28. Wallace 47.
29. Ibid. 47, 408.
30. *Nobilis* 72.
31. Ibid. 73.
32. Wallace 410.
33. *HMC Salisbury* i. 439.
34. Greville, *Prose Works* 5.
35. Cf. Wallace 42-3.
36. Ibid. 422.
37. Ibid. 408.
38. Jean Robertson, 'Sidney and Bandello', *The Library*, 5th series, xxi (1966) 326-8.
39. Nicholas Breton, 'Amoris Lachrimae', Brittons Bowre of Delights (1591) sig. $A1^{v}$.
40. Thomas Churchyard, *The Worthiness of Wales* (1587).
41. Wallace 48.
42. *OA* 129-30.
43. *NA* 288.
44. William Camden, *Britannia* (1610) 673.
45. *CSP Ireland 1509–1573* 286; Osborn 5.
46. Wallace 408.
47. Osborn 14.
48. *AS* 33. 12-13.
49. Michele Margetts, 'The Birth Date of Robert Devereux, 2nd Earl of Essex', *Notes & Queries* N.S. 35 (1988) 34-5.
50. Wallace 53-4.
51. Ibid. 57.
52. Ibid. 61.
53. *OA* 375.

47. Ibid. 96.
48. *Misc. Prose* 46-57.
49. Ringler xxii-iii.
50. *Nobilis* 74.
51. *OA* 3.
52. *NA* 214.
53. *OA* 245.
54. R. Mulcaster, *Positions* (1581) chapter 38.
55. *OA* 294-300.
56. *NA* 358-63.
57. *AS* 106. 9-11.
58. *OED,* 'charm'.

第2章

1. *OA* 75.
2. *Nobilis* 90, 92; 77-8.
3. *FQ* II. vi. 44.
4. *NA* 464.
5. Pears 88-9.
6. Wallace 130.
7. Feuillerat iii. 124.
8. Greville, *Prose Works* 38-9.
9. Wallace 69.
10. *NA* 163.
11. *Nobilis* 71.
12. T. W. Baldwin, *Shakespear's Petty School* (1943) 67.
13. *Sidney* 289.
14. Wallace 117.
15. In 1573; cf. *HMC De L'Isle and Dudley* i. 264, 426-7.
16. *HMC Salisbury* i. 439.
17. Bodleian Ashmole Rolls 18. a.
18. John Stow, *A Survey of London*, ed. C. L. Kingsford (1908) i. 183-5, 74-5; ii. 143.
19. *HMC De L'Isle and Dudley* i. 242.
20. Wallace 409.
21. Rebholz 8-9.
22. Wallace 38.

Nursery (Oxford 1622).
18. Webster, *The White Devil* III. ii. 336-8.
19. *HMC De L'Isle and Dudley* i. 240.
20. *Nobilis* 71.
21. Ibid. 70-71.
22. *Misc. Prose* 168.
23. Feuillerat iii. 104 ; Osborn 451.
24. T. P. Roche in Kay 191.
25. *OA* 254.
26. Robert Naunton, *Fragmenta Regalia* (*circa* 1620) ed. E. Arber (1870) 30.
27. Claire Cross, *The Puritan Earl* (1966) 57.
28. D. M. Meads ed., *Diary of Lady Margaret Hoby 1599－1605* (1930).
29. Cross, *Puritan Earl* 56.
30. *HMC De L'Isle and Dudley* i. 259.
31. *Misc. Prose* 149.
32. *Complete Peerage* ii. 76.
33. Ibid. xii. 403.
34. エリザベス・ラッセルは宮廷女官となり，若くして亡くなったが，ウェストミンスターアビーに記念碑が建てられ，かなりの名声を得ることとなる。のちにディケンズがそれを *Old Curiosity Shop* (1841) の 28 章にジャーリー夫人の蠟人形の一つとして描いている。
35. Osborn 371.
36. *AS* 82. 14.
37. *NA* 214.
38. Germaine Warkentin, 'The Meeting of the Muses', *Sir Philip Sidney and the Interpretation of Renaissance Culture* (1984) 17-33.
39. Stow, *Annales* (1592) 1191.
40. *Complete Peerage* vii. 552.
41. Feuillerat iii. 166-8.
42. BL MS Egerton 2642, fol. 214 に彼女の墓碑銘の記述がある。
43. *AS* 11.5-8. 他に 'Lamon's Tale', *OP* 4. 180-84 を参照。
44. Feuillerat iii. 103 からの訳。
45. Ibid. iii. 166-7.
46. *NA* 95.

原　注

序　文

1. *Hamlet* V. ii. 401-2.
2. Shelley, *Adonais, an elegy on the death of John Keats* (1821) 22.
3. Ben Jonson, 'Conversations with Drummond', in *Works* ed. C. H. Herford and P. Simpson (1925) i. 138-9.
4. *NA* 255.

第1章

1. *NA* 72-3. ピロクリーズがミュシドウラスに語るところ。
2. *OA* 263.
3. W. S. Gilbert, *HMS Pinafore* (1878) [サヴォイオペラ『軍艦ピナフォー』で将軍サー・ジョウゼフ・ポーターが彼の姉妹，従姉妹，叔母たちを大勢連れて登場するところ]。
4. *NA* 238.
5. Ibid. 391.
6. C. S. Lewis, *Sixteenth Century Literature* (1954) 338.
7. メアリ1世の子煩悩については Warren W. Wooden, *Children's Literature of the English Renaissance* (Kentucky 1986) 55-72を参照。
8. Feuillerat iii. 134.
9. William Higford, *Advice to his Grandson* (1658) 65.
10. Wallace 9. この他メアリ・シドニーの詩作能力についての当時の言及に関してはGreville, *Prose Works* 179を見よ。
11. Cf. Beryl Rowland, *Birds with Human Souls: A Guide to Bird Symbolism* (Tennessee 1978) 119.
12. *NA* 240.
13. *Misc. Prose* 139.
14. Josephine Roberts ed., 'The Imaginary Epistles of Sir Philip Sidney and Lady Penelope Rich', *ELR* 15 (1985) 69.
15. Geffrey Fenton, *Tragicall Discourses* (1567).
16. Feuillerat iii. 122.
17. Elizabeth Clinton, Countess of Lincoln, *The Countess of Lincoln's*

	Short-Title Catalogue of... English Books 1475−1640 (1926)
Sidney	K. Duncan-Jones ed., *The Oxford Authors: Sir Philip Sidney* (1989)
Simpson	R. Simpson, *Edmund Campion: A Biography* (1867)
Stern	Virginia F. Stern, *Gabriel Harvey: A Study of his Life, Marginalia and Library* (Oxford 1979)
Three Letters	Gabriel Harvey, *Three proper and wittie, familiar Letters: lately passed betweene two Universitie men: touching the Earthquake in Aprill last, and our English refourmed Versifying* (1580)
Wallace	M. W. Wallace, *The Life of Sir Philip Sidney* (Cambridge 1915)
Woudhuysen	H. R. Woudhuysen, *Leicester's Literary Patronage: A Study of the English Court 1578−1582*, unpublished D. Phil. thesis, University of Oxford (1980)
Young	Alan Young, *Tudor and Jacobean Tournaments* (1987)

	Elizabeth (3 vols., 1823)
Nobilis	V. B. Heltzel and H. H. Hudson eds., *Nobilis, or A View of the Life and Death of a Sidney... by Thomas Moffet* (San Marino, California 1940)
OA	Jean Robertson ed., *The Countess of Pembroke's Arcadia* (*The Old Arcadia*) (Oxford 1973)
OP	Sidney's 'Other Poems', as identified by Ringler
Osborn	J. M. Osborn, *Young Philip Sidney* 1572–1577 (Yale 1972)
Ottley	Peter Beal, 'Poems by Sir Philip Sidney: The Ottley Manuscript', *The Library*, 5th series, xxxiii (1978) 284-95
Pears	Steuart A. Pears ed., *The Correspondence of Sir Philip Sidney and Hubert Languet* (1845)
Peck, *LC*	D. C. Peck ed., *Leicester's Commonwealth and Related Documents* (Ohio 1985)
Poort, 'Successor'	Marjon Poort, 'The Desired and Destined Successor', in van Dorsten, Baker-Smith and Kinney eds., *Sir Philip Sidney: 1586 and the Creation of a Legend* (Leiden 1986) 25-37
Rebholz	R. A. Rebholz, *The Life of Fulke Greville* (Oxford 1971)
RES	*Review of English Studies*
Ringler	W. A. Ringler ed., *The Poems of Sir Philip Sidney* (Oxford 1962)
Robert Sidney	Sir Robert Sidney, *Poems*, ed. P. J. Croft (1984)
Rosenberg	Eleanor Rosenberg, *Leicester, Patron of Letters* (New York 1955)
Sargent	R. M. Sargent, *The Life and Lyrics of Sir Edward Dyer* (Oxford 1968)
STC	A. W. Pollard and G. R. Redgrave, *A*

	Mary Sidney, Countess of Pembroke (New York and Oxford 1990)
HMC	*Historical Manuscripts Commission*
Kay	Dennis Kay ed., *Sir Philip Sidney: An Anthology of Modern Criticism* (1987)
'Lady Rich'	Katherine Dundan-Jones, 'Sidney, Stella, and Lady Rich', in J. van Dorsten, D. Baker-Smith and A. F. Kinney eds., *Sir Philip Sidney: 1586 and the Creation of a Legend* (Leiden 1986) 170−92
Lant, *Roll*	Thomas Lant, *Sequitur celebritas et pompa funebris...* (1587), reproduced in A. M. Hind, *Engraving in England in the Sixteenth and Seventeenth Centuries* (1952)i
Leicester's Triumph	R. C. Strong and J. A. van Dorsten, *Leicester's Triumph* (Leiden and Oxford 1964)
Leycester Correspondence	John Bruce ed., *Correspondence of Robert Dudley, Earl of Leycester, in the years 1585 and 1586* (Camden Society xxvii, 1844)
May, 'Oxford and Essex'	S. W. May, 'The Poems of Edward de Vere, Seventeenth Earl of Oxford, and of Robert Devereux, Second Earl of Essex', *Studies in Philology* LXXVII (1980) 1-132
Misc. Prose	K. Duncan-Jones and J. van Dorsten eds., *Miscellaneous Prose of Sir Philip Sidney* (Oxford 1973)
MLR	*The Modern Language Review*
NA	Victor Skretkowicz ed., *The Countess of Pembroke's Arcadia* (*The New Arcadia*) (Oxford 1987)
Nashe	R. B. Mckerrow ed., *The Works of Thomas Nashe* (Oxford 1966)
Nichols	J. G. Nichols ed., *Progresses of Queen*

著者による基本文献

A Letter	R. J. P. Kuin ed., *Robert Langham: A Letter* (Leiden 1983)
AS	Sidney, *Astrophil and Stella*
Berry, *Stubbs*	Lloyd E. Berry ed., *John Stubbs's Gaping Gulf with Letters and other relevant documents* (Charlottesville 1968)
Brennan	Michael G. Brennan, *Literary Patronage in the English Renaissance* (London and New York 1988)
Bryskett, *Works*	J. H. P. Pafford ed., *Lodowick Bryskett: Literary Works* (1972)
Buxton	John Buxton, *Sir Philip Sidney and the English Renaissance* (2nd edition 1964)
Collins	Arthur Collins ed., *Letters and Memorials of State [of the Sidney family]* (2 vols., 1746)
Complete Peerage	G. E. C. and Vicary Gibbs eds., *The Complete Peerage of England, Scotland, Ireland, Great Britain and the United Kingdom* (1910−40) 3 vols.
CS	Sidney, *Certain Sonnets*
CSP	*Calendars of State Papers*
DNB	*Dictionary of National Biography*
ELR	*English Literary Renaissance*
Feuillerat	Albert Feuillerat ed., *The Prose Works of Sir Philip Sidney* (4 vols., Cambridge (reprint) 1962)
FQ	Edmund Spenser, *The Faerie Queene*
Greville, *Prose Works*	John Gouws ed., *The Prose Works of Fulke Greville, Lord Brooke* (Oxford 1986)
Hannay	Margaret P. Hannay, *Philip's Phoenix:*

240, 248, 250, 255, 364；オランダ遠征 443, 454, 456-68, 472, 477, 479-86, 491, 493；文芸の後援者 149-50, 153-4, 165, 219, 235-6, 449, 454；女王行幸 53-6, 139-54, 232-41；レスターと女王の予測される結婚 8, 15, 87, 139-42, 255-62, 270；シドニーと共にした後年 245-6, 264, 327, 340, 354-5, 359, 364, 421 - 2, 456, 483-6；遺書 355, 364, 366；レスターと若年のシドニー 53-4, 81, 90, 97, 109, 111-2, 140, 145, 167
『レスター伯擁護論』 *Defence of the Earl of Leicester* (Sidney) 7, 423, 435-8, 443
レノルズ John Rainolds 58
ロイド Humfrey Lhuyd 113, 442
ローリー Sir Walter Ralegh 66, 263, 277
ロク Michael Lok 368
ロジャーズ Daniel Rogers 254
ロッジ Thomas Lodge 374
ロドウィック Lodowick (Ambrosia Sidney の家庭教師) 39
ロビンソン Richard Robinson 367, 500
ロブサート Amy Robsart 21
ロブソン Simon Robson 442
ロベ Jean Lobbet 97-8, 122, 169, 409
ロンサール Pierre de Ronsard 97, 227, 390

ワ行

ワシントン Thomas Washington 442
ワトスン John Watson 97
ワトスン Thomas Watson 370, 382-3, 386, 393, 412-3

tournament　13, 24-5, 325, 327-40

ラ行

ラッセル　Anne Russell, Countess of Warwick　ウォリック伯爵夫人を見よ
ラッセル　Sir William Russell　18, 406, 467, 482-3, 492
ラトクリフ　Thomas Ratcliffe　339, 351
ラトランド　Edward Manners, 3rd Earl of Rutland　76, 82-3, 416, 453
ラムス　Petrus Ramus,（Pierre de la Ramée）とラムスの学説　92, 96, 110, 126, 185, 247, 452
ラメ　Petrus Ramus　ペトルス・ラムスを見よ
「ラモンの話」 'Lamon's Tale' (Sidney)　12-3, 280
ランガム　Robert Langham　144-5, 147, 149, 157
ラングフォード　John Langford　440, 493
ランゲ　Hubert Languet　101, 126, 180, 218, 227, 233, 349, 359, 443；シドニーの忠告者　34-5, 37, 98, 111-8, 123-4, 142-3, 166-70, 206, 218, 249, 252-4, 320, 386-7；シドニーの旅　98, 103-4, 111-8, 130-1；シドニーと交わした後期の書簡　142-3, 166-70, 174, 185-6, 212-3, 218, 239, 244, 246, 252-4, 258, 265, 281, 309；後年シドニーとの再会　193-5, 206, 251-3
ラント　Thomas Lant　i, 490, 499
リー　Gerard Legh　334
リー　Sir Henry Lee　158-9, 167, 191, 198, 212, 344　馬上槍試合　229, 232, 328, 340, 351, 441
リー　Mr and Mrs George Legh　41-3, 47, 53
リウィウス　Livy　186
リッチ　Robert Rich, Lord　317-9
リッチ（ペネロピ・デヴルー）　Lady Penelope Rich (Penelope Devereux)　16, 23, 52, 88, 170-1, 178, 181-2, 313-4, 319, 334-5, 364, 399-400, 408, 408, 411；虚構の「書簡」　7, 337；結婚　316-20, 322, 349-50, 364, 391；ステラとの関係　318, 322, 385, 391-3, 399-401, 496
リッチフィルド　Nicholas Lichefild　367
リプシウス　Justus Lipsius　481
リリー　John Lyly　66, 267, 328, 382, 393, 395
リンカン　Edward Fiennes de Clinton, 1st Earl of Lincoln　91
リンカン　Elizabeth Clinton (*née* Fitzgerald), Countess of Lincoln　87-8
リングラー　W. A. Ringler　28, 232, 237, 313, 318, 335, 371, 452
リンドリ　Henry Lyndley　492
ルイス　C. S. Lewis　3, 300
ルートヴィッヒ　Ludwig, Count Palatine　191-3, 205-6
ルセッリ　Girolamo Ruscelli　20
ルドルフ2世　Rudolph II, Emperor　183, 191, 201-4
レイン　Ralph Lane　455-6
レープホルツ　R. A. Rebholz　206
レスター　Countess of Leicester (Lettice Knollys)　20-3, 140, 176, 248-50, 355, 422, 472-3, 492
レスター　Robert Dudley, Earl of Leicester（フィリップの叔父）　53-4, 138-41, 186, 191, 203, 208, 264, 273, 340, 342-3, 359；長子ロバートの誕生と死　311-3, 421-3；レスターの『共和国』についての中傷　422-3, 434-9；結婚と恋愛事件　20-2, 139-41, 176,

ホメロス Homer 428, 448
ホラティウス Horace 64, 239
ホランド Philemon Holland 188
ホリス Sir William Holles 60
ホリバント Hollyband (Claudius Desainliens) 42
ホリンシェッド Raphael Holinshed i - ii, 200, 277, 337
ホワイト Harry White 89, 145, 273, 492

マ行

マーシャル John Martiall 58
マーシャル Thomas Marshall 41, 43, 45, 47, 51-2, 54, 59-61, 89
マーロウ Christopher Marlowe 185, 385
マウリッツ Maurice, Prince of Nassau 209, 460, 461, 465, 474-5
マクシミリアン2世 Maximillian II, Emperor 103, 184, 190, 193, 196
マシュウ Dr Tobie Matthew 57-8, 342-3
マドックス Griffin Maddox 89, 102, 113, 145, 492
マリ Marie of Nassau (William Orangeの娘) 209-13, 230
マルキャスター Richard Mulcaster 30
マルグリット Marguerite de Valois 86, 93-4
マルビー Nicholas Malby 172, 174
マレンツィオ Luca Marenzio 413
マロ＝ベーズ Marot-Bezaによるフランス語版の「詩編」 452
マンテル Anne Mantell (Sidney's nurse) 11-2, 14, 191, 220, 500
ミルトン John Milton 430-1
メアリ1世 Mary I, Queen 3-4, 14, 257
メアリ・スコットランド女王 Mary Queen of Scots 8, 31, 88, 159, 257, 415, 468
メドレー William Medley 183-5
メランヒトン Phiilip Melanchton 114, 367
モア Sir Thomas More 92
モア George More 191
モヴィシエール Mauvissiere, French ambassador 139, 410
モーガン Thomas Morgan 438
モール Antonius Mor 179
モフェット Thomas Moffet ix, 3, 11, 28, 230, 408, 450；シドニーの親代わり 410, 452；シドニーの子供時代 3, 11, 38, 44-5, 48, 89, 148；シドニーの戦傷と死 478, 486, 494, 499；シドニーの青年時代 62, 65, 80, 182-3, 191, 291
モリスン Fynes Moryson 109, 117, 196
モリニュークス Edmund Molyneux 161, 178, 264；シドニーについて書く i, 214, 226, 232-3, 283, 328, 334；ネーデルラントにおけるシドニー 476, 487, 491, 496-7, 499；シドニーとの諍い 35, 65, 243, 314-6
モルネ Philippe du Plessis Mornay フィリップ・デュ・プレシ＝モルネを見よ
モンテーニュ Michel de Montaigne 131, 408
モントローズ L. A. Montrose 237

ヤ行

『野外劇』 *Triumph* 13, 327-40
ユーヴデイル John Uvedale 483, 493
「ユーダル」 'Udal' 482
「欲望の四人の里子たち」の馬上槍試合 'Four Foster Children of Desire'

302, 330, 352, 440；結婚　180, 182, 219-21, 250, 288, 453；「マイラ」　24, 230-4；彼女に捧げられた詩と献辞　64, 159, 166, 228, 233-4；シドニーの文学的遺作との関係　24, 27-8, 221, 451-2
『ペンブルック伯爵夫人のアーケイディア』 *The Countess of Pembroke's Arcadia*（シドニー：旧・新『アーケイディア』）
死と自死　30, 293, 426, 470-1, 488；献呈とタイトルページ　28-9, 269-70, 290, 300, 312；『新』『旧』の違い　287, 294-5, 423-34；牧歌　30, 128-9, 154-5, 163-4, 233, 236, 282, 287, 299, 308；エリザベス女王の投影　26, 283-7, 338-40, 426；愛と結婚　5-6, 86, 164, 188, 287-302, 319-20, 331, 385-6, 406, 423, 426-7；写実主義　227, 298-301, 425-8；政治理念　55-6, 188, 283-7, 300, 339-40, 462-3；読者層　26, 28-9, 225, 227-8, 235-7, 291-2, 308, 427-8, 431；宗教・哲学　30-1, 294, 427-33, 449-52, 487-9；改訂（「*NA* 版創作の項」参照）；自己投影　108-9, 287, 320, 425；グランドツアーの影響　102-3, 117-9, 203-5, 425；材源と後代への影響　31, 120, 228, 297, 300, 425-7, 431-4；構成と主題　188-9, 286-9, 422-34；女性たち　1-5, 27-8, 164, 175, 287, 291-5, 319-20, 425-9；『新』アーケイディア版創作　407, 415, 417, 433-4, 448；『旧』版創作　128-9, 180, 225, 227, 269, 271-5, 278-9, 282-4, 308, 320, 345, 370
登場人物, エピソードなど
アンファイライアス　429, 470；アナクシアス　415, 438；アンドロマナ　26；アーガラス　6, 426；バシリアス　81, 115, 204, 284-7, 293, 296-8, 301；動物寓話　92, 125, 299；セクロウピア　428-33, 470；クリニアス　50；コリデンス　160, 166；コリントスの女王　339, 426；ダミーダス　288-9, 301-2；エロウナ　86, 287；ユアーカス　56；ゲロン　164, 299；ジャイネシア　176, 295-8　ヒストル　164, 320-1；カラ　145, 287；カランダー　117, 148, 425；クライアス　161, 287, 423；ララス　287, 406；マスティックス　299；モプサ　19, 29, 288；ミュシドウラス　37, 214, 288, 301, 309, 331, 424, 429, 445；パミーラ　8, 30, 292, 295, 426-33, 453；パフラゴニア王　423；パシィーニア　6, 426-7；フィラナックス　141-2, 238, 285-7, 345, 463；フィリシディーズ　33, 68-9, 105, 155-6, 164, 229, 233, 287, 290；フィロクリア　30, 292-5, 300, 430, 433；ピロクリーズ　30, 34, 37, 249, 288-90, 293, 295, 331, 438, 445, 488；アマゾン（変装）　30, 50, 59, 94, 115, 175, 288, 292-3, 295-6, 300, 415, 425, 428；ストレフォン　287, 423；槍試合　26-7, 214, 230-2, 324-6, 338-9, 427；裁判　188-9, 298, 345；ユレーニア　287, 423
ベンボ　Pietro Bembo　227
ヘンリー8世　Henry VIII, King　256
ホイットニー　Geffrey Whitney　165, 449
ボウズ　Sir Jerome Bowes　191, 198
ホーエンローエ　Count of Hohenlohe　465, 475, 480, 486
ボーダン　Jean Bodin　272
ホービー　Margaret Hoby, Margaret Dakinsを見よ
ボーラス　William Borlas　463, 473
ポーレット　Amyas Paulett, Marquis of Winchester　4
ボドリー　Thomas Bodley　66

フェントン Geffrey Fenton 9-10, 47, 275
フォックス John Foxe 9, 96, 432
『二人の羊飼の問答歌』 *A Dialogue betweene two sheperds* (Sidney) 221-2, 228, 236
フッカー John Hooker 171-2, 176
フッカー Richard Hooker 66
ブトレッヒ Dr Butrech 227
ブライト Timothy Bright 95-6, 441
ブラウニング Robert Browning 397
プラット Hugh Plat 19-20
プラトン Plato 294
ブランカ Henry Brouncker 191, 332, 351, 441
フランス Abraham Fraunce 247-8, 500
プランタン Christopher Plantin 277
ブランディ William Blandy 367
プリアーノ John Pietro Pugliano 130, 376
フリードリッヒ3世 Frederick III, Elector Palatine 191, 206
ブリスケット Lodowick Bryskett 39, 89, 102, 105, 123-4, 127, 129-30, 239, 275, 282；シドニーについて 39, 93, 98, 102, 104-5
ブリッジウォータ John Bridgewater 54
プリニウス(父) Pliny, the Elder 208
ブルーノ Giordano Bruno 441
ブルシェット Lodovico Brushetto ロドウィック・ブリスケットを見よ
プルタルコス Plutarch 120, 277
フレッチャー Giles Fletcher, the Elder 248, 290
フレンチ Peter French 185
フロアサール Jean Froissart 277
フロビシャ Martin Frobisher 184, 218, 226, 250, 368
フロリオ John Florio 131, 161, 408
ブロワ条約 Treaty of Blois 86, 91-2
ブラント Christopher Blount 22
ブラント Charles Blount 349
ベイコン Antony Bacon 255
ベイコン Francis Bacon, 1st Baron Verulam 162
ページ William Page 257, 260
ペッカム Sir George Peckham 369
ペック D. C. Peck 436
ヘッセン地方伯 Landgrave of Hesse 193, 206
ヘニッジ Sir Thomas Heneage 464, 483
ペラム Sir William Pelham 473, 480
ベリエ Pierre Bellier 487
ペル Dr John Pell 115
ベレ Jean Beller 487
「ベレリウス」 'Belerius' 487, 494
ペロ François Perrot de Mesieres 126-7, 450
ペロット Sir Thomas Perrot 339, 351, 365
ヘロドトス Herodotus 277
ペンブルック William Herbert, 3rd Earl of Pembroke 440
ペンブルック Philip Herbert, 4th Earl of Pembroke 184, 221-2
ペンブルック Henry Herbert, 2nd Earl of Pembroke 182, 219-20, 242, 255, 258, 493
ペンブルック Mary Herbert, Countess of Pembroke シドニーの妹 iii, 10, 242, 281, 491；『アーケイディア』との関係 24, 180, 221, 228, 282, 288, 290, 308, 500；作家, 翻訳者 228, 282, 451-2；子供たち 269, 279, 281,

バード　William Byrd　489
バーナム　Edward Burnham　420, 455, 473
ハーバート　George Herbert　51
ハーバート　Lady Katherine Herbert　352, 440
ハーバート　Mary Herbert　ペンブルック伯爵夫人を見よ
バーリ　William Cecil, 1st Baron of Burghley　39, 54-5, 67, 75-83, 86, 123, 255, 257, 285；シドニーとの関係　37, 74-82, 348, 464, 472
バヴァンド　John Bavand　198
パヴェーゼ　Cesare Pavese　124-5
パウエル　David Powel　442
バクスタ　Nathaniel Baxter　64-5
バクストン　John Buxton　iii, 103, 122
ハクルート　Richard Hakluyt　66, 368, 420
パジェット　Charles Paget　438
バジャ　John Badger　150
バチェラー　Daniel Bachelar　454, 490, 500
ハットン　Sir Christopher Hatton　159, 248, 255, 262, 346, 350-2
ハディルストン　Richard Huddilston　476
ハナウ　Count of Hanau　97, 122, 132
ハニス　William Hunnis　150, 236
「ハバード」　'Hubbard'　314
ハモンド　Dr John Hammond　468
ハヤェック　Johannes Hàjek　133, 145
ハリングトン　James Harington　14
ハリングトン　Lucy Harington（*née* Sidney）14
ハリングトン　Sir Henry Harington　362
ハリングトン　Sir John Harington　91, 149, 162, 434
パルマ　Prince of Parma　443, 459, 466, 468, 475, 477, 480-2
ハワード　Catherine Howard　115
ハワード　Philip Howard　アランデル伯を見よ
ハンゲイト　William Hungate　493
ハンティングドン　Henry Hastings, Earl of Huntingdon　8, 15-7, 316-7, 492-3
ハンティングドン　Countess of Huntingdon（Catherine Sidney）15-7, 72, 313-4, 492
バンデッロ　Matteo Bandello　10, 47
ピール　George Peele　66, 349
『悲嘆の涙』　*Lachrymae*　ii
ビッザーリ　Pietro Bizzari　123, 206
ヒューバンド　Sir John Huband　355
ヒリヤード　Nicholas Hilliard　34, 500
'ファウンテン'　Mr 'Fountain'　494
ファラント　Richard Farrant　236
フィシャー　John Fisher　89, 102
フィッツハーバト　Father Thomas Fitzherbert　197
フィッツウィリアム　Lady Ann Fitzwilliam　15
フィッツウィリアム　Sir William Fitzwilliam　15, 137
フィッツモーリス　James Fitzmaurice　79, 215, 306
「フィロフィリッポス」　'Philophilippos'　364
フィンチ　Henry Finch　500
フェーリア　Countess of Feria（Jane Dormer）4, 14
フェーリア　Count of Feria　4
フェティプレイス　Eleanor Fettiplace　279
フェリペ２世　Philip II, King of Spain　3, 138-9, 141, 191, 194, 203, 205, 346

Mornay (Charlotte Arbaleste) 359, 375
デュ・ベレ Joachim du Bellay 390
デリウス Matthaus Delius 114
デリック John Derricke 171-3, 367
テレンティウス Terence 48, 119
デンビ Robert Dudley, Baron of Denbigh 21, 311-3, 319, 355, 441-3
テンプル William Temple 388, 442-3, 454, 493, 500
ドゥ・バノス Théophile de Banos 109, 500
ドゥ・ラ・フォンテーヌ Robert le Macon, Sieur de la Fontaine 494
ドゥ・ラ・ローズ Hubert de la Rose 122
ドゥ・レクリューズ Charles de l'Ecluse (Clusius) 103, 133, 145, 169
ドゥ・ロピタル Michel de l'Hopital 97-8, 375
ドゥルーリ Sir William Drury 324
ドゥルーリ Sir William Drury (Lord Chief Justice of Ireland) 275, 324
ドーセット Robert Dorset 58, 167, 182
ドーマー Jane Dormer フェーリア伯夫人を見よ
ドーマー Lady Mary Dormer 14
ドラント Thomas Drant 307
ドレイク Sir Francis Drake 273, 305, 346, 413, 444-6
トレシャム Sir Thomas Tresham 199-200
ドン・ホアン Don John of Austria 192, 209

ナ行

ナッシュ Thomas Nashe 186, 189, 249, 308, 380, 385, 399
ニコレイ Nicholas de Nicolay 442
ニューポート Magdalen Newport 51
ニューポート Sir Richard Newport and Lady 51, 53
ネヴェール Louis de Gonzaga, Duke of Nevers 91, 96
「眠れ, わが子よ」 'Sleep, baby mine' 12
ノーサンバランド Henry Percy, 8th Earl of Northumberland 4, 7, 22, 336, 436
ノーサンバランド John Dudley, Duke of Northumberland シドニーの祖父 4, 7, 72, 336, 436
ノース Sir Thomas North
ノーフォク Thomas Howard, 4th Duke of Norfolk 84, 88, 115, 159, 322
ノリス Lady Catherine Knollys 20-1
ノリス Lettice Knollys レスター伯夫人を見よ
ノリス Sir Francis Knollys 21, 255, 317, 339, 344
ノリス Sir John Norris 367, 480-2

ハ行

ハーヴェイ Gabriel Harvey 162-3, 186-90, 201, 219, 248-50, 267, 279, 302, 308, 500;『三通の手紙』 190, 249, 267, 306-8
ハーヴェイ Mercy Harvey 414
パーカチャー Dr George Purkircher 103
バークリー Lord Henry Berkeley 115-6
パーシー Sir Henry Percy ('Harry') 60-1, 377
パーソンズ Robert Parsons 197, 306, 342, 438

39-41, 43, 47, 93
タッソー Torquato Tasso 124-5
タッソー Bernardo Tasso 124-5
タティ Captain Tutty 467
ダドリー Ambrose Dudley ウォリック伯を見よ
ダドリー John and Henry Dudley (Northumberland 公の息子たち) 72
ダドリー John Dudley ノーサンバランド公を見よ
ダドリー Robert Dudley デンビ男爵, レスター伯を見よ
ダドリー Roberto Dudley 21, 140
ダドリー Jane Dudley グレイ, レイディ ジェーンを見よ
ダドリー Lord Guilford Dudley 7, 72
タルボット Gilbert Talbot 309
ダン John Donne 14, 51, 191
ダンヴァーズ Henry Danvers ダンビー伯を見よ
ダンビー Henry Danvers, Earl of Danby 454
「チェスタフィールド」肖像画のモデル 'Chesterfield' portrait-model of Sidney 441
チャーチヤード Thomas Churchyard 48-9, 51
チャールズ1世 Charles I, King 430-1
チャップマン George Chapman 131
チョーサー Geoffrey Chaucer 3, 57, 290, 378, 424, 431
ツッカロ Frederico Zuccaro 179
ツュンダリン Wolfgang Zundelin 122
『ディアナ』 *Diana* 290
ディー Dr John Dee 183, 185-6, 286, 403
ティアリンク Levina Teerlinc 147
デイヴィスン William Davison 252, 388, 460, 463, 477
デイヴィスン Francis Davison 387
デイキンズ Margaret Dakins 16-7
ディグビー Sir George Digby 494
ティグリヌス Radulphus Gualterius Tigurinus 49
ティツィアーノ Titian 119
ディッグズ Thomas Digges 440, 482, 499
ティンダル Humphrey Tyndall 250, 279
ティントレット Tintoretto 119
デヴルー Walter Devereux (d.1576) 第1代エッセクス伯を見よ
デヴルー Walter Devereux (d.1591) 16, 313-4
デヴルー Lady Dorothy Devereux 313-4, 366-8
デヴルー Penelope Devereux レイディ・ペネロピ・リッチを見よ
デヴルー Robert Devereux 第2代エッセクス伯を見よ
テオクリトゥス Theocritus 379
デズモンド Earl and Countess of Desmond 79, 216, 362
デニー Edward Denny 188, 278, 308, 332, 441；シドニーの忠言 39, 271, 274-9, 448
テニスン Lord Alfred Tennyson 129
デ・ラ・メア Walter de la Mare 272
デュ・バルタス Seigneur Guilliaume de Salluste, du Bartas 97, 407-9, 432, 452
デュ・フェリエ Arnault du Ferrier 126
デュ・プレシ＝モルネ Philippe du Plessis Mornay 59, 97, 111, 126-8, 227-8, 408-9, 428, 439, 448-9, 452, 488, 494
デュ・プレシ＝モルネ Mme du Plessis

France 91-2, 94, 104, 202
シャルロッテ Charlotte of Bourbon（オラニエ公ウィレムの妻） 207, 360
シュウェンディ Lazarus Schwendi 104, 173
シュトルム Johann Strum 122
シュピーゲル Adrian van der Spiegel 487
『狩猟の高貴な技』 *The Noble Arte of Venerie* ジョージ・ギャスコインを見よ
女王即位記念日馬上槍試合 Accession Day Tilts 26-7；1575年 167；1577年 229-30；1581年 312, 335, 351；1584年 441
『女王への手紙』 *Letter to Queen Elizabeth touching her marriage with Monsieur*（Sidney） 27, 238, 258-62, 270, 286, 329, 418
ジョーディン Philip Jordayne 492
ジョンソン Ben Jonson v, 289-91, 385
シルヴァ Don Guzman de Silva 55
『新アーケイディア』 'New' *Arcadia*,『ペンブルック伯爵夫人のアーケイディア』を見よ
シンプソン Richard Simpson 198
スタティウス Statius 125-6
スタッブズ John Stubbs 256-61
スタニハースト Richard Stanyhurst 200
スタフォード Sir Edward Stafford 21, 368, 418-21
スタンレー Sir William Stanley 467, 482
ステファン Stephen le Sieur 454, 492
ストウ John Stow 21, 40, 257, 311, 337, 475-6, 482-3
ストーン Lawrence Stone 74, 439
ストロング Sir Roy Strong 147
スペンサー Edmund Spenser 89, 162-3, 189-90, 249, 258, 275, 302, 306, 308, 373, 382, 412, 486, 500；『妖精の女王』 *The Faerie Queene* 2, 26, 34, 189-90, 436；「ハバード婆さんの物語」 'Mother Hubbard's Tale' 135-6, 160-1；『羊飼の暦』 *The Shepeardes Calender* 120-1, 189, 367, 373, 378-9
スミス Richard Smith 476
聖バルテルミ祭日大虐殺 St. Bartholomew's Day Massacre 95-8, 375, 480
セシル Anne Cecil オックスフォード伯爵夫人を見よ
セシル Sir William Cecil バーリを見よ
セシル Lady Cecil 45, 84-5
セシル Sir Thomas Cecil 456
セネカ Seneca 297
セント・ジョン Oliver St. John, Viscount Grandison 83
ソーントン Thomas Thornton 58, 63

タ行

ターナー Cyril Tourneur 474
ターナー Richard Turner 473-4
ターバヴィル George Turberville 18-9
タールトン Richard Tarlton 237, 241, 289
ダイア Edward Dyer 158-67, 183, 185, 188, 191, 228, 243, 249, 252-3, 270, 282, 383, 403；シドニーとの友情 131, 158-67, 307-8, 321, 335-6, 360, 387-90, 412, 492；詩人として 158-67, 267, 307, 356
ダウ Robert Dow 489
タッセル John Tassel（Johan, Jean）

226-8, 282；「説得力」 289-91, 376-7, 391；ラテン詩 227-8；手紙 4, 28-9, 123, 142, 192-3, 200-1, 271-2, 457；最も初期の手紙 67-8, 74, 82；「ベレリウス」宛 487-8；バーリ宛 464；デイヴィスン宛 477；デニー宛 39, 271, 274-9, 448；エリザベス女王宛 28, 457, 464-6；ハットン宛 350-3；レイディ・キトスン宛 4, 200；ランゲ宛 48, 111, 115-8, 131, 185, 207；レスター宛 105, 457-60；リプシウス宛 481；モリニュークス宛 35, 65-6, 243-4, 315-6；弟ロバート・シドニー宛 62, 101, 118, 132, 271-4；スタフォード宛 420；ウォルシンガム宛 193, 201-3, 205-6, 352, 385, 413-4, 461, 468-74, 476, 479；ヴィア宛 491, 497；韻律論 20, 49-50, 128-9, 162-3, 221, 282-3, 306-7, 372-4, 480-4；出版 24, 221, 272, 422, 435；英詩の改革 162-3, 228, 306-7, 373-9, 390-1, 430-4；出典と影響 30-1, 120-1, 127-9, 226-8, 297, 300-1, 374-5, 426-8；翻訳（アリストテレスの『修辞学』 131）；（デュ・バルタス 407-9, 432, 452）；（デュ・プレシ＝モルネ 59, 127-8, 407-8, 439, 448-9, 452）；（ホラティウス 64）；（詩編 127, 409, 447, 449-52, 469-70, 489）

シドニー Lady Frances Sidney（*née* Frances Walsingham） フィリップの妻 ii, 91, 348, 383, 401, 411-6. 440, 452, 471-2, 474, 480, 485, 490-2

シドニー Frances Sidney フィリップの叔母，サセックス伯爵夫人を見よ

シドニー Sir Henry Sidney フィリップの父 3-7, 11, 17, 39-40, 73-4, 113, 146, 171, 191, 243 息子への助言 8, 33, 36-7, 45-6, 51, 113；キャンピオンとの関係 196-7, 199-200, 203；セシル家との関係 39, 46, 71, 74-5, 78-80；財政状態 7, 51, 74-5, 88, 109, 145, 182, 250, 360-4, 491；病気と死 304, 362-3, 474, 491；ウォルシンガムへの手紙 174-5, 361-2, 376；アイルランド総督 10, 51, 61, 74-80, 137-9, 156, 161, 170-8；ウェールズ国境地方長官 41, 137, 303-4, 315, 360-1；フィリップの教育 39, 40-1, 61-2, 73, 86, 88, 109, 111, 132；男爵位の辞退 88, 93；遺言 360, 363

シドニー Margaret Sidney フィリップの妹 23

シドニー Mary Sidney フィリップの妹，ペンブルック伯爵夫人を見よ

シドニー Lady Mary Sidney フィリップの叔母，ドーマーを見よ

シドニー Mabell Sidney フィリップの妹 14

シドニー Lucy Sidney ハリングトンを見よ

シドニー Lady Mary Sidney フィリップの母 51, 61, 138, 143, 148, 156, 161, 264 錬金術との関係 182-4 性格 4-12, 15, 243, 264 エリザベス女王との関係 5, 7, 144, 242, 255 天然痘による傷跡 5-7, 144, 426 未亡人として，死 474, 478 著作 4-5

シドニー Robert Sidney フィリップの弟 23, 115, 147, 156, 219, 222, 252, 304, 352, 441；教育 62-3, 98, 112, 133, 167, 182, 272-4；無分別と結婚 290, 437；ネーデルラント出征 457, 475, 480, 491；詩 180；シドニーの死 491, 495

「シドニー家の詩編」 23-4, 450

シミエ Jean de Simier 22, 254-5

シャルル9世 Charles IX, King of

容貌（子供時代） 11；(10代) 77, 132-3；(20代) v, 131-2, 180, 290；(30代) 441；絵画と建築について 117-20, 204-6, 425；占星術と迷信への反感 80-1, 285-6, 301-2, 406, 426；赤子や子供に対して 12-3, 269, 281-2, 329-30, 452-3；書物の購入 119-21, 277；カトリック教徒とカトリック教に対して 4, 89, 110, 192, 196-201, 240-1, 259, 266, 317, 323, 342-4, 352-4；化学／錬金術 182-6；会話 181, 191-5, 205-6；演劇と上演 48-50, 59, 381-2, 399-40；紋章と銘 iv, 247-8, 311-2, 324-6, 333-5, 340, 423-5；探検と地理 184-6, 218-9, 226, 277, 368-9, 444-5；家族への忠誠心 7-9, 71-3, 114, 194-5, 263-4, 336, 435-7；真面目さ 44-8, 51, 65-6, 113-4, 161, 384-5；レイディ・ジェイン・グレイ 7-9, 30, 72；歴史 272, 277；騎手 102, 104-5, 129-31, 168, 273, 325, 441, 482-3；狩猟嫌いと動物苛め嫌い 91-2, 148-9, 239, 278-81；短気と激情性 v, 33-6, 65-6, 243-4, 315-6, 421, 438-9, 443, 446；外国語の達人 39-41, 93, 111, 114, 121, 227-8；文学 119-21, 123-6, 227-8, 374-5, 390-1；恋愛と結婚 2, 6, 12-3, 81-2, 84, 115-6, 209-13, 287-8, 319-20, 364, 385-401, 409-15；憂鬱症(「真面目さ」の項参照) 206, 213, 221-3, 243, 350-1, 383-6, 455-6, 468-7, 477-8；軍事的興味 104, 112-3, 123, 173, 181, 277, 367-8, 443, 444-5, 466-8；気前よさ 109-11, 122, 190, 198-9, 441-3, 476, 493-4, 499-500；音楽 60-1, 273, 447-8, 454, 488-90；芸術後援者 60, 128, 186-7, 246-8, 366-9, 373-4, 441-3；哲学 92, 96, 110, 126-7, 185-6, 276-7, 293-4, 431-2, 487-9；政治的理想 ii - iii, 55-7, 91-2, 119, 125-6, 195, 238-9；シドニーの肖像画 118, 147, 179-81, 213, 409, 441, 449；宗教と聖書 iv, 11-2, 195-200, 231, 276, 293-4, 342-3, 407-9, 427-34, 439, 447-52, 487-90, 495-6；性的放縦と同性愛 249-50, 287-8, 290, 293-4, 387-90；禁欲主義 238-9, 430-4；異性装 58-9, 175-6；機知とユーモア 113-4, 228, 317, 443；女性たち 1-6, 12-5, 27-31, 164-5, 220-2, 291-8, 451-3

人間関係：

弟たち 23, 133, 167, 182, 271-4, 491, 495；エリザベス女王 iv, 24-8, 52-6, 132, 167-8, 175, 229-46, 252-6, 258-64, 268, 270-1, 283-6, 309, 312, 319, 327-40, 351, 403-6, 415-8, 434-5, 444-6, 455-7, 464-73, 493；友人たち 131-2, 158-67, 188-90, 243, 271, 387-91, 411-3；ランゲ 98-9, 103, 111-7, 118-22, 126, 142-3, 166-70, 206-7, 227, 349；レスター 8, 23, 111, 240-1, 248-51, 354-5, 434-9, 457-9, 472-3, 479-86, 493；オックスフォード伯爵 36, 76-7, 83-4, 215, 261-7, 270-1, 279, 382-3, 408, 438-9；両親 5-6, 10-1, 36-7, 50-1, 132-3, 171, 181, 194-5, 215-8, 226, 315-6, 474, 478；使用人たちと兵士たち 12, 65-6, 462, 475-6, 492-3；妹（ペンブルック伯爵夫人メアリ） 23-4, 27-9, 180-1, 230-5, 269-70, 278-83, 290, 330, 352, 453, 478, 478, 491；ウォルシンガム 408, 411-4, 443, 468-73；妻 409-14, 453, 474-5, 492

著作品（各表題の項参照）：

初期の詩 136, 153-6, 163-6, 181,

495
シドニー　Nicholas Sidney　フィリップの曽祖父　264
「シドニーの占星天宮図」　11, 53, 80-2, 89
シドニー　Barbara Sidney（*née* Barbara Gamage）　437
シドニー　Sir Philip Sidney：
幼少期　3, 10-14, 22-4, 39, 40；虚弱　11, 45, 89, 114, 133；学校時代　23, 36, 41-60；初期の読書　18-20, 37-8, 42, 44-64, 136, 427；ケニルワースとオックスフォードへの旅　52-3, 196；オックスフォードにて　46, 61-9, 80, 89, 196, 311；グレイズインのメンバー　61, 76, 265；さまざまの期待　71-6, 83-4, 87, 318；アン・セシルとの婚約　74-86, 319；収入と財政　75, 88-9, 109-12, 120, 130, 132-3, 185, 207, 250, 340, 353-61, 453-4, 491；グランドツアー　34, 39, 73, 86-133, 136, 167, 191-2；フランスの男爵位　93, 97；その他実らなかった結婚計画　115-6, 170, 178, 181-2, 207, 209-13, 313-20, 364-6；宮廷にて　105, 131-78, 181-91, 211-3, 226-56, 259-68, 270-1, 279；大人になってからの研究と読書　142, 183-9, 271-9, 448-9；試合にて　167, 228, 232-3, 253, 270, 312-3, 323-40, 441；ウエストミンスターアビーでの洗礼式　17-8, 167；アイルランド訪問　168-76, 182；デブルー家との早期のつきあい　52, 170-1, 313, 318；帝国宮廷への派遣　178-9, 184, 190-213, 227；オラニエ公ウィレムを訪ねる　207-13, 359；職と地位を欠く　213-23, 225-7, 235, 237-8, 241-3, 267, 270-1, 275-6；オーモンドとの諍い　207-17, 244；ウィルトンにて　27, 220-3, 228, 241, 261, 267, 270, 278-81, 302-5, 345, 352, 440；ネーデルラントへの帰還希望　226, 237, 241, 243-50；モリニュークスとの諍い　35, 65, 243-4；アランソン公との対立　258-62, 264, 283, 349, 358-9, 417-8；オックスフォード伯との諍い　36, 261-7, 270, 438-9；ふたたび宮廷にて　306-9, 311-2, 314, 319, 322-40, 350, 356, 358, 403-6；レスター伯への限嗣相続権の喪失　311-3, 317-9, 352, 355, 360-1；議会の議員　314, 323, 439；ペネロピ・デヴルーとの結婚不成立　313-22, 334-5, 349-50, 389, 391-40；ドン・アントニオ来英　345-6；フランセス・ウォルシンガムとの婚約　175, 348, 352, 357, 361-4, 368, 371；役職と収入を求め続けて　347-8, 350-5, 357-61, 360-76, 385-6, 404-5, 443-6；ネーデルラントまでアランソン公を送る　358-9；軍需品監督者　361, 439, 443；新世界への希望　368, 420-1, 444-5, 455；騎士叙勲を受ける　ii, 404；結婚　406-15, 440, 450-4, 471-4, 490-2；1583-5年の出来事　417-8, 439-40；フランス使節団の挫折　417-21；ふたたびレスター伯への依存　422-3, 434-8, 456, 491；ドレイク遠征への参加の試み　413, 444-5, 452；娘の誕生　440, 450；ヴリシンゲン総督とネーデルラント遠征　23-6, 443-5, 453-77；（ステーンベルゲン　467-8）；（アクスル　448, 474-5）；（グラヴェリーン　475-7）；（ズットフェン　477, 481-5）；水筒　v, 499, 500；最後の日々と死　i, iv, 12, 178, 387, 448, 484-98；遺書　17, 131, 412, 453, 485-7, 491-8；葬儀　131, 490-1, 500
特質, 意見など：
動物との関係　91-3, 125, 195, 325；

スを見よ
ゲイジャー William Gager 406
ケテル Comelius Ketel 179, 218, 314
ケンプ Will Kempe 454, 472
コーベット Sir Andrew Corbet 52
コーベット Robert Corbet 52
ゴールディング Arthur Golding 59, 408
ゴールドウェル Henry Goldwell 327, 332, 337, 339
『五月の女王』 *The Lady of May* (Sidney) 135, 153, 156, 232, 235-43, 325, 328
『国王の肖像』 *Eikon Basilike* 431
コック Sir Henry Cock 365
ゴッソン Stephen Gosson 373-4, 383
コリアット Thomas Coryat 89
コリニー Admiral Gaspard de Coligny 92, 95
コリニー Louise de Coligny 475
コンラッド Conrad ab Ulmis 62-3

サ行

『サーティン・ソネッツ』 *Certain Sonnets* (Sidney) 163, 209, 280, 330
サクロボスコ Johannes de Sacrobosco 201, 277
サザン John Soowtherne 85
サセックス Thomas Ratcliffe, Earl of Sussex 15, 55-6, 80, 216, 220, 247, 255, 305, 353
サセックス Frances Sidney, Countess of Sussex 15, 492
サットン家 Sutton family 437
サリー Henry Howard, Earl of Surrey 87-8, 378
サリスティウス Sallust 42
サンナザーロ Jacopo Sannazaro 120, 226, 228, 283, 290, 379
『詩の弁護』 *A Defence of Poesy* (Sidney) 27, 48, 88, 130, 166-7, 174, 205, 219, 283, 308, 370-85, 391, 448；恋愛詩について 288, 370, 376-7, 383；詩の自律性 20, 27, 307-8, 380-1；シドニーの詩の理念 60, 165-7, 380-2；旅の投影 99-104, 129-31, 166-7, 173, 207, 376；創作 358, 371-85, 392
シェイクスピア William Shekespeare ii, 36, 61, 269, 293, 385, 423, 472；シドニーとの比較 i, 2, 295；女性観 2, 295
ジェイムズ Dr John James 467, 492
ジェイムズ6世 James VI, King of Scotland 468
シェーデ Paul Schede 226
シェフィールド Douglass Howard, Lady Shefield 14, 21, 140, 421
ジェラード Sir Thomas Gerard 369, 441
シェリー Percy Bysshe Shelley iv, 179
シェリー Sir Richard Shelley 89, 120
ジェンティーレ Alberico Gentile 442
ジェンティーレ Scipio Gentile 441-2
『施政者の鑑』 A *Mirror for Magistrates* 378
シドニー Ambrosia Sidney フィリップの妹 23, 39
シドニー Sir William Sidney フィリップの祖父 40, 336
シドニー Elizabeth Sidney フィリップの叔母 14
シドニー Elizabeth Sidney フィリップの娘 387, 408, 450, 452-3, 491
シドニー Catherine Sidney ハンティングドン伯爵夫人を見よ
シドニー Thomas Sidney フィリップの弟 16, 23, 80, 147, 156, 478, 491,

カルコット　Randall Calcott　43, 51-3
ガルニエ　Robert Garnier　228
「カロフィサス」 'Callophisus' tournament　322-6, 328
ギーズ　Henri of Lorraine, 3rd Duke of Guise　94-5, 375, 415-6
キーツ　John Keats　iv
キケロ　Cicero and Ciceronianism　36-7, 42, 62-3, 112, 277, 390
キトスン　Lady Kytson　4, 200
ギフォード　George Gifford　494-7
ギャスコイン　George Gascoigne　77, 145-7, 151-2, 154-8, 219, 221, 383；『狩猟の高貴な技』 146-7
キャムデン　William Camden　51, 64, 251, 254, 311
キャンピオン　Edmund Campion　196-200, 214, 303, 306, 340-5, 348, 351, 368, 414, 500
『旧アーケイディア』 'Old' *Arcadia* 『ペンブルック伯爵夫人のアーケイディア』を見よ
ギルバート　Sir Humphrey Gilbert　183, 277, 368-9, 420
ギルバート　W. S. Gilbert　1, 29
キンウェルマーシュ　Francis Kinwelmarsh　178
グァラス　Antonio de Guaras　138, 209
クィンティリアヌス　Quintilian　201
クウィン　R. J. P. Kuin　140
グウィン　Mathew Gwinne　161, 408
クーパー　Dr Thomas Cooper　61, 63
クセノフォン　Xenophon　42, 119, 277, 427
クック　Antony Cooke　338, 351
クック　Robert Cooke　264
グッチァルディーニ　Francesco Guicciardini　119, 277
グディヤ　Sir Henry Goodyear　494
クラーク　Barthoromew Clerk　474
クラフトハイム　Crato von Crafftheim　122
クリフォード　Lady Anne Clifford　45
クリフォード　Christopher Clifford　442
グリンダル　Edmund Grindal, Archbishop of Canterbury　195, 307
クリントン　Edward Clinton　第1リンカン伯を見よ
クリントン　Elizabeth Clinton, Countess of Lincolnを見よ
クリュシウス　Clusius　シャルル・ドゥ・レクリューズを見よ
グレイ　Lady Jane Grey　7-9, 30, 72, 87, 432
グレイ　Arthur Grey (de Wilton), 14th Baron　275, 303-4, 306
グレイ　Master of Grey (Patrick Grey, 6th Baron Grey)　440, 468
グレヴィル　Fulke Greville　i, 144, 229-30, 243；シドニーの死後　131, 387；シュロウズベリにて　41, 44, 46-7；馬上槍試合　206, 335, 351, 441-2；経歴　252-3, 260-1, 314-6, 454；『献辞』 131, 387, 401；ドレイクの遠征　444-5；シドニーの著作の死後依託　411-2, 448, 454, 492；シドニーとの交流　41, 47, 314-5, 387-90, 454-5；ルドルフ2世のもとに派遣された使節　191, 206, 211；ネーデルラントのシドニー　i, 456, 476, 485-6, 494-5, 499；シドニーの性格と才能　36, 46, 111, 247, 260, 295, 368, 380, 404-5, 408, 447, 499-500；シドニーの遺書　491；テニスコートの諍い　36, 261-4；著作　230, 299, 328, 401
ケアリー　John Carey　428
ケアリー　Lady Catherine Knollys ノリ

エドワーズ　Richard Edwards　57
エドワード6世　Edward VI, King　3, 7
エーネルヴィッツ　Dr Gisbert Enerwitz　494, 497
エラスムス　Erasmus　92
エリオット　T. S. Eliot　163, 407
エリオット　Sir Thomas Elyot　57
エリザベス1世　Queen Elizabeth I　16, 20-1, 93, 184, 208, 218, 292；アランソンとの関係　13, 87, 139-41, 237-8, 253-64, 279, 314, 323, 327, 338, 348, 358-9, 417-20；女王批判　25-7, 235, 283-6, 435, 443；外交政策　25-6, 87, 208, 235-7, 241, 244-5, 251-2, 255, 345-7, 443, 465-6；レスター　22, 53, 139-40, 240-1, 251, 255, 312, 434-5, 439, 457, 464-6；シドニー　49, 53-4, 167-8, 178, 214-5, 232-3, 237, 244-6, 254, 259-64, 275, 279, 305, 360, 403-5, 416-21, 439, 465-6, 468-9, 487；シドニー家　5, 7, 16, 22-3, 88, 139, 143-4, 215-8, 255, 303, 474；王位継承　25, 141, 284, 435；廷臣の処遇　24-5, 93, 140, 158-61, 213-5, 235, 243, 253-4, 309, 404-5；訪問と行幸　53-9, 141, 143-61, 196, 200, 235-42, 246, 248
エリザベス　Elizabeth of Anhalt　212
エリントン　Nicholas Errington　473
オウィディウス　Ovid　119
オーデン　W. H. Auden　448
オーブリー　John Aubrey　27, 63, 115, 189, 190, 278, 290
オーモンド　Thomas Butler, 10th Earl of Ormond　215-7, 220, 240, 271
オズボーン　J. M. Osborn　iii, 53, 105, 113, 122, 171, 173
オックスフォード　Countess of Oxford (Anne Cecil)　39, 74-86, 271, 319
オックスフォード　Edward de Vere, 17th Earl of Oxford　77, 83, 248, 255, 271, 327-8, 346；カトリック教徒との関係　84, 265, 323；アン・セシルとの結婚　82-4, 238；詩作品　265-7, 391；シドニーとの競合　36, 76-7, 83-4, 215, 261-7, 270, 279, 382, 408, 438
オートマン　Jean Hotman　361
「オトリ手稿」　'Ottley manuscript'　163, 229, 308
オマリー　Grania O'Malley (Grace)　174-5
オルテリウス　Ortelius (Abraham Oertel)　277
オンズロー　Edward Onslow　53

カ行

カーサ　Giovanni della Casa　193
カーフヒル　James Calfhill　58
ガウア　George Gower　22, 179, 314
カウフマン　T. DaCosta Kauffman, 203
カジミール　John Casimir, Count Palatine　122, 191-3, 205-6, 212-5, 226, 242, 245, 265, 404-5；英国訪問　251-4, 362
カスティリオーネ　Baldassare Castiglione　250, 372, 390, 474
カトゥルス　Catullus　18, 128-9
カトー　Cato　42, 47
カトリーヌ・ドゥ・メディシス　Catherine de' Medici, Queen of France　86, 94-5, 256-7, 347, 417-8, 428
カメラリウス　Joachim (I and II) and Philip Camerarius　193, 205
カルー　Peter Carew　58, 67
カルー　Richard Carew　67
カルヴァン　John Calvin　42, 64, 92

France　86, 93, 97, 122, 409, 417
イー・ケイ　E. K.　379
イェイツ　W. B. Yeats　372
イソップ　Aesop　125
ヴァッカー　Johann Wacker (von Wackenfels)　128-9
ウァレリウス　Valerius　277
ヴィア　Jan Wier (Weier)　491, 497
ウィッカスン　John Wickerson　402, 411
ウィリアムズ　Sir Roger Williams　239
ウィルソン　Dr Thomas Wilson　54
ウィレム　William of Orange (William I, 'the Silent')　37, 207-14, 253, 359, 384, 417, 462, 475
ウィロビ　Francis Willoughby　38
ウィロビ　Peregrine Bertie, Lord Willoughby　404, 441, 471, 482, 494
ウィンザー　Edward Windsor, 3rd Baron　89, 324
ウィンザー　Frederick Windsor, 4th Baron　229, 240, 270, 323-4, 333, 351
ヴェガ　Gutierres de la Vega　367
ウェッジウッド　C. V. Wedgwood　207, 209
ウェットストーン　George Whetstone　i, 62, 219, 311, 495, 499
ヴェッヒェル　Andreas Wechel　98, 111, 121
ウェブスター　John Webster　10, 286, 295
ウェルギリウス　Virgil　42, 119, 205, 247, 379
ヴェロネーゼ　Paolo Veronese　118-9, 180
ウォーカー　Robert Walker　12
ヴォーズ　William Vaux, 3rd Baron　199
ウォータハウス　Edward Waterhouse　177, 211, 216, 218, 238, 435
ウォットン　Edward Wotton　130-2, 320, 376, 492
ウォットン　Henry Wotton　131
ウォリック　Ann Russell, Countess of Warwick　17-20, 53, 123, 167, 492
ウォリック　Ambrose Dudley, Earl of Warwick　17, 53, 56, 67, 72, 184, 220, 361, 493
ウォリック城のシドニーの肖像画　180
ウォルシンガム　Sir Francis Walsingham　シドニーの岳父　130, 303, 341, 348, 369, 415-6, 435, 491；パリ時代　90-1, 96, 374-6, 401, 441；女王の結婚見通し　255-6, 263；シドニーとのこと　37, 90-1, 112, 211, 347-8, 352, 363-4, 376, 380, 401-4, 412-4, 439-40, 460-1, 465, 472-3；シドニーの遺言　491-3
ウォルシンガム　Frances Walshingham　レイディ・フランセス・シドニーを見よ
ウォレス　M. W. Wallace　iii, 35, 44, 55-6, 139, 199, 287, 351, 402-3
ウデューセン　H. R. Woudhuysen　256
ヴュルコブ　Jean de Vulcob　122
ウルフ　Virginia Woolf　269, 293-4
エウリピデス　Euripides　297
エスティエンヌ　Henri Estienne (Henricus Stephanus)　121-2, 374, 390
エセックス　Walter Devereux, 1st Earl of Essex　21, 37, 52, 313, 317；アイルランドにて　137, 170-8, 313；シドニーとの関係　52, 170, 178, 313
エセックス　Lettice Knollys, Countess of Essex レスター伯爵夫人を見よ
エセックス　Robert Devereux, 2nd Earl of Essex　ii, 22, 53, 309, 482, 494
『エチオピア物語』　*Aethiopica*　290

索　引

ア行

『アーケイディア』 *Arcadia* 『ペンブルック伯爵夫人のアーケイディア』を見よ

『アイルランド問題について』 *Discourse on Irish Affairs* (Sidney) 181, 215-6, 435

『愛らしい技巧の楽園』 *The Paradise of Dainty Devices* 390

アウグスチヌス St. Augustine 294

アシュトン Thomas Ashton 41-2, 49, 53, 197, 217

『アストロフェルとステラ』 *Astrophil and Stella* 71, 208, 210, 317, 320-2, 383-402；赤子のイメージ 24, 329-30；愛 13, 289-91, 331, 358, 385-401；創作の源 22-3, 31, 52, 105, 182, 204, 289, 316-22, 335-7, 349-50, 370-1, 383-94；「リッチ」'Rich' のことばの遊び 322, 334-5, 350；馬上槍試合 335-6, 340；女性たち 30-1, 346-6, 396-9；創作 22-3, 316-20, 349-50, 357-8, 370-2, 385, 396-401

アティ Arthur Atey 302, 316

アボンディオ Antonio Abondio 119

『アマディス・デ・ガウラ』 *Amadis de Gaul* 59, 290, 377

アミヨ Jaques Amyot 120

アラスコ Prince Albert Alasco 405-6

アランソン François-Hercule, Duke of Alençon 87, 168, 254-5, 348, 353, 358-9, 417 エリザベス女王との結婚問題 13, 87, 97, 139, 248, 254-62, 279, 288, 314, 323, 327, 335, 338, 358-60, 417, 428；シドニーとの関係 168, 271, 348-9, 417；英国訪問 255, 335, 349, 353, 359-60

アランデル Philip Howard, 13th Earl of Arundel 229, 240, 332-4, 327-8, 333, 337, 345, 351, 414

アランデル Charles Arundell 438

アリオスト Lodovico Ariosto 14, 448

アリストテレス Aristotle and Aristotelianism 119, 131, 267, 381, 390

アルチンボルド Giuseppe Arcimboldo 203-4

アルドゥゴンドゥ Sieur de St. Phillips Marnix Aldegonde 209-10, 459

アルバレステ Charlotte Arbaleste, Mme du Plessis Mornay デュ・プレシ=モルネ夫人を見よ

アレン Dr Thomas Allen 80-1

アンジュ Anjou, François-Hercule, Duke of Anjou アランソンを見よ

アンジュ Henri, Duke of Anjou 87

アンダーソン Edmund Anderson 344-5

アントニオ Dom Antonio (Portuguese pretender) 345-6, 358, 444

アンリ Henri of Navarre, Henri IV を見よ

アンリ3世 Henri III (Henri de Valois) King of France 104, 374, 417-9

アンリ Henri de Valois, Henri III を見よ

アンリ Henri de Bourbon, Henri IV を見よ

アンリ4世 Henri IV (Henri de Bourbon；Henri of Navarre) King of

〈訳者紹介〉

おしお　こ
小塩トシ子

東京女子大学卒，東京都立大学修士課程修了，フェリス女学院大学名誉教授
‘Ophelia: Experience into Song’, *Hamlet and Japan* (AMS Press, 1995),「刺繍と論争 ──『アーケイディア』の女性像」(『フェリス女学院大学文学部紀要』32, 1997),「メアリー・シドニーとイギリス・ルネッサンス ── ペンブルック伯爵夫人の訳業をめぐって ──」(同上 34, 1999), サー・フィリップ・シドニー著『アーケイディア』(共訳, 九州大学出版会, 1999),「エフタの娘」『聖書を彩る女性たち』(毎日新聞社, 2002)

かわい まりこ
川井万里子

東京女子大学卒，東京都立大学修士課程修了，東京経済大学名誉教授
『エリザベス朝演劇』(共著, 英宝社, 1991), ジョージ・チャプマン著『みんな愚か者』(訳, 成美堂, 1993), サー・フィリップ・シドニー著『アーケイディア』(共訳, 九州大学出版会, 1999), 作者不詳『フェヴァシャムのアーデン』(訳, 成美堂, 2004), カール・ヘルトゲン著『英国におけるエンブレムの伝統』(共訳, 慶応義塾大学出版会, 2004)

と きともこ
土岐知子

東京女子大学卒，東京都立大学修士課程修了，東京女子大学名誉教授
『英米文学の女性たち』(共著, 南雲堂, 1986),「サー・フィリップ・シドニーの『アーケイディア』における牧歌の構造」(『東京女子大学英米文学評論』36.1, 1990), サー・フィリップ・シドニー著『アーケイディア』(共訳, 九州大学出版会, 1999),「西の方へ：マルドゥーンの『マドック』」(『オベロン』61, 2003)

ね ぎしあい こ
根岸愛子

東京女子大学卒，東京都立大学修士課程終了，文化女子大学教授
『英米文学の女性たち』(共著, 南雲堂, 1986),「シェイクスピアの『嵐』── マスク作家のメタドラマ ──」(『オベロン』52, 1989), サー・フィリップ・シドニー著『アーケイディア』(共訳, 九州大学出版会, 1999),「サー・フィリップ・シドニーとソネット詩」(『オベロン』64, 2006)

廷臣詩人（ていしんしじん） サー・フィリップ・シドニー

2010年2月20日 初版発行

著　者　キャサリン・ダンカン=ジョーンズ

訳　者　小塩トシ子・川井万里子
　　　　土岐　知子・根岸　愛子

発行者　五十川　直　行

発行所　㈶九州大学出版会
〒812-0053 福岡市東区箱崎7-1-146
九州大学構内
電話 092-641-0515（直通）
振替 01710-6-3677

印刷／城島印刷㈱　製本／篠原製本㈱

ISBN978-4-7985-0004-1